DIE ERZÄHLUNGEN AUS DEN TAUSENDUNDEIN NÄCHTEN

Vollständige deutsche Ausgabe
in sechs Bänden
Zum ersten Mal nach dem
arabischen Urtext der Calcuttaer
Ausgabe aus dem Jahre 1839
übertragen von Enno Littmann

VIERTER BAND

Insel Verlag

Kassettenmotiv: © Henry Wilson, London

Insel Verlag Frankfurt am Main und Leipzig 2004
© Insel-Verlag Wiesbaden 1953
Alle Rechte vorbehalten, insbesondere das
des öffentlichen Vortrags sowie der Übertragung
durch Rundfunk und Fernsehen, auch einzelner Teile.
Kein Teil des Werkes darf in irgendeiner Form
(durch Fotografie, Mikrofilm oder andere Verfahren)
ohne schriftliche Genehmigung des Verlages reproduziert
oder unter Verwendung elektronischer Systeme verarbeitet,
vervielfältigt oder verbreitet werden.
Druck: Ebner & Spiegel, Ulm
Printed in Germany
Erste Auflage dieser Ausgabe 2004
ISBN 3-458-17214-9

1 2 3 4 5 6 – 09 08 07 06 05 04

WAS SCHEHREZÂD

DEM KÖNIG SCHEHRIJÂR IN DER

FÜNFHUNDERTUNDVIERTEN

BIS

SIEBENHUNDERTUNDNEUNZEHNTEN

NACHT ERZÄHLTE

Als nun die *Fünfhundertundvierte Nacht* anbrach, fuhr Schehrezâd also fort: »Es ist mir berichtet worden, o glücklicher König, daß Dschanschâh jene Tafel las, wie er sie erblickte; er sah die Worte, die wir schon genannt haben, und erkannte, daß am Schlusse der Inschrift geschrieben stand: ‚Dann wirst du zu einem großen und reißenden Strome gelangen, und der fährt mit solcher Gewalt dahin, daß er die Augen blendet. Jener Strom trocknet an jedem Sabbat aus, und an seinem Ufer liegt eine Stadt, deren Einwohner sich alle Juden nennen und den Glauben Mohammeds nicht anerkennen; kein einziger Muslim findet sich unter ihnen. Auch gibt es in dem Lande dort keine andere Stadt als jene. Doch hier werden die Affen, solange du bei ihnen weilst, über die Ghûle siegreich bleiben. Und wisse, diese Tafel schrieb der Herr Salomo, der Sohn Davids – über beiden sei Heil!' Als Dschanschâh solches gelesen hatte, hub er an bitterlich zu weinen. Dann wandte er sich seinen Mamluken zu und tat ihnen kund, was auf der Tafel geschrieben stand. Danach stieg er wieder zu Pferde; auch die Krieger der Affen saßen auf, rings um ihn herum, und sie zogen dahin, froh des Sieges über ihre Feinde, und kehrten zu ihrer Burg zurück. Dort blieb Dschanschâh nun Sultan über die Affen einundeinhalbes Jahr lang. Da befahl er einmal den Kriegern der Affen, mit ihm zu Jagd und Hatz auszureiten. Jene saßen auf, und Dschanschâh und seine Mamluken ritten mit ihnen fort, durch Wüsten und Steppen, immer weiter von Ort zu Ort, bis er das Ameisental erkannte, wie es auf der Marmortafel beschrieben war. Sobald er dessen gewahr ward, befahl er allen, dort abzusitzen. Die Seinen und auch die Krieger der Affen saßen ab, und sie verblieben dort zehn Tage lang bei Speise und Trank. Dann ging Dschanschâh eines Nachts mit seinen Mamluken beiseite und sprach zu ihnen: ‚Hört, ich wünsche, daß wir entfliehen; wir wollen ins Ameisental gehen und dann uns zur Stadt der Juden begeben. Vielleicht wird Allah uns so von diesen Affen befreien, auf daß wir unserer Wege ziehen können.' ,Wir hören und gehorchen!' erwiderten sie. Nun wartete er noch, bis eine kleine Weile der Nacht verstrichen war; dann stand er auf, und auch die Mamluken erhoben sich mit ihm. Sie legten ihre Rüstungen an und gürteten sich mit Schwertern und Dolchen und dergleichen Kriegsgerät. Darauf machte sich Dschanschâh mit seinen Mamluken auf den Weg, und sie wanderten die ganze Nacht hindurch bis zum Morgen. Als aber die Affen aus ihrem Schlafe erwachten und ihn und seine Leute nicht mehr sahen, wußten sie, daß jene geflohen waren. Und sofort ritt ein Teil von ihnen auf den östlichen Paß zu, der andere aber zum Ameisental. Und während sie dahineilten, erblickten sie plötzlich Dschanschâh und seine Mamluken, die gerade beim Ameisental angekommen waren. Wie sie das sahen, stürmten sie hinter ihnen her. Dschanschâh aber und seine Leute flüchteten beim Anblick der Affen und drangen in das Ameisental ein. Doch es verging nur eine kurze Weile, da fielen die Affen schon über die Flüchtlinge her und wollten sie töten. Plötzlich aber kamen Ameisen aus der Erde hervor, gleichwie ein Heuschreckenschwarm, und eine jede von ihnen war so groß wie ein Hund. Als die Ameisen die Affen sahen, stürzten sie auf sie zu und fraßen eine Menge von ihnen. Zwar wurden auch viele der Ameisen getötet, aber der Sieg blieb ihnen doch. Denn wenn nur eine Ameise auf einen Affen traf, so hieb sie auf ihn ein und zerteilte ihn in zwei Hälften, während zehn Affen eine einzige Ameise angriffen und an ihr herumzerrten und in zwei Teile zerrissen. Heftig tobte der Kampf zwischen ihnen bis zum Abend. Doch nachdem es dunkel geworden war, floh Dschanschâh mit den Mamluken, und sie eilten auf der Sohle des Tales dahin. – –«

Da bemerkte Schehrezâd, daß der Morgen begann, und sie hielt in der verstatteten Rede an. Doch als die *Fünfhundertundfünfte Nacht* anbrach, fuhr sie also fort: »Es ist mir berichtet worden, o glücklicher König, daß Dschanschâh mit seinen Mamluken floh, nachdem es dunkel geworden war; und sie eilten auf der Sohle des Tales dahin bis zum Morgen. Doch als es hell wurde, waren die Affen schon wieder dicht hinter ihnen. Wie Dschanschâh sie erblickte, schrie er seinen Leuten zu: ‚Erschlagt sie mit den Schwertern!' Da zückten jene ihre Schwerter und hieben auf die Affen ein, nach rechts und nach links. Doch mit einem Male stürzte ein Affe wider sie los, der so große Zähne hatte wie ein Elefant, und er sprang auf einen der Mamluken, traf ihn und zerriß ihn in zwei Teile. Nun drangen die Affen in Scharen auf Dschanschâh ein, und er flüchtete bis ans Ende des Tales. Dort sah er einen großen Strom und an dessen Ufer eine gewaltige Ameisenschar. Als die Ameisen den Fliehenden auf sich zukommen sahen, umringten sie ihn; einer der Mamluken aber hieb mit dem Schwerte auf sie ein und zerschlug sie in Stücke. Wie die Krieger der Ameisen das bemerkten, stürzten sie in großen Haufen wider den Mamluken und machten ihn nieder. In diesem Augenblicke kamen plötzlich die Affen über den Berg und eilten in Scharen auf Dschanschâh los. Doch wie er ihr Anstürmen gewahrte, riß er sich sein Obergewand vom Leibe und sprang in den Strom hinab. Der letzte Mamluk, der ihm noch verblieben war, sprang hinter ihm her, und die beiden schwammen bis zur Mitte des Flusses. Von dort erblickte Dschanschâh einen Baum am anderen Ufer des Flusses; er schwamm hin und reckte seinen Arm nach einem der Zweige aus, ergriff ihn und klammerte sich an ihn und schwang sich so ans Land. Über den Mamluken aber kam die Strömung, und sie riß ihn fort und zerschmetterte ihn an einem Felsen.

Nun stand Dschanschâh allein da am Ufer, und er wrang seine Kleider aus und trocknete sie an der Sonne. Unterdessen war zwischen den Affen und den Ameisen ein wilder Kampf entbrannt; doch schließlich kehrten die Affen in ihr Land zurück.

Solches erlebte Dschanschâh mit den Affen und den Ameisen. Sehen wir nun, wie es ihm weiter erging! Bis zum Abend weinte er; dann trat er in eine Höhle ein und suchte Zuflucht in ihr. Doch er war in großer Angst und Sorge, da er ja seine Mamluken verloren hatte. Nachdem er dann bis zum Morgen in jener Höhle geruht hatte, machte er sich wieder auf den Weg und zog ohne Aufenthalt weiter, Tag und Nacht, indem er sich von den Kräutern des Feldes nährte, bis er zu dem Berge kam, der wie Feuer brennt. Sobald er den erreicht hatte, zog er weiter an ihm entlang, bis er zu dem Strome gelangte, der an jedem Sabbat austrocknet. Und als er dort ankam, sah er, daß es ein mächtiger Strom war und daß auf seinem jenseitigen Ufer eine große Stadt lag, eben jene Stadt der Juden, von der er auf der Tafel gelesen hatte. Dort wartete er, bis es Sabbat ward und der Fluß austrocknete. Dann schritt er durch das Flußbett hindurch bis zu der Judenstadt. In ihr aber erblickte er keine Seele. Und er ging in ihr umher und öffnete schließlich das Tor eines Hauses, zu dem er gekommen war. Als er eintrat, sah er, wie die Bewohner des Hauses schweigend dasaßen, ohne ein Wort zu sagen; und er sprach zu ihnen: ‚Ich bin ein Fremdling, und mich hungert.' Da antworteten sie ihm durch Zeichen: ‚Iß und trink; doch sprich nicht!' So setzte er sich denn bei ihnen nieder und aß und trank und ruhte die Nacht hindurch. Als es Morgen ward, begrüßte ihn der Herr des Hauses und hieß ihn willkommen; dann fragte er ihn: »Von wannen kommst du, und wohin gehst du?' Wie Dschanschâh die Worte des Juden vernahm, begann er bitterlich zu weinen, und er erzählte ihm seine Geschichte und nannte ihm die Stadt seines Vaters. Darüber wunderte sich der Jude und fuhr fort: ‚Von dieser Stadt haben wir noch nie etwas gehört; wir haben nur von den Karawanen der Kaufleute vernommen, daß dort ein Land liegt, Jemen geheißen.' Nun fragte Dschanschâh den Juden: ‚Wie weit ist das Land, über das die Kaufleute berichten, von diesem Orte entfernt?' Der Jude erwiderte: ‚Die Kaufleute jener Karawanen behaupten, daß die Reise von ihrem Lande bis hierher zwei Jahre und drei Monate daure.' ‚Wann kommt denn die Karawane wieder?' fragte Dschanschâh; und der Jude antwortete: ‚Im nächsten Jahre wird sie kommen.' – –«

Da bemerkte Schehrezâd, daß der Morgen begann, und sie hielt in der verstatteten Rede an. Doch als die *Fünfhundertundsechste Nacht* anbrach, fuhr sie also fort: »Es ist mir berichtet worden, o glücklicher König, daß der Jude, als Dschanschâh ihn nach der Ankunft der Karawane fragte, antwortete: ‚Im nächsten Jahre wird sie kommen.' Wie der Prinz diese Worte vernahm, weinte er heftig und trauerte über sein eigenes Schicksal und um seine Mamluken, über die Trennung von Mutter und Vater und über alles, was ihm auf seiner Fahrt begegnet war. Doch der Jude sprach zu ihm: ‚Weine nicht, Jüngling! Bleibe bei uns, bis die Karawane kommt; dann wollen wir dich mit ihr in dein Land heimsenden.' Dschanschâh hörte auf seine Worte und blieb zwei Monate lang bei ihm; jeden Tag aber ging er hinaus auf die Straßen der Stadt und schaute sich in ihr um. Da begab es sich eines Tages, als er nach seiner Gewohnheit ausgegangen war und in den Straßen der Stadt überall umherwanderte, daß er hörte, wie ein Mann ausrief: ‚Wer will tausend Dinare als Lohn empfangen und dazu eine schöne Sklavin, deren Reize in lieblichster Anmut prangen, indem er nur vom Morgen bis zur Mittagszeit für mich arbeitet?' Aber niemand gab ihm Antwort, und so sagte sich Dschanschâh, als er die Worte des Ausrufers vernahm: ‚Wenn diese Arbeit nicht gefährlich wäre, so würde der Dienstherr nicht tausend Dinare und eine schöne Sklavin bieten für ein Werk, das nur vom Morgen bis zur Mittagszeit dauert.' Dennoch trat er an den Ausrufer heran und sprach zu ihm: ‚Ich will diese Arbeit tun!' Wie der Mann ihn so reden hörte, nahm er ihn mit sich und führte ihn in ein hohes Haus. Der Prinz trat mit dem Ausrufer ein und sah, daß es ein geräumiger Bau war; darauf erblickte er dort einen jüdischen Mann, einen Kaufmann, der auf einem Throne aus Ebenholz saß. Der Ausrufer trat vor ihn hin und sprach zu ihm: ‚O Kaufmann, seit drei Monaten rufe ich in der Stadt aus, aber niemand hat mir bisher geantwortet, außer allein dieser Jüngling.' Nachdem der Kaufmann die Worte des Ausrufers vernommen hatte, hieß er Dschanschâh willkommen, nahm ihn mit sich und führte ihn in einen prächtigen Saal und gab seinen Sklaven ein Zeichen, daß sie ihm zu essen bringen sollten. Da breiteten sie den Tisch und trugen vielerlei Speisen auf. Der Kaufmann aß nun mit dem Prinzen, dann wuschen sie ihre Hände, und als der Wein gebracht war, tranken sie. Darauf erhob sich der Kaufmann, brachte Dschanschâh einen Beutel mit tausend Dinaren und eine Sklavin von herrlicher Schönheit und sprach zu ihm: ‚Nimm diese Sklavin und dies Geld zum Lohn für die Arbeit, die du leisten wirst!' Dschanschâh nahm Mädchen und Geld in Empfang und ließ das Mädchen an seiner Seite sitzen; der Jude aber fügte noch hinzu: ‚Morgen also leiste uns die Arbeit!' und ging dann fort. Nun ruhten der Prinz und die Sklavin jene Nacht über. Doch als es Morgen ward, begab er sich ins Bad. Da befahl der Kaufmann seinen Sklaven, ihm ein Gewand aus Seide zu bringen. Und jene holten ein kostbares Seidengewand für den Jüngling und warteten, bis er aus dem Bade herauskam; dann legten sie es ihm an und führten ihn in das Haus zurück. Und weiter befahl der Kaufmann, Harfe und Laute und Wein zu bringen; nachdem all das gebracht war, tranken die beiden und spielten und scherzten, bis die halbe Nacht verstrichen war. Darauf begab der Kaufmann sich in seinen Harem, während Dschanschâh mit der Sklavin bis zum Morgen ruhte. Dann ging er ins Bad, und als er von dort zurückkam, trat ihm der Kaufmann entgegen und sprach: ‚Ich wünsche, daß du uns jetzt den Dienst leistest.‘ ‚Ich höre und gehorche!‘ erwiderte der Prinz. Da gab der Kaufmann seinen Sklaven Befehl, zwei Mauleselinnen zu bringen; als jene sie gebracht hatten, bestieg er selbst die eine und gab Dschanschâh die andere zum Reiten. Und wie der auch aufgestiegen war, zogen die beiden vom frühen Morgen bis zur Mittagszeit dahin, und da hatten sie einen hohen Berg erreicht, dessen Höhe keine Grenze kannte. Dort saß der Kaufmann ab und befahl auch Dschanschâh, von seinem Maultier abzusteigen. Nachdem dieser das getan hatte, reichte der Kaufmann dem Jüngling ein Messer und einen Strick und sprach zu ihm: ‚Ich wünsche, daß du dies Maultier schlachtest!‘ Da schürzte Dschanschâh seine Kleider, trat an das Maultier heran, legte ihm den Strick um die vier Beine und warf es zu Boden; darauf nahm er das Messer in die Hand und schlachtete das Tier, häutete es und schnitt ihm Beine und Kopf ab, so daß es ein Haufen Fleisches wurde. Der Kaufmann sagte nun zu ihm: ‚Ich befehle dir, schneide ihm den Bauch auf und krieche hinein. Ich will dich darin einnähen, und nachdem du eine Weile drinnen geblieben bist, sollst du mir hernach alles berichten, was du in seinem Bauche gesehen hast.‘ Dschanschâh schnitt also den Leib des Maultieres auf und kroch hinein; der Kaufmann aber nähte ihn ein, ließ ihn dort liegen und entfernte sich von ihm. – –«

Da bemerkte Schehrezâd, daß der Morgen begann, und sie hielt in der verstatteten Rede an. Doch als die *Fünfhundertundsiebente Nacht* anbrach, fuhr sie also fort: »Es ist mir berichtet worden, o glücklicher König, daß der Kaufmann, nachdem er Dschanschâh in den Leib des Maultiers eingenäht hatte, ihn verließ und sich entfernte und sich am Fuße des Berges verbarg. Nach einer Weile schoß ein gewaltig großer Vogel auf das Maultier herab, packte es und flog davon. Oben auf dem Berge ließ er sich mit ihm nieder und wollte es auffressen. Doch als Dschanschâh bemerkte, was der Vogel tat, schlitzte er den Bauch des Maultieres auf und kroch hinaus. Der Vogel erschrak über seinen Anblick und flog auf und davon. Der Prinz aber erhob sich auf seine Füße und begann nach rechts und links umherzublicken: da sah er nichts als Leichen von Männern, die in der Sonne vertrocknet waren, und wie er solches schauen mußte, sprach er bei sich: ,Es gibt keine Macht und es gibt keine Majestät außer bei Allah, dem Erhabenen und Allmächtigen!' Dann spähte er zum Fuße des Berges hinab und sah den Kaufmann dort unten stehen, wie er nach ihm emporblickte. Kaum ward der Jude seiner gewahr, da rief er ihm zu: ,Wirf mir von den Steinen herab, die rings um dich liegen; dann will ich dir einen Weg zeigen, auf dem du herunterkommen kannst!' Da warf Dschanschâh ihm an die zweihundert Steine hinab, Rubine, Chrysolithe und andere kostbare Edelsteine; dann rief er ihm zu: ,Wenn du mir jetzt den Weg zeigst, will ich dir noch einmal so viel hinabwerfen.' Aber der Jude sammelte die Steine, lud sie auf das Maultier, das er selber geritten hatte, und eilte davon, ohne ein Wort zu erwidern. So blieb denn Dschanschâh allein oben auf dem Berge, und er begann um Hilfe zu rufen und zu weinen. Drei Tage lang blieb er dort oben; dann machte er sich auf und zog zwei Monate lang quer durch das Gebirge, indem er sich von den Bergkräutern nährte. Ohne Aufenthalt wanderte er dahin, bis er den Rand des Gebirges erreicht hatte. Und wie er weiter bis zum Abhang gelangte, sah er in der Ferne ein Tal und in ihm Bäume zumal, mit Früchten behangen, und voller Vögelein, die zum Preise Allahs, des Einen und Allgewaltigen, sangen. Bei dem Anblick dieses Tales war Dschanschâh hocherfreut, und er ging darauf zu. Als er aber eine Weile weitergegangen war, kam er zu einer Schlucht im Gebirge, aus der ein Gießbach hervorströmte. An ihm entlang setzte er seinen Weg fort, bis er das Tal erreichte, das er vom Abhang des Gebirges gesehen hatte. In jenem Tale schritt er weiter, indem er nach rechts und nach links ausschaute, ohne Aufenthalt, bis er zu einer mächtigen Burg kam, die hoch in die Lüfte emporragte. Auf die ging er zu, und als er bei ihrem Tore ankam, erblickte er einen alten Mann von schöner Gestalt, in dessen Antlitz helles Licht erstrahlte und der in seiner Hand einen Stab aus Rubinen hielt. Der stand vor dem Tore der Burg. Dschanschâh trat an ihn heran und grüßte ihn; der Alte gab ihm den Gruß zurück, hieß ihn willkommen und sprach: ‚Setze dich, mein Sohn!‘ Da setzte der Prinz sich am Tore der Burg nieder; der Alte aber hub an und fragte ihn: ‚Von wannen kommst du in dies Land, das noch nie ein Menschenkind betreten hat, und wohin gehst du?‘ Als Dschanschâh ihn so sprechen hörte, weinte er so bitterlich um all der Leiden willen, die er erduldet hatte, daß die Tränen ihn fast erstickten. Doch der Alte fuhr fort: ‚Mein Sohn, laß ab vom Weinen! Du tust meinem Herzen weh.‘ Darauf ging er fort, holte etwas Speise und setzte es vor den Jüngling hin, indem er sprach: ‚Iß davon!‘ Nachdem jener gegessen und Allah dem Erhabenen gedankt hatte, bat ihn der Alte mit den Worten: ‚Mein Sohn, ich möchte, daß du mir deine Geschichte erzählest und mir von allem berichtest, was dir widerfahren ist.' Da erzählte Dschanschâh ihm seine Geschichte und berichtete ihm alle seine Erlebnisse, von Anfang an bis zu dem Augenblick, in dem er dorthin gekommen war. Wie der Alte seine Rede vernommen hatte, verwunderte er sich gar sehr. Der Prinz aber sagte nun zu ihm: ‚Ich möchte, daß du mir berichtest, wem dies Tal gehört und wer der Herr dieser großen Burg ist.' ‚Wisse, mein Sohn,' erwiderte der Alte, ‚dies Tal, und was darinnen ist, und diese Burg mit allem, was sie umschließt, gehören dem Herren Salomo, dem Sohne Davids – über beiden sei Heil! Ich aber heiße Scheich Nasr, der König der Vögel; und wisse ferner, daß der Herr Salomo diese Burg meiner Obhut anvertraut hat.' – –«

Da bemerkte Schehrezâd, daß der Morgen begann, und sie hielt in der verstatteten Rede an. Doch als die *Fünfhundertundachte Nacht* anbrach, fuhr sie also fort: »Es ist mir berichtet worden, o glücklicher König, daß Scheich Nasr, der König der Vögel, zu Dschanschâh sprach: ‚Und wisse ferner, daß der Herr Salomo diese Burg meiner Obhut anvertraut hat; er hat mich auch die Sprache der Vögel gelehrt und mich zum Herrscher eingesetzt über alle Vögel, die es in der Welt gibt. In jedem Jahre kommen sie alle zu dieser Burg; dann halte ich Musterung über sie, und sie fliegen wieder fort. Das ist der Grund, weshalb ich hier an dieser Stätte weile.' Als Dschanschâh die Worte des Scheich Nasr vernommen hatte, begann er wieder bitterlich zu weinen und sprach: ‚Mein Vater, was soll ich tun, um in meine Heimat zurückzukommen?' Der Alte gab ihm zur Antwort: ‚Wisse, mein Sohn, du bist hier dicht bei dem Berge Kâf, und du kannst diesen Ort nicht eher verlassen, als bis die Vögel kommen; dann will ich dich einem von ihnen anvertrauen, auf daß er dich in deine Heimat bringt. Bleib nun bei mir in dieser Burg, iß und trink und sieh dir all diese Räume an, bis die Vögel wiederkommen!' Also blieb der Prinz bei dem Scheich und begann in dem Tale umherzuwandeln; dabei aß er von den Früchten, schaute sich überall um, war fröhlich und guter Dinge und führte dort ein herrliches Leben, eine lange Weile, bis die Zeit nahte, daß die Vögel aus ihren Ländern kommen sollten, um Scheich Nasr zu besuchen. Als dieser nun ihr Kommen voraussah, erhob er sich und sprach zu dem Prinzen: ‚Dschanschâh, nimm hier diese Schlüssel und öffne alle Räume der Burg und schau dich in ihnen um. Doch hüte dich, den und den Raum zu öffnen! Wenn du mir zuwiderhandelst und ihn doch öffnest und eintrittst, so wird dir nichts Gutes begegnen.' Nachdem er Dschanschâh diese Weisung gegeben und sie ihm ernstlich eingeschärft hatte, verließ er ihn, um die Vögel zu empfangen. Und wie die Vogelscharen den Scheich Nasr erblickten, flogen sie auf ihn zu und küßten ihm die Hände, eine Sippe nach der anderen.

Sehen wir weiter, wie es Dschanschâh erging! Der machte sich auf und schaute sich rings in der Burg um, nach allen Seiten. Er öffnete alle Räume, die dort waren, bis er zu dem Raume kam, den zu öffnen ihm Scheich Nasr verboten hatte. Wie er aber die Tür jenes Raumes anschaute, gefiel sie ihm sehr, und er entdeckte an ihr ein Schloß aus Gold. Da sagte er sich: ‚Dieser Raum muß schöner sein als all die andern in der Burg. Was mag wohl in ihm verborgen sein, daß der Scheich Nasr mich hindern will, ihn zu betreten? Es ist nicht anders möglich, ich muß in diesen Raum hineingehen und sehen, was darinnen ist. Was dem Menschen bestimmt ist, das muß er auch erfüllen!' Darauf reckte er seine Hand aus, öffnete den Raum und trat hinein. Und er sah in ihm einen großen Teich, neben dem sich ein kleiner Pavillon befand, der aus Gold und Silber und Kristall erbaut war; seine Fenster waren mit Rubinen ausgelegt, und sein Boden war mit grünen Chrysolithen, Ballasrubinen, Smaragden und anderen Edelsteinen gepflastert, die marmorartig verästelt waren. Inmitten jenes Pavillons stand ein Springbrunnen, mit einem goldenen Becken voll Wassers, umgeben von allerlei Tieren und Vögeln, die aus Gold und Silber kunstvoll gearbeitet waren und aus denen das Wasser hervorströmte. Und wenn der laue Wind wehte, so drang er in ihre Ohren ein, und alle die Gestalten begannen zu flöten, jede in ihrer eigenen Weise. Neben dem Springbrunnen befand sich eine breite Estrade, auf der ein großer Thron aus Saphir stand, mit Perlen und anderen Edelsteinen eingelegt; darüber war ein Zelt aus grüner Seide gespannt, die mit Juwelen und kostbaren Steinen bestickt war; seine Breite maß fünfzig Ellen, und es enthielt in seinem Innern ein Gemach, in dem der Teppich des Herrn Salomo – über ihm sei Heil! – verborgen war. Ferner erblickte Dschanschâh rings um jenen Pavillon einen großen Garten. Dort sah er Fruchtbäume sprießen und Bächlein fließen und nahe bei ihm Beete mit Rosen und Basilien, Eglantinen und allerlei anderen duftenden Blumen; und wenn die Winde durch die Bäume säuselten, so wiegten sich ihre Äste hin und her. Alle Arten von Bäumen erblickte Dschanschâh in jenem Garten, grüne und dürre. Und all das befand sich in jenem Raume. Mit höchster Verwunderung sah Dschanschâh sich um, er schaute auf den Garten und auf den Pavillon und auf alles, was darinnen war, all die wunderbaren und seltsamen Dinge. Und wie er den Teich betrachtete, sah er, daß der Kies darin aus kostbaren Juwelen und wertvollen Steinen und edlen Metallen bestand. So erblickte er in jenem Raume des Wunderbaren viel – –«

Da bemerkte Schehrezâd, daß der Morgen begann, und sie hielt in der verstatteten Rede an. Doch als die *Fünfhundertundneunte Nacht* anbrach, fuhr sie also fort: »Es ist mir berichtet worden, o glücklicher König, daß Dschanschâh in jenem Raume des Wunderbaren viel erblickte und darüber staunte. Und er schritt hinein, bis er in den Pavillon kam, der sich dort befand und stieg zu dem Throne empor, der auf der Estrade neben dem Teiche stand. Und weiter ging er in das Zelt, das darüber ausgebreitet war, und schlief in ihm eine Weile. Als er wieder aufwachte, trat er zum Pavillon hinaus und setzte sich auf einen Schemel, der vor der Tür stand, immer noch staunend über die Schönheit jener Stätte. Während er nun dasaß, schwebten plötzlich aus der Luft drei große Vögel herbei, die wie Tauben aussahen. Diese Vögel ließen sich neben dem Teiche nieder und spielten eine Weile. Darauf legten sie das Federkleid, das sie trugen, ab und wurden zu drei Mädchen, so schön wie Monde, die in der Welt nicht ihresgleichen hatten. Sie stiegen zum Teich hinab, schwammen in ihm munter und scherzten und lachten. Als Dschanschâh sie erblickte, ward er bezaubert durch ihre Schönheit und Anmut und das Ebenmaß ihrer Gestalten. Dann kamen sie wieder ans Ufer hinauf und lustwandelten im Garten. Wie Dschanschâh sie dort gehen sah, ward er fast wie von Sinnen. Er sprang auf und eilte ihnen nach, und als er sie eingeholt hatte, grüßte er sie, und sie erwiderten seinen Gruß. Darauf fragte er sie mit den Worten: ‚Wer seid ihr, o erlauchte Herrinnen, und woher kommt ihr?‘ Da erwiderte ihm die jüngste: ‚Wir kommen aus dem Himmelreiche Allahs des Erhabenen, um uns an dieser Stätte zu ergehen.‘ Entzückt ob ihrer Schönheit, sprach er zu der jungen Maid: ‚Erbarme dich meiner, neige dich huldvoll zu mir und hab Mitleid mit meiner Not und mit allem, was ich habe erleben müssen!' Aber sie gab ihm zur Antwort: ‚Laß dies Gerede und zieh deiner Wege!' Als er diese Worte aus ihrem Munde vernahm, weinte er bitterlich und begann in heftige Seufzer auszubrechen, und er hub an diese Verse zu sprechen:

> *Im Garten erschien sie mir in ihren grünen Gewändern,*
> *Den wallenden, und im Haare, das frei herab ihr hing.*
> *Ich fragte sie: Wie heißt du? Sie sprach: Ich bin die Schöne,*
> *Die in dem heißen Feuer der Liebe die Herzen fing.*
> *Ich klagte ihr, was ich gelitten in meiner treuen Liebe.*
> *Sie sprach: Du klagst dem Felsen und weißt doch nichts davon.*
> *Da rief ich: Wenn dein Herz ein Felsen ist, so wisse,*
> *Gott ließ aus Fels entspringen den allerklarsten Bronn.*

Als die Mädchen diese Verse von Dschanschâh vernommen hatten, da lachten sie, spielten und sangen und waren fröhlich. Er aber brachte ihnen Früchte, und sie aßen und tranken, und sie schliefen wie er, an der gleichen Stätte, jene Nacht hindurch bis zum Morgen. Doch als es hell ward, legten die Mädchen ihre Federkleider wieder an, wurden zu Tauben und flogen auf und davon. Wie Dschanschâh sie fortschweben und seinen Blicken entschwinden sah, entfloh ihm fast der Verstand mit ihnen, und er stieß einen lauten Schrei aus und sank ohnmächtig nieder. Jenen ganzen Tag über blieb er in seiner Ohnmacht liegen; doch während er so am Boden lag, kam Scheich Nasr von der Heerschau der Vögel zurück und suchte nach Dschanschâh, um ihn mit den Vögeln in seine Heimat zu entsenden. Als er ihn nicht fand, wußte er sogleich, daß er den verbotenen Raum betreten hatte. Vorher aber hatte der Alte zu den Vögeln gesagt: ‚Bei mir ist ein Jüngling, den die Fügung des Schicksals aus fernem Lande an diese Stätte verschlagen hat, und ich möchte, daß ihr ihn mitnehmt und in seine Heimat traget.' Da hatten sie geantwortet: ‚Wir hören und gehorchen!' Jetzt nun suchte Scheich Nasr unablässig nach Dschanschâh, bis er zu der Tür des Raumes kam, den er ihm zu öffnen verboten hatte. Er fand die Tür geöffnet, ging hinein und sah den Jüngling ohnmächtig unter einem Baume liegen. Da holte er ein wenig Rosenwasser und sprengte es ihm ins Antlitz. Alsbald erwachte der Prinz aus seiner Ohnmacht und blickte um sich. – –«

Da bemerkte Schehrezâd, daß der Morgen begann, und sie hielt in der verstatteten Rede an. Doch als die *Fünfhundertundzehnte Nacht* anbrach, fuhr sie also fort: »Es ist mir berichtet worden, o glücklicher König, daß Scheich Nasr, als er den Jüngling unter einem Baume liegen sah, ein wenig Rosenwasser holte und es ihm ins Antlitz sprengte und daß jener alsbald aus seiner Ohnmacht erwachte und sich nach rechts und links umblickte; aber da er niemanden bei sich sah als den Scheich Nasr, begann er in Seufzer auszubrechen und hub an diese Verse zu sprechen:

Sie strahlt dem Vollmond gleich in einer Nacht des Glückes;
Ihr Wuchs ist weich geformt, ihr Leib ist schlank und zart.
Ihr Auge nimmt durch Zauber jeden Sinn gefangen;
Der rosenrote Mund ist von Rubinenart.
Sie läßt auf ihre Hüfte schwarze Haare fallen:
Vor Schlangen hüte dich in ihres Haars Gelock!
Trotz ihrer weichen Form ist gegen Volk der Liebe
Ihr Herze doch noch härter als ein steinern Block.
Sie schnellt des Blickes Pfeil vom Bogen ihrer Braue,
Er trifft und fehlet nie, sei es auch noch so weit.
Ja, ihre Schönheit ragt empor ob aller Schöne;
Und niemand ist ihr gleich auf Erden weit und breit.

Als Scheich Nasr diese Verse aus Dschanschâhs Munde hörte, rief er: ‚Mein Sohn, hab ich dir nicht gesagt, du solltest diesen Raum nicht öffnen und nicht hineingehen? Doch jetzt, mein Sohn, berichte mir, was du hier erlebt hast! Erzähle mir deine Geschichte, und tu mir kund, was dir widerfahren ist!' Da erzählte Dschanschâh ihm seine Geschichte und berichtete ihm, was er mit den drei Mädchen erlebt hatte, während er dort gewesen war. Der Scheich aber sagte, nachdem er ihm zugehört hatte: ‚Wisse, mein Sohn, diese Mädchen gehören zu den Töchtern der Geister. Alle Jahre kommen sie einmal an diese Stätte, spielen und freuen sich bis zum Nachmittag und kehren dann in ihr Land zurück.' ‚Wo ist denn ihr Land?' fragte der Prinz; doch der Alte gab ihm zur Antwort: ‚Bei Allah, mein Sohn, ich weiß nicht, wo ihr Land ist!' Dann fügte er hinzu: ‚Komm mit mir und sei stark, auf daß ich dich mit den Vögeln in deine Heimat sende; solche Liebe aber tu von dir!' Bei diesen Worten des Alten schrie der Prinz laut auf; dann sank er in Ohnmacht. Und als er wieder zu sich kam, sprach er zu ihm: ‚Mein Vater, ich will nicht eher in meine Heimat zurückkehren, als bis ich wieder mit diesen Mädchen vereinigt bin. Wisse, mein Vater, bis dahin will ich nie mehr von den Meinen sprechen, sollte ich auch vor deinen Augen sterben!' Dann weinte er von neuem und sprach: ‚Ich will ja zufrieden sein, wenn ich nur das Antlitz der Maid sehe, die ich liebe, wäre es auch ein einziges Mal im Jahre!' Darauf begann er in Seufzer auszubrechen und hub an diese Verse zu sprechen:

> *Ach, käm das Traumbild doch zum Freunde nicht bei Nacht!*
> *Ach, wäre solche Lieb für Menschen nie erdacht!*
> *Wär nicht mein Herz in Flammen, wenn es dein gedenkt,*
> *So wär die Wange nicht vom Tränenstrom getränkt.*
> *Bei Tag und auch bei Nacht geduld ich meinen Sinn;*
> *Doch durch der Liebe Feuer schwand mein Leib dahin.*

Dann warf er sich dem Scheich Nasr vor die Füße und küßte sie, weinte bitterlich und bat ihn: ‚Erbarme dich meiner, auf daß Allah sich deiner erbarme! Hilf mir in meiner Not, auf daß Allah dir helfe!' Doch der Alte erwiderte: ‚Mein Sohn, bei

Allah, ich kenne diese Mädchen nicht, und ich weiß nicht, wo ihr Land ist. Doch, mein Sohn, da du nun einmal in Liebe zu einer von ihnen entbrannt bist, so bleibe bei mir bis übers Jahr. Sie werden ja im nächsten Jahre am gleichen Tage wie heute kommen; und wenn die Tage ihrer Wiederkehr nahen, so verbirg dich im Garten unter einem Baume. Wenn die Mädchen dann in den Teich hinabsteigen und dort schwimmen und spielen, fern von ihren Kleidern, so nimm der von ihnen, die du begehrst, ihr Federkleid weg! Und wenn sie dich sehen, so werden sie ans Ufer steigen, um ihre Kleider anzulegen. Die aber, deren Kleid du genommen hast, wird dich bitten mit Worten voll Süßigkeit und mit einem Lächeln der Lieblichkeit: ‚Gib mir mein Kleid, Bruder, auf daß ich es anlege und mich darin einhülle!‘ Wenn du ihren Worten Folge leistest und ihr das Kleid gibst, so wirst du nie dein Ziel bei ihr erreichen; sondern sie wird ihr Federkleid anlegen und zu ihrem Volke fliegen, und du wirst sie dann niemals wieder erblicken. Wenn du das Kleid also in deine Gewalt gebracht hast, so hüte es, halt es unter deinen Armen fest, gib es ihr nicht wieder, bis ich von der Heerschau der Vögel zurückkomme und zwischen euch beiden Eintracht stifte; dann will ich dich mit ihr in deine Heimat entsenden! Das ist alles, was ich tun kann, mein Sohn, mehr nicht.‘ – –«

Da bemerkte Schehrezâd, daß der Morgen begann, und sie hielt in der verstatteten Rede an. Doch als die *Fünfhundertundelfte Nacht* anbrach, fuhr sie also fort: »Es ist mir berichtet worden, o glücklicher König, daß Scheich Nasr zu Dschanschâh sprach: ‚Halte das Kleid derer, die du begehrst, fest, gib es ihr nicht wieder, bis ich von der Heerschau der Vögel zurückkomme! Das ist alles, was ich tun kann, mein Sohn, mehr nicht.‘ Durch diese Worte des Alten ward das Herz des Jünglings beruhigt, und er blieb bei ihm bis zum nächsten Jahre. Doch er zählte jeden Tag, der verging, bis dahin, wann die Vögel kommen würden. Und als nun die Zeit der Wiederkehr der Vögel kam, ging Scheich Nasr zu Dschanschâh und sprach zu ihm: ‚Tu nach der Weisung, die ich dir gegeben habe, mit den Kleidern der Mädchen! Ich gehe jetzt zur Heerschau der Vögel.' ‚Ich höre und gehorche deinem Befehle, mein Vater!' erwiderte der Jüngling. Darauf ging der Alte, um die Vögel zu mustern, während der Prinz nunmehr sich in den Garten begab und sich unter einem Baume versteckte, wo ihn niemand sehen konnte. Dort blieb er den ersten Tag, einen zweiten Tag und einen dritten, ohne daß die Mädchen gekommen wären. Da ward er unruhig und weinte und klagte, da Trauer an seinem Herzen nagte; ja, er weinte so lange, bis er in Ohnmacht fiel. Als er nach einer Weile wieder zu sich kam, begann er um sich zu schauen, bald gen Himmel, bald auf die Erde, bald auf den Teich, bald ins offene Land hinaus; und sein Herz war von heißer Liebe erregt. Und während er in solcher Not war, schwebten plötzlich aus der Luft die drei Vögel zu ihm herab, in Gestalt von Tauben, aber so groß wie Adler. Sie setzten sich neben dem Teiche nieder und blickten nach allen Seiten um sich, aber sie sahen niemanden, weder ein menschliches Wesen noch ein Wesen aus der Geisterwelt. Da legten sie ihre Kleider ab und stiegen ins Wasser, spielten und scherzten und freuten sich, nackt und weiß wie Silberbarren. Nun sagte die älteste unter ihnen: ‚Schwestern, ich fürchte, in dem Pavillon dort ist jemand versteckt und sieht uns!' Aber die zweite erwiderte: ‚Liebe Schwester, diesen Pavillon hat seit der Zeit Salomos niemand betreten, weder ein Mensch noch ein Geist.' Und die jüngste von ihnen rief lachend: ‚Bei Allah, Schwestern, wenn dort jemand verborgen ist, dann wird er keine andere fangen als mich.' So spielten und scherzten sie. Im Herzen des Prinzen jedoch tobte wilde Leidenschaft, als er unter dem Baume versteckt war und sie beobachtete, ohne daß sie ihn sahen. Wie sie aber im Wasser schwammen und bis zur Mitte des Teiches gelangten und fern von ihren Kleidern waren, sprang er auf, eilte wie der blendende Blitz dahin und ergriff das Gewand der jüngsten Maid, der, an die er sein Herz gehängt hatte und die da Schamsa¹ hieß. Die Mädchen wandten sich um, und wie sie seiner gewahr wurden, erschraken sie in ihrem Herzen und versteckten sich vor ihm im Wasser. Sie schwammen aber bis nah ans Ufer heran, um das Antlitz des Jünglings zu betrachten. Da sahen sie, daß es so schön war wie der Mond in der Nacht seiner Fülle, und sie riefen ihm zu: ,Wer bist du, und wie bist du zu dieser Stätte gekommen? Und warum hast du das Gewand der Herrin Schamsa weggenommen?' Er antwortete ihnen: ,Kommet her zu mir, auf daß ich euch erzähle, wie es mir ergangen ist!' Nun fragte die Herrin Schamsa: ,Was ist es mit dir? Warum hast du gerade mein Kleid genommen, und woher kennst du mich unter meinen Schwestern?', ,O du mein Augenlicht,' sprach Dschanschâh zu ihr, ,komm heraus aus dem Wasser; ich will dir meine Geschichte erzählen und dir berichten, was mir widerfahren ist, und dir kundtun, wieso ich dich kenne.' Aber sie bat: ,Lieber Herr, du mein Augentrost, du meines Herzens Frucht, gib mir mein Kleid, auf daß ich es anlege und mich darin einhülle; dann will ich zu dir herauskommen.' Doch er entgegnete ihr: ,O du Herrin der Schönen, ich kann dir dein Kleid nicht geben und mich selbst in den Liebestod treiben! Ich gebe es dir nicht eher, als bis Scheich Nasr, der König der Vögel, kommt.' Als die Herrin Schamsa seine Worte vernommen hatte, sprach sie zu ihm: ,Wenn du

1. Sonne.

mir also mein Kleid nicht wiedergeben willst, so tritt ein wenig von uns zurück, auf daß meine Schwestern ans Ufer gehen und ihre Kleider anlegen und mir ein wenig abgeben, mit dem ich meine Blöße bedecken kann!' ‚Ich höre und gehorche!' erwiderte Dschanschâh, ging von ihnen fort und trat in den Pavillon ein. Da kamen alle drei ans Ufer, die Herrin Schamsa und ihre Schwestern; die Schwestern legten ihre Federkleider an, und die älteste Schwester gab der Herrin Schamsa etwas von ihrer Gewandung ab, doch nicht genug, um damit fliegen zu können. Nun kam sie daher, als wäre sie der aufgehende Vollmond, der helle, oder eine äsende Gazelle; und sie schritt auf Dschanschâh zu, den sie auf dem Throne sitzen sah. Sie grüßte ihn und setzte sich in seiner Nähe nieder; dann hub sie an: ‚O du Jüngling mit dem schönen Antlitz, du treibst mich und dich selber in den Tod. Doch erzähle uns deine Erlebnisse, damit wir erkennen, wie es um dich steht!' Bei diesen Worten der Herrin Schamsa weinte der Prinz so heftig, daß sein Gewand von den Tränen naß ward; da wußte sie, daß er von Liebe zu ihr ergriffen war. Und sie stand auf, faßte ihn bei der Hand und setzte ihn neben sich und trocknete seine Tränen mit ihrem Ärmel. Dann sprach sie zu ihm: ‚Du Jüngling mit dem schönen Antlitz, laß dies Weinen und erzähle mir, was dir widerfahren ist!' Nun erzählte er ihr seine Abenteuer und berichtete ihr, was er erlebt hatte. – –«

Da bemerkte Schehrezâd, daß der Morgen begann, und sie hielt in der verstatteten Rede an. Doch als die *Fünfhundertundzwölfte Nacht* anbrach, fuhr sie also fort: »Es ist mir berichtet worden, o glücklicher König, daß die Herrin Schamsa zu Dschanschâh sprach: ‚Erzähle mir, was dir widerfahren ist!', und daß er ihr von allen seinen Erlebnissen berichtete. Doch als sie solches von ihm hören mußte, seufzte sie auf und sprach:

‚Lieber Herr, wenn du mich so heiß liebst, so gib mir mein Gewand, auf daß ich es anlege und mit meinen Schwestern zu den Meinigen fliege und ihnen erzähle, was du in deiner Liebe zu mir erduldet hast. Dann will ich zu dir zurückkehren und dich in deine Heimat tragen.' Wie er diese Worte aus ihrem Munde vernahm, weinte er bitterlich, und er fragte sie: ‚Ist es dir vor Allah erlaubt, mich ungerecht zu töten?' ‚Lieber Herr,' erwiderte sie, ‚wie könnte ich dich je ungerecht töten?' Er gab ihr zur Antwort: ‚Wenn du dein Gewand angelegt und mich auf immer verlassen hast, so werde ich zur selbigen Stunde sterben.' Über diese Antwort lachte die Herrin Schamsa, und auch ihre Schwestern mußten lachen. Dann aber sagte sie: ‚Hab Zuversicht und quäl dich nicht! Es ist ja sicher, daß ich mich mit dir vermähle.' Und sie neigte sich ihm zu und umarmte ihn und zog ihn an ihre Brust und küßte ihn auf Stirn und Wange. Eine lange Weile hielten die beiden sich umschlungen; dann aber rissen sie sich voneinander los und setzten sich auf das Thronlager. Da ging ihre älteste Schwester aus dem Pavillon hinaus in den Garten, holte einige Früchte und Blumen und brachte sie ihnen. Und sie aßen und tranken, waren froh und guter Dinge, scherzten und spielten. Nun war Dschanschâh von herrlicher Schönheit und Lieblichkeit und schlanken Wuchses Ebenmäßigkeit; und die Herrin Schamsa sprach zu ihm: ‚Mein Lieb, bei Allah, ich liebe dich herzinniglich, und ich will nie mehr von dir lassen.' Wie der Prinz diese Worte von ihr vernahm, schwoll ihm die Brust vor Freude, und er lachte, daß seine Zähne blitzten; und alle blieben beieinander, lachend und scherzend. Während sie so in Glück und Freude vereint waren, kehrte Scheich Nasr von der Heerschau der Vögel zurück; und als er zu ihnen kam, erhoben sich alle vor ihm, begrüßten ihn und küßten ihm die Hände. Der Alte hieß sie willkommen und bat sie, sich wieder zu setzen. Nachdem sie das getan hatten, sprach er zu der Herrin Schamsa: ‚Dieser Jüngling liebt dich herzinniglich, und ich beschwöre dich um Allahs willen, nimm dich seiner gütig an! Denn er gehört zu den Großen unter den Menschen und zu den Söhnen der Könige; sein Vater gebietet über das Land von Kabul und beherrscht ein gewaltiges Reich.' Auf diese Worte des Scheichs antwortete die Herrin Schamsa: ‚Ich höre und gehorche deinem Gebot!' Dann küßte sie ihm die Hände und blieb in Ehrfurcht vor ihm stehen. Er aber fuhr fort: ‚Wenn du die Wahrheit sprichst, so schwöre mir bei Allah, daß du ihm nicht untreu werden willst, solange du in den Banden des Lebens weilst!' Da schwor sie ihm einen feierlichen Eid, sie wolle dem Jüngling nie untreu werden und sie wolle sich ihm gewißlich vermählen. Und sie bekräftigte ihren Schwur noch einmal mit den Worten: ‚So wisse denn, Scheich Nasr, ich werde mich nie von ihm trennen!' Nachdem sie also geschworen hatte, glaubte der Scheich ihrem Eide, und er sprach zu Dschanschâh: ‚Preis sei Allah, der alles zwischen dir und ihr zum Guten gefügt hat!' Darüber war Dschanschâh hoch erfreut, und er blieb mit der Herrin Schamsa drei Monate lang bei Scheich Nasr; und sie aßen und tranken, spielten und scherzten. – –«

Da bemerkte Schehrezâd, daß der Morgen begann, und sie hielt in der verstatteten Rede an. Doch als die *Fünfhundertunddreizehnte Nacht* anbrach, fuhr sie also fort: »Es ist mir berichtet worden, o glücklicher König, daß Dschanschâh mit der Herrin Schamsa drei Monate lang bei Scheich Nasr blieb, daß sie aßen und tranken und spielten und sehr glücklich waren. Doch als diese Monate verstrichen waren, sprach sie zu Dschanschâh: ‚Ich will mit dir in deine Heimat ziehen; dort wollen wir uns vermählen, und dort wollen wir bleiben.' ‚Ich höre und gehorche!' erwiderte er. Dann beriet er sich mit Scheich Nasr, indem er sprach: ‚Siehe, wir wollen in mein Land ziehen', und ihm des weiteren berichtete, was die Herrin Schamsa gesagt hatte. ‚Ziehet heim,' sprach der Alte, ‚und nimm du dich ihrer in Treuen an!' Dschanschâh sagte: ‚Ich höre und gehorche!' Darauf verlangte sie ihr Federkleid, und sie sprach: ‚Scheich Nasr, befiehl ihm, daß er mir mein Gewand gibt, damit ich es anlege.' Der Alte gebot ihm: ‚Dschanschâh, gib ihr das Kleid, das ihr gehört!' Der Prinz gehorchte seinem Befehl, ging eilends fort, trat in den Pavillon ein, holte das Kleid und gab es ihr. Nachdem sie es von ihm in Empfang genommen hatte, legte sie es an und sprach zu ihm: ‚Dschanschâh, steig auf meinen Rücken, schließe deine Augen und verstopfe deine Ohren, damit du das Brausen der kreisenden Sphären nicht hörst; halte dich auch mit deinen Händen an meinem Federkleide fest, solange du auf meinem Rücken bist, und gib acht, daß du nicht hinabfällst!' Der Prinz gehorchte ihren Worten und stieg auf ihren Rücken; doch als sie gerade fortfliegen wollte, rief Scheich Nasr: ‚Warte, ich will dir das Land von Kabul beschreiben, damit ihr den Weg nicht verfehlet!' Sie wartete also, bis er ihr jenes Land geschildert und noch einmal den Prinzen ihrer Obhut empfohlen hatte; darauf nahm er Abschied von den beiden, und die Herrin Schamsa sagte ihren Schwestern Lebewohl, indem sie schloß: ‚Nun ziehet heim zu den Eurigen und tut ihnen kund, wie es um mich und Dschanschâh steht!' Und im selben Augenblick erhob sie sich in die Lüfte und fuhr dahin wie ein Windstoß oder wie der flammende Blitz. Und auch ihre Schwestern flogen empor, kehrten zu den Ihren heim und brachten ihnen die Kunde von der Herrin Schamsa und Dschanschâh. Die Herrin Schamsa aber hielt in ihrem Fluge vom frühen Morgen bis zur Zeit des Nachmittagsgebetes nicht inne, während Dschanschâh sich auf ihrem Rücken festhielt. Doch um jene Stunde erspähte sie in der Ferne ein Tal, in dem Bäume sproßten und Bächlein flossen, und so sprach sie zu Dschanschâh: ‚Ich denke, wir wollen in dem Tale dort landen, damit wir uns der Bäume und Kräuter erfreuen und dort die Nacht zubringen können!' ‚Tu, wie du willst!', sprach er zu ihr; und sie ließ sich aus der Höhe hinab und landete in jenem Tale. Da stieg Dschanschâh von ihrem Rücken und küßte ihre Stirn. Dann setzten sich die beiden eine Weile ans Ufer eines Baches; und als sie sich wieder erhoben hatten, wanderten sie in dem Tale umher, indem sie sich dort umschauten und von den Früchten aßen. Das taten sie bis zum Abend, darauf gingen sie zu einem Baume und schliefen unter ihm bis zum Morgen. Und nun hieß die Herrin Schamsa den Prinzen wieder auf ihren Rücken steigen. Mit den Worten: ‚Ich höre und gehorche!' folgte er ihrem Geheiß, und sie flog im selben Augenblick mit ihm davon. Vom Morgen bis zur Mittagszeit schwebte sie dahin; da kamen ihnen die Wegzeichen in Sicht, die Scheich Nasr ihnen angegeben hatte. Und als die Herrin Schamsa das bemerkte, schwebte sie aus den Wolken hinab auf ein weites Wiesenland in der Blumen Prachtgewand, mit äsenden Gazellen und sprudelnden Quellen, wo Bäume voll reifer Früchte standen und breite Bäche sich wanden. Nachdem sie den Boden erreicht hatte, stieg Dschanschâh von ihrem Rücken und küßte ihre Stirn. Sie aber fragte ihn: ‚Mein Lieb, mein Augentrost, weißt du, wie viele Tagereisen wir geflogen sind?' ‚Nein', gab er zur Antwort; und sie fuhr fort: ‚Wir haben eine Strecke von dreißig Monaten zurückgelegt.' Da rief er: ‚Preis sei Allah für unsere glückliche Ankunft!' Dann setzten sie sich nebeneinander nieder, aßen und tranken, spielten und scherzten. Und während sie so dasaßen, kamen plötzlich zwei Mamluken auf sie zu; einer von den beiden war jener, der bei den Pferden geblieben war, als Dschanschâh in das Fischerboot stieg, und der andere gehörte zu den Mamluken, die während der Jagd bei ihm gewesen waren. Sowie die beiden Dschanschâh erblickten, erkannten sie ihn als ihren Prinzen, grüßten ihn und sprachen zu ihm: ‚Mit deiner Erlaubnis wollen wir zu deinem Vater eilen und ihm die frohe Botschaft von deiner Heimkehr bringen.' Der Prinz erwiderte: ‚Gehet hin zu meinem Vater und bringt ihm die Kunde! Holt uns aber auch Zelte; denn wir wollen sieben Tage an dieser Stätte verweilen, um uns auszuruhen, bis das Geleit zu unserem Empfange kommt und wir im Prunkzuge uns in die Stadt begeben!' – –«

Da bemerkte Schehrezâd, daß der Morgen begann, und sie hielt in der verstatteten Rede an. Doch als die *Fünfhundertundvierzehnte Nacht* anbrach, fuhr sie also fort: »Es ist mir berichtet worden, o glücklicher König, daß Dschanschâh zu den beiden Mamluken sprach: ‚Gehet hin zu meinem Vater und bringt ihm die Kunde von mir! Holt uns aber auch Zelte; denn wir wollen sieben Tage an dieser Stätte verweilen, um uns auszuruhen, bis das Geleit zu unserem Empfange kommt und wir uns im Prunkzug in die Stadt begeben!' Da saßen die beiden Mamluken auf, ritten zu seinem Vater und sprachen zu ihm: ‚Frohe Botschaft, o größter König unserer Zeit!' Als König Tighmûs ihre Worte hörte, fragte er: ‚Was für frohe Botschaft bringt ihr mir? Ist etwa mein Sohn Dschanschâh gekommen?' ‚Ja,' sprachen sie, dein Sohn Dschanschâh ist aus der Fremde heimgekehrt, und jetzt ist er dir nahe, auf der Karâni-Wiese.' Wie der König das hörte, ward er von gewaltiger Freude erfüllt, und er sank im Übermaß seiner Freude ohnmächtig zu Boden. Als er dann wieder zu sich kam, befahl er seinem Wesir, jedem der beiden Mamluken ein kostbares Ehrenkleid anzulegen und jedem eine Summe Geldes zu geben. ‚Ich höre und gehorche!' sprach der Wesir und gab alsbald den Mamluken, was der König ihm befohlen hatte, indem er zu ihnen sprach: ‚Nehmt dies zum Lohn für die frohe Botschaft, die ihr gebracht habt, mag sie wahr oder falsch sein!' Da beteuerten die beiden Mamluken: ‚Wir lügen nicht. Soeben sind wir noch bei ihm gewesen und haben ihn begrüßt und ihm die Hände geküßt; und er hat uns befohlen, ihm Zelte zu bringen, da er sieben Tage auf der Karâni-Wiese bleiben will, bis daß die Wesire und die Emire und die Großen des Reiches kommen, um ihn zu empfangen.' Nun fragte der König: ‚Wie ergeht es meinem Sohne?' Sie antworteten: ‚Bei deinem Sohne ist eine Huri, als hätte er sie aus dem Paradiese entführt.' Als der König das hörte, befahl er, die Pauken zu schlagen und die Hörner zu blasen, und so ward die Freudenbotschaft verkündet. Auch schickte König Tighmûs die Freudenboten in der Stadt umher, um der Mutter Dschanschâhs und den Frauen der Emire und Wesire und der Großen des Reiches die Meldung zu überbringen. Die Boten zerstreuten sich in der Stadt und taten allem Volke kund, daß Dschanschâh gekommen sei. Dann rüstete König Tighmûs sich mit all seinen Kriegern und Mannen und begab sich mit ihnen zur Karâni-Wiese. Während nun der Prinz zur Seite der Herrin Schamsa ruhig dasaß, kamen plötzlich die Krieger auf sie zu. Da sprang er auf und ging ihnen entgegen. Die Krieger aber stiegen von ihren Rossen ab, als sie ihn erkannten, und kamen ihm zu Fuß entgegen, grüßten ihn und küßten ihm die Hände. Und dann ging der Prinz, geführt von den Kriegern in einzelnen Reihen, weiter dahin, bis er zu seinem Vater kam. Kaum aber erblickte König Tighmûs seinen Sohn, da warf er sich vom Rücken seines Rosses hinab und umarmte ihn unter Tränen der Freude. Dann saß er wieder auf, und auch sein Sohn und die Krieger zu seiner Rechten und zu seiner Linken stiegen zu Pferde, und sie zogen dahin, bis sie zum Ufer des Flusses kamen. Dort saßen die Krieger und die Mannen ab, schlugen die Zelte und Prunkzelte auf und errichteten die Standarten; und die Trommeln wirbelten, die Flöten erklangen, die Pauken dröhnten und die Hörner schmetterten. Nun befahl König Tighmûs den Zeltaufschlägern, ein Zelt aus roter Seide zu bringen und es für die Herrin Schamsa herzurichten. Nachdem sie den Befehl ausgeführt hatten, legte sie ihr Federkleid ab, begab sich in jenes Zelt und setzte sich dort nieder. Kaum hatte sie sich gesetzt, da traten auch schon König Tighmûs und ihm zur Seite sein Sohn Dschanschâh bei ihr ein. Wie sie den König erblickte, erhob sie sich und küßte den Boden vor ihm. Darauf setzte der König sich nieder, nahm seinen Sohn zu seiner Rechten und die Herrin Schamsa zu seiner Linken, hieß die Maid willkommen und sprach zu seinem Sohne: ‚Berichte mir, was dir auf deiner Wanderschaft widerfahren ist!' Als der ihm nun seine Erlebnisse von Anfang bis zu Ende erzählt hatte, war der König aufs höchste erstaunt, und er wandte sich zu der Herrin Schamsa mit den Worten: ‚Preis sei Allah, der dir Seinen Beistand lieh, so daß du mich wieder mit meinem Sohne vereinen konntest; dies ist fürwahr Seine übergroße Güte!'[1] – –«

Da bemerkte Schehrezâd, daß der Morgen begann, und sie hielt in der verstatteten Rede an. Doch als die *Fünfhundertundfünfzehnte Nacht* anbrach, fuhr sie also fort: »Es ist mir berichtet worden, o glücklicher König, daß König Tighmûs zur Herrin Schamsa sprach: ‚Preis sei Allah, der dir Seinen Beistand lieh, so daß du mich wieder mit meinem Sohne vereinen konntest;

1. Vgl. Koran, Sure 27, Vers 16; 35, 29; 42, 21.

dies ist fürwahr Seine übergroße Güte! Jetzt aber möchte ich, daß du dir von mir erbittest, was du wünschest, damit ich es tun kann, um dich zu ehren.' Die Herrin Schamsa gab ihm zur Antwort: ‚Ich bitte dich, daß du mir ein Schloß, zu dessen Füßen das Wasser fließt, inmitten eines Blumengartens erbauest.' ‚Ich höre und willfahre', erwiderte der König, und während sie noch so sprachen, kam plötzlich die Mutter des Prinzen, begleitet von all den Frauen der Emire und Wesire und der Großen der Stadt. Als ihr Sohn sie erblickte, eilte er vor das Zelt hinaus ihr entgegen. Eine lange Weile hielten sie sich in den Armen; dann aber begann die Mutter vor übergroßer Freude in Tränen auszubrechen, und sie hub an diese beiden Verse zu sprechen:

> *Jetzt ist so große Freude über mich gekommen,*
> *Daß mich zum Weinen bringt das Übermaß der Lust.*
> *O Aug, dir sind die Tränen so vertraut geworden,*
> *Daß du vor Freude und vor Trauer weinen mußt.*

Dann klagten sie einander alles, was sie durch die Trennung und die Schmerzen der Sehnsucht erlitten hatten. Der König aber begab sich in sein Zelt, während Dschanschâh mit seiner Mutter in sein eigenes Zelt ging; dort setzten die beiden sich nieder und plauderten miteinander. Und während sie dort saßen, kamen Boten und meldeten das Nahen der Herrin Schamsa, indem sie zur Mutter des Prinzen sprachen: ‚Sieh, Schamsa kommt zu dir, sie ist auf dem Wege, um dir ihren Gruß zu entbieten.' Als die Königin das hörte, erhob sie sich, ging der Kommenden entgegen und begrüßte sie; eine Weile saßen die beiden beieinander. Dann aber erhob sich die Königin, und die Herrin Schamsa tat das gleiche; und nun gingen alle, die Königin und die Prinzessin und die Frauen der Emire und der Großen des Reiches miteinander zu dem Zelte, das der Herrin Schamsa bestimmt war. Nachdem sie dort eingetreten waren, setzten sie sich nieder. Derweilen verteilte König Tighmûs Gaben aus voller Hand und beschenkte alles Volk im Land, da er sich so unendlich über seinen Sohn freute. Zehn Tage lang blieben sie an jener Stätte, aßen und tranken und führten ein herrliches Leben. Danach gab der König seinen Kriegern Befehl, aufzubrechen und in die Stadt zurückzukehren. Und er saß auf, auch die Krieger und Mannen rings um ihn stiegen zu Pferde, die Wesire und Kammerherren ritten zu seiner Rechten und zu seiner Linken, und so zogen sie dahin, bis sie in die Stadt einritten, während die Mutter Dschanschâhs sich mit der Herrin Schamsa in ihren Serail begab. Die Stadt war aufs schönste geschmückt, Trommelwirbel verkündete die frohe Botschaft; alle Häuser waren mit Zierat und kostbaren Stoffen behangen, und prächtige Brokate waren ausgebreitet, so daß die Hufe der Rosse darüber schritten. Die Großen des Reiches waren voll Freude und brachten Geschenke, die Zuschauer waren voll Staunen, die Armen und Bedürftigen wurden gespeist, und man feierte ein großes Freudenfest zehn Tage lang. Und die Herrin Schamsa war hoch beglückt, als sie all das sah. Dann aber ließ König Tighmûs die Bauherren und Architekten und Meister der Kunst rufen und befahl ihnen, ein Schloß in jenem Garten zu erbauen. Sie antworteten: ‚Wir hören und gehorchen!' und machten sich alsbald daran, den Bau zu errichten, und vollendeten ihn in der schönsten Weise. Dschanschâh aber hatte, als er hörte, daß der Befehl erlassen sei, das Schloß zu erbauen, den Werkleuten geboten, einen Block von weißem Marmor zu bringen und ihn nach Art einer Truhe zu behauen und auszumeißeln. Nachdem die seinen Befehl ausgeführt hatten, nahm er das Federkleid der Herrin Schamsa, mit dem sie zu fliegen pflegte, barg es in jener Truhe und ließ sie in die Fundamente des Schlosses versenken. Dann hieß er die Bauleute darüber die Bögen errichten, auf denen das Schloß ruhen sollte. Als nun der Bau vollendet war, wurde er ausgestattet, und er ward zu einem herrlichen Schloß mitten in jenem Garten, und zu seinen Füßen flossen die Bäche. Und schließlich nach alledem ließ der König die Vermählung Dschanschâhs feiern, und das war ein großes Freudenfest ohnegleichen; die Herrin Schamsa wurde darauf im hochzeitlichen Zuge zum Schloß geleitet, und dann ging ein jeder seiner Wege. Als die Prinzessin aber eingetreten war, verspürte sie den Duft ihres Federkleides – –«

Da bemerkte Schehrezâd, daß der Morgen begann, und sie hielt in der verstatteten Rede an. Doch als die *Fünfhundertundsechzehnte Nacht* anbrach, fuhr sie also fort: »Es ist mir berichtet worden, o glücklicher König, daß die Herrin Schamsa, als sie in jenes Schloß eingetreten war, den Duft des Federkleides verspürte, in dem sie zu fliegen pflegte; und sie erriet, wo es sich befand, und beschloß, es wiederzuholen. So wartete sie, bis um Mitternacht Dschanschâh in tiefen Schlaf versunken war; dann erhob sie sich und begab sich zu der Truhe, über der die Bögen erbaut waren, grub dort nach, bis sie zu der Truhe mit dem Kleide gelangte, und nahm das Blei ab, mit dem sie verschlossen war. Alsbald holte sie das Kleid heraus, legte es an und flog im selben Augenblick empor und setzte sich oben auf das Dach des Schlosses. Von dort rief sie den Leuten im Schlosse zu: ‚Ich bitte euch, bringt mir Dschanschâh, auf daß ich ihm Lebewohl sagen kann!' Sie meldeten es dem Prinzen, und der ging hinaus zu ihr; und wie er sie oben auf dem Dache des Schlosses im Federkleide sah, fragte er sie: ‚Wie konntest du mir das antun?' Sie erwiderte ihm: ‚Du mein Lieb, mein Augentrost, meines Herzens Frucht, bei Allah, ich liebe dich über die Maßen, und ich bin so unendlich froh, daß ich dich in dein Heimatland zurückgebracht und deine Mutter und deinen Vater gesehen habe. Doch wenn du mich liebst, so wie ich dich liebe, so komm zu mir nach Takni, dem Edelsteinschloß!' Und zur selbigen Stunde schwebte sie davon und flog zu den Ihren. Dschanschâh aber, der die Worte der Herrin Schamsa vom Dache des Schlosses heruntervernommen hatte, war wie tot vor Verzweiflung und sank ohnmächtig nieder. Da eilten die Leute zu seinem Vater und brachten ihm die Kunde. Der saß alsbald auf und ritt zu dem Schlosse; und als er dort angekommen war und seinen Sohn am Boden liegen sah, weinte er, denn er wußte, daß sein Sohn die Herrin Schamsa leidenschaftlich liebte. Er sprengte ihm aber Rosenwasser ins Antlitz, so daß der Prinz wieder zu sich kam. Wie der nun seinen Vater zu seinen Häupten sah, hub er an zu weinen, weil er seine Gemahlin verloren hatte. Doch sein Vater fragte ihn: ‚Was ist dir widerfahren, mein Sohn?' Und er antwortete: ‚Wisse, mein Vater, die Herrin Schamsa gehört ja zu den Töchtern der Geister; aber ich liebe sie von ganzem Herzen, und ihre Schönheit hat mich berückt. Nun hatte ich ein Kleid, das ihr gehörte und ohne das sie nicht fliegen konnte; und ich hatte das Kleid genommen und in einer Truhe aus einem Steinblock verborgen. Die Truhe hatte ich mit Blei verschlossen und in den Fundamenten des Schlosses vergraben. Sie aber grub dort nach, nahm das Kleid, legte es an und flog empor; dann setzte sie sich auf das Dach des Schlosses und rief mir zu: Ich liebe dich, und ich habe dich in dein Heimatland gebracht und dich mit Vater und Mutter wieder vereint; und wenn du mich liebst, so komm zu mir nach Takni, dem Edelsteinschloß. Dann flog sie von dem Dache des Schlosses auf und davon.' ‚Mein Sohn,' sagte König Tighmûs darauf, ‚gräme dich nicht! Wir wollen alle Kaufherren und Reisenden im Lande versammeln und sie nach jenem Schlosse fragen; und wenn wir erfahren, wo es liegt, wollen wir dorthin ziehen und zu den Angehörigen der Herrin Schamsa gehen, und wir wollen zu Allah dem Erhabenen flehen, daß jene sie dir geben, damit sie wieder deine Gemahlin wird.' Damit ging der König fort und berief alsbald seine vier Wesire und sprach zu ihnen: ‚Rufet mir alle Kaufleute und Reisenden, die in der Stadt sind, zusammen und fragt sie nach dem Edelsteinschloß Takni! Wenn einer es kennt und uns dorthin führt, so will ich ihm fünfzigtausend Dinare geben.' Nachdem die Wesire seine Worte angehört hatten, sprachen sie: ‚Wir hören und gehorchen!' gingen alsbald fort und führten den Befehl des Königs aus. Sie fragten alle Kaufleute und Reisenden im Lande nach dem Edelsteinschloß Takni; aber keiner konnte ihnen darüber Auskunft geben. Da gingen sie wieder zum König und sagten es ihm. Kaum hatte er das erfahren, so befahl er, man solle seinem Sohne schöne Mädchen bringen, Sklavinnen, in deren Händen die Musikinstrumente erklangen, und Odalisken, die da sangen, derengleichen nur bei Königen zu finden waren, auf daß er von seiner Liebe zur Herrin Schamsa abgelenkt würde. Und sein Befehl ward ausgeführt. Darauf sandte er Späher und Kundschafter in alle Länder, zu allen Inseln und nach allen Richtungen, um nach dem Edelsteinschlosse Takni zu fragen. Zwei Monate lang forschten jene danach; aber niemand konnte ihnen darüber Auskunft geben, und so kehrten sie zum König zurück und sagten es ihm. Da weinte er bitterlich und begab sich zu seinem Sohne Dschanschâh; den fand er, wie er zwischen den Mädchen, den Odalisken, den Harfnerinnen und Lautenspielerinnen und anderen Musikantinnen dasaß, ohne daß er sich durch sie von der Herrin Schamsa ablenken ließ. Und er sprach zu ihm: ‚Mein

Sohn, ich habe niemanden gefunden, der jenes Schloß kennt; so will ich dir denn eine bringen, die noch schöner ist als sie.' Als Dschanschâh diese Worte von seinem Vater vernahm, begann er zu weinen und in Tränen auszubrechen, und er hub an diese beiden Verse zu sprechen:

> *Geduld schwand mir dahin, die Sehnsucht ist geblieben;*
> *Mein Leib ist siech, von schwerer Liebespein gebannt.*
> *Wann wird mich das Geschick mit Schamsa einst vereinen,*
> *Wo mein Gebein zerfällt, von Trennungsschmerz verbrannt?*

Nun herrschte zwischen König Tighmûs und dem König von Indien bittere Feindschaft, da König Tighmûs jenen angegriffen, seine Mannen getötet und seine Schätze geraubt hatte. Jener König von Indien war König Kafîd geheißen, und er hatte viele Mannen, Krieger und Helden; auch hatte er tausend Ritter, von denen ein jeder über tausend Stämme gebot, und jeder von diesen Stämmen vermochte viertausend Berittene zu stellen. Er hatte vier Wesire; und Könige, Große und Emire und mächtige Heereshaufen standen unter seiner Herrschaft; ferner gebot er über tausend Städte, und jede Stadt hatte tausend Burgen. Ja, er war ein gewaltiger, trutziger König, und seine Heere erfüllten alle Lande. Als damals nun König Kafîd von Indien erfuhr, daß König Tighmûs wegen der Liebe zu seinem Sohn in Sorgen war, daß er Regierung und Reich vernachlässigte und seine Heere sich verminderten, und daß er von schwerer Not bedrängt war, eben weil die Liebe zu seinem Sohn ihn ganz in Anspruch nahm, da versammelte er die Wesire und Emire und die Großen des Reiches und sprach zu ihnen: ,Ihr wißt doch noch, wie König Tighmûs einst über unser Land herfiel und meinen Vater und meine Brüder tötete, und wie er dann unsere Schätze raubte! Unter euch ist wohl keiner, dem er nicht einen der Seinen getötet, dem er nicht sein Gut geraubt und seine Habe geplündert, dem er nicht Weib und Kind in die Gefangenschaft geschleppt hätte. Nun habe ich heute gehört, daß er wegen der Liebe zu seinem Sohne Dschanschâh in Sorgen ist und daß seine Heere sich vermindert haben; jetzt ist es also Zeit für uns, Blutrache an ihm zu nehmen. Drum auf, haltet euch bereit zum Zuge wider ihn, rüstet das Kriegsgerät zum Angriff auf ihn! Laßt es an nichts fehlen; wir wollen wider ihn zu Felde ziehen und ihn angreifen, wir wollen ihn und seinen Sohn erschlagen und von seinem Lande Besitz ergreifen!' – –«

Da bemerkte Schehrezâd, daß der Morgen begann, und sie hielt in der verstatteten Rede an. Doch als die *Fünfhundertundsiebenzehnte Nacht* anbrach, fuhr sie also fort: »Es ist mir berichtet worden, o glücklicher König, daß König Kafîd von Indien seinen Mannen und Kriegern befahl, wider das Land des Königs Tighmûs zu reiten, indem er zu ihnen sprach: ‚Haltet euch bereit zum Zuge wider ihn, rüstet das Kriegsgerät zum Angriff auf ihn! Laßt es an nichts fehlen; wir wollen wider ihn zu Felde ziehen und ihn angreifen, wir wollen ihn und seinen Sohn erschlagen und von seinem Lande Besitz ergreifen!' Als sie seine Worte vernommen hatten, antworteten sie ihm: ‚Wir hören und gehorchen.' Und alsbald begann ein jeder von ihnen sein Kriegsgerät zu rüsten. Drei Monate lang waren sie beschäftigt, Kriegsgerät und Waffen zu rüsten und die Truppen zu sammeln. Als dann aber die Heere und Mannen und Helden vollzählig beieinander waren, wurden die Trommeln geschlagen und die Hörner geblasen, und die Banner und Feldzeichen wurden aufgepflanzt. Darauf zog König Kafîd an der Spitze seiner Heerhaufen hinaus und ritt dahin, bis er an die Grenze des Landes Kabul, der Herrschaft des Königs Tighmûs, gelangte. Dort begannen sie das Land auszuplündern, unter den

Einwohnern zu wüten, die Alten zu morden und die Jungen in Gefangenschaft zu schleppen. Als König Tighmûs diese Kunde vernahm, ergrimmte er gewaltig, und alsbald berief er die Großen seines Reiches, seine Wesire und die Emire seiner Herrschaft und sprach zu ihnen: ‚Wisset, Kafîd ist in unser Land eingefallen, er hat unser Gebiet betreten und will Krieg gegen uns führen; er hat Mannen und Helden und Krieger bei sich, so viele, daß nur Allah der Erhabene ihre Zahl kennt. Was ratet ihr nun, zu tun?' Sie gaben zur Antwort: ‚O größter König unserer Zeit, unser Rat geht dahin, daß wir wider ihn zu Felde ziehen und mit ihm kämpfen und aus unserem Lande jagen.' ‚So rüstet denn zum Kampfe!' erwiderte der König und ließ die Panzer und Kürasse, Helme und Schwerter herausholen und all das Kriegsgerät, das die Helden vernichtet und die tapferen Männer zugrunde richtet. Und nun strömten die Krieger, die Mannen und Helden herbei und rüsteten sich zum Streite; die Fahnen wurden aufgepflanzt, die Pauken dröhnten, die Hörner bliesen, die Trommeln wirbelten und die Pfeifen erklangen, und der König Tighmûs zog aus mit seinen Heerscharen zum Kampfe mit König Kafîd. Er ließ nicht eher Halt machen, als bis er dem Feinde nahe war; dann lagerte er sich in einem Tale des Namens Wâdi Zahrân, nahe der Grenze des Landes von Kabul. Dort schrieb er einen Brief an König Kafîd und ließ ihn durch einen Boten aus seinem Heere zu ihm tragen. Dieser Brief lautete folgendermaßen: ‚Ohne Gruß tun wir Dir zu wissen, König Kafîd, daß Dein Tun das Tun des Gesindels ist. Wenn Du wirklich ein König, der Sohn eines Königs, wärest, so hättest Du dergleichen nicht getan. Dann wärest Du nicht in mein Land eingedrungen, hättest nicht das Gut der Einwohner geplündert und nicht unter meinem Volke gewütet. Weißt Du nicht, daß dies alles Gewalttat Deinerseits ist? Hätte ich geahnt, daß Du in mein Land einfallen wolltest, so wäre ich Dir längst zuvorgekommen und hätte Dich von meinem Lande zurückgehalten. Wenn Du nun umkehrst und weiterem Unheil zwischen mir und Dir vorbeugst, so mag es damit sein Bewenden haben. Willst Du aber nicht heimkehren, so tritt mir auf offenem Kampffelde entgegen und streit mit mir an der Stätte, da Schwerter und Lanzen sich regen!' Dann versiegelte er den Brief und übergab ihn einem Hauptmann aus seinem Heere; den sandte er mit Spähern aus, die ihm Kundschaft bringen sollten. Jener Bote also zog mit dem Briefe dahin, bis er in die Nähe des feindlichen Königs kam. Dort schaute er sich um und erblickte von weitem ein Lager mit Zelten aus Satin, sah Fahnen aus blauer Seide und entdeckte unter den Zelten ein großes Prunkzelt aus roter Seide, das von einer starken Wachmannschaft umgeben war. So ging er denn weiter, gerade auf jenes Zelt zu, und als er fragte, sagte man ihm, es sei das Zelt des Königs Kafîd. Er schaute hinein und sah den König auf einem Throne sitzen, der mit Edelsteinen besetzt war, umgeben von den Wesiren und Emiren und Großen des Reiches. Da hielt er den Brief in seiner Hand hoch, und alsbald kam eine Schar von den Wachen des Königs auf ihn zu, nahm ihm das Schreiben ab und brachte es dem König. Der nahm es entgegen, und nachdem er es gelesen und seinen Sinn verstanden hatte, schrieb er eine Antwort dieses Inhalts: ‚Ohne Gruß tun wir Dir kund, König Tighmûs, daß wir den festen Willen haben, die Blutrache zu vollstrecken und die Schande zu bedecken. Wir bringen Verwüstung in das Land, wir zerreißen die Vorhänge mit unserer Hand; wir töten die Mannen und schleppen die Kinder von dannen. Wohlan, tritt mir morgen zum Kampf auf dem Blachfeld entgegen, auf daß ich Dir zeige, wie Schwert und Lanze sich regen!' Nachdem er das Schreiben versiegelt hatte, übergab er es dem Boten des Königs Tighmûs, der nahm es hin und ging davon. – –«

Da bemerkte Schehrezâd, daß der Morgen begann, und sie hielt in der verstatteten Rede an. Doch als die *Fünfhundertundachtzehnte Nacht* anbrach, fuhr sie also fort: »Es ist mir berichtet worden, o glücklicher König, daß der König Kafîd die Antwort auf den Brief des Königs Tighmûs dem Boten übergab. Der nahm sie hin und kehrte zurück; und als er vor seinem König stand, küßte er den Boden vor ihm, überreichte ihm den Brief und berichtete, was er gesehen hatte, indem er sprach: ,O größter König unserer Zeit, ich sah Ritter und Helden und Mannen, deren Menge keine Zahl beschreibt und deren Macht immer ungebrochen bleibt.' Nachdem der König die Antwort gelesen und ihren Sinn verstanden hatte, ergrimmte er gewaltig, und er befahl seinem Wesire 'Ain Zâr, aufzusitzen und mit tausend Reitern um Mitternacht über das Lager des Königs Kafîd herzufallen, auf die Krieger loszuschlagen und sie zu töten. ,Ich höre und gehorche!' erwiderte der Wesir 'Ain Zâr; und alsbald saß er auf mit den Kriegern und Mannen, und sie zogen wider den König Kafîd aus. Nun hatte dieser einen Wesir namens Ghatrafân; dem befahl er, mit fünftausend Reitern wider das Lager des Königs Tighmûs zu ziehen, über die Krieger herzufallen und sie zu töten. Der Wesir Ghatrafân tat, wie ihm sein König befohlen hatte, und zog mit seinen Leuten gegen König Tighmûs. Sie ritten dahin bis Mitternacht; da hatten sie den halben Weg zurückgelegt, und da trafen sie plötzlich auf das Heer des Wesirs 'Ain Zâr. Und Mann schrie gegen Mann, und ein erbitterter Streit begann; bis zum Anbruch des Tages kämpften sie miteinander. Als es aber Morgen ward, waren die Krieger des Königs Kafîd geschlagen, sie wandten den Rücken und flohen zu ihm zurück. Wie er das sehen mußte, ergrimmte er gewaltig und schrie sie an: ‚Weh euch! Was ist mit euch geschehen, daß ihr eure Helden verloren habt?' Sie gaben ihm zur Antwort: ‚O größter König unserer Zeit, als der Wesir Ghatrafân ausritt und wir mit ihm wider König Tighmûs zogen, bis die halbe Nacht verstrichen war und wir die Hälfte des Weges zurückgelegt hatten, da trat uns 'Ain Zâr, der Wesir des Königs Tighmûs, in den Weg und griff uns mit seinen Mannen und Helden an. Das geschah bei dem Wâdi Zahrân. Aber ehe wir uns dessen versahen, waren wir bereits mitten in dem feindlichen Heere, Auge blickte auf Auge, und wir fochten einen harten Strauß von Mitternacht bis Tagesanbruch. Viel Volks ward getötet; und plötzlich schrie der Wesir 'Ain Zâr den Elefanten laut an und schlug ihm auf die Stirn. Der Elefant erschrak über den heftigen Schlag und trat die Reiter nieder und wandte sich zur Flucht. Da konnte keiner mehr den andern sehen, weil eine Wolke von Staub alles verhüllte, während das Blut wie ein Sturzbach das Tal erfüllte. Und wären wir nicht geflüchtet und hierhergekommen, so wären wir alle bis zum letzten Mann gefallen.' Als König Kafîd diesen Bericht vernommen hatte, rief er: ‚Die Sonne soll euch nicht segnen, sondern in wildem Zorn wider euch entbrennen!' Inzwischen kehrte der Wesir 'Ain Zâr zu König Tighmûs zurück und brachte ihm die Kunde. Da wünschte der König ihm Glück zur sicheren Heimkehr und war hocherfreut und befahl, die Trommeln zu schlagen und die Hörner zu blasen. Nun ward auch das Heer gemustert, und siehe da, zweihundert tapfere und wackere Reiter waren gefallen.

Darauf rüstete König Kafîd sein ganzes Heer, all seine Truppen und Mannen, zu neuem Kampfe und zog mit ihnen ins Feld. Dort stellten sie sich in Schlachtreihen auf, eine hinter der andern, und es waren ihrer fünfzehn, von denen eine jede zehntausend Reiter zählte. Auch hatte er dreihundert Recken, die auf Elefanten beritten waren, auserwählte Degen, Männer kühn und verwegen. Die Banner und Feldzeichen wehten, und mit Trommelschall und Hörnerhall zogen die Mannen zum Kampfe von dannen. Doch auch König Tighmûs stellte sein Heer auf, eine Reihe hinter der anderen, und das waren zehn Schlachtreihen, von denen eine jede zehntausend Reiter zählte; und er hatte bei sich hundert Kämpen, die zu seiner Rechten und Linken ritten. Als nun die Krieger in Schlachtordnung aufgestellt waren, rückten all die berühmten Ritter vor, und die Heere prallten aufeinander; die weite Erde ward zu eng für die Menge der Rosse, die Trommeln wurden geschlagen, die Pfeifen geblasen, die Pauken dröhnten und die Hörner ertönten, und die Trompeten schmetterten. Die Ohren wurden betäubt von dem Gewieher der Rosse auf dem Schlachtfelde, die Mannen erhoben die Schlachtrufe, und die Staubwolken wölbten sich über ihren Häuptern. So tobte ein heftiger Kampf vom Morgengrauen bis zum Einbruch der Dunkelheit; dann trennten sich die Heere und kehrten zurück, ein jedes in sein Lager. – –«

Da bemerkte Schehrezâd, daß der Morgen begann, und sie hielt in der verstatteten Rede an. Doch als die *Fünfhundertundneunzehnte Nacht* anbrach, fuhr sie also fort: »Es ist mir berichtet worden, o glücklicher König, daß die Heere sich trennten und zurückkehrten, ein jedes in sein Lager. Da musterte König Kafîd seine Truppen, und als er fand, daß fünftausend Mann gefallen waren, ergrimmte er gewaltig. Auch König Tighmûs musterte seine Truppen; jedoch er fand, daß dreitausend von seinen erlesensten und tapfersten Rittern getötet waren. Wie er das sehen mußte, ward auch er sehr zornig. Am nächsten

Morgen zog König Kafîd wieder zum Schlachtfeld, und die Heere standen wie zuvor. Nun wollte jede von beiden Seiten den Sieg für sich erringen. Und König Kafîd rief seinen Kriegern zu: ‚Ist einer unter euch gewillt, auf den Plan zu reiten und uns zu Hieb und Stich den Weg vorzubereiten?' Da ritt ein Held, Barkîk geheißen, auf einen Elefanten hervor; das war ein gewaltiger Held. Als er sich dem König näherte, sprang er von dem Rücken des Tieres hinab, küßte den Boden vor dem Herrscher und bat ihn um Erlaubnis zum Einzelkampf. Dann stieg er wieder auf seinen Elefanten, trieb ihn mitten auf den Plan und rief: ‚Wer wagt es, hervorzutreten? Wer ist zu Waffenstreit und Kampf bereit?' Als König Tighmûs das hörte, wandte er sich seinem Heere zu und fragte: ‚Wer von euch will es mit diesem Helden aufnehmen?' Da kam ein Reiter aus den Reihen hervor, der ritt auf einem edlen Roß von gewaltigem Bau, und er sprengte vor den König Tighmûs, saß ab und küßte den Boden vor ihm und bat um die Erlaubnis zum Einzelkampf. Dann ritt er auf Barkîk los, und als er nahe bei ihm war, schrie der ihn an: ‚Wer bist du, daß du mich verhöhnen willst und allein wider mich auf den Plan trittst? Wie lautet dein Name?' ‚Mein Name ist Ghadanfar[1] ibn Kamchîl', erwiderte er; und Barkîk fuhr fort: ‚Ich habe von dir in meinem Lande gehört. Jetzt auf zum Streit, zwischen den Heldenscharen, die hier aufgereiht!' Als Ghadanfar diese Worte vernahm, zog er seine eherne Keule unter seinem Schenkel hervor, doch Barkîk schwang sein Schwert mit der Hand empor. Und die beiden fochten einen harten Strauß. Barkîk schlug mit dem Schwerte; und der Hieb traf Ghadanfars Helm, doch er fügte ihm keinen Schaden zu. Wie Ghadanfar das sah, ließ er die Keule auf den Gegner nieder-

1. Löwe.

sausen, und da ward sein Leib zu Brei, flach auf dem Rücken des Elefanten. Alsbald sprengte ein anderer herbei und rief: ‚Wer bist du, daß du meinen Bruder zu töten wagst?' Dann ergriff er seinen Wurfspeer und schleuderte ihn gegen Ghadanfar, und er traf seinen Schenkel mit solcher Kraft, daß er ihm den Panzer ans Fleisch nagelte. Wie Ghadanfar das merkte, zückte er das Schwert mit der Hand, traf den Feind und spaltete ihn in zwei Hälften, so daß sein Leib zu Boden sank und in seinem Blute lag. Darauf wandte der Sieger sich um und eilte zu König Tighmûs zurück. Doch als König Kafîd das sah, rief er seinen Kriegern zu: ‚Zieht ins Feld und streitet Held wider Held!' Auch König Tighmûs führte seine Krieger und Mannen zur Schlacht, und es entspann sich ein heißer Kampf. Roß wieherte wider Roß, Mann schrie gegen Mann; die Schwerter wurden gezückt, alle ruhmvollen Helden kamen angerückt; Ritter stritt gegen Ritter, doch die Feigen flohen aus dem Lanzengewitter. Die Trommeln erdröhnten, die Hörner ertönten; und die Streitenden hörten nichts als Stimmengewirr und Waffengeklirr. Da fiel manch einer von den Helden. Und so ward weiter gekämpft, bis die Sonne hoch am Himmelsdom stand. Nun zog König Tighmûs mit seinem Heer in sein Zeltlager zurück, und König Kafîd tat desgleichen. Als König Tighmûs dann seine Mannen musterte, fand er, daß fünftausend Reiter gefallen und vier seiner Standarten zerbrochen waren; darüber ergrimmte er gewaltig. Auch König Kafîd musterte seine Heerschar, und er fand, daß sechshundert[1] seiner erlesensten und tapfersten Ritter getötet und neun Feldzeichen verloren waren. Nachdem drauf der Kampf zwischen ihnen drei Tage lang geruht hatte, schrieb König Kafîd einen Brief und sandte ihn mit einem Boten aus seinem

1. So im Texte; vielleicht sind sechstausend gemeint.

Heere an einen König namens Fakûn el-Kalb; dieser Bote machte sich alsbald auf den Weg. Kafîd berief sich darauf, daß Fakûn von Mutters Seite her mit ihm verwandt war; und so sammelte jener, als er die Nachricht erhielt, sogleich seine Krieger und Mannen und zog zu König Kafîd. – –«

Da bemerkte Schehrezâd, daß der Morgen begann, und sie hielt in der verstatteten Rede an. Doch als die *Fünfhundertundzwanzigste Nacht* anbrach, fuhr sie also fort: »Es ist mir berichtet worden, o glücklicher König, daß König Fakûn seine Krieger und Mannen sammelte und zu König Kafîd zog. Und so geschah es, daß plötzlich, als König Tighmûs ruhig dasaß, ein Mann zu ihm kam und ihm meldete: ‚Ich habe in der Ferne eine Staubwolke aufwirbeln und hoch gen Himmel steigen sehen.' Da befahl Tighmûs einer Schar seiner Truppen, zu erforschen, was die Staubwolke bedeute. Die Leute riefen: ‚Wir hören und gehorchen!' und ritten davon. Als sie heimkehrten, meldeten sie: ‚O König, wir haben gesehen, wie die Wolke nach einer Weile vom Winde getroffen und zerteilt wurde; da erschienen unter ihr sieben Standarten, und unter jeder Standarte dreitausend Reiter, die sich zum König Kafîd begaben.'

Als nun König Fakûn el-Kalb beim König Kafîd eintraf, begrüßte er ihn und fragte: ‚Wie steht es mit dir? Was bedeutet dieser Krieg, den du führst?' Jener erwiderte ihm: ‚Weißt du nicht, daß König Tighmûs mein Feind ist und der Mörder meiner Brüder und meines Vaters? Ich bin jetzt gegen ihn zu Felde gezogen, um Blutrache an ihm zu nehmen.' Da sagte König Fakûn: ‚Der Segen der Sonne ruhe auf dir!' Darauf nahm der König Kafîd den König Fakûn mit sich und führte ihn in sein Zelt, aufs höchste erfreut über ihn.

So stand es nun um die beiden feindlichen Könige. Sehen wir aber weiter, wie es dem Prinzen Dschanschâh erging! Der war zuerst zwei Monate allein geblieben, ohne daß er seinen Vater sah und ohne daß er einer von den Sklavinnen, die in seinem Dienste standen, erlaubte, zu ihm einzutreten. Doch dann kam große Unruhe über ihn, und er sprach zu einigen seiner Diener: ‚Was ist es mit meinem Vater, daß er nicht mehr zu mir kommt?' Da berichteten sie ihm, was zwischen seinem Vater und dem König Kafîd vorging; und alsbald rief er: ‚Bringt mir mein Schlachtroß; ich will zu meinem Vater reiten!' ‚Wir hören und gehorchen!' erwiderten die Diener und brachten ihm das Roß. Doch als er neben dem Tiere stand, sagte er bei sich: ‚Ich kümmere mich um mich selber. Ich denke, ich will auf meinem Rosse in die Stadt der Juden reiten; und wenn ich erst dort bin, wird Allah mir meinen Weg erleichtern durch jenen Kaufmann, der mich einst in seinen Dienst nahm: vielleicht wird er es mit mir machen wie zuvor. Doch keiner weiß, woher das Gute kommt.' Dann saß er auf und nahm tausend Reiter mit sich; und wie er ausritt, sagten die Leute: ‚Nun zieht Dschanschâh zu seinem Vater, um an seiner Seite zu kämpfen.' Bis zum Abend zog die Schar dahin; dann machte sie auf einer großen Wiese halt, um dort die Nacht zu verbringen. Nachdem die Leute sich zur Ruhe begeben hatten und Dschanschâh bemerkt hatte, daß alle seine Krieger schliefen, erhob er sich heimlich, gürtete sich, bestieg sein Roß und machte sich auf den Weg nach Baghdad, weil er von den Juden gehört hatte, daß von dort alle zwei Jahre eine Karawane zu ihnen käme; und er beschloß bei sich, wenn er nach Baghdad komme, so wolle er mit der Karawane zur Stadt der Juden ziehen. Und fest entschlossen zog er seines Weges. Als aber die Krieger aus ihrem Schlafe erwachten und weder Dschanschâh noch sein Roß erblickten, saßen sie auf und suchten nach ihm überall. Doch sie fanden keine Spur von ihm, und so begaben sie sich zu seinem Vater und berichteten ihm, was sein Sohn getan hatte. Der geriet in eine gewaltige Erregung; fast sprühten Funken aus seinem Munde, er warf seine Krone von seinem Haupte und rief: ‚Es gibt keine Macht und es gibt keine Majestät außer bei Allah! Meinen Sohn habe ich verloren, und der Feind steht immer noch vor mir!' Doch die Könige und Wesire sprachen zu ihm: ‚Gedulde dich, o größter König unserer Zeit! Geduld kann nur Gutes bringen.'

Derweilen war Dschanschâh ob der Trennung von seinem Vater und von seiner Geliebten tief betrübt; sein Herz war zerrissen, seine Augen waren wund, und er wachte Tag und Nacht. Doch als sein Vater erfuhr, daß sein Heer so große Verluste erlitten hatte, ließ er von dem Kampf mit seinem Feinde ab und kehrte zu seiner Hauptstadt zurück; dort zog er ein, verschloß die Tore und befestigte die Mauern. So flüchtete er vor dem König Kafîd. Jener aber kam in jedem Monat vor die Stadt und forderte sieben Nächte und acht Tage hindurch zu Kampf und Streit heraus; dann kehrte er mit seinem Heere zu den Zelten zurück, um die verwundeten Krieger zu pflegen. Die Leute in der Stadt aber pflegten, wenn der Feind abzog, ihre Waffen auszubessern, die Mauern zu befestigen und die Wurfmaschinen herzurichten. Das blieb so zwischen König Tighmûs und König Kafîd sieben Jahre lang, die ganze Zeit hindurch war Krieg zwischen ihnen beiden. – –«

Da bemerkte Schehrezâd, daß der Morgen begann, und sie hielt in der verstatteten Rede an. Doch als die *Fünfhundertundeinundzwanzigste Nacht* anbrach, fuhr sie also fort: »Es ist mir berichtet worden, o glücklicher König, daß es zwischen König Tighmûs und König Kafîd sieben Jahre lang so blieb.

Wenden wir uns nun von ihnen wieder zu Dschanschâh zurück! Der zog immer weiter dahin, indem er Wüsten und

Steppen durchmaß, und jedesmal, wenn er in eine neue Stadt kam, fragte er nach dem Edelsteinschlosse Takni; aber niemand konnte ihm darüber Auskunft geben, sondern alle antworteten ihm nur: ‚Wir haben niemals von diesem Namen gehört.' Schließlich fragte er nach der Stadt der Juden, und da erzählte ihm ein Kaufmann, sie liege im äußersten Osten. Der Mann fügte aber auch noch hinzu: ‚Reise doch noch in diesem Monate mit uns nach Mizrakân; das ist eine Stadt in Indien. Von dort ziehen wir weiter nach Chorasân; dann reisen wir nach Madînat Schim'ûn und zuletzt nach Chwarizm. Dann ist es von dort nicht mehr weit bis zur Stadt der Juden; zwischen beiden liegt nur ein Weg von einem Jahre und drei Monaten.' Da wartete Dschanschâh, bis die Karawane aufbrach, und er zog mit ihr, bis daß sie zur Stadt Mizrakân gelangten. Wie er dorthin kam, fragte er wieder nach dem Edelsteinschlosse Takni; aber keiner konnte ihm Auskunft geben. Weiter zog die Karawane, und er mit ihr, nach der Hauptstadt von Indien. Auch dort fragte er nach dem Edelsteinschlosse Takni; aber niemand konnte ihm etwas darüber sagen, sondern alle sprachen: ‚Wir haben diesen Namen noch niemals gehört.' Nachdem er dann auf seinem Wege noch viele Mühen und schwere Gefahren, Hunger und Durst überstanden hatte, kam er auf seiner Fahrt von Indien nach dem Lande Chorasân und weiterhin nach Madînat Schim'ûn. Wie er dort eingezogen war, fragte er nach der Stadt der Juden. Von der konnte man ihm erzählen, und man wies ihm auch den Weg dorthin. So zog er denn weiter, Tag und Nacht, bis er die Stätte erreichte, an der er vor den Affen geflüchtet war. Und wiederum reiste er weiter, Tag und Nacht, bis er zu dem Flusse gelangte, an dem die Stadt der Juden lag. Er setzte sich am Ufer nieder und wartete bis zum Sabbat, an dem durch die Macht Allahs des Erhabenen der

Fluß austrocknete. Dann schritt er hindurch und ging zu dem Hause des Juden, bei dem er früher gewesen war. Der Jude und die Seinen begrüßten ihn, erfreut über seine Ankunft, und brachten ihm Speise und Trank. Als sie ihn dann fragten, wo er so lange gewesen sei, antwortete er: ‚Im Reiche Allahs des Erhabenen.' Die Nacht über blieb er bei ihnen; doch als es Morgen ward, ging er in der Stadt umher und schaute sich um. Wieder erblickte er einen Ausrufer, der da rief: ‚Ihr Leute allzumal, wer will sich tausend Dinare und eine schöne Sklavin verdienen, indem er einen halben Tag bei uns arbeitet?' Als Dschanschâh sagte: ‚Ich will diese Arbeit leisten', sprach der Ausrufer: ‚Folge mir!' Da folgte der Prinz ihm, bis er zum Hause des jüdischen Kaufmanns gelangte, bei dem er auch das erste Mal gewesen war. Dort sagte der Ausrufer zum Hausherrn: ‚Dieser Jüngling will die Arbeit leisten, die du verlangst.' Der Kaufmann hieß ihn mit herzlichen Worten willkommen, nahm ihn mit sich und führte ihn in den Harem, dort ließ er ihm Speise und Trank vorsetzen. Nachdem Dschanschâh gegessen und getrunken hatte, brachte der Kaufmann ihm die Dinare und die schöne Sklavin. Der Prinz verbrachte die Nacht bei ihr, und als es Morgen ward, nahm er das Gold und die Sklavin, übergab sie dem Juden, in dessen Haus er früher gewesen war, und kehrte zu dem Kaufmann, seinem Dienstherrn, zurück. Der saß auf mit ihm, und beide ritten dahin, bis sie zu dem hohen Berge kamen, der in die Lüfte emporragte. Dort holte der Kaufmann einen Strick und ein Messer heraus und sprach zu Dschanschâh: ‚Wirf dies Pferd zu Boden!' Jener warf das Tier nieder, band ihm die vier Füße mit dem Stricke zusammen, schlachtete und häutete es und schnitt ihm die Beine und den Kopf ab und den Bauch auf, wie der Kaufmann ihm befahl. Dann sprach der Mann zu ihm: ‚Krieche in den Bauch dieses Pferdes; ich will dich darin einnähen, und du mußt mir alles berichten, was du darin siehst. Das ist die Arbeit, für die du deinen Lohn empfangen hast.' Da kroch Dschanschâh in den Bauch des Pferdes; der Kaufmann nähte ihn darin ein und zog sich dann zurück und verbarg sich an einem fernen Orte. Nach einer Weile kam ein gewaltig großer Vogel aus der Luft heruntergeflogen, packte das Pferd und schwebte mit ihm den Wolken des Himmels zu. Dann ließ er sich auf dem Gipfel des Berges nieder, und wie er dort saß, wollte er seine Beute verzehren. Als Dschanschâh das bemerkte, schlitzte er den Bauch des Tieres auf und kroch heraus. Der Vogel aber erschrak vor ihm und flog alsbald auf und davon. Doch der Prinz ging an eine Stelle, von der aus er auf den Kaufmann hinabblicken konnte; und er sah ihn, wie er am Fuße des Berges stand, so groß wie ein Sperling. Da rief er ihm zu: ,Was wünschest du, o Kaufmann?' Der antwortete ihm: ,Wirf mir einige von den Steinen herunter, die rings um dich liegen; dann will ich dir den Weg zeigen, auf dem du herunterkommen kannst!' Dschanschâh aber rief: ,Du bist es, der vor fünf Jahren so und so an mir gehandelt hat; da mußte ich Hunger und Durst leiden, und viel Mühsal und großes Unheil kam über mich. Jetzt hast du mich zum zweiten Male hierhergebracht und denkst mich in den Tod zu treiben. Bei Allah, ich will dir nichts hinabwerfen!' Darauf ging er fort und machte sich auf den Weg, der ihn zu Scheich Nasr, dem König der Vögel, bringen sollte. – –«

Da bemerkte Schehrezad, daß der Morgen begann, und sie hielt in der verstatteten Rede an. Doch als die *Fünfhundertundzweiundzwanzigste Nacht* anbrach, fuhr sie also fort: »Es ist mir berichtet worden, o glücklicher König, daß Dschanschâh fortging und sich auf den Weg machte, der ihn zu Scheich Nasr, dem König der Vögel, bringen sollte. Er zog Tag und Nacht dahin, mit Tränen im Auge und Trauer im Herzen; wenn ihn hungerte, so aß er von den Kräutern der Erde, und wenn ihn dürstete, so trank er von ihren Bächen, bis er die Burg des Herren Salomo erreichte und den Scheich Nasr am Tore sitzen sah. Er eilte auf ihn zu und küßte ihm die Hände, und der Scheich hieß ihn willkommen und begrüßte ihn. Dann fragte der Alte: ‚Mein Sohn, was ist es mit dir, daß du wieder an diese Stätte gekommen bist? Du hast sie doch einst mit der Herrin Schamsa verlassen, kühlen Auges und frohen Herzens.' Da weinte der Prinz und erzählte dem Scheich alles, was er mit der Herrin Schamsa erlebt hatte, und wie sie davongeflogen war mit den Worten: ‚Wenn du mich liebst, so komm zu mir nach Takni, dem Edelsteinschlosse!' Darüber wunderte sich der Scheich, und er sprach: ‚Bei Allah, mein Sohn, ich kenne es nicht! Ja, beim Herren Salomo, ich habe in meinem ganzen Leben diesen Namen noch nie gehört!' Nun fragte der Prinz: ‚Was soll ich denn tun? Ich sterbe vor Liebe und Sehnsucht.' ‚Gedulde dich,' erwiderte der Alte, ‚bis daß die Vögel kommen! Dann kannst du sie nach dem Edelsteinschlosse Takni fragen; vielleicht kennt es einer von ihnen.' Da ward Dschanschâhs Herz beruhigt, er trat in die Burg ein und ging zu jenem Raume mit dem Teiche, in dem er die drei Mädchen gesehen hatte. Eine ganze Weile blieb er bei Scheich Nasr. Und als er einst wie gewöhnlich bei ihm saß, hub der Alte an: ‚Mein Sohn, die Wiederkehr der Vögel steht nahe bevor.' Über diese Botschaft war Dschanschâh erfreut; und kaum waren einige Tage verstrichen, so begannen die Vögel schon zu kommen. Da trat Scheich Nasr zu dem Jüngling und sprach zu ihm: ‚Mein Sohn, lerne diese Zauberworte, und dann tritt mit mir den Vögeln entgegen!' Und alsbald kamen die Vögel herangeflogen und begrüßten Scheich Nasr, eine Sippe nach der anderen. Da befragte er sie über das Edelsteinschloß Takni; doch ein jeder von ihnen sagte: ‚Ich habe in meinem ganzen Leben noch nie von dieser Burg gehört.' Dschanschâh aber weinte und klagte und sank ohnmächtig nieder. Nun rief Scheich Nasr einen großen Vogel und befahl ihm: ‚Bring diesen Jüngling nach dem Lande von Kabul', und er beschrieb ihm das Land und den Weg dorthin. ‚Ich höre und gehorche!' sprach der Vogel; und der Alte gebot dem Prinzen, sich auf seinen Rücken zu setzen, und sprach zu ihm: ‚Gib acht und hüte dich, daß du dich nicht zur Seite neigst; sonst wirst du in der Luft zerrissen. Verstopfe auch deine Ohren gegen den Wind, auf daß dir das Kreisen der Sphären und das Tosen der Meere keinen Schaden tut.' Dschanschâh beschloß, die Worte des Scheichs zu befolgen; und der Vogel erhob sich mit ihm und stieg hoch in die Luft empor. Einen Tag und eine Nacht flog er mit ihm dahin, dann ließ er sich nieder bei dem König der wilden Tiere, der Schâh Badri hieß, und sprach zu dem Prinzen: ‚Wir haben den Weg, den Scheich Nasr uns beschrieben hat, verloren.' Als er aber mit ihm wieder weiterfliegen wollte, sagte Dschanschâh zu ihm: ‚Flieg du deiner Wege und laß mich hierbleiben, auf daß ich entweder sterbe oder zum Edelsteinschlosse Takni gelange; ich will jetzt nicht in mein Land heimkehren.' Da ließ der Vogel ihn bei Schâh Badri, dem König der wilden Tiere, und flog auf und davon. Nun fragte der König ihn: ‚Mein Sohn, wer bist du, und woher kommst du mit dem großen Vogel da?' Und der Jüngling erzählte ihm alle seine Erlebnisse von Anfang bis zu Ende. Verwundert hörte der König der Tiere seiner Erzählung zu; dann sprach er zu ihm: ‚Bei dem Herren Salomo, ich kenne dies Schloß nicht. Wenn aber einer uns den Weg dorthin zeigt, so wollen wir ihn reich beschenken und dich dorthin senden.' Dschanschâh weinte bitterlich; doch er geduldete sich, bis nach einer kleinen Weile der Tierkönig wieder zu ihm kam und zu ihm sprach: ‚Wohlan, mein Sohn, nimm diese Zaubertafeln und behalt, was auf ihnen geschrieben steht! Wenn die Tiere kommen, so wollen wir sie nach jenem Schlosse fragen.' – –«

Da bemerkte Schehrezâd, daß der Morgen begann, und sie hielt in der verstatteten Rede an. Doch als die *Fünfhundertunddreiundzwanzigste Nacht* anbrach, fuhr sie also fort: »Es ist mir berichtet worden, o glücklicher König, daß Schâh Badri, der König der Tiere, zu Dschanschâh sprach: ‚Behalt, was auf diesen Tafeln geschrieben steht! Wenn die Tiere kommen, wollen wir sie nach jenem Schlosse fragen.' Und kaum war eine kleine Weile verstrichen, so kamen auch schon die wilden Tiere, eine Sippe nach der anderen, und begrüßten den König Schâh Badri. Doch wie er sie nach dem Edelsteinschlosse Takni fragte, antworteten ihm alle: ‚Dies Schloß kennen wir nicht; wir haben auch nie etwas von ihm gehört.' Da weinte Dschanschâh von neuem, und er beklagte es, daß er nicht mit dem Vogel weitergeflogen war, der ihn von Scheich Nasr hergebracht hatte. Der Tierkönig aber sprach zu ihm: ‚Sei unbesorgt, mein Sohn! Ich habe einen Bruder, der ist älter als ich. Er heißt König Schammâch. Einst war er gefangen bei dem Herren Salomo, weil er sich gegen ihn empört hatte. Keiner von den Geistern ist älter als er und Scheich Nasr, vielleicht weiß er etwas von dem Schlosse; jedenfalls herrscht er über alle Geister in diesen Landen.' Dann ließ der Tierkönig ihn auf dem Rücken eines der wilden Tiere reiten und gab ihm einen Brief an seinen Bruder mit, in dem er ihn seiner Fürsorge empfahl. Jenes Tier machte sich zur selben Stunde auf und eilte mit Dschanschâh dahin, Tag und Nacht, bis es zum König Schammâch kam. Dort blieb es allein für sich, fern von dem König, stehen; da stieg Dschanschâh von seinem Rücken ab und schritt weiter, bis er vor König Schammâch stand. Er küßte ihm die Hände und überreichte ihm den Brief. Nachdem jener ihn gelesen und den Sinn verstanden hatte, hieß er den Jüngling willkommen und sprach: ‚Bei Allah, mein Sohn, von diesem Schlosse habe ich in meinem ganzen Leben noch nie etwas gehört noch gesehen.' Als aber der Jüngling weinte und seufzte, sprach König Schammâch zu ihm: ‚Erzähle mir deine Geschichte, und sage mir, wer du bist, woher du kommst und wohin du gehst!' Da berichtete er ihm alles, was ihm widerfahren war, von Anfang bis zu Ende. Erstaunt sagte darauf Schammâch: ‚Mein Sohn, ich glaube, selbst der Herr Salomo hat in seinem ganzen Leben nie etwas von dieser Burg gehört oder gesehen. Doch, mein Sohn, ich kenne einen Einsiedler im Gebirge; der ist uralt, und ihm gehorchen alle Vögel und wilden Tiere und Geister wegen seiner vielen Beschwörungen. Denn er hat immerdar Beschwörungsformeln über die Könige der Geister ausgesprochen, bis sie sich ihm unterwarfen, gegen ihren Willen: so stark sind jene Formeln und der Zauber, den er besitzt. Und jetzt dienen ihm alle Vögel und Tiere. Ich selbst empörte mich einst gegen den Herren Salomo; und er nahm mich gefangen. Aber es war nur jener Einsiedler, der mich durch seine große List und durch seine starken Beschwörungen und Zauberformeln überwunden hat; und nun muß ich ihm auch dienen. Wisse, er ist in allen Ländern und Erdteilen gereist, er kennt alle Wege, Gegenden und Stätten, alle Schlösser und Städte; ich glaube, daß seiner Kenntnis kein Ort verborgen ist. Darum will ich dich zu ihm schicken. Vielleicht kann er dir den Weg zu dem Schlosse weisen; wenn er das nicht tun kann, so wird dich kein anderer dorthin führen können; denn ihm gehorchen alle Vögel und Tiere und Geister, und alle kommen zu ihm. Ferner hat er sich durch seine große Zauberkunst einen Stab aus drei Stücken gemacht: wenn er den in die Erde pflanzt und über dem ersten Stück Beschwörungen murmelt, so kommen Fleisch und Blut daraus hervor; beschwört er aber das zweite Stück, so fließt süße Milch heraus; und wenn er über dem dritten Stück zaubert, so kommen Weizen und Gerste heraus; zuletzt zieht er den Stab wieder aus der Erde und geht zu seiner Klause, und die heißt die Diamantenklause. Dieser Zaubermönch läßt aus seiner Hand auch allerlei kunstvolle und seltene Erfindungen hervorgehen. Ja, er ist ein Hexenmeister, voll Lug und Trug, ein gefährlicher Kerl. Er heißt Jaghmûs; und er beherrscht alle Zauberformeln und Beschwörungen. Zu ihm muß ich dich auf dem Rücken eines großen Vogels mit vier Flügeln senden.' – –«

Da bemerkte Schehrezâd, daß der Morgen begann, und sie hielt in der verstatteten Rede an. Doch als die *Fünfhundertundvierundzwanzigste Nacht* anbrach, fuhr sie also fort: »Es ist mir berichtet worden, o glücklicher König, daß König Schammâch zu Dschanschâh sprach: ‚Ich muß dich mit einem großen Vogel zu dem Einsiedler senden.' Darauf setzte er ihn auf den Rücken eines gewaltigen Vogels, der vier Flügel hatte, von denen ein jeder dreißig haschimitische Ellen in der Länge maß; und er hatte Füße gleich denen des Elefanten, aber er flog nur zweimal im Jahre. Und es lebte bei dem König Schammâch ein dienstbarer Geist, des Namens Tamschûn; der holte jeden Tag für diesen Vogel zwei baktrische Kamele aus dem Lande Irak und schlachtete und zerlegte sie für ihn, so daß er sie fressen konnte. Nachdem also Dschanschâh den Rücken jenes Vogels bestiegen hatte, befahl König Schammâch, ihn zu dem Einsiedler Jaghmûs zu tragen. Der Vogel gehorchte und flog mit ihm dahin, Tag und Nacht, bis er zum Berg der Burgen und zur Diamantenklause kam. Dort, bei jener Klause, stieg Dschanschâh ab; und da er sah, wie der Einsiedler Jaghmûs in der Kapelle war und dort seine Andacht verrichtete, trat er an ihn heran, küßte den Boden vor ihm und blieb ehrfurchtsvoll vor ihm stehen. Jener aber sprach: ,Sei willkommen, mein Sohn, du aus fremdem Land, dessen Wiege so ferne stand! Berichte mir, weshalb du an diese Stätte gekommen bist!' Da weinte Dschanschâh und erzählte ihm seine ganze Geschichte von Anfang bis zu Ende. Voll Staunen über das, was er gehört hatte, sprach nun der Einsiedler: ,Bei Allah, mein Sohn, in meinem ganzen Leben habe ich von jenem Schlosse noch nie gehört, noch auch habe ich jemanden gesehen, der von ihm gehört hätte oder dort gewesen wäre, trotzdem ich schon zur Zeit Noahs, des Propheten Allahs – Heil sei über ihm! – am Leben war und von jenen Tagen bis zur Zeit des Herren Salomo, des Sohnes Davids, über die wilden Tiere und die Vögel und die Geister geherrscht habe. Ich glaube auch nicht, daß Salomo selber etwas von dem Schlosse wußte. Doch warte, mein Sohn, bis die Tiere und die Vögel und die dienstbaren Geister kommen; dann will ich sie fragen, und vielleicht kann eins von ihnen uns davon berichten oder Kunde darüber bringen. Allah der Erhabene möge dir deinen Weg leicht machen!' So blieb denn Dschanschâh eine Weile bei dem Einsiedler, und eines Tages, wie er dort saß, kamen all die Tiere der Wildnis und die Vögel und die Geister herbei. Da fragten sie, er sowohl wie der Einsiedler, nach dem Edelsteinschlosse Takni; aber keiner von ihnen sagte: ,Ich habe es gesehen' oder: ,Ich habe davon gehört', sondern ein jeder erwiderte: ,Ich habe dies Schloß nie geschaut noch auch je von ihm vernommen.' Nun begann Dschanschâh wieder zu weinen und zu klagen und inständigst zu Allah dem Erhabenen zu flehen. Und da, in diesem Augenblicke, kam als letzter der Vögel noch einer herzu, das war ein schwarzer, gewaltig großer Vogel. Nachdem er aus den Höhen der Luft heruntergestiegen war, küßte er die Hände des Einsiedlers, und der fragte ihn nach dem Edelsteinschlosse Takni. Der Vogel antwortete: ,O Einsiedler, wir lebten hinter dem Berge Kâf auf dem Kristallberg in einer weiten Ebene, als ich und meine Brüder noch nicht flügge waren. Damals pflegten mein Vater und meine Mutter jeden Tag fortzufliegen, um uns Futter zu holen. Einmal aber begab es sich, daß sie auf ihrem Fluge sieben Tage lang fortblieben, so daß wir argen Hunger litten. Erst am achten Tage kamen sie wieder, mit Tränen in den Augen. Wir fragten sie, weshalb sie so lange von uns fortgewesen wären, und sie erwiderten uns: Ein Mârid[1] kam über uns, packte uns und schleppte uns zum Edelsteinschlosse Takni und brachte uns vor König Schahlân. Als der uns erblickte, wollte er uns töten. Doch wie wir ihm sagten, wir hätten junge Brut daheim, ließ er uns los und verschonte uns. Wenn mein Vater und meine Mutter noch am Leben wären, so könnten sie euch sicher von jenem Schlosse berichten.' Bei diesen Worten weinte Dschanschâh bitterlich; dann sprach er zu dem Einsiedler: ,Ich bitte dich, befiehl diesem Vogel, mich zu dem Neste seines Vaters und seiner Mutter auf dem Kristallberge hinter dem Berge Kâf zu tragen.' Und der Einsiedler sagte zu dem Vogel: ,Du Segler der Luft, ich wünsche, daß du diesem Jüngling in allem gehorchst, was er dir befiehlt.' ,Ich höre und gehorche deinen Worten!' erwiderte der Vogel; und er nahm Dschanschâh auf seinen Rücken und flog mit ihm davon. Tag und Nacht schwebte er mit ihm dahin, bis sie endlich zum Kristallberge kamen. Dort setzte er

1. Vgl. Band I, Seite 52, Anmerkung.

ihn nieder und wartete eine kleine Weile. Dann nahm er ihn wiederum auf den Rücken und flog noch zwei volle Tage mit ihm weiter, bis sie zu der Stätte kamen, an der sich das Nest befand. – –«

Da bemerkte Schehrezâd, daß der Morgen begann, und sie hielt in der verstatteten Rede an. Doch als die *Fünfhundertundfünfundzwanzigste Nacht* anbrach, fuhr sie also fort: »Es ist mir berichtet worden, o glücklicher König, daß der Vogel noch zwei volle Tage mit Dschanschâh weiterflog, bis sie zu der Stätte kamen, an der sich das Nest befand. Dort setzte er ihn nieder und sprach zu ihm: ‚Dschanschâh, dies ist der Horst, in dem wir einst waren.' Der Jüngling weinte bitterlich und sprach dann zu dem Vogel: ‚Ich bitte dich, trage mich noch weiter und bringe mich in jene Gegend, in die dein Vater und deine Mutter zu fliegen pflegten, um Futter für euch zu holen. Der Vogel erwiderte: ‚Ich höre und gehorche dir, Dschanschâh!' Dann nahm er ihn wieder auf sich und flog sieben Nächte und acht Tage mit ihm weiter, bis er mit ihm einen hohen Berg erreichte. Dort ließ er ihn von seinem Rücken absteigen und sprach zu ihm: ‚Hinter diesem Orte kenne ich kein Land mehr.' Nun war aber der Prinz von Müdigkeit überwältigt, und er schlief ein, oben auf dem Gipfel jenes Berges. Als er aus seinem Schlafe erwachte, sah er in der Ferne etwas blitzen, dessen Glanz den ganzen Himmel erfüllte. Er wunderte sich sehr über jenes Leuchten und Blitzen und ahnte nicht, daß es der Schimmer von eben jener Burg war, die er suchte. Zwischen ihm und ihr lag aber noch eine Wegstrecke von zwei Monaten. Jene Burg war erbaut aus rotem Karneol, und ihre Räume waren aus gelbem Golde; sie hatte auch tausend Türmchen, erbaut aus edlen Steinen, die aus dem Meere der Finsternisse gehoben waren. Deswegen hieß sie das Edelsteinschloß

Takni, weil sie ja aus Juwelen und edlen Gesteinen bestand. Sie war eine gewaltig große Burg; und ihr König hieß Schahlân, das war der Vater der drei Mädchen im Federkleide.

Doch sehen wir nun erst, was die Herrin Schamsa inzwischen getan hatte! Als sie dem Prinzen entflohen und wieder zu Vater und Mutter und den Ihren gekommen war, hatte sie ihnen von ihren Erlebnissen mit Dschanschâh berichtet. Sie hatte ihnen seine Geschichte erzählt und ihnen kundgetan, wie er die Welt durchwandert und viele Wunder gesehen hatte; und zuletzt hatte sie ihnen gesagt, wie er sie und sie ihn liebgewonnen hatte, und was dann geschehen war. Nachdem ihr Vater und ihre Mutter diesen Bericht aus ihrem Munde vernommen hatten, sprachen beide zu ihr: ‚Es war dir vor Gott nicht erlaubt, so an ihm zu handeln!' Dann erzählte ihr Vater davon seinen dienstbaren Geistern unter den Dämonen, die da Mârid heißen, und befahl ihnen: ‚Ein jeder, der ein menschliches Wesen erblickt, soll es mir bringen!' Denn die Herrin Schamsa hatte ja ihrer Mutter erzählt, daß Dschanschâh sie leidenschaftlich liebe, und ihr gesagt: ‚Er wird sicherlich zu uns kommen; habe ich doch, als ich vom Dache seines väterlichen Schlosses fortflog, ihm noch zugerufen: ‚Wenn du mich liebst, so komme zum Edelsteinschlosse Takni.'

Als nun Dschanschâh jenes Blitzen und Leuchten gesehen hatte, ging er darauf zu, um zu erfahren, was das bedeute. Nun hatte aber gerade zur selben Zeit die Herrin Schamsa einen dienstbaren Geist mit einem Auftrage in der Richtung des Berges Karmûs gesandt. Und wie jener Geist dahinflog, erblickte er plötzlich ein sterbliches Wesen in der Ferne. Sobald er das sah, flog er auf den Menschen zu und begrüßte ihn. Dschanschâh erschrak vor dem Geiste, doch er erwiderte seinen Gruß. Da fragte der Geist ihn: ‚Wie heißest du?' Der Prinz gab ihm zur Antwort: ‚Ich heiße Dschanschâh. Ich hatte einst eine Fee gefangen, des Namens Herrin Schamsa, deren Schönheit und Liebreiz mich bezaubert hatten. Und ich liebte sie herzinniglich; aber sie entfloh mir wieder, nachdem sie mit mir in meines Vaters Schloß gekommen war.' So erzählte er ihm alles, was er mit ihr erlebt hatte, und klagte ihm unter Tränen seine Not. Als der Dämon den Jüngling weinen sah, entbrannte sein Herz von Mitleid, und er sprach zu ihm: ‚Weine nicht! Du hast dein Ziel erreicht. Wisse, auch sie liebt dich von Herzen, und sie hat ihrem Vater und ihrer Mutter von deiner Liebe zu ihr erzählt, und alle in der Burg lieben dich um ihretwillen. So hab denn Zuversicht und quäl dich nicht!' Dann nahm der Mârid ihn auf seine Schultern und trug ihn davon zum Edelsteinschlosse Takni. Dort eilten die Freudenboten zu König Schahlân und zur Herrin Schamsa und zu ihrer Mutter und meldete ihnen, Dschanschâh sei gekommen. Über diese frohe Kunde waren sie alle hoch erfreut; und König Schahlân befahl all seinen dienstbaren Geistern, Dschanschâh entgegenzuziehen. Er stieg selbst zu Pferde und ritt mit allen seinen Geistern, Ifriten und Mârids, dem Prinzen Dschanschâh entgegen. – –«

Da bemerkte Schehrezâd, daß der Morgen begann, und sie hielt in der verstatteten Rede an. Doch als die *Fünfhundertundsechsundzwanzigste Nacht* anbrach, fuhr sie also fort: »Es ist mir berichtet worden, o glücklicher König, daß König Schahlân mit all seinen Geistern, Ifriten und Mârids, dem Prinzen Dschanschâh entgegenritt. Und wie der Geisterkönig, der Vater der Herrin Schamsa, mit dem Prinzen zusammentraf, umarmte er ihn. Der aber küßte dem König die Hände. Darauf gab Schahlân Befehl, ihm ein kostbares Ehrengewand aus vielfarbiger Seide anzulegen, das mit Gold durchwirkt und mit

Edelsteinen besetzt war. Ferner setzte er ihm eine Krone auf, wie sie noch kein König unter den sterblichen Menschen gesehen hatte. Dann befahl er, eine edle Stute von den Rossen der Geisterkönige zu bringen, und ließ ihn darauf reiten. Und so ritt er mit dem Könige, rechts und links von den dienenden Geistern umgeben, in prächtigem Aufzuge dahin, bis sie das Tor des Schlosses erreichten. Dort saß Dschanschâh ab; und er sah, eine wie mächtige Burg es war, wie seine Mauern aus Juwelen, Karneolen und edlen Metallen bestanden und wie der Boden dort mit Kristall, Chrysolith und Smaragd ausgelegt war. Da brach er in Freudentränen aus; der König und die Mutter der Herrin Schamsa aber trockneten ihm die Tränen und sprachen zu ihm: ‚Laß ab zu weinen, sorge dich nicht! Wisse, du hast dein Ziel erreicht.' Wie er dann in den inneren Hof kam, empfingen ihn der schönen Sklavinnen Scharen, die mit den Sklaven und Dienern gekommen waren, und führten ihn auf den Ehrenplatz und stellten sich dienstbereit vor ihm auf. Traumverloren blickte er sich in dem herrlichen Raume um und schaute auf die Mauern, die aus allerlei edlem Metall und kostbarem Gestein erbaut waren. Dann begab sich König Schahlân in seinen Staatssaal und befahl den Sklavinnen und Dienern, den Prinzen zu ihm zu führen, auf daß er neben ihm sitze. Da führten sie ihn zu ihm hinein, und der König selbst erhob sich vor ihm und ließ ihn auf seinem Thronsessel zu seiner Seite sitzen. Dann wurden die Tische gebracht, und sie aßen und tranken. Nachdem sie ihre Hände gewaschen hatten, trat auch die Mutter der Herrin Schamsa zu ihm herein und begrüßte ihn und hieß ihn willkommen, indem sie zu ihm sprach: ‚Jetzt hast du dein Ziel erreicht nach all der Mühsal; jetzt kann dein Auge schlafen, nachdem es so lange gewacht hat. Preis sei Allah für deine glückliche Ankunft!' Dann ging sie sogleich zu ihrer Tochter, der Herrin Schamsa, und kehrte mit ihr zu Dschanschâh zurück. Die Herrin Schamsa trat auf ihn zu und begrüßte ihn und küßte ihm die Hände; aber sie senkte ihr Haupt, da sie sich vor ihm und ihrer Mutter und ihrem Vater schämte. Auch ihre beiden Schwestern, die mit ihr im Schlosse des Scheich Nasr gewesen waren, kamen und küßten ihm die Hände und begrüßten ihn. Nun hub die Mutter an: ,Sei willkommen, mein Sohn! Meine Tochter Schamsa hat sich an dir versündigt. Du aber vergib ihr, was sie an dir getan hat, um unsertwillen!' Als Dschanschâh diese Worte vernahm, stieß er einen Schrei aus und sank ohnmächtig nieder. Der König verwunderte sich über ihn; und man sprengte ihm Rosenwasser, das mit Moschus und Zibet vermischt war, ins Antlitz. Als er dann wieder zu sich kam, blickte er auf die Herrin Schamsa und rief: ,Preis sei Allah, der mich an mein Ziel geführt und das Feuer in mir ausgelöscht hat, so daß mein Herz jetzt ruhig ist!' Da sagte die Herrin Schamsa: ,Allah behüte dich vor dem Feuer! Doch nun, mein Prinz, bitte ich dich, erzähl mir, was dir widerfahren ist, seit ich mich von dir trennte, und wie du hierher gekommen bist, wo doch viele Geister nicht einmal das Edelsteinschloß Takni kennen; wir sind ja unabhängig von allen Königen, keiner kennt den Weg zu dieser Stätte, noch hat jemand von ihr gehört.' Darauf erzählte er ihr alles, was er erlebt hatte und wie er dorthin gekommen war; er tat ihnen alles kund, was seinem Vater von König Kafîd widerfahren war, was er selbst auf seinem Wege erduldet, welche Schrecken und Wunder er gesehen hatte. Und er schloß mit den Worten: ,All das geschah um deinetwillen, o meine Herrin Schamsa!' Die Mutter aber sprach: ,Jetzt hast du dein Ziel erreicht. Die Herrin Schamsa ist deine Dienerin, wir schenken sie dir.' Voll hoher Freude hörte

Dschanschâh diese Worte. Dann fuhr die Königin fort: ‚So Allah der Erhabene will, werden wir im nächsten Monat das Fest bereiten und die Hochzeit feiern und dich mit ihr vermählen. Dann magst du mit ihr in deine Heimat zurückkehren; und wir wollen dir tausend Mârids von den dienstbaren Geistern zum Geleite geben, von denen der Geringste so stark ist, daß er, wenn du es ihm befiehlst, den König Kafîd samt seinem Kriegsvolke in einem Augenblicke erschlägt. Und wir werden dir ferner Jahr für Jahr eine Schar senden, von der jeder einzelne auf deinen Befehl alle deine Feinde vernichten kann.‘ – –«

Da bemerkte Schehrezâd, daß der Morgen begann, und sie hielt in der verstatteten Rede an. Doch als die *Fünfhundertundsiebenundzwanzigste Nacht* anbrach, fuhr sie also fort: »Es ist mir berichtet worden, o glücklicher König, daß die Mutter der Herrin Schamsa zu Dschanschâh sprach: ‚Und wir werden dir ferner Jahr für Jahr eine Schar senden, von der jeder einzelne auf deinen Befehl alle deine Feinde bis zum letzten Manne vernichten kann.‘ Dann setzte König Schahlân sich auf den Thron und befahl den Großen des Reiches, ein prächtiges Fest zu rüsten, bei dem die Stadt sieben Tage und sieben Nächte geschmückt sein sollte. ‚Wir hören und gehorchen!‘ erwiderten sie und begannen die Vorbereitungen für das Fest zu treffen. Zwei Monate lang waren sie damit beschäftigt; dann wurde die Hochzeit der Herrin Schamsa gefeiert, und das ward ein so herrliches Fest, wie es noch nie eines gegeben hatte. Dschanschâh ging zu der Herrin Schamsa ein, und zwei Jahre lang lebte er mit ihr in Herrlichkeit und Freuden bei Speise und Trank. Danach aber sprach er zu der Herrin Schamsa: ‚Dein Vater hat uns doch versprochen, uns in meine Heimat ziehen zu lassen, damit wir abwechselnd ein Jahr dort und ein Jahr hier zubringen könnten.‘ ‚Ich höre und gehorche!‘ erwiderte sie, und als es Abend ward, ging sie zu ihrem Vater hinein und erzählte ihm, was Dschanschâh gesagt hatte. ‚Ich höre und ich will seinen Wunsch erfüllen,‘ erwiderte der König, ‚doch wartet noch bis zum Ersten des Monats, damit ich euch das Geistergefolge rüsten kann!‘ Sie berichtete dem Prinzen die Worte ihres Vaters, und so wartete er noch die bestimmte Frist. Nachdem diese verstrichen war, gab der König Schahlân den dienenden Geistern das Zeichen zum Aufbruch im Gefolge der Herrin Schamsa und des Prinzen Dschanschâh auf ihrer Fahrt in seine Heimat. Er hatte für die beiden ein großes Thronlager aus rotem Golde herrichten lassen, das mit Perlen und Edelsteinen besetzt war, und darüber einen Baldachin aus grüner Seide, mit allen Farben bestickt und mit kostbaren Steinen geschmückt, deren Schönheit die Beschauer entzückt. Und nun stiegen Dschanschâh und die Herrin Schamsa auf jenes Thronlager, und vier dienende Geister wurden ausgewählt, um es zu tragen. Die ergriffen also das Thronlager, je einer auf jeder der vier Seiten, während Dschanschâh und Schamsa sich darauf befanden. Darauf rief die Herrin Schamsa ihrer Mutter und ihrem Vater und ihren Schwestern und allen Ihren ein Lebewohl zu. Ihr Vater jedoch saß schon zu Rosse und begleitete sie, während die dienenden Geister das Thronlager trugen, bis zum Mittag. Dann setzten die Geister das Lager nieder, und nun ward Abschied voneinander genommen. König Schahlân empfahl seine Tochter der Obhut des Prinzen, und die Herrin Schamsa verabschiedete sich von ihrem Vater, desgleichen auch Dschanschâh. Dann setzten die beiden ihre Reise fort; ihr Vater aber ritt heim. Der König hatte ihr jedoch dreihundert schöne Sklavinnen mitgegeben, und ebenso hatte er dem Prinzen Dschanschâh dreihundert Mamluken von den Söhnen der Geister geschenkt. Die stiegen jetzt alle auf das Thronlager, und die vier dienenden Geister nahmen es auf und flogen mit ihm zwischen Himmel und Erde dahin. An jedem Tage legten sie eine Strecke von dreißig Monaten zurück, und in dieser Weise flogen sie ununterbrochen zehn Tage lang. Nun kannte einer der Geister das Land von Kabul; und als er es an jenem Tage erblickte, sagte er den anderen, sie wollten bei der großen Stadt in dem Lande dort zur Erde hinabsteigen. Jene Stadt aber war die Hauptstadt des Königs Tighmûs; und sie stiegen zu ihr hinunter. – –«

Da bemerkte Schehrezâd, daß der Morgen begann, und sie hielt in der verstatteten Rede an. Doch als die *Fünfhundertundachtundzwanzigste Nacht* anbrach, fuhr sie also fort: »Es ist mir berichtet worden, o glücklicher König, daß die Geister zur Stadt des Königs Tighmûs mit Dschanschâh und der Herrin Schamsa hinunterstiegen. Der König aber war ja vor den Feinden in seine Stadt geflüchtet und war in großer Not, da König Kafîd ihn hart bedrängte. Er hatte auch seinen Gegner um Gnade gebeten; aber der wollte sie ihm nicht gewähren. Als König Tighmûs nun einsah, daß ihm kein Ausweg mehr offen stand, um sich vor König Kafîd zu retten, da beschloß er, sich selbst zu erdrosseln, um durch den Tod von all der Sorge und Qual erlöst zu werden. So nahm er denn Abschied von den Wesiren und Emiren und begab sich in seinen Palast, um den Seinen Lebewohl zu sagen. Da begann das Volk seines Reiches zu weinen und zu klagen und die Trauer durch lautes Jammern zur Schau zu tragen. Und gerade zu jener Zeit, als König Tighmûs in solch äußerster Not war, da näherten sich die Geister dem Schlosse in jener Burg. Dschanschâh befahl ihnen, das Thronlager inmitten des Staatssaales niederzusetzen, und sie taten nach seinem Gebot. Darauf stiegen die Herrin Schamsa und Dschanschâh und die Dienerinnen und Mamluken hinunter. Und da sie alles Volk der Stadt in Not und Elend und großem Jammer sahen, sagte der Prinz zu seiner Gemahlin: ‚Geliebte meines Herzens, du mein Augentrost, sieh, in welch schlimmer Bedrängnis mein Vater ist!' Da die Herrin erkannte, wie groß die Not seines Vaters und seines Volkes war, befahl sie den Geistern, mit Macht über das Heer der Belagerer herzufallen und alle zu töten, indem sie ihnen einschärfte, niemanden am Leben zu lassen. Dschanschâh aber winkte einen der Geister herbei, der gewaltige Kraft besaß, namens Karâtasch, und befahl ihm, den König Kafîd in Ketten herzubringen. Darauf zogen die Geister aus wider jenen. Sie nahmen aber den Thronhimmel mit sich und flogen so lange, bis sie ihn in der Luft oberhalb der Erde hinstellten und den Baldachin über ihm errichteten; dort warteten sie bis zur Mitternacht. Dann fielen sie über König Kafîd und seine Krieger her und machten sie nieder. Ein jeder von ihnen packte acht bis zehn der Feinde, während sie auf dem Rücken des Elefanten waren, und flog mit ihnen zum Himmel empor; dann warf er sie nieder, so daß sie vom Winde zerrissen wurden. Einige der Geister aber hieben mit eisernen Keulen auf sie ein. Der Geist nun, der Karâtasch hieß, begab sich sogleich zum Zelte des Königs Kafîd, stürzte sich auf ihn, während er auf dem Throne saß, packte ihn und sauste mit ihm zum Himmel empor, während er aus Schrecken vor dem Dämon schrie. Der aber flog mit ihm weiter, bis er ihn vor den Augen Dschanschâhs auf das Thronlager legte. Das Lager war ja auf Befehl Dschanschâhs von den vier dienenden Geistern emporgehoben und schwebte hoch in der Luft; und so sah König Kafîd, als er die Augen aufschlug, daß er zwischen Himmel und Erde hing. Da schlug er sich ins Antlitz, und Grausen erfüllte ihn.

So erging es dem König Kafîd. Sehen wir uns nun nach König Tighmûs um! Als der seinen Sohn erblickte, wäre er fast im Übermaß der Freude gestorben; er stieß einen lauten Schrei aus und sank ohnmächtig nieder. Da besprengte man sein Antlitz mit Rosenwasser; und als er wieder zu sich gekommen war, umarmte er seinen Sohn, und beide weinten heftig. König Tighmûs wußte aber noch nicht, daß die Geister wider den König Kafîd kämpften. Nun kam auch die Herrin Schamsa herbei, trat vor den König, den Vater Dschanschâhs, küßte ihm die Hände und sprach zu ihm: ‚Hoher Herr, steig mit mir zum Dache des Schlosses hinauf und sieh zu, wie die Geisterhelden meines Vaters kämpfen!' Da stieg er mit ihr zum Dache hinauf; und dort setzten sich die beiden nieder, er und die Herrin Schamsa. Und wie sie dem Kampfe zuschauten, sahen sie, daß die Geister kreuz und quer auf die Feinde dreinhieben. Manch einer von ihnen nahm die eiserne Keule und schlug damit auf einen Elefanten, so daß der mitsamt seinen Reitern zermalmt wurde und Tier und Mensch nicht mehr zu unterscheiden waren. Ein anderer lief einer Schar von Fliehenden entgegen und schrie ihnen so gewaltig ins Gesicht, daß sie tot niedersanken. Wieder ein anderer ergriff an die zwanzig Reiter, flog mit ihnen zum Himmel empor und warf sie auf die Erde, so daß sie in Stücke zerschmetterten, während Dschanschâh und sein Vater und die Herrin Schamsa zusahen und ihre Augenweide an dem Kampfe hatten. – –«

Da bemerkte Schehrezâd, daß der Morgen begann, und sie hielt in der verstatteten Rede an. Doch als die *Fünfhundertundneunundzwanzigste Nacht* anbrach, fuhr sie also fort: »Es ist mir berichtet worden, o glücklicher König, daß König Tighmûs und sein Sohn Dschanschâh und dessen Gemahlin, die Herrin Schamsa, zum Dache des Schlosses emporstiegen und dort dem

Kampfe der Geister mit dem Heere des Königs Kafîd zuschauten. Auch König Kafîd mußte das alles mit ansehen, während er sich auf dem Thronlager befand und weinte. Das Morden unter seinem Heere dauerte zwei Tage lang; da waren sie alle bis zum letzten Mann vernichtet. Nun befahl Dschanschâh den Geistern, das Thronlager zu holen und es mitten in der Burg des Königs Tighmûs niederzusetzen. Sie gingen hin und taten, wie ihnen ihr Herr geboten hatte. Darauf befahl König Tighmûs einem der Geister, der Schimwâl hieß, den König Kafîd zu ergreifen, in Ketten und Fesseln zu legen und ihn in den Schwarzen Turm einzusperren. Schimwâl tat, wie ihm befohlen war. Darauf ließ König Tighmûs die Trommeln schlagen und sandte die Freudenboten zur Mutter Dschanschâhs. Die eilten zu ihr und taten ihr kund, daß ihr Sohn gekommen sei und all dies getan habe. Erfreut ritt sie alsbald zu ihm. Und als Dschanschâh sie erblickte, zog er sie an seine Brust; doch sie sank im Übermaße des Glücks ohnmächtig nieder. Man sprengte ihr Rosenwasser ins Gesicht, und als sie dann wieder zu sich kam, umarmte sie ihren Sohn und weinte Freudentränen. Und wie die Herrin Schamsa hörte, daß sie gekommen war, eilte sie zu ihr hin und begrüßte sie; und die beiden umarmten einander eine lange Weile; dann setzten sie sich und plauderten miteinander. König Tighmûs aber ließ die Tore der Stadt öffnen und sandte die Freudenboten ins ganze Land hinaus. Die verkündeten überall die frohe Mär; und bald schon wurden ihm wertvolle Gaben und Kostbarkeiten gebracht. Da kamen denn auch die Emire und die Krieger und die Herrscher in den Ländern, um ihn zu begrüßen und ihn zu seinem Sieg und der sicheren Heimkehr seines Sohnes Glück zu wünschen. Das dauerte eine ganze Weile; immer neue Menschen kamen mit wertvollen Geschenken und kostbaren Gaben. Darauf ließ der

König ein prächtiges Hochzeitsfest für die Herrin Schamsa feiern, nunmehr zum zweiten Male, und befahl, die Stadt zu schmücken. Dann ließ er sie, geschmückt und mit prächtigen Gewändern angetan, zur Entschleierung vor Dschanschâh führen; und als der zu ihr hineintrat, schenkte er ihr alsbald hundert schöne Sklavinnen, die sie bedienen sollten. Nach einer Reihe von Tagen aber begab sich die Herrin Schamsa zu König Tighmûs und bat ihn um Gnade für König Kafîd, indem sie sprach: ‚Entlaßt ihn, auf daß er in sein Land zurückkehre! Wenn er je wieder Böses gegen dich im Schilde führt, so befehle ich einem der Geister, daß er ihn ergreife und zu dir bringe.‘ ‚Ich höre und willfahre!‘, sprach der König und sandte zu Schimwâl, er solle den Gefangenen vor ihn bringen. Der holte ihn; und als der feindliche Herrscher in Ketten und Fesseln vor ihn trat und den Boden vor ihm küßte, befahl Tighmûs, ihm jene Fesseln abzunehmen. Nachdem dies geschehen war, setzte er ihn auf eine lahme Mähre und sprach zu ihm: ‚Die Königin Schamsa hat für dich um Gnade gebeten; so zieh denn heim in dein Land! Wenn du aber noch einmal dein früheres Tun beginnen solltest, so wird sie einen ihrer Geister senden, und der wird dich holen!‘ So zog der König Kafîd mit Schimpf und Schanden in sein Land zurück. – –«

Da bemerkte Schehrezâd, daß der Morgen begann, und sie hielt in der verstatteten Rede an. Doch als die *Fünfhundertunddreißigste Nacht* anbrach, fuhr sie also fort: »Es ist mir berichtet worden, o glücklicher König, daß König Kafîd mit Schimpf und Schanden in sein Land zurückzog. Dschanschâh aber und sein Vater und die Herrin Schamsa lebten fortan herrlich und in Fröhlichkeit und in lauter Glück und Seligkeit.‘ –

All dies erzählte der Jüngling, der zwischen den Gräbern saß, dem Wanderer Bulûkija, und er schloß mit den Worten:

‚So wisse denn, ich bin Dschanschâh, ich bin es, der all dies erlebt hat, mein Bruder Bulûkija!' Und wundersam klang diese ganze Erzählung in Bulûkijas Herzen. Dann fragte Bulûkija, er, der in der Welt umherzog, getrieben von der Liebe zu Mohammed – Allah segne ihn und gebe ihm Heil! –, den Prinzen Dschanschâh: ‚Mein Bruder, was ist es mit diesen beiden Gräbern? Und warum sitzest du zwischen ihnen? Und warum weinest du?' Jener erwiderte: ‚Wisse, Bulûkija, wir lebten herrlich und in Fröhlichkeit und in lauter Glück und Seligkeit und verbrachten abwechselnd ein Jahr in unserem Lande und ein Jahr in dem Edelsteinschlosse Takni. Und wir reisten immer auf dem Thronsessel, getragen von den dienenden Geistern, die mit ihm zwischen Himmel und Erde dahinflogen.' Da fragte Bulûkija: ‚Mein Bruder Dschanschâh, wie weit war es von eurem Lande bis zu jener Burg?' Und Dschanschâh gab ihm zur Antwort: ‚Wir legten jeden Tag eine Strecke von dreißig Monaten zurück, und wir erreichten die Burg in zehn Tagen. So lebten wir eine Reihe von Jahren dahin. Doch einst, als wir wie gewöhnlich unsere Reise machten, begab es sich, daß wir an diese Stätte gelangten und hier mit dem Thronlager landeten, um uns diese Insel anzusehen. Wir setzten uns an das Ufer des Flusses und aßen und tranken. Da sagte die Herrin Schamsa: ‚Ich möchte in diesem Flusse baden.' Dann legte sie ihre Kleider ab, und die Sklavinnen taten das gleiche; und sie stiegen in den Fluß hinab und schwammen. Derweilen ging ich am Ufer des Flusses einher und ließ die Mädchen mit der Herrin Schamsa sich dort vergnügen. Doch plötzlich kam ein großer Hai, ein Meerungeheuer, und packte die Herrin am Fuß, ohne eins der Mädchen zu berühren. Sie stieß einen lauten Schrei aus und sank im selben Augenblick tot dahin; die Mädchen aber kamen aus dem Wasser heraus und flüchteten vor dem Hai zu dem Baldachin. Nach einer Weile gingen einige von den Mädchen hin, nahmen den Leichnam auf und trugen ihn unter den Baldachin. Als ich sehen mußte, daß sie tot war, sank ich in Ohnmacht. Da besprengte man mein Antlitz mit Wasser; und als ich wieder zu mir gekommen war, beweinte ich sie. Dann befahl ich den dienenden Geistern, sie sollten das Thronlager nehmen und zu den Ihren bringen, und sie sollten ihnen kundtun, was ihr widerfahren war. Jene gingen zu den Ihren und brachten ihnen die Kunde; und es währte nicht lange, da kamen die Ihren hierher, wuschen den Leichnam, hüllten ihn in das Totenlaken, begruben ihn an dieser Stätte und trauerten um die Tote. Dann wollten sie mich mit sich in ihr Land nehmen; aber ich sprach zu ihrem Vater: ‚Ich bitte dich, grab mir eine Grube neben ihrem Grabe und mache sie zum Grabe für mich, auf daß ich dereinst, wenn ich sterbe an ihrer Seite bestattet werde!' Da befahl König Schahlân einem der dienenden Geister, solches zu tun; und der tat, wie ich es wünschte. Dann gingen sie fort von mir und ließen mich hier, wo ich um sie klage und weine. Das ist meine Geschichte, und das ist der Grund, weshalb ich zwischen diesen beiden Gräbern sitze.' Danach sprach er noch diese beiden Verse:

> *Das Haus ist, seit du gingst, o Herrin, gar kein Haus;*
> *Der liebe Nachbar kann mir nicht mehr Nachbar sein.*
> *Der Freund, mit dem ich einst in ihm den Bund geschlossen,*
> *Ist mir kein Freund mehr – ach, das Licht verlor den Schein.*

*

Als Bulûkija all dies von Dschanschâh vernommen hatte, staunte er. – –«

Da bemerkte Schehrezâd, daß der Morgen begann, und sie hielt in der verstatteten Rede an. Doch als die *Fünfhundertund-*

einunddreißigste Nacht anbrach, fuhr sie also fort: »Es ist mir berichtet worden, o glücklicher König, daß Bulûkija, als er all das von Dschanschâh vernommen hatte, staunte und ausrief: ‚Bei Allah, ich glaubte, ich hätte die Welt durchwandert und wäre durch alle Lande umhergezogen; aber, bei Allah, jetzt, da ich deine Geschichte vernommen habe, denke ich nicht mehr an meine Erlebnisse.' Alsdann sprach er zu Dschanschâh: ‚Ich bitte dich, sei so gütig und freundlich, mein Bruder, und zeige mir einen sicheren Weg!' Da wies Dschanschâh ihn auf den rechten Weg, und Bulûkija nahm Abschied von ihm und wanderte weiter.'

All dies erzählte die Schlangenkönigin dem Hâsib Karîm ed-Dîn. Da fragte er sie: ‚Woher weißt du alle diese Dinge?' Sie gab ihm zur Antwort: ‚O Hâsib, ich sandte einst, vor fünfundzwanzig Jahren, eine große Schlange nach Ägyptenland, und ich gab ihr einen Brief mit, in dem ich Bulûkija meinen Gruß entbot; den sollte sie ihm überbringen. Jene Schlange ging davon und brachte ihn der Bint Schumûch[1]; die hatte eine Tochter im Lande Ägypten, und die nahm den Brief und zog dahin, bis sie in jenes Land kam. Dort fragte sie die Leute nach Bulûkija; und nachdem man ihr den Weg zu ihm gewiesen hatte, ging sie zu ihm, und sowie sie ihn erblickte, begrüßte sie ihn und übergab ihm den Brief. Er las ihn und verstand seinen Sinn; dann fragte er die Schlange: ‚Kommst du von der Schlangenkönigin?' Als sie das bejahte, fuhr er fort: Ich wünsche mit dir zur Königin der Schlangen zu gehen; denn ich habe ein Anliegen an sie.' ‚Ich höre und gehorche!' erwiderte sie. Dann nahm sie ihn mit zu ihrer Tochter und begrüßte sie. Bald aber verabschiedete sie sich wieder von ihr und verließ

---

[1]. Das ist: ‚Tochter des Stolzes', vielleicht Bezeichnung einer Schlangenart.

sie. Nun sagte sie zu Bulûkija: ‚Schließe deine Augen!' Er schloß sie; doch als er sie wieder aufmachte, befand er sich in dem Berge, in dem ich wohne. Und dort ging sie mit ihm zu der Schlange, die ihr den Brief gegeben hatte, und begrüßte sie. Jene fragte alsbald: ‚Hast du den Brief zu Bulûkija gebracht?' ‚Jawohl,' erwiderte sie, ‚ich habe ihn ihm übergeben, und ich habe ihn selbst mit mir gebracht. Dort ist er!' Da trat Bulûkija vor und begrüßte jene Schlange und fragte nach der Schlangenkönigin. Jene Schlange gab ihm zur Antwort: ‚Sie ist mit ihren Scharen und ihren Kriegern zum Berge Kâf gegangen. Wenn der Sommer kommt, wird sie hierher zurückkehren. Jedesmal, wenn sie zum Berge Kâf zieht, setzt sie mich an ihre Stelle, bis sie wiederkommt. Wenn du also ein Anliegen hast, so will ich es dir erfüllen.' Nun sagte Bulûkija: ‚Ich wünsche, daß du mir das Kraut bringst, das jedem, der es preßt und seinen Saft trinkt, gegen Krankheit und Alter und Tod feit.' Doch jene Schlange erwiderte ihm: ‚Ich werde es dir nicht eher bringen, als bis du mir erzählst, was dir widerfahren ist, nachdem du dich von der Schlangenkönigin getrennt hast, damals, als du mit 'Affân zum Grabe des Herrn Salomo gingst.' Da erzählte Bulûkija ihr seine ganze Geschichte von Anfang bis zu Ende; auch tat er ihr kund, was Dschanschâh erlebt hatte, und berichtete ihr seine Erlebnisse. Und zuletzt sagte er: ‚Nun erfülle mir meinen Wunsch, damit ich in mein Land zurückkehren kann!' Aber sie antwortete ihm: ‚Bei dem Herrn Salomo, ich kenne den Weg zu jenem Kraut nicht.' Dann befahl sie der Schlange, die ihn gebracht hatte, ihn in sein Land zurückzuschaffen. ‚Ich höre und gehorche!' erwiderte jene und hieß Bulûkija seine Augen schließen. Er tat es, und als er sie wieder öffnete, fand er sich auf dem Berge al-Mokattam[1];

1. Ein Berg südlich von Kairo.

darauf ging er in seine Wohnung zurück. Als aber die Schlangenkönigin vom Berge Kâf zurückkehrte, begab sich die Schlange, die ihre Stelle vertreten hatte, zu ihr, grüßte sie und sprach zu ihr: ,,Bulûkija läßt dich grüßen' und berichtete ihr alles, was Bulûkija ihr erzählt hatte, was er selbst auf seiner Wanderung erlebt hatte und wie er mit Dschanschâh zusammengetroffen war. Auf diese Weise, so schloß die Schlangenkönigin, erfuhr ich diese Dinge, o Hâsib.' Da bat Hâsib sie: ,O Königin der Schlangen, berichte mir nun noch, was Bulûkija erlebte, als er nach Ägypten zurückkehrte. Und sie erzählte: ,Wisse, o Hâsib, als Bulûkija sich von Dschanschâh getrennt hatte, zog er Tag und Nacht dahin, bis er zu einem großen Meere kam; dort salbte er seine Füße mit dem Safte, den er bei sich hatte, und schritt auf der Oberfläche des Wassers dahin, bis er zu einer Insel kam, auf der Bäche flossen und Bäume mit Früchten sprossen, und die dem Paradiese glich. Wie er dann auf jener Insel umherging, sah er einen mächtigen Baum, dessen Blätter so groß wie Segel von Schiffen waren. Er ging hinzu, und da entdeckte er unter ihm einen ausgebreiteten Tisch, der mit allerlei prächtigen Speisen gedeckt war. Weiter erblickte er auf jenem Baume einen großen Vogel mit einem Leib aus Perlen und grünem Smaragd, mit Füßen aus Silber, einem Schnabel aus rotem Karneol und Federn aus edlen Erzen; und der pries Allah den Erhabenen und betete für Mohammed – Allah segne ihn und gebe ihm Heil!' – –«

Da bemerkte Schehrezâd, daß der Morgen begann, und sie hielt in der verstatteten Rede an. Doch als die *Fünfhundertundzweiunddreißigste Nacht* anbrach, fuhr sie also fort: »Es ist mir berichtet worden, o glücklicher König, daß Bulûkija, als er auf jener Insel gelandet war, sie einem Paradiese gleich fand, daß er auf ihr umherging und die Wunderdinge auf ihr schaute, darunter auch den Vogel, dessen Leib aus Perlen und grünem Smaragd und dessen Federn aus edlen Erzen bestanden, wie er dort saß und Allah pries und für Mohammed – Allah segne ihn und gebe ihm Heil! – betete. Als Bulûkija jenen großen Vogel erblickte, fragte er ihn: ‚Wer bist du? Was ist es mit dir?' Jener antwortete: ‚Ich bin einer von den Vögeln des Paradieses. Wisse, mein Bruder, als Gott der Erhabene Adam aus dem Paradiese vertrieb, ließ er ihn vier Blätter mitnehmen, auf daß er seine Blöße damit bedecke. Die fielen auf die Erde; eins von ihnen fraß der Wurm, und daraus wurde die Seide; das zweite fraßen die Gazellen, und daraus wurde der Moschus; das dritte fraßen die Bienen, und daraus entstand der Honig; das vierte aber fiel in das Land Indien, und daraus entstanden die Gewürze. Was mich angeht, so bin ich lange auf der ganzen Erde umhergewandert, bis Allah der Erhabene mir in seiner Gnade diese Stätte zuwies, und da blieb ich denn. In jeder Nacht zum Freitag und am Freitag selbst kommen die Heiligen und die Glaubensfürsten aus der ganzen Welt hierher, um diese Stätte zu besuchen, und dann essen sie von den Speisen dort. Dies ist ein Gastmahl Allahs des Erhabenen, mit dem Er sie in jeder Nacht zum Freitag und am Tage darauf bewirtet. Danach aber wird der Tisch wieder zum Paradiese entrückt, und niemals nehmen die Speisen ab oder verderben.' So aß denn auch Bulûkija davon. Doch als er satt war und Allah den Erhabenen pries, erschien plötzlich el-Chidr[1] – Heil sei über ihm! Da erhob sich Bulûkija, grüßte ihn und wollte fortgehen. Doch der Vogel rief ihm zu: ‚Bleib sitzen, Bulûkija, und warte in Gegenwart el-Chidrs – Heil sei über ihm!' Als er sich dann wieder gesetzt hatte, sprach el-Chidr zu

---

1. Chidr, der ‚ewig junge', ist eine alte orientalische Sagengestalt; er wird auch dem Elias und dem heiligen Georg gleichgesetzt.

ihm: ‚Tu mir kund, wie es um dich steht, und erzähle mir deine Geschichte!' Da berichtete Bulûkija ihm alles von Anfang an bis zu der Zeit, da er an die Stätte gekommen war, an der er nun vor el-Chidr saß. Und zum Schlusse fragte er: ‚Mein Gebieter, wie weit ist es von hier nach Kairo?' ‚Eine Reise von fünfundneunzig Jahren', erwiderte jener. Wie Bulûkija das hörte, begann er zu weinen. Dann ergriff er el-Chidrs Hand und küßte sie und flehte ihn an: ‚Befrei mich von dieser Wanderschaft! Allah wird es dir lohnen. Sieh, ich bin dem Ende nahe, und ich weiß nicht mehr, was ich tun soll.' Da gab el-Chidr zur Antwort: ‚Bete zu Allah dem Erhabenen, daß Er mir gestatte, dich nach Kairo zu bringen, ehe du umkommst.' Und Bulûkija flehte unter Tränen zu Allah dem Erhabenen, und Er nahm sein Gebet an und befahl dem Heiligen, über dem Heil sei!, durch eine Offenbarung, Bulûkija zu den Seinen zu bringen. Dann sprach el-Chidr – Heil sei über ihm! – zu Bulûkija: ‚Erhebe dein Haupt! Allah hat dein Gebet erhört und mir durch eine Offenbarung geboten, dich nach Kairo zu führen. Nun faß mich an, halte mich mit beiden Händen fest und schließe deine Augen!' Der Jüngling tat, wie ihm befohlen war; el-Chidr aber tat einen einzigen Schritt und sagte dann zu Bulûkija: ‚Öffne deine Augen!' Als jener die Augen aufmachte, sah er sich vor der Tür seines Palastes stehen. Er wandte sich um und wollte von el-Chidr – Heil sei über ihm! – Abschied nehmen; doch er fand keine Spur mehr von ihm.—«

Da bemerkte Schehrezâd, daß der Morgen begann, und sie hielt in der verstatteten Rede an. Doch als die *Fünfhundertunddreiunddreißigste Nacht* anbrach, fuhr sie also fort: »Es ist mir berichtet worden, o glücklicher König, daß Bulûkija, als el-Chidr – Heil sei über ihm! – ihn an die Tür seines Palastes gebracht hatte, seine Augen aufschlug und von ihm Abschied nehmen wollte, ihn aber nicht fand. Dann trat er in sein Schloß ein, und als seine Mutter ihn erblickte, stieß sie einen lauten Schrei aus und sank vor Freuden ohnmächtig nieder. Man sprengte ihr Wasser ins Antlitz, um sie wieder ins Bewußtsein zu rufen; und als sie erwachte, umarmte sie ihn unter heißen Tränen, während Bulûkija bald weinte und bald lachte. Dann kamen auch die Seinen zu ihm, alle seine Freunde und Anverwandten, und wünschten ihm Glück zu seiner sicheren Heimkehr. Und die Kunde verbreitete sich im Lande, und von allen Seiten wurden ihm Geschenke dargebracht. Die Trommeln wurden geschlagen, die Pfeifen geblasen, und alles Volk freute sich gewaltig. Dann erzählte auch Bulûkija seine Geschichte und berichtete alles, was er erlebt hatte, und wie zuletzt el-Chidr ihn an die Tür seines Palastes gebracht hatte. Alle Leute verwunderten sich darüber, und sie weinten, bis sie des Weinens müde waren.'

*

Dieser ganzen Erzählung der Schlangenkönigin hatte Hâsib Karîm ed-Dîn mit Staunen zugehört und dabei viele Tränen vergossen. Nun aber sprach er wiederum zu ihr: ‚Ich möchte in meine Heimat zurückkehren.' Die Königin der Schlangen jedoch erwiderte ihm: ‚Ich fürchte, o Hâsib, wenn du in deiner Heimat bist, so wirst du dein Versprechen nicht halten, sondern deinen Schwur brechen, indem du ins Bad gehst.' Da schwur er ihr noch manche feierliche Eide, er wolle sein ganzes Leben lang nie wieder ins Bad gehen. Nun rief die Königin endlich eine Schlange und befahl ihr, Hâsib Karîm ed-Dîn wieder an die Oberfläche der Erde zu bringen. Die Schlange nahm ihn mit sich und führte ihn von Ort zu Ort, bis sie ihn zur Öffnung eines verlassenen Brunnens hinausbrachte. Darauf ging er allein weiter, bis er zur Stadt kam, und dort begab er sich zu seiner Wohnung. Es war aber gegen Abend, als die Sonne schon erblich. Er klopfte an die Tür; seine Mutter kam heraus und öffnete. Da sah sie plötzlich ihren Sohn vor sich. Bei seinem Anblick warf sie sich in übergroßer Freude auf ihn und weinte. Und als seine Frau das Weinen hörte, kam auch sie herausgelaufen. Wie sie aber ihren Gatten erblickte, grüßte sie ihn und küßte ihm die Hände. Und alle hatten große Freude aneinander. Dann gingen sie wieder ins Haus hinein, und als sich alle gesetzt hatten und er wieder zwischen den Seinen dasaß, fragte er nach den Holzfällern, die einst mit ihm Holz zu holen pflegten und ihn dann in der Zisterne verlassen hatten. Seine Mutter gab ihm zur Antwort: ‚Sie kamen zu mir und sagten, der Wolf im Tal habe dich gefressen. Jetzt sind sie Kaufleute und Besitzer von Häusern und Läden geworden, und sie führen ein behagliches Leben. Aber täglich bringen sie mir Speise und Trank; so tun sie bis zum heutigen Tage.‘ Da sprach Hâsib zu seiner Mutter: ‚Geh du morgen zu ihnen und sage ihnen: ‚Mein Sohn Hâsib Karîm ed-Dîn ist von seiner Reise zurückgekehrt; also kommt, empfangt ihn und begrüßt ihn!‘ Und als es Morgen ward, ging sie zu den Häusern der Holzfäller und brachte ihnen die Botschaft ihres Sohnes. Wie jene aber diese Worte vernahmen, erblichen sie und sprachen: ‚Wir hören und gehorchen!‘ Und jeder von ihnen gab ihr ein seidenes Gewand, das mit Gold bestickt war, indem er sprach: ‚Gib das deinem Sohne, auf daß er es anlege, und sage ihm, wir würden morgen zu ihm kommen!‘ Sie erwiderte einem jeden: ‚Ich höre und gehorche!‘ und kehrte zu ihrem Sohne zurück, richtete ihre Botschaft aus und gab ihm die Geschenke, die man ihr gegeben hatte.

Sehen wir nun aber, was die Holzhauer inzwischen taten! Sie riefen eine Anzahl von Kaufleuten zusammen und gestanden ihnen, wie sie einst gegen Hâsib Karîm ed-Dîn gehandelt hatten, und schlossen mit den Worten: ‚Was sollen wir jetzt mit ihm tun?' Die Kaufleute erwiderten: ‚Es gebührt sich, daß ein jeder von euch ihm die Hälfte seines Geldes und seiner Mamluken gebe.' Mit diesem Plane waren alle einverstanden; und so nahm ein jeder die Hälfte seines Besitzes mit sich, und alle gingen gemeinsam zu ihm, begrüßten ihn und küßten ihm die Hände. Und indem sie ihm alles überreichten, sprachen sie zu ihm: ‚Dies kommt von deiner Güte, und wir stehen zu deiner Verfügung.' Er nahm ihre Gaben an und sprach: ‚Was vergangen ist, ist vergangen. Dies war von Allah so bestimmt. Und gegen das, was einmal beschlossen ist, hilft keines Vorsichtigen List.' Darauf baten sie ihn: ‚Komm, wir wollen uns in der Stadt ergehen und das Bad besuchen!' Doch er antwortete: ‚Ich habe einen Eid geschworen, in meinem ganzen Leben nie mehr ein Bad zu betreten.' ‚Nun denn,' so baten sie weiter, ‚komm mit uns nach Haus, auf daß wir dich bewirten können!' ‚Ich höre und gehorche!' erwiderte er und ging mit ihnen zu ihren Häusern. Ein jeder von ihnen bewirtete ihn an einem Abend, bis in dieser Weise sieben Abende vergangen waren. Nun war auch er Besitzer von Geld und Häusern und Läden, und die Kaufleute der Stadt versammelten sich bei ihm, und er erzählte ihnen seine Erlebnisse. So wurde er einer der angesehensten Kaufherren. Eine ganze Weile führte er dies Leben; da begab es sich eines Tages, daß er in die Stadt ging und einer seiner Freunde, der Besitzer eines Bades, ihn erblickte, wie er an der Tür des Bades vorbeiging. Ihre Blicke trafen sich, und der Freund begrüßte ihn und umarmte ihn. Dann sprach er zu ihm: ‚Bitte, tritt ein und nimm ein Bad, damit ich dir Gastfreundschaft erweisen kann!' Aber Hâsib erwiderte ihm: ‚Ich habe einen Eid geschworen, in meinem ganzen Leben nie mehr ein Bad zu betreten.' Dennoch beschwor ihn der Badbesitzer und rief: ‚Meine drei Frauen sollen dreifach geschieden sein, wenn du nicht mit mir eintrittst und ein Bad nimmst!' Da ward Hâsib verwirrt, und er sprach: ‚Willst du denn, mein Bruder, meine Kinder zu Waisen machen, mein Haus zugrunde richten und mir die Sündenlast auf den Rücken legen?' Nun warf der Mann sich ihm zu Füßen, küßte sie und sprach: ‚Ich bitte dich um alles in der Welt, tritt ein mit mir ins Bad; die Sünde komme über mein Haupt!' Alsbald kamen alle Diener des Bades und die Leute, die darin waren, zuhauf, drangen auf Hâsib ein, schleppten ihn ins Bad und nahmen ihm die Kleider ab. Kaum aber war er im Bade drinnen und hockte an der Wand nieder und begann, sich Wasser aufs Haupt zu gießen, da kamen zwanzig Männer auf ihn zu und riefen: ‚Auf, Mann, folge uns! Du bist ein Schuldner des Sultans.' Dann entsandten sie einen aus ihrer Zahl zum Wesir des Sultans; der eilte fort und brachte die Meldung. Und alsbald stieg der Wesir mit sechzig Mamluken zu Rosse, und sie ritten dahin, bis sie zum Bade kamen und Hâsib Karîm ed-Dîn trafen. Der Minister begrüßte ihn und hieß ihn willkommen; dem Badbesitzer aber gab er hundert Goldstücke. Dann befahl er für Hâsib ein Pferd zu bringen, damit er reite. Und nun zogen der Wesir und Hâsib und die ganze Dienerschar dahin, bis sie zum Schlosse des Sultans kamen; dort saßen alle ab, der Minister und seine Leute und Hâsib, und setzten sich im Schlosse nieder. Die Tische wurden gebracht, und man aß und trank. Nachdem auch die Hände gewaschen waren, gab der Wesir ihm zwei Ehrengewänder, von denen ein jedes fünftausend Dinare wert war, und sprach zu ihm: ‚Wisse, Allah hat dich uns geschenkt und hat dich in seiner Barmherzigkeit zu uns kommen lassen. Der Sultan liegt todkrank am Aussatz darnieder; und die Bücher haben uns angezeigt, daß sein Leben in deiner Hand steht.' Darob war Hâsib sehr erstaunt; und nun führten ihn der Wesir und die Würdenträger des Reiches durch sieben Türen des Schlosses, bis sie zum König eintraten. Jener König war König Karazdân geheißen, der Herrscher von Persien, und er gebot über die sieben Lande. Und ihm waren hundert Sultane untergeben, die auf Thronen von rotem Golde saßen, dazu hunderttausend Ritter, von denen ein jeder hundert Statthalter unter sich hatte, und hundert Henker, die Schwerter und Beile trugen. Diesen König also fanden sie auf seinem Bette liegen; sein Antlitz war mit einem Tuche verhüllt, und er stöhnte im Übermaß der Schmerzen. Als Hâsib all die Pracht dort sah, erstarb er in Ehrfurcht vor König Karazdân, küßte den Boden vor ihm und flehte Segen auf sein Haupt herab. Darauf trat der Großwesir, Schamhûr geheißen, auf Hâsib zu, bot ihm den Willkommensgruß und ließ ihn auf einem hohen Stuhle zur Rechten des Königs sitzen. – –«

Da bemerkte Schehrezâd, daß der Morgen begann, und sie hielt in der verstatteten Rede an. Doch als die *Fünfhundertundvierunddreißigste Nacht* anbrach, fuhr sie also fort: »Es ist mir berichtet worden, o glücklicher König, daß der Wesir Schamhûr auf Hâsib zutrat und ihn auf einem hohen Stuhle zur Rechten des Königs Karazdân sitzen ließ. Dann wurden die Tische gebracht, und man aß und trank. Nachdem man sich auch die Hände gewaschen hatte, erhob sich der Wesir Schamhûr; und alle, die im Saale waren, erhoben sich zugleich aus Ehrfurcht vor ihm. Dann schritt er auf Hâsib Karîm ed-Dîn zu und sprach zu ihm: ‚Wir stehen dir zu Diensten; alles, was du wünschest, wollen wir dir geben, ja, sogar die Hälfte des Reiches würden wir dir schenken, wenn du sie verlangtest: denn die Heilung des Königs ruht in deiner Hand.' Darauf nahm er ihn bei der Hand und führte ihn zum König; und als Hâsib das Antlitz des Königs aufdeckte und ihn anschaute, erkannte er, daß jener auf den Tod erkrankt war. Darüber war er bestürzt. Doch nun beugte sich der Wesir über Hâsibs Hand und küßte sie und sprach: ,Wir flehen dich an, heile diesen König, und wir wollen dir alles geben, was du verlangst. Dies ist unsere Bitte an dich.' Hâsib gab ihm zur Antwort: ,Freilich bin ich der Sohn Daniels, des Propheten Allahs; aber ich verstehe nichts von dieser Wissenschaft. Man hat mich wohl dreißig Tage in der Heilkunst unterrichtet; doch ich habe nichts davon gelernt. Ich wollte, ich verstände etwas davon und könnte diesen König heilen!' Aber der Wesir fuhr fort: ,Verschwende nicht zuviel Worte an uns! Wenn wir auch alle Ärzte aus Ost und West zusammenberiefen, so könnte ihn doch niemand heilen als du allein.' Da fragte Hâsib: ,Wie kann ich ihn gesund machen, wo ich weder seine Krankheit noch ihre Heilung kenne?' Doch der Minister beharrte darauf: ,Die Heilung des Königs liegt in deiner Hand.' Und als Hâsib sagte: ,Wenn ich das Mittel für ihn wüßte, so würde ich ihn heilen', fuhr jener fort: ,Du weißt recht wohl das Mittel für ihn: es ist die Schlangenkönigin; du kennst ihre Stätte, du hast sie gesehen, du bist bei ihr gewesen!' Als Hâsib diese Worte hörte, ahnte er, daß all dies geschah, weil er das Bad betreten hatte; und er bereute, als die Reue nichts mehr fruchtete. Und er sprach: ,Wie ist das mit der Schlangenkönigin? Ich kenne sie nicht, habe auch mein Leben lang nie ihren Namen gehört.' ,Leugne nicht, daß du sie kennst!' erwiderte der Wesir, ,ich habe Beweise dafür, daß du um sie weißt und zwei Jahre bei ihr gewesen bist.' Dennoch beteuerte Hâsib: ‚Ich kenne sie nicht, ich habe sie nie gesehen, und ich habe erst jetzt durch euch zum ersten Male etwas von ihr gehört.' Da holte der Wesir ein Buch, schlug es auf und begann zu berechnen. Dann sprach er: ‚Siehe, die Schlangenkönigin wird mit einem Manne zusammentreffen, und er wird zwei Jahre bei ihr bleiben. Dann wird er von ihr gehen und zur Oberfläche der Erde zurückkehren. Und wenn er in ein Bad eintritt, so wird sein Bauch schwarz werden!' Darauf sagte er zu Hâsib: ‚Sieh deinen Bauch an!' Er tat es und sah, daß er schwarz war; aber er entgegnete dem Wesir: ‚Mein Bauch war schwarz seit dem Tage, da meine Mutter mich gebar.' Jener aber fuhr fort: ‚Ich hatte bei jedem Bade drei Mamluken aufgestellt; die mußten auf jeden, der eintrat, genau achten, mußten auf seinen Bauch sehen und mir Meldung bringen. Und als du in das Bad eintratst, blickten sie auf deinen Bauch und sahen, daß er schwarz geworden war. Sie brachten mir die Meldung; und wir konnten es kaum abwarten, noch heute dich bei uns zu sehen. Wir wünschen auch nichts anderes von dir, als daß du uns die Stelle zeigst, an der du herausgekommen bist; dann kannst du deiner Wege gehen. Wir vermögen die Schlangenkönigin festzuhalten, und wir haben Leute, die sie holen können.' Als Hâsib diese Worte hörte, bereute er es von neuem, daß er in das Bad eingetreten war, und machte sich bittere Vorwürfe, jetzt, da die Reue ihm nichts mehr nützte. Und die Emire und Wesire drangen in ihn, er möchte ihnen doch die Stätte der Schlangenkönigin zeigen, bis sie müde waren. Aber immer noch sagte er: ‚Ich habe dies Wesen nie gesehen, und ich habe nie von ihm gehört.' Zuletzt rief der Wesir nach dem Henker; und als der gekommen war, befahl er ihm, Hâsib zu entkleiden und heftig zu schlagen. Der tat es so lange, bis Hâsib im Übermaße des Schmerzes schon den

Tod vor Augen sah. Wieder hub der Wesir an: ‚Wir haben sichere Beweise, daß du die Stätte der Schlangenkönigin kennst. Warum leugnest du noch? Zeig uns die Stelle, an der du herausgekommen bist; dann geh fort von uns! Wir haben einen, der sie fängt; dir wird nichts Böses geschehen.' So redete er ihm gut zu; auch ließ er ihn wieder aufrichten und befahl, ihm ein Ehrenkleid zu bringen, das mit rotem Golde bestickt und mit Juwelen besetzt war. Schließlich gehorchte Hâsib dem Befehle des Wesirs und sprach zu ihm: ‚Ich will euch die Stelle zeigen, an der ich herausgekommen bin.' Als der Wesir das hörte, war er hocherfreut und stieg mit allen Emiren zu Roß; auch Hâsib mußte aufsitzen und vor der Schar herreiten, bis sie zu dem Berge kamen. Dort ging er mit ihnen in die Höhle, aber er weinte und seufzte. Die Emire und Wesire waren abgesessen und schritten hinter ihm her, bis sie zu dem Brunnen kamen, aus dem er heraufgestiegen war. Da trat der Großwesir vor, setzte sich nieder, verbrannte den Weihrauch, fing an zu beschwören und sprach Zauberformeln, blies und murmelte; denn er war ein kundiger Magier, ein Zauberer, der in der Wissenschaft von den Geistern und vielen andern Dingen bewandert war. Und als die erste Beschwörung zu Ende war, sprach er eine zweite und dann eine dritte; und jedesmal, wenn der Weihrauch verbrannt war, warf er neuen auf das Feuer. Zuletzt rief er: ‚Komm hervor, du Königin der Schlangen!' Und siehe da, das Wasser im Brunnen senkte sich, eine große Tür tat sich auf, und ein gewaltiges Getöse, dem Donner gleich, drang aus ihr hervor. Da glaubten sie, der Brunnen sei eingestürzt, und alle, die dort waren, sanken in Ohnmacht; ja, einige starben vor Schrecken. Und nun kam aus jenem Brunnen eine Schlange hervor, die war so groß wie ein Elefant, und sie sprühte Funken gleich glühenden Kohlen aus ihren Augen und aus ihrem Munde hervor. Und auf ihrem Rücken war eine Schale aus rotem Golde, die mit Perlen und Edelsteinen besetzt war; inmitten jener Schale lag eine Schlange, die mit ihrem Glanze den Raum erfüllte; ihr Antlitz glich dem eines Menschen, und sie sprach mit wohlberedter Zunge. Das war die Schlangenkönigin. Sie wandte sich nach rechts und nach links, und als ihr Blick auf Hâsib fiel, sprach sie: ,Wo ist das Versprechen, das du mir gabst, wo der Eid, den du mir schwurest, du wollest nie mehr ein Bad betreten? Doch gegen das Schicksal nützt kein Mittel, und keiner kann den Dingen entgehen, die ihm auf der Stirne geschrieben stehen. Allah hat es so gefügt, daß ich durch deine Hand mein Ende finden soll; das ist Sein Wille, und Er hat bestimmt, daß ich getötet, König Karazdân aber von seiner Krankheit geheilt werden soll.' Darauf weinte die Schlangenkönigin bitterlich, und auch Hâsib weinte mit ihr. Doch als der Wesir Schamhûr, der Verfluchte, die Schlangenkönigin sah, streckte er seine Hand aus, um sie zu ergreifen. Da schrie sie ihn an: ,Nimm die Hand zurück, du Verfluchter; sonst blase ich dich an und mache dich zu einem Häuflein schwarzer Asche!' Dann rief sie Hâsib und sprach zu ihm: ,Komm du zu mir, nimm mich in deine Hand und lege mich in die Schüssel, die ihr dort bei euch habt; dann trag sie auf deinem Kopfe! Mein Tod durch deine Hand war von Ewigkeit her bestimmt, und du hast keine Macht, ihn abzuwenden.' Da nahm er sie und legte sie sich aufs Haupt; und der Brunnen ward, wie er zuvor gewesen war. Dann machten sich alle auf den Heimweg nach der Stadt, während Hâsib die Schüssel auf dem Haupte trug. Unterwegs aber sprach die Schlangenkönigin heimlich zu ihm: ,Hâsib, höre auf den guten Rat, den ich dir gebe, obwohl du das Versprechen nicht gehalten und den Eid gebrochen und all dies getan hast; doch das war ja alles von Ewigkeit her so bestimmt.' ‚Ich höre und gehorche!' erwiderte er; ‚was befiehlst du, o Königin der Schlangen?' Da fuhr sie fort: ‚Wenn du zum Hause des Wesirs kommst, so wird er dir sagen, du sollest mich töten und in drei Teile zerschneiden. Dessen weigere du dich; tu es nicht, sondern sprich zu ihm: ‚Ich weiß nicht, wie man schlachtet', auf daß er mich mit seiner eigenen Hand töte und mit mir tue, was er will! Wenn er mir dann das Leben genommen und mich zerschnitten hat, so wird ein Bote zu ihm kommen, der ihn zu König Karazdân entbietet. Darauf wird er mein Fleisch in einen kupfernen Kessel tun und den Kessel über ein Kohlenbecken stellen. Und ehe er zum König geht, wird er zu dir sagen: ‚Schüre das Feuer unter diesem Kessel, bis der Schaum von dem Fleische aufsteigt! Wenn das geschehen ist, nimm den Schaum ab und tu ihn in eine Phiole und warte, bis er abkühlt; dann trink ihn aus, und wenn du das getan hast, so wirst du nie mehr Krankheit in deinem Leibe haben! Danach, wenn der zweite Schaum aufsteigt, so tu ihn in eine andere Phiole und bewahre sie bei dir auf, bis ich vom König zurückkomme; ich will ihn trinken wegen einer Krankheit in meinem Rückgrat!' Und er wird dir die beiden Phiolen geben und dann zum König gehen. Wenn er also fort ist, so schüre das Feuer unter dem Kessel, bis der erste Schaum aufsteigt, nimm ihn ab und tu ihn in die eine Phiole; die heb auf und hüte dich, davon zu trinken, denn wenn du davon trinkst, so wird dir nichts Gutes geschehen. Steigt dann der zweite Schaum auf, so tu ihn in die andere Phiole, warte, bis er sich kühlt, und bewahre dann das Fläschchen bei dir auf, damit du es nachher trinken kannst. Wenn der Wesir aber vom König zurückkommt und von dir die zweite Phiole verlangt, so gib ihm die erste und schau, was ihm begegnen wird.' – –«

Da bemerkte Schehrezâd, daß der Morgen begann, und sie hielt in der verstatteten Rede an. Doch als die *Fünfhundertundfünfunddreißigste Nacht* anbrach, fuhr sie also fort: »Es ist mir berichtet worden, o glücklicher König, daß die Schlangenkönigin Hâsib ermahnte, nicht von dem ersten Schaum zu trinken, und den zweiten sorgfältig aufzubewahren, indem sie sprach: ‚Wenn der Wesir vom König zurückkommt und von dir die zweite Phiole verlangt, so gib ihm die erste und schau, was ihm begegnen wird. Danach trinke du dann die zweite; und wenn du die getrunken hast, so wird dein Herz[1] zu einem Hause der Weisheit werden. Zuletzt nimm das Fleisch, lege es auf eine Schüssel aus Kupfer und gib es dem König, auf daß er es esse! Wenn er gegessen hat und das Fleisch in seinem Magen liegt, so bedecke sein Antlitz mit einem Tuche und warte bis zur Mittagszeit, bis sein Leib sich abgekühlt hat! Darauf gib ihm etwas Wein zu trinken, und er wird wieder gesund werden wie zuvor und von seiner Krankheit geheilt sein durch die Macht Allahs des Erhabenen! Dies ist der Rat, den ich dir gebe; bewahre ihn sorgsam in deinem Gedächtnis!' So gingen sie dahin, bis sie zum Hause des Wesirs kamen. Dort sagte der Wesir zu Hâsib: ‚Tritt mit mir ins Haus ein!' Als nun der Wesir mit Hâsib hineingegangen war und die andere Schar sich zerstreut hatte und ein jeder von ihnen seines Weges gezogen war, nahm Hâsib die Schale, auf der die Schlangenkönigin lag, von seinem Haupte herab. Dann sprach der Wesir zu ihm: ‚Schlachte die Königin der Schlangen!' Doch Hâsib erwiderte ihm: ‚Ich weiß nicht, wie man schlachtet. Ich habe in meinem ganzen Leben noch nie etwas geschlachtet. Wenn du sie töten willst, so tu du es mit eigener Hand!' Sofort nahm der Wesir Schamhûr die Schlangenkönigin von der Schale, auf der sie

---

1. Im Orient gilt das Herz als der Sitz des Verstandes.

lag, herunter und schlachtete sie. Als Hâsib das sehen mußte, weinte er bittere Tränen; aber Schamhûr lachte seiner und sprach: ‚Du Schwachkopf, wie kannst du weinen, wenn eine Schlange getötet wird?' Dann zerschnitt er sie in drei Stücke und legte sie in einen kupfernen Kessel; den Kessel aber stellte er aufs Feuer und setzte sich, um zu warten, bis das Fleisch gar wäre. Doch während er dasaß, trat plötzlich ein Mamluk vom König an ihn heran und sprach zu ihm: ‚Der König verlangt in diesem Augenblick nach dir.' ‚Ich höre und gehorche!' erwiderte der Wesir; und rasch holte er zwei Phiolen für Hâsib und gab sie ihm mit den Worten: ‚Schüre das Feuer unter diesem Kessel, bis der erste Schaum von dem Fleische aufsteigt; wenn er hochkommt, so schäume ihn von dem Fleische ab und tu ihn in eine dieser beiden Fläschchen! Dann warte, bis er sich abkühlt, und trinke ihn; wenn du ihn trinkst, so wird dein Leib gesund sein, und du wirst nie mehr krank werden! Und wenn der zweite Schaum aufsteigt, so tu ihn in das andere Fläschchen und heb es auf, bis ich vom König zurückkomme; ich will es trinken, weil ich in meinem Rückgrat Schmerzen habe, die vielleicht geheilt werden, wenn ich davon trinke!' Darauf begab er sich zum König, nachdem er Hâsib noch einmal den Auftrag eingeschärft hatte. Hâsib nun begann das Feuer unter dem Kessel zu schüren, bis der erste Schaum aufstieg; den schäumte er ab und tat ihn in eine der beiden Phiolen und bewahrte sie bei sich auf. Dann schürte er das Feuer unter dem Kessel weiter, bis der zweite Schaum emporkam; auch den schäumte er ab, und er tat ihn in die andere Phiole und behielt sie bei sich. Als aber das Fleisch gar war, nahm er den Kessel vom Feuer herunter und setzte sich, um auf den Wesir zu warten. Als jener nun von dem König zurückkam, fragte er Hâsib: ‚Was hast du getan?' ‚Die Arbeit ist vollbracht', erwiderte Hâsib; und der Wesir fuhr fort: ,Was hast du mit der ersten Flasche gemacht?' ,Ich habe soeben getrunken, was darin war.' ,Aber ich sehe nicht, daß dein Körper irgendwie verändert ist.' ,Ich fühle, daß mein Leib wie Feuer brennt, vom Scheitel bis zur Sohle.' Der falsche Wesir Schamhûr verbarg die Wahrheit arglistig vor Hâsib und sagte nun: ,Gib mir die andere Flasche; ich will trinken, was darin ist; vielleicht werde ich von diesen Schmerzen in meinem Rückgrat geheilt!' Darauf trank er den Inhalt der ersten Flasche, in dem Glauben, er tränke aus der zweiten. Kaum aber hatte er sie getrunken, da entfiel sie seiner Hand, und er schwoll sofort auf und platzte. So ward an ihm das Sprichwort wahr: ,Wer seinem Bruder eine Grube gräbt, fällt selbst hinein.' Als Hâsib das sah, erschrak er; und er zauderte, die zweite Phiole zu trinken. Aber er dachte an die Mahnung der Schlange, und er sagte sich: ,Wenn in dieser Flasche etwas Schädliches wäre, so hätte der Wesir sie nicht für sich gewählt.' Und mit den Worten: ,Ich setze mein Vertrauen auf Allah' trank er sie aus. Kaum hatte er das getan, da ließ Allah der Erhabene in seinem Herzen die Quellen der Weisheit sprudeln und öffnete ihm den Born des Wissens, und Freude und Lust kamen über ihn. Dann nahm er das Fleisch, das in dem Kessel war, legte es auf die kupferne Schüssel und verließ das Haus des Wesirs. Und er hob sein Haupt gen Himmel auf. Da sah er die sieben Himmel und was darinnen ist, bis zum Lotusbaum[1], über den kein Weg hinaus führt; er sah auch die Art des Kreisens der Sphären, und Allah offenbarte ihm alle die Geheimnisse des Himmels; er sah die Planeten und die Fixsterne und erkannte die Art der Sternenbahnen und schaute die Form von Festland und Meer. So erlangte

1. Koran, Sure 53, Vers 14. Dieser Lotusbaum steht im siebenten Himmel neben dem Throne Allahs.

er die Kenntnis der Geometrie, der Astrologie, der Astronomie, der Sphärenkunde, der Arithmetik und alles dessen, was damit zusammenhängt; und er begriff die Ursachen der Finsternisse von Sonne und Mond und vieles andere derart. Dann blickte er auf die Erde, und er sah darin alle Mineralien und Pflanzen und Bäume und erkannte ihre Eigenschaften und Kräfte. Dadurch erlangte er die Kenntnis der Heilkunst, der natürlichen Magie und der Chemie und lernte die Kunst, Gold und Silber zu machen. Indessen trug er das Fleisch dahin, bis er zum König Karazdân kam; bei ihm trat er ein, küßte den Boden vor ihm und sprach: ‚Möge dein Haupt deinen Wesir Schamhûr überleben!' Da ward der König gewaltig erregt über den Tod seines Wesirs, und er weinte bitterlich, und auch alle die Wesire und Emire und Großen des Reiches weinten um ihn. Darauf sprach der König Karazdân: ‚Der Wesir Schamhûr war doch eben noch in voller Gesundheit bei mir, und er ging fort, um mir das Fleisch zu bringen, wenn es gar wäre. Wie kommt es, daß er jetzt tot ist? Was für ein Unheil hat ihn betroffen?' Da erzählte Hâsib dem König alles, wie es sich zugetragen hatte, wie der Wesir die Flasche getrunken hatte, wie dann sein Leib angeschwollen und aufgequollen und er selbst gestorben war. Der König war tief um ihn betrübt, und er sprach zu Hâsib: ‚Was soll nun aus mir werden, da Schamhûr tot ist?' ‚Sorge dich nicht, o größter König unserer Zeit,' erwiderte jener, ‚ich werde dich in drei Tagen heilen, so daß keine Spur von der Krankheit in deinem Leibe zurückbleibt.' Da schwoll dem König Karazdân das Herz vor Freude, und er sprach zu Hâsib: ‚Ich will so gern von dieser Plage befreit werden, und wenn es auch noch Jahre dauern sollte!' Nun machte Hâsib sich ans Werk. Er holte die Schüssel und setzte sie vor den König hin, nahm ein Stück von dem Fleische der

Schlangenkönigin und gab es ihm zu essen; dann deckte er ihn zu und breitete ein Tuch über sein Gesicht, setzte sich neben ihn und empfahl ihm, zu schlafen. Der König schlief von Mittag bis Sonnenuntergang, bis das Stück Fleisch in seinem Magen verdaut war. Danach weckte er ihn auf, gab ihm etwas Wein zu trinken und empfahl ihm, wieder zu schlafen. Der König schlief die Nacht hindurch bis zum Morgen; und als der Tag anbrach, tat Hâsib genau so, wie er am Tage vorher getan hatte, und so gab er ihm die drei Stücke in drei Tagen zu essen. Da schrumpfte die Haut des Königs zusammen und schälte sich ganz ab, und schließlich begann er so sehr zu schwitzen, daß der Schweiß ihm vom Kopfe bis zu den Füßen rann. Aber er war gesund geworden, und keine Spur von Krankheit war in seinem Leibe geblieben. Danach sprach Hâsib zu ihm: ‚Jetzt mußt du ins Bad gehen.' Und so führte er ihn ins Bad und wusch ihm den Leib; und als er ihn wieder hinausführte, war des Königs Leib wie ein silberner Stab, und er war wieder gesund wie zuvor, ja, er fühlte sich noch kräftiger und besser als je in früherer Zeit. Nun legte er seine besten Gewänder an und setzte sich auf den Thron; und er geruhte, Hâsib Karîm ed-Dîn an seiner Seite sitzen zu lassen. Darauf befahl er die Tische zu breiten, und es geschah also; und beide, der König und Hâsib, aßen und wuschen sich danach die Hände. Dann befahl er, den Wein zu bringen; und als man gebracht hatte, was er verlangte, tranken die beiden. Und hernach kamen alle die Emire und Wesire, die Krieger und die Großen des Reiches und die Vornehmen unter dem Volke und wünschten ihm Glück zu seiner völligen Genesung. Die Trommeln wurden geschlagen, und die Stadt ward geschmückt, weil der König genesen war. Und als alle, die ihre Glückwünsche darbringen wollten, bei dem König versammelt waren, sprach er zu ihnen:

‚Ihr Männer, Wesire und Emire und Großen des Reiches, dieser da, Hâsib Karîm ed-Dîn, ist es, der mich von meiner Krankheit geheilt hat. Wisset daher, daß ich ihn zum Großwesir gemacht habe an Stelle des Wesirs Schamhûr.' – –«

Da bemerkte Schehrezâd, daß der Morgen begann, und sie hielt in der verstatteten Rede an. Doch als die *Fünfhundertundsechsunddreißigste Nacht* anbrach, fuhr sie also fort: »Es ist mir berichtet worden, o glücklicher König, daß König Karazdân zu seinen Wesiren und Großen seines Reiches sprach: ‚Der mich von meiner Krankheit geheilt hat, ist Hâsib Karîm ed-Dîn; darum habe ich ihn zum Großwesir gemacht an Stelle des Wesirs Schamhûr. Wer ihn liebt, der liebt auch mich; und wer ihn ehrt, der ehrt mich; und wer ihm gehorcht, der gehorcht auch mir.' Da riefen alle: ‚Wir hören und gehorchen!' und sie gingen alle hin und küßten Hâsibs Hand, begrüßten ihn und beglückwünschten ihn zur Ministerwürde. Dann verlieh der König ihm ein kostbares Ehrengewand, das mit rotem Golde durchwirkt und mit Perlen und Edelsteinen besetzt war, deren kleinster einen Wert von fünftausend Dinaren hatte. Ferner schenkte er ihm dreihundert Mamluken und dreihundert Odalisken, die mondengleich strahlten, dreihundert abessinische Sklavinnen und fünfhundert Maultiere, die mit Schätzen beladen waren, dazu allerlei Haustiere, Kleinvieh, Büffel und Rinder, so viel, daß keiner es beschreiben kann. Nach alledem befahl der König den Wesiren und Emiren, den Großen seines Reiches und den Vornehmen seiner Herrschaft, den Mamluken und allen Untertanen, auch sie sollten ihm Geschenke bringen. Hâsib bestieg nun sein Roß und ritt, begleitet von den Wesiren und Emiren, den Großen des Reiches und der gesamten Kriegerschar, zu dem Hause, das der König für ihn bestimmt hatte. Dort setzte er sich auf einen Stuhl, und die

Emire und Wesire küßten ihm die Hände und wünschten ihm von neuem Glück zu seiner hohen Würde, und alle wetteiferten, ihm zu dienen. Auch seine Mutter war aufs höchste erfreut und beglückwünschte ihn zu seinem Amte. Und dann kamen die Seinen und brachten ihre Glückwünsche dar, daß er sicher heimgekehrt und nun gar Wesir geworden war; und alle zeigten ihre große Freude. Zuletzt kamen auch seine einstigen Freunde, die Holzhauer, und beglückwünschten ihn zu seiner neuen Stellung. Nach alledem saß er wieder auf und ritt zum Schlosse des Wesirs Schamhûr, versiegelte das Haus und legte seine Hand auf alles, was darinnen war; das nahm er für sich in Besitz und ließ es in sein Haus schaffen. So wurde er, der früher nichts von den Wissenschaften, nicht einmal lesen und schreiben gelernt hatte, durch den Ratschluß Allahs des Erhabenen zu einem Gelehrten, der alle Wissenschaften beherrschte. Und der Ruf seiner Gelehrsamkeit verbreitete sich, und seine Weisheit wurde in allen Landen gerühmt. Er ward bekannt als ein Meer des Wissens von der Heilkunde und der Astronomie, der Geometrie und der Astrologie, der Chemie und der natürlichen Magie, der Geisterkunde und von allen anderen Wissenschaften.

Eines Tages nun sprach er zu seiner Mutter: ‚Liebe Mutter, mein Vater Daniel war ein trefflicher Gelehrter. Sag mir doch, was er an Büchern und dergleichen hinterlassen hat!' Wie die Mutter das hörte, brachte sie ihm die Truhe, in die sein Vater die fünf Blätter gelegt hatte, jene Blätter, die er von seinen Büchern gerettet hatte, als er Schiffbruch litt. Und sie sagte zu ihm: ‚Dein Vater hat von allen seinen Büchern nichts hinterlassen als die fünf Blätter, die in dieser Truhe sind.' Da öffnete er die Truhe, nahm die Blätter heraus und las sie. Dann sprach er: ‚Liebe Mutter, diese Blätter sind ja nur Teile eines Buches;

wo ist denn das übrige?' Sie gab ihm zur Antwort: ,Dein Vater machte eine Seereise, auf die er alle seine Bücher mitnahm, und da litt er Schiffbruch, und seine Bücher gingen unter. Allah der Erhabene rettete ihn; aber von seinen Büchern blieben nur diese fünf Blätter übrig. Als dein Vater von der Reise zurückkehrte, war ich schwanger mit dir; und er sprach zu mir: ,Vielleicht wirst du einem Knaben das Leben schenken; nimm diese Blätter und bewahre sie auf bei dir, und wenn der Knabe herangewachsen ist und fragt, was ich ihm hinterlassen habe, so gib sie ihm und sprich: Dein Vater hat dir nichts anderes hinterlassen als dies. Und siehe, hier sind sie!' Danach lebte Hâsib Karîm ed-Dîn, der nun der größte Gelehrte geworden war, bei Speise und Trank herrlich und in Freuden, bis Der zu ihm kam, der die Freuden schweigen heißt und der die Freundesbande zerreißt.

Dies ist das Ende von dem, was uns über die Geschichte von Hâsib, dem Sohne Daniels, bekannt geworden ist – Allah habe ihn selig! Und Allah weiß alle Dinge am besten.«

[1]Nachdem Schehrezâd diese Geschichte von Hâsib Karîm ed-Dîn und der Schlangenkönigin beendet hatte, sprach sie: »Und sie ist doch nicht wunderbarer als die Geschichte von Sindbad!«[2] Da fragte König Schehrijâr: »Wie ist denn die?« Und nun erzählte sie

DIE GESCHICHTE
VON SINDBAD DEM SEEFAHRER

Es ist mir berichtet worden, daß zur Zeit des Kalifen Harûn er-Raschîd, des Beherrschers der Gläubigen, in der Stadt Bagh-

1. Hier beginnt der dritte Band der arabischen Ausgabe; die Einleitung zu diesem Bande, die aus allgemeinen Redensarten besteht, ist hier ausgelassen. – 2. Arabisch: es-Sindibâd; die in Europa eingebürgerte Form ist hier jedoch beibehalten.

daß ein Mann lebte, der Sindbad der Lastträger genannt ward. Er war ein armer Mann, der um Lohn Lasten auf dem Kopfe trug. Eines Tages nun, als er eine schwere Last zu tragen hatte, begab es sich, daß er unter dem Gewicht fast zusammenbrach; denn es war ein sehr heißer Tag. Und er begann zu schwitzen, und die Hitze bedrückte ihn sehr. Da kam er an dem Hause eines Kaufmanns vorbei, vor dem die Straße gefegt und gesprengt war; die Luft war dort kühl, und neben der Haustür stand eine breite Bank. Auf die setzte der Träger seine Last, um sich auszuruhen und Luft zu schöpfen. – –«

Da bemerkte Schehrezâd, daß der Morgen begann, und sie hielt in der verstatteten Rede an. Doch als die *Fünfhundertundsiebenunddreißigste Nacht* anbrach, fuhr sie also fort: »Es ist mir berichtet worden, o glücklicher König, daß dem Träger, als er seine Last auf jene Bank gesetzt hatte, um sich auszuruhen und Luft zu schöpfen, aus der Tür ein laues Lüftchen und ein lieblicher Duft entgegenströmten. Daran hatte der Arme seine Freude, und so setzte er sich auch auf die Bank. Und nun hörte er von drinnen her den Klang der Saiten und Lauten, dazu Stimmen, die berückten, und allerlei Weisen, die entzückten. Ferner hörte er, wie Vögel zwitscherten und Allah den Erhabenen lobpriesen mit mancherlei Stimmen zart und in Sprachen von vielerlei Art; da waren Turteltauben, Spottdrosseln, Amseln, Nachtigallen, Ringeltauben und Wachteln. Erstaunt und voller Entzücken trat er näher und entdeckte in dem Hause einen großen Garten, und darinnen sah er Knaben und Sklaven, Eunuchen und Diener und Dinge, die man nur bei Königen und Sultanen findet. Und der Duft von köstlichen und würzigen Speisen jeglicher Art und von feinen Weinen wehte ihm entgegen. Da erhob er seinen Blick gen Himmel und sprach: ‚Preis sei dir, o Herr und Schöpfer, du Spender, der du spendest, wem du willst, ohne zu rechnen! O mein Gott, ich bitte dich um Vergebung für alle Sünden, vor dir laß mich meine Reue ob aller Fehler künden! O Herr, gegen dich gibt es keinen Widerspruch in deinem Entscheid und deiner Allmacht; du kannst nicht zur Rechenschaft gezogen werden wegen dessen, was du tust; denn du bist über alle Dinge mächtig! Preis sei dir, du machst reich, wen du willst, und machst arm, wen du willst; du erhöhest, wen du willst, und du erniedrigst, wen du willst. Es gibt keinen Gott außer dir! Wie gewaltig ist deine Pracht, wie stark ist deine Macht, wie herrlich ist dein Walten! Du begnadest unter deinen Dienern, wen immer du willst. Und so lebt der Herr dieses Hauses herrlich und in Freuden, er kann sich an lieblichen Düften, an köstlichen Speisen und edlen Weinen aller Art ergötzen. Du hast für deine Geschöpfe bestimmt, was du willst und was du ihnen im voraus zuerteilt hast. Die einen von ihnen sind mühselig, die anderen pflegen der Ruhe; die einen leben im Glück, und andere, wie ich, sind von Mühsal und Elend geplagt.' Und er sprach diese Verse:

> *Wie mancher ist elend und hat keine Ruh*
> *Und findet den Schatten des Glücks nimmermehr!*
> *Ich lebe in wachsenden Qualen dahin,*
> *Ja, seltsam ergeht's mir, die Last ist so schwer!*
> *Ein andrer ist glücklich und kennt keine Not;*
> *Ihn drückt nicht das Schicksal wie mich meine Last.*
> *Ihm beut sich ein Leben des Glücks immerdar,*
> *In Freude und Herrlichkeit trinkt er und praßt.*
> *Vom Tropfen des Samens kam jedes Geschöpf;*
> *Und ich bin wie der da, und er ist wie ich.*
> *Und doch, zwischen uns ist der Abstand so groß,*
> *Wie wenn man den Wein mit dem Essig verglich.*
> *Doch ich bin, o Herr, nicht ein hadernder Knecht;*
> *Denn du bist der Weise und waltest gerecht.*

Als Sindbad der Lastträger seine Verse gesprochen hatte, wollte er seine Last wieder aufheben und weitergehen, doch da trat aus jener Tür ein Diener zu ihm heraus, jung an Jahren, schön von Angesicht, von zierlichem Wuchse und prächtig gekleidet. Der ergriff den Lastträger bei der Hand und sprach zu ihm: ‚Tritt ein, folge dem Rufe meines Herrn; denn er wünscht dich zu sprechen!' Der Lastträger wollte sich weigern, mit dem Diener hineinzugehen; aber es gelang ihm nicht, und so ließ er seine Last bei dem Türhüter in der Vorhalle stehen und trat mit seinem Führer ins Innere des Hauses. Er sah, daß es ein schöner Bau war, freundlich und würdig; dann schaute er eine große Halle und nahm in ihr eine Schar von edlen Herren und vornehmen Männern wahr. Dort waren auch alle Arten von Blumen und duftenden Kräutern, vielerlei Naschwerk und Früchte, eine große Menge von verschiedenen kostbaren Gerichten und Weine von den erlesensten Reben; und ferner hörte er dort Gesang und Saitenspiel von vielen schönen Mädchen. Ein jeder der Gäste saß auf seinem Platze, der ihm nach seinem Range angewiesen war; doch auf dem Ehrenplatze saß ein großer und würdiger Herr, dessen Bart auf den Wangen schon vom Grau gefärbt war, eine stattliche Gestalt von schönem Antlitz, voller Würde und Vornehmheit, Hoheit und Erhabenheit. Sindbad der Lastträger ward durch all das verwirrt, und er sprach bei sich selber: ‚Bei Allah, dies ist wohl ein Stück von der Paradiesesau, oder eines Königs oder Sultans Bau?' Darauf machte er eine höfliche Verbeugung, sprach den Gruß vor den Herren und wünschte ihnen Segen und küßte den Boden vor ihnen. Dann blieb er gesenkten Hauptes stehen. – –«

Da bemerkte Schehrezâd, daß der Morgen begann, und sie hielt in der verstatteten Rede an. Doch als die *Fünfhundertundachtunddreißigste Nacht* anbrach, fuhr sie also fort: »Es ist mir berichtet worden, o glücklicher König, daß der Herr des Hauses, als Sindbad der Lastträger den Boden vor den Herren geküßt hatte und darauf gesenkten Hauptes und in ergebener Haltung stehen blieb, ihm ein Zeichen gab, er möge näher treten und sich setzen. Nachdem der Träger das getan hatte, hieß jener ihn mit freundlichen Worten willkommen. Darauf ließ er ihm etwas von den prächtigen, wohlschmeckenden und kostbaren Speisen vorsetzen, und Sindbad der Lastträger rückte an den Tisch heran und begann mit den Worten ‚Im Namen Gottes' zu essen, bis er ganz satt war. Dann sprach er: ‚Preis sei Allah in allen Dingen!', wusch sich die Hände und dankte den Herren für das Mahl. Doch der Hausherr sagte: ‚Das ist dir gern gegönnt; dein Tag sei gesegnet! Sag, wie heißest du und was für ein Gewerbe betreibst du?' Jener gab zur Antwort: ‚Hoher Herr, ich heiße Sindbad der Lastträger, und ich trage um Lohn die Sachen der Leute auf meinem Kopfe.' Lächelnd fuhr der Hausherr fort: ‚Wisse, du Lastträger, ich habe denselben Namen wie du; ich bin Sindbad der Seefahrer. Doch nun wünsche ich, o Träger, daß du mich noch einmal die Verse hören lässest, die du sprachest, als du an der Tür standest.' Da schämte sich der Träger und erwiderte: ‚Bei Allah, ich beschwöre dich, sei mir nicht böse! Mühsal und Qual und leere Hände lehren den Menschen schlechte Sitten und Unziemlichkeit.' ‚Schäme dich nicht,' sprach da der Hausherr, ‚du bist ja jetzt mein Bruder geworden. Wiederhole die Verse; sie gefielen mir, als ich sie von dir hörte, während du sie an der Tür vortrugst!' So trug denn der Lastträger jene Verse noch einmal vor; und wiederum gefielen sie dem Herrn, und er war entzückt, wie er sie hörte. Dann fuhr der Herr fort:

‚Wisse, o Lastträger, meine Geschichte ist wunderbar, und ich will dir alles berichten, wie es mir ergangen ist und was ich erlebt habe, ehe ich zu diesem Wohlstande kam und in diesem Hause wohnen konnte, in dem du mich jetzt siehst. Denn dieser Reichtum und dies Haus ist mir erst nach schweren Mühsalen, großen Plagen und vielen Schrecknissen zuteil geworden. Ach, wieviel Qual und Kummer habe ich in der alten Zeit erdulden müssen! Sieben Reisen habe ich gemacht, und an jeder hängt eine wundersame Geschichte, die den Verstand verwirren kann. Doch all das war durch das Geschick vorherbestimmt; und dem, was geschrieben steht, kann keiner entrinnen noch entfliehen.' Und nun erzählte er

DIE ERSTE REISE
SINDBADS DES SEEFAHRERS

Wisset, ihr edlen Herren, mein Vater war ein Kaufmann, einer der Vornehmen unter dem Volke und unter den Kaufherren, und er besaß viel Geld und Gut. Er starb, als ich noch ein kleiner Knabe war, und hinterließ mir großen Reichtum an Geld und Grundbesitz und Landgütern. Wie ich nun herangewachsen war, nahm ich all das in Besitz, und ich aß die besten Speisen, trank die edelsten Weine und gesellte mich zu den jungen Leuten. Ich schmückte mich mit schönen Kleidern und wandelte mit den Freunden und Gefährten, in dem Glauben, das müsse immer so bleiben und mir zum besten dienen. So trieb ich es lange Zeit hindurch, aber schließlich erwachte ich aus meiner Sorglosigkeit. Und als ich dann wieder zu Verstande kam, bemerkte ich, daß meine Waren waren und daß mein Stand schwand. Ja, ich sah, daß alles dahin war, was ich besessen hatte, und so kam ich voll Schrecken und Entsetzen zur Besinnung. Da dachte ich an einen Ausspruch, den ich früher einmal von meinem Vater gehört hatte; das war ein Spruch unseres Herrn Salomo, des Sohnes Davids – über beiden sei Heil! –, und der lautet: Drei Dinge sind besser als drei andere: der Tag des Todes ist besser denn der Tag der Geburt; ein lebendiger Hund ist besser als ein toter Löwe; und das Grab ist besser als die Armut.[1] Und ich machte mich auf, sammelte, was mir noch an Hausrat und Kleidern verblieben war, und verkaufte es; dann verkaufte ich meinen Grundbesitz und was ich sonst noch mein eigen nannte, und schließlich hatte ich dreitausend Dirhems zusammengebracht. Nun kam es mir in den Sinn, eine Reise in fremde Länder zu machen, indem ich des Dichterwortes gedachte, das da lautet:

> *Durch Mühsal wird die steile Höh erklommen;*
> *Wer Ruhm begehrt, der schlummert nicht bei Nacht.*
> *In Meerestiefen taucht, wer Perlen suchet;*
> *Und so gewinnt er Geld und Gut und Macht.*
> *Wer glaubt, solch Werk sei mühelos getan,*
> *Verliert das Leben bald in seinem Wahn.*

So faßte ich denn meinen Entschluß, machte mich auf und kaufte mir Waren und Güter und allerlei Sachen, auch Dinge, die zur Reise nötig waren; und da meine Seele nach einer Reise zur See verlangte, so bestieg ich ein Schiff und fuhr nach der Stadt Basra, zusammen mit einer Schar von Kaufleuten. Von dort reisten wir auf dem Meere weiter, viele Tage und Nächte; wir kamen von Insel zu Insel, von Meer zu Meer und von Land zu Land. Überall, wo wir landeten, trieben wir Handel und tauschten Güter ein. Und während wir so auf dem Meere dahinsegelten, kamen wir eines Tages zu einer Insel, die so schön war, daß sie einem Paradiesesgarten glich. Der Kapitän machte dort mit uns halt; und nachdem er die Anker ausgeworfen hatte, legte er die Landungsplanke an, und alle, die sich auf dem Schiffe befanden, gingen auf der Insel an Land.

1. Vgl. Prediger Salomonis 7, 1 und 9, 4.

Nachdem sie sich dort Herde errichtet hatten, zündeten sie Feuer darin an und machten sich an Arbeiten mancherlei Art. Die einen kochten, die anderen wuschen, wieder andere schauten sich um. Ich gehörte zu denen, die auf der Insel umhergingen. Als dann alle Reisenden bei Essen und Trinken, Kurzweil und Spiel versammelt waren, rief plötzlich der Kapitän, der an Bord des Schiffes stand, uns Ahnungslosen mit lauter Stimme zu: ‚Ihr Leute, rettet euer Leben! Lauft, kommt an Bord und beeilt euch mit dem Kommen! Laßt eure Sachen im Stich! Flieht, solang ihr noch lebt, rettet euch vor dem Verderben! Die Insel da, auf der ihr seid, ist keine Insel; sie ist ein großer Fisch, der mitten im Meere feststeht. Sand hat sich auf ihm abgelagert, so daß er nun wie eine Insel aussieht und Bäume auf ihm gewachsen sind. Als ihr das Feuer auf ihm anzündetet, da merkte er die Hitze und bewegte sich. In diesem Augenblick wird er mit euch in die Tiefe versinken, und dann werdet ihr alle ertrinken. Drum bringt euch in Sicherheit, ehe das Verderben über euch kommt!‘ – –«

Da bemerkte Schehrezâd, daß der Morgen begann, und sie hielt in der verstatteten Rede an. Doch als die *Fünfhundertundneununddreißigste Nacht* anbrach, fuhr sie also fort: »Es ist mir berichtet worden, o glücklicher König, daß der Kapitän des Schiffes den Reisenden zurief: ‚Bringt euch in Sicherheit, ehe das Verderben über euch kommt! Laßt die Sachen im Stich!‘ und daß die Leute, als sie seine Worte hörten, fortliefen und eilends auf das Schiff kletterten; ihre Sachen, Kleider, Kessel und Feuerherde ließen sie liegen. Einige erreichten das Schiff noch, andere kamen zu spät; denn schon hatte jene Insel sich bewegt, und bald verschwand sie in der Tiefe mit allem, was darauf war, und darüber schloß sich das tosende Meer mit den brandenden Wogen ringsumher. Ich war einer von denen, die auf der Insel zurückbleiben mußten, und ich versank mit ihnen im Wasser; doch Allah der Erhabene behütete mich und rettete mich vom Tode des Ertrinkens; denn er sandte mir einen großen hölzernen Zuber, eins der Geräte, in denen die Leute vorher gewaschen hatten. Besorgt um das süße Leben, hielt ich den Zuber mit der Hand fest und setzte mich rittlings darauf, und dann ruderte ich mit meinen Beinen im Wasser wie mit Riemen, während das Spiel der Wogen mich bald nach rechts und bald nach links trieb. Der Kapitän aber hatte inzwischen die Segel des Schiffes gespannt und war mit denen, die an Bord hatten kommen können, davongefahren, ohne sich um die Ertrinkenden zu kümmern. Ich schaute sehnsüchtig jenem Schiffe nach, bis es meinen Blicken entschwand; da war ich des Todes gewiß. Und dann brach die Nacht über mich herein, während ich in solcher Not war. Die ganze Nacht und den nächsten Tag hindurch blieb ich in der gleichen Lage; dann aber trieben günstige Winde und Wogen mich an den Fuß einer hohen Insel, deren Bäume mit ihren Ästen über das Wasser hinausragten. Ich konnte den Zweig eines hohen Baumes ergreifen und mich daran festhalten, nachdem ich schon den Tod vor Augen gesehen hatte. An jenem Zweige kletterte ich entlang, bis ich auf die Insel springen konnte. Da sah ich, daß meine Füße geschwollen und starr geworden waren und daß an ihren Sohlen Spuren von Bissen der Fische waren. Das hatte ich vorher in meiner großen Angst und Verzweiflung gar nicht bemerkt. Ich warf mich auf den Boden der Insel nieder, wie tot, verlor die Besinnung und versank in einen bleiernen Schlaf. So blieb ich bis zum andern Morgen liegen, und als die Sonne über mir aufging, erwachte ich. Da aber meine Füße geschwollen waren, bewegte ich mich weiter, so gut ich konnte; bald rutschte ich wie ein Kind, bald kroch ich auf den

Knien. Nun waren auf der Insel viele Früchte und Quellen süßen Wassers; und so begann ich mich von jenen Früchten zu nähren. Aber noch eine Reihe von Tagen und Nächten blieb ich in derselben Verfassung; dann erst regte sich in mir neue Kraft, meine Lebensgeister kehrten zurück, und ich konnte mich besser bewegen. Da entschloß ich mich, am Strande der Insel entlang zu gehen, und sah mich zwischen den Bäumen um, was Allah der Erhabene dort wohl erschaffen haben möchte. Auch machte ich mir einen Stab aus einem Aste der Bäume und stützte mich auf ihn beim Gehen. So blieb es noch eine Weile, bis ich eines Tages bei meiner Wanderung am Strande der Insel in der Ferne eine Gestalt erblickte. Ich dachte, das wäre ein wildes Tier oder ein Ungeheuer des Meeres; doch als ich mich näherte und immer genauer hinschaute, sah ich, daß es ein edles Roß war, das dort am Strande nahe dem Meeresufer angebunden stand. Wie ich aber ganz nahe herankam, stieß es einen gewaltigen Schrei aus, so daß ich erschrak und zurücklaufen wollte. Da kam plötzlich ein Mann aus der Erde heraus, rief mich an und lief mir nach. Er sagte: ‚Wer bist du? Woher kommst du? Was führt dich an diese Stätte?' ‚Lieber Herr,' erwiderte ich, ‚ach, ich bin ein Fremdling, ich war auf einem Schiffe, und ich fiel mit mehreren anderen, die auf ihm fuhren, ins Wasser. Da sandte mir Allah einen Zuber aus Holz, und ich setzte mich darauf, und er schwamm mit mir dahin, bis mich die Wellen an diese Insel trieben.' Als der Mann meine Worte gehört hatte, ergriff er mich bei der Hand und sprach zu mir: ‚Geh mit mir!' Dann führte er mich in einen unterirdischen Gang und ließ mich in eine große Halle unter der Erde eintreten. Dort setzte er mich an den Ehrenplatz, der Tür gegenüber, und brachte mir etwas zu essen; und da mich hungerte, aß ich, bis ich ganz satt war und mich gestärkt hatte.

Dann fragte er mich von neuem, wer ich sei und was ich alles erlebt hätte; und ich berichtete ihm alles, was mir widerfahren war, von Anfang bis zu Ende. Er hörte meiner Erzählung mit wachsendem Erstaunen zu, und so sagte ich zu ihm, als ich meinen Bericht beendet hatte: ‚Bei Allah, ich beschwöre dich, lieber Herr, zürne mir nicht! Ich habe dir die volle Wahrheit über mich und meine Erlebnisse kundgetan; und nun bitte ich dich, daß du mir sagest, wer du bist, und weshalb du hier in dieser Halle unter der Erde wohnst, und warum du jene Stute an der Meeresküste angebunden hast.‘ Da gab er mir zur Antwort: ‚Wisse, wir sind eine ganze Schar von Leuten, die über diese Insel verteilt sind. Wir sind nämlich die Stallmeister des Königs Mihrdschân, und unter unserer Aufsicht stehen alle seine Rosse. In jedem Monate bringen wir, wenn der Neumond aufgeht, die edlen Stuten hierher, die noch nicht gedeckt sind und binden sie auf dieser Insel fest. Dann verstecken wir uns in einer solchen Halle unter der Erde, damit keiner uns sieht. Darauf kommt ein Seehengst, wenn er die Stute wittert, und steigt ans Land. Er wendet sich nach allen Seiten um, und wenn er niemanden sieht, so springt er auf und stillt sein Begehr an der Stute. Nachdem er wieder abgesprungen ist, will er jene mit sich nehmen, aber die Stute kann nicht mitgehen, weil sie ja angebunden ist. Dann fängt der Hengst an zu schreien und stößt mit dem Kopfe und schlägt mit den Hufen wider die Stute und wiehert immerzu. Wenn wir den Lärm hören, so wissen wir, daß er abgesprungen ist, und wir eilen ihm mit lautem Geschrei entgegen; der Hengst fürchtet sich dann vor uns und steigt wieder ins Meer hinab. Die Stute aber wird trächtig und bringt ein Hengstfohlen oder ein Stutfohlen zur Welt, das einen Schatz Goldes wert ist und auf Erden nicht seinesgleichen hat. Dies ist jetzt die Zeit, daß der Seehengst heraufkommt: und so Allah der Erhabene will, werde ich dich mit mir zum König Mihrdschân nehmen.' – –«

Da bemerkte Schehrezâd, daß der Morgen begann, und sie hielt in der verstatteten Rede an. Doch als die *Fünfhundertundvierzigste Nacht* anbrach, fuhr sie also fort: »Es ist mir berichtet worden, o glücklicher König, daß der Stallmeister zu Sindbad dem Seefahrer sprach: ‚Ich will dich mit mir zu König Mihrdschân nehmen und dir unser Land zeigen. Wisse aber, wenn du uns nicht hier getroffen hättest, so hättest du sonst keinen Menschen an dieser Stätte gesehen, und du wärest elend umgekommen, ohne daß jemand um dich gewußt hätte. Ich werde so die Ursache deiner Rettung und deiner Rückkehr in die Heimat sein.' Da flehte ich den Segen des Himmels auf sein Haupt herab und dankte ihm für seine große Güte. Während wir so miteinander redeten, kam der Hengst aus dem Meere herauf und stieß einen lauten Schrei aus; dann besprang er die Stute, und als er sein Begehr an ihr gestillt hatte, sprang er ab und wollte sie mit sich nehmen; aber er vermochte es nicht, und sie begann auszuschlagen und wieherte ihn an. Da griff der Stallmeister zu Schwert und Schild, lief zur Tür des Saales hinaus und rief nach seinen Gefährten: ‚Vorwärts! Auf den Hengst los!' und schlug dabei mit dem Schwerte auf den Schild. Alsbald eilte eine Schar herbei, schreiend und die Speere schwingend; vor ihr erschrak der Hengst, lief davon und stürzte sich ins Meer wie ein Wasserbüffel und verschwand in den Fluten. Darauf setzte sich der Mann nieder; aber schon nach einer kurzen Weile kamen seine Gefährten zu ihm, deren jeder eine Stute führte. Wie sie mich bei ihm erblickten, fragten sie mich, was es mit mir sei. Ich erzählte ihnen dasselbe, was ich jenem berichtet hatte. Dann traten sie zu mir, breiteten den

Tisch hin, um zu essen, und luden mich dazu ein; so aß ich denn mit ihnen. Schließlich erhoben sie sich wieder und stiegen auf die Rosse, indem sie mir auch eine Stute zum Reiten gaben und mich mit sich nahmen. So ritten wir immer weiter dahin, bis wir zur Stadt des Königs Mihrdschân kamen. Dort traten sie bei ihm ein und machten ihn mit meiner Geschichte bekannt; er ließ mich rufen, und sie führten mich hinein und ließen mich vor ihm stehen. Da sprach ich den Gruß vor ihm, und er erwiderte ihn und hieß mich willkommen und nahm mich ehrenvoll auf; dann fragte er mich nach mir selber, und ich berichtete ihm alles, was mir widerfahren war, meine sämtlichen Erlebnisse von Anfang bis zu Ende. Er war über meine vielen Abenteuer erstaunt und sprach zu mir: ‚Mein Sohn, bei Allah, du bist doppelt gerettet worden. Wäre dir nicht ein langes Leben bestimmt, so wärest du diesen Fährnissen nicht entronnen. Doch Allah sei Preis für deine Rettung!' Dann erwies er mir hohe Ehren, indem er mich an seiner Seite sitzen ließ und mich mit Reden und Taten huldvoll behandelte. Ferner machte er mich zum Hafenmeister, der alle einlaufenden Schiffe zu verzeichnen hatte. Ich wartete ihm nunmehr auf, um seine Geschäfte zu erledigen; und er bezeigte mir seine Huld und tat mir viel Gutes; auch kleidete er mich in ein schönes und prächtiges Gewand. Ja, ich wurde sogar zum Vermittler bei ihm für die Bittgesuche und erledigte die Anliegen des Volkes. So lebte ich eine lange Zeit bei ihm; aber jedesmal, wenn ich zum Hafen ging, fragte ich die reisenden Kaufleute und die Seeleute nach der Stadt Baghdad, ob vielleicht einer mir darüber Auskunft geben würde, daß ich mit ihm hätte heimfahren können. Doch keiner kannte sie, und keiner wußte jemanden, der dorthin fuhr. Darüber war ich bekümmert, und ich ward der langen Fremdlingschaft überdrüssig; allein es ging noch eine Weile so weiter. Eines Tages nun kam ich zu König Mihrdschân und fand bei ihm eine Schar von Indern. Als ich die begrüßte, erwiderten sie meinen Gruß, hießen mich willkommen und fragten mich nach meiner Heimat. – –«

Da bemerkte Schehrezâd, daß der Morgen begann, und sie hielt in der verstatteten Rede an. Doch als die *Fünfhundertundeinundvierzigste Nacht* anbrach, fuhr sie also fort: »Es ist mir berichtet worden, o glücklicher König, daß Sindbad der Seefahrer des weiteren erzählte: ‚Wie ich sie dann nach ihrer Heimat befragte, sagten sie, sie gehörten verschiedenen Kasten an; die einen seien Schakirîja[1], und das sei die vornehmste ihrer Kasten, die kein Unrecht und keine Gewalttat gegen einen Menschen begehen; andere seien Brahmanen, und das seien Leute, die keinen Wein trinken, aber doch glücklich und heiter leben bei Spiel und Gesang, und die auch Kamele, Pferde und Rinder besitzen. Ferner taten sie mir kund, daß das Volk der Inder in zweiundsiebzig Kasten zerfällt; und darüber war ich sehr erstaunt. Im Reich des Königs Mihrdschân sah ich auch eine Insel namens Kâbil, auf der man die ganze Nacht hindurch den Klang des Tamburins und der Trommeln hört; aber die Bewohner der anderen Inseln und die Reisenden sagten uns, die Leute dort seien ein ernsthaft und verständig Volk. Und ferner sah ich in jenem Meere einen Fisch, der zweihundert Ellen lang war[2], und einen anderen, der ein Gesicht wie eine Eule hatte. Ja, ich sah auf jener Reise der Wunder und Seltsamkeiten viel, und wollte ich sie alle erzählen, so würde die Zeit nicht reichen. Ich schaute mich also auf den Inseln um und sah alles, was es dort gab, bis eines Tages, als ich wie gewöhn-

---

[1] Damit ist wohl die Kriegerkaste der Kschatrija gemeint. – [2] Walfische kommen im Indischen Ozean vor, aber natürlich nicht von solcher Länge.

lich mit dem Stabe in der Hand am Hafen stand, ein großes Schiff mit vielen Kaufleuten einlief. Wie es in den Stadthafen und zum Ankerplatze kam, ließ der Kapitän die Segel reffen und ging am Lande vor Anker; die Landungsplanke wurde ausgeworfen, und die Mannschaft begann die ganze Ladung des Schiffes zu löschen. Sie waren aber lange bei der Arbeit, während ich immer dabeistand und alles aufzeichnete. Schließlich sagte ich zu dem Kapitän: ‚Ist noch etwas in deinem Schiffe?' ‚Ja, Herr,' erwiderte er, ‚ich habe im Raum noch Waren, deren Besitzer uns unterwegs bei einer der Inseln ertrank, während wir weiterfahren mußten. Diese Waren sind jetzt als anvertrautes Gut bei uns; wir wollen sie verkaufen und den Erlös dafür genau buchen, damit wir ihn den Seinen in der Stadt Baghdad, dem Horte des Friedens, ausliefern können.' Da fragte ich den Kapitän: ‚Wie hieß denn der Mann, dem die Waren gehörten?' ‚Er hieß Sindbad der Seefahrer,' erwiderte jener, ‚er ist uns im Meere ertrunken.' Als ich diese Worte von ihm hörte, sah ich ihn genauer an, und wirklich, ich erkannte ihn. Da stieß ich einen lauten Schrei aus und sagte dann: ‚Kapitän, wisse, ich bin der Besitzer der Waren, von denen du sprichst! Ich bin jener Sindbad der Seefahrer, der mit einer Schar von Kaufleuten bei der Insel dein Schiff verließ. Als der Fisch, auf dem wir waren, sich bewegte und du uns zuriefst, da kamen ja manche an Bord zurück, die andern aber fielen ins Wasser. Ich gehörte zu denen, die im Meere versanken; doch Allah der Erhabene behütete mich und rettete mich vor dem Ertrinken durch einen großen Zuber, eins von den Geräten, in denen die Reisenden gewaschen hatten. Ich setzte mich darauf und begann mit meinen Beinen zu rudern, und günstige Winde und Wellen trieben mich an diese Insel. Hier ging ich an Land, und Allah der Erhabene ließ mich in Seiner

Gnade mit den Stallmeistern des Königs Mihrdschân zusammentreffen. Die führten mich mit sich, bis wir zu dieser Stadt kamen, und brachten mich vor ihren König. Dem erzählte ich meine Geschichte, und da erwies er mir seine Huld; er machte mich zum Hafenmeister dieser Stadt; es ist mir in seinem Dienste gut gegangen, und ich habe Gnade vor seinen Augen gefunden. Die Waren, die du noch bei dir hast, sind also meine Waren und mein Eigentum.' – –«

Da bemerkte Schehrezâd, daß der Morgen begann, und sie hielt in der verstatteten Rede an. Doch als die *Fünfhundertundzweiundvierzigste Nacht* anbrach, fuhr sie also fort: »Es ist mir berichtet worden, o glücklicher König, daß damals, als Sindbad der Seefahrer zum Kapitän sagte: ,Diese Waren, die du noch bei dir hast, sind meine Waren und mein Eigentum', jener ausrief: ,Es gibt keine Macht und es gibt keine Majestät außer bei Allah, dem Erhabenen und Allmächtigen! Treu und Glauben gibt es nicht mehr.' Ich aber fuhr fort: ,Kapitän, was soll das bedeuten? Du hast doch gehört, wie ich dir meine Geschichte erzählte!' Darauf entgegnete er: ,Weil du mich sagen hörtest, ich hätte Waren bei mir, deren Besitzer ertrunken ist, willst du sie nun widerrechtlich an dich nehmen; das ist eine Sünde! Wir haben doch selbst gesehen, wie er ertrank, und wie noch viele andere Reisende bei ihm waren, von denen nicht ein einziger gerettet wurde. Wie kannst du nun behaupten, daß diese Waren dir gehören?' ,Kapitän,' erwiderte ich, ,hör doch auf meine Worte und verstehe den Sinn meiner Rede! Dann wirst du einsehen, daß ich die Wahrheit sage. Die Lüge ist das Kennzeichen der Heuchler.' Und dann erzählte ich dem Kapitän alles, was sich mit mir zugetragen hatte, von der Zeit an, da ich mit ihm von Baghdad abfuhr, bis wir zu jener Insel kamen, auf der wir ins Wasser versanken, auch erinnerte ich ihn an einige Dinge, die zwischen uns beiden vorgefallen waren. Da waren der Kapitän und die Kaufleute von meiner Wahrhaftigkeit überzeugt; und als sie mich wiedererkannten, beglückwünschten sie mich zu meiner Rettung und sagten alle: ‚Bei Allah, wir haben nicht geglaubt, daß du dem Tod in den Wellen entronnen wärest. Allah hat dir wahrlich ein neues Leben geschenkt.' Dann gaben sie mir die Waren, und ich fand meinen Namen darauf geschrieben, und nichts fehlte daran. Und alsbald öffnete ich sie und holte kostbare Dinge von hohem Werte heraus; die gab ich einigen Matrosen des Schiffes zu tragen und brachte sie dem König zum Geschenke dar. Auch tat ich ihm kund, daß dies das Schiff sei, auf dem ich gewesen wäre, und fügte hinzu, daß ich alle meine Waren vollzählig wiedererhalten hätte und daß dies Geschenk von daher stamme. Darüber wunderte sich der König gar sehr, und die Wahrheit alles dessen, was ich erzählt hatte, ward ihm von neuem offenbar; und er gewann mich sehr lieb und erwies mir seine Huld in noch höherem Maße als zuvor und verlieh mir als Gegengabe ein großes Geschenk. Dann kaufte ich mir Waren und Güter und allerlei Sachen aus jener Stadt, und als die Kaufleute mit dem Schiffe wieder abfahren wollten, ließ ich alle meine Habe an Bord bringen. Darauf trat ich zum König ein und dankte ihm für seine überreiche Güte. Doch zugleich bat ich ihn um Erlaubnis, in mein Land und zu den Meinen heimkehren zu dürfen. Da sagte er mir Lebewohl und schenkte mir zum Abschied noch vielerlei von den Erzeugnissen seiner Stadt. Nachdem ich mich von ihm verabschiedet hatte und an Bord gegangen war, traten wir die Reise an mit der Erlaubnis Allahs des Erhabenen. Das Glück war uns hold, und das Geschick war uns günstig, so daß wir Tag und Nacht ununterbrochen fahren konnten, bis wir bei der Stadt Basra ankamen. Dort gingen wir an Land und hielten uns eine kurze Zeit auf; und ich war froh, daß ich nun glücklich in mein Heimatland zurückgekehrt war. Dann begab ich mich nach der Stadt Baghdad, dem Horte des Friedens, mit meinen Lasten und Waren und Gütern, einem großen Schatze, der von hohem Werte war. Dort ging ich in mein Stadtviertel und trat in mein Haus ein; und alle die Meinen und meine Freunde eilten herbei. Nun erwarb ich mir Eunuchen und Diener und Mamluken, Odalisken und schwarze Sklaven, bis ich einen großen Haushalt hatte. Ferner kaufte ich mir Häuser und Grundstücke, noch mehr, als ich früher besessen hatte. Auch gesellte ich mich wieder zu den Freunden und verkehrte mit den Genossen noch enger als zuvor. Ich vergaß alles, was ich durchgemacht hatte, Mühsal in der Fremde, Qualen und Schrecken. Ich gab mich den Wonnen und Freuden hin, den leckeren Speisen und den köstlichen Weinen, und lebte immer so weiter. – Das also war meine erste Reise; morgen werde ich euch, so Allah der Erhabene will, die zweite meiner sieben Reisen erzählen.'

*

Darauf ließ Sindbad der Seefahrer das Nachtmahl bereiten und lud Sindbad den Festländer dazu ein; dann befahl er, ihm hundert Quentchen Gold zu geben, und entließ ihn mit den Worten: ‚Du hast uns heute durch deine Gesellschaft erfreut.' Der Lastträger dankte ihm, nahm das Geschenk mit und ging seiner Wege, indem er staunend darüber nachdachte, was alles geschehen und den Menschen begegnen kann. Die Nacht über schlief er in seiner Wohnung; doch als es Morgen geworden war, begab er sich wieder zum Hause Sindbads des Seefahrers und trat zu ihm ein; jener hieß ihn ehrenvoll willkommen und ließ ihn an seiner Seite sitzen. Und nachdem dann alle seine anderen Freunde sich versammelt hatten, ließ er ihnen Speise und Trank vorsetzen; und sie waren heiter und guter Dinge. Nun begann Sindbad der Seefahrer von neuem zu erzählen und berichtete über

DIE ZWEITE REISE
SINDBADS DES SEEFAHRERS

Wisset, meine Brüder, ich führte, wie ich euch gestern erzählt habe, ein herrliches Leben in lauter Freuden.' – –«

Da bemerkte Schehrezâd, daß der Morgen begann, und sie hielt in der verstatteten Rede an. Doch als die *Fünfhundertunddreiundvierzigste Nacht* anbrach, fuhr sie also fort: »Es ist mir berichtet worden, o glücklicher König, daß Sindbad der Seefahrer, als seine Freunde sich bei ihm versammelt hatten, zu ihnen sprach: ‚Ich führte ein herrliches Leben, bis es mir eines Tages wieder in den Sinn kam, in die Welt hinauszufahren. Meine Seele riet mir, Handel zu treiben, Geld zu verdienen und mich in den Ländern und auf den Inseln umzuschauen. Und wie dieser Entschluß bei mir feststand, nahm ich eine große Summe Geldes heraus, kaufte Waren und Sachen für die Reise, ließ alles verschnüren und ging zum Flußufer hinunter. Dort fand ich ein schönes neues Schiff, das mit Segeln aus guter Leinwand bespannt, wohlbemannt und gut gerüstet war. Auf ihm ließ ich meine Lasten verstauen; und desgleichen taten andere Kaufleute. Noch am selbigen Tage fuhren wir ab, und da wir eine gute Reise hatten, segelten wir ununterbrochen dahin, von Meer zu Meer, von Insel zu Insel. Überall wo wir anlegten, besuchten wir die Kaufherren und Großen des Reiches, die Käufer und Verkäufer, und wir trieben Handel und tauschten Waren ein. So ging es eine ganze Weile, bis uns das Geschick zu einer schönen Insel führte, über die sich

Baumreihen schlangen, mit reifen Früchten behangen, von Blumendüften umfangen, wo die Vögelein sangen und die klaren Bächlein sprangen. Doch kein Bewohner fand sich an jener Stätte, noch jemand, der ein Feuer angeblasen hätte. Nachdem der Kapitän mit uns bei dieser Insel vor Anker gegangen war, begaben sich die Kaufleute und Reisenden an Land, um sich dort unter den Bäumen zu ergehen und die Vögelein anzusehen; und sie priesen Allah, den Einen, der alle bezwingt, und staunten über die Allmacht des Königs, dessen Gewalt alles durchdringt. Ich ging damals auch mit den anderen an Land und setzte mich an einen klaren Quell, der unter den Bäumen floß; ich hatte etwas Zehrung bei mir, und so begann ich denn, als ich dort saß, von dem zu essen, was Allah der Erhabene mir zugeteilt hatte. Ein lieblicher Zephir wehte, und mir ward so leicht zumute, daß mich der Schlaf überkam. So ruhte ich denn an jener Stätte, in Schlaf versunken, vom lauen Zephir und süßem Blumenduft umfächelt. Als ich aber wieder aufstand, fand ich keinen Menschen mehr, kein sterbliches Wesen und keins aus der Geisterwelt; das Schiff war abgefahren, keiner von den Kaufleuten und den Matrosen hatte mehr an mich gedacht, und so hatten sie mich auf der Insel gelassen. Ich wandte mich nach rechts und nach links, aber ich sah niemanden, ich war allein. Da packte mich ein solcher Schrecken an, wie man ihn sich nicht größer denken kann, und fast wäre mir die Galle geplatzt in all meiner Sorge und Trauer und Qual. Ich hatte ja nichts in aller Welt bei mir, auch nichts zu essen oder zu trinken. In meiner Verlassenheit und Seelenqual gab ich mich verloren, und ich sagte mir: ‚Nicht alleweil bleibt der Krug heil. Beim ersten Male konnte ich mich noch retten, da ich jemanden traf, der mich von der verlassenen Insel in eine bewohnte Gegend führte; aber diesmal, ach, wie weit, wie weit bin ich davon entfernt, daß ich jemanden fände, der mich in ein Land bringt, da Menschen wohnen!' Dann hub ich an zu weinen und über mich zu klagen, bis mich der Zorn übermannte und ich mir Vorwürfe über mein Tun und Beginnen machte, daß ich mich wieder den Mühsalen der Reise ausgesetzt hatte, nachdem ich zu Hause in meiner Heimat ein so geruhiges Leben hatte führen können, erfreut und erquickt durch gutes Essen, Trinken und schöne Kleider, und wo es mir an nichts fehlte, weder an Geld noch an Gut. Ich bereute es, daß ich die Stadt Baghdad verlassen hatte und wieder auf See gegangen war, trotzdem ich auf der ersten Reise so viel Not durchgemacht hatte; und da ich den Tod vor Augen sah, sprach ich: ‚Siehe, wir sind Allahs Geschöpfe, und zu Ihm kehren wir zurück!' Und ich ward wie ein Wahnsinniger. Danach aber machte ich mich auf und streifte auf der Insel umher, nach allen Seiten, und ich vermochte nicht an irgendeinem Orte ruhig sitzen zu bleiben. Schließlich klomm ich auf einen hohen Baum und hielt von oben nach allen Seiten hin Umschau; doch ich sah nichts als Himmel und Meer, Bäume und Vögel, Inseln und Dünen. Als ich aber schärfer ausspähte, erblickte ich auf der Insel etwas Weißes von großem Umfang. Sofort stieg ich vom Baum hinab und ging darauf zu, immer geradeaus, bis ich es erreichte; und siehe, es war eine große weiße Kuppel, die hoch in die Luft emporragte und einen weiten Umfang hatte. Ich trat an sie heran und ging um sie herum, aber ich fand keine Tür in ihr, noch auch hatte ich die Kraft und Gelenkigkeit, hinaufzuklettern, weil sie so überaus glatt war. Darauf machte ich mir ein Zeichen an der Stelle, auf der ich stand, und schritt ganz um die Kuppel herum, weil ich ihren Umfang messen wollte; und es stellte sich heraus, daß er fünfzig starke Schritte betrug. Als ich nun über ein Mittel nachsann, um in sie hineinzudringen, zumal der Tag schon zur Neige ging und die Sonne sich dem Untergange näherte, da verschwand die Sonne ganz plötzlich, und der Himmel verfinsterte sich. Und weil ich die Sonne gar nicht mehr sehen konnte, so glaubte ich, eine Wolke sei wohl vor sie getreten. Aber es war ja Sommerszeit, und so wunderte ich mich darüber. Ich hob meinen Blick gen Himmel und sah genauer dorthin; und was sah ich da? Einen Vogel von riesiger Gestalt, von gewaltigem Leibesumfang und mit weithin gebreiteten Flügeln, der durch die Luft flog; der war es, der die Sonne verhüllte und ihr Licht von der Insel fernhielt. Nun ward meines Staunens noch mehr, und ich erinnerte mich an eine Geschichte.' – –«

Da bemerkte Schehrezâd, daß der Morgen begann, und sie hielt in der verstatteten Rede an. Doch als die *Fünfhundertundvierundvierzigste Nacht* anbrach, fuhr sie also fort: »Es ist mir berichtet worden, o glücklicher König, daß Sindbad des weiteren erzählte: ‚Als ich den Vogel, den ich über der Insel erblickte, mit wachsendem Erstaunen ansah, erinnerte ich mich an eine Geschichte, die mir früher einmal Pilger und Reisende erzählt hatten, daß nämlich auf einer Insel ein riesenhafter Vogel hause, Vogel Ruch geheißen, der seinen Jungen Elefanten als Futter in den Schnabel stecke, und da war ich sicher, daß jene Kuppel, die ich sah, ein Ei des Vogels Ruch sein müsse; und ich bewunderte die Werke Allahs des Erhabenen. Wie ich aber noch so dastand, kam plötzlich jener Vogel auf die Kuppel herab, breitete seine Schwingen zum Brüten über sie aus, streckte seine Füße hinter sich auf den Boden und schlief ein – Preis sei Ihm, der nimmer schläft! – Da nahm ich meinen Turban vom Kopfe, wickelte ihn auseinander, faltete ihn und drehte ihn zu einem Strick; den legte ich mir eng um die Hüften und band mich mit ihm an die Füße jenes Vogels fest; denn ich sagte mir: ‚Vielleicht wird er mich in das Land der Städte bringen, wo Menschen wohnen; das wäre besser, als wenn ich auf dieser Insel sitzen bliebe.' Jene Nacht über tat ich kein Auge zu, da ich fürchtete, der Vogel könnte unversehens, wenn ich schliefe, mit mir davonfliegen. Als aber das Frührot aufstieg und der Morgen leuchtete, erhob sich der Vogel von dem Ei und stieß einen lauten Schrei aus. Dann stieg er mit mir gen Himmel empor, immer höher und höher, bis ich glaubte, er habe die Wolken des Himmels erreicht. Darauf ließ er sich langsam wieder hinab und landete mit mir auf dem Erdboden, wo er sich auf den Gipfel eines hohen Berges niedersetzte. Sowie ich den Boden unter mir fühlte, band ich mich eilends von seinen Füßen los, da ich Angst vor ihm hatte, obgleich er nichts von mir wußte und mich gar nicht spürte. Ich löste also meinen Turban von ihm und befreite mich von seinen Füßen, zitternd vor Furcht, und machte mich auf und davon. Bald darauf aber hob er mit seinen Krallen etwas von der Erde auf und flog damit den Wolken des Himmels zu. Als ich genauer hinsah, erkannte ich, daß es eine Schlange von gewaltiger Länge und mächtigem Leibesumfang war, die er aufgehoben hatte und nun in die Luft emportrug. Der Anblick erfüllte mich mit Grausen. Wie ich dann auf jener Höhe weiterging, entdeckte ich, daß ich auf einer Klippe war, unter der sich ein langes, breites und tiefes Tal hinzog, während auf ihrer anderen Seite ein mächtiges Gebirge so hoch in die Luft ragte, daß wegen der weiten Entfernung niemand seine Spitze sehen konnte; auch vermochte keiner hinaufzusteigen. Da schalt ich mich selbst wegen dessen, was ich getan hatte, und ich sprach: ‚Wäre ich doch auf der Insel geblieben! Die war noch besser als diese öde Stätte; dort auf der Insel hatte ich wenigstens Früchte zum Essen und Wasser zum Trinken, aber hier findet sich kein

Baum, keine Frucht noch ein Bach. Doch es gibt keine Macht und es gibt keine Majestät außer bei Allah, dem Erhabenen und Allmächtigen! Jedesmal, wenn ich dem einen Unheil entrinne, gerate ich in ein noch größeres und schlimmeres.' Dennoch faßte ich mir ein Herz und ging in jenes Tal und fand, daß der Boden ganz mit Diamanten bedeckt war; das ist der Stein, mit dem man Erze und Edelsteine, Porzellan und Onyx durchbohren kann, ein harter und spröder Stein, auf dem weder Eisen noch Felsgestein einen Eindruck hinterläßt und von dem niemand etwas abschneiden noch abbrechen kann, es sei denn mit Hilfe des Bleisteins. Aber das ganze Tal war voll von Schlangen und Vipern, von denen eine jede so lang war, wie ein Palmbaum hoch ist, und wegen ihrer Größe einen Elefanten hätte verschlingen können, wenn er dorthin gekommen wäre. Diese Schlangen kommen nur bei Nacht hervor und verbergen sich bei Tage, weil sie fürchten, daß der Vogel Ruch oder die Adler sie packen und zerreißen könnten; warum die das tun, weiß ich nicht. Ich blieb in dem Tal, voller Reue über mein Tun, und ich sagte mir: ,Bei Allah, ich hatte es eilig, das Verderben über mich selbst zu bringen!' Nun ging aber der Tag schon zur Neige, und so schritt ich in dem Tale dahin, um mich nach einer Stätte umzusehen, an der ich die Nacht verbringen könnte. In meiner Angst vor den Schlangen dachte ich nicht an Essen und Trinken, sondern nur an mein Leben. Da entdeckte ich in der Nähe eine Höhle; auf die ging ich zu, und da ich fand, daß sie einen engen Eingang hatte, so trat ich ein, nahm einen großen Stein, der beim Eingang lag, und schob ihn vorwärts, so daß er den Zugang zu jener Höhle versperrte. Während ich da drinnen war, sagte ich mir: ,Jetzt bin ich sicher, da ich diesen Ort betreten habe; wenn es wieder Tag wird, will ich hinausgehen und abwarten, was das Schicksal vorhat.' Dann schaute ich in das Innere der Höhle hinein, und da sah ich am oberen Ende eine gewaltige Schlange auf ihren Eiern liegen. Ein Grausen lief mir über den Leib, und ich hob mein Haupt empor und stellte meine Sache dem Entscheid des Schicksals anheim. Ich wachte die ganze Nacht hindurch, bis die Morgenröte aufstieg und leuchtete. Dann schob ich eilends den Stein, mit dem ich die Höhle zugesperrt hatte, wieder weg und taumelte hinaus wie ein Trunkener, schwindelnd vor Müdigkeit, Hunger und Schrecken. Und wie ich so im Tale weiterging, fiel plötzlich ein großes geschlachtetes Tier vor mir nieder, ohne daß ich einen Menschen gesehen hatte. Darüber war ich sehr erstaunt, und nun erinnerte ich mich an eine Geschichte, die ich früher einmal von den Kaufleuten und Reisenden und Pilgern gehört hatte, daß nämlich das Diamantgebirge voll fürchterlicher Schrecken wäre und daß niemand dorthin gehen könne; daß aber die Kaufleute, die mit Diamanten Handel treiben, ein Mittel hätten, um sie zu erhalten; und zwar nähmen sie ein Schaf, schlachteten es und häuteten es ab und zerlegten es, dann würfen sie die Stücke von dem Berge dort in das Tal hinab, und weil das Fleisch noch frisch wäre, so blieben manche von den Steinen daran kleben. Sie ließen es bis zum Mittag dort liegen, und dann kämen die Raubvögel, Adler und Geier, zu den Fleischstücken, packten sie mit ihren Krallen und flögen auf den Gipfel des Berges; darauf liefen die Kaufleute mit lautem Geschrei herbei, die Vögel flögen von den Fleischstücken fort, und so könnten die Männer näher herankommen und die Steine, die an dem Fleische klebten, abnehmen. Dann pflegten sie das Fleisch den Raubvögeln und wilden Tieren zu überlassen und ihre Diamanten mit nach Hause zu nehmen. Niemand aber könne an die Diamanten anders als durch diese List herankommen.' – –«

Da bemerkte Schehrezâd, daß der Morgen begann, und sie hielt in der verstatteten Rede an. Als aber die *Fünfhundertundfünfundvierzigste Nacht* anbrach, fuhr sie also fort: »Es ist mir berichtet worden, o glücklicher König, daß Sindbad der Seefahrer seinen Freunden alles kundtat, was er im Gebirge der Diamanten erlebt hatte, und ihnen erklärte, wie die Kaufleute auf keine andere Weise als durch die beschriebene List an sie herankommen könnten, und daß er dann des weiteren erzählte: ,Als ich jenes geschlachtete Tier erblickte, erinnerte ich mich an diese Geschichte, und so ging ich rasch an das Tier heran, ergriff eine Menge von den Steinen und tat sie in meinen Busen und zwischen meine Kleider, ja, ich griff immerfort zu und steckte sie in meine Taschen, meinen Gürtel, meinen Turban und in alle Falten meiner Kleidung; und wie ich noch damit beschäftigt war, fiel eine zweite große Fleischmasse herab. An die band ich mich mit meinem Turban fest, streckte mich auf dem Rücken aus und legte das Fleisch auf meine Vorderseite, indem ich mich daran festhielt, und so lag es etwas höher über der Erde. Da kam auch schon ein Adler heruntergeflogen, packte das Fleisch mit seinen Krallen und schwebte damit in die Luft empor, während ich daran festhing. Bis zum Gipfel des Berges flog er dahin; dort setzte er sich nieder und wollte darauf loshacken. Aber da erscholl plötzlich ein gewaltiger Lärm hinter dem Adler, Geschrei und Gerassel von Hölzern, die gegen den Fels geschlagen wurden. Der Adler erschrak darob und flog in seiner Furcht hoch empor, ich aber machte mich von dem Fleische los; und während ich mit blutbesudelten Kleidern neben dem toten Tiere stand, kam plötzlich der Kaufmann, der hinter dem Adler geschrien hatte, herbeigelaufen. Wie der meiner gewahr wurde, sagte er kein Wort zu mir, sondern ward von Furcht und Entsetzen gepackt. Dennoch trat er an das Fleisch heran, drehte es um, und als er keinen Stein daran fand, schrie er laut auf: ‚O welche Enttäuschung! Es gibt keine Macht und es gibt keine Majestät außer bei Allah! Wir nehmen unsere Zuflucht zu Allah vor Satan, dem Gesteinigten!' In seinem Gram schlug er die Hände zusammen und rief: ‚O, welch ein Jammer! Was bedeutet das?' Darauf ging ich zu ihm heran; und er fragte mich: ‚Wer bist du? Was führt dich an diese Stätte?' Ich gab ihm zur Antwort: ‚Erschrick nicht! Hab keine Furcht! Ich bin ein menschliches Wesen, ein guter Mensch. Ich bin ein Kaufmann. Doch ich habe viel durchgemacht und wundersame Abenteuer erlebt; auch was mich zu diesem Berge und in jenes Tal geführt hat, ist seltsam zu berichten. Sei doch nicht ängstlich! Dir soll Freude von mir zuteil werden; ich habe eine Menge von Diamanten bei mir, und ich will dir so viele davon abgeben, daß du genug hast. Jedes Stück, das ich habe, ist besser als das, was du sonst hättest erhalten können. Drum hab keine Furcht noch Angst!' Da dankte der Mann mir und betete um Segen für mich und begann mit mir zu plaudern. Als nun die Kaufleute hörten, wie ich mit ihrem Genossen redete, kamen sie herzu; jeder von ihnen aber hatte bereits ein Stück Fleisch hinuntergeworfen. Wie sie vor uns standen, begrüßten sie mich und beglückwünschten mich zu meiner Rettung. Und während sie mich mitnahmen, erzählte ich ihnen meine ganze Geschichte, alles, was ich auf meiner Reise erduldet hatte und wie ich schließlich zu dem Tale dort gekommen war. Dann gab ich dem Eigentümer des Fleisches, an das ich mich festgebunden hatte, eine Menge von den Steinen, die ich bei mir trug. Darüber freute er sich, und er segnete mich und dankte mir dafür. Die Kaufleute aber sagten: ‚Bei Allah, dir war ein neues Leben vorherbestimmt. Vor dir ist noch nie jemand an jene Stätte gelangt und mit dem Leben davongekommen; doch Allah sei Preis für deine Rettung!' Die Nacht über rasteten wir an einem sicheren und schönen Orte; denn ich blieb bei ihnen, hocherfreut, daß ich aus dem Tale der Schlangen unversehrt entkommen war und mich nun wieder in bewohntem Lande befand. Als es Tag wurde, brachen wir auf und stiegen über jenes hohe Gebirge, und dabei sahen wir die vielen Schlangen in jenem Tale. Wir zogen immer weiter dahin, bis wir zu einem Garten auf einer schönen, großen Insel kamen. Dort standen Kampferbäume, von denen ein jeder so groß war, daß in seinem Schatten hundert Menschen Obdach finden konnten. Wenn jemand aus ihm Kampfer gewinnen will, so bohrt er mit einer langen Stange oben im Baume ein Loch und nimmt in Empfang, was daraus herunterkommt; der flüssige Kampfer, das ist der Saft des Baumes, fließt nämlich daraus hervor und verdickt sich nachher wie Gummi. Danach trocknet der Stamm aus und wird als Brennholz benutzt. Auf jener Insel gibt es auch ein Tier der Wildnis, das Nashorn genannt wird. Es weidet dort, wie in unserem Lande die Kühe und die Büffel weiden; es ist aber an Gestalt noch größer als ein Kamel, und es nährt sich von Gras und von Blättern der Bäume. Ein seltsames Ungeheuer ist es; denn es hat ein dickes Horn mitten auf dem Kopfe, das wohl zehn Ellen lang ist und in dem sich das Bild eines Menschen befindet. Es gibt aber auf jener Insel auch eine Art von Rindern. Seeleute, Reisende und Pilger, die über Berg und Tal ziehen, haben uns erzählt, daß dies Nashorn, wie man es nennt, einen großen Elefanten auf seinem Horn davontragen kann und dann auf der Insel und am Ufergelände weiter weidet, ohne etwas davon zu bemerken; dann verendet jedoch der Elefant auf dem Horn, und sein Fett, das in der Sonnenhitze schmilzt, fließt dem Nashorn auf den Kopf und dringt ihm in die Augen, so daß es blind wird und sich am Strande niederlegen muß. Darauf kommt der Vogel Ruch herbei, hebt es mit seinen Fängen hoch und bringt es seinen Jungen; denen steckt er es samt dem Elefanten, der auf seinem Horne aufgespießt ist, in den Schnabel. Ferner sah ich auf jener Insel viele Büffel von einer Art, wie sie bei uns nicht vorkommt. Nun hatte ich ja aus dem Tale viele Diamanten mitgebracht, die ich in meiner Kleidung geborgen hatte; und von denen tauschten mir die Leute einige ein gegen Waren und Erzeugnisse ihres Landes, die sie mir brachten; andere Leute gaben mir auch Goldstücke und Silbergeld dafür. Dann zog ich mit den Kaufleuten immer weiter dahin, indem ich mir die Länder der Menschen und die Schöpfung Allahs ansah, von Tal zu Tal und von Stadt zu Stadt; und wir trieben derweilen auch Handel, bis wir zur Stadt Basra kamen. Dort blieben wir einige Tage, und schließlich setzte ich meine Reise nach Baghdad fort.' – –«

Da bemerkte Schehrezâd, daß der Morgen begann, und sie hielt in der verstatteten Rede an. Doch als die *Fünfhundertundsechsundvierzigste Nacht* anbrach, fuhr sie also fort: »Es ist mir berichtet worden, o glücklicher König, daß Sindbad der Seefahrer seine Erzählung damit schloß: ‚Als ich von meiner Reise in die Ferne heimkehrte und wieder in die Stadt Baghdad, den Hort des Friedens, eingezogen war, begab ich mich in mein Stadtviertel und betrat mein Haus, reichbeladen mit Diamanten, Geld, Waren und Gütern, die sich sehen lassen konnten. Alsbald versammelten sich auch die Meinen und die Freunde bei mir, und ich verteilte Spenden, Gaben und Geschenke mancherlei Art an alle Verwandte und Bekannte. Ich begann wieder, gut zu essen, gut zu trinken, mich schön zu kleiden und mich zu den Freunden zu gesellen. Ich vergaß alles, was ich durchgemacht hatte, und lebte heiter und sorglos in den Tag hinein, und mein Herz erfreute sich an Scherz und Saitenspiel. Und jeder, der von meiner Heimkehr hörte, kam zu mir und fragte mich, wie es mir auf der Reise ergangen sei und wie es in den fremden Ländern aussehe. Dann konnte ich ihnen viel von dem erzählen, was ich alles erlebt und durchgemacht hatte; und die Leute staunten ob meiner gefährlichen Abenteuer und wünschten mir Glück zu meiner sicheren Heimkehr. – Dies ist nun das Ende von dem, was mir auf meiner zweiten Reise widerfahren und begegnet ist; morgen werde ich euch, so Allah der Erhabene will, erzählen, wie es mir auf meiner dritten Reise erging.'

*

Als Sindbad der Seefahrer seinen Bericht beendet hatte, sprachen alle ihre Verwunderung darüber aus; und dann speisten sie mit ihm zu Nacht. Darauf befahl er, Sindbad dem Festländer hundert Quentchen Gold zu geben; der nahm sie in Empfang und ging seiner Wege, staunend über alles, was Sindbad der Seefahrer durchgemacht hatte, und er dankte ihm noch und betete für ihn, als er schon zu Hause war. Doch als der Morgen sich einstellte und die Welt mit seinem Licht und Glanz erhellte, erhob sich Sindbad der Lastträger, betete das Frühgebet und begab sich zum Hause Sindbads des Seefahrers, wie der ihm befohlen hatte. Als er eintrat und ihm einen guten Morgen wünschte, hieß jener ihn willkommen und setzte sich zu ihm, bis die anderen Freunde kamen. Und als sie gegessen und getrunken hatten und heiter und fröhlich und guter Dinge waren, hub Sindbad der Seefahrer an und erzählte

DIE DRITTE REISE
SINDBADS DES SEEFAHRERS

Vernehmt, meine Brüder, und hört von mir, was ich euch jetzt kundtun will; das ist noch seltsamer, als was ich euch früher erzählt habe. Doch Allah ist allwissend und kennt Seinen verborgenen Ratschluß! Ich kam, wie bereits berichtet worden ist, von der zweiten Reise zurück, fröhlich und strahlend von Glück; denn ich freute mich nicht nur über die glückliche Heimkehr, sondern ich hatte auch viel Geld und Gut erworben, wie ich euch ebenfalls gestern schon erzählt habe. Allah hatte mir alles wieder ersetzt, was ich verloren hatte. Ich blieb nun in der Stadt Baghdad in Glück und Seligkeit, Freude und Fröhlichkeit. Dennoch riet mir meine Seele von neuem, zu reisen und die Welt zu schauen; und sie sehnte sich danach, Handel zu treiben, Geld zu verdienen und Gewinn zu haben. Ja, des Menschen Seele treibt ihn zum Bösen![1] Als mein Entschluß gefaßt war, kaufte ich viele Waren, wie sie für eine Reise zur See geeignet sind, ließ sie für die Fahrt in Ballen verschnüren und reiste mit ihnen zuerst von Baghdad nach Basra. Dort ging ich zum Seehafen und suchte mir ein großes Schiff aus, auf dem viele Kaufleute und Reisende waren, lauter gute Männer, brave und tüchtige Menschen, ein gläubiges, gefälliges und rechtschaffenes Volk. Ich ging zu ihnen an Bord, und so fuhren wir mit jenem Schiffe ab; wir vertrauten auf den Segen Allahs des Erhabenen, auf Seine Hilfe und Seine gnädige Führung, und wir freuten uns schon auf eine gute und glückliche Fahrt. So segelten wir dahin von Meer zu Meer, von Insel zu Insel von Stadt zu Stadt. Überall, wo wir anlegten, schauten wir uns um und trieben Handel, stets fröhlich und

1. Koran, Sure 12, Vers 53.

heiter. Schließlich aber, als wir eines Tages mitten dahinfuhren über das tosende Meer mit den brandenden Wogen ringsumher, begann plötzlich der Kapitän, der von Bord des Schiffes über das Meer hin Ausschau hielt, sich ins Gesicht zu schlagen; rasch gab er den Befehl, die Segel zu reffen und die Anker auszuwerfen, und dabei raufte er sich den Bart und zerriß sich die Kleider und stieß einen lauten Schrei aus. Wir riefen: ‚Kapitän, was gibt es?‘ Und er antwortete: ‚Ihr Reisenden, Gott sei euch gnädig! Der Wind ist Herr über uns geworden und hat uns mitten im Meere aus der Richtung getrieben, und das Geschick hat uns zu unserem Unheil an den Berg der Haarigen verschlagen; das sind Wesen, die den Affen gleichen, und noch nie ist jemand, der dorthin gelangte, mit dem Leben davongekommen. Mein Herz ahnt, daß wir alle des Todes sind.‘ Und kaum hatte der Kapitän zu Ende gesprochen, da kamen auch schon die Affen und umringten das Schiff von allen Seiten; eine ungeheure Menge von ihnen wimmelte alsbald wie ein Heuschreckenschwarm an Bord und am Lande. Wir fürchteten aber, sie würden, wenn wir einen von ihnen töteten oder schlügen oder verjagten, uns totbeißen, da sie in so gewaltiger Menge waren; denn die Überzahl siegt über die Tapferkeit. So standen wir denn untätig da, obwohl wir besorgt waren, daß sie unser Hab und Gut rauben würden. Es waren die häßlichsten Tiere, die es gibt; Haare hatten sie wie von schwarzem Filz, und sie sahen fürchterlich aus, und niemand verstand ein Wort von dem, was sie sagten. Sonst scheuen sie den Menschen, sie, die Bestien mit den gelben Augen, den schwarzen Gesichtern und der kleinen Gestalt, die bei keinem von ihnen mehr als vier Spannen hoch ist. Jetzt aber kletterten sie an den Ankertauen hoch, zerrissen sie mit ihren Zähnen und zerbissen auch alle anderen Taue des Schiffes; da trieb es vor dem Winde her und strandete an ihrer Felsenküste. Als es dort an ihrem Strande lag, ergriffen sie alle die Kaufleute und Reisenden und schleppten sie auf die Insel. Dann nahmen sie das Schiff mit allem, was darinnen war, zogen ihrer Wege und ließen uns auf der Insel zurück. Das Schiff entschwand unseren Augen, und wir wußten nicht, wohin sie damit fuhren. Als wir nun dort auf der Insel allein waren, begannen wir uns von ihren Früchten, Beeren und Gemüsen zu nähren und aus ihren Bächen zu trinken; eines Tages aber erblickten wir mitten auf ihr etwas, das einem bewohnten Hause glich. Wir gingen rasch darauf zu, und da entdeckten wir eine Burg mit ragenden Säulen und hohen Mauern; die hatte ein zweiflügliges Tor aus Ebenholz, und das Tor stand offen. Wir traten hinein und sahen uns in einem geräumigen Hofe, der einem großen und weiten Platze glich; ringsherum waren viele hohe Türen, und am oberen Ende, dem Eingang gegenüber, stand eine breite, hohe Bank. Ferner waren dort Küchengeräte an Kohlenbecken aufgehängt, und um die herum lagen viele Knochen; aber wir sahen dort keinen Menschen. Über alles das waren wir sehr erstaunt. Doch wir setzten uns eine Weile in dem Burghof nieder, und dann schliefen wir ein und schlummerten vom Vormittag an bis zum Sonnenuntergang. Da, plötzlich, erbebte die Erde unter uns, und wir hörten ein Getöse in der Luft. Und nun stieg von der Zinne der Burg ein gewaltiges Wesen zu uns herab, das glich einem Menschen, aber es war schwarz von Farbe und hoch von Wuchs, so lang wie eine große Dattelpalme; und es hatte Augen, die wie Feuerscheite glühten, Zähne gleich den Hauern eines Ebers, ein Maul, so weit wie die Öffnung eines Brunnens, Lippen wie die eines Kamels, die ihm auf die Brust hinabfielen, und Ohren wie zwei große Decken, die ihm bis auf die Schultern reichten; und die Nägel an seinen

Händen waren den Krallen eines Löwen gleich. Als wir dies Ungeheuer erblickten, schwanden uns die Sinne, gewaltige Furcht und grausiger Schrecken kamen über uns, und wir erstarrten wie Tote im Übermaß von Grauen, Angst und Entsetzen.' – –«

Da bemerkte Schehrezâd, daß der Morgen begann, und sie hielt in der verstatteten Rede an. Doch als die *Fünfhundertundsiebenundvierzigste Nacht* anbrach, fuhr sie also fort: »Es ist mir berichtet worden, o glücklicher König, daß Sindbad der Seefahrer des weiteren erzählte: ‚Als ich und meine Gefährten dies entsetzliche Ungeheuer erblickten, kam gewaltige Furcht und Angst über uns. Der Riese aber setzte sich, als er auf ebener Erde angelangt war, eine Weile auf die Bank. Dann stand er auf, kam auf uns zu und griff mich aus meinen Gefährten, den Kaufleuten, heraus; er hob mich in seiner Hand empor, befühlte mich und drehte mich hin und her, während ich in seiner Hand wie ein kleiner Bissen war; und weiter betastete er mich, wie ein Fleischer das Schaf betastet, das er schlachten will. Aber er sah, daß ich dünn und mager war von all den Aufregungen und Anstrengungen während der Reise, und daß ich gar kein Fleisch mehr an mir hatte; und so ließ er mich los aus seiner Hand und ergriff einen anderen von meinen Gefährten. Auch den wandte er hin und her und betastete ihn, wie er es mit mir gemacht hatte; dann ließ er ihn los. So befühlte und drehte er uns alle, einen nach dem andern, bis er zu dem Kapitän des Schiffes kam, mit dem wir gereist waren. Das war ein dicker, fetter, breitschultriger Mann von starker Kraft; und nachdem er ihn gepackt hatte, wie ein Fleischer sein Schlachttier packt, warf er ihn auf den Boden, setzte ihm den Fuß auf den Nacken und brach ihn durch. Darauf holte er einen langen Bratspieß und stieß ihn ihm den Rücken entlang, bis er zum Schädel wieder herausfuhr. Nun zündete er ein mächtiges

Feuer an, legte darüber den Spieß, an dem der Kapitän aufgespießt war, und drehte ihn über den Kohlen, bis sein Fleisch geröstet war; alsdann nahm er ihn von dem Feuer herunter und legte ihn vor sich hin. Und er zerteilte ihn, wie man wohl ein Huhn zerteilt, indem er sein Fleisch mit den Krallen zerriß, und begann zu fressen. Das tat er so lange, bis er das ganze Fleisch verzehrt hatte. Zuletzt nagte er auch noch die Knochen ab, so daß er nichts von ihm übrigließ; und die Knochen, die nun noch da waren, warf er an die eine Seite der Burgmauer. Danach setzte er sich wieder eine Weile auf die Bank; aber bald streckte er sich auf ihr aus und schlief; dabei schnarchte und röchelte er wie ein Hammel oder wie ein Ochse, wenn sie geschlachtet werden. Bis zum Morgen schlief er, ohne aufzuwachen; dann erhob er sich und ging auf und davon. Als wir sicher wußten, daß er fort war, begannen wir miteinander zu sprechen und unser Los zu bejammern; und wir sagten: ‚Ach, wenn wir doch nur im Meere ertrunken wären oder die Affen uns gefressen hätten! Das wäre noch besser, als wenn man hier auf den Kohlen geröstet würde. Bei Allah, dies ist ein scheußlicher Tod! Doch was Allah will, das geschieht; und es gibt keine Macht und es gibt keine Majestät außer bei Allah, dem Erhabenen und Allmächtigen! Wir kommen hier elend um, ohne daß jemand von uns weiß. Von hier können wir nicht mehr entfliehen.' Darauf gingen wir hinaus zur Insel, um uns eine Stätte zu suchen, an der wir uns verbergen könnten, oder ein Mittel zur Flucht. Es schien uns jetzt ein leichtes, zu sterben, wenn nur unser Fleisch nicht auf dem Feuer geröstet würde. Wir fanden aber keinerlei Versteck, und da es schon Abend ward, so kehrten wir in die Burg zurück, voll banger Furcht, und setzten uns dort eine Weile hin. Plötzlich erbebte wiederum die Erde unter uns, und schon kam der schwarze

Riese auf uns zu, trat an uns heran und begann, einen nach dem andern von uns umzudrehen und zu betasten wie das erste Mal, bis ihm einer gefiel; den ergriff er und tat mit ihm dasselbe, was er am Tage zuvor mit dem Kapitän getan hatte. Er röstete ihn und fraß ihn auf und schlief auf jener Bank. Die ganze Nacht hindurch schlief er und röchelte wie ein Tier, das geschlachtet wird. Bei Tagesanbruch erhob er sich wieder, ging seiner Wege und ließ uns dort wie zuvor. Da rückten wir zusammen und berieten miteinander, indem wir sprachen: ‚Bei Allah, wenn wir uns ins Meer werfen und durch Ertrinken aus dem Leben scheiden, so ist das besser, als hier den Feuertod zu erleiden. Dies ist doch eine abscheuliche Todesart.‘ Nun hub einer von uns an: ‚Höret auf meine Worte! Wir wollen eine List wider ihn ersinnen, um ihn zu Tode zu bringen, auf daß wir uns von der Angst vor ihm befreien und den Muslimen Ruhe vor seiner Gewalttätigkeit und Grausamkeit verschaffen.‘ Darauf sagte ich: ‚Höret, meine Brüder! Wenn er denn getötet werden muß, so wollen wir zuerst einige von diesen Brettern und etwas von diesem Brennholz fortschaffen und zum Strande tragen und uns ein Boot zimmern; danach wollen wir ihn mit List umbringen. So können wir dann entweder mit dem Boote auf dem Meere wegfahren, wohin Allah uns führt, oder auch an dieser Stätte bleiben, bis ein Schiff hier vorbeifährt und uns mitnimmt. Auf alle Fälle aber können wir so, wenn es uns nicht gelingt, ihn zu töten, das Boot besteigen und aufs Meer fahren; und wenn wir auch ertrinken sollten, so brauchen wir doch nicht zu fürchten, geschlachtet und auf dem Feuer geröstet zu werden. Winkt uns das Heil, so werden wir gerettet; ertrinken wir, so sterben wir als Märtyrer!‘ Alle sprachen: ‚Bei Allah, der Plan ist richtig.‘ Wir waren uns also einig und machten uns alsbald ans Werk, indem wir die Bretter aus der

Burg hinausschleppten und uns ein Boot zimmerten; das banden wir am Ufer fest, verstauten ein wenig Wegzehrung darin und kehrten dann zur Burg zurück. Kaum ward es Abend, da erbebte auch schon wieder die Erde unter uns, und der Schwarze trat zu uns herein wie ein bissiger Hund. Und wiederum drehte und betastete er uns, einen nach dem andern, und holte sich dann einen aus unserer Mitte; mit dem machte er es wie mit den vorigen. Nachdem er ihn gefressen hatte, schlief er auf der Bank und schnarchte donnergleich. Nun erhoben wir uns sacht, nahmen zwei eiserne Bratspieße von denen, die dort standen, und hielten sie in ein heißes Feuer, bis sie rot glühten wie die Kohlen. Dann packten wir sie fest an, gingen damit auf den schwarzen Kerl dort los, während er schlief und schnarchte, legten sie an seine Augen und stießen sie hinein, indem wir uns alle mit unserer ganzen Kraft und Stärke dagegen stemmten. So wurden ihm im Schlafe beide Augen geblendet; und er stieß einen gewaltigen Schrei aus, so daß unsere Herzen vor ihm erbebten. Dann sprang er mit aller Kraft von der Bank herunter und begann nach uns zu suchen. Wir aber stoben nach allen Seiten auseinander; denn obgleich er blind war und nichts mehr sehen konnte, so hatten wir doch gewaltige Angst vor ihm, und wir hatten in dem Augenblick schon wieder den Tod vor Augen und verzweifelten an unserer Rettung. Er tastete sich mit den Händen nach dem Tore und ging hinaus, laut schreiend, während wir noch immer in Todesfurcht schwebten und die Erde unter uns von seinem Gebrüll erbebte. Als er aus der Burg hinausging, schlichen wir hinter ihm; und da draußen lief er hin und her, um uns zu suchen. Bald aber kehrte er mit einer Riesin[1] zurück, die noch größer und häßlicher war als er. Und kaum erblickten wir ihn und

---

1. Nach anderer Überlieferung mit zwei Riesen.

bei ihm jenes entsetzliche Wesen, so gerieten wir wieder in furchtbare Angst. Die beiden aber wurden unserer gewahr und kamen auf uns zu. Da machten wir eiligst das Boot los, das wir gezimmert hatten, stiegen hinein und stießen es vom Lande ab, ins Meer hinaus. Doch die beiden hatten jeder einen gewaltigen Felsblock in der Hand, und den warfen sie auf uns, so daß die meisten von uns unter den Würfen ihren Tod fanden. Nur drei von uns blieben übrig, ich und zwei andere.'– –«

Da bemerkte Schehrezâd, daß der Morgen begann, und sie hielt in der verstatteten Rede an. Doch als die *Fünfhundertundachtundvierzigste Nacht* anbrach, fuhr sie also fort: »Es ist mir berichtet worden, o glücklicher König, daß Sindbad der Seefahrer des weiteren erzählte: ‚Als ich mit meinen Gefährten in das Boot gestiegen war und der Schwarze und seine Genossin die Steine auf uns warfen, fanden die meisten von uns den Tod. Nur zu dritt blieben wir am Leben. Das Boot aber trieb mit uns an eine Insel. Auf der gingen wir umher, bis der Tag sich neigte; und als die Dunkelheit über uns hereinbrach, legten wir uns in unserer Verzweiflung nieder, um zu schlafen. Aber nach einer kurzen Weile wachten wir aus unserem Schlafe auf, und da sahen wir eine Riesenschlange, die eine gewaltige Länge und einen dicken Leib hatte. Sie hatte sich im Kreise um uns geringelt, und schon schoß sie auf einen von uns los und verschlang ihn bis zu den Schultern; dann verschluckte sie das übrige; und wir hörten, wie seine Rippen in ihrem Leibe zerbrochen wurden; und danach kroch sie davon. Das alles erfüllte uns mit Staunen und Grauen, und wir trauerten um unseren Gefährten und fürchteten für unser Leben; und wir sprachen: ‚Bei Allah, dies ist doch wunderbar! Jeder neue Tod ist noch scheußlicher als der frühere. Wir freuten uns schon so über unsere Rettung vor dem Schwarzen, aber die Freude ward nicht vollkommen. Es gibt keine Macht und es gibt keine Majestät außer bei Allah! Bei Gott, wir sind dem Schwarzen und dem Tode durch Ertrinken entronnen; doch wie können wir uns vor diesem abscheulichen Schlangenungeheuer retten?' Dann standen wir auf und gingen auf der Insel umher, aßen von ihren Früchten und tranken aus ihren Bächen. Das taten wir bis zum Abend; da suchten wir uns einen mächtigen, hohen Baum, kletterten hinauf und legten uns dort schlafen; ich aber war auf den höchsten Ast gestiegen. Kaum war jedoch die Nacht hereingebrochen und die Zeit der Dunkelheit gekommen, da kroch auch die Schlange wieder heran, blickte nach rechts und nach links und schoß dann auf jenen Baum zu, in dessen Krone wir uns befanden. Sie kroch bis zu meinem Gefährten empor, verschlang ihn bis zu den Schultern und ringelte sich um ihn, oben auf dem Baume, während ich hörte, wie seine Knochen in ihrem Leibe zerbrachen; dann verschlang sie ihn ganz, vor meinen sehenden Augen. Zuletzt aber glitt sie wieder von dem Baume hinunter und kroch davon. Ich blieb die ganze Nacht hindurch auf dem Baume, doch als der Tag anbrach und das Tageslicht schien, stieg ich hinunter, wie tot vor Schrecken und Angst. Ich wollte mich ins Meer werfen, um von allem Erdenleid auszuruhen, aber mein Leben war mir doch zu lieb; ja, das Leben ist uns teuer! Und nun band ich mir ein breites Brett quer vor die Füße, ein anderes band ich an meine linke Seite, ein ebensolches an die rechte Seite, ein viertes auf meinen Bauch, und ein langes und breites band ich mir quer über den Kopf, ein gleiches wie jenes, das unter meinen Füßen war. In diesem Gerüst lag ich nun, so daß es mich von allen Seiten umgab; ich hatte es ganz fest zugebunden und mich dann mit dem Ganzen der Länge nach auf die Erde geworfen. Und ich blieb in meinem Holzgestell liegen wie in einem rings geschlossenen Verlies. Als es nun Abend ward, kam jene Schlange wie gewöhnlich ihres Wegs, erblickte mich und kroch auf mich zu. Aber sie konnte mich nicht verschlingen, da ich ja so auf allen Seiten von meinen Brettern umgeben war. Darauf kroch sie immer um mich herum, ohne daß sie an mich herankam, während ich ihr zusah und vor Schrecken und Grausen fast umkam. Dann entfernte sich die Schlange von mir, kehrte aber wieder zurück, und so tat sie immerfort; jedesmal, wenn sie auf mich losschoß, um mich zu verschlucken, waren ihr die Bretter, die ich überall an mich festgebunden hatte, im Wege. Von Sonnenuntergang bis Tagesanbruch ließ sie nicht davon ab; als es aber hell ward und die Sonne schien, da endlich ging die Schlange ihrer Wege, so wütend und grimmig, wie sie nur sein konnte. Nun reckte ich meine Hand aus und machte mich frei von meinem Holzkäfig. Dabei war mir, als gehörte ich schon zum Totenreich; denn ich war durch das, was ich mit der Riesenschlange erleben mußte, zu sehr mitgenommen. Dann machte ich mich auf und ging bis ans Ende der Insel; und wie ich dort aufs Meer hinausschaute, sah ich von ferne ein Schiff auf der hohen See. Da riß ich von einem Baume einen großen Ast herunter und winkte mit ihm den Seefahrern zu, indem ich ihnen zugleich laut zurief. Als sie mich erblickten, sagten sie sich: ‚Wir müssen doch einmal nachsehen, was das ist; vielleicht ist es ein Mensch.‘ Dann fuhren sie näher an mich heran und hörten, wie ich ihnen zurief. Alsbald kamen sie zu mir, holten mich zu sich an Bord und fragten mich, was es mit mir für eine Bewandtnis habe. Da berichtete ich ihnen, was ich erlebt hatte, von Anfang bis zu Ende, alle die schweren Gefahren, die ich durchgemacht hatte. Sie aber erstaunten gewaltig darüber; dann gaben sie mir einige von ihren Kleidern, um meine Blöße zu bedecken, brachten mir etwas Speise, so daß ich mich satt essen konnte, und gaben mir kühles, frisches Wasser zu trinken. Dadurch ward mein Herz gestärkt und meine Seele erquickt; und so kam eine große Ruhe über mich, nachdem mich Allah der Erhabene gleichsam vom Tode wiederauferweckt hatte. Und ich pries den Höchsten für Seine überreiche Huld und dankte Ihm. Nachdem ich schon ganz verzweifelt gewesen war, faßte ich jetzt wieder neuen Mut, so daß mir alles, was ich erduldet hatte, wie ein Traum vorkam. Und da wir durch die Gnade Allahs des Erhabenen günstigen Wind hatten, so fuhren wir rasch dahin, bis wir zu einer Insel kamen, die es-Salâhita[1] heißt; dort ging der Kapitän vor Anker.' – –«

Da bemerkte Schehrezâd, daß der Morgen begann, und sie hielt in der verstatteten Rede an. Doch als die *Fünfhundertundneunundvierzigste Nacht* anbrach, fuhr sie also fort: »Es ist mir berichtet worden, o glücklicher König, daß Sindbad der Seefahrer des weiteren erzählte: ,Als das Schiff, auf dem ich mich befand, bei jener Insel vor Anker lag, gingen alle Kaufleute und Reisende an Land, um Handel zu treiben. Da sprach der Kapitän zu mir: ,Hör, was ich dir sage! Du bist ein armer Fremdling, und du hast uns erzählt, wie viele Schrecknisse du durchgemacht hast. Darum will ich etwas für dich tun, das dir dazu verhilft, in dein Land heimzukehren, damit du mich immerdar segnest.' ,Gern,' erwiderte ich; ,mein Segen soll dir zuteil werden.' Und er fuhr fort: ,Vernimm denn! Einst war ein Reisender bei uns an Bord, den wir verloren haben und von dem wir nicht mehr wissen, ob er noch lebt oder schon gestorben ist; denn wir haben nie wieder etwas von ihm gehört. Nun will ich dir seine Waren aushändigen, damit du sie

1. Schalâhit wird von arabischen Geographen als eine der Sunda-Inseln in der Nähe von Java genannt.

auf dieser Insel verkaufen und dich ihrer annehmen kannst. Einen Teil von dem Erlös wollen wir dir geben als Entgelt für deine Mühe und deine guten Dienste; was übrigbleibt, wollen wir aufheben, bis wir wieder nach Baghdad kommen. Dort wollen wir uns nach den Seinen erkundigen, und ihnen wollen wir die unverkauften Waren und den Rest des Ertrages übergeben. Sag, willst du sie übernehmen und sie auf dieser Insel verkaufen, wie es Kaufleute tun?' ‚Ich höre und gehorche dir, mein Gebieter,' erwiderte ich, ‚du bist überaus gütig!'; und ich segnete ihn und dankte ihm. Darauf befahl er den Lastträgern und den Matrosen, jene Waren auf der Insel zu landen und sie mir zu überliefern. Der Schiffsschreiber aber fragte: ‚Kapitän, was sind das für Ballen, die jene Matrosen und Lastträger hinausschaffen? Welches Kaufmannes Namen soll ich aufschreiben?' Jener antwortete: ‚Schreib auf sie den Namen Sindbads des Seefahrers, der früher bei uns war und auf der Insel umkam und von dem wir nie wieder etwas gehört haben! Wir wollen, daß dieser Fremdling sie verkauft und den Erlös dafür einbringt; dann wollen wir ihm einen Teil davon geben, als Entgelt für seine Mühe beim Verkauf, und was übrigbleibt, wollen wir aufheben, bis wir nach Baghdad kommen. Wenn wir den Mann wiederfinden sollten, so wollen wir alles ihm übergeben; sonst händigen wir es den Seinen dort aus.' Der Schreiber erwiderte: ‚Deine Worte sind nicht schlecht, und dein Rat ist recht!' Wie ich aber hörte, daß der Kapitän die Ballen auf meinen Namen nannte, sagte ich mir: ‚Bei Allah, ich bin ja Sindbad der Seefahrer; und ich bin es, der damals bei der Insel mit den anderen ins Wasser fiel.' Doch ich faßte mich in Geduld, bis alle Kaufleute gelandet und beieinander waren, um zu plaudern und sich über die Geschäfte zu unterhalten. Dann trat ich auf den Kapitän zu und fragte ihn: ‚Mein Gebieter, weißt du, was jener Mann war, dessen Waren du mir zum Verkauf übergeben hast?' Er antwortete mir: ‚Ich weiß nichts Näheres über ihn, sondern nur, daß er ein Mann aus der Stadt Baghdad war und daß er Sindbad der Seefahrer hieß. Als wir bei einer Insel vor Anker lagen, ertranken uns dort viele Leute, und er war einer von ihnen; bis heute haben wir nie wieder etwas über ihn gehört.' Da stieß ich einen lauten Schrei aus und rief: ‚Kapitän, Gott soll dich behüten! Wisse, ich bin Sindbad der Seefahrer! Ich bin nicht ertrunken. Nein, als du damals bei der Insel vor Anker gegangen warst und die Kaufleute und Reisenden an Land gingen, da stieg auch ich mit einigen Leuten aus. Ich hatte auch etwas bei mir, um es auf der Insel zu essen; und als ich mich dort niedergesetzt hatte, um auszuruhen, kam der Schlaf über mich, und ich schlief ganz fest ein. Als ich aber wieder aufwachte, fand ich kein Schiff und keinen Menschen mehr. Dies Gut ist mein Gut; diese Waren sind meine Waren! Und alle die Kaufleute, die mit Diamantsteinen handeln, haben mich gesehen, als ich auf dem Diamantberge war, und sie können mir bezeugen, daß ich Sindbad der Seefahrer bin, und wie ich ihnen meine Erlebnisse berichtet habe; ich habe ihnen erzählt, wie es mir bei euch auf dem Schiffe ergangen ist, wie ihr mich schlafend auf der Insel zurückgelassen habt, und wie ich dann niemanden fand, als ich wieder aufwachte.' Als die Kaufleute und Reisenden hörten, was ich sagte, drängten sie sich um mich herum; einige glaubten mir, andere aber hielten mich für einen Lügner. Während wir nun so miteinander redeten, sprang plötzlich einer von den Kaufleuten auf, der gehört hatte, daß ich das Diamantental nannte, und trat an mich heran und sagte zu den Umstehenden: ‚Hört, was ich sage, ihr Leute! Als ich euch früher von meinem wunderbarsten Reiseabenteuer erzählte und euch sagte, nachdem wir unsere Tiere in das Diamantental geworfen hätten, ich wie die anderen nach meiner Gewohnheit, da hätte es sich gezeigt, daß an meinem Tiere ein Mensch hing, glaubtet ihr mir nicht, sondern ihr erklärtet mich für einen Lügner.' ‚Jawohl,' erwiderten sie, ‚du hast uns von der Sache erzählt, aber wir konnten das doch nicht für wahr halten.' Jener Kaufmann fuhr fort: ‚Dies ist der Mann, der damals an meinem Tiere hing! Er gab mir Diamantsteine von hohem Werte, derengleichen man sonst nicht findet; ja, er hat mir mehr gegeben, als mit meinem Tiere heraufgekommen wäre. Ich reiste mit ihm zusammen, bis wir nach der Stadt Basra kamen; von dort zog er in seine Stadt, nachdem wir Abschied genommen hatten, und wir kehrten in unser Land zurück. Dies hier ist ebenderselbe Mann; er hat uns auch kundgetan, daß er Sindbad der Seefahrer heißt, und er hat uns erzählt, daß sein Schiff ihn verlassen hat, während er auf jener Insel saß. Jetzt wißt ihr, daß dieser Mann nur hierher gekommen ist, damit ihr mir die Geschichte, die ich euch erzählt habe, glauben sollt. Diese Waren da sind alle sein Eigentum. Er hat auch mit uns davon gesprochen, als er bei uns war. Nun zeigt es sich, daß er die Wahrheit gesprochen hat.' Als der Kapitän solches aus dem Munde des Kaufmanns vernahm, kam er auf mich zu, trat dicht an mich heran und faßte mich eine Weile fest ins Auge; schließlich fragte er: ‚Wie sind deine Waren gekennzeichnet?' Ich antwortete ihm: ‚Wisse das Zeichen meiner Waren ist doch soundso!' Zugleich aber erinnerte ich ihn an etwas, was zwischen uns geschehen war, als ich mit ihm von Basra in See ging. Da glaubte er mir, daß ich Sindbad der Seefahrer sei; und er fiel mir um den Hals, begrüßte mich und beglückwünschte mich zu meiner Rettung und sagte: ‚Bei Allah, lieber Herr, deine Geschichte ist wirklich wunderbar; dir ist es seltsam ergangen. Doch Preis sei

Allah, der dich wieder mit mir zusammengeführt und dir deine Waren und dein Gut zurückgegeben hat!' – –«

Da bemerkte Schehrezâd, daß der Morgen begann, und sie hielt in der verstatteten Rede an. Doch als die *Fünfhundertundfünfzigste Nacht* anbrach, fuhr sie also fort: »Es ist mir berichtet worden, o glücklicher König, daß Sindbad der Seefahrer des weiteren erzählte: ‚Als der Kapitän und die Kaufleute eingesehen hatten, daß ich selbst jener Mann war, sprach er zu mir: ‚Preis sei Allah, der dir deine Waren und dein Gut zurückgegeben hat!' Dann verfügte ich über meine Waren so gut, wie ich nur konnte, und ich hatte wirklich großen Gewinn auf jener Reise. Darüber freute ich mich sehr, und ich beglückwünschte mich selber, daß ich gerettet und daß mein Gut mir wiedergegeben war. Wir trieben nun auf den Inseln dort Handel und kamen schließlich nach dem Lande Sind; auch dort verkauften und kauften wir. In jenem Meere aber sah ich so viele wunderbare Dinge, daß man sie nicht zählen noch ausrechnen kann. Unter anderem erblickte ich dort einen Fisch, der wie eine Kuh aussieht, und andere Fische wie Esel. Auch sah ich einen Vogel, der aus einer Muschel des Meeres auskriecht und der seine Eier aufs Wasser legt und dort ausbrütet und niemals vom Wasser aufs Land fliegt. Schließlich, nach all unseren Fahrten, segelten wir heim mit Gottes Hilfe; Wind und Wetter waren günstig, bis wir in Basra einfuhren. Dort blieb ich einige Tage; dann aber zog ich heim gen Baghdad, begab mich in mein Stadtviertel, trat in mein Haus ein und begrüßte die Meinen und meine Freunde und Gefährten. So war ich denn froh, daß ich glücklich zurückgekehrt war und nun mein Land und Volk, meine Stadt und meine Häuser wiedersah. Ich teilte Gaben und Geschenke aus, kleidete die Witwen und Waisen und sammelte meine Gefährten und Freunde um mich. Und so lebte ich dahin bei Speise und Trank, bei Spiel und Sang. Ich aß gut, ich trank gut und genoß die Freuden der Geselligkeit, so daß ich bald all die Gefahren und Schrecken, die ich durchgemacht hatte, wieder vergaß; auch hatte ich ja unzählbare und unberechenbare Reichtümer auf jener Reise gewonnen. Dies also sind die wunderbarsten Dinge, die ich auf meiner dritten Reise erlebt habe; so Allah der Erhabene will, kommt morgen wieder zu mir, damit ich euch die vierte Reise erzähle, die noch wunderbarer ist als all die früheren Reisen.'

*

Darauf befahl Sindbad der Seefahrer wie gewöhnlich, dem Festländer Sindbad hundert Quentchen Gold zu geben. Dann ließ er die Tische breiten, und als das geschehen war, aß die Gesellschaft zu Abend. Und dabei unterhielten sich alle noch immer voll Verwunderung über die Geschichte und alles, was darin vorgekommen war. Nach dem Essen gingen sie ihrer Wege; auch Sindbad der Lastträger machte sich, nachdem er sein Gold an sich genommen, auf den Heimweg, immer noch staunend über das, was er von Sindbad dem Seefahrer gehört hatte, und verbrachte die Nacht in seinem Hause. Als aber der Morgen sich erhob und die Welt mit seinen leuchtenden Strahlen durchwob, stand er auf, sprach das Frühgebet und begab sich zu Sindbad dem Seefahrer. Wie er dort eintrat und ihn begrüßte, hieß jener ihn fröhlich und freundlich willkommen und ließ ihn an seiner Seite sitzen, bis die andern Gäste sich einfanden. Das Essen ward gebracht, und als man gegessen und getrunken hatte und guter Dinge war, hub Sindbad der Seefahrer an und erzählte ihnen

DIE VIERTE REISE
SINDBADS DES SEEFAHRERS

Ihr wisset, meine Brüder, als ich nach der Stadt Baghdad zurückgekehrt war, blieb ich bei den Meinen und bei meinen Freunden und Genossen und lebte in der größten Wonne und Freude und Behaglichkeit und vergaß, was ich durchgemacht hatte, weil es mir so gut ging. Ich gab mich ganz den Freuden des Spiels und Gesanges hin und dem Zusammensein mit den Gefährten und Freunden und führte das schönste Leben, das man sich denken kann. Und dennoch, von neuem versuchte mich meine Seele zum Bösen und flüsterte mir ein, in die weite Welt hinauszueilen, und ich begehrte wieder, bei all den fremden Völkern zu weilen, Handel zu treiben und Gewinn zu machen. Sowie mein Entschluß feststand, kaufte ich mir kostbare Waren, die sich für eine Seereise eigneten, ließ sie in viele Ballen verschnüren, und das waren mehr als gewöhnlich. Dann zog ich von Baghdad nach Basra, brachte meine Ballen auf ein Schiff und traf dort mit Leuten zusammen, die zu den Vornehmsten der Stadt gehörten. Wir traten unsere Fahrt an, und unser Schiff fuhr mit dem Segen Allahs des Erhabenen dahin über das tosende Meer mit den brandenden Wogen ringsumher. Da der Wind uns günstig war, so segelten wir eine lange Zeit hindurch Tag und Nacht weiter, von Insel zu Insel und von Meer zu Meer, bis sich plötzlich eines Tages ein widriger Wind über uns erhob. Da ließ der Kapitän die Anker auswerfen und hielt das Schiff mitten im Fahren an, aus Furcht, wir könnten auf hoher See untergehen. Und wie wir nun in unserer Not beteten und demütig zu Allah dem Erhabenen flehten, kam plötzlich ein gewaltiger Orkan über uns, zerriß die Segel in lauter Fetzen und warf die Menschen samt ihren Waren, samt all ihren Gütern und Sachen, die sie besaßen, in die See. So sank auch ich mit den anderen ins Meer; aber ich schwamm auf dem Wasser einen halben Tag lang umher, und als ich mich schon verloren gab, sandte Allah der Erhabene mir eine von den Planken des Schiffes; auf die kletterte ich hinauf, und ebenso taten einige von den Kaufleuten.' – –«

Da bemerkte Schehrezâd, daß der Morgen begann, und sie hielt in der verstatteten Rede an. Doch als die *Fünfhundertundeinundfünfzigste Nacht* anbrach, fuhr sie also fort: »Es ist mir berichtet worden, o glücklicher König, daß Sindbad der Seefahrer des weiteren erzählte: ‚Als das Schiff untergegangen war und ich mit einigen von den Kaufleuten eine von den Planken erklommen hatte, blieben wir beieinander und trieben auf jenem Brette weiter, indem wir mit unseren Beinen im Meere ruderten; und Wind und Wellen waren uns günstig. Einen Tag und eine Nacht hindurch verbrachten wir in solcher Lage; am nächsten Tage aber in der Frühe erhob sich ein Sturm wider uns, das Meer begann zu toben, Wind und Wellen gingen hoch, und da warf uns die See auf eine Insel. Wir waren fast tot vor Aufregung und Anstrengung, vor Kälte und Hunger, vor Schrecken und Durst. Dennoch gingen wir auf der Insel weiter, und da fanden wir auf ihr allerlei Kräuter, von denen aßen wir, um unser Leben zu fristen und uns bei Kräften zu erhalten. Die Nacht über verbrachten wir am Strande der Insel. Als aber der Morgen sich einstellte und die Welt mit seinem Glanz und Licht erhellte, erhoben wir uns und wanderten auf der Insel nach allen Seiten umher. Da leuchtete uns plötzlich in der Ferne ein Gebäude. Und wir gingen auf diesen Bau zu, den wir so von ferne erblickten, und machten nicht eher halt, als bis wir vor seiner Tür standen. Doch kaum waren wir dort, so kam aus jener Tür eine Schar nackter Männer zu uns heraus. Die sagten kein Wort zu uns, sondern ergriffen uns und schleppten uns vor ihren König. Der gab uns ein Zeichen, daß wir uns setzen sollten; und als wir das getan hatten, brachte man uns eine Speise, die wir nicht kannten und derengleichen wir noch nie gesehen hatten. Meine Seele warnte mich davor, und so aß ich nichts von ihr, obgleich meine Gefährten es taten. Daß ich mich des Essens enthielt, geschah durch die Gnade Allahs des Erhabenen, und dies ist der Grund, daß ich heute noch am Leben bin. Als nämlich meine Gefährten von jener Speise gegessen hatten, entfloh ihnen der Verstand, und sie begannen wie die Wahnsinnigen zu schlingen, und ihr ganzes Aussehen veränderte sich. Danach brachten die Wilden ihnen Kokosnußöl, gaben es ihnen zu trinken und rieben sie damit ein. Kaum hatten meine Gefährten von jenem Öl getrunken, so verdrehten sie die Augen im Kopf und begannen von neuem jene Speise zu verschlingen, ganz anders, als sie sonst zu essen pflegten. Da machte ich mir große Sorge um ihren Zustand, und sie taten mir leid. Zugleich machte ich mir schwere Gedanken, weil ich wegen jener nackten Leute sehr für mein eigenes Leben fürchten mußte. Doch sah ich mir die Menschen etwas näher an; sie waren ein heidnisch Volk, und der König ihrer Stadt war ein Ghûl. Jeden, der in ihr Land kam, oder den sie im Tale oder auf den Wegen sahen oder trafen, den führten sie zu ihrem König, gaben ihm von jener Speise zu essen und salbten ihn mit jenem Öl; dann erweiterte sich sein Magen, so daß er viel verschlingen konnte, sein Verstand umnebelte sich, seine Gedanken wurden völlig verwirrt, und er ward wie ein blöder Narr. Darauf gaben sie ihm noch mehr von jener Speise zu essen und von jenem Öl zu trinken, bis er dick und feist war und sie ihn schlachteten und für ihren König zubereiteten; die Leute des Königs aber fraßen das Menschenfleisch, ohne es zu rösten oder zu kochen. Als mir solches bei den Leuten kund ward, graute mir fürchterlich um meinetwillen, und auch um meiner Gefährten willen; die wußten jetzt, da ihre Sinne ganz umnebelt waren, schon gar nicht mehr, was mit ihnen geschah, und sie wurden einem Burschen übergeben, der sie jeden Tag auf jener Insel zur Weide brachte, wie man Vieh weidet. Ich war jedoch durch Furcht und Hunger schwach und siech geworden, und mein Fleisch war auf den Knochen eingeschrumpft. Als die Wilden mich in diesem Zustande sahen, ließen sie mich in Ruhe und vergaßen mich ganz; keiner von ihnen dachte mehr an mich, und ich kam ihnen gar nicht mehr in den Sinn, so daß ich eines Tages durch eine List jener Stätte entschlüpfen konnte. Und ich lief auf der Insel weiter, weit weg von jenem Schreckensort. Da erblickte ich einen Hirten, der auf einem hohen Felsen mitten im Meere saß; wie ich genauer hinschaute, erkannte ich in ihm den Burschen, dem sie meine Gefährten zum Weiden übergeben hatten, und bei ihm waren noch viele andere, denen es ebenso erging. Als jener Bursche mich sah, wußte er, daß ich noch im Besitze meines Verstandes war und nicht besessen wie meine Gefährten; und so machte er mir von ferne ein Zeichen, das besagen sollte: ‚Kehr um und geh dann den Weg zu deiner Rechten, so kommst du auf die große Landstraße!' Ich kehrte also um, wie er mir geraten hatte, fand den Weg zu meiner Rechten und ging auf ihm weiter. Eine ganze Weile zog ich auf ihm dahin; bald lief ich vor Angst, bald ging ich langsam, um mich zu erholen, und das tat ich so lange, bis ich dem Menschen, der mich auf den Weg gewiesen hatte, aus den Augen entschwunden war: ich sah ihn nicht mehr, und er konnte mich auch nicht mehr erkennen. Nun aber ging die Sonne vor mir unter, und die Dunkelheit kam; da setzte ich mich nieder, um auszuruhen; gern hätte ich geschlafen, aber der Schlummer kam in jener Nacht nicht zu mir, vor lauter Angst, Hunger und Übermüdung. Als die halbe Nacht vergangen war, stand ich auf und ging auf der Insel weiter, bis es Tag ward. Und wie nun der Morgen sich erhob und die Welt mit seinem leuchtenden Lichte durchwob, und als der Sonne Strahl aufging über Berg und Tal, da begann ich, weil mich hungerte und dürstete, von den Kräutern und Gräsern der Insel zu essen. Ich aß so lange davon, bis ich satt war und ich so mein Leben gefristet hatte. Dann brach ich von neuem auf und wanderte weiter auf der Insel; das tat ich den ganzen Tag und die ganze Nacht hindurch, indem ich jedesmal, wenn ich Hunger verspürte, von den Kräutern aß. Und dabei blieb es sieben Tage und sieben Nächte. Als aber der Morgen des achten Tages anbrach, fiel mein Blick auf ein unbestimmtes Etwas in der Ferne. Darauf ging ich los, bis ich nach Sonnenuntergang in seine Nähe kam; und während ich noch ein wenig entfernt war und mir das Herz erbebte wegen all der Schrecken, die ich zum ersten und zum andern Male erduldet hatte, sah ich genauer hin, und da erkannte ich eine Schar von Leuten, die Pfefferkörner sammelten. Nun ging ich nahe an sie heran, und als sie mich erblickten, eilten sie auf mich zu und umringten mich von allen Seiten und fragten mich: ‚Wer bist du und woher kommst du?' Ich antwortete ihnen: ‚Wisset, ihr Leute, ich bin ein armer Fremdling', und dann erzählte ich ihnen alles, wie es um mich stand und was für Schrecknisse und Gefahren ich durchgemacht hatte.' – –«

Da bemerkte Schehrezâd, daß der Morgen begann, und sie hielt in der verstatteten Rede an. Doch als die *Fünfhundertundzweiundfünfzigste Nacht* anbrach, fuhr sie also fort: »Es ist mir berichtet worden, o glücklicher König, daß Sindbad der Seefahrer des weiteren erzählte: ‚Als ich die Leute, die auf der Insel Pfeffer einsammelten, erblickte und sie mich fragten, wie es um mich stehe, erzählte ich ihnen alles, was ich erlebt, und alle Gefahren, die ich durchgemacht hatte. Da sagten sie: ‚Das ist alles wunderbar! Aber wie bist du den Schwarzen entronnen und ihnen auf dieser Insel entschlüpft, wo sie doch so viele sind, diese Menschenfresser, denen keiner entgeht und niemand entrinnen kann?‘ Nun erzählte ich ihnen, wie es mir bei jenen ergangen war, wie die Wilden meine Gefährten ergriffen und ihnen die Speise zu essen gegeben hatten, während ich nicht davon aß. Sie beglückwünschten mich zu meiner Errettung und wunderten sich von neuem über meine Abenteuer. Dann baten sie mich, bei ihnen zu bleiben; und als sie mit ihrer Arbeit fertig waren, brachten sie mir etwas gute Speise; und ich aß davon, weil ich hungrig war. Nachdem ich mich so eine Weile bei ihnen erholt hatte, nahmen sie mich mit sich in ein Boot und fuhren mich zu ihrer Insel, auf der sie wohnten. Dort führten sie mich alsbald vor ihren König. Nachdem ich den Gruß vor ihm gesprochen hatte, hieß er mich ehrenvoll willkommen und fragte mich, wie es um mich stehe. Da gab ich ihm Auskunft über mich und über meine Erlebnisse und Abenteuer von dem Tage meiner Abfahrt von Basra an bis zur Zeit meiner Ankunft bei ihm. Mit hoher Verwunderung hörte er der Erzählung meiner Abenteuer zu, und desgleichen taten alle, die in seinem Saale anwesend waren. Dann befahl er mir, mich an seine Seite zu setzen, und nachdem ich das getan hatte, ließ er die Speisen bringen. Als die nun vor mir standen, aß ich, bis ich satt war; darauf wusch ich meine Hände und sagte Allah dem Erhabenen Lob und Preis und Dank für Seine Güte. Schließlich verließ ich den König wieder, um mich in der Stadt umzuschauen; da sah ich, daß sie wohlgebaut und volkreich war und viele Nahrungsmittel, Märkte und Waren, Käufer und Verkäufer hatte. So freute ich mich denn, daß ich zu dieser Stadt gekommen war, und ich ließ es mir dort wohl sein; ich schloß auch Freundschaft mit den Einwohnern und stand bald bei ihnen und bei ihrem König in höheren Ehren als die Großen des Reiches aus dem Volke der Stadt.

Nun sah ich, daß alle Leute, groß und klein, auf edlen, schönen Pferden ritten, aber ohne Sättel. Darüber wunderte ich mich, und so fragte ich den König: ‚Hoher Herr, warum reitest du nicht auf einem Sattel? Dadurch hat der Reiter doch mehr Ruhe und behält mehr Kraft.' Der König fragte mich: ‚Was ist denn ein Sattel? Solch ein Ding haben wir in unserem ganzen Leben noch nie gesehen, und darauf sind wir noch nie geritten.' Ich antwortete ihm: ‚Wenn du mir erlaubst, dir einen Sattel zu machen, so kannst du darauf reiten und seinen Wert erkennen.' ‚Tu das!', erwiderte er; und dann bat ich ihn, mir etwas Holz holen zu lassen. Er befahl sogleich, mir alles zu bringen, was ich haben wollte. Da ließ ich einen geschickten Zimmermann kommen, setzte mich neben ihn und lehrte ihn die Kunst, ein Sattelgestell zu machen. Darauf nahm ich Wolle, krempelte sie und machte eine Filzdecke daraus; ferner ließ ich mir Leder bringen und überzog das Gestell damit; nachdem ich es auch noch geglättet hatte, versah ich es mit Riemen und Gurt. Zuletzt ließ ich einen Schmied kommen und beschrieb ihm die Steigbügel; er schmiedete ein Paar großer Bügel, und ich feilte sie glatt und verzinnte sie. Ferner befestigte ich auch noch seidene Fransen an dem Sattel. Und schließlich holte ich eins der besten Rosse des Königs herbei, legte ihm den Sattel auf, band die Steigbügel daran und zäumte es auf; dann brachte ich es dem König. Der Anblick bereitete ihm ein großes Wohl=
gefallen, und er dankte mir. Als er aber darauf ritt, kannte seine

Freude über den Sattel keine Grenzen mehr, und er machte mir ein großes Geschenk als Entgelt für meine Mühe. Und als sein Wesir sah, daß ich jenen Sattel gemacht hatte, bat er mich um einen gleichen; und so machte ich ihm denn einen gleichen Sattel. Nun kamen auch die Großen des Reiches und die Würdenträger und wollten alle einen Sattel von mir haben; und ich erfüllte ihnen den Wunsch. Ich hatte ja den Zimmermann die Kunst, Sattelgestelle zu machen, und den Schmied die Kunst, Steigbügel zu schmieden, gelehrt, und so verfertigten wir denn gemeinsam Sättel mit Steigbügeln und verkauften sie an die Großen und Vornehmen. Dadurch verdiente ich viel Geld, und ich stand bei ihnen hoch in Ehren, so daß sie mich immer lieber gewannen; ja, ich hatte eine hohe Stellung beim König und seinen Leuten, bei den Vornehmen der Stadt und den Großen des Reiches. Eines Tages nun saß ich beim König, in aller Freude und hochgeehrt; und während ich so dasaß, sprach er plötzlich zu mir: ‚Wisse, Mann, du stehst jetzt in hohen Ehren bei uns und bist einer der Unsrigen geworden. Wir können uns nicht mehr von dir trennen und würden es nicht ertragen, wenn du unsere Stadt verließest; deshalb verlange ich etwas von dir, in dem du mir ohne Widerspruch gehorchen mußt.' Ich gab ihm zur Antwort: ‚Was ist das, was du von mir verlangst, o König? Ich werde deinen Worten nie widersprechen; denn du bist gütig und freundlich und wohltätig gegen mich. Preis sei Allah, daß ich einer von deinen Dienern geworden bin!' Da fuhr er fort: ‚Ich möchte dich bei uns mit einer schönen, klugen und anmutigen Frau vermählen, reich an Geld, die allen gefällt, auf daß du ganz bei uns heimisch wirst; und dann will ich dich bei mir in meinem Schlosse wohnen lassen. Widersprich mir nicht und handle meinem Worte nicht zuwider!' Wie ich das von dem König gehört hatte, schwieg ich beschämt und gab ihm keine Antwort, da ich so verlegen vor ihm war. Er aber fragte: ,Warum gibst du mir keine Antwort, mein Sohn?' Da erwiderte ich: ,Mein Gebieter, du hast zu befehlen, o größter König unserer Zeit!' Zur selbigen Stunde ließ er den Kadi und die Zeugen kommen und vermählte mich sogleich mit einer Frau aus vornehmem Stande und von hoher Herkunft, die viel Geld und Gut ihr eigen nannte, eines edlen Stammes Anverwandte, von wunderbarer Anmut und Schönheit, einer Herrin von Häusern, Höfen und Gütern.' – –«

Da bemerkte Schehrezâd, daß der Morgen begann, und sie hielt in der verstatteten Rede an. Doch als die *Fünfhundertunddreiundfünfzigste Nacht* anbrach, fuhr sie also fort: »Es ist mir berichtet worden, o glücklicher König, daß Sindbad der Seefahrer des weiteren erzählte: ,Als mich nun der König mit einer edlen Frau vermählt und unseren Ehebund geschlossen hatte, gab er mir ein großes und schönes Haus, das für sich allein stand; auch schenkte er mir Eunuchen und Diener und wies mir Gehalt und Einkünfte an. So lebte ich dort in aller Behaglichkeit, Zufriedenheit und Freude und vergaß, was ich vorher an Mühsal, Qual und Not erlitten hatte; und ich sagte mir: ,Wenn ich heimreise, will ich sie mit mir nehmen. Alles, was dem Menschen vorherbestimmt ist, muß ihm zuteil werden; und niemand weiß, was ihm bevorsteht.' Ich liebte sie von ganzem Herzen, und wir waren einander zugetan. Wir lebten herrlich und in Freuden immerdar, eine lange Zeit, bis Allah der Erhabene einst die Frau meines Nachbarn zu sich nahm. Der war mein Freund, und so ging ich zu ihm, um ihn über den Verlust seiner Gattin zu trösten. Ich fand ihn im tiefsten Elend; Herz und Sinn waren ihm voll Qual. Da sprach ich ihm mein Mitgefühl aus und suchte ihn zu trösten, indem ich sagte: ‚Traure nicht so sehr um deine Gattin! Allah der Erhabene wird dir an ihrer Statt wohl noch eine bessere geben, und du wirst lange leben, so Allah der Erhabene will.' Aber er brach in heftiges Weinen aus und sprach zu mir: ‚Mein Freund, wie kann ich mich denn mit einer anderen vermählen, wie kann Allah mir eine bessere als sie geben, wo ich doch nur noch einen einzigen Tag zu leben habe?' Ich fuhr fort: ‚Mein Bruder, sei vernünftig und berufe nicht deinen eigenen Tod; du bist doch wohl und gesund!' Doch er entgegnete: ‚Mein Freund, bei deinem Leben! morgen wirst du mich verlieren, und du wirst mich nie in deinem Leben wiedersehen.' ‚Wie ist das möglich?' fragte ich ihn, und er antwortete mir: ‚Heute noch wird man meine Frau begraben, und man wird mich mit ihr in derselben Grube begraben; denn es ist die Sitte in unserem Lande, wenn die Frau zuerst stirbt, ihren Mann mit ihr lebendig zu begraben, und ebenso, wenn der Mann stirbt, die Frau mit ihm lebendig ins Grab zu bringen, damit nicht der eine nach dem Hinscheiden des andern sich noch des Lebens erfreue.' ‚Bei Allah,' rief ich aus, ‚das ist eine sehr schlechte Sitte; die kann niemand ertragen.' Und während wir noch so miteinander sprachen, kamen die meisten Leute der Stadt und begannen dem Manne ihr Beileid auszusprechen, um seiner Gattin und um seiner selbst willen. Dann richteten sie die Leiche her, wie es ihre Sitte war, und brachten eine Bahre und trugen sie darauf fort, indem sie ihren Mann mit sich nahmen. Sie führten die beiden zur Stadt hinaus, bis sie zum Fuß eines Berges an der Meeresküste kamen. Dort traten sie näher und hoben einen großen Stein vom Felsboden auf, und unter diesem Stein zeigte sich eine große Öffnung, die wie ein Brunnenloch aussah. Hier nun warfen sie die Frau hinab, denn dort unten befand sich eine große Höhle. Dann holten sie den Mann herbei, banden ihm ein Seil um die Brust und senkten ihn in jene Höhle hinab, und mit ihm einen großen Krug frischen Wassers und sieben Brote als Zehrung. Nachdem sie ihn hinabgelassen hatten, machte er sich von dem Seile los, und sie zogen es wieder hoch; dann deckten sie den großen Stein über die Öffnung der Höhle, wie er vorher gewesen war, gingen ihrer Wege und ließen meinen Freund dort unten bei seiner toten Frau. Da sagte ich mir: ‚Bei Allah, diese Todesart ist noch schlimmer als die früheren.' Und sofort ging ich zum König und sprach zu ihm: ‚Mein Gebieter, wie kommt es, daß man in eurem Lande die Lebendigen mit den Toten begräbt?' Er antwortete mir: ‚Es ist eine Sitte in unserem Lande, die Frau mit dem Manne zu begraben, wenn er zuerst stirbt, und ebenso den Mann mit seiner Frau, auf daß sie im Leben und im Tode vereint sind. Diese Sitte kommt von unseren Vorvätern her.' Weiter fragte ich: ‚O größter König unserer Zeit, wenn einem fremden Manne, wie zum Beispiel mir, seine Frau bei euch stirbt, tut ihr dann ebenso mit ihm, wie ihr mit jenem getan habt?' ‚Jawohl,' erwiderte der König, ‚wir begraben ihn mit ihr; es ergeht ihm, wie du gesehen hast.' Als ich diese Worte aus seinem Munde hören mußte, barst mir die Galle vor lauter Schrecken und Angst um mein Leben; mein Sinn war verstört, und ich lebte immer in der Furcht, meine Frau könnte vor mir sterben, und dann würden die Leute mich lebendig begraben. Aber zuletzt tröstete ich mich doch wieder, indem ich mir sagte: ‚Vielleicht sterbe ich vor ihr; niemand weiß, wer als erster dahingeht und wer als letzter.' Und ich begann meine Gedanken durch allerlei Geschäfte abzulenken. Allein es dauerte nicht lange, da ward meine Frau krank, und nachdem sie nur wenige Tage hingesiecht hatte, starb sie. Die meisten Leute der Stadt versammelten sich bei mir, um mich und die Ihren über ihren

Verlust zu trösten; ja, sogar der König selbst kam zu mir, um mir seine Trauer über ihr Hinscheiden auszusprechen, so wie es bei ihnen Sitte war. Dann holte man eine Leichenwäscherin für sie; und nachdem sie gewaschen war, legte man ihr die schönsten Dinge an, die sie besaß, Kleider und Schmuck, Halsbänder und kostbare Edelsteine. Und als sie dann angekleidet und auf die Bahre gelegt und zu jenem Felsen hinausgetragen war, und als man ferner den Stein von der Öffnung der Höhle genommen und sie selbst hineingesenkt hatte, da traten alle meine Freunde und die Anverwandten meiner Frau auf mich zu, um von mir Abschied zu nehmen, während ich noch lebte; ich aber schrie: ‚Ich bin ein fremder Mann; ich brauche mich nicht eurer Sitte zu fügen!' Sie hörten meine Worte wohl, doch sie kümmerten sich nicht darum, sondern ergriffen mich und fesselten mich wider meinen Willen; auch banden sie sieben Laibe Brotes und einen Krug frischen Wassers an mich fest, wie sie es gewohnt waren, und senkten mich in die Gruft hinab, zu jener großen Höhle unter dem Felsen. Dabei riefen sie mir zu: ‚Mach dich von den Seilen los!' Aber ich wollte es nicht tun, und so warfen sie die Seile zu mir herunter. Dann legten sie jenen großen Stein, der zu der Gruft gehörte, wieder über die Öffnung und gingen ihrer Wege.' – –«

Da bemerkte Schehrezâd, daß der Morgen begann, und sie hielt in der verstatteten Rede an. Doch als die *Fünfhundertundvierundfünfzigste Nacht* anbrach, fuhr sie also fort: »Es ist mir berichtet worden, o glücklicher König, daß Sindbad der Seefahrer des weiteren erzählte: ‚Als die Leute mich mit meiner toten Frau in die Höhle hinabgelassen und die Öffnung wieder verschlossen hatten und ihrer Wege gegangen waren, entdeckte ich in der Gruft viele Leichen, von denen ein ekelhafter Geruch ausströmte. Nun machte ich mir selbst Vorwürfe über das, was ich getan hatte, und ich rief: ‚Bei Allah, ich verdiene alles das, was mir begegnet und was mir zustößt!' Ich konnte aber von nun an Tag und Nacht nicht mehr unterscheiden, und ich nahm nur wenig Nahrung zu mir; ich aß immer nur dann, wenn der Hunger an mir nagte, und trank nur dann, wenn der Durst mich allzusehr quälte, aus Furcht, daß mein Vorrat an Brot und an Wasser aufgebraucht würde. Und ich sagte mir: ‚Es gibt keine Macht und es gibt keine Majestät außer bei Allah, dem Erhabenen und Allmächtigen! Was für ein Fluch lag denn auf mir, daß ich mich in dieser Stadt vermählte! Jedesmal, wenn ich denke, ich sei einem Unheil entronnen, gerate ich in ein noch schlimmeres. Bei Allah, mein Tod hier ist ein ganz abscheulicher Tod! Wäre ich doch im Meere ertrunken oder in den Bergen umgekommen! Das wäre besser gewesen, als hier so elend zu verrotten.' In solcher Weise fuhr ich fort, mich zu schelten; und dabei lag ich auf den Gebeinen der Toten, und ich flehte zu Allah dem Erhabenen und begann den Tod herbeizusehnen, ohne ihn doch in meiner Verzweiflung zu finden. Und so ging es weiter, bis der Hunger wieder an mir nagte und der Durst mich verbrannte; dann richtete ich mich auf und tastete nach dem Brote und aß etwas davon und schlürfte ein klein wenig Wasser dazu. Schließlich aber stand ich ganz auf und begann in der Höhle umherzugehen. Da sah ich, daß sie sich weithin erstreckte und leere Ausbauchungen hatte; doch auf dem Boden lagen überall die Leichen und die modernden Knochen aus alter Zeit. Darauf machte ich mir auf der einen Seite der Höhle, fern von den frischen Leichen, ein Lager zurecht, und dort pflegte ich zu schlafen. Aber allmählich ging mein Vorrat auf die Neige, und ich hatte nur noch ganz wenig übrig, obwohl ich nur einmal an jedem Tage oder gar an jedem zweiten Tage einen

Bissen aß und einen Schluck trank, aus Furcht, Wasser und Brot möchten mir ausgehen, ehe ich stürbe. In solcher Not blieb ich, bis eines Tages, als ich dasaß und nachdachte, was ich tun sollte, wenn mein Vorrat aufgebraucht wäre, plötzlich der Stein über der Öffnung weggeschoben wurde und das Tageslicht auf mich herabfiel. Ich sagte mir: ‚Was hat das wohl zu bedeuten?' und sah nun alsbald, wie die Leute oben um den Eingang zur Höhle herumstanden. Dann senkten sie einen toten Mann herunter und mit ihm eine lebendige Frau, die laut weinte und über ihr Los jammerte; der Frau aber hatten sie einen großen Vorrat an Brot und Wasser mitgegeben. Ich konnte sie sehen, aber sie sah mich nicht. Als nun die Leute den Stein wieder über die Öffnung der Gruft gewälzt hatten und ihrer Wege gegangen waren, sprang ich auf, in der Hand den Schenkelknochen eines toten Mannes, stürzte mich auf die Frau und schlug sie mitten auf den Kopf. Sie sank ohnmächtig zu Boden; dann schlug ich noch ein zweites und ein drittes Mal auf sie los, bis sie tot war. Und nun nahm ich ihr Brot und alles, was sie bei sich trug; denn ich sah an ihr viel Schmuck und kostbare Gewänder, Halsbänder, Juwelen und Edelsteine. Ich trug das Wasser und das Brot von der Frau fort und setzte mich an den Platz, den ich mir auf der einen Seite der Höhle zurechtgemacht hatte, um dort zu schlafen. Und nun begann ich ein wenig von diesem Vorrat zu essen, nur so viel, daß ich gerade mein Leben fristen konnte; denn ich wollte es nicht zu rasch aufbrauchen und dann vor Hunger und Durst umkommen. Eine lange Zeit lebte ich so in jener Gruft; und jedesmal, wenn jemand lebendig mit einem Toten begraben wurde, schlug ich ihn tot und nahm ihm Speise und Trank ab, um mich damit am Leben zu erhalten. Schließlich aber, als ich eines Tages im Schlafe dalag, wachte ich plötzlich auf, da ich an einer Ecke der Höhle etwas kratzen hörte. Ich wollte erfahren, was das sei, und so erhob ich mich und schlich auf das Geräusch zu, in der Hand den Schenkelknochen eines toten Mannes. Sobald aber das Wesen mich bemerkte, lief es eiligst vor mir davon. Es war nämlich ein wildes Tier; ich ging ihm bis zum andern Ende der Höhle nach, und da entdeckte ich plötzlich einen ganz kleinen Lichtschein, der so groß war wie ein Stern und bald auftauchte, bald verschwand. Sowie ich den erblickte, ging ich auf ihn zu, und je näher ich kam, desto heller und größer wurde der Schein. So war ich denn sicher, daß dort ein Spalt im Felsen sein müsse, der ins Freie führte; und ich sagte mir: ‚Dieser Spalt da muß doch irgendeinen Grund haben; entweder ist es ein zweiter Zugang wie jene Öffnung, durch die man mich heruntergelassen hat, oder es ist ein Riß im Felsen.' So dachte ich eine Weile darüber nach, und als ich immer weiter in der Richtung des Lichtscheines ging, zeigte sich mir ein Loch auf der anderen Seite jenes Felsens, das die wilden Tiere ausgehöhlt hatten und durch das sie an diese Stätte zu kommen pflegten, um die Leichen zu fressen, und, wenn sie satt waren, wieder hinausschlüpften. Als ich das sah, kam Ruhe und Frieden über mein ganzes Inneres, mein Herz war erlöst, und nun war nach des Todes Banden der Glaube an das Leben wieder erstanden. Doch ich ging dahin wie im Traum. Als es mir dann gelungen war, durch den Spalt hinauszukriechen, sah ich mich auf einem hohen Felsen an der Küste des Salzmeeres, der zwischen den beiden Meeren lag und das Meer auf jener Seite der Insel von dem auf der anderen Seite und von der Stadt trennte, so daß niemand von ihr dorthin gelangen konnte. Da pries ich Allah den Erhabenen und dankte ihm; ich freute mich gewaltig, und mein Herz schöpfte neuen Mut. Darauf kehrte ich durch den Spalt wieder in die

Höhle zurück und holte mir all das Brot und Wasser, das ich mir dort aufgespart hatte. Auch holte ich mir ein paar Kleider von den Toten und legte sie an, um andere zu haben, als die ich bisher getragen hatte. Ferner nahm ich ihnen vieles ab von dem, was sie trugen, Ketten, Edelsteine, Perlenhalsbänder, Schmuckstücke aus Silber und Gold, in die allerlei Juwelen eingelegt waren, und andere Kleinodien; die schnürte ich in meine Kleider und in Kleider der Toten ein und brachte sie so durch den Spalt hinaus auf den Felsrücken. Und ich blieb an der Meeresküste; aber jeden Tag ging ich in der Höhle aus und ein, und jedesmal, wenn man einen Lebendigen begrub, schlug ich ihn tot, ob Mann oder Weib, nahm seinen Vorrat an Speise und Trank und kroch wieder durch den Spalt hinaus. Dann saß ich wieder an der Küste des Meeres und wartete auf Rettung von Allah dem Erhabenen durch ein Schiff, das an mir vorbeifahren würde. Alles, was ich in jener Höhle an Schmuckstücken fand, das schnürte ich in die Kleider der Toten und schaffte es hinaus. Auf diese Weise lebte ich eine lange Zeit dahin.' – –«

Da bemerkte Schehrezâd, daß der Morgen begann, und sie hielt in der verstatteten Rede an. Doch als die *Fünfhundertundfünfundfünfzigste Nacht* anbrach, fuhr sie also fort: »Es ist mir berichtet worden, o glücklicher König, daß Sindbad der Seefahrer des weiteren erzählte: ‚Ich schaffte aus jener Höhle alles heraus, was ich dort an Schmuckstücken und anderen Dingen fand, und blieb eine lange Weile hindurch an der Küste des Meeres. Doch eines Tages, als ich wieder dort saß und über mein Schicksal nachdachte, entdeckte ich ein vorbeifahrendes Schiff, mitten in dem tosenden Meer mit den brandenden Wogen ringsumher. Da nahm ich ein weißes Tuch, eins von den Kleidern der Toten, und band es an einen Stab. Dann lief ich an der Küste hin und her, indem ich den Leuten auf dem Schiffe mit jenem Tuche winkte, bis ihr Auge auf mich gelenkt ward und sie mich dort oben auf dem Felsen erkannten. Sie kamen näher, und als sie meine Stimme hörten, schickten sie ein Boot, das mit einigen Seeleuten bemannt war, zu mir herüber. Wie die nun nahe bei mir waren, riefen sie mir zu: ‚Wer bist du, und wie bist du auf diesen Felsen gekommen, auf dem wir in unserem ganzen Leben noch nie einen Menschen gesehen haben?‘ Ich antwortete ihnen: ‚Ich bin ein Kaufmann; das Schiff, auf dem ich fuhr, ist untergegangen, und ich habe mich mit meinen Sachen auf einer Planke gerettet. Allah der Erhabene half mir, daß ich hier landen konnte, und meine Sachen habe ich durch eigene Kraft und Geschicklichkeit behalten, nachdem ich mich schwer gemüht habe.‘ Da nahmen sie mich in ihr Boot auf und verluden auch alles das, was ich aus der Höhle geholt und in Kleider und Leichentücher verschnürt hatte. Dann ruderten sie mit mir zurück, bis sie mich auf das Schiff hinauf zu ihrem Kapitän führen konnten, während ich alle meine Sachen bei mir hatte. Der Kapitän fragte mich: ‚Mann, wie bist du an diese Stätte gekommen? Das ist ja ein hoher Berg, und hinter ihm liegt eine große Stadt; ich bin mein ganzes Leben lang in diesem Meere gefahren und immer bei diesem Berge vorbeigekommen, aber ich habe nie auf ihm etwas anderes als wilde Tiere und Vögel gesehen.‘ Darauf erwiderte ich ihm: ‚Ich bin ein Kaufmann; ich fuhr auf einem großen Schiffe, aber es litt Schiffbruch, und da fiel ich mit all meinen Sachen ins Meer, mit all diesen Stoffen und Kleidern, wie du sie hier siehst. Ich konnte sie jedoch auf eine von den Schiffsplanken packen, und dann halfen mir Glück und Geschick, daß ich auf den Felsen dort klettern konnte. Ich habe immer gewartet, ob nicht jemand vorbeikäme und mich mit sich nähme.' Allein ich erzählte ihm nicht, wie es mir in der Stadt und in der Höhle ergangen war; denn ich fürchtete, es könnte einer von den Einwohnern jener Stadt auf dem Schiffe sein. Darauf holte ich für den Schiffsherrn vielerlei aus meinem Schatze heraus und sprach zu ihm: ‚Mein Gebieter, du bist die Ursache meiner Rettung von diesem Berge; so nimm denn dies als Entgelt für die Wohltat, die du mir erwiesen hast!' Er wollte es aber nicht nehmen, sondern er sprach zu mir: ‚Wir nehmen nichts an. Wenn wir einen Schiffbrüchigen an der Meeresküste oder auf einer Insel sehen, so retten wir ihn und geben ihm zu essen und zu trinken; und wenn er nackt ist, so kleiden wir ihn. Und wenn wir schließlich zum sicheren Hafen gelangen, so geben wir ihm von uns aus ein Geschenk und handeln gütig und freundlich an ihm um Allahs des Erhabenen willen.' Da betete ich um langes Leben für ihn; und wir fuhren weiter von Insel zu Insel und von Meer zu Meer. In jener Zeit hoffte ich, daß ich nun von allem Leid befreit sei, und ich freute mich, daß ich mit dem Leben davongekommen war. Sooft ich aber daran dachte, wie ich in der Gruft bei meiner toten Frau gesessen hatte, schwanden mir die Sinne. Durch die Allmacht Allahs kamen wir dann unversehrt nach der Stadt Basra; dort ging ich an Land, und nachdem ich mich einige Tage lang aufgehalten hatte, kam ich endlich wieder nach der Stadt Baghdad. Ich begab mich sofort in mein Stadtviertel und trat in mein Haus ein. Dann begrüßte ich die Meinen und meine Freunde und fragte sie, wie es ihnen ging; und alle freuten sich über meine glückliche Heimkehr und beglückwünschten mich. Dann speicherte ich alle Güter, die ich mitgebracht hatte, in meinen Warenhäusern auf, verteilte Geschenke und Gaben und kleidete die Witwen und Waisen. Ich lebte so herrlich und schön, wie man es sich nur denken kann, indem ich mich auch wieder wie früher in fröhlichem Verein zu den Genossen gesellte, bei Scherz und Gesang. Dies ist das Wunderbarste, das ich auf der vierten Reise erlebt habe. Jetzt, mein Bruder Sindbad, speise bei mir zu Abend und empfang dein gewohntes Geschenk! Wenn du morgen wieder zu mir kommst, will ich die Erlebnisse und Abenteuer meiner fünften Reise erzählen. Die ist noch wunderbarer und seltsamer als alles, was vorherging.'

*

Darauf ließ er wieder hundert Quentchen Goldes bringen und die Tische breiten. Nachdem die Gäste zu Abend gegessen hatten, gingen sie ihrer Wege, höchlichst erstaunt; denn jede Geschichte war ja noch aufregender als die vorhergehende. Auch Sindbad der Lastträger ging nach Hause und verbrachte die Nacht dort in aller Freude und Heiterkeit und Verwunderung. Als aber der Morgen sich einstellte und die Welt mit seinem leuchtenden Glanze erhellte, erhob er sich, sprach das Frühgebet und schritt dann dahin, bis er in das Haus Sindbads des Seefahrers kam und ihm einen guten Morgen wünschte. Der hieß ihn willkommen und bat ihn, sich an seine Seite zu setzen. Als auch die anderen Gäste eintrafen, wurde gegessen und getrunken in lauter Freude und Fröhlichkeit, während das Gespräch unter ihnen kreiste. Dann hub Sindbad der Seefahrer an zu sprechen – –«

Da bemerkte Schehrezâd, daß der Morgen begann, und sie hielt in der verstatteten Rede an. Doch als die *Fünfhundertundsechsundfünfzigste Nacht* anbrach, fuhr sie also fort: »Es ist mir berichtet worden, o glücklicher König, daß Sindbad der Seefahrer von seinen Erlebnissen und Abenteuern zu reden anhub und erzählte

DIE FÜNFTE REISE
SINDBADS DES SEEFAHRERS

Ihr wisset, meine Brüder, daß ich, als ich von meiner vierten Reise heimgekehrt war, mich wieder ganz dem Leben in Scherz und Frohsinn und Sorglosigkeit hingab. Da vergaß ich vor lauter Freude über den großen Gewinn und Verdienst alles, was mir widerfahren war, alles, was ich erlebt und erlitten hatte. Und meine Seele flüsterte mir wieder ein, zu reisen und mich in den Ländern der Menschen und auf den Inseln umzuschauen. Als nun dieser Entschluß bei mir feststand, kaufte ich mir Waren, wie sie für eine Seereise geeignet sind, ließ sie in Ballen verpacken und verließ Baghdad. Wiederum begab ich mich zur Stadt Basra, und wie ich dort am Hafen entlang schritt, sah ich ein großes, hohes und schönes Schiff, das mir gefiel. Die ganze Ausrüstung war auch noch neu, und so kaufte ich es. Ich heuerte einen Kapitän und Seeleute, wies meinen Sklaven und Dienern ihren Dienst dort an und ließ meine Ballen dort verstauen. Darauf kam eine Schar von Kaufleuten zu mir, und die ließen auch ihre Lasten auf mein Schiff bringen, indem sie mir die Fracht und die Fahrt bezahlten. Dann segelten wir so froh und heiter ab, wie wir es nur sein konnten; denn wir versprachen uns glückliche Heimkehr und reichen Gewinn. Wir segelten von Insel zu Insel und von Meer zu Meer; dabei schauten wir uns auf den Inseln und in den Städten um, gingen an Land und trieben Handel. Nachdem unsere Fahrt eine Weile so fortgegangen war, kamen wir eines Tages zu einer großen unbewohnten Insel; dort zeigte sich kein Mensch, öde und verlassen lag sie da, nur eine gewaltig große weiße Kuppel war auf ihr zu sehen. Einige von uns stiegen aus, um sich diese anzusehen; und siehe da, es war ein großes Ei vom Vogel Ruch. Die Kaufleute aber, die dorthin gingen und sich das Gebäude ansehen wollten, wußten nicht, daß es ein Ei des Ruch war, und schlugen mit Steinen darauf. Da zerbrach es, und es floß viel Wasser heraus; und drinnen zeigte sich das Junge des Ruch. Das zerrten sie aus dem Ei hervor, und nachdem sie es geschlachtet hatten, nahmen sie viel Fleisch von ihm mit. Ich aber war auf dem Schiffe geblieben und ahnte nicht, was sie taten. Da rief mir plötzlich einer von den Reisenden zu: ,Herr, komm doch und sieh dir das Ei an, das wir für eine Kuppel hielten!' Ich ging alsbald hin, um es mir anzusehen, und fand die Kaufleute damit beschäftigt, das Ei zu zerschlagen. Da schrie ich sie an: ,Tut das nicht! Sonst kommt gewiß gleich der Vogel Ruch und zertrümmert unser Schiff und richtet uns zugrunde!' Aber sie wollten nicht auf mich hören, und während sie noch mit ihrem Tun fortfuhren, verschwand auf einmal die Sonne vor unseren Augen, und der helle Tag ward zur Finsternis; wie eine Wolke, die den ganzen Himmel verdunkelte, zog es über uns hin. Wir hoben unsere Blicke empor, um zu sehen, was denn zwischen uns und die Sonne gekommen sei; und da entdeckten wir, daß es ein Flügel des Ruch war, der das Sonnenlicht von uns fernhielt, so daß Dunkelheit herrschte. Als aber der Vogel näher kam und sah, daß sein Ei zerbrochen war, fing er an zu schreien; nun kam auch sein Weibchen, und die beiden begannen über dem Schiffe zu kreisen, indem sie dabei mit Stimmen, die lauter als der Donner dröhnten, auf uns hernieder schrien. Da rief ich dem Kapitän und den Matrosen zu: ,Stoßt ab und sucht die Rettung in der Flucht, ehe wir des Todes sind!' Die Kaufleute stürzten an Bord, und der Kapitän machte eiligst das Schiff los, und wir fuhren von der Insel fort. Als der Ruch bemerkte, daß wir auf dem Meere fuhren, flog er davon und verschwand eine kurze Weile, während wir so schnell wie möglich fuhren, in der Absicht, den beiden Vögeln zu entrinnen und aus ihrem Bereich herauszukommen. Aber da waren sie schon wieder hinter uns und kamen uns näher, und jeder von ihnen hielt einen großen Felsblock in den Krallen. Zuerst ließ das Männchen den Felsen, den es trug, auf uns herunterfallen; aber der Kapitän lenkte das Schiff rasch zur Seite, so daß jener Block uns gerade noch um ein kleines verfehlte. Er sauste ins Meer und unter das Schiff mit solcher Gewalt, daß unser Fahrzeug sich hob und dann wieder so tief hinabschoß, daß wir den Meeresgrund sehen konnten; mit solcher Kraft war der Felsen heruntergekommen. Dann ließ auch das Weibchen den Felsblock, den es trug, herunterfallen; der war wohl etwas kleiner als der erste, aber er traf nach der Bestimmung des Schicksals das Heck des Schiffes und zertrümmerte es, so daß unser Steuerruder in zwanzig Stücke auseinanderflog und alles was sich auf dem Schiffe befand, ins Wasser fiel. Ich begann um meine Rettung zu ringen, da das Leben doch so süß ist, und Allah der Erhabene bescherte mir eine von den Planken des Schiffes. An die klammerte ich mich, und dann kletterte ich auf sie hinauf und begann mit meinen Beinen zu rudern. Wind und Wellen waren mir günstig auf meiner Fahrt; und da das Schiff in der Nähe einer Insel auf der hohen See untergegangen war, so warf mich das Geschick mit Willen Allahs des Erhabenen an ebenjenes Eiland. Ich kletterte hinauf; doch ich war am Ende meiner Kräfte und fast wie ein Toter, da alles, was ich an Mühen und Qualen, an Hunger und Durst erduldet hatte, furchtbar auf mir lastete. Ich warf mich am Strande nieder und blieb eine lange Weile dort liegen, bis mein Geist sich erholte und mein Herz sich beruhigte. Dann ging ich auf der Insel umher und sah, daß sie einem Paradiesesgarten glich; da waren die Bäume mit reifen Früchten behangen, die Bächlein sprangen, und die Vögel sangen und priesen Ihn, der allmächtig und ewig ist. Ja, vielerlei Bäume und Früchte und Blumen jeglicher Art befanden sich auf jener Insel. So begann ich denn von den Früchten zu essen, bis ich satt war, und aus den Bächen zu trinken, bis mein Durst gelöscht war. Und ich pries und lobte Allah den Erhabenen für Seine Güte.' – –«

Da bemerkte Schehrezâd, daß der Morgen begann, und sie hielt in der verstatteten Rede an. Doch als die *Fünfhundertundsiebenundfünfzigste Nacht* anbrach, fuhr sie also fort: »Es ist mir berichtet worden, o glücklicher König, daß Sindbad der Seefahrer des weiteren erzählte: ,Als ich dem Tod in den Wellen entronnen und auf jener Insel an Land getrieben war und dort von den Früchten essen und aus den Bächen trinken konnte, pries und lobte ich Allah den Erhabenen für Seine Güte. Und ich blieb dort sitzen, bis der Tag zur Rüste ging und die Nacht nahte. Ich war aber immer noch wie ein Toter; so hatten die Anstrengung und die Angst mich erschöpft. Keinen Laut vernahm ich auf jener Insel, kein menschliches Wesen erblickte ich auf ihr. Und so schlief ich denn dort bis zum Morgen. Dann machte ich mich auf und wanderte zwischen den Bäumen dahin; und plötzlich sah ich ein Schöpfwerk bei einer Quelle fließenden Wassers, und neben dem Schöpfwerk saß ein alter Mann von würdigem Aussehen, der mit einem Schurz aus Baumblättern bekleidet war. Ich sagte mir: ,Vielleicht ist dieser Alte da auch auf der Insel gelandet und ist einer von denen, die von einem Schiffe fielen, als es kenterte.' So trat ich denn an ihn heran und grüßte ihn. Er aber erwiderte meinen Gruß durch ein Zeichen und sprach kein Wort. Darauf sagte ich zu ihm: ,Alterchen, warum sitzest du hier an dieser Stätte?' Er schüttelte das Haupt und seufzte und gab mir durch Zeichen mit der Hand zu verstehen, ich sollte ihn auf meine Schultern heben und ihn von dort auf die andere Seite der Schöpfrinne tragen. Nun sagte ich mir: ‚Ich will ihm den Gefallen tun und ihn dorthin tragen, wohin er will; vielleicht wird der Himmel mich dafür belohnen.' Ich trat also an ihn heran, hob ihn auf meine Schultern und trug ihn an den Ort, den er mir bezeichnet hatte. Dort sagte ich zu ihm: ‚Steig langsam herunter!' Aber er stieg nicht herunter, sondern wand mir seine Beine um den Hals. Und wie ich seine Beine anschaute, da sahen sie aus wie das Fell eines Büffels, schwarz und rauh. Darüber erschrak ich, und ich wollte ihn von meinen Schultern abschütteln. Doch er preßte seine Beine noch fester um meinen Hals und würgte mich so heftig, daß mir schwarz vor den Augen wurde. Mein Bewußtsein schwand, und ich fiel ohnmächtig wie tot zu Boden. Da hob er seine Schenkel und schlug mich mit den Füßen auf meinen Rücken und auf meine Schultern; und das tat mir so weh, daß ich wieder aufsprang, obgleich er noch immer auf mir saß und ich unter seiner Last ermüdete. Dann gab er mir mit der Hand ein Zeichen, ich sollte ihn unter die Bäume zu den besten Früchten tragen; und wenn ich mich weigerte, so schlug er mich mit den Füßen ärger als mit Peitschenhieben. In einem fort wies er mit der Hand auf jede Stelle, die er erreichen wollte, so daß ich ihn dorthin tragen mußte. Wenn ich säumte oder langsam ging, so schlug er mich; und so war ich bei ihm wie ein Gefangener. Während ich mit ihm nun mitten auf der Insel unter den Bäumen dahinlief, fing er auch noch an, mir die Schultern zu nässen und zu beschmutzen. Tag und Nacht stieg er nicht herab, und wenn er schlafen wollte, so wickelte er seine Beine fest um meinen Hals und schlief eine kleine Weile. Wenn er dann wieder aufwachte, schlug er mich von neuem, und ich mußte eilends aufstehen und durfte ihm nicht zuwiderhandeln, weil ich sonst zu schwer von ihm zu leiden hatte. Nun machte ich mir selber Vorwürfe, daß ich mich seiner erbarmt und ihn auf meine Schultern gehoben hatte. Aber es ging noch immer so weiter, und ich war in der größten Bedrängnis, die man sich denken kann. Da sagte ich mir: ‚Ich habe dem Kerl Gutes erwiesen, und er hat mir mit Bösem vergolten. Von jetzt an will ich, bei Allah, mein ganzes Leben lang nie mehr einem Menschen etwas Gutes tun.' Und ich bat zu jeder Zeit, zu jeder Stunde Allah den Erhabenen, Er möchte mich sterben lassen; denn ich konnte die schweren Anstrengungen und Qualen nicht mehr ertragen. Dennoch mußte ich eine lange Weile so weiterleben, bis ich schließlich eines Tages mit ihm zu einer Stelle auf der Insel kam, an der viele Kürbisse wuchsen. Manche von denen waren trocken, und so nahm ich mir einen großen, trockenen Kürbis, schnitt ihn oben auf und höhlte ihn aus. Dann trug ich ihn zu einem Rebstock, füllte ihn dort mit Traubensaft, schloß die Öffnung und stellte ihn in die Sonne. Nachdem ich ihn dort eine Reihe von Tagen hatte stehen lassen, war der Saft zu starkem Wein geworden. Und nun begann ich jeden Tag davon zu trinken, um mich dadurch gegen die Qualen zu stärken, die ich von jenem rebellischen Satan erlitt; und jedesmal, wenn ich von dem Weine trunken war, faßte ich neuen Mut. Doch eines Tages, als er mich trinken sah, fragte er mich durch ein Zeichen mit der Hand, was das sei. Ich antwortete ihm: ‚Dies ist etwas Gutes, das dem Herzen Kraft verleiht und das Gemüt neu belebt.' Darauf lief ich mit ihm unter den Bäumen umher und begann zu tanzen; und in der Trunkenheit, die über mich kam, klatschte ich mit den Händen, sang und war ganz ausgelassen. Wie er mich in diesem Zustande sah, machte er mir ein Zeichen, ich sollte ihm den Kürbis geben, damit er auch trinken könne. Da ich Angst vor ihm hatte, reichte ich ihm die Schale hin. Und er trank alles, was noch darin war, sofort aus und warf sie weg. Nun wurde er lustig und begann auf meinen Schultern hin und her zu wackeln. Schließlich aber wurde er trunken, und ein so schwerer Rausch kam über ihn, daß seine Glieder und Muskeln ganz schlaff wurden und er auf meinen Schultern zu schwanken begann. Sobald ich bemerkte, daß er trunken und seiner Sinne nicht mehr mächtig war, streckte ich meine Hand nach seinen Füßen aus, löste sie von meinem Halse, beugte mich dann mit ihm vornüber und setzte mich, während er auf die Erde fiel.' – –«

Da bemerkte Schehrezâd, daß der Morgen begann, und sie hielt in der verstatteten Rede an. Doch als die *Fünfhundertundachtundfünfzigste Nacht* anbrach, fuhr sie also fort: »Es ist mir berichtet worden, o glücklicher König, daß Sindbad der Seefahrer des weiteren erzählte: ‚Als ich den Satan von meinen Schultern abgeworfen hatte, konnte ich es noch kaum glauben, daß ich mich befreit hatte und daß ich meiner Not entronnen war. Und da ich fürchtete, er könne sich aus seinem Rausche erheben und mir ein Leid antun, holte ich mir einen großen Stein, der unter den Bäumen lag, trat an den Alten heran und schlug ihm, während er schlief, so gewaltig damit aufs Haupt, daß sein Fleisch und sein Blut ein Brei wurden. Nun lag er tot da – Allah habe ihn nicht selig! Darauf schritt ich mit leichtem Herzen über die Insel dahin und kam wieder zu der Stelle am Strande, an der ich schon vorher gewesen war. Aber ich mußte noch eine ganze Weile auf der Insel bleiben, indem ich von den Früchten dort aß und aus den Bächen trank, und dabei hielt ich immer Ausschau, ob wohl ein Schiff vorüberfahren würde. Und endlich, eines Tages, als ich wieder dasaß und über meine Erlebnisse und mein Schicksal nachdachte und mir sagte: ‚Ich möchte wohl wissen, ob Allah mich glücklich davonkommen lassen wird, so daß ich in mein Land heimkehren und wieder bei den Meinen und meinen Freunden sein kann!' – da tauchte plötzlich ein Schiff auf aus dem tosenden Meer mit den brandenden Wogen ringsumher, und es kam geradeswegs auf die Insel zu und ging dort vor Anker. Die Reisenden stiegen aus und gingen an Land; ich trat auf sie zu, und als sie mich erblickten, eilten sie alle herbei und drängten sich um mich und fragten mich, was es mit mir sei und wie ich auf diese Insel gekommen wäre. Da berichtete ich ihnen von meinen Erlebnissen und Abenteuern, und sie hörten mir mit dem größten Erstaunen zu. Dann sagten sie: ‚Dieser Mann, der auf deinen Schultern geritten hat, heißt der Alte vom Meere; noch nie ist einer, der unter seine Beine geriet, von ihm erlöst worden außer dir. Preis sei Allah für deine Rettung!' Dann brachten sie mir etwas Speise, und ich aß, bis ich satt war; auch gaben sie mir Kleider, daß ich sie anlegen und meine Blöße bedecken konnte. Und schließlich nahmen sie mich mit sich an Bord, und wir fuhren Tag und Nacht weiter, bis uns das Schicksal zu einer hochgebauten Stadt führte, deren Häuser alle aufs Meer hinausblickten. Sie hieß die Affenstadt; und wenn die Nacht anbrach, so pflegten alle Leute, die dort wohnten zu den Toren am Meere herauszukommen, in Boote und Schiffe zu steigen und auf dem Wasser zu übernachten, da sie befürchteten, daß die Affen aus den Bergen bei Nacht über sie herfallen würden. Ich ging an Land, um mir die Stadt anzusehen; aber da fuhr das Schiff weiter, ohne daß ich es wußte. Nun bereute ich, daß ich bei der Stadt ausgestiegen war, und ich dachte an meine Gefährten und an all das, was ich mit den Affen schon zweimal durchgemacht hatte. Ich setzte mich nieder und weinte in meiner Trauer. Da kam ein Mann von den Einwohnern der Stadt auf mich zu und fragte mich: ‚Lieber Herr, du bist wohl ein Fremdling in diesen Landen?' ‚Jawohl,' erwiderte ich ihm, ‚ich bin ein armer Fremdling. Ich bin mit einem Schiff gekommen, das hier vor Anker ging; ich stieg aus, um mir die Stadt anzusehen, doch als ich zur Küste zurückkehrte, fand ich es nicht mehr.' Jener Mann aber fuhr fort: ‚Komm, geh mit uns und steige ins Boot; denn wenn du bei Nacht in der Stadt bleibst, so werden die Affen dir den Garaus machen.' ‚Ich höre und gehorche!' erwiderte ich, machte mich sofort auf und stieg zu den Leuten ins Boot. Die stießen darauf vom Lande ab und fuhren in See, bis sie etwa eine Meile von der Küste entfernt waren; dort brachten sie die Nacht zu, und ich blieb bei ihnen. Als es Morgen ward, kehrten sie mit ihren Schiffen zur Stadt zurück, stiegen an Land, und ein jeder von ihnen ging seinen Geschäften nach. Das pflegten sie jede Nacht zu tun; wenn jedoch einer von ihnen am Abend in der Stadt zurückblieb, so kamen die Affen über ihn und töteten ihn. Bei Tage liefen die Affen wieder zur Stadt hinaus, fraßen von den Früchten der Gärten und schliefen in den Bergen bis zur Abendzeit; dann erst kehrten sie in die Stadt zurück. Jene Stadt liegt im fernsten Teile des Landes der Schwarzen; und das Seltsamste, was ich dort erlebt habe, ist dies. Einer von den Leuten, mit denen ich im Boote zu übernachten pflegte, sagte einmal zu mir: ‚Lieber Herr, du bist ein Fremdling in diesen Landen. Kennst du ein Handwerk, in dem du arbeiten kannst?' ‚Nein, bei Allah, mein Bruder,' erwiderte ich, ‚ich habe kein Handwerk, und ich kann auch nichts arbeiten; denn ich bin Kaufmann, ich besaß Geld und Gut und nannte ein Schiff mein eigen, das mit vielen Waren und Gütern beladen war. Aber es litt Schiffbruch auf dem Meere, und alles, was darinnen war, ging unter. Ich konnte mich nur mit der Hilfe Allahs vor dem Ertrinken retten; denn Er sandte mir eine Planke, auf die ich steigen konnte, und das war die Ursache, weshalb ich mit dem Leben davonkam.' Da brachte der Mann mir einen baumwollenen Sack und sprach zu mir: ‚Nimm diesen Sack und fülle ihn mit Kieselsteinen, wie sie hier herumliegen; dann zieh mit einer Schar von den Leuten dieser Stadt aus, ich will dich mit ihnen bekannt machen und dich ihrer Obhut empfehlen. Tu genau so, wie sie tun! Vielleicht kannst du dir dann etwas verdienen, das dir dazu verhilft, weiterzureisen und in dein Land heimzukehren.' Darauf nahm er mich mit sich und führte mich zur Stadt hinaus. Dort sammelte ich kleine Kieselsteine und füllte sie in den Sack. Alsbald kam auch eine Schar von Leuten aus der Stadt heraus, und mein Freund machte mich mit ihnen bekannt und empfahl mich ihrer Obhut, indem er zu ihnen sprach: ‚Dieser Mann ist ein Fremdling; nehmt ihn mit euch und lehrt ihn das Sammeln, auf daß er sein täglich Brot verdiene und euch der Lohn des Himmels zuteil werde!' ‚Wir hören und gehorchen!' erwiderten sie; dann hießen sie mich willkommen und nahmen mich mit sich fort. Ein jeder von ihnen aber hatte einen Sack bei sich, wie ich ihn trug, mit Kieselsteinen angefüllt. Wir zogen immer weiter dahin, bis wir ein geräumiges Tal erreichten, mit vielen hohen Bäumen, auf die kein Mensch hinaufsteigen konnte. In jenem Tale gab es aber auch viele Affen, und sowie die uns erblickten, flüchteten sie vor uns und kletterten auf die Bäume hinauf. Nun begannen die Leute mit den Steinen, die sie in ihren Säcken hatten, nach den Affen zu werfen, und jene rissen die Früchte von den Bäumen und warfen sie auf die Männer hinab. Ich sah mir die Früchte, mit denen die Affen warfen, genauer an und entdeckte, daß es Kokosnüsse waren. Wie ich also jene Leute bei ihrem Tun beobachtet hatte, wählte ich mir einen großen Baum aus, auf dem viele Affen saßen, ging hin und begann die Tiere mit Steinen zu bewerfen. Da rissen sie die Nüsse ab und schleuderten sie auf mich, und ich sammelte sie, wie die anderen es taten. Ehe ich noch die Steine in meinem Sack alle verbraucht hatte, war schon eine große Menge von Nüssen in meinem Besitz. Als die Leute dann mit ihrer Arbeit fertig waren, sammelten sie alles, was bei ihnen lag, und ein jeder von ihnen trug so viel fort, wie er konnte. Und zuletzt kehrten wir, solange es noch Tag war, in die Stadt zurück. Dort ging ich alsbald zu meinem Freunde, dem Manne, der mich mit den anderen bekannt gemacht hatte, und wollte ihm alles geben, was ich gesammelt hatte, indem ich ihm für seine Güte dankte. Doch er sprach zu mir: ‚Nimm du sie, verkaufe sie und verwerte den Erlös für dich!' Dann gab er mir den Schlüssel zu einer Kammer in seinem Hause und sagte: ‚An dieser Stätte kannst du immer die Nüsse, die du zurücklegst, aufbewahren. Zieh jeden Morgen mit den anderen aus, wie du heute getan hast, und von den Nüssen, die du heimbringst, wähle die schlechten aus, verkaufe sie und verwende den Erlös für dich; die guten aber speichere hier auf: vielleicht wirst du so viel zusammenbringen, daß du dafür deine Reise bestreiten kannst!' ‚Allah der Erhabene vergelte es dir!' erwiderte ich und tat, wie er mir gesagt hatte. Ich fuhr fort, jeden Tag meinen Sack mit Kieseln zu füllen, mit den Leuten hinauszuziehen und so zu schaffen wie sie. Nun empfahlen sie mich einander und zeigten mir immer den Baum, an dem die meisten Nüsse hingen. Eine lange Zeit hindurch blieb ich bei ihnen, und so häufte sich bei mir ein großer Vorrat von guten Kokosnüssen auf; ich verkaufte auch viele und verdiente durch sie viel Geld, so daß ich mir alles, was ich sah und gern haben wollte, kaufen konnte. So verlebte ich eine schöne Zeit, und mein Ansehen nahm zu in der ganzen Stadt. Und ich lebte weiter so dahin, bis einmal, während ich am Ufer stand, ein großes Schiff auf jene Stadt zulief und am Strande vor Anker ging; auf ihm befanden sich Kaufleute, die Waren mit sich führten und die nun mit Kokosnüssen und anderen Dingen Handel trieben. Da ging ich zu meinem Freunde und erzählte ihm von dem Schiffe, das gekommen war; zugleich aber sagte ich zu ihm, ich möchte nun wieder in meine Heimat reisen. ‚Das steht bei dir‘, erwiderte er; und ich nahm Abschied von ihm, nachdem ich ihm für alle seine Güte gegen mich gedankt hatte. Darauf ging ich zu dem Schiffe, traf mit dem Kapitän zusammen und vereinbarte mit ihm Fahrgeld und Fracht. Dann schiffte ich mich mit meinem ganzen Besitz an Nüssen und anderen Dingen auf dem Fahrzeug ein. Wir brachen auf‘ – –«

Da bemerkte Schehrezâd, daß der Morgen begann, und sie hielt in der verstatteten Rede an. Doch als die *Fünfhundertundneunundfünfzigste Nacht* anbrach, fuhr sie also fort: »Es ist mir berichtet worden, o glücklicher König, daß Sindbad der Seefahrer des weiteren erzählte: ‚Als ich von der Affenstadt aus an Bord gegangen war, indem ich meinen ganzen Besitz an Kokosnüssen und anderen Dingen mitnahm, und als ich auch mit dem Kapitän Fahrgeld und Fracht vereinbart hatte, brachen wir noch am selben Tage auf. Und dann segelten wir dahin von Insel zu Insel und von Meer zu Meer. Auf jeder Insel, bei der wir anlegten, verkaufte ich Kokosnüsse oder tauschte sie gegen Waren ein; und Allah gab mir mehr zurück, als ich früher besessen und verloren hatte. Wir kamen auch an einer Insel vorbei, auf der Zimt und Pfeffer wuchs; und Leute dort erzählten uns, sie fänden bei jeder Pfefferdolde ein großes Blatt, das ihr Schatten spendet und die Nässe von ihr abwehrt, wenn es regnet; sobald aber die Regenzeit vorüber sei, wende das

Blatt sich um und hänge dann neben der Dolde herunter. Von jener Insel nahm ich einen großen Vorrat an Pfeffer und Zimt mit mir, den ich für Kokosnüsse eingetauscht hatte. Dann kamen wir auch bei der Insel der Fährnisse vorbei, auf der das komariner Aloeholz wächst, und weiter bei einer anderen Insel, die fünf Tagereisen lang ist; dort wächst das chinesische Aloeholz, und das ist besser als das komariner. Aber die Bewohner dieser Insel stehen in Sitten und Glauben auf einer niedrigeren Stufe als das Volk der Insel des komariner Aloeholzes; denn sie sind der Unzucht und dem Weintrinken ergeben und kennen weder den Gebetsruf noch überhaupt etwas von der Gebetspflicht. Darauf kamen wir zu den Perlenfischereien, und ich gab den Tauchern ein paar Kokosnüsse und sagte ihnen, sie sollten auf mein Glück und Gelingen tauchen. Sie taten es und holten wirklich eine Menge von großen und kostbaren Perlen herauf. Da sprachen sie zu mir: ,Hoher Herr, bei Allah, dir ist das Glück hold!' Ich aber nahm alles, was sie für mich gefunden hatten, zu mir ins Schiff. Und wir fuhren mit dem Segen Allahs des Erhabenen immer weiter dahin, bis wir endlich bei der Stadt Basra ankamen. Ich ging an Land und blieb dort eine kurze Weile. Dann setzte ich meine Reise fort nach Baghdad, begab mich in mein Stadtviertel und kam zu meinem Hause. Hier begrüßte ich die Meinen und meine Freunde, und sie wünschten mir Glück zu meiner sicheren Heimkehr. Nachdem ich alle Waren und Güter, die ich mit mir führte, aufgespeichert hatte, kleidete ich die Witwen und Waisen und verteilte Spenden und Gaben und Geschenke an die Meinen, an meine Freunde und Gefährten; denn Allah hatte mir das, was ich verloren hatte, vierfach ersetzt. Ich vergaß auch über diesem reichen Gewinn und Verdienst alle Mühen, die ich erduldet und durchgemacht hatte, und kehrte zu meinem früheren Leben in Gemeinschaft mit meinen Freunden zurück. Dies ist also das Wunderbarste, was mir auf meiner fünften Reise begegnet ist. Doch nun speiset zu Abend! Wenn ihr morgen wiederkommt, will ich euch von den Abenteuern der sechsten Reise berichten; die sind noch merkwürdiger als die heutigen.'

*

Als die Gäste nun gespeist hatten, befahl er, Sindbad dem Lastträger hundert Quentchen Gold zu geben. Der nahm sie entgegen und ging fort, indem er sich wieder über alles wunderte. Die Nacht brachte er in seinem Hause zu; doch als es Morgen ward, stand er auf, sprach das Frühgebet und schritt hinaus, bis er zum Hause Sindbads des Seefahrers gelangte. Dort trat er ein und wünschte ihm einen guten Morgen. Jener bat ihn, sich zu setzen; und nachdem er das getan hatte, plauderten die beiden, bis die anderen Gäste kamen. Sie begrüßten einander, die Tische wurden gebreitet, man aß und trank, war froh und guter Dinge. Dann hub Sindbad der Seefahrer an und erzählte ihnen

DIE SECHSTE REISE
SINDBADS DES SEEFAHRERS

Ihr wisset, meine Brüder, Freunde und Genossen, als ich von jener fünften Reise heimgekehrt war, vergaß ich bei Scherz und Gesang, in Wohlsein und Frohsinn alles, was ich vorher durchgemacht hatte, und führte das heiterste und freudigste Leben, das man sich denken kann. So lebte ich dahin, bis eines Tages, als ich in lauter Glück und Seligkeit dasaß, eine Schar von Kaufleuten mich besuchte, denen man ansah, daß sie von der Reise kamen. Ich dachte daran, wie ich selbst einst von der Reise heimgekehrt war und mich gefreut hatte, die Meinen, meine Freunde und Gefährten wiederzusehen und in der Heimat zu sein. Da ergriff mich von neuem die Sehnsucht, zu reisen und Handel zu treiben. Und als ich mich zur Fahrt entschlossen hatte, kaufte ich mir kostbare und prächtige Waren, die sich für eine Seereise eigneten, ließ die Lasten aufladen und zog mit ihnen von Baghdad nach Basra. Dort fand ich ein großes Schiff mit Kaufleuten und Vornehmen, die wertvolle Waren bei sich hatten. Ich ließ wie sie meine Ballen auf dem Schiff verstauen, und dann fuhren wir wohlbehalten von Basra ab.' – –«

Da bemerkte Schehrezâd, daß der Morgen begann, und sie hielt in der verstatteten Rede an. Doch als die *Fünfhundertundsechzigste Nacht* anbrach, fuhr sie also fort: »Es ist mir berichtet worden, o glücklicher König, daß Sindbad der Seefahrer des weiteren erzählte: ,Als ich meine Ballen gerüstet und in dem Schiff aus Basra verstaut hatte, fuhren wir ab, und wir segelten immer weiter dahin, von Ort zu Ort, von Stadt zu Stadt, indem wir Handel trieben und uns die fremden Länder anschauten. Das Glück war uns hold, die Reise war günstig, und wir hatten große Gewinne. Aber eines Tages, als wir auf der Fahrt waren, fing plötzlich der Kapitän des Schiffes laut zu schreien an, warf seinen Turban fort, zerschlug sich das Gesicht, raufte sich den Bart und fiel vor lauter Angst und Aufregung in den Schiffsraum. Alle Kaufleute und Reisenden drängten sich um ihn und riefen: ,Kapitän, was ist geschehen?' Da gab er ihnen zur Antwort: ,Wisset, ihr Leute, wir fahren mit unserem Schiff in die Irre; wir haben das Meer, in dem wir fuhren verlassen, und nun sind wir in einer See, deren Straßen wir nicht kennen, und wenn Allah uns keine Hilfe sendet, um uns aus diesem Meer zu erretten, so sind wir alle des Todes. Betet zu Allah dem Erhabenen, daß er uns aus dieser Not befreit!' Und alsbald sprang er hoch und kletterte auf den Mast und wollte die Segel losmachen; aber der Wind bekam das Schiff in seine Gewalt und trieb es zurück, so daß unser Steuerruder dicht bei einem hohen Felsen zerbrach. Da kam der Kapitän vom Mastbaum herunter und rief: ‚Es gibt keine Macht und es gibt keine Majestät außer bei Allah, dem Erhabenen und Allmächtigen! Kein Mensch kann dem Schicksal in die Zügel greifen. Bei Allah, wir sind jetzt in großer Not; aus ihr bleibt uns keine Rettung, kein Entrinnen.' Nun begannen alle Reisenden ihr Los zu beweinen, und sie nahmen voneinander Abschied, da ja nun ihre Lebenszeit abgelaufen und ihnen alle Hoffnung abgeschnitten war. Und gleich darauf prallte das Schiff gegen den Felsen und zerschellte; die Planken brachen auseinander, und alles, was auf dem Schiffe war, versank ins Meer. Auch die Kaufleute fielen ins Wasser, und einige von ihnen ertranken, während andere sich an den Felsen klammern und hinaufkriechen konnten. Ich gehörte zu denen, die den Felsen erklommen, und von ihm aus entdeckten wir, daß wir uns auf einer großen Insel befanden, an deren Strand viele Wracke und viel Schiffsgut lagen; das kam von all den Fahrzeugen, deren Trümmer das Meer dort an Land zu spülen pflegte und deren Insassen ertrunken waren. Dort lagen so viele Geräte und Güter, die das Meer ausgeworfen hatte, daß Sinn und Verstand darüber verwirrt wurden. Ich stieg nun zur Höhe jener Insel hinauf und ging weiter, bis ich im Inneren einen Bach fließenden Süßwassers fand, der unten am Fuße des Berges herauskam und unter dem Höhenzug auf der anderen Seite wieder im Boden verschwand. Die anderen Reisenden kletterten alle über jenen Berg noch weiter in die Insel hinein und zerstreuten sich auf ihr, verwirrt und wie von Sinnen durch den Anblick all der Güter und Waren, die dort am Strande des

Meeres umherlagen. Ich aber entdeckte am Boden jenes Baches eine gewaltige Menge von Juwelen, Edelsteinen, Rubinen und großen Königsperlen aller Art; wie Kies lagen sie in den Wasserläufen jener Fluren umher, und der ganze Boden des Baches selber glitzerte von der Menge all des edlen Gesteines. Ferner fanden wir auf jener Insel das kostbarste Aloeholz, chinesisches und komariner. Dort entspringt auch eine Quelle von einer Art rohen Ambers. Der schmilzt in der Sonnenhitze wie Wachs und läuft über die Quellränder hinaus bis zur Meeresküste; dann kommen die Seeungetüme, verschlucken ihn und verschwinden wieder in der Tiefe. Aber er brennt ihnen im Leibe, und so speien sie ihn wieder aus dem Rachen aufs Meer hinaus; dann erstarrt er auf der Oberfläche des Wassers, seine Farbe und seine Gestalt verändern sich, und die Wellen werfen ihn an die Gestade des Meeres; dort holen ihn die Reisenden und die Kaufleute, die ihn kennen, und nachher verkaufen sie ihn. Der rohe Amber jedoch, der noch nicht verschluckt ist, fließt über die Ränder jener Quelle und erstarrt auf der Erde; und wenn die Sonne darauf scheint, so schmilzt er, und das ganze Tal dort duftet nach ihm wie nach Moschus; wenn aber die Sonne von ihm weicht, so erstarrt er von neuem. Die Stätte, an der jener rohe Amber aufquillt, kann kein Mensch erreichen noch betreten; denn sie ist auf allen Seiten von jenem Gebirge umgeben, das niemand erklimmen kann. Wir zogen eine Weile auf der Insel umher und betrachteten die wunderbaren Dinge, die Allah der Erhabene dort geschaffen hatte, verwirrt ob unserer eigenen Lage und durch das, was wir dort sahen; denn wir lebten in großer Sorge. Wir hatten am Strande ein wenig Nahrung aufgelesen, und damit gingen wir sparsam um, indem wir nur einmal am Tage oder jeden zweiten Tag davon einen Bissen aßen; wir mußten befürchten, daß jener Vorrat uns ausgehen würde und wir dann alle elend in Hunger und Furcht umkämen. Wenn aber einer von uns starb, so wuschen wir ihn und hüllten ihn in ein Kleid oder in Linnen, das von den Wellen dort ans Land gespült war. Schließlich starben viele von uns, und es blieb nur noch eine kleine Schar von uns übrig. Wir litten aber an einer Erkrankung des Leibes, die von der See herrührte; und es dauerte nicht lange, da starben alle meine Freunde und Gefährten, einer nach dem andern wurde von uns begraben. Da blieb ich denn ganz allein auf jener fernen Insel und hatte nur noch wenig Nahrung, ich, der ich einst so reich gewesen war. Ich beweinte mein Los, und ich sprach: ‚Wäre ich doch nur vor meinen Gefährten gestorben! Dann hätten sie mich gewaschen und begraben. Doch es gibt keine Macht und es gibt keine Majestät außer bei Allah, dem Erhabenen und Allmächtigen!' – -«

Da bemerkte Schehrezâd, daß der Morgen begann, und sie hielt in der verstatteten Rede an. Doch als die *Fünfhundertundeinundsechzigste Nacht* anbrach, fuhr sie also fort: »Es ist mir berichtet worden, o glücklicher König, daß Sindbad der Seefahrer des weiteren erzählte: ‚Als alle meine Gefährten begraben waren und ich mich nun ganz allein auf der Insel befand, wartete ich noch eine kleine Weile; dann aber machte ich mich auf und grub ein tiefes Grab für mich, dort am Strande, und ich sagte zu mir selber: ‚Wenn ich schwach werde und fühle, daß der Tod mir naht, so will ich mich in dies Grab legen und darin sterben; dann werden die Winde den Sand darüber wehen und mich zudecken, so daß auch ich begraben bin.' Und ich machte mir Vorwürfe, daß ich so töricht gewesen war, meine Stadt und mein Land zu verlassen und wieder in die Welt hinauszureisen, nach alledem, was ich zum ersten, zum zweiten, zum dritten, zum vierten und zum fünften Male durchgemacht hatte. Jedesmal, auf jeder einzelnen Reise, hatte ich doch immer schlimmere und furchtbarere Schrecken und Gefahren durchgemacht als auf der vorhergehenden, und jetzt endlich hatte ich gar keine Hoffnung mehr, mit dem Leben davonzukommen. Ich bereute, daß ich immer wieder auf See gegangen war, zumal ich das Geld gar nicht nötig hatte; denn ich besaß doch so viel, und was ich besaß, konnte ich nicht einmal aufbrauchen, ja nicht die Hälfte davon konnte ich in meinem ganzen übrigen Leben ausgeben, ich hatte genug, übergenug! Darauf begann ich nachzusinnen, und ich sagte mir: ‚Bei Allah, der Bach dort muß doch Anfang und Ende haben; er muß doch irgendwo wieder aus der Erde in bewohntem Lande ans Tageslicht treten. Darum halte ich es für das Richtige, wenn ich mir ein kleines Floß mache, so groß, daß ich gerade darin sitzen kann und, wenn ich es auf diesen Bach setze, hineinsteigen und mich von der Strömung treiben lassen kann. Finde ich dann den Weg zur Rettung, so werde ich mit Gottes Hilfe mein Leben retten; finde ich ihn aber nicht, so werde ich in diesem Flusse sterben, und das ist besser als hier.' Mit einem Seufzer um mein Los machte ich mich ans Werk, holte Stämme von der Insel, und zwar Stämme von Bäumen der chinesischen und komariner Aloe, band sie mit Tauen von den Wracken zusammen, suchte mir Planken von gleicher Größe unter den Schiffsplanken und legte sie auf jene Stämme. So machte ich mir ein Floß, daß nur etwas weniger breit war als jener Bach, und band es gut und fest zusammen. Darauf suchte ich mir Schätze von Edelsteinen, Juwelen und großen Perlen, die dort wie Kies herumlagen, und mancherlei andere Dinge von der Insel, auch einige Stücke von dem feinen, reinen, rohen Amber, und brachte sie auf das Floß. Alles, was ich auf der Insel gesammelt hatte, nahm ich mit mir, auch alles, was von dem Vorrat an Nahrung noch übrig war. Zuletzt legte ich noch auf beide Seiten je ein Brett, das als Ruder dienen sollte, und dann tat ich nach den Worten des Dichters:

> *Geh fort von einem Orte, da dir vor Unheil graut,*
> *Und laß das Haus beklagen den, der es selbst erbaut!*
> *Du findest eine Stätte an einem andren Platz;*
> *Doch für dein Leben findest du nimmermehr Ersatz.*
> *Drum fürchte nicht das Grausen der schicksalsschweren Nacht!*
> *Dem Unheil wird auf Erden ein Ende stets gemacht.*
> *Und wem an einer Stätte bestimmt ist zu verderben,*
> *Der wird an keiner Stätte als eben dieser sterben.*
> *Auch sende keinen Boten in großen, schweren Dingen:*
> *Den rechten Rat wird immer die eigne Seele bringen!*

Und ich fuhr mit meinem Floße auf dem Bach dahin und dachte darüber nach, was wohl aus diesem Unterfangen noch werden würde. Ich trieb immer weiter, bis ich zu der Stelle kam, wo der Bach unter dem Höhenzug verschwand. Als nun mein Floß dort hineinfuhr, umgab mich plötzlich dichte Finsternis; die Strömung aber trieb das Fahrzeug mit mir immer weiter in das Berginnere, bis zu einer Stelle, wo die Höhlung im Felsgestein enger ward. Da rieben sich die Seiten des Floßes an den Bergwänden, und mein Kopf streifte an der Decke entlang; aber es gab keine Rückkehr mehr für mich. Wieder machte ich mir Vorwürfe über das, was ich mir selbst angetan hatte, und ich sagte mir: ,Wenn dies Loch noch enger wird, so kann das Floß nicht mehr hindurchfahren; es kann aber auch nicht mehr zurückfahren, und dann werde ich hier elend umkommen, daran ist kein Zweifel.' Dann warf ich mich, weil es dort so eng war, der Länge nach mit dem Gesicht auf das Floß; die Strömung jedoch trug mich immer weiter, und es war dort im Felsen so finster, daß ich nicht wußte, ob es Tag oder Nacht war; und dazu kam noch der Schrecken und die

Angst meiner Seele vor dem Tode. So ließ ich mich denn dahintreiben auf jenem Strome, bald durch weite, bald durch enge Höhlungen im Gestein. Aber die Dunkelheit machte mich so müde, daß ich einschlief, trotz all der Aufregung, und so lag ich schlafend auf meinem Gesicht, dort auf dem Floß, das mit mir dahinfuhr, während ich schlummerte, ich weiß nicht, ob lange oder kurze Zeit. Doch plötzlich wachte ich auf und fand mich im Licht des Tages; als ich die Augen öffnete, sah ich eine weite Gegend, das Floß war am Ufer festgebunden, und um mich stand eine Schar von Indern und braunen Menschen. Sobald sie sahen, daß ich aufgewacht war, kamen sie auf mich zu und redeten mich in ihrer Sprache an. Ich verstand aber nicht, was sie sagten, und ich hielt alles für eine Einbildung und glaubte, das geschehe im Traume, da ich noch so voll Angst und Aufregung war. Nachdem sie mich angeredet hatten, ohne daß ich ihre Sprache verstand und ohne daß ich ihnen eine Antwort gab, trat einer von ihnen auf mich zu und sagte zu mir auf arabisch: ‚Friede sei mit dir, Bruder! Wer bist du? Woher kommst du? Warum bist du hierher gekommen? Wie bist du in dies Wasser hineingeraten? Was für ein Land liegt hinter dem Berge? Wir kennen niemanden, der von dort hierher zu uns gekommen wäre.' Da fragte ich ihn: ‚Was für Leute seid ihr denn? Und was für ein Land ist dies?' Er antwortete mir: ‚Bruder, wir sind Ackerbauer und Landleute, und wir sind gekommen, um unsere Felder und Saaten zu bewässern. Als wir dich auf dem Floße schlafen sahen, hielten wir es an und banden es hier fest, damit du gemächlich aufwachen könntest. Doch nun sage uns, weshalb du hierher gekommen bist!' ‚Um Gottes willen, lieber Herr,' rief ich, ‚bring mir etwas zu essen, ich bin so hungrig; dann frage mich, was du willst!' Sofort lief er hin und brachte mir Speise; und ich aß, bis ich satt war und mich erholt hatte; da legte sich meine Furcht, und das Gefühl der reichlichen Sättigung verlieh mir neue Kraft. Nun pries ich Allah den Erhabenen für alle Dinge und freute mich, daß ich aus jenem Flusse heraus zu jenen Leuten gekommen war; und ich erzählte ihnen alles, was ich erlebt hatte, von Anfang bis zu Ende, besonders auch, was ich auf dem Flusse dort in dem engen Loche durchgemacht hatte.' – –«

Da bemerkte Schehrezâd, daß der Morgen begann, und sie hielt in der verstatteten Rede an. Doch als die *Fünfhundertundzweiundsechzigste Nacht* anbrach, fuhr sie also fort: »Es ist mir berichtet worden, o glücklicher König, daß Sindbad der Seefahrer des weiteren erzählte: ,Als ich von dem Floße heruntern ans Ufer gestiegen war und dort eine Schar von Indern und braunen Leuten sah und mich von meinen Anstrengungen etwas erholt hatte, fragten sie mich, was es mit mir auf sich habe, und ich erzählte ihnen nun meine Geschichte. Dann redeten sie miteinander und sagten: ,Wir müssen ihn mit uns nehmen und vor unseren König bringen, auf daß er ihm seine Abenteuer erzähle.' Dann nahmen sie mich mit sich und trugen auch das Floß mit, samt allem, was darauf war an Geld und Gut, Juwelen, Edelsteinen und Kleinodien. Und als sie zu ihrem König eingetreten waren, berichteten sie ihm, was geschehen war. Da bot er mir den Gruß, hieß mich willkommen und fragte mich nach mir selber und nach meinen Abenteuern. So berichtete ich ihm denn alles über mich und über meine Erlebnisse von Anfang bis zu Ende. Und nachdem er meiner Erzählung mit größtem Staunen zugehört hatte, beglückwünschte er mich zu meiner Rettung. Darauf ging ich hin und holte von dem Floße eine große Menge von Edelsteinen, Juwelen, Aloeholz und rohem Amber und schenkte es dem

König. Der nahm es an und erwies mir immer mehr Ehren und ließ mich sogar in seinem eigenen Palaste wohnen. Ich verkehrte auch mit den Vornehmen dort, und sie bezeigten mir stets hohe Achtung; derweilen blieb ich immer am Hofe des Königs. Und die Fremden, die zu jener Insel kamen, fragten mich, wie es in meiner Heimat aussähe, und dann erzählte ich ihnen davon; ebenso fragte auch ich sie nach den Dingen in ihrer Heimat, und sie berichteten mir darüber. Eines Tages aber fragte der König mich, wie es in meiner Heimat aussähe und wie es mit der Regierung des Kalifen in der Stadt Baghdad stände; da erzählte ich ihm, wie gerecht der Kalif herrsche. Das bewunderte er, und dann sagte er zu mir: ‚Bei Allah, des Kalifen Regierung ist weise, und seine Verwaltung ist löblich. Du hast in mir die Liebe zu ihm erweckt, und ich möchte ihm ein Geschenk zurüsten und es ihm durch dich übersenden.‘ ‚Ich höre und gehorche, o Gebieter!‘ erwiderte ich; ‚ich will es ihm überbringen und ihm berichten, daß du ihm ein aufrichtiger Freund bist.‘ Ich blieb aber noch eine ganze Weile bei jenem König in höchster Ehrenstellung und im schönsten Leben, bis ich schließlich eines Tages, als ich im Palaste saß, hörte, daß eine Schar von Kaufleuten jener Stadt ein Schiff ausgerüstet hätte, mit dem sie nach der Stadt Basra fahren wollte. Da sagte ich mir: ‚Für mich kann es nichts Besseres geben, als mit dieser Schar zu reisen.‘ Und sofort eilte ich hin, küßte die Hand des Königs und tat ihm kund, daß ich mit jener Schar von Kaufleuten, die das Schiff ausgerüstet hatten, abreisen wolle, da ich mich nach den Meinen und nach meiner Heimat sehne. Der König erwiderte: ‚Der Entscheid steht bei dir. Doch wenn du bei uns bleiben willst, so wollen wir dich herzlich gern behalten, denn du bist uns vertraut geworden.‘ ‚Bei Allah, hoher Herr,‘ sagte ich darauf, ‚du überschüttest mich mit deiner Huld und Güte. Dennoch habe ich Sehnsucht nach meinem Volk und meiner Heimat und meinen Anverwandten.' Als er diese Worte von mir vernommen hatte, berief er jene Kaufleute zu sich und empfahl mich ihrem Schutze; auch schenkte er mir vielerlei aus seinen Schätzen und bezahlte für mich die Reise auf dem Schiffe. Und mit mir sandte er ein prächtiges Geschenk für den Kalifen Harûn er-Raschîd in der Stadt Baghdad. Darauf nahm ich Abschied vom König und von all meinen Freunden, bei denen ich aus und ein gegangen war. Und nachdem ich mit den Kaufleuten an Bord jenes Schiffes gegangen war, fuhren wir ab; der Wind war günstig, die Reise war glücklich, und im Vertrauen auf Allah, den Hochgepriesenen und Erhabenen, fuhren wir immer weiter dahin, von Meer zu Meer und von Insel zu Insel, bis wir mit der Hilfe des Höchsten wohlbehalten bei der Stadt Basra eintrafen. Dort verließ ich das Schiff und hielt mich ein paar Tage und Nächte auf, um mich zu rüsten und meine Lasten aufzuladen. Dann begab ich mich zur Stadt Baghdad, dem Horte des Friedens, und erlangte dort Zutritt zum Kalifen Harûn er-Raschîd, um ihm jenes Geschenk zu überreichen, und dabei erzählte ich ihm meine Erlebnisse. Dann speicherte ich alle meine Schätze und Güter auf und ging in mein Stadtviertel. Die Meinen und meine Freunde kamen zu mir, und ich verteilte Geschenke an alle; auch gab ich Almosen und Spenden. Nach einer Weile jedoch sandte der Kalif nach mir und fragte mich von neuem nach jenem Geschenk und der Stadt, aus der es stammte. Ich gab ihm zur Antwort: ‚O Beherrscher der Gläubigen, bei Allah, ich kenne den Namen der Stadt nicht und weiß auch nicht den Weg dorthin. Als das Schiff, mit dem ich reiste, untergegangen war, ging ich auf einer Insel an Land und machte mir ein Floß, mit dem ich auf einem Bache im Innern der

Insel dahinfuhr.' Und ich berichtete ihm, was ich auf der Reise erlebt hatte, wie ich glücklich jenen Bach entlang gefahren und dann zu jener Stadt gekommen war, und warum das Geschenk übersandt war. Nachdem der König meine Erzählung mit Erstaunen angehört hatte, befahl er den Chronisten, meine Geschichte aufzuzeichnen und sie in seinem Schatzhause niederzulegen, als eine Lehre für alle, die sie lesen würden. Dann verlieh er mir reiche Geschenke. Ich aber führte in der Stadt Baghdad das gleiche Leben wie früher; ich vergaß alles, was ich erlebt und erlitten hatte, ganz und gar und lebte immerdar herrlich und in lauter Freuden. So ist es mir auf der sechsten Reise ergangen, meine Brüder! Morgen, so Allah der Erhabene will, werde ich euch die Geschichte der siebenten Reise erzählen; die ist von allen meinen Reisen die wunderbarste und seltsamste.'[1]

*

1. Nach der ersten Calcuttaer Ausgabe vom Jahre 1814, Bd. II, S. 444 bis 447, schloß Sindbad der Seefahrer den Bericht über seine sechste Reise mit diesen Worten: »Darauf gab der König [von Sarandîb, d. i. von Ceylon] mir ein Geschenk und einen versiegelten Brief, indem er sprach: ‚Übergib ihn mit diesem Geschenke dem Kalifen Harûn er-Raschîd und bringe ihm viele Grüße von uns!‘ ‚Ich höre und gehorche!‘ gab ich zur Antwort. Und dies ist, was er an den Kalifen geschrieben hatte: ‚Dich grüßt der König von Indien, vor dem tausend Elefanten stehen und auf dessen Schlosses Zinnen tausend Edelsteine schimmern. Des ferneren: Wir senden Dir eine kleine Gabe; nimm sie von uns hin! Du bist uns ein Freund, einem Bruder gleich, und die Liebe zu Dir ist in unseren Herzen überreich. Geruhe uns zu antworten! Das Geschenk entspricht zwar nicht Deiner Würde; doch wir bitten Dich, o Bruder, nimm es huldvoll an. Friede sei mit Dir!‘ Das Geschenk aber war ein Becher aus Rubin, der eine Spanne hoch war und dessen Inneres mit kostbaren Perlen besetzt war; ferner eine Decke aus der Haut der Schlange, die den Elefanten verschlingt, mit Flecken, deren jeder so groß war wie ein Dinar, eine Decke mit der Eigenschaft, daß jeder, der

Darauf befahl er, die Tische zu breiten, und die Gäste speisten bei ihm zur Nacht. Ferner wies er Sindbad dem Lastträger wie immer hundert Quentchen Goldes an; der nahm sie hin und ging seiner Wege. Auch die anderen Gäste kehrten heim, und alle waren über die Maßen erstaunt über das, was sie gehört hatten. – –«

Da bemerkte Schehrezâd, daß der Morgen begann, und sie hielt in der verstatteten Rede an. Doch als die *Fünfhundertunddreiundsechzigste Nacht* anbrach, fuhr sie also fort: »Es ist mir berichtet worden, o glücklicher König, daß Sindbad der Festländer, nachdem Sindbad der Seefahrer seine sechste Reise erzählt hatte und alle Gäste ihrer Wege gegangen waren, in seiner

auf ihr sitzt, niemals krank wird; und drittens hundert Quentchen indischen Aloeholzes, dazu noch eine Sklavin, die dem leuchtenden Monde glich. Darauf nahm ich Abschied von ihm, und er empfahl mich dem Schutze der Kaufleute und des Kapitäns. Ich fuhr also von dort ab, und wir segelten dahin, von Insel zu Insel und von Land zu Land, bis wir nach Baghdad kamen und ich mein Haus betreten konnte und wieder bei meinem Volke und meinen Brüdern war. Darauf nahm ich das Geschenk, dazu eine Gabe von mir selber für den Kalifen, und als ich in seiner Gegenwart war, küßte ich seine Hand und überreichte ihm alles; auch gab ich ihm den Brief, und er las ihn. Die Geschenke nahm er hocherfreut entgegen, und mir erwies er hohe Ehren. Dann sprach er zu mir: ,Sindbad, ist das wahr, was dieser König in seinem Schreiben sagt?' Ich küßte den Boden vor ihm und antwortete: ,Hoher Herr, ich habe in seinem Reiche viel mehr gesehen, als er schreibt. An dem Tage, da er sich dem Volke zeigt, wird für ihn ein Thron auf einem großen Elefanten, der elf Ellen hoch ist, errrichtet, und darauf setzt er sich. Bei ihm sind seine Würdenträger und Diener und Tischgenossen; die stehen in zwei Reihen zu seiner Rechten und zu seiner Linken. Vor ihm steht ein Mann, der einen goldenen Spieß in seiner Hand hält, und hinter ihm ein anderer mit einer goldenen Keule, an deren Spitze sich ein spannenlanger Smaragd befindet. Und wenn er ausreitet, so reiten tausend Reiter mit ihm, die in Gold und Seide

Wohnung die Nacht verbrachte. Dann sprach er das Frühgebet und begab sich danach zum Hause Sindbads des Seefahrers. Nun kamen auch die anderen Gäste, und als alle vollzählig waren, hub jener an und erzählte

DIE SIEBENTE REISE
SINDBADS DES SEEFAHRERS

Wisset, ihr Leute, als ich von meiner sechsten Reise zurückgekehrt war und wieder das alte Leben in Wohlsein und Freude bei Scherz und Gesang begonnen hatte, da lebte ich eine ganze Weile so weiter, immerdar ohne Unterlaß in frohen Vergnü-

gekleidet sind. Wenn der König dahinzieht, so läuft ein Ausrufer vor ihm her und ruft: ‚Dies ist der König von hoher Ehr, der Sultan, der erhabene Herr!‘ Dann preist er ihn noch mit mancherlei Worten, deren ich mich nicht mehr entsinne, und zum Schlusse verherrlicht er ihn mit dem Rufe: ‚Dies ist der König, der eine Krone sein eigen nennt, wie weder Salomo noch der Maharadscha sie kennt!‘ Dann schweigt der Vorläufer; aber der Mann, der hinterher läuft, ruft nun: ‚Er wird sterben!‘ und noch einmal: ‚Er wird sterben!‘ und zum dritten Male: ‚Er wird sterben!‘ Darauf ruft der Vorläufer wieder: ‚Preis sei dem Lebendigen, der nicht stirbt!‘ In jener Stadt gibt es keinen Kadi; denn alles Volk seines Landes weiß, was Gut und Böse ist.‘ Mit Staunen hatte der Kalif meinen Worten zugehört, und dann rief er aus: ‚Wie mächtig muß dieser König sein! Das hat mir schon sein Brief gezeigt. Aber die wahre Größe seiner Herrschaft hast du uns erst kundgetan durch deinen Bericht über das, was du gesehen hast. Bei Allah, ihm ist Weisheit und Macht zuteil geworden!‘ Darauf befahl der König, mir ein Geschenk zu geben, und entließ mich in meine Wohnung. Ich ging also nach Hause, verteilte Almosen und Spenden, gab mich wieder wie früher ganz dem guten Leben hin und schlug mir all die überstandenen schweren Gefahren aus dem Sinn. Ich vertrieb die Sorgen der Reise aus meinem Herzen und verjagte aus meinem Sinn alle Schmerzen; ich genoß die Speisen und trank den Wein, und pflegte fröhlich und selig zu sein.«

gungen, Tag und Nacht; mir war ja auch reicher Gewinn und großer Verdienst zuteil geworden. Dennoch riß mich von neuem der Geist, mir die fremden Länder anzusehen, auf dem Meere zu fahren, mich den Kaufleuten anzuschließen und die Berichte über neue Dinge zu genießen. Als dieser Entschluß bei mir feststand, ließ ich aus kostbaren Waren seetaugliche Ballen machen und führte sie von der Stadt Baghdad nach Basra. Dort fand ich ein Schiff, das zur Ausreise bereit war und auf dem sich eine Schar von Großkaufleuten befand. Ich ging zu ihnen an Bord und schloß Freundschaft mit ihnen; und bald fuhren wir munter und wohlbehalten in die Welt hinaus. Wir hatten aber immer günstigen Wind, bis wir zu einer Stadt kamen, die Madînat es-Sîn[1] heißt. So froh und vergnügt, wie wir nur sein konnten, fuhren wir weiter, plauderten über die Reise und über die Geschäfte, als plötzlich über uns Ahnungslose ein gewaltiger Orkan losbrach, der von vorn kam und uns mit Regen überschüttete, so daß wir selber und unsere Ballen ganz durchnäßt wurden. Da bedeckten wir die Waren mit Filzdecken und Sacktuch, auf daß sie nicht durch den Regen verdürben, und begannen zu Allah dem Erhabenen zu beten und Ihn demütig anzuflehen, Er möge uns aus der Gefahr, in der wir schwebten, erretten. Der Kapitän aber erhob sich, gürtete sich und streifte die Ärmel zurück und stieg auf den Mastbaum. Von dort blickte er nach rechts und nach links, und dann schaute er auf die Leute im Schiff hinab, schlug sich ins Gesicht und raufte sich den Bart. Wir riefen ihm zu: ‚Kapitän, was gibt es?' Da antwortete er: ‚Bittet Allah den Erhabenen um Rettung aus der Gefahr, in die wir geraten sind! Beweint euer Los, nehmt Abschied voneinander! Wisset, der Wind hat Gewalt über uns bekommen und hat uns in das äußerste Meer

1. Die Stadt von China.

der Welt getrieben.' Dann stieg er wieder vom Mast herunter, öffnete seine Truhe und holte aus ihr einen baumwollenen Beutel hervor; den machte er auf und nahm aus ihm ein Pulver heraus, das wie Asche aussah. Dann befeuchtete er es mit Wasser, wartete eine kleine Weile und roch daran. Ferner nahm er aus der Truhe ein kleines Buch, las darin und sprach darauf zu uns: ,Wisset, ihr Reisenden, in diesem Buche steht ein seltsamer Bericht, der darauf hinweist, daß jeder, der in diese Gegend verschlagen wird, nicht wiederkehrt, sondern in ihr umkommt. Diese Gegend hier heißt das Gebiet der Könige[1], und in ihr befindet sich das Grab unseres Herren Salomo, des Sohnes Davids – über beiden sei Heil! Und hier gibt es auch Schlangen von gewaltiger Größe und von furchtbarem Anblick. Jedesmal, wenn ein Schiff in dies Gebiet gerät, steigt ein mächtiger Fisch aus der Tiefe vor ihm empor und verschlingt es mit allem, was darinnen ist.' Als wir diese Worte aus dem Munde des Kapitäns vernahmen, war unser Staunen über sie gewaltig groß; aber kaum hatte er zu Ende gesprochen, da wurde unser Schiff plötzlich aus dem Wasser emporgehoben, dann sank es wieder zurück, und wir hörten einen durchdringenden Schrei, so laut wie das Krachen des Donners. Wir erschraken zu Tode und gaben uns ganz verloren. Und nun kam ein Fisch auf unser Schiff zu, der war wie ein hoher Berg und erfüllte uns mit Grausen; wir beweinten unser Los bitterlich und machten uns auf den Tod gefaßt. Voll Staunen blickten wir auf das fürchterliche Untier. Und da kam schon wieder ein Fisch! Der war größer und gewaltiger als alles, was wir bisher gesehen hatten; und bei seinem Anblick nahmen wir Abschied voneinander und jammerten um unser Leben. Und siehe, da kam plötzlich ein dritter Fisch, der noch größer war als die beiden anderen,

1. Die Geisterkönige sind gemeint.

die vorher aufgetaucht waren. Nun entfloh uns Sinn und Verstand, und wir waren völlig verstört vor Schrecken und Angst. Jene drei Fische aber begannen um unser Schiff zu kreisen, und der dritte sperrte schon das Maul auf, um das Fahrzeug zu verschlingen mit allem, was darinnen war. Doch da blies plötzlich ein heftiger Sturm, das Schiff ward emporgehoben, fiel auf ein großes Riff nieder und zerschellte. Alle Planken sprangen auseinander, alle Waren, alle Kaufleute und Reisenden fielen ins Meer. Ich riß alle Kleider, die ich am Leibe trug, herunter, bis mir nur noch das Hemd geblieben war, und schwamm ein wenig umher, bis ich eine von den Planken des Schiffes erreichte und mich an sie klammern konnte. Dann kletterte ich auf sie hinauf und setzte mich rittlings auf sie. Die Wogen und die Winde aber warfen mich wie ein Spielzeug auf dem Wasser hin und her, während ich an jenem Brette hing; bald trugen die Wellen mich hoch empor, bald wieder hinab in die Tiefe. Ich war in der fürchterlichsten Not, die man sich denken kann, vor Angst und Hunger und Durst. Da schalt ich mich ob dessen, was ich getan hatte, so daß nun meine Seele solche Qualen litt, nachdem sie einst Ruhe gehabt. Und ich sprach zu mir selber: ‚O Sindbad, o Seefahrer, du lässest es doch nie; jedesmal gerätst du wieder in Not und Gefahren, doch läßt du nicht ab vom Reisen zur See, und wenn du es tust, so ist es nur zum Schein. Nun dulde auch alles, was über dich kommt; denn du verdienst alles, was dir widerfährt!' – –«

Da bemerkte Schehrezâd, daß der Morgen begann, und sie hielt in der verstatteten Rede an. Doch als die *Fünfhundertundvierundsechzigste Nacht* anbrach, fuhr sie also fort: »Es ist mir berichtet worden, o glücklicher König, daß Sindbad der Seefahrer des weiteren erzählte: ‚Als ich ins Meer gefallen war und auf einer Planke von dem Schiffsholze ritt, sprach ich zu mir selber: ‚Ich verdiene alles, was mir widerfährt! Dies ist von Allah dem Erhabenen über mich verhängt, damit ich endlich von meiner Begehrlichkeit ablasse; was ich erleide, kommt alles nur von meiner Gier her, und dabei habe ich schon so viel Geld und Gut.' Und als ich dann wieder zu ruhigerer Besinnung kam, sagte ich mir: ‚Auf dieser Reise will ich nun wirklich vor Allah dem Erhabenen dem Reisen abschwören. In Zukunft will ich nie mehr davon sprechen, ja nicht einmal daran denken.' Demütig flehte ich zu Allah dem Erhabenen und weinte lange Zeit; und ich dachte daran, wie ich vorher in Ruhe und Freuden, in Heiterkeit, Fröhlichkeit und Behaglichkeit gelebt hatte. So schwamm ich zwei lange Tage dahin, bis ich auf einer großen Insel landete, auf der viele Bäume sprossen und Bäche flossen. Dort aß ich von den Früchten der Bäume und trank von dem Wasser der Bäche, bis ich erfrischt war; da kehrte das Leben in mich zurück, ich faßte neuen Mut, und mein Herz ward von dem Druck befreit. Dann ging ich auf der Insel umher und fand auf der anderen Seite einen großen Strom süßen Wassers, der in kräftiger Strömung dahinfloß. Da dachte ich an das Floß, auf dem ich früher einmal gefahren war, und sagte mir: ‚Ich muß mir doch wieder solch ein Floß machen; vielleicht kann ich mich dadurch aus meiner jetzigen Lage retten. Komme ich mit dem Leben davon, so ist mein Ziel erreicht, und ich schwöre vor Allah dem Erhabenen auf immer dem Reisen ab; und wenn ich sterbe, so kann mein Herz von aller Mühsal und Qual ausruhen.' Alsbald machte ich mich auf und sammelte mir Holz von den Bäumen dort; die bestanden aus kostbarem Sandelholz, dessengleichen es nirgends sonst gibt, aber ich wußte nichts davon. Nachdem ich genug von jenem Holz gesammelt hatte, ersann ich mir einen neuen Plan und flocht mir Stricke aus den Zweigen und den

Gräsern, die auf jener Insel wuchsen; mit denen band ich das Floß zusammen und sagte mir: ‚Wenn ich nun gerettet werde, so geschieht es durch die Gnade Allahs.' Dann bestieg ich das Floß und fuhr auf ihm den Fluß entlang, bis ich zum anderen Ende der Insel kam. Dann aber entfernte ich mich von dem Eiland und trieb immer weiter fort, einen Tag, einen zweiten und einen dritten Tag lang, seitdem ich die Insel verlassen hatte. Ich lag da, die ganze Zeit hindurch, ohne zu essen; nur wenn mich dürstete, trank ich von dem Wasser des Stromes, und so glich ich einem schwindeligen Huhn, infolge all der Aufregung, des Hungers und der Angst. Schließlich gelangte das Floß mit mir an einen hohen Berg, unter dem der Strom seinen Weg nahm. Als ich das sah, fürchtete ich für mein Leben wegen der engen Schlucht, durch die ich mich früher auf dem anderen Flusse hatte hindurchzwängen müssen. Ich wollte mein Floß anhalten und bei dem Berge aussteigen; aber die Strömung war stärker als ich und riß das Floß mit mir weiter und trieb es unter den Berg. Als ich das sah, gab ich mich sicher verloren, und ich rief: ‚Es gibt keine Macht und es gibt keine Majestät außer bei Allah, dem Erhabenen und Allmächtigen!' Aber nach kurzer Zeit kam das Floß wieder ins Freie hinaus, und da lag ein großes Tal vor mir, in das der Fluß mit donnergleichem Getöse und mit Windeseile hinabfiel. Ich hielt mich mit den Händen fest an das Floß, aus Furcht, ich könnte von ihm herunterfallen, während die Wellen mich im Spiel hin und her warfen. Mein Fahrzeug aber sauste mit der Strömung in jenes Tal hinab, da ich es nicht anhalten oder nach dem Ufer hin ablenken konnte. Schließlich landete es mit mir bei einer Stadt, die schön anzusehen, prächtig gebaut und dichtbevölkert war. Die Einwohner hatten mich auf jenem Floß gesehen, wie es inmitten des Flusses mit der Strömung dahintrieb, und ein

Netz und Stricke darüber geworfen, mit denen sie es aus dem Wasser ans Land ziehen konnten. Da sank ich wie tot zwischen ihnen zu Boden; so sehr hatten Hunger und Wachen und Furcht mich erschöpft. Dann trat aus jener Schar ein alter Mann, ein würdiger Greis, auf mich zu, hieß mich willkommen und warf mir viele schöne Kleider zu, so daß ich damit meine Blöße bedecken konnte. Darauf nahm er mich mit sich, ging mit mir durch die Straßen dahin und führte mich in ein Bad; dort brachte er mir stärkende Scherbette und würzige Wohlgerüche. Und nachdem wir das Bad verlassen hatten, führte er mich in sein Haus hinein, und die Seinen waren froh, mich zu sehen. Darauf wies er mir einen schönen Sitz an und ließ mir köstliche Speisen bereiten. Ich aß, bis ich satt war, und dankte Allah dem Erhabenen für meine Rettung. Als ich das getan hatte, holten seine Diener mir heißes Wasser, in dem ich meine Hände waschen konnte, und seine Sklavinnen brachten mir seidene Tücher; mit denen trocknete ich meine Hände und wischte ich mir den Mund ab. Gleich darauf ließ der Greis ein eigenes Zimmer für mich allein im Seitenflügel seines Hauses frei machen und befahl seinen Dienern und Dienerinnen, mir aufzuwarten, meine Wünsche zu erfüllen und für alles zu sorgen, dessen ich bedurfte. Während die eifrig um mich besorgt waren, blieb ich drei Tage in dem Gastgemach und pflegte mich mit guter Speise, gutem Trank und duftenden Wohlgerüchen, bis Leben in mich zurückkehrte; meine Furcht legte sich, mein Herz ward ruhig, und meine Seele fand ihren Frieden wieder. Am vierten Tage kam der Greis zu mir und sprach: ‚Du hast uns durch deinen Besuch erfreut, mein Sohn. Allah sei gepriesen für deine Rettung! Sag an, willst du mit mir zum Strande und dann in den Basar hinuntergehen, um deine Ware zu verkaufen und den Erlös dafür zu erhalten? Vielleicht wirst du dir dafür etwas kaufen, mit dem du Handel treiben kannst.' Ich schwieg eine Weile, da ich mir sagte: ,Woher sollte ich Ware haben? Weshalb redet er so?' Er aber fuhr fort: ,Mein Sohn, sorge dich nicht und mach dir keine Gedanken, sondern laß uns zum Basar gehen! Wenn wir jemanden finden, der dir für deine Ware so viel gibt, daß du zufrieden bist, so nimm den Preis an dich; wenn sie aber nicht genug für dich einbringt, so will ich sie für dich in meinem Vorratshause aufbewahren, bis gute Tage für den Handel kommen.' Ich sann noch immer über mich nach und sprach zu meinem Sinn: ,Tu nur, was er sagt! Du kannst ja sehen, was es mit der Ware auf sich hat.' Und so antwortete ich dem Manne: ,Ich höre und gehorche, mein Oheim Scheich; auf deinem Tun ruhe Segen! Ich kann dir in nichts widersprechen.' Dann ging ich mit ihm zum Basar, und da fand ich, daß er jenes Floß, auf dem ich gekommen war, bereits auseinandergenommen hatte, und daß es aus Sandelholz bestand. Und er ließ es durch den Ausrufer zum Verkaufe ausbieten.' – –«

Da bemerkte Schehrezâd, daß der Morgen begann, und sie hielt in der verstatteten Rede an. Doch als die *Fünfhundertundfünfundsechzigste Nacht* anbrach, fuhr sie also fort: »Es ist mir berichtet worden, o glücklicher König, daß Sindbad der Seefahrer des weiteren erzählte: ,Als ich mit dem Scheich zum Strande hinuntergegangen war und sah, daß mein Floß aus Sandelhölzern bestand, die bereits auseinandergenommen waren, und ferner sah, wie der Makler es feilbot, da kamen auch schon die Kaufleute und öffneten das Tor des Angebotes; und sie boten immer mehr dafür, bis der Preis auf tausend Dinare gestiegen war. Da hörten sie auf zu bieten; der Scheich aber wandte sich an mich mit den Worten: ,Höre, mein Sohn, dies ist der rechte Preis für deine Ware in Tagen, wie diese sind;

willst du sie um diesen Preis verkaufen, oder willst du warten und soll ich sie für dich in meinem Vorratshaus aufbewahren, bis eine Zeit kommt, in der du einen höheren Preis verlangen und erzielen kannst?' Ich erwiderte ihm: ‚Lieber Herr, du hast zu entscheiden; tu, was du willst!' ‚Mein Sohn,' fuhr er fort, ‚willst du mir dies Holz um hundert Dinare mehr verkaufen, als die Händler dafür geboten haben?' ‚Ja,' antwortete ich, ‚dafür verkaufe ich es dir, und ich nehme den Preis an.' Nun befahl er seinen Dienern, das Holz in sein Vorratshaus zu schaffen; und nachdem ich mit ihm in sein Haus zurückgekehrt war, setzten wir uns, und er zählte mir das Kaufgeld vor. Auch ließ er mir Beutel holen und tat das Geld hinein; dann schloß er sie hinter einem eisernen Schlosse ein und gab mir den Schlüssel dazu. Nach einigen Tagen sprach der Scheich zu mir: ‚Mein Sohn, ich will dir einen Vorschlag machen, und ich würde es gern sehen, wenn du ihn annähmest.' ‚Welcher Art ist er?' fragte ich; und er antwortete: ‚Wisse, ich bin jetzt ein alter Mann geworden, und ich habe keine männlichen Nachkommen. Aber ich habe eine Tochter, jung an Jahren und schön von Gestalt, reich an Geld und Anmut. Ich möchte sie mit dir vermählen, auf daß du mit ihr in unserem Lande bleibst. Dann will ich dir auch alles, was ich habe und besitze, zu eigen geben; denn ich bin ja ein alter Mann, und du wirst bald an meine Stelle treten.' Ich schwieg und gab ihm keine Antwort. Da fuhr er fort: ‚Mein Sohn, willfahre mir in dem, was ich dir sage! Denn ich will dein Bestes; und wenn du meinen Wunsch erfüllest, so werde ich dich alsbald mit meiner Tochter vermählen; dann wirst du wie mein eigen Kind sein, und alles, was ich an Eigentum und Besitz habe, das wird dir gehören. Und wenn du dann Lust hast, Handel zu treiben und in deine Heimat zu reisen, so wird dich keiner hindern; du hast dann all diesen

Reichtum zur Verfügung. Nun tu, was du willst und was du dir erwählst!' ‚Bei Allah, mein Oheim Scheich,' erwiderte ich ihm, ‚du bist mir wie ein Vater geworden. Ich habe viele Schrecken durchgemacht, und jetzt habe ich keine Einsicht und kein Urteil mehr. Daher stehe der Entscheid bei dir in allem, was du wünschest!' Da sandte der Scheich seine Diener aus, um den Kadi und die Zeugen zu holen; als jene gekommen waren, vermählte er mich mit seiner Tochter und bereitete für uns ein großes Freudenfest. Dann führte er mich zu ihr ein, und ich sah vor mir eine Jungfrau von höchster Schönheit und Lieblichkeit und des Wuchses Ebenmäßigkeit; auch trug sie reiche Gewänder und viel Schmuck und Geschmeide, Edelsteine, Halsbänder und kostbare Juwelen, Dinge, die tausendmal tausend Goldstücke wert waren, so viel wie niemand bezahlen konnte. Und nachdem ich zu ihr eingegangen war, gefiel sie mir sehr, und wir liebten einander. Und ich lebte mit ihr lange Zeit in lauterster Freude und Fröhlichkeit, bis ihr Vater einging zur Barmherzigkeit Allahs des Erhabenen. Da bahrten wir ihn auf und begruben ihn; und ich legte mein Hand auf alles, was er besessen hatte, alle seine Sklaven wurden mein Eigentum und dienten von nun ab unter meinem Geheiß. Und die Kaufleute setzten mich in sein Amt ein; denn er war ihr Vorsteher gewesen, und keiner von ihnen hatte je etwas ohne sein Wissen und seine Erlaubnis beginnen dürfen, eben weil er ihr Scheich gewesen war. Nun aber trat ich an seine Stelle. Als ich mit den Leuten jener Stadt näher bekannt wurde, da entdeckte ich, daß sie sich einmal in jedem Monat verwandelten; dann wuchsen ihnen Flügel, und sie flogen zu den Wolken des Himmels empor, und niemand blieb in der Stadt zurück außer den Frauen und Kindern. Und ich sagte mir: ‚Wenn der Erste des Monats kommt, will ich einen von ihnen bitten, mich mitzunehmen, wohin sie sich begeben.' Als darauf der nächste Monat begann und ihre Züge sich veränderten und ihre Gestalten verwandelt wurden, trat ich zu einem von ihnen ein und sprach zu ihm: ‚Bei Allah, ich beschwöre dich, trage mich mit dir fort, auf daß ich mir alles ansehen kann und dann mit euch zurückkehre!' Doch er gab mir zur Antwort: ‚Das ist ein Ding der Unmöglichkeit.' Aber ich hörte nicht auf, in ihn zu dringen, bis er einwilligte und ich mich auch mit den anderen verabredet hatte. Da hängte ich mich an ihn, und er schwebte mit mir in die Luft empor, ohne daß ich den Meinen, noch auch meinen Dienern und Freunden etwas davon gesagt hatte. Jener Mann aber flog immer weiter dahin, während ich an seinen Schultern hing, bis er mich zum Äther emportrug und ich hörte, wie die Engel im Himmelsdome Gott verherrlichten. Erstaunt rief ich aus: ‚Preis sei Allah! Gelobt sei Gott!' Kaum aber hatte ich die Lobpreisung ausgesprochen, so schoß ein Feuer vom Himmel, das die Leute beinahe verbrannt hätte. Da stiegen sie alle hinab und warfen mich auf einen hohen Berg; und weil sie sehr zornig auf mich waren, eilten sie wieder fort und ließen mich liegen. Nun war ich ganz allein auf jenem Berge dort. Ich machte mir Vorwürfe über das, was ich getan hatte, und ich sprach: ‚Es gibt keine Macht und es gibt keine Majestät außer bei Allah, dem Erhabenen und Allmächtigen! Jedesmal, wenn ich kaum einer Not entronnen bin, gerate ich in eine andere, die noch ärger ist als die vorige.' Während ich nun auf dem Berge saß und nicht wußte, wohin ich mich wenden sollte, kamen plötzlich zwei Jünglinge, Monden gleich, von denen jeder einen goldenen Stab in der Hand hatte, auf den er sich stützte. Ich trat an sie heran und grüßte sie; und nachdem sie meinen Gruß erwidert hatten, sprach ich zu ihnen: ‚Um Gottes willen, sagt, wer seid ihr, was habt ihr vor?' Sie antworteten: ‚Wir gehören zu den Dienern Allahs des Erhabenen.' Darauf gaben sie mir einen der beiden Stäbe aus rotem Golde, die sie bei sich hatten, gingen ihrer Wege und ließen mich allein. Ich aber begann auf dem Gipfel des Berges umherzugehen, indem ich mich auf den Stab stützte und dabei über das Wesen der beiden Jünglinge nachdachte; da schoß plötzlich eine Schlange unter dem Berge hervor mit einem Manne in ihrem Maul, den sie bis unterhalb seines Nabels verschluckt hatte; und der Mann schrie: ‚Wer mich befreit, den soll Allah von aller Not befreien!' Alsbald eilte ich zu der Schlange hin und schlug ihr mit dem goldenen Stabe auf den Kopf; und sie spie den Mann aus ihrem Schlunde aus.' – –«

Da bemerkte Schehrezâd, daß der Morgen begann, und sie hielt in der verstatteten Rede an. Doch als die *Fünfhundertundsechsundsechzigste Nacht* anbrach, fuhr sie also fort: »Es ist mir berichtet worden, o glücklicher König, daß Sindbad der Seefahrer des weiteren erzählte: ‚Als ich die Schlange mit dem goldenen Stabe, den ich in der Hand trug, geschlagen und sie den Mann aus ihrem Schlunde ausgespien hatte, da trat der Mann zu mir hin und sprach: ‚Da meine Befreiung von dieser Schlange durch deine Hand geschehen ist, so will ich mich nie von dir trennen; du bist auf diesem Berge mein Gefährte geworden.' ‚Willkommen!' erwiderte ich; und wir schritten den Berg entlang, bis uns plötzlich eine Schar von Leuten entgegenkam. Ich schaute sie an, und siehe da, unter ihnen war der Mann, der mich auf seinen Schultern getragen und mit mir geflogen war. Ich ging zu ihm hin, entschuldigte mich bei ihm und redete ihm freundlich zu, indem ich sagte: ‚Mein Freund, so sollte ein Freund nicht am andern handeln.' Doch der Mann entgegnete mir: ‚Du bist es, der uns ins Unglück stürzte, weil du Allah auf meinem Rücken priesest.' ‚Sei mir nicht böse!'

fuhr ich fort, ‚ich wußte nichts davon, hinfort werde ich kein Wort mehr sprechen.' Da willigte er ein, mich mitzunehmen, aber nur unter der Bedingung, daß ich den Namen Allahs nicht nennen und ihn nicht preisen dürfe, solange ich auf seinem Rücken wäre. Darauf nahm er mich auf und flog wie zuvor mit mir dahin, bis er mich zu meinem Hause gebracht hatte. Dort kam meine Frau mir entgegen, begrüßte mich und beglückwünschte mich zur sicheren Heimkehr und sagte dann zu mir: ‚Hüte dich, noch einmal mit jenen Leuten auszuziehen, und geselle dich auch nicht zu ihnen; denn sie sind die Brüder der Teufel, und sie dürfen den Namen Allahs des Erhabenen nicht aussprechen!' ‚Wie hielt es denn dein Vater mit ihnen?' fragte ich; und sie erwiderte mir: ‚Mein Vater gehörte nicht zu ihnen und tat auch nicht wie sie. Und da er nun gestorben ist, so halte ich es für das beste, daß du alles, was wir besitzen, verkaufst und für den Preis Waren erstehst und dann mit mir in deine Heimat und zu den Deinen fährst; ich trage kein Verlangen danach, in dieser Stadt zu bleiben, nachdem meine Mutter und mein Vater gestorben sind.' Da verkaufte ich den ganzen Besitz jenes Scheichs, ein Stück nach dem andern, und hielt Umschau, ob nicht einer aus jener Stadt nach Baghdad reiste, so daß ich mich ihm hätte anschließen können. Während ich damit beschäftigt war, vernahm ich bald von einer Schar der Städter, die zwar dorthin reisen wollte, aber kein Schiff finden konnte; deshalb kauften sie Holz und bauten sich ein großes Fahrzeug. Ich einigte mich mit ihnen über Fahrgeld und Fracht, und nachdem ich ihnen den vollen Preis im voraus bezahlt hatte, brachte ich meine Frau und alle unsere bewegliche Habe an Bord; nur die Grundstücke und Landgüter ließen wir im Stich. Dann gingen wir in See und fuhren immer weiter dahin auf dem Wasser, von Insel zu Insel und von Meer zu

Meer. Wind und Wetter waren günstig, bis wir wohlbehalten bei der Stadt Basra eintrafen. Diesmal hielt ich mich dort nicht auf, sondern ich mietete mir sofort ein anderes Schiff, in das ich alle meine Waren umlud, und machte mich auf den Weg nach Baghdad. Dort begab ich mich in mein Stadtviertel, ging in mein Haus und begrüßte die Meinen, meine Freunde und Gefährten; dann speicherte ich alle die Waren, die ich mitgebracht hatte, in meinen Vorratshäusern auf. Die Meinen aber hatten schon die Zeit meines Fernbleibens von ihnen auf der siebenten Reise berechnet und gefunden, daß es siebenundzwanzig Jahre waren; und so hatten sie alle Hoffnung auf meine Heimkehr fahren lassen. Als ich aber zu ihnen kam und ihnen von allen meinen Erlebnissen und Abenteuern berichtete, waren sie ganz davon überrascht und beglückwünschten mich zu meiner sicheren Heimkehr. Darauf entsagte ich vor Allah dem Erhabenen allen Reisen zu Lande und zu Wasser, nachdem ich diese siebente Reise überstanden hatte; sie war meiner Fahrten Wende und meiner Reiselust Ende. Und ich dankte Allah, dem Hochgepriesenen und Erhabenen, und lobte ihn von ganzem Herzen, weil er mich zu den Meinen und in mein Heimatland zurückgeführt hatte. Nun erwäge, o Sindbad, o Festländer, alles was ich erlebt und durchgemacht habe, und wie es mir dann ergangen ist!'

,Bei Allah, ich beschwöre dich,' sagte darauf Sindbad der Festländer zu Sindbad dem Seefahrer, ,sei mir nicht böse wegen dessen, was ich dir zuleide getan habe!' Und hinfort lebten sie als treue Freunde und Gefährten in lauter Fröhlichkeit, Freude und Seligkeit, bis Der zu ihnen kam, der die Freuden schweigen heißt und der die Freundesbande zerreißt, der die Schlösser vernichtet und die Gräber errichtet, der da ist der Becher des Todes – Preis sei Ihm, dem Lebendigen, der nimmer stirbt!

[DIE SIEBENTE REISE SINDBADS DES SEEFAHRERS

nach der ersten Calcuttaer Ausgabe[1]

Als ich das Reisen und die Handelsgeschäfte aufgab, sagte ich mir: ‚Jetzt habe ich genug erlebt, und jetzt endet die Zeit in Freuden und Fröhlichkeit!' Während ich aber eines Tages in meinem Hause dasaß, klopfte es plötzlich an die Tür. Der Pförtner öffnete, und da trat ein Sklave des Kalifen herein und meldete: ‚Der Kalif entbietet dich zu sich.' Ich folgte dem Boten bis vor den Kalifen, küßte den Boden und sprach den Gruß. Ehrenvoll hieß der Herrscher mich willkommen; dann sprach er zu mir: ‚Sindbad, ich habe eine Bitte an dich; willst du sie erfüllen?' Da küßte ich ihm die Hand und sprach: ‚Mein Gebieter, welche Bitte kann der Herr an den Knecht haben?' Er aber fuhr fort: ‚Ich wünsche, daß du zum König von Ceylon reisest und ihm einen Brief und Geschenke von mir überbringest; denn er hat mir ja Gaben und ein Schreiben gesandt.' Darüber erschrak ich und erwiderte: ‚Bei Allah dem Allmächtigen, mein Gebieter, ich habe jetzt Abscheu vor dem Reisen, und wenn man mir nur von Reisen zur See und anderswo spricht, so erzittern meine Glieder um all der Fährlichkeiten und Schrecknisse willen, die ich erlitten und durchgemacht habe. Jetzt trage ich gar kein Verlangen mehr danach, und ich habe mir geschworen, nie mehr Baghdad zu verlassen.' Darauf berichtete ich dem Kalifen alles, was ich erlebt hatte, von Anfang bis zu Ende. Mit großem Staunen hörte er zu; dann fuhr er fort: ‚Bei Allah dem Allmächtigen, Sindbad, seit Menschengedenken hat man nicht gehört, daß ein Mensch dergleichen durchzumachen gehabt hätte, wie du es getan hast; und du tust recht daran, wenn du nicht mehr vom Reisen sprechen willst. Doch

[1]. Band II, Seite 447 – 457.

um meinetwillen zieh noch dies eine Mal fort und bringe meine Geschenke und mein Schreiben zum König von Ceylon! Dann magst du, so Allah der Erhabene will, alsbald heimkehren, und es wird keinerlei Dankesverpflichtung gegenüber jenem König mehr auf uns lasten.' ‚Ich höre und gehorche!' erwiderte ich; denn ich konnte ja seinem Befehle nicht widersprechen. Darauf gab er mir die Geschenke und den Brief und das Reisegeld; und ich küßte ihm die Hand und verließ seine Gegenwart. Ich reiste also von Baghdad fort, dem Meere zu. Und als ich mich eingeschifft hatte, fuhren wir mit der Hilfe Allahs des Erhabenen Tag und Nacht dahin, bis wir bei der Insel Ceylon ankamen; es war aber eine große Anzahl von Kaufleuten mit mir zusammen. Nachdem wir in den Hafen eingelaufen waren, gingen wir vom Schiff in die Stadt; ich nahm die Geschenke und das Schreiben und trat mit ihnen beim König ein und küßte den Boden vor ihm. Als er mich erblickte, rief er: ‚Sei willkommen, Sindbad! Bei Allah dem Allmächtigen, ich hatte schon Sehnsucht nach dir. Allah sei gepriesen, daß er mich dein Antlitz noch einmal hat schauen lassen!' Dann ergriff er meine Hand und ließ mich an seiner Seite sitzen; von neuem hieß er mich voll Freundlichkeit und Freude willkommen, sprach mich an und bezeigte mir seine Huld. Und er fragte mich: ‚Wie kommt es, daß du wieder zu uns gereist bist, o Sindbad?' Ich küßte ihm die Hand, dankte ihm und erwiderte: ‚Mein Gebieter, ich komme zu dir mit Geschenken und einem Briefe von meinem Herrn, dem Kalifen Harûn er-Raschîd.' Dann überreichte ich ihm die Gaben und das Schreiben; er las es und war sehr erfreut darüber. Das Geschenk bestand aus einem Rosse, das zehntausend Dinare wert war und einen vergoldeten, juwelenbesetzten Sattel trug, ferner aus einem Buche, einem prächtigen Gewande, hundert verschiedenen Arten von ägyptischer Leinwand und von Seidenstoffen aus Suez, Kufa und Alexandria, griechischen Decken und hundert Doppelpfunden roher Seide und Linnen. Außerdem befand sich darunter ein gar seltenes Kleinod, ein Becher aus Kristall, auf dem in der Mitte ein Löwe abgebildet war, und ihm gegenüber ein kniender Mann, der einen Bogen mit einem Pfeile so weit spannte, wie es ihm möglich war; dazu noch der Tisch Salomos, des Sohnes Davids – über beiden sei Heil! Der Brief aber lautete also: ‚Gruß von König Harûn er-Raschîd, dem Allah große Macht beschied, und der durch Seine Gnade wie seine Väter hochgeehrt dasteht, ruhmvoll nah und fern, an den Sultan, den glücklichen Herrn! Des ferneren: Dein Brief ist uns zu Händen gekommen, und wir haben uns seiner gefreut. Und nun senden wir Dir ein Buch des Namens: Der Verständigen Labe und der Freunde kostbare Gabe; dazu einige wertvolle Geschenke, wie sie Königen gebühren. Nimm sie huldvoll entgegen! Und Friede sei mit Dir!' Da beschenkte der König mich reichlich und erwies mir hohe Ehren; und ich flehte den Segen des Himmels auf ihn herab und dankte ihm für seine Güte. Nach einigen Tagen bat ich ihn um Erlaubnis zur Heimkehr, aber er gab sie mir erst, nachdem ich ihn lange und inständig angefleht hatte. Darauf nahm ich Abschied von ihm und zog zur Stadt hinaus, zusammen mit einigen Kaufleuten und anderen Reisegefährten. Jetzt wollte ich alsobald heimfahren; nach weiteren Reisen und Handelsgeschäften gelüstete es mich nicht mehr. Wir segelten immer weiter dahin und kamen an manchen Inseln vorbei; aber während der Fahrt umringten uns plötzlich auf hoher See Boote, in denen Menschen saßen, Teufeln gleich, bewaffnet mit Schwertern und Dolchen und Bogen, und gekleidet in Panzer und andere Rüstungen. Die fielen mit Hieb und Stoß über uns her, verwundeten oder töteten jeden von uns, der sich ihnen widersetzte, und nahmen das Schiff weg mit allem, was darinnen war. Dann brachten sie uns zu einer Insel und verkauften uns dort als Sklaven um den niedrigsten Preis. Mich kaufte ein reicher Mann, der mich in sein Haus führte; dort gab er mir Speise und Trank und Kleider und behandelte mich freundlich. So ward denn meine Seele beruhigt, und ich erholte mich ein wenig. Eines Tages aber sprach er zu mir: ‚Verstehst du nicht irgendeine Arbeit oder ein Handwerk?' Ich antwortete ihm: ‚Mein Gebieter, ich bin ein Kaufmann, ich verstehe mich nur darauf, Handel zu treiben.' Als er dann weiter fragte: ‚Kannst du mit Pfeilen schießen?' erwiderte ich: ‚Ja, das kann ich.' Darauf holte er mir einen Bogen und Pfeile und setzte mich hinter sich auf einen Elefanten. Gegen Ende der Nacht brach er auf und führte mich zwischen mächtige Bäume hindurch, bis er zu einem ganz hohen und starken Baume kam. Auf den hieß er mich hinaufklettern, gab mir Bogen und Pfeile und sprach zu mir: ‚Bleib jetzt hier sitzen, und wenn am Morgen die Elefanten an diese Stätte kommen, so schieße auf sie mit den Pfeilen; vielleicht erlegst du einen! Und wenn einer von ihnen stürzt, so komm zu mir und melde es mir!' Dann verließ er mich und ging fort; ich aber blieb voll Angst und Furcht in meinem Versteck auf dem Baume sitzen, bis die Sonne aufging. Da kamen die Elefanten heraus und liefen unter den Bäumen einher; und ich schoß auf sie mit den Pfeilen so lange, bis ich einen erlegt hatte. Am Abend ging ich zu meinem Herrn, und als ich ihm die Meldung brachte, freute er sich und machte mir ein Geschenk. Dann ging er hin und schaffte den toten Elefanten fort. So ging es nun weiter; jeden Morgen erlegte ich einen Elefanten, und dann kam mein Herr und schaffte ihn fort. Eines Tages aber, als ich wieder in meinem Versteck auf dem Baume saß, kamen plötzlich, ehe ich mich dessen versah, unendlich viele Elefanten, und als ich das Getöse hörte, das sie mit ihrem Brüllen und Trompeten machten, vermeinte ich, die Erde müsse davon erbeben. Alle umringten den Baum, auf dem ich saß und der einen Umfang von fünfzig Ellen hatte; und plötzlich trat ein ganz gewaltig großer Elefant vor, lief auf den Baum zu, wickelte seinen Rüssel um den Stamm, riß ihn mit den Wurzeln heraus und schleuderte ihn zu Boden. Da fiel ich ohnmächtig zwischen den Elefanten nieder. Und nun kam der Riesenelefant an mich heran, wand seinen Rüssel um mich und hob mich auf seinen Rücken. Dann lief er mit mir davon, und die anderen trabten hinterher. Immer weiter trug er mich dahin, während ich bewußtlos auf ihm lag, bis er mich an einer Stelle, an die er mich bringen wollte, von seinem Rücken abwarf. Dann lief er fort und die anderen Elefanten folgten ihm. Da kam ich zur Ruhe, und meine Angst legte sich. Allmählich besann ich mich auch wieder auf mich selber; doch ich glaubte, alles sei ein Traum. Als ich aber aufstand, sah ich mich zwischen lauter Elefantenknochen, und ich erkannte, daß jene Stätte der Totenacker der Elefanten war und daß jenes Riesentier mich wegen der Stoßzähne dorthin geführt hatte. Und sofort machte ich mich auf und ging einen Tag und eine Nacht hindurch, bis ich zum Hause meines Herrn kam. Er sah wohl, daß ich vor Schrecken und Hunger bleich geworden war, aber er freute sich doch über meine Rückkehr und sprach zu mir: ‚Bei Allah, du hast mir das Herz schwer gemacht! Denn als ich hinging und den Baum entwurzelt fand, glaubte ich sicher, die Elefanten hätten dich zu Tode gebracht. Nun sag mir aber, wie es dir ergangen ist!' Da berichtete ich ihm, was ich erlebt hatte; er war höchlichst erstaunt und erfreut und fragte mich sogleich: ‚Kennst du jene Stätte noch?' Und wie ich sagte: ‚Jawohl, mein

Gebieter', nahm er mich mit sich auf einen Elefanten, und wir ritten dahin, bis wir die Stelle erreichten. Beim Anblick all jener vielen Elefantenzähne brach mein Herr in lauten Jubel aus, und dann lud er so viele von ihnen auf, wie er haben wollte, und wir kehrten nach Hause zurück. Dort bezeigte er mir hohe Achtung und sprach zu mir: ‚Mein Sohn, du hast uns den Weg zu sehr großem Gewinn gewiesen. Gott vergelte es dir reichlich! Jetzt lasse ich dich frei, vor dem Angesichte Allahs des Erhabenen. Die Elefanten haben schon manchen von uns ums Leben gebracht, weil wir sie wegen ihrer Zähne jagen. Dich aber hat Allah vor ihnen beschützt, und du hast uns großen Nutzen gebracht, indem du uns den Weg zu jenen Stoßzähnen wiesest.' Ich gab ihm zur Antwort: ‚Mein Gebieter, Allah lasse dich frei vom Feuer der Hölle! Jetzt bitte ich dich, mein Gebieter, erlaube mir, in meine Heimat zurückzukehren.' ‚Ja,' erwiderte er, ‚ich gebe dir die Erlaubnis. Wir haben alljährlich eine Messe, bei der die Kaufleute zu uns kommen, um diese Elefantenzähne von uns zu kaufen. Die Zeit der Messe steht jetzt nahe bevor; und wenn die Leute zu uns kommen, will ich dich mit ihnen heimsenden. Ich will dir auch genug geben, daß du deine Heimat erreichen kannst.' Da betete ich um Segen für ihn und dankte ihm; und ich stand bei ihm hinfort in hoher Ehre und Achtung. Nach einigen Tagen kamen auch die Kaufleute, wie er gesagt hatte; sie kauften und verkauften und trieben Tauschhandel, und als sie aufbrechen wollten, kam mein Herr zu mir und sagte: ‚Die Kaufleute sind zur Abfahrt bereit; mache dich auf und zieh mit ihnen in deine Heimat!' Da machte ich mich auf und rüstete mich zur Abfahrt mit ihnen. Sie hatten nämlich viele von jenen Stoßzähnen gekauft, ihre Lasten zusammengebunden und auf dem Schiffe verstaut; und als mein Herr mich mit ihnen heimsandte, zahlte er für mich das Fahrgeld und alle anderen Ausgaben, die ich zu leisten hatte, dazu gab er mir noch ein großes Geschenk in Waren. Wir segelten nun von Insel zu Insel, bis wir das Meer durchmessen hatten und die Gestade des Festlandes erreichten. Dort holten die Kaufleute ihre Vorräte heraus und verkauften sie, und auch ich tat das gleiche mit hohem Gewinn. Dann kaufte ich mir einige der kostbarsten Geschenke und der schönsten Seltenheiten sowie alles, was ich brauchte. Ferner erstand ich mir ein Reittier, und wir zogen durch die Wüste dahin, von Land zu Land, bis ich den Weg nach Baghdad fand. Dort ging ich zum Kalifen, sprach die Worte der Begrüßung, küßte ihm die Hand und berichtete ihm, was geschehen war und was ich erlebt hatte. Er freute sich über meine Rettung und dankte Allah dem Erhabenen; und dann ließ er meine Geschichte mit goldenen Buchstaben aufzeichnen. Ich aber ging in mein Haus und war nun wieder mit meinen Anverwandten und Freunden vereint.

Dies ist das Ende von alledem, was ich erlebt habe auf meinen Reisen. Lasset uns Allah, den Einen, den Schöpfer aller Dinge, immerdar preisen!]

Ferner ist mir berichtet worden

DIE GESCHICHTE VON DER MESSINGSTADT

In alten Zeiten und in längst verschwundenen Vergangenheiten lebte zu Damaskus in Syrien ein König und Kalif, 'Abd el-Malik ibn Marwân[1] geheißen. Der saß eines Tages zusammen mit den Großen seines Reiches, den Unterkönigen und Sultanen, und da kam ihr Gespräch auf die Erzählungen von den Völkern der Vergangenheit, und sie gedachten der Ge-

[1]. Er war der fünfte Omaijade und regierte von 685 bis 705.

schichten von unserem Herrn Salomo, dem Sohne Davids – über beiden sei Heil! –, und all dessen, was Allah der Erhabene ihm verliehen hatte, all der Herrscherherrlichkeit und der Gewalt über Menschen, Geister, Vögel, wilde Tiere und andere Wesen. Der Kalif sagte: ‚Wir haben von denen, die vor uns waren, gehört, daß Allah, der Hochgepriesene und Erhabene, keinem Menschen das verliehen hat, was Er unserem Herrn Salomo gewährte, und daß dieser König erreicht hat, was kein einziger jemals erlangte, ja, daß er sogar die Geister, die Mârids und die Satane in Messingflaschen einsperrte, die er mit geschmolzenem Blei verschloß und mit seinem Siegel versiegelte! – –«

Da bemerkte Schehrezâd, daß der Morgen begann, und sie hielt in der verstatteten Rede an. Doch als die *Fünfhundertundsiebenundsechzigste Nacht* anbrach, fuhr sie also fort: »Es ist mir berichtet worden, o glücklicher König, daß der Kalif 'Abd el-Malik ibn Marwân, als er sich mit seinen Hofleuten und den Großen seines Reiches unterhielt und sie unseres Herrn Salomo und der Herrscherherrlichkeit gedachten, die Allah ihm verliehen hatte, damals sagte: ‚Fürwahr, er hat erreicht, was kein einziger jemals erlangt hat, ja, er sperrte sogar die Mârids und die Satane in Messingflaschen ein, die er mit geschmolzenem Blei verschloß und mit seinem Siegel versiegelte.' Da hub Tâlib ibn Sahl an: ‚Einst begab sich ein Mann mit einer Reisegesellschaft auf ein Schiff, und sie machten sich auf die Fahrt nach dem Lande der Inder.[1] Sie segelten dahin, bis sich plötzlich ein widriger Wind erhob; der verschlug sie in ein unbekanntes Land der weiten Erde Allahs des Erhabenen, und das geschah im Dunkel der Nacht. Wie es dann heller Tag ward,

[1]. Nach der Breslauer Ausgabe war dieser Mann der Großvater Tâlibs, und die Reise ging nach Sizilien.

kamen ihnen aus den Höhlen jenes Landes Scharen von Menschen entgegen, die waren von schwarzer Farbe und nackten Leibes, gleich als ob sie wilde Tiere wären, und sie verstanden nichts, wenn sie angeredet wurden. Doch sie hatten einen König, der von ihrer Art war, und er allein von all den Leuten kannte die arabische Sprache. Als nun das Schiff mit seinen Reisenden in Sicht gekommen war, zog er ihnen mit einer Schar von seinen Leuten entgegen, begrüßte die Fremdlinge, hieß sie willkommen und fragte sie nach ihrem Glauben. Nachdem sie ihm berichtet hatten, wie es um sie stand, fuhr er fort: ‚Euch soll kein Leid widerfahren!' Als aber der Seefahrer nach dem Glauben der Schwarzen fragte, ergab es sich, daß jeder von ihnen einen von den Glauben hatte, wie sie früher gewesen waren, ehe der Islam kam und ehe Mohammed – Allah segne ihn und gebe ihm Heil! – gesandt ward. Da sagten die anderen Reisenden: ‚Wir begreifen nicht, was du sagst, und wir verstehen nichts von diesem Glauben!' Dann hub der König wieder an: ‚Vor euch ist noch nie ein Menschenkind zu uns gekommen!' Darauf bewirtete er sie mit Fleisch von Vögeln und Tieren des Feldes und Fischen; denn sie hatten keine andere Speise. Und nun gingen die Reisenden an Land, um sich in jenem Orte umzuschauen. Da sahen sie, wie ein Fischer sein Netz ins Meer hinabließ, um Fische zu fangen; und als er es emporzog, war darin eine Flasche aus Messing, mit Blei verschlossen und mit dem Siegel unseres Herrn Salomo, des Sohnes Davids – über beiden sei Heil! –, versiegelt. Der Fischer holte sie heraus und zerbrach sie; da stieg aus ihr ein blauer Dunst empor, der sich in den Wolken des Himmels verlor. Und plötzlich hörten alle eine furchtbare Stimme, die da rief: ‚Ich bereue, ich bereue, o Prophet Allahs!' Darauf wurde jener Dunst zu einer menschlichen Gestalt, deren Anblick Schrecken erregte, die von fürchterlichem Aussehen war und deren Haupt bis zum Gipfel der Berge emporragte. Doch alsbald entschwand die Gestalt ihren Blicken. Den Reisenden war, als ob ihnen das Herz aus der Brust gerissen würde; aber die Schwarzen kümmerten sich nicht darum. Da wandte der Seefahrer sich an den König und fragte ihn nach dem, was geschehen war. Jener erwiderte ihm: ‚Wisse, dies war einer von den Geistern, denen Salomo, der Sohn Davids, zürnte; die sperrte er in solche Flaschen, verschloß sie mit Blei und warf sie ins Meer. Wenn ein Fischer bei uns das Netz ins Meer wirft, so bringt er meistens eine solche Flasche herauf; und wenn sie zerbrochen wird, so steigt ein Geist aus ihr empor. Der glaubt dann, Salomo sei noch am Leben; und darum ruft er, um seine Reue zu zeigen: Ich bereue, o Prophet Allahs!'

Der Beherrscher der Gläubigen 'Abd el-Malik ibn Marwân wunderte sich sehr über diese Erzählung und sprach: ‚Allah sei gepriesen! Wahrlich, dem Salomo ward gewaltige Macht verliehen!' Nun war unter den Anwesenden damals auch an-Nâbigha edh-Dhubjâni[1], und der sagte: ‚Tâlib hat die Wahrheit gesprochen in dem, was er uns berichtet hat; für die Richtigkeit zeugt auch der Spruch des alten Weisen:

> *Es heißt von Salomo, daß Allah zu ihm sprach:*
> *Du sollst der Weltenherr, der weise Richter sein.*
> *Wer dir gehorcht, den ehr' ob seiner Willigkeit;*
> *Wer dir sich widersetzt, den sperr auf ewig ein.*

So pflegte er sie denn in Messingflaschen einzuschließen und ins Meer zu werfen.' Der Beherrscher der Gläubigen hatte Gefallen an diesen Worten, und er rief: ‚Bei Allah, ich möchte doch gern einmal eine solche Flasche sehen!' Ihm antwortete

[1]. Ein vorislamischer Dichter, der aber fast hundert Jahre vor der Regierung 'Abd el-Maliks gestorben war.

Tâlib ibn Sahl: ‚O Beherrscher der Gläubigen, das kannst du tun, ohne dein Land zu verlassen. Schicke einen Boten an deinen Bruder 'Abd el-'Azîz ibn Marwân[1], er solle sie dir aus dem Westlande verschaffen, indem er an Mûsa[2] schreibt und ihm befiehlt, vom Westlande bis zu jenem Berge zu reiten, in dem Lande, von dem ich erzählt habe, und dir von jenen Flaschen so viele zu bringen, wie du verlangst; denn an den äußersten Grenzen seines Gebietes hängt das Festland mit jenem Berge zusammen.' Da der Beherrscher der Gläubigen diesen Rat für gut befand, so sprach er: ‚Tâlib, du hast recht mit deinen Worten. Ich wünsche, daß du in dieser Sache mein Bote an Mûsa ibn Nusair seiest; du sollst die weiße Flagge[3] erhalten und alles, was du an Geld, Ehren und ähnlichen Dingen verlangst; ich selbst aber will an deiner Statt für die Deinen sorgen.' ‚Herzlich gern, o Beherrscher der Gläubigen!' erwiderte Tâlib; und der Kalif gebot ihm: ‚Ziehe hin mit dem Segen und der Hilfe Allahs des Erhabenen!' Darauf befahl er, einen Brief an seinen Bruder 'Abd el-'Azîz, seinen Statthalter in Ägypten, und einen zweiten an Mûsa ibn Nusair, seinen Statthalter im Westlande, zu schreiben mit dem Befehle, daß Mûsa selbst auf die Suche nach den salomonischen Flaschen gehen und seinen Sohn als Statthalter im Lande zurücklassen solle; auch solle er Führer mit sich nehmen, an Geld nicht sparen, noch an Männerscharen, ohne Verzug das Werk beginnen und nicht auf Ausflüchte sinnen. Dann versiegelte er die beiden Briefe, übergab sie dem Tâlib ibn Sahl und befahl ihm, zu eilen und die Banner über seinem Haupte wehen zu lassen; ferner gab er ihm Schätze und Mannen zu Pferd und zu Fuß, die ihn auf seiner

1. Statthalter von Ägypten zur Zeit 'Abd el-Maliks. – 2. Der Eroberer Nordwestafrikas unter 'Abd el-Malik und seinem Nachfolger. – 3. Das Wahrzeichen der Omaijaden.

Fahrt schützen sollten; endlich wies er noch das Geld für alle Ausgaben an, deren sein Haus bedurfte. Nun machte Tâlib sich auf den Weg nach Ägypten. – –«

Da bemerkte Schehrezâd, daß der Morgen begann, und sie hielt in der verstatteten Rede an. Doch als die *Fünfhundertundachtundsechzigste Nacht* anbrach, fuhr sie also fort: »Es ist mir berichtet worden, o glücklicher König, daß Tâlib ibn Sahl mit seinen Begleitern von Damaskus aus die Länder durchmaß, bis er in Kairo ankam. Da zog der Statthalter von Ägypten ihm entgegen und nahm ihn bei sich auf und erwies ihm die höchsten Ehren, solange er dort verweilte. Dann gab er ihm einen Führer nach Oberägypten mit zu dem Emir Mûsa ibn Nusair. Als der von dem Kommen Tâlibs hörte, zog er ihm entgegen und hatte seine Freude an ihm. Der Gesandte überreichte ihm das Schreiben, und nachdem der Emir es hingenommen und gelesen und seinen Inhalt verstanden hatte, legte er es auf sein Haupt und sprach: ,Ich höre und gehorche dem Beherrscher der Gläubigen!' Nun hielt er es für das beste, die Großen seines Reiches zu berufen; und als die sich versammelt hatten, fragte er sie nach ihrer Ansicht über den Brief. Sie antworteten: ,O Emir, wenn du jemanden suchst, der dir den Weg zu jenem Orte zeigt, so laß den Scheich 'Abd es-Samad ibn 'Abd el-Kuddûs es-Samûdi kommen. Der ist ein weiser Mann, der viel gereist ist; er kennt die Wüsten und Einöden, die Meere und ihre Bewohner und Wunder, ja, alle Lande weit und breit. Laß ihn holen; er wird dir überall, wohin du nur wünschest, den rechten Weg weisen.' Also gab er Befehl, den Alten zu bringen; und wie dieser vor ihm stand, erblickte er in ihm einen hochbetagten Greis, den der Jahre und Zeiten Flucht gebrechlich gemacht hatte. Der Emir Mûsa begrüßte ihn und sprach zu ihm: ,Scheich 'Abd es-Samad, unser Herr, der Beherrscher der Gläubigen 'Abd el-Malik ibn Marwân, hat mir das und das befohlen; ich aber habe wenig Kenntnis von jenem Lande. Nun ist mir gesagt worden, daß du jene Länder und die Wege dorthin kennst; willst du den Wunsch des Beherrschers der Gläubigen erfüllen?' ‚Wisse, o Emir,‘ erwiderte der Alte, ‚der Weg dorthin ist beschwerlich und von langer Dauer, und der Straßen sind wenige.‘ Da fragte der Emir ihn: ‚Wie lange währt die Reise dorthin?‘ Und der Scheich antwortete: ‚Zwei Jahre und etliche Monate dauert es, um dorthin zu gelangen, und ebenso lange währt die Rückkehr; und der Weg ist voller Gefahren und Schrecken, voller Wunder und seltsamer Dinge. Nun bist du aber ein Glaubensstreiter, und unser Land liegt nahe dem Feinde; daher könnten die Nazarener während deiner Abwesenheit leicht hervorbrechen. Deshalb geziemt es sich, daß du in deinem Reiche einen Verweser als deinen Stellvertreter einsetzest.‘ ‚Gut‘, erwiderte Mûsa und setzte an seiner Stelle seinen Sohn Harûn als Reichsverweser ein, indem er ihn Treue schwören ließ und den Truppen gebot, allen Befehlen seines Sohnes ohne Murren zu gehorchen. Da hörten die Truppen auf sein Wort und versprachen Gehorsam. Sein Sohn Harûn aber war ein Mann von hohem Mut, ein berühmter Degen und ein Held verwegen.[1] [Ferner sagte der Scheich: ‚O Emir, nimm mit dir tausend Kamele, die Wasser tragen, und tausend Kamele, die mit Wegzehrung beladen sind, dazu auch Krüge!‘ ‚Was sollen wir damit tun?‘ fragte der Emir Mûsa; und jener erwiderte: ‚Auf unserem Wege liegt die Wüste von Kairawân[2]; das ist eine weite Wüste, in der es wenig Wasser

---

[1]. Hier folgt, wie in der früheren Insel-Ausgabe, eine Ergänzung nach der Breslauer Ausgabe, Band VI, Seite 350–354, die den vollständigen Text bietet. – [2]. Kairawân liegt im heutigen Tunesien; vielleicht ist die Wüste Sahara gemeint.

gibt, und sie ist vierzig Tagereisen lang. Dort hört man kein Geräusch, keinen Laut; dort wird kein menschliches Wesen geschaut. Auch wehen dort der Samum und andere Winde, el-Dschudschâb geheißen, von denen die Wasserschläuche ausgedörrt werden. Wenn aber das Wasser in den Krügen ist, so kann ihm nichts geschehen.' ,Du hast recht', sagte Mûsa, schickte alsbald nach Alexandrien und ließ eine große Menge von Krügen holen. Dann nahm er seinen Wesir und zweitausend Reiter, alle gepanzert und gerüstet, und ritt davon, begleitet von der reisigen Schar, den Kamelen und dem Scheich, der auf seinem Klepper an der Spitze ritt, um ihnen den Weg zu weisen. Schnell zogen sie dahin, bald durch bewohnte Gefilde, bald durch Ödland, bald durch Wüsten voller Schrecken, bald durch einsame, durstige Strecken, bald über Berge, die sich gen Himmel recken. Ein ganzes Jahr reisten sie immer weiter, bis sie eines Morgens, nachdem sie die lange Nacht hindurch geritten waren, gewahrten, daß sie den Weg verloren hatten und sich in einer Gegend befanden, die sie nicht kannten. Da rief ihr Führer aus: ,Es gibt keine Macht und es gibt keine Majestät außer bei Allah, dem Erhabenen und Allmächtigen! Beim Herrn der Kaaba, wir sind vom Wege abgeirrt!' Der Emir Mûsa rief: ,Was ist denn geschehen, o Scheich?' Jener antwortete: ,Wir sind vom Wege abgeirrt.' ,Wie ist das möglich?' fragte der Emir; und der Alte erwiderte: ,Ich konnte nicht auf die Sterne achten, da sie überwölkt und unsichtbar waren.' Weiter fragte Mûsa: ,Wo in aller Welt sind wir denn?' ,Ich weiß nicht,' gab der Scheich zur Antwort, ,ich habe dies Land bis zum heutigen Tage noch nie gesehen.' Da befahl der Emir: ,So führe uns denn an die Stelle zurück, von der aus wir von dem Wege abgeirrt sind!' Doch der Alte beteuerte: ,Ich kenne sie nicht mehr.' ,So laß uns weiterziehen,' sagte Mûsa,

‚vielleicht wird Allah uns dorthin führen und uns in seiner Allmacht auf dem rechten Wege leiten.' Nun ritten sie bis zur Zeit des Mittagsgebetes weiter; da kamen sie in ein ebenes und schön gleichmäßiges Land, das so flach war wie das Meer, wenn es still und ruhig ist. Und wie sie dort ihres Weges dahinzogen, erblickten sie plötzlich auf der einen Seite in der Ferne ein schwarzes Etwas, groß und hoch, und aus seiner Mitte schien Rauch zu den Wolken des Himmels aufzusteigen. Sie ritten schnurstracks darauf zu, bis sie in seiner Nähe waren; und da zeigte es sich, daß es ein hoher Bau war, mit festgefügten Säulen, mächtig und schauerlich, der einem sich türmenden Berge glich. Er war aus schwarzen Quadern erbaut und hatte dräuende Zinnen und ein Tor aus chinesischem Eisen, das da glänzte und die Augen blendete und aller Blicke auf sich wendete, und bei dem der Verstand endete. Er maß tausend Schritt im Umkreis, und was den Ankommenden als Rauch erschienen war, das war eine bleierne Kuppel in der Mitte, die hundert Ellen hoch emporragte und die aus der Ferne aussah wie eine Rauchwolke. Bei diesem Anblick war der Emir aufs höchste erstaunt, zumal die Stätte ganz menschenleer war. Der Führer aber sprach: ‚Laßt uns näher treten, um diese Burg anzuschauen und zu erfahren, was sie uns zu sagen hat!' Nachdem er dann genauer hingeschaut hatte, rief er: ‚Es gibt keinen Gott außer Allah, und Mohammed ist der Prophet Allahs!' Da sagte der Emir: ‚Ich sehe, wie du Allah den Erhabenen voll Freude peisest und heiligest.' Der Scheich erwiderte darauf: ‚O Emir, freue dich der frohen Botschaft! Allah, der Gepriesene und Erhabene, hat uns befreit von diesen Wüsten voller Schrecken und all diesen öden durstigen Strecken!' ‚Woher weißt du das?' forschte Mûsa; und jener antwortete: ‚Wisse, mein Vater hat mir von meinem Großvater berichtet, der habe ihm erzählt, wie er einst in diesem Lande reiste, in dem wir umhergezogen sind und uns verirrt haben, und wie er dann zu diesem Schlosse kam und weiter zur Messingstadt; von dort bis zu der Stätte, die du suchst, sind es nur noch zwei volle Monate, aber du mußt dich an die Meeresküste halten und sie nicht verlassen, denn an ihr gibt es Wasserplätze und Brunnen und Lagerstätten. Diesen Weg hat einst König Alexander, der Zweigehörnte[1], eröffnet, als er ins ferne Westland zog; da fand er weite Einöden und Wüsten und legte dort Wasserstellen und Brunnen an.' Nun rief der Emir Mûsa: ,Allah lohne dir die frohe Botschaft mit Gutem!][2] Komm, laß uns in dies Schloß gehen, das eine Mahnung ist für alle, die sich mahnen lassen!' Da ging der Emir Mûsa zusammen mit dem Scheich 'Abd es-Samad und seinen nächsten Vertrauten näher heran, bis sie zum Eingangstor kamen, und sie fanden, daß es offen war. Es hatte hohe Pfeiler, und Stufen führten im Torweg hinauf;

1. Alexander der Große wurde als Jupiter Ammon mit zwei Widderhörnern dargestellt. 2. Die zweite Calcuttaer Ausgabe hat statt der ganzen hier in Klammern gesetzten Stelle nur das Folgende: »Und der Scheich 'Abd es-Samad tat ihm zu wissen, daß der Ort, den der Beherrscher der Gläubigen suchte, nur vier Monate weit entfernt sei und an der Meeresküste liege, und daß auf dem Wege dorthin eine Station der anderen folge, reich an Gras und an Quellen; und er schloß mit den Worten: ,Allah wird uns die Reise leicht machen durch deinen Segen, o Statthalter des Beherrschers der Gläubigen.' Als ihn aber der Emir Mûsa fragte: ,Weißt du, ob einer der Könige von uns jenes Land betreten hat?' antwortete er: ,Ja, o Emir der Gläubigen; es gehörte einst dem König von Alexandrien, Alexander dem Großen.' Dann brachen sie auf und ritten ohne Aufenthalt weiter, bis sie zu einem Schlosse kamen. Da sagte der Emir:« – Im Arabischen heißt Alexander der Große ‚Dârân, der Romäer'. Dârân oder Dârâ ist die spätere Form für Darius und bedeutet ‚großer König'; Romäer ist auf die Altgriechen übertragen.

unter diesen befanden sich zwei breite Stufen aus buntem Marmor, dergleichen er noch nie gesehen hatte. Die Decken und die Wände waren mit Gold und Silber und Edelsteinen verziert. Und über dem Eingang befand sich eine Tafel mit griechischen Schriftzeichen. Da fragte der Scheich 'Abd es-Samad: ‚Soll ich das lesen, o Emir?' Tritt hinzu und lies,' antwortete jener, ‚Allah segne dich! Alles, was wir auf dieser Reise erleben, kommt nur durch deinen Segen!' Er las es, und siehe, es waren Verse, die lauteten:

> *Du siehst, wie hier das Werk, das einst ein Volk sich baute,*
> *Jetzt weint, da diesem Volk die Macht entrissen ward.*
> *In diesem Schlosse hier ist noch die letzte Kunde*
> *Von stolzen Herren, längst im Staube eingescharrt.*
> *Der Tod hat sie vertilgt, zerstreut in alle Winde;*
> *Was sie sich einst erwarben, ist im Staub verzehrt.*
> *Es ist, als hätten sie die Waren nur gelagert,*
> *Um auszuruhn, und wären eilends heimgekehrt.*[1]

Da weinte der Emir Mûsa, bis er fast die Besinnung verlor. Und er sprach: ‚Es gibt keinen Gott außer Allah, dem Lebendigen, dem Ewigen, der immerdar währt!' Dann trat er in das Schloß ein und war wie bezaubert von der Schönheit seines Baues. Er schaute auch auf die Bilder und Gestalten, die darinnen waren, und plötzlich sah er über einem zweiten Tor wiederum Verse geschrieben stehen. Da sprach er: ‚Tritt herzu, Scheich, und lies!' Und der Alte las:

> *Wie manche Schar hat unter diesem Dach geweilt*
> *In alter Zeit und ist dann wieder fortgeeilt!*
> *Hier kannst du sehen, was der Zeiten Wechselspiel*
> *An anderen vollbrachte, wenn es sie befiel.*
> *Sie teilten unter sich der Schätze reichen Hort*
> *Und ließen all das Glück und zogen wieder fort.*

---

[1]. Die kurze Spanne des menschlichen Lebens wird öfters mit der Rast einer Karawane an einem Halteplatz verglichen.

> *Wie konnten sie die Freude kosten, wie das Essen!*
> *Nun sanken sie in Staub und wurden selbst gefressen!*

Da weinte der Emir Mûsa bitterlich, und die Welt wurde ihm schwarz vor den Augen; und er sprach: ‚Fürwahr, wir sind zu Großem erschaffen!'[1] Darauf schauten sie sich weiter in dem Schlosse um und sahen von neuem, daß es ohne Bewohner war, jeglichen lebenden Wesens bar; Höfe und Räume ringsumher lagen alle wüste und leer. In der Mitte aber war jene hohe Kuppel, die in die Lüfte emporragte, und rings um sie lagen vierhundert Gräber. Der Emir Mûsa trat an jene Gräber heran und entdeckte unter ihnen eines, das aus Marmor erbaut war und eine Inschrift mit diesen Versen trug:

> *Wie viele bekämpft ich! Wie viele erschlug ich!*
> *Wie manche Gefahren des Lebens ertrug ich!*
> *Wie hab ich geschmauset! Wie oft mich berauschet!*
> *Wie oft dem Gesange der Mädchen gelauschet!*
> *Wie konnt ich gebieten! Wie konnt ich verwehren!*
> *Wie manche der Burgen mit trutzigen Wehren*
> *Erstürmte ich einst, und dann suchte ich drinnen*
> *Und trug draus die schönsten Mädchen von hinnen.*
> *Und dennoch, ich Tor habe oft mich vergangen*
> *Und wollte nur nichtige Wünsche erlangen.*
> *Drum prüfe dich selber, o Mensch, und bedenke,*
> *Noch eh der Becher des Todes dich tränke!*
> *Denn nur noch ein kleines, so streut man dir Staub*
> *Aufs Haupt, und du bist der Vergänglichkeit Raub.*

Und von neuem weinten Emir Mûsa und seine Begleiter. Darauf trat er nahe an die Kuppel heran und erkannte, daß sie acht Türen aus Sandelholz hatte; die waren mit goldenen Nägeln beschlagen und mit silbernen Sternen besetzt und mit allerlei Edelsteinen eingelegt. Auf der ersten Tür aber standen diese Verse geschrieben:

1. Das heißt zur Anbetung Gottes und zum Endgericht.

> *Was ich verlassen hab, verließ ich nicht aus Großmut;*
> *Es war des Schicksals Spruch – und der trifft alle Welt.*
> *Solange ich in Glück und Freuden leben konnte,*
> *Bewachte ich gleichwie ein grimmer Leu mein Feld.*
> *Ich hatte keine Ruh, ich wollt kein Senfkorn schenken*
> *Aus Geiz, und würf man mich zum Höllenpfuhl hinab,*
> *Bis mich das Schicksal traf, das Gott vorherbestimmte,*
> *Er, der in Seiner Macht der Schöpfung Leben gab.*
> *Dieweil ein früher Tod mir vom Geschick beschieden,*
> *Konnt ich durch viele List mich nicht dagegen fei'n.*
> *Da nützte nichts das Heer, das ich gesammelt hatte;*
> *Da half mir nicht ein Freund noch auch der Nachbar mein.*
> *Mein ganzes Leben lang plagt ich mich auf der Reise*
> *Zu meines Lebens Ziel, in Not und auch in Glück. –*
> *[Sind dann die Beutel auch vom Golde voll geworden,*
> *Und legtest du Dinar stets auf Dinar zurück,]*[1]
> *Eh noch der Morgen graut, gehört dein Gut dem andern;*
> *Man bringt dir einen Träger, einen Gräber her.*
> *Und dann am Jüngsten Tag trittst du vor Gott hin, einsam,*
> *Von Sünden und Vergehn beladen – ach, so schwer.*
> *Dich täusche nicht die Welt mit ihrem schönen Schein;*
> *Was sie an Freund und Nachbar tat, bedenk allein!*

Als der Emir Mûsa diese Verse vernommen hatte, weinte er bitterlich, bis er die Besinnung verlor. Wie er dann wieder zu sich gekommen war, trat er in die Kuppel ein und erblickte darin ein langes Grab, dessen Anblick Grausen erregte, und darauf lag eine Platte aus chinesischem Eisen. Scheich 'Abd es-Samad trat näher und las auf ihr diese Inschrift: ‚Im Namen Allahs, der nie vergeht, der in Ewigkeit besteht! Im Namen Allahs, der nicht gezeugt hat und nicht gezeugt ward und dem keiner gleich ist in Seiner Art!'[2] Im Namen Allahs, des Herrn

---

1. Nach der Breslauer Ausgabe Band 6, Seite 358 ergänzt. – 2. Das ist die muslimische Formel gegen die christliche Dreieinigkeitslehre; vgl. Koran, Sure 112.

der Herrlichkeit und Kraft! Im Namen Dessen, der da lebendig ist, nie vom Tode hingerafft!' – –«

Da bemerkte Schehrezâd, daß der Morgen begann, und sie hielt in der verstatteten Rede an. Doch als die *Fünfhundertundneunundsechzigste Nacht* anbrach, fuhr sie also fort: »Es ist mir berichtet worden, o glücklicher König, daß Scheich 'Abd es-Samad, nachdem er diese Worte gelesen hatte, dahinter noch auf der Tafel diese Inschrift fand: ,O du, der du an diese Stätte kommst, laß dich warnen durch das, was du erlebst von den Wechselfällen der Zeit und von des Schicksals Wandelbarkeit! Laß dich nicht täuschen durch diese Welt mit all ihrem schönen Schein, ihrer Falschheit und Lüge, ihrem Trug und ihrem eitlen Glanz! Sie ist schmeichlerisch und lügnerisch und trügerisch; ihre Dinge sind nur geliehen, und der Verleiher kann sie dem Entleiher jederzeit entziehen. Sie ist wie das Wahngebilde des Schläfers eitler Schaum und wie des Träumenden Traum; es ist, als wäre sie die Luftspiegelung der Wüste, die der Durstende für Wasser hält; und Satan schmückt sie mit falschem Schein für die Menschen bis in den Tod hinein. Solcher Art ist die Welt; vertraue nicht auf sie, und neige dich nicht ihr zu; denn sie betrügt den, der auf sie baut und in seinen Dingen auf sie vertraut! Hüte dich davor, daß ihr Netz dich umflicht; und an ihre Säume klammere dich nicht! Ich besaß einst viertausend braune Rosse und ein Schloß; ich hatte tausend Prinzessinnen zu Frauen, hochbusige und jungfräuliche, wie Monde anzuschauen; auch waren mir tausend Söhne gleich trutzigen Leuen beschieden. Ich lebte tausend Jahre dahin, mit frohem Herzen und frohem Sinn; und ich häufte so große Schätze an, wie sie keiner von den Königen der Erde sein eigen nennen kann. Dabei glaubte ich, mein Glück würde ewig dauern; aber ehe ich mich dessen versah, kam Der zu uns, der die Freuden schweigen heißt und der die Freundesbande zerreißt, der die Häuser verödet und die bewohnten Stätten in Trümmer schlägt und groß und klein, Säuglinge, Kinder und Mütter in das Nichts hinüberträgt. Denn während wir noch wohlgemut und sicher in diesem Palaste waren, kam plötzlich das Gericht des Herrn der Welten, des Herrn der Himmel und der Erden, auf uns herabgefahren, und es ereilte uns der Ruf der Gottheit, der offenbaren. Und nun starben von uns an jedem Tage zwei, bis eine große Schar von uns dahingeschwunden war. Wie ich aber sah, daß die Vernichtung in unsere Stätten eingekehrt war und sich bei uns niedergelassen und uns ins Meer des Todes versenkt hatte, da ließ ich einen Schreiber kommen und befahl ihm, diese Verse mit ihren Ermahnungen und Warnungen aufzuschreiben. In schöner und gleichmäßiger Schrift ließ ich sie einmeißeln auf diesen Türen, Tafeln und Gräbern. Nun hatte ich ein Heer von tausendmal tausend Zügeln, das war ein Volk voll Tatendrang, das Panzer trug und Speere schwang, und es zückte verwegen die scharfen Degen. Den Leuten befahl ich, sich in die langen Panzerhemden zu kleiden und sich mit den Schwertern zu gürten, die den Leib zerschneiden, die Lanzen einzusetzen zu grausigem Reigen und die feurigen Rosse zu besteigen. Und als das Gericht des Herrn der Welten, des Herrn des Himmels und der Erden, uns nahte, sprach ich: ‚Ihr Mannen und Krieger zuhauf, könnt ihr das Geschick abwehren, das der allmächtige König auf mich herniedersendet?' Doch die Krieger und Mannen vermochten es nicht, und sie sprachen: ‚Wie sollen wir gegen Den kämpfen, dem kein Kämmerling den Zutritt wehrt, der in die Tür eingeht, an der kein Türhüter steht?' Darauf befahl ich ihnen: ‚Bringt mir die Schätze her!' Und die waren in tausend Kammern geborgen, deren jede tausend Zentner roten Goldes und desgleichen an weißem Silber, dazu auch vielerlei Arten von Perlen und Edelsteinen enthielt, ja, es waren Kleinodien, wie sie kein König der Welt besaß. Die Mannen führten den Befehl aus; und als all die Schätze vor mir lagen, sprach ich zu ihnen: ‚Könnt ihr mich mit all diesen Schätzen loskaufen? Könnt ihr mir für sie einen einzigen Lebenstag erkaufen?' Sie aber konnten es nicht! So ergaben sie sich denn in das vorherbestimmte Geschick, und auch ich fügte mich in Allahs Willen und ertrug mein Los und Verhängnis, bis Er meine Seele zu sich nahm und ich durch Seinen Willen in die Grube kam. Und wenn du nach meinem Namen fragst, so wisse, ich bin Kûsch, der Sohn des Schaddâd, des Sohnes von 'Ad dem Älteren!' Ferner standen auf jener Tafel noch diese Verse geschrieben:

Wenn ihr einstens nach mir fraget, längst nachdem mein Leben schwand
Und nachdem die Tage sich im ew'gen Wechselspiel gewandt,
Sohn Schaddâds bin ich geheißen, einstmals Herr der ganzen Welt,
Dessen Herrschaft alle Länder auf der Erde unterstellt.
Willig dienten meinem Reiche trutz'ge Scharen insgemein;
Syrerland auch von Ägypten bis 'Adnân[1] *hin schloß es ein.*
Hochberühmt war ich und zwang zur Demut ihrer Fürsten Pracht;
Und das Volk der ganzen Erde war in Furcht vor meiner Macht.
Ja, ich hielt die Stämme und die Heere fest in meiner Hand,
Und ich sah die Länder und die Völker wie von Furcht gebannt.
Stieg ich auf mein Pferd, so sah ich dann als meiner Heere Zahl
Auf den Rossen, die da wiehern, Zügel tausend tausendmal.
Ich besaß an Geld und Gütern dieser Welt unzählbar viel,
Und das hob ich auf für später, für der Zeiten Wechselspiel.
Ach, ich wollte alles geben als der Seele Lösegeld
Um das Leben eines einz'gen Tages in der Erdenwelt.
Aber Gott gefiel nichts andres, als daß Sein Geheiß geschah;
Und so lag ich denn bald einsam fern von meinen Brüdern da.
Ja, der Tod war mir genahet, der die Menschen scheiden macht
Und vom Ruhm ward ich zum Hause der Verachtung hingebracht,

1. Das ist Arabien.

Und dort fand ich alles wieder, was ich einst zuvor getan;
Und ich ward zum Pfande meiner Sünden auf der Lebensbahn. –
Nun bedenke, daß du selber wie an einem Abgrund bist;
Hüte dich vor Schicksalsschlägen, dir zum Heil, zu jeder Frist!

Beim Anblick dieses Totenfeldes weinte der Emir Mûsa, bis er in Ohnmacht sank. Und als sie hernach das Schloß überallhin durchwanderten und sich in seinen Sälen und Lustgärten umschauten, fanden sie plötzlich einen Tisch aus Marmor, der auf vier Füßen stand; und darauf war geschrieben: ‚An diesem Tische haben tausend einäugige Könige und tausend Könige mit gesunden Augen gespeist, die alle nun die Welt verlassen haben und in den Gräbern und Grüften wohnen.' All das schrieb der Emir Mûsa sich auf; dann ging er fort, ohne aus dem Schlosse etwas mitzunehmen als jenen Tisch.

Nun zog die ganze Schar weiter unter der Führung des Scheich 'Abd es-Samad, der ihnen den Weg wies, jenen Tag hindurch und einen zweiten und einen dritten Tag. Da erblickten sie vor sich einen hohen Hügel, und als sie ihn genauer anschauten, sahen sie auf ihm einen Reiter aus Messing; der trug eine Lanze, an deren oberem Ende sich eine breite Spitze befand, so glänzend, daß sie fast die Augen blendete, und darauf stand geschrieben: ‚O der du zu mir kommst, wenn du den Weg, der zur Messingstadt führt, nicht kennst, so reib die Handfläche dieses Reiters, dann wird er sich drehen und wieder stillstehen: darauf schlag die Richtung ein, nach der er blickt; sei ohne Furcht und unbesorgt, denn sie wird dich zur Messingstadt führen!' – –«

Da bemerkte Schehrezâd, daß der Morgen begann, und sie hielt in der verstatteten Rede an. Doch als die *Fünfhundertundsiebenzigste Nacht* anbrach, fuhr sie also fort: »Es ist mir berichtet worden, o glücklicher König, daß der Reiter, als Emir Mûsa ihm die Handfläche rieb, sich so schnell drehte wie der blendende Blitz; dann hielt er inne und blickte in eine andere Richtung als die, in der die Männer sich befanden. Da wandten sie sich ihr zu und zogen in ihr weiter; und siehe, es war die rechte Richtung. Tag und Nacht reisten sie in ihr weiter, bis sie ein weites Land durchmessen hatten. Eines Tages aber, als sie ihres Weges dahinzogen, gewahrten sie plötzlich eine Säule aus schwarzem Stein, in die eine menschliche Gestalt bis zu den Armhöhlen versenkt war. Diese Gestalt hatte zwei große Flügel und vier Arme, von denen zwei menschliche Hände hatten, während die anderen wie Löwentatzen aussahen und Krallen hatten. Das Haar auf ihrem Kopfe glich dem Schweife der Rosse, und sie hatte zwei Augen, die wie glühende Kohlen waren, dazu noch ein drittes Auge auf der Stirn gleich dem Auge eines Panthers, aus dem Feuerfunken heraussprühten. Schwarz war jene Gestalt, und sie reckte sich hoch empor in die Luft, und sie rief: ,Preis sei meinem Herrn, der dies schwere Gericht und diese schmerzensvolle Strafpflicht bis zum Jüngsten Tage über mich verhängt hat!' Als die Männer den Rufer erblickten, waren sie wie von Sinnen und sprachlos vor Staunen; und als sie erkannten, wie er aussah, wandten sie sich zur Flucht. Der Emir Mûsa aber fragte den Scheich 'Abd es-Samad: ,Was ist dies?' Und als der Alte ihm entgegnete: ,Ich weiß es nicht', fuhr er fort: ,Tritt näher an ihn heran und frage, was es mit ihm ist! Vielleicht wird er dir Auskunft über sich geben, und du kannst den Schleier von seiner Geschichte heben.' Aber der Scheich 'Abd es-Samad rief: ,Allah behüte den Emir! Wir fürchten uns vor dem da!' Da sagte der Emir: ,Fürchtet euch nicht! Die Hülle, die ihn umgibt, hält ihn von euch und von allen anderen fern.' Nun trat der Scheich 'Abd es-Samad an ihn heran und fragte ihn: ,Du da, wie heißt du, und was ist es mit dir, und was hat dich hierher in diese Lage gebracht?' Jener antwortete: ‚Wisse, ich bin ein Dämon aus der Geisterwelt, und ich heiße Dâhisch ibn el-A'masch. Ich bin hier festgebannt durch die Hochherrlichkeit, eingesperrt durch die Allmacht und gestraft, solange es Allah, dem Allgewaltigen und Glorreichen, gefällt.' Weiter sagte der Emir Mûsa: ‚Scheich 'Abd es-Samad, frage ihn, weshalb er in diese Säule eingesperrt ist!' Wie der Alte den Dämon danach fragte, erwiderte jener: ‚Meine Geschichte ist wunderbar. Einer der Söhne des Iblîs hatte nämlich ein Götzenbild aus rotem Karneol, und ich mußte es bewachen. Ihm diente einer der Meerkönige, ein Fürst von hoher Macht und gewaltiger Herrscherpracht; der gebot über tausendmal tausend streitbare Geister, die vor ihm ihre Schwerter schwangen und in Zeiten der Not seinem Rufe Folge leisteten. Die Geister aber, die ihm dienten, standen alle unter meinem Gebot und Geheiß und folgten den Befehlen, die ich ihnen gab; doch alle waren Rebellen gegen Salomo, den Sohn Davids – über beiden sei Heil! Und ich pflegte in den Bauch des Götzenbildes zu kriechen, wenn ich den Geistern gebot und verbot. Nun liebte die Tochter jenes Königs das Bild, sie warf sich oft vor ihm nieder und gab sich ganz seinem Dienste hin. Und sie war das schönste Wesen ihrer Zeit, strahlend in Schönheit und Lieblichkeit, Anmut und Vollkommenheit. Ich erzählte einst Salomo – Heil sei über ihm! – von ihr, und da sandte er alsbald an ihren Vater eine Botschaft des Inhalts: ‚Gib mir deine Tochter zur Gemahlin, zerbrich dein Götzenbild aus Karneol und bezeuge, daß es keinen Gott gibt außer Allah und daß Salomo der Prophet Allahs ist! Wenn du das tust, so soll unser Gut dein Gut und unsere Schuld deine Schuld sein. Wenn du dich aber weigerst, so werde ich mit einem Heere wider dich ausziehen, dem du nicht zu widerstehen vermagst;

dann mache dich auf Rechenschaft vor Gott gefaßt und lege das Hemd an, das zum Tode paßt! Fürwahr, ich werde mit Heerscharen zu dir kommen, deren Fülle das Blachfeld bedeckt; die machen dich dem Gestern gleich, das keiner zum Leben auferweckt.' Als die Botschaft Salomos – Heil sei über ihm! – den König erreichte, schwoll er in rebellischem Übermut, voll Hoffart und überstolzem Blut. Dann sprach er zu seinen Wesiren: ‚Was sagt ihr von Salomo, dem Sohne Davids? Der hat zu mir gesandt, ich solle ihm meine Tochter geben, solle mein Götzenbild aus Karneol zerbrechen und seinen Glauben annehmen!' Sie antworteten: ‚Mächtiger König, kann Salomo so an dir handeln, da du doch mitten in diesem großen Meere wohnst? Zieht er auch wider dich, so vermag er nichts über dich; denn die Mârids der Geisterwelt kämpfen an deiner Seite, und wenn du das Götzenbild um Hilfe wider ihn anrufst, so wird es dir gegen ihn beistehen und den Sieg verleihen. Das rechte ist, wenn du deinem Herrn – damit meinten sie das Götzenbild aus rotem Karneol – hierüber um Rat fragst und auf das hörst, was er dir sagt. Wenn er dir rät zu kämpfen, so kämpfe; wenn nicht, so tu es nicht!' Im selben Augenblicke machte sich der König auf und begab sich zu seinem Götzen; und nachdem er ihm Opfergaben dargebracht und Opfertiere geschlachtet hatte, warf er sich vor ihm zu Boden und sprach unter Tränen diese Verse:

> *O Herr, ich kenne deine Allgewalt;*
> *Doch Salomo will dich zerbrochen sehn.*
> *O Herr, laß mich um deine Hilfe flehn!*
> *Befiehl, und ich gehorche dir alsbald!*

Ich aber – so erzählte jener Dämon, der zur Hälfte in der Säule war, dem Scheich 'Abd es-Samad, und die ihn umstanden, hörten es – kroch in den Bauch des Götzen, da ich töricht und unverständig war und mich um den Befehl Salomos nicht kümmerte, und ich hub an zu sprechen:

> *Was mich betrifft – mir ist vor ihm nicht graus,*
> *Dieweil ich aller Dinge kundig bin.*
> *Will er den Kampf mit mir, so zieh ich hin*
> *Und reiße ihm die Seele bald heraus!*

Als der König meine Antwort vernahm, ward ihm das Herz stark, und er beschloß, gegen Salomo, den Propheten Allahs – Heil sei über ihm! –, ins Feld zu ziehen und mit ihm zu kämpfen. Er berief daher den Boten Salomos vor sich und ließ ihn heftig schlagen und befahl ihm, eine schmähliche Antwort heimzutragen; denn er sandte ihn unter Drohungen mit dieser Botschaft an Salomo: ‚Deine Seele hat dir eitle Wünsche eingeflüstert; drohst du mir mit lügnerischen Worten? Vielleicht kannst du gar nicht bis zu mir gelangen; dann werde ich schon zu dir kommen!' Darauf kehrte der Bote zu Salomo zurück und meldete ihm alles, was ihm zugestoßen und widerfahren war. Als Salomo, der Prophet Allahs, das hören mußte, loderte rasender Zorn in ihm empor, und sein Entschluß trat sogleich hervor. Er rüstete seine Heerscharen, Geister und Menschen, wilde Tiere, Raubvögel und alles, was kreucht; und er befahl seinem Wesir ed-Dimirjât, dem König der Geister, die Mârids der Dämonenwelt von überallher zu versammeln, und der brachte sechshunderttausendmal tausend Teufel zuhauf. Ferner gebot er Âsaf, dem Sohne Barachijas, seine Menschenheere einzuberufen, und das waren tausendmal tausend oder noch mehr. Die alle versah er mit Rüstungen und Waffen; und dann flog er mit seinen Heeren der Menschen und Geister auf dem Zauberteppich davon, während die Raubvögel ihm zu Häupten schwebten und die wilden Tiere unter dem Teppich dahineilten. Und alsbald landete er am Gestade jenes Königs, umringte seine Insel und erfüllte die ganze Erde mit seinen Heerscharen.' – –«

Da bemerkte Schehrezâd, daß der Morgen begann, und sie hielt in der verstatteten Rede an. Doch als die *Fünfhundertundeinundsiebenzigste Nacht* anbrach, fuhr sie also fort: »Es ist mir berichtet worden, o glücklicher König, daß der Dämon des weiteren erzählte: ,Als Salomo, der Prophet Allahs – Friede sei über ihm! –, mit seinen Heerscharen rings um die Insel landete, da schickte er zu unserem König einen Boten und ließ ihm sagen: ,Siehe da, ich bin zu dir gekommen! Nun wende das drohende Unheil von dir ab; wenn du das nicht kannst, so tritt unter meine Botmäßigkeit hin und bekenne, daß ich der Apostel bin! Zerbrich deinen Götzen, bete den Einen an, dem Anbetung gebührt, und gib mir deine Tochter zur rechtmäßigen Gemahlin! Sprich mit allen den Deinen: Ich bezeuge, daß es keinen Gott gibt außer Allah, und ich bezeuge, daß Salomo der Prophet Allahs ist. Wenn du das sagst, so wird dir Sicherheit und Heil gewährt; doch wenn du dich weigerst, so wirst du dich vergeblich auf dieser Insel wider mich verschanzen. Denn wisse, Allah, der Gepriesene und Erhabene, hat dem Winde befohlen, mir zu gehorchen; und so kann ich ihm gebieten, mich zu dir auf dem Teppich zu tragen, und ich kann dich zu einem warnenden Beispiel für andere machen.' Der Bote ging und brachte dem König die Botschaft Salomos, des Propheten Allahs – Heil sei über ihm! Doch der König erwiderte ihm: ,Das, was er von mir verlangt, kann nie geschehen. So melde ihm, daß ich gegen ihn zu Felde ziehen werde!' Darauf kehrte der Bote zu Salomo zurück und brachte ihm die Antwort. Der König aber sandte zu dem Volke seines Landes und rief alle Geister, die unter seiner Herrschaft standen, zusammen, tausendmal tausend; und zu ihnen gesellte er noch die Mârids und Teufel die auf den Inseln der Meere und auf den Gipfeln der Berge hausten. Darauf rüstete er seine Truppen aus; er öffnete seine Rüstkammern und verteilte die Waffen an sie. Salomo aber, der Prophet Allahs – Heil sei über ihm! –, stellte derweilen seine Heerscharen auf; er gebot den wilden Tieren, sich in zwei Schlachtreihen zu teilen, zur Rechten und zur Linken der Menschen; den Raubvögeln befahl er, auf der Insel zu bleiben und beim Angriffe den Feinden mit den Schnäbeln die Augen auszuhacken und ihnen mit den Flügeln ins Gesicht zu schlagen, während die wilden Tiere den Befehl hatten, die feindlichen Rosse zu zerreißen. Alle aber sprachen: ,Wir hören und gehorchen Allah und dir, o Prophet Allahs!' Darauf ließ Salomo, der Prophet Allahs, einen Thron für sich errichten, der aus Marmor gemeißelt, mit Edelsteinen besetzt und mit Blättern aus rotem Golde belegt war. Seinen Wesir Âsaf ibn Barachija nahm er zur Rechten, und seinen Wesir ed-Dimirjât zur Linken; ebenso standen die Könige der Menschen auf seiner rechten, die Könige der Geister aber auf seiner linken Seite, während die wilden Tiere und die Vipern und Schlangen sich vor ihm befanden. Und nun stürmte die ganze Schar wider uns los und kämpfte gegen uns auf weitem Plan zwei Tage lang; doch am dritten Tage kam das Unheil über uns, und das Gericht Allahs des Erhabenen ward an uns vollstreckt. Den ersten Angriff auf Salomo machte ich mit meinen Truppen, und ich rief meinen Gefährten zu: ,Bleibt, wo ihr seid! Ich will wider sie ins Feld treten und ed-Dimirjât zum Zweikampfe fordern!' Und siehe, da kam er auch schon hervor, einem gewaltigen Berge gleich; Feuer umlohten ihn, und Rauch stieg von ihm empor. Er stürmte herbei und warf eine feurige Flamme auf mich, und da war sein Feuer stärker als das meine. Und er stieß einen so gewaltigen Schrei wider mich aus, daß mir war, als stürzte der Himmel auf mich nieder, und die Berge erbebten vor seiner Stimme. Dann befahl er seinen Streitern, uns anzugreifen. Da stürmten sie auf uns los, und wir auf sie: Mann schrie wider Mann, die Feuer loderten hervor, und der Rauch stieg empor, und die Herzen barsten schier. Die Schlacht wurde allgemein, die Vögel kämpften in der Luft, die wilden Tiere stritten auf der Erde, und ich rang mit ed-Dimirjât, bis wir beide müde waren. Doch zuletzt war ich der Schwächere; auch verließen mich meine Gefährten und Krieger, und alle meine Scharen wandten sich zur Flucht. Da rief Salomo, der Prophet Allahs: ‚Greift den Tyrannen da, den Verruchten, den Elenden, den Verfluchten!' Noch kämpften die Menschen wider die Menschen und die Geister wider die Geister; aber schließlich unterlag doch unseres Königs Macht, und wir wurden als Beute zu Salomo gebracht. Denn seine Heere griffen, rechts und links von den wilden Tieren umgeben, die Unseren an, und die Raubvögel schwebten über unseren Häuptern und hackten den Kämpfern die Augen aus bald mit ihren Krallen und bald mit ihren Schnäbeln, bald auch schlugen sie ihnen mit ihren Flügeln ins Gesicht. Die wilden Tiere aber bissen die Pferde und zerrissen die Streiter, bis die meisten unseres Volkes auf dem Angesichte der Erde lagen wie gefällte Palmenstämme. Was mich betrifft, so entrann ich den Händen von ed-Dimirjât; doch er folgte mir drei Monate lang, bis er mich eingeholt hatte.[1] [Ich war nämlich vor Ermattung niedergesunken; und da hatte er sich auf mich gestürzt und mich gefangen genommen. Ich aber flehte ihn an: ‚Bei Ihm, der dich erhöht und mich erniedrigt hat, schone mich und führe mich vor Salomo – Heil

---

1. Das Folgende nach der Breslauer Ausgabe Bd. 6, Seite 373 bis 375. In der Calcuttaer Ausgabe schließt die 571. Nacht hier mit den Worten: ‚Und dann geriet ich in den Zustand, in dem ihr mich seht.'

sei über ihm!' Als ich dann vor Salomo kam, empfing er mich in der übelsten Weise; und er ließ diese Säule bringen und aushöhlen und sperrte mich in sie ein. Dann versiegelte er mich mit seinem Siegel; und nachdem er das getan hatte, schmiedete er mich in Ketten. Und ed-Dimirjât brachte mich hierher und ließ mich an dieser Stätte nieder, an der du mich siehst. Diese Säule ist nun mein Gefängnis bis zum Jüngsten Tage; und ein mächtiger Engel hat das Amt, mich in diesem Kerker zu bewachen.]' – –«

Da bemerkte Schehrezâd, daß der Morgen begann, und sie hielt in der verstatteten Rede an. Doch als die *Fünfhundertundzweiundsiebenzigste Nacht* anbrach, fuhr sie also fort: »Es ist mir berichtet worden, o glücklicher König, daß[1] [die Männer über den Dämon und über seine grauenhafte Gestalt in Staunen gerieten. Der Emir Mûsa rief: ,Es gibt keinen Gott außer Allah! Wahrlich, er hat dem Salomo große Macht gegeben.' Dann sagte der Scheich 'Abd es-Samad zu ihm: ,Du da, ich möchte dich nach etwas fragen; gib uns Auskunft darüber!' ,Frage, was du willst!' erwiderte der Dämon; und jener fuhr fort: ,Gibt es hier in dieser Gegend Dämonen, die seit der Zeit Salomos – Heil sei über ihm! – in Flaschen aus Messing gebannt sind?' Da gab der Dämon zur Antwort: ,Jawohl, im Meere el-Karkar[2]; und an dessen Gestade wohnt ein Volk aus dem Stamme Noahs – Heil sei über ihm! Zu jenem Lande gelangte die Sintflut nicht, und das Volk ist dort von allen anderen

1. Die Calcuttaer Ausgabe hat hier nur die Worte: »die Leute den Geist in der Säule, nachdem er ihnen seine ganze Geschichte von Anfang an bis zu seiner Gefangennahme erzählt hatte, fragten: ,Wo ist der Weg, der zur Messingstadt führt?' Da zeigte er uns den Weg zur Stadt. Zwischen uns und ihr aber befanden sich fünfundzwanzig Tore...«
2. Vielleicht ist Gerger an der Westküste Afrikas, in der spanischen Kolonie Rio d'Oro gemeint.

Menschenkindern abgeschnitten.' Weiter fragte nun der Alte: ,Wo ist der Weg zur Messingstadt? Und wie weit sind wir von der Gegend entfernt, in der sich die Flaschen befinden?' ,Die ist ganz nahe', erwiderte der Dämon und zeigte ihnen den Weg zu der Stadt. Da verließen sie ihn und zogen weiter, bis sie vor sich ein großes schwarzes Etwas erblickten mit zwei Feuern, die einander gegenüber lagen. Der Emir Mûsa fragte den Scheich: ,Was ist das große Schwarze dort und die beiden Feuer einander gegenüber?' Da rief der Führer: ,Freue dich, o Emir! Das ist die Messingstadt. So ist sie beschrieben in dem Buche der verborgenen Schätze, das ich besitze. Ihre Mauern sind aus schwarzen Steinen, und sie hat zwei Türme aus andalusischem Messing; die erscheinen dem Beschauer wie zwei Feuer, die einander gegenüber liegen. Deswegen heißt sie auch die Messingstadt.' Nun zogen sie geradeswegs dorthin, bis sie bei der Stadt ankamen; die war hochgebaut und fest, und sie ragte als uneinnehmbares Bollwerk in die Lüfte empor; die Höhe ihrer Mauern betrug achtzig Ellen, und sie hatte fünfundzwanzig Tore,] deren keines von außen sichtbar war, noch in seinen Umrissen erkannt werden konnte; denn die Mauern sahen aus wie ein Felsblock, oder wie Eisen, das in einer Form gegossen war. Da saßen die Männer ab, und mit ihnen der Emir Mûsa und der Scheich 'Abd es-Samad, und sie bemühten sich, ein Tor in der Stadt zu erblicken oder doch einen Weg, der in sie hineinführte, zu finden. Doch es gelang ihnen nicht. Darauf sagte der Emir: ,Tâlib, was sollen wir tun, um in diese Stadt hineinzugelangen? Wir müssen doch ein Tor finden, durch das wir hineingehen können!' Tâlib erwiderte: ,Allah lasse es dem Emir wohlergehen! Möge er hier zwei oder drei Tage Rast machen lassen, so werden wir nach dem Willen Gottes des Erhabenen ein Mittel finden, an die Stadt heranzukommen und in sie einzudringen.' Nun gab der Emir Mûsa einem seiner Diener Befehl, auf einem Kamel rings um die Stadt herum zu reiten und zu sehen, ob er die Spur von einem Tore fände oder etwa eine niedrigere Stelle in der Mauer als dort, wo sie lagerten. Da saß einer von den Dienern auf und zog zwei Tage und Nächte, ohne auszuruhen, in eiligem Ritt um die Stadt herum. Am dritten Tage aber erschien er wieder bei seinen Gefährten, wie verwirrt durch den Umfang und die Höhe des Ortes, den er gesehen hatte; und er sprach: ‚O Emir, der leichteste Zugang ist von dieser Stätte aus, an der ihr euch gelagert habt.' Darauf nahm der Emir Mûsa Tâlib, den Sohn des Sahl, und den Scheich 'Abd es-Samad mit sich, und sie stiegen auf einen gegenüberliegenden Berg, der die Stadt überragte. Und als sie dann dort oben standen, erblickten sie eine Stadt, so groß und herrlich, wie sie noch nie ein Auge gesehen hatte: hohe Paläste winkten, und glänzende Kuppeln blinkten; die Häuser dort hätte man voller Menschen gedacht, und die Gärten standen in voller Pracht; die Bächlein sprangen, und die Bäume waren mit Früchten behangen. Sie war eine Stadt mit festen Toren, aber sie lag öde und verlassen da; kein Laut erscholl in ihr, kein menschliches Wesen gab es dort. Die Eulen schrien auf allen Seiten; über ihre Plätze sah man die Raubvögel in kreisendem Fluge gleiten; auf ihren Wegen und Straßen krächzten der Raben Scharen und beklagten die Menschen, die einst dort waren. Der Emir Mûsa blieb stehen, voll Trauer darüber, daß sich in der Stadt keine Menschenseele fand und daß sie von allem Volke und allen Einwohnern verlassen stand; und er rief: ‚Preis sei Ihm, den der Wechsel der Zeiten nicht ändert, der die Welt in Seiner Allmacht erschaffen hat!' Während er so Allah, den Allgewaltigen und Glorreichen, pries, blickte er zufällig zur Seite, und da sah er sieben Tafeln aus weißem Marmor, die in der Ferne leuchteten. Er ging näher an sie heran und erkannte, daß Inschriften auf ihnen eingemeißelt waren. Da befahl er dem Scheich 'Abd es-Samad, die Schriftzüge zu lesen. Der trat vor, betrachtete sie und las; und siehe, sie wiesen die Menschen von verständigem Sinn durch Mahnung und Drohung zur Einkehr hin. Auf der ersten Tafel stand in griechischer Schrift geschrieben: ‚O Sohn Adams, warum kannst du das, was dir bevorsteht, nicht fassen? All deine Lebensjahre haben es dich vergessen lassen! Bist du dir denn nicht bewußt, daß dein Todeskelch gefüllt ist und du ihn in Bälde leeren mußt? Drum bedenke, wie es um dich selber steht, ehe dein Leib in die Grube geht. Wo sind sie, die einst über die Länder geboten, die Heere befehligten und die Diener Allahs bedrohten? Über sie ist, bei Allah, Der gekommen, der die Freuden schweigen heißt, der die Freundesbande zerreißt und die bewohnten Stätten verwaist! Er trug sie aus der weiten Schlösser Pracht in der engen Gräber Nacht.' Und am Fuße der Tafel standen diese Verse:

> *Wo sind jetzt die Fürsten alle und der Erdbewohner Scharen?*
> *Sie verließen, was sie bauten, dort, wo ihre Stätten waren;*
> *Und sie ruhen in den Gräbern als ein Pfand für ihre Taten,*
> *Und als Fraß der Würmer sind sie in Vergessenheit geraten.*
> *Wo sind jetzt die Heeresscharen, die nicht Schutz noch Nutzen schafften?*
> *Wo sind ihre Schätze, die sie häuften und zusammenrafften?*
> *Sie ereilte das Verhängnis von dem Herrn des Thrones her;*
> *Und da schützten und da halfen keine Erdengüter mehr!*

Als der Emir Mûsa das hörte, schrie er laut auf, und die Tränen rannen ihm über die Wangen, und er rief: ‚Bei Allah, die Weltentsagung ist doch das, von dem man das höchste Heil erwarten muß, sie ist der Weisheit letzter Schluß!' Dann ließ er sich Tintenkapsel und ein Blatt bringen und schrieb nieder, was auf der ersten Tafel stand. Darauf trat er an die zweite

Tafel heran und fand auf ihr diese Worte eingemeißelt: ‚O Sohn Adams, wie konntest du dich täuschen über das, was von Ewigkeit ist? Wie konntest du vergessen, daß dir das Ende nahen kann zu jeder Frist? Wisse doch, die Welt ist ein Haus der Vergänglichkeit, und keiner findet in ihr eine Stätte der Beständigkeit. Und dennoch schaust du auf sie und hängst dich an sie! Wo sind die Könige, die einst Babylon erbauten und herrschend in die weite Welt hinaus schauten? Wo sind sie, die da wohnten in Isfahân und im Lande Chorasân? Die Stimme des Todesboten rief sie, und sie gehorchten ihr; der Herold der Vernichtung forderte sie, und sie antworteten ihm: Hier sind wir! Da konnte alles, was sie erbaut und hoch aufgerichtet hatten, nichts nützen; und was sie gesammelt und aufgespeichert hatten, vermochte sie nicht zu schützen.' Und am Fuße der Tafel standen diese Verse geschrieben:

> *Wo sind sie, deren Kraft dies alles hier erbaut*
> *Mit hohen Söllern, wie kein Mensch sie je erschaut?*
> *Sie scharten Heere um sich, mit besorgtem Sinn,*
> *Durch Gottes Rat zu fallen – und sie sanken hin!*
> *Wo sind der Perser Herrscher in der Burgen Wehr?*
> *Ihr Land verließen sie – es kennet sie nicht mehr!*

Wiederum weinte der Emir Mûsa, und er rief: ‚Bei Allah, wir sind zu Großem erschaffen!'[1] Dann schrieb er die Inschrift auf und trat zu der dritten Tafel. – –«

Da bemerkte Schehrezâd, daß der Morgen begann, und sie hielt in der verstatteten Rede an. Doch als die *Fünfhundertunddreiundsiebzigste Nacht* anbrach, fuhr sie also fort: »Es ist mir berichtet worden, o glücklicher König, daß der Emir Mûsa zur dritten Tafel trat; und auf ihr fand er die Worte: ‚O Sohn Adams, die Liebe zur Welt hast du gern; doch du vergissest

1. Vgl. Seite 219, Anmerkung 1.

das Gebot deines Herrn! Ein jeder Tag deines Lebens geht dahin; doch du bist es zufrieden und freust dich in deinem Sinn. Rüste deine Zehrung für den Jüngsten Tag, und bedenke, was deine Antwort vor dem Herrn der Menschen sein mag!' Und am Fuße der Tafel standen diese Verse geschrieben:

> *Wo sind sie, die in allen Ländern herrschten,*
> *In Sind und Hind, die stolze Herrenschar?*
> *Die Sendsch und Habesch ihrem Willen fügten*
> *Und Nubien, als es rebellisch war?*
> *Erwarte von dem Grabe keine Kunde;*
> *Von dort wird keine Kenntnis dir zuteil.*
> *Im Zeitenumschwung traf sie das Verhängnis:*
> *Aus Schlössern, die sie bauten, kam kein Heil!*

Darüber weinte der Emir Mûsa bitterlich; dann trat er zu der vierten Tafel und sah auf ihr diese Inschrift: ‚O Sohn Adams, wie lange noch soll dein Herr Geduld mit dir haben, während du dich an jedem Tage in das Meer deines Leichtsinns versenkst? Ist dir etwa offenbart worden, daß du nicht zu sterben brauchst? O Sohn Adams, laß dich nicht betören durch das trügerische Spiel deiner Tage, Nächte und Stunden! Wisse, der Tod lauert dir auf und ist bereit, dir auf die Schulter zu springen! Es vergeht kein Tag, ohne daß er dich am Morgen begrüßt oder dir am Abend winkt. Hüte dich vor seinem Überfall und bereite dich darauf vor! Dir ergeht es wie mir; du vergeudest deine ganze Lebenszeit und verschwendest deiner Stunden Fröhlichkeit. Höre auf die Worte mein und vertrau dem Herrn der Herren allein! Denn die Welt hat keinen Bestand; sie ist dem Spinnengewebe verwandt.' Und am Fußende der Tafel fand er diese Verse geschrieben:

> *Wo ist der Mann, der diese Türme schuf und baute*
> *Und sie, so fest gefügt, gen Himmel ragen ließ?*
> *Wo ist das Volk der Burgen, das hier wohnte?*

> *Sie zogen alle fort, als Gott sie gehen hieß.*
> *Sie ruhen in den Gräbern, Pfänder bis zum Tage,*
> *Der alles, was verborgen ist, zum Lichte führt.*
> *Und außer dem erhabnen Gott ist nichts von Dauer:*
> *Er ist es, dem die Ehre immerdar gebührt.*

Von neuem begann der Emir Mûsa zu weinen, und er schrieb sich alle jene Worte auf.[1] [Dann trat er zur fünften Tafel hin, und auf ihr stand geschrieben: ‚O Sohn Adams, was ist es, das dich fernhält vom Gehorsam gegen deinen Schöpfer und Erschaffer, der dir in deiner Kindheit die Nahrung brachte und dich zum Manne heranreifen machte? Du lohnst Seine Güte mit Undank, während Er in Seiner Huld auf dich blickt und dir in Seiner Gnade Schutz und Hilfe schickt. Wahrlich, dir ist eine Stunde bestimmt, bitterer als der Aloe Blut und heißer als der Kohlen Glut. Drum rüste dich für sie; denn wer versüßt dir ihre Bitterkeit, wer ist die Glut ihrer Kohlen zu löschen bereit? Denke an die Völker und Geschlechter, die vor dir waren, und nimm dir ein Beispiel an ihnen, ehe du untergehst.' Ferner waren auf ihr diese Verse eingemeißelt:

> *Wo sind die Fürsten dieser Welt? Sie gingen hin;*
> *Du siehst sie hier mit allen ihren Schätzen liegen.*
> *Als sie einst ritten, sahst du Scharen um sie her;*
> *Die füllten alle Welt, wenn sie zu Rosse stiegen.*
> *Wie manchen Fürst bezwangen sie zu ihrer Zeit!*
> *Wie manches Heer ward einst durch sie besiegt, vernichtet!*
> *Jetzt hat der Spruch des Herrn des Thrones sie ereilt;*
> *Sie sind nach allem Glück mit Schmach zugrund gerichtet.*

Diese Worte gingen dem Emir Mûsa zu Herzen, und er schrieb sie sich auf. Dann trat er zu der sechsten Tafel; und auf ihr stand geschrieben: ‚O Sohn Adams, glaube nicht, daß die Sicherheit dich ewig beglückt; denn schon ist dir das Siegel des

1. Das Folgende nach der Breslauer Ausgabe Bd. 6, Seite 381 bis 384.

Todes aufs Haupt gedrückt! Wo sind deine Eltern? Wo sind deine Brüder geblieben? Wo deine Freunde und deine Lieben? In den Staub der Gräber fuhren die Leiber aller jener Lebenden, und ihre Seelen traten vor den Hochherrlichen, den Allvergebenden, als hätten sie nie getrunken noch gegessen, und sie sind ein Pfand der Taten, deren sie sich vermessen. Drum bedenke, wie es um dich selber steht, ehe dein Leib zur Grube geht!' Und ferner standen dort diese Verse:

> *Wo sind all die Herrscher, die Herrscher der Franken?*
> *Wo sind sie, die einstens in Tanger wohnten?*
> *Nun stehn ihre Taten im Buche geschrieben*
> *Als Zeugnis dem Einen, der wacht und belohnt!*

Der Emir war auch darüber verwundert und schrieb sich die Worte auf, indem er sprach: ‚Es gibt keinen Gott außer Allah! Wie schön war der Glaube dieser Menschen!' Dann traten sie zu der siebenten Tafel, und auf ihr stand geschrieben: ‚Preis sei Ihm, der allen Seinen Geschöpfen den Tod bestimmt hat, der da lebt und nimmer stirbt! O Sohn Adams, laß dich nicht täuschen durch deine Tage mit ihren Lustbarkeiten, noch durch deine Stunden und all deine frohen Zeiten! Wisse, der Tod wird dich bald packen, ja, er sitzt dir schon im Nacken. Drum sei vor seinem Ansturm auf der Hut, und rüste dich gegen seinen Angriff gut! Dir ergeht es wie mir. Du vergeudest die Freude deiner Lebenszeit und all deiner Stunden Fröhlichkeit. Höre auf die Worte mein und vertrau dem Herrn der Herren allein! Wisse, daß die Welt nicht dauernd besteht, sondern wie ein Spinnengewebe zerweht, und daß ein jeder in ihr stirbt und vergeht. Wo ist der Mann, der Âmid[1] begründete und bauen ließ, der Farikîn[1] errichtete und hoch in die Lüfte ragen ließ? Wo ist das Volk der Burgen? Nachdem sie dort gewohnt hat-

---
1. Stadt in Nordmesopotamien.

ten, wurden sie in die Gruft gebracht; sie wurden ein Raub des Todes nach all ihrer Pracht. So müssen auch wir einst heimgesucht werden; denn niemand besteht hier auf Erden, außer allein Allah der Erhabene, und Er ist der vergebende Gott!'

Über all das staunte der Emir Mûsa; und nachdem er sich auch diese Worte aufgeschrieben hatte,] stieg er von dem Berge hinab, indem ihm die ganze Welt vor Augen stand. Und als er zu seiner Schar zurückgekehrt war, blieben sie noch jenen Tag über dort und sannen auf ein Mittel, in die Stadt einzudringen. Der Emir Mûsa sprach zu seinem Wesir Tâlib ibn Sahl und zu seinen Vertrauten, die bei ihm waren: ‚Was für ein Mittel gibt es denn, um in die Stadt hineinzugelangen und ihre Wunder zu schauen? Vielleicht können wir in ihr etwas finden, durch das wir die Gunst des Beherrschers der Gläubigen gewinnen!' Da hub Tâlib ibn Sahl an: ‚Allah gebe dem Emir dauerndes Glück! Wir wollen eine Leiter machen und auf ihr hinaufsteigen; so werden wir vielleicht von innen zum Tore gelangen.' ‚Das ist auch mir gerade in den Sinn gekommen,' erwiderte der Emir, ‚das ist der beste Plan.' Dann berief er die Zimmerleute und die Schmiede und befahl, sie sollten Hölzer zurechtschneiden und daraus eine Leiter bauen und sie mit Eisenplatten beschlagen. Die Leute machten sich sofort ans Werk und schufen eine feste Leiter; einen vollen Monat arbeiteten sie daran, und es waren ihrer viele. Als man sie dann aufrichtete und an die Mauer lehnte, reichte sie genau bis zur Höhe, als ob sie schon längst dafür gebaut wäre. Da rief der Emir Mûsa erstaunt aus: ‚Allah gesegne es euch! Es ist, als hättet ihr das Maß der Mauer genommen, so vortrefflich ist euer Werk! Dann fragte er seine Leute: ‚Wer von euch will diese Leiter erklimmen und auf die Mauer steigen und dann auf ihr entlang gehen und es fertig bringen, in die Stadt hinunterzuklettern, um zu schauen, wie es in ihr aussieht? Danach möge er uns auch kundtun, wie das Tor geöffnet werden kann!' Da hub einer von ihnen an: ‚Ich will hinaufsteigen, o Emir, und dann hinunterklettern und das Tor öffnen.' ‚Steig hinauf,' erwiderte der Emir, ‚und Allahs Segen sei mit dir!' Nun erklomm der Mann die Leiter, bis er ganz oben war; dann richtete er sich auf, blickte starr auf die Stadt, klatschte in die Hände und rief, so laut er rufen konnte: ‚Du bist schön!' Und er warf sich in die Stadt hinein; da ward er mit Haut und Knochen völlig zermalmt. Der Emir Mûsa aber sprach: ‚Wenn ein Vernünftiger so handelt, was wird dann erst ein Irrer tun? Wenn alle unsere Gefährten das gleiche tun, so bleibt keiner von ihnen übrig; und dann können wir unsere Absicht und den Auftrag des Beherrschers der Gläubigen nicht ausführen. Rüstet euch zum Aufbruch! Wir haben mit dieser Stadt nichts mehr zu schaffen.' Doch einer von den Leuten sagte: ‚Vielleicht steht ein anderer fester als jener.' Darauf stieg ein zweiter hinauf, sodann ein dritter, ein vierter und ein fünfter, und immer mehr Männer erklommen die Mauer auf jener Leiter, einer nach dem andern, bis zwölf von ihnen umgekommen waren; denn alle taten ebenso, wie der erste getan hatte. Da rief der Scheich 'Abd es-Samad: ‚Nur ich allein kann dies vollbringen; denn der Erfahrene ist nicht wie der Unerfahrene!' Aber der Emir entgegnete ihm: ‚Tu das nicht! Ich lasse dich nicht auf diese Mauer hinaufklettern! Denn wenn du umkommst, so sind wir alle des Todes. Dann bleibt keiner von uns am Leben; du bist ja des Volkes Führer.' Dennoch fuhr der Alte fort: ‚Vielleicht wird es mit dem Willen Allahs des Erhabenen durch meine Hand vollbracht.' Und alle waren einverstanden, daß er hinaufsteigen solle. Da richtete der Scheich 'Abd es-Samad sich auf, faßte sich ein Herz und sprach: ‚Im Namen Allahs, des barmherzigen Erbarmers!' Dann erklomm er die Leiter, indem er unablässig den Namen Allahs des Erhabenen anrief und die Verse der Rettung[1] betete, bis daß er oben auf der Mauer ankam. Dort klatschte er in die Hände und blickte starr vor sich hin. Aber alles Volk rief laut: ‚O Scheich 'Abd es-Samad, tu es nicht! Wirf dich nicht hinab!' Und sie fügten hinzu: ‚Wahrlich, wir sind Allahs Geschöpfe, und zu Ihm kehren wir zurück. Wenn der Scheich 'Abd es-Samad fällt, so sind wir alle des Todes!' Er aber begann zu lachen und lachte immer lauter, und er saß eine lange Weile da, indem er den Namen Allahs des Erhabenen anrief und die Verse der Rettung sprach. Danach erhob er sich wieder und rief, so laut er vermochte: ‚O Emir Mûsa, euch wird kein Leid widerfahren. Allah, der Allgewaltige und Glorreiche, hat die List und die Tücke Satans von mir abgewandt durch den Segen der Worte: Im Namen Allahs, des barmherzigen Erbarmers!' Da fragte der Emir: ‚Was hast du denn gesehen, o Scheich?' Und jener antwortete: ‚Als ich auf der Mauer stand, sah ich zehn Jungfrauen, wie Monde anzuschauen, und die riefen mir zu!' – –«

Da bemerkte Schehrezâd, daß der Morgen begann, und sie hielt in der verstatteten Rede an. Doch als die *Fünfhundertundvierundsiebenzigste Nacht* anbrach, fuhr sie also fort: »Es ist mir berichtet worden, o glücklicher König, daß der Scheich 'Abd es-Samad antwortete: ‚Als ich oben auf der Mauer stand, sah ich zehn Jungfrauen, wie Monde anzuschauen, die winkten mir mit den Händen zu, ich solle zu ihnen herabkommen, und es kam mir so vor, als ob unter mir ein See voll Wasser wäre. Schon wollte ich mich hinabwerfen, wie unsere Gefährten es getan haben, aber da sah ich sie tot am Boden liegen. So hielt ich mich denn zurück und sprach etwas aus dem Buche Allahs

---

[1]. Koranverse, die zum Schutze gegen Gefahr rezitiert werden.

des Erhabenen; und Er wandte ihren Trug von mir ab, so daß sie vor meinen Augen verschwanden. So kam es, daß ich mich nicht hinunterwarf, da Allah ihren Trug und Zauber von mir abgewandt hatte. Sicherlich ist das ein tückischer Zauber, den die Leute der Stadt ersonnen haben, um jeden, der sie anschauen will oder in sie einzudringen wünscht, von ihr fernzuhalten. Darum liegen dort auch unsere Gefährten tot am Boden.' Dann ging er auf der Mauer weiter, bis er zu den beiden Messingtürmen kam. Dort sah er zwei Tore aus Gold, die aber keine Schlösser hatten noch sonst ein Zeichen, daß man sie öffnen konnte. Nun blieb der Scheich eine Weile stehen, solange es Allah gefiel, und schaute umher, bis er plötzlich mitten auf einem der Tore das Bild eines Reiters aus Messing erblickte, der die eine Hand ausstreckte, als ob er mit ihr ein Zeichen gäbe; und auf der Handfläche standen Worte geschrieben. Die las der Scheich 'Abd es-Samad, und sie lauteten: ‚Reibe den Nagel, der auf dem Nabel des Reiters ist, zwölfmal; dann wird das Tor sich auftun.' Darauf betrachtete er den Reiter genau und entdeckte auf seinem Nabel einen festen und starken Nagel, der gut eingesetzt war. Kaum hatte er ihn zwölfmal gerieben, da sprang auch schon die Tür mit donnergleichem Getöse auf. Durch sie trat der Scheich 'Abd es-Samad ein, er, der ein erfahrener Mann war und alle Sprachen und Schriften kannte; und er schritt dahin, bis er in einen langen Gang kam, von dem aus er auf mehreren Stufen nach unten stieg. Da befand er sich in einem Raum mit schönen Bänken; auf diesen Bänken saßen tote Männer, und über ihren Häuptern hingen prächtige Schilde, scharfe Schwerter und gespannte Bogen mit den Pfeilen auf den Sehnen. Hinter dem Stadttor aber befanden sich eine Eisenstange, große Riegel aus Holz, kunstvolle Schlösser und andere feste Sicherungen. Nun sagte sich der Scheich 'Abd es-

Samad: ‚Vielleicht sind die Schlüssel bei jenen Toten'; und er schaute bei ihnen nach. Unter ihnen erblickte er einen Alten, dem man es ansah, daß er der Älteste von ihnen war; der saß auf einer hohen Bank mitten zwischen den toten Männern. Da sagte sich Scheich 'Abd es-Samad wiederum: ‚Wer weiß, ob nicht die Schlüssel dieser Stadt bei diesem Alten sind; wahrscheinlich ist er doch der Stadtpförtner, und die anderen sind seine Untergebenen!' Er trat also näher und hob das Gewand jenes Mannes hoch; und siehe da, die Schlüssel hingen an seinem Gürtel. Als der Scheich 'Abd es-Samad das sah, ward er von so großer Freude erfüllt, daß er fast wie von Sinnen war. Darauf nahm er die Schlüssel, trat an das Tor heran, öffnete die Schlösser und konnte die Riegel und Stangen zurückziehen. Da sprang auch schon das Tor mit Donnergetöse auf; denn es war groß und furchtbar, und alles an ihm war gewaltig. ‚Allah ist der Größte!' rief der Scheich, und ‚Allah ist der Größte!' riefen die Leute draußen. Alle freuten sich unendlich; und auch der Emir war hocherfreut, daß der Scheich 'Abd es-Samad gerettet war und das Stadttor geöffnet hatte. Die Leute dankten ihm für seine Tat und drängten nun vorwärts, um durch das Tor hineinzukommen. Aber der Emir Mûsa rief ihnen zu: ‚Ihr Leute, wenn wir alle auf einmal eindringen, so sind wir nicht sicher davor, daß uns ein Unheil zustößt. Nein, nur die Hälfte soll hineingehen, und die andere Hälfte soll zurückbleiben!' Darauf trat er mit der Hälfte seiner Leute, die alle kriegsmäßig bewaffnet waren, durch das Tor ein. Und als sie da drinnen ihre toten Gefährten erblickten, begruben sie die Leichname. Dann sahen sie auch die Türhüter, Diener, Kammerherren und Hauptleute, die dort, allesamt tot, auf seidenen Pfühlen lagen. Weiter gingen sie in die Marktstraßen der Stadt hinein und kamen zu einem großen Marktplatze mit lauter hohen Gebäuden, von denen keines die anderen überragte; die Läden standen offen, die Waagen hingen da, die Messinggeräte waren aufgereiht, und die Speicher waren voll von Waren aller Art. Sie sahen auch die Kaufleute; aber die saßen tot in ihren Läden, ihre Haut war eingeschrumpft, und ihre Gebeine waren von Würmern zerfressen; sie waren eine Warnung für die, so sich warnen lassen. Auch sahen sie vier getrennte Marktplätze, deren Läden mit allerlei Gut angefüllt waren; aber sie verließen sie und begaben sich zum Seidenmarkt, und dort fanden sie Stoffe aus Seide und Brokat, die mit rotem Gold und weißem Silber auf vielfarbigem Grunde durchwirkt waren; doch die Besitzer waren tot und lagen auf Matten aus rotem Ziegenleder und sahen aus, als wollten sie sprechen. Von dort gingen sie zum Basar der Edelsteine und Perlen und Rubinen; und weiter schritten sie zu der Straße der Geldwechsler, und die sahen sie tot auf ihren Decken aus Seide und Halbseide liegen, und ihre Läden waren voll von Gold und von Silber. Nachdem sie auch die hinter sich gelassen hatten, kamen sie zum Basar der Spezereienhändler, und deren Läden waren angefüllt mit allerlei Arten von Spezereien; da waren Moschusblasen, Ambra, Aloeholz, Nadd[1], Kampfer und ähnliche Dinge. Aber die Händler waren alle tot; auch war keinerlei Zehrung bei ihnen. Und wie sie dann aus diesem Basar herauskamen, fanden sie sich in der Nähe eines Schlosses; das war mit allerlei Schmuck verziert und hoch und fest gebaut. Sie traten hinein, und dort fanden sie entrollte Banner, gezückte Schwerter und gespannte Bogen, ferner Schilde, die an goldenen und silbernen Ketten hingen, und Helme, die mit rotem Golde überzogen waren. In den Hallen standen Bänke aus Elfenbein, mit gleißendem Golde beschlagen und mit seidenen Decken be-

1. Vgl. Band II, Seite 798, Anmerkung.

legt. Und auf ihnen lagen Männer, denen die Haut auf den Knochen eingeschrumpft war und die ein Tor für schlafende Leute gehalten hätte; aber sie waren aus Mangel an Nahrung umgekommen und hatten den Tod kosten müssen. Da blieb der Emir Mûsa stehen, und er pries und heiligte Allah den Erhabenen und betrachtete die Schönheit jenes Schlosses, das so fest gebaut, so wunderbar in schönster Gestalt hergerichtet und so vollkommen ausgeführt war; der größte Teil seines Schmukkes bestand aus grünem Lasur, und ein Schriftband enthielt diese Verse:

> *Betrachte dir, o Mann, was du hier vor dir siehst,*
> *Und sei auf deiner Hut, eh du von hinnen ziehst!*
> *Und rüste dir von Gutem Zehrung für die Fahrt;*
> *Denn keinem Hausbewohner bleibt der Weg erspart!*
> *Sieh, hier hat sich ein Volk sein Heim so schön geschmückt –*
> *Als seiner Werke Pfand ward es zum Staub entrückt!*
> *Sie bauten, doch ihr Baun half nichts; sie häuften auf,*
> *Ihr Gut beschützte sie nicht vor des Schicksals Lauf!*
> *Wieviel erhofften sie, das nicht erfüllet ward! –*
> *Sie fuhren hin ins Grab; die Hoffnung war genarrt.*
> *Vom höchsten Ruhmesgipfel stürzten sie hinab –*
> *O welch ein schlimmer Sturz! – ins grause, enge Grab.*
> *Ein Rufer kam und rief in ihre Grabesnacht:*
> *Wo sind die Throne jetzt, die Kronen, all die Pracht?*
> *Wo ist der schönen Frauen zart gehegte Schar,*
> *Die hinter dichten Schleiern einst verborgen war?*
> *Zum Frager sprach das Grab von jenen, die verblichen:*
> *Aus allen Wangen sind die Rosen längst gewichen!*
> *Sie haben lange Zeit getrunken und gegessen;*
> *Nachdem sie gut geschmaust, sind sie nun selbst gefressen.*

Da weinte der Emir Mûsa, bis er fast in Ohnmacht sank. Dann aber befahl er, diese Verse aufzuschreiben, und er ging weiter in das Schloß hinein. – –«

Da bemerkte Schehrezâd, daß der Morgen begann, und sie hielt in der verstatteten Rede an. Doch als die *Fünfhundertundfünfundsiebenzigste Nacht* anbrach, fuhr sie also fort: »Es ist mir berichtet worden, daß der Emir Mûsa weiter in das Schloß hineinging. Dort fand er eine große Halle, auf deren vier Seiten sich hohe, geräumige Gemächer befanden, je zwei einander gegenüber; das waren weite Räume, und sie waren mit Gold und Silber und allerlei bunten Farben bemalt. In der Mitte der Halle aber befand sich ein großer Springbrunnen aus Marmor, über den ein Baldachin aus Brokat gespannt war. Und in jedem der vier Gemächer war ein Platz mit einem reichgeschmückten Springbrunnen und einem Marmorbecken, von dem das Wasser unter dem Boden des Gemaches abfloß; die vier Kanäle vereinigten sich dann in einem großen Becken, das mit vielfarbigem Marmor ausgelegt war. Da sprach der Emir Mûsa zum Scheich 'Abd es-Samad: ,Laß uns in diese Gemächer eintreten!' So traten sie denn in das erste Gemach ein und fanden darin eine Fülle von Gold und weißem Silber, von Perlen, Edelsteinen, Rubinen und anderen Kleinodien; ferner erblickten sie in ihm Truhen voll von rotem, gelbem und weißem Brokat. Darauf begaben sie sich in das zweite Gemach und öffneten in ihm eine Kammer, die mit Waffen und Kriegsgerät angefüllt war; da waren vergoldete Helme, davidische[1] Panzer, indische Schwerter, Lanzen arabischer Arbeit, Keulen aus Chwarizm[2], und vielerlei anderes Gerät für Krieg und Kampf. Und weiter schritten sie zu dem dritten Gemach; dort fanden sie Kammern, die mit Riegeln verschlossen und mit reichgestickten Vorhängen bedeckt waren. Nachdem sie eine

---

1. Die Erfindung der Eisenpanzer wird von den Arabern dem König David zugeschrieben, besonders gute Panzer werden nach ihm benannt. – 2. Ein Land östlich vom Kaspischen Meer.

der Kammern geöffnet hatten, entdeckten sie in ihr eine Fülle von Waffen, die mit vielem Gold und Silber verziert und mit Edelsteinen besetzt waren. Und als sie schließlich zu dem vierten Gemache kamen, fanden sie dort wiederum Kammern; sie öffneten eine von ihnen und erblickten in ihr eine Fülle von goldenem und silbernem Eßgeschirr und Trinkgerät; da waren kristallene Schalen, Becher, die mit Perlen von vollkommenster Reinheit besetzt waren, Kelche aus Karneol und vielerlei anderes. Dort nahmen sie an sich, was ihnen gefiel, und ein jeder von den Kriegern trug davon, soviel er nur vermochte. Als sie aber die Gemächer verließen, entdeckten sie dort mitten im Schlosse eine Tür, die war aus Teakholz[1] gemacht, eingelegt mit Elfenbein und Ebenholz und beschlagen mit Gold von gleißender Pracht. Vor ihr hing ein seidener Vorhang, der mit allerlei Stickereien verziert war; und an ihr befanden sich Schlösser aus weißem Silber, die sich nur durch einen Kunstgriff öffnen ließen, nicht aber durch Schlüssel. Der Scheich 'Abd es-Samad trat an die Schlösser heran und öffnete sie vermöge seiner Klugheit, Entschlossenheit und Geschicklichkeit. Und nun kamen sie alle auf einen Flur, der mit Marmor gepflastert war und an dessen Wänden Decken hingen, bestickt mit allerlei Gestalten von wilden Tieren und Vögeln; deren Leiber waren aus rotem Golde und weißem Silber, ihre Augen aber bestanden aus Perlen und Rubinen, so daß jeder, der sie sah, vor Staunen sprachlos war. Darauf gelangten sie zu einer wundersamen Halle. Bei ihrem Anblick waren Emir Mûsa und Scheich 'Abd es-Samad von Staunen überwältigt. Als sie dann eintraten, fanden sie, daß die Halle aus glänzend glattem Marmor hergestellt war, in den Edelsteine eingelassen waren, so

1. Holz eines indischen Baumes (einheimisch: *tekka* oder *tekku*), das schon früh nach den Westländern exportiert wurde.

daß der Beschauer vermeinte, auf dem Boden sei fließendes Wasser; und wer darauf ging, glitt aus. Da befahl der Emir dem Scheich, etwas auf den Boden zu streuen, damit sie hindurchgehen könnten. Als der den Befehl ausgeführt und ihnen das Gehen möglich gemacht hatte, gelangten sie zu einem großen Pavillon, der aus vergoldeten Steinen erbaut war, so schön, wie alle die Leute in ihrem ganzen Leben noch nie etwas gesehen hatten. Und dieser Pavillon war in der Mitte überwölbt von einer großen, weiten Kuppel aus Alabaster, die ringsum reich verzierte Gitterfenster hatte, aus smaragdenen Stäbchen gearbeitet, wie sie kein König sein eigen nennen konnte. Darinnen war ein Baldachin aus Brokat über Säulen aus rotem Golde gespannt; und auf ihm waren Vögel, deren Füße aus grünem Smaragd bestanden, und unter jedem Vogel war ein Netz aus glitzernden Perlen. Der Baldachin aber befand sich über einem Springbrunnen, und neben dem Springbrunnen stand ein Lager, das mit Perlen und Edelsteinen und Rubinen besetzt war. Auf jenem Lager nun lag eine Maid, herrlich, gleich der strahlenden Sonne, so schön, wie noch nie ein Mensch sie gesehen hatte. Sie trug ein Gewand aus klaren Perlen, und auf ihrem Haupte lag eine Krone aus rotem Golde und ein Stirnreif aus Edelsteinen. Um ihren Hals trug sie eine Schnur aus Juwelen; auf ihrer Brust leuchtete kostbares Geschmeide, und auf ihrer Stirn waren zwei Diamanten, deren Licht so hell war wie das Licht der Sonne. Es schien aber, als blicke sie die Fremdlinge an und schaue auf sie alle nach rechts und nach links. – –«

Da bemerkte Schehrezâd, daß der Morgen begann, und sie hielt in der verstatteten Rede an. Doch als die *Fünfhundertundsechsundsiebenzigste Nacht* anbrach, fuhr sie also fort: »Es ist mir berichtet worden, o glücklicher König, daß der Emir Mûsa, wie er jene Maid erblickte, aufs höchste erstaunt war ob ihrer wunderbaren Schönheit und Anmut, wie sie so dalag mit ihren roten Wangen und schwarzen Haaren, so daß jeder, der sie sah, glaubte, sie sei lebendig und könne nicht tot sein. Und alle riefen ihr zu: ‚Friede sei mit dir, o Maid!' Doch Tâlib ibn Sahl sprach zum Emir: ‚Allah lasse es dir wohlergehen! Wisse, diese Maid ist tot; in ihr ist kein Leben mehr. Wie könnte sie da den Gruß erwidern?' Und er fügte hinzu: ‚O Emir, sie ist eine Gestalt, die mit weiser Kunst hergerichtet ist. Der Leiche wurden die Augen herausgenommen, in die Höhlen ward Quecksilber gegossen, und nachdem dann die Augen wieder an ihre Stellen gesetzt worden, blinken sie wieder, und wenn etwas ihre Wimpern bewegt, so vermeint der Beschauer, daß sie mit den Augen blinzle, obwohl sie tot ist.' Da brach der Emir Mûsa in die Worte aus: ‚Preis sei Allah, der die Menschen dem Tode unterworfen hat!' Nun hatte das Lager, auf dem die Maid lag, Stufen; und auf den Stufen standen zwei Sklaven, ein weißer und ein schwarzer; der eine von beiden trug eine stählerne Keule in der Hand, der andere aber ein Schwert, das mit Edelsteinen besetzt war und den Blick blendete. Und vor den beiden Sklaven lag eine goldene Tafel, auf der diese Inschrift geschrieben stand: ‚Im Namen Allahs, des barmherzigen Erbarmers! Preis sei Allah, dem Erschaffer des Menschen! Er ist der Herr aller Herren der Welt und der Urgrund, der alle Dinge erhält! Im Namen Allahs, der da ewiglich bleibt! Im Namen Allahs, dessen Wille alle Schicksale treibt! O Menschenkind, was hat dich in deinem langen Hoffen genarrt? Was hat dich vergessen lassen, daß der letzte Tag deiner harrt? Weißt du denn nicht, daß der Tod dich ruft zu jeglicher Frist? Daß er, um deine Seele zu holen, schon herbeigeeilt ist? Drum rüste dich, die Fahrt zu beginnen; und versieh dich mit Zehrung aus dieser Welt, denn du gehst gar bald von hinnen! Wo ist Adam, das erste Menschenkind? Wo sind Noah und alle, die von ihm entsprossen sind? Wo sind die Perserkönige all und die Kaiser von Rom zumal? Wo sind die Könige von Irak und vom Inderland? Wo die Fürsten, die da herrschten bis zum Weltenrand? Wo sind die Amalekiter geblieben? Wo die Tyrannen, die einst ihr Wesen trieben? Sie müssen ihre Stätten meiden, von Volk und Heimat mußten sie scheiden. Wo sind die Herrscher der Perser und der Araber? Gestorben und verrottet sind sie allesamt! Wo sind die hohen Würdenträger? Auch sie sind alle gestorben! Wo sind Karûn[1] und Hamân?[2] Wo ist Schaddâd ibn Âd?[3] Wo ist Kanaan und Dhu el-Autâd?[4] Bei Allah, der Schnitter des Lebens hat sie entrafft; er hat sie aus ihren Häusern fortgeschafft! Haben sie sich wohl mit der Zehrung für den Tag der Auferstehung versehen? Haben sie sich gerüstet, dem Herrn der Menschen dann Rede zu stehen? O du, wenn du mich nicht kennst, so will ich dir meinen Namen und meine Herkunft nennen: ich bin Tadmura, die Tochter[5] der Amalekiter, jener Könige, die in Gerechtigkeit über die Länder herrschten. Ich habe besessen, was nie einer der Könige sein eigen nannte. Ich entschied nach dem Rechte jeden Streit; ich herrschte über die Untertanen in Gerechtigkeit. Ich teilte Ga-

---

1. Karûn, der biblische Korah, gilt bei den Muslimen als einer der reichsten Männer. – 2. Hamân ist nach koranischer Auffassung der Wesir Pharaos; vgl. Sure 28. – 3. Vgl. Band III, Seite 110ff. – 4. Zu deutsch ‚der Mann der Pflöcke‘; so wird Pharao im Koran, Sure 38, Vers 11 benannt. Der Name wird verschieden erklärt; unter anderem heißt es, Pharao habe die Israeliten an Pfähle gebunden, um sie zu foltern. – 5. So nach der Breslauer Ausgabe Band 6, Seite 394. Die anderen Ausgaben haben ‚Tarmuz, der Sohn der Tochter‘. Tadmura ist eine Personifizierung von Tadmur, das ist Palmyra, jener großen und prächtigen Ruinenstadt in der syrischen Wüste.

ben und Geschenke aus, lange Zeit verbrachte ich in frohem und schönem Leben; den Sklavinnen und Sklaven pflegte ich die Freiheit zu geben. Da plötzlich pochte der Tod an die Türe mein; und das Verderben kehrte bei mir ein. Und dies geschah also: Sieben Jahre nacheinander fiel kein Regen vom Himmel auf uns herab, und kein Kraut sproßte auf dem Angesichte der Erde. Wir aßen, was wir an Nahrung bei uns hatten; dann aber machten wir uns über unser Vieh her und verzehrten es, bis nichts mehr übrig war. Da ließ ich meine Schätze vor mich bringen und mit Maßen messen, und dann schickte ich zuverlässige Männer mit ihnen fort. Die zogen umher in allen Landen; und sie durchforschten jede Stadt, die sie fanden. Sie suchten nach Nahrung, aber sie entdeckten keine; darauf kehrten sie heim zu uns mit den Schätzen, nachdem sie lange in der Fremde gewesen waren. Nun holten wir unser Geld und unsere Reichtümer hervor; und wir verriegelten in den Burgen unserer Stadt jedes Tor. Wir ergaben uns in unseres Herren Gebot und empfahlen unserem Gebieter unsere Not. Wir starben allesamt und liegen nun tot vor deinem Blick; alles, was wir erbaut und aufgespeichert hatten, ließen wir zurück. So ist es mit uns geschehen; und von dem Wesen ist nur noch die Spur zu sehen.'

Dann blickten sie auf das Fußende der Tafel und fanden dort diese Verse geschrieben:

> *O Menschenkind, laß nicht die Hoffnung deiner spotten!*
> *Was deine Hände rafften, lässest du zurück.*
> *Ich seh dich an der Welt und ihrem Tande hangen;*
> *Die Alten auch vor dir erstrebten solches Glück.*
> *Zu Recht und auch zu Unrecht häuften sie die Schätze;*
> *Die hemmten nicht das Schicksal, als die Stunde schlug.*
> *Sie führten Heeresmassen, die sie um sich scharten,*
> *Bis sie von Gut und Haus der Tod von dannen trug.*

In Grabesenge sind sie nun auf Staub gebettet;
Dort ruhen sie als Pfand für das, was sie getan,
Der Karawane gleich, die ihre Lasten ablud
In dunkler Nacht beim Haus, dem keine Gäste nahn;
Da sprach der Wirt: Ihr Leute, hier ist keine Stätte
Für euch! Sie luden auf, nachdem sie kaum geruht;
Ein jeder war voll Furcht und ganz erfüllt von Grausen,
Kein Aufbruch, keine Einkehr deuchte ihnen gut.
Drum rüste gute Zehrung, die dich morgen freut;
Und nur der Furcht des Herren sei dein Tun geweiht!

Der Emir Mûsa weinte bitterlich, als er diese Worte vernahm. Und weiter hieß es dort: ‚Bei Allah, die Gottesfurcht ist das Rechte und von allen Dingen das Beste; sie ist der Pfeiler, der feste. Der Tod aber ist das offenkundig Wahre; er ist die Verheißung, die klare. Er bedeutet die Rückkehr und das letzte Ziel, o du Menschenkind; so nimm dir ein Beispiel an denen, die vor dir in den Staub gesunken sind! Sie sind längst den Weg ins Jenseits gezogen. Siehst du nicht, wie das graue Haar dich an das Grab gemahnt, und wie die Weiße deiner Locken klagt, weil sie dein Ende ahnt? Drum wache und sei bereit zur Fahrt und zur Rechenschaft! O Menschenkind, was hat dein Herz zur Härte bewogen? Und was hat dich um deinen Herrn betrogen? Wo sind die Völker der alten Zeiten, die da eine Lehre sind für alle, die sich warnen lassen? Wo sind die Könige von China nun, ein Volk von Kraft und gewaltigem Tun? Wo ist 'Âd ibn Schaddâd, und was er schuf und baute? Wo ist Nimrod, der sich empörte und auf seine Macht vertraute? Wo ist Pharao, der verstockte, ungläubige Mann? An alle trat alsbald der Sieger Tod heran! Er verschonte weder groß noch klein, weder Mann noch Weib. Der Schnitter des Lebens hat sie hinweggerafft, so wahr Er lebt, der die Nacht nach dem Tage erschafft! Höre, o du, der du an diese Stätte kommst und uns hier siehst, laß dich nicht betören von dieser Welt und ihren nichtigen Dingen; denn sie ist treulos und betrügerisch, ein Haus des Verderbens und lügnerisch! Heil dem Menschen, der an seine Sünden denkt und den die Gottesfurcht lenkt, der gut gehandelt hat und sich mit Zehrung versehen für den Tag, an dem alle auferstehen! Wer in diese unsere Stadt kommt und sie mit Allahs Hilfe betritt, der möge von den Schätzen nehmen, soviel er vermag. Er rühre aber nichts von dem an, was sich auf meinem Leibe befindet! Denn es ist die Hülle für meine Blöße und die Rüstung für meine letzte Reise. Drum fürchte er Allah und nehme nichts davon, auf daß er sich nicht ins Verderben stürze! Dies habe ich zu einer Mahnung für ihn gemacht und ihm als Vermächtnis dargebracht. Und nun, lebt wohl allzumal! Ich bete zu Allah, daß Er euch behüte vor Krankheit und aller Qual.' – –«

Da bemerkte Schehrezâd, daß der Morgen begann, und sie hielt in der verstatteten Rede an. Doch als die *Fünfhundertundsiebenundsiebenzigste Nacht* anbrach, fuhr sie also fort: »Es ist mir berichtet worden, o glücklicher König, daß der Emir Mûsa, als er diese Worte vernahm, von neuem bitterlich weinte, bis er in Ohnmacht sank. Als er dann wieder zu sich kam, schrieb er alles nieder, was er gesehen hatte, und er ließ sich das, was er geschaut hatte, zur Warnung dienen. Dann sprach er zu seinen Leuten: ,Holt die Doppelsäcke und füllt sie mit diesen Schätzen, all diesen Geräten, Kostbarkeiten und Edelsteinen!' Tâlib ibn Sahl aber hub an und sprach zu ihm: ,O Emir, sollen wir diese Maid so liegen lassen mit allem, was sie an sich hat? Das sind doch Dinge, die nicht ihresgleichen haben und wie sie nicht zum zweiten Male gefunden werden. Das ist das Beste von allem, was du an Schätzen mitnehmen kannst, und das schönste Geschenk, um die Gunst des Beherrschers der Gläubigen zu gewinnen.' Doch der Emir erwiderte: ‚Du Mann, hast du nicht gehört, wozu die Maid auf dieser Tafel mahnt? Sie hat es uns doch als Vermächtnis geweiht, und wir gehören nicht zum Volke der Treulosigkeit!' ‚Sollen wir denn', so fuhr der Wesir Tâlib fort, ‚wegen der Worte all da diese Schätze und Kleinodien hier liegen lassen, wo sie doch tot ist? Was soll sie nur damit anfangen? Es ist doch ein Schmuck für diese Welt und Zierat, der den Lebenden gefällt. Ein baumwollen Laken genügt dieser Maid als Hülle; wir haben mehr Recht auf die Schätze als sie.' Mit diesen Worten trat er an die Treppe heran und stieg die Stufen hinauf, bis er zwischen den beiden Säulen stand; als er aber zwischen die beiden Hüter trat, schlug ihm der eine von beiden auf den Rücken, während der andere mit dem Schwerte, das er in der Hand hielt, auf ihn einhieb und ihm den Kopf herunterholte. Da sank der Wesir tot zu Boden. Der Emir Mûsa aber rief: ‚Allah gewähre dir keine Ruhestätte! Wahrlich, es war doch an diesen Schätzen genug; aber die Habgier bringt den Menschen immer in Schande.' Dann befahl er, die Truppen sollten hereinkommen; und als sie gekommen waren, beluden sie die Kamele mit jenen Schätzen und Kostbarkeiten. Darauf gebot er, die Tore zu schließen wie zuvor. Und nun zogen sie alle an der Meeresküste hin, bis sie einen hohen Berg in Sicht bekamen, der das Meer überragte und in dem viele Höhlen waren; dort hauste ein Volk von Schwarzen, die trugen Lederkleider und hatten auf ihren Köpfen Burnusse aus Leder und redeten eine unbekannte Sprache. Als sie die Truppen erblickten, erschraken sie vor ihnen und flüchteten in jene Höhlen; nur ihre Weiber und Kinder blieben an den Höhlentüren stehen. Da fragte der Emir Mûsa: ‚Scheich 'Abd es-Samad, was sind das für Leute?' Jener antwortete: ‚Sie sind es, die der Beherrscher der Gläubigen sucht.' Nun saßen sie ab, schlugen die Zelte auf und luden alle Lasten ab; aber sie waren noch kaum damit fertig, als schon der König der Schwarzen von dem Berge herunterkam und sich dem Lager näherte. Der verstand die arabische Sprache, und so sprach er, als er zum Emir Mûsa kam, den Friedensgruß; und jener erwiderte seinen Gruß und empfing ihn ehrenvoll. Darauf sprach der König der Schwarzen zum Emir: ,Seid ihr Menschen oder Geisterwesen?' ,Wir sind Menschen,' antwortete der Emir, ,aber ihr seid doch sicherlich Geisterwesen, sintemalen ihr so fern von aller Welt auf diesem einsamen Berge wohnt und solche Riesenleiber habt!' ,Nein,' sagte darauf der schwarze König, ,wir sind ein menschlich Volk vom Stamme Hams, des Sohnes Noahs – Heil sei über ihm! –; dies Meer aber ist bekannt unter dem Namen el-Karkar.'[1] Weiter fragte der Emir: ,Woher habt ihr Kenntnisse? Es ist doch noch kein Prophet zu euch gekommen, der in einem Lande wie dem eurigen Offenbarungen erhalten hätte!' ,Wisse, o Emir,' gab der König zur Antwort, ,auf diesem Meere pflegte uns eine Gestalt zu erscheinen, von der ein Licht ausging, das die ganze Welt erfüllte, und sie rief mit einer Stimme, die der Nahe und der Ferne vernehmen konnte: ,O ihr Kinder Hams, fürchtet Den, der da sieht und nicht gesehen wird! Sprechet: Es gibt keinen Gott außer Allah; Mohammed ist der Prophet Allahs! Und ich bin Abu el-'Abbâs el-Chidr!'[2] Früher pflegten wir einander anzubeten; aber er berief uns zur Verehrung des Herrn der Menschen.' Dann fügte er noch hinzu: ,Jener hat uns auch Worte gelehrt, die wir sprechen.' Und als der Emir Mûsa fragte: ,Was für Worte sind das?' erwiderte er: ,Es sind diese: ,Es gibt keinen Gott außer Allah allein; Er hat keinen Genossen, Sein ist das Reich, und Sein ist der Preis, Er gibt Leben und Tod, und Er ist über alle

1. Vgl. Anmerkung 2 Seite 232. – 2. Vgl. Anmerkung Seite 78.

Dinge mächtig!' Nur mit diesen Worten nahen wir uns Allah, dem Allgewaltigen und Glorreichen; denn wir kennen keine anderen. Und an jedem Abend zum Freitag schauen wir ein Licht über der Erde und hören eine Stimme, die da ruft: ‚Hehr und heilig ist der Herr der Engel und des Geistes! Was Allah will, das geschieht; und was Er nicht will, geschieht nicht. Alles Gute ist eine Gnade von Allah; und es gibt keine Macht und es gibt keine Majestät außer bei Allah, dem Erhabenen und Allmächtigen!' Nun sagte der Emir Mûsa zu ihm: ‚Wir sind Boten des Königs der Muslime 'Abd el-Malik ibn Marwân. Wir sind wegen der Messingflaschen gekommen, die bei euch in eurem Meere liegen, in die seit der Zeit Salomos, des Sohnes Davids – über beiden sei Heil! – die Satane eingesperrt sind. Unser Gebieter befahl uns, wir sollten ihm einige Flaschen bringen, damit er sie sähe und seine Freude daran hätte.' ‚Das soll gern geschehen', erwiderte ihm der König der Schwarzen; dann bewirtete er die Fremden mit Fleisch von Fischen und befahl den Tauchern, einige salomonische Flaschen aus dem Meere zu holen. Die brachten zwölf Flaschen herauf; und nun waren der Emir Mûsa und der Scheich 'Abd es-Samad und alle ihre Begleiter erfreut, weil der Wunsch des Beherrschers der Gläubigen erfüllt war. Darauf gab der Emir dem schwarzen König viele Geschenke und reiche Gaben; und ebenso machte dieser dem Emir Geschenke, das waren wunderbare Geschöpfe des Meeres in Menschengestalt. Dabei sagte er: ‚Wir haben euch in diesen drei Tagen mit dem Fleische dieser Fische bewirtet.' Der Emir Mûsa aber sagte: ‚Wir müssen unbedingt einige davon mit uns nehmen, damit der Beherrscher der Gläubigen sie sieht; er wird sich daran noch mehr ergötzen als an den salomonischen Flaschen.' Dann nahmen sie Abschied von jenem König und zogen weiter, bis sie wieder nach Damaskus kamen. Dort begaben sie sich zum Beherrscher der Gläubigen 'Abd el-Malik ibn Marwân, und nun berichtete der Emir Mûsa ihm alles, was er gesehen hatte, und die Verse und Erzählungen und Ermahnungen, die er gelesen hatte; auch erzählte er ihm von dem Schicksale des Tâlib ibn Sahl. Da sagte der Kalif: ‚Ich wollte, ich wäre bei euch gewesen und hätte gesehen, was ihr gesehen habt!‘ Darauf nahm er die Flaschen und öffnete sie, eine nach der andern. Und die Satane kamen heraus und riefen: ‚Wir bereuen, o Prophet Allahs! Wir wollen nie mehr dergleichen tun!‘ Darüber war der König 'Abd el-Malik ibn Marwân erstaunt. Was aber die Meerestöchter betrifft, die der König der Schwarzen ihnen geschenkt hatte, so baute man Behälter für sie aus Brettern, füllte die mit Wasser und legte die Wunderfische hinein; aber sie starben wegen der großen Hitze. Dann ließ der Beherrscher der Gläubigen die Schätze bringen und verteilte sie unter die Muslime. – –«

Da bemerkte Schehrezâd, daß der Morgen begann, und sie hielt in der verstatteten Rede an. Doch als die *Fünfhundertundachtundsiebenzigste Nacht* anbrach, fuhr sie also fort: »Es ist mir berichtet worden, o glücklicher König, daß der Kalif 'Abd el-Malik ibn Marwân, als er die Flaschen sah und was darinnen war, gewaltig erstaunte, und dann befahl, die Schätze zu bringen, und sie unter die Muslime verteilte. Dabei sagte er: ‚Allah hat doch keinem Menschen so viel verliehen, wie Er Salomo, dem Sohne Davids, gewährt hat!‘ Der Emir Mûsa aber bat den Beherrscher der Gläubigen, an seiner Statt seinen Sohn zum Statthalter in seiner Provinz zu ernennen, auf daß er selber zur heiligen Stadt Jerusalem wallfahren könne, um dort Allah anzubeten. Da machte der Kalif den Sohn Mûsas zum Statthalter, während Mûsa selber sich zur heiligen Stadt Jerusalem begab. Und dort starb er auch. – Und nun ist die Geschichte von der

Messingstadt zu Ende; dies ist alles, was uns von ihr überliefert ist. Doch Allah weiß es am besten! –

Ferner sind mir berichtet worden

DIE GESCHICHTEN VON DER TÜCKE DER WEIBER ODER VON DEM KÖNIG, SEINEM SOHNE, SEINER ODALISKE UND DEN SIEBEN WESIREN

Einst lebte in alten Zeiten und in längst verschollenen Vergangenheiten ein König, der unter den Herrschern seines Zeitalters einer der mächtigsten war, umgeben von vielen Truppen und einer großen Wächterschar, von hohem Ruhme dieser Welt und von viel Gut und Geld. Aber er hatte schon manches Jahr seines Lebens verbracht, ohne daß ihm ein Sohn beschieden gewesen wäre. Und da ihm dies große Sorge bereitete, wandte er sich durch die Fürsprache des Propheten – Gott segne ihn und gebe ihm Heil! – an Allah den Erhabenen und flehte Ihn an bei der Macht der Propheten und heiligen Asketen und der Märtyrer Scharen, aller derer, die Ihm unter Seinen Dienern die nächsten waren, daß Er ihn mit einem Sohne beschenke, der ihm ein Augentrost sei und nach ihm sein Reich als sein Erbe lenke. Und alsobald erhob er sich und begab sich in sein Ruhegemach; dann sandte er nach seiner Gemahlin und wohnte ihr bei. Sie empfing nach dem Willen Allahs des Erhabenen; und als ihre Zeit erfüllet war, daß sie niederkommen sollte, da gebar sie einen Knaben, der war so schön wie der runde Mond, wenn er in der vierzehnten Nacht am Himmel thront. Und jener Knabe wuchs heran, bis er ein Alter von fünf Jahren erreicht hatte. Nun befand sich bei dem König ein weiser Mann, der zu den größten Gelehrten gehörte, des Namens Sindbad[1]; dem übergab er den Knaben. Und als dieser zehn Jahre alt geworden war, hatte der Meister ihn in den Wissenschaften und in der feinen Bildung so trefflich unterrichtet, daß es damals niemanden gab, der dem Prinzen gleichgekommen wäre an Kenntnis, Bildung und Verständnis. Wie sein Vater das vernahm, ließ er eine Schar arabischer Ritter zu ihm kommen, die ihn im Rittertum unterweisen sollten. So übte er sich auch darin und jagte in schimmernder Wehr auf dem Blachfelde einher, bis daß er der Erste war unter dem Volke seiner Zeit und unter seinen Altersgenossen weit und breit. Eines Tages aber schaute jener Weise in die Sterne, und da erkannte er im Horoskop des Prinzen, daß er in den nächsten sieben Tagen sterben müsse, wenn er in ihnen ein einziges Wort rede. Alsbald begab sich der Weise zu seinem Vater, dem König, und tat ihm alles kund. Da fragte der König: ‚Meister, was ist dein Rat? Was soll geschehen?' Und jener erwiderte: ‚O König, mein Rat und mein Plan gehen dahin, daß du ihn an einem Orte, an dem es froh hergeht und an dem lustige Weisen erklingen, weilen lässest, bis die sieben Tage vergangen sind.'[1] Darauf sandte der König zu einer seiner vertrauten Sklavinnen, der schönsten von all den Mädchen, und übergab ihr den Jüngling mit den Worten: ‚Nimm deinen Herrn mit dir ins Schloß und laß ihn bei dir sein; erst nach sieben Tagen soll

1. Der Name Sindbad ist indisch und wird erklärt als ‚Herr des Zaubers'. Der Sindbad dieser Geschichte ist natürlich eine ganz andere Gestalt als Sindbad der Seefahrer. Das Buch von Sindbad (auch Sindban genannt) oder den sieben weisen Meistern ist schon früh in viele orientalische und europäische Sprachen übersetzt; hier in Tausendundeiner Nacht liegt eine spätere arabische Bearbeitung des Textes vor. – 2. In der Breslauer Ausgabe ist die Einleitung im einzelnen ausführlicher. Nach ihr weiß der König nicht, weshalb der Prinz stumm bleibt; und dadurch wird das folgende besser motiviert.

er das Schloß verlassen!' Die Sklavin nahm ihn bei der Hand und brachte ihn in das Schloß. Dort waren aber vierzig Gemächer, und in jedem Gemach waren zehn Sklavinnen, und jede Sklavin hatte ein Musikinstrument; und wenn nur eine von ihnen zu spielen begann, so schien das ganze Schloß zu ihrer schönen Weise zu tanzen. Ringsherum aber lief ein Bach, an dessen Ufer allerlei Fruchtbäume standen und duftende Blumen blühten. Nun war jener Prinz von unbeschreiblicher Schönheit und Anmut. Und als er dort weilte, sah ihn eines Nachts die Lieblingsodaliske seines Vaters, und da ward ihr Herz von Liebe zu ihm erfüllt, und sie konnte nicht mehr an sich halten, sondern warf sich auf ihn. Er aber gab ihr zu verstehen: ‚Wenn ich, so Allah der Erhabene will, wieder zu meinem Vater hingehe, so will ich ihm dies erzählen, und er wird dich töten lassen!' Sogleich lief die Odaliske zum König und warf sich weinend und klagend auf ihn. Da fragte er: ‚Was ist dir, Mädchen? Wie ergeht es deinem Herrn? Ist ihm nicht wohl?' ‚Mein Gebieter,' rief sie, ‚mein Herr wollte mich verführen, und er wollte mich deshalb sogar umbringen. Aber ich wehrte ihn ab und flüchtete mich vor ihm; jetzt will ich nie wieder zu ihm zurückgehen, auch nicht in das Schloß!' Als der König diese Worte vernahm, ergrimmte er gewaltig, und er ließ die Wesire zu sich kommen und befahl ihnen, seinen Sohn hinzurichten. Sie aber sagten zueinander: ‚Jetzt hat der König den Tod seines Sohnes beschlossen; doch hernach, wenn er den Prinzen hat töten lassen, wird er sein Tun sicherlich bereuen; denn er hat ihn sehr lieb, und erst nachdem er alle Hoffnung aufgegeben hatte, ward ihm dieser Sohn geschenkt. Dann wird er sich wider euch wenden und euch Vorwürfe machen und sagen: ‚Warum habt ihr nicht ein Mittel ersonnen, mich zu hindern, daß ich ihn tötete?' So kamen sie denn überein, ein

Mittel zu ersinnen, um den König zu hindern, daß er seinen Sohn töte. Und der erste Wesir hub an und sprach: ‚Ich will heute den Zorn des Königs von euch abwenden.' Dann ging er hin zum König, trat ein und blieb vor ihm stehen; nachdem er gebeten hatte, sprechen zu dürfen, und der König es ihm gestattet hatte, hub er an: ‚O König, wenn dir auch tausend Söhne beschieden wären, so würdest du dich doch nicht von deiner Leidenschaft dazu hinreißen lassen, auch nur einen von ihnen zu töten um der Worte einer Sklavin willen, mag sie die Wahrheit oder die Unwahrheit reden. Vielleicht ist dies eine Tücke von ihr wider deinen Sohn!' Da fragte der König: ‚Ist dir etwas von der List der Weiber berichtet worden, o Wesir?' Und jener gab ihm zur Antwort: ‚Jawohl, mir ist berichtet worden

DIE GESCHICHTE VON DEM KÖNIG
UND DER FRAU SEINES WESIRS

Es lebte einmal einer von den großen Königen, der sich ganz der Liebe zu den Frauen hingab. Wie der eines Tages allein in seinem Schlosse war, fiel sein Auge auf eine Frau, die sich auf dem Dache ihres Hauses befand; die war von großer Schönheit und Anmut. Und als er sie anschaute, kam die Liebe mit Gewalt über ihn. So fragte er denn alsbald nach jenem Hause, und seine Diener erwiderten ihm: ‚Das ist das Haus deines Wesirs Soundso.' Da sandte er sogleich nach jenem Wesir, und als der zu ihm gekommen war, befahl er ihm, in eine ferne Provinz des Reiches zu reisen, auf daß er dort Umschau halte, und dann heimzukehren. Der Wesir machte sich auf, gemäß dem Befehle seines Königs. Kaum aber war er fortgereist, so drang der König durch eine List in das Haus des Wesirs ein. Als die Frau ihn sah, erkannte sie ihn; und sie sprang auf, verneigte sich und küßte den Boden vor ihm und hieß ihn willkommen. Dann trat sie von ihm zurück und war geschäftig, um ihn zu bedienen. Dabei sagte sie zu ihm: ‚Hoher Herr, was ist der Anlaß deines gesegneten Kommens? Eine so hohe Ehre geziemt sich doch nicht für meinesgleichen.' Er antwortete: ‚Der Anlaß ist, daß die Liebe zu dir und das Verlangen nach dir mich dazu getrieben haben.' Da küßte sie wiederum den Boden vor ihm und sprach zu ihm: ‚Hoher Herr, ich bin nicht wert, die Magd eines Dieners des Königs zu heißen; wie kann mir da das hohe Glück von dir zuteil werden, daß ich bei dir in solchem Ansehen stehe?' Doch nun streckte der König seine Hand nach ihr aus; sie aber sprach: ‚Das wird uns nicht entgehen. Gedulde dich, o König, und bleib heute den ganzen Tag bei mir, auf daß ich dir ein Mahl bereiten kann!' Darauf setzte der König sich auf das Lager seines Wesirs, während sie eilends davonging und ihm ein Buch der Ermahnungen und guten Sitten holte, damit er darin lese, bis sie ihm das Mahl bereitet hätte. Der König nahm es hin und begann darin zu lesen. Und er fand in ihm die Ermahnungen und die Gebote, die ihn vom Ehebruch abschreckten und sein Begehren davon zurückhielten, die Sünde auf sich zu laden. Als sie dann das Mahl für ihn bereitet hatte, setzte sie es ihm vor; der Gerichte waren aber neunzig an der Zahl. Der König begann zu essen und nahm von jedem Gerichte einen Löffel voll. Nun waren zwar die Speisen alle von verschiedener Art; aber ihr Geschmack blieb sich immer gleich. Das verwunderte den König gar sehr, und so sprach er: ‚Weib, ich finde hier so viele verschiedene Gerichte, aber sie schmecken alle gleich.' ‚Allah gebe dem König viel Glück!' erwiderte sie, ‚dies ist ein Gleichnis, das ich für dich ersonnen habe, auf daß es dir eine Mahnung sei.' Der König fragte: ‚Was bedeutet es denn?' Und sie fuhr fort: ‚Allah verhelfe unserm

Herrn, dem König, stets zum Rechten! Siehe, in deinem Schlosse sind neunzig Odalisken, alle von verschiedener Art; aber ihr Geschmack ist der gleiche.' Wie der König diese Worte vernahm, schämte er sich vor ihr; und er stand alsbald auf und verließ das Haus, ohne ihr in Bösem genaht zu sein. Aber er war so betroffen, daß er seinen Siegelring bei ihr unter dem Kissen vergaß. Er begab sich in sein Schloß, und kaum hatte er sich dort gesetzt, da kam auch schon der Wesir zu seinem König zurück, küßte den Boden vor ihm und erstattete ihm Bericht über den Zustand der Provinz, in die er gesandt war. Darauf ging er von dannen und begab sich in sein Haus. Als er sich dort auf sein Lager niedergesetzt hatte und seine Hand unter das Kissen streckte, fand er darunter den Siegelring des Königs. Den hob er auf und versteckte ihn in seinem Busen; er enthielt sich aber seiner Frau ein volles Jahr lang und sprach nicht mit ihr, ohne daß sie den Grund seines Zornes wußte.' – –«

Da bemerkte Schehrezâd, daß der Morgen begann, und sie hielt in der verstatteten Rede an. Doch als die *Fünfhundertundneunundsiebenzigste Nacht* anbrach, fuhr sie also fort: »Es ist mir berichtet worden, o glücklicher König, daß der Wesir sich ein volles Jahr lang seiner Frau enthielt und nicht mit ihr sprach, ohne daß sie den Grund seines Zornes wußte. Als ihr aber all das, von dem sie nichts verstand, zu lange währte, schickte sie zu ihrem Vater und tat ihm kund, wie es ihr mit ihrem Gatten erging, und wie er sich ein ganzes Jahr lang von ihr ferngehalten habe. Ihr Vater sagte darauf: ‚Ich will wider ihn klagen, wenn er einmal bei dem König zugegen ist.' Wie er dann eines Tages zum König ging und den Wesir dort vor dem Herrscher und dem Kadi des Heeres stehen sah, erhob er Klage wider ihn, indem er sprach: ‚Allah der Erhabene verhelfe dem König stets zum Rechten! Wisse, ich besaß einen schönen Garten, den ich mit eigener Hand gepflanzt hatte; und ich gab mein Geld für ihn dahin, bis daß er Frucht trug und seine Frucht reif war zum Pflücken. Dann schenkte ich ihn diesem Wesir da; und er aß von seinen Früchten, was ihm gefiel, aber bald verließ er ihn und bewässerte ihn nicht mehr. Nun sind seine Blumen verwelkt, sein Glanz ist verblichen, und keiner kennt ihn mehr.' ,O König,' sagte darauf der Wesir, ,dieser Mann hat die Wahrheit gesprochen. Ja, ich hütete den Garten und aß von seiner Frucht. Als ich aber eines Tages zu ihm ging, entdeckte ich dort die Spur des Löwen; die ließ mich Gefahr für mein Leben befürchten, und deshalb mied ich den Garten hinfort.' Der König begriff, daß die Spur, die der Wesir gefunden hatte, sein eigener Siegelring war, den er in dem Hause vergessen hatte; und so sprach er zu seinem Minister: ,Kehre heim, Wesir, sei ruhig und unbesorgt! Der Löwe ist deinem Garten nicht zu nahe gekommen. Ich habe wohl gehört, daß er einmal dorthin gegangen ist; aber – bei der Ehre meiner Väter und Ahnen! – er hat ihm nichts zuleide getan.' ,Ich höre und gehorche!' erwiderte der Wesir und kehrte in sein Haus zurück; und er sandte nach seiner Gattin und lebte hinfort in Frieden mit ihr, da er an ihre Keuschheit glaubte.[1]

Ferner – so fuhr der erste Wesir fort – ist mir berichtet worden, o König,

DIE GESCHICHTE VON DEM KAUFMANN UND DEM PAPAGEIEN

Es war einmal ein Kaufmann, der viel auf Reisen ging; der hatte eine schöne Frau, die er lieb hatte und um die er in eifersüchtiger Liebe besorgt war. Darum kaufte er für sie einen

[1]. In ganz ähnlicher Form ist diese Geschichte bereits in der 404. Nacht vorgekommen; vgl. Band III, Seite 539 bis 541.

Papagei, der ihm alles berichten sollte, was in seiner Abwesenheit vorging. Als dieser Kaufmann nun einmal wieder auf einer seiner Reisen war, hängte sich seine Frau an einen Jüngling, der zu ihr zu kommen pflegte; und sie bewirtete ihn und schlief mit ihm, solange ihr Gatte in der Ferne weilte. Als dieser aber von seiner Reise zurückgekehrt war, erzählte ihm der Papagei alles, was geschehen war, indem er sprach: ‚Mein Gebieter, ein türkischer Jüngling pflegte zu deiner Gattin zu kommen, während du fern warst, und sie erwies ihm alle Ehren.' Da beschloß der Mann, seine Frau zu töten. Doch als sie davon Kunde erhielt, sprach sie zu ihm: ‚Mann, fürchte Allah und nimm doch wieder Vernunft an! Hat denn ein Vogel Verstand oder Vernunft? Wenn du willst, daß ich dir klar zeige, ob das Tier lügt oder die Wahrheit redet, so geh heute abend fort und schlaf bei einem deiner Freunde. Dann komm am Morgen heim und frage den Vogel, damit du erkennest, ob er in seinen Reden die Wahrheit spricht oder lügt!' Da machte der Mann sich auf und begab sich zu einem seiner Freunde und blieb die Nacht über bei ihm. Als es aber dunkel geworden war, holte die Frau des Kaufmanns ein Stück Leder und deckte es über den Käfig des Papageien; dann sprengte sie Wasser auf die Lederdecke, fächelte mit einem Fächer darüber, fuhr mit der Lampe hin und her, um das Leuchten des Blitzes nachzuahmen, und begann die Handmühle zu drehen, bis es Morgen ward. Als ihr Gatte heimkehrte, sprach sie zu ihm: ‚Mein Gebieter, frage den Papagei!' Da wandte der Mann sich an den Papagei und sprach mit ihm und fragte ihn nach der vergangenen Nacht. Da sagte der Vogel: ‚Mein Gebieter, wer konnte denn in der vergangenen Nacht etwas sehen oder hören?' ‚Wieso?' fragte der Mann; und der Vogel erwiderte: ‚Mein Gebieter, es hat doch so stark geregnet und geweht und gedonnert und geblitzt!'

Da fuhr der Kaufmann ihn an: ‚Du lügst, in der vergangenen Nacht ist nichts dergleichen geschehen!' Der Vogel gab ihm jedoch zur Antwort: ‚Ich habe dir nur berichtet, was ich mit meinen Augen gesehen und mit meinen Ohren gehört habe.' Nun glaubte der Kaufmann, der Papagei habe alles erlogen, was er ihm über seine Frau gesagt hatte; und er wollte sich mit ihr wieder aussöhnen. Aber sie rief: ‚Bei Allah, ich werde mich nicht eher wieder versöhnen, als bis du diesen Papagei getötet hast, der so von mir gelogen hat!' Da schnitt der Mann dem Vogel die Kehle durch. Danach blieb er wieder einige Tage bei seiner Frau. Aber eines Tages sah er den jungen Türken aus seinem Hause kommen; und nun wußte er, daß der Papagei die Wahrheit gesprochen, seine Frau aber gelogen hatte. Und er bereute, daß er den Vogel getötet hatte; in derselbigen Stunde aber eilte er zu seiner Frau und tötete sie. Und er schwor sich einen Eid, nie wieder eine Frau zum Weibe zu nehmen, solange er lebe.

Dies erzähle ich dir, o König – so schloß der erste Wesir –, nur deshalb, damit du erkennest, wie groß die List der Weiber ist und wie übergroße Eile die Reue nach sich zieht.'

Da widerrief der König den Befehl, seinen Sohn zu töten. Aber am nächsten Tage kam die Odaliske zu ihm, küßte den Boden und hub an: ‚O König, warum verhilfst du mir nicht zu meinem Rechte? Die Könige haben schon gehört, daß du einen Befehl gegeben hast, und daß darauf dein Wesir ihn aufgehoben hat. Der Gehorsam gegen den König besteht darin, daß sein Befehl ausgeführt wird. Jedermann kennt deinen Sinn für Recht und Gerechtigkeit; so verschaffe mir Recht wider deinen Sohn! Auch mir ist manches berichtet worden; dazu gehört

DIE GESCHICHTE VON DEM WALKER
UND SEINEM SOHNE

Ein Walkersmann pflegte jeden Tag zum Ufer des Tigris zu gehen und dort das Zeug zu walken. Dann ging sein Sohn mit ihm und sprang in den Strom, um so lange darin zu schwimmen, wie der Vater dort verweilte; und der Vater verwehrte es ihm nicht. Eines Tages aber, als er wieder schwamm, ermatteten seine Arme, und er sank unter. Sobald der Vater das sah, sprang er ihm nach und warf sich auf ihn. Doch wie der Vater ihn gefaßt hatte, klammerte der Sohn sich so fest, daß beide, Vater und Sohn, ertranken. – So steht es mit dir, o König. Wenn du deinem Sohne nicht wehrst und mir nicht Recht verschaffest wider ihn, so fürchte ich, daß ihr alle beide untergehen werdet.' – –«

Da bemerkte Schehrezâd, daß der Morgen begann, und sie hielt in der verstatteten Rede an. Doch als die *Fünfhundertundachtzigste Nacht* anbrach, fuhr sie also fort: »Es ist mir berichtet worden, o glücklicher König, daß die Odaliske, als sie jenem König die Geschichte von dem Walker und seinem Sohne erzählt hatte, mit diesen Worten schloß: ‚So fürchte ich, daß ihr beide untergehen werdet, du und dein Sohn. Und ferner – so fuhr sie fort – ist mir über die Tücke der Männer noch berichtet worden

DIE GESCHICHTE VON DEM SCHURKEN
UND DER KEUSCHEN FRAU

Ein Mann liebte einst eine Frau, die von großer Schönheit und Anmut war; und sie hatte einen Gatten, der sie liebte und an dem sie in treuer Liebe hing. Jene Frau war tugendhaft und keusch; und deshalb fand der Liebhaber keinen Zutritt zu ihr.

Als ihm nun die Geduld ausging, ersann er eine List. Der Gatte jener Frau hatte nämlich einen Jüngling, den er in seinem Hause aufgezogen hatte und dem er sein ganzes Vertrauen schenkte. An den wandte sich der Liebhaber und wußte sich durch immer neue Gaben und Geschenke so bei ihm einzuschmeicheln, daß der Jüngling ihm in allem willfahrte, was er von ihm verlangte. Eines Tages nun sprach er zu ihm: ‚Du da, willst du mich nicht einmal in euer Haus führen, wenn deine Herrin ausgegangen ist?' ‚Gern', erwiderte der Jüngling; und als seine Herrin ins Bad und sein Herr in den Laden gegangen war, begab er sich zu seinem Freunde und nahm ihn bei der Hand und führte ihn in das Haus hinein. Dort zeigte er ihm alles, was in dem Hause war. Der Liebhaber jedoch war entschlossen, der Frau einen listigen Streich zu spielen; darum hatte er das Weiße eines Eis in einem Gefäße mitgenommen, und nun trat er an das Lager des Mannes heran und goß es dort auf das Bett, ohne daß der Jüngling es sah. Dann verließ er das Haus und ging seiner Wege. Nach einer Weile kam der Mann heim und ging zu seinem Lager, um dort auszuruhen. Aber er fand auf ihm etwas Feuchtes, und als er es in seine Hand nahm und anschaute, dachte er in seinem Sinne, es sei Mannessame. Da blickte er mit einem Auge des Zornes auf den Jüngling und fragte ihn: ‚Wo ist deine Herrin?' Jener antwortete: ‚Sie ist ins Bad gegangen und wird gleich wiederkommen.' Nun ward der Kaufmann in seinem Verdachte bestärkt, und er glaubte sicher, daß es Mannessame sei. Und er befahl dem Jüngling: ‚Geh auf der Stelle hin und hole deine Herrin!' Als darauf die Frau vor ihren Gatten trat, erhob er sich wider sie und schlug sie heftig. Dann band er ihr die Arme auf den Rücken und wollte ihr die Kehle durchschneiden. Aber sie schrie nach ihren Nachbarn, und als die herbeieilten, sprach sie zu ihnen: ‚Dieser

Mann will mich töten; aber ich bin mir keiner Schuld bewußt!'
Da drangen die Nachbarn auf ihn ein und sprachen zu ihm: ‚Du hast dazu kein Recht! Entweder kannst du dich von ihr scheiden, oder du mußt sie im guten behalten; denn wir kennen ihre Keuschheit. Seit langem ist sie unsere Nachbarin, und wir haben noch nie etwas Schlechtes von ihr erfahren.' Er aber rief: ‚Ich habe auf meinem Bette etwas wie Mannessamen gesehen; und ich weiß nicht, woher das kommt.' Da hub einer von den Umstehenden an und sprach: ‚Laß mich es sehen!' Als er es gesehen hatte, fuhr er fort: ‚Bring mir Feuer und eine Pfanne!' Und wie er beides erhalten hatte, nahm er das Eiweiß, briet es über dem Feuer, aß dann davon und gab allen, die zugegen waren, davon zu kosten; und alle überzeugten sich davon, daß es Eiweiß war. Da erkannte der Kaufmann, daß er seiner Frau unrecht getan hatte und daß sie frei von aller Schuld war. Die Nachbarn aber traten zu ihm und stifteten Frieden zwischen ihm und seiner Frau, nachdem er bereits die Scheidungsformel ausgesprochen hatte. So wurde die List jenes Schurken und der tückische Plan, den er wider sie ersonnen hatte, ohne daß sie es ahnte, zuschanden. – So wisse denn, o König, solches ist die Tücke der Männer!'

Da befahl der König, seinen Sohn hinzurichten. Aber nun trat der zweite Wesir vor, küßte den Boden vor ihm und sprach zu ihm: ‚O König, übereile dich nicht, deinen Sohn zu Tode zu bringen! Er ward seiner Mutter geschenkt, nachdem schon alle Hoffnung aufgegeben war; und wir hoffen, daß er dereinst ein Kleinod in deinem Reiche und ein Hüter deines Gutes wird. Hab Geduld mit ihm, o König. Vielleicht hat er etwas zu sagen, was seine Unschuld beweist. Wenn du ihn übereilt hinrichten lässest, so wirst du bereuen, wie der Kaufmann bereute.' Der König fragte: ‚Wie war denn das? Was ist das für eine Geschichte, Wesir?' Und nun hub der zweite Wesir an: ‚Mir ward berichtet, o König,

DIE GESCHICHTE VON DEM GEIZIGEN UND DEN BEIDEN BROTEN

Es war einmal ein Kaufmann, der in seinem Essen und Trinken sehr geizig war. Der reiste eines Tages in eine fremde Stadt; und als er dort auf den Marktstraßen umherging, traf er eine alte Frau, die zwei Brotlaibe trug. Er fragte sie, ob sie das Brot verkaufen wolle, und sie antwortete: ‚Jawohl!' Da feilschte er mit ihr um den niedrigsten Preis und kaufte ihr die beiden Laibe ab; dann ging er mit ihnen in seine Wohnung und aß sie am selben Tage auf. Als es aber Morgen ward, kehrte er an dieselbige Stätte zurück und fand auch die Alte mit den beiden Broten; er kaufte sie ihr wiederum ab, und ebenso tat er an jedem folgenden Tage, eine Zeit von zwanzig Tagen hindurch. Da entschwand die Alte seinen Augen; er fragte nach ihr, doch er konnte keine Kunde von ihr erhalten. Eines Tages aber, während er durch eine der Hauptstraßen der Stadt ging, traf er sie plötzlich. Er blieb stehen, begrüßte sie und fragte sie, warum sie fortgeblieben sei und ihm die beiden Brote entzogen habe. Als die Alte seine Worte vernommen hatte, gab sie ihm zuerst ausweichende Antworten; als er sie aber beschwor, ihm zu sagen, was es mit ihr auf sich habe, sprach sie zu ihm: ‚Mein Herr, so hör denn meine Antwort! Mit mir steht es also: Ich diente einem Manne, der fressende Schwären auf seinem Rücken hatte; und ein Arzt, der bei ihm war, pflegte Mehl zu nehmen und es mit zerlassener Butter zusammenzukneten; dann legte er den Teig auf die wunde Stelle und ließ ihn die ganze Nacht hindurch dort liegen, bis es Morgen ward. Jenes Mehl pflegte ich zu nehmen und je zwei Laibe Brot daraus zu backen; die verkaufte ich dir und anderen Leuten. Jetzt ist der Mann gestorben, und ich habe keine zwei Brote mehr.' Als der Kaufmann das hören mußte, rief er: ‚Wahrlich, wir sind Gottes Geschöpfe, und zu Ihm kehren wir zurück. Es gibt keine Macht und es gibt keine Majestät außer bei Allah, dem Erhabenen und Allmächtigen!' – –«

Da bemerkte Schehrezâd, daß der Morgen begann, und sie hielt in der verstatteten Rede an. Doch als die *Fünfhundertundeinundachtzigste Nacht* anbrach, fuhr sie also fort: »Es ist mir berichtet worden, o glücklicher König, daß der Kaufmann, nachdem die Alte ihm von der Herkunft der beiden Brote berichtet hatte, ausrief: ‚Es gibt keine Macht und es gibt keine Majestät außer bei Allah, dem Erhabenen und Allmächtigen!' Dann begann er, sich unaufhörlich zu erbrechen, bis er krank ward; und er bereute, als ihm die Reue nichts mehr half. – Und ferner, o König – so fuhr der zweite Wesir fort –, ist mir über die Tücke der Weiber berichtet worden

DIE GESCHICHTE VON DER FRAU
UND IHREN BEIDEN LIEBHABERN

Es war einmal ein Mann, der mit dem Schwerte in der Hand zu Häupten eines der Könige zu stehen hatte. Jener Mann liebte eine Frau, und er sandte eines Tages, wie gewöhnlich, seinen Diener zu ihr mit einer Botschaft. Der Diener aber setzte sich zu ihr und begann mir ihr zu kosen; und sie gab ihm nach und drückte ihn an ihre Brust. Da bat er sie um ihre Gunst, und sie gewährte sie ihm. Doch während die beiden sich so ergingen, pochte plötzlich der Herr des Burschen an die Tür. Da nahm sie den Jüngling und schob ihn in eine Falltür hinein. Dann öffnete sie ruhig die Tür, und der Mann trat ein, mit dem

Schwert in der Hand. Er setzte sich auf das Lager der Frau; und sie kam zu ihm, koste und scherzte mit ihm, drückte ihn an ihre Brust und küßte ihn. Und er nahm sie und buhlte mit ihr. Doch nun klopfte es wieder an ihre Tür; das war ihr Gatte. Der Liebhaber fragte sie: ‚Wer ist das?' Und sie gab ihm zur Antwort: ‚Mein Gatte!' ‚Was soll ich tun? Wie kann ich mich aus solcher Not erretten?' flüsterte er; und sie erwiderte ihm: ‚Steh auf, ziehe dein Schwert, tritt auf den Hausflur und schilt und schmähe mich. Wenn mein Gatte dann zu dir hereinkommt, so mache dich auf und geh deiner Wege!' Er tat, was sie sagte. Als nun ihr Gatte eintrat, sah er des Königs Schatzmeister dort stehen, wie er das gezückte Schwert in der Hand hielt und die Frau schmähte und bedrohte. Doch wie der Schatzmeister ihn erblickte, ließ er von seinem Tun ab, stieß das Schwert in die Scheide und ging zum Hause hinaus. Da sprach der Mann zu seiner Frau: ‚Was bedeutet das?' Und sie antwortete ihm: ‚Mann, wie gesegnet ist dieser Augenblick, in dem du gekommen bist! Du hast eine gläubige Seele vor dem Tode bewahrt! Das ist so gekommen: Ich saß auf dem Dache und spann; da kam plötzlich ein Jüngling ins Haus gerannt, ganz verstört und keuchend vor Todesangst, und ihm folgte dieser Mann da mit dem gezückten Schwerte in großer Eile und eifrig bemüht, ihn zu fassen. Der Jüngling stürzte auf mich zu, küßte meine Hände und Füße und rief: ‚Herrin, befreie mich vor dem Manne, der mich zu Unrecht ermorden will!' Da verbarg ich ihn in unserem Keller hinter der Falltür. Und wie ich dann diesen Mann mit dem gezückten Schwerte hereinkommen sah, verleugnete ich den Jüngling, den er von mir verlangte. Da begann er mich zu schmähen und zu bedrohen, wie du ja selbst gehört hast. Preis sei Allah, der dich mir gesandt hat! Denn ich war in großer Not, und keiner war da, der mich hätte retten können.' ‚Du hast gut gehandelt, Frau,' erwiderte ihr Gatte, ‚dein Lohn steht bei Allah; Er wird dir dein Tun mit Gutem vergelten.' Dann trat er zu der Falltür und rief den Jüngling mit den Worten: ‚Komm heraus! Dir widerfährt kein Leid!' Nun kam der Diener zitternd vor Angst aus der Falltür hervor, während der Mann sagte: ‚Beruhige dich doch! Dir geschieht kein Leid!' und ihm sein Mitleid aussprach über das, was ihm widerfahren sei. Der Diener aber flehte Segen herab auf das Haupt jenes Mannes. So gingen denn alle beide fort, ohne zu ahnen, was dies Weib da ersonnen hatte.

Wisse, o König – so schloß der zweite Wesir –, dies ist nur eine von all den Listen der Frauen; drum hüte dich, auf ihr Wort zu vertrauen!'

Da widerrief der König den Befehl, seinen Sohn zu töten. Aber am dritten Tage kam die Odaliske wieder zu dem König, küßte den Boden vor ihm und sprach zu ihm: ‚O König, verschaffe mir mein Recht wider deinen Sohn und höre nicht auf das Gerede deiner Wesire! Denn von schlechten Ministern kommt nichts Gutes. Sei nicht wie jener König, der sich auf die Worte eines bösen Ratgebers unter seinen Wesiren verließ!' ‚Wie war denn das?' fragte der König; und sie erzählte nun

DIE GESCHICHTE VON DEM PRINZEN UND DER GHÛLA[1]

Es ist mir berichtet worden, o König des glücklichen Geschickes und des rechtgeleiteten Blickes, daß ein König einst einen Sohn hatte, den er liebte und durch die höchste Gunst

---

1. Dieselbe Geschichte in etwas anderer Fassung kommt in Band I, Seite 65 bis 67 vor.

auszeichnete und den er vor all seinen anderen Söhnen bevorzugte. Eines Tages sprach dieser Sohn zu ihm: ‚Lieber Vater, ich möchte zu Jagd und Hatz hinausziehen.' Da befahl der König, ihn auszurüsten, und gebot einem seiner Wesire, er solle mit dem Prinzen ausziehen, um ihn zu bedienen und für alles, was er auf der Reise nötig habe, zu sorgen. Jener Wesir nahm alles, was der Prinz auf seiner Fahrt benötigte, und dann brachen die beiden auf, begleitet von Eunuchen, Hauptleuten und Dienern, und ritten auf der Jagd dahin, bis sie zu einem grünen, grasreichen Gelände kamen, wo es Weiden und Wasser und viel Wild gab. Da wandte sich der Prinz an den Wesir und ließ ihn wissen, daß dieser schöne Ort ihm gefalle. Sie blieben also eine Reihe von Tagen dort, und der Prinz lebte herrlich und in Freuden. Dann gab er den Befehl zum Aufbruch; aber da sprang plötzlich eine Gazelle vor ihm auf, die sich von ihrem Rudel getrennt hatte. Dem Prinzen verlangte danach, sie zu jagen und zu erbeuten; deshalb sprach er zu dem Wesir: ‚Ich will dieser Gazelle folgen.' ‚Tu, was dir gut scheint!' erwiderte der Minister, und alsbald folgte der Prinz dem Wilde, ganz allein. Er ritt den lieben langen Tag über auf der Fährte dahin, bis der Abend hereinbrach; da lief die Gazelle in ein felsiges Gelände hinauf. Nun ward es dunkle Nacht um den Prinzen ringsumher, und er wollte zurückkehren, aber er wußte nicht, wohin er sich wenden sollte. So ritt er denn ratlos und ziellos immer weiter auf dem Rücken seines Rosses dahin, bis es Morgen ward; auch da fand er noch keinen Trost für seine Seele. Voller Angst, hungernd und dürstend, zog er weiter, ohne Aufenthalt, ohne zu wissen, wohin er ritt, bis der halbe Tag vorübergegangen war und die Glut der Sonne auf ihm brannte. Da plötzlich erblickte er eine Stadt mit ragenden Bauten, deren Säulen hoch gen Himmel schauten; aber sie war wüste und leer, nur Eulen und Raben flogen in ihr umher. Bei dieser Stadt hielt er an und betrachtete voll Staunen ihre Pracht; und mit einem Male fiel sein Blick auf eine schöne und liebliche Maid, die an einer der Stadtmauern saß und weinte. Er nahte ihr und fragte sie: ‚Wer bist du?' Sie gab ihm zur Antwort: ‚Ich heiße Bint et-Tamîma, die Tochter von et-Taijâch, dem König des Grauen Landes. Ich ging eines Tages hinaus, um einem Rufe der Natur zu folgen; da packte mich ein Dämon aus der Geisterwelt und flog mit mir zwischen Himmel und Erde dahin. Aber ein feuriger Stern fiel auf ihn herab, und er verbrannte, während ich hier auf die Erde fiel. Seit drei Tagen sitze ich hier in Hunger und Durst; doch seit ich dich gesehen, verlangt mich wieder nach dem Leben.' – –«

Da bemerkte Schehrezâd, daß der Morgen begann, und sie hielt in der verstatteten Rede an. Doch als die *Fünfhundertundzweiundachtzigste Nacht* anbrach, fuhr sie also fort: »Es ist mir berichtet worden, o glücklicher König, daß der Prinz, als die Tochter des Königs et-Taijâch ihn anredete und sagte: ‚Seit ich dich gesehen, verlangt mich wieder nach dem Leben', von Mitleid mit ihr ergriffen wurde. So ließ er sie denn hinter sich auf seinem Rosse sitzen und sprach zu ihr: ‚Hab Zuversicht und quäl dich nicht! Wenn Allah, der Hochgepriesene und Erhabene, mich in meine Heimat und zu den Meinen heimkehren läßt, so will ich dich zu den Deinen senden.' Und er ritt weiter, indem er um Rettung betete. Doch bald darauf sprach sie: ‚O Königssohn, laß mich absteigen, damit ich mein Bedürfnis verrichte unter jener Mauer!' Er hielt an und ließ sie absteigen; und er wartete auf sie, während sie hinter der Mauer verborgen war. Aber als sie wieder hervorkam, sah sie wie das größte Scheusal aus. Sobald der Prinz sie erblickte, war er starr vor Entsetzen und wie von Sinnen; ihn grauste vor ihr, und er ward totenbleich. Jenes Wesen aber sprang auf und setzte sich hinter ihm auf das Roß, und da saß sie, eine Gestalt, so schauerlich, wie man sie nur denken kann. Und nun hub sie an: ‚O Königssohn, warum sehe ich dein Gesicht so bleich?' ‚Ich muß an etwas denken, das mir Sorge macht.' ‚So suche Hilfe dagegen bei deines Vaters Truppen und Helden!' ‚Was mir Sorge macht, das können die Truppen nicht verscheuchen; das kümmert sich nicht um die Helden.' ‚So suche Hilfe dagegen durch deines Vaters Geld und Schätze!' ‚Was mir Sorge macht, das gibt sich nicht mit Geld und Schätzen zufrieden.' ‚Ihr sagt doch, daß ihr im Himmel einen Gott habt, der da siehet und nicht gesehen wird und der Macht über alle Dinge hat!' ‚Ja, wir haben keinen als Ihn.' ‚So rufe Ihn an, auf daß Er dich von mir befreie!' Da hob der Prinz seinen Blick gen Himmel empor und betete mit andächtigem Herzen, indem er sprach: ‚O Gott, siehe, ich nehme meine Zuflucht zu dir wider das, was meine Sorge macht', und dabei wies er mit der Hand auf die Gestalt. Die sank sofort zu Boden, verbrannt wie eine Kohle. Er aber dankte und pries Allah und ritt ohne Aufenthalt eiligst dahin. Und Allah, der Hochgepriesene und Erhabene, machte ihm den Weg leicht und führte ihn auf der rechten Straße, bis daß er sein Land erreichte und wieder im Reiche seines Vaters eintraf, nachdem er schon am Leben verzweifelt hatte. All das war durch die Absicht des Wesirs, der ihn begleitet hatte, geschehen; denn der wollte ihn unterwegs umkommen lassen. Aber Allah der Erhabene rettete ihn.

Dies habe ich dir, o König - so sprach die Odaliske -, nur deshalb erzählt, damit du weißt, daß die bösen Wesire ihren Königen gegenüber keine lauteren Absichten hegen und keine edle Gesinnung zu haben pflegen. Drum sei davor auf deiner Hut!'

Da lieh der König ihrer Rede wiederum sein Ohr, und er befahl, seinen Sohn hinzurichten. Doch nun trat der dritte Wesir hervor und sprach zu den anderen: ‚Heute will ich des Königs Zorn von euch abwenden.' Er trat also vor den König hin, küßte den Boden vor ihm und sprach zu ihm: ‚O König, ich bin dein guter Berater, und ich bin aufrichtig besorgt um dich und um dein Reich. Ich gebe dir den besten Rat, und der lautet: Übereile dich nicht mit der Hinrichtung deines Sohnes, der dein Augentrost und die Frucht deines Herzens ist! Vielleicht ist seine Schuld nur ein geringes Vergehen, das diese Odaliske vor deinen Augen zu groß dargestellt hat. Mir ist berichtet worden, daß einmal die Bewohner zweier Dörfer um eines Honigtropfens willen sich gegenseitig vernichtet haben.' ‚Wie war denn das?' fragte der König; und der Wesir begann: ‚Vernimm, o König, mir ist berichtet worden

DIE GESCHICHTE
VON DEM HONIGTROPFEN

Ein Jägersmann pflegte in der Steppe die wilden Tiere zu jagen, und da kam er eines Tages zu einer Höhle im Gebirge und fand in ihr ein Loch voll Bienenhonig. Er schöpfte etwas von jenem Honig in einen Schlauch, den er bei sich trug, legte ihn über die Schulter und trug ihn in die Stadt; ihm folgte sein Jagdhund, ein Tier, das ihm lieb und wert war. Beim Laden eines Ölhändlers blieb der Jäger stehen und bot ihm den Honig zum Kaufe an; da kaufte ihn der Mann im Laden. Dann öffnete er den Schlauch und ließ den Honig auslaufen, um ihn zu besehen. Dabei fiel ein Honigtropfen aus dem Schlauche auf die Erde. Nun sammelten sich die Fliegen um ihn, und auf die schoß ein Vogel herab. Der Ölhändler aber hatte eine Katze, und die sprang auf den Vogel los; als der Jagdhund die Katze sah, stürzte er sich auf sie und biß sie tot. Da sprang der Ölhändler auf den Jagdhund los und schlug ihn tot; und zuletzt erhob sich der Jäger wider den Ölhändler und erschlug ihn. Nun gehörte der Ölhändler in das eine Dorf, der Jäger aber in ein anderes. Und als die Bewohner der beiden Dörfer die Kunde vernahmen, griffen sie zu Wehr und Waffen und erhoben sich im Zorne wider einander. Die beiden Schlachtreihen prallten zusammen, und das Schwert wütete lange unter ihnen, bis daß viel Volks gefallen war, so viele, daß nur Allah der Erhabene ihre Zahl kennt.

Mir ist aber, o König – so fuhr der dritte Wesir fort –, unter mancherlei anderem über die List der Weiber noch berichtet worden

DIE GESCHICHTE VON DER FRAU, DIE IHREN MANN STAUB SIEBEN LIESS

Einst gab ein Mann seiner Frau einen Dirhem, für den sie Reis kaufen sollte; sie nahm das Geld hin und ging zum Reisverkäufer. Der gab ihr den Reis, aber dann fing er an mit ihr zu scherzen und zu äugeln; dabei sagte er zu ihr: ‚Reis schmeckt nur mit Zucker gut. Wenn du auch den haben willst, so komm ein Weilchen zu mir herein!' Da ging die Frau zu ihm in den Laden hinein, und der Reishändler sagte zu seinem Diener: ‚Wäge ihr für einen Dirhem Zucker ab.' Zugleich aber gab er ihm ein Zeichen, und darauf nahm der Diener aus dem Taschentuche, das die Frau ihm reichte, den Reis heraus und tat Staub an seine Stelle, und statt des Zuckers legte er Steine hinein. Dann knüpfte er das Tuch wieder zu und legte es neben sie hin. Als die Frau fortging, nahm sie ihr Tuch und machte sich auf den Heimweg in dem Glauben, der Inhalt des Tuches sei Reis und Zucker. Und wie sie zu Hause ankam, legte sie das Tuch vor ihren Gatten hin; der fand darin Staub und Steine. Als sie dann den Kessel brachte, fragte er sie: ,Hab ich dir etwa gesagt, ich wollte bauen, daß du mir Erde und Steine bringst?' Kaum sah sie das, so wußte sie, daß der Diener des Händlers ihr einen Streich gespielt hatte. Und wie er so mit dem Kessel in der Hand dastand, sagte sie zu ihrem Gatten: ,Mann, in meiner Aufregung über das, was mir widerfahren ist, habe ich statt des Siebes, das ich bringen wollte, den Kessel geholt.' ,Was hat dich denn aufgeregt?' fragte er darauf; und sie gab ihm zur Antwort: ,Mann, der Dirhem, den ich bei mir hatte, fiel mir auf dem Markte aus der Hand. Nun schämte ich mich, vor all den Leuten nach dem Geldstück zu suchen, aber es war mir doch nicht leicht, den Dirhem zu verlieren; da hob ich rasch den Staub auf an der Stelle, auf die der Dirhem gefallen war, und ich wollte ihn durchsieben. Deshalb ging ich fort, um das Sieb zu holen; doch ich brachte den Kessel.' Dann ging sie und brachte wirklich das Sieb und gab es ihrem Manne mit den Worten: ,Siebe du; deine Augen sind besser als meine!' Da setzte der Mann sich hin und siebte den Staub, bis sein Gesicht und sein Bart ganz vom Staube bedeckt waren; aber von der List seiner Frau und von dem, was sich mit ihr zugetragen hatte, erfuhr er nichts.

Dies, o König – so schloß der dritte Wesir –, ist ein Beispiel von der Tücke der Weiber. Bedenke das Wort Allahs des Erhabenen: Fürwahr, eure Weiberlist ist groß!'[1] und vergleiche damit das Wort des Hochgepriesenen und Erhabenen: Fürwahr, die List des Satans ist schwach!'[2]

Als der König die Worte des Wesirs vernommen hatte, Worte, die ihn überzeugten und ihm gefielen und ihn von sei-

1. Koran, Sure 12, Vers 28. – 2. Sure 4, Vers 78.

ner Leidenschaft heilten, und wie er dann die Worte aus dem Buche Allahs, an die jener ihn erinnert hatte, überdachte, da gingen die Lichter des guten Rates auf am Himmel seines Verstandes und seiner Gedanken; so wandte er sich denn ab von dem Entschlusse, seinen Sohn töten zu lassen. Am vierten Tage aber trat wiederum die Odaliske vor ihn hin, küßte den Boden vor ihm und sprach: ‚O König des glücklichen Geschickes und des rechtgeleiteten Blickes, ich habe dir mein Recht mit klaren Beweisen kundgetan; du aber hast unrecht an mir gehandelt und hast es unterlassen, meinen Widersacher zu bestrafen, weil er dein Sohn und dein Herzblut ist. Doch Allah, der Hochgepriesene und Erhabene, wird mir wider ihn helfen, wie Er dem Sohn des Königs wider den Wesir seines Vaters geholfen hat.' ‚Wie war denn das?' fragte der König; und die Odaliske begann: ‚Mir ist berichtet worden, o König,

DIE GESCHICHTE
VON DER VERZAUBERTEN QUELLE

Einst hatte einer von den Königen der alten Zeit nur einen einzigen Sohn; kein anderes Kind war ihm beschieden. Und als jener Prinz herangewachsen war, wählte sein Vater als Gemahlin für ihn die Tochter eines anderen Königs. Die war eine schöne und liebliche Maid; und sie hatte auch einen Vetter, der um sie bei ihrem Vater gefreit hatte; sie aber hatte sich nicht mit ihm vermählen wollen. Als dieser Vetter nun erfuhr, daß sie einem anderen vermählt werden sollte, packte ihn die Eifersucht, und er beschloß, den Wesir des Königs, dessen Sohn der Gemahl der Prinzessin werden sollte, durch Geschenke zu bestechen. So sandte er ihm denn große Geschenke und überwies ihm viel Geld; und er bat ihn, er möge entweder durch eine List, die ihn verderben sollte, den Tod des Prinzen veranlassen, oder ihn überreden, daß er von der Vermählung mit der Prinzessin ablasse. Und er fügte hinzu: ‚O Wesir, die Eifersucht um meine Base ist es, die mich hierzu getrieben hat.‘ Als die Geschenke bei dem Wesir eintrafen, nahm er sie an und ließ durch einen Boten antworten: ‚Hab Zuversicht und quäl dich nicht! Ich will alles tun, was du wünschest.‘ Bald darauf ließ der Vater der Prinzessin den Sohn des Königs in seine Hauptstadt entbieten, auf daß er zu seiner Tochter eingehen könne. Und wie diese Botschaft bei dem Prinzen eintraf, gab sein Vater ihm Urlaub zur Reise und schickte jenen Wesir, der die Geschenke angenommen, als seinen Begleiter mit ihm. Ferner entsandte er mit den beiden tausend Reiter, dazu Geschenke, Sänften, Baldachine und Zelte. Nun brach der Wesir mit dem Prinzen auf, das Herz voller Ränke, und sann in seinem Innern auf Böses wider ihn. Als sie dann in die Wüste kamen, dachte der Wesir daran, daß sich dort im Gebirge eine Quelle fließenden Wassers befand, ez-Zahra geheißen, und daß jeder Mann, der aus ihr trank, zum Weibe wurde. Wie er sich also daran erinnerte, ließ er das Heer in der Nähe der Quelle lagern. Dann bestieg er wieder sein Roß und sprach zu dem Prinzen: ‚Willst du mit mir kommen und dir hier in der Nähe eine fließende Quelle ansehen?‘ Da saß auch der Prinz wieder auf und ritt mit dem Wesir seines Vaters dorthin; es war aber niemand anders bei ihnen, und der Sohn des Königs ahnte nicht, welches Unheil im Verborgenen auf ihn lauerte. Sie zogen nun beide dahin ohne Aufenthalt, bis sie bei jener Quelle ankamen. Dort stieg der Prinz von seinem Rosse ab, wusch sich die Hände und trank von ihrem Wasser. Im selben Augenblick ward er ein Weib. Als er dessen gewahr wurde, schrie er auf und weinte, bis er fast die Besinnung verlor. Da trat der Wesir an ihn heran und heuchelte Mitgefühl mit seinem Leid und fragte ihn: ‚Was ist dir widerfahren?' Der Prinz erzählte es ihm; und als der Wesir seine Worte vernommen hatte, heuchelte er von neuem Teilnahme und weinte über das Unglück des Prinzen. Dann sprach er zu ihm: ‚Allah der Erhabene sei deine Zuflucht in dieser Not! Wie konnte dir solches Leid widerfahren? Wie konnte solch großes Unheil über dich kommen? Wir ritten doch zu einer Freudenfeier für dich, auf daß du zu der Prinzessin eingehen solltest! Jetzt weiß ich nicht, ob wir uns zu ihr begeben sollen oder nicht. Doch du hast zu entscheiden. Was befiehlst du mir zu tun?' Der Jüngling erwiderte ihm: ‚Kehr du zu meinem Vater zurück und berichte ihm, was mir geschehen ist! Ich will mich nicht von dieser Stätte rühren, bis daß dies Unheil von mir weicht oder bis ich in meinem Gram sterbe.' Dann schrieb er einen Brief an seinen Vater, in dem er ihm berichtete, was geschehen war. Der Wesir nahm den Brief und kehrte in die Stadt des Königs zurück. Die Truppen ließ er jedoch bei dem Prinzen, keiner von den Mannen begleitete ihn; und er frohlockte in seinem Herzen über das, was er dem Sohne des Königs angetan hatte. Als er dann zum König kam, berichtete er ihm von dem Unglück seines Sohnes und übergab ihm den Brief. Der König ward von tiefer Trauer um seinen Sohn erfüllt und schickte alsbald zu den Weisen und den Meistern der geheimen Künste, daß sie ihm das Unheil, das über seinen Sohn gekommen war, erklären sollten; aber keiner vermochte ihm eine Antwort zu geben. Inzwischen schickte der Wesir an den Vetter der Prinzessin, um ihm die frohe Botschaft von dem Schicksal des Prinzen zu übermitteln; und als sein Schreiben diesen erreichte, freute er sich gewaltig und begehrte alsbald, sich mit der Tochter seines Oheims zu vermählen. Auch sandte er reiche

Geschenke und große Schätze an den Wesir und sprach ihm den herzlichsten Dank aus.

Der Prinz aber blieb bei jener Quelle drei Tage und drei Nächte lang, ohne zu essen und zu trinken, und vertraute in seiner Not nur auf Allah, den Hochgepriesenen und Erhabenen, der niemanden im Stiche läßt, wenn er auf Ihn baut. In der vierten Nacht aber erschien plötzlich ein Ritter mit einer Krone auf dem Haupte, der aussah, als ob er ein Königssohn wäre. Und er sprach zu dem Prinzen: ‚Wer hat dich hierhergebracht, Jüngling?' Da erzählte ihm der Prinz, was ihm widerfahren war, wie er auf der Reise zu seiner Verlobten gewesen sei, um Hochzeit mit ihr zu feiern, wie der Wesir ihn zu der Quelle geführt habe, wie er dann von ihrem Wasser getrunken habe und wie darauf jenes Unheil über ihn gekommen sei; doch während er redete, brachen ihm die Tränen hervor, und er mußte weinen. Als der Ritter seine Erzählung vernommen hatte, empfand er Mitleid mit dem Unglücklichen, und er sprach zu ihm: ‚Wisse, der Wesir deines Vaters ist es, der dich in diese Not gebracht hat; denn diese Quelle kennt von den Menschenkindern nur jener einzige Mann.' Dann hieß der Ritter ihn aufsitzen, und der Prinz bestieg sein Roß. Nun sagte der Ritter: ‚Komm mit mir zu meiner Stätte; du bist heute nacht mein Gast!' Aber der Prinz bat ihn: ‚Sage mir, wer du bist, ehe ich mit dir gehe!' Jener antwortete: ‚Ich bin der Sohn des Königs der Geister, wie du der Sohn eines Menschenkönigs bist. Hab Zuversicht und quäl dich nicht; deinem Harm und Gram ein Ende zu machen ist mir ein leichtes!' So brach denn der Prinz in der Morgenfrühe mit ihm auf, indem er seine Truppen und all seine Leute zurückließ. Ohne Aufenthalt ritten die beiden dahin bis Mitternacht; da fragte der Geisterprinz: ‚Weißt du, welchen Weg wir in dieser Zeit zurückgelegt haben?' ‚Nein, ich weiß es nicht', erwiderte der Jüngling; und jener fuhr fort: ‚Wir haben die gleiche Strecke zurückgelegt, die ein rüstiger Reisender in einem Jahre durchmißt.' Erschrocken fragte darauf der Prinz: ‚Wie soll ich es denn beginnen, um zu den Meinen zurückzukehren?' Der Geisterprinz gab ihm zur Antwort: ‚Das ist nicht deine Sache; dafür laß mich nur sorgen! Wenn du von deinem Leiden geheilt bist, so sollst du zu den Deinen schneller als im Augenblicke zurückkehren; auch das ist ein leichtes für mich.' Wie der Jüngling diese Worte aus dem Munde des Dämonen vernahm, war er vor Freude wie von Sinnen, und er glaubte fast, all das wären nur Irrgänge von Träumen; doch er rief: ‚Preis sei dem Allmächtigen, der den Elenden wieder glücklich machen kann!' Und er war hocherfreut.' – –«

Da bemerkte Schehrezâd, daß der Morgen begann, und sie hielt in der verstatteten Rede an. Doch als die *Fünfhundertunddreiundachtzigste Nacht* anbrach, fuhr sie also fort: »Es ist mir berichtet worden, o glücklicher König, daß der Geisterprinz zu dem Sohne des Menschenkönigs sagte: ‚Wenn du von deinem Leiden geheilt bist, so sollst du zu den Deinen schneller als im Augenblicke zurückkehren!' Des freute sich der Prinz, und sie ritten immer weiter, bis es Morgen ward. Da kamen sie zu einem Lande von blühender, glühender Pracht; dort ragten Bäume hoch empor, Vöglein sangen in jubelndem Chor; dort war von Gärten ein Blütenmeer, und Schlösser erhoben sich stolz und hehr. Der Geisterprinz stieg nun von seinem Rosse und hieß den Jüngling das gleiche tun. Dann nahm er ihn bei der Hand und führte ihn in eines jener Schlösser; in ihm erblickte der Prinz einen König hoch und hehr, einen Herrscher von großer Ehr, und er blieb bei ihm den Tag über, bei Speise und Trank, bis die Nacht hereinbrach. Da bestieg der Geisterprinz sein Roß, und der Sohn des Menschenkönigs saß mit ihm auf, und sie zogen unter dem Dunkel der Nacht dahin in eiligem Ritt, bis es Morgen ward. Da kamen sie in ein düsteres, ödes Gelände, voll schwarzer Felsen und Steine; das sah aus, als ob es ein Teil der Hölle wäre. Der Sohn des Menschenkönigs fragte: ‚Wie heißt dies Land?‘ Und sein Begleiter antwortete ihm: ‚Es heißt das Schwarze Land und gehört einem Geisterkönig des Namens Dhu el-Dschanahain, dem kein König zu widerstehen vermag; auch darf niemand ohne seine Erlaubnis dies Land betreten; drum warte hier, wo du bist, während ich ihn um die Erlaubnis bitte!‘ Der Jüngling wartete, und der Geisterprinz entschwand seinen Blicken. Nach einer Weile kehrte er zu ihm zurück, und dann ritten die beiden ohne Aufenthalt weiter, bis sie zu einer Quelle kamen, deren Wasser aus den schwarzen Bergen hervorsprudelte. Nun hieß der Geisterprinz den Jüngling absteigen; und der sprang von seinem Rosse herunter. Dann fuhr jener fort: ‚Trink von diesem Quell!‘ Als der Prinz das getan hatte, ward er im selben Augenblicke wieder zum Manne, wie er es früher gewesen war, durch die Macht Allahs des Erhabenen. Darüber freute sich der Prinz gar sehr, ja, seine Freude kannte keine Grenzen mehr. Dann fragte er: ‚Bruder, wie heißt diese Quelle?‘ Und jener antwortete: ‚Die Frauenquelle; denn jede Frau, die aus ihr trinkt, muß zum Manne werden. Nun preise Allah den Erhabenen und danke Ihm, daß du geheilt bist, und besteig wieder dein Roß!‘ Da warf der Prinz sich nieder im Dankgebet vor Allah dem Erhabenen. Dann saßen die beiden auf und ritten eiligst weiter, den ganzen Tag hindurch, bis sie zu dem Lande jenes Dämonen heimkamen; dort verbrachte der Jüngling die Nacht bei ihm in aller Lebensfreude. Und den ganzen nächsten Tag aßen und tranken sie, bis es wiederum Nacht ward. Da fragte der Geisterprinz seinen Gefährten: ‚Willst du noch in dieser Nacht zu den Deinen zurückkehren?' ‚Ja,' erwiderte jener, ‚das möchte ich; danach sehne ich mich.' Alsbald rief der Geisterprinz einen der Sklaven seines Vaters, Râdschiz geheißen, und sprach zu ihm: ‚Nimm diesen Jüngling fort von hier und trag ihn auf deiner Schulter, und laß den Morgen nicht über ihm dämmern, bevor er bei seinem Schwäher und seiner Gemahlin ist!' Der Sklave erwiderte: ‚Ich höre und gehorche; herzlich gern!' Dann entschwand er ihren Blicken und kehrte nach einer Weile in der Gestalt eines Dämons zurück. Als der Jüngling ihn sah, war er vor Schreck wie von Sinnen; aber der Geisterprinz sprach zu ihm: ‚Dir geschieht kein Leid! Besteige dein Roß und spring mit ihm auf die Schulter des Dämons!' ‚Nein,' rief der Jüngling, ‚ich will allein hinaufspringen und das Roß hier bei dir lassen.' Dann stieg er von seinem Pferde herunter und sprang auf die Schulter des Dämons. Der Geisterprinz sagte nun: ‚Schließe deine Augen!' Und als der Jüngling das getan hatte, flog der Geist mit ihm dahin zwischen Himmel und Erde, immer weiter, während der Prinz die Besinnung verlor. Kaum war das letzte Drittel der Nacht angebrochen, da befand er sich schon über dem Schlosse des Vaters der Prinzessin. Und als dann der Geist auf das Dach hinabgeflogen war, sprach er zu dem Prinzen: ‚Steig ab!' Der tat es; dann fuhr der Dämon fort: ‚Öffne deine Augen; dies ist das Schloß deines Schwähers und seiner Tochter!' Darauf verließ er ihn und flog davon. Als es aber heller Tag ward und der Jüngling sich von seinem Schrecken erholt hatte, stieg er von dem Dache ins Schloß hinunter. Kaum erblickte ihn sein Schwäher, so eilte er ihm entgegen, voll Staunen, daß er ihn vom Dache kommen sah. Und er sprach zu ihm: ‚Bisher haben wir die Menschen immer durch die Tore eintreten sehen, du aber kommst vom Himmel herunter!' ‚Was Allah, der Hochgepriesene und Erhabene, will, das geschieht', antwortete der Prinz. Noch immer staunte der König darüber; aber er freute sich auch über die glückliche Ankunft des Prinzen. Und als die Sonne hoch am Himmel stand, befahl er seinem Wesir, prächtige Hochzeitsmähler zu rüsten. Der Minister tat, wie ihm befohlen war, und das Hochzeitsfest ward gefeiert. Darauf ging der Prinz zu seiner Gemahlin ein; und nachdem er zwei Monate dort verweilt hatte, zog er mit ihr zu der Stadt seines Vaters. Der Vetter der Prinzessin aber starb vor Eifersucht und Neid, weil jener Prinz sich mit ihr vermählt hatte. So half Allah, der Hochgepriesene und Erhabene, dem Prinzen gegen seinen Widersacher und gegen den Wesir seines Vaters. Der Jüngling kam nun mit seiner Gemahlin zu seinem Vater, wohlbehalten und in vollkommener Freude; und sein Vater zog ihm mit seinen Truppen und seinen Wesiren entgegen.

Auch ich hoffe – so schloß die Odaliske – zu Allah dem Erhabenen, daß er dir gegen deine Wesire helfen wird, o König; und ich bitte dich, schaffe mir mein Recht wider deinen Sohn!' Als der König diese Worte aus ihrem Munde vernahm, gab er Befehl, seinen Sohn hinzurichten. – –«

Da bemerkte Schehrezâd, daß der Morgen begann, und sie hielt in der verstatteten Rede an. Doch als die *Fünfhundertundvierundachtzigste Nacht* anbrach, fuhr sie also fort: »Es ist mir berichtet worden, o glücklicher König, daß die Odaliske, nachdem sie dem König die Geschichte erzählt hatte, mit den Worten schloß: ‚Ich bitte dich, schaffe mir mein Recht wider deinen Sohn!' Da gab der König Befehl, seinen Sohn hinzurichten.

Das geschah am vierten Tage. Und nun trat der vierte Wesir zum König, küßte den Boden vor ihm und sprach: ‚Allah festige und stärke den König! O König, sei bedachtsam in dem, was du beschließest; denn der Verständige tut kein Werk, ohne den Ausgang zu erwägen. Das Sprichwort sagt: ‚Wer den Ausgang der Dinge nicht bedenkt, dem wird vom Schicksal kein Glück geschenkt.' Und wer ohne Überlegung ein Werk tut, dem widerfährt, was dem Badhalter mit seiner Frau widerfuhr.' ‚Wie erging es denn dem Badhalter mit seiner Frau?' fragte der König; und der vierte Wesir erzählte: ‚Mir ist berichtet worden, o König,

DIE GESCHICHTE
VON DEM SOHNE DES WESIRS
UND DER FRAU DES BADHALTERS

Bei einem Badhalter pflegten einst die vornehmen Leute und die Häupter der Stadt zu verkehren. Zu dem kam eines Tages ein Jüngling von schöner Gestalt, der zu den Söhnen der Wesire gehörte; er war aber fett und feisten Leibes. Als nun der Badhalter vor ihm stand, um ihn zu bedienen, während der Jüngling seine Kleider ablegte, konnte er an ihm keine Rute entdecken; denn die war wegen des Übermaßes seines Fettes zwischen seinen Schenkeln verschwunden, und nur so viel wie eine Haselnuß war von ihr zu sehen. Da wurde der Badhalter traurig und schlug seine Hände zusammen. Wie der Jüngling das sah, fragte er ihn: ‚Was ist dir, Badhalter, daß du so traurig bist?' Jener gab ihm zur Antwort: ‚Ach, mein Herr, ich trauere um dich, denn du bist in arger Not, sintemalen du bei all deinem Reichtum und deiner hohen Schönheit und Anmut nichts hast, mit dem du dich vergnügen kannst wie die anderen Männer!' Der Jüngling sagte darauf: ‚Du hast recht mit deinen Worten; aber du erinnerst mich an etwas, das ich vergessen habe.' ‚Was ist denn das?' fragte der Badhalter; und der Jüngling fuhr fort: ‚Nimm diesen Dinar und hole mir eine schöne Frau, auf daß ich mich an ihr versuchen kann!' Jener nahm den Dinar, begab sich zu seiner Frau und sprach zu ihr: ‚Frau, es ist ein Jüngling zu mir ins Bad gekommen, einer von den Söhnen der Wesire; der ist so schön wie der Mond in der Nacht seiner Fülle, aber er hat keine Rute wie die anderen Männer, sondern nur ein kleines Ding, so groß wie eine Haselnuß. Ich klagte um seine Jugend; und da gab er mir diesen Dinar und bat mich, ihm eine Frau zu bringen, an der er sich versuchen könne. Du sollst den Dinar am ehesten verdienen; uns kann daraus nichts Schlimmes erwachsen, ich werde deinen Ruf schützen. Setz dich nur eine Weile zu ihm und hab ihn zum besten und gewinne so diesen Dinar von ihm!' Die Frau des Badhalters nahm den Dinar hin, schmückte sich und legte ihre prächtigsten Gewänder an; sie war aber eine der schönsten Frauen ihrer Zeit. Dann ging sie mit ihrem Manne, und er führte sie in ein geheimes Gemach zu dem Sohne des Wesirs. Als sie dort bei ihm war und ihn anschaute, fand sie, daß er ein schöner Jüngling war und in seiner lieblichen Gestalt dem Monde zur Zeit seiner Fülle glich; da ward sie von seiner Schönheit und Anmut verwirrt. Doch auch dem Jüngling wurden, als er sie erblickte, Herz und Sinn sogleich betört. Sie blieben nun beieinander und schlossen die Tür hinter sich. Darauf nahm der Jüngling die Frau in die Arme und drückte sie an seine Brust, und sie umarmten einander; dem Jüngling aber schwoll die Rute gleich der eines Esels, und er warf sich auf die Frau des Badhalters eine lange Weile, während sie unter ihm seufzte und stöhnte und im Liebesspiel sich bewegte. Da begann der Badhalter sie zu rufen: ‚O Mutter 'Abdallahs, nun ist es genug! Komm heraus, der Tag wird für deinen Säugling zu lang.' Und der Jüngling sprach zu ihr: ‚Geh zu deinem Kind, und dann komm wieder!' Aber die Frau sagte: ‚Wenn ich dich verlasse, so ist mein Leben dahin. Mein Kind will ich in seinen Tränen umkommen lassen; sonst mag es ohne Mutter als Waise aufwachsen!' Und sie blieb so lange bei dem Jüngling, bis sie ihm zehnmal zu Willen gewesen war. Während alledem stand ihr Mann vor der Tür und rief und schrie, weinte und flehte um Hilfe. Aber es kam keine Hilfe; und so mußte er allein dort stehen bleiben, während er immer rief: ‚Ich bringe mich um!' Es war ihm unmöglich, zu seiner Frau zu kommen; da überwältigten ihn Qual und Eifersucht, er lief zum Dache des Bades hinauf, stürzte sich von oben in die Tiefe und starb.

Mir ist aber, o König – so fuhr der vierte Wesir fort – noch eine andere Geschichte von der Tücke der Weiber berichtet worden.' ‚Wie ist die?' fragte der König; und der Wesir erzählte: ‚Mir ist berichtet worden, o König,

DIE GESCHICHTE VON DER FRAU,
DIE IHREN MANN BETRÜGEN WOLLTE

Einst lebte eine Frau, die besaß Schönheit und Lieblichkeit, Anmut und Vollkommenheit, und es gab keine, die ihr glich. Ein junger Verführer aber erblickte sie und war von ihr entzückt und heftige Leidenschaft zu ihr erfüllte ihn. Jene Frau war jedoch keusch und züchtig, und sie wollte nichts von ihm wissen. Eines Tages begab es sich, daß ihr Mann in ein anderes Land reisen mußte; und von nun ab sandte der Jüngling zu ihr jeden Tag viele Botschaften, aber sie gab ihm keine Antwort. Da suchte er eine alte Hexe auf, die in seiner Nähe wohnte, begrüßte sie und setzte sich zu ihr, um ihr seine Liebesqual zu klagen; er tat ihr kund, daß er von Liebe zu der Frau erfüllt sei und daß er wünsche, ihre Gunst zu gewinnen. Die Alte sprach zu ihm: ‚Dafür bürge ich dir; quäle dich nicht darum! Ich werde dir zu deinem Ziele verhelfen, so Allah der Erhabene will!' Als der Jüngling diese Worte aus ihrem Munde vernahm, gab er ihr einen Dinar; dann ging er seiner Wege. Am nächsten Tage trat die Alte zu der Frau ein und erneuerte die frühere Bekanntschaft mit ihr. Danach kam die Alte jeden Tag wieder zu ihr und aß mit ihr zu Mittag und zu Abend und nahm auch Essen von ihr mit für ihre Kinder. Aber sie begann auch mit ihr zu scherzen und Kurzweil mit ihr zu treiben, bis sie die Frau so weit gebracht hatte, daß sie die Gesellschaft der Alten nicht mehr eine einzige Stunde lang entbehren konnte. Die Alte pflegte, wenn sie von der Frau fortging, immer ein Stück Teigkuchen mitzunehmen, auf das sie Fett und Pfeffer tat, und das einer Hündin zu geben; nachdem sie das eine Weile getan hatte, begann die Hündin ihr zu folgen wegen ihrer fürsorglichen Güte. Eines Tages aber nahm die Alte sehr viel Pfeffer und Fett und gab es der Hündin zu essen. Wie die es gefressen hatte, begannen ihre Augen zu tränen, weil der Pfeffer so scharf war; und nun folgte sie der Alten mit Tränen in den Augen. Darüber verwunderte die Frau sich gar sehr; und sie sprach zu der Alten: ‚Mütterchen, warum weint diese Hündin da?' Die Alte gab ihr zur Antwort: ‚Liebe Tochter, mit der hat es eine sonderbare Bewandtnis. Früher war sie ein Mädchen; und sie war meine vertraute Freundin. Sie besaß Schönheit und Lieblichkeit, Anmut und Vollkommenheit; und ein junger Mann in dem Stadtviertel war ihr zugetan, und seine Liebesleidenschaft verzehrte ihn so, daß er sich krank auf sein Kissen legen mußte. Er sandte ihr viele Botschaften und bat sie um Güte und Mitleid; aber sie weigerte sich. Da gab ich ihr guten Rat, indem ich sprach: ‚Liebe Tochter, gewähr ihm doch, um was er bittet! Hab Mitleid mit ihm! Sei gut zu ihm!' Doch sie nahm meinen Rat nicht an. Als darauf dem Jüngling die Geduld versagte, klagte er seine Not einigen seiner Freunde; und die wandten einen Zauber gegen sie an und verwandelten sie aus einem Menschen in eine Hündin. Als sie aber sah, was mit ihr geschehen war, und ihre Not und ihre Verwandlung überdachte, und als sie unter allen menschlichen Geschöpfen niemanden fand, der Mitleid mit ihr gehabt hätte, außer mich allein, da kam sie zu mir in meine Wohnung und begann mich zu umschmeicheln; und sie küßte mir die Hände und die Füße und weinte und winselte. Nun erkannte ich sie und sprach zu ihr: ,Ich habe dir oft genug geraten; aber mein Rat hat nichts bei dir gefruchtet.' – –«

Da bemerkte Schehrezâd, daß der Morgen begann, und sie hielt in der verstatteten Rede an. Doch als die *Fünfhundertundfünfundachtzigste Nacht* anbrach, fuhr sie also fort: »Es ist mir berichtet worden, o glücklicher König, daß die Alte der Frau die Geschichte von der Hündin erzählte und ihr lauter Lug und Trug über das Tier berichtete, damit sie in die bösen Pläne einwillige; so sprach die Alte: ,Als diese verzauberte Hündin zu mir kam und weinte, sagte ich zu ihr: ,Wie oft habe ich dir geraten; aber mein Rat hat nichts bei dir gefruchtet.' Und doch, liebe Tochter, wie ich sie in diesem Elend sah, hatte ich Mitleid mit ihr und behielt sie bei mir so, wie sie ist. Aber immer, wenn sie an ihren früheren Zustand denkt, so beweint sie ihr Los.' Als die Frau die Worte der Alten vernommen hatte, kam große Furcht über sie; und sie sprach: ,Mütterchen, bei Allah, du hast mich durch diese Geschichte erschreckt!' ,Wovor erschrickst du denn?' fragte die Alte; und die Frau erwiderte: ,Da ist ein schöner Jüngling, der in Liebe an mir hängt und mir schon viele Botschaften gesandt hat; ich habe ihn aber immer abgewiesen. Jetzt fürchte ich, daß es mir ergehen könnte wie dieser Hündin.' Doch die Alte fuhr fort: ‚Liebe Tochter, sei auf deiner Hut und widersprich nicht; denn ich bin in großer Sorge um dich! Wenn du nicht weißt, wo der Jüngling wohnt, so berichte mir, wie er aussieht, und ich will ihn zu dir bringen. Laß niemandes Herz Groll wider dich hegen!' Da beschrieb die Frau ihn der Alten; aber diese tat, als ob sie nichts von ihm wisse, und stellte sich, als ob sie ihn nicht kenne. Dann sagte sie: ‚Wenn ich fortgehe, will ich mich nach ihm erkundigen.' Als sie aber fortgegangen war, begab sie sich sogleich zu dem Jüngling und sprach zu ihm: ‚Sei gutes Muts! Ich habe mit dem Verstande der Frau gespielt; halte dich morgen um die Mittagszeit bereit und warte auf mich an der Straßenecke, dann will ich kommen und dich zu ihr ins Haus führen, und du kannst dich den Tag über und die ganze Nacht mit ihr vergnügen.' Der Jüngling war hoch erfreut, gab ihr zwei Dinare und fügte hinzu: ‚Wenn ich mein Ziel erreicht habe, gebe ich dir zehn Dinare.' Darauf kehrte die Alte zu der Frau zurück und sprach zu ihr: ‚Ich habe ihn kennen gelernt und mit ihm darüber gesprochen. Aber ich erkannte, daß er sehr zornig auf dich war und beschlossen hatte, dir einen Schaden anzutun. Doch ich habe ihn durch gute Worte überredet, daß er morgen, wenn zum Mittagsgebet gerufen wird, zu dir kommt.' Die Frau freute sich sehr und sprach zu der Alten: ‚Mütterchen, wenn er mir wieder gut ist und zur Mittagszeit zu mit kommt, so will ich dir zehn Dinare geben.' Die Alte erwiderte darauf: ‚Du weißt, er kann nur durch mich zu dir kommen.' Am nächsten Morgen sagte sie zu ihr: ‚Bereite das Mittagsmahl, schmücke dich und lege deine schönsten Kleider an! Ich will zu ihm gehen und ihn dir bringen.' Da schmückte die Frau sich und rüstete das Mahl, während die Alte ausging, um den Jüngling zu erwarten; aber der kam nicht. Und auch als sie auf der Suche nach ihm umherging, fand sie keine Spur von ihm. Da sagte sie sich: ‚Was ist zu tun? Soll das schöne Mahl, das sie gerüstet hat, verloren sein? Und auch das Geld, das sie mir versprochen hat? Nein, ich will diesen schlauen Plan nicht zuschanden werden lassen! Ich will einen anderen für sie suchen und den zu ihr führen!' So suchte sie denn auf der Straße umher und sah plötzlich einen schönen und anmutigen jungen Mann daherschreiten, dem man es im Gesichte ansah, daß er von einer Reise kam. Auf den trat sie zu, grüßte ihn und sprach: ‚Hast du Verlangen nach Speise und Trank und einem vorbereiteten schönen Weibe?' ‚Wo ist das zu haben?' fragte der Mann; und die Alte fuhr fort: ‚Bei mir zu Hause!' Da ging er mit ihr; sie aber wußte nicht, daß er der Gatte jener Frau war. Wie sie dann bei seinem Hause ankam und an die Tür klopfte, machte die Frau ihr auf, ging jedoch sofort eilends zurück, um sich fertig zu kleiden und mit Duftwerk zu bereichern. Die Alte führte nun den Mann in den Saal, hoch erfreut über ihre gelungene List. Doch als die Frau zu ihm hereintrat und in ihm ihren Gatten erkannte, wie er neben der Alten saß, hatte sie sofort List und Trug bereit und faßte im selben Augenblick ihren Plan. Sie zog den Schuh von ihrem Fuß und schrie ihren Gatten an: ‚Ist das die Treue zwischen uns? Wie kannst du mich betrügen und so an mir handeln? Wisse, als ich hörte, daß du zurückgekehrt bist, da habe ich dich durch diese Alte auf die Probe gestellt; sie hat dich in die Falle gelockt, vor der ich dich gewarnt habe. Jetzt weiß ich sicher, wie es mit dir steht; ja, du hast unseren Treubund gebrochen. Früher hielt ich dich für rein und keusch; aber jetzt sehe ich dich mit meinen eigenen Augen in Gesellschaft dieser alten Hexe, und ich weiß, daß du mit liederlichen Frauen verkehrst!' Und sie schlug ihn mit dem Schuh auf den Kopf, während er seine Unschuld beteuerte und ihr schwor, er hätte sie sein Leben lang noch nie betrogen und noch nie etwas von dem getan, dessen sie ihn verdächtigte. Er schwor ihr alle Eide bei Allah dem Erhabenen, aber sie schlug immer weiter auf ihn ein und weinte und schrie. Dabei rief sie: ‚Kommt herbei, ihr Muslime!' und als er ihr die Hand auf den Mund legte, biß sie ihn. Dann demütigte er sich vor ihr und küßte ihre Hände und Füße; aber sie hatte keine Gnade mit ihm und hörte nicht auf, ihn zu schlagen. Schließlich gab sie der Alten einen Wink, sie solle ihr die Hand von ihm zurückhalten; da kam die Alte herbei und küßte ihr Hände und Füße, bis sie die beiden zum Sitzen gebracht hatte. Und wie sie nun dasaßen, küßte der Mann die Hand der Alten und sprach zu ihr: ‚Allah der Erhabene lohne es dir mit Gutem, daß du mich von ihr befreit hast!' Und selbst die Alte staunte über die List und Verschlagenheit der Frau.

Dies, o König – so schloß der vierte Wesir – ist nur eins der vielen Beispiele von der List und Tücke und Falschheit der Weiber.' Und als der König die Geschichte vernommen hatte, ließ er sich dadurch belehren und widerrief den Befehl, seinen Sohn hinzurichten. – –«

Da bemerkte Schehrezâd, daß der Morgen begann, und sie hielt in der verstatteten Rede an. Doch als die *Fünfhundertundsechsundachtzigste Nacht* anbrach, fuhr sie also fort: »Es ist mir berichtet worden, o glücklicher König, daß der König, als der vierte Wesir seine Geschichte erzählt hatte, den Befehl, seinen Sohn hinzurichten, widerrief. Am fünften Tage aber kam die Odaliske wieder zu ihm, mit einem Becher Gift in der Hand; dabei flehte sie um Hilfe, schlug sich Wangen und Gesicht und sprach: ‚O König, entweder verschaffst du mir Recht und

Gerechtigkeit wider deinen Sohn, oder ich trinke diesen Becher Gift und sterbe, so daß die Schuld an meinem Tode dir anhängen wird bis zum Jüngsten Tage! Deine Wesire da werfen mir List und Tücke vor; aber in der ganzen Welt ist keiner so tückisch wie sie. Hast du nicht die Geschichte von dem Goldschmied und der Sängerin gehört?' ‚Wie erging es denn den beiden, o Mädchen?' fragte der König; und die Odaliske fuhr fort: ‚Mir ist berichtet worden, o glücklicher König,

DIE GESCHICHTE VON DEM GOLDSCHMIED UND DER SÄNGERIN AUS KASCHMIR

Es war einmal ein Goldschmied, der den Frauen und dem Weintrinken ergeben war. Als der eines Tages im Hause eines Freundes war, fiel sein Blick auf eine Wand, und dort sah er das Bild eines Mädchens gemalt, so schön und lieblich und anmutig, wie noch nie ein Mensch eine Maid gesehen hatte. Lange schaute der Goldschmied sie an, hingerissen von der Schönheit des Bildes, und sein Herz ward so ergriffen von der Liebe zu dieser Gestalt, daß er krank ward und dem Tode nahe kam. Nun besuchte ihn einmal einer seiner Freunde, setzte sich zu ihm und fragte ihn, wie es ihm ergehe und was ihm fehle; der Goldschmied antwortete ihm: ‚Lieber Bruder, meine ganze Krankheit und all, was mich quält, kommt von der Liebe. Ich bin von Liebe ergriffen zu dem Bilde einer Maid, das im Hause meines Bruders Soundso auf eine Wand gemalt ist.' Da schalt ihn sein Freund und sprach zu ihm: ‚Das ist doch eine Torheit von dir! Wie konntest du dich in ein Bild an der Wand verlieben, das weder schaden noch nützen kann, weder sehen noch hören, weder nehmen noch versagen?' Der Goldschmied aber fuhr fort: ‚Der Künstler kann es nur nach der

Gestalt einer schönen Frau gemalt haben.' Darauf der Freund: ‚Vielleicht hat der Maler das Bild frei aus sich selbst geschaffen.' ‚Wie dem auch sei,' erwiderte der Goldschmied, ‚ich sterbe vor Liebe zu ihr; und wenn das Urbild dieser Gestalt in der Welt lebt, so flehe ich zu Allah dem Erhabenen, daß Er mich am Leben lasse, bis ich es sehe.' Als nun die Besucher gegangen waren, fragten sie nach dem Künstler, der das Bild gemalt hatte, und sie vernahmen, daß er in eine andere Stadt gereist war. Da schrieben sie ihm einen Brief, in dem sie die Not ihres Freundes beklagten und nach jenem Bilde fragten, ob er es aus freier Erfindung geschaffen oder ob er sein Urbild in der Welt gesehen habe. Er antwortete ihnen: ‚Ich habe dies Bild nach der Gestalt einer Sängerin gemalt, die einem Wesir gehört und in der Stadt Kaschmir im Lande Indien lebt.' Wie der Goldschmied diese Botschaft vernahm, da rüstete er'sich alsbald zur Reise und zog von Persien, wo er lebte, nach dem Inderlande; und nach vielen Beschwerden kam er vor jener Stadt an. Nachdem er dort eingezogen war und sich niedergelassen hatte, ging er eines Tages zu einem Bürger der Stadt, einem Spezereienhändler, der ein kluger, verständiger und einsichtiger Mann war; den fragte er nach ihrem König und seinem Wandel. Der Spezereienhändler erzählte ihm: ‚Unser König ist ein rechtschaffener Mann, er führt einen schönen Wandel, er ist stets zur Güte gegen das Volk seines Reiches bereit und übt gegen seine Untertanen Gerechtigkeit. Er verabscheut in der ganzen Welt nur die Zauberer; wenn ein Magier oder eine Zauberin in seine Hände fällt, so wirft er sie in eine Grube außerhalb der Stadt und läßt sie dort Hungers sterben.' Und weiter fragte der Goldschmied nach den Wesiren des Königs; da erzählte jener ihm von einem jeden Wesir, von seiner Art und seinem Wesen, bis ihr Gespräch auf die Sängerin kam.

Der Spezereienhändler sagte von ihr: ‚Sie gehört dem Wesir Soundso!' Darauf wartete der Goldschmied einige Tage, bis er seinen Plan ersonnen hatte. Dann machte er sich in einer Regennacht, in der es donnerte und gewaltig stürmte, auf den Weg, nahm Diebsgerät mit sich und begab sich zum Hause des Wesirs, dem die Sängerin gehörte. Dort hängte er mit Fanghaken eine Leiter auf, kletterte auf das Dach des Schlosses, und nachdem er oben angekommen war, stieg er in die Halle hinab. Dort sah er alle die Sklavinnen schlafen, eine jede auf ihrem Lager; und auf einem marmornen Lager entdeckte er eine Maid, die war so schön wie der Vollmond, wenn er in der vierzehnten Nacht aufgeht. Er ging auf sie zu und setzte sich ihr zu Häupten, um die Decke aufzuheben. Die Decke aber war mit Gold bestickt; und zu ihren Häupten und zu ihren Füßen standen zwei Kerzen, jede in einem Leuchter von strahlendem Golde, und beide Kerzen waren aus Ambra hergestellt. Unter dem Kissen lag, versteckt neben ihrem Haupte, eine silberne Schatulle, in der sich alle ihre Schmucksachen befanden. Nun holte der Goldschmied ein Messer heraus, stach der Sängerin damit in das Gesäß und brachte ihr eine sichtbare Wunde bei. Voller Schrecken wachte sie auf; und als sie den Mann erblickte, fürchtete sie sich zu schreien und schwieg still, da sie meinte, er wolle ihre Habe stehlen. Dann sprach sie zu ihm: ‚Nimm die Schatulle und was darinnen ist; es nützt dir nichts, wenn du mich tötest! Ich bitte dich und flehe dich an, ich bin in deiner Gewalt!' Der Mann nahm die Schatulle mit ihrem Inhalt und ging davon. – –«

Da bemerkte Schehrezâd, daß der Morgen begann, und sie hielt in der verstatteten Rede an. Doch als die *Fünfhundertundsiebenundachtzigste Nacht* anbrach, fuhr sie also fort: ‚Es ist mir berichtet worden, o glücklicher König, daß der Goldschmied, nachdem er das Schloß des Wesirs erklommen hatte, der Sängerin eine Wunde im Gesäß beibrachte, die Schatulle, in der ihr Schmuck war, mitnahm und davonging. Am nächsten Morgen legte er seine heimischen Kleider an, nahm das Schmuckkästchen mit sich und trat zum König jener Stadt ein. Er küßte den Boden vor ihm und sprach zu ihm: ‚O König, ich bin ein Mann, der dir gut raten will. Ich bin aus dem Lande Chorasân und komme, um bei deiner Majestät Zuflucht zu suchen, da der Ruf deines schönen Wandels und deiner Gerechtigkeit gegen die Untertanen sich weit verbreitet hat; ich möchte unter deinem Banner stehen. Als ich aber gegen Abend diese Stadt erreichte, fand ich das Tor verschlossen, und so legte ich mich vor den Mauern zum Schlafe nieder. Wie ich nun dort halb schlafend, halb wachend lag, erblickte ich plötzlich vier Weiber; eine von ihnen ritt auf einem Besen, die zweite auf einem Weinkrug, die dritte auf einem Feuerhaken und die vierte auf einer schwarzen Hündin.[1] Da wußte ich, o König, daß sie Hexen waren, die in deine Stadt eindringen wollten. Eine von ihnen kam zu mir heran, stieß mich mit dem Fuße und schlug mich mit einem Fuchsschwanze, den sie in der Hand hielt, so heftig, daß es mir weh tat. Da wurde ich wütend über den Schlag und stieß nach ihr mit einem Messer, das ich bei mir hatte; ich traf sie ins Gesäß, gerade als sie sich umwandte und weggehen wollte. Wie ich sie aber verwundete, sprang sie vor mir auf und davon und ließ dies Kästchen fallen mit dem, was darinnen ist. Ich machte es auf und fand darin diesen kostbaren Schmuck; nimm du ihn hin, denn ich bedarf seiner nicht! Siehe, ich bin ein Pilger der Wüste; ich habe die

---

1. So nach der Breslauer Ausgabe, Band 12, Seite 304. In der Calcuttaer Ausgabe steht hier nur, daß eine auf einem Besen und eine andre auf einem Fächer ritt.

Welt aus meinem Herzen verbannt, ich habe ihr und all ihren Gütern entsagt und suche nur das Antlitz Allahs des Erhabenen.' Mit diesen Worten legte er die Schatulle vor dem König nieder und wandte sich zum Gehen. Nachdem er davongegangen war, öffnete der König jenes Kästchen und schüttete all die Schmucksachen heraus; dann nahm er jedes Stück in die Hand und dabei fand er auch ein Halsband, das er dem Wesir zum Geschenk gemacht hatte, jenem, dem die Sängerin gehörte. Sogleich ließ er den Wesir kommen; und als der vor ihm erschien, fragte er ihn: ,Ist dies das Halsband, das ich dir geschenkt habe?' Wie der Wesir es anschaute, erkannte er es und sprach zum König: Jawohl! Und ich habe es einer meiner Sängerinnen geschenkt.' Da rief der König: ,Bringe das Mädchen sofort hierher!' Der Wesir holte die Sängerin, und als sie vor dem König stand, befahl dieser: ,Decke ihr Gesäß auf und sieh nach, ob sie verwundet ist oder nicht!' Nachdem der Wesir den Befehl ausgeführt hatte, sah er eine Messerwunde und sprach zum König: ,Ja, hoher Herr, dort ist eine Wunde!' Nun sagte der König: ,Sie ist eine Zauberin, wie der heilige Mann gesagt hat; das ist ganz sicher.' Dann befahl er, sie in die Hexengrube zu werfen; und noch am selben Tage schaffte man sie dorthin. Als es aber Nacht geworden war und der Goldschmied erfahren hatte, daß seine List geglückt war, begab er sich zu dem Wächter der Grube, in der Hand einen Beutel mit tausend Dinaren. Er setzte sich zu dem Wächter und begann mit ihm zu plaudern, bis das erste Drittel der Nacht vergangen war. Dann weihte er den Wächter in die Wahrheit ein, indem er sprach: ,Wisse, Bruder, diese Sängerin ist unschuldig an dem Bösen, das man ihr zur Last legt; ich bin es, der dies über sie gebracht hat.' Und er erzählte ihm die Geschichte von Anfang bis zu Ende; dann fügte er hinzu: ,Bruder, nimm diesen Beutel; tausend Dinare sind darin! Dafür gib mir diese Sängerin, und ich will mit ihr in mein Land reisen! Diese Dinare nützen dir mehr, als wenn du das Mädchen hier bewachst. Außerdem gewinnst du himmlischen Lohn durch uns, und wir beide werden für dein Glück und Wohlergehen beten.' Als der Wächter diese Geschichte von ihm vernahm, war er über eine solche List und ihr Gelingen aufs höchste erstaunt; dann nahm er den Beutel mit dem Gelde hin und ließ dem Goldschmied die Sängerin, indem er ihm zur Bedingung machte, daß er nicht eine einzige Stunde mit ihr in der Stadt verweile. Der Goldschmied aber nahm die Sängerin und brach sofort mit ihr auf und zog eilends mit ihr dahin, bis er in seiner Heimat ankam; so hatte er sein Ziel erreicht.

Betrachte nun, o König – so schloß die Odaliske –, die Tücke und die Listen der Männer! Jetzt hindern dich wohl deine Wesire, mir mein Recht zu schaffen; aber bald werde ich mit dir vor einem gerechten Richter stehen, und der wird mir zu meinem Rechte wider dich verhelfen, o König!' Als der König diese Worte aus ihrem Munde vernahm, befahl er von neuem, seinen Sohn hinzurichten. Doch da trat der fünfte Wesir vor ihn hin, küßte den Boden vor ihm und sprach zu ihm: ‚Großmächtiger König, bedenke dich und laß deinen Sohn nicht vorschnell töten! Denn Eile hat oft Reue im Gefolge. Ich fürchte, du könntest so bereuen müssen wie der Mann, der nie mehr im Leben lachte.' ‚Wie war denn das, o Wesir?' fragte der König; und der fünfte Wesir erzählte: ‚Mir ist berichtet worden, o König,

DIE GESCHICHTE VON DEM MANNE,
DER NIE MEHR IM LEBEN LACHTE

Es war einmal ein Mann, der zu den Hausbesitzern und wohlhabenden Leuten gehörte; der hatte viel Geld, Eunuchen, Sklaven und Ländereien. Als er zur Barmherzigkeit Allahs des Erhabenen einging, hinterließ er einen jungen Sohn. Doch wie der Sohn herangewachsen war, ergab er sich dem Prassen und Zechen, dem Klange der Musik und der Gesänge. Auch begann er Geschenke und Gaben zu verteilen; und er vertat die Güter, die ihm sein Vater hinterlassen hatte, bis daß alles Geld dahingeschwunden war. – –«

Da bemerkte Schehrezâd, daß der Morgen begann, und sie hielt in der verstatteten Rede an. Doch als die *Fünfhundertundachtundachtzigste Nacht* anbrach, fuhr sie also fort: »Es ist mir berichtet worden, o glücklicher König, daß der Jüngling, als all das Geld, das ihm sein Vater hinterlassen hatte, dahingeschwunden war und ihm nichts mehr übrigblieb, nunmehr begann, die Sklaven und die Sklavinnen und die Ländereien zu verkaufen. So verschwendete er alles, was er von seinem Vater ererbt hatte, Geld und alle andere Habe, bis er zum Bettler ward und mit den Arbeitern sein Brot verdienen mußte. Ein Jahr lang lebte er so dahin; dann aber, als er eines Tages an einer Mauer saß und auf jemanden wartete, der ihm Arbeit geben würde, trat plötzlich ein Mann von vornehmem Aussehen und schön gekleidet an ihn heran und grüßte ihn. Da fragte der Jüngling ihn: ,Lieber Oheim, kennst du mich vielleicht von früher her?' ,Nein,' erwiderte jener, ,ich kenne dich gar nicht, mein Sohn; aber ich erblicke die Spuren besserer Zeiten an dir, obgleich du jetzt so elend aussiehst.' ,Lieber Oheim,' sagte der Jüngling darauf, ,Schicksal und Verhängnis nehmen ihren

Lauf. Doch sag, du Oheim mit dem freundlichen Antlitz, hast du nicht eine Arbeit, für die du mich in Dienst nehmen kannst?' Jener gab ihm zur Antwort: ‚Mein Sohn, ich will deine Dienste für eine leichte Sache in Anspruch nehmen.' ‚Was ist das, lieber Oheim?' fragte der Jüngling; und der Fremde erwiderte: ‚Außer mir sind noch zehn Scheiche im gleichen Hause; und wir haben niemanden, der uns bedient. Du kannst bei uns Nahrung und Kleidung genug erhalten, wenn du den Dienst bei uns versehen willst. Auch soll dir bei uns Geld und Gut zuteil werden; vielleicht wird Allah dann durch uns dir deinen Wohlstand wiedergeben.' ‚Ich höre und gehorche!' sagte der Jüngling; und der Alte fuhr fort: ‚Ich muß dir aber eine Bedingung auferlegen.' Als der Jüngling dann fragte: ‚Und was ist deine Bedingung, mein Oheim?' antwortete er: ‚Mein Sohn, die ist, daß du in allem, was du bei uns siehst, unser Geheimnis hütest, und wenn du uns weinen siehst, nicht nach dem Grunde unserer Tränen fragst.' ‚Gut, mein Oheim!' sagte der Jüngling; und nun forderte der Alte ihn auf: ‚Mein Sohn, so laß uns denn gehen mit dem Segen Allahs des Erhabenen!' Dann folgte der Jüngling dem Scheich; und der brachte ihn zu einem Bade, führte ihn hinein und ließ seinen Leib von dem Schmutze reinigen, der darauf war. Ferner entsandte der Alte einen Mann, und der kam mit einem schönen Linnengewand zurück. Nachdem er ihm das angelegt hatte, ging der Scheich mit ihm in seine Wohnung zu seinen Gefährten. Als der Jüngling dort eintrat, sah er, daß es ein hoher, festgefügter und geräumiger Bau war; dort waren Gemächer, die einander gegenüber lagen, und Hallen, deren jede einen Springbrunnen hatte, über dem die Vöglein zwitscherten, und auf allen Seiten schauten Fenster in einen schönen Garten, der sich innerhalb des Baues befand. Der Alte führte ihn in eines der Gemächer, das mit buntem Marmor ausgelegt war, während die Decke mit Malereien in Lasur und glänzendem Golde verziert war; auf dem Boden aber lagen seidene Teppiche. Dort sah er zehn Scheiche einander gegenüber sitzen; die waren in Trauergewänder gehüllt und weinten und klagten. In seiner Verwunderung wollte er den Scheich darüber befragen, aber er dachte an die Bedingung und hielt seine Zunge im Zaume. Darauf übergab der Alte ihm eine Truhe mit dreißigtausend Dinaren und sprach zu ihm: ,Mein Sohn, verwende das, was in dieser Truhe ist, für uns und für dich selbst ganz nach Belieben als getreuer Sachwalter; hüte aber, was ich dir anvertraue!' ,Ich höre und gehorche!' erwiderte der Jüngling und begann nun für sie das Geld zu verwenden. Das dauerte eine Reihe von Tagen und Nächten, bis einer von ihnen starb. Da nahmen die Gefährten den Toten, wuschen ihn, hüllten ihn ins Leichentuch und begruben ihn in einem Garten hinter dem Hause. Und dann raffte der Tod immerfort einen nach dem anderen von ihnen dahin, bis nur noch jener Scheich übrigblieb, der den Jüngling in Dienst genommen hatte. Nun blieben die beiden allein in dem Hause, der Junge und der Alte, und es war kein dritter bei ihnen. So verbrachten sie manches Jahr miteinander; doch da erkrankte der Scheich, und als der Jüngling die Hoffnung auf sein Leben aufgab, trat er zu ihm und trauerte mit ihm. Dann sprach er zu ihm: ,Lieber Oheim, ich habe euch zwölf Jahre lang gedient und habe in meinem Dienste bei euch nicht eine einzige Stunde die Pflicht versäumt; ich bin euch stets ein treuer und eifriger und gehorsamer Diener gewesen.' ,Ja, mein Sohn,' erwiderte der Alte, ,du hast uns treu gedient, bis alle diese Scheiche zu Allah, dem Allgewaltigen und Glorreichen, eingegangen sind; und nun muß auch ich sterben.' ,Mein guter Herr,' sagte darauf der Jüngling, ,du bist in Todesgefahr, und jetzt bitte ich dich, tu mir kund, weshalb ihr weintet und immerdar klagtet und trauertet und seufztet.' Doch der Alte erwiderte: ‚Mein Sohn, das geht dich nichts an; drum quäle mich nicht mit dem, was ich nicht tun kann! Ich habe Allah den Erhabenen gebeten, Er möge niemanden mit dem Leid heimsuchen, das mir widerfahren ist. Wenn du vor dem behütet sein willst, was uns betroffen hat, so hüte dich, jene Tür dort zu öffnen!' Und dabei wies er mit der Hand auf sie und warnte ihn vor ihr. Dann schloß er mit den Worten: ‚Wenn du aber willst, daß dir die Not widerfahre, die uns betroffen hat, so öffne sie! Dann wirst du auch wissen, warum du uns also handeln sahst, denn du wirst bereuen, wenn die Reue nichts mehr fruchtet.' – –«

Da bemerkte Schehrezâd, daß der Morgen begann, und sie hielt in der verstatteten Rede an. Doch als die *Fünfhundertundneunundachtzigste Nacht* anbrach, fuhr sie also fort: »Es ist mir berichtet worden, o glücklicher König, daß der Scheich, der nach den zehn anderen übriggeblieben war, zu dem Jüngling sprach: ‚Hüte dich, jene Tür zu öffnen; denn sonst wirst du es bereuen, wenn die Reue nichts mehr fruchtet!' Danach übermannte die Krankheit den Alten, und er starb. Der Jüngling wusch ihn mit eigener Hand, hüllte ihn in das Totenlaken und begrub ihn bei seinen Gefährten. Nun blieb er an jener Stätte und war im Besitze alles dessen, was sich dort fand. Doch er ward unruhig und dachte darüber nach, was es mit dem Alten auf sich gehabt haben möchte. Und wie er eines Tages ob der Worte des letzten Scheichs nachgrübelte und ob seiner Mahnung, jene Tür nicht zu öffnen, da kam es ihm in den Sinn, sie einmal anzuschauen. Er ging also nach jener Seite des Hauses, auf die der Alte gewiesen hatte, und suchte nach, bis er eine kleine Tür fand, die von Spinngeweben bedeckt war; an der befanden sich vier Schlösser aus Stahl. Wie er sie sah, erinnerte er sich an die Warnung des Alten und kehrte wieder um. Doch seine Seele suchte ihn zu verlocken, daß er die Tür öffne; sieben Tage lang widerstand er ihr, aber am achten Tage überwältigte ihn seine Neugier, und er sprach: ‚Es geht nicht anders, ich muß diese Tür öffnen und sehen, was mir dann geschieht. Was Allah der Erhabene beschlossen und vorherbestimmt hat, das kann durch nichts abgewendet werden, und nichts geschieht in der Welt ohne Seinen Willen.' Also machte er sich auf, zerbrach die Schlösser und öffnete die Tür. Nachdem er das getan hatte, sah er einen engen Gang vor sich; in dem ging er weiter und weiter, drei Stunden lang. Da endlich trat er ins Freie hinaus, am Ufer eines großen Wassers. Voll Staunen schritt er am Strand entlang, indem er nach rechts und nach links schaute. Plötzlich aber schoß ein großer Adler aus der Luft auf ihn herab und trug ihn in seinen Fängen empor; zwischen Himmel und Erde schwebte er mit ihm dahin, bis er zu einer Insel mitten im Meere kam. Dort ließ der Adler ihn fallen und flog davon. Der Jüngling aber war ganz ratlos und wußte nicht, wohin er sich wenden sollte. Und während er in seiner Not so dasaß, sah er eines Tages auf hoher See das Segel eines Schiffes gleichwie einen Stern am Himmel aufleuchten. Auf dies Schiff setzte er seine Hoffnung, als ob er dadurch gerettet werden könnte. Immerfort starrte er es an, bis es in seine Nähe kam. Da sah er, daß es ein Boot aus Elfenbein und Ebenholz war, mit Rudern aus Sandelholz und Aloenholz; und alles war mit glänzendem Golde überzogen. In ihm saßen zehn Mädchen, Jungfrauen, wie Monde anzuschauen. Als die ihn erblickten, kamen sie aus dem Boote zu ihm heraus, küßten ihm die Hände und sprachen zu ihm: ‚Du bist der König, der Bräutigam!' Dann trat eine Maid auf ihn zu, schön wie der strahlende Sonnenball im blauen Weltenall; die trug ein seidenes Tuch, darin ein königliches Gewand lag und eine goldene Krone, mit allerlei Edelsteinen besetzt. Sie trat an ihn heran, legte ihm das Gewand über und setzte ihm die Krone aufs Haupt; dann trugen die Mädchen ihn auf ihren Händen in das Boot, und er sah, daß es mit vielen seidenen Teppichen von mancherlei Farben ausgelegt war. Alsbald breiteten sie die Segel und fuhren dahin über das wogende Meer. ‚Und wie ich mit ihnen dahinfuhr – so erzählte der Jüngling später –, glaubte ich, es sei ein Traum, und ich wußte nicht, wohin sie mit mir zogen. Dann kamen wir nahe ans Land, und da sah ich, daß der ganze Strand von Truppen erfüllt war, ja, es waren so viele, daß nur Allah, der Hochgepriesene und Erhabene, ihre Zahl ermessen konnte; und alle waren in Panzer gekleidet. Dann brachte man mir fünf Rosse von edler Abkunft mit goldenen Sätteln, die mit vielerlei Perlen und kostbaren Steinen besetzt waren. Ich wählte mir eines davon aus und saß auf, während die anderen vier mir folgten. Und wie ich dahinritt, wurden über meinem Haupte die Banner und Standarten entfaltet, die Trommeln wirbelten, und die Zimbeln wurden geschlagen; und die Truppen reihten sich zur Rechten und zur Linken auf. Ich fragte mich immer wieder, ob ich schlafe oder wache. So zog ich dahin; doch ich konnte die ganze Pracht, die mich umgab, nicht für wirklich halten, sondern dachte, es wären Irrgänge von Träumen. Schließlich kamen wir zu einer grünen Matte mit Schlössern und Gärten, in denen Bäume sprossen und Bächlein flossen, und über der Blüten Prangen die Vöglein ihr Lied zum Lobe Allahs, des Einzigen, Allgewaltigen, sangen. Da brach plötzlich zwischen den Schlössern und den Gärten ein Heer hervor, dem niederbrausenden Sturzbach gleich, bis es die ganze Matte überflutet hatte. Als das Heer in meine Nähe kam, hielt es an; dann ritt ein König aus ihm hervor, ganz allein, nur einige seiner Vertrauten schritten ihm zu Fuß vorauf. Als der König sich dem Jüngling näherte – so berichtet der Erzähler –, stieg er von seinem Rosse ab; und wie der den König absitzen sah, sprang auch er von seinem Pferde herunter. Dann begrüßten die beiden einander aufs herzlichste. Nachdem sie wieder aufgesessen waren, sprach der König zu dem Jüngling: ‚Komm mit uns; denn du bist mein Gast!' So ritten denn beide zusammen weiter und plauderten miteinander, die Truppen in Reihen vorauf, bis sie bei dem Schlosse des Königs anlangten. Dort saßen sie ab und zogen alle ein. – –«

Da bemerkte Schehrezâd, daß der Morgen begann, und sie hielt in der verstatteten Rede an. Doch als die *Fünfhundertundneunzigste Nacht* anbrach, fuhr sie also fort: »Es ist mir berichtet worden, o glücklicher König, daß der König, nachdem er den Jüngling empfangen hatte, mit ihm im Prunkzuge dahinritt bis zum Schlosse; dort traten sie Hand in Hand ein. Dann ließ der König ihn auf einem goldenen Throne sitzen, während er sich selbst neben ihm niedersetzte. Wie er aber den Schleier von seinem Antlitz nahm, siehe, da war jener König eine Maid, gleichwie der strahlende Sonnenball im blauen Weltenall, in Schönheit und Lieblichkeit, Anmut und Vollkommenheit, Stolz und Versonnenheit. Das war für den Jüngling ein Anblick von wundersamer Herrlichkeit und höchster Glückseligkeit, und er war von ihrer Schönheit und Anmut ganz berückt. Sie aber hub an: ‚Wisse, o König, ich bin die Königin dieses Landes, und all die Truppen, die du gesehen hast, sämtliche Reiter und Mannen, die du erblickt hast, sind lauter Frauen; kein Mann ist unter ihnen. In unserem Lande ist es die Aufgabe der Männer, zu pflügen und zu säen, zu ernten, das Land zu bebauen und die Städte zu errichten und alle Künste und Handwerke der Menschen auszuüben; die Frauen aber regieren und bekleiden die hohen Staatsämter und bilden die Wehrmacht.' Gar seltsam klangen diese Worte in dem Ohre des Jünglings. Und während sie noch plauderten, trat der Wesir zu ihnen ein; das war eine Alte in schneeweißem Haar, eine Ehrfurcht gebietende Gestalt voll Würde und Hoheit. Zu ihr sprach die Königin: ‚Rufe uns den Kadi und die Zeugen!' Nachdem die Alte gegangen war, wandte die Königin sich wieder dem Jüngling zu und plauderte freundlich mit ihm, um seine Schüchternheit durch ihre lieblichen Worte zu bannen; und zuletzt hub sie an und fragte ihn: ‚Bist du es zufrieden, daß ich deine Gemahlin werde?' Da erhob er sich und wollte niederfallen, um den Boden vor ihr zu küssen; aber sie verwehrte es ihm. Dann sprach er zu ihr: ‚Hohe Herrin, ich bin der geringste unter den Knechten, die dir dienen!' Sie fragte nun: ‚Siehst du nicht all die Diener und Krieger, die vor deinen Augen stehen, und die Schätze und Reichtümer und Kostbarkeiten?' ‚Jawohl', erwiderte er; und sie fuhr fort: ‚All das ist dein; dir steht es zu Gebote, und du kannst davon schenken und spenden, wie es dich gut dünkt.' Doch dann zeigte sie ihm eine verborgene Tür und sagte: ‚Alles steht dir zu Gebote, nur diese Tür nicht; die darfst du nicht öffnen. So du es aber doch tust, wirst du es bereuen, wenn die Reue nichts mehr fruchtet.' Kaum hatte sie ihre Worte beendet, da kamen die Wesirin und mit ihr der Kadi und die Zeugen. Sie traten ein, lauter alte Frauen, denen die Haare auf die Schultern wallten, voll Würde und Hoheit. Und als sie vor der Königin standen, befahl sie ihnen, den Ehebund zu schließen; so vermählten sie den Jüngling mit der Königin. Und nun rüstete sie die Hochzeitsmahle und versammelte alle Krieger um sich. Nachdem sie gegessen und getrunken hatten, ging jener Jüngling zu seiner Gemahlin ein und fand in ihr eine unberührte Jungfrau. Er nahm ihr das Mädchentum und lebte mit ihr sieben Jahre lang, herrlich und in Freuden, in lauter Fröhlichkeit und Seligkeit. Aber dann dachte er eines Tages daran, die Tür zu öffnen, und sagte sich: ‚Wenn da drinnen nicht herrliche Schätze wären, noch schöner als alles, was ich gesehen habe, so hätte sie mir die Tür nicht verboten.' Da machte er sie auf; und drinnen war der Vogel, der ihn einst von der Küste des Meeres emporgetragen und auf der Insel niedergesetzt hatte. Als jener Vogel ihn sah, rief er: ‚Kein Willkommen dem Angesicht, dem es nie mehr gut ergehen soll!' Wie der Jüngling den Vogel erblickte und seine Worte vernahm, wollte er entfliehen. Der Vogel aber folgte ihm und ergriff ihn und flog mit ihm eine Stunde lang zwischen Himmel und Erde dahin. Dann setzte er ihn an ebenderselben Stelle nieder, von der er ihn früher entführt hatte, verließ ihn und kehrte an seine Stätte zurück. Als der Jüngling wieder zur Besinnung kam, dachte er an das, was er erlebt hatte, an das Glück, die Macht und die Herrlichkeit, an die Truppen, die vor ihm herritten, und wie er hatte befehlen und verbieten können; und er begann zu weinen und zu klagen. Zwei Monate blieb er an der Meeresküste, wo der Vogel ihn niedergesetzt hatte, und wünschte immer, zu seiner Gemahlin zurückzukehren. Eines Nachts aber, als er schlaflos, trauernd und grübelnd dasaß, hörte er eine Stimme, die da rief, ohne daß er den Sprecher sah: ‚Wie groß war das Glück! Doch nie, nie kehrt das Vergangene zu dir zurück! Nun magst du noch mehr klagen in all deinen Tagen!' Als der Jüngling das hörte, gab er die Hoffnung auf, seine Königin je wiederzusehen und das Glück, das er genossen hatte, wiederzugewinnen. So kehrte er denn in das Haus zurück, in dem die Scheiche gewesen waren; jetzt wußte er, daß es ihnen ergangen sein mußte wie ihm und daß dies der Grund ihres Weinens und Trauerns gewesen war, und er verstand sie hinfort. Trauer und Kummer ergriffen ihn, als er wieder in ihr Gemach trat; und von nun ab weinte und klagte er immerdar, ohne Speise und ohne Trank, ohne Wohlgerüche und ohne Lachen, bis daß er starb. Da begrub man ihn zur Seite der Scheiche.

Erkenne also, o König – so schloß der fünfte Wesir –, daß die Übereilung nicht löblich ist und nur die Reue zur Folge hat! Diesen guten Rat gebe ich dir.' Als der König diese Geschichte vernommen hatte, ließ er sich durch sie warnen und belehren, und er widerrief den Befehl, seinen Sohn hinzurichten. – –«

Da bemerkte Schehrezâd, daß der Morgen begann, und sie hielt in der verstatteten Rede an. Doch als die *Fünfhundertundeinundneunzigste Nacht* anbrach, fuhr sie also fort: »Es ist mir berichtet worden, o glücklicher König, daß der König, als er die Geschichte des fünften Wesirs gehört hatte, den Befehl, seinen Sohn hinzurichten, widerrief. Als aber der sechste Tag kam, trat die Odaliske zum König ein, in der Hand ein gezücktes Messer, und sprach: ‚Höre, mein Gebieter, willst du noch nicht meine Klage gelten lassen und dein Recht und deine Ehre gegen die verteidigen, die mir Unrecht antun? Sie sind es, deine Wesire, die da behaupten, die Frauen seien voll Listen und Tücke und Trug, und dadurch bezwecken sie, daß ich mein Recht verliere und daß der König es unterlasse, an mir Gerechtigkeit zu üben. Aber ich will hier vor dir beweisen, daß die Männer listiger sind als die Frauen, und zwar durch die Geschichte des Prinzen, der mit der Frau eines Kaufmanns allein war.' ‚Was trug sich denn mit den beiden zu?' fragte der König; und die Odaliske erzählte: ‚Mir ist berichtet worden, o glücklicher König,

DIE GESCHICHTE VON DEM PRINZEN
UND DER KAUFMANNSFRAU

Es war einmal ein Kaufmann von Eifersucht gequält; der hatte eine schöne und anmutige Frau, und weil er so eifersüchtig um sie besorgt war, wollte er nicht mit ihr in der Stadt leben. Darum hatte er für sie draußen vor der Stadt eine einsame Burg gebaut, fern von allen anderen Gebäuden; die hatte hohe und feste Mauern, starke Türen und kunstvolle Schlösser. Und wenn er in die Stadt gehen wollte, so verschloß er die Türen und nahm die Schlüssel mit, indem er sie sich um den Hals hängte. Eines Tages aber, als er in der Stadt war, zog der Sohn des Königs jener Stadt aus, um sich draußen zu ergehen und auf freiem Felde sich zu vergnügen. Und wie er sich nun in jener einsamen Gegend umsah und schon geraume Zeit Umschau gehalten hatte, fiel sein Blick auf jene Burg. Da sah er in ihr eine Frau von edler Gestalt, die aus einem der Fenster hinausschaute; und als er sie näher betrachtete, ward er von ihrer Schönheit und Anmut berückt, und er wollte alsbald zu ihr gelangen. Da es ihm aber nicht möglich war, so rief er einen seiner Diener und ließ sich Tintenkapsel und Papier von ihm bringen; dann schrieb er einen Brief, in dem er seine Liebesnot schilderte. Den steckte er an die Spitze eines Pfeiles und schoß ihn in die Burg hinein. Er fiel in den Garten vor der Frau nieder, als sie dort lustwandelte. Da sagte sie zu einer ihrer Dienerinnen: ,Nimm das Blatt rasch auf und reiche es mir!' – sie konnte nämlich Geschriebenes lesen. Und als sie ihn gelesen und alles verstanden hatte, was er ihr von seiner Liebe und Sehnsucht und Leidenschaft sagte, schrieb sie ihm eine Antwort auf seinen Brief und sagte ihm, daß sie von noch heißerer Liebe als er erfüllt sei. Darauf schaute sie aus einem Fenster der

Burg nach dem Prinzen aus, und als sie ihn erblickte, warf sie ihm die Antwort zu. Dadurch ward sein Verlangen noch heftiger, und wie er die Frau am Fenster sah, ging er dorthin und rief zu ihr hinauf: ‚Laß einen Faden von dir zu mir herab; ich will diesen Schlüssel daran binden, daß du ihn zu dir holen kannst!' Sie ließ also einen Faden zu ihm hinunter, und er band den Schlüssel daran. Darauf begab er sich zu seinen Wesiren und klagte ihnen seine Liebe zu jener Frau und sagte, daß er nicht ohne sie leben könne. Einer von ihnen fragte den Prinzen: ‚Und was befiehlst du mir, daß ich tun soll?' Der Prinz erwiderte ihm: ‚Ich wünsche, daß du mich in eine Kiste setzest und sie jenem Kaufmann zur Aufbewahrung in seiner Burg übergibst, indem du dich so stellst, als ob sie dir gehöre; dann will ich mein Begehren an jener Frau eine Reihe von Tagen stillen, und darauf sollst du die Kiste zurückholen.' ‚Herzlich gern', erwiderte ihm der Wesir. Darauf begab sich der Prinz in seinen Palast und legte sich in eine Kiste, die er besaß; der Wesir aber legte das Schloß davor und brachte sie zu der Burg des Kaufmanns. Der trat zum Wesir heraus und küßte den Boden vor ihm; dann hub er an: ‚Hat unser Herr, der Wesir, vielleicht einen Dienst nötig, oder hat er ein Anliegen, dessen Erfüllung in unserer Macht steht?' Der Wesir gab ihm zur Antwort: ‚Ich möchte, daß du diese Kiste am sichersten Orte in deinem Hause aufbewahrst.' Da befahl der Kaufmann den Lastträgern, sie aufzuladen; und nachdem sie das getan hatten, ließ er die Kiste in seine Burg hineintragen und in einer von seinen Schatzkammern niedersetzen. Dann ging er an seine Geschäfte. Und nun begab sich die Frau alsbald zu der Kiste und öffnete sie mit dem Schlüssel, den sie bei sich hatte. Da stieg ein Jüngling heraus, so schön wie der Mond. Sobald sie ihn erblickte, legte sie ihre schönsten Gewänder an und führte ihn in das

Wohngemach; dort blieben sie beieinander, bei Speise und Trank, sieben Tage lang. Jedesmal aber, wenn ihr Mann heimkehrte, ließ sie den Prinzen in die Kiste steigen und verschloß ihn darinnen. Eines Tages nun fragte der König nach seinem Sohne; und sofort eilte der Wesir zum Laden des Kaufmanns und erbat von ihm die Kiste.'– –«

Da bemerkte Schehrezâd, daß der Morgen begann, und sie hielt in der verstatteten Rede an. Doch als die *Fünfhundertundzweiundneunzigste Nacht* anbrach, fuhr sie also fort: »Es ist mir berichtet worden, o glücklicher König, daß der Kaufmann, als der Wesir in seinen Laden gekommen war, um die Kiste zu erbitten, zu ungewohnter Zeit eilends sich zu seiner Burg begab und an die Tür pochte. Sobald die Frau ihn hörte, führte sie den Prinzen fort und versteckte ihn in der Kiste; doch sie vergaß in der Eile, das Schloß vorzulegen. Wie nun der Kaufmann mit den Trägern in die Kammer getreten war und die Träger jene Kiste am Deckel aufheben wollten, tat sie sich auf. Sie schauten hinein, und siehe, darinnen lag der Königssohn. Auch der Kaufmann sah ihn und erkannte ihn; er ging alsbald zum Wesir hinaus und sprach zu ihm: ‚Tritt ein und nimm des Königs Sohn mit dir! Keiner von uns darf Hand an ihn legen.' Der Wesir ging hinein, nahm den Prinzen in Empfang und ging mit ihm davon. Kaum waren sie fort, da jagte der Kaufmann seine Frau aus dem Hause und schwor, sich nie wieder zu vermählen.

Ferner, o König – so fuhr die Odaliske fort –, ist mir berichtet worden

DIE GESCHICHTE VON DEM DIENER, DER VORGAB, DIE SPRACHE DER VÖGEL ZU VERSTEHEN

Einer von den vornehmen Leuten ging einmal auf den Markt und fand dort einen Sklavenjüngling, der zum Verkaufe ausgeboten ward. Er kaufte ihn, brachte ihn in sein Haus und sprach zu seiner Frau: ‚Nimm dich seiner an!' Nachdem der Diener bereits eine Weile dort gewesen war, sprach der Mann eines Tages zu seiner Frau: ‚Geh morgen in den Garten, vergnüge dich, ergehe dich und sei guter Dinge!' ‚Herzlich gern!' erwiderte die Frau. Wie der Diener das hörte, holte er Speisen und bereitete sie in der Nacht zu; auch holte er Wein, Zukost und Früchte. Dann begab er sich in den Garten, legte die Speisen unter den einen Baum, den Wein unter einen anderen und die Früchte und die Zukost unter einen dritten, alles auf dem Wege, den die Frau seines Herrn gehen mußte. Am nächsten Morgen befahl der Mann ihm, seine Herrin zu begleiten und alles mitzunehmen, was sie an Speise und Trank und Früchten bedurften. Die Frau trat aus dem Hause, bestieg ein Pferd und ritt mit dem Diener fort, bis sie zu jenem Garten kamen. Als sie dort eintraten, krächzte ein Rabe; der Diener rief ihm zu: ‚Du hast recht!' Und als seine Herrin ihn fragte: ‚Verstehst du denn, was der Rabe sagt?' erwiderte er: ‚Jawohl, meine Gebieterin!' ‚Was sagt er denn?' fragte sie weiter; und er antwortete ihr: ‚Meine Herrin, er sagt: Unter dem Baume dort liegen Speisen; kommt her und esset davon!' Da sagte sie: ‚Ich sehe, du verstehst die Sprache der Vögel.' ‚Jawohl', gab er ihr zur Antwort. Dann ging die Frau zu jenem Baume und fand dort Speisen bereit liegen; davon aßen sie. Sie war aber höchlichst erstaunt und glaubte wirklich, er verstehe die Sprache der

Vögel. Und als sie mit dem Essen fertig waren, lustwandelten sie weiter in dem Garten. Wiederum krächzte der Rabe, und der Diener rief: ‚Du hast recht!' ‚Was sagt er denn?' fragte seine Herrin; und er antwortete: ‚Meine Gebieterin, er sagt, unter jenem Baume stehe ein Krug Wassers, mit Moschus gewürzt, und alter Wein.' Sie ging mit ihm dorthin, und als sie all das fanden, was er genannt hatte, wunderte sie sich noch mehr, und der Diener stieg hoch in ihrer Achtung. Dann setzte sie sich mit ihm nieder, und beide tranken miteinander. Als sie genug getrunken hatten, schritten sie in einen anderen Teil des Gartens. Da krächzte der Rabe zum dritten Male, und der Diener rief ihm zu: ‚Du hast recht!' Wiederum fragte seine Herrin: ‚Was sagt nun dieser Rabe?' Der Diner gab zur Antwort: ‚Er sagt, unter dem Baume dort liege Zukost mit Früchten.' Als sie darauf zu jenem Baume gingen, fanden sie alles, wie er gesagt hatte; und sie aßen von den Früchten und der Zukost. Dann gingen sie weiter im Garten umher, und als nun der Rabe zum vierten Male krächzte, nahm der Diener einen Stein und warf damit nach dem Vogel. Da fragte die Frau: ‚Warum wirfst du nach ihm? Was hat er denn gesagt?' ‚Meine Herrin,' antwortete er, ‚er sagt etwas, das ich dir nicht wiederholen kann.' Doch sie fuhr fort: ‚Sprich nur, scheue dich nicht vor mir, es steht doch nichts zwischen dir und mir!' ‚Nein!' sagte er; und ‚Sprich!' sagte sie, bis sie ihn schließlich beschwor. Da gestand er ihr: ‚Der Rabe sagte zu mir: Tu mit deiner Herrin, wie ihr Gatte mit ihr tut!' Als sie das hörte, da lachte sie, bis sie auf den Rücken fiel; und dann sagte sie zu ihm: ‚Das ist ein leichtes; darin kann ich dir nicht widersprechen.' Darauf trat sie zu einem der Bäume, breitete einen Teppich unter ihm aus und rief dem Diener zu, er solle ihren Wunsch erfüllen. Aber da rief plötzlich der Herr, der dem Diener gefolgt war und ihm nun zuschaute: ‚Heda, Bursch, was ist deiner Herrin, daß sie dort liegt und weint?‘ ‚Mein Gebieter,‘ antwortete jener, ‚sie ist von einem Baume gefallen und gestorben. Nur allein Allah, der Hochgepriesene und Erhabene, hat sie dir zurückgegeben. Sie liegt dort schon eine ganze Weile, um sich auszuruhen.‘ Und als die Frau ihren Mann zu ihren Häupten stehen sah, erhob sie sich und tat, als sei sie krank und habe Schmerzen; und sie rief: ‚Ach, mein Rücken! Ach, meine Seiten! Kommt her zu mir, meine Freunde; ich kann nicht mehr leben!‘ Ihr Mann war wie betäubt vor Schrecken, und er rief dem Diener zu: ‚Hol das Pferd für deine Herrin und hilf ihr auf!‘ Nachdem sie aufgestiegen war, ergriff ihr Gatte den einen Steigbügel und der Diener den anderen; und immerfort sagte der Mann: ‚Allah mache dich gesund und lasse dich genesen!‘

Dies, o König – so schloß die Odaliske –, ist nur ein Beispiel von den Listen und der Tücke der Männer. Drum laß dich nicht von deinen Wesiren hindern, mir zu helfen und mein Recht zu verschaffen!‘ Dann weinte sie; und als der König sie weinen sah, sie, die ihm die liebste unter seinen Odalisken gewesen war, befahl er von neuem, seinen Sohn zu töten. Doch da trat der sechste Wesir zu ihm ein, küßte den Boden vor ihm und sprach zu ihm: ‚Allah der Erhabene mehre des Königs Ruhm! Siehe, ich bringe dir guten Rat, und der ist, daß du in deines Sohnes Sache langsam verfahrest.‘ – –«

Da bemerkte Schehrezâd, daß der Morgen begann, und sie hielt in der verstatteten Rede an. Doch als die *Fünfhundertunddreiundneunzigste Nacht* anbrach, fuhr sie also fort: »Es ist mir berichtet worden, o glücklicher König, daß der sechste Wesir sprach: ‚O König, verfahre langsam in deines Sohnes Sache! Denn die Lüge ist wie der Rauch, der vergeht, während die Wahrheit auf festem Grunde steht. Das Licht der Wahrheit verscheucht die Finsternis der Lüge. Wisse, die Tücke der Weiber ist groß; sagt doch auch Allah der Erhabene in seinem heiligen Buche: ‚Fürwahr, eure Weiberlist ist groß!'[1] Mir ist die Geschichte von einer Frau zu Ohren gekommen, die den Großen des Reiches einen Streich spielte wie keiner je vor ihr.' ‚Und wie war das?' fragte der König. Da erzählte der sechste Wesir: ‚Mir ist berichtet worden, o König,

DIE GESCHICHTE VON DER FRAU
UND IHREN FÜNF LIEBHABERN

Einst war eine Frau von den Töchtern der Kaufleute einem Manne vermählt, der viel auf Reisen war. Wie nun einmal ihr Gatte in ferne Länder gereist war und lange ausblieb, da konnte sie es nicht mehr ertragen, und so wandte sie ihre Liebe einem schönen Jüngling zu, einem von den Söhnen der Kaufleute; und beide waren einander in heißer Liebe zugetan. Eines Tages aber geriet der Jüngling in einen Streit mit einem Manne; und der verklagte ihn bei dem Präfekten jener Stadt, so daß der ihn ins Gefängnis warf. Das ward seiner Freundin, der Kaufmannsfrau, berichtet, und sie ward wie von Sinnen. Doch alsbald erhob sie sich, legte ihre prächtigsten Gewänder an und ging zum Hause des Präfekten, grüßte ihn und überreichte ihm eine Bittschrift des Inhalts: ‚Der, den du gefangen gesetzt und in den Kerker geworfen hast, ist mein Bruder Soundso, der mit Demunddem in Streit geraten ist. Die Leute, die gegen ihn gezeugt haben, haben falsches Zeugnis abgelegt. So liegt er denn zu Unrecht in deinem Kerker; ich aber habe außer ihm niemanden, der für mich eintreten oder für meinen Unterhalt sorgen könnte. Deshalb erbitte ich von unserem Herrn die Gnade,

1. Koran, Sure 12, Vers 28.

daß er ihn aus dem Gefängnis befreie!' Nachdem der Präfekt das Blatt gelesen hatte, blickte er die Frau an und gewann sie lieb. Dann sprach er zu ihr: ‚Geh ins Haus, ich will ihn vor mich kommen lassen; dann will ich nach dir senden, auf daß du ihn mit dir nehmest!' ‚O Herr,' erwiderte die Frau, ‚ich habe keinen Schutz außer Allah dem Erhabenen. Ich bin eine fremde Frau, und ich darf nicht in das Haus eines anderen Mannes eintreten.' Doch der Präfekt sagte: ‚Ich lasse ihn nur dann los, wenn du ins Haus kommst und mir zu Willen bist.' ‚Wenn das wirklich geschehen muß,' antwortete sie darauf, ‚so komm zu mir in mein Haus; da kannst du auch den ganzen Tag in aller Ruhe sitzen und dich hinlegen!' Als er fragte: ‚Und wo ist dein Haus?' erwiderte sie: ‚An dem und dem Platze.' Darauf verließ sie den Präfekten, dessen Herz nun der Liebe voll war. Von dort aber begab sie sich zum Kadi der Stadt und rief ihn an: ‚O unser Herr und Kadi!' ‚Ja?' erwiderte der Kadi; und sie fuhr fort: ‚Hilf mir in meiner Sache! Dein Lohn stehe bei Allah dem Erhabenen!' Der Kadi fragte: ‚Wer hat dir denn unrecht getan?' Da gab sie zur Antwort: ‚Hoher Herr, ich habe einen Bruder und sonst niemanden als ihn, und um seinetwillen komme ich zu dir. Der Präfekt hat ihn ins Gefängnis geworfen, da falsche Zeugen wider ihn ausgesagt haben, er sei ein Missetäter. Und nun bitte ich dich, lege für mich ein gutes Wort um seinetwillen bei dem Präfekten ein!' Als der Kadi sie anblickte, gewann er sie lieb und sprach zu ihr: ‚Geh ins Haus zu den Mägden; ruh dich eine Weile bei uns aus, während ich zum Präfekten schicke, daß er deinen Bruder freilasse! Wüßte ich, welche Geldstrafe ihm auferlegt wird, so würde ich sie selbst bezahlen, damit ich meinen Willen an dir haben kann; denn du gefällst mir mit deiner lieblichen Rede.' Sie entgegnete ihm: ‚Wenn du, o Herr, so handelst, dann dürfen wir die anderen nicht tadeln.' Doch der Kadi sprach: ,Wenn du nicht in mein Haus kommen willst, so geh deiner Wege!' Da sagte sie: ,Ist das dein Wille, o Herr, so wird es bei mir in meinem Hause heimlicher und besser geschehen als in deinem; denn hier sind die Sklavinnen und die Eunuchen, und Leute gehen ein und aus. Ich bin eine Frau, die von solchen Dingen nichts weiß; aber die Not zwingt.' ,Und wo ist dein Haus?' fragte der Kadi; und sie erwiderte: ,An demunddem Platze.' Nachdem sie mit ihm den gleichen Tag verabredet hatte wie mit dem Präfekten, ging sie von seinem Hause zu dem des Wesirs. Dem trug sie ihre Sache vor, klagte ihm die Not ihres Bruders, und wie der Präfekt ihn ins Gefängnis geworfen habe. Aber auch der Wesir wollte sie verführen und sprach zu ihr: ,Sei mir zu Willen, so will ich dir deinen Bruder befreien!' ,Wenn das dein Wille ist,' erwiderte sie ihm, ,so möge es in meinem Hause geschehen; dort ist es sicherer für mich und für dich. Es ist auch nicht fern, und du weißt, daß wir Frauen uns gern sauber halten und schmücken.' ,Wo ist denn dein Haus?' fragte der Wesir; und sie antwortete: ,An demunddem Platze.' Nachdem sie mit ihm den gleichen Tag verabredet hatte, begab sie sich von dem Wesir zum König jener Stadt, trug ihm ihre Sache vor und bat ihn, ihren Bruder zu befreien. Der König fragte: ,Wer hält ihn gefangen?' ,Der Präfekt', antwortete sie. Aber während der König auf ihre Rede hörte, trafen die Pfeile der Liebe sein Herz, und er befahl ihr, mit ihm ins Schloß zu gehen; inzwischen wolle er zum Präfekten schicken und ihren Bruder befreien. Sie sagte darauf: ,O König, dies ist ein leichtes für dich, sei es mit meinem Willen oder wider meinen Willen. Wenn der König das von mir begehrt, so ist es ein Glück für mich. Wenn er aber in mein Haus kommt, so wird er mich dadurch ehren, daß er seine edlen Schritte hineinlenkt, wie der Dichter sagt:

> *Ihr Freunde, habt ihr wohl gesehen und gehört,*
> *Daß Der zu mir kam, dessen Tugenden mir wert?'*

Nun sprach der König zu ihr: ‚Wir wollen dir in nichts widersprechen.' Die Frau aber verabredete mit ihm den gleichen Tag wie mit den anderen und tat ihm kund, wo sich ihr Haus befand. – –«

Da bemerkte Schehrezâd, daß der Morgen begann, und sie hielt in der verstatteten Rede an. Doch als die *Fünfhundertundvierundneunzigste Nacht* anbrach, fuhr sie also fort: »Es ist mir berichtet worden, o glücklicher König, daß die Frau, nachdem sie in den Wunsch des Königs eingewilligt hatte, ihm kundtat, wo sich ihr Haus befand, und mit ihm den gleichen Tag verabredete wie mit dem Präfekten, dem Kadi und dem Wesir. Dann ging sie von ihm fort und begab sich zu einem Zimmermann und sprach zu ihm: ‚Ich wünsche, daß du mir einen Schrank mit vier Fächern machst, die übereinanderliegen, jedes Fach mit einer eigenen Tür zum Verschließen. Sag mir, wie hoch dein Preis ist, und ich will ihn dir geben!' Er gab ihr zur Antwort: ‚Vier Dinare. Aber wenn du mir deine Gunst gewähren wolltest, du keusche Herrin, so wäre das mein höchster Wunsch, und ich würde nichts von dir verlangen.' ‚Wenn du es nicht anders willst,' erwiderte sie, ‚so mache mir einen Schrank mit fünf Kammern und Schlössern davor!' ‚Herzlich gern', sagte er; und sie machte mit ihm aus, daß er ihr den Schrank an ebenjenem Tage bringen sollte. Da sagte der Zimmermann: ‚Meine Gebieterin, setze dich, du kannst das, was du wünschest, sogleich mitnehmen; dann will ich in Muße zu dir kommen!' Sie setzte sich also zu ihm, bis er ihr den Schrank mit fünf Fächern gemacht hatte. Darauf ging sie nach Hause und ließ den Schrank im Wohngemach aufstellen. Alsdann nahm sie vier Gewänder, trug sie zum Färber und ließ jedes Gewand mit einer besonderen Farbe färben. Und schließlich machte sie sich daran, Speisen und Getränke, Blumen und Früchte und Duftwerk zu bereiten. Und als der verabredete Tag kam, kleidete sie sich in ihre prächtigsten Gewänder, schmückte sich und besprengte sich mit Wohlgerüchen. Dann breitete sie im Wohngemache vielerlei prächtige Teppiche aus, setzte sich nieder und wartete, wer da kommen würde. Zuerst vor allen anderen trat der Kadi ein, und sobald sie ihn erblickte, stand sie auf, küßte den Boden vor ihm, nahm ihn bei der Hand und bat ihn, sich auf das Lager zu setzen. Dann legte sie sich zu ihm und begann mit ihm zu scherzen. Als er aber verlangte, daß sie ihm zu Willen sei, sprach sie zu ihm: ‚Hoher Herr, lege deine Kleider und deinen Turban ab und zieh dies gelbe Hausgewand an und binde dieses Kopftuch dir ums Haupt, während ich Speise und Trank auftrage; hernach sollst du deinen Willen haben!' Und sie nahm ihm sein Gewand und seinen Turban ab, und er legte das Hauskleid und das Kopftuch an; aber da pochte es an die Tür. Der Kadi fragte: ‚Wer klopft dort an die Tür?' Und sie antwortete ihm: ‚Das ist mein Gatte!' ‚Was ist zu tun? Wohin soll ich gehen?' fuhr er fort; und sie erwiderte: ‚Fürchte dich nicht; ich will dich in diesem Schrank verbergen!' ‚Tu, was dir gut dünkt!', sagte der Kadi; und nun nahm sie ihn bei der Hand, verbarg ihn in dem untersten Fach und verschloß es. Dann ging sie zur Haustür, machte auf und erblickte den Präfekten. Sowie sie ihn sah, küßte sie den Boden vor ihm, nahm ihn bei der Hand und bat ihn, sich auf das Lager zu setzen, indem sie sprach: ‚Hoher Herr, dies Haus ist dein Haus, und diese Stätte ist deine Stätte; ich bin deine Magd und gleich einer deiner Dienerinnen. Bleib du heute den ganzen Tag bei mir; lege die Kleider ab, die du trägst, und zieh dies rote Gewand an, es ist ein Schlafgewand!' Mit diesen Worten band sie ihm auch noch einen zerfetzten Lappen um den Kopf; und nachdem sie ihm seine Kleider abgenommen hatte, setzte sie sich zu ihm aufs Lager, und die beiden tändelten miteinander. Als er aber seine Hand nach ihr ausstreckte, sprach sie zu ihm: ‚Hoher Herr, dieser Tag ist dein Tag, und niemand soll ihn mit dir teilen; aber zuerst schreib mir in deiner Güte und Huld einen Befehl, daß mein Bruder aus der Haft entlassen werden soll, damit mein Herz sich beruhige.' ‚Ich höre und gehorche, das will ich sehr gern tun', erwiderte er und schrieb sofort einen Brief an seinen Verwalter des Inhalts: ‚Sowie diese Urkunde dich erreicht, laß Denundden frei, ohne zu säumen und ohne zu träumen; dem Überbringer aber erwidere kein Wort!' Dann versiegelte er das Schreiben, und sie nahm es von ihm in Empfang. Darauf begann sie wieder mit ihm auf dem Lager zu tändeln; aber siehe da, wiederum pochte es an die Tür.' ‚Wer ist das?' fragte er; und sie erwiderte: ‚Mein Gatte!' Und als er weiter fragte: ‚Was ist zu tun?' sagte sie: ‚Verbirg dich in diesem Schrank; ich will den Mann fortschicken und dann wieder zu dir kommen!' Darauf nahm sie ihn bei der Hand und verbarg ihn in dem zweiten Fach und verschloß es. Der Kadi aber hörte alles, was die beiden sprachen. Dann ging sie zur Haustür, machte auf, und siehe, der Wesir war da. Als sie ihn erblickte, küßte sie den Boden vor ihm, hieß ihn willkommen und bezeugte ihre Ehrfurcht vor ihm. ‚Hoher Herr,' hub sie an, ‚es ist eine Ehre für uns, daß du unser Haus betrittst, du, unser Gebieter. Allah beraube uns nie deines Angesichts!' Dann bat sie ihn, sich auf das Lager zu setzen, und sprach zu ihm: ‚Lege deine Kleider und deinen Turban ab und zieh dies leichte Gewand an.' Er legte ab, was er trug, und sie bekleidete ihn mit einem blauen Hauskleide und einer roten Mütze. Dabei sagte sie: ‚Hoher Herr, diese Ministerkleider da laß für ihre Zeit! Aber für die jetzige Stunde passen die Gewänder zum Zechen, zum Fröhlichsein und zum Schlafen.' Und wie der Wesir in dieser Tracht dasaß, begann sie mit ihm auf dem Lager zu scherzen; auch er tändelte mit ihr und wollte nun seinen Willen an ihr haben. Doch sie wehrte ihm und sprach: ‚Mein Gebieter, das wird uns nicht entgehen!' Während sie so plauderten, pochte es von neuem an die Tür. ‚Wer ist das?' fragte er; und sie erwiderte: ‚Mein Gatte!' Weiter fragte er: ‚Was soll nun geschehen?' ‚Steh auf und tritt in diesen Schrank,' antwortete sie, ‚ich will meinen Gatten fortschicken und dann wieder zu dir kommen; fürchte dich nicht!' Mit diesen Worten verbarg sie ihn in dem dritten Fach und verschloß es. Als sie dann hinging und die Haustür öffnete, siehe, da trat der König ein. Kaum hatte sie ihn erblickt, so küßte sie den Boden vor ihm, nahm ihn bei der Hand, führte ihn zum Ehrenplatze des Gemaches und bat ihn, sich auf das Lager zu setzen. Darauf sagte sie: ‚Du tust uns hohe Ehre an, o König; wenn wir dir auch die ganze Welt mit allem, was darinnen ist, darbrächten, es wäre nicht so viel wert wie einer deiner Schritte zu uns.' – –«

Da bemerkte Schehrezâd, daß der Morgen begann, und sie hielt in der verstatteten Rede an. Doch als die *Fünfhundertundfünfundneunzigste Nacht* anbrach, fuhr sie also fort: »Es ist mir berichtet worden, o glücklicher König, daß die Frau zum König, als er in ihr Haus trat, sagte: ‚Wenn wir dir auch die ganze Welt mit allem, was darinnen ist, schenken würden, es wäre nicht so viel wert wie einer deiner Schritte zu uns.' Nachdem er sich auf das Lager niedergelassen hatte, sprach sie zu ihm: ‚Gewähre mir die Erlaubnis, ein einziges Wort zu sagen!' ‚Sag, was du willst!' antwortete er ihr; und sie fuhr fort: ‚Mach es dir behaglich, mein Gebieter! Lege deine Kleider und deinen Turban ab!' Seine Kleider, die er damals trug, waren aber tausend Dinare wert; und nachdem er sie ausgezogen hatte, kleidete sie ihn in einen alten Rock, der nur zehn Dirhems wert war, nicht mehr. Darauf begann sie mit ihm zu plaudern und zu tändeln. Und all das geschah, während die Gesellschaft in dem Schranke hörte, was vorging; doch keiner wagte, ein Wort zu sagen. Als der König ihr nun seine Hand um den Hals legte und sein Verlangen nach ihr stillen wollte, sprach sie zu ihm: ‚Das wird uns nicht entgehen. Ich hatte doch vorher versprochen, dich hier zu bewirten; und ich hab auch etwas bei mir, das dich erfreuen wird.' Während sie so miteinander plauderten, klopfte plötzlich jemand an die Tür. ‚Wer ist das?' fragte der König; und sie erwiderte ihm: ‚Mein Gatte!' Er aber rief: ‚Schick ihn in Güte von uns fort; sonst geh ich hinaus und jage ihn mit Gewalt davon!' ‚So möge es nicht sein, hoher Herr,' erwiderte sie; ‚gedulde dich nur, bis ich ihn durch meine Klugheit fortgebracht habe!' Als er dann fragte: ‚Was soll ich derweilen tun?' nahm sie ihn bei der Hand und verbarg ihn in dem vierten Fach und verschloß es. Dann ging sie zur Haustür und machte auf; diesmal war es der Zimmermann. Nachdem er eingetreten war und sie begrüßt hatte, sprach sie zu ihm: ‚Was sind das für Schränke, die du da für mich machst!' ‚Was ist es damit, meine Gebieterin?' fragte er; und sie fuhr fort: ‚Dies Fach da ist zu eng!' ‚Meine Gebieterin, es ist weit genug!' ‚Geh selbst hinein und sieh nach; es ist nicht weit genug für dich!' ‚Es ist weit genug für vier!' Mit diesen Worten stieg der Zimmermann hinein; und als er drinnen war, schloß sie hinter ihm zu. Dann machte sie sich auf, nahm den Brief des Präfekten und brachte ihn zum Verwalter. Der nahm ihn, las ihn und führte ihn an die Lippen; und alsbald entließ er ihr jenen Mann, ihren Geliebten, aus dem Gefängnis. Sie erzählte ihm, was sie getan hatte; und er fragte sie: ‚Was sollen wir jetzt beginnen?' Darauf gab sie ihm zur Antwort: ‚Wir wollen uns aus dieser Stadt in eine andere Stadt begeben; denn nach solchen Taten ist unseres Bleibens hier nicht länger.' Nun packten die beiden alles zusammen, was sie besaßen, luden es auf Kamele und zogen zur selbigen Stunde in eine andere Stadt.

Die fünf Männer aber blieben drei Tage lang, ohne etwas zu essen, in den Fächern des Schrankes. Da kam sie die Not an, weil sie auch drei Tage lang kein Wasser gelassen hatten. Und nun ließ der Zimmermann sein Wasser auf den Sultan laufen, und der Sultan auf den Wesir, der Wesir auf den Präfekten und der Präfekt schließlich auf den Kadi. Da schrie der Kadi auf und rief: ‚Was ist das für eine Schmutzerei! Haben wir nicht an unserer Not genug, daß ihr uns auch noch mit eurem Wasser naß macht?' Da erhob der Präfekt seine Stimme und rief: ‚Allah mehre deinen Lohn, o Kadi!' Wie der ihn hörte, erkannte er, daß es der Präfekt war; und nun rief auch dieser mit lauter Stimme: ‚Was bedeutet diese Schmutzerei!' Da hub der Wesir an und rief: ‚Allah mehre deinen Lohn, o Präfekt!' Wie der Präfekt das hörte, erkannte er, daß der Wesir über ihm war. Dann rief der Wesir mit lauter Simme nach oben: ‚Was bedeutet diese Schmutzerei?'[1] Als der König die Worte des Wesirs hörte, erkannte er ihn; doch er schwieg und verriet sich nicht. Dann rief der Wesir wieder: ‚Gott verfluche dies Weib für das, was es uns angetan hat! Sie hat wahrhaftig alle Großen des Reiches hier versammelt, mit Ausnahme des

---

1. Hier sind die Worte »Da erhob der König seine Stimme und rief: ‚Allah mehre deinen Lohn!'« ausgelassen, da sie den Zusammenhang stören.

Königs!' Wie der König das hörte, rief er den anderen zu: ‚Schweigt doch! Ich bin ja der erste der in das Netz dieser gemeinen Dirne gefallen ist!' Der Zimmermann aber, der diese Worte vernahm, rief nun: ‚Und ich, was habe ich getan? Ich habe ihr einen Schrank für vier Golddinare gemacht; und als ich kam, um meinen Lohn zu holen, hat sie mich übertölpelt und in dies Fach eingesperrt und zugeschlossen!' Schließlich begannen sie miteinander zu plaudern und den König durch ihre Unterhaltung zu trösten, um seinen Kummer zu verscheuchen. Da kamen aber auch die Nachbarn jenes Hauses, und als sie es leer sahen, sprachen sie zueinander: ‚Gestern war doch noch unsere Nachbarin, die Frau des Soundso, darinnen. Und jetzt hören wir an dieser Stätte keinen Laut und sehen keine Seele. Brechet die Türen auf und schaut, wie es dort aussieht! Sonst kommt es dem Präfekten oder gar dem König zu Ohren; und dann wirft man uns ins Gefängnis, und wir würden bereuen, es nicht schon längst getan zu haben!' Und nun erbrachen sie die Türen und drangen ein; da fanden sie nur einen hölzernen Schrank, und in dem hörten sie Männer vor Hunger und Durst wimmern. Sie raunten einander zu: ‚Steckt wohl ein Geist in diesem Schranke?' Und einer von ihnen riet: ‚Wir wollen Brennholz darum häufen und den Schrank im Feuer verbrennen lassen!' Aber der Kadi schrie ihnen zu: ‚Tut es nicht!' – –«

Da bemerkte Schehrezâd, daß der Morgen begann, und sie hielt in der verstatteten Rede an. Doch als die *Fünfhundertundsechsundneunzigste Nacht* anbrach, fuhr sie also fort: »Es ist mir berichtet worden, o glücklicher König, daß der Kadi, als die Nachbarn Brennholz holen und den Schrank verbrennen lassen wollten, ihnen zuschrie: ‚Tut das nicht!' Aber die Nachbarn sprachen zueinander: ‚Die Geister verstellen sich und reden mit menschlicher Rede!' Wie der Kadi das hörte, sprach er einige Verse aus dem erhabenen Koran, und dann rief er die Nachbarn: ‚Tretet an den Schrank heran, in dem wir sind!' Und als sie dicht davorstanden, fuhr er fort: ‚Ich bin derundder, und ihr seid derundder und derundder; wir sind hier eine ganze Gesellschaft!' Da fragten die Nachbarn den Kadi: ‚Wer hat dich denn hierhergebracht?' Und er erzählte ihnen die ganze Geschichte von Anfang bis zu Ende. Darauf holten sie einen Zimmermann; und der machte dem Kadi sein Verlies auf, und ebenso auch dem Präfekten und dem Wesir und dem König und dem Zimmermann; und alle waren in den Gewändern, die sie angelegt hatten. Wie sie aber hinausgestiegen waren, blickten sie einander an, und ein jeder von ihnen mußte über den anderen lachen. Die Frau hatte alle die Kleider der Männer mitgenommen, und nun mußte ein jeder von ihnen zu den Seinen schicken, um neue Kleider holen zu lassen. In die verhüllten sie sich vor den Blicken der Leute, und dann schlichen sie davon.

Bedenke, o Herr und König – so fuhr der sechste Wesir fort –, diesen Streich, den ein solches Weib jenen Leuten spielte! Und ferner ist mir berichtet worden

DIE GESCHICHTE
VON DEN DREI WÜNSCHEN

Es war einmal ein Mann, der sein ganzes Leben lang wünschte, die Nacht der Allmacht[1] zu schauen. Wie der eines Nachts

---

1. Die ‚Nacht der Allmacht' ist die Nacht, in der Allah dem Erzengel Gabriel den Koran offenbarte, der ihn seinerseits dem Propheten Mohammed offenbarte. In ihr sollen sich alle Schicksale der Menschen für das folgende Jahr entscheiden; sie ist eine der letzten Nächte des Monats Ramadân.

gen Himmel blickte, sah er die Engel und sah die Tore des Himmels offen. Auch sah er, wie alle Wesen, ein jedes an seiner Stelle, sich anbetend niederwarfen. Nachdem er das geschaut hatte, sprach er zu seiner Frau: ,Du, Allah hat mich die Nacht der Allmacht sehen lassen, und mir ist verheißen worden, bei ihrem Anblicke dürfe ich drei Wünsche tun, die mir erfüllt werden sollten. Nun frage ich dich um Rat: ,Was soll ich mir wünschen?' Da sagte die Frau: ,Sprich: O Allah, laß meine Rute größer werden!' Er sprach diesen Wunsch aus, und da wurde seine Rute so groß wie ein Kürbiskopf. Der Mann aber konnte sich nun mit ihr kaum noch erheben. Und wenn er seiner Frau nahen wollte, so lief sie vor ihm weg, von Ort zu Ort. Schließlich sprach er zu ihr: ,Was ist zu tun? Dies war doch dein Wunsch, die Folge deiner Brunst!' Sie gab ihm zur Antwort: ,Ich habe doch nicht begehrt, daß sie so groß werden sollte!' Da hob der Mann sein Haupt gen Himmel und sprach: ,O Allah, befreie mich von dieser Plage und erlöse mich von ihr!' Nun aber wurde der Mann ganz glatt und hatte keine Rute mehr. Als seine Frau das sah, sprach sie zu ihm: ,Jetzt mag ich dich nicht mehr, dieweil du keine Mannheit hast.' Und er klagte: ,Dies kommt alles von deinem unseligen Rat und deiner törichten Art! Ich hatte drei Wünsche an Allah frei, durch die ich alle Güter der Erde und des Himmels hätte erlangen können. Jetzt sind schon zwei Wünsche dahin, und ich habe nur noch einen übrig.' Sie aber sagte: ,Bitte zu Allah dem Erhabenen, daß er dich mache, wie du früher gewesen bist!' Also betete er zu seinem Herrn und wurde, wie er gewesen war. Und all das geschah, o König, weil die Frau so töricht dachte.

Dies, o König – so schloß der sechste Wesir –, habe ich dir erzählt, auf daß du dich davon überzeugst, wie gedankenlos, schwachsinnig und töricht die Frauen sind. Drum hör nicht auf ihr Wort, töte nicht deinen Sohn, dein Herzblut, auf daß dein Name nach deinem Tode nicht aussterbe!' Also widerrief der König den Befehl, seinen Sohn hinzurichten. Doch als der siebente Tag anbrach, kam die Odaliske schreiend zum König herein und zündete ein großes Feuer an. Da packte man sie an Händen und Füßen und schleppte sie vor den König. ‚Warum hast du das getan?' fragte der König; und sie erwiderte: ‚Wenn du mir nicht mein Recht schaffest, wider deinen Sohn, so werfe ich mich in dies Feuer; denn ich bin des Lebens überdrüssig. Ehe ich zu dir gekommen bin, habe ich meinen letzten Willen aufgeschrieben und meine Habe den Armen vermacht; denn ich bin zum Tode entschlossen. Du aber wirst so bittere Reue empfinden, wie der König sie empfand, weil er die Badhüterin bestraft hatte.' ‚Und wie war das?' fragte der König; da erzählte die Odaliske: ‚Mir ist berichtet worden, o König,

DIE GESCHICHTE
VON DEM GESTOHLENEN HALSBAND

Es war einmal eine fromme Frau, eine Asketin, die sich nur dem Dienste Gottes widmete. Die pflegte zum Palast eines Königs zu gehen, dessen Bewohner durch sie gesegnet wurden und sie deshalb hoch in Ehren hielten. Eines Tages nun kam sie wieder in jenes Schloß, wie sie es gewohnt war, und setzte sich zu der Gemahlin des Königs. Die übergab ihr ein Halsband, das tausend Dinare wert war, und sprach zu ihr: ‚Gute Frau, nimm dies Halsband zu dir und hüte es, bis ich aus dem Bade komme und es wieder von dir zurückerhalte!' Das Bad aber war in jenem Schlosse. Die Frau nahm das Halsband und setzte sich in ein Gemach im Schlosse, während die Königin in das Bad ihres Hauses ging; und sie wartete, bis die Herrscherin zurückkäme. Jenes Halsband aber legte sie unter einen Gebetsteppich; und sie begann zu beten. Da kam ein Vogel, raubte das Halsband und versteckte es in einem Mauerspalt an einer der Ecken des Palastes; die Hüterin war nämlich gerade hinausgegangen, um einem Ruf der Natur zu folgen und sogleich zurückzukehren, und so bemerkte sie es nicht. Als aber die Gemahlin des Königs wieder aus dem Bade kam, erbat sie sich das Halsband von der Hüterin. Die konnte es jedoch nicht finden, und soviel sie auch danach suchte, entdeckte sie doch kein Anzeichen und keine Spur von ihm. Da beteuerte sie: ,Bei Allah, meine Tochter, es ist niemand bei mir gewesen! Als ich es erhielt, legte ich es unter den Gebetsteppich. Und jetzt weiß ich nicht, ob vielleicht einer von den Dienern es gesehen und es unbemerkt genommen hat, während ich im Gebet versunken war. Das kann nur Allah der Erhabene wissen!' Wie der König nun hörte, was geschen war, befahl er seiner Gemahlin, die Hüterin durch Feuer und schwere Schläge zu foltern. – –«

Da bemerkte Schehrezâd, daß der Morgen begann, und sie hielt in der verstatteten Rede an. Doch als die *Fünfhundertundsiebenundneunzigste Nacht* anbrach, fuhr sie also fort: »Es ist mir berichtet worden, o glücklicher König, daß die Königin, nachdem ihr Gemahl befohlen hatte, die Hüterin durch Feuer und schwere Schläge zu foltern, seinen Befehl ausführte und die Frau auf jegliche Art foltern ließ. Und dennoch gestand sie nichts, noch beschuldigte sie jemanden. Darauf gebot er, sie zu fesseln und ins Gefängnis zu werfen; und es geschah also. Bald darauf saß der König einmal in seinem Schloßhofe, wo ihn fließendes Wasser rings umgab; und seine Gemahlin saß neben ihm. Da fiel sein Blick auf einen Vogel, der jenes Halsband aus einem Mauerspalt an einer Ecke des Schlosses herauszog; er rief eine Sklavin, die bei ihm war, und die fing den Vogel und nahm ihm das Halsband ab. Daran erkannte der König, daß der Hüterin unrecht geschehen war, und er bereute, was er ihr angetan hatte. Dann ließ er sie kommen; und als sie vor ihm stand, küßte er ihr das Haupt und begann zu weinen und sie um Verzeihung zu bitten, indem er seine Reue über sein Tun beteuerte. Ferner befahl er, ihr viel Geld zu geben; aber sie weigerte sich, es anzunehmen. Sie verzieh ihm und verließ ihn; und sie schwor, nie wieder eines Menschen Haus zu betreten. Und von nun an zog sie über die Berge und durch die Täler und diente Allah dem Erhabenen, bis sie starb.

Ferner, o König – so fuhr die Odaliske fort –, ist mir über die Tücke der Männer berichtet worden

DIE GESCHICHTE
VON DEN BEIDEN TAUBEN

Einst hatten zwei Tauben, ein Männchen und ein Weibchen, zur Winterszeit Weizen und Gerste in ihrem Nest aufgespeichert. Doch als der Sommer kam, schrumpfte das Korn zusammen und sah aus, als ob es weniger geworden wäre. Da sagte der Täuber zur Taube: ‚Du hast von dem Korn gegessen!' Doch sie erwiderte: ‚Nein, bei Allah, ich habe nichts davon angerührt!' Er glaubte ihr aber nicht und schlug sie mit den Flügeln und pickte nach ihr mit dem Schnabel so lange, bis er sie getötet hatte. Als jedoch die kalte Jahreszeit kam, wurde das Korn wieder wie zuvor; und da erkannte der Täuber, daß er sein Weibchen zu Unrecht grausam umgebracht hatte, und er bereute, als die Reue nichts mehr fruchtete. Von nun ab legte er sich neben sie und klagte um sie; er weinte in seinem Schmerze, aß nicht mehr und trank nicht mehr und wurde schließlich krank. Und er genas nicht wieder von seiner Krankheit, bis er starb.

Aber – so fuhr die Odaliske wiederum fort – mir ist über die Tücke der Männer noch eine andere Geschichte berichtet worden, und die ist noch wunderbarer als alle die anderen.' ,Laß hören, was du weißt!' erwiderte der König; und nun erzählte sie

DIE GESCHICHTE VON DEM PRINZEN BAHRÂM UND DER PRINZESSIN ED-DATMA

Es war einmal, o König, eine Prinzessin, die zu ihrer Zeit nicht ihresgleichen hatte an Schönheit und Lieblichkeit, an des Wuchses Ebenmäßigkeit, an Anmut und Versonnenheit und an verführerischem Reize zu der Männer Herzeleid. Sie pflegte auch zu sagen: ,Mir ist keine gleich zu meiner Zeit!' Die Söhne der Könige freiten um sie, doch sie wollte keinen von ihnen annehmen. Ihr Name aber war ed-Datma. Sie sagte: ,Mich soll keiner zum Weibe haben, es sei denn, er überwinde mich mit Schwert und Lanze auf offenem Feld im Waffentanze. Wenn einer mich besiegt, so will ich mich freudigen Herzens mit ihm vermählen; besiege ich ihn aber, so will ich ihm sein Roß, seine Waffen und seine Rüstung abnehmen und ihm auf die Stirn schreiben: Dies ist ed-Datmas Freigelassener!' Die Söhne der Könige kamen zu ihr von nah und fern; aber sie besiegte sie und beschämte sie, nahm ihre Waffen und brannte ihnen mit Feuer das Zeichen ein. Nun hörte von ihr auch der Sohn eines Königs der Perser, des Namens Bahrâm. Der zog zu ihr aus weiter Ferne, indem er viel Geld, Rosse und Mannen und königliche Schätze mitnahm, bis er ihr Land erreichte. Und wie er dort ankam, schickte er ihrem Vater ein kostbares Geschenk. Der König ritt ihm entgegen und empfing ihn mit den höchsten Ehren. Dann ließ der Prinz dem König durch seine Wesire die Botschaft überbringen, daß er um seine Tochter freie. Doch der König ließ ihm sagen: ‚Mein Sohn, was meine Tochter ed-Datma betrifft, so habe ich keine Macht über sie; denn sie hat sich selbst einen Eid geschworen, sie wolle sich nur dem Manne vermählen, der sie auf offenem Plan überwinde.' Der Prinz erwiderte: ‚Ich bin nur mit diesem Ziele von meiner Stadt hierher gereist!' Darauf ließ der König antworten: ‚Morgen sollst du dich mit ihr messen.' Am nächsten Tage schickte der König zu ihr und entbot sie zum Wettkampfe. Als sie die Botschaft vernahm, rüstete sie sich zum Streit, legte ihren Harnisch an und ritt auf den Plan; auch der Prinz zog hinaus, ihr entgegen, zum Kampfe entschlossen. Und wie das Volk davon hörte, strömten die Menschen von allen Seiten herbei, um jenen Tag mitzuerleben. Da sprengte ed-Datma heran, gepanzert, gegürtet und mit herabgelassenem Visier. Und der Prinz trat ihr entgegen, prächtig anzuschauen, in wehrhaftem Waffenschmuck und vollendeter Rüstung. Sie drangen aufeinander ein und tummelten sich lange im heißen Kampfe. Da erkannte die Prinzessin in ihm einen kühneren und geübteren Ritter, als sie bisher je gesehen hatte, und sie fürchtete, er würde ihr vor allem Volke eine schmähliche Niederlage bereiten; und als sie sicher wußte, daß er ihr überlegen war, beschloß sie, ihn zu überlisten. Und alsbald führte sie ihren Plan aus und hob das Visier von ihrem Antlitz, und siehe, das leuchtete heller als der volle Mond. Wie der Prinz das sah, ward er verwirrt, seine Kraft erlahmte, und sein Mut verließ ihn. Und kaum hatte die Prinzessin das an ihm bemerkt, so stürzte sie sich auf ihn und hob ihn aus dem Sattel, so daß er in ihrer Hand gleich einem Sperling in den Fängen des Adlers war; er aber war so von ihrer Gestalt geblendet, daß er nicht wußte, wie ihm geschah. Darauf nahm sie ihm Roß und Waffen und Rüstung ab, brannte ihm das Feuerzeichen ein und hieß ihn seiner Wege gehen. Als er aber aus seiner Betäubung erwachte, blieb er tagelang ohne Essen, ohne Trinken, ohne Schlaf; so sehr war er erregt, und so tief war sein Herz von der Liebe zu der Prinzessin ergriffen. Dann entsandte er einen seiner Sklaven zu seinem Vater mit einem Briefe, in dem er ihm schrieb, er könne nicht eher heimkehren, als bis er seinen Wunsch erreicht habe oder gestorben sei, ohne die Prinzessin zu gewinnen. Als dies Schreiben seinen Vater erreichte, war er in Sorge um ihn, und er wollte ihm Truppen und Krieger senden; doch die Wesire rieten ihm davon ab und ermahnten ihn zur Geduld.

Inzwischen aber sann der Prinz auf eine List, um sein Ziel zu erreichen. Er verkleidete sich in die Gestalt eines hinfälligen Greises und begab sich zu dem Garten der Prinzessin, in dem sie die meisten ihrer Tage zu lustwandeln pflegte. Dort suchte er den Gärtner auf und sprach zu ihm: ‚Ich bin ein Fremdling aus fernem Lande, und seit meiner Jugend bis auf den heutigen Tag habe ich so gut das Land bestellen und die Pflanzen und Blumen pflegen können, daß niemand mir darin gleichkommt.' Wie der Gärtner das hörte, war er aufs höchste erfreut, führte ihn in den Garten und empfahl ihn seinen Leuten. Darauf begann der Prinz seinen Dienst, pflegte die Bäume und verbesserte ihre Früchte. Während er nun damit beschäftigt war, kamen eines Tages Sklaven in den Garten und führten Maultiere mit sich, die mit Teppichen und Gefäßen beladen waren. Er fragte sie, was das bedeute, und sie antworteten ihm: ‚Die Tochter des Königs will sich in diesem Garten ergehen.' Da eilte er fort und holte die Schmucksachen und die Gewänder, die er aus seiner Heimat mitgebracht hatte. Er brachte sie in den Garten, setzte sich dort nieder und breitete einiges von jenen Kostbarkeiten vor sich aus, indem er fortwährend zitterte und so tat, als ob das von Altersschwäche herrühre. – –«

Da bemerkte Schehrezâd, daß der Morgen begann, und sie hielt in der verstatteten Rede an. Doch als die *Fünfhundertundachtundneunzigste Nacht* anbrach, fuhr sie also fort: »Es ist mir berichtet worden, o glücklicher König, daß der persische Prinz, nachdem er sich, als hochbetagter Greis verkleidet, in den Garten gesetzt hatte, die Schmucksachen und Gewänder vor sich ausbreitete und so tat, als ob er vor hoher Altersschwäche zittere. Nach einer Weile kamen die Dienerinnen und die Eunuchen mit der Prinzessin in ihrer Mitte, wie der Mond unter den Sternen. Als die nun weiterschritten und im Garten umherwandelten, die Früchte pflückten und sich ergingen, da sahen sie plötzlich unter einem der Bäume einen Mann sitzen; sie liefen auf ihn zu – es war zwar der Prinz –, doch wie sie ihn anschauten, war es ein hochbetagter Greis, der an Händen und Füßen zitterte, und vor ihm lagen Kostbarkeiten und königliche Kleinodien. Als sie das sahen, wunderten sie sich darüber und fragten ihn, was er mit diesen Sachen tun wolle. Er antwortete ihnen: ‚Für diese Schmucksachen will ich eine von euch zur Frau nehmen.' Da lachten sie ihn aus und fragten weiter: ‚Wenn du dich vermählt hast, was willst du dann mit ihr machen?' Er sagte: ‚Dann will ich ihr einen einzigen Kuß geben und mich wieder von ihr scheiden.' Nun hub die Prinzessin an: ‚Ich vermähle dich mit dieser Sklavin.' Da erhob er sich und ging, auf einen Stab gestützt, zitternd und stolpernd auf sie zu, küßte sie und gab ihr all jene Kostbarkeiten und Gewänder; die Sklavin war froh, und alle lachten ihn aus. Dann gingen sie ihrer Wege. Am nächsten Tage kamen sie wieder in den Garten, gingen auf die Stelle zu und fanden ihn dort sitzen wie zuvor; doch vor ihm lagen noch mehr Juwelen und Gewänder als am Tage vorher. Da setzten sie sich zu ihm und fragten: ‚Alterchen, was tust du mit diesem Schmuck?' ‚Dafür nehme ich eine von euch zur Frau wie gestern', erwiderte er. Die Prinzessin sagte wiederum: ‚Ich vermähle dich mit dieser Sklavin da!' Und der Alte ging auf sie zu, küßte sie und gab ihr jene Schmucksachen und Gewänder; dann gingen sie wieder heim. Als die Prinzessin sah, daß er den Sklavinnen solche Schmuckstücke und Gewänder gab, sagte sie sich: ‚Ich habe mehr Anrecht darauf; und mir kann die Sache nichts schaden.' Deshalb schlich sie am Tage darauf allein aus ihrem Schlosse, als Sklavin verkleidet, und ging auf versteckten Pfaden weiter, bis sie zu dem Alten kam. Als sie vor ihm stand, sprach sie zu ihm: ‚Alterchen, ich bin die Tochter des Königs. Willst du dich mit mir vermählen?' ‚Herzlich gern', erwiderte er, holte die wertvollsten und kostbarsten Juwelen und Gewänder und reichte sie ihr hin. Dann erhob er sich, um sie zu küssen, während sie nichts ahnte und unbesorgt war. Sobald er aber vor ihr stand, packte er sie mit festem Griff, warf sie auf die Erde und nahm ihr das Mädchentum. Dann rief er: ‚Kennst du mich nicht?' ‚Wer bist du?' fragte sie; und er gab ihr zur Antwort: ‚Ich bin Bahrâm, der Sohn des Königs von Persien! Ich habe meine Gestalt gewandelt, ich, der ich mein Volk und mein Land verlassen habe um deinetwillen.' Da erhob sie sich schweigend vom Boden, ohne ihm eine Antwort zu geben; kein Wort sprach sie zu ihm, da ihr das widerfahren war. Doch bei sich selber sprach sie: ‚Wenn ich ihn töte, so nützt mir sein Tod nichts.' Und weiter dachte sie nach und sagte sich: ‚Mir kann in meiner Not nichts helfen, als daß ich mit ihm in sein Land fliehe.' Darauf suchte sie all ihr Hab und Gut, all ihre Schätze zusammen, sandte zu ihm und tat ihm ihre Absicht kund, auf daß er sich auch rüste und seine Habe sammle; und sie vereinbarten eine Nacht zur Flucht. Dann bestiegen sie die edlen Rosse und eilten im Schutze der Nacht dahin. Als es Morgen ward, hatten sie schon eine weite Strecke hinter sich; und sie ritten immer weiter dahin, bis sie ins Land Persien kamen und sich der Hauptstadt seines Vaters näherten. Sobald sein Vater die Botschaft vernahm, zog er ihm mit seinen Truppen und Kriegern entgegen und war aufs höchste erfreut. Nach einigen Tagen sandte er dem Vater der Prinzessin ed-Datma ein kostbares Geschenk und einen Brief, in dem er ihm mitteilte, daß seine Tochter bei ihm sei, und ihn um ihre Aussteuer bat. Wie die Geschenke bei ihrem Vater ankamen, nahm er sie entgegen und erwies den Boten, die sie brachten, die höchsten Ehren; und er selbst ward von großer Freude erfüllt. Dann rüstete er die Hochzeitsmahle, ließ den Kadi und die Zeugen kommen und den Ehevertrag zwischen seiner Tochter und dem Prinzen niederschreiben. Die Boten, die ihm den Brief des Prinzen von Persien überbracht hatten, kleidete er in Ehrengewänder, und seiner Tochter sandte er die Aussteuer. Und der Prinz von Persien lebte mit ihr zusammen, bis der Tod sie trennte.

Betrachte nun, o König – so schloß die Odaliske –, wie arglistig die Männer gegen die Frauen sind! Ich aber will mein Recht nicht aufgeben, bis ich sterbe.' Da befahl der König noch einmal, seinen Sohn zu töten; doch der siebente Wesir trat ein, und als er vor dem König stand, küßte er den Boden und hub darauf an: ‚O König, gewähre mir eine Frist, in der ich zu dir meine Worte des guten Rates spreche: Wer da Geduld übt und wartet still, der erreicht seine Hoffnung und gewinnt, was er will! Wer sich aber übereilt, der muß bereuen. Ich habe erkannt, was diese Odaliske listig ersonnen hat, um den König zu veranlassen, daß er schreckliche Verbrechen begehe. Dein Knecht aber, der von deiner Güte und Huld überhäuft ist, bietet dir guten Rat. Ich kenne, o König, die Listen der Frauen besser als irgendein anderer. Mir ist darüber auch berichtet worden die Geschichte von der alten Frau und dem Sohne des Kaufmannes.' ,Und wie ist die, Wesir?' fragte der König; da erzählte der siebente Wesir: ,Mir ist berichtet worden, o König,

DIE GESCHICHTE VON DER ALTEN FRAU UND DEM KAUFMANNSSOHNE

Einst hatte ein reicher Kaufmann einen Sohn, der ihm lieb war. Zu dem sprach eines Tages sein Sohn: ,Lieber Vater, ich habe eine Bitte an dich; willst du sie mir gewähren?' ,Was ist das, mein Sohn?' antwortete der Vater, ,ich will es'dir geben; auch wenn es das Licht meiner Augen wäre, dir würde ich deinen Wunsch erfüllen.' Da fuhr der Sohn fort: ,Ich bitte dich, gib mir Geld, auf daß ich dafür mit den Kaufleuten nach der Stadt Baghdad reisen kann, um sie mir anzuschauen und dort die Schlösser der Kalifen zu sehen. Die Söhne der Kaufleute haben mir davon erzählt, und jetzt sehne ich mich danach, sie selbst zu sehen.' Doch der Vater rief: ,Mein lieber Sohn, wer kann es ertragen, sich von dir zu trennen?' Darauf erwiderte der Sohn: ,Ich habe gesagt, was ich zu sagen habe; und ich muß dorthin reisen, sei es mit deinem Willen oder gegen ihn. Mich erfüllt ein heftiges Verlangen danach, das nur gestillt werden kann, wenn ich wirklich dorthin komme.' – –«

Da bemerkte Schehrezâd, daß der Morgen begann, und sie hielt in der verstatteten Rede an. Doch als die *Fünfhundertundneunundneunzigste Nacht* anbrach, fuhr sie also fort: »Es ist mir berichtet worden, o glücklicher König, daß der Sohn des Kaufmannes zu seinem Vater sprach: ‚Ich kann nicht anders, ich muß nach Baghdad reisen.' Als nun der Vater ihn so entschlossen sah, rüstete er ihm Waren im Werte von dreißigtausend Dinaren und entsandte ihn mit Kaufleuten, denen er vertraute, nachdem er ihn ihrem Schutze empfohlen hatte. Dann nahm der Vater Abschied von ihm und kehrte in sein Haus zurück. Der Sohn aber zog mit seinen Gefährten, den Kaufleuten, immer weiter dahin, bis sie Baghdad, die Stätte des Friedens, erreichten. Nachdem sie dort angekommen waren, begab sich der Sohn auf den Basar und mietete sich ein schönes und ansehnliches Haus, das seinen Sinn berückte und jeden Beschauer entzückte; darinnen zwitscherten die Vögel, und die Gemächer lagen einander gegenüber, auch war der Boden überall mit farbigem Marmor belegt, und die Decken waren vergoldet und mit Lapislazuli verziert. Er fragte den Türhüter, wie hoch der Mietzins im Monate sei, und als der ihm antwortete: ‚Zehn Dinare', fragte er ihn: ‚Sprichst du die Wahrheit, oder scherzest du mit mir?' ‚Bei Allah,' erwiderte der Türhüter, ‚ich sage nur die reine Wahrheit; doch jeder, der in diesem Hause wohnt, bleibt nur eine Woche oder zwei Wochen darin.' ‚Woher kommt das?' fragte der Jüngling weiter; und der Türhüter gab ihm zur Antwort: ‚Mein Sohn, wer in diesem Hause wohnt, verläßt es nur krank oder tot. Deshalb ist dies Haus bei allen Leuten bekannt, und niemand will darin wohnen; und daher ist sein Mietzins so niedrig.' Als der Jüngling das hörte, war er aufs höchste erstaunt. Und er sprach bei sich: ‚Sicherlich ist in diesem Gebäude irgendeine Ursache dafür vorhanden, daß Krankheit und Tod so in ihm hausen.' Er dachte noch eine Weile nach, aber dann, nachdem er seine Zuflucht zu Allah genommen hatte gegen den verfluchten Satan, verscheuchte er jene Bedenken aus seinem Sinne, mietete das

Haus und begann mit Verkauf und Kauf. So vergingen einige Tage, während er in dem Hause lebte, ohne daß ihm etwas von dem zustieß, was der Türhüter gesagt hatte. Eines Tages aber, wie er an seiner Haustür saß, da kam des Wegs ein altes, grauhaariges Weib, gleich einer Schlange mit fleckigem Leib; die pries und heiligte Allah unablässig und räumte die Steine und anderen Hindernisse aus dem Wege. Als sie den Jüngling an der Tür sitzen sah, blickte sie ihn voll Verwunderung an. Da fragte er sie: ‚Frau, kennst du mich, oder verwechselst du mich mit einem anderen?' Kaum hatte sie diese Worte aus seinem Munde vernommen, so humpelte sie rasch auf ihn zu, begrüßte ihn und sprach zu ihm: ‚Wie lange wohnst du schon in diesem Hause?' ‚Zwei Monate, meine Mutter', erwiderte er; und sie fuhr fort: ‚Darüber wundere ich mich. Ich kenne dich nicht, mein Sohn, und du kennst mich nicht; und ich verwechsle dich auch nicht mit einem anderen. Doch ich wundere mich über dich; denn jeder andere, der dies Haus bewohnt, verläßt es nur krank oder tot. Ohne Zweifel, mein Sohn, hast du deine Jugend gefährdet. Bist du noch nicht in den Söller hinaufgestiegen und hast du noch nicht von der Terrasse Ausschau gehalten, die dort oben ist?' Mit diesen Worten ging die Alte ihrer Wege; und als sie fort war, begann der Jüngling über ihre Worte nachzudenken, indem er sich sagte: ‚Ich bin wirklich noch nicht auf den Söller des Hauses gestiegen und kenne die Terrasse dort noch nicht.' Und er ging sofort ins Haus hinein und begann in allen Ecken umherzusuchen, bis er in einem Winkel eine kleine Tür fand, die von einem Pfosten zum anderen mit einem Spinnengewebe bedeckt war. Er sagte sich zwar: ‚Vielleicht hat die Spinne ihr Netz nur deshalb über diese Tür gezogen, weil das Schicksal hinter ihr lauert.' Aber er hielt sich an den Spruch Allahs des Erhabenen: ‚Sprich, uns soll nichts widerfahren als das, was Allah für uns geschrieben hat'[1], und öffnete jene Tür. Dann stieg er eine kleine Treppe hinauf, bis er auf den Söller kam; dort sah er eine Terrasse und setzte sich nieder, um sich auszuruhen und umherzuschauen. Da erblickte er ein schönes und wohlgepflegtes Haus, auf dessen Dache sich eine hohe Terrasse befand, die ganz Baghdad überschaute; und auf jener Terrasse war eine Frau, so schön wie eine Paradiesjungfrau, die alle Fasern seines Herzens entzückte, ihm Sinn und Verstand berückte und ihn mit Hiobs Qual und Jakobs Trauer bedrückte. Als der Jüngling sie erblickt hatte und näher anschaute, da sagte er sich: ‚Vielleicht ist es um dieser Frau willen, daß die Leute sagen, ein jeder, der in diesem Hause wohne, müsse sterben oder werde krank. Wüßte ich doch, wie ich gerettet werden kann! Mein Verstand ist schon dahin.' Darauf stieg er von dem Söller des Hauses hinab, indem er über sein Schicksal grübelte, und setzte sich in dem Hause nieder. Doch weil er keine Ruhe fand, ging er hinaus und setzte sich vor die Tür; da kam plötzlich wieder die Alte des Weges, die dahinschritt, indem sie Allah anrief und pries. Wie der Jüngling sie erblickte, erhob er sich, bot ihr Gruß und Segenswunsch und sprach zu ihr: ‚Mütterchen, ich war wohl und gesund, bis du mir rietest, die Tür zu öffnen. Ja, ich habe die Terrasse gesehen! Ich habe die Tür geöffnet, und ich habe von oben ausgeschaut; da habe ich erblickt, was mir den Sinn betört hat. Jetzt dünkt mich, ich bin verloren; und ich weiß, daß es keinen Arzt für mich gibt außer dir.' Als sie das hörte, lächelte sie und sprach zu ihm: ‚Dir soll nichts Arges widerfahren, so Allah der Erhabene will!' Nachdem sie so gesprochen hatte, erhob er sich, ging in das Haus hinein, und als er wieder zu der Alten hinaustrat, hatte er hundert Dinare in seinem Ärmel. Dann

1. Koran, Sure 9, Vers 51.

sprach er zu ihr: ‚Nimm das, Mütterchen, und handle an mir, wie die Herren an den Sklaven handeln. Hilf mir schnell zum Ziele! Wenn ich sterbe, so wird mein Blut von dir verlangt am Jüngsten Tage.' ‚Herzlich gern,' erwiderte die Alte; ‚ich begehre nur, daß du mir eine kleine Hilfe leihest, durch die du zum Ziele gelangen kannst.' ‚Was wünschest du von mir, Mütterchen?' fragte er; und sie erwiderte: ‚Ich wünsche von dir nur die Hilfe, daß du zum Seidenbasar gehest und nach dem Laden des Abu el-Fath ibn Kaidâm fragest. Wenn man ihn dir gezeigt hat, so setze dich zu ihm in den Laden, begrüße ihn und sprich: ‚Gib mir den Schleier, den du hast, den, der mit Gold durchwirkt ist!' Denn er hat keinen schöneren in seinem Laden. Kaufe ihn, mein Sohn, zum höchsten Preise und bewahre ihn bei dir auf, bis ich morgen, so Allah der Erhabene will, wieder zu dir komme!' Mit diesen Worten ging die Alte davon; der Jüngling aber verbrachte jene Nacht wie auf Kohlen aus Tamariskenholz. Als es Morgen ward, tat er tausend Dinare in seine Tasche und ging damit zum Seidenbasar; dort fragte er nach dem Laden des Abu el-Fath, und einer der Kaufleute zeigte ihm den. Wie er nun hinkam, sah er bei dem Kaufherrn Sklaven und Eunuchen und Diener; denn er war ein Mann von Ansehen und großem Reichtum. Sein höchstes Gut aber war jene Frau, derengleichen nicht einmal bei den Söhnen der Könige zu finden war. Der Jüngling blickte nun den Kaufmann an und grüßte ihn, und der erwiderte seinen Gruß; dann bat er ihn, sich zu setzen, und der Jüngling tat es und hub an: ‚O Kaufherr, ich bitte dich, laß mich den und den Schleier ansehen!' Da befahl der Kaufmann dem Sklaven, ein Bündel Seide aus dem inneren Laden zu holen; und als der es gebracht hatte, machte Abu el-Fath es auf und nahm eine Anzahl von Schleiern daraus hervor. Der Jüngling war sprachlos vor Bewunderung ihrer Schönheit, und als er auch den gesuchten Schleier unter ihnen gewahrte, erwarb er ihn von dem Kaufmann um fünfzig Dinare und trug ihn erfreut nach Hause. – –«

Da bemerkte Schehrezâd, daß der Morgen begann, und sie hielt in der verstatteten Rede an. Doch als die *Sechshundertste Nacht* anbrach, fuhr sie also fort: »Es ist mir berichtet worden, o glücklicher König, daß der Jüngling, nachdem er den Schleier von dem Kaufmann erworben hatte, ihn hinnahm und alsbald nach Hause trug. Da kam auch schon die Alte wieder; und als er sie erblickte, ging er ihr entgegen und gab ihr den Schleier. Nun sprach sie zu ihm: ‚Hole mir eine glühende Kohle!' Als der Jüngling das getan hatte, brachte sie eine Ecke des Schleiers der Kohle nah und verbrannte sie; dann faltete sie ihn wieder zusammen, wie er gewesen war, nahm ihn und begab sich damit zum Hause des Abu el-Fath. Wie sie dort ankam, pochte sie an die Tür; die Frau hörte ihr Klopfen und ging hin, um ihr zu öffnen. Jene Alte aber war mit der Mutter der Frau befreundet gewesen, und diese kannte sie daher als die Freundin ihrer eigenen Mutter. So sprach sie denn zu ihr: ‚Was wünschest du, Mütterchen? Meine Mutter ist von hier zu ihrer eigenen Wohnung gegangen.' ‚Meine Tochter,' erwiderte die Alte, ‚ich weiß, daß deine Mutter nicht bei dir ist; ich bin schon bei ihr in ihrem Hause gewesen. Ich bin nur deshalb zu dir gekommen, weil ich fürchtete, ich könnte die Zeit des Gebetes versäumen; so will ich denn bei dir die Waschung vollziehen, da ich weiß, daß du auf Sauberkeit hältst und daß dein Haus rein ist.' Die Frau bat sie, ins Haus einzutreten; und als die Alte das getan hatte, sprach sie den Gruß und flehte den Segen des Himmels auf die Frau herab. Dann nahm sie die Wasserkanne, ging in den Waschraum, vollzog die Waschung und betete in einem Winkel. Danach aber ging sie zu jener

Frau und sprach zu ihr: ‚Meine Tochter, ich vermute, die Diener sind über die Stelle gegangen, an der ich gebetet habe; sie könnte dadurch unrein geworden sein. Willst du mir nicht eine andere Stelle zeigen, an der ich beten kann; denn das Gebet, das ich verrichtet habe, rechne ich als vergeblich.' Da nahm die Frau sie bei der Hand und sprach zu ihr: ‚Mütterchen, komm, bete auf meinem Teppich, auf dem sonst mein Gatte zu sitzen pflegt!' Und nachdem sie die Alte auf jenen Teppich geführt hatte, sprach diese innige Gebete im Stehen und im Knien. Dabei erhaschte sie einen Augenblick, in dem die Frau nicht auf sie achtete, und schob den Schleier unter das Kissen, ohne daß jene es sah. Nachdem sie ihr Gebet beendet hatte, wünschte sie der Frau den Segen des Himmels, machte sich auf und verließ das Haus. Doch als der Tag zur Rüste ging, kam der Kaufmann, ihr Gatte, nach Haus und setzte sich auf den Teppich. Sie brachte ihm Speise, und er aß, bis er gesättigt war, und wusch sich die Hände. Als er sich dann aber auf das Kissen lehnte, sah er plötzlich den Zipfel des Schleiers unter ihm hervorragen. Sofort zog er ihn heraus; und kaum hatte er ihn erblickt, so erkannte er ihn. Da stiegen Zweifel an der Treue seiner Frau in ihm auf; und er rief sie und sprach zu ihr: ‚Woher hast du diesen Schleier?' Da schwor sie ihm hoch und teuer: ‚Niemand ist zu mir gekommen als du allein!' Der Kaufmann schwieg aus Furcht vor dem öffentlichen Ärgernis und sagte sich: ‚Wenn ich dies Blatt aufschlage, so stehe ich vor ganz Baghdad am Pranger.' Jener Kaufmann war nämlich ein Vertrauter des Kalifen, und so konnte er nichts Besseres tun als schweigen. Deshalb sprach er zu seiner Frau, die Mahzîja geheißen war, kein Wort mehr darüber; sondern er rief sie und sagte ihr: ‚Mir ist berichtet worden, daß deine Mutter kranken Herzens danieder liegt, und daß alle Frauen bei ihr sind und

um sie weinen; drum gebiete ich dir, geh du auch zu ihr hin!'
Da ging die Frau zu ihrer Mutter; doch als sie ins Haus gekommen war, fand sie die Mutter bei bester Gesundheit. Sie setzte sich nun eine Weile zu ihr; da aber kamen plötzlich Träger zu ihr, die ihre Kleider aus dem Hause des Kaufmannes brachten und alles herbeischafften, was ihr in dem Hause gehörte. Bei diesem Anblicke fragte ihre Mutter: ‚Tochter, was ist mit dir geschehen?' Jene versicherte ihr, sie wisse es nicht; und nun begann die Mutter zu weinen und trauern, weil ihre Tochter von einem solchen Manne getrennt war. Nach einer Reihe von Tagen aber begab sich die Alte zu der jungen Frau in jenes Haus, begrüßte sie inniglich und sprach zu ihr: ‚Was fehlt dir, meine Tochter, mein Liebling? Du hast mir die Seele betrübt.' Dann ging sie zu der Mutter der jungen Frau und fragte sie: ‚Schwester, was gibt es? Was ist das mit deiner Tochter und ihrem Manne? Mir ist zu Ohren gekommen, daß er sich von ihr geschieden hat; was hat sie denn verbrochen, daß sie all dies verdient?' Die Mutter der Frau gab ihr zur Antwort: ‚Vielleicht wird durch deinen Segen ihr Gatte wieder zu ihr zurückkehren. Bete für sie, meine Schwester, denn du fastest und verbringst die ganze Nacht im Gebet!' Darauf begannen die Frau, ihre Mutter und die Alte dort im Hause miteinander zu plaudern; und die Alte sagte: ‚Meine Tochter, sei nicht traurig! So Allah der Erhabene will, werde ich dich noch in diesen Tagen wieder mit deinem Gatten vereinen!' Dann ging sie zu dem Jüngling und sprach zu ihm: ‚Rüste uns ein schönes Mahl! Heute abend will ich sie zu dir bringen!' Alsbald erhob sich der Jüngling und rüstete alles, was sie an Speise und Trank nötig hatten; und dann setzte er sich nieder, um die beiden zu erwarten.' Derweilen ging die Alte zu der Mutter der jungen Frau und sprach zu ihr: ‚Schwester, bei uns ist heute ein Hoch-

zeitsfest; laß deine Tochter mit mir gehen, damit sie sich dort vergnüge und allen Harm und Gram vergesse. Hernach will ich sie dir wiederbringen, wie ich sie von dir in Empfang genommen habe.' Da kleidete die Mutter ihre Tochter in die prächtigsten Gewänder, legte ihr die schönsten Schmucksachen und Kleinodien an und begleitete sie und die Alte bis zur Tür. Dann bat sie die Alte inständig mit den Worten: ‚Gib acht, daß keins der Geschöpfe Allahs des Erhabenen sie erblicke! Du kennst ja das Ansehen ihres Gatten bei dem Kalifen. Verweile auch nicht zu lange, sondern kehre so schnell wie möglich mit ihr zurück!' Die Alte aber führte die Frau, bis sie mit ihr zum Hause des Jünglings kam; und die junge Frau dachte, daß dies das Hochzeitshaus wäre. Nachdem sie dort eingetreten und in den Saal gekommen waren – –«

Da bemerkte Schehrezâd, daß der Morgen begann, und sie hielt in der verstatteten Rede an. Doch als die *Sechshundertunderste Nacht* anbrach, fuhr sie also fort: »Es ist mir berichtet worden, o glücklicher König, daß die junge Frau kaum das Haus betreten hatte und in den Saal gekommen war, als der Jüngling ihr schon entgegensprang und sie umarmte und ihr Hände und Füße küßte. Sie ward von der Schönheit des Jünglings bezaubert, und sie vermeinte, daß sie jene Stätte und alles, was darinnen war, Blumen und Speise und Trank, nur im Traum erblickte. Wie aber die Alte ihre Verwirrung sah, sprach sie zu ihr: ‚Allahs Name schütze dich, meine Tochter! Fürchte dich nicht; ich will hier sitzen bleiben und dich keinen Augenblick verlassen! Du bist seiner wert, und er ist deiner würdig.' Da setzte die Frau sich scheu und schüchtern nieder; aber der Jüngling scherzte unablässig mit ihr, lächelte ihr zu und unterhielt sie mit Versen und Geschichten, bis ihre Brust sich weitete und ihr wohl zumute ward. Nun begann sie zu essen und zu trinken, und als sie vom Weine fröhlich war, griff sie zur Laute und sang, bis die Schönheit des Jünglings sie zu herzlicher Neigung zwang. Wie jener das bemerkte, ward er trunken ohne Wein, und sein Leben galt ihm als ein leichtes Ding. Darauf ging die Alte von ihnen fort; am nächsten Tage in der Frühe kam sie wieder zu ihnen, wünschte den beiden einen guten Morgen und sprach zu der jungen Frau: ‚Wie hast du die Nacht verbracht, meine Herrin?‘ ‚Herrlich,‘ erwiderte sie, ‚dank deiner Hilfe und deiner trefflichen Vermittlung.‘ Dann fuhr die Alte fort: ‚Auf, laß uns zu deiner Mutter gehen!‘ Als der Jüngling dies Wort aus dem Munde der Alten vernahm, holte er für sie hundert Dinare und sprach zu ihr: ‚Laß sie noch diese Nacht bei mir!‘ Da ging die Alte fort, begab sich zur Mutter der Frau und sprach zu ihr: ‚Deine Tochter läßt dich grüßen. Die Brautmutter hat sie beschworen, noch diese Nacht bei ihr zu bleiben.‘ Jene erwiderte ihr: ‚Meine Schwester, grüße sie beide! Wenn meine Tochter sich dort vergnügt, so mag sie ruhig dort bleiben, um guter Dinge zu sein, und sie mag kommen, wie es ihr behagt. Ich bin nur darum besorgt, daß der Zorn ihres Gatten ihr Kummer mache.‘ Nun ersann die Alte eine List nach der anderen für die Mutter der jungen Frau, bis sieben Tage verstrichen waren; und jeden Tag erhielt sie von dem Jüngling hundert Dinare. Doch als diese Tage vergangen waren, sprach die Mutter der Frau zu der Alten: ‚Jetzt bring mir meine Tochter auf der Stelle zurück! Mein Herz ist besorgt um sie; denn sie ist allzulange fortgeblieben, und ich beginne deshalb argwöhnisch zu werden.‘ Erzürnt über diese Worte eilte die Alte von dannen, begab sich zu der jungen Frau und faßte sie bei der Hand. Und die beiden verließen den Jüngling, während er vom Weine trunken auf seinem Bette lag, und gingen zur Mutter zurück. Die empfing sie mit hoher

Freude; ja, sie war von Seligkeit überwältigt, und sie sprach zu ihr: ‚Liebe Tochter, mein Herz war in Sorge um dich; und so kam es, daß ich meine Schwester durch Worte verletzte und ihr weh tat.' Da sagte die Tochter: ‚Wohlan, küsse ihr Hände und Füße; denn sie ist mir wie eine Dienerin gewesen und hat alle meine Wünsche erfüllt. Wenn du nicht tust, was ich dir sage, so bin ich nicht mehr deine Tochter, und du sollst nicht mehr meine Mutter sein.' Da erhob sich die Mutter alsbald und söhnte sich mit der Alten aus.

Derweilen erwachte der Jüngling aus seiner Trunkenheit und konnte die junge Frau nicht mehr finden; dennoch freute er sich über das, was er erreicht hatte, da ihm ja sein Wunsch erfüllt war. Die Alte aber kam wiederum zu dem Jüngling und sprach zu ihm: ‚Was hältst du von meinem Tun?' ‚Was du getan hast, war vortrefflich, der Plan wie die Ausführung', erwiderte er. Dann fuhr sie fort: ‚Jetzt komm, wir wollen wieder gutmachen, was wir verdorben haben! Wir wollen diese Frau ihrem Gatten zurückgeben; denn wir sind der Grund ihrer Trennung gewesen.' ‚Wie soll ich das tun?' fragte er; und sie gab ihm zur Antwort: ‚Geh in den Laden des Kaufmanns, setze dich zu ihm und begrüße ihn! Dann will ich bei dem Laden vorübergehen; sowie du mich siehst, eile aus dem Laden heraus auf mich zu, packe mich, zieh mich an den Kleidern, schmähe mich und drohe mir, indem du von mir den Schleier verlangst! Und sprich zum Kaufmann: ‚Du kennst doch den Schleier, mein Herr, den ich von dir um fünfzig Dinare gekauft habe? Es begab sich, mein Gebieter, daß meine Sklavin ihn anlegte und ihn an einer Stelle in der Ecke verbrannte. Da gab meine Sklavin ihn dieser Alten, daß sie ihn zu jemandem bringe, der ihn ausbessere. Die nahm ihn und ging fort; und seit dem Tage habe ich sie nicht mehr gesehen.' ‚Herzlich gern!'

sagte der Jüngling und begab sich alsbald zum Laden jenes Kaufmannes und setzte sich eine Weile zu ihm. Da kam plötzlich die Alte an dem Laden vorüber, mit einem Rosenkranze in der Hand, den sie betend durch die Finger gleiten ließ. Als er sie erblickte, sprang er aus dem Laden hinaus, zerrte sie an den Kleidern und begann sie zu schmähen und zu schelten, während sie ihm gute Worte gab und immer wieder beteuerte: ,Mein Sohn, du hast keine Schuld!' Da versammelte sich das Volk des Basars um die beiden und rief: ,Was gibt es da?' Er antwortete: ,Ihr Leute, ich erwarb von diesem Kaufmann einen Schleier um fünfzig Dinare; den trug meine Sklavin nur eine einzige Stunde. Dann setzte sie sich hin, um ihn mit Weihrauch zu durchduften, und da flog ein Funke auf und verbrannte eine Ecke des Schleiers. Wir übergaben ihn darauf dieser Alten, daß sie ihn zu jemandem trage, der ihn ausbessere, und ihn uns dann zurückbringe. Aber seit jener Zeit haben wir sie nie wiedergesehen.' Die Alte sprach: ,Dieser Jüngling hat recht. Ja, ich habe den Schleier von ihm erhalten. Ich bin mit ihm in eines der Häuser gegangen, die ich zu besuchen pflege; und dort habe ich ihn an irgendeiner Stelle liegen lassen. Ich weiß aber nicht mehr, welche Stelle es war; und da ich eine arme Frau bin, so fürchtete ich mich vor dem Eigentümer und wagte ihm nicht mehr vor die Augen zu kommen.' All dies aber wurde geredet, während der Gatte der Frau den beiden zuhörte. – –«

Da bemerkte Schehrezâd, daß der Morgen begann, und sie hielt in der verstatteten Rede an. Doch als die *Sechshundertundzweite Nacht* anbrach, fuhr sie also fort: »Es ist mir berichtet worden, o glücklicher König, daß der Gatte der Frau, als der Jüngling die Alte festhielt und zu ihr über den Schleier sprach, wie sie ihn gelehrt hatte, die ganze Rede von Anfang bis zu

Ende anhörte. Und wie er nun all das vernahm, was die tückische Alte mit dem Jüngling verabredet hatte, sprang er auf und rief: ‚Allah ist der Größte! Ich bitte Allah den Allmächtigen um Verzeihung wegen meiner Sünden und wegen des Verdachtes, den ich in meinem Herzen gehegt habe!' Und er pries Allah, der ihm die Wahrheit offenbart hatte. Dann wandte er sich an die Alte und sprach zu ihr: ‚Kommst du auch zu uns?' Sie erwiderte: ‚Mein Sohn, ich pflege zu dir und auch zu anderen Leuten zu kommen um der Almosen willen. Doch seit jenem Tage hat mir niemand etwas von dem Schleier gesagt.' ‚Hast du jemanden in unserem Hause nach ihm gefragt?' forschte er darauf; und sie gab ihm zur Antwort: ‚Mein Gebieter, ich bin in das Haus gegangen und habe gefragt. Aber man sagte mir, daß der Kaufmann sich von der Hausherrin geschieden habe; und da bin ich wieder umgekehrt, und bis auf den heutigen Tag habe ich niemanden mehr gefragt.' Darauf wandte sich der Kaufmann an den Jüngling und sprach zu ihm: ‚Laß diese Alte ihrer Wege gehen! Der Schleier ist bei mir.' Und er holte ihn aus dem Laden hervor und übergab ihn vor allen Anwesenden dem Ausbesserer. Danach ging er zu seiner Frau, übergab ihr eine Summe Geldes und nahm sie wieder zu sich, nachdem er sie oftmals um Entschuldigung und Allah um Verzeihung gebeten hatte, ohne zu wissen, was die Alte getan hatte.

Dies ist ein Beispiel für die Tücke der Weiber, o König – so fuhr der siebente Wesir fort –, doch mir ist ferner berichtet worden, o König,

DIE GESCHICHTE VON DEM PRINZEN
UND DER GELIEBTEN DES DÄMONEN[1]

Ein Prinz zog einmal allein für sich aus, um sich zu ergehen; und da kam er zu einer grünen Aue, auf der Bäume waren, mit Früchten behangen, wo die Vögelein sangen, und durch die sich die Bächlein schlangen. Da ihm die Stätte gefiel, so setzte er sich dort nieder, holte einige getrocknete Früchte hervor, die er mitgenommen hatte, und begann zu essen. Doch während er so dasaß, erblickte er plötzlich eine gewaltige Rauchwolke, die sich dort bis zum Himmel emporreckte. In seiner Angst kletterte er auf einen der Bäume, um sich in den Zweigen zu verstecken. Und wie er dort oben war, sah er, daß mitten aus dem Flusse ein Dämon emporstieg, mit einer marmornen Truhe auf dem Haupte, an der sich ein Schloß befand. Der legte die Truhe auf jener Aue nieder, und nachdem er sie geöffnet hatte, stieg aus ihr eine Maid hervor, so schön wie der strahlende Sonnenball im blauen Weltenall; sie gehörte aber zum Geschlechte der Menschen. Er hieß die Maid sich vor ihn hinsetzen und betrachtete sie eine Weile; dann legte er sein Haupt auf ihren Schoß und schlief ein. Da nahm sie seinen Kopf und legte ihn auf die Truhe und begann umherzuwandeln. Und als ihr Blick auf jenen Baum fiel und sie darin den Prinzen entdeckte, machte sie ihm ein Zeichen, er möge herunterkommen. Er weigerte sich, es zu tun; aber sie schwor, indem sie sprach: ‚Wenn du nicht herabkommst und mit mir tust, was ich dir sage, so erwecke ich den Dämon aus dem Schlafe und zeige dich ihm, und er wird dich auf der Stelle umbringen.' Der Jüngling erschrak vor ihr und stieg hinab. Als er unten

[1]. Dies ist eine selbständige Version eines Teiles der Einleitung zu dem Gesamtwerke; vgl. Band I, Seite 23 bis 26.

war, küßte sie ihm Hände und Füße und bat ihn verführerisch, ihr zu Willen zu sein. Er tat, was sie von ihm verlangte. Und als er ihr zu Willen gewesen war, sprach sie zu ihm: ‚Gib mir den Siegelring da, den du an deiner Hand trägst!' Nachdem er ihr den Ring gegeben hatte, tat sie ihn in ein seidenes Tuch, das sie bei sich trug und in dem sich viele Ringe, wohl mehr als achtzig, befanden. Sie legte ihn zu den übrigen; da fragte der Prinz: ‚Was tust du mit den Ringen, die du da hast?' Und sie gab ihm zur Antwort: ‚Dieser Dämon hat mich aus dem Schlosse meines Vaters entführt und mich in diese Truhe eingeschlossen; und er trägt sie immer auf dem Kopfe, wohin er nur geht. Im Übermaße seiner Eifersucht läßt er mich kaum eine einzige Stunde allein und hindert mich so an dem, wonach ich verlange. Als ich das erkannte, habe ich einen Eid geschworen, niemandem meine Gunst zu versagen. Diese Ringe, die ich bei mir trage, entsprechen der Zahl der Männer, die mir zu Willen gewesen sind; denn jedem Manne, der bei mir gewesen ist, nehme ich den Ring ab und lege ihn in dies Tuch.' Dann fügte sie noch hinzu: ‚Geh deiner Wege, damit ich mich nach einem anderen umsehen kann; denn der Dämon steht jetzt noch nicht auf!' Der Jüngling aber konnte kaum die Zeit abwarten, daß er forteilte, bis er zum Hause seines Vaters zurückkam. Nun wußte der König nichts von der Bosheit, die das Mädchen seinem Sohne angetan hatte, ohne sich zu fürchten und ohne sich Rechenschaft darüber abzulegen. Wie er also hörte, daß der Siegelring seines Sohnes verloren gegangen sei, gab er Befehl, ihn hinzurichten. Dann erhob er sich von seinem Thron und begab sich in sein Schloß; doch da kamen seine Wesire zu ihm und überredeten ihn, den Todesbefehl zu widerrufen. Später aber, eines Nachts, ließ der König die Wesire zu sich kommen; und als sie alle versammelt waren, erhob er sich zum Gruße vor ihnen und dankte ihnen, daß sie ihm davon abgeraten hatten, seinen Sohn töten zu lassen. Und ebenso dankte ihnen der Prinz, indem er sprach: ‚Es war wohlgetan von euch, daß ihr meinem Vater rietet, mich am Leben zu lassen. Ich werde es euch reichlich lohnen, so Allah der Erhabene will.' Dann erzählte er ihnen, wie er seinen Siegelring verloren hatte; und sie beteten für ihn um ein Leben von langem Bestande und wachsendem Ruhm im Lande, und verließen sein Gemach.

Erkenne also, o König – so schloß der siebente Wesir –, die Tücke der Frauen, und was sie den Männern antun!' Da widerrief der König den Befehl, seinen Sohn hinzurichten. Als aber der Morgen des achten Tages anbrach und der König sich auf den Thron gesetzt hatte, da trat sein Sohn zu ihm ein, Hand in Hand mit seinem Erzieher Sindbad, und küßte den Boden vor ihm. Und er sprach mit beredter Zunge und pries seinen Vater und seine Wesire und die Großen seines Reiches und sagte ihnen Lob und Dank. Und die Gelehrten und Emire, Krieger und Vornehmen des Volkes waren im Saale versammelt. Und alle, die zugegen waren, wunderten sich über die Beredsamkeit des Prinzen, seine Gewandtheit und die Feinheit seiner Sprache. Der Vater des Prinzen aber, der ihn angehört hatte, freute sich über alle Maßen, rief ihn zu sich und küßte ihn auf die Stirn. Dann rief er seinen Erzieher Sindbad und fragte ihn, warum sein Sohn sieben Tage lang stumm gewesen sei. Der Lehrer erwiderte: ‚O Gebieter, er ist gerettet worden dadurch, daß er nicht redete! Ich war in Todesangst um ihn in diesen sieben Tagen; denn ich wußte dies alles voraus, hoher Herr, seit dem Tage seiner Geburt. Als ich sein Horoskop stellte, fand ich dies Schicksal in den Sternen geschrieben; aber jetzt ist das Schlimmste von ihm abgewendet durch das Glück des Königs.'

Des freute der König sich, und er sprach zu seinen Wesiren: ‚Wenn ich meinen Sohn hätte hinrichten lassen, würde dann die Schuld auf mir lasten oder auf der Odaliske oder auf dem Meister Sindbad?' Die Anwesenden schwiegen und wußten keine Antwort; Sindbad aber, der Erzieher des Prinzen, sprach zu diesem: ‚Gib du die Antwort, mein Sohn!' – –«

Da bemerkte Schehrezâd, daß der Morgen begann, und sie hielt in der verstatteten Rede an. Doch als die *Sechshundertunddritte Nacht* anbrach, fuhr sie also fort: »Es ist mir berichtet worden, o glücklicher König, daß der Prinz, als Sindbad zu ihm sagte: ‚Gib du die Antwort, mein Sohn!' nunmehr anhub: ‚Ich habe gehört, daß einmal ein Kaufmann, in dessen Haus ein Gast abgestiegen war, seine Sklavin fortschickte, um für ihn auf dem Markte einen Krug Sauermilch zu kaufen. Sie ließ sich die Milch in einen Krug füllen und machte sich wieder auf den Weg, um zu dem Hause ihres Herrn zurückzukehren. Doch während sie dahinschritt, flog plötzlich eine Weihe über ihr vorbei, die eine Schlange in den Krallen hielt und fest zusammenpreßte; da fiel ein Tropfen von dem Gifte der Schlange in den Krug, ohne daß die Sklavin es merkte. Als sie dann zu Hause ankam, nahm ihr Herr die Milch hin und trank davon mit seinen Gästen; kaum aber war die Milch in ihren Magen gelangt, da starben sie alle. Nun bedenke, o König, wer an diesem Unfall schuld war!' Einer von den Anwesenden sagte: ‚Es war die eigene Schuld der Leute, die von der Milch tranken.' Ein anderer sagte: ‚Es war die Schuld der Sklavin, die den Krug offen, ohne Deckel, ließ.' Da fragte Sindbad, der Erzieher des Jünglings: ‚Was sagst du dazu, mein Sohn?' Und der Prinz erwiderte: ‚Ich sage, daß die Leute irren. Es war weder die Schuld der Sklavin noch die der Gesellschaft; sondern die Lebenszeit jener Männer war abgelaufen mit ihrem von Gott ge-

gebenen Unterhalt, und es war vorherbestimmt, daß sie auf diese Weise sterben sollten.' Als die Anwesenden das hörten, waren sie darüber aufs höchste erstaunt, und sie erhoben ihre Stimmen zum Gebet für den Prinzen und sprachen zu ihm: ‚O Herr, du hast eine Antwort gegeben, die nicht ihresgleichen hat, und du bist jetzt der weiseste Mann deiner Zeit!' Wie der Prinz das vernahm, sprach er zu ihnen: ‚Ich bin kein Weiser; der blinde Scheich und das Kind von drei Jahren und das Kind von fünf Jahren waren weiser als ich.' Da baten ihn die Anwesenden: ‚Erzähle uns die Geschichten von diesen drei, die klüger waren als du, o Jüngling!' Und nun erzählte der Prinz: ‚Mir ist berichtet worden

DIE GESCHICHTE
VON DEM SANDELHOLZHÄNDLER
UND DEN SPITZBUBEN

Einst lebte ein Kaufmann, der sehr begütert war und auf seinen vielen Reisen in alle Städte kam. Als er wieder einmal in eine fremde Stadt reisen wollte, fragte er die Leute, die von dort kamen, und sprach zu ihnen: ‚Welche Art von Waren bringt dort hohen Gewinn?' Man antwortete ihm: ‚Sandelholz; denn es wird dort teuer verkauft.' Nun legte der Kaufmann all sein Geld in Sandelholz an und reiste nach jener Stadt. Als er aber vor ihr ankam, war es gerade Abend geworden; und da begegnete ihm eine Alte, die ihre Schafe trieb. Bei seinem Anblick fragte sie ihn: ‚Wer bist du, Mann?' ‚Ich bin ein fremder Kaufmann', gab er ihr zur Antwort; und sie fuhr fort: ‚Hüte dich vor den Bewohnern der Stadt! Denn sie sind ein trügerisch und diebisch Volk, und sie betrügen den Fremdling, um ihn zu übertölpeln und sein Hab und Gut zu verzehren.

Ich gebe dir guten Rat.' Damit verließ sie ihn. Als es Morgen ward, begegnete ihm einer von den Einwohnern der Stadt, begrüßte ihn und fragte ihn: ‚O Herr, woher kommst du?' ‚Aus der und der Stadt', erwiderte der Kaufmann; und der andere fragte weiter: ‚Was für Waren bringst du mit dir?' ‚Sandelholz,' erwiderte er, ‚denn ich habe gehört, daß es bei euch großen Wert hat.' Aber der Mann entgegnete ihm: ‚Wer dir den Rat gegeben hat, ist im Irrtum. Denn wir brennen unter unseren Kochtöpfen nur jenes Sandelholz, und es hat bei uns denselben Wert wie gewöhnliches Brennholz.' Als der Kaufmann diese Worte aus dem Munde des Städters vernahm, war er betrübt und bereute sein Tun; aber er schwankte noch zwischen Glauben und Unglauben. Dann stieg er in einer der Herbergen jener Stadt ab und begann Sandelholz unter seinem Kochtopf zu brennen. Als jener Mann das bemerkte, sprach er zu dem Kaufmann: ‚Willst du mir dies Sandelholz verkaufen und für jedes Maß nehmen, was deine Seele nur verlangt?' ‚Ich verkaufe es dir', erwiderte der Kaufmann; und der Käufer schaffte alles Sandelholz in seine Wohnung, der Verkäufer aber glaubte, ein gleiches Maß Gold dafür zu nehmen. Am nächsten Morgen wanderte der Kaufmann in der Stadt umher und begegnete einem blauäugigen Manne, der zu ihren Einwohnern gehörte und nur ein Auge hatte.[1] Der hängte sich an den Kaufmann und schrie ihn an: ‚Du bist es, der mir mein Auge verdorben hat; nun lasse ich dich nicht mehr los!' Der Kaufmann leugnete es, indem er sprach: ‚Das ist nicht wahr!' Doch nun versammelten sich die Leute um die beiden und baten den Einäugigen, ihm bis zum nächsten Tage Frist zu geben, damit er

1. Blauäugige und einäugige Menschen bringen Unglück nach der Meinung der Muslime. Auf Seite 361 heißt es, auch der Kaufmann sei blauäugig gewesen; dadurch wird die Geschichte besser motiviert.

ihm den Preis des Auges zahlen könnte. Und nachdem der Kaufmann sich einen Bürgen verschafft hatte, ließen die Leute ihn los. Dann ging er weiter; aber seine Sandalen waren zerrissen, weil der Einäugige so heftig mit ihm gerungen hatte. Nun blieb er vor dem Laden eines Schuhflickers stehen, gab ihm die Sandalen und sprach zu ihm: ‚Bessere mir die aus, und ich will dir so viel geben, daß du zufrieden bist!' Auf seinem weiteren Wege sah er Leute, die beim Spiel waren, und setzte sich in seinem Harm und Gram zu ihnen. Sie luden ihn ein mitzuspielen. Doch sie brachten ihn dahin, daß er verlor; und nachdem sie gewonnen hatten, stellten sie ihn vor die Wahl, entweder das Meer auszutrinken oder all sein Geld herzugeben. ‚Gebt mir bis morgen Frist!' sagte der Kaufmann und ging davon, betrübt über das, was geschehen war, und ohne zu wissen, was aus ihm werden sollte. An einer einsamen Stätte setzte er sich nieder, indem er über seinen Kummer und Gram nachdachte. Da kam die Alte wieder an ihm vorbei, schaute ihn an und sprach zu ihm: ‚Haben die Leute der Stadt dich vielleicht geprellt? Ich sehe dich in Sorgen über Dinge, die dir widerfahren sind.' Da erzählte er ihr alles, was ihm geschehen war, von Anfang bis zu Ende; doch sie fuhr fort: ‚Was den betrifft, der dich mit dem Sandelholz betrogen hat, so wisse, daß ein Pfund davon bei uns zehn Dinare wert ist. Ich will dir aber einen Plan mitteilen, durch den du dich, wie ich hoffe, wieder befreien kannst, und der ist so: Geh zu dem und dem Tore! Denn dort wohnt ein blinder, krüppeliger Greis, der ist klug und weise, reich an Jahren und erfahren. Alle Leute kommen zu ihm und tragen ihm ihre Fragen vor; dann rät er ihnen, was ihnen zum Vorteil dient. Er ist erfahren in Trug und Zauberei und Gaunerei; er ist ein Spitzbube, bei dem sich alle Spitzbuben des Nachts zu versammeln pflegen. Zu dem also geh hin und verstecke dich so, daß du die Worte deiner Gegner hören kannst, ohne daß sie dich sehen! Denn er wird ihnen erklären, wie man prellt und wie man geprellt wird; und vielleicht wirst du von den Leuten etwas hören, das dir ein Mittel bietet, um dich von deinen Gegnern zu befreien.' – –«

Da bemerkte Schehrezâd, daß der Morgen begann, und sie hielt in der verstatteten Rede an. Doch als die *Sechshundertundvierte Nacht* anbrach, fuhr sie also fort: »Es ist mir berichtet worden, o glücklicher König, daß die Alte zu dem Kaufmanne sprach: ,Geh bei Nacht zu dem Weisen, bei dem sich die Städter versammeln, und verbirg dich; vielleicht wirst du von ihm etwas hören, das dir ein Mittel bietet, um dich von deinen Gegnern zu befreien!' Da begab sich der Kaufmann von ihr zu dem Orte, den sie ihm angegeben hatte, und verbarg sich dort, nachdem er den Scheich erblickt hatte, in dessen Nähe. Es währte nicht lange, da kam auch schon die Gesellschaft, die sich bei ihm Rat zu holen pflegte. Als sie vor ihm standen, begrüßten sie den Alten und einander und setzten sich rings um ihn nieder. Der Kaufmann sah sie sich näher an, und siehe da, er entdeckte unter denen, die gekommen waren, auch seine vier Gegner. Der Scheich setzte den Gästen etwas Speise vor, und nachdem sie gegessen hatten, begann ein jeder ihm zu erzählen, was ihm an jenem Tage begegnet war. Zuerst trat der Mann des Sandelholzes hervor und berichtete dem Scheich sein Tageserlebnis, wie er von einem Manne Sandelholz ohne festen Preis gekauft habe und wie der Handel zwischen ihnen so abgeschlossen sei, daß der Verkäufer nur ein Maß von dem erhalten solle, was er sich wünsche. ,Dein Gegner hat dich geprellt', sagte der Scheich; und der Schelm fragte: ,Wie kann er das tun?' Der Alte fuhr fort: ,Wenn er nun zu dir sagt: ,Ich will das Maß voller Gold oder Silber', wirst du ihm das geben?'

,Jawohl,' erwiderte der andere, ,das gebe ich ihm gern; dabei gewinne ich.' ,Wenn er aber', sprach der Scheich weiter, ,zu dir sagt: ,Ich will ein Maß voller Flöhe, zur Hälfte Männchen, zur Hälfte Weibchen', was willst du dann tun?' Da erkannte der Spitzbube, daß er der Geprellte war. Dann trat der Einäugige vor und hub an: ,Ich habe heute einen blauäugigen Mann[1] gesehen, einen Fremdling; mit dem begann ich zu streiten, hängte mich an ihn und rief: ,Du bist es, der mir mein Auge geraubt hat!' Und ich ließ ihn nicht eher wieder los, als bis Leute sich für ihn verbürgten, daß er wieder zu mir kommen und mich für mein Auge gebührend entschädigen würde.' ,Wenn er dich prellen will, so kann er es tun!' erwiderte der Scheich; doch der Schelm fragte: ,Wie ist das möglich?' Da fuhr der Alte fort: ,Er kann zu dir sagen: ,Reiß dein Auge heraus, und ich will mir eines von meinen herausreißen; dann wollen wir die beiden wägen, jedes für sich, und wenn mein Auge das gleiche Gewicht hat wie deines, so hast du recht mit deiner Behauptung!' Dann wird er dir die gesetzliche Buße für dein Auge schulden, und du wirst ganz blind sein, während er immer noch mit seinem anderen Auge sehen kann.' Nun wußte der Spitzbube, daß der Kaufmann durch diesen Vorwand über ihn den Sieg davontragen könnte. Als dritter trat der Schuhmacher vor und sprach: ,Alterchen, ich habe heute mit einem Manne zu tun gehabt, der mir seine Sandalen zum Ausbessern brachte. Ich sagte zu ihm: ,Willst du mir meinen Lohn geben?' Er antwortete: ,Bessere sie aus, ich will dir so viel zahlen, daß du zufrieden bist!' Nun werde ich aber nur mit all seinem Gelde zufrieden sein!' Der Scheich erwiderte: ,Wenn er seine Sandalen von dir erhalten will, ohne dir etwas zu zahlen, so kann er es tun.' ,Wieso?' fragte der Schuhflicker; und der Alte fuhr

1. Vgl. oben Seite 358, Anmerkung.

fort: ‚Er braucht dir nur zu sagen: ‚Des Sultans Feinde sind in die Flucht geschlagen, und seine Gegner sind schwach geworden, seiner Söhne und Siege aber sind viele geworden! Bist du zufrieden oder nicht?' Sagst du: ‚Ich bin zufrieden', so nimmt er seine Sandalen von dir und geht davon. Sagst du aber: ‚Ich bin nicht zufrieden', so wird er seine Sandalen nehmen und dir damit auf Gesicht und Nacken schlagen.' Da merkte der Schuhflicker, daß er verlieren könne. Schließlich trat der Mann vor, der mit ihm um die Wette gespielt hatte, und begann: ‚Alterchen, ich habe einen Mann getroffen und im Spiele besiegt; dann sagte ich zu ihm: ‚Wenn du dies Meer austrinkst, so trete ich dir all mein Hab und Gut ab; wenn du es aber nicht tust, so mußt du mir deine Habe abtreten.' Der Scheich erwiderte: ‚Wenn er dich prellen will, so kann er es tun!' ‚Wieso?' fragte der Mann; und der Alte fuhr fort: ‚Er braucht dir nur zu sagen: ‚Halte die Mündung des Meeres mit der Hand fest und reiche sie mir, dann will ich es austrinken.' Das wirst du nicht tun können, und so kann er durch diesen Vorwand deiner Herr werden.' Nachdem der Kaufmann all das gehört hatte, wußte er, wie er sich seiner Gegner entledigen konnte. Nun verließen die Leute den Alten, und der Kaufmann begab sich in seine Wohnung. Am andern Morgen kam der Mann zu ihm, der mit ihm ausgemacht hatte, das Meer zu trinken; der Kaufmann sprach zu ihm: ‚Reiche mir die Mündung des Meeres, dann will ich es austrinken!' Das konnte der Mann nicht tun. So blieb der Kaufmann Sieger; und nachdem der Spieler sich durch hundert Dinare losgekauft hatte, eilte er davon. Dann kam der Schuhflicker und forderte von dem Kaufmanne das, womit er zufrieden wäre. Jener erwiderte ihm: ‚Der Sultan hat seine Feinde besiegt und seine Gegner vernichtet, und seiner Söhne sind viele geworden. Bist du zufrieden oder nicht?' ‚Jawohl, ich bin zufrieden', antwortete der Schuhflicker, ließ ihm seine Schuhe ohne Lohn und ging fort. Darauf erschien der Einäugige bei ihm und forderte von ihm das Sühnegeld für sein Auge. Der Kaufmann aber sprach zu ihm: ‚Reiß dir dein Auge aus, und ich will meines herausreißen! Dann wollen wir sie wägen, und wenn die beiden Gewichte gleich sind, so hast du recht; dann nimm das Sühnegeld für dein Auge!' Da sagte der Einäugige: ‚Gib mir eine Frist!' Doch dann schloß er einen Vergleich mit dem Kaufmann, zahlte hundert Dinare und machte sich davon. Zuletzt kam der zu ihm, der das Sandelholz gekauft hatte, und sprach: ‚Nimm den Preis für dein Sandelholz!' ‚Was willst du mir denn geben?' fragte der Kaufmann; und jener antwortete: ‚Wir sind doch übereingekommen, daß es für jedes Maß Sandelholz ein Maß von etwas anderem sein solle. Wenn du willst, so nimm alles in Gold und Silber.' Aber der Kaufmann rief: ‚Ich will alles nur in Flöhen, zur Hälfte Männchen und zur Hälfte Weibchen.' ‚Dergleichen vermag ich nicht zu tun', erwiderte der Spitzbube; und so prellte der Kaufmann auch ihn. Denn der Käufer mußte sich durch hundert Dinare loskaufen und obendrein noch das Sandelholz zurückbringen. Nun konnte der Kaufmann das Sandelholz nach Ermessen verkaufen, erhielt den wirklichen Preis dafür und reiste von jener Stadt in seine Heimat zurück.' – «

Da bemerkte Schehrezâd, daß der Morgen begann, und sie hielt in der verstatteten Rede an. Doch als die *Sechshundertundfünfte Nacht* anbrach, fuhr sie also fort: »Es ist mir berichtet worden, o glücklicher König, daß der Kaufmann, nachdem er sein Sandelholz verkauft und dafür den richtigen Preis erhalten hatte, von jener Stadt in seine Heimat zurückkehrte. – ‚Was aber – fuhr der Prinz fort – das Kind von drei Jahren angeht, so vernimm

DIE GESCHICHTE VON DEM LÜSTLING
UND DEM DREIJÄHRIGEN KNABEN

Es war einmal ein liederlicher Kerl, der immer den Frauen nachlief; der hörte einst von einer schönen und anmutigen Frau, die in einer anderen Stadt wohnte. Und alsbald reiste er mit einem Geschenke zu der Stadt, darinnen sie lebte, und schrieb ihr einen Brief, in dem er schilderte, wie die heftigste Sehnsucht und Leidenschaft ihn quäle und wie die Liebe zu ihr ihn getrieben habe, seine Heimat zu verlassen, nur um zu ihr zu gelangen. Da gestattete sie ihm, zu ihr zu kommen. Und als er ihr Haus erreicht hatte und dort eintrat, erhob sie sich, empfing ihn mit allen Ehren, küßte ihm die Hände und bewirtete ihn aufs allerreichlichste mit Speise und Trank. Nun hatte sie einen kleinen Sohn, der erst drei Jahre alt war; den ließ sie dort, während sie damit beschäftigt war, die Speisen zu bereiten. Als darauf der Mann zu ihr sprach: ‚Wohlan, jetzt wollen wir ruhen‘, sagte sie: ‚Dort sitzt mein Sohn und sieht uns zu!‘ Der Mann entgegnete ihr: ‚Das ist doch ein kleines Kind, das nichts versteht und nicht einmal reden kann.‘ ‚Wenn du seine Klugheit kenntest, würdest du nicht so sprechen‘, sagte die Frau darauf. Wie nun der Knabe bemerkte, daß der Reis gar war, begann er bitterlich zu weinen. Seine Mutter fragte ihn: ‚Warum weinst du, mein Kind?‘ Der Knabe antwortete ihr: ‚Schöpfe mir etwas von dem Reis ab und tu zerlassene Butter daran!‘ Nachdem die Mutter ihm etwas abgeschöpft und auch die Butter darangetan hatte, aß der Knabe; dann weinte er von neuem. ‚Warum weinst du jetzt, mein Kind?‘ fragte die Mutter; und er rief: ‚Ach, Mütterchen, tu mir auch Zucker darauf!‘ Nun rief der Mann, der sich darüber ärgerte: ‚Du bist doch ein ganz unseliges Kind!‘ Aber der Knabe erwiderte ihm:

‚Bei Allah, unselig bist allein du, der du dich abmühst und von Stadt zu Stadt reisest auf der Suche nach Ehebruch! Ich weinte nur, weil mir etwas ins Auge gefallen war; das habe ich durch die Tränen wieder herausgebracht. Danach habe ich Reis mit zerlassener Butter und Zucker gegessen; und nun bin ich zufrieden. Wer ist also der Unselige von uns beiden?' Wie der Mann das hörte, schämte er sich wegen der Worte jenes kleinen Knaben; er ließ sie sich zur Mahnung dienen und ward von Stund an ein besserer Mensch. Ohne der Frau etwas zuleide zu tun, kehrte er in seine Heimat zurück und lebte dort reumütig, bis er starb.

Und was nun – fuhr der Prinz wiederum fort – den fünfjährigen Knaben betrifft, so ist mir berichtet worden, o König,

DIE GESCHICHTE
VON DEM GESTOHLENEN GELDBEUTEL

Einmal besaßen vier Kaufleute zusammen tausend Dinare; die waren ihr gemeinsames Gut, und sie hatten sie in einem einzigen Beutel gelegt, den sie mitnahmen, um Waren zu kaufen. Auf ihrem Wege kamen sie zu einem schönen Garten, und nachdem sie eingetreten waren, ließen sie den Beutel bei der Hüterin des Gartens, gingen weiter hinein, sahen sich dort um und vergnügten sich bei Speise und Trank. Da sagte einer von ihnen: ‚Ich habe Salbe bei mir; kommt, wir wollen uns in diesem fließenden Wasser die Köpfe waschen und uns dann salben.' Ein anderer sagte: ‚Wir brauchen einen Kamm.' Der dritte meinte: ‚Wir wollen die Hüterin darum bitten; vielleicht hat sie einen Kamm.' Nun begab sich einer von ihnen zu der Hüterin und sagte zu ihr: ‚Gib mir den Beutel heraus!' Doch sie erwiderte ihm: ‚Ihr müßt entweder alle zugegen sein, oder deine Gefährten müssen mich beauftragen, ihn dir zu geben.' Denn die Gefährten befanden sich an einer Stätte, wo die Hüterin sie sehen und von der aus sie deren Worte hören konnte. Der Mann rief nun den anderen zu: ‚Sie will mir nichts geben.' Und sie riefen zurück: ‚Gib ihn ihm doch!' Als sie das hörte, gab sie ihm den Beutel; der Mann nahm ihn hin und lief rasch davon. Die anderen drei aber, denen er zu lange ausblieb, gingen zu der Hüterin hin und fragten sie: ‚Warum gibst du ihm nicht den Kamm?' Sie antwortete: ‚Er hat doch den Beutel von mir verlangt, und den habe ich ihm nur mit eurer Einwilligung gegeben. Jetzt ist er von hier fort und seiner Wege gegangen.' Als die Leute diese Worte aus dem Munde der Frau vernahmen, schlugen sie sich vor den Kopf, legten Hand an sie und fuhren sie an: ‚Wir haben dich doch nur gebeten, ihm den Kamm zu geben!' Doch sie beteuerte: ‚Es hat mir nichts von einem Kamme gesagt!' Da packten sie die Frau und schleppten sie vor den Kadi; und als sie vor ihm standen, erzählten sie ihm die Geschichte. Er machte die Hüterin für den Beutel haftbar und wies mehrere ihrer Schuldner an, für sie einzustehen.' – –«

Da bemerkte Schehrezâd, daß der Morgen begann, und sie hielt in der verstatteten Rede an. Doch als die *Sechshundertundsechste Nacht* anbrach, fuhr sie also fort: »Es ist mir berichtet worden, o glücklicher König, daß die Hüterin des Gartens, nachdem der Kadi sie für den Beutel haftbar gemacht und mehrere ihrer Schuldner angewiesen hatte, für sie einzustehen, ganz verwirrt von dannen ging und nicht mehr aus noch ein wußte. Da begegnete ihr ein Knabe, der fünf Jahre alt war; und als der sie in ihrem Elend sah, sprach er zu ihr: ‚Was fehlt dir, Mütterchen?' Sie gab ihm keine Antwort, da sie ihn wegen seiner Jugend zu gering schätzte. Doch er wiederholte seine

Frage einmal und zweimal und dreimal; da erzählte sie ihm schließlich: ‚Einige Leute kamen zu mir in den Garten und gaben mir einen Beutel mit tausend Dinaren in Obhut, indem sie es mir zur Bedingung machten, den Beutel nicht einem einzelnen, sondern nur allen gemeinsam wieder auszuhändigen. Darauf gingen sie in den Garten, um sich zu vergnügen und zu belustigen; doch einer von ihnen kam und sprach zu mir: ‚Gib mir den Beutel!' Ich sagte: ‚Deine Gefährten müssen zugegen sein.' Er antwortete mir: ‚Ich habe von ihnen Erlaubnis erhalten.' Aber ich wollte ihm den Beutel nicht geben; da rief er seinen Gefährten zu: ‚Sie will mir nichts geben'; und sie riefen zurück: ‚Gib ihn ihm doch!', da sie nicht weit von mir waren. Ich gab ihm also den Beutel, und er nahm ihn und ging seiner Wege. Weil er jedoch seinen Gefährten zu lange ausblieb, kamen sie zu mir und fragten: ‚Warum gibst du ihm nicht den Kamm?' Ich erwiderte ihnen: ‚Er hat mir nichts von einem Kamm gesagt; nur von dem Beutel hat er gesprochen!' Darauf packten sie mich und schleppten mich vor den Kadi, und der hat mich für den Beutel haftbar gemacht.' Der Knabe sprach zu ihr: ‚Gib mir einen Dirhem, ich will mir dafür Süßigkeiten kaufen; dann will ich dir etwas sagen, wodurch du wieder frei werden kannst.' Da gab die Hüterin ihm einen Dirhem mit den Worten: ‚Was hast du zu sagen?' Und der Knabe fuhr fort: ‚Geh zum Kadi zurück und sprich zu ihm: ‚Es war zwischen uns vereinbart, daß ich ihnen den Beutel nur dann zurückgeben solle, wenn sie alle vier zugegen wären.' Alsbald kehrte die Gartenhüterin zum Kadi zurück und sprach zu ihm, wie ihr der Knabe geraten hatte. Als der Kadi dann die drei Leute fragte: ‚War das zwischen euch und ihr vereinbart?' antworteten sie: ‚Jawohl!' Und nun entschied der Kadi: ‚Also holt mir euren Gefährten und nehmt dann euren Beutel in Empfang!' So konnte die Hüterin wohlgemut fortgehen; es geschah ihr kein Leid, und sie zog ihrer Wege.'

Als der König und die Wesire und alle anderen, die in jener Versammlung zugegen waren, die Rede des Prinzen gehört hatten, sprachen die Versammelten zu ihrem Herrscher: ‚O unser Herr und König, wahrlich, dein Sohn ist der vollkommenste Mann seiner Zeit!' Und sie riefen den Segen des Himmels auf ihn und auf den König herab. Da zog der König seinen Sohn an die Brust, küßte ihn auf die Stirn und fragte ihn, was sich zwischen ihm und der Odaliske zugetragen habe. Der Prinz schwor bei Allah dem Allmächtigen und bei Seinem edlen Propheten, daß sie es gewesen sei, die ihn verführen wollte. Und der König glaubte seinen Worten und sprach zu ihm: ‚Ich gebe dir Macht über sie; so du willst, lasse sie töten, oder tu mit ihr, was du wünschest!' Darauf erwiderte der Prinz: ‚Verbanne sie aus der Stadt!' Und nun lebte der Prinz mit seinem Vater zusammen herrlich und in Freuden, bis Der zu ihnen kam, der die Freuden schweigen heißt und der die Freundesbande zerreißt.

Dies ist das Ende dessen, was von der Geschichte von dem König, seinem Sohne, der Odaliske und den sieben Wesiren auf uns gekommen ist.

[DAS ENDE DER GESCHICHTE VON SINDBAD UND DEN SIEBEN WESIREN
nach der Breslauer Ausgabe[1]

Da wandte der König sich an seinen Sohn und fragte ihn, wie es mit der Odaliske stehe und mit ihrer Klage wider ihn, daß er sie habe verführen wollen. Der Prinz beteuerte seine Unschuld und schwor bei Allah dem Allmächtigen und bei der

1. Band 12, Seite 380 bis 383.

Huld des Königs, daß nichts dergleichen von ihm ausgegangen sei, sondern vielmehr sie es war, die ihn verführen wollte. ‚Aber – so schloß er – ich hielt mich fern von ihr. Sie versprach mir sogar, sie wolle dir Gift zu trinken geben, um dich zu töten, auf daß die Herrschaft mir zufiele. Da ergrimmte ich über ihre Worte und gab ihr zu verstehen: ‚O du Verfluchte, wenn ich wieder reden darf, so will ich dich bestrafen!' Deshalb fürchtete sie sich vor mir und tat, was sie getan hat.' Nun ließ der König die Odaliske herbeiholen und sprach zu den Anwesenden: ‚Wie sollen wir diese Odaliske da zu Tode bringen?' Die einen rieten, er solle ihr die Zunge herausschneiden; doch andere gaben den Rat, er solle ihre Zunge mit Feuer verbrennen. Sie selbst aber trat vor den König hin und sprach: ‚Mir ergeht es mit euch genau so, wie es dem Fuchse mit den Leuten erging!' ‚Wie war denn das?' fragte der König; und die Odaliske erzählte: ‚Vernehmet von mir

DIE GESCHICHTE
VON DEM FUCHS UND DEN LEUTEN

Es ist mir berichtet worden, o König, daß ein Fuchs einst in eine Stadt durch eine ihrer Mauern eindrang. Dann begab er sich in den Speicher eines Gerbers und vernichtete, was darinnen war, und verdarb dem Eigentümer die Felle. Eines Tages aber geschah es, daß der Gerber den Fuchs überlistete und fing; da begann er ihn mit den Häuten zu schlagen, bis er ohnmächtig vor ihm lag. Der Gerber glaubte nun, daß der Fuchs tot wäre; deshalb schleppte er ihn hinaus und warf ihn beim Stadttor neben die Straße. Bald blieb ein altes Weib bei ihm stehen und sagte: ‚Ist das nicht der Fuchs, dessen Auge gegen das Weinen der kleinen Kinder hilft, wenn es ihnen um den

Hals gehängt wird?' Sie riß ihm also das rechte Auge heraus. Dann kam ein Knabe an ihm vorüber und sprach: ‚Was soll dieser Schwanz noch an dem Fuchse dort?' Da schnitt er ihm den Schwanz ab. Ferner kam ein Mann an ihm vorbei und sprach: ‚Ist das nicht der Fuchs, dessen Galle den Star vom Auge hinwegnimmt, wenn es damit gesalbt wird?' Nun sprach der Fuchs bei sich selber: ‚Wir haben es hingenommen, daß uns ein Auge herausgerissen und der Schwanz abgeschnitten wurde; doch wenn man uns auch noch den Bauch aufschlitzen will, so geht das entschieden zu weit!' Mit diesen Worten sprang er auf und eilte flüchtig aus dem Stadttore hinaus; so kam er mit dem Leben davon, obgleich er kaum noch an seine Rettung glaubte.'

Da sagte der König: ‚Ich will ihr meinerseits die Schuld verzeihen. Ihr Schicksal stehe in meines Sohnes Hand; wenn er will, mag er sie strafen, und wenn er will, mag er sie töten lassen!' Der Prinz aber sprach: ‚Vergebung ist besser denn Rache; denn sie ist der Edlen Sache!' Als der König wiederholte: ‚Die Entscheidung steht bei dir, mein Sohn', ließ er sie frei und sprach zu ihr: ‚Geh fort aus meiner Nähe! Allah vergebe, was vergangen ist!' Nun erhob sich der König von dem Herrscherthrone und ließ seinen Sohn sich auf ihn setzen, er krönte ihn mit seiner Krone und ließ die Großen seines Reiches ihm den Treueid schwören und befahl ihnen, ihm fortan zu gehorchen, indem er sprach: ‚Ihr Leute, ich bin alt geworden, und ich will mich zurückziehen, um mich dem Dienste des Herrn zu weihen. Jetzt rufe ich euch zu Zeugen an, daß ich mich der Herrschaft entkleidet habe, wie ich mich meiner Krone entkleidet und sie meinem Sohne auf das Haupt gesetzt habe.' Die Truppen und alle Krieger schworen dem Prinzen den Treueid; der Vater aber weihte sich nur dem Dienste des

Herrn und tat nichts anderes, während sein Sohn über sein Königreich in Recht und Gerechtigkeit herrschte; und sein Ansehen war prächtig, und seine Herrschaft war mächtig, bis der Unerbittliche zu ihm kam.]

Ferner ist mir berichtet worden

DIE GESCHICHTE VON DSCHAUDAR UND SEINEN BRÜDERN

Es war einmal ein Kaufmann, 'Omar geheißen; der hatte als Nachkommen drei Söhne, von denen der älteste Sâlim, der jüngste Dschaudar und der mittlere Salîm hieß. Er zog sie alle auf, bis sie erwachsen waren; aber er liebte Dschaudar mehr als seine Brüder. Als es nun den beiden anderen klar ward, daß der Vater ihren jüngsten Bruder am meisten liebte, kam die Eifersucht über sie, und sie begannen Dschaudar zu hassen. Ihr Vater bemerkte, wie die beiden ihrem Bruder feind waren; und da er ein alter Mann war, so fürchtete er, daß nach seinem Tode dem Dschaudar Arges von seinen Brüdern widerfahren würde. Daher versammelte er bei sich einige von seiner Sippe, ferner Erbteiler von seiten des Kadis und gelehrte Männer, und dann sprach er: ‚Holt mir mein Geld und mein Gut!' Nachdem alles Geld und alle Stoffe gebracht waren, fuhr er fort: ‚Ihr Leute, teilet dies Geld und diese Stoffe in vier Teile nach der gesetzlichen Vorschrift!' Und als das geschehen war, gab er jedem Sohne einen Teil; doch den vierten Teil behielt er für sich selber, indem er sprach: ‚Dies war mein Geld; ich habe es unter sie geteilt, und jetzt haben sie keinen Anspruch mehr auf mich noch aufeinander. Wenn ich sterbe, so wird es keinen Streit zwischen ihnen geben; denn ich habe das Erbe schon zu meinen Lebzeiten geteilt. Das, was ich für mich behalten habe, soll meiner Frau gehören, der Mutter dieser Söhne, und sie soll damit ihren Unterhalt bestreiten.' – –«

Da bemerkte Schehrezâd, daß der Morgen begann, und sie hielt in der verstatteten Rede an. Doch als die *Sechshundertundsiebente Nacht* anbrach, fuhr sie also fort: »Es ist mir berichtet worden, o glücklicher König, daß der Kaufmann, nachdem er sein Geld und Gut in vier Teile hatte teilen lassen, jedem seiner drei Söhne einen Teil gab, während er den vierten Teil für sich behielt und sprach: ‚Dieser Teil soll meiner Frau gehören, der Mutter dieser Söhne, und sie soll damit ihren Unterhalt bestreiten.' Bald darauf starb er; und nun war keiner der beiden älteren Brüder mit dem zufrieden, was ihr Vater 'Omar bestimmt hatte, sondern sie verlangten mehr von Dschaudar, indem sie sprachen: ‚Unseres Vaters Geld ist bei dir!' Da ging er mit ihnen vor Gericht; und nachdem die Muslime, die bei der Teilung zugegen gewesen, erschienen waren und Zeugnis abgelegt hatten über das, was sie wußten, wies der Richter sie auseinander. Aber Dschaudar verlor viel Geld und ebenso auch seine Brüder durch den Streit vor Gericht. Die beiden ließen ihn eine Weile in Ruhe; dann aber begannen sie von neuem, Ränke wider ihn zu spinnen, so daß er zum zweiten Male mit ihnen vor Gericht ging. Und wiederum verloren sie viel Geld durch die Richter. Dennoch ließen die beiden nicht ab, nach seinem Schaden zu trachten, indem sie ihn von Tyrann zu Tyrann[1] schleppten; und so büßten die drei immer mehr Geld ein, bis sie alles an die Blutsauger vergeudet hatten. Nun waren die drei zu armen Leuten geworden. Die beiden älteren Brüder gingen darauf zu ihrer Mutter, verhöhnten sie, nahmen ihr Geld weg, schlugen sie und jagten sie fort. Da ging sie zu ihrem Sohne Dschaudar und sprach zu ihm: ‚Deine Brüder haben

1. Damit sind bestechliche und ungerechte Richter gemeint.

mir dies und das getan und haben mein Geld weggenommen.'
Und sie fluchte den beiden. Dschaudar aber sprach: ‚Liebe
Mutter, fluche ihnen nicht! Allah wird einem jeden von ihnen
nach seinem Tun vergelten. Sieh doch, Mütterchen, ich bin
arm geworden, und meine Brüder sind arm; denn durch Streit
schwindet immer das Geld dahin. Ich habe viel mit meinen
Brüdern vor den Richtern streiten müssen, aber es hat uns
nichts genutzt; vielmehr haben wir alles vergeudet, was unser
Vater uns hinterlassen hat, und die Leute haben uns durch ihr
Zeugnis vor aller Augen bloßgestellt. Soll ich nun um deinetwillen wieder mit ihnen streiten und vor Gericht gehen? Das
darf nicht sein! Bleib du nur bei mir, ich will das Brot, das ich
esse, mit dir teilen! Bete für mich, und Allah wird mir deinen
Unterhalt gewähren! Laß die beiden den Lohn für ihr Tun von
Allah empfangen und tröste dich mit dem Dichterworte:

> *Wenn dich ein Tor bedrückt, so laß ihn nur gewähren*
> *Und warte eine Weile auf das Strafgericht.*
> *Gewalt und Druck vermeide! Lastet auf dem Berge*
> *Ein Berg, so denke dran, daß auch die Last zerbricht.'*

So beruhigte er das Herz seiner Mutter, bis sie es zufrieden war
und bei ihm blieb. Dann holte er sich ein Fischernetz und begann zum Strome zu gehen, zu den Teichen und zu jeder
Stätte, an der es Wasser gab; jeden Tag ging er an einen anderen Ort, und manchmal verdiente er an einem Tage für zehn
Para, manchmal für zwanzig und manchmal für dreißig. Die
gab er für seine Mutter aus; aber er konnte auch selbst noch
gut essen und gut trinken. Seine beiden Brüder jedoch hatten
kein Handwerk, auch trieben sie keinen Handel; so kam über
sie, was da sengt und bedrängt, die Not, die sich an den Menschen hängt, und sie verloren auch das, was sie ihrer Mutter
abgenommen hatten. Schließlich wurden sie zu elenden, nack-

ten Bettlern. Da kamen sie manchmal zu ihrer Mutter, demütigten sich tief vor ihr und klagten über ihren Hunger; und da das Herz der Mutter mitleidig ist, so gab sie ihnen dann etwas verschimmeltes Brot zu essen, oder wenn vom Tage zuvor etwas Gekochtes übriggeblieben war, so sprach sie zu ihnen: ‚Esset es rasch und geht davon, ehe euer Bruder kommt! Denn er könnte zürnen und sein Herz wider mich verhärten, so daß ich durch euch bei ihm mißachtet würde.' Darauf aßen sie hastig und gingen wieder fort. Eines Tages aber begab es sich, daß sie zu ihrer Mutter kamen und sie ihnen Fleisch und Brot vorsetzte; und siehe da, als die beiden beim Essen waren, trat ihr Bruder Dschaudar ein. Seine Mutter ward von banger Scheu vor ihm erfüllt und fürchtete, er würde ihr zürnen; darum senkte sie ihr Haupt zu Boden und stand beschämt vor ihrem eigenen Sohne da. Er jedoch lächelte ihnen freundlich entgegen und sprach: ‚Willkommen, meine Brüder, ein gesegneter Tag! Wie kommt es, daß ihr mich an diesem gesegneten Tage besucht?' Dann umarmte er sie, nahm sie liebevoll auf und sprach zu ihnen: ‚Ich hatte nicht geglaubt, daß ihr mich so lange allein lassen würdet, ohne zu mir zu kommen, daß ihr weder mich noch eure Mutter besuchen würdet!' ‚Bei Allah, lieber Bruder,' erwiderten sie, ‚wir hatten wohl Sehnsucht nach dir, aber die Scham wegen dessen, was zwischen uns vorgefallen ist, hielt uns zurück. Wir haben es bitter bereut; es war das Werk Satans – Allah der Erhabene verfluche ihn! Jetzt haben wir keinen anderen Segen mehr als dich und unsere Mutter.' – –«

Da bemerkte Schehrezâd, daß der Morgen begann, und sie hielt in der verstatteten Rede an. Doch als die *Sechshundertundachte Nacht* anbrach, fuhr sie also fort: »Es ist mir berichtet worden, o glücklicher König, daß Dschaudar, als er nach Hause kam und seine Brüder erblickte, sie willkommen hieß und zu ihnen sprach: ‚Ich habe keinen Segen als euch!' Nun rief seine Mutter: ‚Allah lasse dein Antlitz hell erstrahlen! Allah lohne dir reichlich! Du bist doch der Edelste, mein Sohn!' Und er fuhr fort: ‚Seid herzlich willkommen, bleibet bei mir! Allah ist gütig, und des Guten ist viel bei mir.' So söhnte er sich mit ihnen aus; und sie blieben in seinem Hause und aßen mit ihm zur Nacht. Am nächsten Morgen frühstückten sie, und dann nahm Dschaudar sein Netz über die Schulter und ging fort, der Tür des Eröffners[1] entgegen; auch seine Brüder gingen und blieben bis zum Mittag fort; und als sie heimkehrten, trug ihre Mutter ihnen beiden das Mittagsmahl auf. Am Abend kam Dschaudar und brachte ihnen Fleisch und Gemüse. So lebten sie einen Monat lang, indem Dschaudar Fische fing und verkaufte und den Erlös für seine Mutter und seine Brüder ausgab; die beiden aßen nun und führten ein fröhliches Leben. Doch eines Tages begab es sich, daß Dschaudar mit seinem Netze zum Strome ging, es auswarf und leer wieder heraufzog. Da warf er es zum zweiten Male aus; und wiederum kam es leer herauf. Nun sagte er sich: ‚An dieser Stelle gibt es keine Fische', begab sich an einen anderen Ort und warf dort sein Netz aus; aber es kam leer herauf. Also lenkte er seine Schritte wieder weiter an andere Stellen, und das tat er unablässig vom Morgen bis zum Abend, ohne daß er auch nur ein einziges Fischlein fing. Da rief er: ‚Wunderbar! Sind denn alle Fische aus dem Strom verschwunden, oder was sonst?' Dann nahm er das Netz wieder auf den Rücken und kehrte betrübt und verdrießlich heim, indem er sich auch um seine Mutter und seine Brüder sorgte, weil er nicht wußte, was er ihnen zum Nachtmahl bringen sollte. Er kam an einem Backofen vorbei

1. Das ist Allah, der dem Menschen dir Tür zum täglichen Brote öffnet.

und sah, wie das Volk sich dort nach dem Brote drängte, mit Geld in den Händen, ohne daß der Bäcker sich darum kümmerte. Wie er nun stehen blieb und aufseufzte, sprach der Bäcker zu ihm: ‚Sei willkommen, Dschaudar! Willst du Brot haben?' Als er schwieg, fuhr der Bäcker fort: ‚Wenn du kein Geld bei dir hast, nimm so viel, wie du nötig hast; du kannst später bezahlen!' ‚Gib mir für zehn Para Brot!' sagte Dschaudar; doch der Bäcker antwortete: ‚Da, nimm noch diese zehn Para hinzu! Morgen kannst du mir Fische für zwanzig Para bringen.' ‚Herzlich gern', erwiderte Dschaudar und nahm das Brot und die zehn Para; für die kaufte er Fleisch und Gemüse, indem er sich sagte: ‚Morgen wird der Herr weiterhelfen.' Dann ging er nach Hause, seine Mutter kochte das Mahl, und nachdem er gegessen hatte, legte er sich schlafen. Als er am nächsten Morgen sein Netz nahm, sagte seine Mutter zu ihm: ‚Setze dich zum Frühmahl!' Doch er sprach: ‚Iß du mit meinen Brüdern das Frühmahl!' Dann ging er zum Flusse, warf das Netz dort aus, einmal, zweimal, dreimal, und ging von Ort zu Ort bis zur Zeit des Nachmittagsgebetes, ohne daß ihm etwas zufiel. Da lud er sein Netz wieder auf und ging niedergeschlagen davon. Wieder führte ihn sein Weg bei dem Bäcker vorbei; und als er dort ankam, sah ihn der Bäcker und reichte ihm das Brot und das Geld, indem er zu ihm sprach: ‚Komm her, nimm und geh, wenn es heute nicht ist, so wird es morgen sein!' Dschaudar wollte sich entschuldigen; aber der Bäcker sprach: ‚Geh nur, es bedarf keiner Entschuldigung! Wenn du etwas gefangen hättest, so hättest du es da. Als ich dich mit leeren Händen kommen sah, wußte ich, daß du nichts gefangen hast; und wenn dir auch morgen nichts zuteil wird, so komm und hole Brot! Scheue dich nicht; du kannst später zahlen!' Am dritten Tage zog Dschaudar von Teich zu Teich bis zur Zeit des Nachmittagsgebetes; und wiederum fand er nichts. So ging er denn zum Bäcker und nahm von ihm Brot und Geld in Empfang. Sieben Tage lang ging es immer so weiter; doch da ward er mutlos und sagte sich: ‚Heute will ich zum See Karûn[1] gehen.' Wie er dort das Netz auswerfen wollte, kam plötzlich ein Maure auf ihn zu, der ein Maultier ritt; er trug prächtige Gewänder, und auf dem Rücken des Maultieres lagen gestickte Satteltaschen, und alles Geschirr des Tieres war mit Gold durchwirkt. Der Maure sprang ab von dem Maultier und rief: Friede sei mit dir, o Dschaudar, Sohn 'Omars!' ‚Auch mit dir sei Friede, Herr Pilgersmann!' erwiderte Dschaudar. Dann fuhr der Maure fort: ‚Hör, Dschaudar, ich habe ein Anliegen an dich; und wenn du mir willfährst, so wirst du viel Gut gewinnen, du wirst dann mein Gefährte sein und meine Geschäfte für mich leiten.' ‚Herr Pilgersmann,' sprach Dschaudar, ‚sag mir, was du im Sinne hast, so will ich dir gehorchen und nicht zuwider handeln.' Der Maure sagte: ‚Sprich die erste Sure!' Nachdem er sie zusammen mit ihm gesprochen hatte, holte jener eine seidene Schnur hervor und sagte: ‚Fessele mir die Hände auf dem Rücken, binde sie ganz fest und wirf mich in diesen See; dann warte ein wenig, und wenn du siehst, daß ich die Hände aus dem Wasser emporstrecke, ehe ich selber erscheine, so wirf das Netz nach mir aus und zieh mich rasch herauf! Wenn du aber siehst, daß ich die Füße herausstrecke, so wisse, daß ich tot bin; dann verlasse mich, nimm das Maultier und die Satteltaschen und geh zum Basar der Kaufleute! Dort wirst du einen Juden finden, namens Schama'ja; gib ihm das Maultier, und er wird dir hundert Dinare geben. Nimm sie, bewahr das Geheimnis und geh deiner Wege!' Nun band

---

1. Dieser See lag früher am Südende von Kairo, jenseits des ‚Elefantenteiches' (*Birket el-Fîl*).

Dschaudar ihm die Hände ganz fest, während der Maure immer sagte: ‚Binde fester!' Schließlich sagte er: ‚Jetzt stoße mich vorwärts, bis ich in den See hineinstürze!' Da stieß Dschaudar den Mauren vorwärts und stürzte ihn in den See, so daß er unterging. Eine Weile stand der Jüngling wartend da; aber dann erschienen des Mauren Füße über dem Wasser, und so wußte er, daß er tot war. Da nahm er das Maultier, ließ den Mauren, wo er war, und begab sich zum Basar der Kaufleute; dort sah er den Juden auf einem Stuhle an der Tür seines Vorratshauses sitzen. Kaum hatte der Jude das Maultier erkannt, so rief er auch schon: ‚Ja, der Mann ist umgekommen!' Und dann fügte er hinzu: ‚Nur die Habgier hat ihn umgebracht!' Darauf nahm er dem Dschaudar das Maultier ab und gab ihm hundert Dinare, indem er ihm einschärfte, das Geheimnis zu wahren. Dschaudar nahm das Geld, ging weiter und holte, was er an Brot nötig hatte, von dem Bäcker, indem er zu ihm sprach: ‚Nimm diesen Dinar!' Da nahm der Mann das Goldstück und berechnete, was er noch zu fordern hatte; dann sagte er: ‚Du hast noch für zwei Tage Brot von mir zu erhalten.' – –«

Da bemerkte Schehrezâd, daß der Morgen begann, und sie hielt in der verstatteten Rede an. Doch als die *Sechshundertundneunte Nacht* anbrach, fuhr sie also fort: »Es ist mir berichtet worden, o glücklicher König, daß der Bäcker, als er mit Dschaudar über den Preis des Brotes abrechnete, zu ihm sprach: ‚Du hast noch für zwei Tage Brot von mir zu erhalten.' Darauf begab Dschaudar sich von ihm zum Fleischer, gab auch ihm einen Dinar, entnahm Fleisch und sagte: ‚Lasse das, was von dem Dinar übrigbleibt, bei dir auf Rechnung stehen!' Ferner holte er Gemüse und ging heim; da sah er, wie seine Brüder gerade von ihrer Mutter Speise verlangten, während sie zu ihnen sprach: ‚Wartet, bis euer Bruder heimkehrt! Ich habe nichts.' Er trat zu ihnen ein und sprach zu ihnen: ‚Nehmt und eßt!' Und sie fielen über die Speisen her wie gefräßige Dämonen. Darauf gab Dschaudar den Rest des Goldes seiner Mutter mit den Worten: ‚Nimm hin, Mutter! Wenn meine Brüder zu dir kommen, so gib ihnen etwas, damit sie sich Nahrung kaufen können, während ich abwesend bin!' Die Nacht über blieb er zu Hause; doch als es Morgen ward, nahm er das Netz und ging wieder zum See Karûn; dort blieb er stehen, und gerade als er das Netz auswerfen wollte, erschien plötzlich ein zweiter Maure, reitend auf einem Maultier, und noch prächtiger ausgestattet als jener, der ertrunken war; auch er hatte Satteltaschen, und in jeder der beiden Taschen befand sich ein Kästchen. Der rief: ‚Friede sei mit dir, o Dschaudar!' ‚Auch mit dir sei Friede, Herr Pilgersmann', erwiderte Dschaudar; und der Maure fuhr fort: ‚Ist gestern zu dir ein Maure gekommen, der auf einem Maultier wie diesem hier ritt?' Der Jüngling erschrak und leugnete, indem er sprach: ‚Ich habe niemanden gesehen.' Denn er fürchtete, der andere könnte ihn fragen, wohin der Mann gegangen sei, und wenn er selber dann erwidere, jener sei im See ertrunken, so möchte er vielleicht behaupten: ‚Du hast ihn ertränkt!' So blieb ihm nichts anderes übrig, als zu leugnen. Doch der Maure sagte: ‚Armer Kerl, er war mein Bruder, der vor mir herzog.' Dennoch beharrte Dschaudar darauf: ‚Ich weiß nichts von ihm.' Nun fragte der Maure: ‚Hast du ihm nicht die Hände gefesselt und ihn in den See geworfen? Und hat er nicht zu dir gesagt: ‚Wenn ich meine Hände herausstrecke, so wirf das Netz nach mir und zieh mich eilends heraus; wenn ich aber die Füße herausstrecke, so bin ich tot, und dann nimm das Maultier und führe es zu dem Juden Schama'ja, der wird dir hundert Dinare geben?' Sind dann nicht seine Füße herausgekommen, und hast du nicht das Maultier zu dem Juden gebracht, und hat der dir nicht hundert Dinare gegeben?' ‚Wenn du alles weißt,' sagte Dschaudar darauf, ‚warum fragst du mich dann noch?' Und der Maure fuhr fort: ‚Ich möchte, daß du mit mir tust, wie du mit meinem Bruder getan hast.' Dann gab er ihm eine seidene Schnur und fügte hinzu: ‚Binde mir die Hände auf dem Rükken; und wenn es mir ergeht wie meinem Bruder, so nimm das Maultier, führe es zu dem Juden und nimm von ihm hundert Dinare.' Nun sagte Dschaudar: ‚Tritt heran!' Und als der Maure das getan hatte, band Dschaudar ihm die Hände fest und stieß ihn vorwärts, so daß er in den See fiel und unterging; eine Weile wartete der Jüngling, und als dann die Füße herauskamen, sprach er: ‚Er ist tot und in der Hölle. So Gott will, kommen die Mauren jeden Tag zu mir; dann will ich sie fesseln, und sie mögen umkommen. Hundert Dinare für jeden Toten – das genügt mir!' Darauf nahm er das Maultier und zog weiter. Wie der Jude ihn sah, rief er ihm zu: ‚Ist der zweite auch tot?' ‚Möge dein Haupt am Leben bleiben!' entgegnete Dschaudar; und der Jude fuhr fort: ‚Solches ist der Lohn der Habgierigen', nahm ihm das Maultier ab und gab ihm hundert Dinare. Als Dschaudar sie erhalten hatte, begab er sich zu seiner Mutter und gab sie ihr. ‚Mein Sohn, woher hast du die?' fragte sie alsbald; und er erzählte ihr alles. Da sagte sie: ‚Geh nicht mehr zum See Karûn! Ich bin um dich besorgt wegen der Mauren.' ‚Liebe Mutter,' erwiderte er, ‚ich stoße sie doch nur auf ihren eigenen Wunsch hinein. Was soll ich tun? Dies ist ein Handwerk, das mir täglich hundert Dinare einbringt! Ich komme ja auch immer rasch zurück. Bei Allah, ich will nicht eher aufhören, zum See Karûn zu gehen, bis die Spur der Mauren aufhört und keiner von ihnen mehr übrig ist.' So ging er denn auch am dritten Tage hin und stellte sich auf; wiederum erschien plötzlich ein Maure auf einem Maultiere mit Satteltaschen, aber noch prächtiger ausgerüstet als die beiden ersten. Der rief: ‚Friede sei mit dir, o Dschaudar, o Sohn 'Omars!' Da sagte sich der Jüngling: ‚Woher kennen die mich alle?' Doch er erwiderte alsbald den Gruß; und nun fuhr der Maure fort: ‚Sind Mauren hier vorbeigekommen?' ‚Ja, zwei', erwiderte Dschaudar; und jener fragte weiter: ‚Wohin sind sie gegangen?' Der Jüngling antwortete: ‚Ich habe sie gefesselt und in diesen See gestoßen; dort sind sie ertrunken, und deiner harrt das gleiche Schicksal.' Da lachte der Maure und rief: ‚Armer Kerl, jedes Leben hat seine Zeit!' Dann stieg er vom Maultier herunter und fuhr fort: ‚Dschaudar, tu mit mir, wie du mit den anderen getan hast!' Als er die seidene Schnur hervorholte, sagte Dschaudar zu ihm: ‚Halte die Hände auf den Rücken, damit ich dich feßle; ich habe Eile, und die Zeit geht rasch dahin.' Der Maure hielt die Hände hinter sich, der Jüngling fesselte ihn und stieß ihn vorwärts; da fiel der Fremde in den See. Dschaudar blieb stehen und wartete; plötzlich aber hielt der Maure seine Hände empor und rief: ‚Wirf das Netz aus, armer Kerl!' Da warf er das Netz über ihn und zog ihn heraus, und siehe da, er hatte zwei Fische in den Händen, in jeder Hand einen, die waren rot wie Korallen. Dann gebot er: ‚Öffne die Kästchen!' Dschaudar tat es, und der Maure legte in jedes einen Fisch hinein und verschloß es wieder. Dann zog er den Jüngling an seine Brust, küßte ihn auf die rechte Wange und auf die linke und sprach: ‚Gott errette dich stets aus aller Not! Bei Allah, hättest du nicht das Netz über mich geworfen und mich herausgezogen, so hätte ich diese beiden Fische festgehalten, während ich im Wasser versank, so lange bis ich ertrunken wäre und nicht mehr aus dem See hätte herauskommen können.' ‚Herr Pilgersmann,' erwiderte Dschaudar, ‚ich beschwöre dich, tu mir die Wahrheit kund über die beiden, die ertrunken sind, und über diese beiden Fische und über den Juden!' – –«

Da bemerkte Schehrezâd, daß der Morgen begann, und sie hielt in der verstatteten Rede an. Doch als die *Sechshundertundzehnte Nacht* anbrach, fuhr sie also fort: »Es ist mir berichtet worden, o glücklicher König, daß der Maure, als Dschaudar ihn bat: ,Tu mir die Wahrheit kund über die beiden, die ertrunken sind!' ihm antwortete: ,Wisse, o Dschaudar, die beiden Ertrunkenen waren meine Brüder; der eine hieß 'Abd es-Salâm, der andere 'Abd el-Ahad, und ich heiße 'Abd es-Samad. Auch der Jude ist unser Bruder; er heißt 'Abd er-Rahîm und ist in Wirklichkeit kein Jude, sondern ein Muslim, und zwar ein Malikit.¹ Unser Vater hatte uns gelehrt, geheime Dinge zu erkennen, Schätze zu heben und zu zaubern; und wir übten uns so lange, bis uns die Mârids unter den Geistern und die Dämonen dienstbar wurden. Wir waren also vier Brüder, Söhne eines Vaters, der 'Abd el-Wadûd hieß. Als unser Vater starb, hinterließ er uns vielerlei. Da teilten wir die Schätze und die Reichtümer und die Talismane, bis wir zu den Büchern kamen. Doch als wir die teilten, erhob sich ein Streit zwischen uns wegen eines Buches, das da hieß ,Die Legenden der Alten'; seinesgleichen gibt es nirgends, auch könnte niemand seinen Wert bezahlen, ja es läßt sich nicht einmal mit Edelsteinen aufwiegen, denn in ihm sind alle Schätze genannt, und alles geheime Wissen ist ihm bekannt. Unser Vater pflegte es zugebrauchen, und wir wußten einen kleinen Teil davon auswendig; nun wollte ein jeder von uns es besitzen, um alles zu erfahren,

---

1. Im sunnitischen Islam gibt es vier ,orthodoxe Rechtsschulen', die nach ihren Stiftern benannt sind; die Malikiten haben ihren Namen von Mâlik ibn Anas. Fast alle Mauren (oder Maghrebiner) sind Malikiten.

was darinnen stand. Während wir damals miteinander stritten, war der Scheich unseres Vaters bei uns, er, der unseren Vater erzogen und in Zauber und Magie unterwiesen hatte; der war el-Kahîn el-Abtan[1] geheißen. Und er sprach zu uns: ‚Holt das Buch!' Wir gaben es ihm, und er fuhr fort: ‚Ihr seid die Söhne meines Sohnes, und darum vermag ich keinem von euch unrecht zu tun. Wer also dies Buch erhalten will, der gehe hin und hebe den Schatz von esch-Schamardal und bringe mir die Himmelsscheibe, die Schminkbüchse, den Siegelring und das Schwert. Der Siegelring hat einen Mârid zum Diener, des Namens er-Ra'd el-Kâsif[2]; und wer ihn besitzt, wider den wird kein König und kein Sultan etwas vermögen; ja, wenn er will, kann er durch ihn die ganze Welt beherrschen weit und breit. Wer aber das Schwert trägt, der kann, wenn er es zückt und gegen ein Heer schwingt, alsbald das Heer in die Flucht schlagen; und wenn er beim Schwingen zu ihm spricht: ‚Schlag dies Heer tot!' so sprühen feurige Blitze aus dem Schwerte und töten das ganze Heer. Und wer die Himmelsscheibe besitzt, der kann, wenn er will, alle Länder von Ost nach West darin erblicken; dann kann er sie schauen und betrachten, während er ruhig dasitzt. Wenn er irgendein Land zu betrachten wünscht, braucht er nur die Scheibe dorthin zu drehen und in sie hineinzublicken; dann sieht er das Land und das Volk darin, als ob alles vor ihm läge. Ist er aber auf irgendeine Stadt erzürnt und wendet die Scheibe der Sonne zu, so kann er die Stadt verbrennen, wenn er es will. Was endlich die Schminkbüchse anlangt, so kann jeder, der sich aus ihr die Augen schminkt, die Schätze der Erde erkennen. Dies lege ich euch als Bedingung auf: Wer diesen Schatz nicht heben kann, der hat keinen Anspruch auf das Buch; doch wer es tut und mir die vier Klein-

1. Der kundigste Wahrsager. – 2. Der hallende Donner.

odien bringt, der soll das Recht haben, dies Buch zu erhalten.' Wir waren mit der Bedingung einverstanden; dann fuhr er fort: ‚Meine Söhne, wisset, daß der Schatz von esch-Schamardal unter der Herrschaft der Söhne des Roten Königs[1] steht; und euer Vater hat mir erzählt, daß er einst jenen Schatz zu heben versuchte, es aber nicht zu tun vermochte; denn die Söhne des Roten Königs flohen vor ihm zu einem See im Lande Ägypten, geheißen der See Karûn, und verkrochen sich in ihn; er folgte ihnen nach Ägypten, aber er vermochte ihrer nicht Herr zu werden, sintemalen sie sich in jenem See versteckt hatten, der durch einen Zauber gefeit ist.' – –«

Da bemerkte Schehrezâd, daß der Morgen begann, und sie hielt in der verstatteten Rede an. Doch als die *Sechshundertundelfte Nacht* anbrach, fuhr sie also fort: »Es ist mir berichtet worden, o glücklicher König, daß el-Kahîn el-Abtan den Jünglingen des weiteren erzählte: ‚Euer Vater kehrte unverrichteter Sache heim, da er den Schatz von esch-Schamardal den Söhnen des Roten Königs nicht entreißen konnte und nichts wider sie vermochte. Und er kam zu mir und klagte es mir. Da berechnete ich die Sterne für ihn und sah in ihnen geschrieben, daß dieser Schatz nur durch einen Jüngling aus Kairo gehoben werden könne, der den Namen Dschaudar ibn 'Omar führe. Jener Jüngling wäre ein Fischer, und er werde am See Karûn zu finden sein. Und jener Zauber würde nur dann gelöst werden können, wenn Dschaudar dem Schatzsucher die Hände auf dem Rücken fessele und ihn in den See stoße; darauf würden die Söhne des Roten Königs mit ihm kämpfen, und wer Glück habe, der werde die Geistersöhne packen; wer aber kein Glück habe, der werde umkommen, und seine Füße würden sich über dem Wasser zeigen. Bei dem aber, der Erfolg haben solle, wür-

[1]. Das ist ein mächtiger Geisterkönig.

den zuerst die Hände erscheinen; und dann müsse Dschaudar das Netz über ihn werfen und ihn aus dem See herausziehen.' Da sagten zwei meiner Brüder: ‚Wir wollen dahin gehen, auch wenn wir den Tod finden!' Und ich sagte: ‚Auch ich will gehen.' Aber unser Bruder, der jetzt als Jude verkleidet ist, sagte: ‚Ich trage kein Verlangen danach.' Deshalb verabredeten wir mit ihm, er solle sich nach Kairo begeben in Gestalt eines jüdischen Kaufmannes, auf daß er, wenn einer von uns in dem See umkäme, sein Maultier und seine Satteltaschen in Empfang nähme und dem Überbringer hundert Dinare gäbe. Den ersten, der zu dir kam, haben die Söhne des Roten Königs getötet, und auch meinen zweiten Bruder haben sie umgebracht. Mich aber haben sie nicht übermocht, und so habe ich sie gefangen.' ‚Wo sind denn deine Gefangenen?' fragte Dschaudar; und der Maure fuhr fort: ‚Hast du sie nicht gesehen, wie ich sie in die Kästchen einsperrte?' ‚Das waren ja Fische', entgegnete Dschaudar; doch der Maure sprach: ‚Nein, das sind keine Fische; das sind Dämonen in Fischgestalt! Aber, o Dschaudar, wisse, daß der Schatz nur durch dich gehoben werden kann. Willst du meinen Wunsch erfüllen und mit mir nach der Stadt Fes und Meknes[1] ziehen? Dort wollen wir den Schatz heben, und hernach will ich dir alles geben, was du verlangst; du sollst immerdar vor Allah mein Bruder sein und sollst fröhlichen Herzens zu den Deinen zurückkehren.' ‚Mein Herr Pilgersmann,' erwiderte Dschaudar, ‚auf meinem Halse lasten meine Mutter und meine beiden Brüder.' – –«

Da bemerkte Schehrezâd, daß der Morgen begann, und sie hielt in der verstatteten Rede an. Doch als die *Sechshundertundzwölfte Nacht* anbrach, fuhr sie also fort: »Es ist mir berichtet

[1]. Eigentlich zwei verschiedene Städte in Marokko, die hier des Reimes wegen zusammengestellt sind.

worden, o glücklicher König, daß Dschaudar zu dem Mauren sprach: ‚Auf meinem Halse lasten meine Mutter und meine beiden Brüder. Ich habe für sie zu sorgen; und wenn ich mit dir gehe, wer soll ihnen das Brot geben?' ‚Das ist ein nichtiger Vorwand,' entgegnete ihm der Maure; ‚wenn es sich nur um die Ausgaben handelt, so wollen wir dir tausend Dinare geben; die kannst du dann deiner Mutter schenken, damit sie davon lebt, bis du in deine Heimat zurückkehrst. Wenn du fortziehst, so wirst du vor Ablauf von vier Monaten zurückkehren.' Wie Dschaudar von tausend Dinaren hörte, rief er: ‚Her, o Pilger, mit den tausend Goldstücken! Ich will sie bei meiner Mutter lassen und mit dir ziehen.' Da holte der Maure das Geld hervor, und Dschaudar nahm es und ging zu seiner Mutter. Er berichtete ihr auch, was er mit dem Mauren erlebt hatte, und fügte hinzu: ‚Nimm also die tausend Dinare hin und gib davon aus für dich und für meine Brüder! Ich will mit dem Mauren gen Westen ziehen und vier Monate fortbleiben. Mir wird viel Gutes widerfahren; drum segne mich, mein Mütterchen!' ‚Mein Sohn,' erwiderte sie, ‚du machst mich trostlos, und ich bin um dich besorgt.' Doch er sagte: ‚Liebe Mutter, dem kann kein Leid widerfahren, der in Gottes Hut steht, und der Maure ist ein guter Mann.' Und nun begann er sein Wesen zu preisen, so daß die Mutter schließlich sagte: ‚Allah mache dir sein Herz geneigt! Geh mit ihm, mein Sohn, vielleicht wird er dir manches schenken!' Da nahm er Abschied von ihr und ging fort. Als er wieder bei dem Mauren 'Abd es-Samad ankam, fragte der ihn: ‚Hast du deine Mutter um Rat gefragt?' ‚Jawohl,' antwortete Dschaudar, ‚und sie hat mich gesegnet.' ‚Dann sitz hinter mir auf!' sagte der Maure. Und nachdem Dschaudar das Maultier bestiegen hatte, ritten die beiden dahin, von Mittag bis zur Zeit des Nachmittagsgebetes; da wurde der Jüngling hungrig, und weil er bei dem Mauren keine Zehrung sah, so sprach er zu ihm: ‚Herr Pilgersmann, hast du vielleicht vergessen, für uns etwas mitzunehmen, das wir unterwegs essen können?‚ ‚Bist du hungrig?' fragte der Maure, und Dschaudar antwortete: ‚Jawohl.' Nun stiegen beide von dem Maultier herunter, und der Maure sagte: ‚Nimm die Satteltaschen herab!' Nachdem jener das getan hatte, fragte er weiter: ‚Was willst du haben, mein Bruder?' ‚Irgend etwas.' ‚Um Gottes willen, sag mir doch, was du haben möchtest!' ‚Brot und Käse.' ‚Armer Kerl, Brot und Käse schicken sich nicht für dich; verlange etwas Gutes!' ‚Gerade jetzt ist mir alles gut genug.' ‚Magst du gebratene Hühnchen?' ‚Jawohl!' ‚Magst du auch Reis mit Honig?' ‚Jawohl!' So fragte der Maure weiter: ‚Magst du dies?' und ‚Magst du das?' bis er ihm vierundzwanzig Gerichte genannt hatte. Dschaudar dachte: ‚Der Mann ist irre; woher will er mir all die Gerichte bringen, die er da nennt, sintemalen er weder Koch noch Küche hat. Ich will aber zu ihm sagen, es sei genug.' Er rief also: ‚Das genügt; du erweckst in mir die Sehnsucht nach all den Gerichten, und ich sehe doch nichts.' ‚Willkommen, o Dschaudar!' sprach der Maure, steckte seine Hand in die Satteltasche und zog daraus eine goldene Schüssel hervor, auf der zwei heiße gebratene Hühnchen lagen. Dann griff er zum zweiten Male hinein und holte eine goldene Schüssel mit Röstfleisch heraus; so zog er unablässig eins nach dem andern hervor, bis er die vierundzwanzig Gerichte, die er genannt hatte, samt und sonders vor sich sah, während Dschaudar ganz erstaunt dastand. ‚Iß, armer Kerl', rief der Maure; doch der Jüngling sagte: ‚Hast du etwa in diese Satteltaschen eine Küche getan und Leute, die da kochen?' Lachend antwortete der Mann: ‚Dies sind Zaubertaschen, und sie haben einen dienstbaren Geist; wenn wir auch in jeder Stunde tausend

Gerichte verlangten, so würde er sie uns doch sofort herbeischaffen.' ,Das sind ja prächtige Taschen', sagte Dschaudar. Dann aßen sie, bis sie gesättigt waren, und was übrigblieb, schütteten sie weg. Darauf legte der Maure die leeren Schüsseln in die Tasche zurück, steckte von neuem die Hand hinein und holte eine Kanne heraus. Sie tranken, nahmen die religiöse Waschung vor und sprachen das Nachmittagsgebet; nun legte er die Kanne in die Tasche zurück. Auch die beiden Kästchen tat er hinein, und dann warf er die Taschen dem Maultier über den Rücken, saß auf und rief: ,Steig auf, wir wollen weiterreiten.' Darauf sprach er: ,Sag, Dschaudar, weißt du wohl, welche Strecke wir von Kairo bis hierher zurückgelegt haben?' ,Nein, bei Allah, ich weiß es nicht', erwiderte er; und der Maure tat ihm kund: ,Wir haben eines vollen Monats Reise zurückgelegt.' Da rief Dschaudar: ,Wie ist das möglich?' Der Maure entgegnete ihm: ,O Dschaudar, wisse, dies Maultier unter uns ist einer von den Mârids der Geisterwelt, und es kann an jedem Tage die Reise eines Jahres zurücklegen; es ist um deinetwillen heute langsamer gegangen.' Dann ritten sie weiter dem Westland entgegen; und als es Abend ward, holte der Maure das Nachtmahl aus den Satteltaschen. Ebenso holte er am nächsten Morgen das Frühmahl hervor. So ritten sie unermüdlich vier Tage dahin; erst um Mitternacht machten sie halt, stiegen ab und schliefen. Am nächsten Morgen brachen sie wieder auf; und sooft Dschaudar nach etwas Verlangen trug, erbat er es von dem Mauren, und der holte es aus den Satteltaschen hervor. Am fünften Tage erreichten sie Fes und Meknes und zogen in die Stadt ein; und wie sie nun durch die Stadt ritten, begrüßte ein jeder, der ihnen begegnete, den Mauren und küßte ihm die Hände. So zogen sie dahin, bis sie zu einer Tür gelangten, an die 'Abd es-Samad klopfte. Da tat die

Tür sich auf, und heraus trat eine Maid, so schön wie der Mond. Zu der sprach der Maure: ‚O Rahma, o meine Tochter, öffne uns den Söller!' Sie erwiderte: ‚Herzlich gern, mein Väterchen!' und trat mit wiegenden Hüften ins Haus zurück. Da war Dschaudar ganz berückt, und er sprach: ‚Dies ist gewiß eine Prinzessin!' Nachdem sie den Söller geöffnet hatte, nahm der Maure die Satteltaschen von dem Maultier und sprach zu diesem: ‚Geh, und Gott segne dich!' Da spaltete sich die Erde, und das Maultier sank hinab; und die Erde ward wieder, wie sie zuvor gewesen war. Dschaudar rief: ‚O Beschützer, Preis sei dir, o Allah, der du uns auf ihrem Rücken behütet hast!' Doch der Maure sprach: ‚Wundere dich nicht, Dschaudar! Ich habe dir doch schon gesagt, daß dies Maultier ein Dämon ist. Nun laß uns aber zum Söller hinaufgehen!' Als der Jüngling dort eintrat, ward er verwirrt durch die Menge von prächtigen Teppichen und durch alles, was er dort sah, die kostbaren Geräte und die Ampeln aus Edelsteinen und edlen Metallen. Nachdem sie sich gesetzt hatten, befahl der Maure seiner Tochter: ‚O Rahma, hole uns dasunddas Bündel!' Da brachte sie ein Bündel und legte es vor ihrem Vater nieder; der aber öffnete es, entnahm ihm ein Prachtgewand im Werte von tausend Dinaren und sprach: ‚Lege es an, o Dschaudar, du bist willkommen!' Der Jüngling legte das Gewand an und glich in ihm einem der Könige des Westlandes. Nun legte der Maure die Satteltaschen vor sich hin, steckte seine Hand hinein und holte Schüssel auf Schüssel mit allerlei verschiedenen Gerichten heraus, bis etwa vierzig Gerichte auf dem Tische standen; und er sprach zu Dschaudar: ‚Mein Gebieter, tritt heran und iß und nimm vorlieb!' – –«

Da bemerkte Schehrezâd, daß der Morgen begann und sie hielt in der verstatteten Rede an. Doch als die *Sechshundertund-*

dreizehnte Nacht anbrach, fuhr sie also fort: »Es ist mir berichtet worden, o glücklicher König, daß der Maure, nachdem er Dschaudar in den Söller geführt hatte, ein Mahl von vierzig Gerichten vor ihm ausbreitete und zu ihm sprach: ‚Iß und nimm vorlieb! Wir wissen ja nicht, was du gern hast von Speisen; sag uns nur, was du wünschest, und wir werden es dir sogleich herbeischaffen!‘ ‚Bei Allah, Herr Pilgersmann,‘ erwiderte Dschaudar, ‚ich habe alle Gerichte gern und verschmähe nichts. Frage mich nicht, sondern gib mir alles, was dir in den Sinn kommt; ich habe nichts zu tun als zu essen!‘ Danach blieb er zwanzig Tage bei dem Mauren, und der gab ihm an jedem Tage ein neues Gewand; und sie aßen immer aus den Satteltaschen; der Maure brauchte nichts zu kaufen, weder Fleisch noch Brot, auch kochte er nicht, sondern alles, was er brauchte, kam aus den Zaubertaschen, selbst die verschiedenen Arten von Früchten. Am einundzwanzigsten Tage aber sprach er: ‚O Dschaudar, laß uns gehen! Dies ist der Tag, der vorherbestimmt ist für die Hebung des Schatzes von esch-Schamardal.‘ Da machte er sich auf mit ihm, und sie gingen bis ans Ende der Stadt; draußen vor dem Tore aber bestiegen die beiden jeder ein Maultier, und sie ritten immer weiter bis zur Mittagszeit. Nun erreichten sie einen Fluß mit strömendem Wasser; dort stieg 'Abd es-Samad ab und sprach: ‚Steig ab, Dschaudar!‘ Dann rief er: ‚Vorwärts!‘ indem er zwei Sklaven mit seiner Hand winkte; und die beiden nahmen die Maultiere, und ein jeder von ihnen zog seines Weges. Nachdem sie eine kurze Weile fortgeblieben waren, kehrte einer von ihnen mit einem Zelte zurück und schlug es auf, während der zweite einen Teppich brachte und ihn im Zelte ausbreitete; und ringsherum legte er Polster und Kissen. Darauf ging der eine von ihnen hin und holte die beiden Kästchen, in denen die zwei Fische waren; der andere aber holte die Satteltaschen. Nun hub der Maure an und sprach: ‚Komm, Dschaudar!' der Jüngling trat herein und setzte sich neben ihn. Darauf holte der Maure aus den Satteltaschen Schüsseln mit Speisen, und die beiden aßen das Mittagsmahl. Nach dem Essen nahm er die beiden Kästchen und sprach Beschwörungen über sie; da erklangen von drinnen Stimmen, die riefen: ‚Zu deinen Diensten, o größter Zauberer der Welt! Hab Erbarmen mit uns!' Und sie schrien um Hilfe. Er aber sprach noch mehr Zauberformeln über sie, bis die beiden Kästchen in Stücke zersprangen und die Trümmer umherflogen; da traten aus ihnen zwei Männer mit gefesselten Händen heraus und sprachen: ‚Gnade, o größter Zauberer der Welt! Was willst du mit uns beginnen?' Er antwortete: ‚Ich will euch beide verbrennen, es sei denn, daß ihr euch mir verpflichtet, den Schatz von esch-Schamardal zu heben!' Sie fuhren fort: ‚Wir verpflichten uns dir, und wir wollen den Schatz öffnen, doch nur unter der Bedingung, daß du Dschaudar, den Fischer, herbeischaffst; denn der Schatz kann nur durch ihn gehoben werden, und niemand kann zu ihm eindringen außer Dschaudar ibn 'Omar.' Da rief der Maure: ‚Den, von dem ihr redet, habe ich schon hergebracht, er ist hier und hört und sieht euch.' Nun schworen sie ihm, den Schatz zu öffnen, und er ließ sie frei. Darauf holte er ein Rohr und Tafeln aus rotem Karneol und legte die Tafeln auf das Rohr; ferner nahm er ein Kohlenbecken, tat Kohlen hinein und hauchte sie mit einem einzigen Atemzuge an, so daß sich das Feuer darin entzündete. Schließlich holte er Weihrauch und sprach: ‚Dschaudar, jetzt will ich die Beschwörungen sprechen und den Weihrauch hineinwerfen; und wenn ich mit dem Zauber begonnen habe, so darf ich nicht mehr reden, sonst wird er zunichte. Darum will ich dich jetzt lehren, was du zu tun hast, um dein Ziel zu erreichen.' ‚Lehre es mich!' erwiderte der Jüngling; und der Maure fuhr fort: ‚Wisse also, wenn ich den Zauber gesprochen und den Weihrauch aufs Feuer geworfen habe, so wird das Wasser im Flusse austrocknen, und du wirst eine goldene Tür erblicken, so groß wie das Tor einer Stadt, mit zwei ehernen Ringen; geh zu der Tür, poche leise und warte eine Weile! Dann poche zum zweiten Male, lauter als zuvor, und warte wieder eine Weile; und dann poche dreimal hintereinander in rascher Folge! Darauf wirst du eine Stimme hören, die da spricht: ‚Wer klopft an das Tor der Schätze an, ob er gleich die Geheimnisse nicht lösen kann?' Du aber sprich: ‚Ich bin Dschaudar, der Fischer, der Sohn des 'Omar.' Dann wird sich das Tor auftun, und eine Gestalt wird heraustreten, mit dem Schwerte in der Hand, und wird zu dir sagen: ‚Wenn du der Mann bist, so strecke deinen Nacken vor, auf daß ich dir den Kopf abschlage!' Halt ihm ruhig deinen Nacken hin und fürchte dich nicht! Denn wenn er seine Hand mit dem Schwerte erhebt und dich erschlagen will, so wird er vor dir niederstürzen, und nach einer kleinen Weile wirst du ihn als lebloses Wesen daliegen sehen. Du wirst den Streich nicht verspüren, und dir wird kein Leid widerfahren; doch wenn du dich ihm widersetzest, wird er dich töten. Hast du seinen Zauber durch deinen Gehorsam gebrochen, so geh hinein, bis du ein zweites Tor erblickest! Klopfe an, so wird ein Reiter auf einem Rosse zu dir herauskommen, mit einer Lanze auf der Schulter, und er wird zu dir sprechen: ‚Was führt dich an diesen Ort, den kein Mensch und kein Geist betritt?' Er wird seine Lanze wider dich schütteln; du aber halte ihm die bloße Brust hin, und er wird nach dir stoßen und im selben Augenblick zu Boden sinken! Du wirst ihn liegen sehen als Leib ohne Seele; doch wenn du es nicht tust, so wird er dich töten. Darauf geh weiter bis zur dritten Tür, so wird ein Mensch dir entgegentreten, der Pfeile und Bogen in der Hand hält, und wird den Bogen auf dich richten! Entblöße deine Brust vor ihm, so wird er schießen und sogleich vor dir niederstürzen, ein Leib ohne Leben; handelst du aber anders, so tötet er dich! Dann geh weiter zur vierten Tür.' – –«

Da bemerkte Schehrezâd, daß der Morgen begann, und sie hielt in der verstatteten Rede an. Doch als die *Sechshundertundvierzehnte Nacht* anbrach, fuhr sie also fort: »Es ist mir berichtet worden, o glücklicher König, daß der Maure zu Dschaudar sprach: ‚Geh weiter zur vierten Tür und klopfe an; sie wird sich vor dir auftun, und ein Löwe von riesiger Größe wird dir entgegentreten, sich auf dich stürzen und seinen Rachen aufsperren, als wolle er dich verschlingen! Fürchte dich nicht und fliehe nicht vor ihm; sondern wenn er vor dir steht, reiche ihm die Hand, so wird er auf der Stelle niedersinken, und dir wird kein Leid geschehen! Darauf geh weiter zur fünften Tür; dort wird ein schwarzer Sklave zu dir heraustreten und dich fragen: ‚Wer bist du?‘ Sprich: ‚Ich bin Dschaudar!‘ Und er wird sagen: ‚Wenn du jener Mann bist, so öffne die sechste Tür!‘ Du aber tritt zu der Tür und sprich: ‚O Jesus, sag zu Moses, er solle die Tür auftun!‘ Die Tür wird sich öffnen, und wenn du hineingehst, so wirst du zwei Drachen finden, einen zur Linken und einen zur Rechten. Beide werden den Rachen aufsperren und sich sofort auf dich stürzen. Halt ihnen deine beiden Hände entgegen, und ein jeder von ihnen wird nach einer Hand schnappen; doch wenn du das nicht tust, werden sie dich totbeißen!‘ Und nun geh weiter bis zum siebenten Tore und klopfe an, so wird deine Mutter zu dir heraustreten und zu dir sagen: ‚Willkommen, mein Sohn! Tritt näher, auf daß ich dich begrüße!‘ Du aber sprich zu ihr: ‚Hebe dich hinweg von mir und lege deine Kleider ab!' ‚Mein lieber Sohn,' wird sie dann sagen, ‚ich bin doch deine Mutter, und du bist mir den Dank dafür schuldig, daß ich dich gesäugt und aufgezogen habe; wie kannst du mich da entblößen wollen?' Dennoch sprich zu ihr: ‚Wenn du deine Kleider nicht ablegst, so töte ich dich!' Und blicke zur Rechten, so wirst du ein Schwert an der Wand hängen sehen; das nimm und zücke es wider sie, indem du rufst: ‚Entkleide dich!' Darauf wird sie dir schmeicheln und sich vor dir demütigen; du aber laß dich nicht rühren, sondern jedesmal, wenn sie etwas ablegt, sprich zu ihr: ‚Zieh auch das andere aus!' Droh ihr unablässig mit dem Tode, bis sie alles ausgezogen hat, was sie trägt, und zu Boden sinkt. In dem Augenblick hast du alle Geheimnisse gelöst und alle Zauber gebrochen; und du bist deines Lebens sicher. Tritt in die Schatzhöhle ein, und du wirst das Gold in Haufen liegen sehen; doch achte auf nichts von alledem, sondern suche nach einer Kammer auf der inneren Seite der Höhle, die durch einen Vorhang verdeckt ist, und hebe den Vorhang auf! Dann wirst du den Zauberer esch-Schamardal auf einem goldenen Bette ruhen sehen. Zu seinen Häupten leuchtet etwas Rundes wie der Mond, das ist die Himmelsscheibe; das Schwert hat er umgehängt, an seinem Finger ist ein Ring, und um den Hals hat er eine Kette, an der sich eine Schminkbüchse befindet. Bringe die vier Kleinodien; hüte dich, irgend etwas von dem zu vergessen, was ich dir gesagt habe, und unterlasse nichts; sonst wirst du bereuen und in großer Gefahr sein!' Dann wiederholte er ihm alle die Anweisungen noch einmal und zum zweiten, dritten und vierten Male, bis Dschaudar sprach: ‚Ich habe sie behalten; doch wer kann allen diesen Zaubern, die du aufgezählt hast, entgegentreten und all diese furchtbaren Schrecken ertragen?' ‚O Dschaudar,' erwiderte der Maure, ‚fürchte dich nicht! Es sind nur Scheingestalten ohne Lebensgewalten.' So sprach er ihm Mut zu, bis Dschaudar rief: ‚Ich vertraue auf Allah!' Alsdann warf der Maure 'Abd es-Samad den Weihrauch aufs Feuer und begann eine Weile Beschwörungen zu murmeln; plötzlich verschwand das Wasser, das Flußbett ward sichtbar, und die Tür des Schatzes zeigte sich. Da ging Dschaudar zu jener Tür hinab, klopfte an und hörte eine Stimme fragen: ‚Wer klopft an die Tore der Schätze an, ob er gleich die Geheimnisse nicht lösen kann?' ‚Ich bin Dschaudar ibn 'Omar', rief er, und das Tor tat sich auf. Und eine Gestalt kam heraus mit gezücktem Schwerte und rief: ‚Strecke deinen Nacken vor!' Der Jüngling hielt seinen Nacken hin, das Scheinbild holte zum Streiche aus und sank tot nieder. Ebenso vernichtete er den Zauber bei der zweiten Tür und bei allen folgenden bis zur siebenten Tür. Dort trat ihm seine Mutter entgegen und rief ihm zu: ‚Sei gegrüßt, mein Sohn!' Doch er sprach zu ihr: ‚Was bist du?' Sie antwortete: ‚Ich bin doch deine Mutter, und du bist mir den Dank dafür schuldig, daß ich dich gesäugt und aufgezogen habe, mir, die ich dich neun Monate unter dem Herzen getragen habe, mein Sohn!' Doch er sprach zu ihr: ‚Lege deine Kleider ab!' Da erwiderte sie: ‚Du bist mein Sohn, wie kannst du mich entblößen?' ‚Zieh dich aus!' wiederholte er, sonst schlage ich dir den Kopf ab mit diesem Schwerte!' Dabei streckte er seine Hand aus und ergriff das Schwert; und indem er es wider sie zückte, sprach er: ‚Wenn du dich nicht entkleidest, so töte ich dich!' Sie stritten lange miteinander, bis sie schließlich, als er ihr noch heftiger drohte, ein Gewand ablegte. Dann gebot er: ‚Zieh auch die anderen Kleider aus!' Doch er mußte lange Zeit mit ihr streiten, bis sie noch etwas anderes auszog. Und so ging es weiter, während sie immer sagte: ‚Mein Sohn, an dir ist die Erziehung fruchtlos gewesen.' Schließlich blieben ihr nur noch die Hosen; da sprach sie: ‚Mein Sohn, ist denn dein Herz aus Stein? Willst du mich entehren, indem du meine Scham aufdeckst? Mein Sohn, ist das nicht eine Sünde?' ‚Du hast recht,' erwiderte er, ‚zieh die Hosen nicht aus!' Kaum hatte er dies Wort gesprochen, so schrie sie: ‚Er hat gefehlt! Schlagt ihn!' Und nun fielen die Schläge auf ihn nieder wie die Regentropfen; denn die Diener des Schatzes drängten sich um ihn und versetzten ihm eine solche Tracht Prügel, daß er sie in seinem ganzen Leben nicht wieder vergaß. Darauf stießen sie ihn vorwärts und warfen ihn zum Tor der Schatzhöhle hinaus; und alle Tore dort schlossen sich wie zuvor. Kaum aber hatten sie ihn hinausgeworfen, so holte ihn der Maure; und alsbald flossen die Wasser wie zuvor. – –«

Da bemerkte Schehrezâd, daß der Morgen begann, und sie hielt in der verstatteten Rede an. Doch als die *Sechshundertundfünfzehnte Nacht* anbrach, fuhr sie also fort: »Es ist mir berichtet worden, o glücklicher König, daß damals, als die Diener des Schatzes den Dschaudar geschlagen und zum Tore hinausgeworfen hatten und als die Tore sich schlossen und der Fluß wieder strömte wie zuvor, der Maure 'Abd es-Samad über dem Jüngling Beschwörungen sprach, bis er wieder zu sich kam und aus seiner Betäubung erwachte. Dann fragte er ihn: ‚Was hast du getan, Elender?' Und Dschaudar gab ihm zur Antwort: ‚Ich hatte all die feindlichen Zauber gelöst, bis ich zu meiner Mutter gelangte; zwischen uns entspann sich ein langer Streit. Endlich aber, mein Bruder, begann sie ihre Kleider abzulegen, bis ihr nur noch die Hosen blieben. Da sprach sie zu mit: ‚Entehre mich nicht; denn es ist eine Sünde, die Scham zu entblößen!' Ich ließ ihr die Hosen aus Mitleid mit ihr; aber da schrie sie plötzlich: ‚Er hat gefehlt! Schlagt ihn!' Und nun drangen Leute auf mich ein, ich weiß nicht, woher sie kamen, und versetzten mir eine solche Tracht Prügel, daß ich dem Tode nahe war; darauf stießen sie mich vorwärts; doch was danach mit mir geschah, das weiß ich nicht.' Der Maure fuhr fort: ‚Hab ich dir nicht gesagt, du solltest in allem gehorchen? Jetzt hast du mir und dir selbst geschadet. Hätte sie die Hosen ausgezogen, so hätten wir unser Ziel erreicht. Nun mußt du bis heute übers Jahr bei mir bleiben.' Alsbald rief er die beiden Sklaven herbei; die brachen das Zelt ab und trugen es fort, und nachdem sie eine kleine Weile fern gewesen waren, kehrten sie mit den beiden Maultieren zurück. Jeder der beiden, der Zauberer und der Jüngling, bestieg ein Maultier, und dann ritten sie nach der Stadt Fes zurück. Dort blieb Dschaudar bei dem Mauren, der ihm gut zu essen und gut zu trinken gab und ihn jeden Tag in ein prächtiges Gewand kleidete, bis das Jahr vorüber war und der gleiche Tag kam. ‚Dies ist der bestimmte Tag,' sprach der Maure, ‚laß uns gehen!' Und Dschaudar erwiderte: ‚Gern.' Der Maure führte ihn wieder zur Stadt hinaus, und dort sahen sie die beiden Sklaven mit den Maultieren. Dann ritten sie weiter, bis sie den Fluß erreichten; von neuem schlugen die Sklaven das Zelt auf und legten Teppiche und Kissen hinein. Nachdem der Maure die Speisen herausgeholt hatte, aßen sie das Mittagsmahl; danach holte er das Rohr und die Tafeln wie zuvor, zündete das Feuer an, hielt den Weihrauch bereit und sprach: ‚Dschaudar, ich will dir die Anweisungen wiederholen.' Doch der rief: ‚Herr Pilgersmann, wenn ich die Prügel vergessen habe, so habe ich auch die Anweisungen vergessen.' ‚Hast du sie also wirklich behalten?' fragte der Maure; und Dschaudar erwiderte: ‚Jawohl.' ‚Nun denn,' fuhr der Zauberer fort, ‚so nimm dich zusammen, denke daran, daß jenes Weib nicht deine Mutter ist, sondern nur eine Spukgestalt nach dem Bilde deiner Mutter, die dich zu einem Fehler verleiten will. Du bist wohl das erste Mal lebendig herausgekommen; doch wenn du diesmal einen Fehler begehst, so werden sie dich tot hinauswerfen.' Der Jüngling sagte darauf: ‚Wenn ich fehle, so verdiene ich, daß sie mich verbrennen!' Da warf der Maure den Weihrauch aufs Feuer und sprach die Beschwörungen; der Fluß trocknete aus, und Dschaudar schritt zu der Tür und klopfte an. Nachdem sie sich aufgetan hatte, löste er alle sieben Zauber, bis er wieder vor seiner Mutter stand. Die rief: ‚Willkommen, mein Sohn!' Doch er fuhr sie an: ‚Wie kann ich dein Sohn sein, Verfluchte? Zieh dich aus!' Sie begann ihm zu schmeicheln und legte dabei ihre Kleider eins nach dem andern ab, bis sie nur noch die Hosen trug. ‚Zieh dich aus, Verfluchte!' wiederholte Dschaudar. Da legte sie auch die Hosen ab und ward plötzlich zu einem leblosen Wesen. Er aber trat weiter hinein und sah das Gold in Haufen umherliegen. Ohne sich um etwas zu kümmern, schritt er in die Kammer und sah dort den Zauberer esch-Schamardal liegen, mit dem Schwerte gegürtet, den Siegelring am Finger, die Schminkbüchse auf der Brust und die Himmelsscheibe zu seinen Häupten. Er trat auf ihn zu, löste das Schwert, nahm den Siegelring, Himmelsscheibe und Schminkbüchse und ging zurück. Da ertönten plötzlich Klänge der Musik für ihn, und die Diener riefen: ‚Durch das, was du gewonnen, mögest du im Glück dich sonnen, o Dschaudar!' Und die Klänge ertönten so lange, bis er die Schatzhöhle verlassen hatte und wieder bei dem Mauren war. Der hörte sofort auf zu beschwören und zu räuchern, zog den Jüngling an seine Brust und begrüßte ihn. Nun überreichte ihm Dschaudar die vier Kleinodien, und er nahm sie hin und rief die beiden Sklaven. Nachdem die das Zelt abgebrochen und fortgeschafft und auch die Maultiere gebracht hatten, ritten Zauberer und Jüngling nach der Stadt

Fes zurück. Dort legte jener die Satteltaschen bereit, holte Schüsseln mit vielerlei Gerichten aus ihnen hervor, bis der Tisch vor ihm gefüllt war, und sprach: ‚O Bruder, o Dschaudar, iß!' So aß denn der Jüngling, bis er gesättigt war; der Maure aber schüttete den Rest der Speisen in andere Geräte und legte die leeren Zauberschüsseln in die Satteltaschen zurück. Darauf hub 'Abd es-Samad, der Maure, an: ‚O Dschaudar, du hast um unsertwillen dein Land und deine Heimat verlassen und unser Begehren erfüllt. Drum steht es dir zu, etwas von uns zu wünschen; verlange, was du nur magst, und Allah der Erhabene wird es dir durch uns gewähren! Sprich deinen Wunsch aus und scheue dich nicht; denn du hast es verdient!' ‚Mein Gebieter,' gab jener zur Antwort, ‚ich erbitte von Allah dem Erhabenen und dann von dir, daß du mir diese Satteltaschen gebest!' Da ließ der Maure die Satteltaschen bringen und sprach: ‚Nimm sie, denn sie gebühren dir! Ich hätte dir auch alles andere gegeben, wenn du darum gebeten hättest. Aber, du Armer, diese nützen dir nur zum Essen; und du hast dich doch bei uns abgemüht, und wir haben dir versprochen, dich in Freuden heimzusenden. Aus diesen Satteltaschen sollst du essen; nun wollen wir dir noch andere geben, voll von Gold und Edelsteinen. Wenn wir dich dann in deine Heimat gebracht haben, so wirst du ein Kaufherr werden; dann kannst du dich und die Deinen kleiden und brauchst dich um die Ausgaben nicht zu kümmern. Iß mit den Deinen aus diesen Satteltaschen; das Verfahren dabei ist so: Stecke die Hand hinein und sprich: ‚Bei den gewaltigen Namen, die Macht haben über dich, o Diener dieser Satteltaschen, bring mir dasunddas Gericht!' Dann wird er dir sofort bringen, was du begehrst, solltest du auch an jedem Tage tausend Gerichte verlangen.' Darauf ließ er einen Sklaven mit einem Maultier herbeikommen und füllte ihm ein Satteltaschenpaar zur Hälfte mit Gold und zur Hälfte mit Edelsteinen und anderen kostbaren Metallen. Und nun sprach er: ‚Besteige dies Maultier; der Sklave kennt den Weg und wird vor dir hergehen, bis er dich zur Tür deines Hauses gebracht hat; wenn du dort angekommen bist, nimm die beiden Satteltaschenpaare und gib ihm das Maultier, damit er es mir wiederbringe! Doch teile niemandem dein Geheimnis mit! Und so empfehlen wir dich Allah!' Dschaudar erwiderte: ‚Allah lohne es dir reichlich!' Dann legte er die Satteltaschen dem Maultier auf den Rücken und ritt davon, während der Sklave vor ihm herging. Das Maultier folgte dem Sklaven den ganzen Tag und die Nacht hindurch, und am nächsten Morgen zog er schon durch das Siegestor[1] ein. Doch da sah er seine Mutter sitzen, wie sie rief: ‚Um Allahs willen, eine milde Gabe!' Darüber ward er wie von Sinnen; er sprang von seinem Maultiere herunter und warf sich auf sie. Und wie sie ihn erkannte, begann sie zu weinen. Dann hob er sie aufs Tier und schritt an ihrem Steigbügel dahin, bis sie nach Hause kamen. Dort hob er seine Mutter wieder herunter, nahm die beiden Satteltaschenpaare und überließ das Maultier dem Sklaven; der nahm es und zog zu seinem Herrn zurück; denn Sklave und Maultier waren Geisterwesen. Dschaudar aber war tief betrübt darüber, daß seine Mutter betteln mußte; und als er ins Haus getreten war, sprach er zu ihr: ‚Mein Mütterchen, geht es meinen Brüdern gut?' ‚Es geht ihnen gut', erwiderte sie; und er fuhr fort: ‚Weshalb bettelst du denn am Wege?' ‚Mein Sohn, weil ich hungrig bin!' ‚Ehe ich abreiste, gab ich dir doch hundert Dinare an einem Tage und hundert Dinare am nächsten Tage und tausend Dinare am Tage, da ich aufbrach.' ‚Mein Sohn, sie haben mich betrogen und mir das Geld

1. Ein Tor auf der Nordostseite Kairos.

abgenommen, indem sie sprachen: Wir wollen Waren dafür kaufen. Und als sie das Geld in Händen hatten, jagten sie mich fort, und nun muß ich am Wegesrande betteln, weil ich so hungrig bin.' ,Mein Mütterchen, jetzt soll dir kein Leid mehr widerfahren, ich bin ja bei dir. Sorge dich nicht mehr; diese Satteltaschen sind voll von Gold und Edelsteinen, und ich bin reichlich versehen mit allem Guten!' ,Mein Sohn, du hast Glück. Allah sei dir immer gnädig und mehre dir Seine Huld! Nun geh, mein Sohn, hole uns Brot; ich bin die ganze Nacht vom Hunger gequält worden, da ich kein Nachtmahl hatte.' Da lächelte er und sprach: ,Willkommen, liebe Mutter! Wünsche dir, was du nur essen willst; ich beschaffe es dir im Augenblick; ich brauche es nicht erst auf dem Markte zu kaufen, und ich habe auch keinen Koch nötig.' ,Aber, mein Sohn,' fuhr sie fort, ,ich sehe doch nichts bei dir.' ,Ich habe in diesen Satteltaschen alle möglichen Gerichte.' ,Mein Sohn, alles, was bereit ist, stillt den Hunger!' ,Du hast recht; wenn nicht viel da ist, begnügt der Mensch sich mit dem Geringsten. Doch wenn die Fülle vorhanden ist, so wünscht er, etwas Gutes zu essen. Ich habe die Fülle; also wünsche dir, was du nur begehrst!' ,Mein Sohn, etwas warmes Brot und ein Stückchen Käse.' ,Liebe Mutter, das ziemt sich nicht für deinen Stand!' ,Da du meinen Stand kennst, so gib mir zu essen, was sich für ihn ziemt!' ,Meine Mutter,' erwiderte er, ,deinem Stand gebühren gebratenes Fleisch, geröstete Hühnchen, Reis mit Pfeffer; für dich geziemen sich Würstchen, gefüllter Kürbis, gefülltes Lamm, gefüllte Rippchen, süße Nudeln mit zerriebenen Mandeln, Bienenhonig und Zucker, auch Honigkuchen und Nußtörtchen.' Da glaubte seine Mutter, er mache sich lustig über sie und wolle sie verspotten, und sie rief: ,Wehe, wehe! Was ist mit dir geschehen? Träumst du, oder bist du irre?'

‚Weshalb glaubst du, daß ich irre sei?' fragte er; und sie erwiderte: ‚Weil du mir all die prächtigen Gerichte nennst. Wer kann ihren Preis bezahlen? Und wer versteht es, sie zu bereiten?' ‚Bei meinem Leben,' rief er, ‚ich will dir noch in dieser Stunde all das, was ich dir genannt habe, zu essen geben!' Sie entgegnete: ‚Ich sehe aber nichts bei dir!' ‚Hole die Satteltaschen!' bat er sie; und sie holte sie, betastete sie und sah, daß sie leer waren. Doch sie legte sie vor ihn hin; und er steckte seine Hand hinein und zog eine gefüllte Schüssel nach der anderen hervor, bis er ihr alles, was er gesagt hatte, vorgesetzt hatte. Da fragte sie: ‚Mein Sohn, die Satteltaschen sind doch klein und waren obendrein leer, nichts war darin. Jetzt hast du all dies daraus hervorgeholt! Wo waren denn diese Schüsseln?' ‚Wisse, Mutter,' gab er ihr zur Antwort, ‚diese Satteltaschen hat mir der Maure gegeben. Es sind Zaubertaschen, und sie haben einen dienstbaren Geist; wenn ein Mensch etwas haben will und die Zaubernamen darüber spricht und sagt: ‚O Diener der Satteltaschen, hol mir das und das Gericht!' so bringt er es.' Nun fragte die Mutter weiter: ‚Kann ich auch meine Hand hineinstecken und etwas von ihm verlangen?' ‚Tu deine Hand hinein!' sagte er; und sie steckte ihre Hand hinein und sprach: ‚Bei den Namen, die Gewalt über dich haben, o Diener dieser Satteltaschen, bringe mir gefüllte Rippchen!' Da sah sie, daß die Schüssel in der Satteltasche war; sie legte ihre Hand daran und holte sie heraus und sah darauf zarte gefüllte Rippchen. Dann verlangte sie Brot und viele andere Arten von Speisen, die sie sich wünschte. Dschaudar aber sprach zu ihr: ‚Mutter, wenn du mit dem Essen fertig bist, so tu das, was von den Speisen noch übrig ist, auf andere Schüsseln und lege die leeren Zauberschüsseln in die Satteltasche zurück; denn so will es der Zauber. Doch bewahre die Taschen gut auf!' Darauf nahm sie die Taschen fort und brachte sie an eine sichere Stätte; und er fügte hinzu: ‚Mutter, hüte das Geheimnis und bewahre es in deinem Herzen! Sooft du etwas nötig hast, nimm es aus den Taschen heraus; gib auch Almosen und speise meine Brüder, ob ich da bin oder fern!' Dann begann er mit ihr zu essen; und siehe, seine Brüder traten zu ihm ein. Zu denen war die Kunde durch einen Mann aus dem Stadtviertel gedrungen, der ihnen gesagt hatte: ‚Euer Bruder ist heimgekommen, reitend auf einem Maultier, mit einem Sklaven vor sich und in ein Prachtgewand gekleidet, das nicht seinesgleichen hat.' Da hatten sie zueinander gesagt: ‚O hätten wir doch unsrer Mutter kein Leid zugefügt! Jetzt wird sie ihm sicherlich erzählen, was wir ihr angetan haben; ach, wie elend stehen wir nun vor ihm da!' Doch einer von den beiden sagte: ‚Unsere Mutter hat ein weiches Herz; und wenn sie es ihm sagt, so ist unser Bruder noch weichherziger gegen uns als sie. Wenn wir uns nur vor ihm entschuldigen, so wird er unsere Entschuldigung annehmen.' Darauf traten sie zu ihm ein; und er stand auf vor ihnen, begrüßte sie aufs herzlichste und sprach zu ihnen: ‚Setzt euch nieder und esset!' So setzten sie sich denn und aßen; denn sie waren schwach von Hunger. Und sie aßen so lange, bis sie gesättigt waren. Da sprach Dschaudar zu ihnen: ‚Liebe Brüder, nehmt, was von den Speisen übrig ist, und verteilt es an die Armen und Bedürftigen!' ‚O Bruder,' erwiderten sie, ‚laß uns davon zu Nacht essen!' Er aber entgegnete ihnen: ‚Zur Zeit des Nachtessens wird euch noch mehr zuteil werden.' Nun nahmen sie den Rest der Speisen mit hinaus, und immer, wenn ein Armer an ihnen vorbeiging, sprachen sie zu ihm: ‚Nimm und iß!', bis nichts mehr übrig war. Dann brachten sie die Schüsseln zurück, und Dschaudar sprach zu seiner Mutter: ‚Tu sie in die Satteltaschen!' – –«

Da bemerkte Schehrezâd, daß der Morgen begann, und sie hielt in der verstatteten Rede an. Doch als die *Sechshundertundsechzehnte Nacht* anbrach, fuhr sie also fort: »Es ist mir berichtet worden, o glücklicher König, daß Dschaudar, nachdem seine Brüder das Mittagsmahl beendet hatten, zu seiner Mutter sprach: ‚Tu die Schüsseln in die Satteltaschen!' Am Abend sodann begab er sich in die Halle und holte aus den Taschen eine Mahlzeit von vierzig Gerichten hervor; dann ging er wieder nach oben, und nachdem er sich zu seinen Brüdern gesetzt hatte, sprach er zu seiner Mutter: ‚Bring uns das Nachtmahl!' Als sie in die Halle trat, sah sie die Schüsseln gefüllt dastehen; dann deckte sie den Tisch und trug die Schüsseln eine nach der anderen auf, bis alle vierzig vor ihnen standen. Nun aßen sie zur Nacht; und nach dem Mahle sprach er: ‚Nehmt und speiset die Armen und Bedürftigen!' Da nahmen sie den Rest der Speisen und verteilten sie. Hernach holte er auch noch Süßigkeiten für sie; und nachdem sie davon gegessen hatten, sagte er: ‚Was übrig ist, das gebet den Nachbarn!' Am nächsten Tage war das Frühmahl ebenso; und in dieser Weise blieben sie zehn Tage zusammen. Da sagte Sâlim zu Salîm: ‚Wie kommt es, daß unser Bruder uns morgens ein Gastmahl vorsetzt, mittags ein Gastmahl und abends ein Gastmahl und dazu noch spät in der Nacht Süßigkeiten, und dann sogar alles, was übrigbleibt, an die Armen verteilt? Das ist doch die Art der Sultane! Woher hat er nur diesen Reichtum? Wollen wir uns nicht einmal nach diesen verschiedenen Gerichten und diesen Süßigkeiten näher umsehen, von denen er alle Reste noch an die Armen und Bedürftigen verteilt? Wir sehen ja nie, daß er etwas einkauft; er zündet auch kein Feuer an und hat weder Küche noch Koch.' ‚Bei Allah,' erwiderte der andere Bruder, ‚ich weiß es nicht. Kennst du etwa jemanden, der uns die

Wahrheit darüber berichten könnte?' Darauf sagte der erste: ,Das kann uns nur unsere Mutter sagen.' Sie verabredeten nun einen Plan und begaben sich zu ihrer Mutter, während ihr Bruder fort war; und sie sprachen zu ihr: ,Mutter, wir sind hungrig!' Sie erwiderte ihnen: ,Seid getrost!', ging in die Halle, verlangte von dem Diener der Satteltaschen warme Gerichte und brachte sie ihnen. ,Mutter,' fragten sie nun, ,diese Speise ist warm; aber du hast doch nicht gekocht, ja, nicht einmal ein Feuer angeblasen!' Da gab sie ihnen zur Antwort: ,Sie kommt aus den Satteltaschen.' ,Was für Satteltaschen sind das?' fragten sie weiter; und die Mutter antwortete: ,Das sind Zaubertaschen; was man will, bringt der Zauber.' Darauf erzählte sie ihnen alles; aber sie fügte hinzu: ,Bewahrt das Geheimnis!' ,Das Geheimnis soll bewahrt bleiben, Mutter,' erwiderten sie, ,doch lehre uns, wie es dabei zugeht.' Nachdem sie es ihnen gezeigt hatte, begannen sie ihre Hände hineinzustecken und herauszuholen, was sie nur verlangten, während ihr Bruder von alledem nichts ahnte. Und als sie nun mit der Art der Satteltaschen vertraut waren, sagte Sâlim zu Salîm: ,Bruder, wie lange wollen wir noch als Diener bei Dschaudar sitzen und Almosen von ihm essen? Wollen wir nicht eine List wider ihn ersinnen, um ihm diese Satteltaschen abzunehmen und sie in unsere Gewalt zu bringen?' ,Wie soll das geschehen?' ,Wir wollen ihn an den Kapitän des Meeres von Suez verkaufen.' ,Wie sollen wir es anfangen, ihn zu verkaufen?' ,Wir wollen zu jenem Kapitän gehen und ihn mit zweien seiner Leute zu einem Mahle einladen. Was ich dann zu Dschaudar sage, das bestätige du mir; und wenn die Nacht zu Ende geht, will ich dir zeigen, was ich tun werde!' Sie kamen also überein, ihren Bruder zu verkaufen, gingen zum Hause des Kapitäns des Meeres von Suez, und als sie dort eingetreten waren, sprachen sie: ‚Herr Kapitän, wir kommen in einer Sache zu dir, die dir Freude machen wird.' ‚Gut!' erwiderte er; und sie fuhren fort: ‚Wir sind zwei Brüder, und wir haben einen dritten Bruder, einen schlechten Kerl, an dem nichts Gutes ist. Als unser Vater starb, hinterließ er uns viel Geld. Wir verteilten das Erbe, und jener Bruder nahm das, was ihm zufiel, und vergeudete es in liederlichem Lebenswandel, bis er arm geworden war. Dann aber machte er sich über uns her und verklagte uns bei den ungerechten Richtern, indem er behauptete, wir hätten ihm seine Habe und die seines Vaters genommen. Wir stritten darüber vor Gericht, und wir beide verloren das Geld. Dann wartete er eine Weile und verklagte uns zum zweiten Male, bis er uns zu armen Leuten machte; und auch jetzt will er noch nicht von uns lassen. Wir sind seiner überdrüssig, und wir möchten, daß du ihn uns abkaufst.' Der Schiffsführer sprach zu ihnen: ‚Könnt ihr ihn überlisten und zu mir hierher schaffen? Dann will ich ihn sofort aufs Meer schicken.' Sie antworteten: ‚Wir können ihn nicht bringen; sei du heute abend unser Gast und bringe zwei Leute mit dir, mehr nicht! Wenn er schläft, wollen wir einander helfen und zu fünfen über ihn herfallen, ihn packen und ihm einen Knebel in den Mund stopfen. Dann kannst du ihn im Dunkel der Nacht nehmen und aus dem Hause schaffen; und tu mit ihm, was du willst!' ‚Ich höre und gehorche!' erwiderte der Kapitän; ‚wollt ihr ihn mir für vierzig Dinare verkaufen?' Sie sagten: ‚Jawohl! Komm nach Einbruch der Nacht in die und die Straße; dort wirst du einen von uns auf euch wartend finden!' Da sprach der Kapitän: ‚Geht nun!' Sie begaben sich darauf zu Dschaudar und warteten eine Weile; dann trat Sâlim auf ihn zu und küßte ihm die Hände. ‚Was ist dir, mein Bruder?' fragte Dschaudar; und Sâlim antwortete ihm: ‚Wisse, ich habe einen Freund, der mich manches Mal in sein Haus eingeladen hat, während du fort warst; ja, er hat mir tausend Freundlichkeiten erwiesen, und immer nimmt er mich gastlich auf, wie mein Bruder hier weiß. Als ich ihn heute begrüßte, lud er mich wieder ein; doch ich sagte zu ihm: ‚Ich kann mich nicht von meinem Bruder Dschaudar trennen.' Da sagte er: ‚Bring ihn mit!' und ich: ‚Das wird er nicht wollen; aber vielleicht könntest du unser Gast sein, zusammen mit deinen Brüdern – denn seine Brüder saßen bei ihm. So lud ich sie ein, da ich glaubte, sie würden meine Einladung nicht annehmen. Doch er nahm sie für sich und seine Brüder an und sagte: ‚Erwarte mich am Klostertor; dann will ich mit meinen Brüdern kommen!' Nun fürchte ich, sie werden wirklich kommen; aber ich scheue mich vor dir. Möchtest du wohl meinen Sinn wieder froh machen und die Leute heute abend bewirten? Du bist ja reich begütert, mein Bruder. Wenn es dir aber nicht recht ist, so erlaube mir, sie in ein Nachbarhaus zu führen.' Dschaudar antwortete ihm: ‚Warum willst du sie ins Nachbarhaus führen? Ist unser Haus etwa zu eng? Oder haben wir nicht genug, um ihnen ein Nachtmahl zu geben? Schäme dich, daß du mich erst noch fragst! Da sind doch für dich gute Speisen und Süßigkeiten, so viel, daß sogar noch davon übrigbleibt. Wenn Leute kommen und ich fort bin, so bitte deine Mutter darum; sie wird dir Speisen im Überfluß bringen. Geh, hole sie; mögen sie uns Segen bringen!' Da küßte Sâlim die Hand Dschaudars, ging fort und setzte sich am Klostertor nieder bis nach Sonnenuntergang; nun kamen die Kumpane auf ihn zu, und er führte sie und brachte sie ins Haus. Als Dschaudar sie sah, hieß er sie willkommen und bat sie, sich zu setzen; und er schloß Freundschaft mit ihnen, ohne zu wissen, was ihm insgeheim von ihnen drohte. Dann bat er seine Mutter, das Nachtmahl zu bringen; und sie holte die Speisen aus den Satteltaschen, während er ihr immer zurief: ‚Bring das und das Gericht!' bis vierzig Gerichte vor ihnen standen. Sie aßen, bis sie gesättigt waren, und der Tisch ward abgetragen, während die Seeleute meinten, diese reiche Bewirtung gehe von Sâlim aus. Als ein Drittel der Nacht vergangen war, holte Dschaudar ihnen die Süßigkeiten; und Sâlim bediente sie, während Dschaudar und Salîm bei den Gästen saßen, bis sie nach dem Schlafe verlangten. Nun legte Dschaudar sich zum Schlafe nieder; und auch die anderen taten so. Als er aber eingeschlafen war, fielen sie gemeinsam über ihn her, und ehe er erwachte, hatte er schon den Knebel im Munde; und sie fesselten ihm die Hände auf dem Rücken und schleppten ihn aus dem Hause hinaus unter dem Schutze der Nacht. – –«

Da bemerkte Schehrezâd, daß der Morgen begann, und sie hielt in der verstatteten Rede an. Doch als die *Sechshundertundsiebenzehnte Nacht* anbrach, fuhr sie also fort: »Es ist mir berichtet worden, o glücklicher König, daß Dschaudar, nachdem die Leute ihn ergriffen und auf die Schultern geladen und im Dunkel der Nacht aus dem Hause hinausgeschleppt hatten, von ihnen nach Suez geschafft und in Fußfesseln gelegt ward. Dort mußte er nun bleiben und still seine Dienste verrichten; ein volles Jahr tat er die Arbeit von Gefangenen und Sklaven.

Also stand es um Dschaudar. Wenden wir uns aber wieder zu seinen Brüdern! Als es Morgen geworden war, gingen die beiden zu ihrer Mutter und sprachen zu ihr: ‚Mutter, unser Bruder Dschaudar ist noch nicht erwacht!' ‚Weckt ihn doch!' erwiderte sie ihnen. Da fragten sie: ‚Wo ruht er denn?' Und sie antwortete: ‚Bei den Gästen.' Nun fuhren sie fort: ‚Vielleicht ist er gar mit den Gästen fortgegangen, dieweil wir schliefen. Mutter, es scheint doch, daß er am Wandern Gefallen gefunden hat, und daß ihm der Sinn danach steht, Schätze zu heben. Wir hörten, wie er mit den Mauren redete, und wie sie zu ihm sagten, sie wollten ihn mit sich nehmen und ihm den Schatz öffnen.' Als sie dann fragte: ‚Ist er mit den Mauren zusammen gewesen?' erwiderten sie: ‚Waren sie denn nicht als Gäste bei uns?' Darauf sprach sie: ‚Vielleicht ist er mit ihnen gegangen. Doch Allah wird ihn auf dem rechten Wege leiten; denn das Glück ist ihm hold, und er wird sicherlich mit reichem Gute heimkehren.' Dennoch weinte sie, und die Trennung von ihrem Sohne war hart für sie. Die beiden aber fuhren sie an: ‚Du Verruchte, verschwendest du all diese Liebe an Dschaudar? Wenn wir fort sind, trauerst du nicht um uns; und wenn wir da sind, freust du dich nicht über uns! Sind wir nicht auch deine Söhne, wie Dschaudar dein Sohn ist?' Sie entgegnete darauf: ‚Wohl seid ihr meine Söhne; aber ihr seid Bösewichter, und euch gebührt keine Güte von mir. Seit dem Tage, da euer Vater starb, habe ich nichts Gutes von euch erfahren. Doch Dschaudar hat mir viel Liebe erwiesen; er hat mein Herz getröstet und mich lieb und wert gehalten. Drum geziemt es sich, daß ich um ihn weine; denn seine Güte ward mir und euch zuteil.' Als die beiden solche Worte hören mußten, schmähten sie ihre Mutter und schlugen sie. Darauf gingen sie im Hause umher und begannen nach den Satteltaschen zu suchen, bis sie alles fanden. Sie nahmen die Juwelen aus der einen Seite und das Gold aus der anderen, dazu auch die Zaubertaschen und sagten: ‚Das ist unseres Vaters Gut!' ‚Nein, bei Allah,' rief die Mutter, ‚das ist das Gut eures Bruders Dschaudar; er hat es aus dem Lande der Mauren mitgebracht!' Aber die Brüder schalten sie: ‚Du lügst! Das ist unseres Vaters Gut, und wir wollen frei darüber verfügen!' Dann verteilten sie die Schätze untereinander; aber wegen der Zaubertaschen erhob sich ein Streit zwischen ihnen. Denn Sâlim rief: ‚Ich will sie haben!' während Salîm schrie: ‚Nein, ich!' Als sie so miteinander zankten, sagte die Mutter: ‚Meine Söhne, ihr habt die Taschen, in denen Gold und Edelsteine waren, geteilt, aber diese Taschen hier lassen sich nicht teilen, noch auch können sie mit Gold aufgewogen werden, und wenn sie in zwei Teile zerschnitten werden, so ist ihr Zauber dahin! Darum laßt sie bei mir; ich will euch jederzeit daraus zu essen geben und will bei euch mit einem Bissen zufrieden sein, wenn ihr mir in eurer Güte noch etwas geben wollt, um mich zu kleiden. Dann mag ein jeder von euch mit den Leuten Handel treiben! Ihr seid doch meine Söhne, und ich bin eure Mutter; so laßt uns leben wie bisher, sonst wird alles ruchbar, wenn euer Bruder etwa kommt!' Aber sie horchten nicht auf ihre Worte, sondern stritten die ganze Nacht hindurch. Da hörte sie ein Wächter, ein Mann von der Wache des Königs, der im Hause neben dem Hause Dschaudars eingeladen war; denn das Fenster war offen. Und der Wächter schaute aus dem Fenster hinaus und hörte den ganzen Streit mit an, wie sie redeten und teilten. Als es Morgen ward, trat dieser Wächtersmann vor den König; des Name war Schams es-Daula, und er war König von Ägypten zu jener Zeit. Als der Wächter vor dem Throne stand, berichtete er, was er gehört hatte; und der König ließ alsbald die Brüder Dschaudars herbeiholen. Dann unterwarf er sie der Folter, bis sie gestanden, nahm ihnen die Satteltaschen ab und ließ die Bösewichter ins Gefängnis bringen. Der Mutter Dschaudars aber bestimmte er ein tägliches Einkommen, so viel, daß sie davon leben konnte.

Wenden wir uns nun von ihnen wieder zu Dschaudar! Der war inzwischen ein ganzes Jahr zu Suez im Dienste gewesen. Und als das Jahr abgelaufen war, erhob sich eines Tages, wie er auf See war, ein widriger Wind über den Fahrenden und warf das Schiff, auf dem sie waren, gegen einen Felsen. Da zerbarst das Schiff, und alles, was darauf war, versank, nur allein Dschaudar erreichte das Festland, während die anderen den Tod fanden. Sobald er an Land war, begann er zu wandern, bis er zu einem Beduinenlager gelangte. Da fragten die Leute ihn, wie es um ihn stehe; und er berichtete ihnen, er sei ein Seefahrer, und erzählte ihnen sein Abenteuer. Nun befand sich in dem Lager ein Kaufmann, der in Dschidda zu Hause war; der hatte Mitleid mit ihm und sprach zu ihm: ‚Willst du bei mir in Dienst treten, Ägypter? Ich will dich kleiden und dich mit mir nach Dschidda nehmen.' So ward Dschaudar sein Diener und reiste mit ihm bis nach Dschidda; und jener erwies ihm viel Gunst. Nach einer Weile aber wollte sein Herr, der Kaufmann, die Pilgerfahrt machen, und da nahm er seinen Diener mit sich nach Mekka. Wie sie dort angekommen waren, ging Dschaudar hin, um im heiligen Bezirk das Haus Allahs zu umschreiten. Und während er den Umgang vollzog, erblickte er plötzlich seinen Freund, den Mauren 'Abd es-Samad, der auch um die Kaaba schritt. – –«

Da bemerkte Schehrezâd, daß der Morgen begann, und sie hielt in der verstatteten Rede an. Doch als die *Sechshundertundachtzehnte Nacht* anbrach, fuhr sie also fort: »Es ist mir berichtet worden, o glücklicher König, daß Dschaudar, als er im heiligen Umzuge dahinschritt, plötzlich seinen Freund, den Mauren 'Abd es-Samad, erblickte, der auch um die Kaaba schritt. Als der ihn erkannte, grüßte er ihn und fragte ihn, wie es ihm ergange. Da erzählte Dschaudar ihm unter Tränen, was ihm widerfahren war. Der Maure aber nahm ihn mit sich in sein Haus, bewirtete ihn und gab ihm ein Gewand, so schön, daß es nicht seinesgleichen hatte. Und er sprach zu ihm: ‚Jetzt ist das Ende deiner Leiden gekommen, o Dschaudar!' Dann befragte er über ihn den Sandzauber, und es ward ihm kund, was mit den Brüdern Dschaudars geschehen war. So sprach er denn: ,Wisse, Dschaudar, deinen Brüdern ist es soundso ergangen; jetzt liegen sie im Gefängnis des Königs von Ägypten. Du aber sei mein willkommener Gast, bis du die Pflichten der Wallfahrt vollendet hast! Es wird alles gut werden.' ,Hoher Herr,' erwiderte der Jüngling, ,laß mich gehen, um von dem Kaufmanne, bei dem ich diene, Abschied zu nehmen; dann will ich zu dir kommen!' Der Maure fragte noch: ,Schuldest du Geld?' Und als Dschaudar erwiderte: ,Nein', fuhr er fort: ,So geh und nimm Abschied von ihm und komm auf der Stelle zurück! Das Brot verpflichtet die Edelgesinnten.' Nun ging Dschaudar hin und nahm Abschied von dem Kaufmanne, indem er hinzufügte: ,Ich habe ja meinen Bruder getroffen.' ,Geh, hol ihn,' sagte der Kaufmann, ,wir wollen ihm ein Gastmahl bereiten!' Doch Dschaudar erwiderte: ,Das hat er nicht nötig; denn er ist einer von den Reichen, und er hat viele Diener.' Darauf gab der Kaufmann ihm zwanzig Dinare und sprach: ,Befreie mich von der Verantwortung!'[1] Nun entließ er ihn; und Dschaudar ging fort von ihm, und wie er auf dem Wege einen armen Mann sah, gab er ihm die zwanzig Dinare. Darauf begab er sich zu 'Abd es-Samad, dem Mauren, und blieb bei ihm, bis beide die Pflichten der Pilgerfahrt erfüllt hatten. Da gab der Maure ihm den Ring, den er aus dem Schatze von esch-Schamardal geholt hatte, indem er zu ihm sprach: ,Nimm diesen Ring; er wird dich ans Ziel deiner Wünsche bringen! Denn er hat einen Diener, genannt er-Ra'd el-Kâsif.[2] Sooft du irgend etwas von den Dingen der

1. Diese Entlassungsformel soll besagen: ,Bestätige, daß ich meine Pflichten dir gegenüber erfüllt habe!' – 2. Vgl. oben Seite 383.

Welt begehrst, reibe den Ring; dann wird der Diener dir erscheinen und wird alles für dich tun, was du ihm befiehlst!' Darauf rieb er den Ring vor den Augen des Jünglings; sofort erschien der Diener und rief: ‚Zu Diensten, mein Gebieter! Was du nur immer begehrst, soll dir zuteil werden. Willst du eine verfallene Stadt bevölkern oder eine bewohnte Stadt zerstören oder einen König erschlagen oder ein Heer vernichten?' Aber der Maure antwortete: ‚O Ra'd, dieser hier ist dein Herr geworden; diene ihm treu!' Nachdem er den Geist entlassen hatte, sprach er zu Dschaudar: ‚Reibe den Ring, so wird sein Diener vor dir erscheinen; dann befiehl ihm, was du willst, er wird dir nicht zuwiderhandeln! Nun zieh in dein Land und gib acht auf den Ring; durch ihn wirst du deine Feinde überwinden. Verkenne seinen Wert nicht!' Dschaudar erwiderte: ‚Mein Gebieter, mit deiner Erlaubnis will ich jetzt heimkehren.' ‚Reib den Ring,' sagte der Maure, ‚der Diener wird dir erscheinen, und du steig auf seinen Rücken! Und wenn du zu ihm sprichst: ‚Bring mich noch heute in meine Heimat!', so wird er deinem Befehle nicht zuwiderhandeln.' Darauf nahm Dschaudar Abschied von 'Abd es-Samad und rieb den Ring. Alsbald erschien er-Ra'd el-Kâsif vor ihm und sprach: ‚Zu Diensten! Verlange und empfange!' Dschaudar befahl: ‚Bring mich noch heute nach Kairo!' Der Geist erwiderte: ‚Der Wunsch sei dir erfüllt', nahm ihn auf den Rücken und flog mit ihm von Mittag bis Mitternacht dahin; dann setzte er ihn im Hofe des Hauses seiner Mutter nieder und verschwand. Dschaudar aber trat ein zu seiner Mutter; und als die ihn erblickte, hub sie an zu weinen, begrüßte ihn und erzählte ihm, was seinen Brüdern von dem König widerfahren war, und wie der sie hatte schlagen lassen und ihnen die Zaubertaschen samt den Taschen mit Gold und Edelsteinen abgenommen hatte. Als Dschaudar das hörte, ward er besorgt um seine Brüder, und er sprach zu seiner Mutter: ‚Gräme dich nicht um das, was hinter dir liegt! Ich will dir jetzt sogleich zeigen, was ich tun kann, und meine Brüder herbeischaffen.' Er rieb den Ring, und der Diener erschien vor ihm und sprach: ‚Zu Diensten! Verlange und empfange!' Dschaudar gebot: ‚Ich befehle dir, daß du mir meine Brüder aus dem Gefängnis des Königs bringst!' Da versank der Geist in die Erde und stieg mitten im Kerker wieder empor. Dort saßen Sâlim und Salîm ganz allein in arger Not und großer Pein wegen der Qualen der Gefangenschaft, und sie sehnten den Tod herbei. Der eine sprach zum andern: ‚Bei Allah, Bruder, die Not lastet zu lange auf uns. Bis wann sollen wir noch in diesem Gefängnisse schmachten? Im Tode fänden wir Ruhe.' Während sie so redeten, spaltete sich plötzlich der Boden, er-Ra'd el-Kâsif fuhr zu ihnen herauf, packte die beiden und stieg wieder in die Erde hinab. Die Sinne schwanden ihnen im Übermaß der Furcht, und als sie wieder zu sich kamen, sahen sie sich in ihrem Hause und erblickten ihren Bruder Dschaudar, der dort neben seiner Mutter saß. Er rief ihnen zu: ‚Seid mir gegrüßt, meine Brüder! Ihr habt mich erfreut durch euer Kommen.' Sie aber ließen die Köpfe hängen und begannen zu weinen. Da sprach er zu ihnen: ‚Weinet nicht! Der Satan und die Habgier haben euch zu solchem Tun verführt. Wie konntet ihr mich verkaufen! Doch ich tröste mich mit Joseph; an ihm handelten seine Brüder noch ärger, denn ihr getan habt, als sie ihn in die Grube warfen.' – –«

Da bemerkte Schehrezâd, daß der Morgen begann, und sie hielt in der verstatteten Rede an. Doch als die *Sechshundertundneunzehnte Nacht* anbrach, fuhr sie also fort: »Es ist mir berichtet worden, o glücklicher König, daß Dschaudar zu seinen

Brüdern sprach: ‚Wie konntet ihr also an mir handeln! Nun bereut vor Allah und bittet Ihn um Vergebung; so wird Er sie euch gewähren, denn Er ist der Vergebende, der Barmherzige! Ich habe euch schon verziehen und heiße euch willkommen; euch soll kein Leid widerfahren.' So tröstete er sie, bis ihre Herzen sich beruhigt hatten; und dann berichtete er ihnen alles, was er in Suez erduldet hatte, bis daß er den Scheich 'Abd es-Samad wieder traf; auch erzählte er ihnen von dem Ringe. Darauf sagten die beiden: ‚Lieber Bruder, vergib uns noch dies eine Mal! Wenn wir aber zu unserem alten Treiben zurückkehren, so tu mit uns, was du willst!' ‚Seid ohne Sorge,' erwiderte er; ‚doch tut mir kund, wie der König an euch gehandelt hat!' Sie fuhren fort: ‚Er hat uns schlagen lassen und hat uns gedroht und die beiden Satteltaschen von uns genommen.' ‚Er wird sich schon fügen', sagte Dschaudar und rieb den Ring; da stand der Geist vor ihm. Als seine Brüder ihn erblickten, fürchteten sie sich vor ihm und meinten, Dschaudar würde ihm befehlen, sie zu töten. Darum eilten sie zu ihrer Mutter und flehten sie an: ‚Liebe Mutter, wir sind deine Schutzbefohlenen! Liebe Mutter, leg Fürbitte für uns ein!' Sie gab ihnen zur Antwort: ‚Meine Kinder, fürchtet euch nicht!' Darauf sprach Dschaudar zu dem Diener: ‚Ich befehle dir, daß du mir alles bringst, was in der Schatzkammer des Königs ist, Edelsteine und alle anderen Schätze. Laß nichts darin zurück, und bring auch die Zaubertaschen und die Satteltaschen mit Juwelen, die er meinen Brüdern abgenommen hat!' ‚Ich höre und gehorche!' erwiderte der Geist, verschwand alsbald, raffte alles zusammen, was in der Schatzkammer war, holte auch die Satteltaschen mit dem, was sie bargen, und legte den ganzen Inhalt der Schatzkammer vor Dschaudar nieder, indem er sprach: ‚Mein Gebieter, ich habe nichts in der Schatzkammer liegen lassen.' Jener bat nun seine Mutter, die Taschen der Edelsteine aufzubewahren, und legte die Zaubertaschen vor sich nieder. Dann gebot er dem Diener: ‚Ich befehle dir, daß du mir in dieser Nacht ein hohes Schloß erbauest, es ganz mit Goldglanz schmückest und mit prächtigem Hausrat ausstattest. Wenn der Tag anbricht, mußt du mit allem fertig sein.' ‚Der Wunsch sei dir erfüllt!' erwiderte der Geist und fuhr in den Erdboden hinab. Darauf holte Dschaudar Speisen hervor; und sie aßen, waren guter Dinge und legten sich zum Schlafe nieder.

Sehen wir nun, was der Diener tat! Er holte alle seine Hilfstruppen herbei und befahl ihnen, das Schloß zu erbauen. Und die einen begannen die Steine zu behauen, während andere bauten; wieder andere weißten, noch andere malten, und einige richteten die Gemächer ein. Und noch war es nicht Tag geworden, als das Schloß mit allem Schmuck vollendet war. Darauf begab der Geist sich zu Dschaudar und sprach zu ihm: ‚Mein Gebieter, das Schloß ist fertig und vollkommen eingerichtet. Wenn du es dir anschauen willst, so komm!' Da ging Dschaudar mit seiner Mutter und seinen Brüdern hin, und sie sahen, daß dies Schloß nicht seinesgleichen hatte und durch die Schönheit seines Baues die Sinne verwirrte. Dschaudar hatte seine Freude daran; es stand oberhalb der Straße, und es hatte ihn ja nichts gekostet. Dann fragte er seine Mutter: ‚Möchtest du wohl in diesem Schlosse wohnen?' ‚Ja, mein Sohn', erwiderte sie und flehte Segen auf ihn herab. Er aber rieb den Ring von neuem, und wiederum stand der Geist vor ihm und rief: ‚Zu Diensten!' ‚Ich befehle dir,' sprach Dschaudar, ‚daß du mir vierzig schöne weiße Dienerinnen herbeischaffst, dazu vierzig schwarze Sklavinnen, vierzig Mamluken und vierzig schwarze Sklaven.' ‚Der Wunsch sei dir erfüllt!', erwiderte jener und begab sich mit vierzig seiner Gehilfen nach Vorderindien und Hinterindien und dem Lande der Perser; und wo sie nur immer ein schönes Mädchen oder einen schönen Knaben sahen, trugen sie alle davon. Ferner entsandte er vierzig, um anmutige schwarze Mädchen zu holen, und vierzig andere brachten schwarze Sklaven. Und alle kamen zum Hause Dschaudars und füllten es ganz an. Als der Geist sie dem Jüngling zeigte, gefielen sie ihm; dann fuhr dieser fort: ‚Bring für einen jeden ein Prachtgewand!' ‚Zu Befehl!' erwiderte der Geist; und Dschaudar fuhr fort: ‚Bring auch ein Gewand für meine Mutter und ein Gewand für mich!' Nachdem alles gebracht war, kleidete Dschaudar die Dienerinnen ein und sprach: ‚Dies ist eure Herrin; küsset ihr die Hand; handelt ihr nicht zuwider, sondern dienet ihr treulich, weiße wie schwarze!' Auch die Mamluken kleidete er ein, und sie küßten ihm die Hand; zuletzt legte er seinen Brüdern Gewänder an. So war Dschaudar gleichwie ein König, und seine Brüder waren gleich Wesiren. Nun war sein Haus geräumig; und also ließ er Sâlim mit seiner Dienerschaft in dem einen Flügel, den Salîm mit der seinen in dem anderen Flügel wohnen. Er selbst aber zog mit seiner Mutter in das neue Schloß. Und ein jeder von ihnen war an seiner Stätte einem Herrscher gleich.

Wenden wir uns von ihnen nun zu dem Schatzmeister des Königs! Der wollte damals gerade etwas aus der Schatzkammer holen und ging hinein. Aber er fand nichts darinnen, sondern entdeckte, daß es dort aussah, wie der Dichter sagt:

Voller Bienen war die Stätte, als der Schwarm sich niederließ;
Als die Bienen sie verließen, war es nur ein leer Verlies.

Da stieß er einen lauten Schrei aus und sank ohnmächtig nieder. Doch als er wieder zu sich kam, ging er aus der Schatzkammer hinaus, ließ die Tür offen stehen und begab sich zum König Schams ed-Daula. Zu dem sprach er: ‚O Beherrscher der Gläubigen, ich muß dir vermelden, daß die Schatzkammer in dieser Nacht leer geworden ist.' Der König fragte ihn: ‚Was hast du mit meinen Schätzen gemacht, die darinnen lagen?' ‚Bei Allah,' erwiderte er, ‚ich habe nichts damit gemacht. Ich weiß auch nicht, wie es kommt, daß sie leer geworden ist. Gestern war ich noch dort und fand die Kammer gefüllt; aber als ich sie heute betrat, fand ich sie leer, ohne Inhalt. Doch die Tore waren verschlossen, die Mauern undurchbohrt, die Riegel ungebrochen; es kann also kein Dieb eingedrungen sein.' Weiter fragte der König: ‚Sind denn auch die beiden Satteltaschen fort?' ‚Ja', erwiderte der Schatzmeister. Nun ward der König wie von Sinnen. – –«

Da bemerkte Schehrezâd, daß der Morgen begann, und sie hielt in der verstatteten Rede an. Doch als die *Sechshundertundzwanzigste Nacht* anbrach, fuhr sie also fort: »Es ist mir berichtet worden, o glücklicher König, daß jener König, als sein Schatzmeister zu ihm gekommen war und ihm gemeldet hatte, daß die Schätze der Kammer verloren waren und ebenso auch die Satteltaschen, wie von Sinnen ward; er sprang auf und schrie den Schatzmeister an: ‚Geh vor mir her!' Der tat es, und der König folgte ihm, bis sie zu der Kammer kamen; und dort fand er nichts. Da ergrimmte er und rief: ‚Wer hat sich an meine Schätze gemacht, ohne sich zu fürchten vor meiner Macht?' Und immer heller loderte sein Zorn. Dann ging er hin und ließ die Staatsversammlung zusammentreten. Da kamen die Führer der Truppen, und jeder von ihnen glaubte, der König sei zornig auf ihn. Doch der König sprach: ‚Ihr Krieger! Wisset, meine Schatzkammer ist in dieser Nacht geplündert worden; und ich weiß nicht, wer diese Tat gewagt und sich wider mich erfrecht hat, ohne sich vor mir zu fürchten!' Als sie fragten: ‚Wie kann das geschehen?' fuhr er fort: ‚Fragt den

Schatzmeister!' Also fragten sie ihn, und er berichtete ihnen: ‚Gestern war die Kammer noch gefüllt; aber als ich heute eintrat, fand ich sie leer, obgleich keine Mauer durchbohrt und die Tür nicht gebrochen war.' Mit großem Erstaunen hörten die Krieger diesen Worten zu, aber sie alle konnten dem König keine Antwort geben. Da kam plötzlich der Wächter, der früher Sâlim und Salîm verraten hatte, zum König hereingelaufen und sprach: ‚O größter König unserer Zeit, die ganze Nacht hindurch habe ich zugeschaut, wie Baumeister einen Bau errichteten. Und als es Tag ward, sah ich ein Schloß errichtet, das seinesgleichen nicht hat. Und wie ich danach fragte, ward mir gesagt, Dschaudar sei gekommen und habe dies Schloß gebaut, und er habe Mamluken und Sklaven; er sei mit großen Reichtümern heimgekehrt und habe auch seine Brüder aus dem Kerker befreit; jetzt throne er in seinem Schlosse wie ein Sultan.' Darauf befahl der König: ‚Schaut im Gefängnis nach!' Sie schauten nach, und als sie Sâlim und Salîm nicht fanden, kehrten sie zum König zurück und brachten ihm die Meldung. Da rief er: ‚Mein Widersacher ist entdeckt! Wer den Sâlim und Salîm aus dem Kerker befreit hat, der hat auch meinen Schatz geraubt.' Als nun der Wesir fragte: ‚Hoher Herr, wer ist das?' antwortete er ihm: ‚Das ist ihr Bruder Dschaudar; und er hat auch die Satteltaschen genommen. Du aber, o Wesir, schicke einen Emir wider ihn mit fünfzig Mann, auf daß sie ihn und seine Brüder ergreifen, all seinen Besitz versiegeln und mir die drei bringen, damit ich sie aufhängen kann!' Und wieder kam heftiger Zorn über ihn, und er rief: ‚Heda, schicke sofort einen Emir zu ihnen, er soll sie mir bringen, damit ich sie hinrichten lassen kann!' Doch der Wesir erwiderte: ‚Übe Langmut! Denn Allah ist langmütig und übereilt sich nicht, Seinen Knecht zu strafen, wenn er wider Ihn sündigt. Siehe, mit dem, der einen Palast in einer einzigen Nacht erbaut, wie die Leute sagen, kann niemand in der Welt sich messen. Ich fürchte, es könnte dem Emir ein Unheil von Dschaudar widerfahren. Drum gedulde dich, bis ich einen Plan für dich ersinne und du die Wahrheit in dieser Sache schaust. Was du willst, wirst du dann erreichen, o größter König unserer Zeit!' Der König sagte darauf: ,So ersinne mir einen Plan, o Wesir!' Jener fuhr fort: ,Schicke den Emir zu ihm und lad ihn ein! Dann will ich ihn dir in sorgfältige Behandlung nehmen, will Liebe zu ihm heucheln und ihn ausfragen über alles, was ihn angeht; danach werden wir schauen. Ist seine Kraft groß, so wollen wir durch eine List seiner Herr werden; ist sein Mut aber schwach, so ergreife ihn und tu mit ihm, was du willst!' ,Schicke hin, lad ihn ein!', sagte der König; und er befahl einem Emir, der da Emir 'Othmân hieß, er solle zu Dschaudar gehen und zu ihm sagen: ,Der König lädt dich zu einem Gastmahl.' Und der König schärfte ihm ein: ,Kehre nur mit ihm zurück!' Jener Emir nun war töricht und hoffärtigen Sinnes; und als er hinabstieg, sah er schon von ferne vor dem Tor des Schlosses einen Eunuchen auf einem Stuhle sitzen. Wie er dann bei dem Schlosse ankam, erhob der Eunuch sich nicht vor ihm, sondern tat, als ob niemand käme, wiewohl der Emir 'Othmân fünfzig Mann bei sich hatte. Da trat dieser auf ihn zu und herrschte ihn an: ,Sklave, wo ist dein Herr?' ,Im Hause', antwortete der Eunuch und redete mit ihm, während er sich mit dem Arme aufstützte. Darob ergrimmte der Emir 'Othmân, und er rief: ,Du elender Sklave, schämst du dich nicht vor mir? Ich spreche mit dir, und du flegelst dich hin wie ein Galgenstrick!' ,Geh weg, mach nicht viel Worte!' brummte der Eunuch. Kaum aber hatte der Emir diese Worte vernommen, da kam die Wut über ihn, und er zog seine Keule und wollte den Eunuchen schlagen; denn er wußte nicht, daß der ein Dämon war. Jener aber, wie er den Emir die Keule schwingen sah, sprang empor, warf sich auf ihn, entriß ihm die Keule und versetzte ihm vier Schläge. Als die fünfzig Mann das sahen, ergrimmten sie, weil ihr Herr geschlagen wurde, und sie zogen ihre Schwerter und wollten den Sklaven töten. Der aber rief: ‚Zieht ihr die Schwerter, ihr Hunde?' Und er stürzte sich auf sie und zerbrach einem jeden, den er mit der Keule traf, die Knochen und ertränkte ihn in seinem Blute. Da flohen die anderen vor ihm und liefen eiligst davon, während er sie mit seinen Hieben verfolgte, bis sie weit von dem Schloßtore entfernt waren. Dann kehrte er zurück und setzte sich wieder auf seinen Stuhl und kümmerte sich um niemanden. – –«

Da bemerkte Schehrezâd, daß der Morgen begann, und sie hielt in der verstatteten Rede an. Doch als die *Sechshundertundeinundzwanzigste Nacht* anbrach, fuhr sie also fort: »Es ist mir berichtet worden, o glücklicher König, daß der Eunuch, nachdem er den Emir 'Othmân, den Hauptmann des Königs, samt seiner Schar verjagt hatte, bis sie weit von dem Schloßtore Dschaudars entfernt waren, zurückkehrte und sich wieder auf den Stuhl neben dem Schloßtore setzte und sich um niemanden kümmerte.

Sehen wir nun, was der Emir 'Othmân und seine Leute taten! Sie liefen in eiliger Flucht, von Wunden bedeckt, immer weiter zurück, bis sie vor König Schams ed-Daula standen, und berichteten ihm, was geschehen war. Also sprach der Emir 'Othmân zum König: ‚O größter König unserer Zeit, als ich zum Tore des Schlosses kam, sah ich einen Eunuchen an der Tür auf einem goldenen Stuhle sitzen mit hochmütiger Gebärde. Wie er mich auf sich zukommen sah, streckte er sich noch aus, während er vorher doch gerade gesessen hatte. Er behandelte mich mit Verachtung und erhob sich nicht vor mir. Dann redete ich ihn an, und er antwortete mir, indem er liegen blieb. Da packte mich die Wut, und ich schwang die Keule wider ihn und wollte auf ihn dreinschlagen. Er aber entriß mir die Keule und schlug mich und meine Leute und streckte sie nieder, so daß wir vor ihm fliehen mußten und nichts wider ihn vermochten.' Da kam der Zorn über den König, und er rief: ,Es sollen hundert Mann gegen ihn ausziehen!' Die zogen also aus gegen ihn; doch als sie sich ihm näherten, erhob er sich wider sie mit der Keule und schlug ohn Unterlaß auf sie ein, bis sie vor ihm flüchteten. Dann ging er zurück und setzte sich auf den Stuhl. Als die hundert Mann heimkamen und vor den König traten, brachten sie ihm die Meldung, indem sie sprachen: ,O größter König unserer Zeit, wir sind vor ihm geflohen, da wir ihn fürchteten.' Nun rief der König: ,Es sollen zweihundert Mann ausziehen.' Die zogen dahin; aber der Eunuch jagte auch sie in die Flucht, und sie mußten heimkehren. Darauf sprach der König zum Wesir: ,Ich beauftrage dich, o Wesir, daß du mit fünfhundert Mann ausziehest und mir diesen Eunuchen sofort bringest, dazu auch seinen Herren Dschaudar und dessen Brüder.' Doch der Wesir erwiderte ihm: ,O größter König unserer Zeit, ich habe keine Krieger nötig; nein, ich will allein und unbewaffnet zu ihm gehen.' ,Geh, und tu, was du für richtig hältst!', sagte der König; und der Wesir tat die Waffen von sich, legte ein weißes Gewand an, nahm einen Rosenkranz in seine Hand und schritt allein dahin, ohne einen Begleiter, bis er zum Tore Dschaudars gelangte. Dort sah er den Sklaven sitzen; und kaum hatte er ihn erblickt, so trat er, waffenlos, wie er war, auf ihn zu und setzte sich ihm höflich zur Seite. Dann sprach er: ,Friede sei mit euch!' ‚Auch mit dir sei Friede!' erwiderte der Wächter; ‚o Sterblicher, was wünschest du?' Sowie der Wesir ihn sagen hörte ‚o Sterblicher', wußte er, daß jener ein Dämon war, und er bebte vor Furcht. Doch er fragte ihn: ‚Lieber Herr, ist dein Gebieter Dschaudar hier?' ‚Ja,' erwiderte der Eunuch, ‚er ist im Palaste.' Da fuhr der Wesir fort: ‚Lieber Herr, geh zu ihm und sprich zu ihm: König Schams ed-Daula lädt dich ein, denn er hat ein Gastmahl für dich bereitet. Er entbietet dir seinen Gruß und läßt dir sagen, du mögest seine Stätte durch dein Kommen ehren und von seiner Speise essen.' Da sagte der Eunuch: ‚Bleib hier, ich will ihn befragen!' Nun blieb der Wesir in ehrfurchtsvoller Haltung stehen, während der Mârid zum Schlosse hinaufging und zu Dschaudar sprach: ‚Wisse, mein Gebieter, der König schickte einen Emir zu dir mit fünfzig Mann; ich schlug ihn und jagte sie alle davon. Dann schickte er hundert; auch die schlug ich. Darauf sandte er zweihundert Mann; ich vertrieb sie desgleichen. Jetzt aber sendet er den Wesir zu dir ohne Waffen, und er lädt dich zu sich, damit du von seinem Gastmahle essest. Was sagst du?' ‚Bring den Wesir hierher!', sagte Dschaudar. Da ging der Mârid hinunter und sprach zu ihm: ‚Wesir, folge dem Rufe meines Herrn!' ‚Herzlich gern', erwiderte jener, ging hinauf und trat zu Dschaudar ein. Da sah er, wie jener von größerer Pracht umgeben war als der König, und wie er auf einem Teppich saß, dessengleichen der König nicht ausbreiten konnte; und sein Sinn verwirrte sich ob all der Schönheit des Schlosses mit seinem Schmuck und Gerät, so daß er, der Wesir, sich im Vergleich zu Dschaudar wie ein Bettler vorkam. Dann küßte er den Boden und flehte Segen auf den Hausherrn herab. Der aber sprach zu ihm: ‚Was ist dein Begehr, o Wesir?' ‚Hoher Herr,' gab jener zur Antwort, ‚König Schams ed-Daula, dein Freund, läßt dich grüßen, und er sehnt sich danach, dein Antlitz zu schauen. Er hat ein Gastmahl für dich bereitet; willst du kommen und seine Sehnsucht stillen?' Dschaudar erwiderte: ‚Da er mein Freund ist, so grüße ihn und sage ihm, er möchte zu mir kommen.' ‚Herzlich gern', sagte jener darauf. Nun zog Dschaudar den Ring heraus und rieb ihn; und als der Diener vor ihm stand, sprach er zu ihm: ‚Bring mir ein Gewand von den allerbesten!' Als der Geist es gebracht hatte, sprach Dschaudar: ‚Lege dies an, o Wesir.' Und nachdem der es angelegt hatte, fuhr Dschaudar fort: ‚Geh hin und melde dem König, was ich dir gesagt habe!' Da ging er hinab, angetan mit dem Gewande, dessengleichen er zuvor noch nie getragen hatte; und als er wieder zum König eingetreten war, berichtete er ihm von der Pracht Dschaudars, pries den Palast und alles, was darinnen war, und schloß mit den Worten: ‚Wisse, Dschaudar lädt dich ein.' Da rief der König: ‚Auf ihr Mannen!' Alle sprangen auf; dann fuhr er fort: ‚Besteigt eure Rosse und bringt mir meinen Renner, auf daß wir zu Dschaudar ziehen!' Und alsbald saß der König auf und ritt mit den Kriegern fort, und sie begaben sich zum Hause Dschaudars. Inzwischen aber hatte Dschaudar zu dem Mârid gesagt: ‚Ich wünsche, daß du mir einige von den Dämonen bringst, die deinem Befehle unterstehen, die sollen in Menschengestalt Krieger sein und im Hofe des Schlosses stehen, so daß der König sie sieht. Sie werden ihm Furcht und Schrecken einjagen, sein Herz wird erbeben, und er wird erkennen, daß meine Macht größer ist als seine.' Da brachte der Mârid zweihundert Dämonen als Krieger verkleidet, mit prächtigen Waffen gerüstet, starke und kräftige Gestalten. Als nun der König ankam und die starken und stämmigen Leute sah, erschrak sein Herz vor ihnen. Dann schritt er im Palaste hinauf und trat zu Dschaudar ein. Dort sah er ihn sitzen in einer

Pracht, in der kein König und kein Sultan zu sitzen pflegte, und er begrüßte ihn und machte eine Verbeugung vor ihm. Aber Dschaudar erhob sich nicht vor ihm, erwies ihm auch keine Ehren und sagte nicht zu ihm: ‚Nimm Platz!' sondern ließ ihn stehen. – –«

Da bemerkte Schehrezâd, daß der Morgen begann, und sie hielt in der verstatteten Rede an. Doch als die *Sechshundertundzweiundzwanzigste Nacht* anbrach, fuhr sie also fort: »Es ist mir berichtet worden, o glücklicher König, daß Dschaudar, als der König zu ihm eintrat, sich nicht vor ihm erhob, ihm auch keine Ehren erwies und nicht zu ihm sagte: ‚Nimm Platz!' sondern ihn stehen ließ, so daß die Furcht ihn beschlich und er sich weder setzen konnte noch davongehen und bei sich selber sprach: ‚Wenn er mich fürchtete, so würde er mich nicht so unbeachtet lassen; vielleicht wird er mir gar ein Leids antun wegen dessen, was ich seinen Brüdern zugefügt habe.' Darauf hub Dschaudar an: ‚O größter König unserer Zeit, es ziemt sich nicht für deinesgleichen, den Menschen Gewalt anzutun und ihnen ihr Hab und Gut zu nehmen.' ‚Hoher Herr,' erwiderte der König, ‚zürne mir nicht! Die Habgier trieb mich dazu, und das Schicksal mußte sich erfüllen; und gäbe es keine Sünde, so gäbe es auch keine Verzeihung.' So entschuldigte er sich bei ihm ob des Vergangenen und bat ihn um Vergebung und Verzeihung, und unter anderem führte er auch diese Verse zu seiner Entschuldigung an:

> *O edler Ahnen Sproß, du stehest gütig da:*
> *Drum schilt mich nicht ob dessen, was durch mich geschah!*
> *Wenn du ein Unrecht tust, vergebe ich es dir;*
> *Wenn ich ein Unrecht tu, verzeihe du auch mir!*

So demütigte er sich lange vor ihm, bis Dschaudar zu ihm sprach: ‚Allah vergebe dir!' und ihn sich setzen ließ. Nachdem der König sich gesetzt hatte, bezeigte Dschaudar ihm seine Gnade, und dann befahl er seinen Brüdern, die Tische zu breiten. Und als man gegessen hatte, verlieh er den Begleitern des Königs Ehrengewänder und gab ihnen Spenden. Dann hieß er den König aufbrechen; und der verließ das Haus Dschaudars. Doch hinfort kam er jeden Tag in dessen Schloß und hielt die Staatsversammlung nur noch in Dschaudars Hause ab; und es wuchs zwischen beiden die Vertraulichkeit und die Freundschaft. Eine Weile lebten sie so dahin; danach aber sagte der König zu seinem Wesir, als er mit ihm allein war: ,Wesir, ich fürchte, Dschaudar wird mich töten und mir das Reich rauben.' ,O größter König unserer Zeit,' erwiderte der Wesir, ,daß er dir das Reich rauben will, brauchst du nicht zu fürchten; denn Dschaudars Rang, den er jetzt einnimmt, ist höher als der Rang eines Königs; und wenn er die Königswürde an sich risse, so würde dadurch sein Ansehen geschmälert. Doch wenn du fürchtest, er wolle dich töten, so hast du ja eine Tochter; gib sie ihm zur Gemahlin, so wirst du eng mit ihm verbunden sein.' Da bat der König: ,O Wesir, sei der Vermittler zwischen mir und ihm!' Und jener fuhr fort: ,Lad ihn zu dir ein; dann wollen wir die Nacht in einem der Säle verbringen! Und du befiehl deiner Tochter, daß sie sich aufs prächtigste schmücke und an der Tür des Saales vorbeigehe! Sobald er sie sieht, so wird er sie liebgewinnen; und wenn wir das an ihm bemerken, so will ich mich zu ihm neigen und ihm zuflüstern, daß sie deine Tochter ist. Und ich werde mit ihm darüber hin und her reden, während es scheint, daß du nichts davon weißt, bis er sie von dir zur Frau erbittet. Wenn du ihn mit deiner Tochter vermählt hast, so seid ihr beide nur noch ein einziges Wesen, und du bist sicher vor ihm; und wenn er stirbt, so erbst du von ihm all das große Gut.' ,Du hast recht, mein Wesir', sagte darauf der König und rüstete ein Festmahl. Zu dem lud er Dschaudar ein; und als dieser zum Schlosse des Sultans gekommen war, blieben sie im trautesten Beisammensein bis zum Abend in dem Saale. Der König aber hatte seiner Gemahlin melden lassen, sie solle der Prinzessin den prächtigsten Schmuck anlegen und mit ihr an der Tür des Saales vorübergehen. Sie tat, wie er befohlen hatte, und ging mit der Prinzessin vorüber. Als Dschaudar sie erblickte, sie, die an Schönheit und Anmut nicht ihresgleichen hatte, richtete er die Augen fest auf sie und seufzte: ,Aah!' Es war ihm, als ob seine Glieder sich verrenkten; denn in ihm entbrannte der sehnenden Liebe Kraft, und er war erfüllt von der heftigsten Leidenschaft. Und als er bleich ward, fragte der Wesir ihn: ,Der Himmel behüte dich vor Bösem, o mein Gebieter, warum muß ich sehen, daß du die Farbe wechselst und Schmerzen leidest?' Dschaudar erwiderte: ,O Wesir, wessen Tochter ist diese Maid? Sie hat mein Herz gefangen und mir den Verstand geraubt!' Da gab der Wesir zur Antwort: ,Sie ist die Tochter deines Freundes, des Königs. Wenn sie dir gefallen hat, so will ich mit dem König sprechen, daß er sie dir vermähle.' ,Ja, Wesir, sprich mit ihm!', bat Dschaudar, ,und so wahr ich lebe, ich will dir geben, was du nur verlangst, und will dem König als Morgengabe für sie alles geben, was er verlangt; so werden wir Freunde und Verwandte sein.' Da sagte der Wesir: ,Du sollst deinen Wunsch gewißlich erreichen'; und er flüsterte dem König zu: ,O größter König unserer Zeit, dein Freund Dschaudar wünscht dein Verwandter zu werden, und er wendet sich durch mich an dich, du mögest ihn mit deiner Tochter, der Prinzessin Âsija[1], vermählen. Drum enttäusche mich

---

1. So hieß nach der muslimischen Überlieferung die Frau Pharaos, die im Koran mit der Tochter Pharaos verwechselt ist.

nicht und nimm meine Vermittlung an; er will dir als Morgengabe für sie alles geben, was du nur immer verlangst!' Der König erwiderte darauf: ‚Die Morgengabe habe ich bereits erhalten, und die Tochter ist seine Dienstmagd; ich gebe sie ihm zum Weibe, und er ist gütig, wenn er sie annimmt.' – –«

Da bemerkte Schehrezâd, daß der Morgen begann, und sie hielt in der verstatteten Rede an. Doch als die *Sechshundertunddreiundzwanzigste Nacht* anbrach, fuhr sie also fort: »Es ist mir berichtet worden, o glücklicher König, daß der König Schams ed-Daula, als sein Wesir ihm sagte: ‚Dschaudar wünscht dein Verwandter zu werden, indem er sich mit deiner Tochter vermählt, darauf erwiderte: ‚Die Morgengabe habe ich bereits erhalten, und die Tochter ist seine Dienstmagd, und er ist gütig, wenn er sie annimmt.' Die Nacht über blieben sie beisammen; am nächsten Morgen aber berief der König eine Staatsversammlung, zu der er hoch und niedrig entbot, und bei der auch der Scheich el-Islâm[1] zugegen war. Da erbat Dschaudar die Prinzessin zur Gemahlin; und als der König sprach: ‚Die Morgengabe habe ich bereits erhalten', ward der Ehevertrag geschrieben. Nun ließ Dschaudar die Satteltaschen mit den Juwelen herbeibringen und gab sie dem König als Morgengabe für die Prinzessin. Trommelwirbel hallte, und Flötenklang erschallte; die Hochzeit ward prächtig gefeiert, und Dschaudar ging zur Prinzessin ein. So waren er und der König eines Fleisches, und sie blieben viele Tage beieinander. Darauf starb der König. Nun verlangten die Truppen Dschaudar zum Sultan, und obwohl er sich dessen weigerte, drangen sie so lange in ihn, bis er nachgab und sie ihn zum Sultan ausriefen. Da befahl er, eine Moschee über dem Grabe des Königs

[1]. Er ist die oberste Autorität in Rechtsangelegenheiten; dies Amt wurde erst im 15. Jahrhundert begründet, aber der Titel ist älter.

Schams ed-Daula zu bauen, und setzte eine Stiftung für sie fest; und das war im Quartier der Büchsenmacher. Das Haus Dschaudars aber lag im Viertel der Jemenier; und als er Sultan geworden war, baute er Häuser und eine Gemeindemoschee; und so wurde jenes Viertel nach ihm benannt, und dessen Name war hinfort das Dschaudarîje-Viertel.[1] Doch er war nur kurze Zeit König. Nachdem er seine Brüder als Wesire eingesetzt hatte, den Sâlim als Wesir zur Rechten und den Salîm als Wesir zur Linken, blieben sie noch ein Jahr zusammen, länger nicht. Denn damals sprach Sâlim zu Salîm: ‚Bruder, wie lange soll dieser Zustand noch dauern? Sollen wir unser ganzes Leben damit vertrauern, daß wir Dschaudars Diener sind? Wir werden uns nie darüber freuen, daß die Macht und das Glück uns lacht, solange Dschaudar am Leben ist!' Und er fügte hinzu: ‚Wie sollen wir es nur beginnen, daß wir ihn töten und ihm den Ring und die Satteltaschen abnehmen?' Da sagte Salîm zu Sâlim: ‚Du bist klüger als ich; drum ersinne einen Plan für uns, durch den wir ihn zu Tode bringen können!' Jener gab ihm zur Antwort: ‚Wenn ich dir einen Plan ersinne, ihn umzubringen, willst du dann einwilligen, daß ich Sultan werde und du der Wesir zur Rechten bist, daß der Ring mir gehört und die Satteltasche dir?' Nachdem Salîm gesagt hatte: ‚Ich willige ein', kamen die beiden aus Liebe zur Welt und zur Macht überein, Dschaudar zu ermorden. Und diesen Anschlag gegen Dschaudar führten Salîm und Sâlim aus, indem sie zu ihm sprachen: ‚Lieber Bruder, wir möchten uns deiner rühmen, daß du unsere Häuser betrittst und als Gast von unserem Tische issest und unser Herz erfreuest!' Und voll Tücke fuhren sie fort: ‚Erfreue unser Herz und sei unser Gast!' Er antwortete: ‚Das ist nichts Böses. In wessen Haus soll das

1. Im westlichen Teile der Stadt Kairo.

Gastmahl sein?' Sâlim erwiderte: ‚In meinem Hause. Und nachdem du mein Gast gewesen bist, sollst du von meines Bruders Speise essen.' ‚Das ist gut so', sprach Dschaudar und ging mit Sâlim zu dessen Haus. Der ließ ihm die Speisen vorsetzen, nachdem er sie vergiftet hatte. Und kaum hatte Dschaudar davon gegessen, so zerfiel sein Leib. Sâlim aber sprang auf, um ihm den Ring vom Finger zu ziehen; und als ihm das nicht gelang, schnitt er den Finger mit dem Messer ab. Sofort rieb er den Ring; der Mârid erschien vor ihm und sprach: ‚Zu Diensten! Verlange, was du willst!' Und nun sprach Sâlim: Ergreif meinen Bruder und töte ihn! Dann nimm die beiden, den Vergifteten und den Getöteten, und wirf sie vor die Truppen hin!' Da packte der Geist den Salîm und tötete ihn; dann trug er die beiden Leichen hinaus und warf sie vor die Anführer der Truppen hin, die schon im Saale des Hauses an der Tafel saßen und speisten. Als sie Dschaudar und Salîm ermordet sahen, hoben sie ihre Hände von den Speisen, und, von Grauen ergriffen, fragten sie den Mârid: ‚Wer hat an dem König und an dem Wesir also gehandelt?' Jener antwortete: ‚Ihr Bruder Sâlim.' Und plötzlich trat Sâlim vor sie hin und rief: ‚Ihr Krieger, esset und seid guter Dinge! Ich habe den Ring von meinem Bruder Dschaudar gewonnen; und diesem Mârid da vor euch, dem Diener des Ringes, habe ich befohlen, meinen Bruder Salîm zu töten, damit er mir die Herrschaft nicht streitig mache; denn er ist ein Verräter, und ich mußte fürchten, daß er treulos an mir handeln würde. Da liegt Dschaudar tot vor euch. Ich bin Sultan über euch geworden! Wollt ihr mich anerkennen? Wo nicht, so reibe ich den Ring, und sein Diener wird euch töten, groß und klein.' – –«

Da bemerkte Schehrezâd, daß der Morgen begann, und sie hielt in der verstatteten Rede an. Doch als die *Sechshundertund-*

vierundzwanzigste Nacht anbrach, fuhr sie also fort: »Es ist mir berichtet worden, o glücklicher König, daß die Krieger, wie Sâlim zu ihnen sprach: ‚Wollt ihr mich als Sultan über euch anerkennen? Wo nicht, so reibe ich den Ring, und der Geist wird euch töten, groß und klein‘, ihm antworteten: ‚Wir erkennen dich an als König und Sultan!‘ Darauf befahl er, seine beiden Brüder zu begraben, und berief die Staatsversammlung. Ein Teil des Volkes ging mit dem Leichenzuge; andere aber liefen mit dem Prunkzuge vor Sâlim her. Und als sie in den Staatssaal kamen, setzte er sich auf den Thron, und das Volk huldigte ihm als dem König. Danach hub er an: ‚Ich will mich mit der Gattin meines Bruders vermählen.‘ Da ward ihm gesagt: ‚Die Tage ihrer Witwenschaft müssen erst vorüber sein.‘ Doch er rief: ‚Ich kenne weder Tage der Witwenschaft noch sonst etwas. Bei meinem Haupte, ich muß noch heute nacht zu ihr eingehen!‘ Nun ward der Ehevertrag geschrieben, und ein Bote ward gesandt, um es der Gemahlin Dschaudars, der Tochter des Königs Schams ed-Daula, zu melden. ‚Lasset ihn kommen!‘ erwiderte sie; und als er zu ihr eintrat, empfing sie ihn mit geheuchelter Freude und hieß ihn willkommen. Hernach aber tat sie ihm Gift ins Wasser und brachte ihn um. Darauf nahm sie den Ring und zerbrach ihn, auf daß ihn hinfort niemand mehr besitzen solle; auch zerriß sie die Satteltaschen. Und schließlich sandte sie zum Scheich el-Islâm und ließ ihm sagen: ‚Wählt euch einen König, der Herrscher über euch sei!‘ Dies ist alles, was uns von der Geschichte Dschaudars überliefert worden ist, und nichts fehlt daran.

Ferner ist mir berichtet worden

DIE GESCHICHTE
VON 'ADSCHÎB UND GHARÎB

Einst lebte in alten Zeiten ein mächtiger König, Kundamir geheißen; früher war er als tapferer Herrscher bekannt, als ein Fürst, dem keiner widerstand, aber nun war er ein hochbetagter und hinfälliger Greis geworden. Dennoch schenkte Allah der Erhabene ihm in seinem hohen Alter einen Sohn; den nannte er 'Adschîb[1] wegen seiner Schönheit und Anmut, und er übergab ihn den Pflegerinnen und Ammen, den Dienerinnen und Odalisken, bis daß er heranwuchs und größer ward und volle sieben Jahre alt war. Da bestimmte sein Vater für ihn einen Priester aus dem Volke seines Glaubens, und der unterwies ihn in ihren Satzungen, ihrem Unglauben und allem, was dazu gehört, drei volle Jahre lang, bis daß er unterrichtet war, von Willen entschlossen und im Geiste klar. So ward er ein Gelehrter, redegewandt und als Philosoph bekannt, der sich mit den Weisen maß und im Kreise der Rechtsgelehrten saß. Als sein Vater das an ihm sah, gefiel es ihm. Darauf ließ er ihn lehren, das Roß zu besteigen, mit der Lanze zu stoßen und mit dem Schwerte zu schlagen, bis er ein tapferer Ritter geworden war. Und als er noch nicht zwanzig[2] Jahre alt war, übertraf er schon die Menschen seiner Zeit in allen Dingen; er kannte das Kriegshandwerk, ja, er war ein steifnackiger Tyrann und ein eigenwilliger, dämonischer Mann. Wenn er zu Hatz und Jagd ausritt, zog er dahin inmitten von tausend Reitern, machte Raubzüge gegen die Ritter, trieb Wegelagerei und raubte die Töchter der Könige und Fürsten. Da ward des Klagens über ihn viel bei seinem Vater; und so rief der König fünf seiner Sklaven zu sich und sprach zu ihnen, als sie vor ihm stan-

1. Wunderbar. – 2. Im Arabischen ‚zehn'; das ist wohl ein Versehen.

den: ‚Ergreift den Hund da!' Alsbald fielen die Burschen über 'Adschîb her und fesselten ihm die Arme auf dem Rücken. Darauf befahl er ihnen, sie sollten ihn schlagen; und sie hieben auf ihn ein, bis er die Besinnung verlor. Und schließlich sperrte er ihn in ein Verlies, in dem sich weder Himmel noch Erde, weder Länge noch Breite erkennen ließ. Dort blieb er zwei Tage und eine Nacht gefangen. Doch nun begaben sich die Emire zum König, küßten den Boden vor ihm und legten Fürbitte ein für 'Adschîb, also daß er ihm die Freiheit wiedergab. 'Adschîb wartete noch zehn Tage; dann aber drang er bei Nacht, als der König schlief, zu ihm ein und schlug ihm mit einem Hieb den Kopf ab. Als es Morgen ward, setzte 'Adschîb sich auf den Königsthron seines Vaters und befahl seinen Mannen, vor ihn zu treten, in Stahl gepanzert und mit gezückten Schwertern, und dann stellte er sie zur Rechten und zur Linken auf. Wie nun die Emire und Hauptleute eintraten, entdeckten sie, daß ihr König erschlagen war, und daß sein Sohn auf dem Königsthrone saß; und ihre Sinne verwirrten sich. 'Adschîb aber sprach zu ihnen: ‚Ihr Leute, ihr habt gesehen, wie es eurem König ergangen ist. Wer mir gehorcht, den will ich ehren; wer mir aber zuwiderhandelt, mit dem werde ich ebenso verfahren wie mit dem König!' Als sie das von ihm hörten, fürchteten sie, er würde ihnen ein Leid antun, und so riefen sie: ‚Du bist unser König und der Sohn unseres Königs!' und küßten den Boden vor ihm. Er freute sich darüber und dankte ihnen. Dann befahl er, Geld und Gewänder zu bringen; und er kleidete sie in prächtige Ehrengewänder und überhäufte sie mit Geld, so daß sie ihn liebgewannen und ihm gehorchten. Ebenso verlieh er Gewänder an die Statthalter und an die Häuptlinge der Beduinen, den freien und den abhängigen; so unterwarf sich ihm das Land, und seine Herrschaft ward von allem Volke anerkannt, und er sprach Recht, gebot und verbot, eine Zeit von fünf Monaten. Da sah er im Schlafe ein Traumgesicht und wachte mit Furcht und Zittern auf; bis zum Morgen lag er schlaflos da. Dann setzte er sich auf den Thron, und als die Truppen sich rechts und links von ihm aufgestellt hatten, berief er die Traumausleger und die Sterndeuter und sprach zu ihnen: ‚Legt mir diesen Traum aus!' Sie fragten: ‚Was ist das für ein Traum, den du gesehen hast, o König?' Und er gab zur Antwort: ‚Ich sah meinen Vater vor mir liegen, und seine Scham war entblößt; da stieg aus ihr etwas empor, so groß wie eine Biene, und es ward immer größer, bis es war wie ein mächtiger Löwe mit Pranken gleich Dolchen. Und wie ich es mit Furcht und Staunen ansah, stürzte es plötzlich auf mich los, hieb mit seinen Pranken nach mir und riß mir den Bauch auf. Da erwachte ich mit Furcht und Zittern.' Die Traumdeuter blickten einander an und dachten nach, welche Antwort sie geben sollten. Dann huben sie an: ‚Mächtiger König, dieser Traum deutet auf ein Wesen hin, erzeugt von deinem Vater; zwischen dir und ihm wird Feindschaft sein, und er wird dich überwinden. Drum sei auf deiner Hut vor ihm wegen dieses Traumgesichtes!' Als 'Adschîb die Worte der Traumdeuter vernommen hatte, sprach er: ‚Ich habe keinen Bruder, den ich fürchten müßte; also ist diese eure Rede eitel Lüge.' Sie erwiderten: ‚Wir haben nur das kundgetan, was wir wissen.' Da ergrimmte er wider sie und ließ sie geißeln. Und alsbald erhob er sich, ging in den Palast seines Vaters, untersuchte die Odalisken des Getöteten und fand unter ihnen eine, die seit sieben Monaten schwanger war. Nun gab er zweien seiner Sklaven Befehl, indem er sprach: Nehmt diese Odaliske und bringt sie ans Meer und ertränkt sie!' Sie ergriffen sie bei der Hand, schleppten sie ans Meer und wollten sie ertränken. Als sie aber die Odaliske anschauten und sahen, daß sie von großer Schönheit und Anmut war, sprachen sie: ‚Warum sollen wir diese Frau ertränken? Wir wollen sie in den Wald schleppen und durch sie in wunderbaren Liebesfreuden leben.' Und sie nahmen sie und zogen Tage und Nächte mit ihr umher, bis sie fern von allen Wohnungen waren. Dann gingen sie mit ihr in einen Hain, wo viele Bäume mit Früchten sprossen und die Bächlein flossen. Sie hatten verabredet, daß sie beide ihren Willen an ihr haben wollten; doch nun sagte jeder von den beiden: ‚Ich will es zuerst tun!' Und wie sie darüber miteinander stritten, kam plötzlich eine Schar von Schwarzen über sie; die Schwerter wurden gezückt, und beide Seiten griffen an. So kam es zu heißem Waffentanze, zu Hieb und zu Stich mit der Lanze; die beiden Sklaven kämpften nach Kräften; aber jene erschlugen sie schneller als im Augenblick. Nunmehr begann die Odaliske allein im Walde umherzuziehen; sie aß von den Früchten, die dort sprossen, und trank von den Bächen, die dort flossen, so lange, bis sie einen Knaben zur Welt brachte, braun und zart und von zierlicher Art. Den nannte sie el-Gharîb[1], weil er in der Fremde geboren war. Sie schnitt ihm die Nabelschnur ab, wickelte ihn in eins ihrer eigenen Kleider und säugte ihn; doch ihr Herz und ihre Seele trauerten um all das Ansehen und Wohlleben, das sie früher genossen hatte. ––«

Da bemerkte Schehrezâd, daß der Morgen begann, und sie hielt in der verstatteten Rede an. Doch als die *Sechshundertundfünfundzwanzigste Nacht* anbrach, fuhr sie also fort: »Es ist mir berichtet worden, o glücklicher König, daß die Odaliske in dem Walde lebte, und daß ihr Herz und ihre Seele trauerten. Doch sie säugte ihr Söhnlein, obwohl sie voll Trauer und Furcht

1. Der Fremdling.

war ob ihrer Einsamkeit. Und wie sie eines Tages so dasaß in ihrem Elend, kamen plötzlich Reiter und Fußgänger des Wegs, mit Falken und Jagdhunden, und ihre Rosse waren beladen mit Kranichen, Reihern, irakischen Gänsen, Tauchern und anderen Wasservögeln, mit Tieren der Wildnis, Hasen, Gazellen, Antilopen, jungen Straußen, Luchsen, Wölfen und Löwen. Jene Beduinen zogen in den Wald und fanden die Odaliske, die ihren Sohn auf dem Schoße hatte und ihn säugte. Sie traten an sie heran und fragten sie: ‚Bist du ein Menschenkind oder ein Geisterwesen?' ‚Ich bin ein Menschenkind, ihr Herren der Araber!' antwortete sie; und sie taten es ihrem Emir kund. Der hieß Mirdâs und war der Häuptling des Stammes Kahtân; er war auf die Jagd gezogen mit fünfhundert Emiren, Leuten seines Stammes und seinen Vettern. Und sie hatten so lange gejagt, bis sie jene Odaliske trafen. Sie schauten sie an, und als sie ihnen erzählt hatte, was ihr widerfahren war, von Anfang bis zu Ende, da staunte der Fürst ob ihrer Abenteuer. Dann rief er seinen Leuten und seinen Vettern zu, die Jagd fortzusetzen, bis sie zum Lager der Kahtân kamen. Er aber nahm die Odaliske und wies ihr ein eigenes Zelt an und bestimmte fünf Sklavinnen für ihren Dienst. Und er gewann sie sehr lieb, ging zu ihr ein und wohnte ihr bei; und sie ward alsbald schwanger. Nachdem ihre Monde erfüllet waren, gebar sie einen Knaben und nannte ihn Sahîm el-Lail[1]; und er ward zusammen mit seinem Bruder von den Ammen erzogen, und er wuchs und gedieh unter dem Schutze des Emirs Mirdâs. Der übergab dann die beiden einem Lehrer, um sie in den Dingen ihres Glaubens unterrichten zu lassen. Und danach vertraute er sie den tapferen Haudegen der Araber an; die unterwiesen sie im Speerstechen, im Schwerthieb und im

1. Schütze der Nacht.

Pfeilschießen. Kaum hatten die beiden ihr fünfzehntes Lebensjahr vollendet, da hatten sie auch schon alles gelernt, was sie brauchten, und sie übertrafen jeden Helden des Stammes; denn Gharîb vermochte es mit tausend Rittern aufzunehmen, und sein Bruder Sahîm el-Lail desgleichen. Nun hatte Mirdâs viele Feinde; doch seine Araber waren die tapfersten unter den Beduinen, alle waren wackere Ritter, an deren Feuer niemand sich zu wärmen gewagt hätte. In seiner Nachbarschaft aber hauste ein Emir der Araber, des Namens Hassân ibn Thâbit, der war sein Freund. Dieser Emir hatte eine edle Jungfrau aus seinem Stamme gefreit und lud alle seine Freunde zur Feier ein, darunter auch Mirdâs, den Häuptling des Stammes Kahtân. Der leistete Folge und nahm aus seinem Volke dreihundert Ritter mit sich; vierhundert andere ließ er zurück zum Schutze der Frauen. Und er zog dahin, bis er bei Hassân ankam; jener zog ihm entgegen und wies ihm den höchsten Ehrenplatz an. Nachdem dann all die Ritter zur Hochzeit gekommen waren, ließ er die Gastmähler für sie rüsten und hatte hohe Freude an seinem Feste. Danach kehrten die Araber zu ihren Stätten zurück. Als aber Mirdâs bei seinem Lager ankam, sah er rings umher Erschlagene liegen, über denen zur Rechten und zur Linken die Raubvögel kreisten; da erbebte sein Herz. Er eilte ins Lager, und dort trat ihm Gharîb entgegen, gewappnet mit einem Kettenpanzer, und wünschte ihm Glück zur wohlbehaltenen Heimkehr. Doch Mirdâs rief: ‚Was bedeutet all dies, Gharîb?' Jener antwortete: ‚El-Hamal ibn Mâdschid hat uns mit seiner Schar von fünfhundert Rittern überfallen.' Der Grund dieses Überfalls aber war folgender: Der Emir Mirdâs hatte eine Tochter, die Mahdîja hieß, so schön, wie noch nie jemand eine Maid gesehen hatte. Davon hörte el-Hamal, der Häuptling des Stammes Nabhân; und alsbald machte er sich mit fünfhundert Rittern auf, begab sich zu Mirdâs und warb um Mahdîja. Jener aber nahm ihn nicht an, so daß der Freier enttäuscht heimkehren mußte. Nun wartete er, bis Mirdâs fortgezogen war, um der Einladung Hassâns Folge zu leisten. Dann saß er mit seinen Recken auf und fiel plötzlich über die Söhne Kahtâns her; da ward ein Teil der Ritter erschlagen, während die übrigen in die Berge flüchteten. Gharîb aber und sein Bruder waren mit hundert Reitersleuten zu Jagd und Hatz fortgeritten, und sie kehrten erst um die Mittagszeit zurück. Da mußten sie sehen, daß el-Hamal und seine Schar das Lager mit allem, was darinnen war, erobert hatten; ja, sie hatten die Töchter des Stammes gefangen genommen, und el-Hamal hatte Mahdîja, die Tochter von Mirdâs, geraubt und trieb sie nun mit dem Gefangenentroß vor sich her. Als Gharîb solches erschaute, ward er außer sich vor Wut und schrie seinen Bruder Sahîm el-Lail an: ‚O du Sohn einer Verfluchten, sie haben unser Lager geplündert und unsere Frauen und Kinder geraubt! Auf, und den Feinden nach, laß uns die Gefangenen befreien, Männer und Frauen und Kinder!‘ Und sofort stürzten Sahîm el-Lail und Gharîb mit den hundert Rittern auf die Feinde los. Immer höher loderte der Grimm Gharîbs, und er ließ, wie ein Schnitter, die Köpfe niedersinken und gab den Helden die Todesbecher zu trinken, bis er zu el-Hamal durchdrang und dort unter den Gefangenen Mahdîja erblickte. Da sprengte er wider el-Hamal, traf ihn mit der Lanze und warf ihn von seinem Schlachtrosse; und ehe noch die Zeit des Nachmittagsgebetes gekommen war, hatte er bereits den größten Teil der Feinde niedergemacht und die übrigen in die Flucht getrieben. So konnte Gharîb die Gefangenen befreien, und er kehrte zu den Zelten zurück, das Haupt von el-Hamal auf seiner Lanzenspitze. Dabei sang er diese Verse:

Ich bin bekannt am Tag der Schlacht im Blachgefild;
Der Erdengeister Schar erschrickt vor meinem Bild.
Ich hab ein Schwert: wenn das in meiner Rechten saust,
So kommt von meiner Linken Tod einhergebraust.
Ich hab auch einen Speer: wes Auge ihn erreicht,
Der sieht dort eine Spitze, die dem Neumond gleicht.
Ich bin Gharîb genannt, der Held des Stammes mein;
Und ich bin nie verzagt, ist meine Schar auch klein.

Kaum hatte Gharîb sein Lied gesungen, da kam Mirdâs und sah, wie die Erschlagenen umherlagen und die Raubvögel über ihnen zur Rechten und zur Linken kreisten. Da ward er wie von Sinnen und sein Herz erbebte. Gharîb aber tröstete ihn; denn nachdem er ihm zur wohlbehaltenen Heimkehr Glück gewünscht hatte, berichtete er ihm alles, was im Lager vorgefallen war seit der Abreis des Emirs. Da dankte Mirdâs ihm für das, was er getan hatte, und sprach: ‚An dir war die Erziehung nicht verloren, Gharîb!' Dann stieg Mirdâs in seinem Häuptlingszelte ab; die Mannen drängten sich um ihn, und der ganze Stamm pries Gharîb und sprach: ‚O unser Emir, wenn Gharîb nicht gewesen wäre, so wäre nicht einer vom Stamme gerettet worden!' Und von neuem dankte Mirdâs ihm für seine Heldentaten. – –«

Da bemerkte Schehrezâd, daß der Morgen begann, und sie hielt in der verstatteten Rede an. Doch als die *Sechshundertundsechsundzwanzigste Nacht* anbrach, fuhr sie also fort: »Es ist mir berichtet worden, o glücklicher König, daß Mirdâs, als er zu seinem Lager zurückgekehrt war und seine Mannen zu ihm kamen und Gharîb priesen, ihm von neuem für seine Heldentaten dankte. Der aber war, als er Mahdîja in der Gefangenschaft el-Hamals gesehen und den Räuber getötet und sie von ihm befreit hatte, von den Pfeilen ihrer Blicke getroffen und in das Netz der Liebe zu ihr verstrickt, also daß sein Herz sie nicht mehr vergessen konnte; er versank im Meere der Sehnsucht, bedeckt von der Liebe Wunden, des Schlafes Süße war ihm entschwunden, Speise und Trank wollte ihm nicht mehr munden. Er begann sein Roß zu tummeln und in Bergeshöhen hinaufzudringen, dort Verse zu singen und erst heimzukehren, wenn die Abendschatten ihn umfingen. So waren an ihm die Zeichen der Liebe und Leidenschaft sichtbar. Er entdeckte sein Geheimnis einem seiner Freunde, und bald ward es im ganzen Stamme ruchbar, bis es auch Mirdâs zu Ohren kam. Der begann zu donnern und zu blitzen, aufzuspringen und niederzusitzen, zu hauchen und zu fauchen und Schmähworte gegen Sonne und Mond zu gebrauchen; und er rief: ‚Das ist der Lohn für den, der Bastarde aufzieht! Jedoch, wenn ich Gharîb nicht töte, so will ich mit Schande bedeckt sein.' Dann fragte er einen der Weisen des Stammes um Rat, wie er Gharîb zu Tode bringen könne, und offenbarte ihm so sein Geheimnis. Jener erwiderte ihm: ‚O Emir, erst gestern hat er deine Tochter aus der Gefangenschaft befreit. Wenn er denn wirklich sterben muß, so laß es durch eine andere Hand geschehen als durch die deine, damit niemand dich in Verdacht habe.' Darauf sagte Mirdâs: ‚Ersinne mir einen Plan, ihn zu töten! Ich weiß niemanden als dich, durch den er zu Tode kommen kann.' ‚O Emir,' fuhr der Weise fort, ‚warte, bis er zu Jagd und Hatz auszieht; dann nimm tausend Reiter mit dir und lege ihm in einer Höhle einen Hinterhalt! Kommt er dann ahnungslos vorüber, so fallet alle über ihn her und schlagt ihn in Stücke; so wirst du von der Schande befreit sein!' Mirdâs sprach: ‚So ist es recht', und wählte aus seinem Volke hundertundfünfzig Ritter aus, gewaltige Recken, und spornte und feuerte sie an, den Gharîb zu töten. Von da an lauerte er immer, bis Gharîb zur Jagd auszog; und als der Held weit über

Berg und Tal entfernt war, zog er mit seinen elenden Rittern aus, und sie legten ihm einen Hinterhalt am Wege; wenn er von der Jagd heimkehrte, wollten sie wider ihn hervorbrechen und ihn totschlagen. Doch als Mirdâs und seine Leute dort zwischen den Bäumen auf der Lauer lagen, fielen plötzlich fünfhundert Recken über sie her, erschlugen sechzig von ihnen und nahmen die übrigen neunzig gefangen; dem Mirdâs aber fesselten sie die Hände auf dem Rücken. Der Grund von alledem war dieser. Als el-Hamal und seine Leute erschlagen waren, eilten die Überlebenden immer weiter auf ihrer Flucht dahin, bis sie zu seinem Bruder kamen; dem meldeten sie, was geschehen war. Da machte er einen Höllenlärm, rief seine Rekken zusammen und wählte aus ihnen fünfhundert Reiter aus, deren jeder fünfzig Ellen lang war, und machte sich auf, um Blutrache für seinen Bruder zu nehmen. Sie trafen aber auf Mirdâs und seine Helden, und zwischen ihnen geschah, was geschehen war. Nachdem nun Mirdâs und seine Leute gefesselt waren, machten der Bruder el-Hamals und seine Leute halt, und er gab ihnen das Zeichen, sich auszuruhen, indem er hinzufügte: ‚Ihr Leute, die Götzen haben es uns leicht gemacht, Blutrache zu nehmen; nun bewachet Mirdâs und seine Leute, bis ich sie fortführe und des schmählichsten Todes sterben lasse!' Wie Mirdâs sich nun gefesselt sah, bereute er, was er getan hatte, und er sagte sich: ‚Dies ist der Lohn für den Frevel!' Der Feind aber verbrachte die Nacht froh über den Sieg, während Mirdâs und seine Gesellen in ihrer Gefangenschaft nicht mehr auf Lebenshoffnung bauten und den sicheren Tod vor Augen schauten.

Wenden wir uns nun von Mirdâs zu Sahîm el-Lail! Der war verwundet daheim geblieben und begab sich zu seiner Schwester Mahdîja. Die erhob sich vor ihm, küßte ihm die Hände und sprach zu ihm: ‚Nie verdorren mögen die Hände dein, und nie mögen deine Feinde schadenfroh sein! Wäret ihr nicht gewesen, du und Gharîb, so wären wir nicht aus der Gefangenschaft bei den Feinden befreit. Vernimm jedoch, mein Bruder, dein Vater ist mit hundertundfünfzig Reitern ausgezogen und will Gharîb umbringen! Du weißt, daß Gharîbs Tod ein großer Verlust wäre; denn er hat ja eure Ehre gewahrt und euer Gut gerettet.' Als Sahîm diese Worte hörte, da ward das helle Tageslicht finster vor seinem Angesicht. Und er legte die Schlachtrüstung an, bestieg seinen Renner und eilte dorthin, wo sein Bruder jagte. Da sah er, daß jener viel Wild erjagt hatte, und er ritt auf ihn zu, begrüßte ihn und sprach: ‚Lieber Bruder, gehst du fort, ohne es mir zu sagen?' ‚Bei Allah,' erwiderte Gharîb, ‚ich hab es nur deshalb nicht getan, weil ich dich verwundet sah und dir Ruhe gönnen wollte.' Darauf sagte Sahîm: ‚Lieber Bruder, nimm dich vor meinem Vater in acht!', und er erzählte ihm, was geschehen war, daß nämlich Mirdâs mit hundertundfünfzig Rittern ausgezogen sei, um ihn zu töten. Gharîb rief: ‚Allah möge seinen Verrat gegen seinen eigenen Hals wenden!' Dann machten Gharîb und Sahîm sich auf den Heimweg zum Zeltlager; doch die Nacht überraschte sie, und da zogen sie auf dem Rücken der Pferde weiter, bis sie zu dem Tale kamen, in dem sich der Feind befand; und sie hörten das Wiehern der Rosse im Dunkel der Nacht. ‚Bruder,' sagte Sahîm, ‚das ist mein Vater mit seiner Schar, die in diesem Tale im Hinterhalte liegen. Laß uns dies Tal meiden!' Gharîb aber war schon von seinem Pferde abgestiegen, und nun warf er seinem Bruder den Zügel zu, indem er sprach: ‚Bleib stehen, wo du bist, bis ich zu dir zurückkehre!' Dann ging er weiter, bis er die Leute sah, und entdeckte, daß sie nicht von seinem Stamme waren; doch hörte er, daß sie von Mirdâs sprachen und sagten: ‚Wir wollen ihn erst in unserem eigenen Lande töten.' Nun wußte er, daß sein Oheim Mirdâs bei ihnen gefangen war, und er sagte sich: ‚Beim Leben Mahdîjas, ich will nicht eher fortgehen, als bis ich ihren Vater befreit habe; ich will ihr keinen Kummer machen!' Dann begann er, Mirdâs zu suchen, und suchte so lange, bis er ihn gefunden hatte, ihn, der mit Stricken festgebunden war. Da setzte er sich neben ihn und flüsterte ihm zu: ‚Der Himmel befreie dich, mein Oheim, aus dieser Schmach und diesen Fesseln!' Als Mirdâs Gharîb erkannte, war er wie von Sinnen, und er sprach zu ihm: ‚Mein Sohn, ich stehe in deinem Schutze. Befreie mich nun um der Pflicht gegen den Erzieher willen!' Gharîb aber fragte ihn: ‚Willst du mir, wenn ich dich befreie, Mahdîja geben?' ‚Mein Sohn,' erwiderte er, ‚bei allem, was ich heilig halte, sie ist dein für alle Zeit!' Da löste er ihm die Fesseln und sprach zu ihm: ‚Geh zu den Pferden; denn dort ist dein Sohn Sahîm!' Alsbald schlich Mirdâs fort, bis er zu seinem Sohne kam; und der freute sich seiner und beglückwünschte ihn zu seiner Rettung. Darauf band Gharîb die Gefangenen los, einen nach dem anderen, bis er alle neunzig Ritter befreit hatte. Und als alle fern von den Feinden waren, ließ Gharîb Waffen und Rosse für sie holen; dann sprach er zu ihnen: ‚Sitzt auf und zerstreut euch rings um den Feind und erhebt den Kriegsruf; euer Kriegsruf sei: ‚O Volk von Kahtân!' Und wenn sie erwachen, so rückt von ihnen ab und umringt sie in weiterer Ferne.' Dann wartete er bis zum letzten Drittel der Nacht und rief: ‚O Volk von Kahtân!' Und seine Leute riefen desgleichen: ‚O Volk von Kahtân!' alle wie ein Mann. Da hallten die Berge wider, so daß die Feinde vermeinten, der ganze Stamm habe sie überfallen. Und sie griffen zu den Waffen und fielen übereinander her. – –«

Da bemerkte Schehrezâd, daß der Morgen begann, und sie hielt in der verstatteten Rede an. Doch als die *Sechshundertundsiebenundzwanzigste Nacht* anbrach, fuhr sie also fort: »Es ist mir berichtet worden, o glücklicher König, daß die Feinde, als sie aus dem Schlafe erwachten und Gharîb und seine Leute schreien hörten: ,O Volk von Kahtân!' vermeinten, das ganze Volk von Kahtân habe sie überfallen, und daß sie zu den Waffen griffen und mordend übereinander herfielen. Gharîb und seine Leute aber hielten sich zurück, während die Feinde einander erschlugen, bis es Tag ward. Da griffen Gharîb und Mirdâs und die neunzig Recken die übriggebliebenen Feinde an und töteten einige von ihnen, während die anderen flüchteten. Nun erbeuteten die Söhne Kahtâns die herrenlosen Rosse und die Waffen der Erschlagenen und machten sich auf den Weg zu ihrem Lager, Mirdâs aber konnte noch gar nicht glauben, daß er von den Feinden befreit war. Sie zogen rasch dahin, bis sie bei ihrem Stamme ankamen; und dort kamen ihnen die Zurückgebliebenen entgegen und freuten sich über ihre glückliche Heimkehr. Alle stiegen bei ihren Zelten ab. Auch Gharîb begab sich in sein Zelt, und alle Jünglinge des Stammes drängten sich um ihn, und groß und klein begrüßte ihn. Als Mirdâs sah, wie die jungen Männer Gharîb umringten, haßte er ihn noch mehr als früher, und er ging zu den Seinen und sprach zu ihnen: ,Jetzt ist der Haß auf Gharîb noch stärker geworden in meinem Herzen, und nichts quält mich so sehr, wie daß ich diese Burschen ihn umdrängen sehe. Und morgen wird er gar Mahdîja von mir verlangen!' Da sagte sein Ratgeber zu ihm: ,O Emir, verlange von ihm etwas, das er nicht ausführen kann!' Erfreut konnte nun Mirdâs die Nacht über ruhig schlafen bis zum Morgen. Dann ließ er sich auf seinem Häuptlingssitz nieder, und die Araber versammelten sich bei ihm. Da kam auch

Gharîb, umringt von seinen Mannen und den jungen Helden, und er trat vor Mirdâs hin und küßte den Boden vor ihm. Der tat erfreut, erhob sich vor ihm und ließ ihn zu seiner Seite sitzen. Darauf hub Gharîb an: ‚Mein Oheim, du hast mir ein Versprechen gegeben; erfülle es nun!' ‚Mein Sohn,' gab Mirdâs zur Antwort, ‚sie ist dein für alle Zeit; aber es fehlt dir an Gut!' Gharîb entgegnete: ‚Mein Oheim, verlange von mir, was du willst! Ich will die Emire der Araber in ihren Lagern überfallen, ja auch die Könige in ihren Städten, und ich will dir so viel Herden bringen, daß die ganze Welt von Osten bis Westen davon erfüllt wird.' Da fuhr Mirdâs fort: ‚Mein Sohn, ich habe bei allen Götzen geschworen, Mahdîja nur dem zu geben, der meine Blutrache vollstreckt und meine Schande zudeckt.' ‚Sag mir, mein Oheim,' fragte Gharîb, ‚wem unter den Königen gilt deine Blutrache, auf daß ich zu ihm eile und seinen Thron auf seinem Schädel zerschmettere?' Mirdâs erwiderte: ‚Mein Sohn, ich hatte einst einen Sohn, einen Held der Helden, der zog mit hundert Recken aus zu Jagd und Hatz; er ritt von Tal zu Tal und war schon weit ins Bergland vorgedrungen, als er zum Tale der Blumen kam und zum Schlosse des Hâm ibn Schîth ibn Schaddâd ibn Chald. An jener Stätte aber, mein Sohn, haust ein schwarzer Riese, der ist siebenzig Ellen lang und kämpft mit Bäumen. Er reißt die Bäume aus der Erde und schwingt sie dann als Waffen. Als mein Sohn damals in jenes Tal kam, zog dieser Riese wider ihn aus und erschlug ihn samt den hundert Rittern; nur drei Ritter von ihnen konnten sich retten, und die kamen und berichteten uns, was geschehen war. Da sammelte ich die Helden und machte mich auf zum Streite mit ihm. Aber wir vermochten nichts wider ihn, und so traure ich immer noch wegen der unerfüllten Rache für meinen Sohn. Deshalb habe ich auch geschworen, meine Tochter nur dem zu vermählen, der Rache für meinen Sohn nimmt.' Als Gharîb diese Worte von Mirdâs hörte, rief er: ‚Oheim, ich will wider diesen Riesen zu Felde ziehen und Rache für deinen Sohn nehmen, mit der Hilfe Allahs des Erhabenen!'[1] ‚O Gharîb,' erwiderte Mirdâs, ‚wenn du ihn bezwingst, so wirst du von ihm Reichtümer und Schätze erbeuten, die kein Feuer verzehren kann.' Nun sagte Gharîb: ‚Beschwöre mir vor Zeugen, daß du mir deine Tochter zum Weibe geben willst, so daß ich ruhigen Herzens ausziehen kann, mein Glück zu suchen.' Mirdâs beschwor es und rief die Ältesten des Stammes als Zeugen an. Gharîb aber ging fort, voller Freude, daß er sein Ziel erreicht habe, begab sich zu seiner Mutter und erzählte ihr, wie es ihm ergangen war. Doch sie sprach zu ihm: ‚Mein Sohn, wisse, Mirdâs haßt dich, und er sendet dich nur deshalb in jene Berge, damit er mich deiner beraubt. Drum nimm mich mit dir, ich will fortziehen aus dem Lande dieses Tyrannen!' Gharîb entgegnete: ‚Liebe Mutter, ich will nicht eher fortziehen, als bis ich mein Ziel erreicht und meinen Feind bezwungen habe!' Dann ruhte er die Nacht über, bis der Morgen sich einstellte und die Welt mit seinem Licht und Glanz erhellte. Und kaum hatte er seinen Renner bestiegen, da kamen auch schon seine Freunde, die jungen Männer, zweihundert trutzige Ritter an der Zahl, bewaffnet vom Kopf bis zu den Füßen, und riefen ihm zu: ‚Laß uns mit dir ziehen, wir wollen dir helfen und dich auf deiner Fahrt als Freunde begleiten!' Erfreut antwortete Gharîb ihnen: ‚Allah lohne es euch mit Gutem an meiner Statt!' Und er fügte hinzu: ‚Wohlan denn, meine Freunde, auf zur Fahrt!' Nun ritten Gharîb und seine Gefährten den ersten und den zweiten Tag dahin; am Abend machten sie am Fuße eines ragenden Berges halt und fütterten ihre Pferde. Gharîb

1. Hier setzt der Erzähler bereits voraus, daß Gharîb Muslim ist.

aber ging fort und wanderte auf jenen Berg hinauf, bis er zu einer Höhle kam, aus der ein Licht hervorschien. Er drang hinein bis an das obere Ende der Höhle, und dort fand er einen Greis, der war dreihundertundvierzig Jahre alt, und ihm hingen die Brauen über die Augen, und sein Bart bedeckte seinen Mund. Als Gharîb jenen Alten erblickte, ward er von Scheu und Ehrfurcht vor einer solchen Gestalt erfüllt. Der Greis aber sprach zu ihm: ,Mich dünkt, du gehörst zu den Ungläubigen, mein Sohn, die da Steine verehren und nicht den König der allgewaltigen Macht, den Erschaffer von Tag und Nacht und von der kreisenden Sphären Pracht.' Wie Gharîb diese Worte aus dem Munde des Alten vernahm, erzitterten seine Glieder, und er fragte: ,O Scheich, wo ist dieser Herr, auf daß ich ihm diene und mich an ihm satt sehe?' ,Mein Sohn,' erwiderte der Greis, ,dies ist der allmächtige Herr, den niemand in der Welt schauen kann. Er sieht, aber Er wird nicht gesehen. Er ist von Angesicht der Erhabenste, und Er ist allgegenwärtig in Seinen Werken. Er ruft alles Seiende ins Leben; Er läßt die Zeit das Schicksal weben; Er hat Menschen und Geistern das Dasein gegeben. Er hat die Propheten ausgesandt, um die Menschheit auf den rechten Weg zu leiten; und wer Ihm gehorcht, den führt Er ins Paradies, doch wer sich Ihm widersetzt, den wirft Er ins Höllenfeuer.' Und weiter fragte Gharîb: ,Mein Oheim, was muß man sagen, so man diesen allgewaltigen Herren anbetet, der da mächtig ist über alle Dinge?' ,Mein Sohn,' gab der Greis ihm zur Antwort, ,wisse, ich bin von einem Stamme, 'Âd genannt, der da rebellisch war im Land und der nicht an Gott glaubte. Da sandte Allah ihnen einen Propheten, des Namens Hûd; den nannten sie einen Lügner, und da wurden sie durch einen todbringenden Wind vernichtet. Ich aber mit einigen meines Stammes war gläubig geworden, und so entrannen wir dem Unheil. Ich war auch bei dem Stamme der Thamûd und sah, wie es ihnen und ihrem Propheten Sâlih erging.[1] Und nach Sâlih entsandte Allah der Erhabene einen Propheten namens Abraham, den Freund, zu Nimrod, dem Sohne Kanaans, und ihm geschah bei jenem, was geschehen ist. Meine Gefährten, die gläubig geworden waren, sind gestorben, und nun diene ich Allah in dieser Höhle, und Er, der Erhabene, versorgt mich, ohne daß ich mich darum mühe.' ‚Oheim,' fragte Gharîb weiter, ‚was muß ich sagen, auf daß auch ich zum Volke dieses allmächtigen Herrn gehöre?' Der Greis erwiderte: ‚Sprich: Es gibt keinen Gott außer Allah; Abraham ist der Freund Allahs!' Da nahm Gharîb mit Herz und Zunge den Islam an; und der Alte sprach zu ihm: ‚Möge die Süße des Islams und des wahren Glaubens in deinem Herzen festgegründet sein!' Dann lehrte er ihn noch einiges von den göttlichen Verordnungen und Schriften, und schließlich fragte er ihn: ‚Wie heißest du?' Der Jüngling erwiderte: ‚Ich heiße Gharîb!' Weiter fragte der Greis: ‚Wohin willst du ziehen, Gharîb?' Da erzählte jener ihm seine ganze Geschichte von Anfang bis zu Ende, bis er auch von dem Ghûl des Berges sprach, gegen den er ausgezogen war. – –«

Da bemerkte Schehrezâd, daß der Morgen begann, und sie hielt in der verstatteten Rede an. Doch als die *Sechshundertundachtundzwanzigste Nacht* anbrach, fuhr sie also fort: »Es ist mir berichtet worden, o glücklicher König, daß Gharîb, als er Muslim geworden war und dem Alten seine ganze Geschichte von Anfang bis zu Ende erzählt hatte, bis er auch von dem Ghûl des Berges sprach, gegen den er ausgezogen war, von

1. Die Legenden von 'Âd und Thamûd stammen bekanntlich aus dem Koran. Unter Thamûd verstand Mohammed die früheren Einwohner von Hegra in Nordwestarabien, die Nabatäer.

dem Greise gefragt ward: ‚O Gharîb, bist du von Sinnen, daß du allein gegen den Ghûl des Berges ziehst?' ‚Mein Gebieter,' antwortete der Jüngling, ‚ich habe zweihundert Ritter bei mir.' Doch der Alte fuhr fort: ‚Und wenn du auch zehntausend Ritter bei dir hättest, du würdest doch nichts wider ihn vermögen; denn sein Name ist ‚Ghûl Menschenfresser Gottseibeiuns'. Er gehört zu den Kindern Hams, und sein Vater hieß Hindi; der war es, der Indien besiedelte und nach dem das Land benannt wurde, und er hinterließ diesen Sohn, den er Ghûl Sa'dân genannt hatte. Der war nun, mein Sohn, ein steifnackiger Tyrann und ein eigenwilliger, teuflischer Mann, der keine andere Speise kannte als Menschenfleisch. Sein Vater hatte vor seinem Tode es ihm verboten, aber er ließ es sich nicht verbieten, sondern ward immer gottloser. Da verstieß ihn sein Vater und jagte ihn aus dem Lande Indien hinaus, nach Kämpfen und schweren Mühen. So kam er in dies Land, verschanzte sich und blieb hier wohnen; und jetzt verlegt er allen, die da kommen und gehen, den Weg und kehrt dann in seine Behausung zurück, die in diesem Tale liegt. Er hat auch fünf Söhne erzeugt, gewaltige, starke Gesellen, von denen ein jeder es mit tausend Helden aufnimmt; und er hat mit seiner Beute an Schätzen und Waren, an Rossen, Kamelen, Rindern und Schafen fast das Tal gesperrt. Ich bin in Sorge um dich seinetwegen, und ich flehe zu Allah dem Erhabenen, daß Er dir den Sieg über ihn verleihe durch das Bekenntnis der Einheit Gottes. Wenn du die Ungläubigen angreifst, so rufe: Allah ist der Größte! denn dieser Ruf macht die Ungläubigen zuschanden.' Darauf gab der Alte dem Jüngling eine stählerne Keule, die wog hundert Pfund und war mit zehn Ringen versehen, die wie der Donner klangen, wenn der Träger sie schwang; ferner schenkte er ihm ein Schwert, das war aus einem Donnerkeil geschmiedet, drei Ellen lang und drei Spannen breit, und wenn es auf einen Felsen schlug, so spaltete es ihn in zwei Hälften. Und schließlich reichte er ihm einen Panzer, einen Schild und ein Heiliges Buch, indem er zu ihm sprach: ‚Geh hin zu deinen Leuten und biete ihnen den Islam dar!' Da ging Gharîb fort, froh über den islamischen Glauben, und begab sich zu seinen Mannen; die begrüßten ihn und sprachen: ‚Weshalb bist du so lange von uns fortgeblieben?' Und er erzählte ihnen, was ihm begegnet war, von Anfang bis zu Ende, und bot ihnen den Islam dar. Darauf wurden sie allzumal Muslime; und nachdem sie die Nacht dort zugebracht hatten, saß Gharîb in der Frühe auf und begab sich zu dem Alten, um von ihm Abschied zu nehmen; nachdem er das getan hatte, verließ er ihn und machte sich auf den Rückweg zu seinen Mannen. Da kam plötzlich ein Ritter daher, starrend in eiserner Wehr, von dem man nur die Augenwinkel sehen konnte. Der stürzte auf Gharîb ein und rief ihm zu: ‚Du Abschaum der Araber, was du trägst, lege ab; sonst werf ich dich in das Verderben hinab!' Doch Gharîb sprengte auf ihn los, und es entbrannte zwischen ihnen ein Kampf, der war so grausig, daß kleinen Kindern graue Haare sprossen und harte Felsen zerflossen. Dann aber hob der Beduine das Visier, und siehe, es war Sahîm el-Lail, der Bruder Gharîbs von Mutters Seite, der Sohn des Emir Mirdâs. Der Grund, weshalb er ausgeritten und dorthin gekommen war, lag darin, daß er, als Gharîb wider den Ghûl des Berges auszog, abwesend war; und als er bei seiner Rückkehr den Bruder nicht sah, ging er zu seiner Mutter und traf sie weinend. Da fragte er sie, warum sie weine, und sie berichtete ihm, wie es dazu gekommen war, daß sein Bruder fortzog; sofort, ohne sich Ruhe zu gönnen, legte er die Kriegsrüstung an, bestieg seinen Renner und ritt davon, bis er seinen

Bruder einholte, und dann geschah zwischen ihnen, was geschehen war. Wie nun Sahîm sein Antlitz enthüllte, erkannte Gharîb ihn, und er grüßte ihn und sprach: ‚Was hat dich zu solcher Tat getrieben?' Jener erwiderte: ‚Ich wollte mich mit dir messen im Waffentanze und meine Kraft erproben mit Schwert und Lanze.' Dann ritten sie zusammen weiter, und Gharîb bot seinem Bruder den Islam dar, und der nahm ihn an; so zogen sie immer weiter, bis sie in das Tal kamen.

Als der Ghûl des Berges den Staub sah, den die Reiter aufwirbelten, rief er: ‚Meine Söhne, sitzet auf und holt mir die Beute dort!' Da stiegen die fünf zu Rosse und ritten auf sie zu. Wie aber Gharîb die fünf Riesen auf sich und die Seinen losstürmen sah, spornte er seinen Renner an und rief ihnen zu: ‚Wer seid ihr? Was ist eure Art? Und was begehrt ihr?' Da ritt Falhûn ibn Sa'dân, der älteste von den Söhnen des Bergghûls, hervor und rief: ‚Steigt ab von euren Pferden und fesselt einander! Wir wollen euch zu unserem Vater treiben, auf daß er die einen von euch röste und die anderen koche; denn er hat schon lange kein Menschenfleisch mehr gegessen.' Kaum hatte Gharîb diese Worte gehört, da sprengte er wider Falhûn, indem er die Keule schwang, daß die Ringe wie der rollende Donner erklangen und Falhûn verwirrt wurde. Dann schlug er ihn mit der Keule; doch es war nur ein leichter Schlag, der ihn zwischen den Schultern traf, und so fiel der Riese wie ein hochstämmiger Palmbaum zu Boden. Sahîm aber und einige der Ritter fielen über Falhûn her und fesselten ihn; dann legten sie ihm einen Strick um den Hals und zogen ihn dahin wie eine Kuh. Als die anderen Riesen sahen, daß ihr Bruder gefangen war, wollten sie Gharîb angreifen; aber der nahm sie alle gefangen, nur nicht den fünften, der enteilte flüchtig und kam zu seinem Vater. Der fragte ihn: ‚Was ist geschehen? Wo sind deine Brüder?' Jener antwortete ihm: ‚Ein bartloser Jüngling, vierzig Handwurzeln hoch, hat sie gefangen genommen.' Wie der Bergghûl diese Worte vernahm, rief er: ‚Möge die Sonne keinen Segen auf euch senden!' Dann stieg er von seiner Burg herab, riß einen großen Baum aus und suchte nach Gharîb und seinen Gefährten; er ging aber zu Fuß, da kein Roß seinen ungeheuren Leib zu tragen vermochte. Sein Sohn folgte ihm, und beide schritten dahin, bis sie auf Gharîb trafen. Da fiel er, ohne ein Wort zu sagen, über die Mannen her, schlug mit dem Baume auf sie los und zerschmetterte fünf von ihnen. Dann stürmte er wider Sahîm und schlug nach ihm mit dem Baume; doch Sahîm wich ihm aus, und der Hieb ging ins Leere. Darüber ergrimmte der Ghûl, und indem er den Baum aus der Hand warf, sprang er auf Sahîm und packte ihn, wie ein Falke den Sperling packt. Doch als Gharîb seinen Bruder in den Händen des Ghûls sah, rief er laut: ‚Allah ist der Größte! O Ruhm Abrahams, des Gottesfreundes, und Mohammeds – Allah segne ihn und gebe ihm Heil!' – –«

Da bemerkte Schehrezâd, daß der Morgen begann, und sie hielt in der verstatteten Rede an. Doch als die *Sechshundertundneunundzwanzigste Nacht* anbrach, fuhr sie also fort: »Es ist mir berichtet worden, o glücklicher König, daß Gharîb, als er seinen Bruder gefangen in den Händen des Ghûls sah, laut rief: ‚Allah ist der Größte! O Ruhm Abrahams, des Gottesfreundes, und Mohammeds – Allah segne ihn und gebe ihm Heil!' Dann trieb er seinen Renner wider den Bergghûl und schwang die Keule, so daß die Ringe laut erklangen. Und wiederum rief er: ‚Allah ist der Größte!' und traf den Ghûl mit der Keule in die Rippen, also daß er ohnmächtig zu Boden sank und Sahîm sich seinen Händen entwinden konnte. Und als der Ghûl wieder zu sich kam, war er schon gebunden und gefesselt. Wie sein Sohn ihn so in Fesseln erblickte, wandte er sich zur Flucht; aber Gharîb setzte ihm auf seinem Rosse nach und traf ihn mit der Keule zwischen die Schultern, so daß er vom Pferde fiel. Darauf band er dem Riesen die Hände auf dem Rücken zusammen, wie bei seinen Brüdern und seinem Vater. Und sie legten ihnen feste Stricke an und zogen sie wie Lastkamele, die man führen kann. So begaben sie sich weiter, bis sie zur Burg kamen, und die fanden sie voll von Gütern und Schätzen und Kostbarkeiten; auch fanden sie dort zwölfhundert Perser, die gebunden und gefesselt waren. Gharîb setzte sich auf den Thron des Bergghûls, der ursprünglich dem Sâsa[1] ibn Schîth ibn Schaddâd ibn 'Âd gehört hatte. Dann ließ er seinen Bruder Sahîm an seine Rechte treten, während die anderen Gefährten zur Rechten und zur Linken sich aufstellten. Und nun ließ er den Bergghûl bringen und sprach zu ihm: ‚Wie befindest du dich jetzt, du Verfluchter?' ‚Mein Gebieter,' gab er zur Antwort, ‚in der übelsten Lage von Elend und Plage. Ich und meine Söhne, wir liegen an Stricken fest, so, wie man Kamele anbinden läßt.' Darauf hub Gharîb an: ‚Ich wünsche, daß ihr zu meinem Glauben übertretet, das ist der muslimische Glaube, und daß ein jeder von euch das Bekenntnis zur Einheit des allwissenden Königs spricht, des Schöpfers von Finsternis und Licht, der alle Dinge erschaffen hat, des allvergeltenden Königs, außer dem es keinen Gott gibt, und daß ihr zum Prophetentum Abrahams, den der Herr liebt – über ihm sei Friede! – euch bekennet hienieden!' Da nahmen der Bergghûl und seine Söhne den Islam an, und ihr Bekenntnis war schön; deshalb befahl Gharîb, ihre Bande zu lösen. Weinend nahte Sa'dân der Ghûl sich den Füßen Gharîbs und wollte sie küssen, und ebenso taten seine Söhne; der aber verwehrte es ihnen, und so stellten

1. Im Arabischen hier ‚Sâs', später ‚Sâsa'.

sie sich mit den anderen auf, die dort standen. Dann hub Gharîb von neuem an und rief: ‚Sa'dân!' Der antwortete: ‚Zu Diensten, mein Gebieter!' Und Gharîb fuhr fort: ‚Was ist es mit diesen Persern?' ‚Mein Gebieter,' erwiderte der Ghûl, ‚die sind meine Jagdbeute aus dem Perserlande, doch sie sind nicht die einzigen.' ‚Wer ist noch bei ihnen?' fragte Gharîb weiter; und der Ghûl fuhr fort: ‚Bei ihnen ist die Tochter des Königs Sabûr, des Herrschers von Persien; die heißt Fachr Tâdsch¹, und sie hat hundert Mädchen gleich Monden.' Mit Staunen vernahm Gharîb diese Worte, und dann sprach er: ‚Wie bist du zu diesen gekommen?' ‚O Emir,' gab Sa'dân zur Antwort, ‚ich zog einmal mit meinen Söhnen und fünf meiner Sklaven aus, und da wir auf unserem Wege keine Beute fanden, so verteilten wir uns über die Steppen und Wüsten, und da befanden wir uns plötzlich im Perserland, als wir noch nach Raub umherzogen, um nicht mit leeren Händen heimzukehren. Nun erblickten wir eine Staubwolke, und wir sandten einen unserer Sklaven aus, um zu erfahren, was sie bedeute; nachdem er eine Weile fortgeblieben war, kehrte er zurück und sprach: ‚Mein Gebieter, das ist die Prinzessin Fachr Tâdsch, die Tochter des Königs Sabûr, des Herrschers der Perser, Türken und Dailamiten, mit einem Geleit von zweitausend Rittern; sie sind auf der Reise.' Ich rief dem Sklaven zu: ‚Da hast du frohe Botschaft gemeldet. Eine prächtigere Beute als diese gibt es nicht!' Alsbald fiel ich mit meinen Söhnen über die Perser her, und wir töteten von ihnen dreihundert Ritter und nahmen zwölfhundert gefangen; auch erbeuteten wir die Tochter Sabûrs und all ihre Schätze und Kostbarkeiten und schleppten unsere Beute in diese Burg.' Als Gharîb die Worte Sa'dâns vernommen hatte, fragte er: ‚Hast du der Prinzessin Fachr

1. Ruhmeskrone.

Tâdsch Gewalt angetan?' ‚Nein,' antwortete jener, ‚bei deinem Haupte und bei der Wahrheit dieses Glaubens, den ich angenommen habe!' Gharîb sagte darauf: ‚Das war wohlgetan, Sa'dân; denn ihr Vater ist der König der Welt, und er wird sicherlich Krieger aussenden hinter ihr her und wird die Länder derer, die sie geraubt haben, verwüsten. Wer das Ende nicht bedenkt, dem wird vom Schicksal keine Gunst geschenkt. Wo aber ist diese Prinzessin, o Sa'dân?' Der Ghûl erwiderte: ‚Ich habe für sie und ihre Dienerinnen eine eigene Wohnung bestimmt.' Da befahl Gharîb: ‚Zeig sie mir!' ‚Ich höre und gehorche!' erwiderte Sa'dân, und er führte Gharîb, bis sie zu dem Söller der Prinzessin Fachr Tâdsch kamen. Die fanden sie, wie sie traurig und niedergeschlagen um ihr einstiges Ansehen und herrliches Leben weinte. Als Gharîb sie sah, glaubte er, der Mond sei ihm nah; und er verherrlichte Allah, den Allhörenden und Allwissenden. Auch Fachr Tâdsch blickte ihn an und erkannte in ihm einen fürstlichen Ritter; denn die Tapferkeit leuchtete zwischen seinen Augen hervor, und sie bezeugte, daß sie ihn nicht verwarf, sondern erkor. Da erhob die Prinzessin sich vor ihm, küßte ihm die Hände, warf sich ihm zu Füßen und sprach: ‚O größter Held unserer Zeit, ich bin unter deinem Schutze; schirme mich vor diesem Ghûl; denn ich fürchte, er wird mir das Mädchentum nehmen und mich dann auffressen! Nimm mich hin, auf daß ich deinen Sklavinnen diene!' Gharîb erwiderte: ‚Du bist in Sicherheit und sollst zu deinem Vater und zur Stätte deiner Macht heimkehren.' Da betete sie, der Himmel möge ihm langes Leben und Ruhm in wachsender Fülle geben; Gharîb aber befahl, die Perser zu befreien, und also geschah es. Dann wandte er sich zu Fachr Tâdsch und fragte sie: ‚Was führte dich fort von deinem Schlosse in jene Steppen und Wüsten, so daß die Wegelagerer dich rauben konnten?' ‚Mein Gebieter,' erwiderte sie, ‚wisse, mein Vater und das Volk seines Reiches und des Landes der Türken und Dailamiten und alle Magier bringen dem Feuer Verehrung dar und nehmen des allgewaltigen Königs nicht wahr. Wir haben in unserem Lande ein Kloster, das heißt das Feuerkloster; dort versammeln sich bei jedem Feste die Töchter der Magier und der Feueranbeter und bleiben in ihm einen Monat, so lange wie das Fest währt, und dann kehren sie wieder heim. Ich zog nun, wie gewöhnlich, mit meinen Dienerinnen aus, und mein Vater sandte zweitausend Ritter mit mir zu meinem Schutze. Aber dieser Ghûl überfiel uns, machte einen Teil von uns nieder, nahm die anderen gefangen und sperrte uns in diese Burg ein. Dies ist, was geschah, o tapferer Degen – Gott schütze dich vor den Wechselfällen der Zeit allerwegen!' Da sagte Gharîb: ‚Fürchte dich nicht! Ich will dich zu deinem Schlosse und zu der Stätte deiner Macht heimführen.' Sie flehte Segen auf sein Haupt und küßte ihm Hände und Füße. Dann verließ er sie, nachdem er befohlen hatte, ihr alle Ehren zu erweisen, und verbrachte dort die Nacht bis zum Morgen. Nachdem er sich erhoben hatte, nahm er die religiöse Waschung vor und betete zwei Rak'as[1] nach der Weise unseres Vaters Abraham, des Gottesfreundes – Frieden sei über ihm! Desgleichen taten auch der Ghûl und seine Söhne, und alle Begleiter Gharîbs beteten wie er. Dann wandte Gharîb sich an Sa'dân und sprach zu ihm: ‚Sa'dân, willst du mir nicht das Tal der Blumen zeigen?' ‚Gern, mein Gebieter!' erwiderte jener; und nun machten sich alle auf, Sa'dân und seine Söhne, Gharîb und seine Mannen, die Prinzessin Fachr Tâdsch und ihre Dienerinnen, und zogen aus. Inzwischen aber hatte Sa'dân seinen Knechten und Mägden befohlen, zu schlachten und das

---

1. Vgl. Band I, Seite 390, Anmerkung.

Mittagsmahl zu bereiten und unter den Bäumen aufzutragen. Er hatte nämlich hundertundfünfzig Sklavinnen und tausend Sklaven, die seine Kamele und Rinder und sein Kleinvieh hüteten. Als nun Gharîb mit seiner Schar im Tale der Blumen ankam und sich dort umschaute, fand er, daß es wunderschön war: Bäume standen dort einzeln und gepaart; Vögel zwitscherten auf den Zweigen ihre Weisen so zart. Der Sprosser trillerte vielerlei Sang; und die Holztaube erfüllte die Lande, die Schöpfung des Barmherzigen, mit ihrer Stimme Klang. --«

Da bemerkte Schehrezâd, daß der Morgen begann, und sie hielt in der verstatteten Rede an. Doch als die *Sechshundertunddreißigste Nacht* anbrach, fuhr sie also fort: »Es ist mir berichtet worden, o glücklicher König, daß Gharîb, als er mit seiner Schar und mit dem Riesen und seinen Leuten in das Tal der Blumen kam, dort vielerlei Vögel fand. Die Holztaube füllte die Lande, die Schöpfung des Barmherzigen, mit ihrem Sang; die Nachtigall schluchzte mit ihrer schönen Stimme, die wie eine Menschenstimme klang. Der Amsel Flöten war so süß, daß keine Zunge es beschreiben kann; das Gurren der Turteltaube zündete in der Menschen Herzen das Liebesfeuer an; und der Ringeltaube Lieder gab der Papagei mit reiner Stimme wieder. Und die Bäume, die Früchte trugen, standen dort immer in Paaren; da gab es Granatäpfel, die je nach ihrer Art süß oder bitter waren; Mandelaprikosen, Kampferaprikosen und Mandeln aus chorasanischem Land; Pflaumen, um deren Stämme sich das Geäst des Behennußbaumes[1] wand; die Orangen waren Feuerfackeln gleich; der Pomeranzen Zweige neigten sich früchtereich; da gab es Limonen, eine Arznei gegen der Eßlust Versagen; und Zitronen, das Heilmittel wider der Gelbsucht Plagen; Datteln in roter und gelber Pracht, das Werk

1. Die Behennuß enthält ein Öl, das zu Salben verwandt wird.

Allahs, der groß ist an Macht. Von einer Stätte, wie diese es war, singt der liebende Dichter gar:

> *Wenn ihre Vögel singen dort an ihrem See,*
> *Dann bangt am Morgen früh das Herz in Liebesweh.*
> *Sie gleicht dem Paradies mit ihrer Düfte Hauch,*
> *Dem Schatten und der Frucht, dem klaren Wasser auch.*

Gharîb fand hohes Gefallen an diesem Tale, und er gebot, das Prunkzelt der Perserprinzessin Fachr Tâdsch dort zwischen den Bäumen aufzuschlagen. Nachdem das Zelt errichtet und mit prächtigen Teppichen ausgelegt war, setzte Gharîb sich nieder, die Speisen wurden gebracht, und alle aßen, bis sie gesättigt waren. Dann rief Gharîb: ‚Sa'dân!' Der antwortete: ‚Zu Diensten, mein Gebieter!' ‚Hast du ein wenig Wein?' fragte Gharîb; und jener erwiderte: ‚Jawohl, ich habe eine Zisterne voll alten Weines.' Da sagte Gharîb: ‚Bring uns etwas davon!' Nun schickte der Ghûl zehn seiner Sklaven aus, und die brachten eine große Menge Weines. Und man aß und trank und war fröhlich und guter Dinge. Auch Gharîb war froh gestimmt, er gedachte Mahdîjas und sang diese Verse:

> *Ich denk der schönen Zeit, da ihr mir nahe waret,*
> *Mein Herze ist erregt von heißem Liebesgram.*
> *Bei Allah, nicht mein Wunsch hat mich von euch getrieben –*
> *Der Zeiten Wechselspiel ist doch so wundersam!*
> *Nun komme Heil und Glück und tausendfacher Gruß*
> *Zu dir, dieweil ich mich in Leid verzehren muß!*

Drei Tage lang blieben sie dort, aßen und tranken und erfreuten sich des schönen Anblicks; dann kehrten sie in die Burg zurück. Dort rief Gharîb seinen Bruder Sahîm, und als der gekommen war, sprach er zu ihm: ‚Nimm mit dir hundert Ritter und ziehe zu deinem Vater und deiner Mutter und deinem Stamme, den Söhnen Kahtâns, und bringe sie an diese Stätte, auf daß sie allezeit hier leben können; ich aber will mit der Prinzessin Fachr Tâdsch zu ihrem Vater ins Land der Perser ziehen. Und du, Sa'dân, bleib mit deinen Söhnen in dieser Burg, bis wir zu dir zurückkehren!' Da fragte Sa'dân: ‚Und warum nimmst du mich nicht mit dir ins Land der Perser?' Gharîb antwortete: ‚Weil du die Tochter Sabûrs, des Königs der Perser geraubt hast. Wenn sein Auge auf dich fällt, so wird er dein Fleisch essen und dein Blut trinken.' Als der Bergghûl das hörte, lachte er so laut, wie wenn der Donner rollte. Dann sprach er: ‚Mein Gebieter, bei deinem Haupte, wenn auch alle Perser und Dailamiten sich wider mich vereinigten, ich würde ihnen doch den Trank der Vernichtung zu trinken geben.' Und Gharîb entgegnete: ‚Du bist so, wie du sagst. Aber du sollst dennoch in deiner Burg bleiben, bis ich zu dir zurückkehre.' ‚Ich höre und gehorche!' sagte der Ghûl. Dann brach Sahîm auf; und Gharîb selbst begab sich in das Land der Perser mit seinen Mannen vom Stamme Kahtân und mit der Prinzessin Fachr Tâdsch und ihren Begleitern, und sie zogen zur Hauptstadt Sabûrs, des Königs der Perser.

So viel jetzt von ihnen; wenden wir uns nun zu König Sabûr! Der hatte inzwischen auf die Heimkehr seiner Tochter aus dem Kloster des Feuers gewartet; aber sie war nicht gekommen, die Zeit war verstrichen, und da war ein Feuer in seinem Herzen aufgelodert. Nun hatte er vierzig Wesire, von denen der älteste, verständigste und weiseste Didân hieß; zu dem sprach der König: ‚Wesir, meine Tochter bleibt lange aus, und ich habe noch keine Nachricht von ihr erhalten, obwohl die bestimmte Zeit verstrichen ist. So schicke du einen Eilboten zum Kloster des Feuers geschwind, auf daß er erkunde, was für Dinge vorgefallen sind.' ‚Ich höre und gehorche!' erwiderte der Minister, ging fort und rief den Obersten der Boten und sprach zu ihm: ‚Eile sofort zum Feuerkloster!' Der machte sich alsbald auf den Weg, und als er beim Kloster des Feuers ankam, fragte er die Mönche nach der Tochter des Königs. Jene erwiderten ihm: ‚Wir haben sie in diesem Jahre nicht gesehen.' Da kehrte er unverzüglich in die Stadt Isbanîr zurück, trat zum Wesir ein und berichtete ihm, was geschehen war. Der Wesir aber eilte zum König Sabûr und brachte ihm die Meldung. Den ergriff ein Todesschrecken, er warf seine Krone zu Boden, raufte sich den Bart und sank ohnmächtig nieder; nachdem man ihn aber mit Wasser besprengt hatte, kam er wieder zu sich. Dann sprach er mit Tränen in den Augen und bekümmerten Herzens das Dichterwort:

> *Als ich nach deinem Scheiden Geduld und Tränen rief,*
> *Da kamen wohl die Tränen, allein Geduld kam nicht.*
> *Und haben uns die Zeiten auf immerdar getrennt –*
> *Verrat steht ja den Zeiten in ihrem Angesicht.*

Dann berief der König zehn Hauptleute und befahl ihnen, mit zehntausend Reitern aufzusitzen und in verschiedenen Richtungen auszureiten, um nach der Prinzessin Fachr Tâdsch zu suchen. Alsbald saßen sie auf, und jeder Hauptmann begab sich mit seiner Schar in eine andere Gegend. Die Mutter der Prinzessin Fachr Tâdsch aber und ihre Dienerinnen kleideten sich schwarz, streuten Asche auf ihr Haupt und setzten sich nieder, zu weinen und zu klagen. So erging es ihnen. – –«

Da bemerkte Schehrezâd, daß der Morgen begann, und sie hielt in der verstatteten Rede an. Doch als die *Sechshundertundeinunddreißigste Nacht* anbrach, fuhr sie also fort: »Es ist mir berichtet worden, o glücklicher König, daß der König Sabûr seine Krieger aussandte, um nach seiner Tochter zu suchen, und daß ihre Mutter und ihre Dienerinnen sich schwarz kleideten. Sehen wir nun, wie es Gharîb erging und mit welch wunderbaren Abenteuern seine Reise ihn umfing! Er war zehn Tage lang auf dem Wege; am elften Tage aber erschien vor ihm eine Staubwolke, die erhob sich bis zu den Wolken des Himmels. Da rief er den Emir, der über die Perser gebot, und sprach zu ihm: ‚Erkunde uns, was diese Wolke bedeutet, die dort erschienen ist!' ‚Ich höre und gehorche!' sprach der Emir und spornte seinen Renner an, bis er inmitten der Staubwolke war, und dort sah er eine Männerschar und fragte sie um Auskunft. Einer von ihnen antwortete ihm: ‚Wir sind vom Stamme Hattâl, und unser Emir ist es-Samsâm ibn el-Dscharrâh. Wir suchen nach etwas, das wir rauben können, und unsere Schar besteht aus fünftausend Reitern.' Da ritt der Perser eilends auf seinem Renner zurück, bis er zu Gharîb kam und ihm die Kunde brachte. Der rief seinen Leuten vom Stamme Kahtân und den Persern zu: ‚Legt eure Waffen an!' Sie taten es und zogen in den Kampf. Da kamen ihnen auch schon die Araber entgegen und schrien: ‚Beute! Beute!' Doch Gharîb rief ihnen zu: ‚Allah mache euch zuschanden, ihr Hunde von Arabern!' Und er ließ seinem Rosse die Zügel und sprengte wider sie wie ein fürstlicher Held, indem er rief: ‚Allah ist der Größte! Für den Glauben Abrahams, des Gottesfreundes – Friede sei über ihm!' Und siehe da, es entbrannte die Schlacht, sie stritten mit Macht, das Schwert kreiste, und hüben und drüben ward lautes Geschrei entfacht. Unaufhörlich stritten sie, bis der Tag sich neigte und die Dunkelheit kam; da trennten sie sich voneinander. Und Gharîb musterte das Kriegsvolk und fand, daß von den Söhnen Kahtâns fünf und von den Persern dreiundsiebzig gefallen waren, aus dem Volke es-Samsâm jedoch mehr als fünfhundert Ritter. Nun war auch es-Samsâm abgesessen, aber ihn verlangte weder nach Schlummer noch nach Essen. Sondern er sprach zu seinen Mannen:

‚In meinem ganzen Leben habe ich noch niemanden so streiten sehen wie diesen Knaben; bald kämpft er mit dem Schwerte und bald mit der Keule. Aber morgen will ich ihm auf dem Plan entgegenreiten, will ihn fordern zur Stätte, da Schwert und Lanze streiten, und will diesen Arabern den Untergang bereiten.' Doch als Gharîb zu seinem Volke heimkehrte, kam die Prinzessin Fachr Tâdsch ihm entgegen, weinend und erschrocken über das Grausige, was geschehen war; und sie küßte ihm den Fuß im Steigbügel und sprach zu ihm: ‚Nie mögen verdorren die Hände dein, nie sollen deine Feinde schadenfroh sein, o größter Held unserer Zeit! Preis sei Allah, Ihm, der dich heute am Leben erhalten hat! Doch wisse, ich fürchte für dich Gefahr von jenen Arabern.' Als Gharîb diese Worte von ihr vernommen hatte, lächelte er ihr ins Angesicht, stärkte ihr das Herz und beruhigte sie, indem er sprach: ‚Fürchte dich nicht, Prinzessin; wäre diese Wüste auch voll von der Feinde Gewimmel, ich würde sie doch vernichten durch die Kraft des Allerhöchsten im Himmel!' Sie dankte ihm und betete für ihn um Sieg über die Feinde. Dann ging sie wieder zu ihren Frauen; Gharîb aber stieg ab und wusch sich die Hände von dem Blute der Ungläubigen, und sie lagen die Nacht hindurch auf Wache bis zum Morgen. Nun begannen die Heere von beiden Seiten auf den Plan zu reiten, zu der Stätte, wo Schwert und Lanze streiten. Als Erster sprengte Gharîb ins Gefild; er spornte seinen Renner an, bis er nahe bei den Ungläubigen war, und rief: ‚Gibt es einen, der sich mit mir im Felde mißt, der kein Zauderer und kein Schwächling ist?' Da ritt gegen ihn zum Gefecht ein gewaltiger Riese aus 'Âds Geschlecht; er stürmte auf Gharîb los mit den Worten: ‚Du Abschaum der Araber, nimm, was sich für dich frommt, und vernimm die frohe Botschaft, daß jetzt deine letzte Stunde kommt!' Er trug aber eine eiserne Keule, die zwanzig Pfund wog; die hob er und schwang sie gegen Gharîb, doch der wich ihm aus, und die Keule flog eine Elle tief in den Erdboden hinab. Nun hatte der Riese sich beim Hieb nach vorn gebeugt, und im selben Augenblick traf Gharîb ihn mit seiner eisernen Keule und zerschmetterte ihm die Stirn, so daß er tot niederfiel; und Allah sandte seine Seele sofort ins höllische Feuer hinab. Dann tummelte Gharîb sich wild auf dem Blachgefild und rief nach Gegnern; ein zweiter trat vor, den schlug er nieder, und ein dritter und noch mehr bis zum zehnten, aber alle streckte er nieder. Als die Ungläubigen sahen, wie Gharîb stritt und wie seine Schläge sausten, wichen sie ihm aus und zogen sich zurück vor ihm, also daß ihr Emir sie ansah und ihnen zurief: ‚Allah segne euch nicht; ich will gegen ihn auf den Plan treten!' Und er legte seine Schlachtrüstung an, spornte seinen Renner, bis er mitten auf dem Schlachtfelde vor Gharîb hielt und ihm zurief: ‚Wehe dir, du Araberhund! Bist du so vermessen geworden, daß du mir im offenen Felde trotzest und meine Mannen erschlägst?' Gharîb antwortete ihm: ‚Auf zum Kampf! Nun räche du das Blut der erschlagenen Helden!' Da stürmte es-Samsâm wider Gharîb ins Feld, und der empfing ihn wie ein Held, mit schwellender Brust und einem Herzen voll wundersamer Kampfeslust; sie tauschten mit den Keulen Schlag um Schlag, bis auf beiden Heeren staunender Schrecken lag. Und aller Augen blickten auf sie mit Grausen, wie sie sich dort auf dem Plane tummelten und wiederum zwei Schläge von beiden Seiten begannen auf sie niederzusausen. Gharîb vermied seines Gegners Hieb, den Kampfeslust und Angriffswut trieb. Aber es-Samsâm ward von dem Schlage Gharîbs getroffen, und der zerschmetterte ihm die Brust und warf ihn tot zu Boden. Nun sprengte sein ganzes Heer auf einmal wider Gharîb heran; doch er stürmte ihnen zum Angriff entgegen und schrie: ‚Allah ist der Größte! Sieg und Heil! Schmach werde denen zuteil, die da den Glauben verleugnen an Abraham, dem Gottesfreund – Friede sei über ihm!' – –«

Da bemerkte Schehrezâd, daß der Morgen begann, und sie hielt in der verstatteten Rede an. Doch als die *Sechshundertundzweiunddreißigste Nacht* anbrach, fuhr sie also fort: »Es ist mir berichtet worden, o glücklicher König, daß Gharîb, als alle Mannen es-Samsâms auf einmal wieder ihn heransprengten, ihnen zum Angriff entgegenstürmte und schrie: ‚Allah ist der Größte! Sieg und Heil! Schmach werde den Ungläubigen zuteil!' Als die Heiden hörten, daß er Ihn nannte, den König, den Allbezwinger, den Einen, den Alldurchdringer, den kein Blick erreicht, der selbst aber alle Blicke erreicht, da schauten sie einander an und sprachen: ‚Was für eine Rede ist diese, die unsere Glieder erzittern macht und unseren Mut sinken läßt und unser Leben abschneidet? Unser ganzes Leben lang haben wir noch nichts Herrlicheres vernommen als diese Rede!' Und sie riefen einander zu: ‚Laßt ab vom Kampfe, wir wollen den Sinn dieser Worte erkunden!' Dann hörten sie auf zu streiten und saßen ab; ihre Ältesten aber versammelten sich und berieten, und danach beschlossen sie, zu Gharîb zu gehen, indem sie sprachen: ‚Zehn von uns sollen sich zu ihm begeben!' So wählten sie denn zehn von ihren Besten aus, und die machten sich auf den Weg zu den Zelten Gharîbs. Der war inzwischen mit seinen Mannen bei ihren Zelten abgesessen, verwundert darüber, daß die Feinde vom Kampfe abgelassen hatten. Und während sie noch so dastanden, kamen plötzlich die zehn Männer heran und begehrten, vor Gharîb erscheinen zu dürfen; dann küßten sie den Boden vor ihm und wünschten ihm Ruhm und langes Leben. Er fragte sie: ‚Warum habt ihr den Kampf abgebrochen?' Und sie erwiderten: ‚O unser Gebieter, du hast uns durch die Worte erschreckt, die du uns zuriefest.' Weiter fragte er sie: ‚Was für Unheilswesen betet ihr denn an?' Darauf antworteten sie: ‚Wir verehren Wadd, Suwâ' und Jaghûth[1], die Herren des Volkes Noahs.' Doch Gharîb hub nun an: ‚Wir verehren nur Allah den Erhabenen, Er ist es, der alle Dinge erschafft, Er gibt allem Lebendigen Kraft; Er hat Himmel und Erde geschaffen und die Berge fest gegründet; Er ließ das Wasser aus den Steinen fließen und die Bäume sprießen; Er ist es, der den wilden Tieren in den Steppen ihre Nahrung bringt, Er ist Allah der Eine, der alles bezwingt.' Als die Männer diese Worte aus dem Munde Gharîbs vernahmen, weitete sich ihnen die Brust durch das Bekenntnis des Einheitsglaubens, und sie sprachen: ‚Wahrlich, dieser Gott ist ein Herr der Herrlichkeit, erbarmend und voll Barmherzigkeit!' Dann fragten sie: ‚Was müssen wir sagen, auf daß wir Muslime werden?' Und er antwortete: ‚Sprecht: Es gibt keinen Gott außer Allah, und Abraham ist der Freund Allahs!' Da legten die zehn Ältesten das rechte Bekenntnis zum Islam ab, und Gharîb sprach: ‚Wenn die Süße des Islams in euren Herzen fest gegründet ist, so geht zu euren Volksgenossen und bietet ihnen den rechten Glauben dar; wenn sie den Glauben des Heils annehmen, so werden sie heil ausgehen; wenn sie sich aber weigern, so wollen wir sie mit Feuer verbrennen.' Darauf kehrten die zehn Ältesten zu ihren Volksgenossen zurück und boten ihnen den Islam dar und machten ihnen den Weg der Wahrheit und des Glaubens klar. Alle bekannten nunmehr den rechten Glauben mit Herz und Zunge, und sie eilten zu Fuß dahin, bis sie bei den Zelten Gharîbs ankamen; dort küßten sie den Boden vor ihm, wünschten ihm Ehre und hohen Rang und sprachen: ‚O unser Gebie-

1. Das sind altarabische Götternamen aus der Zeit vor dem Islam.

ter, wir sind deine Knechte geworden. Befiehl uns, was du willst! Wir wollen auf dich hören und dir gehorchen und wollen dich nie mehr verlassen, denn Allah hat uns durch deine Hand auf den rechten Weg geleitet.' Da wünschte er ihnen Gottes reichen Lohn und sprach zu ihnen: ,Ziehet hin an eure Stätten und brechet dann mit euren Gütern und Kindern auf, mir zuvor, nach dem Tale der Blumen und zum Schlosse des Sâsa ibn Schîth! Ich will inzwischen Fachr Tâdsch, die Tochter des Königs Sabûr, des Herrschers von Persien, geleiten und dann zu euch zurückkehren.' ,Wir hören und gehorchen!' sprachen sie, machten sich alsbald auf den Weg und begaben sich zu ihrem Stamme, froh über den Islam; dort verkündeten sie ihren Frauen und Kindern den rechten Glauben, und alle nahmen ihn an. Darauf nahmen sie ihre Habe und ihr Vieh und zogen zum Tale der Blumen. Der Bergghûl und seine Söhne aber kamen ihnen entgegen. Nun hatte Gharîb sie vorher ermahnt und ihnen gesagt: ,Wenn der Bergghûl wider euch auszieht und euch angreifen will, so rufet den Namen Allahs des Allschöpfers an! Denn wenn er den Namen Allahs des Erhabenen hört, so wird er vom Kampfe abstehen und euch freundlich willkommen heißen.' Wie also der Bergghûl mit seinen Söhnen auszog und sie angreifen wollte, riefen sie laut den Namen Allahs des Erhabenen an; da empfing er sie aufs freundlichste und fragte sie, wie es mit ihnen stände; und sie erzählten ihm, was sie mit Gharîb erlebt hatten. Da freute Sa'dân sich über sie, nahm sie als Gäste auf und überhäufte sie mit Wohltaten. So erging es ihnen.

Gharîb aber war inzwischen mit der Prinzessin Fachr Tâdsch aufgebrochen und zog nach der Stadt Isbanîr. Fünf Tage lang war er unterwegs; da, am sechsten Tage, gewahrte er eine Staubwolke. Sofort schickte er einen Mann von den Persern aus, um zu erkunden, was das bedeute. Der eilte hin und kehrte zurück, schneller als ein Vogel, wenn er fliegt; und er rief: ‚Mein Gebieter, dieser Staub kommt von tausend Rittern, unseren Freunden, die der König ausgesandt hat, um nach der Prinzessin Fachr Tâdsch zu suchen.' Wie Gharîb das hörte, befahl er seinen Gefährten, abzusitzen und die Zelte aufzuschlagen. Da machten sie halt und schlugen das Lager auf, und wie die Ankömmlinge bei ihnen eintrafen, gingen die Leute der Prinzessin ihnen entgegen und meldeten ihrem Hauptmanne Tumân, daß die Prinzessin Fachr Tâdsch bei ihnen sei. Wie Tumân sie von König Gharîb sprechen hörte, trat er zu ihm ein, küßte den Boden vor ihm und fragte ihn, wie es der Prinzessin Fachr Tâdsch ergehe. Gharîb sandte ihn zu ihrem Zelte; und er trat ein, küßte ihre Hände und Füße und berichtete ihr, wie es ihrem Vater und ihrer Mutter ergangen war. Und sie erzählte ihm alles, was sie erlebt hatte, und wie Gharîb sie von dem Ghûl des Berges befreit hatte. – –«

Da bemerkte Schehrezâd, daß der Morgen begann, und sie hielt in der verstatteten Rede an. Doch als die *Sechshundertunddreiunddreißigste Nacht* anbrach, fuhr sie also fort: »Es ist mir berichtet worden, o glücklicher König, daß die Prinzessin Fachr Tâdsch dem Hauptmanne Tumân alles erzählte, was ihr von dem Ghûl des Berges widerfahren war, wie er sie gefangen gehalten und Gharîb sie befreit hatte, und daß der Ghûl sie sonst sicher noch aufgefressen hätte; und sie fügte hinzu: ‚Es geziemt sich, daß mein Vater ihm die Hälfte seines Reiches gibt.' Darauf erhob er sich, küßte Gharîbs Hände und Füße, dankte ihm für seine gute Tat und sprach zu ihm: ‚Mit deiner Erlaubnis, mein Gebieter, will ich zur Stadt Isbanîr zurückkehren und dem König die frohe Botschaft bringen.' ‚Geh', erwiderte Gharîb, ‚und hole dir von ihm den Lohn für die frohe

Botschaft!' Nun eilte Tumân vorauf, und Gharîb zog hinter ihm her. Jener ritt dahin, so rasch er nur konnte, bis er in der Stadt Isbanîr ankam. Dort begab er sich ins Schloß und küßte den Boden vor König Sabûr. Der fragte ihn: ‚Was gibt es Neues, du Bringer froher Botschaft?' Tumân antwortete: ‚Ich will nicht eher zu dir reden, als bis du mir den Lohn für meine Botschaft gibst!' Aber der König entgegnete ihm: ‚Sag mir deine Botschaft, ich will dich zufriedenstellen!' ‚O größter König unserer Zeit,' rief Tumân darauf, ‚freue dich, die Prinzessin Fachr Tâdsch kommt!' Als Sabûr den Namen seiner Tochter nennen hörte, sank er ohnmächtig zu Boden; doch als man ihn mit Rosenwasser besprengt hatte, kam er wieder zu sich. Dann rief er Tumân herbei, indem er sprach: ‚Tritt dicht zu mir her und melde mir deine Botschaft!' Jener trat heran und berichtete ihm, was der Prinzessin Fachr Tâdsch widerfahren war. Als der König all das erfahren hatte, schlug er seine Hände zusammen und rief: ‚Ach, du arme Fachr Tâdsch!' Dann ließ er Tumân zehntausend Dinare geben und beschenkte ihn mit der Stadt Ispahan und ihren Gebieten. Und nun rief er seine Emire herbei und sprach zu ihnen: ‚Sitzet alle auf, wir wollen der Prinzessin Fachr Tâdsch entgegenziehen!' Der Großeunuch aber ging hinein zur Mutter der Prinzessin und brachte ihr und allen Frauen des Harems die frohe Botschaft; darüber herrschte große Freude, und die Königin verlieh dem Eunuchen ein Ehrengewand und gab ihm tausend Dinare. Auch das Volk der Stadt hörte davon, und alle schmückten die Marktstraßen und die Häuser. Der König und Tumân saßen auf und ritten dahin, bis sie Gharîb erblickten; da stieg der König Sabûr vom Rosse und ging zu Fuß, um Gharîb zu begrüßen, und Gharîb tat desgleichen und ging auf den König zu. Sie umarmten und begrüßten einander, und Sabûr beugte sich über Gharîbs Hände und küßte sie und dankte ihm für seine gute Tat. Dann ließen sie die Zelte einander gegenüber aufschlagen. Und alsbald trat Sabûr zu seiner Tochter ein; sie erhob sich vor ihm, schlang sich um seinen Hals und erzählte ihm, was ihr widerfahren war, und wie Gharîb sie aus der Gewalt des Bergghûls befreit hatte. Da rief ihr Vater: ‚Bei deinem Leben, o Herrin der Schönen, ich will ihm geben, ja, ihn mit Gaben überhäufen!‘ Doch sie erwiderte ihm: ‚Nimm ihn zum Eidam, mein Väterchen, auf daß er dir eine Hilfe werde wider deine Feinde; denn er ist ein Held.‘ Diese Worte sprach sie zu ihm, weil ihr Herz Gharîb lieb gewonnen hatte. Ihr Vater jedoch hub an: ‚Liebe Tochter, weißt du nicht, daß König Chirad Schâh den Brokat geworfen[1] und hunderttausend Dinare gegeben hat? Er ist der König von Schiras und seiner Provinzen; er besitzt ein Reich und Reisige und Krieger!‘ Als Fachr Tâdsch diese Worte ihres Vaters vernahm, sprach sie: ‚Väterchen, mich verlangt nicht nach dem, davon du redest; und wenn du mich zu dem zwingest, was ich nicht will, so nehme ich mir das Leben!‘ Da ging der König fort und begab sich zu Gharîb; der erhob sich vor ihm, und Sabûr setzte sich, und er konnte sich an dem Jüngling nicht satt sehen; dabei sprach er in seiner Seele: ‚Bei Allah, meine Tochter ist entschuldbar, wenn sie diesen Beduinen liebt!‘ Dann wurden die Speisen gebracht, und sie aßen und verbrachten die Nacht beisammen. Am nächsten Morgen aber ritten sie dahin, bis sie zur Hauptstadt kamen; und dort zogen sie ein, der König und Gharîb, Steigbügel an Steigbügel, und es war für sie ein großer Tag. Fachr Tâdsch begab sich in ihr Schloß, zu der Stätte ihrer Würde, und dort kamen ihre Mutter und ihre Dienerinnen ihr

[1]. Dies muß bedeuten, daß der König um die Hand der Prinzessin durch Geschenke angehalten hat.

entgegen und ließen die Freudenrufe erschallen. König Sabûr aber setzte sich auf den Thron seiner Herrschaft und ließ Gharîb zu seiner Rechten sitzen. Und die Könige und Kammerherren, die Emire und Statthalter und Wesire stellten sich zur Rechten und zur Linken auf, und sie wünschten dem König Glück zur Heimkehr seiner Tochter. Da sagte der König zu den Großen seines Reiches: ,Wer mich lieb hat, der verleihe Gharîb ein Ehrengewand!' Und da fielen Gewänder auf ihn wie Regentropfen. Zehn Tage blieb er als Gast des Königs; dann wollte er aufbrechen, aber der König verlieh ihm ein Gewand und schwor bei seinem Glauben, er solle erst nach einem vollen Monate scheiden. Nun sagte Gharîb: ,O König, ich bin einer Maid unter den Töchtern der Araber verlobt, und ich möchte zu ihr eingehen.' Da fragte der König: ,Welche von beiden ist die Schönere, deine Verlobte oder Fachr Tâdsch?' ,O größter König unserer Zeit,' erwiderte Gharîb, ,was ist der Knecht neben dem Herrn?' Aber Sabûr fuhr fort: ,Fachr Tâdsch ist deine Magd; denn du hast sie aus den Klauen des Ghûl befreit, und sie soll niemanden zum Gatten haben als dich.' Jetzt küßte Gharîb den Boden und sprach: ,O größter König unserer Zeit, du bist ein Herrscher, und ich bin ein armer Mann; vielleicht verlangst du eine schwere Morgengabe.' ,Mein Sohn,' erwiderte König Sabûr, ,wisse, der König Chirad Schâh, der Herrscher von Schiras und seinen Provinzen, hat um sie gefreit und hat ihr hunderttausend Dinare als Morgengabe bestimmt; ich aber habe dich vor allen anderen Menschen erwählt. Ich will dich zum Schwerte meines Reiches machen und zum Schilde meiner Rache.' Dann wandte er sich an die Großen seines Volkes und sprach zu ihnen: ,Legt Zeugnis über mich ab, ihr Männer meines Reiches, daß ich meine Tochter Fachr Tâdsch meinem Sohne Gharîb vermähle!' – –«

Da bemerkte Schehrezâd, daß der Morgen begann, und sie hielt in der verstatteten Rede an. Doch als die *Sechshundertundvierunddreißigste Nacht* anbrach, fuhr sie also fort: »Es ist mir berichtet worden, o glücklicher König, daß Sabûr, der König von Persien, zu seinen Großen sprach: ,Legt Zeugnis über mich ab, daß ich meine Tochter Fachr Tâdsch meinem Sohne Gharîb vermähle!' Darauf gab er ihm die Hand, und so ward sie seine Gemahlin. Gharîb aber sagte: ,Lege mir eine Morgengabe auf, und ich will sie dir bringen; denn ich habe in der Burg des Sâsa zahlreiche Schätze!' ,Mein Sohn,' erwiderte Sabûr, ,ich verlange von dir weder Gut noch Schätze, noch auch will ich eine andere Morgengabe für sie haben als das Haupt el-Dschamrakâns, des Königs von ed-Dascht[1] und von der Stadt el-Ahwâz[2].' Gharîb sagte darauf: ,O größter König unserer Zeit, ich will hingehen und meine Leute holen und mit ihnen wider den Feind ausziehen und sein Land verwüsten.' Da wünschte der König ihm Gottes reichen Lohn und entließ das Volk und die Großen; dabei dachte er, daß Gharîb, wenn er gegen el-Dschamrakân, den König von ed-Dascht, auszöge, niemals wiederkehren würde. Als es dann wieder Morgen ward, saß der König zugleich mit Gharîb auf, und er befahl den Kriegern, ihre Rosse zu besteigen; die taten es, und alle ritten hinaus auf den Plan. Dort sprach der König zu ihnen: ,Haltet ein Lanzenturnier ab und erfreuet mein Herz!' Da fochten die Helden von Persien miteinander; und Gharîb sprach: ,O größter König unserer Zeit, ich möchte mit den Rittern von Persien fechten, doch nur unter einer Bedingung.' ,Welches ist deine Bedingung?' fragte der König; und Gharîb erwiderte ihm: ,Ich will ein dünnes Gewand anlegen und eine Lanze ohne Spitze nehmen; daran will ich ein Fähnchen binden, das in Safran

1. Landschaft in Südpersien. – 2. Stadt in Südwestpersien.

getaucht ist, und dann soll jeder tapfere Held mit scharfer Lanze wider mich auf den Plan treten. Wenn einer mich besiegt, so will ich mich ihm ergeben; doch wen ich besiege, den will ich auf der Brust zeichnen, und dann soll er das Feld verlassen.' Da rief der König dem Befehlshaber der Truppen zu, er solle die Helden der Perser vortreten lassen. Der wählte und sonderte zwölf hundert tapfere Degen von den Fürsten der Perser aus; und ihnen rief der König in persischer Sprache zu: ‚Wer diesen Beduinen zu Tode bringt, dem will ich jeden Wunsch erfüllen!' Da stürmten sie um die Wette gegen Gharîb und griffen ihn an, und nun schied sich die Wahrheit von der Lüge, der Ernst vom Scherz. Gharîb rief: ‚Ich vertraue auf Allah, den Gott Abrahams, des Freundes, den Gott, der über alle Dinge mächtig ist und dem nichts verborgen bleibt, den Allbezwinger, dem keiner gleicht und den kein Blick erreicht!' Nun trat ein Riese unter den persischen Helden auf den Plan; aber Gharîb ließ ihn nicht lange vor sich stehen, sondern zeichnete ihn, so daß seine Brust voll von Safran war. Und als er sich wandte, stieß Gharîb ihn mit der Lanze in den Nacken, so daß er zu Boden fiel und seine Diener ihn aus den Schranken tragen mußten. Dann ritt ein zweiter wider ihn heran; auch den zeichnete er, und ebenso erging es einem dritten und vierten und fünften. Held auf Held sprengte gegen ihn vor, bis er sie alle gezeichnet hatte; denn Allah der Erhabene gab ihm den Sieg über sie, und nun verließen alle das Feld. Darauf ward ihnen Speise gebracht, und sie aßen; auch Wein ward aufgetragen, und sie tranken. Und als Gharîb getrunken hatte, ward sein Verstand betäubt. Er stand auf, um einem Rufe der Natur zu folgen, und als er zurückkehren wollte, verlor er den Weg und kam in den Palast der Prinzessin Fachr Tâdsch. Kaum hatte sie ihn erblickt, so entfloh ihr der Verstand, und sie rief ihren

Frauen zu: ‚Geht fort in eure Kammern!' Da gingen sie auseinander und begaben sich in ihre Gemächer. Die Prinzessin aber erhob sich, küßte Gharîbs Hand und sprach: ‚Willkommen, mein Gebieter, der du mich von dem Ghûl befreit hast! Ich bin deine Magd für alle Zeit!' Und sie zog ihn auf ihr Lager und umarmte ihn; da erwachte heißes Begehren in ihm, und er nahm ihr das Mädchentum und blieb bei ihr bis zum Morgen.

Während nun dies geschah, glaubte der König, Gharîb sei fortgeritten. Doch am nächsten Tage früh trat er zum König ein, und der erhob sich vor ihm und ließ ihn an seiner Seite sitzen. Darauf kamen die Fürsten, küßten den Boden und stellten sich zur Rechten und zur Linken auf, und sie begannen von Gharîbs Tapferkeit zu sprechen und sagten: ‚Gepriesen sei Er, der ihm solches Heldentum verliehen hat, wiewohl er noch so jung an Jahren ist.' Und während sie also miteinander redeten, erblickten sie durch das Fenster des Palastes eine Staubwolke von nahenden Rossen. Da rief der König den Läufern zu: ‚He, ihr da, bringt mir Kunde über jene Staubwolke!' Einer von ihnen machte sich zu Pferde auf, und als er die Wolke ausgekundschaftet hatte, kehrte er zurück und sprach: ‚O König, wir haben unter der Staubwolke hundert Ritter entdeckt, deren Emir Sahîm el-Lail heißt.' Kaum hatte Gharîb diese Worte vernommen, da rief er: ‚Mein Gebieter, das ist mein Bruder! Ich hatte ihm einen Auftrag gegeben, jetzt will ich ihm entgegenreiten.' Und alsbald saß er auf mit seinen Mannen, den hundert Rittern vom Stamme Kahtân, und mit tausend Persern, und ritt in großem Prunkzuge dahin – doch wahre Größe ist nur bei Gott allein! Als Gharîb mit seinem Bruder zusammentraf, saßen beide ab und umarmten einander; dann bestiegen sie wieder die Rosse. Und nun fragte Gharîb: ‚Lieber Bruder, hast du unser Volk zur Burg des Sâsa und in das Tal der

Blumen geführt?' ‚Lieber Bruder,' erwiderte er, ‚als der treulose Hund vernahm, daß du die Burg des Bergghûls eingenommen hast, packte ihn die Angst noch mehr, und er sagte: ‚Wenn ich diese Stätte nicht verlasse, so kommt Gharîb und nimmt meine Tochter Mahdîja ohne Morgengabe.' Deshalb nahm er seine Tochter, seinen Stamm, die Seinen und sein Gut und zog in das Land Irak; dort begab er sich in die Stadt Kufa und stellte sich unter den Schutz des Königs 'Adschîb; der freit nun um seine Tochter Mahdîja.' Wie Gharîb das von seinem Bruder Sahîm el-Lail hören mußte, hätte er vor Wut beinahe den Geist aufgegeben, und er rief: ‚Bei der Wahrheit des Islams, des Glaubens Abrahams, des Gottesfreundes, und bei dem höchsten Herrn, ich will mich wahrhaftig auf den Weg nach dem Lande Irak machen und dort überall Krieg entfachen!' Dann ritten sie in die Hauptstadt ein, und Gharîb begab sich mit seinem Bruder Sahîm in das Schloß des Königs, und sie küßten den Boden vor ihm. Der König erhob sich vor Gharîb und begrüßte Sahîm. Darauf berichtete Gharîb dort, was geschehen war; und der König stellte unter seinen Befehl zehn Hauptleute, deren jeder zehntausend tapfere Ritter von den Arabern und Persern unter sich hatte. Die machten sich in drei Tagen bereit für den Feldzug. Dann brach Gharîb auf und zog dahin, bis er zu der Burg des Sâsa kam; dort kamen ihm der Bergghûl Sa'dân und seine Söhne entgegen, und sie saßen ab und küßten Gharîb die Füße in den Steigbügeln; der aber berichtete dem Ghûl alles, was geschehen war. Da sprach Sa'dân: ‚Mein Gebieter, bleib du in deiner Burg und laß mich mit meinen Söhnen und meinen Scharen zum Irak ziehen; ich will die Hauptstadt des Landes niederringen und all ihre Scharen in festen Banden gebunden vor dich bringen!' Gharîb dankte ihm und sprach: ‚Sa'dân, wir wollen alle zusammen ausziehen!'

Dem Befehl gemäß machte jener sich bereit, und die Mannen brachen auf, indem sie tausend Ritter als Wächter in der Burg zurückließen, und zogen zum Irak.

Wenden wir uns nun von Gharîb wieder zu Mirdâs! Der war ja mit seinem Volke ausgezogen, bis er im Lande Irak ankam; er hatte auch ein schönes Geschenk mitgenommen, das brachte er nach Kufa und legte es vor 'Adschîb nieder. Dann küßte er den Boden, und nachdem er ihm die Wünsche, die man vor Königen spricht, dargebracht hatte, hub er an: ‚Mein Gebieter, ich komme, um mich unter deinen Schutz zu stellen.' – –«

Da bemerkte Schehrezâd, daß der Morgen begann, und sie hielt in der verstatteten Rede an. Doch als die *Sechshundertundfünfunddreißigste Nacht* anbrach, fuhr sie also fort: »Es ist mir berichtet worden, o glücklicher König, daß Mirdâs, als er vor 'Adschîb stand, zu ihm sprach: ‚Ich komme, um mich unter deinen Schutz zu stellen.' Jener erwiderte ihm: ‚Sage mir, wer dir Gewalt angetan hat; ich will dich vor ihm schützen, und wäre es auch Sabûr, der König der Perser, Türken und Dailamiten!' ‚O größter König unserer Zeit,' fuhr Mirdâs fort, ‚kein anderer hat mir unrecht getan als ein Knabe, den ich an meinem Busen aufgezogen habe. Ich fand ihn in einem Tale auf dem Schoße seiner Mutter; da nahm ich sie zum Weibe, und sie gebar auch mir einen Sohn, den nannte ich Sahîm el-Lail. Ihr eigener Sohn aber heißt Gharîb; der wuchs in meinem Schutze auf und ward zu einem flammenden Donnerkeil und zu einem gewaltigen Unheil. Er tötete el-Hamal[1], den Häuptling des Stammes Nabhân, vernichtete die Mannen und trieb die Ritter von dannen. Nun habe ich eine Tochter, die keinem anderen gebührt als dir. Aber er verlangte sie von mir, und da forderte ich von ihm das Haupt des Bergghûls. Er zog wider ihn aus,

1. Im Arabischen versehentlich: Hassân.

maß sich mit ihm im Zweikampfe und fesselte ihn; so ward der Ghûl einer von seinen Mannen. Ich habe auch gehört, daß er Muslim geworden ist und die Menschen zu seinem Glauben ruft. Er hat die Tochter Sabûrs von dem Ghûl befreit und die Burg des Sâsa ibn Schîth ibn Schaddâd ibn 'Âd eingenommen, darinnen sich die Reichtümer der Alten und der Neuen befinden, alle Schätze der Vorfahren. Nun ist er auf dem Wege, die Tochter Sabûrs heimzugeleiten, und er wird sicherlich mit den Schätzen der Perser heimkehren.' Als 'Adschîb diese Worte von Mirdâs vernahm, erblich er, und sein ganzes Aussehen veränderte sich; denn er hatte sein eigenes Verderben sicher vor den Augen. Und er fragte: ‚Mirdâs, lebt die Mutter dieses Knaben bei dir oder bei ihm?' ‚Bei mir in meinem Zeltlager', erwiderte jener; und als 'Adschîb fragte: ‚Wie heißt sie?' fuhr er fort: ‚Ihr Name ist Nusra.' Da rief 'Adschîb: ‚Sie ist es', und ließ sie holen. Als er sie anblickte, erkannte er sie und fuhr sie an: ‚Du Verruchte, wo sind die beiden Sklaven, die ich mit dir geschickt habe?' Sie gab zur Antwort: ‚Die haben sich gegenseitig um meinetwillen erschlagen.' Da zückte 'Adschîb sein Schwert, hieb auf sie und spaltete sie in zwei Hälften. Man schleppte sie fort und warf sie hinaus; aber in 'Adschîbs Herz kehrten böse Ahnungen ein, und er sprach: ‚Mirdâs, vermähle mich mit deiner Tochter!' Der antwortete: ‚Sie ist eine deiner Mägde, ich gebe sie dir zum Weibe, und ich bin dein Knecht.' Und 'Adschîb fuhr fort: ‚Ich wünsche diesen Bastard Gharîb zu sehen, ich will ihn vernichten und ihn mancherlei Foltern kosten lassen.' Dann befahl er, Mirdâs dreißigtausend Dinare als Morgengabe für seine Tochter zu geben, dazu hundert Stücke Seide, die mit goldenen Borten umsäumt und mit Ornamenten geschmückt waren, ferner hundert geränderte Stoffe, Tücher und goldene Halsketten. Mirdâs ging davon mit dieser reichen Morgengabe und beeilte sich, Mahdîja auszustatten. So stand es um jene.

Was aber Gharîb angeht, so war er dahingezogen, bis er nach el-Dschazîra[1] kam; das ist die erste Stadt im Irak, eine starke Festung. Dort befahl er zu halten; und als die Leute der Stadt sahen, daß sein Heer sie belagerte, verschlossen sie die Tore, befestigten die Mauern und eilten zum König, um es ihm zu melden. Der blickte von den Zinnen seines Schlosses hinab, und als er ein gewaltiges Heer, das ganz aus Persern bestand, dort entdeckte, sprach er: ‚Ihr Leute, was wollen jene Perser dort?' ‚Wir wissen es nicht', gaben sie zur Antwort. Jener König war ed-Dâmigh[2] geheißen, dieweil er die Schädel der Helden im Blachgefilde zu spalten pflegte. Und er hatte unter seinen Garden einen verwegenen Mann, der glich einem Feuerbrand und war Sabu' el-Kifâr[3] genannt. Den rief der König und sprach zu ihm: ‚Geh zu dem Heere dort, erkunde, wer sie sind und was sie von uns wollen, und kehre eilends zurück!' Da eilte Sabu' el-Kifâr so geschwind wie der wehende Wind, bis er bei den Zelten Gharîbs ankam; dort fragte ihn eine Schar von Beduinen: ‚Wer bist du, und was willst du?' Er antwortete: ‚Ich bin ein Bote und Abgesandter von dem Herrn der Stadt an euren Herrn.' Da nahmen sie ihn und begannen sich mit ihm einen Weg zu bahnen durch die Reihen der Zelte, Pavillons und Fahnen. Und als sie bei dem Prunkzelte Gharîbs angekommen waren, traten sie ein und meldeten dem Herrscher den Boten. Er sprach: ‚Führt ihn vor mich!' und sie taten es. Sobald jener Bote eingetreten war, küßte er den Boden und wünschte ihm dauernden Ruhm und langes Leben. Gharîb fragte: ‚Was ist

1. Dem Erzähler schwebt wohl Dschazîrat Ibn 'Omar vor, eine Stadt am oberen Tigris, die aber nicht mehr zum Irak gehört. – 2. Der Schädelspalter. – 3. Der Wüstenlöwe.

dein Begehr?' und der Mann erwiderte: ‚Ich bin ein Abgesandter des Herrschers der Stadt el-Dschazîra, ed-Dâmigh, des Bruders von Kundamir, dem Herren der Stadt Kufa und des Landes Irak.' Wie Gharîb die Worte des Boten vernahm, rannen seine Tränen in Strömen; dann blickte er den Boten an und fragte ihn: ‚Wie heißest du?' Der antwortete: ‚Mein Name ist Sabu' el-Kifâr.' Und Gharîb sprach zu ihm: ‚Geh zu deinem Herrn und sage ihm, der Herr dieses Zeltlagers heiße Gharîb, der Sohn Kundamirs, des Herrn von Kufa, den sein Sohn erschlagen hat, und er sei gekommen, um Blutrache zu nehmen an 'Adschîb, dem treulosen Hunde!' Alsbald ging der Bote zum König ed-Dâmigh zurück und küßte voller Freude den Boden. Der König fragte ihn: ‚Was bringst du, Sabu' el-Kifâr?' ‚Mein Gebieter,' antwortete er, ‚der Führer jenes Heeres ist der Sohn deines Bruders'; und dann erzählte er ihm alles. Der König glaubte zu träumen, und wiederum rief er: ‚O Sabu' el-Kifâr!' ‚Zu Befehl, o König!' erwiderte jener; und der König fragte: ‚Ist alles, was du gesagt hast, wirklich wahr?' ‚Bei deinem Haupte, es ist wirklich wahr!' gab der Mann zur Antwort. Sofort befahl der König den Großen seines Volkes aufzusitzen, und nachdem sie das getan hatten, ritt der König mit ihnen hinaus zu den Zelten. Als Gharîb von dem Nahen des Königs ed-Dâmigh erfuhr, zog er hinaus, ihm entgegen; und dann umarmten und begrüßten die beiden einander. Darauf führte Gharîb den König ins Lager, und die beiden setzten sich nieder auf die Herrschersitze. Ed-Dâmigh hatte seine Freude an Gharîb, dem Sohne seines Bruders, und indem er sich zu ihm wandte, sprach er: ‚Immer brannte in meinem Herzen der Gedanke an die Blutrache für deinen Vater. Aber ich vermochte nichts wider den Hund, deinen Bruder. Denn seiner Truppen sind viel, doch der meinen sind wenig.' Ihm erwiderte Gharîb: ‚Lieber Oheim, siehe, ich bin gekommen, auf daß ich die Blutrache vollstrecke und die Schande zudecke und die Völker zur Freiheit von ihm erwecke!' Doch nun sagte ed-Dâmigh: ,Sohn meines Bruders, du hast doppelte Blutrache zu nehmen, die Rache für deinen Vater und die Rache für deine Mutter!' ,Was ist's mit meiner Mutter?' fragte Gharîb; und der König erwiderte; ,Dein Bruder 'Adschîb hat sie erschlagen.' – –«

Da bemerkte Schehrezâd, daß der Morgen begann, und sie hielt in der verstatteten Rede an. Doch als die *Sechshundertundsechsunddreißigste Nacht* anbrach, fuhr sie also fort: »Es ist mir berichtet worden, o glücklicher König, daß Gharîb, als er aus dem Munde seines Oheims ed-Dâmigh die Worte vernahm: ,Dein Bruder 'Adschîb hat deine Mutter erschlagen', ausrief: ,Oheim, wie konnte er sie töten?' Darauf erzählte jener ihm alles, was seiner Mutter widerfahren war, auch daß Mirdâs seine Tochter dem 'Adschîb zur Frau gegeben habe und daß dieser zu ihr eingehen wolle. Kaum hatte Gharîb das von seinem Oheim erfahren, da ward er wie von Sinnen, und er fiel ohnmächtig nieder, so daß er fast des Todes war. Als er aber wieder zu sich kam, rief er nach seinen Kriegern und befahl: ,Aufs Pferd!' Doch ed-Dâmigh bat ihn: ,Sohn meines Bruders, warte, bis ich mich gerüstet habe; dann will ich mit meinen Mannen aufsitzen und mit dir an deinem Steigbügel dahinziehen!' ,Oheim, ich habe keine Geduld zum Warten,' erwiderte Gharîb, ,rüste du dich und stoße zu mir bei Kufa!' So machte er sich denn alsbald auf und gelangte zuerst zu der Stadt Babel; und ihre Bewohner gerieten in Schrecken. Dort herrschte aber ein König, Dschamak geheißen, der hatte unter sich zwanzigtausend Ritter; nun sammelten sich bei ihm noch aus den Dörfern ringsum weitere fünfzigtausend und schlugen die Zelte vor Babel auf. Darauf schrieb Gharîb einen Brief und sandte ihn dem Herrn von Babel. Der Bote brach auf, und als er bei der Stadt anlangte, rief er die Worte: ‚Ich bin ein Abgesandter!' Der Hüter des Tores begab sich alsbald zu König Dschamak und meldete ihm die Ankunft des Boten. ‚Bring ihn zu mir!' befahl der König; und der Wächter ging und brachte den Boten vor den Herrscher. Jener küßte den Boden und überreichte das Schreiben an Dschamak; der öffnete es und las es. Darinnen aber stand geschrieben: ‚Preis sei Allah, dem Herrn der Welt, dem Herrn aller Dinge, der alles Lebendige erhält, der da Macht hat über alle Dinge! Von Gharîb, dem Sohne des Königs Kundamir, des Herrn von Irak und Kufa, an Dschamak. Wenn dieser Brief in Deine Hände kommt, so sei Deine Antwort keine andere, als daß Du Deine Götzen verbrennst und Dich zur Einheit des allwissenden Königs bekennst, des Erschaffers von Tag und Nacht, des Allschöpfers, der über alle Dinge herrscht in seiner Macht! Wenn Du aber nicht tust, was ich Dir gebiete, so werde ich diesen Tag zum unseligsten Deiner Tage machen. Friede sei über dem, so der rechten Leitung nachstrebt und in Furcht vor den Folgen der Schlechtigkeit lebt und sich dem Gehorsam gegen den höchsten König unterstellt, des Herrn dieser und der nächsten Welt, der da spricht zu einem Dinge: ‚Werde!', und es wird.' Als Dschamak diesen Brief gelesen hatte, schillerten seine Augen grünlich, und sein Angesicht erblich, und er schrie den Boten an: ‚Geh zu deinem Herrn und sage ihm: ‚Morgen, wenn des Tages Lichter aufsteigen, da soll sich im Kampfesreigen der rechte Meister zeigen!' Der Bote kehrte heim und berichtete vor Gharîb, was geschehen war; und der befahl sogleich seinen Mannen, sich zu rüsten. Dschamak aber ließ seine Zelte gegenüber Gharîbs Lager aufschlagen; und hinaus strömte das Heer wie das brandende Meer, und alle verbrachten die Nacht zum Kampfe entschlossen. Sowie nun der Tag anbrach, stiegen die beiden Heere zu Pferde und stellten sich in Schlachtreihen auf. Und unter der Trommeln wirbelndem Klang sausten die Renner das Feld entlang, und für ihre gewaltige Menge war die weite Welt zu enge. Die Helden ritten voran, und der erste, der auf den Kampfesplan trat, war der Ghûl des Berges. Er trug auf seiner Schulter einen furchtbaren Baum, und er schrie inmitten der beiden Heere: ,Ich bin Sa'dân, der Ghûl!' Dann rief er: ,Ist einer zum Zweikampf bereit? Wagt einer den Streit? Kein feiger, kein schwächlicher Mann trete wider mich heran!' Dann rief er seinen Söhnen zu: ,Holla, ihr da, bringt mir Brennholz und Feuer; denn mich hungert.' Und jene gaben den Ruf an ihre Sklaven weiter; die holten das Brennholz und zündeten ein Feuer mitten auf dem Schlachtfelde an. Nun ritt ein Mann aus den Reihen der Ungläubigen hervor, ein hochfahrender Riese, der trug auf der Schulter eine Keule, die einem Schiffsmaste glich. Er sprengte auf den Ghûl ein mit dem Rufe: ,Wehe dir, o Sa'dân!' Kaum drangen des Riesen Worte an sein Ohr, da loderte der Grimm in ihm empor, und er schwang den Baum, so daß er durch die Luft schwirrte, und hieb auf den Riesen ein; der wollte den Hieb mit der Keule abwehren, aber der Baum sauste in seiner vollen Schwere mitsamt der Keule auf den Schädel des Riesen und zertrümmerte ihn, und der Ungläubige sank hin wie ein hochstämmiger Palmenbaum. Sa'dân aber rief seinen Sklaven zu: ,Schleppt dies fette Kalb fort und röstet es mir sogleich!' Alsdann häuteten sie den Riesen ab, rösteten ihn und brachten ihn dem Ghûl Sa'dân; der fraß ihn auf und zerkaute seine Knochen. Wie die Ungläubigen sahen, was Sa'dân mit ihrem Gefährten tat, erstarrte ihnen Haut und Leib, ihr ganzes Wesen sträubte sich, und ihre Farbe erblich. Und sie sprachen zueinander: ,Wer gegen diesen Ghûl auszieht, den frißt er, dem zerkaut er die Knochen, so daß der den süßen Hauch der Welt nicht mehr spürt.' Darum wagten sie nicht weiterzukämpfen, aus Furcht vor dem Ghûl und seinen Söhnen, sondern sie wandten sich, um zu fliehen und in ihre Stadt zurückzuziehen. Da rief Gharîb den Seinen zu: ‚Vorwärts! Hinter den Fliehenden her!' Nun fielen die Perser und Araber über den König von Babel und sein Kriegsvolk her und ließen das Schwert auf sie niedersausen, bis sie von ihnen zwanzigtausend oder noch mehr erschlagen hatten. Und als sich die Menge am Stadttor zusammendrängte, töteten sie noch viel Volks von ihnen, und es gelang den Ungläubigen nicht, das Tor zu schließen, so daß Araber und Perser weiter auf sie eindringen konnten. Sa'dân nahm einem der Erschlagenen die Keule ab, schwang sie den Feinden ins Gesicht und drang bis zum freien Platze der Stadt vor. Dann stürmte er zum Schlosse des Königs, und als er vor Dschamak stand, traf er ihn mit der Keule, so daß der Herrscher ohnmächtig zu Boden sank. Und weiter fiel Sa'dân über alle her, die im Schlosse waren, und zerschlug sie zu Brei. Nun erhob sich der Ruf: ‚Gnade! Gnade!' – –«

Da bemerkte Schehrezâd, daß der Morgen begann, und sie hielt in der verstatteten Rede an. Doch als die *Sechshundertundsiebenunddreißigste Nacht* anbrach, fuhr sie also fort: »Es ist mir berichtet worden, o glücklicher König, daß im Palaste des Königs Dschamak, als der Ghûl Sa'dân dort eindrang und die Leute darin zu Brei zerschlug, sich der Ruf erhob: ‚Gnade! Gnade!' Da rief Sa'dân: ‚Fesselt euren König!' Als sie ihn gefesselt und aufgeladen hatten, trieb Sa'dân sie wie Schafe vor sich her und führte sie, nachdem die meisten Einwohner der Stadt durch das Schwert der Mannen Gharîbs umgekommen waren, vor seinen Herrn. Und wie Dschamak, der König von Babel, nun aus seiner Ohnmacht erwachte, merkte er, daß er gefesselt war und daß der Ghûl sagte: ‚Heute abend will ich diesen König Dschamak verspeisen.' Als er das hören mußte, wandte er sich an Gharîb und sprach zu ihm: ‚Ich begebe mich unter deinen Schutz!' Gharîb erwiderte ihm: ‚Suche im Islam dein Heil, so wird dir die Rache des Ghûls und die Strafe des Lebendigen, der nimmer aufhört, nicht zuteil!' Da ward Dschamak ein Muslim mit Herz und Zunge, und Gharîb gebot, seine Fesseln zu lösen. Dann bot er seinem Volke den Islam dar, und alle nahmen ihn an und traten in die Dienste Gharîbs. Dschamak aber kehrte in seine Stadt zurück und sandte von dort Speise und Trank. Dann blieb das Heer im Lager vor Babel, bis es Morgen ward. Nun gab Gharîb den Befehl zum Aufbruch, und das Heer zog weiter, bis es vor Maijafarikîn[1] ankam. Dort fanden sie die Stadt von ihren Bewohnern verlassen; die hatten nämlich schon gehört, wie es Babel ergangen war, und so hatten sie ihre Behausungen verlassen und waren nach der Stadt Kufa geeilt, um 'Adschîb zu melden, was geschehen war. Der begann zu rasen, sammelte alle seine Helden und tat ihnen kund, daß Gharîb herannahe; zugleich befahl er ihnen, sich zum Kampfe wider seinen Bruder zu rüsten. Dann hielt er eine Musterung ab unter seinem Volke, und als er nun dreißigtausend Reiter und zehntausend Mann Fußvolk zählte, verlangte er, es sollten noch mehr zur Stelle sein, und so kamen weitere fünfzigtausend Mann zu Pferde und zu Fuß. Und nun brach er mit einem gewaltigen Heere auf und zog fünf Tage lang dahin; da fand er das Heer seines Bruders, wie es vor Mosul lagerte, und er schlug ihm gegenüber seine Zelte auf. Darauf schrieb Gharîb einen Brief, wandte sich an seine Mannen

---

[1] Diese Stadt liegt nördlich vom oberen Tigris; hier, wie überall in dieser Geschichte, hat der Erzähler ganz unklare geographische und historische Vorstellungen.

und fragte: ‚Wer von euch will diesen Brief an 'Adschîb überbringen?' Sofort erhob sich Sahîm und rief: ‚O größter König unserer Zeit, ich will mit deinem Brief springen und dir seine Antwort bringen!' Gharîb übergab ihm das Schreiben; und Sahîm begab sich mit ihm zum Prunkzelte 'Adschîbs. Als dem seine Ankunft gemeldet war, sprach er: ‚Führt ihn mir vor!' Und wie er dann vor dem König stand, fragte der ihn: ‚Woher kommst du?' Er gab zur Antwort: ‚Ich komme zu dir von dem König der Perser und Araber, dem Eidam des Kisra[1], des Königs der Welt; er sendet dir einen Brief, drum gib du ihm Antwort!' ‚Her mit dem Briefe!' befahl 'Adschîb; und wie Sahîm ihn ihm gereicht hatte, öffnete er ihn und las ihn. Und darinnen fand er geschrieben: ‚Im Namen Allahs des Barmherzigen, der Erbarmen übt! Friede sei über Abraham, den Gott liebt! Des weiteren: Sowie dieser Brief in Deine Hände gelangt, bekenne Du die Einheit des allgütigen Königs, des Urgrundes aller Dinge der Welt, der die Wolken wandern läßt am Himmelszelt, und verlasse den Götzendienst! Wenn Du Muslim wirst, so bist Du mein Bruder und der Herrscher über uns; und ich will Dir die Sünde wider meinen Vater und meine Mutter verzeihen und Dir wegen Deiner Taten keinen Vorwurf machen. Wenn Du aber nicht tust, was ich Dir befehle, so will ich Dir das Haupt abschlagen und Deine Stätten verwüsten. Ich komme eilends über Dich; und ich rate Dir gut. Friede über dem, so der rechten Leitung nachstrebt und im Gehorsam gegen den höchsten König lebt!' Als aber 'Adschîb die Worte seines Bruders gelesen und seine Drohungen verstanden hatte, versanken ihm die Augen in seinen Schädel, er knirschte mit den Zähnen und geriet in gewaltige Wut. Und er riß den Brief in

1. Kisra (griechisch Chosroes) wird von den Muslimen als Titel der Perserkönige gebraucht.

Fetzen und warf sie fort. Darüber ergrimmte Sahîm, und er schrie 'Adschîb an mit den Worten: ‚Allah lasse deine Hand verdorren für das, was sie getan hat!' Nun rief 'Adschîb seinen Leuten zu: ‚Packt diesen Hund und haut ihn mit euren Schwertern in Stücke!' Da stürzten sie sich auf Sahîm; er aber zog sein Schwert und fiel über sie her und tötete mehr als fünfzig jener Recken. Dann brach er sich Bahn, bis er wieder zu seinem Bruder kam, in Blut gebadet. Der fragte ihn: ‚Was hat dieses zu bedeuten, Sahîm?' Und jener berichtete, was geschehen war. Gharîb rief: ‚Allah ist der Größte!' Und voll des Zornes ließ er sogleich die Kriegstrommeln schlagen. Da sprangen aufs Pferd die Recken zuhauf; das Fußbolk stellte sich in Schlachtreihe auf; es sammelten sich die Genossen und tummelten sich auf ihren Rossen. Die Mannen kleideten sich in das Eisengewand, den Panzer aus Ringen dicht gespannt, sie gürteten sich mit ihren Degen und begann die langen Lanzen einzulegen. Auch 'Adschîb ritt mit seinem Kriegsvolke in die Schlacht, und Heer prallte auf Heer. – –«

Da bemerkte Schehrezâd, daß der Morgen begann, und sie hielt in der verstatteten Rede an. Doch als die *Sechshundertundachtunddreißigste Nacht* anbrach, fuhr sie also fort: »Es ist mir berichtet worden, o glücklicher König, daß damals, als Gharîb und 'Adschîb beide mit ihrem Kriegsvolke in die Schlacht ritten, Heer auf Heer prallte. Nun führte der Richter der Schlacht das Gericht, in dessen Spruch es kein Unrecht gibt, der ein Siegel auf dem Munde trägt und nicht spricht. Und es hub an ein Blutvergießen, seltsame Muster begannen auf der Erde zu fließen; die Haare der Streiter wurden weiß, und die Schlacht ward wild und heiß. Da glitten die Füße aus, der Tapfere hielt stand und drängte zum Strauß, doch der Feige wandte sich und eilte nach Haus. So tobte der Kampf immer weiter, bis der Tag zur Rüste ging und die Nacht alles mit Dunkel umfing. Die Trommeln des Rückzugs wurden geschlagen, die Kämpfenden trennten sich voneinander, und jedes der beiden Heere kehrte ins Lager zurück und hielt Nachtruhe. Kaum aber war der Morgen erwacht, da schlugen die Trommeln zu Kampf und Schlacht. Die Krieger kleideten sich in die Kriegsrüstung, gürteten sich mit den glänzenden Degen und begannen die braunen Lanzen einzulegen; sie stürmten auf feurigen Rossen einher und riefen: ‚Flucht gibt es heute nicht mehr!' So wogte auf beiden Seiten ein Heer gleichwie das brandende Meer. Und der erste, der das Buch des Kampfes aufschlug, war Sahîm; der spornte seinen Renner zwischen die beiden Reihen und ließ Schwerter und Lanzen im Kriegsspiele tanzen; ja, er schlug solche Kapitel des Kampfes auf, daß die Beherzten verwirrt wurden. Dann rief er: ‚Ist einer zum Zweikampfe bereit? Wagt einer den Streit? Kein feiger, kein schwächlicher Mann trete wider mich heran!' Da trat ein Ritter hervor aus der ungläubigen Schar, der gleichwie ein Feuerbrand war. Doch Sahîm ließ ihn nicht lange vor sich stehen, sondern durchbohrte ihn alsbald und streckte ihn zu Boden. Da ritt ein zweiter hervor, den tötete er; und ein dritter, den zerfetzte er; und ein vierter, den zerschmetterte er. Und so stritt er weiter: jeden, der gegen ihn auf den Plan trat, streckte er nieder, bis es Mittag ward und er zweihundert Helden erschlagen hatte. Da schrie 'Adschîb sein Kriegsvolk an und gab das Zeichen zum Angriff; Helden stürmten wider Helden und begannen gewaltig zu streiten, und viel ward des Rufens auf beiden Seiten. Und es klangen die Schwerter, die leuchtend klaren; von den Mannen stürzten sich Scharen auf Scharen, bis sie in ärgster Bedrängnis waren. Ströme des Blutes flossen, und die Hirnschalen dienten als Hufeisen den Rossen. Und der wütende Kampf tobte immerfort, bis der Tag zur Rüste ging und die Nacht alles mit Dunkel umfing. Nun trennten sie sich voneinander, begaben sich in ihre Zelte und hielten dort Nachtruhe bis zum Morgen; dann saßen beide Heere von neuem auf und begannen für Kampf und Gefecht zu sorgen. Die Muslime schauten nach Gharîb aus, ob er wie gewöhnlich unter den Feldzeichen ritt; aber er war dort nicht. Drum sandte Sahîm seinen Sklaven zum Zelte seines Bruders; und als dieser ihn nicht fand, fragte er die Zeltdiener, doch die antworteten: ‚Wir wissen nichts von ihm.' Darüber war er sehr in Sorge, und er ging hin und tat es den Kriegern kund; die aber weigerten sich zu kämpfen, denn sie sprachen: ‚Wenn Gharîb fern ist, so wird sein Feind uns vernichten.' Daß Gharîb nicht kam, hatte einen seltsamen Grund; und den tun wir nun in geziemender Weise kund. Es war aber dieser: Als 'Adschîb aus dem Kampfe mit seinem Bruder Gharîb zurückgekehrt war, rief er einen seiner Leibwächter, namens Saijâr, und sprach zu ihm: ‚Saijâr, ich habe dich nur für einen Tag wie diesen aufgespart; und jetzt befehle ich dir, geh zum Lager Gharîbs, dring bis zum Königszelte vor und bringe Gharîb herbei; so wirst du mir zeigen, wie verwegen und listig du bist.' ‚Ich höre und gehorche!' sagte Saijâr; und er schlich dahin, bis er ins Prunkzelt Gharîbs eindringen konnte im Dunkel der Nacht, als jedermann zu seiner Ruhestatt gegangen war. Nun stand Saijâr als Diener in Gharîbs Zelt, und als den König dürstete, verlangte er Wasser von Saijâr; der aber brachte ihm einen Krug Wassers, das er mit Bendsch vermischt hatte. Kaum hatte Gharîb das Wasser getrunken, da stürzte er schon vornüber zu Boden. Nun hüllte Saijâr ihn in seinen Mantel, lud ihn auf seinen Rücken und schlich sich zurück, bis er wieder ins Zelt 'Adschîbs eintrat. Vor seinem Herrn blieb er stehen; dann warf er ihm die Last vor die Füße. ‚Was ist das, Saijâr?' fragte

'Adschîb; und jener antwortete: ,Dies ist dein Bruder Gharîb!'
Hocherfreut rief 'Adschîb: ,Der Segen der Götzen ruhe auf dir!
Wickele ihn aus und wecke ihn!' Nachdem Saijâr ihm Essig zu
riechen gegeben hatte, kam Gharîb wieder zu sich, schlug die
Augen auf und entdeckte, daß er gefesselt in einem fremden
Zelte lag. Da rief er: ,Es gibt keine Macht und es gibt keine
Majestät außer bei Allah, dem Erhabenen und Allmächtigen!'
Aber sein Bruder schrie ihn an: ,Ziehst du wider mich das
Schwert, du Hund, und willst mich töten und Blutrache an
mir nehmen für deinen Vater und deine Mutter? Noch heute
will ich dich ihnen nachsenden und die Welt von dir befreien!'
,O du ungläubiger Hund,' erwiderte ihm Gharîb, ,du wirst
schon sehen, gegen wen die Räder des Schicksal sich drehen,
und wen der allbezwingende König niederzwingen wird, Er,
der die geheimsten Gedanken kennt allzumal, und der dich in
die Hölle stürzen wird zu ewiger Folterqual. Hab Erbarmen
mit dir selber und sprich mit mir: Es gibt keinen Gott außer
Allah; Abraham ist der Freund Allahs!' Als 'Adschîb diese
Worte von Gharîb vernahm, begann er zu hauchen und zu
fauchen und Schmähworte wider die Steingötter zu gebrauchen; dann befahl er, den Schwertträger und das Blutleder zu
holen. Doch da küßte der Wesir den Boden vor ihm; der war
im Herzen ein Muslim, nach außen hin aber ein Ungläubiger,
und er sprach: ,O König, weile und handle nicht mit Eile, bis wir
wissen, wer siegt und wer besiegt wird. Wenn wir Sieger bleiben,
so haben wir auch die Macht, ihn zu töten; werden wir aber
besiegt, so wird es unsere Sache stärken, daß er lebend in unseren
Händen ist.' Die Emire sprachen: ,Der Wesir hat recht.' – –«

Da bemerkte Schehrezâd, daß der Morgen begann, und sie
hielt in der verstatteten Rede an. Doch als die *Sechshundertundneununddreißigste Nacht* anbrach, fuhr sie also fort: »Es ist mir

berichtet worden, o glücklicher König, daß der Wesir, als 'Adschîb den Gharîb hinrichten lassen wollte, anhub und sprach: ‚Handle nicht mit Eile! Wir haben immer noch die Macht, ihn zu töten.' Da befahl 'Adschîb, seinem Bruder Handschellen und Fußfesseln anzulegen, und wies ihm sein Zelt an, wo er ihn von tausend trutzigen Helden bewachen ließ.

Als nun Gharîbs Heer am Morgen nach seinem König suchte und ihn nicht fand, da war es wie eine Herde ohne Hirt. Sa'dân der Ghûl aber rief: ‚Ihr Krieger, legt eure Rüstungen an und vertraut auf euren Herrn, Er wird euch schützen!' Nun schwangen Araber und Perser sich auf ihre Rosse, angetan mit dem eisernen Gewand, von dem engmaschigen Panzer umspannt. Die Hauptleute zogen zum Strauß, die Bannerträger ihnen voraus. Als erster ritt der Bergghûl vor, der trug auf seiner Schulter eine Keule, die zweihundert Pfund wog. Und er tummelte sich, bereit zu Kampf und Streit; dabei rief er: ‚Ihr Götzendiener, tretet hervor! Dies ist der Tag, den der Kampf sich erkor! Wer mich kennt, der hat genug an dem Unheil aus meiner Hand; und wer mich nicht kennt, dem sei mein Name genannt: Ich bin Sa'dân, der Diener des Königs Gharîb! Ist einer zum Zweikampf bereit? Wagt einer den Streit? Kein feiger, kein schwächlicher Mann trete wider mich heran!' Da ritt hervor aus der ungläubigen Schar ein Mann, der gleichwie ein Feuerbrand war, und er sprengte auf Sa'dân los; doch der stürmte ihm entgegen, traf in mit seiner Keule und zerbrach ihm die Rippen, so daß er leblos zu Boden fiel. Dann rief der Ghûl seinen Söhnen und Sklaven zu: ‚Zündet das Feuer an! Röstet mir jeden Ungläubigen, der fällt, richtet ihn zu und laßt ihn gar werden im Feuer; dann bringt ihn mir, auf daß ich ihn zu Mittag verspeise!' Sie taten, wie er ihnen befohlen hatte, zündeten das Feuer mitten auf dem Plan an und warfen jenen erschlagenen Helden hinein; und sobald er geröstet war, brachten sie ihn dem Sa'dân; der nagte das Fleisch ab und zerkaute die Knochen. Als die Ungläubigen sahen, was der Bergghûl tat, kam grauser Schrecken über sie. Aber 'Adschîb rief seinen Mannen zu: ‚He, ihr da, greift diesen Ghûl dort an, trefft ihn mit euren Schwertern und haut ihn in Stücke!' Da stürmten zwanzigtausend Mann auf Sa'dân los, all die Streiter umringten ihn und überschütteten ihn mit Pfeilen und Speeren, so daß er über und über mit Wunden[1] bedeckt war und sein Blut auf die Erde niederrann; und er war immer noch allein. Jetzt aber eilten die Helden der Muslime wider das Volk der Vielgötterei ins Feld und flehten um Hilfe zu dem Herrn aller Welt. Und sie kämpften und stritten unablässig, bis der Tag zur Rüste ging; da trennten sie sich voneinander. Sa'dân aber war gefangen genommen, als er ob des Blutverlustes wie ein Trunkener dalag. Die Ungläubigen hatten ihn mit starken Fesseln gebunden und neben Gharîb niedergelegt. Und als der sah, daß der Ghûl gefangen war, sprach er: ‚Es gibt keine Macht und es gibt keine Kraft außer bei Allah, dem Erhabenen und Allmächtigen!' Dann fragte er: ‚O Sa'dân, was hat dies zu bedeuten?' ‚Mein Gebieter,' erwiderte jener, ‚Allah, der Gepriesene und Erhabene, hat Leid und Freud bestimmt, und da muß es so und so geschehen.' Gharîb sagte darauf: ‚Du hast recht, Sa'dân!' 'Adschîb aber verbrachte die Nacht voller Freude, und er rief seinen Leuten zu: ‚Sitzt morgen früh auf und fallt über die Muslime her, bis daß keiner von ihnen am Leben bleibt!' ‚Wir hören und gehorchen!' antworteten sie.

Wenden wir uns nun wieder zu den Muslimen! Die verbrachten die Nacht niedergeschlagen und weinten um ihren

1. Im Arabischen: vierundzwanzig Wunden. Das Bild ist vom Gold genommen, das vierundzwanzig Karat hat.

König und um Sa'dân; doch Sahîm sprach zu ihnen: ‚Ihr Leute, macht euch keine Sorge; denn die Hilfe Allahs des Erhabenen ist nahe!' Darauf wartete er bis Mitternacht, dann begab er sich zum Lager 'Adschîbs und schlich immer weiter zwischen all den Zelten hindurch, bis er 'Adschîb auf dem Throne seiner Macht sitzen sah, umgeben von seinen Fürsten. Das hatte er tun können, da er sich als Zeltdiener verkleidet hatte. Und nun trat er an die brennenden Kerzen heran, putze die Lichter und streute zerstoßenen Bendsch hinein. Und er ging wieder hinaus vor das Zelt und wartete eine Weile, bis der giftige Rauch 'Adschîb und seine Fürsten erreichte, so daß sie wie tot zu Boden sanken. Er ließ sie dort liegen und ging dann zum Kerkerzelte; dort fand er Gharîb und Sa'dân, umgeben von tausend Helden, die alle vom Schlafe überwältigt waren. Und er rief die Wachen an: He, ihr da, schlaft nicht! Bewacht euren Feind und zündet die Fackeln an!' Dann nahm er eine Fackel, zündete sie mit Brennholz an, streute Bendsch darauf und trug sie rings um das Zelt, so daß der Rauch vom Bendsch sich verbreitete und allen in die Nase drang; so wurden alle betäubt, Krieger und Gefangene schliefen ein, vom Rauche des Bendsch überwältigt. Nun hatte Sahîm el-Lail Essig in einem Schwamme bei sich; daran ließ er Gharîb und Sa'dân riechen, bis sie wieder zu sich kamen; vorher aber hatte er ihnen die Ketten und Fesseln abgenommen. Als die beiden ihn erblickten, segneten sie ihn und freuten sich über ihn. Dann gingen sie hinaus und nahmen allen Wächtern ihre Waffen ab; Sahîm aber sprach zu den beiden: ‚Geht in euer Lager zurück!' Und während sie das taten, drang er in das Zelt 'Adschîbs, hüllte ihn in seinen Mantel und lud ihn auf den Rücken; und alsbald machte er sich auf den Heimweg zum Lager der Muslime, und unter dem Schutze des barmherzigen Herrn erreichte er das Zelt Gharîbs. Dort entrollte er den Mantel; und Gharîb, der hinausschaute, um zu sehen, was in dem Mantel war, erkannte darin seinen gefesselten Bruder 'Adschîb. Er rief: ,Allah ist der Größte! Heil und Sieg!' und segnete Sahîm; dann sprach er: ,Sahîm, weck ihn auf!' Der trat heran und gab dem Gefangenen Essig mit Weihrauch zu riechen; jener erwachte aus der Betäubung, schlug die Augen auf, und als er sich an Händen und Füßen gefesselt sah, ließ er sein Haupt zu Boden hängen. – –«

Da bemerkte Schehrezâd, daß der Morgen begann, und sie hielt in der verstatteten Rede an. Doch als die *Sechshundertundvierzigste Nacht* anbrach, fuhr sie also fort: »Es ist mir berichtet worden, o glücklicher König, daß 'Adschîb, nachdem Sahîm ihn betäubt, gefesselt und zu seinem Bruder Gharîb gebracht und dort aufgeweckt hatte, die Augen aufschlug und, als er sich an Händen und Füßen gefesselt sah, sein Haupt zu Boden hängen ließ. Sahîm aber fuhr ihn an: ,Verruchter, hebe dein Haupt!' Der tat es, und nun sah er, daß er sich unter Persern und Arabern befand und wie sein Bruder Gharîb dasaß auf dem Thron seiner Herrschermacht und der Stätte seiner Pracht; aber er schwieg und sprach kein Wort. Da rief Gharîb: ,Entblößet diesen Hund!' Und die Leute rissen ihm die Kleider herunter und fielen mit Peitschenhieben über ihn her, bis sie ihm den Leib geschwächt und den Stolz gedämpft hatten; dann ließ Gharîb ihn von hundert Rittern bewachen. Kaum aber hatte Gharîb die Strafe an seinem Bruder vollzogen, da hörte man bei den Zelten der Ungläubigen die Rufe: ,Es gibt keinen Gott außer Allah!' und ,Allah ist der Größte!' Dies kam daher, daß König ed-Dâmigh, der Oheim Gharîbs, nach dessen Aufbruch von el-Dschazîra noch zehn Tage dort geblieben war und sich dann mit zwanzigtausend Rittern aufgemacht hatte; und er war dahingezogen, bis er sich dem Schlachtfelde näherte; dort entsandte er seinen Läufer auf Kundschaft. Der blieb einen Tag fort, und als er zurückkehrte, berichtete er dem König ed-Dâmigh, was Gharîb von seinem Bruder erlebt hatte. Da wartete er, bis es Nacht ward; dann aber stürmte er mit dem Rufe ‚Allah ist der Größte!' wider die Schar der Heiden und sandte auf sie der Schwerter Schneiden. Als nun Gharîb samt seinem Volke jenes Feldgeschrei hörte, rief er seinen Bruder Sahîm el-Lail und sprach zu ihm: ‚Bring uns Nachricht über dies Heer und über den Grund dieses Feldgeschreis!' Der machte sich alsbald auf den Weg, bis er in die Nähe der Stätte kam, wo die Rufe erschollen, und dort befragte er die Sklaven; die taten ihm kund, König ed-Dâmigh, Gharîbs Oheim, sei mit zwanzigtausend Rittern angekommen und habe gesagt: ‚Bei dem Gottesfreunde Abraham, ich will den Sohn meines Bruders nicht im Stiche lassen; nein, ich will handeln wie ein tapferer Held. Ich will die Heidenschar zurückschlagen und dem allgewaltigen König gefallen!' Und dann habe er mit seinen Mannen im Dunkel der Nacht die Schar der Ungläubigen angegriffen. Da kehrte Sahîm zu seinem Bruder Gharîb zurück und meldete ihm, was sein Oheim getan hatte. Nun rief dieser sogleich seinen Kriegern zu: ‚Legt eure Waffen an! Besteigt eure Rosse! Eilt meinem Oheim zu Hilfe!' So saßen denn die Krieger auf und stürmten wider die Heiden und sandten auf sie der Schwerter Schneiden. Und ehe noch der Morgen anbrach, hatten sie fast fünfzigtausend Ungläubige erschlagen und wohl dreißigtausend gefangen genommen; und die übrigen, zur Flucht gewandt, eilten weit und breit ins Land. Die Muslime aber kehrten zurück im Triumph und Siegerglück; und Gharîb ritt seinem Oheim ed-Dâmigh entgegen, begrüßte ihn und dankte ihm für sein wackeres Tun. Darauf sagte ed-Dâmigh: ‚Ob wohl der Hund da in dieser Schlacht gefallen ist?' Und

Gharîb gab ihm zur Antwort: ‚Oheim, hab guten Mut und ruhig Blut! Wisse, er liegt bei mir in Ketten.' Darüber war jener hocherfreut; und so zogen die beiden Könige ins Lager, saßen ab und traten ins Zelt; aber sie fanden keinen 'Adschîb. Da rief Gharîb: ‚O Ruhm Abrahams, des Gottesfreundes – Friede sei über ihm!' Und weiter rief er: ‚Wie unheilvoll endet dieser glorreiche Tag!' Dann schrie er die Zeltdiener an mit den Worten: ‚Weh euch, wo ist mein Widersacher?' Sie antworteten: ‚Als du aufsaßest und wir mit dir zogen, befahlst du uns nicht, ihn einzusperren.' Gharîb aber sprach: ‚Es gibt keine Macht und es gibt keine Majestät außer bei Allah, dem Erhabenen und Allmächtigen!' Und sein Oheim sagte zu ihm: ‚Übereile dich nicht und mach dir keine Sorgen! Wohin kann er entweichen, wenn wir auf der Suche nach ihm sind?' Die Flucht 'Adschîbs aber war durch seinen Diener Saijâr verursacht worden, der sich im Lager verborgen hatte. Kaum traute er seinen Augen, als Gharîb aufsaß und niemanden bei den Zelten zurückließ, um den Widersacher zu bewachen. Er wartete ein wenig, nahm dann 'Adschîb auf den Rücken und begab sich aufs offene Feld; jener war noch betäubt von den Schmerzen der Schläge. Und nun eilte Saijâr, so rasch er konnte, dahin von Anbeginn der Nacht bis zum nächsten Morgen, bis er zu einer Quelle bei einem Apfelbaum kam. Dort setzte er 'Adschîb nieder und wusch ihm das Gesicht; und als der seine Augen öffnete und Saijâr erblickte, sprach er: ‚Saijâr, trag mich nach Kufa, damit ich mich dort erhole und Heere von Reitern und Fußvolk sammle, um durch sie meinen Feind zu überwinden. Aber hör, Saijâr, ich bin hungrig.' Da eilte Saijâr zu einem Wildlager, fing ein Straußenjunges und brachte es seinem Herrn. Nachdem er es geschlachtet und zerlegt hatte, holte er Reisig, rieb die Feuerhölzer und zündete ein Feuer an; dann röstete er das Fleisch und gab es 'Adschîb zu essen, auch gab er ihm Wasser aus dem Quell zu trinken, so daß seine Kraft zurückkehrte; und nun schlich er sich in ein Beduinenlager und stahl dort ein Roß und brachte es zu 'Adschîb, ließ ihn aufsitzen und machte sich mit ihm auf den Weg nach Kufa. Sie zogen mehrere Tage dahin, bis sie in die Nähe der Stadt kamen; der Statthalter zog dem König 'Adschîb entgegen und begrüßte ihn und sah, wie schwach er war infolge der Schläge, die sein Bruder ihm hatte versetzen lassen. Nachdem der König in die Stadt eingezogen war, berief er die Ärzte und sprach zu ihnen, als sie vor ihm standen: ‚Heilt mich in weniger als zehn Tagen!' ‚Wir hören und gehorchen!' erwiderten sie und begannen ihn zu pflegen, bis er von der Krankheit, die ihn infolge jener Schläge befallen hatte, ganz genesen war. Darauf befahl er seinem Wesir, Briefe an alle Statthalter zu schreiben; und der fertigte vierundzwanzig Schreiben aus und sandte sie an die Statthalter. Jene sammelten ihre Truppen und kamen in Eilmärschen nach Kufa. – –«

Da bemerkte Schehrezâd, daß der Morgen begann, und sie hielt in der verstatteten Rede an. Doch als die *Sechshundertundeinundvierzigste Nacht* anbrach, fuhr sie also fort: »Es ist mir berichtet worden, o glücklicher König, daß 'Adschîb Botschaften aussandte, um die Truppen zu sammeln, und daß die gen Kufa zogen und dort ankamen.

Da nun Gharîb wegen der Flucht 'Adschîbs in Sorge war, so schickte er tausend Helden nach ihm aus. Die zerstreuten sich nach allen Richtungen hin und ritten einen Tag und eine Nacht, fanden aber keine Spur von ihm; dann kehrten sie um und meldeten es Gharîb. Nun verlangte er nach seinem Bruder Sahîm, und als der nicht gefunden werden konnte, war er wegen der Wechselfälle des Geschicks um ihn besorgt und grämte sich sehr. Aber da trat plötzlich Sahîm zu ihm ein und küßte den Boden vor ihm. Kaum hatte Gharîb ihn erblickt, so fragte er ihn: ‚Wo bist du gewesen, Sahîm?' ‚O König,' antwortete der, ‚ich bin bis Kufa gekommen und habe entdeckt, daß der Hund 'Adschîb wieder an die Stätte seiner Macht gelangt ist. Er hat den Ärzten befohlen, ihn von seinem Leiden zu heilen; die haben es getan, und sobald er wieder gesund war, hat er Briefe schreiben lassen und sie an seine Statthalter gesandt; jetzt sind sie mit ihren Truppen bei ihm.' Sofort gab Gharîb seinem Heere den Befehl zum Aufbruch; da wurden die Zelte abgebrochen, und die Krieger zogen gen Kufa. Als sie dort ankamen, fanden sie ringsum ein Heer wie das brandende Meer, ohne Anfang und ohne Ende. Gharîb lagerte mit seinen Truppen gegenüber dem Heere der Ungläubigen; die Zelte wurden aufgeschlagen, die Banner sah man in die Lüfte ragen; doch nun begann über beide Seiten die Dunkelheit sich auszubreiten. Die Lagerfeuer wurden entfacht, und beide Heere hielten Wacht, bis daß der Tag anbrach. Da erhob sich König Gharîb, nahm die religiöse Waschung vor und betete zwei Rak'as nach der Sitte unseres Vaters Abraham, des Gottesfreundes – Friede sei über ihm! Da ward der Befehl gegeben, die Schlachttrommeln zu schlagen, und sie ratterten und die Fahnen flatterten; die Ritter legten die Panzer an und schwangen sich auf die Rosse dann, sie zeigten sich als ein Schlachtenbild und ritten hin zum Blachgefild. Der erste nun, der das Tor des Krieges auftat, war König ed-Dâmigh, der Oheim des Königs Gharîb; er sprengte mit seinem Renner die Reihen entlang und zeigte sich den beiden Heeren, indem er zwei Speere und zwei Schwerter schwang, so daß die Ritter ratlos waren und Staunen über ihn sich regte bei beiden Scharen. Und er rief: ‚Nimmt einer den Zweikampf an? Mir nahe kein feiger, kein schwächlicher Mann! Ich bin der König ed-Dâmigh, der Bruder Königs Kundamir!' Da ritt gegen ihn aus der heidnischen Ritterschar ein Held, der gleichwie ein Feuerbrand war. Er griff ed-Dâmigh an, ohne ein Wort zu sagen. Der aber empfing ihn mit der Lanze und stieß sie ihm durch die Brust, so daß die Spitze zwischen den Schultern wieder herausfuhr; und Allah ließ seine Seele ins Höllenfeuer sausen, die Stätte voller Grausen. Dann kam ein zweiter daher, den erschlug er; und ein dritter, den streckte er nieder; und so ging es weiter, bis er sechsundsiebenzig Helden getötet hatte. Nun zauderten die Mannen und die Helden, wider ihn auf den Plan zu treten; doch 'Adschîb, der Heide, schrie seinem Volke zu: ,Heda, ihr Mannen, wenn ihr immer einer nach dem andern mit ihm kämpft, so wird er keinen von euch übriglassen, ob er stehe oder sitze. Greift ihn alle auf einmal an, auf daß ihr die Erde von ihnen säubert und ihre Schädel unter die Hufe eurer Rosse rollen!' Da schwangen sie das furchterregende Banner, und Scharen türmten sich auf Scharen. Das Blut ward vergossen, so daß seine Ströme über die Erde flossen, und der Richter der Schlacht hielt Gericht, der in seinem Urteil kein Unrecht spricht. Der Tapfere stand festen Fußes auf der Stätte der Schlacht; doch der Feige kehrte den Rücken, auf die Flucht bedacht, und konnte kaum warten, bis der Tag zu Ende ging und die Nacht alles mit tiefem Dunkel umfing. So tobte der Kampf im Waffentanze mit Schwert und Lanze, bis der Tag entschwand und die Nacht kam in des Dunkels Gewand. Da ließen die Heiden die Trommeln zum Rückzug schlagen; Gharîb aber wollte noch nicht einhalten, und so stürzte er sich auf die Ungläubigen, und ihm folgten die Gläubigen, die Bekenner der Einheit. Wie zerhieben sie die Köpfe und Nacken! Wie konnten sie die Hände und Rückgrate zerhacken! Wie viele

Kniee und Sehnen zerbrachen sie! Wie viele Männer und Jünglinge erstachen sie! Und noch ehe es Morgen geworden war, beschloß der Ungläubigen Schar, sich durch Flucht dem Kampfe zu entziehen, und so flüchteten sie bei des strahlenden Frührots Erglühen. Die Muslime aber folgten ihnen bis zum Mittag; da hatten sie mehr als zwanzigtausend Gefangene gemacht und in Fesseln eingebracht. Nun machte Gharîb vor dem Tore von Kufa Halt und befahl einem Herold, in jener Stadt zu verkünden: ‚Sicherheit und Frieden ist dem beschieden, der sich vom Dienste der Götzen trennt und die Einheit des allwissenden Königs bekennt, der Tag und Nacht und die Menschheit erschuf in seiner Macht.' Und so ward auf den Straßen der Stadt, wie er befohlen hatte, Sicherheit ausgerufen; und alle, die noch dort waren, groß und klein, traten in den rechten Glauben ein. Dann zogen sie hinaus und erneuerten ihr Bekenntnis zum Islam vor König Gharîb; der war über sie aufs höchste erfreut, und seine Brust ward ihm froh und weit. Und nun fragte er nach Mirdâs und seiner Tochter Mahdîja; man berichtete ihm, jener habe sich jenseits des Roten Berges[1] niedergelassen. Da sandte er nach seinem Bruder Sahîm, und als der vor ihm stand, sprach er: ‚Forsche mir nach deinem Vater!' Ohne Verzug bestieg Sahîm seinen Renner, und die Lanze von braunem Glanze nahm er mit auf den eiligen Ritt. Er begab sich zu dem Roten Berge und machte die Runden, doch konnte er nichts von Mirdâs erkunden, und keine Spur ward von dessen Volk gefunden. Statt ihrer fand er einen Scheich der Araber, einen hochbetagten Mann, der durch die Fülle der Jahre hinfällig geworden war; den fragte Sahîm, wie es um den Stamm stehe, und wohin er gezogen sei. ‚Mein Sohn,' ant-

---

1. ‚Rote Berge' gibt es mehrfach im arabischen Sprachgebiet; hier ist vielleicht der Rote Berg im mittleren Südarabien gemeint.

wortete er ihm, ‚wisse, als Mirdâs hörte, daß Gharîb wider Kufa zog, fürchtete er sich gar sehr, und er nahm seine Tochter und sein Volk, alle seine Sklavinnen und Sklaven und kam in diese wüsten Steppen, aber ich weiß nicht, wohin er jetzt gezogen ist.' Wie Sahîm diese Worte des Alten vernommen hatte, kehrte er zu seinem Bruder zurück und tat sie ihm kund; der aber ward von tiefem Gram ergriffen. Dann setzte er sich auf den Königsthron seines Vaters, öffnete seine Schatzkammern und begann reiche Spenden all seinen Helden zuzuwenden; und er blieb in Kufa und entsandte Späher, um nach 'Adschîb zu forschen. Auch berief er die Großen des Reiches zu sich, und sie kamen und huldigten ihm; und ebenso taten die Bürger der Stadt. Er schmückte sie mit manch prächtigem Gewande und empfahl ihrem Schutze das Volk im Lande. – –«

Da bemerkte Schehrezâd, daß der Morgen begann, und sie hielt in der verstatteten Rede an. Doch als die *Sechshundertundzweiundvierzigste Nacht* anbrach, fuhr sie also fort: »Es ist mir berichtet worden, o glücklicher König, daß Gharîb, nachdem er dem Volke von Kufa Ehrenkleider verliehen und das Landvolk ihrem Schutze empfohlen hatte, eines Tages zu Jagd und Hatz hinausritt, begleitet von hundert Reitern. Er zog dahin, bis er zu einem Tale kam, voller Bäume mit Früchten behangen, wo Bäche sprangen und Vöglein sangen. Es war ein Weideplatz für Antilopen und Gazellen, wo die Seelen Ruhe fanden und die erschlafften Geister durch den frischen Duft zu neuem Leben erstanden. Dort blieben sie den Tag über, einen sonnigen Tag, und sie verbrachten dort auch noch die Nacht bis zum Morgen. Da betete Gharîb zwei Rak'as, nachdem er die religiöse Waschung vollzogen hatte, und er sandte Preis und Dank zu Allah dem Erhabenen empor. Doch plötzlich erhob sich lautes Geschrei und Getümmel auf jener Wiese. Gharîb sprach zu Sahîm: ‚Erkunde uns, was das bedeutet!' Und der machte sich sofort auf und sah Gut, das geplündert war, eine angeseilte Pferdeschar, gefangene Frauen und schreiende Kinder. Da fragte er einige Hirten, indem er zu ihnen sprach: ‚Was gibt es dort?' Die antworteten ihm: ‚Das ist der Harem des Mirdâs, des Fürsten des Stammes Kahtân, und sein Gut und das Gut seines Stammes. Denn gestern hat el-Dschamrakân Mirdâs erschlagen, sein Gut geraubt, seine Frauen und Kinder gefangen genommen und die Habe des ganzen Stammes fortgeschleppt. Er übt nach seiner Gewohnheit das Räuberhandwerk frei und treibt Wegelagerei; er ist ein gewalttätiger Tyrann, den kein Araber und kein Fürst überwältigen kann; ja, er ist eine Landplage.' So mußte Sahîm vernehmen, daß sein Vater getötet, sein Harem gefangen, seine Habe geplündert war, und er eilte zu seinem Bruder Gharîb zurück und teilte es ihm mit. Da entbrannte in ihm ein zehrendes Feuer, und er ward von dem heißen Verlangen erfüllt, die Schmach zuzudecken und die Rache zu vollstrecken. Und er saß alsbald mit seinem Kriegsvolke auf, zum Kampfe bereit, und sie eilten dahin, bis sie den Feind erreichten. Da rief er den Leuten zu: ‚Allah ist der Größte! Er komme über die verstockten Sünder, des Unglaubens Verkünder!' Und er streckte in einem einzigen Ansturm einundzwanzig Helden nieder; dann machte er mitten auf dem Felde halt mit einem Herzen, in dem keine Feigheit galt; und er rief: ‚Wo ist el-Dschamrakân? Er trete wider mich auf den Plan! Ich gieß ihm den Becher der Schmach in den Rachen! Ich will die Lande frei von ihm machen.' Kaum hatte Gharîb diese Worte gesprochen, so stürzte el-Dschamrakân hervor, einer Kanonenkugel Bild oder wie ein Felsstück, in Eisen gehüllt. Er war ein gewaltig großer Riese, und ohne Wort oder Gruß griff er Gharîb an gleich einem rebellischen Tyrann. Aber auch

Gharîb sprengte ihm entgegen gleichwie ein blutgieriger Löwe. Nun hatte el-Dschamrakân eine Keule aus chinesischem Stahl, so gewaltig schwer, daß er einen Berg hätte zertrümmern können, wenn er mit ihr darauf geschlagen hätte. Die schwang er in der Hand und hieb mit ihr nach dem Haupte Gharîbs; aber der wich aus, und so sauste die Keule in die Erde und versank in ihr eine halbe Elle tief. Da griff Gharîb zu seiner Keule, traf den Feind mit ihr am Griffe seiner Hand und zerschmetterte ihm die Finger, also daß er die Keule aus der Hand fahren ließ. Dann neigte Gharîb sich mitten aus seinem Sattel, packte sie schneller als der blendende Blitz und hieb mit ihr el-Dschamrakân flach auf die Rippen, so daß er wie eine hochstämmige Palme zu Boden stürzte. Und Sahîm ergriff ihn, fesselte ihn und schleifte ihn an einem Seile dahin, während Gharîbs Reiter über die Reiter el-Dschamrakâns herfielen und fünfzig von ihnen niedermachten. Die übrigen flohen und hielten auf ihrer Flucht nicht eher an, als bis sie ihr Stammeslager erreicht hatten; dort erhoben sie ein lautes Klagegeschrei, und alsbald bestiegen alle, die in der Feste waren, ihre Rosse, eilten den Flüchtlingen entgegen und fragten sie, was es gäbe. Jene taten ihnen kund, was geschehen war; und als die Stammesgenossen erfuhren, daß ihr Häuptling gefangen war, eilten sie, ihn zu befreien, um die Wette in jenes Tal. Inzwischen war König Gharîb, nachdem el-Dschamrakân gefangen genommen war und seine Helden sich geflüchtet hatten, von seinem Rosse gestiegen und hatte befohlen, ihm den gefesselten Feind vorzuführen. Als der dann vor ihm erschien, sprach er mit demütigen Worten: ‚Ich stelle mich unter deinen Schutz, o mächtigster Ritter unserer Zeit!' Doch Gharîb fuhr ihn an: ‚Du Araberhund, lauerst du den Knechten Allahs des Erhabenen auf und fürchtest dich nicht vor dem Herrn der Welten?' ‚Mein Ge-

bieter,' fragte el-Dschamrakân, ‚was ist der Herr der Welten?'
Da rief Gharîb: ‚Du Hund, was für Unglückswesen betest du
denn an?' ‚Mein Gebieter,' antwortete jener, ‚ich verehre einen
Gott aus Dattelmus, der mit zerlassener Butter und Honig zusammengeknetet
ist, und zuweilen esse ich ihn auf; dann
mache ich mir einen neuen.'¹ Da lachte Gharîb, bis er auf den
Rücken fiel; dann fuhr er fort: ‚Elender, niemand ist der Anbetung
wert als allein Allah der Erhabene, der dich erschuf, Er,
der alle Dinge erschafft, Er gibt allem Lebendigen Kraft, Ihm
bleibt kein Ding verborgen, und Er ist über alle Dinge mächtig.'
Nun fragte el-Dschamrakân: ‚Wo ist dieser große Gott,
auf daß ich Ihn anbeten kann?' Gharîb erwiderte ihm: ‚Du da,
wisse, dieser Gott heißt Allah! Er hat Himmel und Erde erschaffen,
Er ließ die Bäume sprießen und die Ströme fließen, Er
schuf die wilden Tiere und Vögel all, Paradies und Höllenfeuer
zumal, Er verbirgt sich vor den Blicken, Er sieht, aber
keiner kann Ihn erblicken. Er ist das höchste Wesen, Er ist es,
der uns erschafft und versorgt, es gibt keinen Gott außer Ihm!'
Als el-Dschamrakân die Worte Gharîbs vernommen hatte,
taten sich die Ohren seines Herzens auf, ein Schauer überlief
ihn, und er rief: ‚Mein Gebieter, was muß ich sagen, auf daß
ich einer von euch werde und dieser gewaltige Herr an mir
Gefallen habe?' Gharîb gab ihm zur Antwort: ‚Sprich: Es gibt
keinen Gott außer Allah; Abraham, der Gottesfreund, ist der
Gesandte Allahs!' Da sprach el-Dschamrakân das Bekenntnis
der Rechtgläubigkeit und ward verzeichnet unter dem Volke
der Glückseligkeit. Und als Gharîb ihn fragte: ‚Hast du die
Süße des Islams gespürt?' antwortete er: ‚Jawohl!' Dann rief
Gharîb: ‚Löst ihm die Fesseln!' Und wie das geschehen war,

1. Dies wird auch dem Stamme Hanîfa in vorislamischer Zeit nachgesagt.

küßte der Häuptling den Boden vor Gharîb und küßte ihm auch den Fuß. Aber plötzlich brach eine Staubwolke hervor, die türmte sich empor, bis sich die Welt den Blicken verlor. – –«

Da bemerkte Schehrezâd, daß der Morgen begann, und sie hielt in der verstatteten Rede an. Doch als die *Sechshundertunddreiundvierzigste Nacht* anbrach, fuhr sie also fort: »Es ist mir berichtet worden, o glücklicher König, daß el-Dschamrakân, nachdem er Muslim geworden war, vor Gharîb den Boden küßte; aber plötzlich brach eine Staubwolke hervor, die türmte sich empor, bis sich die Welt den Blicken verlor. Und Gharîb rief: ,Sahîm, erkunde uns, was es mit dieser Wolke auf sich hat!' Der eilte dahin wie ein Vogel im Fluge, blieb eine Weile fort und kehrte dann zurück mit den Worten: ,O größter König unserer Zeit, dieser Staub kommt von den Banû 'Âmir, den Gefährten von el-Dschamrakân!' Da sprach Gharîb zu dem Häuptling: ,Sitze auf, reite deinem Volk entgegen und biete ihnen den Islam dar. Wenn sie dir gehorchen, so sollen sie gerettet werden; tun sie es aber nicht, so wollen wir das Schwert unter ihnen walten lassen.' Alsbald saß el-Dschamrakân auf und spornte seinen Renner zur Eile an, bis er jene Leute erreicht hatte; und als er sie anrief, erkannten sie ihn, saßen von ihren Rossen ab, traten an ihn heran und sprachen: ,Wir freuen uns über deine Rettung, o unser Gebieter!' ,Ihr Leute,' erwiderte er ihnen, ,wer mir gehorcht, der wird gerettet; doch wer mir zuwiderhandelt, den zerschlage ich mit diesem Schwerte!' Und sie antworteten ihm: ,Gebiete uns, was du willst, wir werden uns deinem Befehle nicht widersetzen!' Da fuhr er fort: ,Sprechet mit mir: Es gibt keinen Gott außer Allah; Abraham ist der Freund Allahs!' Sie aber fragten: ,O unser Gebieter, woher hast du diese Worte?' Und nun erzählte er ihnen, was er mit Gharîb erlebt hatte, und schloß mit den Worten: ‚Ihr Leute, ihr wißt doch, daß ich ein Führer bin unter euch auf dem Blachgefild, der Stätte, da Schwertschlag und Lanzenstich gilt! Und doch konnte dieser einzige Mann mich fassen und mich den Becher der Schmach und Schande kosten lassen.' Nachdem seine Leute solche Worte von ihm vernommen hatten, sprachen sie das Bekenntnis der Einheit Gottes. Dann zog el-Dschamrakân mit ihnen zu Gharîb, und sie erneuerten ihr Bekenntnis zum Islam vor ihm und wünschten ihm Sieg und Ruhm, nachdem sie den Boden vor ihm geküßt hatten. Gharîb freute sich ihrer und sprach zu ihnen: ‚Geht zu euren Stammesgenossen und bietet ihnen den Islam dar!' Aber el-Dschamrakân und seine Krieger sprachen: ‚O unser Gebieter, wir wollen uns nicht mehr von dir trennen; sondern wir wollen hingehen und unsere Kinder holen und dann wieder zu dir kommen!' ‚Ihr Leute,' sagte darauf Gharîb, ‚gehet hin und kommt dann zu mir in die Stadt Kufa!' Nun ritten el-Dschamrakân und seine Krieger dahin, bis sie zu ihrem Stamm kamen, und boten ihren Frauen und Kindern den Islam dar; und nachdem jene allesamt den rechten Glauben angenommen hatten, brachen sie die Zelte und Hütten ab, trieben die Rosse, die Kamele und das Kleinvieh fort und zogen nach Kufa. Inzwischen war auch Gharîb aufgebrochen, und als er sich Kufa näherte, kamen ihm die Ritter im Prunkzuge entgegen. Darauf begab er sich in das Königsschloß, setzte sich auf den Thron seines Vaters, und die Helden reihten sich auf zur Rechten und zur Linken. Dann traten die Späher herein und meldeten ihm, sein Bruder 'Adschîb habe sich zu el-Dschaland ibn Karkar geflüchtet, dem Herrscher in der Stadt 'Omân und im Lande Jemen. Als Gharîb diese Kunde über seinen Bruder erfuhr, rief er seinen Leuten zu: ‚Ihr Leute, haltet euch bereit zum Marsche in drei Tagen!' Dann bot er den dreißigtausend Mann, die er im ersten Kampfe gefangen genommen hatte, den Islam dar und forderte sie auf, mit ihm zu ziehen. Zwanzigtausend von ihnen wurden gläubig; aber zehntausend weigerten sich, und die wurden getötet. Nun traten el-Dschamrakân und seine Mannen vor und küßten den Boden vor ihm; er verlieh ihnen prächtige Ehrengewänder und machte den Häuptling zum Heerführer, indem er sprach: ‚Dschamrakân, sitz auf mit den Vornehmen deiner Sippe und mit zwanzigtausend Rittern und zieh mit ihnen als Vortrab des Heeres hin zu dem Lande von el-Dschaland ibn Karkar, dem Herrn der Stadt 'Omân.' ‚Ich höre und gehorche!' antwortete el-Dschamrakân und machte sich mit seinen Leuten auf den Weg, nachdem sie ihre Frauen und Kinder in Kufa zurückgelassen hatten. Dann musterte Gharîb den Harem des Mirdâs, und als sein Auge auf Mahdîja fiel, die sich unter den Frauen befand, sank er ohnmächtig zu Boden. Man besprengte sein Gesicht mit Rosenwasser; und als er wieder zu sich kam, umarmte er Mahdîja und führte sie in ein Wohngemach. Dort setzte er sich zu ihr, und sie ruhten beieinander ohne Unkeuschheit. Als es wieder Morgen ward, ging er hinaus, ließ sich auf den Thron seiner Herrschaft nieder, verlieh seinem Oheim ed-Dâmigh ein Ehrengewand und machte ihn zum Statthalter über ganz Irak, indem er zugleich Mahdîja seiner Obhut anvertraute, bis er von dem Feldzuge wider seinen Bruder zurückkehren werde. Nachdem jener den Befehl gehorsam entgegengenommen hatte, brach der König auf mit zwanzigtausand Reitern und zehntausend Mann zu Fuß und zog nach dem Gebiete von 'Omân und dem Lande Jemen.

Als nun 'Adschîb mit seinem Heere auf der Flucht nach der Stadt 'Omân gekommen war, da war der Staub, den sie aufwirbelten, dem Volke der Stadt sichtbar geworden. Auch el-Dschaland ibn Karkar hatte die Staubwolke gesehen und sofort seinen Läufern befohlen, ihm darüber Kunde zu bringen. Die blieben eine Weile fort, und als sie dann zurückkehrten, meldeten sie ihm, daß diese Staubwolke vom Heere eines Königs herrühre, der 'Adschîb heiße und im Irak herrsche; el-Dschaland war erstaunt, daß 'Adschîb in sein Land kam, aber als er dessen gewiß war, sprach er zu seinen Leuten: ‚Ziehet aus, ihm entgegen!' Da zogen sie 'Adschîb entgegen und schlugen die Zelte für ihn vor dem Stadttore auf. 'Adschîb selbst aber ging weinend und bekümmerten Herzens zu el-Dschaland hinauf. Nun hatte 'Adschîbs Base, die Tochter seines Oheims väterlicherseits, sich mit el-Dschaland vermählt, und er hatte auch Kinder von ihr; und wie er seinen Schwäher in solchem Zustande sah, sprach er zu ihm: ‚Tu mir kund, was dir widerfahren ist!' Da erzählte jener ihm alles, was er mit seinem Bruder erlebt hatte, von Anfang bis zu Ende; und er schloß mit den Worten: ‚O König, er befiehlt auch den Menschen, den Herrn des Himmels anzubeten, und verbietet ihnen den Dienst der Götzen und der anderen Götter.' Als el-Dschaland diese Worte vernommen hatte, raste er in sündiger Wut und Glut und rief: ‚Bei der Sonne, die uns das Licht gegeben, ich lasse von deines Bruders Volk nicht eine Seele am Leben! Wo hast du sie verlassen? Und wie viele sind ihrer?' 'Adschîb erwiderte: ‚Ich habe sie in Kufa verlassen, und es sind ihrer fünfzigtausend Ritter.' Da rief el-Dschaland seine Krieger und seinen Wesir Dschuwamard und sprach zu ihm: ‚Nimm mit dir siebenzigtausend Ritter und zieh mit ihnen gen Kufa zu den Muslimen, bringe sie mir lebendig, auf daß ich sie mit vielerlei Foltern bestrafen kann.' So brach denn Dschuwamard mit dem Heere auf in der Richtung von Kufa und zog dahin den ersten Tag und den zweiten Tag bis zum siebenten Tage. Dann kamen sie auf ihrer Fahrt in ein Tal mit Bäumen, fruchtbehangen, unter denen die Bächlein sprangen. Und dort befahl Dschuwamard seinem Heere, halt zu machen. – –«

Da bemerkte Schehrezâd, daß der Morgen begann, und sie hielt in der verstatteten Rede an. Doch als die *Sechshundertundvierundvierzigste Nacht* anbrach, fuhr sie also fort: »Es ist mir berichtet worden, o glücklicher König, daß Dschuwamard, als el-Dschaland ihn mit dem Heere gegen Kufa gesandt hatte, zu einem Tale kam mit Bäumen, fruchtbehangen, unter denen die Bächlein sprangen; und dort befahl er seinem Heere, halt zu machen, und alle ruhten bis zur Mitte der Nacht. Dann gab er ihnen das Zeichen zum Aufbruch, schwang sich auf seinen Renner und ritt den anderen vorauf bis zur Zeit kurz vor Tagesanbruch. Und sie zogen in ein Tal hinab, in dem sich viele Bäume befanden und duftende Blumen standen, und wo auf schwankenden Zweigen die Vöglein sangen in munterem Reigen. Da blies der Satan ihn auf, so daß ihm die Brust schwoll, und er sang diese Verse:

> *Ich wate mit dem Heer durch jedes Meer von Staub*
> *Und treibe die Gefangnen kühn und stark dahin.*
> *Des Landes Ritter wissen, daß ich bei dem Feind*
> *Gefürchtet, doch dem Stamme ein Beschützer bin.*
> *Gharîb auch schlepp ich fort in Eisenfesseln schwer*
> *Und kehre freudig heim in lauter Fröhlichkeit.*
> *Ich trag das Panzerhemd und greif zu meinem Schwert*
> *Und zieh nach allen Seiten immer kampfbereit.*

Kaum aber hatte Dschuwamard sein Lied gesungen, da trat ihm aus den Bäumen entgegen ein Ritter, die Nase stolz emporgereckt und ganz von Eisen bedeckt. Der schrie ihn an mit den Worten: ‚Bleib stehen, du Araberstrolch, lege deine Kleider und deine Waffen ab, steige von deinem Rosse, daß du mit dem Leben davonkommst!' Als Dschuwamard diese Worte vernahm, da wurde das helle Tageslicht finster vor seinem Angesicht; und er zückte sein Schwert, stürmte auf el-Dschamrakân los und rief ihm zu: ‚O du Araberstrolch, willst du mir den Weg verlegen? Ich bin der Hauptmann der Schar el-Dschalands ibn Karkar! Ich will Gharîb und seine Schar gefesselt vor ihn bringen!' Wie el-Dschamrakân das hörte, rief er: ‚Wie kühlt dies mir das Herz!' Und er ritt zum Angriff auf Dschuwamard, indem er diese Verse sang:

> *Ich bin der Rittersmann, bekannt im Schlachtgefild;*
> *Es fürchtet jeder Feind mein Schwert und meinen Speer.*
> *Ich bin el-Dschamrakân, auf den man hofft im Krieg;*
> *Es kennen meinen Stich die Ritter ringsumher.*
> *Gharîb ist mein Emir, ja, mein Imam, mein Herr,*
> *Ein Löwe in der Schlacht, wenn Heer auf Heer sich stürzt,*
> *Ein frommer Glaubensheld voll wildem Kampfesmut,*
> *Der auf dem Blachgefild dem Feind das Leben kürzt!*
> *Des Gottesfreundes Glauben bietet er uns dar*
> *Durch Gottes Wort, zum Trotz der falschen Götzenschar.*

El-Dschamrakân war nämlich, nachdem er mit seinen Kriegern die Stadt Kufa verlassen hatte, zehn Tage lang auf dem Marsche gewesen, und am elften hatten sie halt gemacht und sich bis zur Mitternacht ausgeruht. Dann hatte er das Zeichen zum Aufbruch gegeben und war dem Heere vorangeritten; so kam er denn in jenes Tal und hörte Dschuwamard die Verse singen, die wir schon berichtet haben. Und nun drang er auf ihn ein wie ein reißender Löwe, hieb mit dem Schwerte nach ihm und spaltete ihn in zwei Hälften; dann wartete er, bis die Hauptleute kamen, und tat ihnen kund, was geschehen war. Und weiter sprach er zu ihnen: ‚Verteilt euch so, daß je fünf von euch fünftausend Mann nehmen und das Tal umzingeln! Ich will mit den Banû 'Âmir, wenn der Vortrab der Feinde ankommt, über sie herfallen und rufen: ‚Allah ist der Größte!' Wenn ihr meinen Schlachtruf hört, so greift an, erhebt das gleiche Feldgeschrei und schlagt auf sie mit dem Schwerte!' ‚Wir hören und gehorchen!' erwiderten sie, kehrten zu ihren Helden zurück und meldeten ihnen den Befehl. Darauf verteilten sie sich rings um das Tal beim Anbruch der Morgenröte. Plötzlich erschien das feindliche Heer, gleichwie eine Herde von Schafen, und füllte Berg und Tal. Da fielen el-Dschamrakân und die Banû 'Âmir über sie her mit dem Rufe ‚Allah ist der Größte!', so daß alle Gläubigen und Heiden es hörten. Und nun riefen die Muslime von allen Seiten: ‚Allah ist der Größte! Sieg und Heil! Den Heiden werde Schmach zuteil!' Und von Bergen und Hügeln kam der Widerhall, Wüsten und Wiesen riefen ‚Allah ist der Größte!' mit lautem Schall. Darob gerieten die Heiden in wirren Schrecken, und sie begannen einander mit dem schneidenden Schwerte niederzustrecken, während der Muslime fromme Schar im Angriff gleichwie ein Feuerbrand war. Und da sah man nichts als Köpfe sausen, Blutströme brausen und Feiglinge voll Grausen. Als man die Gesichter wieder erkennen konnte, da waren zwei Drittel der Heiden tot, und Allah jagte ihre Seelen alsbald ins Höllenfeuer, an die Stätte der Not. Die übrigen flüchteten und zerstreuten sich in der Wüste weit und breit; doch die Muslime verfolgten sie, hieben nieder und machten Gefangene bis zur Mittagszeit. Da kehrten sie mit siebentausend Gefangenen um; und nur sechsundzwanzigtausend von den Ungläubigen kamen heim, und auch von ihnen waren die meisten verwundet. Nachdem so die Muslime siegreich und im Triumphe aus dem Kampfe hervorgegangen waren, sammelten sie die Pferde und die Waffen, die Lasten und die Zelte und sandten die Beute unter dem Schutze von tausend Rittern nach Kufa. – –«

Da bemerkte Schehrezâd, daß der Morgen begann, und sie hielt in der verstatteten Rede an. Doch als die *Sechshundertundfünfundvierzigste Nacht* anbrach, fuhr sie also fort: »Es ist mir berichtet worden, o glücklicher König, daß el-Dschamrakân, nachdem zwischen ihm und Dschuwamard der Kampf entbrannt war, diesen erschlug; und er richtete auch unter dessen Leuten ein Blutbad an, nahm viel Volks von ihnen gefangen, erbeutete ihr Gut, ihre Pferde und ihre Lasten und sandte sie unter dem Schutze von tausend Rittern nach Kufa. Dann saß er mit dem Heere des Islams ab, und sie boten den Gefangenen den rechten Glauben dar. Nachdem jene darauf mit Herz und Zunge das Bekenntnis abgelegt hatten, nahmen sie ihnen die Fesseln ab, umarmten sie und freuten sich ihrer. Nun waren die Truppen el-Dschamrakâns auf eine große Heeresmasse herangewachsen, und nachdem er sie einen Tag und eine Nacht hatte ruhen lassen, brach er mit ihnen in der Frühe auf nach der Richtung des Landes von el-Dschaland ibn Karkar; die tausend Ritter mit der Beute aber zogen nach Kufa zurück. Dort berichteten sie dem König Gharîb, was geschehen war, und er freute sich über die frohe Botschaft. Dann wandte er sich zu dem Bergghûl und sprach zu ihm: ,Sitz auf und nimm zwanzigtausend Ritter mit dir und folge el-Dschamrakân!' Da saß der Ghûl Sa'dân auf, zusammen mit seinen Söhnen und mit zwanzigtausend Rittern, und sie machten sich auf den Weg nach der Stadt 'Omân.

Inzwischen hatten die flüchtigen Heiden auch die Stadt erreicht; doch sie weinten und erhoben laute Klagerufe. Dadurch ward el-Dschaland ibn Karkar erschreckt, und er rief ihnen zu: ,Welch Unheil hat euch betroffen?' Und nachdem sie ihm berichtet hatten, was ihnen widerfahren war, fuhr er fort: ,Wehe euch! Wie viele waren ihrer?' ,O König,' antworteten sie, ‚es waren zwanzig Fähnlein, und unter jedem Fähnlein waren tausend Ritter.' Als er das hörte, rief er: ‚Die Sonne sende keinen Segen auf euch hernieder! Weh euch! Wie können zwanzigtausend euch schlagen, da ihr siebenzigtausend wåret und Dschuwamard es mit dreitausend auf dem Schlachtfelde aufnehmen konnte!' Und im Übermaße seines Schmerzes zog er sein Schwert und schrie sie an und rief denen, die zugegen waren, die Worte zu: ‚Los auf sie!' Da zogen die Mannen ihre Schwerter gegen die Flüchtlinge, vernichteten sie bis zum letzten Mann und warfen die Leichen den Hunden vor. Dann rief el-Dschaland seinen Sohn herbei und sprach zu ihm: ‚Sitz auf mit hunderttausend Rittern! Zieh nach Irak mit dieser Schar und verwüste das Land ganz und gar!' Jener Prinz war el-Kuradschân geheißen, und es gab im Heere seines Vaters keinen mutigeren Ritter als ihn; denn er konnte es allein mit dreitausend Rittern aufnehmen. Der ließ also seine Zelte holen, die Helden kamen zuhauf, die Mannen machten sich auf; alle begannen die Hände zu regen und die Rüstungen anzulegen. Dann zogen sie dahin, Reihe hinter Reihe, und el-Kuradschân an ihrer Spitze brüstete sich und sang dies Lied:

> *Ich bin el-Kuradschân! Meine Name ist bekannt!*
> *Ich zwang die Menschen all in Stadt und Wüstenland.*
> *Wie mancher Reitersmann ward meines Schwertes Raub;*
> *Der brüllte wie ein Stier und wälzte sich im Staub!*
> *Wie manches große Heer zerstreut ich übers Feld;*
> *Die Schädel habe ich gleich Bällen hingeschnellt.*
> *Jetzt zieh ich gen Irak, bekämpfe dort den Feind,*
> *Daß seines Blutes Strom dem Regen gleich erscheint.*
> *Gharîb und seine Schar nehm ich gefangen dann;*
> *Die seien eine Warnung jedem klugen Mann!*

Zwölf Tage lang ritten sie dahin; da plötzlich, während sie auf dem Marsche waren, wirbelte eine Staubwolke empor, die legte dem Horizont und aller Welt einen Schleier vor. Alsbald rief el-Kuradschân die Späher und sprach zu ihnen: ‚Bringt mir Kunde über diese Wolke da!' Die eilten dahin, bis sie unter den Fahnen des Feindes vorbeigehen konnten, und kehrten dann zu el-Kuradschân zurück. Ihm berichteten sie: ‚O König, diese Staubwolke rührt von den Muslimen her.' Erfreut fragte er sie: ‚Habt ihr sie gezählt?' Und sie antworteten: ‚Wir zählten ihrer zwanzig Fähnlein.' Er aber rief: ‚Bei meinem Glauben, ich will nicht einen einzigen Mann wider sie ausschicken, sondern ich will allein gegen sie zu Felde ziehen und ihre Köpfe unter die Hufe der Rosse streuen!' In jener Staubwolke aber befand sich das Heer el-Dschamrakâns; und als er die Heerhaufen der Heiden erblickte und sah, daß sie dem brandenden Meere gleich waren, befahl er seinen Kriegern, abzusitzen und die Zelte aufzuschlagen. Da stiegen sie von ihren Rossen, ließen die Banner wehen und begannen den Namen des allwissenden Königs anzuflehen, durch dessen Macht Licht und Finsternis entstehen, des Herrn aller Dinge, der da sieht, doch Er wird nicht gesehen; Er ist das höchste Wesen, gepriesen und erhaben, es gibt keinen Gott außer Ihm! Auch die Heiden saßen ab und schlugen ihre Zelte auf; und ihr Führer sprach zu ihnen: ‚Behaltet eure Wehr und Waffen und legt euch in voller Rüstung zum Schlafen nieder! Doch wenn das letzte Drittel der Nacht anhebt, so sitzet auf und zerstampft diese Handvoll Leute da!' Aber der Späher von el-Dschamrakân hatte dort gestanden und gehört, welchen Plan die Ungläubigen ausgeheckt hatten; und so kehrte er zu seinem Herrn zurück und brachte ihm die Nachricht. Der sprach zu seinen Helden: ‚Wappnet euch, und sowie es Nacht geworden ist, bringt mir alle Maultiere und Kamele und alle Schellen und Glocken und bindet sie den Tieren um den Hals!' Es waren aber mehr als zwanzigtausend Kamele und Maultiere im Lager. Das Heer der Gläubigen wartete nun, bis die Heiden in Schlaf versunken waren. Dann befahl el-Dschamrakân seinen Leuten, aufzusitzen; und sie stiegen zu Rosse, indem sie auf Allah ihr Vertrauen setzten und von dem Herrn der Welten den Sieg erflehten. Der Führer sprach: ‚Treibt die Kamele und Maultiere in das Lager der Ungläubigen und stachelt sie an mit den Lanzenspitzen!' Sie taten, was er ihnen befahl, und nun stürmten Maultiere und Kamele auf das Lager der Ungläubigen, während die Glocken und Schellen rasselten und läuteten; die Muslime aber ritten hinter ihnen her und riefen laut: ‚Allah ist der Größte!' Da hallte von Bergen und Hügeln weit und breit der Name des erhabenen Königs, des Herrn der Allmacht und Herrlichkeit. Doch wie die Pferde diesen gewaltigen Lärm hörten, brachen sie aus und zerstampften die Zelte all und die Schläfer zumal. – –«

Da bemerkte Schehrezâd, daß der Morgen begann, und sie hielt in der verstatteten Rede an. Doch als die *Sechshundertundsechsundvierzigste Nacht* anbrach, fuhr sie also fort: »Es ist mir berichtet worden, o glücklicher König, daß die Männer der Vielgötterei, als el-Dschamrakân mit seinen Kriegern, seinen Rossen und Kamelen bei Nacht über die Schläfer kam, erschreckt auffuhren und zu den Waffen griffen; und nun fielen sie mit den Schwertern übereinander her, bis die Mehrzahl von ihnen erschlagen war. Wie sie dann aber einander ansahen, entdeckten sie, daß keiner von den Muslimen getötet war, sondern, daß die in Wehr und Waffen hoch zu Rosse saßen. Da wußten sie, daß sie einer List zum Opfer gefallen waren, und el-Kuradschân rief dem Reste seiner Mannen zu: ‚Ihr Bastarde, was wir ihnen antun wollten, das haben sie uns angetan! Ihre List hat über unsere Schlauheit den Sieg davongetragen.' Schon wollten sie angreifen, da wirbelte eine Staubwolke empor, die legte der Welt einen Schleier vor. Doch wie die Winde sie trafen, stieg sie auf und zog wie ein Baldachin hoch oben durch die Lüfte dahin. Unter der Wolke aber begann ein Lichtertanz von leuchtenden Helmen und Panzern und blitzendem Glanz. Und da waren lauter Helden verwegen, gegürtet mit indischen Degen, und man sah sie die biegsamen Lanzen einlegen. Kaum hatten die Ungläubigen jene Staubwolke erblickt, so standen sie vom Kampfe ab; und beide Seiten schickten Späher aus, die unter die Staubwolke eilten; und nachdem sie sich umgeschaut hatten, kehrten sie heim und berichteten, es seien Muslime. Es war aber das herannahende Heer, das Gharîb ausgesandt hatte, das Heer des Bergghûls; er selbst ritt an der Spitze seiner Schar und vereinigte sich nun mit dem Heere der frommen Muslime. Alsbald griff el-Dschamrakân mit seinem Kriegsvolke an, und sie stürzten sich auf der Ungläubigen Schar, so daß ihr Angriff gleichwie ein Feuerbrand war. Sie ließen das scharfe Schwert unter den Feinden tanzen und die starken, zitternden Lanzen; da verfinsterte sich das Tageslicht, ein Schleier legte sich vor jedes Gesicht, denn der Staub war so dicht. Der stürmische Held hielt stand, der Feigling wich, zur Flucht gewandt, und eilte in Wüsten und Steppenland, und das Blut, das auf den Boden floß, war wie ein Sturzbach, der sich ergoß. Unaufhörlich tobte der Kampf, bis der Tag zur Rüste ging und die Nacht alles mit Dunkel umfing. Dann trennten sich die Muslime von den Heiden, und sie ließen sich in ihren Zelten nieder, aßen und hielten Nachtruhe, bis das Dunkel sich neigte und der lächelnde Tag sich zeigte. Dann beteten die Muslime das Frühgebet und saßen wieder auf zum Kampfe. El-Kuradschân aber hatte, als seine Leute aus der Schlacht heimkehrten, fast alle verwundet, nachdem zwei

Drittel ihrer Scharen durch Schwerter und Lanzen gefallen waren, zu den Überlebenden gesagt: ‚Ihr Mannen, morgen trete ich aufs Blachgefild, die Stätte, da Schwertschlag und Lanzenstich gilt, und dann will ich die Recken im Kampfe niederstrecken!' Und wie sich der Morgen einstellte und alles mit seinem Licht und Glanz erhellte, saßen beide Heere auf und begannen laut zu schrein; sie zückten die Schwerter und legten die braunen Lanzen ein und ordneten sich zu Kampf und Streit in Reihn. Der erste, der das Tor der Schlacht auftat, war el-Kuradschân ibn el-Dschaland ibn Karkar; der rief: ‚Kein feiger, kein schwächlicher Mann trete heute wider mich heran!' Dies geschah, während el-Dschamrakân und Sa'dân der Ghûl unter den Feldzeichen hielten. Da stürmte plötzlich ein Häuptling von den Banû 'Âmir zum Kampfe mit el-Kuradschân auf den Plan, und die beiden griffen wie zwei stoßende Widder einander an, bis eine lange Weile verrann. Darauf aber fiel el-Kuradschân über den Häuptling her, packte ihn an seinem Panzerhemd, zog und zerrte ihn aus dem Sattel und warf ihn zu Boden. Dort ließ er ihn liegen; und die Ungläubigen kamen, fesselten ihn und schleppten ihn in ihr Lager. Und von neuem tummelte el-Kuradschân sich weit und breit und rief die Kämpfer zum Streit. Da ritt ein zweiter Häuptling hervor; auch den nahm er gefangen. So brachte er einen Häuptling nach dem andern zu Fall, bis er noch vor der Mittagszeit sieben von ihnen erbeutet hatte. Da stieß el-Dschamrakân einen Schrei aus, von dem das Schlachtfeld widerhallte und der in die Ohren aller Krieger auf beiden Seiten schallte. Und er stürmte gegen el-Kuradschân mit zornentbranntem Herzen heran, indem er sang:

> *Ich bin el-Dschamrakân, der Mann des starken Herzens,*
> *Die Reitersleute alle fürchten meinen Hieb.*

> *Ich riß die Burgen nieder, ließ die Mauern klagen*
> *Und weinen, weil kein Ritter mehr in ihnen blieb.*
> *Doch du, o Kuradschân, der Weg der rechten Leitung*
> *Liegt da vor dir, verlasse du des Irrtums Pfad!*
> *Bekenn den Einen Gott, der hoch im Himmel thronet,*
> *Der Meere schuf und Berge festgegründet hat!*
> *Wenn sich der Mensch bekehrt, so ist der Himmel sein*
> *Dereinst, und er entgeht der bittren Höllenpein.*

Als el-Kuradschân diese Worte hörte, begann er zu hauchen und zu fauchen und Schmähworte gegen Sonne und Mond zu gebrauchen; und er sprengte wider el-Dschamrakân, indem er sang:

> *Ich bin el-Kuradschân, der größte Held der Zeit,*
> *Der Wildnis Löwen fürchten gar mein Schattenbild.*
> *Die Burgen stürme ich; die Leuen jage ich;*
> *Und jeder Ritter fürchtet mich im Kampfgefild.*
> *Und wenn du meinem Wort nicht glaubst, o Dschamrakân,*
> *Komm her, miß dich mit mir im Streit hier auf dem Plan.*

Und als el-Dschamrakân seine Worte vernommen hatte, griff er ihn festen Herzens an; und die beiden hieben die Schwerter, die aufeinanderprallten, daß die Schlachtreihen davon widerhallten; sie stachen mit den Lanzen aufeinander los, und das Getümmel zwischen ihnen war groß. Unaufhörlich tobte Kampf und Gefecht zwischen den beiden, bis die Zeit des Nachmittagsgebetes vorüber war und der Tag sich neigte. Da zuletzt stürmte el-Dschamrakân wider el-Kuradschân und traf ihn mit der Keule auf die Brust, so daß er ihn fällte wie einen Palmenstamm. Die Muslime fesselten ihn und schleppten ihn wie ein Kamel am Seile davon. Doch als die Ungläubigen sahen, daß ihr Anführer gefangen war, packte sie die Wut des Heidentums, und sie griffen die Muslime an, um ihren Herrn zu befreien. Aber die Helden der Gläubigen zogen dawider und streckten die meisten von ihnen zur Erde nieder, so daß die übrigen sich wandten und flüchtig um ihr Leben rannten, während die klirrenden Schwerter ihnen noch im Nacken brannten. Und die Muslime ließen nicht eher von der Verfolgung ab, als bis sie die Feinde über Berg und Steppe zerstreut hatten. Darauf kehrten sie von ihnen zu der Beute zurück, und das war eine ungeheure Menge von Pferden, Zelten und anderen Dingen. Ja, sie machten eine Beute, wie sie nicht gewaltiger sein konnte. Dann begaben sie sich in ihre Zelte, und el-Dschamrakân bot el-Kuradschân den Islam an; doch ob er ihm gleich drohte und Furcht einzuflößen suchte, bekehrte jener sich nicht. Da schlugen die Gläubigen ihm den Nacken durch und steckten sein Haupt auf eine Lanze. Und dann brachen sie auf in der Richtung der Stadt 'Omân.

Sehen wir nun, was die Ungläubigen taten! Sie brachten ihrem König die Kunde von dem Tode seines Sohnes und dem Untergange des Heeres. Und als el-Dschaland solche Kunde vernahm, warf er seine Krone zu Boden und schlug sein Gesicht, bis das Blut ihm aus der Nase drang und er ohnmächtig niedersank. Man sprengte ihm Rosenwasser ins Gesicht, und als er wieder zu sich kam, rief er sogleich seinen Wesir und sprach zu ihm: ‚Schreibe Briefe an alle Statthalter und befiehl ihnen, sie sollen keinen, der mit dem Schwerte zu schlagen, mit der Lanze zu stoßen, den Bogen zu führen weiß, zurücklassen, sondern allesamt hierherbringen.' Nachdem die Briefe geschrieben waren, sandte er sie mit Eilboten aus; und die Statthalter rüsteten sich und kamen mit einem gewaltigen Heer, das hundertundachtzigtausend Mann zählte. Nun wurden auch die Zelte, die Kamele und die edlen Rosse bereitgehalten. Und gerade wollten sie aufbrechen, da kamen el-Dschamrakân und der Ghûl Sa'dân mit siebenzigtausend Rittern an, gleich einer trutzigen Löwenschar, und alle mit Eisen bedeckt ganz und gar. Und als el-Dschaland die Muslime daherziehen sah, freute er sich und rief: ‚Bei der Sonne, die uns das Licht gegeben, ich lasse von den Feinden keine Seele am Leben, noch auch einen einzigen Mann, der Kunde zurückbringen kann. Ich will Irak verwüsten und die Rache vollstrecken für meinen Sohn, den kriegerischen Recken; und mein Feuer erkalte nie!' Darauf wandte er sich zu 'Adschîb und sprach zu ihm: ‚Du Hund aus dem Irak, dies Unheil hast du über uns gebracht. Aber bei dem, was ich anbete, wenn ich mich nicht an meinem Feinde rächen kann, so lasse ich dich des schimpflichsten Todes sterben.' Wie 'Adschîb diese Worte hörte, ward er von tiefem Gram ergriffen, und er schalt sich selber. Dann wartete er, bis die Muslime halt gemacht und ihre Zelte aufgeschlagen hatten; und sobald die Nacht angebrochen war, sprach er zu den Leuten aus seinem Stamme, die sich noch bei ihm befanden und die wie er aus dem königlichen Lager ausgewiesen waren: ‚Söhne meines Oheims, seit die Muslime angekommen sind, bin ich in große Furcht geraten, und wie ich, so auch el-Dschaland. Und ich weiß, daß er mich nicht vor meinem Bruder noch vor irgendeinem anderen schützen kann. So geht denn mein Rat dahin, daß wir uns aufmachen, wenn aller Augen schlafen, und uns zu König Ja'rub ibn Kahtân begeben. Der hat ein größeres Heer und ist stärker an Macht.' Als seine Leute diese Worte vernahmen, sagten sie: ‚Dies ist das Rechte!' Darauf befahl er ihnen, das Feuer an den Türen der Zelte anzuzünden und im Dunkel der Nacht zu verschwinden. Sie taten, was er ihnen befohlen hatte, und brachen auf, und bei Tagesanbruch hatten sie schon ein weites Land durchmessen. Am Morgen nun standen el-Dschaland und die zweihundertundsechzigtausend Mann gerüstet da, ganz mit Eisen bedeckt und in dichtmaschigen Panzern versteckt. Man schlug die Trommeln zum Streit, und die Schlachtreihen stellten sich auf, zu Hieb und Stich bereit. Und el-Dschamrakân und Sa'dân saßen auf mit vierzigtausend Rittern, tapferen Helden, unter jedem Fähnlein tausend starke, treffliche Degen, im Kampfe verwegen. Die beiden Heere reihten sich, begierig auf Schwerthieb und Lanzenstich, und sie begannen die Klingen zu ziehen und die geschmeidigen Lanzen zu heben, um den Todesbecher zu trinken zu geben. Und der erste, der das Tor der Schlacht auftat, war Sa'dân, einem Berge aus Feuerstein gleich oder einem der Mârids aus dem Geisterreich. Ihm entgegen sprengte ein Held von den Ungläubigen; den tötete er und warf ihn aufs Blachfeld. Dann rief er seine Söhne und Sklaven und sprach: ,Zündet das Feuer an und röstet mir den Toten da!' Sie führten seinen Befehl aus und brachten ihm den gerösteten Feind; da fraß er ihn auf und zerkaute auch die Knochen, während die Ungläubigen dastanden und ihm von fern zuschauten; die riefen: ,O Sonne, Spenderin des Lichtes!' und fürchteten sich davor, mit Sa'dân zu kämpfen. Doch el-Dschaland schrie seinen Kriegern zu: ,Haut das Ekel da nieder!' Da zog ein anderer Hauptmann der Ungläubigen ins Feld; aber Sa'dân erschlug ihn, ja er streckte einen Ritter nach dem anderen nieder, bis er ihrer dreißig gefällt hatte. Nun begannen die elenden Heiden den Kampf mit Sa'dân zu meiden; und sie riefen: ,Wer kann denn mit Geistern und Dämonen kämpfen?' Aber wieder schrie el-Dschaland: ,Hundert Ritter sollen ihn angreifen und ihn vor mich bringen, gefesselt oder tot!' Es ritten also hundert Ritter vor und stürmten wider Sa'dân einher und griffen ihn an mit Schwert und Speer. Er aber empfing sie mit einem Herzen, härter als Feuerstein, indem er die Einheit des allvergeltenden Königs bekannte, den noch nie eine Sache von einer anderen abwandte. Und indem er rief: ‚Allah ist der Größte!' hieb er mit dem Schwert auf sie ein und mähte ihre Köpfe ab; in einem einzigen Ansturm erschlug er ihrer vierundsiebzig. Als die übrigen die Flucht ergriffen, rief el-Dschaland zehn Hauptleute herbei, von denen ein jeder über tausend Helden gebot, und sprach zu ihnen: ‚Schießet mit Pfeilen auf sein Roß, bis daß es unter ihm zusammenbricht; und dann legt Hand an ihn!' Nun stürmten zehntausend Ritter auf Sa'dân ein; doch er sah ihnen festen Herzens entgegen. Als el-Dschamrakân und die Muslime erkannten, daß die Ungläubigen den Angriff auf Sa'dân machten, erhoben sie das Feldgeschrei und warfen sich ihnen entgegen. Aber ehe sie noch den Ghûl erreichen konnten, hatten die Feinde schon sein Pferd getötet und ihn gefangen genommen. Und sie hörten nicht eher mit dem Kampfe gegen die Heiden auf, als bis der Tag entwich bei des Dunkels Nahen und aller Augen nichts mehr sahen. Da schwirrte das Schwert mit dem schneidenden Rand, da hielt jeder tapfere Ritter stand, während den Feigen der Atem schwand. Die Muslime aber waren unter den Ungläubigen wie ein weißes Mal auf einem schwarzen Stier. – –«

Da bemerkte Schehrezâd, daß der Morgen begann, und sie hielt in der verstatteten Rede an. Doch als die *Sechshundertundsiebenundvierzigste Nacht* anbrach, fuhr sie also fort: »Es ist mir berichtet worden, o glücklicher König, daß der Kampf wütete zwischen den Gläubigen und den Heiden, bis die Muslime unter den Ungläubigen wie ein weißes Mal auf einem schwarzen Stier waren. Ohne Unterlaß tobte Kampf und Streit bis zum Anbruche der Dunkelheit; da trennten die Heere sich voneinander. Von den Heiden war eine zahllose Menge gefallen; und el-Dschamrakân und seine Leute kehrten in tiefer Trauer um Sa'dân zurück, Speise und Schlummer raubte ihnen der Kummer, und als sie ihre Scharen musterten, fanden sie, daß weniger als tausend auf ihrer Seite gefallen waren. Da sprach el-Dschamrakân: ‚Ihr Leute, ich will hinausreiten aufs Schlachtgefild, die Stätte, da Schwertschlag und Lanzenstich gilt; ich will ihre Helden niederhauen, ich will ihre Kinder und Frauen erbeuten und gefangen nehmen und mit ihnen Sa'dân loskaufen, wenn der allvergeltende König mir die Erlaubnis schenkt, Er, den nie eine Sache von einer anderen ablenkt.' So beruhigten sich ihre Herzen, und froh begaben sie sich in ihre Zelte.

Derweilen war auch el-Dschaland in sein Prunkzelt getreten und hatte sich auf den Thron seiner Herrschaft gesetzt, und seine Mannen scharten sich um ihn. Da rief er nach Sa'dân, und als er vor ihn gebracht war, fuhr er ihn an: ‚Du Hund voll toller Wut, du Gemeinster der Araberbrut, du, nur zum Holzschleppen gut, wer konnte es wagen, meinen Sohn el-Kuradschân zu erschlagen, den tapfersten Mann der Zeit, der die Gegner tötete im Streit und die Helden niederstreckte weit und breit?' Sa'dân antwortete ihm: ‚El-Dschamrakân erschlug ihn, der Feldhauptmann des Königs Gharîb, aller Ritter Herr; und ich hab ihn geröstet und aufgegessen, denn mich hungerte sehr.' Als el-Dschaland diese Worte von Sa'dân hörte, sanken ihm die Augen vor Wut in den Schädel, und er befahl, dem Ghûl den Hals abzuschlagen. Alsbald kam der Schwertmeister, um seines Amtes zu walten, und trat an Sa'dân heran; der aber reckte sich in seinen Fesseln und zerbrach sie, stürzte sich auf den Schwertmeister, riß ihm das Schwert aus der Hand und schlug ihm den Kopf ab. Dann eilte er auf el-Dschaland zu; doch der warf sich von seinem Throne herab und flüchtete. Nun fiel Sa'dân über die anderen her, die zugegen waren, und tötete zwanzig von den Würdenträgern des Königs, während die übrigen Hauptleute flohen. Da erhob sich ein Geschrei im Lager der Ungläubigen; und Sa'dân stürzte sich auf alle Heiden, die ihm entgegenkamen, und hieb sie nieder rechts und links, so daß sie nach beiden Seiten vor ihm flohen und ihm eine Gasse frei ließen. Er aber eilte weiter, indem er mit dem Schwerte auf die Feinde einhieb, bis er das Lager der Ungläubigen hinter sich hatte und auf die Zelte der Muslime zuschreiten konnte. Inzwischen hatten die Gläubigen das Getöse im Lager der Heiden gehört und gesagt: ‚Vielleicht ist ein Unglück über sie gekommen.' Doch während sie noch ganz verwundert dastanden, erschien plötzlich Sa'dân vor ihnen; und alle waren über seine Heimkehr hocherfreut. Am meisten freute sich el-Dschamrakân, und er begrüßte ihn herzlich; auch die anderen Muslime begrüßten ihn und wünschten ihm Glück zu seiner Rettung. So stand es um die Gläubigen.

Was aber die Heiden angeht, so kehrten sie mit ihrem König in das Prunkzelt zurück, nachdem Sa'dân entkommen war. Da sprach el-Dschaland zu ihnen: ‚Ihr Leute, bei der Sonne, die uns das Licht gebracht, und bei der Finsternis der Nacht, bei des Tages heller Pracht und der Wandelsterne Macht, heute glaubte ich nicht, daß ich dem Tode entrinnen würde. Denn wäre ich jenem Ghûl in die Hände gefallen, so hätte er mich aufgefressen, und ich wäre bei ihm nicht einmal so viel wert gewesen wie ein Korn des Weizens oder der Gerste oder irgendein anderes Korn.' Die Krieger antworteten: ‚O König, wir haben nie jemanden gesehen, der solches tun kann wie dieser Ghûl.' Doch der König fuhr fort: ‚Ihr Leute, legt morgen alle die Waffen an, sitzt auf und stampfet sie nieder unter die Hufe eurer Rosse!'

Inzwischen hatten die Muslime sich versammelt, erfreut über den Sieg und über die Befreiung des Ghûls Sa'dân. Da rief el-

Dschamrakân: ‚Morgen will ich euch auf dem Schlachtfelde vor Augen führen, was ich vermag, und welche Taten sich für einen Held wie mich gebühren! Bei Abraham, dem Gottesfreunde, ich will sie aufs schmählichste zu Tode bringen, ja, ich lasse das Schwert unter ihnen schwirren, bis sich jedem Verständigen die Sinne verwirren. Ich habe aber beschlossen, beide Flügel, den rechten und den linken, anzugreifen; und wenn ihr seht, daß ich mich auf den König stürze dort, wo die Fahnen stehn, so greift hinter mir an in mutigem Vorwärtsgehen; und Allah beschließe, was geschehen soll.' Hierauf hielten die beiden Heere Nachtwache, bis der Tag sich einstellte und die Sonne alles den Blicken erhellte. Da saßen die beiden Scharen auf, schneller als im Augenblick; der Trennungsrabe begann zu schrein, und die Gegner sahen einander grimmig ins Auge hinein. Dann stellten die Schlachtreihen sich auf zu Kampf und Streit; und der erste, der das Tor des Kriegs auftat, war el-Dschamrakân, der tummelte sich hin und her und rief: ‚Wer ist zum Zweikampf bereit?' Schon wollte el-Dschaland mit seinen Leuten ihn angreifen, da wirbelte plötzlich eine Staubwolke empor, die legte der Welt einen Schleier vor, so daß der Tag sein Licht verlor. Doch die vier Winde stießen darauf, da ward sie zerrissen und tat sich auf. Und unter ihr erschienen lauter gepanzerte ritterliche Degen, Helden verwegen; Schwerter mit schneidenden Klingen, Lanzen, die alles durchdringen, und Männer gleich Leuen, die sich nicht fürchten noch scheuen. Als die beiden Heere jene Staubwolke erblickten, enthielten sie sich des Kampfes und sandten Späher, die ihnen Kunde darüber bringen sollten, von welchem Volke jene Ritter waren, die da heranzogen und solchen Staub aufwirbelten. Die Eilboten machten sich auf den Weg, bis sie sich unter der Wolke befanden und den Augen entschwanden;

dann kehrten sie zurück nach einem Augenblick. Der Bote der Ungläubigen meldete den Seinen, daß jene, die da anrückten, ein Heer der Muslime seien unter ihrem König Gharîb. Und als der Kundschafter der Muslime heimkehrte und ihnen die Ankunft des Königs Gharîb und seiner Schar meldete, freuten sie sich darüber. Alsbald trieben sie ihre Rosse an und ritten ihrem König entgegen; dann saßen sie ab und küßten den Boden vor ihm und sprachen den Friedensgruß. – –«

Da bemerkte Schehrezâd, daß der Morgen begann, und sie hielt in der verstatteten Rede an. Doch als die *Sechshundertundachtundvierzigste Nacht* anbrach, fuhr sie also fort: »Es ist mir berichtet worden, o glücklicher König, daß die muslimischen Krieger, als König Gharîb bei ihnen eintraf, hoch erfreut waren und den Boden vor ihm küßten und den Friedensgruß sprachen und ihn umringten, während er sie willkommen hieß und sich freute, daß sie wohlbehalten waren. Dann zogen sie alle ins Lager, errichteten Prunkzelte für ihn und pflanzten die Fahnen auf; und König Gharîb setzte sich auf den Thron seiner Herrschaft, umgeben von den Großen seines Reiches. Und nun erzählte man ihm alles, was Sa'dân gerade erlebt hatte.

Inzwischen hatten die Ungläubigen sich zusammengetan, um nach 'Adschîb zu suchen, und als sie ihn weder bei sich noch in seinem Zeltlager fanden, meldeten sie el-Dschaland ibn Karkar, daß er geflohen war. Der machte einen Höllenlärm und biß sich in die Finger. Und er rief: ‚Bei der Sonne, des Lichtes Quell, er ist ein Hund, ein treuloser Gesell; er ist geflohen mit seiner elenden Bande in die Steppen und Wüstenlande. Um diese Feinde abzuwehren, bleibt uns nur der harte Kampf übrig. Drum nehmt euren Mut zusammen, festigt eure Herzen und hütet euch vor den Muslimen!' König Gharîb aber sprach zu den Seinen: ‚Nehmt euren Mut zusammen und festigt eure Herzen, fleht um Hilfe zu eurem Herrn und bittet ihn, daß Er euch den Sieg über eure Feinde verleihe!' Und sie erwiderten: ,O König, du wirst sehen, was wir vermögen auf dem Blachgefild, der Stätte, da Schwertschlag und Lanzenstich gilt!' Dann hielten die beiden Heere Nachtruhe, bis der Morgen kam mit seinem hellen Strahl und die Sonne sich erhob über Berg und Tal. Da betete Gharîb zwei Rak'as nach der Weise Abrahams, des Gottesfreundes – Friede sei über ihm! –, und schrieb dann einen Brief und sandte ihn durch seinen Bruder Sahîm an die Ungläubigen. Als der dort ankam, fragten sie ihn, was er wolle, und er antwortete ihnen: ,Ich suche euren Herrscher.' Sie aber sprachen: ,Warte, bis wir ihn über dich befragt haben!' So blieb er stehen, während sie el-Dschaland über ihn befragten, nachdem sie ihm gemeldet hatten, daß er ein Bote sei. Der König rief: ,Her mit ihm!' und nachdem man ihn herbeigeführt hatte, fragte er: ,Wer hat dich geschickt?' Sahîm gab zur Antwort: ,Der König Gharîb, den Allah zum Herrscher über die Araber und die Perser gemacht hat. Nimm das Schreiben auf, und gib deine Antwort darauf!' Da nahm el-Dschaland den Brief entgegen, öffnete ihn und las ihn. Und darinnen fand er geschrieben: ,Im Namen Allahs, des barmherzigen Erbarmers, des Herrn von Anbeginn der Zeit, des Einen, der da thront in Herrlichkeit, der alle Dinge kennt in Ewigkeit, des Herrn von Noah, Sâlih, Hûd und Abraham, des Herrn aller Dinge! Friede sei mit dem, so der rechten Leitung nachstrebt und in Furcht vor den Folgen der Sünde lebt; der in Gehorsam gegen den höchsten König handelt, der auf dem Wege der rechten Leitung wandelt, und der die jenseitige Welt höher als die diesseitige stellt. Des ferneren: O Dschaland, wisse, keiner ist der Anbetung wert als der einige Gott der Macht, der erschaffen hat den Tag und die Nacht und der kreisenden Sphären Pracht! Er entsandte die reinen Propheten und ließ die Bäche fließen, Er wölbte den Himmel und breitete die Erde aus und ließ die Bäume sprießen; Er speist in den Nestern die Vogelwelt, Er speist die wilden Tiere auf dem Feld. Er ist Allah, der Allmächtige, der Vergebende, der Allgütige, mit Schutz Umwebende, den die Blicke nicht erreichen; Er läßt die Nacht dem Tage weichen; Er entsandte der Propheten Schar und machte die heiligen Schriften offenbar. Vernimm, o Dschaland, es gibt keinen Glauben als den Glauben Abrahams, des Gottesfreundes; drum werde Muslim, so wirst Du gerettet sein vor dem schneidenden Schwert und im Jenseits vor des Feuers Pein. Wenn Du aber den Islam nicht annimmst, so freue Dich dieser Botschaft: Vernichtung kommt über Dich auf Erden, Deine Länder sollen verwüstet und Deine Spur soll ausgetilgt werden. Schicke mir auch den Hund 'Adschîb, auf daß ich Rache an ihm nehme für meinen Vater und meine Mutter!' Als el-Dschaland diesen Brief gelesen hatte, sprach er zu Sahîm: ‚Melde deinem Herrn, daß 'Adschîb entflohen ist, samt seinem Volke, und daß wir nicht wissen, wohin er gegangen ist! Was aber el-Dschaland angeht, so wird er von seinem Glauben nicht ablassen. Morgen soll der Kampf zwischen uns beginnen, und die Sonne wird uns den Sieg geben.' Darauf kehrte Sahîm zu seinem Bruder zurück und brachte ihm diese Meldung. Nachdem die Krieger bis zum Morgen geruht hatten, griffen die Muslime zu Waffen und Wehr und ritten auf den stattlichen Rossen einher; und dem allsiegenden König galt ihr Ruf, Ihm, der die Leiber und die Seelen erschuf. Und sie erhoben das Feldgeschrei ‚Allah ist der Größte!'; die Trommeln des Angriffs wurden geschlagen, bis die Erde widerhallte, und es zog ins Feld jeder fürstliche Ritter und verwegene Held. Ja, sie zogen zur Schlacht, so daß die Erde dröhnte. Und der erste, der das Tor des Kampfes auftat, war el-Dschamrakân; der spornte seinen Renner dahin auf den Plan, spielte mit Schwert und Spieß, daß sie schwirrten und sich den Verständigen die Sinne verwirrten. Dann rief er: ‚Tritt einer vor zum Streit? Ist einer zum Zweikampf bereit? Doch kein feiger, kein schwächlicher Mann trete heute wider mich heran! Ich habe el-Kuradschân ibn el-Dschaland getötet; wer kommt, um Blutrache zu nehmen?' Wie el-Dschaland den Namen seines Sohnes nennen hörte, schrie er seine Leute an: ‚Ihr Bastarde, bringt mir jenen Reiter, der meinen Sohn getötet hat; ich will sein Fleisch essen und sein Blut trinken!' Da griffen hundert Helden ihn an; doch er streckte die meisten von ihnen nieder und jagte ihren Führer in die Flucht. Wie aber el-Dschaland sah, was el-Dschamrakân tat, rief er seinen Kriegern zu: ‚Greifet ihn alle auf einmal an!' Da schwangen sie das furchterregende Banner, und Heer türmte sich auf Heer. Gharîb stürmte an der Spitze seiner Krieger heran, und el-Dschamrakân tat desgleichen; und es trafen sich die beiden Heere wie zwei zusammenprallende Meere. Da wüteten das jemenische Schwert und der Speer, bis sie Brüste und Leiber zerstückelt hatten ringsumher. Beide Seiten sahen mit eigenen Augen den Todesengel vor sich stehen; und der Staub der Schlacht erhob sich bis zu Wolkenhöhen. Taub waren die Ohren, die Zungen hatten die Sprache verloren; der Tod trat von allen Seiten an sie heran, der Tapfere hielt stand, doch es floh der feige Mann. Unaufhörlich wüteten Kampf und Streit bis zum Anbruch der Dunkelheit. Nun wurden die Trommeln zum Rückzug geschlagen, die Heere trennten sich voneinander und kehrten ein jedes zu seinen Zelten zurück. – –«

Da bemerkte Schehrezâd, daß der Morgen begann, und sie hielt in der verstatteten Rede an. Doch als die *Sechshundert-*

neunundvierzigste Nacht anbrach, fuhr sie also fort: »Es ist mir berichtet worden, o glücklicher König, daß der König Gharîb, als die Schlacht beendet war und die beiden Heere sich voneinander getrennt hatten und ein jedes zu seinen Zelten zurückgekehrt war, sich auf den Thron seiner Herrschaft, die Stätte seiner Macht, niedersetzte, während sich seine Gefährten rings um ihn aufreihten. Und er sprach zu ihnen: ‚Ich kann den Zorn kaum ertragen über die Flucht dieses Hundes 'Adschîb, zumal ich nicht weiß, wohin er gegangen ist. Wenn ich ihn nicht fasse und meine Rache an ihm nehme, so sterbe ich vor Zorn.' Da trat sein Bruder Sahîm el-Lail vor, küßte den Boden vor ihm und sprach: ‚O König, ich will in das Lager der Heiden gehen und nachforschen, was aus dem verräterischen Hund 'Adschîb geworden ist.' Gharîb erwiderte: ‚Geh und erkunde die Wahrheit über dies Schwein!' Da nahm Sahîm die Gestalt der Heiden an, indem er sich in ihre Gewandung kleidete und ganz wie einer von ihnen ward; dann machte er sich auf nach dem Lager der Feinde. Die fand er schlafen, trunken von Kampf und Schlacht; und keiner von dem ganzen Heere war wach außer den Wächtern. Unbemerkt ging er an ihnen vorüber und eilte zu dem Prunkzelte, wo er den König schlafend fand, ohne daß jemand bei ihm war. Er schlich sich hinein und ließ ihn an zerstoßenem Bendsch riechen; da ward er wie ein Toter. Nun ging Sahîm hinaus, holte ein Maultier, hüllte den König in die Decke des Bettes und legte ihn auf den Rücken des Tieres; nachdem er darüber noch die Zeltmatte gelegt hatte, zog er mit dem Tiere dahin, bis er zum Zelte Gharîbs kam. Dort trat er zum König ein; doch alle, die dort zugegen waren, kannten ihn nicht und riefen ihn an: ‚Wer bist du?' Lächelnd enthüllte er sein Gesicht, und da erkannten sie ihn. Und Gharîb fragte: ‚Was trägst du da, Sahîm?' ‚O König,' antwortete er,

,dies ist el-Dschaland ibn Karkar!' Dann deckte er ihn auf, und Gharîb erkannte ihn und fuhr fort: ,Sahîm, wecke ihn auf!' Der also gab ihm Essig und Weihrauch zu riechen; da stieß el-Dschaland den Bendsch aus der Nase, schlug die Augen auf und sah sich unter den Muslimen. ,Was ist das für ein gemeiner Traum!' sprach er, machte die Augen wieder zu und schlief weiter. Aber Sahîm stieß ihn an und rief: ,Mach deine Augen auf, du Verfluchter!' Nun öffnete er von neuem die Augen und fragte: ,Wo bin ich?' Sahîm sprach: ,Du bist in Gegenwart des Königs Gharîb ibn Kundamir, des Herrschers von Irak!' Als el-Dschaland diese Worte hörte, rief er: ,O König, ich stehe unter deinem Schutze! Wisse, mich trifft keine Schuld; sondern er, der uns verführte, wider dich zu kämpfen, war dein Bruder, er hat Feindschaft gesät zwischen uns und dir und ist dann entflohen.' Gharîb fragte sogleich: ,Weißt du, welchen Weg er genommen hat?' ,Nein,' erwiderte el-Dschaland, ,bei der Sonne und ihrem Licht, ich kenne seine Fährte nicht!' Da befahl Gharîb, ihn in Fesseln zu legen und zu bewachen, und alle Hauptleute kehrten in ihre eigenen Zelte zurück. Auch el-Dschamrakân ging dahin mit seinen Leuten und sprach zu ihnen: ,Ihr Söhne meines Oheims, ich will heute nacht eine Tat tun, durch die ich mein Gesicht vor König Gharîb weiß machen werde!' ,Tu, was du willst!' antworteten sie, ,wir hören und gehorchen deinem Befehle.' Und er fuhr fort: ,Wappnet euch, ich tue das gleiche, und zieht in leisem Schritte dahin, so daß nicht einmal die Ameisen euer gewahr werden; dann verteilt euch rings um die Zelte der Ungläubigen. Wenn ihr aber mein Feldgeschrei hört, so antwortet mir mit dem gleichen Rufe ,Allah ist der Größte!' und weichet zurück und ziehet auf das Stadttor zu; und wir erbitten den Sieg von Allah dem Erhabenen.' Darauf rüsteten sich die Leute vom Kopfe bis zum

Fuße und warteten bis zur Mitte der Nacht; dann verteilten sie sich rings um die Heiden und harrten noch eine kleine Weile. Plötzlich aber schlug el-Dschamrakân mit seinem Schwerte auf den Schild und rief: ‚Allah ist der Größte!', daß es im Tale widerhallte. Und alle seine Leute taten desgleichen und riefen: ‚Allah ist der Größte!', bis daß von Berg und Tal, Dünen und Hügeln zumal, ja, von jedem Trümmerhang der Widerhall erklang. Die Ungläubigen wachten erschrocken auf und fielen übereinander her, und das Schwert machte unter ihnen die Runde. Die Muslime aber wichen zurück, eilten zum Stadttore, erschlugen die Wächter und drangen in die Stadt ein. Und sie nahmen die Stadt in Besitz samt allem, was darinnen war an Schätzen und Frauen. So stand es nun um el-Dschamrakân.

König Gharîb hatte inzwischen das muslimische Feldgeschrei gehört und hatte sich sofort aufs Roß geschwungen, und sein ganzes Heer bis zum letzten Manne saß auf. Sahîm jedoch eilte voraus, und als er dem Schlachtfelde nahe war, erkannte er, daß die Banû 'Âmir unter el-Dschamrakân über die Ungläubigen hergefallen waren und sie den Becher des Todesgeschickes trinken ließen. Und er kehrte zurück und berichtete seinem Bruder, was geschehen war; der flehte um Segen für el-Dschamrakân. Derweilen fielen die Ungläubigen immer noch übereinander her mit dem schneidenden Schwerte, indem sie ihre Kraft vergeudeten, bis der Tag sich einstellte und die Lande mit seinem Lichte erhellte. Da rief Gharîb seinen Mannen zu: ‚Greifet an, ihr edlen Herrn, euer Tun sehe der allwissende König gern!' Und nun stürzten die Reinen auf die Gemeinen; des Schwertes Schneide begann zu tanzen, und es sausten die zitternden Lanzen den Heiden voll Lust in die heuchlerische Brust. Die wollten nun in ihre Stadt eilen; aber da trat ihnen el-Dschamrakân mit seinen Vettern entgegen, und sie trieben die Fliehenden zwischen zwei Bergzüge in die Enge und töteten von ihnen eine zahllose Menge; die Übriggebliebenen zerstreuten sich dann in die Steppen und Wüsten. – –«

Da bemerkte Schehrezâd, daß der Morgen begann, und sie hielt in der verstatteten Rede an. Doch als die *Sechshundertundfünfzigste Nacht* anbrach, fuhr sie also fort: »Es ist mir berichtet worden, o glücklicher König, daß die muslimischen Streiter, als sie gegen die Heiden ausrückten, jene mit dem schneidenden Schwerte zerstückten; da flohen die letzten Heiden in Steppen und Wüstenland, aber die Muslime verfolgten sie mit dem Schwerte in der Hand, bis die Schar in der weiten Ebene und in zerklüfteten Gebirgen verschwand. Dann kehrten sie zu der Stadt 'Omân zurück, und König Gharîb zog in das Schloß el-Dschalands ein und setzte sich auf den Thron seiner Herrschaft. Nachdem seine Mannen sich zur Rechten und zur Linken von ihm aufgereiht hatten, rief er nach el-Dschaland. Da eilten die Leute hin und brachten ihn vor König Gharîb. Der bot ihm den Islam dar, aber jener wies ihn zurück; und nun befahl Gharîb, ihn am Tore der Stadt zu kreuzigen, und die Krieger schossen mit Pfeilen auf ihn, bis er wie ein Stachelschwein aussah. Gharîb verlieh darauf el-Dschamrakân ein Ehrengewand und sprach zu ihm: ,Du bist jetzt Herr und Gebieter dieser Stadt, mit der Macht zu binden und zu lösen; denn du hast sie mit deinem Schwerte und mit deinen Mannen erobert.' Da küßte el-Dschamrakân den Fuß des Königs Gharîb, dankte ihm und wünschte ihm dauernden Sieg und Ruhm und Segen. Und ferner öffnete Gharîb die Schatzkammern el-Dschalands, und nachdem er all die Schätze, die darinnen waren, gesehen hatte, verteilte er sie an die Hauptleute und die

Mannen, so die Fahnen trugen und die Schlacht gewannen, ja, auch an die Mädchen und Knaben, und er spendete von den Schätzen zehn Tage lang. Darauf eines Nachts, als er schlief, sah er im Traume ein furchtbares Gesicht, so daß er mit Furcht und Zittern erwachte. Er weckte sogleich seinen Bruder Sahîm und sprach zu ihm: ‚Ich habe im Traume gesehen, daß wir beide in einem Tale waren, und jenes Tal war ein weites Land. Da stießen plötzlich zwei Raubvögel auf uns herab, so groß, wie ich sie noch nie in meinem Leben gesehen habe, und ihre Beine waren wie Lanzen; sie stürzten sich auf uns, und wir waren in großer Furcht vor ihnen. Das ist, was ich gesehen habe.‘ Als Sahîm diese Worte vernommen hatte, sprach er: ‚O König, dies ist irgendein gefährlicher Feind; drum sei auf deiner Hut vor ihm!‘ Die ganze Nacht hindurch konnte der König keinen Schlaf mehr finden; und als es Morgen ward, rief er nach seinem Renner und bestieg ihn. Da fragte Sahîm ihn: ‚Wohin willst du reiten, mein Bruder?‘ Und jener erwiderte ihm: ‚Mir ist heute früh die Brust beengt, und darum will ich zehn Tage lang fortreiten, auf daß mir wieder leicht ums Herz wird.‘ ‚So nimm tausend Helden mit dir!‘ sagte Sahîm; aber er gab ihm zur Antwort: ‚Ich will nur mit dir allein ausreiten.‘ Nun saßen Gharîb und Sahîm auf und ritten zu den Tälern und Wiesen; sie zogen immer weiter dahin, von Tal zu Tal und von Wiese zu Wiese, bis sie zu einem Tale kamen, in dem viele fruchtbeladene Bäume standen und Bächlein sich zwischen duftenden Blumen wanden. Dort hörte man die Vöglein ihre Weisen auf den Zweigen singen; der Sprosser ließ seine lieblichen Lieder erklingen. Die Holztaube erfüllte die Stätte mit ihrem Schall; und die Nachtigall erweckte mit ihrer Stimme die Schläfer all. Der Amsel Flöten klang wie eines Menschen Gesang; der Turteltaube und Ringeltaube

Lieder gab der Papagei mit reiner Stimme wieder. Und bei den Fruchtbäumen waren die schönsten eßbaren Früchte in Paaren. Jenes Tal gefiel ihnen, und nachdem sie von den Früchten dort gegessen und den Bächlein dort getrunken hatten, setzten sie sich nieder in der Bäume Schatten; da wurden sie von Müdigkeit überwältigt und schliefen – Preis sei Ihm, der nimmer schläft! Und während sie so im Schlafe dalagen, schossen plötzlich zwei gewaltige Mârids auf sie herab; ein jeder von ihnen nahm einen der beiden Schläfer auf den Rükken, und dann stiegen sie wieder in die Luft empor, bis sie über den Wolken waren. Da erwachten Sahîm und Gharîb und sahen sich zwischen Himmel und Erde. Und sie schauten auf die beiden, die sie trugen, und entdeckten, daß es zwei Mârids waren; der eine hatte einen Hundekopf, der andere den eines Affen und war so lang wie ein Palmenbaum. Sie hatten Haare wie Pferdeschwänze und Krallen wie die Klauen der Löwen. Wie Gharîb und Sahîm das sahen, riefen sie: ‚Es gibt keine Macht und es gibt keine Majestät außer bei Allah!'

Der Grund von alledem war dieser: Einer von den Königen der Geister, des Namens Mar'asch, hatte einen Sohn, Sâ'ik geheißen; und der liebte eine junge Dämonin, die Nadschma hieß. Und Sâ'ik und Nadschma pflegten sich in jenem Tale zu treffen unter der Gestalt von zwei Vögeln. Nun hatten Gharîb und Sahîm die beiden, Sâ'ik und Nadschma, gesehen und sie für wirkliche Vögel gehalten. Darum schossen sie mit Pfeilen nach ihnen; aber nur Sâ'ik ward getroffen, und sein Blut floß herab. Nadschma trauerte um ihn und hob ihn auf und flog davon, aus Furcht, sie könne von demselben Unglück betroffen werden wie Sâ'ik. Dann flog sie mit ihm weiter, bis zum Palaste seines Vaters, und dort warf sie ihn am Tore nieder. Die Torwächter trugen ihn hinein und legten ihn vor seinem Vater hin. Als Mar'asch seinen Sohn erblickte und den Pfeil in seinen Rippen stecken sah, rief er: ‚Wehe, mein Sohn, wehe! Wer hat dir dies getan? Ich will sein Land ins Verderben stürzen und ihm eiligst das Leben kürzen, auch wenn er der größte von den Geisterkönigen wäre!' Da schlug der Prinz die Augen auf und sprach: ‚Lieber Vater, kein anderer hat mir den Tod gebracht als ein sterblicher Mann im Quellental.' Und kaum hatte er diese Worte beendet, da verließ ihn das Leben. Sein Vater aber schlug sich ins Gesicht, bis ihm das Blut aus dem Munde strömte. Dann rief er zwei Mârids und sprach zu ihnen: ‚Eilt zum Tal der Quellen und bringt mir jeden, der dort ist!' Die beiden Mârids flogen nun dahin, bis sie zum Quellental kamen; als sie dort Gharîb und Sahîm schlafend fanden, ergriffen sie die beiden und flogen mit ihnen empor, um sie zu Mar'asch zu bringen. Und wie dann Sahîm und Gharîb aus ihrem Schlafe erwachten und sich zwischen Himmel und Erde sahen, riefen sie: ‚Es gibt keine Macht und es gibt keine Majestät außer bei Allah, dem Erhabenen und Allmächtigen!' – –«

Da bemerkte Schehrezâd, daß der Morgen begann, und sie hielt in der verstatteten Rede an. Doch als die *Sechshundertundeinundfünfzigste Nacht* anbrach, fuhr sie also fort: »Es ist mir berichtet worden, o glücklicher König, daß die beiden Mârids, nachdem sie Gharîb und Sahîm ergriffen hatten, sie zu Mar'asch, dem König der Geister, brachten. Und als sie sich vor dem König befanden, sahen sie ihn auf dem Thron seiner Herrschaft sitzen; er war aber wie ein gewaltiger Berg, und auf seinem Leibe saßen vier Köpfe, ein Löwenkopf, ein Elefantenkopf, ein Leopardenkopf und ein Pantherkopf. Nun stellten die beiden Mârids den Gharîb und Sahîm vor Mar'asch hin und sprachen: ‚O König, diese beiden sind es, die wir im Tal der Quellen gefunden haben. Der blickte sie mit dem Auge des Zornes an, und er hauchte und fauchte, bis Funken ihm aus den Nüstern sprühten und alle, die zugegen waren, in Furcht vor ihm gerieten. Und er schrie: ,Ihr Menschenhunde, ihr habt meinem Sohne den Tod gebracht und Feuer in meinem Herzen entfacht.' Gharîb aber fragte: ,Wer ist denn dein Sohn, den wir getötet haben sollen? Wer hat denn deinen Sohn gesehen?' Jener antwortete: ,Waret ihr nicht im Tal der Quellen und sahet ihr nicht meinen Sohn in der Gestalt eines Vogels? Und habt ihr nicht mit dem Holzpfeile nach ihm geschossen, so daß er starb?' Da sagte Gharîb: ,Ich weiß nicht, wer ihn getötet hat. Bei dem Herrn der Herrlichkeit, des Einen von Anbeginn der Zeit, in dem sich das Wissen von allen Dingen vereint, und bei Abraham, dem Gottesfreund, wir haben keinen Vogel gesehen, wir haben kein Tier des Feldes und keinen Vogel getötet!' Wie Mar'asch aus den Worten Gharîbs hörte, daß er bei Allah und seiner Allmacht schwor und bei seinem Propheten, dem Gottesfreunde Abraham, erkannte er ihn als einen Muslim. Nun stand jener Dämon in des Feuers Bann und betete nicht den allgewaltigen König an, und so rief er seinen Leuten zu: ,Bringt mir meine Herrin!' Da brachten sie ihm einen goldenen Ofen und stellten ihn vor ihm auf; dann entzündeten sie darin ein Feuer und warfen Spezereien hinein. Da stiegen grüne und blaue und gelbe Flammen auf, und der König und alle, die zugegen waren, warfen sich anbetend davor nieder, während Gharîb und Sahîm die Einheit Allahs des Erhabenen bekannten und riefen: ,Allah ist der Größte!' und bezeugten, daß Allah über alle Dinge mächtig ist. Als darauf der König sein Haupt erhob und sah, daß Gharîb und Sahîm aufrecht standen und sich nicht niederwarfen, rief er: ,Ihr Hunde, warum werft ihr euch nicht nieder?' Gharîb aber hub an: ,Weh euch, ihr Verfluchten! Niederwerfung gebührt nur dem

König, der würdig der Anbetung ist, und der die Kreatur aus dem Nichts in die Wesenheit ruft zu jeglicher Frist; der das Wasser aus dem harten Felsen rinnen läßt und das Herz des Vaters Liebe zum Kinde gewinnen läßt; den niemand als stehend oder sitzend schildern kann, Ihm, dem Herren von Noah und Sâlih und Hûd und Abraham, dem Gottesmann; dem Schöpfer von Hölle und Paradies, der die Bäume und Früchte wachsen ließ; und Er ist Allah, der Eine, der Allmächtige.' Als Mar'asch diese Worte vernahm, sanken ihm die Augen umgewandt in den Schädel, und er rief seinen Leuten zu: ‚Fesselt diese beiden Hunde und opfert sie meiner Herrin!' Da banden sie die beiden und wollten sie ins Feuer werfen. Aber plötzlich fiel eine von den Zinnen des Palastes auf den Ofen, so daß er zerbrach und das Feuer ausgelöscht ward und als Asche in der Luft umherflog. Gharîb frohlockte: ‚Allah ist der Größte! Sieg und Heil! Schmach werde den Ungläubigen zuteil! ‚Allah ist der Größte' heißt es wider die, so das Feuer anbeten und nicht in den Dienst des allmächtigen Königs treten!' Doch der König sprach:·‚Du bist ein Zauberer, und du hast meine Herrin verzaubert, so daß ihr solches widerfahren ist.' ‚O du Betörter,' erwiderte Gharîb, ‚wenn das Feuer Seele und Verstand besäße, so hätte es das von sich abgewehrt, was ihm Schaden brachte!' Als Mar'asch diese Worte hörte, begann er zu toben und zu brüllen und das Feuer zu schmähen, und er rief: ‚Bei meinem Glauben, ich will euch nur durch das Feuer zu Tode bringen!' Und er befahl, die beiden ins Gefängnis zu werfen; dann rief er hundert Mârids und hieß sie viel Brennholz bringen und es anzünden. Sie taten es, und nun stieg eine mächtige Flamme auf, die unaufhörlich bis zum Morgen brannte. Dann stieg Mar'asch auf einen Elefanten, in eine goldene Sänfte, die mit Edelsteinen besetzt war, und rings um ihn versammelten sich die Stämme der Dämonen in all ihren verschiedenen Arten. Darauf brachte man Gharîb und Sahîm herbei, und als die beiden die Feuerflamme sahen, flehten sie um Hilfe zu dem Einen, dem Herren der Macht, dem Schöpfer von Tag und Nacht; dem Hochherrlichen, den die Blicke nicht erreichen, der aber selbst die Blicke erreicht, da er der Allgütige ist und über alles wacht. So flehten sie zu Ihm ohne Unterlaß, bis sich plötzlich von Westen nach Osten eine Wolke erhob und einen Regen gleich dem brandenden Meer herabsandte und das Feuer auslöschte. Da erschraken der König und alle seine Krieger, und sie kehrten in das Schloß zurück. Dann wandte der König sich zum Wesir und zu den Großen des Reiches und sprach zu ihnen: ,Was sagt ihr von diesen beiden Männern?' Sie antworteten: ,O König, wenn sie nicht im Rechte wären, so wäre dem Feuer dies nicht widerfahren. Wir sagen deshalb, daß sie mit vollem Rechte die Wahrheit reden.' Nun sprach der König: ,Jetzt sind mir die Wahrheit und der offenbare Weg klar geworden; die Anbetung des Feuers ist ein eitel Ding. Denn wenn die Feuerflamme eine Göttin wäre, so hätte sie den Regen, der sie auslöschte, und den Stein, der ihren Ofen zerbrach, so daß sie zu Asche wurde, von sich abgewehrt. Deshalb glaube ich an Den, dessen Schöpfertat Feuer und Licht, Schatten und Wärme erschaffen hat. Und ihr, was sagt ihr?' Sie erwiderten: ,O König, wir tun desgleichen, wir folgen und hören und gehorchen!' Dann rief er nach Gharîb, und als der vor ihm stand, erhob er sich vor ihm, umarmte ihn und küßte ihn auf die Stirn; und ebenso küßte er Sahîm. Und danach drängten sich alle Krieger um Gharîb und Sahîm und küßten ihnen Hände und Haupt. – –«

Da bemerkte Schehrezâd, daß der Morgen begann, und sie hielt in der verstatteten Rede an. Doch als die *Sechshundertund-*

zweiundfünfzigste Nacht anbrach, fuhr sie also fort: »Es ist mir berichtet worden, o glücklicher König, daß Mar'asch, der Geisterkönig, als er und sein Volk den rechten Weg zum Islam gefunden hatten, Gharîb und seinen Bruder Sahîm kommen ließ und sie auf die Stirn küßte, und daß die Großen seines Reiches sich dazu drängten, ihnen Hände und Haupt zu küssen. Danach setzte Mar'asch sich auf den Thron seiner Herrschaft und ließ Gharîb zu seiner Rechten, Sahîm zu seiner Linken sitzen und sprach: ,Du Menschenkind, was müssen wir sagen, auf daß wir Muslime werden?' Gharîb gab zur Antwort: ,Sprechet: Es gibt keinen Gott außer Allah; Abraham ist der Freund Allahs!' Nun bekannten der König und sein Volk sich zum Islam mit Herz und Zunge. Und Gharîb blieb bei ihnen und lehrte sie beten. Dann aber gedachte er seines Volkes und seufzte; da sprach der Geisterkönig zu ihm: ,Jetzt ist doch die Sorge vergangen und entschwunden, und gekommen sind die frohen und fröhlichen Stunden!' ,O König,' erwiderte Gharîb, ,ich habe viele Feinde, und ich bin ihretwegen um mein Volk besorgt.' Und dann erzählte er ihm, was ihm von seinem Bruder 'Adschîb widerfahren war, von Anfang bis zu Ende. Da sagte der Geisterkönig zu ihm: ,O du König der Menschen, ich will dir jemanden aussenden, der Kunde über dein Volk bringt; denn ich kann dich nicht eher fortziehen lassen, als bis ich mich an deinem Antlitz satt gesehen habe.' Und alsbald rief er zwei starke Mârids, von denen der eine el-Kailadschân, der andere aber el-Kuradschân hieß. Als die beiden vor ihm erschienen, küßten sie den Boden vor ihm, und er sprach zu ihnen: ,Begebt euch nach Jemen und bringet Kunde über die Heere und die Streiter dieser beiden Menschen!' ,Wir hören und gehorchen!' antworteten sie, machten sich auf den Weg und flogen gen Jemen.

Wenden wir uns nun von Gharîb und Sahîm zu dem Heere der Muslime! Die waren am Morgen aufgesessen, Mannen und Führer, und hatten sich zum Palaste des Königs Gharîb begeben, um ihm aufzuwarten. Doch die Diener sagten ihnen, daß der König und sein Bruder kurz vor Tagesanbruch ausgeritten seien. Da saßen die Hauptleute auf und zogen über Berg und Tal, indem sie immerfort der Spur folgten, bis sie ins Tal der Quellen gelangten. Dort fanden sie die Waffen von Gharîb und Sahîm am Boden liegen und die beiden Renner auf der Wiese grasen. Die Hauptleute sprachen: ‚Der König muß von dieser Stätte verschwunden sein, beim Ruhme des Gottesfreundes Abraham!' Da verteilten sie sich und suchten im Tale und im Gebirge drei Tage lang, aber es zeigte sich ihnen keine Spur. Nun begannen sie die Trauerfeiern; aber sie ließen doch noch die Eilboten kommen und sprachen zu ihnen: ‚Verteilt euch auf die Städte und Burgen und Festen und forschet nach Kunde von unserem König!' ‚Wir hören und gehorchen!' erwiderten sie; und sie verteilten sich nach allen Seiten, indem ein jeder von ihnen eine andere Gegend aufsuchte. Zu 'Adschîb aber gelangte durch seine Späher die Nachricht, daß sein Bruder verschwunden sei, und daß man keine Spur von ihm gefunden habe. Nun war er froh, daß sein Bruder Gharîb nicht mehr da war, und er freute sich sehr. Und er begab sich zum König Ja'rub ibn Kahtân und bat ihn um seine Hilfe, und der gewährte sie ihm; denn er gab ihm zweihunderttausend Riesen. Da machte 'Adschîb sich mit seinem Heere auf und lagerte sich vor der Stadt 'Omân. Doch el-Dschamrakân und Sa'dân machten einen Ausfall gegen sie und kämpften mit ihnen; als aber viel Volks von den Muslimen gefallen war, zogen sie sich in die Stadt zurück, verschlossen die Tore und befestigten die Mauern. Da erschienen plötzlich die beiden Mârids el-Kailadschân und el-Kuradschân und sahen, wie die Muslime eingeschlossen waren. Sie warteten, bis die Nacht kam; dann aber ließen sie unter den Ungläubigen zwei schneidende Schwerter ihres Amtes walten; das waren Geisterschwerter, ein jedes zwölf Ellen lang, mit denen man einen Felsen hätte spalten können. Die beiden Geister fielen über die Feinde her mit dem Rufe: ‚Allah ist der Größte! Sieg und Heil! Schmach werde den Ungläubigen zuteil, denen, so den Glauben des Gottesfreundes Abraham leugnen!' Und sie stürzten sich auf die Heiden und richteten ein großes Blutbad unter ihnen an; dabei sprühten sie Feuer aus ihren Mäulern und ihren Nüstern. Als die Ungläubigen, die aus ihren Zelten wider sie ins Feld rückten, das grausige Schauspiel sahen, erschauerte ihnen die Haut auf den Leibern, sie wurden verwirrt und wie von Sinnen. Und so griffen sie nach den Waffen und machten sich übereinander her, während die beiden Mârids die Häupter der Heiden mähten und riefen: ‚Allah ist der Größte! Wir sind die Diener des Königs Gharîb, des Freundes des Königs Mar'asch, des Herrschers der Geister!' Unaufhörlich kreiste das Schwert unter ihnen, bis es Mitternacht wurde. Die Heiden glaubten, die Berge seien ganz voll von Dämonen; und so luden sie ihre Zelte und Schätze und Lasten auf die Kamele und eilten davon. Der erste aber, der sich flüchtete, war 'Adschîb. – –«

Da bemerkte Schehrezâd, daß der Morgen begann, und sie hielt in der verstatteten Rede an. Doch als die *Sechshundertunddreiundfünfzigste Nacht* anbrach, fuhr sie also fort: »Es ist mir berichtet worden, o glücklicher König, daß die Ungläubigen davoneilten und daß 'Adschîb der erste war, der sich flüchtete. Inzwischen aber waren die Muslime zusammengekommen, und sie wunderten sich über das, was mit den Heiden geschah; aber sie fürchteten sich auch vor den Stämmen der Geister.

Die beiden Mârids nun verfolgten die Heiden unverwandt, bis sie ihre Scharen zerstreut hatten über Steppen und Wüstenland; und von all den zweihunderttausend Riesen, die gewesen waren, blieben nur fünfzigtausend am Leben; die kehrten geschlagen und verwundet in ihr Land zurück. Die beiden Dämonen aber sprachen: ,Ihr Mannen, König Gharîb, euer Herr, und sein Bruder lassen euch grüßen; sie sind jetzt zu Gaste bei König Mar'asch, dem Herrscher der Geister, und sie werden bald wieder bei euch sein.' Als die Krieger die Kunde von Gharîb vernahmen und nun wußten, daß er wohlbehalten am Leben sei, freuten sie sich gar sehr und sprachen zu den beiden: ,Allah erfreue euch beide durch gute Botschaft, ihr edlen Geister!' Dann kehrten el-Kailadschân und el-Kuradschân heim und traten vor König Gharîb und König Mar'asch, die sie im Palaste sitzen sahen; und sie berichteten ihnen, was geschehen war und was sie getan hatten. Da wünschten die beiden Könige ihnen reichen Gotteslohn; und Gharîbs Herz fühlte sich beruhigt. Doch nun hub König Mar'asch an: ,Mein Bruder, ich möchte dir unser Land zeigen und dich die Stadt Japhets, des Sohnes Noahs – Friede sei über ihm! – sehen lassen.' ,O König,' antwortete Gharîb, ,tu, was dir gut scheint!' Jener ließ nun für Gharîb und Sahîm zwei Prachtrosse kommen und ritt mit ihnen aus, begleitet von tausend Mârids, und sie flogen dahin, als wären sie ein Stück von einem Berge, das sich der Länge nach abspaltete. Auf ihrer Fahrt erfreuten sie sich des Anblickes der Täler und der Berge, bis sie zu der Stadt Japhets kamen, des Sohnes Noahs – Friede sei über ihm! Und das Volk der Stadt, groß und klein, kam heraus, dem König Mar'asch entgegen. Der ritt in großem Prachtzuge in die Stadt ein und hinauf zum Schlosse Japhets, des Sohnes Noahs; dort setzte er sich auf den Thron seiner Herrschaft, einen Marmorsessel, zehn Stufen hoch, mit goldenen Stäben vergittert und mit allerlei farbiger Seide bedeckt. Und als das Volk der Stadt vor ihm stand, sprach er zu ihnen: ‚Ihr Sprossen Japhets, des Sohnes Noahs, was pflegten eure Väter und Großväter anzubeten?‘ Sie gaben zur Antwort: ‚Wir haben gesehen, daß unsere Vorfahren das Feuer anbeteten, und wir sind ihrem Beispiele gefolgt; doch du weißt es am besten.‘ ‚Ihr Leute,‘ fuhr er fort, ‚wir haben gesehen, daß das Feuer nur eines der Geschöpfe Allahs des Erhabenen ist, der alle Dinge geschaffen hat. Als ich das erfuhr, da bekannte ich mich zu Allah, dem Einen, dem Herrn der Macht, dem Schöpfer von Tag und Nacht und der kreisenden Sphären Pracht, den die Blicke nicht erreichen, der aber selbst die Blicke erreicht, da Er der Allgütige ist und über alles wacht. Drum nehmt den rettenden Glauben des Islams an, so werdet ihr gerettet sein vor dem Zorn des Allmächtigen und im Jenseits vor des Feuers Pein!‘ Da bekannten sich alle zum Islam mit Herz und Zunge. Nun ergriff Mar'asch die Hand Gharîbs und zeigte ihm das Schloß Japhets und seinen Bau und all die Wunder, die es enthielt. Dann traten sie auch in die Rüstkammer ein, und wie jener ihm die Waffen Japhets zeigte, erblickte Gharîb ein Schwert, das an einem goldenen Pflocke hing. Und er fragte: ‚O König, wem gehört dies?‘ Der König antwortete: ‚Dies ist das Schwert Japhets, des Sohnes Noahs, mit dem er die Menschen und die Geister zu bekämpfen pflegte. Dschardûm, der Weise, hat es geschmiedet, und er hat auf seiner Rückseite gewaltige Zaubernamen eingegraben. Wenn es einen Berg träfe, so würde es ihn zerschlagen. Und es heißt el-Mâhik[1], dieweil es nie auf einen Menschen niedersaust, ohne ihn zu vernichten, noch auf einen Dämon, ohne ihn zu zerschmettern.‘ Als Gharîb diese Worte von ihm vernahm und ihn die Kräfte

1. Der Vernichter.

dieses Schwertes rühmen hörte, sprach er: ‚Ich möchte mir dies Schwert ansehen!' ‚Tu, was du willst!' sagte Mar'asch; und nun reckte Gharîb seine Hand aus, packte das Schwert und zog es aus der Scheide; und es glitzerte und blitzte, und der Tod kroch über seine Schneide. Es war zwölf Spannen lang und drei Spannen breit. Als Gharîb es behalten wollte, sagte König Mar'asch: ‚Wenn du damit schlagen kannst, so behalt es!' ‚Gut!' sagte Gharîb und hob es, und es war in seiner Hand wie ein Stab. Da wunderten sich alle, die zugegen waren, Menschen und Geister, und riefen: ‚Vortrefflich, du Herr der Ritter!' Mar'asch aber sprach zu ihm: ‚Leg deine Hand auf dies Kleinod, nach dem die Könige der Erde vergeblich seufzen; und nun sitz auf, damit ich dir noch mehr zeige!' Und so ritt er mit Mar'asch weiter, und die Menschen und Geister geleiteten sie zu Fuß. – –«

Da bemerkte Schehrezâd, daß der Morgen begann, und sie hielt in der verstatteten Rede an. Doch als die *Sechshundertundvierundfünfzigste Nacht* anbrach, fuhr sie also fort: »Es ist mir berichtet worden, o glücklicher König, daß König Gharîb und König Mar'asch, als sie aus der Stadt Japhets hinausritten, begleitet von den Menschen und Geistern, vorbeizogen an Schlössern und an Häusern, die keine Bewohner mehr besaßen, und an vergoldeten Toren in den Straßen. Und als sie dann durch das Stadttor geritten waren, erblickten sie Gärten, in denen Fruchtbäume sproßten und Bächlein flossen. Dort waren singende Vögel, die Ihn priesen, den Herrn der Allmacht und Ewigkeit; und dort hatten die beiden ihre Freude bis zur Abendzeit. Dann kehrten sie heim, um die Nacht im Schlosse Japhets, des Sohnes Noahs, zu verbringen. Und als sie dort ankamen, wurden ihnen die Tische aufgetragen; und während sie aßen, wandte sich Gharîb zu dem König der Geister und sprach: ‚O König, ich möchte zu meinem Volke und zu meinem Heere zurückkehren; denn ich weiß nicht, was aus ihnen wird, wenn ich fern bin.' Auf diese seine Worte erwiderte Mar'asch: ‚Mein Bruder, bei Allah, ich will mich nicht eher von dir trennen und dich nicht eher fortziehen lassen, als bis ein voller Monat verstrichen ist, auf daß ich mich an deinem Antlitz satt sehen kann!' Da konnte Gharîb ihm nicht widersprechen, und so blieb er einen ganzen Monat in der Stadt Japhets. Er aß und trank, und König Mar'asch gab ihm viele kostbare Geschenke, Edelmetalle und Juwelen, Smaragde, Ballasrubinen[1] und Diamanten, Barren von Gold und von Silber; ferner auch Moschus, Ambra und golddurchwirkte Seidenstoffe. Auch ließ er für Gharîb und Sahîm zwei Ehrengewänder herstellen aus bunter, goldbestickter Seide und für Gharîb eine Krone, die mit Perlen und Edelsteinen von unschätzbarem Werte besetzt war. All dies ließ er für ihn in gleiche Lasten verteilen, und dann rief er fünfhundert Mârids und sprach zu ihnen: ‚Rüstet euch zur Reise für morgen, damit wir den König Gharîb und Sahîm in ihr Land geleiten.' ‚Wir hören und gehorchen!' erwiderten sie. Und sie legten sich alle zum Schlafe nieder in der Absicht, aufzubrechen, bis die Zeit des Aufbruchs kam. Doch da erschien plötzlich eine Reiterschar mit Trommelgewirbel und Trompetenklang, die das ganze Land erfüllte; das waren siebenzigtausend Mârids, Flieger und Taucher, unter einem König, Barkân geheißen. Es hatte aber einen ungewöhnlichen und seltsamen Grund, daß dies Heer gekommen war; ja, die Geschichte ist unterhaltend und wunderbar, und wir stellen sie jetzt der Reihe nach dar. Jener Barkân war der Herr der Karneolstadt und des Goldenen Schlosses, und er herrschte über fünf Festen, von denen eine jede fünfhundert-

1. Rubinen aus Badachschân im nördlichen Afghanistan.

tausend Mârids barg; sein und seines Volkes Dienst war dem Feuer geweiht statt dem König der Herrlichkeit. Dieser König war ein Vetter von Mar'asch; und unter dem Volke des Mar'asch war ein ungläubiger Mârid, der heuchlerisch den Islam angenommen hatte, dann aber aus seinem Stamm verschwunden war. Er war dahingezogen, bis er zum Karneoltal kam, und dort war er zum Schlosse des Königs Barkân gegangen, hatte den Boden vor ihm geküßt und ihm dauernden Ruhm und Wohlstand gewünscht. Dann berichtete er ihm, daß Mar'asch den Islam angenommen habe. Barkân fragte: ‚Wie kam er dazu, seinen Glauben aufzugeben?' Und jener erzählte ihm alles, was geschehen war. Wie Barkân das hörte, begann er zu hauchen und zu fauchen und Schmähworte gegen Sonne und Mond zu gebrauchen, und auch gegen das Feuer, aus dem die Funken auftauchen. Und er rief: ‚Bei meinem Glauben, ich will den Sohn meines Oheims und sein Volk und diesen Sterblichen umbringen und keinen von ihnen am Leben lassen.' Dann berief er die Scharen der Geister und wählte aus ihnen siebenzigtausend Mârids aus; mit denen zog er dahin, bis er bei der Stadt Dschabarsa[1] ankam. Dort umzingelten sie die Stadt, wie wir schon erzählt haben; und König Barkân machte vor dem Stadttore halt und ließ dort seine Zelte aufschlagen. Mar'asch aber rief einen Mârid und sprach zu ihm: ‚Geh zu diesem Heere, schau, was sie wollen, und komm eilends zu mir zurück!' Der Mârid eilte dahin, und wie er zum Lager Barkâns kam, stürzten die Mârids auf ihn los und fragten ihn: ‚Wer bist du?' ‚Ein Bote von Mar'asch', erwiderte er, und sie nahmen ihn und brachten ihn vor Barkân. Dort warf er sich nieder und sprach dann: ‚Mein Gebieter, wisse, mein Herr hat mich zu euch geschickt, um ihm über euch Kunde zu

1. Eine Wunderstadt der arabischen Legende.

bringen.' Der König antwortete ihm: ‚Geh zu deinem Herrn und sage ihm: Dies ist dein Vetter Barkân; er ist gekommen, um dich zu begrüßen!'« – –«

Da bemerkte Schehrezâd, daß der Morgen begann, und sie hielt in der verstatteten Rede an. Doch als die *Sechshundertundfünfundfünfzigste Nacht* anbrach, fuhr sie also fort: »Es ist mir berichtet worden, o glücklicher König, daß Barkân, als der Mârid, der Bote von Mar'asch, vor ihn kam und sprach: ‚Mein Herr hat mich zu dir gesandt, um ihm Kunde über euch zu bringen', ihm antwortete: ‚Geh zu deinem Herrn und sage ihm: Dies ist dein Vetter Barkân; er ist gekommen, um dich zu begrüßen!' Der Mârid ging zurück und brachte seinem Herrn die Kunde; und der sagte darauf zu Gharîb: ‚Setze du dich auf deinen Thron, so lange, bis ich meinen Bruder begrüßt habe und zu dir zurückgekehrt bin.' Dann saß er auf und ritt auf das Zeltlager zu. Barkân aber hatte dies nur als eine List ersonnen, auf daß Mar'asch herauskäme und er ihn ergreifen könnte; er hatte auch Mârids rings um sich aufgestellt und zu ihnen gesagt: ‚Wenn ihr seht, daß ich ihn umarme, so ergreift ihn und fesselt ihn!' ‚Wir hören und gehorchen!' hatten sie gesagt. Als darauf König Mar'asch in das Zelt seines Vetters kam, erhob der sich vor ihm und umarmte ihn. Da stürzten auch schon die Geister auf ihn los und fesselten ihn an Händen und Füßen. Mar'asch blickte auf Barkân und fragte ihn: ‚Was bedeutet dies?' Aber der fuhr ihn an: ‚O du Hund unter den Geistern, willst du deinen Glauben und den Glauben deiner Väter und Vorväter verlassen und einen Glauben annehmen, den du nicht kennst?' Mar'asch erwiderte ihm: ‚Sohn meines Oheims, ich habe erkannt, daß der Glaube Abrahams, des Gottesfreundes, der wahre ist, und daß jeder andere eitel ist.' ‚Und wer hat euch das gesagt?' fragte Barkân; jener antwortete: ‚Gharîb, der König von Irak; und der steht bei mir in hohen Ehren.' Da rief Barkân: ‚Bei dem Feuer im Lichtgewand, bei dem Schatten und bei der Hitze Brand, ich werde euch wahrlich allesamt mit ihm töten.' Dann warf er ihn ins Gefängnis. Als aber der Diener des Königs Mar'asch sah, was mit seinem Herrn geschah, floh er eiligst in die Stadt und meldete den Scharen der Geister, wie es seinem Herrn ergangen war. Die erhoben ein lautes Geschrei und schwangen sich auf ihre Rosse. ‚Was gibt es?' fragte Gharîb; und als man ihm kundgetan hatte, was geschehen war, rief er nach Sahîm und sprach zu ihm: ‚Sattle mir einen der Renner, die König Mar'asch mir geschenkt hat!' Und als jener ihn fragte: ‚Mein Bruder, willst du mit den Geistern kämpfen?' antwortete er: ‚Ja, ich will sie bekämpfen mit dem Schwerte Japhets, des Sohnes Noahs. Und ich will um Hilfe flehen zu dem Herrn Abrahams, des Gottesfreundes – Friede sei über ihm! –, zu Ihm, dem Herrn und Schöpfer aller Dinge.' Da sattelte Sahîm für ihn einen braunen Renner von den Pferden der Geister; der war hoch wie eine Burg. Und Gharîb legte die Kriegsrüstung an, schritt hinaus und stieg aufs Roß, und die Scharen der Geister zogen aus, mit Panzern bekleidet. Da saßen auch Barkân und seine Mannen auf; die beiden Heere ordneten sich zum Streit, beide Schlachtreihen waren kampfbereit. Und der erste, der das Tor des Kampfes auftat, war König Gharîb; der spornte seinen Renner auf das Schlachtfeld und zückte das Schwert Japhets, des Sohnes Noahs – Friede sei über ihm! Von dem ging ein blitzendes Licht aus, durch das die Augen aller Geister geblendet wurden, so daß Grausen sich in ihre Herzen senkte. Gharîb aber schwang das Schwert hin und her, bis die Sinne der feindlichen Dämonen sich verwirrten. Dann rief er: ‚Allah ist der Größte! Ich bin König Gharîb, der König von Irak, es gibt keinen anderen

Glauben als den Glauben Abrahams, des Gottesfreundes!' Als Barkân diese Worte aus dem Munde Gharîbs vernommen hatte, rief er: ‚Der ist es, der den Glauben meines Vetters verändert und ihn abtrünnig gemacht hat. Aber, bei meinem Glauben, ich will mich nicht eher wieder auf meinen Thron setzen, als bis ich Gharîb den Kopf abgeschlagen und ihm den Odem erstickt und meinen Vetter und sein Volk zu ihrem Glauben zurückgeführt habe. Und wer sich mir widersetzt, den bringe ich um!' Dann bestieg er einen Elefanten, der war so weiß wie Papier und glich einem geweißten Turme; und er schrie ihn an und stach ihn mit einem stählernen Stachel, der ihm tief ins Fleisch drang. Da brüllte das Tier auf und eilte zum Blachgefild, der Stätte, da Schwertschlag und Lanzenstich gilt; und als er nahe bei Gharîb war, rief er: ‚Du Menschenhund, was trieb dich in unser Land, so daß du meinen Vetter und sein Volk verdorben und sie von Glauben zu Glauben geführt hast? Wisse, heute ist der letzte deiner Tage in dieser Welt!' Als Gharîb das hörte, schrie er: ‚Hinweg, du gemeinster aller Dämonen!' Nun zog Barkân einen Speer, schüttelte ihn und warf ihn auf Gharîb; doch er verfehlte ihn. Dann schleuderte er einen zweiten Speer; doch den fing Gharîb mitten in der Luft auf, schüttelte ihn und schleuderte ihn auf den Elefanten. Und er drang dem Tiere in die Flanke und fuhr zur anderen Seite wieder heraus; da sank der Elefant tot zu Boden, und Barkân fiel nieder gleich einer langstämmigen Palme. Aber ehe er sich noch von der Stelle rühren konnte, traf Gharîb ihn mit dem Schwerte Japhets, des Sohnes Noahs, flach auf den Nacken, so daß ihm die Sinne schwanden. Da stürzten die Mârids auf ihn und fesselten ihm die Hände auf den Rücken. Doch als Barkâns Leute ihren König so erblickten, stürmten sie hervor und wollten ihn befreien. Nun wandten Gharîb und mit ihm die gläubigen Geister sich wider jene. Wie herrlich focht da Gharîb! Wie gefiel er dem Herrn, der die Gebete erhört, und stillte die Rache mit dem Talismanschwert! Jeden, den er traf, spaltete er; und ehe dessen Seele noch entweichen konnte, ward er im Feuer zu einem Häuflein Asche. Die Gläubigen warfen sich auf die ungläubigen Geister, und sie schleuderten feurige Meteore widereinander, bis alle in Rauch eingehüllt waren. Und immerfort hieb Gharîb auf die Feinde ein, nach rechts und nach links, so daß die Reihen sich vor ihm spalteten, bis er durchdrang zum Prunkzelte des Königs Barkân, begleitet von el-Kailadschân und el-Kuradschân. Dort rief er den beiden zu: ,Befreit euren Herrn!' Und sie lösten ihn und zerbrachen seine Fesseln. – –«

Da bemerkte Schehrezâd, daß der Morgen begann, und sie hielt in der verstatteten Rede an. Doch als die *Sechshundertundsechsundfünfzigste Nacht* anbrach, fuhr sie also fort: »Es ist mir berichtet worden, o glücklicher König, daß el-Kailadschân und el-Kuradschân, als König Gharîb ihnen zurief: ,Befreit euren Herrn!' ihn lösten und seine Fesseln zerbrachen. Da sprach König Mar'asch zu ihnen: ,Bringt mir meine Waffen und mein Flügelroß!' Jener König hatte nämlich zwei Rosse, die durch die Luft fliegen konnten; von denen hatte er eines Gharîb gegeben, während das andere sein Eigentum geblieben war; dies ward ihm gebracht, nachdem er seine Schlachtrüstung angelegt hatte. Dann fiel er mit Gharîb über den Feind her; beide sausten auf ihren Rossen durch die Luft dahin, ihre Mannen eilten hinter ihnen her, und beide riefen: ,Allah ist der Größte! Allah ist der Größte!' Und ihr Ruf erdröhnte, bis er von Tiefland und Bergen, Tälern und Hügeln wieder ertönte. Und erst, nachdem sie eine Menge der Feinde, mehr als dreißigtausend Mârids und Satane, getötet hatten, ließen sie von der Verfolgung ab. Dann zogen sie in die Stadt Japhets ein; und die beiden Könige setzten sich auf die Throne ihrer Macht und riefen nach Barkân. Der aber ward nicht gefunden; denn nachdem sie ihn gefangengenommen hatten, waren sie durch den Kampf von ihm abgelenkt worden, und da war ein Dämon, einer seiner Diener, zu ihm geeilt, hatte ihn befreit und zu seinem Volke gebracht. Dort fand er, wie ein Teil erschlagen war und der andere flüchtete; deshalb flog er mit ihm zum Himmel empor und ließ ihn in der Karneolstadt im Goldenen Schlosse nieder. Dort setzte König Barkân sich auf den Thron seiner Herrschaft; und nun kamen die von seinem Volke, die aus der Schlacht übriggeblieben waren, traten zu ihm ein und wünschten ihm Glück zu seiner Rettung. Er aber sprach: ‚Ihr Leute, wo ist die Rettung? Mein Heer ist erschlagen, die Feinde hatten mich gefangen genommen und meine Ehre unter den Stämmen der Geister in Stücke gerissen.‘ Sie antworteten: ‚O König, immer doch ist es so, daß die Könige Unheil bringen oder vom Unheil getroffen werden.‘ Doch er entgegnete ihnen: ‚Ich muß die Rache vollstrecken und meine Schande zudecken; sonst bleibe ich für immer ein Schandfleck unter den Stämmen der Geister.‘ Dann schrieb er Briefe und sandte sie an die Stämme in den Burgen, und die kamen zu ihm, willig und gehorsam. Als er sie musterte, fand er, daß es dreihundertundzwanzigtausend trotzige Mârids und Satane waren; die sprachen zu ihm: ‚Was ist dein Begehr?‘ Er antwortete: ‚Macht euch bereit, in drei Tagen aufzubrechen!‘ ‚Wir hören und gehorchen!‘ erwiderten sie.

Wenden wir uns nun von König Barkân wieder zu König Mar'asch zurück! Als der heimgekehrt war und nach Barkân rief und ihn nicht fand, ward es ihm schwer ums Herz, und er sprach: ‚Wenn wir ihn durch hundert Mârids hätten bewachen lassen, so wäre er nicht entkommen. Aber wohin sollte er von uns aus gehen?' Dann fuhr er fort und sprach zu Gharîb: ‚Wisse, mein Bruder, Barkân ist ein verräterischer Mann, und er wird nicht ruhen, bis er Rache nehmen kann. Sicher wird er seine Scharen versammeln und wider uns zu Felde ziehen. Darum will ich ihn jetzt einholen, solange er noch durch die Niederlage geschwächt ist.' Gharîb erwiderte: ‚Dies ist der rechte Rat, ein Wort, das keinen Tadel zu fürchten hat.' Und weiter sprach Mar'asch zu Gharîb: ‚Mein Bruder, laß die Mârids euch wieder in euer Land bringen, und lasset mich den Glaubenskrieg führen gegen die Heidenherde, auf daß mir meine Sündenlast erleichtert werde!' Aber Gharîb entgegnete: ‚Nein, bei dem gütigen Schützer, dem Gnadenreichen, ich will nicht eher von dieser Stätte weichen, als bis ich der ungläubigen Geister Schar vernichtet habe ganz und gar. Dann lasse Allah ihre Seelen in das Höllenfeuer sausen, an die Stätte voller Grausen! Und keiner wird gerettet werden, außer denen, die Allah anbeten, den Einen, den allmächtigen Herrn des Himmels und der Erden. Doch schicke Sahîm nach der Stadt 'Omân, auf daß er von seiner Krankheit genese!' Sahîm war nämlich erkrankt. So rief denn Mar'asch die Mârids und sprach zu ihnen: ‚Tragt Sahîm und diese Schätze und Ehrengeschenke nach der Stadt 'Omân!' ‚Wir hören und gehorchen!' erwiderten sie, nahmen Sahîm und all die Güter und machten sich auf nach dem Lande der Menschen. Dann schrieb Mar'asch Briefe an die Hauptleute seiner Burgen und an alle seine Stadthalter; die waren einhundertundsechzigtausend an der Zahl. Sie rüsteten sich und brachen auf nach der Karneolstadt und dem Goldenen Schlosse; und sie legten an einem Tage den Weg eines Jahres zurück. Und als sie in ein Tal kamen, machten sie halt, um auszuruhen, und verbrachten dort die Nacht, bis es wieder Morgen ward. Als sie dann aufbrechen wollten, erschien plötzlich der Vortrab der feindlichen Geister. Da erhoben alle die Dämonen ein lautes Geschrei, und die beiden Heere prallten in jenem Tale zusammen. Sie griffen einander an, und das Morden unter ihnen begann; es tobte die Schlacht, als bebte die Erde mit Macht, und alle Wildheit ward entfacht; der Ernst kam, und der Scherz zog fort, es verstummte zwischen den Reihen das Wort; manch langes Leben ward gekürzt, und die Heiden wurden in Schimpf und Schande gestürzt. Denn Gharîb griff sie an, indem er die Einheit dessen verkündete, der allein anbetenswert und erhaben ist, und indem er sein Schwert durch die Nacken stieß und die Köpfe im Staube rollen ließ. Ehe noch der Abend kam, hatte er schon an die siebenzigtausend von den Ungläubigen dahingestreckt. Und es wurden die Trommeln des Rückzugs geschlagen, und die Heere trennten sich voneinander. – –«

Da bemerkte Schehrezâd, daß der Morgen begann, und sie hielt in der verstatteten Rede an. Doch als die *Sechshundertundsiebenundfünfzigste Nacht* anbrach, fuhr sie also fort: »Es ist mir berichtet worden, o glücklicher König, daß Mar'asch und Gharîb, als die beiden Heere voneinander sich trennten, sich in ihre Zelte begaben, nachdem sie ihre Waffen abgewischt hatten. Dann ward ihnen das Nachtmahl gebracht, und sie aßen und wünschten einander Glück, daß sie wohlbehalten heimgekehrt und daß auf ihrer Seite weniger als zehntausend Mârids gefallen waren. Barkân aber begab sich in sein Lager, das Herz voller Wunden, weil so viele seiner Kämpen den Tod gefunden. Und er sprach: ‚Ihr Leute, wenn wir mit diesen Feinden noch drei Tage lang weiterkämpfen, so werden sie uns bis zum letzten Manne vernichten.' ‚Und was sollen wir tun?' fragten die Leute. Er antwortete: ‚Wir wollen im Dunkel über sie herfallen, während sie im Schlafe liegen; dann wird keiner von ihnen übrigbleiben, der Kunde davon heimbringt. Also ergreift eure

Waffen und fallet über eure Feinde her und stürzt euch auf sie alle wie ein Mann!' ,Wir hören und gehorchen!' erwiderten sie und hielten sich zum Angriff bereit. Nun war aber unter ihnen ein Mârid, des Namens Dschandal, dessen Herz sich dem Islam zuneigte; und als der erfuhr, was die Ungläubigen beschlossen hatten, stahl er sich von ihnen weg und begab sich zu Mar'asch und König Gharîb und tat ihnen die Pläne der Heiden kund. Da wandte Mar'asch sich zu Gharîb und sprach zu ihm: ,Bruder, was wollen wir tun?' Der antwortete ihm: ,Wir wollen die Heiden angreifen heute nacht, und wir wollen sie in die Steppen und Wüsten zerstreuen durch des allgewaltigen Königs Macht!' Dann berief er die Hauptleute der Geister und sprach zu ihnen: ,Legt eure Kriegsrüstungen an, ihr und eure Streiter; und sobald die Dunkelheit ihren Schleier tief herabhängen läßt, schleichet heimlich davon, Hundertschaft auf Hundertschaft; laßt die Zelte leer und legt euch zwischen den Bergen in den Hinterhalt! Und wenn ihr dann sehet, daß die Feinde im Lager sind, so fallet von allen Seiten über sie her! Seid fest entschlossen und vertraut auf euren Herrn, so werdet ihr siegen, und siehe, ich bin bei euch!' Als nun die Nacht kam, fielen die Ungläubigen über das Lager her, indem sie zu Feuer und Licht um Hilfe flehten. Und als sie sich zwischen den Zelten befanden, stürzten die Gläubigen sich auf die Heiden, indem sie den Herrn der Welten zu Hilfe riefen mit den Worten: ,O du, der du von allen Erbarmern der Gnadenreichste bist und der Schöpfer alles dessen, was erschaffen ist!', bis sie die Feinde niedergemäht und zu Boden gestreckt hatten. Als es aber Morgen geworden war, da lag die Heidenschar am Boden als ein Haufe lebloser Schatten, während die Überlebenden sich in die Wüsten und Täler geflüchtet hatten. Mar'asch und Gharîb kehrten siegreich und im Triumphe heim, nachdem sie das Gut der

Ungläubigen erbeutet hatten; und sie ruhten bis zum folgenden Tage. Dann brachen sie auf nach der Karneolstadt und dem Goldenen Schlosse. Barkân aber war, als die Schlacht sich gegen ihn entschieden hatte und die meisten seiner Krieger im Dunkel der Nacht gefallen waren, mit den Überlebenden seines Volkes geflüchtet; und wie er seine Hauptstadt wieder erreichte, begab er sich in sein Schloß und versammelte seine Scharen um sich. Zu denen sprach er: ‚Ihr Mannen, wer noch etwas besitzt, der nehme es und folge mir zum Berge Kâf, zum Blauen König, dem Herrn des Scheckigen Schlosses; er ist es, der uns rächen wird!' Da nahmen sie ihre Frauen und Kinder und ihre Habe und machten sich auf zum Berge Kâf. Bald darauf kamen Mar'asch und Gharîb bei der Karneolstadt und dem Goldenen Schlosse an; doch sie fanden die Tore offen, und niemand war dort, der ihnen Nachricht hätte geben können. Mar'asch führte nun Gharîb umher und zeigte ihm die Karneolstadt und das Goldene Schloß. Die Stadtmauern waren aus Smaragd gebaut und ihre Tore aus rotem Karneol mit silbernen Nägeln; die Dächer der Häuser und Paläste bestanden aus Aloeholz und Sandelholz. Sie wanderten ringsumher in den Straßen und Gassen, bis sie zum Goldenen Schloß gelangten. Dort schritten sie von Vorhalle zu Vorhalle und kamen schließlich zu einem Bau aus königlichem Ballasrubin, dessen Boden aus Smaragd und Hyazinth bestand. Als Mar'asch und Gharîb in das Schloß eingetreten waren, wurden sie von seiner Schönheit geblendet; sie gingen darinnen immer weiter, bis sie sieben Vorhallen durchschritten hatten. Erst dann kamen sie in das Innere des Schlosses, und da sahen sie vier Estraden, von denen keine der anderen gleich war; und in der Mitte war ein Springbrunnen aus rotem Golde, umgeben von goldenen Löwengestalten, aus deren Mäulern das Wasser floß. So sahen sie Dinge, die der Menschen Sinne verwirren konnten. Die Estrade am oberen Ende war belegt mit Teppichen, die aus bunter Seide gewirkt waren; und auf ihr standen zwei Throne aus rotem Golde, eingelegt mit Perlen und Edelsteinen. Mar'asch und Gharîb setzten sich nun auf die beiden Throne Barkâns und hielten prunkvoll Hof im Goldenen Schlosse. – –«

Da bemerkte Schehrezâd, daß der Morgen begann, und sie hielt in der verstatteten Rede an. Doch als die *Sechshundertundachtundfünfzigste Nacht* anbrach, fuhr sie also fort: »Es ist mir berichtet worden, o glücklicher König, daß Mar'asch und Gharîb sich auf die Throne Barkâns setzten und prunkvoll Hof hielten. Darauf sagte Gharîb zu Mar'asch: ‚Was für einen Plan hast du gefaßt?' Jener antwortete ihm: ‚O König der Menschen, ich habe hundert Reiter ausgeschickt, die mir Kunde darüber bringen sollen, an welchem Orte Barkân sich befindet, damit wir ihn verfolgen können.' Darauf blieben sie drei Tage lang im Goldenen Schlosse, bis die Mârids wieder zurückkehrten und die Kunde brachten, daß Barkân zum Berge Kâf geflüchtet sei und bei dem Blauen König Schutz gesucht und gefunden habe. Da sprach Mar'asch zu Gharîb: ‚Was sagst du, mein Bruder?' Der antwortete: ‚Wenn wir sie nicht angreifen, so werden sie uns angreifen.' So befahlen denn Mar'asch und Gharîb dem Heere, sich zum Aufbruche nach drei Tagen bereitzuhalten. Als sie alles vorbereitet hatten und gerade aufbrechen wollten, da kamen plötzlich die Mârids an, die Sahîm mit den Geschenken fortgebracht hatten; sie traten auf Gharîb zu und küßten den Boden vor ihm, und er befragte sie nach seinem Volke. Sie antworteten ihm: ‚Wisse, dein Bruder 'Adschîb hatte sich, nachdem er aus der Schlacht geflohen war, zu Ja'rub ibn Kahtân begeben; dann aber machte er sich auf nach Indien, trat vor den König des Landes, erzählte ihm, was ihm von seinem Bruder widerfahren war, und suchte und fand Schutz bei ihm. Der König schickte Briefe an alle seine Statthalter, und da versammelte sich ein Heer gleich dem brandenden Meer, ohne Anfang und Ende ringsumher; jetzt hat er beschlossen, Irak zu verwüsten.' Als Gharîb das hörte, rief er: ‚Verderben über die Heiden! Allah der Erhabene wird dem Islam den Sieg verleihen, und ich will ihnen Hieb und Stich zeigen!' Mar'asch aber sagte: ‚O König der Menschen, bei dem größten Namen[1], ich muß mit dir in dein Reich ziehen, deinen Feinden den Untergang bereiten und dich ans Ziel deiner Wünsche geleiten!' Gharîb dankte ihm, und sie legten sich nieder mit dem Entschlusse, aufzubrechen, wenn der Morgen käme. Dann machten sie sich auf und zogen in der Richtung des Berges Kâf dahin und waren manchen Tag auf dem Marsche; dann zogen sie auf das Scheckige Schloß und die Marmorstadt zu. Diese Stadt war aus Marmor und anderem Gestein erbaut, und ihr Baumeister war Bârik ibn Fâki', der Geistervater, er, der auch das Scheckige Schloß erbaut hatte. Dies war so benannt, weil in seinem Bau immer ein Ziegel aus Gold mit einem Ziegel aus Silber abwechselte; und in aller Welt gab es kein Gebäude, das ihm gleich gewesen wäre. Als sie nur noch eine halbe Tagesreise von der Marmorstadt entfernt waren, machten sie halt, um auszuruhen. Und Mar'asch schickte einen Späher auf Kundschaft aus; der Bote blieb eine Weile fort, und als er zurückkehrte, sprach er: ‚O König, in der Marmorstadt sind Legionen von Dämonen, zahllos gleichwie der Bäume Blätter und die Tropfen im Regenwetter.' König Mar'asch fragte: ‚Was sollen wir tun, o König der Menschen?'

[1]. Allah hat bekanntlich neunundneunzig ‚schöne Namen'. Der hundertste, der ‚größte' Name, dem eine besondere Kraft innewohnt, ist unbekannt; über ihn ist viel spekuliert worden.

‚O König,' erwiderte Gharîb, ‚teile dein Heer in vier Teile und laß sie das feindliche Lager umzingeln. Dann sollen sie rufen ‚Allah ist der Größte!', und wenn sie das getan haben, sollen sie sich zurückziehen. Dies soll um Mitternacht geschehen; dann wirst du sehen, was sich unter den Stämmen der Geister begeben wird.' Darauf ließ Mar'asch seine Truppen kommen und verteilte sie, wie Gharîb ihm geraten hatte; die legten ihre Waffen an und warteten, bis es Mitternacht war. Dann machten sie sich auf, umringten das Lager der Feinde und riefen: ‚Allah ist der Größte! Hie der Glaube Abrahams, des Gottesfreundes – Friede sei über ihm!' Die Ungläubigen wachten auf, erschreckt durch diesen Ruf, griffen zu den Waffen und fielen übereinander her, bis der Morgen dämmerte. Da war der größte Teil von ihnen vernichtet; nur noch ein kleiner Teil war übrig. Gharîb aber rief den gläubigen Geistern zu: ‚Los auf die Heiden, die noch am Leben sind! Siehe, ich bin bei euch, und Allah ist euer Helfer!' Und Mar'asch griff an, zusammen mit Gharîb, und der zückte sein Schwert el-Mâhik, das Geisterschwert. Er hieb die Nasen ab und ließ die Schädel durch die Lüfte fahren, und die feindlichen Scharen trieb er zu Paaren. Und schließlich bekam er auch Barkân zu fassen, hieb auf ihn ein und raubte ihm das Leben, so daß er von seinem Blute rot zu Boden sank. Das gleiche tat er mit dem Blauen König; und als es Morgen geworden war, blieb von der Ungläubigen Schar keine Seele mehr am Leben, nicht einer, um Kunde davon zu geben. Darauf begaben Mar'asch und Gharîb sich in das Scheckige Schloß und sahen, wie dort in den Wänden immer ein Ziegel aus Gold mit einem Ziegel aus Silber abwechselte; die Schwellen waren aus Kristall, und es war mit Bogen aus grünem Smaragd überwölbt. Darinnen war ein Springbrunnen und ein Brunnenhaus, ausgelegt mit Teppichen aus Seide, die mit Goldfäden durchwirkt und mit Edelsteinen besetzt war. Und sie fanden dort Schätze, die man nicht zählen und beschreiben konnte. Dann begaben sie sich in den Haremssaal und fanden dort zierliche und liebliche Frauen; und wie Gharîb den Harem des Blauen Königs betrachtete, fand er unter seinen Töchtern eine so schöne, wie er sie noch nie gesehen hatte. Die trug ein Gewand, das tausend Dinare wert war, und war von hundert Sklavinnen umgeben, die ihre Säume mit goldenen Häkchen hoben; sie glich dem Monde unter den Sternen. Kaum hatte Gharîb sie erblickt, so ward ihm der Verstand berückt, und er war ganz verwirrt. Und er sprach zu einer jener Sklavinnen: ,Wer mag die Maid dort sein?' Da ward ihm gesagt: ,Das ist Kaukab es-Sabâh[1], die Tochter des Blauen Königs.' – –«

Da bemerkte Schehrezâd, daß der Morgen begann, und sie hielt in der verstatteten Rede an. Doch als die *Sechshundertundneunundfünfzigste Nacht* anbrach, fuhr sie also fort: »Es ist mir berichtet worden, o glücklicher König, daß dem König Gharîb, als er eine der Dienerinnen fragte: ,Wer mag die Maid dort sein?' gesagt ward: ,Das ist Kaukab es-Sabâh, die Tochter des Blauen Königs.' Nun wandte er sich zu Mar'asch und sprach zu ihm: ,O König der Geister, ich möchte mich mit dieser Maid vermählen.' König Mar'asch erwiderte ihm: ,Den Palast und alles, was darinnen ist an Gütern und Menschen, hat deine Hand gewonnen. Wenn du nicht die List ersonnen hättest, um Barkân und den Blauen König und ihr Heer zu vernichten, so hätten sie uns bis zum letzten Mann erschlagen. So ist denn das Gut hier dein Gut, und die Menschen sind deine Sklaven.' Für diese schönen Worte sprach Gharîb ihm seinen Dank aus; dann trat er an die Maid heran, schaute auf sie mit

1. Morgenstern.

festem Blicke und entbrannte in heißer Liebe zu ihr. Er vergaß Fachr Tâdsch, die Tochter des Königs Sabûr, des Herrschers der Perser, Türken und Dailamiten; ja, er vergaß auch Mahdîja. Nun war die Mutter dieser Maid die Tochter des Königs von China, die der Blaue König aus ihrem Palast geraubt hatte; er hatte ihr das Mädchentum genommen, und sie hatte von ihm empfangen und diese Maid zur Welt gebracht. Wegen ihrer Schönheit und Anmut hatte er sie Kaukab es-Sabâh genannt, und sie war als die Herrin der Schönen bekannt. Ihre Mutter war gestorben, als die Tochter ein Kind von vierzig Tagen war; dann hatten die Ammen und Eunuchen sie erzogen, und nun war sie siebzehn Jahre alt, als all dies geschah und ihr Vater getötet ward. Gharîb gewann sie sehr lieb, und er legte seine Hand in die ihre und ging in derselben Nacht zu ihr ein und fand in ihr eine unberührte Jungfrau; sie aber hatte ihren Vater immer gehaßt, und sie freute sich über seinen Tod. Dann befahl Gharîb, das Scheckige Schloß niederzureißen, und als das geschehen war, verteilte er die Beute an die Geister; ihm selbst aber fielen zu einundzwanzigtausend Ziegel aus Gold und aus Silber, ferner an Geld und edlen Metallen eine Menge, die man nicht zählen noch berechnen konnte. Dann führte König Mar'asch den König Gharîb und zeigte ihm den Berg Kâf und seine Wunder. Darauf begaben sie sich wieder zu dem Schlosse Barkâns, und als sie dort angekommen waren, zerstörten sie es, verteilten die Beute und kehrten heim zur Burg des Königs Mar'asch. Dort blieben sie fünf Tage lang; doch dann verlangte Gharîb in sein Land zurückzuziehen. Da hub Mar'asch an: ‚O Menschenkönig, ich will an deinem Steigbügel reiten und dich in deine Heimat geleiten!' Gharîb entgegnete: ‚Nein, bei Abraham, dem Gottesfreunde, ich will nicht dulden, daß du dich so mühst, und ich will von deinem ganzen Volke nur allein el-Kailadschân und el-Kuradschân mitnehmen.' ‚O König,' bat Mar'asch, ‚nimm zehntausend Ritter von den Geistern mit, auf daß sie bei dir in deinen Diensten bleiben.' Aber Gharîb bestand darauf: ‚Ich will keine anderen nehmen, als die ich dir genannt habe.' Darauf befahl Mar'asch, tausend Mârids sollten die Beute, die Gharîb zugefallen war, tragen und ihn in sein Reich geleiten. Den beiden Mârids el-Kailadschân und el-Kuradschân aber befahl er, sie sollten bei Gharîb bleiben und ihm gehorsam dienen. ‚Wir hören, und gehorchen!' sagten die beiden; und Gharîb sprach zu den Mârids: ‚Ihr sollt das Gut und Kaukab es-Sabâh tragen'; denn er gedachte auf seinem Flügelroß fortzureiten. Aber Mar'asch sagte: ‚Dies Roß kann nur in unserem Lande leben; wenn es in das Land der Menschen kommt, so muß es sterben. Ich habe aber ein Seeroß; seinesgleichen ist nicht im irakischen Land noch in der ganzen Welt bekannt.' Dann befahl er, diesen Renner zu bringen; und als sie ihn gebracht hatten und Gharîb ihn sah, verwirrte er ihm die Sinne. Nun wurden dem Tiere die Füße gefesselt, und el-Kailadschân lud es auf den Rücken, während el-Kuradschân trug, so viel er vermochte. Ma'rasch aber umarmte Gharîb und weinte ob der Trennung von ihm und sprach: ‚Lieber Bruder, wenn dir irgend etwas zustößt, darin du machtlos bist, so schicke nach mir, und ich will mit einem Heere zu dir kommen, das die Erde samt allem, was darauf ist, verwüsten kann.' Gharîb dankte ihm für seine Güte und seinen schönen Glaubenseifer. Dann zogen die beiden Mârids mit Gharîb und dem Renner zwei Tage und eine Nacht dahin; da hatten sie eine Strecke von fünfzig Jahren zurückgelegt und waren schon nahe bei der Stadt 'Omân. Dort machten sie halt, um zu rasten; und Gharîb sprach, zu el-Kailadschân gewendet: ‚Geh, bring mir Kunde über mein Volk!'

Der Mârid blieb eine Weile fort, und als er zurückkam, sprach er: ,O König, vor der Stadt liegt ein heidnisches Heer gleich dem brandenden Meer; und dein Volk ist im Kampfe mit ihm. Die Trommeln des Angriffs haben geschlagen, und el-Dschamrakân trat wider die Feinde auf den Plan.' Als Gharîb das hörte, schrie er laut: ,Allah ist der Größte!' Dann rief er: ,O Kailadschân, sattle mir den Hengst und bringe mir Rüstung und Speer heran! Heute scheidet sich der echte Ritter von dem feigen Mann, dort im Gefild, wo Schwertschlag und Lanzenstich gilt.' Nachdem el-Kailadschân ihm alles gebracht hatte, was er wünschte, legte Gharîb die Kriegsrüstung an, gürtete sich mit dem Schwerte Japhets, des Sohnes Noahs, schwang sich auf das Seeroß und ritt auf die feindlichen Heerscharen zu. Doch el-Kailadschân und el-Kuradschân sprachen: ,Beruhige dein Herz, und laß uns ausziehen wider die Heidenbande, auf daß wir sie zerstreuen in Steppen und Wüstenlande, bis durch die Hilfe Allahs, des Erhabenen und Allgewaltigen, niemand von ihnen am Leben bleibt, kein einziger Mann, nicht einer, der Feuer anblasen kann!' Gharîb aber entgegnete ihnen: ,Bei Abraham, dem Gottesfreunde, ich lasse euch nicht streiten, es sei denn, daß auch ich auf dem Rücken meines Rosses sitze.' Mit dem Kommen jenes Heeres hatte es nun eine sonderbare Bewandtnis. – –«

Da bemerkte Schehrezâd, daß der Morgen begann, und sie hielt in der verstatteten Rede an. Doch als die *Sechshundertundsechzigste Nacht* anbrach, fuhr sie also fort: »Es ist mir berichtet worden, o glücklicher König, daß el-Kailadschân, nachdem Gharîb ihm befohlen hatte: ,Geh, bring mir Kunde über mein Volk', zurückkehrte und sagte: ,Vor deiner Stadt liegt ein zahlreiches Heer.' Nun war der Grund, weshalb dieses gekommen war, folgender. Damals, als 'Adschîb mit dem Heere von

Ja'rub ibn Kahtân ausgezogen war und die Muslime belagerte, waren el-Dschamrakân und Sa'dân ins Feld gerückt, und el-Kailadschân und el-Kuradschân waren ihnen zu Hilfe gekommen und hatten die Heere der Ungläubigen vernichtet, und 'Adschîb war geflohen. Da sagte er: ,Ihr Leute, wenn ihr zu Ja'rub ibn Kahtân zurückkehrt, nachdem sein Volk und sein Sohn gefallen sind, so wird er sagen: ,Ihr Leute, wäret ihr nicht gewesen, so wären mein Volk und mein Sohn nicht erschlagen', und er wird uns bis zum letzten Mann töten. Deswegen geht mein Rat dahin, daß wir nach dem Lande Indien ziehen und uns unter den Schutz des Königs Tarkanân stellen, auf daß er uns rächt.' Seine Leute erwiderten ihm: ,Wohlan denn, laß uns dahin ziehen; der Segen des Feuers ruhe auf dir!' So zogen sie denn Tage und Nächte dahin, bis sie zur Hauptstadt von Indien kamen. Dort baten sie um Einlaß zu König Tarkanân, und 'Adschîb erhielt die Erlaubnis, einzutreten. Er ging hinein, küßte den Boden, sprach die Wünsche, die sich für Könige geziemen, und hub an: ,O König, gewähre mir Schutz! Dich beschütze das Feuer in seiner Funkenpracht, und dich schirme mit ihrem dichten Dunkel die Nacht!' Der König von Indien sah 'Adschîb an und sprach zu ihm: ,Wer bist du, und was willst du?' Da gab jener ihm zur Antwort: ,Ich bin 'Adschîb, der König von Irak. Mein Bruder hat mir Unrecht zugefügt; auch hat er den islamischen Glauben angenommen. Und die Menschen haben sich ihm zugewandt, er ist König im Land, und nun verfolgt er mich von Ort zu Ort. Siehe, ich bin zu dir gekommen, um von dir und deiner Hochherzigkeit Schutz zu erflehen.' Als der König von Indien die Worte 'Adschîbs vernommen hatte, erhob er sich und setzte sich wieder, und er rief: ,Beim Feuer, ich will dich wahrlich rächen und will niemanden etwas anderes als meine Herrin, die Feuerflamme, anbeten lassen!' Dann rief er seinen Sohn und sprach zu ihm: ‚Mein Sohn, rüste dich und ziehe zum Lande Irak und verwüste es ganz und gar; alle, die nicht dem Feuer dienen, binde und foltere und mache sie zum warnenden Beispiel; doch töte sie nicht, sondern bringe sie zu mir, damit ich ihnen allerlei Foltern auferlegen kann und sie die Schmach kosten lasse, so daß sie eine Warnung werden für alle, die sich jetzt warnen lassen auf Erden!' Dann wählte er ihm ein Geleit aus von achtzigtausend Streitern zu Pferde und achtzigtausend Streitern auf Giraffen; auch sandte er mit ihm zehntausend Elefanten mit Sänften aus Sandelholz auf dem Rücken, die mit Stäben aus Gold vergittert und mit Platten und Nägeln aus Gold und Silber beschlagen waren, und in jeder Sänfte war ein Thron aus Gold und Smaragd. Er gab ihnen aber auch Kriegssänften mit, von denen jede acht Krieger mit allen Waffen fassen konnte. Der Sohn des Königs war der größte Held seiner Zeit, dem niemand an Tapferkeit gleichkam; und er hieß Ra'd Schâh[1]. Der rüstete sich nun in zehn Tagen aus, und dann zogen die Truppen dahin, einer Wolkenbank gleich, eine Zeit von zwei Monaten. Als sie dann die Stadt 'Omân erreichten, lagerten sie sich rings um sie; und 'Adschîb war froh und siegesgewiß. Da zogen el-Dschamrakân und Sa'dân und alle die anderen Helden auf den Plan; die Trommeln wirbelten, und die Rosse wieherten – das sah el-Kailadschân, und da kehrte er heim und brachte dem König Gharîb die Kunde. Der saß auf, wie wir schon erzählt haben, spornte seinen Renner an, ritt zwischen die Ungläubigen und wartete, wer gegen ihn auf den Plan treten und das Tor des Kampfes auftun würde. Inzwischen war Sa'dân, der Ghûl, vorgeritten und hatte zum Zweikampfe herausgefordert. Einer der indischen Helden kam ihm ent-

1. Donnerkönig.

gegen; doch ehe er noch vor ihm hielt, hatte Sa'dân schon die Keule gegen ihn gereckt, ihm die Knochen zerschmettert und ihn zu Boden gestreckt. Dann trat ein zweiter gegen ihn vor, den tötete er wieder; und ein dritter, auch den schlug er nieder. Und so machte er es mit allen, bis er dreißig Helden erschlagen hatte. Da aber stürmte wider ihn ein Held von den Indern, Battâsch el-Akrân[1] genannt, als der größte Ritter seiner Zeit bekannt, der gleich fünftausend Rittern gerechnet wurde im Blachgefild, wo Schwertschlag und Lanzenstich gilt. Er war der Oheim des Königs Tarkanân. Als er nun gegen Sa'dân vorritt, rief er ihm zu: ,Du Araberschuft, ist deine Vermessenheit so groß geworden, daß du Indiens Fürsten und Helden erschlägst und ihre Ritter gefangen nimmst? Aber heute ist der letzte deiner Tage in dieser Welt!' Wie Sa'dân diese Worte hörte, wurden ihm die Augen blutrot, und er stürzte sich auf Battâsch und hieb nach ihm mit der Keule; doch der Schlag ging fehl, Sa'dân wurde von der Keule mit fortgerissen und fiel zu Boden. Und ehe er sich noch erholen konnte, war er schon an Händen und Füßen gefesselt, und die Inder schleppten ihn zu ihren Zelten. Als aber el-Dschamrakân seinen Freund gefesselt sah, rief er: ,Hie der Glaube des Gottesfreundes Abraham!' und er drückte seinem Rosse die Steigbügel in die Flanken und sprengte auf Battâsch el-Akrân los. Eine Weile schwenkten sie umeinander herum; dann aber stürzte sich Battâsch auf el-Dschamrakân, packte ihn an seinem Panzerhemd, riß ihn aus dem Sattel und warf ihn zu Boden. Da fesselten die Feinde ihn und schleppten ihn zu ihren Zelten. Nun ritt ein Hauptmann nach dem anderen zum Zweikampfe vor, aber Battâsch nahm alle gefangen, bis es ihrer vierundzwanzig muslimische Hauptleute waren. Als die Gläubigen das sehen mußten,

1. Held der Zeitgenossen.

waren sie tief bekümmert. Doch kaum hatte Gharîb geschaut, was mit seinen Helden geschah, so zog er unter seinem Knie eine goldene Keule hervor, die einhundertundzwanzig Pfund wog; das war die Keule Barkâns, des Geisterkönigs. – –«

Da bemerkte Schehrezâd, daß der Morgen begann, und sie hielt in der verstatteten Rede an. Doch als die *Sechshundertundeinundsechzigste Nacht* anbrach, fuhr sie also fort: »Es ist mir berichtet worden, o glücklicher König, daß König Gharîb, als er schaute, was mit seinen Helden geschah, eine goldene Keule hervorzog, die einst Barkân, dem Geisterkönig, gehört hatte. Dann spornte er sein Seeroß an, und es rannte unter ihm gleich einer Windsbraut und stürmte dahin, bis es mitten auf dem Plane war. Da rief Gharîb: ,Allah ist der Größte! Sieg und Heil! Doch Schmach werde denen zuteil, die den Glauben des Gottesfreundes Abraham leugnen!' Dann versetzte er Battâsch einen Schlag mit der Keule, so daß der zu Boden fiel. Als Gharîb sich nun nach den Muslimen umwandte, fiel sein Blick auf seinen Bruder Sahîm el-Lail, und da rief er ihm zu: ,Fessele diesen Hund!' Kaum hatte Sahîm die Worte Gharîbs vernommen, so stürzte er sich auf Battâsch, band ihn mit starken Fesseln und schleppte ihn fort. Die Helden der Muslime aber wunderten sich, wer dieser Ritter sein mochte, und die Ungläubigen redeten untereinander: ,Wer ist dieser Ritter, der aus ihrer Mitte hervorgekommen ist und unseren Führer gefangen genommen hat?' Derweilen forderte Gharîb wieder zum Kampfe heraus; und kaum war ein Hauptmann von den Indern gegen ihn hervorgesprengt, so hatte Gharîb schon die Keule wider ihn gereckt und ihn zu Boden gestreckt. Und el-Kailadschân und el-Kuradschân fesselten ihn und übergaben ihn Sahîm. Einen Helden nach dem anderen nahm Gharîb gefangen, bis er gegen Abend zweiundfünfzig tapfere und vornehme Hauptleute in seine Gewalt gebracht hatte. Dann schlugen die Trommeln zum Rückzug; und Gharîb verließ das Schlachtfeld und ritt in das Lager der Muslime. Der erste, der ihm entgegenkam, war Sahîm; der küßte ihm den Fuß im Steigbügel und sprach: ‚Mögen deine Hände nie verdorren, o größter Held unserer Zeit! Sag an, wer bist du unter den Männern der Tapferkeit?' Da hob Gharîb das Panzervisier von seinem Gesicht, und Sahîm erkannte ihn und rief: ‚Ihr Leute, das ist euer König und Herr, Gharîb, der aus dem Lande der Geister zurückgekehrt ist!' Als die Muslime den Namen ihres Königs hörten, warfen sie sich von den Rücken ihrer Rosse, traten an ihn heran, küßten ihm die Füße in den Steigbügeln und begrüßten ihn; und erfreut über seine glückliche Heimkehr geleiteten sie ihn in die Stadt 'Omân. Dort setzte er sich auf den Thron seiner Herrschaft, und sein Volk umdrängte ihn in höchster Freude. Die Speisen wurden aufgetragen, und es ward gegessen; danach erzählte er ihnen alles, was er auf dem Berge Kâf bei den Geisterstämmen erlebt hatte. Darob waren die Hörer aufs höchste erstaunt, und sie priesen Allah für seine Rettung. Die Mârids el-Kailadschân und el-Kuradschân trennten sich nicht von Gharîb; und als er dann seinem Volke das Zeichen gab, sich an die Ruhestätten zu begeben, und alle sich in ihre Wohnungen zerstreut hatten, blieben nur die beiden Mârids bei ihm. Zu ihnen sprach er: ‚Könnt ihr mich nach Kufa tragen, auf daß ich mich meiner Frauen erfreuen kann, und mich dann am Ende der Nacht hierher zurückbringen?' ‚Unser Gebieter,' antworteten die beiden, ‚was du verlangst, ist leicht.' Nun beträgt die Entfernung zwischen Kufa und 'Omân sechzig Tage für einen schnellen Reiter! Da sagte el-Kailadschân zu el-Kuradschân: ‚Ich will ihn auf dem Hinwege tragen, trag du ihn dann auf dem Rückwege', und er hob den König auf den Rücken, während sein Gefährte ihm zur Seite blieb; und kaum war eine Stunde verstrichen, da waren sie schon in Kufa und setzten ihn am Tore seines Palastes nieder. Er trat zu seinem Oheim ed-Dâmigh ein, und als der ihn sah, erhob er sich vor ihm und begrüßte ihn. Gharîb fragte: ‚Wie steht es um meine Gemahlinnen Kaukab es-Sabâh[1] und Mahdîja?' Jener erwiderte: ‚Sie sind beide wohl und in bester Gesundheit.' Darauf ging der Eunuch zu den Frauen hinein und meldete ihnen die Ankunft Gharîbs; die ließen vor Freuden Jubelrufe erschallen und gaben dem Eunuchen den Lohn für die frohe Botschaft. Dann kam König Gharîb selbst; alle standen auf vor ihm und begrüßten ihn, und man begann zu plaudern, bis ed-Dâmigh eintrat. Und nun erzählte Gharîb, was er bei den Geistern erlebt hatte; voll Staunen hörten ed-Dâmigh und die Frauen ihm zu. Den übrigen Teil der Nacht ruhte er bei Kaukab es-Sabâh[1], bis das Frührot nahte. Da ging er zu den beiden Mârids hinaus, nahm Abschied von den Seinen, von seinen Frauen und seinem Oheim ed-Dâmigh und stieg auf den Rükken el-Kuradschâns, dem el-Kailadschân zur Seite flog. Und noch ehe die Dunkelheit gewichen war, befand er sich schon in der Stadt 'Omân. Alsbald legte er die Kriegsrüstung an, und seine Mannen taten desgleichen. Und als er gerade Befehl gegeben hatte, die Tore zu öffnen, kam plötzlich ein Ritter daher aus dem Lager der Ungläubigen mit el-Dschamrakân und dem Ghûl Sa'dân und den gefangenen Hauptleuten, die er befreit hatte, und übergab sie Gharîb, dem König der Muslime. Über deren Rettung waren die Gläubigen hoch erfreut; doch sie stiegen unverzüglich in ihren Panzern zu Pferde. Nun wirbelten die Trommeln zum Streit, und man war zu Hieb und

---

1. Im Arabischen ist hier Kaukab es-Sabâh mit Fachr Tâdsch verwechselt.

Stich bereit. Auch die Ungläubigen saßen auf und ordneten sich in Reihen. – –«

Da bemerkte Schehrezâd, daß der Morgen begann, und sie hielt in der verstatteten Rede an. Doch als die *Sechshundertundzweiundsechzigste Nacht* anbrach, fuhr sie also fort: »Es ist mir berichtet worden, o glücklicher König, daß die Scharen der Gläubigen hinabritten ins Blachgefild, wo Schwertschlag und Lanzenstich gilt. Und der erste, der das Tor der Schlacht auftat, war König Gharîb; er zog sein Schwert el-Mâhik, das Schwert Japhets, des Sohnes Noahs – Friede sei über ihm! –, und spornte seinen Renner zwischen den Reihen dahin. Und er rief: ,Wer mich kennt, der hat genug an dem Unheil aus meiner Hand; und wer mich nicht kennt, dem sei mein Name genannt: Ich bin der König Gharîb, der Herrscher von Irak und Jemen, ich bin Gharîb, der Bruder von 'Adschîb!' Als Ra'd Schâh, der Sohn des Königs von Indien, die Worte Gharîbs vernahm, rief er den Hauptleuten zu: ,Bringt mir 'Adschîb!' Und nachdem die ihn gebracht hatten, sprach Ra'd Schâh zu ihm: ,Du weißt, daß dieser Streit dein Streit ist, und daß du die Ursache von allem bist. Da ist nun dein Bruder auf dem Blachgefild, an der Stätte, wo Schwertschlag und Lanzenstich gilt. Zieh hinaus wider ihn und bringe ihn mir gefangen, damit ich ihn verkehrt auf ein Kamel setze und zu einer Warnung für viele mache, bis ich ihn nach dem Lande Indien bringe!' Doch 'Adschîb antwortete ihm: ,O König, sende einen anderen wider ihn aus, nicht mich; denn ich bin heute krank.' Wie Ra'd Schâh das hörte, begann er zu hauchen und zu fauchen, und er rief: ,Bei dem funkensprühenden Feuer im Lichtgewand, beim Schatten und bei der Hitze Brand, wenn du nicht eilends wider deinen Bruder ausreitest und ihn mir bringst, so will ich dir den Kopf abschlagen und deinen Lebensodem verjagen!' Da zog denn 'Adschîb hinaus, spornte sein Roß an, und indem er sich selber Mut zusprach, ritt er nahe an seinen Bruder heran mitten auf dem Felde. Und er rief: ‚Du Hund aus Araberblut, du Gemeinster von der Pflockschläger Brut, willst du dich mit Königen messen? Nimm, was dir zukommt, und empfange die Botschaft deines Todes!' Auf diese Worte erwiderte Gharîb: ‚Wer bist du unter den Königen?' ‚Ich bin dein Bruder,' rief jener, ‚heute ist der letzte deiner Tage in dieser Welt!' Wie Gharîb aber sicher wußte, daß dies sein Bruder 'Adschîb war, schrie er: ‚Auf zur Rache für meinen Vater und meine Mutter!' Dann gab er sein Schwert an el-Kailadschân¹, griff an und versetzte seinem Bruder mit der Keule den Schlag eines trotzigen Recken, so daß er ihm fast die Rippen heraushieb; dann packte er ihn am Kragen, riß ihn aus dem Sattel und warf ihn zu Boden. Da stürzten sich die beiden Mârids auf ihn, banden ihn mit starken Fesseln und führten ihn mit Schimpf und Schanden ab, während Gharîb sich freute, daß sein Feind gefangen war, und diese Dichterworte sang:

> *Erreicht ist das Ziel, und die Müh ist beendet,*
> *Doch dir, unser Herr, gilt das Lob und der Dank!*
> *Ich lebte in Elend und Armut verachtet;*
> *Und Allah gewährte, daß alles gelang.*
> *Die Länder und Völker bezwang ich für mich;*
> *Doch ich, unser Herr, wäre nichts ohne dich!*

Als aber Ra'd Schâh erkannte, wie es 'Adschîb bei seinem Bruder Gharîb erging, rief er nach seinem Renner, legte Rüstung und Panzer an und sprengte ins Feld. Er spornte sein Roß an, bis er sich König Gharîb näherte an der Stätte, da Schwertschlag und Lanzenstich gilt. Dann rief er: ‚Du Gemeinster der

---

1. Gharîb will das Zauberschwert aus Ritterlichkeit nicht gegen 'Adschîb gebrauchen.

Araberbrut, du, nur zum Holzschleppen gut, bist du so vermessen geworden, daß du Könige und Helden gefangennehmen willst? Herab von deinem Rosse, halte deine Arme auf den Rücken[1], küsse meinen Fuß und gib meine Helden frei! Dann kannst du mit mir in mein Reich ziehen, in Fesseln und Ketten, dort will ich dir verzeihen und dich zu einem Scheich in unserem Lande machen, so daß du einen Bissen Brot zu essen hast.' Über diese Worte lachte Gharîb, so daß er fast auf den Rücken fiel; dann rief er: ‚Du toller Hund, du räudiger Wolf, bald sollst du sehen, gegen wen die Räder des Schicksals sich drehen!' Und er rief Sahîm zu: ‚Bring mir die Gefangenen her!' Als der sie gebracht hatte, schlug Gharîb ihnen die Köpfe ab. Da sprengte Ra'd Schâh gegen Gharîb herbei wie ein tapferer Reitersmann und griff ihn mit dem Ungestüm eines trotzigen Recken an. Unverdrossen kämpften sie, indem sie bald wichen, bald wieder aufeinander lossprengten und zusammenprallten, bis die Schleier der Dunkelheit wallten. Nun wurden die Trommeln des Rückzuges geschlagen. – –«

Da bemerkte Schehrezâd, daß der Morgen begann, und sie hielt in der verstatteten Rede an. Doch als die *Sechshundertunddreiundsechzigste Nacht* anbrach, fuhr sie also fort: »Es ist mir berichtet worden, o glücklicher König, daß die beiden Könige, als die Trommeln des Rückzuges geschlagen wurden, sich voneinander trennten und ein jeder an seine Stätte zurückkehrte; dort wünschte man ihnen Glück zu ihrer wohlbehaltenen Heimkehr. Die Muslime aber sprachen zu König Gharîb: ‚Es ist sonst nicht deine Gewohnheit, o König, den Kampf in die Länge zu ziehen.' Er antwortete ihnen: ‚Ihr Mannen, ich kämpfte schon mit manchem Held und Fürsten der Welt, doch

1. Die Hände werden auf dem Rücken gefesselt.

einen tüchtigeren Haudegen als diesen hab ich noch nie gesehen. Ich wollte das Schwert Japhets ziehen und ihn treffen, daß ihm die Knochen krachen, und seinem Leben ein Ende machen. Aber ich zögerte mit ihm, denn ich dachte ihn gefangen zu nehmen, auf daß er am Islam teilhaben könnte.' So sprach Gharîb.

Wenden wir uns nun zu Ra'd Schâh! Der begab sich in sein Zelt und setzte sich auf seinen Thron; da traten die Großen seines Volkes zu ihm ein und fragten ihn nach seinem Gegner. Er antwortete ihnen: ‚Bei dem funkensprühenden Feuer, in meinem ganzen Leben hab ich noch keinen Helden wie diesen gesehen. Aber morgen will ich ihn gefangen nehmen und ihn mit Schimpf und Schande davonschleppen.' Dann ruhten alle bis zum Morgen. Da schlugen die Trommeln zum Streit, und alle waren zu Hieb und Stich bereit; die Schwerter wurden umgeschnallt, das Kriegsgeschrei ertönte bald; und die Streiter ritten auf glatthaarigen, kräftigen Rossen, die kamen aus dem Lager gerannt und erfüllten Hügel und Täler und das ganze weite Land. Der erste, der das Tor zu Hieb und Stich auftat, war der stürmische Reiter und löwengleiche Streiter, König Gharîb. Er tummelte sich hin und her, indem er rief: ‚Wer tritt hervor zum Streit? Wer ist zum Zweikampfe bereit? Kein feiger, kein schwächlicher Mann trete heute wider mich heran!' Kaum hatte er diese Worte beendet, so trat Ra'd Schâh wider ihn ins Feld, hoch oben auf einem Elefanten, der einem gewaltigen Turme glich; auf dem Rücken des Elefanten war eine Kriegssänfte mit seidenen Gurten festgeschnallt, und der Führer saß zwischen den Ohren des Tieres, in der Hand einen Haken, mit dem er es anstachelte und nach rechts und links lenkte. Als nun der Elefant sich dem Renner Gharîbs näherte und das Pferd etwas sah, was es noch nie gesehen hatte, scheute es davor. Da sprang Gharîb ab, übergab das Roß el-Kailadschân, zog sein Schwert el-Mâhik und ging zu Fuß auf Ra'd Schâh los, bis er vor dem Elefanten stand. Nun pflegte Ra'd Schâh, sooft er bemerkte, daß ihm ein Held überlegen war, in die Sänfte des Elefanten zu steigen und ein Ding mitzunehmen, das man Lasso nennt; es war wie ein Netz, unten breit und oben eng, und am Rande waren Ringe, durch die eine seidene Schnur lief. Damit pflegte er Roß und Reiter zu jagen, indem er das Netz über sie warf und die Fangschnur zog; und er riß dann den Reiter vom Roß und nahm ihn gefangen; und so hatte er schon manchen Reiter bezwungen. Als nun Gharîb vor ihm stand, hob er seine Hand mit dem Fangnetz, warf es über ihn, so daß es ihn umstrickte, und zog es, bis der König bei ihm auf dem Rücken des Elefanten war; dann rief er dem Tiere zu, in sein Lager zurückzukehren. Doch el-Kailadschân und el-Kuradschân hatten ihren Herrn nicht verlassen; und als sie sahen, was mit ihm geschah, hielten sie den Elefanten fest, während Gharîb am Netze zerrte, bis er es zerrissen hatte; dann fielen die beiden Mârids über Ra'd Schâh her, fesselten ihn und führten ihn fort an einem Strick aus Palmenfaser. Die Krieger aber griffen einander an wie zwei Meere, die zusammenprallen, oder zwei Berge, die aufeinanderfallen. Der Staub stieg bis zu den Wolken des Himmels empor; die beiden Heere lernten die Blindheit kennen, der Kampf tobte wild, und das Blut rann in Strömen hervor. Unablässig wütete grimmer Streit zwischen den Heeren, es war ein mächtiges Stechen mit Speeren, und die Schwerterschläge konnte man nicht mehren, bis der Tag zur Rüste ging und die Nacht alles mit Dunkel umfing. Da erklangen die Trommeln zum Rückzug, und die beiden Heere trennten sich. Und nun zeigte es sich, daß von den Muslimen, die an jenem Schlachttage teilnahmen, viele getötet und die meisten verwundet waren. Das kam von den Reitern der Elefanten und Giraffen. Darüber grämte sich Gharîb, und er befahl, die Verwundeten zu pflegen; dann wandte er sich zu den Großen seiner Schar und fragte sie: ‚Was ratet ihr zu tun?' ‚O König,' erwiderten sie, ‚nur die Elefanten und die Giraffen haben das Unheil bei uns angerichtet; wären wir vor denen sicher, so würden wir die Feinde überwinden.' Da riefen el-Kailadschân und el-Kuradschân: ‚Wir beide wollen unsere Schwerter ziehen und über sie herfallen und den größten Teil von ihnen erschlagen.' Doch es trat ein Mann aus dem Volke von 'Omân vor; der war ein Ratgeber bei el-Dschaland gewesen, und der sprach: ‚O König, ich will für dies Heer bürgen, wenn du mir folgst und auf mich hörest!' Darauf sagte Gharîb, zu den Hauptleuten gewandt: ‚Was nur immer dieser Meister euch sagt, das befolget!' ‚Wir hören und gehorchen!' erwiderten sie. – –«

Da bemerkte Schehrezâd, daß der Morgen begann, und sie hielt in der verstatteten Rede an. Doch als die *Sechshundertundvierundsechzigste Nacht* anbrach, fuhr sie also fort: »Es ist mir berichtet worden, o glücklicher König, daß die Hauptleute, als König Gharîb zu ihnen sprach: ‚Was nur immer dieser Meister euch sagt, das befolget!, erwiderten: ‚Wir hören und gehorchen!' Da wählte jener Mann zehn Hauptleute aus und fragte sie: ‚Wie viele Helden stehen unter eurem Befehle?' Sie antworteten: ‚Zehntausend Helden.' Darauf nahm er sie mit und führte sie in die Rüstkammer und bewaffnete fünftausend von ihnen mit Gewehren und lehrte sie, wie man damit schießt. Als das Frührot aufleuchtete, rüsteten die Ungläubigen sich zum Kampfe und rückten mit den Elefanten und Giraffen vor, deren Reiter in voller Rüstung waren; diese wilden Tiere mit ihren Streitern zogen vor dem Heere dahin. Da stiegen auch

Gharîb und seine Helden zu Pferde, und die Heere stellten sich in Schlachtreihen auf. Der Trommeln Klang wirbelte empor, die edlen Herren rückten vor; auch die Giraffen und Elefanten zogen vorwärts. Da rief jener Mann aus 'Omân den Schützen zu, und sie begannen die Wurfmaschinen und die Gewehre zu handhaben. Pfeile und Bleikugeln flogen aus ihnen hervor und drangen den Tieren in die Flanken, so daß sie laut aufbrüllten und sich gegen die Helden und Mannen der Heiden kehrten und sie mit ihren Füßen niedertraten. Und alsbald fielen die Muslime über die Ungläubigen her und überflügelten sie auf der rechten und linken Seite, während die Elefanten sie niederstampften, und jagten sie in die Steppen und Wüsten und verfolgten sie mit ihren scharfen Schwertern. Von den Elefanten und Giraffen entkamen nur ganz wenige. Und schließlich kehrte Gharîb mit seinem Heere siegesfroh zurück; und am nächsten Tage teilten sie die Beute, und dann rasteten sie noch fünf Tage lang. Darauf setzte Gharîb sich auf den Thron seiner Herrschaft und ließ seinen Bruder 'Adschîb herbeiholen; zu dem sprach er: ‚Du Hund, warum hetzest du die Könige wider uns, wo mir doch Er, der über alle Dinge mächtig ist, immer den Sieg über dich verleiht? Tritt über zum rettenden Glauben des Islams, und du wirst gerettet werden! Dann will ich dir die Rache für meinen Vater und meine Mutter erlassen, um des Glaubens willen; und ich werde dich zum König machen, wie du es gewesen bist, und selber gar unter deiner Hand stehen.' Auf diese Worte Gharîbs antwortete 'Adschîb: ‚Ich will meinen Glauben nicht verlassen.' Da legte Gharîb ihn in Fesseln von Stahl und übergab ihn der Hut von hundert Sklaven, starken Männern allzumal. Dann wandte er sich an Ra'd Schâh und fragte ihn: ‚Was sagst du zu dem Glauben des Islams?' ‚Mein Gebieter,' erwiderte jener, ‚ich will zu eurem Glauben übertreten; denn wenn er nicht der rechte, echte Glaube wäre, so hättet ihr uns nicht besiegt. Strecke deine Hand aus, und ich will bezeugen, daß es keinen Gott gibt außer Allah, und daß Abraham, der Gottesfreund, sein Prophet ist!' Gharîb freute sich über seine Bekehrung und fragte: ,Ist die Süße des Glaubens fest gegründet in deinem Herzen?' ,Ja, mein Gebieter!', antwortete jener; und Gharîb fragte weiter: ,Ra'd Schâh, willst du in deine Heimat und in dein Königreich zurückkehren?' Der gab zur Antwort: ,O König, mein Vater wird mich töten, weil ich seinen Glauben verlassen habe!' Doch Gharîb sagte darauf: ,Ich will mit dir ziehen und dich zum König des Landes machen; dann gehorche dir Volk und Land, durch Allahs, des Allgütigen, Allgebenden, hilfreiche Hand!' Und Ra'd Schâh küßte ihm Hand und Fuß. Dann belohnte Gharîb den Ratgeber, der die Flucht des Feindes veranlaßt hatte, und gab ihm großen Reichtum; und schließlich wandte er sich zu el-Kailadschân und el-Kuradschân und sprach zu ihnen: ,Höret, ihr vom Geistervolk!' ,Zu deinen Diensten!' erwiderten sie; und er fuhr fort: ,Ich wünsche, daß ihr mich nach dem Lande der Inder traget.' ,Wir hören und gehorchen!' war ihre Antwort. Er nahm aber auch el-Dschamrakân und Sa'dân mit, und nun lud el-Kuradschân die beiden auf den Rücken, während el-Kailadschân den König Gharîb und Ra'd Schâh trug; und sie machten sich auf nach dem Lande Indien. – –«

Da bemerkte Schehrezâd, daß der Morgen begann, und sie hielt in der verstatteten Rede an. Doch als die *Sechshundertundfünfundsechzigste Nacht* anbrach, fuhr sie also fort: »Es ist mir berichtet worden, o glücklicher König, daß die beiden Mârids, nachdem sie den König Gharîb und el-Dschamrakân, den Ghûl Sa'dân und Ra'd Schâh auf sich geladen hatten, sich mit ihnen nach dem Lande Indien aufmachten. Als sie aufbrachen, war es die Zeit des Sonnenunterganges; aber die Nacht war noch nicht zu Ende, da trafen sie schon in Kaschmir ein und setzten sie dort auf dem Schlosse nieder, und alle stiegen die Treppen des Palastes hinunter. Nun hatte Tarkanân inzwischen von den Flüchtlingen die Kunde über das erhalten, was seinem Sohn und seinem Heer widerfahren war, daß sie in großer Sorge seien, und daß sein Sohn nicht schlafe und an nichts mehr Gefallen habe. So dachte er denn immer an ihn und an sein Schicksal. Doch da traten plötzlich die Ankömmlinge zu ihm ein. Als der König seinen Sohn und dessen Begleiter erblickte, erschrak er heftig, und Grausen vor den Mârids ergriff ihn. Sein Sohn Ra'd Schâh wandte sich zu ihm und sprach: ‚Wie lange noch, du Verräter, du Feueranbeter? Weh dir, laß den Dienst des Feuers fahren, bete zum mächtigen König der himmlischen Scharen, dem Schöpfer von Nacht und Tag, den kein Blick erreichen mag!' Wie sein Vater diese Worte vernahm, griff er zu einer eisernen Keule, die er bei sich hatte, und warf sie nach ihm; aber sie verfehlte ihn und sauste gegen einen Pfeiler des Palastes und schlug drei Steine heraus. Dann rief der König: ‚Du Hund, du hast das Heer vernichtet und hast deinen Glauben verloren, und jetzt kommst du und willst mir meinen Glauben nehmen?' Doch da trat Gharîb auf ihn zu, schlug ihn mit der Faust in den Nacken und warf ihn zu Boden; und el-Kailadschân und el-Kuradschân banden ihn mit starken Fesseln. Nun flohen alle die Frauen des Harems. Darauf setzte Gharîb sich auf den Herrscherthron und sprach zu Ra'd Schâh: ‚Sprich Recht über deinen Vater!' Der also wandte sich zu ihm mit den Worten: ‚Du irrender alter Mann, nimm den rettenden Glauben des Islams an, so wirst du vor des Höllenfeuers Pein und vor des Allmächtigen Zorn gerettet sein.' Aber Tarkanân rief: ‚Ich will nur in meinem Glauben sterben!' Da zog Gharîb sein Schwert el-Mâhik und versetzte ihm damit einen Hieb, so daß er in zwei Stücken zu Boden fiel; und Allah ließ seine Seele ins Höllenfeuer sausen, an die Stätte voller Grausen. Dann befahl Gharîb, ihn am Tore des Schlosses aufzuhängen; das geschah, und zwar so, daß je eine Hälfte von ihm rechts und links vom Tore hing. Nachdem sie dann bis zum hellen Tage gewartet hatten, befahl Gharîb Ra'd Schâh, das Königsgewand anzulegen und sich auf den Thron seines Vaters zu setzen. Gharîb setzte sich zu seiner Rechten, und el-Kailadschân und el-Kuradschân, el-Dschamrakân und der Ghûl Sa'dân stellten sich rechts und links von ihm auf. Und weiter befahl der König Gharîb: ,Jeden Fürsten, der jetzt eintritt, legt in Fesseln, lasset auch nicht einen einzigen Hauptmann euren Händen entrinnen!' ,Wir hören und gehorchen!' sprachen sie. Und alsbald kamen die Würdenträger zum Schlosse des Königs, um ihre Aufwartung zu machen. Und der erste, der kam, war der oberste Heeresführer; als der den König Tarkanân in Stücken aufgehängt sah, erschrak er und verlor den Verstand und ward vom Grausen übermannt. Und schon stürzte el-Kailadschân auf ihn, packte ihn am Kragen, warf ihn nieder und fesselte ihm die Hände auf dem Rücken; dann schleppte er ihn in den Palast hinein. Und weiter band und schleppte er, bis er noch, ehe die Sonne hoch am Himmel stand, dreihundertundfünfzig Hauptleute gefesselt und vor Gharîb gebracht hatte. Der sprach zu ihnen: ,Ihr Leute, habt ihr euren König am Schloßtore hängen sehen?' Sie fragten: ,Wer hat eine solche Tat an ihm vollbringen können?' Und Gharîb fuhr fort: ,Ich habe diese Tat an ihm vollbracht, mit der Hilfe Allahs des Erhabenen. Und wer sich mir widersetzt, mit dem tue ich das gleiche!' Sie fragten: ,Was willst du von uns?' Und er antwortete: ,Ich bin Gharîb, der König von Irak.

Ich bin es, der euren Helden den Tot gebracht hat. Nun seht, Ra'd Schâh hat den islamischen Glauben angenommen und ist ein mächtiger König geworden, der über euch gebietet. So tretet denn über zum rettenden Glauben des Islams, und ihr werdet gerettet werden! Wenn ihr euch aber widersetzet, so werdet ihr es bereuen.' Da sprachen sie das Bekenntnis der Rechtgläubigkeit und zählten zum Volke der Glückseligkeit. Gharîb fragte sie: ,Ist die Süße des Glaubens fest in euren Herzen gegründet?' Und sie antworteten: ,Ja!' Nun befahl er, sie loszulassen, kleidete sie in Ehrengewänder und sprach zu ihnen: ,Gehet zu den Euren und bietet ihnen den Islam dar! Wer ihn annimmt, den lasset leben; doch wer sich weigert, den tötet!' – –«

Da bemerkte Schehrezâd, daß der Morgen begann, und sie hielt in der verstatteten Rede an. Doch als die *Sechshundertundsechsundsechzigste Nacht* anbrach, fuhr sie also fort: »Es ist mir berichtet worden, o glücklicher König, daß die Hauptleute Ra'd Schahs, als König Gharîb zu ihnen sprach: ,Gehet zu den Euren, bietet ihnen den Islam dar! Wer ihn annimmt, den lasset leben, doch wer sich weigert, den tötet!' alsbald hingingen, ihre Mannen, die unter ihrer Hand und ihrem Befehle standen, versammelten und ihnen berichteten, was geschehen war. Dann boten sie ihnen den Islam dar, und alle nahmen ihn an, mit Ausnahme von wenigen, und die wurden getötet. Darauf brachten sie Gharîb die Meldung, und der lobte und pries Allah den Erhabenen, indem er sprach: ,Preis sei Allah, der uns dies ohne Kampf leicht gemacht hat!' Vierzig Tage lang blieb Gharîb im indischen Kaschmir, bis er das Land geordnet, alle Häuser und Stätten des Feuers zerstört und an ihrer Stelle Bethäuser und Moscheen errichtet hatte. Inzwischen hatte Ra'd Schâh eine unbeschreibliche Menge von Geschenken und

Kostbarkeiten für ihn bereit gemacht und sandte sie in Schiffen fort. Dann stieg Gharîb auf den Rücken el-Kailadschâns, während Sa'dân und el-Dschamrakân sich auf den Rücken el-Kuradschâns setzten, nachdem alle voneinander Abschied genommen hatten; und sie flogen durch die Nacht dahin, bis sie ihrem Ende nahe war, und noch ehe das Frührot leuchtete, waren sie schon in der Stadt 'Omân. Ihre Truppen kamen ihnen entgegen, begrüßten sie und freuten sich ihrer. Und als Gharîb dann weiter zum Tore von Kufa gekommen war, befahl er alsbald, seinen Bruder 'Adschîb zu bringen. Das geschah; darauf befahl er, ihn zu hängen, und Sahîm holte eiserne Haken und schlug sie ihm durch die Flechsen. Nun wurde er am Tore von Kufa aufgehängt, und Gharîb befahl, mit Pfeilen auf ihn zu schießen; und sie beschossen ihn, bis er wie ein Stachelschwein aussah. Darauf zog Gharîb in Kufa ein, begab sich in seinen Palast, setzte sich auf den Thron seiner Herrschaft und waltete seines Herrscheramtes, bis sein Tagewerk vollendet war. Dann ging er in seinen Harem; Kaukab es-Sabâh erhob sich vor ihm und umarmte ihn; auch alle anderen Frauen wünschten ihm Glück zu seiner wohlbehaltenen Heimkehr. Den Rest jenes Tages und die Nacht über verbrachte er bei Kaukab es-Sabâh; und als es wieder Morgen ward, erhob er sich, vollzog die religiöse Waschung, sprach das Frühgebet und setzte sich auf den Thron seiner Herrschaft. Nun begann er, seine Hochzeit mit Mahdîja zu rüsten; dreitausend Schafe wurden geschlachtet, zweitausend Rinder, tausend Ziegen, fünfhundert Kamele, viertausend Hühner, viele Gänse und fünfhundert Pferde. Eine solche Hochzeit war im Islam bis zu jener Zeit noch nicht gefeiert. Darauf ging Gharîb zu Mahdîja ein und nahm ihr das Mädchentum; und er blieb zehn Tage in Kufa. Dann empfahl er die Untertanen der Gerechtigkeit seines Oheims und zog mit seinen Frauen und Helden fort, bis sie zu den Schiffen mit den Geschenken und Kostbarkeiten kamen. Alles, was darauf war, verteilte er an das Heer, und mancher Held ward reich an Gütern der Welt. Und wieder zogen sie weiter, bis sie zur Stadt Babel gelangten; dort verlieh er seinem Bruder Sahîm el-Lail ein Ehrengewand und machte ihn zum Sultan. – –«

Da bemerkte Schehrezâd, daß der Morgen begann, und sie hielt in der verstatteten Rede an. Doch als die *Sechshundertundsiebenundsechzigste Nacht* anbrach, fuhr sie also fort: »Es ist mir berichtet worden, o glücklicher König, daß König Gharîb, nachdem er seinem Bruder Sahîm ein Ehrengewand verliehen und ihn zum Sultan gemacht hatte, zehn Tage lang bei ihm blieb. Darauf brach er von neuem auf, und seine Scharen zogen ohne Aufenthalt dahin, bis sie zur Burg dés Ghûls Sa'dân gelangten; dort rasteten sie fünf Tage. Nun sprach Gharîb zu el-Kailadschân und el-Kuradschân: ,Gehet nach Isbanîr el-Madâïn zum Palaste des Perserkönigs und bringt mir Kunde über Fachr Tâdsch! Bringt mir auch einen Mann aus der Sippe des Königs, der mir kundtun kann, was inzwischen geschehen ist!' ,Wir hören und gehorchen!' erwiderten die beiden und machten sich auf den Weg nach Isbanîr el-Madâïn. Während sie nun zwischen Himmel und Erde dahinschwebten, erblickten sie plötzlich ein gewaltiges Heer gleich dem brandenden Meer. Da sprach el-Kailadschân zu seinem Gefährten: ,Laß uns hinabsteigen und nachforschen, was es mit diesem Heere auf sich hat!' So schwebten sie denn hinab, und als sie zwischen den Truppen einhergingen, entdeckten sie, daß es Perser waren; und sie fragten einige Leute, was das für ein Heer sei und wohin es ziehe. Jene antworteten ihnen: ,Wir ziehen wider Gharîb, um ihn und alle, die bei ihm sind, zu erschlagen.' Als die beiden das hörten, begaben sie sich zum Zelte des Fürsten, der ihr Anführer war und der Rustem hieß. Dort warteten sie, bis die Perser an ihren Ruhestätten schliefen und auch Rustem auf seinem Lager schlummerte. Alsbald hoben sie ihn mit seinem Lager und flogen zur Burg zurück; und ehe es Mitternacht war, kamen sie schon im Lager des Königs Gharîb an. Sie begaben sich nun zur Tür des königlichen Zeltes und baten um Einlaß. Wie Gharîb sie sprechen hörte, richtete er sich auf und rief: ‚Tretet ein!' So traten sie denn ein mit jenem Ruhelager, auf dem Rustem schlief. Gharîb fragte sie: ‚Wer ist das?' und sie antworteten: ‚Dies ist einer von den Perserfürsten, und er führt ein großes Heer. Er will dich und die Deinen erschlagen; und wir haben ihn zu dir gebracht, damit er dir berichte, was du wünschest.' Da rief Gharîb: ‚Bringt mir hundert Rekken!' Als die gekommen waren, sprach er: ‚Zückt eure Schwerter und stellt euch zu Häupten dieses Persers auf!' Sie taten, wie er ihnen befohlen hatte. Dann wurde Rustem geweckt; er schlug die Augen auf, und als er über sich ein Dach von Schwertern sah, machte er sie wieder zu, indem er sprach: ‚Was ist das für ein häßlicher Traum!' Doch el-Kailadschân stieß ihn mit der Schwertspitze, so daß er sich aufrichtete und fragte: ‚Wo bin ich?' Jener sprach: ‚Du bist in Gegenwart des Königs Gharîb, des Eidams des Königs der Perser! Wie heißest du, und wohin ziehst du?' Als Rustem den Namen Gharîbs hörte, dachte er nach und sprach bei sich selber: ‚Schlafe ich oder wache ich?' Aber Sahîm versetzte ihm einen Schlag und fuhr ihn an: ‚Warum antwortest du nicht?' Da hob er den Kopf und fragte: ‚Wer hat mich aus meinem Zelte mitten unter meinen Leuten hierher gebracht?' Gharîb erwiderte: ‚Diese beiden Mârids haben dich gebracht.' Wie er el-Kailadschân und el-Kuradschân erblickte, beschmutzte er sich die Hosen.

Und die Mârids fielen über ihn her, indem sie ihre Hauer fletschten und ihre Schwerter zückten, und riefen: ‚Weshalb trittst du nicht heran, um den Boden vor König Gharîb zu küssen?' Da begann er vor den Dämonen zu zittern und war sicher, daß er nicht schlief; so stand er denn auf und küßte den Boden und sprach: ‚Der Segen des Feuers ruhe auf dir! Lang sei dein Leben, o König!' Doch Gharîb rief: ‚Du Perserhund, das Feuer ist nicht anbetungswürdig; denn es ist schädlich und nützt nur zum Kochen der Speisen.' ‚Und wer ist denn anbetungswürdig?' fragte Rustem; und Gharîb antwortete: ‚Der Anbetungswürdige ist Allah, der dich geschaffen und dich gestaltet hat, der Himmel und Erde geschaffen hat!' Der Perser fragte weiter: ‚Was muß ich sagen, auf daß ich zum Volke dieses Herren gehöre und in euren Glauben eintrete?' Gharîb gab zur Antwort: ‚Sprich: Es gibt keinen Gott außer Allah; Abraham ist der Freund Allahs!' Da sprach jener das Bekenntnis der Rechtgläubigkeit und zählte zum Volke der Glückseligkeit; dann sagte er: ‚Wisse, mein Gebieter, dein Schwäher, der König Sabûr, sucht dich zu töten; er hat mich mit hunderttausend Mann entsandt und mir geboten, keinen von euch zu verschonen.' Als Gharîb diese Worte von ihm vernahm, rief er: ‚Ist dies mein Lohn von ihm, dieweil ich seine Tochter aus Not und Unheil errettete? Allah möge ihm sein Vorhaben lohnen! Doch wie heißest du?' Jener antwortete: ‚Ich bin Rustem, der Feldhauptmann Sabûrs.' Gharîb fuhr fort: ‚So sollst du auch der Hauptmann meines Heeres sein'; und er fügte hinzu: ‚Sag, Rustem, wie ergeht es der Prinzessin Fachr Tâdsch?' Da rief der Perser: ‚Möge dein Haupt am Leben bleiben, o größter König unserer Zeit!' ‚Was war die Ursache ihres Todes?' fragte Gharîb; und Rustem erwiderte: ‚Mein Gebieter, als du wider deinen Bruder zogst, kam eine Sklavin zu König Sabûr, deinem Schwäher, und sprach zu ihm: ‚Hoher Herr, hast du Gharîb geheißen, bei meiner Herrin Fachr Tâdsch zu ruhen?' Er rief: ‚Nein, beim Feuer!' zog sein Schwert und eilte zu seiner Tochter und schrie sie an: ‚Du Verworfene, wie konntest du diesen Beduinen bei dir schlafen lassen, ohne daß er dir die Morgengabe brachte, ohne daß er eine Hochzeit machte!' ‚Mein lieber Vater,' antwortete sie, ‚du selbst hast ihm ja erlaubt, bei mir zu ruhen.' Doch er forschte weiter: ‚Ist er dir genaht?' Da schwieg sie und senkte den Kopf zu Boden. Er aber rief die Ammen und Sklavinnen und sprach zu ihnen: ‚Fesselt dieser Metze die Hände auf dem Rücken und untersucht ihre Scham!' Jene taten, wie ihnen befohlen war; dann sprachen sie: ‚O König, ihr Mädchentum ist dahin!' Nun stürzte er sich auf sie und wollte sie töten; doch ihre Mutter sprang auf und hielt ihn von ihr zurück, indem sie rief: ‚O König, töte sie nicht! Sonst wirst du ein Schandfleck. Sperre sie bis zu ihrem Tode in eine Zelle ein!' Da sperrte er sie ein, bis die Nacht anbrach; dann aber sandte er sie mit zweien seiner Vertrauten fort, denen er gesagt hatte: ‚Entfernt euch mit ihr und werft sie in den Dschaihûn[1], und sagt niemandem etwas davon!' Die beiden führten seinen Befehl aus; nun ist ihr Andenken vergessen, und ihre Zeit ist dahin.' – –«

Da bemerkte Schehrezâd, daß der Morgen begann, und sie hielt in der verstatteten Rede an. Doch als die *Sechshundertundachtundsechzigste Nacht* anbrach, fuhr sie also fort: ‚Es ist mir berichtet worden, o glücklicher König, daß Rustem, als Gharîb ihn nach Fachr Tâdsch befragte, ihm ihre Geschichte kundtat und ihm berichtete, daß ihr Vater sie im Flusse habe ertränken lassen. Als Gharîb das hören mußte, ward ihm die Welt schwarz vor den Augen, und von wilder Wut erfüllt

[1]. Der Oxus oder Amu Darja.

rief er: ‚Beim Gottesfreunde, ich will wahrhaftig wider diesen Hund ziehen und ihn umbringen und sein Land verwüsten!' Darauf entsandte er Briefe an el-Dschamrakân und an die Statthalter von Maijafarikîn[1] und Mosul. Zu Rustem gewendet aber sprach er: ‚Wieviel Krieger hast du bei dir?' ‚Ich habe hunderttausend persische Reiter', antwortete jener; und Gharîb fuhr fort: ‚Zieh mit zehntausend Mann von hier gegen deine Leute und halte sie durch Gefechte fest; ich folge dir auf dem Fuße!' Da saß Rustem mit zehntausend Rittern aus dem Lager Gharîbs auf und zog zu seinem Volke, indem er bei sich sprach: ‚Heute will ich eine Tat vollbringen, die mein Gesicht vor König Gharîb weiß machen soll.' Sieben Tage lang war er auf dem Marsche, da war er dem Lager der Perser so nahe, daß zwischen ihm und jenen nur noch ein halber Tagemarsch lag. Und nun teilte er sein Heer in vier Scharen und sprach zu ihnen: ‚Umringt das Lager der Perser und fallt dann mit dem Schwerte über sie her!' ‚Wir hören und gehorchen!' antworteten sie. Dann ritten sie weiter vom Abend bis zur Mitternacht und umzingelten das Lager. Die Perser hatten, seitdem Rustem verschwunden war, in Ruhe und Sicherheit gelagert; doch als die Muslime mit dem Feldgeschrei ‚Allah ist der Größte!' über sie herfielen, fuhren sie aus ihrem Schlaf empor, und schon kreiste das Schwert in ihrer Mitten, so daß ihre Füße beim Aufspringen glitten. Der allwissende König war erzürnt wider sie, und Rustem fuhr unter ihnen einher wie das Feuer in dürrem Reisig. Und als die Nacht zu Ende ging, war das ganze Perserheer erschlagen oder verwundet oder flüchtig. Die Muslime aber machten große Beute an Gepäck und Zelten, Geldtruhen, Rossen und Kamelen. Sie ließen sich im Lager der Perser nieder und rasteten dort, bis König Gharîb kam

1. Vgl. Seite 483, Anmerkung.

und sah, was Rustem getan hatte, wie er den klugen Plan ersonnen, die Perser getötet und ihr Heer aufgerieben hatte. Da verlieh er ihm ein Ehrengewand, indem er zu ihm sprach: ‚Rustem, du bist es, der die Perser vernichtet hat; drum ist die ganze Beute dein!' Rustem küßte die Hand des Königs und dankte ihm. Nachdem sie jenen Tag über noch geruht hatten, brachen sie wieder auf, um den König der Perser zu suchen. Inzwischen waren die Flüchtlinge heimgekehrt und waren zu König Sabûr geeilt; und sie klagten mit lautem Wehgeschrei über das große Unheil, das geschehen sei. Sabûr fragte sie: ‚Was ist es, das euch betroffen hat? Wer hat euch getroffen mit böser Tat?' Und sie berichteten ihm, was geschehen war und wie sie im Dunkel der Nacht überfallen wurden. ‚Wer hat euch denn überfallen?' fragte Sabûr weiter; und sie erwiderten: ‚Niemand anders als dein eigener Heerführer; denn er ist Muslim geworden. Gharîb ist uns noch nicht nahe gekommen.' Wie Sabûr das hörte, warf er seine Krone zu Boden und rief: ‚Wir haben allen Wert verloren!' Dann wandte er sich zu seinem Sohne Ward Schâh und sprach zu ihm: ‚Mein Sohn, für diese Aufgabe gibt es niemanden als dich.' ‚Bei deinem Leben, mein Vater,' antwortete Ward Schâh, ‚ich will sicherlich Gharîb und die Großen seines Volkes in Fesseln hierher bringen und alle, die bei ihm sind, vernichten.' Darauf musterte er seine Krieger und zählte ihrer zweihundertundzwanzigtausend. Die alle verbrachten die Nacht mit der Absicht, ins Feld zu ziehen; doch als es Morgen ward und sie aufbrechen wollten, wirbelte plötzlich eine Staubwolke empor, die legte der Welt einen Schleier vor, daß jedes Auge den Blick verlor. König Sabûr saß schon zu Rosse, um seinem Sohne das Abschiedsgeleit zu geben; doch als er diese gewaltige Staubmasse sah, rief er einen Eilboten und befahl ihm: ‚Bring uns Kunde über diese Staubwolke!' Der Bote ging, und als er heimkehrte, berichtete er: ‚Mein Gebieter, Gharîb und seine Helden sind da!' Und sofort wurden die Lasten wieder abgeladen, und die Mannen ordneten sich, bereit zu Kampf und Streit. Wie nun Gharîb vor Isbanîr el-Madâïn ankam und sah, daß die Perser zu Schlacht und Gefecht gerüstet waren, feuerte er seine Krieger an mit den Worten: ‚Greifet an, Allahs Segen ruhe auf euch!' Und als sie dann die Fahnen schwangen und Araber und Perser aufeinanderdrangen und Völker auf Völker stießen, da begann das Blut in Strömen zu fließen. Die Seelen erkannten des Todes Bann; der Tapfere rückte vor und griff an, doch es wich und floh der feige Mann. Und sie kämpften unermüdlich und rangen, bis der Tag sich neigte und die Trommeln zum Rückzug erklangen. Da trennten sie sich voneinander. König Sabûr befahl, das Lager vor dem Stadttore aufzuschlagen; und Gharîb seinerseits ließ seine Zelte gegenüber denen der Perser aufschlagen. Und nun begaben sich alle in ihre Zelte. – –«

Da bemerkte Schehrezâd, daß der Morgen begann, und sie hielt in der verstatteten Rede an. Doch als die *Sechshundertundneunundsechzigste Nacht* anbrach, fuhr sie also fort: »Es ist mir berichtet worden, o glücklicher König, daß die beiden Heere, das des Königs Gharîb und das des Königs Sabûr, nachdem sie voneinander abgelassen hatten, sich zurückzogen, ein jedes in sein Lager, bis es wieder Morgen ward. Dann bestiegen sie die glatten, starken Rosse und erhoben das Kriegsgeschrei; mit eingelegten Lanzen und zum Streite gewappnet, eilten sie herbei; und nun rückten sie vor, all die Helden verwegen und löwengleichen Degen. Der erste, der das Tor des Kampfes auftat, war Rustem; er sprengte auf seinem Renner mitten in das Blachfeld und rief: ‚Allah ist der Größte! Ich bin Rustem, der Vorkämpfer der Helden von Arabern und Persern! Ist einer zum Zweikampf bereit? Tritt einer hervor zum Streit? Doch kein feiger, kein schwächlicher Mann trete heute wider mich heran!' Da ritt Tumân von den Persern hervor und griff Rustem an; und Rustem stürzte auf ihn los, und es entspann sich zwischen ihnen ein wilder Kampf, bis Rustem auf seinen Widersacher einsprang und ihn mit einer Keule traf, die er trug und die siebenzig Pfund wog, und er ihm das Haupt auf der Brust zerschmetterte; da fiel der Perser tot zu Boden, ertrunken in seinem Blute. Das war für König Sabûr ein harter Schlag, und darum befahl er seinen Kriegern, anzugreifen. Und die stürmten auf die Muslime los, indem sie Hilfe erflehten von der Sonne, der Herrin der leuchtenden Strahlen, während die Gläubigen sich dem Schutze des allmächtigen Königs empfahlen. Doch da die Zahl der Perser größer als die der Araber war, reichten sie ihnen den Becher der Todesgefahr. Nun aber erhob Gharîb den Schlachtruf, stürzte in seinem Heldenmut hervor und schwang sein Schwert el-Mâhik, das Schwert Japhets; und er stürmte, mit el-Kailadschân und el-Kuradschân an seinem Steigbügel, auf die Perser ein. Unablässig hieb er mit dem Schwerte hin und her, bis er sich einen Weg zu dem Bannerträger gebahnt hatte; den traf er mit der flachen Klinge auf das Haupt, so daß er ohnmächtig zu Boden sank; und die beiden Mârids trugen ihn in ihr Lager. Als die Perser sahen, daß ihr Banner gefallen war, wandten sie sich, um eilends zu weichen, und suchten die Tore der Stadt zu erreichen. Doch die Muslime folgten ihnen mit der Klinge, bis sie an die Tore gelangten; dort drängten sich die Feinde zuhauf, viel Volks von ihnen kam um, und die Tore konnten nicht geschlossen werden. Und nun sausten sie alle einher, Rustem, el-Dschamrakân, Sa'dân, Sahîm, ed-Dâmigh, el-Kailadschân, el-Kuradschân, die ganzen gläubigen Heldenscharen und die Ritter, die dem

Einheitsglauben ergeben waren, und sie trieben die ungläubigen Perser zu Paaren – dort bei den Toren. Und das Blut der Ketzer begann zu fließen und sich wie ein Sturzbach in die Straßen zu ergießen. Da riefen sie: ‚Gnade! Gnade!' Die Gläubigen hielten ihre Schwerter von ihnen zurück; und nachdem die Perser ihre Waffen und Rüstungen niedergeworfen hatten, trieben die Sieger sie wie eine Schafherde in ihr Lager. Derweilen kehrte Gharîb in sein Prunkzelt zurück, legte seine Rüstung ab und kleidete sich in die Gewänder der Herrscherherrlichkeit, nachdem er zuvor das Blut der Ungläubigen von sich abgewaschen hatte. Dann setzte er sich auf seinen Königsthron und rief nach dem König der Perser. Als der herbeigeführt war und vor ihm stand, schrie er ihn an: ‚Du Perserhund, was trieb dich, also an deiner Tochter zu handeln? Wie kannst du mich als unwürdig ansehen, ihr Gemahl zu sein?' ‚O König,' erwiderte jener, ‚zürne mir nicht ob meiner Tat! Denn ich bereue; ich trat auch nur aus Angst vor dir im Kampf dir entgegen!' Als Gharîb diese Worte vernommen hatte, gab er Befehl, ihn niederzuwerfen und zu geißeln; der Befehl ward ausgeführt, so lange, bis sein Gewinsel zu Ende war; dann warf man ihn unter die Gefangenenschar. Darauf berief Gharîb die Perser zu sich und legte ihnen den Islam dar; einhundertundzwanzigtausend von ihnen nahmen den rechten Glauben an, die anderen fielen dem Schwerte anheim. Alle die Perser aber, die in der Stadt waren, bekannten sich zum Islam; und nun ritt Gharîb in großem Prunkzuge weiter und zog in die Stadt Isbanîr el-Madâin ein. Dort setzte er sich auf den Thron Sabûrs, des Königs der Perser, verlieh Ehrengewänder und Gaben, verteilte die Beute und das Gold und ließ auch die Perser daran teilnehmen, so daß ihn alle liebgewannen und um Sieg und Macht und langes Leben für ihn beteten. Doch die Mutter der Prinzessin Fachr Tâdsch gedachte ihrer Tochter und erhob den Klageruf, so daß sich der Palast mit lautem Geschrei erfüllte. Als Gharîb das hörte, begab er sich zu den Frauen und fragte sie: ‚Was ist es mit euch?' Da trat die Mutter der Prinzessin vor und sprach zu ihm: ‚Mein Gebieter, wisse, als du kamst, gedachte ich meiner Tochter, und ich sagte mir: Wenn sie noch am Leben wäre, so hätte sie sich über dein Nahen gefreut!' Gharîb weinte um sie, und nachdem er sich wieder auf seinen Thron gesetzt hatte, rief er: ‚Bringt mir Sabûr!' Und wie der König, in seinen Fußfesseln stolpernd, vor ihn kam, fuhr er ihn an: ‚Du Perserhund, was hast du mit deiner Tochter getan?' Jener antwortete: ‚Ich gab sie zwei Männern, soundso geheißen, und sprach zu ihnen: Ertränkt sie im Flusse Dschaihûn!' Da ließ Gharîb die beiden Männer kommen und fragte sie: ‚Was dieser da gesagt hat, ist das wahr?' ‚Jawohl,' erwiderten sie, ‚doch, o König, wir haben sie nicht ins Wasser geworfen, sondern wir hatten Mitleid mit ihr und ließen sie am Ufer des Dschaihûn, indem wir zu ihr sprachen: ‚Suche dich zu retten! Kehre aber nicht in die Hauptstadt zurück, damit er nicht dich und uns mit dir tötet! Das ist, was wir zu sagen haben.' – –«

Da bemerkte Schehrezâd, daß der Morgen begann, und sie hielt in der verstatteten Rede an. Doch als die *Sechshundertundsiebenzigste Nacht* anbrach, fuhr sie also fort: »Es ist mir berichtet worden, o glücklicher König, daß die beiden Männer dem König Gharîb erzählten, was mit Fachr Tâdsch geschehen war, und mit den Worten schlossen: ‚Wir haben sie am Ufer des Dschaihûn gelassen.' Als Gharîb diese Kunde von ihnen vernahm, berief er die Sterndeuter; und nachdem die gekommen waren, sprach er zu ihnen: ‚Entwerfet mir eine Figur des Sandzaubers und forschet nach Fachr Tâdsch, ob sie noch in den

Banden des Lebens weilt oder schon gestorben ist!' Da warfen sie die Sandfigur und sprachen: ‚O größter König unserer Zeit, es ist uns kund geworden, daß die Prinzessin noch in den Banden des Lebens weilt und ein Knäblein geboren hat; und beide sind jetzt bei einem Stamme der Geister. Doch sie wird zwanzig Jahre lang von dir getrennt sein; nun berechne, wie viel Jahre du auf Reisen gewesen bist!' Der König rechnete die Zeit der Trennung von ihr nach; und siehe, es waren acht Jahre. Da rief er: ‚Es gibt keine Macht und es gibt keine Majestät außer bei Allah, dem Erhabenen und Allmächtigen!' Dann sandte er Boten nach all den Burgen und Festen, die zur Herrschaft Sabûrs gehörten, und deren Herren kamen, um ihm zu huldigen. Während er nun aber eines Tages in seinem Schlosse saß, erblickte er plötzlich eine Staubwolke; die wirbelte empor und legte der ganzen Welt ringsum einen dichten Schleier vor. Alsbald berief er el-Kailadschân und el-Kuradschân und befahl ihnen: ‚Bringt mir Kunde über diese Wolke!' Die beiden Mârids eilten davon, bis sie sich unter der Staubwolke befanden, ergriffen einen von den nahenden Rittern, brachten ihn zu Gharîb und stellten ihn vor ihn hin, indem sie sprachen: ‚Frage diesen da; denn er gehört zu dem Heere!' Nun fragte Gharîb: ‚Wem gehört jenes Heer?' Der Mann gab zur Antwort: ‚O König, das ist der König Chirad[1] Schâh, der Herr von Schiras; er kommt, um wider dich zu streiten.'

Der Grund von alledem aber war dieser: Als der Kampf zwischen Sabûr, dem König der Perser, und Gharîb stattgefunden hatte und dann all das andere geschehen war, da hatte sich der Sohn des Königs Sabûr mit einer Handvoll Leute von seines Vaters Heere geflüchtet. Und er war immer weiter geeilt, bis er zur Stadt Schiras gekommen und vor den König

1. Im arabischen Texte irrtümlich: Ward.

Chirad Schâh getreten war. Er küßte den Boden vor ihm, während ihm die Tränen auf die Wangen niederrannen. Der König aber sprach zu ihm: ‚Hebe dein Haupt, o Jüngling, und sage mir, warum du weinst!' Jener antwortete: ‚O König, ein König der Araber, Gharîb geheißen, ist bei uns erschienen und hat das Reich meines Vaters erobert, durch ihn mußten die Perser niedersinken und den Becher des Todes trinken!' Und er erzählte ihm alles, was durch Gharîb geschehen war, von Anfang bis zu Ende. Als Chirad Schâh diese Worte von dem Sohne Sabûrs vernommen hatte, fragte er: ‚Ist meine Gemahlin[1] wohl?' Der Prinz erwiderte: ‚Gharîb hat sie genommen.' Da rief der König: ‚Bei meinem Haupte, ich will keinen Beduinen und keinen Muslim auf dem Angesichte der Erde am Leben lassen!' Dann ließ er Briefe schreiben und entsandte sie an seine Statthalter. Die kamen mit ihren Truppen zu ihm; und als er sie musterte, fand er, daß es fünfundachtzigtausend Mann waren. Darauf ließ er die Rüstkammern auftun und verteilte Panzer und Waffen unter die Leute. Und er zog mit ihnen zu Felde, bis sie bei Isbanîr el-Madâïn ankamen; dort lagerten sie sich alle vor dem Tore der Stadt. Nun traten el-Kailadschân und el-Kuradschân zu Gharîb, küßten seine Knie und sprachen: ‚Unser Gebieter, gewähre uns die Herzensfreude, daß du dies Heer uns überlässest!' Er antwortete ihnen: ‚Da habt ihr sie! Vorwärts, auf sie!' Alsbald schwebten die beiden Mârids davon, bis sie sich beim Prunkzelte des Königs Chirad Schâh niederließen. Dort fanden sie ihn auf dem Throne seiner Macht; der Sohn des Königs Sabûr saß neben ihm, und die Hauptleute standen um ihn in zwei Reihen, und alle berieten, wie sie die Muslime vernichten könnten. Da eilte el-Kailadschân vor und griff den Prinzen, während el-Kuradschân

1. Das ist: Fachr Tâdsch; vgl. oben Seite 469.

den König Chirad Schâh ergriff; und beide flogen mit ihnen zu Gharîb zurück, und der gab Befehl, sie zu geißeln, bis sie die Besinnung verloren. Die beiden Mârids aber kehrten wieder um, schwangen ihre Schwerter, ein jedes so groß, daß kein anderer es hätte heben können, und fielen über die Heiden her; und Allah ließ ihre Seelen ins Höllenfeuer sausen, an die Stätte voller Grausen. Die Ungläubigen aber sahen nichts als zwei blitzende Schwerter, wie sie die Männer gleich dem Korne mähten; eine Gestalt erblickten sie nicht. Da liefen sie aus dem Lager fort und flüchteten auf den ungesattelten Pferden. Die beiden Mârids verfolgten sie zwei Tage lang und erschlugen viel Volks von ihnen; dann kehrten sie zurück und küßten Gharîb die Hand. Er dankte ihnen für das, was sie getan hatten, und sprach: ‚Die Beute der Ungläubigen soll euch allein gehören; niemand soll sie mit euch teilen.' Da wünschten sie ihm Glück und Segen und gingen hinaus; und nachdem sie die Beute gesammelt hatten, lebten sie friedlich an ihrer Wohnstatt. So erging es Gharîb und seinem Volke. – –«

Da bemerkte Schehrezâd, daß der Morgen begann, und sie hielt in der verstatteten Rede an. Doch als die *Sechshundertundeinundsiebenzigste Nacht* anbrach, fuhr sie also fort: »Es ist mir berichtet worden, o glücklicher König, daß Gharîb, als das Heer des Königs Chirad Schâh in die Flucht geschlagen war, den Mârids el-Kailadschân und el-Kuradschân befahl, die Habe des Feindes als Beute zu nehmen und mit niemandem zu teilen, und daß die beiden, nachdem sie die Beute gesammelt hatten, ruhig an ihrer Wohnstatt blieben. Die Ungläubigen aber flohen immer weiter, bis sie Schiras erreichten; und dort erhoben sie die Totenklage um die Gefallenen. Nun hatte König Chirad Schâh einen Bruder, Sirân der Zauberer geheißen; der war der größte Zauberer seiner Zeit, und er lebte fern von seinem Bruder in einer Feste, in der Bäume sprossen und Bäche flossen, reich an Vögelein und Blümelein. Diese Burg war einen halben Tag weit von der Stadt Schiras gelegen; und zu ihr eilten nun die geschlagenen Mannen und traten bei Sirân dem Zauberer ein, weinend und klagend. Er fragte sie: ‚Was ist der Grund eurer Tränen, ihr Leute?' Und sie berichteten ihm, was geschehen war, zumal auch, daß die beiden Mârids seinen Bruder Chirad Schâh und den Sohn Sabûrs geraubt hatten. Wie Sirân diese Kunde vernahm, ward das helle Tageslicht finster vor seinem Angesicht, und er rief: ‚Bei meinem Glauben, ich will wahrlich Gharîb und seine Leute umbringen! Keinen will ich von ihnen übriglassen, nicht einen einzigen Mann, nicht einen, der die Kunde heimbringen kann!' Dann murmelte er Zauberworte und beschwor den Roten König; als der vor ihm erschien, sprach er zu ihm: ‚Eile nach Isbanîr el-Madâin und stürze dich auf Gharîb, so wie er auf seinem Throne sitzt!' ‚Ich höre und gehorche!' sprach jener, und zog mit seinem Heere dahin, bis er vor König Gharîb stand. Als der ihn erblickte, zog er sein Schwert el-Mâhik und griff ihn an; und ebenso stürzten el-Kailadschân und el-Kuradschân auf die Streiter des Roten Königs und töteten von ihnen fünfhundertunddreißig und brachten ihm selbst eine schwere Wunde bei. Da wandte er sich zur Flucht, und seine verwundeten Streiter flohen mit ihm, und sie eilten ohne Aufenthalt weiter, bis sie zur Burg der Früchte kamen; dort traten sie zu Sirân dem Zauberer ein und begannen zu klagen und zu schrein. Und sie sprachen zu ihm: ‚O Weiser, Gharîb hat das Zauberschwert Japhets, des Sohnes Noahs, und wen er damit trifft, den spaltet er; auch hat er zwei Mârids vom Berge Kâf, die ihm König Mar'asch gegeben hat. Er ist es, der Barkân erschlagen hat, als er zum Berge Kâf kam, und auch den Blauen

König, und der vielen vom Stamme der Geister den Tod gebracht hat.' Als der Zauberer diese Worte von dem Roten König gehört hatte, sprach er zu ihm: ‚Geh!' Und nachdem der seiner Wege gegangen war, murmelte Sirân Zauberformeln und beschwor einen Mârid namens Zu'âzi'[1]; dem gab er ein Quentchen von zerstoßenem Bendsch, indem er zu ihm sprach: ‚Geh nach Isbanîr el-Madâïn und dringe in den Palast Gharîbs ein, indem du die Gestalt eines Sperlings annimmst; lauere ihm auf, bis er schläft und niemand bei ihm ist! Darauf nimm das Bendsch, tu es in seine Nase und bring ihn mir!' ‚Ich höre und gehorche!' erwiderte der Mârid, und er eilte nach Isbanîr el-Madâïn, drang in den Palast Gharîbs ein, in der Gestalt eines Sperlings, setzte sich in eines der Fenster des Schlosses und wartete, bis es Nacht ward. Nachdem aber alle die Fürsten sich an ihre Ruhestätten begeben hatten und Gharîb eingeschlafen war, flog er hinunter, nahm das zerstoßene Bendsch heraus und streute es dem Schlafenden in die Nase, so daß seine Lebensgeister erloschen. Dann hüllte er ihn in die Decke des Bettes, hob ihn auf und flog mit ihm davon wie die Windsbraut; und noch ehe die Mitternacht kam, war er schon in der Burg der Früchte und brachte seinen Raub zu Sirân dem Zauberer. Der dankte ihm für seine Tat und wollte sogleich den betäubten Gharîb töten; doch einer seiner Leute hielt ihn davon zurück, indem er zu ihm sprach: ‚O Weiser, wenn du ihn tötest, so werden die Geister unser Land verwüsten; denn König Mar'asch, sein Freund, wird mit allen Dämonen, die er hat, über uns herfallen.' ‚Was sollen wir denn mit ihm tun?' fragte Sirân; und jener Mann erwiderte: ‚Wirf ihn in den Dschaihûn, solange er noch betäubt ist und nicht ahnt, wer ihn hineinwirft; und er wird ertrinken, ohne daß

1. Sturmwind.

jemand um ihn weiß.' Nun befahl Sirân dem Mârid, Gharîb zu nehmen und in den Dschaihûn zu werfen. – –«

Da bemerkte Schehrezâd, daß der Morgen begann, und sie hielt in der verstatteten Rede an. Doch als die *Sechshundertundzweiundsiebenzigste Nacht* anbrach, fuhr sie also fort: »Es ist mir berichtet worden, o glücklicher König, daß der Mârid Gharîb nahm und zum Dschaihûn brachte. Und schon wollte er ihn in den Strom werfen, da konnte er es nicht übers Herz bringen, und so machte er ein hölzernes Floß und band ihn mit Stricken daran fest; dann stieß er das Floß mit Gharîb in die Strömung, und die trieb ihn von dannen. So erging es Gharîb.

Wenden wir uns nun wieder zu seinem Volke! Als die Leute am Morgen dem König ihre Aufwartung machen wollten, fanden sie ihn nicht; nur seinen Rosenkranz entdeckten sie auf seinem Throne. Da warteten sie, daß er herauskäme; aber er kam nicht. Schließlich suchten sie den Kammerherrn auf und sprachen zu ihm: ,Geh in das Frauenhaus und schau nach dem König! Denn es ist nicht seine Gewohnheit, bis zu dieser Zeit auszubleiben.' Da ging der Kammerherr hinein und fragte die im Frauenhause; und alle antworteten ihm: ,Seit gestern haben wir ihn nicht mehr gesehen.' Darauf kehrte er zu den Leuten zurück und brachte ihnen diese Kunde; die waren bestürzt, und einer sprach zum andern: ,Laßt uns sehen, ob er sich in den Garten begeben hat, um sich zu ergehen!' Und sie fragten die Gärtner, ob der König ihnen begegnet sei; doch die antworteten: ,Wir haben ihn nicht gesehen.' Da waren die Leute sehr betrübt, und sie suchten in allen Gärten umher; erst als der Tag zur Rüste ging, kehrten sie weinend zurück. Dann zogen el-Kailadschân und el-Kuradschân in der Stadt umher, auf der Suche nach ihm; aber sie fanden keine Spur von ihm und kehrten nach drei Tagen wieder heim. Darauf kleidete sich das Volk in schwarze Gewänder und klagte sein Leid dem Herrn der Welt, der da tut, was Ihm gefällt. So stand es um jene.

Sehen wir nun, wie es Gharîb des weiteren erging! Er lag auf dem Floße und ward von der Strömung fünf Tage lang dahingetragen; dann trieb ihn der Strom in das Salzmeer, und dort begannen die Wogen mit ihm zu spielen, bis daß sein Inneres in Aufruhr geriet und das Bendsch wieder aus ihm herauskam. Er schlug die Augen auf, und als er sich mitten im Meere sah, ein Spielzeug der Wellen, rief er: ‚Es gibt keine Macht und es gibt keine Majestät außer bei Allah, dem Erhabenen und Allmächtigen! Wer mag mir dies angetan haben?' Während er so dalag, ratlos in seiner Not, sah er plötzlich ein Schiff, das vorübersegelte. Da winkte er den Seefahrern mit seinem Ärmel; und sie kamen zu ihm und nahmen ihn auf und fragten ihn: ‚Wer bist du? Aus welchem Lande kommst du?' Doch er sprach zu ihnen: ‚Speiset mich und tränket mich, auf daß meine Kraft zurückkehre! Dann will ich euch sagen, wer ich bin.' Sie brachten ihm Wasser und Zehrung, und nachdem er gegessen und getrunken hatte, gab Allah ihm seinen vollen Verstand zurück. Nun fragte er sie: ‚Ihr Leute, von welchem Volke seid ihr, und welches ist euer Glaube?' Sie gaben zur Antwort: ‚Wir sind aus el-Karadsch[1], und wir beten ein Götterbild an, das Minkâsch heißt.' Da rief er: ‚Verderben euch und dem, was ihr anbetet, ihr Hunde! Niemand ist der Anbetung würdig als allein Allah, der alle Dinge geschaffen hat und der zum Dinge spricht: ‚Werde!', und es wird.' Aber sie erhoben sich wider ihn in wilder Wut und wollten Hand an ihn legen. Doch wiewohl er ohne Waffen war, warf er einen jeden, den er mit der Faust traf, zu Boden und beraubte ihn des Lebens, bis er

[1]. An die Stadt el-Karadsch in Nordwestpersien kann hier kaum gedacht werden; vielleicht ist Karatschi an der Indus-Mündung gemeint.

vierzig Mann niedergestreckt hatte. Schließlich aber überwanden sie ihn durch ihre Überzahl und banden ihn fest und sprachen: ‚Wir wollen ihn erst in unserem Lande töten, damit wir ihn zuvor dem König zeigen können!' Dann segelten sie weiter, bis sie die Stadt el-Karadsch erreichten. – –«

Da bemerkte Schehrezâd, daß der Morgen begann, und sie hielt in der verstatteten Rede an. Doch als die *Sechshundertunddreiundsiebenzigste Nacht* anbrach, fuhr sie also fort: »Es ist mir berichtet worden, o glücklicher König, daß die Schiffsleute, nachdem sie Gharîb ergriffen und gefesselt hatten, sprachen: ‚Wir wollen ihn erst in unserer Stadt töten', und darauf weitersegelten, bis sie die Stadt el-Karadsch erreichten. Der Erbauer jener Stadt war ein gewaltiger Riese gewesen, und er hatte an jedem ihrer Tore eine kunstvolle Gestalt aus Messing aufgestellt, die in ein Horn blies, sooft ein Fremder die Stadt betrat; dann hörten es alle, die in der Stadt waren, und hielten ihn fest und töteten ihn, es sei denn, daß er ihren Glauben annahm. Und als Gharîb eintrat, blies jene Gestalt mit so lautem und gewaltigem Schall, daß der König in seinem Herzen erschrak und aufsprang und zu seinem Götzen hineinging; da sah er, daß Feuer und Rauch dem Bilde aus Mund und Nase und Augen quollen. Satan aber war in den Bauch des Götzenbildes gekrochen und redete wie mit dessen Zunge, indem er sprach: ‚O König, zu dir ist einer gekommen, des Namens Gharîb, der ist der König von Irak; und der befiehlt den Menschen, ihren Glauben zu verleugnen und seinem Herrn zu dienen. Wenn man ihn zu dir hereinbringt, so schone seiner nicht!' Nun ging der König wieder hinaus und setzte sich auf seinen Thron; da brachten auch schon die Leute den König Gharîb herein und führten ihn vor ihren König und sprachen: ‚O König, wir fanden diesen Burschen, der nicht an unsere Götter glaubt, schiffbrüchig auf See'; dann erzählten sie ihm alles von Gharîb. Er befahl: ,Bringt ihn in das Haus des großen Gottesbildes und schlachtet ihn vor ihm, auf daß unser Gott Gefallen an uns habe!' Doch da hub der Wesir an: ,O König, ihn zu schlachten wäre nicht gut; dann wäre er ja im Augenblick tot!' Und er fuhr fort: ,Wir wollen ihn gefangen setzen und für ihn einen Scheiterhaufen bauen und den anzünden.' Darauf sammelten die Leute das Holz für den Scheiterhaufen und ließen den bis zum Morgen brennen. Und nun ging der König hinaus, begleitet von dem Volke der Stadt, und er befahl, Gharîb zu bringen. Die Leute gingen hin, um ihn zu holen; aber sie fanden ihn nicht, und so kehrten sie zurück und meldeten dem König, daß Gharîb entflohen sei. Als der König nun fragte: ,Wie konnte er denn fliehen?' antworteten sie: ,Wir fanden die Ketten und Fußfesseln am Boden liegen und die Türen verschlossen.' Erstaunt fragte der König: ,Ist dieser Kerl denn gen Himmel geflogen, oder hat ihn die Erde eingesogen?' ,Wir wissen es nicht', erwiderten sie; und er sagte: ,Ich will zu meinem Gotte gehen und ihn befragen; er wird mir kundtun, wohin der Mann entflohen ist.' Und alsbald begab er sich zu seinem Götzen und wollte sich vor ihm niederwerfen; doch er fand ihn nicht, und da rieb er sich die Augen und fragte sich: ,Schläfst du oder wachst du?' Dann wandte er sich zu seinem Wesir und sprach: ,Wo ist mein Gott? Und wo ist der Gefangene? Bei meinem Glauben, du Hund von einem Wesir, hättest du mir nicht geraten, ihn zu verbrennen, so hätte ich ihn geschlachtet. Jetzt aber hat er meinen Gott gestohlen und ist entflohen; dafür muß ich Rache nehmen!' Und er zog sein Schwert und hieb mit einem Schlage dem Wesir den Kopf ab.

Mit dem Verschwinden Gharîbs und des Götzen hatte es aber eine seltsame Bewandtnis. Als nämlich Gharîb in die Ker-

kerzelle gebracht war, befand er sich neben dem Kuppelbau, in dem das Götzenbild stand. Nun begann er Allah den Erhabenen anzurufen und Ihn, den Allgewaltigen und Glorreichen, um Rettung zu bitten. Das hörte der Mârid, in dessen Obhut der Götze stand und der in seinem Namen redete, und sein Herz erbebte, und er rief: ,O Schmach! Wer ist es, der mich sieht, und den ich nicht sehe?' Darauf trat er zu Gharîb, beugte sich bis auf die Füße nieder und sprach zu ihm: ,Mein Gebieter, was muß ich sagen, auf daß ich zu deiner Gemeinde gehöre und in deinen Glauben eintrete?' Gharîb antwortete: ,Sprich: Es gibt keinen Gott außer Allah; Abraham ist der Freund Allahs!' Da sprach der Mârid das Bekenntnis der Rechtgläubigkeit und zählte zum Volke der Glückseligkeit. Der Name des Mârids aber war Zalzâl ibn el-Muzalzil, und sein Vater war einer der großen Geisterkönige. Er löste nun Ghârib von seinen Fesseln, lud ihn samt dem Götzenbilde auf seinen Rücken und flog mit ihm hoch in die Lüfte empor. – –«

Da bemerkte Schehrezâd, daß der Morgen begann, und sie hielt in der verstatteten Rede an. Doch als die *Sechshundertundvierundsiebenzigste Nacht* anbrach, fuhr sie also fort: »Es ist mir berichtet worden, o glücklicher König, daß der Mârid, nachdem er Gharîb und mit ihm das Götzenbild auf den Rücken geladen hatte, hoch in die Lüfte emporflog. So nun erging es ihm.

Vom König aber wissen wir, daß er, als er in das Zimmer getreten war, um den Götzen nach Gharîb zu fragen, ihn nicht fand, und daß er sich wider den Wesir wandte und ihn tötete. Als aber die Krieger des Königs sahen, was geschehen war, ließen sie von dem Dienste des Götzen ab, zogen ihre Schwerter und erschlugen den König; dann fielen sie übereinander her, und das Schwert kreiste unter ihnen drei Tage lang, bis sie

599

einander vernichtet hatten und nur noch zwei Männer am Leben waren; von denen überwand der eine den anderen und tötete ihn. Nun erhoben sich die Jünglinge gegen den Überlebenden und erschlugen ihn; dann kämpften auch sie miteinander, bis sie alle umgekommen waren. Die Frauen und Mädchen aber eilten von dannen und flüchteten in die Dörfer und Burgen. So ward die Stadt verödet, und es hausten dort nur noch die Eulen.

Wenden wir uns von ihnen wieder zu Gharîb! Den trug Zalzâl ibn el-Muzalzil dahin und brachte ihn in sein Land; das war als die Kampferinsel bekannt, wo das Kristallschloß stand und das verzauberte Kalb sich fand. Der König el-Muzalzil nämlich hatte ein scheckiges Kalb; das hatte er mit allerlei Schmuck und Gewändern, die von rotem Gold durchwirkt waren, bekleidet und zum Gotte gemacht. Eines Tages nun ging el-Muzalzil mit seinen Mannen zu dem Kalbe hinein und sah, daß es vor Unruhe zitterte. Da fragte er: ‚O mein Gott, was hat dich erregt?' Der Satan aber im Bauche des Kalbes rief: ‚O Muzalzil, dein Sohn ist zum Glauben des Gottesfreundes Abraham übergegangen durch Gharîb, den Herrn von Irak.' Dann erzählte er ihm alles, was geschehen war, von Anfang bis zu Ende. Als der König die Worte des Kalbes vernommen hatte, ging er bestürzt hinaus, setzte sich auf den Thron seiner Herrschaft und berief die Großen seines Reiches. Nachdem sie erschienen waren, erzählte er ihnen, was er von dem Götzenbilde gehört hatte; sie verwunderten sich darüber und sprachen: ‚Was sollen wir tun, o König?' Er antwortete: ‚Wenn mein Sohn kommt und ihr seht, wie ich ihn umarme, so legt Hand an ihn!' ‚Wir hören und gehorchen!' erwiderten sie. Dann, nach zwei Tagen, trat Zalzâl mit Gharîb und dem Götzenbilde des Königs von el-Karadsch zu seinem Vater ein.

Aber kaum war er zur Tür des Schlosses hereingekommen, da stürzten sie sich auf ihn und auf Gharîb, legten Hand an die beiden und schleppten sie vor den König el-Muzalzil. Der sah seinen Sohn mit dem Auge des Zornes an und rief ihm zu: ‚Du Hund unter den Geistern, hast du deinem Glauben, dem Glauben deiner Väter und Vorväter, entsagt?' Zalzâl gab ihm zur Antwort: ‚Ich bin in den wahren Glauben eingetreten; und du – wehe dir! – nimm den rettenden Glauben an, so wirst du gerettet werden vor dem Grimme des Königs der allgewaltigen Macht, des Schöpfers von Tag und Nacht!' Voll Zorn über seinen Sohn schrie der König ihn an: ‚Du Bastard, wagst du mir mit solchen Worten zu nahen?' Dann befahl er, ihn in den Kerker zu werfen; und es geschah. Darauf wandte er sich zu Gharîb und sprach zu ihm: ‚Du Menschenwicht, wie konntest du mit dem Verstande meines Sohnes dein Spiel treiben und ihn von seinem Glauben fortlocken?' Gharîb erwiderte: ‚Ich habe ihn aus dem Irrtum auf den rechten Weg geführt, aus der Hölle in den Himmel, vom Unglauben zum Glauben.' Da rief der König einen Mârid des Namens Saijâr und sprach zu ihm: ‚Nimm diesen Hund und wirf ihn in das Feuertal, auf daß er verderbe!' Jenes Tal war so heiß und voller Glut, daß jeder, der es betrat, umkam und nicht eine einzige Stunde darin leben konnte; und es war von hohen, glatten Bergen umgeben, durch die kein Ausgang führte. Der verruchte Saijâr trat vor, nahm Gharîb auf den Rücken und flog mit ihm nach dem wüsten Viertel der Welt, bis zwischen ihm und dem Feuertale nur noch eine Wegstunde lag. Da ward der Dämon von seiner Last müde, und er stieg mit Gharîb in ein Tal hinab, in dem es Bäume und Flüsse und Früchte gab. Nachdem er sich dort ermattet niedergelassen hatte, kletterte Gharîb, gefesselt wie er war, von seinem Rücken herunter und wartete, bis der Mârid vor Müdigkeit fest eingeschlafen war und schnarchte; dann rang er mit seinen Fesseln, bis er sich von ihnen frei gemacht hatte. Darauf nahm er einen schweren Stein und schleuderte ihn dem Mârid auf den Kopf, so daß er ihm den Schädel zermalmte und jener auf der Stelle tot war. Nun ging Gharîb in jenem Tal weiter. – –«

Da bemerkte Schehrezâd, daß der Morgen begann, und sie hielt in der verstatteten Rede an. Doch als die *Sechshundertundfünfundsiebenzigste Nacht* anbrach, fuhr sie also fort: »Es ist mir berichtet worden, o glücklicher König, daß Gharîb, nachdem er den Mârid getötet hatte, in jenem Tal weiterging; und er entdeckte, daß er auf einer Insel mitten im Meere war. Jene Insel aber war groß, und auf ihr gab es alle Arten von Früchten, wie sie sich Lippe und Zunge nur wünschen konnten. Gharîb begann von den Früchten dort zu essen und aus den Bächen zu trinken, und Tage und Jahre gingen über ihn dahin; auch fing er sich Fische und aß sie und lebte so weiter in seiner verlassenen Einsamkeit, sieben Jahre lang. Während er nun eines Tages dasaß, flogen plötzlich aus der Höhe zwei Mârids auf ihn herunter, von denen ein jeder einen Menschen trug. Als sie Gharîb erblickten, fragten sie ihn: ,Du da, was bist du? Und zu welchem der Stämme gehörst du?' Da nämlich das Haar Gharîbs lang gewachsen war, hielten sie ihn für einen von den Dämonen und fragten ihn, wie es um ihn stehe. Er aber antwortete ihnen: ,Ich gehöre nicht zu den Geistern', und erzählte ihnen alles, was er erlebt hatte, von Anfang bis zu Ende. Sie hatten Mitleid mit ihm, und einer von den beiden Dämonen sprach zu ihm: ,Bleib hier, wo du bist, so lange bis wir diese beiden Lämmer unserem König gebracht haben, damit er das eine zum Mittagsmahl und das andere zum Nachtmahl verspeise! Dann wollen wir zu dir zurückkehren und dich in dein Land bringen.' Gharîb dankte ihnen; dann fragte er sie: ‚Wo sind die beiden Lämmer, die ihr bei euch habt?' ‚Das sind diese beiden Menschen', erwiderten sie; doch Gharîb rief: ‚Ich nehme meine Zuflucht zum Gotte Abrahams, des Gottesfreundes, dem Herrn aller Dinge, der über alle Dinge mächtig ist.' Alsbald flogen die beiden davon, und Gharîb wartete auf den Mârid; nach zwei Tagen kam der Dämon zu ihm zurück mit einem Gewande. Das legte er ihm an; dann hob er ihn auf seinen Rücken und flog mit ihm hoch in die Lüfte empor, bis er die Welt aus den Augen verlor; da hörte Gharîb im Himmel der lobsingenden Engel Chor. Plötzlich aber schoß von dort auf den Mârid ein Feuerpfeil; und da floh der Dämon nach der Erde zu. Als zwischen ihm und der Erde nur noch die Weite eines Speerwurfes lag und der Pfeil schon ganz nahe war und ihn fast erreichte, richtete Gharîb sich auf und warf sich von den Schultern des Mârids hinab; den aber erreichte der Pfeil, und er ward zu einem Häuflein Asche. Gharîb jedoch fiel ins Meer und versank in ihm zwei Klafter tief; dann tauchte er wieder auf und schwamm weiter, den Tag und die Nacht über und auch am nächsten Tage, bis seine Kraft versagte und der sichere Tod ihm vor Augen stand. Am dritten Tage aber, als er schon ganz am Leben verzweifelte, erblickte er plötzlich ein hohes Gebirge. Auf das schwamm er zu, und als er dort gelandet war, schritt er auf ihm weiter, um Kräuter der Erde für seine Nahrung zu suchen. Einen Tag und eine Nacht ruhte er aus; dann klomm er auf die Höhe des Gebirges und stieg auf der anderen Seite wieder hinab. Darauf zog er noch zwei Tage lang weiter und kam zu einer Stadt mit Mauern und Bollwerken, wo Bäume sprossen und Bäche flossen. Als er das Stadttor erreicht hatte, sprangen die Torwächter auf ihn zu, nahmen ihn fest und führten ihn zu ihrer Königin. Die hieß

Dschanschâh[1], und sie war fünfhundert Jahre alt. Sie pflegte jeden Mann, der in ihre Stadt kam, vor sich bringen zu lassen und ihn zu sich zu nehmen, um mit ihm zu schlafen; und wenn er sein Werk verrichtet hatte, so pflegte sie ihn zu töten. In dieser Weise hatte sie schon viele Männer zu Tode gebracht. Als nun Gharîb vor sie geführt wurde, gefiel er ihr; und sie sprach zu ihm: ,Wie heißest du? Welchen Glauben bekennst du? Und aus welchem Lande bist du?' Er antwortete: ,Ich heiße Gharîb, König von Irak, und mein Glaube ist der Islam.' Da fuhr sie fort: ,Gib deinen Glauben auf und tritt zu meinem Glauben über, so will ich mich dir vermählen und dich zum König machen!' Gharîb aber sah sie mit dem Auge des Zornes an und rief ihr zu: ,Verderben über dich und deinen Glauben!' Nun schrie sie ihn an: ,Wagst du es, meinen Gott zu schmähen, der aus rotem Karneol ist, besetzt mit Perlen und Edelsteinen?' Und sie gab Befehl: ,Ihr Leute, sperrt ihn in den Tempel des Gottes ein, auf daß der ihm das Herz erweiche!' Man brachte ihn also in den Dom des Götzen und schloß die Türen hinter ihm. – –«

Da bemerkte Schehrezâd, daß der Morgen begann, und sie hielt in der verstatteten Rede an. Doch als die *Sechshundertundsechsundsiebenzigste Nacht* anbrach, fuhr sie also fort: »Es ist mir berichtet worden, o glücklicher König, daß Gharîb, nachdem die Leute ihn ergriffen und in den Götzentempel eingesperrt, die Tore hinter ihm verschlossen und sich wieder auf den Weg gemacht hatten, nunmehr den Götzen anschaute, der aus rotem Karneol war und Schnüre von Perlen und Edelsteinen um den Hals trug. Und alsbald trat er an ihn heran, hob ihn empor und schleuderte ihn zu Boden, so daß er in Stücke zerbrach. Dann legte er sich schlafen, bis der Tag anbrach. Und als es

1. Wohl verkürzt aus Dschehân-schâh: ,Königin der Welt.'

Morgen geworden war, setzte sich die Königin auf ihren Thron und rief: ‚Ihr Leute, bringt mir den Gefangenen!' Die gingen hin zu Gharîb; doch als sie die Tür des Domes geöffnet hatten und eingetreten waren, fanden sie den Götzen zerbrochen; da schlugen sie sich ins Gesicht, bis ihnen das Blut aus den Augenwinkeln rann. Dann eilten sie auf Gharîb zu, um ihn zu ergreifen. Aber er schlug einen von ihnen mit der Faust, so daß er tot niedersank; dann traf er einen zweiten, den er ebenfalls tötete, und so weiter, bis er fünfundzwanzig von ihnen erschlagen hatte; da flohen die übrigen. Und als diese mit lautem Geschrei zur Königin Dschanschâh kamen, rief sie ihnen zu: ‚Was gibt es?' Sie erwiderten: ‚Der Gefangene hat deinen Gott zerschlagen und deine Leute getötet!' Und sie erzählten ihr alles, was geschehen war. Da warf sie ihre Krone zu Boden und rief: ‚Die Götter haben keinen Wert mehr!' Dann saß sie inmitten von tausend Helden auf und ritt zum Hause des Götzen. Dort sah sie Gharîb vor dem Dome stehen; er hatte sich aber ein Schwert geholt, und nun begann er die tödliche Waffe zu schwingen wider die Recken und die Mannen zu Boden zu strecken. Und wie sie ihn und seine tapferen Taten anschaute, ward sie von tiefer Liebe zu ihm ergriffen, und sie sagte sich: ‚Des Gottes bedarf ich nun nicht mehr; mein einziger Wunsch ist, daß dieser Fremdling an meinem Busen liege, solange ich noch lebe.' Und sie rief ihren Leuten zu: ‚Haltet euch fern von ihm und geht beiseit!' Dann trat sie vor und murmelte Zauberworte; da erstarrte der Arm Gharîbs, seine Gelenke wurden schlaff, und das Schwert entfiel seiner Hand. Sofort ergriffen ihn die Leute und fesselten ihn, wie er so schwach und elend und verwirrt dastand. Darauf kehrte Dschanschâh zurück, setzte sich auf den Thron ihrer Herrschaft und befahl ihren Mannen, sich zurückzuziehen. Als sie nun dort mit Gharîb allein war, sprach sie zu ihm: ‚Du Araberhund, wagst du es, meinen Gott zu zerschlagen und meine Leute zu töten?' ‚O du Verfluchte,' erwiderte er ihr, ‚wenn er ein Gott wäre, so hätte er sich verteidigt!' Sie aber fuhr fort: ‚Ruhe bei mir, so will ich dir vergeben, was du getan hast!' Darauf antwortete er: ‚Ich tue nichts von dem.' Nun rief sie: ‚Bei meinem Glauben, ich will dich wahrlich mit grimmigen Qualen foltern!' Und sie nahm Wasser, sprach Beschwörungen darüber und sprengte es auf ihn; da wurde er zu einem Affen, und sie gab ihm zu essen und zu trinken; dann sperrte sie ihn in eine Kammer ein und setzte einen Wärter über ihn, der ihn zwei Jahre lang bewachte. Darauf ließ sie ihn eines Tages zu sich kommen und sprach zu ihm: ‚Willst du nun auf mich hören?' Und er winkte ihr mit dem Kopfe ein Ja. Erfreut löste sie ihn von dem Zauber und brachte ihm Speise; und er aß mit ihr und scherzte mit ihr und küßte sie, so daß sie ihm traute. Als es Nacht ward, legte sie sich nieder und sprach zu ihm: ‚Wohlan, tu dein Werk!' ‚Jawohl!' erwiderte er, stieg ihr auf die Brust, packte sie am Genick und zerbrach es; und er ließ nicht eher ab von ihr, als bis sie den Geist aufgegeben hatte. Da erblickte er eine offene Schatzkammer, ging hinein und fand in ihr ein damasziertes Schwert und einen Schild aus chinesischem Eisen. Er wappnete sich von Kopf bis zu Fuß und harrte bis zum Morgen. Dann ging er hinaus und stellte sich am Tore des Palastes auf; und als die Emire kamen und zur Dienstleistung hineingehen wollten, fanden sie Gharîb in Kriegsrüstung dort stehen. Er rief ihnen zu: ‚Ihr Leute, der Götzendienst sei abgetan, betet den allwissenden König an, den Schöpfer von Tag und Nacht, den Herrn der Menschen, der die toten Gebeine lebendig macht, den Schöpfer aller Dinge, der über alle Dinge mächtig ist!' Als die Ungläubigen das hörten, stürmten sie auf ihn ein; doch er stürzte sich auf sie gleich einem reißenden Löwen und wütete unter ihnen und erschlug von ihnen viel Volks. – –«

Da bemerkte Schehrezâd, daß der Morgen begann, und sie hielt in der verstatteten Rede an. Doch als die *Sechshundertundsiebenundsiebenzigste Nacht* anbrach, fuhr sie also fort: »Es ist mir berichtet worden, o glücklicher König, daß Gharîb, als er sich auf die Ungläubigen stürzte, viel Volks von ihnen erschlug; doch wie es Abend ward, drangen sie alle in ihrer Überzahl auf ihn ein und wollten ihn schon ergreifen, da erschienen plötzlich tausend Mârids und fielen mit tausend Schwertern über die Ungläubigen her. Ihr Anführer war aber Zalzâl ibn el-Muzalzil, der an ihrer Spitze kämpfte. Und sie wirkten unter den Heiden mit dem Schwerte, dem scharfen und blanken, bis daß jene den Becher des Verderbens tranken; und Allah der Erhabene sandte ihre Seelen alsbald ins Höllenfeuer hinab, keiner blieb übrig von den Kriegern Dschanschâhs, der Kunde davon gab. Da begann unter den anderen allen der Ruf ‚Gnade, Gnade!' zu erschallen, und sie glaubten an den König, der die Vergeltung schenkt, und den nie ein Ding von einem anderen ablenkt, der die Perserkönige sterben ließ, der die alten Riesen verderben ließ, den Herren auf Erden und im Paradies. Darauf begrüßte Zalzâl den König Gharîb und wünschte ihm Glück zu seiner Errettung. Gharîb aber fragte: ‚Wer hat dir Kunde von meiner Not gebracht?' ‚Mein Gebieter,' gab jener zur Antwort, ‚nachdem mein Vater mich in den Kerker geworfen und dich in das Feuertal gesandt hatte, blieb ich zwei Jahre lang im Gefängnis; dann ließ er mich frei, und ich weilte noch ein Jahr bei ihm, bis ich wieder in der früheren Gunst stand. Darauf erschlug ich meinen Vater, und die Truppen leisteten mir Gehorsam; und ich herrschte ein Jahr lang über sie. Eines Abends jedoch, als ich mich niederlegte und deiner gedachte, sah ich dich im Traume, wie du mit den Kriegern Dschanschâhs kämpftest; da nahm ich alsbald diese tausend Mârids und eilte zu dir.' Gharîb war über dies Zusammentreffen erstaunt; dann ergriff er Besitz von den Schätzen Dschanschâhs und von dem Gute ihrer Krieger und ernannte einen Herrscher über die Stadt. Darauf luden die Mârids den König Gharîb und die Schätze auf den Rücken, und alle waren noch in derselben Nacht in der Stadt Zalzâls. Sechs Monate lang blieb Gharîb bei seinem Freunde zu Gaste; dann wünschte er aufzubrechen. Nun brachte Zalzâl ihm Geschenke und entsandte dreitausend Mârids, die aus der Stadt el-Karadsch die Beute herbeiholten und sie zu den Schätzen Dschanschâhs legten. Alsdann gab er Befehl, die Geschenke und die Schätze aufzuladen, er selber nahm Gharîb auf den Rücken, und sie machten sich auf den Weg nach der Stadt Isbanîr el-Madâïn. Noch ehe es Mitternacht war, kamen sie dort an; da schaute Gharîb sich um und sah, wie die Stadt eingeschlossen war, umgeben von einem gewaltigen Heer gleich dem brandenden Meer; und er sprach zu Zalzâl: ‚Bruder, warum mag diese Belagerung sein? Woher kommt dies Heer?' Dann landete er auf der Dachterrasse des Schlosses und rief: ‚O Kaukab es-Sabâh! O Mahdîja!' Erschrocken fuhren die beiden aus ihrem Schlafe auf und sprachen: ‚Wer ruft uns um diese Stunde?' Und er antwortete: ‚Ich bin es, euer Herr, Gharîb genannt, als Mann der Wundertaten bekannt.' Als die beiden Fürstinnen die Stimme ihres Herren vernahmen, freuten sie sich, und mit ihnen die Sklavinnen und die Eunuchen. Und wie Gharîb dann herabkam, warfen sie sich an seine Brust, und die Frauen erhoben die Freudenrufe, so daß der Palast davon widerhallte. Da sprangen die Hauptleute von ihren Lagern auf und fragten:

,Was gibt es?' Und dann eilten sie zum Palast und fragten die Eunuchen: ,Hat eine von den Odalisken einen Knaben geboren?'[1] Jene erwiderten: ,Nein; doch freuet euch, daß König Gharîb zu euch zurückgekehrt ist!' Des freuten sich die Emire. Gharîb aber trat, nachdem er die Frauen begrüßt hatte, zu seinen Gefährten hinaus; und die warfen sich auf ihn, küßten ihm Hände und Füße und lobten und priesen Allah den Erhabenen. Dann setzte er sich auf seinen Thron und rief alle seine Gefährten; als die gekommen waren und sich um ihn gesetzt hatten, fragte er sie nach dem Heere, das sie belagerte. Und sie antworteten ihm: ,O König, diese Truppen belagern uns seit drei Tagen; bei ihnen sind Dämonen und Menschen. Wir wissen aber nicht, was sie wollen; denn wir haben bisher weder Waffen noch Worte mit ihnen gewechselt.' Da sagte Gharîb: ,Wir wollen morgen früh ein Schreiben an sie schicken und sehen, was sie wollen.' Die Leute fügten noch hinzu: ,Ihr König heißt Mûrad Schâh, und unter seinem Befehl stehn hunderttausend Reiter und dreitausend Mann zu Fuß, dazu noch zweihundert aus den Stämmen der Geister.' Mit dem Kommen dieses Heeres aber hatte es eine sonderbare Bewandtnis. – –«

Da bemerkte Schehrezâd, daß der Morgen begann, und sie hielt in der verstatteten Rede an. Doch als die *Sechshundertundachtundsiebenzigste Nacht* anbrach, fuhr sie also fort: »Es ist mir berichtet worden, o glücklicher König, daß es mit dem Kommen jenes Heeres und mit ihrem Lagern vor der Stadt Isbanîr eine sonderbare Bewandtnis hatte. Damals nämlich, als der König Sabûr seine Tochter mit zweien von seinen Leuten fortgeschickt und den beiden befohlen hatte, sie im Dschaihûn zu ertränken, und diese Männer mit ihr fortgegangen waren und

1. Wenn ein Knabe geboren wird, erschallen die Freudenrufe; wird ein Mädchen geboren, so herrscht Schweigen.

zu ihr gesagt hatten: ,Geh deines Wegs und laß dich nicht mehr vor deinem Vater sehen, auf daß er nicht uns und dich mit uns töte!' da war Fachr Tâdsch verstört weitergegangen, ohne zu wissen, wohin sie sich wenden sollte. Und sie sprach: ,Wo ist dein Auge, o Gharîb, daß es meine Not und mein Elend schaue?' Und sie wanderte immer weiter, von Land zu Land, von Tal zu Tal, bis sie zu einem Tale kam, in dem viele Bäume sproßten und Bäche flossen. Und in seiner Mitte stand ein hohes, festgefügtes Schloß, ein ragender Bau, schön wie in einer Paradiesesau. Fachr Tâdsch begab sich zu diesem Schlosse, trat ein und fand es mit seidenen Teppichen ausgestattet und mit vielen Geräten aus Gold und Silber; auch erblickte sie dort hundert schöne Mädchen. Als diese Mädchen Fachr Tâdsch kommen sahen, erhoben sie sich vor ihr und begrüßten sie; denn sie hielten sie für eine von den Geisterjungfrauen. Und sie fragten sie, wer sie sei. Da gab sie ihnen zur Antwort: ,Ich bin die Tochter des Königs der Perser'; und dann erzählte sie ihnen alles, was ihr widerfahren war. Als die Mädchen das hörten, hatten sie Mitleid mit ihr; und sie trösteten ihr das Herz, indem sie sprachen: ,Hab Zuversicht und quäl dich nicht! Du sollst Speise und Trank und Kleidung erhalten, und wir alle stehen zu deinen Diensten.' Da rief sie Segen auf ihre Häupter herab, und jene brachten ihr Speise, und sie aß, bis sie gesättigt war. Dann sprach sie zu ihnen: ,Wer ist denn der Herr dieser Burg und euer Gebieter?' Sie antworteten: ,Unser Herr ist der König Salsâl ibn Dâl. Er kommt in jedem Monat auf eine Nacht hierher und am Morgen bricht er wieder auf, um über die Stämme der Geister zu herrschen.' Nachdem nun Fachr Tâdsch fünf Tage bei ihnen geweilt hatte, gebar sie ein Knäblein, dem Monde gleich; die Frauen durchschnitten ihm die Nabelschnur, salbten ihm die Augen und nannten ihn

Murâd Schâh, und er wuchs auf in seiner Mutter Schoß. Nach einiger Zeit aber kam König Salsâl, reitend auf einem Elefanten, weiß wie Papier, gleich einem hochragenden Turme, und umgeben von den Stämmen der Geister. Als er in das Schloß kam, zogen ihm die hundert Mädchen entgegen und küßten den Boden vor ihm; auch Fachr Tâdsch war unter ihnen. Der König erblickte sie und fragte die Mädchen: ‚Wer ist das Mädchen dort?' Und sie antworteten ihm: ‚Das ist die Tochter Sabûrs, des Königs der Perser und Türken und Dailamiten.' ‚Wer hat sie hierhergebracht?' fragte er weiter; und sie erzählten ihm ihre Geschichte. Da hatte er Mitleid mit ihr und sprach: ‚Betrübe dich nicht, sondern gedulde dich, bis dein Sohn heranwächst und groß wird! Dann will ich ins Land der Perser ziehen und deinem Vater den Kopf von den Schultern schlagen und dir deinen Sohn auf den Thron der Perser und Türken und Dailamiten setzen.' Da küßte Fachr Tâdsch seine Hände und rief den Segen des Himmels auf ihn herab. Und sie blieb dort und erzog ihren Sohn mit den Kindern des Königs. Die Knaben pflegten die Rosse zu besteigen und zu Jagd und Hatz auszureiten; und so lernte er die Tiere des Feldes und die reißenden Raubtiere erlegen, und er aß von ihrem Fleische, bis sein Herz härter wurde als Stein. Als er fünfzehn Jahre alt war, ward seine Seele stark in ihm, und er sprach zu seiner Mutter, wer ist denn mein Vater?' Sie antwortete ihm: ‚Mein Sohn, dein Vater ist König Gharîb, der Herrscher von Irak, und ich bin die Tochter des Königs der Perser.' Und dann erzählte sie ihm alles, was geschehen war. Wie er ihre Worte vernommen hatte, sprach er: ‚Hat wirklich mein Großvater den Befehl gegeben, dich umzubringen und meinen Vater zu töten?' ‚Jawohl', erwiderte sie; und er fuhr fort: ‚Bei dem Rechte der Erziehung, das du an mich hast, ich will wahrlich in deines Vaters Stadt ziehen und ihm das Haupt abschlagen und es vor dich bringen.' Sie freute sich über seine Worte. —«

Da bemerkte Schehrezâd, daß der Morgen begann, und sie hielt in der verstatteten Rede an. Doch als die *Sechshundertundneunundsiebenzigste Nacht* anbrach, fuhr sie also fort: »Es ist mir berichtet worden, o glücklicher König, daß Murâd Schâh, der Sohn von Fachr Tâdsch, mit zweihundert Mârids auszureiten sich gewöhnte, bis er erwachsen war; und sie begannen, das Räuberhandwerk zu pflegen und die Straßen zu verlegen. Und sie dehnten ihre Raubzüge so weit aus, daß sie bis in das Land von Schiras gelangten. Sie fielen über das Land her, und Murâd Schâh stürmte in das Schloß des Königs, schlug ihm das Haupt ab, während er auf dem Throne saß, und tötete von seinen Kriegern viel Volks. Bei den übrigen allen begann der laute Ruf ‚Gnade! Gnade!' zu erschallen. Dann küßten sie die Knie Murâd Schâhs; er aber ließ sie zählen, und siehe, es waren zehntausend Reiter, und die ritten mit ihm in seinem Dienste. Dann zog er mit seiner Schar nach Balch[1], und sie töteten den König der Stadt, rieben die Truppen auf und raubten die Güter des Volkes. Und weiter zogen sie, nachdem die Schar Murâd Schâhs auf dreißigtausend Ritter angewachsen war, gegen Nurain[2]; und der Herr von Nurain kam ihnen entgegen, huldigte und brachte ihnen Schätze und Kostbarkeiten. Dann ritt er mit seinen dreißigtausend Rittern weiter nach der Stadt Samarkand im Perserland und nahm sie ein; desgleichen auch nach Achlât[3] und nahm es ein. Und so ging es immer weiter; und jede Stadt, zu der sie kamen, eroberten sie. Nun war Mu-

---

1. Im nördlichen Afghanistan. – 2. Eine Stadt dieses (oder ähnlichen) Namens lag in Azerbaidschân; die geographischen Begriffe sind hier unbestimmt; vgl. oben Seite 483, Anmerkung. – 3. Am Wan-See in Türkisch-Armenien.

râd Schâh zum Herrn eines gewaltigen Heeres geworden, und all die Schätze und Kostbarkeiten, die er aus den Städten erbeutete, verteilte er an seine Mannen, so daß sie ihn liebten wegen seiner Tapferkeit und seiner Freigebigkeit. Schließlich kam er auch nach Isbanîr el-Madâïn; dort sprach er: ‚Wartet, bis ich den Rest meines Heeres geholt habe; dann will ich meinen Großvater gefangen nehmen und ihn vor meine Mutter führen und ihr Herz trösten, indem ich ihm den Hals durchschlage!' So schickte er denn alsbald Leute aus, um sie zu holen. Und aus diesem Grunde fand drei Tage lang keine Schlacht statt. Nun kamen gerade Gharîb und Zalzâl mit den vierzigtausend Mârids, die mit den Schätzen und Geschenken beladen waren; sie fragten nach dem Heere der Belagerer, aber man sagte ihnen: ‚Wir wissen nicht, woher sie sind; seit drei Tagen sind sie hier, ohne daß sie mit uns noch wir mit ihnen gekämpft haben.' Inzwischen kam Fachr Tâdsch an, und nachdem sie ihren Sohn Murâd Schâh umarmt hatte, sprach er zu ihr: ‚Bleib in deinem Zelte, bis ich dir deinen Vater bringe!' Da flehte sie um Sieg für ihn zu dem Herrn der Welten, dem Herrn der Himmel und der Erden. Und als es wieder Morgen ward, ritt Murâd Schâh ins Feld, die zweihundert Mârids zu seiner Rechten und die Fürsten der Menschen zu seiner Linken; und die Trommeln des Krieges wurden geschlagen. Als Gharîb das hörte, stieg auch er zu Pferde und ritt hinaus, indem er seine Mannen zum Kampfe rief; und die Geister reihten sich auf zu seiner Rechten, die Menschen aber zu seiner Linken. Da sprengte auch schon Murâd Schâh hervor, bewaffnet von Kopf bis zu Fuß, und er tummelte seinen Renner nach rechts und nach links und rief: ‚Ihr Leute, kein anderer als euer König trete wider mich auf den Plan! Wenn er mich besiegt, so soll er Herr sein über beide Heere; doch wenn ich ihn besiege, so will ich ihn töten wie die anderen!' Als Gharîb diese Worte hörte, rief er: ,Hinweg, du Araberhund!' Und alsbald griffen die beiden einander an; sie stießen mit den Lanzen, bis sie zerbrachen, und schlugen mit den Schwertern, bis sie schartig wurden. So stritten sie unablässig miteinander, sprengten vor und wichen zurück, schwenkten hin und her, bis der halbe Tag verstrichen war. Da brachen die Rosse unter ihnen zusammen; und beide saßen ab und suchten einander zu packen. Murâd Schâh stürzte sich auf Gharîb, griff ihn, hob ihn und wollte ihn zu Boden schleudern; aber da packte Gharîb ihn an den Ohren und zerrte sie so heftig, daß Murâd Schâh vermeinte, der Himmel wäre auf die Erde gestürzt; und er schrie aus vollem Munde: ,Ich ergebe mich dir, du größter Ritter unserer Zeit!' Gharîb aber fesselte ihn. – –«

Da bemerkte Schehrezâd, daß der Morgen begann, und sie hielt in der verstatteten Rede an. Doch als die *Sechshundertundachtzigste Nacht* anbrach, fuhr sie also fort: »Es ist mir berichtet worden, o glücklicher König, daß Murâd Schâh, als Gharîb seine Ohren packte und sie zerrte, ausrief: ,Ich ergebe mich dir, du größter Ritter unserer Zeit', und daß Gharîb ihn fesselte. Nun wollten die Mârids, die Gefährten Murâd Schâhs, losstürmen, um ihn zu befreien. Aber Gharîb fiel mit tausend Mârids über sie her, und sie standen im Begriffe, die feindlichen Dämonen niederzustrecken; da riefen jene: ,Gnade! Gnade!' und warfen ihre Waffen fort. Nun setzte sich Gharîb in sein Prunkzelt; das war aus grüner Seide, mit rotem Golde bestickt und mit Perlen und Edelsteinen geschmückt. Er ließ Murâd Schâh rufen; und man brachte ihn, wie er in seinen Fußfesseln und Ketten dahinstolperte, vor den König. Als der Gefangene nun den Herrscher erblickte, senkte er vor Scham das Haupt zu Boden. Gharîb aber fuhr ihn an: ,Du Araberhund, was bist du, daß du ausreitest, um dich mit Königen zu messen?' ‚Mein Gebieter,' erwiderte er, ‚zürne mir nicht; denn ich habe eine Entschuldigung!' Und als Gharîb ihn dann fragte: ‚Welcher Art ist deine Entschuldigung!' fuhr er fort: ‚Mein Gebieter, wisse, ich bin ausgezogen, um Blutrache zu nehmen für meinen Vater und für meine Mutter an Sabûr, dem König der Perser. Denn er wollte beide töten; meine Mutter entkam, aber ich weiß nicht, ob er meinen Vater umgebracht hat oder nicht.' Als Gharîb diese Worte von ihm vernahm, rief er: ‚Bei Allah, du bist wirklich entschuldigt. Aber sag, wer war dein Vater, wer ist deine Mutter? Wie hieß dein Vater? Wie heißt deine Mutter?' Murâd Schâh erwiderte: ‚Mein Vater hieß Gharîb, der König von Irak; und meine Mutter heißt Fachr Tâdsch, die Tochter Sabûrs, des Königs der Perser!' Als Gharîb das hörte, stieß er einen lauten Schrei aus und sank ohnmächtig zu Boden. Man besprengte ihn mit Rosenwasser, und als er wieder zu sich gekommen war, fragte er Murâd Schâh: ‚Bist du wirklich der Sohn Gharîbs von Fachr Tâdsch?' ‚Jawohl', erwiderte der Jüngling; und da rief Gharîb: ‚Du bist ein Held, der Sohn eines Helden! Nehmt meinem Sohne die Fesseln ab!' Da traten Sahîm und el-Kailadschân heran und befreiten Murâd Schâh. Gharîb aber umarmte seinen Sohn, ließ ihn an seiner Seite sitzen und fragte ihn: ‚Wo ist deine Mutter?' ‚Sie ist bei mir, in meinem Zelt', antwortete Murâd Schâh; und Gharîb sprach: ‚Bring sie mir!' Da saß Murâd Schâh auf und begab sich in sein Lager; dort kamen ihm seine Gefährten entgegen und freuten sich seiner Rettung. Doch als sie ihn fragten, wie es ihm ergangen sei, sagte er: ‚Dies ist nicht die Zeit zum Fragen!' Dann trat er zu seiner Mutter ein und erzählte ihr, was sich zugetragen hatte; und große Freude kam über sie. Und nun führte er sie zu seinem Vater; da umarmten die beiden sich und freuten sich aneinander. Alsbald nahmen auch Fachr Tâdsch und Murâd Schâh den Islam an und boten ihn ihren Kriegern dar; und alle wurden Muslime mit Herz und Zunge. Gharîb aber freute sich, daß sie den rechten Glauben annahmen. Und er ließ den König Sabûr und seinen Sohn kommen und schalt sie ob ihres bösen Tuns, und er bot ihnen den Islam dar; aber sie wiesen ihn zurück, und so ließ er beide am Stadttore kreuzigen. Das Volk aber schmückte die Stadt und war hocherfreut. Dann ward Murâd Schâh mit der Krone der Perserkönige gekrönt und zum König der Perser, Türken und Dailamiten gemacht; und König Gharîb schickte seinen Oheim, den König ed-Dâmigh, als Herrscher in den Irak. Und vor Gharîbs Herrscherstab legten alle Länder und Völker den Eid des Gehorsams ab. Er blieb nun in seinem Königreiche und herrschte in Gerechtigkeit über die Untertanen, und alle Menschen liebten ihn. So führten sie ein herrliches Leben, bis Der zu ihnen kam, der die Freuden schweigen heißt und der die Freundesbande zerreißt. Preis aber sei Ihm, dessen Ruhm und Bestand ewig währt, und der allen Seinen Geschöpfen Seine Gnaden gewährt!

Das ist alles, was uns von der Geschichte von Gharîb und 'Adschîb überliefert ist.

Ferner wird erzählt

DIE GESCHICHTE
VON 'UTBA UND RAIJA

'Abdallah ibn Ma'mar el-Kaisi berichtete:

Eines Jahres machte ich die Pilgerfahrt zum heiligen Hause Allahs; und nachdem ich meine Wallfahrt vollendet hatte, kehrte ich um und besuchte das Grab des Propheten – Allah segne ihn und gebe ihm Heil! Als ich nun eines Nachts in der

Rauda¹ zwischen dem Grabe und der Kanzel saß, hörte ich eine sanfte Stimme leise seufzen; und wie ich auf sie lauschte, hörte ich diese Worte:

> *Hat das Gegirr der Tauben in dem Lotusbaume*
> *Dir Schmerz erweckt und Sorgen in der Brust erregt?*
> *Bist du betrübt, weil du an eine Schöne denkest,*
> *Die deinen Sinn zu bitterer Traurigkeit bewegt?*
> *O über eine Nacht, die lang dem Siechen währet,*
> *Wenn er in Sehnsucht klagt, verlassen, ohne Mut!*
> *Du raubtest mir den Schlaf, der ich in Liebesfeuer*
> *Verbrenne wie die Kohlen in der Flammenglut.*
> *Der Vollmond ist mein Zeuge, daß in heißer Liebe*
> *Mein Herz der Vollmondgleichen innig zugetan.*
> *Ich glaubte nie, daß mich der Liebe Kraft besiegte:*
> *Sie hat mich heimgesucht, noch ehe ich es ahn'.*

Dann verstummte die Stimme; und da ich nicht wußte, woher sie kam, blieb ich ratlos sitzen. Doch plötzlich seufzte sie von neuem und sprach:

> *Hat Raijas Traumbild dich besucht und tief bekümmert*
> *In dieser schwarzgelockten, grausig finstren Nacht?*
> *Hat Liebe deinem Auge seinen Schlaf genommen?*
> *Und hat ihr Bild dein Herz um seine Ruh gebracht?*
> *Ich klagte meiner Nacht, in der das tiefe Dunkel*
> *Dem Meere mit der hohen Wogen Brandung gleicht:*
> *O Nacht, wie währst du lang für ihn, den Liebe quälet,*
> *Und dem allein der Morgen Heil und Hilfe reicht!*
> *Sie sprach zu mir: Beklage nicht die Länge mein!*
> *Die Liebe nur allein gibt dir die trübe Pein.*

Schon beim ersten dieser Verse sprang ich auf und ging in der Richtung des Schalles weiter, und noch hatte der Sprecher seine Worte nicht beendet, da stand ich schon vor ihm und erkannte in

---

1. In der Moschee von Medina liegen die Kanzel und das Grab Mohammeds auf der Südseite; der Platz zwischen beiden heißt *er-rauda* ‚der Garten'. Wer dort sitzt, soll wie in einem Paradiesesgarten sitzen.

ihm einen Jüngling von höchster Schönheit, auf dessen Wange noch kein Flaum sproß, während die Tränen auf ihnen zwei Furchen gegraben hatten. – –«

Da bemerkte Schehrezâd, daß der Morgen begann, und sie hielt in der verstatteten Rede an. Doch als die *Sechshundertundeinundachtzigste Nacht* anbrach, fuhr sie also fort: »Es ist mir berichtet worden, o glücklicher König, daß 'Abdallah ibn Ma'mar el-Kaisi erzählte: Schon beim ersten dieser Verse sprang ich auf und ging in der Richtung des Schalles weiter, und noch hatte der Sprecher seine Worte nicht beendet, da stand ich vor ihm, einem Jüngling von höchster Schönheit, auf dessen Wangen noch kein Flaum sproß, während die Tränen auf ihnen zwei Furchen gegraben hatten. Und ich sprach zu ihm: ‚Gutes widerfahre dir, Jüngling!' Er antwortete: ‚Auch dir! Wer bist du, Mann?' Ich fuhr fort: ‚'Abdallah ibn Ma'mar el-Kaisi.' Da fragte er: ‚Hast du einen Wunsch?' Und ich erwiderte ihm: ‚Ich saß in der Rauda, und es geschah nichts, als daß deine Stimme mich in dieser Nacht erschreckte. Ich will mein Leben für dich geben; was quält dich?' ‚Setz dich', sagte er; und nachdem ich mich gesetzt hatte, begann er: ‚Ich bin 'Utba ibn el-Hubâb[1] ibn el-Mundhir ibn el-Dschamûh el-Ansâri. Ich begab mich am Morgen zu der Moschee el-Ahzâb[2] und verrichtete dort Gebete, indem ich mich verbeugte und niederwarf; dann zog ich mich zurück, um mich in Andacht zu vertiefen. Doch da kamen plötzlich in wiegendem Gange Frauen vorbei, schön wie Monde, und in ihrer Mitte war eine Maid von wunderbarer Anmut und vollendeter Schönheit; die blieb vor mir stehen und sprach zu mir: ‚Was sagst du zu der Vereinigung mit jemandem, der mit dir vereint sein möchte?' Dann verließ sie mich und ging fort; und seit der Zeit habe ich keine

1. So nach der Kairoer Ausgabe; die Kalkuttaer hat el-Dschabbân. –
2. Diese Moschee liegt außerhalb Medinas, nordwestlich von der Stadt.

Kunde mehr von ihr vernommen, noch bin ich auf eine Spur von ihr gekommen. Siehe, ich bin ratlos und ziehe von Ort zu Ort.' Dann stieß er einen Schrei aus und sank ohnmächtig zu Boden. Als er wieder zu sich kam, war es, als sei der Brokat seiner Wangen mit Safran gefärbt; und er sprach diese Verse:

Im Herzen seh ich dich in einem fernen Lande,
Darin du weilst; ach, säh dein Herz von fern auch mich!
Mein Herze und mein Auge sind um dich bekümmert;
Bei dir ist meine Seele; dein nur denke ich.
Das Leben freut mich nicht, bis ich dich wiederschau,
Und wär ich auch in Eden, auf der Himmelsau.

Da sprach ich zu ihm: ,O 'Utba, mein lieber Sohn, bereue vor deinem Herrn und bitte um Vergebung für deine Sünden; denn der Schrecken des Jüngsten Gerichtes steht dir bevor!' Doch er rief: ,Das sei fern von mir! Ich werde von meiner Liebe nicht ablassen, als bis die beiden Sammler der Akazienschoten zurückkehren.'[1] Bis zum Anbruche der Morgenröte blieb ich bei ihm; dann sprach ich zu ihm: ,Komm, laß uns in die Moschee gehen!' Wir setzten uns dort nieder, bis wir das Mittagsgebet sprachen. Da kamen jene Frauen wieder vorbei, aber die Maid war nicht unter ihnen. Und sie riefen ihm zu: ,O 'Utba, wie denkst du von ihr, die mit dir vereint zu sein wünscht?' Er fragte: ,Was ist mit ihr?' Und sie erwiderten: ,Ihr Vater hat sie mitgenommen und ist nach es-Samâwa[2] aufgebrochen.' Ich fragte sie nach dem Namen der Maid, und sie antworteten: ,Raija, die Tochter von el-Ghitrîf es-Sulami.' Da hob er sein Haupt und sprach diese beiden Verse:

1. Zwei Männer des alten Arabiens, Jadhkur und 'Âmir, sollen ausgegangen sein, um die Hülsen der Acacia nilotica zu sammeln (zum Gerben), und nicht zurückgekehrt sein. Daher soll das obige Sprichwort stammen, das soviel bedeutet wie ,niemals'. – 2. In der Nähe des unteren Euphrats, also weit von Medina entfernt.

Ihr Freunde, Raija zog dahin mit ihrem Stamm
Und eilte nach Samâwas Flur am frühen Morgen.
Ihr Freunde, noch zu weinen hab ich keine Kraft;
Hat einer von euch Tränen, um sie mir zu borgen?

Nun sagte ich zu ihm: ,'Utba, wisse, ich bin mit reichem Gute hierher gekommen, durch das ich hochgemuten Männern zu helfen wünsche; und bei Allah, ich will es vor dir ausschütten, damit du dein Ziel erreichest und noch mehr. Komm mit mir zum Rate der Ansâr!'[1] Da machten wir uns auf, bis wir zu ihrer Versammlung kamen. Ich grüßte sie, und sie erwiderten den Gruß in höflicher Weise; dann fragte ich: ,Ihr Leute, was sagt ihr von 'Utba und seinem Vater?' Sie antworteten: ,Die gehören zu den Herren der Araber.' Und ich fuhr fort: ,Wisset, 'Utba ist vom Unheil der Liebe heimgesucht, und ich bitte euch, verhelft uns nach es-Samâwa!' ,Wir hören und gehorchen!' erwiderten sie; und dann saßen die Männer mit uns auf, und wir ritten dahin, bis wir uns dem Lagerplatze der Banû Sulaim näherten. Als el-Ghitrîf von unserer Ankunft hörte, eilte er uns entgegen und empfing uns mit den Worten: ,Langes Leben euch, ihr Edlen!' Wir antworteten ihm: ,Auch dir langes Leben! Siehe, wir kommen als Gäste zu dir.' Darauf sagte er: ,Ihr seid bei dem gastlichsten der weiten Zelte abgestiegen'; und indem er abstieg, rief er: ,Heda, ihr Sklaven, kommt herbei!' Da eilten die Sklaven herzu, breiteten Lederdecken und Kissen aus und schlachteten Kamele und Kleinvieh. Wir aber sprachen: ,Wir wollen nicht eher von dieser Speise kosten, als bis du unseren Wunsch erfüllt hast.' Er fragte: ,Und

---

1. Die Ansâr, zu deutsch ,Helfer', waren die Einwohner von Medina, die Mohammed, nach seiner Auswanderung aus Mekka, Schutz und Hilfe liehen und darum, wie auch ihre Nachkommen, eine besondere Ehrenstellung unter den Muslimen einnahmen.

welches ist euer Wunsch?' Und wir gaben ihm zur Antwort: ‚Wir erbitten deine edle Tochter zur Gemahlin für 'Utba ibn el-Hubâb ibn el-Mundhir, den hochberühmten, edelgeborenen.' ‚Meine Brüder,' erwiderte er, ‚sie, um die ihr werbt, ist ihre eigene Herrin; ich will hineingehen und es ihr sagen.' Er sprang aber zornig auf und ging zu Raija hinein; die sprach zu ihm: ‚Väterchen, warum sehe ich dich im Zorne?' Er antwortete: ‚Zu mir sind Männer von den Ansâr gekommen, die bei mir um dich werben.' Da sagte sie: ‚Es sind edle Herren; für sie bittet der Prophet – über ihm sei der reichste Segen und das höchste Heil! Für wen werben sie denn?' ‚Für einen Jüngling, 'Utba ibn el-Hubâb geheißen', erwiderte er; und sie fuhr fort: ‚Ich habe von diesem 'Utba gehört, daß er hält, was er verspricht, und erreicht, was er will.' Ghitrîf jedoch entgegnete: ‚Ich schwöre, daß ich dich nie mit ihm vermählen werde. Mir ist etwas von deinem Gerede mit ihm hinterbracht.' ‚Was kann das sein?' sagte sie darauf; ‚ich aber schwöre, daß die Ansâr nicht schmählich abgewiesen werden sollen. Kleide die Abweisung schön ein!' ‚Wie denn?' fragte er; und sie erwiderte: ‚Mache ihnen den Brautpreis zu schwer; dann werden sie abstehen.' Und mit den Worten: ‚Trefflich ist, was du sagst', ging er eilends hinaus und sprach zu den Ansâr: ‚Die Maid des Stammes willigt ein; doch für sie gebührt sich ein Brautpreis, der ihrer würdig ist. Wer bürgt für den?' ‚Ich', erwiderte ich. Dann fuhr er fort: ‚Ich verlange für sie tausend Armbänder aus rotem Golde und fünftausend Dirhems aus der Münze von Hadschar[1], hundert Stück wollenen Tuches und gestreifter Stoffe aus Jemen und fünf Blasen mit Ambra.' Darauf sagte ich: ‚Das sollst du haben. Bist du zufrieden?' ‚Ich bin zufrieden', gab er zur Antwort. Nun entsandte ich einige von den Ansâr

1. Stadt in Nordostarabien.

nach Medina, der erleuchteten Stadt, und sie brachten alles, wofür ich mich verbürgt hatte. Dann wurden die Kamele und das Kleinvieh geschlachtet, und das Volk versammelte sich, um von dem Mahle zu essen. So blieben wir vierzig Tage bei ihnen; darauf sagte Ghitrîf: ‚Nehmt eure Braut mit!' Wir setzten sie in eine Kamelsänfte, und ihr Vater stattete sie mit dreißig Kamellasten kostbarer Dinge aus. Nachdem er sich von uns verabschiedet hatte und umgekehrt war, zogen wir heim, bis zwischen uns und dem erleuchteten Medina nur noch eine Tagereise lag. Da fielen die Reiter über uns her, um uns zu berauben, und mich deucht, sie waren von den Banû Sulaim. 'Utba ibn el- Hubâb trat ihnen entgegen und erschlug gar viele von ihnen; aber schließlich wich er zurück, von einem Lanzenstiche getroffen, und fiel zu Boden. Da kam uns Hilfe von den Bewohnern jenes Landes, und sie vertrieben die Reitersleute. Doch 'Utba hatte schon den Geist aufgegeben. Wir riefen: ‚Wehe um 'Utba!' Und als die Maid das hörte, warf sie sich von dem Rücken des Kamels herunter, beugte sich über ihn und begann herzzereißend zu klagen. Und sie sprach diese Verse:

> *Ich stellte mich geduldig; doch ich war nicht standhaft.*
> *Nein, ich betrog mich selbst, bis daß ich bei dir weilt!*
> *Wär meine Seele treu, so wäre ich im Tode*
> *Vor allen andren Menschen dir vorausgeeilt.*
> *Jetzt ist nach mir und dir kein Treuer in der Welt,*
> *Kein Freund, ja, keine Seele, die noch Treue hält.*

Darauf tat sie noch einen einzigen Seufzer und gab den Geist auf. Wir aber gruben für die beiden ein gemeinsames Grab und betteten sie in der Erde. Darauf kehrte ich in meine Heimat zurück und blieb dort sieben Jahre. Dann zog ich wieder zum Hidschâz, und als ich auf meiner Wallfahrt in das erleuchtete

Medina kam, sprach ich: ,Bei Allah, ich will noch einmal zum Grabe 'Utbas gehen.' Und wie ich dort war, erblickte ich über dem Grabe einen hohen Baum, an dem rote und grüne und gelbe Zeugstreifen[1] hingen. Ich fragte die Leute der Gegend: ,Wie heißt dieser Baum?' Und sie erwiderten mir: ,Der Baum der beiden Brautleute.' Einen Tag und eine Nacht blieb ich bei dem Grabe; dann ging ich wieder fort. Das ist meine letzte Kunde von ihm; Allah der Erhabene erbarme sich seiner!

Ferner wird erzählt

DIE GESCHICHTE VON HIND, DER TOCHTER EN-NU'MÂNS, UND EL-HADDSCHÂDSCH

Hind, die Tochter von en-Nu'mân, war die schönste unter den Frauen ihrer Zeit; und als el-Haddschâdsch[2] von ihrer Schönheit und Anmut hörte, warb er um sie, gab viel Geld und Gut für sie dahin und vermählte sich mit ihr, indem er sich verpflichtete, ihr nach der Morgengabe noch zweihunderttausend Dirhems zu zahlen. Nachdem er dann zu ihr eingegangen war, blieb er lange Zeit bei ihr. Danach eines Tages kam er wieder zu ihr, wie sie gerade ihr Antlitz im Spiegel betrachtete und sprach:

> *Ein Füllen ist Hind von arabischem Stamm,*
> *Vom Maultier gedeckt – sie, aus edelstem Blut!*
> *Gebiert sie ein Füllen, dann segne sie Gott!*
> *Gebiert sie ein Maultier, ist's Maultieres Brut!*

Als el-Haddschâdsch das hörte, ging er nicht zu ihr hinein, sondern er kehrte wieder um, ohne daß sie ihn bemerkt hatte. Nun wollte er sich von ihr scheiden und schickte 'Abdallah ibn Tâhir zu ihr, daß er die Scheidung vollziehe. Jener trat also bei

---

1. Zeugstreifen werden im vorderen Orient an heiligen Bäumen aufgehängt. – 2. Vgl. Band II, Seite 533, Anmerkung 1.

ihr ein und sprach zu ihr: ‚Dir läßt el-Haddschâdsch Abu Mohammed sagen: "Hier sind die zweihunderttausend Dirhems, die er dir noch als Morgengabe schuldet!" Ich habe sie bei mir, und ich bin von ihm beauftragt, die Scheidung zu vollziehen.' ‚Wisse, o Sohn Tâhirs,' erwiderte sie, ‚solange wir beisammen waren, habe ich, bei Allah, nicht einen einzigen Tag Freude an ihm gehabt. Wenn wir uns jetzt trennen, so werde ich es, weiß Gott, nie bereuen; und diese zweihunderttausend Dirhems schenke ich dir als Lohn für die frohe Botschaft meiner Befreiung von dem Hunde von Thakîf.[1] Darauf gelangte die Kunde von ihr zum Beherrscher der Gläubigen, 'Abd el-Malik ibn Marwân[2], und er hörte von ihrer Schönheit und Lieblichkeit und ihres Wuchses Ebenmäßigkeit, von ihrer Worte süßer Feine und ihrer Blicke Zauberscheine. Und er sandte zu ihr und warb um sie. – –«

Da bemerkte Schehrezâd, daß der Morgen begann, und sie hielt in der verstatteten Rede an. Doch als die *Sechshundertundzweiundachtzigste Nacht* anbrach, fuhr sie also fort: »Es ist mir berichtet worden, o glücklicher König, daß der Beherrscher der Gläubigen, 'Abd el-Malik ibn Marwân, von der Schönheit und Anmut jener Frau hörte und zu ihr sandte und um sie warb. Sie aber schickte ihm einen Brief, in dem sie also schrieb: ‚Zuvor sei Allah gepriesen, und gesegnet sei Sein Prophet Mohammed – Er segne ihn und gebe ihm Heil! Des ferneren: Wisse, o Beherrscher der Gläubigen, der Hund hat aus dem Gefäße geschleckt.' Wie der Kalif das las, lachte er über ihre Worte und schrieb ihr mit den Worten dessen, dem Allah Segen und Heil spenden möge: ‚Wenn ein Hund aus dem Gefäße eines von euch geschleckt hat, so wasche er es siebenmal, darunter einmal

1. El-Haddschâdsch gehörte zum Stamme der Thakîf. – 2. Vgl. Band II, Seite 533, Anmerkung 2.

mit Sand.' Und er fügte hinzu: ‚Wasch das Stäubchen ab von dem Orte des Gebrauches!' Als sie das Schreiben des Kalifen gelesen hatte, konnte sie ihm nicht mehr widersprechen, und sie schrieb ihm als Antwort: ‚Zuvor sei Allah der Erhabene, gepriesen! Wisse, o Beherrscher der Gläubigen, ich kann den Bund nur unter einer Bedingung eingehen. Und wenn du fragst, so antworte ich, daß el-Haddschâdsch meine Sänfte in die Stadt führen soll, in der du weilst, und dabei soll er barfuß sein, aber die Gewänder tragen, in die er sich sonst kleidet.' Als 'Abd el-Malik diesen Brief las, lachte er laut und herzlich; dann sandte er an el-Haddschâdsch den Befehl, nach ihrem Wunsche zu handeln. Wie der das Schreiben des Kalifen gelesen hatte, fügte er sich, und ohne zu widersprechen, führte er den Befehl aus; er sandte alsbald zu Hind und hieß sie sich rüsten. Nachdem sie das getan und ihre Sänfte bereit gemacht hatte, kam el-Haddschâdsch mit seinem Gefolge vor ihre Tür. Sie stieg in die Sänfte, ihre Frauen und Diener saßen rings um sie zu Rosse, el-Haddschâdsch aber ging zu Fuß, ohne Schuhe, und hielt die Halfter des Kamels und führte es dahin des Wegs; dabei verhöhnte und verspottete und verlachte sie ihn mit ihrer Zofe und ihren Frauen. Dann sprach sie zu ihrer Zofe: ‚Zieh den Vorhang der Sänfte zurück!' Die tat es, und nun sahen sie und el-Haddschâdsch einander von Angesicht zu Angesicht. Wie sie ihn auslachte, sprach er den Vers:

> *Wenn du auch lachst, o Hind, du hast doch manche Nacht*
> *Um meinetwillen wach und klagend zugebracht.*

Doch sie erwiderte ihm mit diesen beiden Versen:

> *Was kümmert's uns – wenn nur die Seele heil geblieben –,*
> *Mag uns an Geld und Gut auch viel verloren sein!*
> *Das Geld wird bald verdient, die Ehre wird gewonnen,*
> *Ist nur der Mensch geheilt von Krankheit und von Pein.*

Und sie lachte und scherzte immer weiter, bis sie sich der Stadt des Kalifen näherte. Und als sie dort ankam, ließ sie aus ihrer Hand einen Dinar auf die Erde fallen und rief el-Haddschâdsch zu: ‚Du Kameltreiber, uns ist ein Dirhem heruntergefallen; sieh nach und gib ihn mir!' Er sah auf der Erde nach, und als er nichts anderes als einen Dinar fand, sprach er zu ihr: ‚Das ist ein Dinar.' ‚Nein,' erwiderte sie, ‚es ist ein Dirhem.' Doch er wiederholte: ‚Es ist ein Dinar.' Nun rief sie: ‚Preis sei Allah, der uns für einen wertlosen[1] Dirhem einen Dinar gegeben hat. Reiche ihn mir her!' Darüber war el-Haddschâdsch beschämt. Dann führte er sie in das Schloß des Beherrschers der Gläubigen 'Abd el-Malik ibn Marwân; und nachdem sie dort eingezogen war, blieb sie als eine Odaliske bei ihm. – –«

Da bemerkte Schehrezâd, daß der Morgen begann, und sie hielt in der verstatteten Rede an. Doch als die *Sechshundertunddreiundachtzigste Nacht* anbrach, fuhr sie also fort: »Es ist mir berichtet worden, o glücklicher König,

DIE GESCHICHTE VON CHUZAIMA IBN BISCHR UND 'IKRIMA EL-FAIJÂD

Einst lebte in den Tagen des Beherrschers der Gläubigen Sulaimân ibn 'Abd el-Malik[2] ein Mann vom Stamme der Asad; der hieß Chuzaima ibn Bischr, und er war bekannt durch seinen Edelmut, reich gesegnet mit Geld und Gut, und freigebig und lauter gegen seine Stammesbrüder. So lebte er immerdar, bis das Geschick ihn in Not brachte; da bedurfte er der Hilfe eben

---

1. Im Arabischen ein Wortspiel; das Wort für ‚gefallen' und ‚wertlos' ist gleich. Hind will sagen, sie habe für eine geringwertige Münze (das ist: el-Haddschâdsch) nun ein Goldstück (das ist: 'Abd el-Malik) erhalten. – 2. Kalif von 715 bis 717.

jener Brüder, gegen die er freigebig und hilfreich gewesen war, und sie unterstützten ihn auch eine Weile; dann aber wurden sie seiner überdrüssig. Als er nun bemerkte, daß sie anders gegen ihn geworden waren, ging er zu seiner Frau, der Tochter seines Oheims, und sprach zu ihr: ‚Liebe Base, ich sehe, daß meine Brüder anders gegen mich sind; darum habe ich beschlossen, fortan das Haus zu hüten, bis der Tod zu mir kommt.' Dann verriegelte er die Tür und blieb im Hause, indem er sich von dem nährte, was er noch bei sich hatte, bis es verbraucht war und er nicht mehr wußte, was er tun sollte. Nun kannte ihn aber 'Ikrima el-Faijâd er-Raba'i, der Statthalter von Mesopotamien; und als der eines Tages in seiner Staatshalle saß, ward der Name Chuzaimas ibn Bischr genannt, und er sprach: ‚Wie steht es mit ihm?' Es ward ihm gesagt: ‚Ihm geht es unsagbar traurig; er hat seine Tür verriegelt und hütet das Haus.' Da sprach 'Ikrima el-Faijâd: ‚So ist es ihm nur wegen seines übergroßen Edelmutes ergangen. Doch wie kommt es, daß Chuzaima ibn Bischr weder Helfer noch Vergelter findet?' Man antwortete ihm: ‚Solche Leute hat er nicht gefunden.' Als es aber Nacht war, holte er viertausend Dinare und tat sie in einen Beutel; dann befahl er, sein Reittier zu satteln, verließ heimlich sein Haus und ritt fort, begleitet von einem seiner Sklaven, der das Geld trug. Und er ritt dahin, bis er sich vor der Tür Chuzaimas befand; dort nahm er dem Diener den Beutel ab und hieß ihn sich entfernen; er selbst aber trat zur Tür und klopfte an. Alsbald kam Chuzaima zu ihm heraus, und er gab ihm den Beutel, indem er sprach: ‚Bessere damit deine Lage!' Jener nahm den Beutel hin; aber da er bemerkte, daß er schwer war, legte er ihn aus der Hand, ergriff den Zügel des Reittieres und sprach: ‚Wer bist du? Ich gebe mein Leben für dich dahin!' Doch 'Ikrima erwiderte: ‚Mann, ich käme nicht um eine solche

Zeit zu dir, wenn ich wünschte, daß du mich erkenntest!' Da rief Chuzaima: ‚Ich lasse dich nicht, bis du mir kundtust, wer du bist!' ‚Ich bin Dschâbir 'Atharât el-Kirâm'¹, erwiderte 'Ikrima; und Chuzaima bat: ‚Sag mir mehr!' ‚Nein!' sagte 'Ikrima und ritt davon. Chuzaima aber ging mit dem Beutel zu seiner Base und sprach zu ihr: ‚Freue dich! Allah hat uns rasche Hilfe und Gutes gesandt. Wenn dies auch nur Dirhems sind, so sind ihrer doch viele. Erhebe dich und mache Licht!' Doch sie antwortete: ‚Ich habe nichts, um die Lampe anzuzünden.' Nun verbrachte er die Nacht damit, daß er die Goldstücke mit den Fingern betastete, und er fühlte, daß sie dick wie Dinare waren, aber konnte nicht glauben, daß es Gold war. Derweilen kehrte 'Ikrima in sein Haus zurück und erfuhr, daß seine Frau ihn vermißt und nach ihm gefragt hatte; und als man ihr gesagt hatte, er sei ausgeritten, hatte sie das an ihm befremdlich gefunden und Argwohn gegen ihn geschöpft; und nun sagte sie: ‚Der Statthalter von Mesopotamien reitet zu so später Nachtzeit allein ohne Sklaven und heimlich vor den Seinen nur zu einer anderen Frau oder zu einer Geliebten.' Er aber sprach zu ihr: ‚Allah weiß, daß ich zu keiner von beiden gegangen bin!' ‚So sage mir, zu welchem Zwecke du ausgegangen bist!' ‚Ich bin zu dieser Zeit gerade deshalb ausgegangen, damit niemand es wisse.' ‚Du mußt es mir dennoch kundtun!' ‚Kannst du es geheimhalten, wenn ich es dir sage?' ‚Ja, erwiderte sie; und nun erzählte er ihr alles, wie es wirklich war, und was er getan hatte, und er fügte hinzu: ‚Willst du, daß ich es dir auch noch beschwöre?' ‚Nein,' sagte sie, ‚mein Herz ist jetzt beruhigt und traut deinen Worten.'

Chuzaima aber befriedigte am nächsten Morgen seine Gläubiger und ordnete seine Lage. Dann rüstete er sich für die Reise

1. ‚Der Helfer für die Nöte der Edlen.'

zu Sulaimân ibn 'Abd el-Malik, der damals in Palästina weilte. Und als er vor dem Tore des Herrschers stand, bat er den Kammerherrn um Einlaß; der ging hinein und meldete dem Kalifen seine Ankunft. Nun war er ja berühmt wegen seiner Hochherzigkeit, und Sulaimân wußte von ihm, so daß er ihm die Erlaubnis gab, einzutreten. Nachdem dann Chuzaima hereingekommen war und den Gruß, der dem Kalifen gebührte, vor ihm gesprochen hatte, fragte Sulaimân ibn 'Abd el-Malik: ‚Chuzaima, was hat dich so lange von uns fern gehalten?' ‚Die Not', erwiderte er; und der Herrscher fuhr fort: ‚Und was hat dich gehindert, zu uns zu kommen?' ‚Meine Krankheit, o Beherrscher der Gläubigen!' ‚Und weshalb kommst du jetzt?' ‚Wisse, o Beherrscher der Gläubigen, ich saß einmal in meinem Hause zu später Nachtstunde; da klopfte ein Mann an die Tür, und er tat dann dasunddas'; und so erzählte er ihm alles von Anfang bis zu Ende. Da fragte Sulaimân: ‚Kennst du den Mann?' ‚Nein,' erwiderte Chuzaima, ‚ich kenne ihn nicht, o Beherrscher der Gläubigen. Denn er gab sich nicht zu erkennen, und ich habe nichts weiter von ihm gehört als die Worte: Ich bin Dschâbir 'Atharât el-Kirâm.' In Sulaimân ibn 'Abd el-Malik aber entbrannte das heiße Verlangen, den Mann kennen zu lernen, und er sprach: ‚Wenn wir wüßten, wer er ist, so würden wir ihn für seinen Edelmut belohnen.' Dann verlieh er Chuzaima ibn Bischr die Amtsabzeichen und machte ihn zum Statthalter von Mesopotamien an Stelle von 'Ikrima el-Faijâd. So zog denn Chuzaima gen Mesopotamien, und als er dort eintraf, kam 'Ikrima ihm entgegen, und auch das Volk von Mesopotamien zog aus, um ihn zu empfangen. Die beiden begrüßten einander und ritten dann gemeinsam in die Hauptstadt ein! dort ließ Chuzaima sich im Palaste des Statthalters nieder und befahl alsbald, 'Ikrima zur Verantwortung zu ziehen und Rechenschaft von ihm zu verlangen. Bei der Abrechnung aber fand sich, daß er viel Geld schuldete. Chuzaima verlangte von ihm, es zu zahlen. Doch 'Ikrima sprach: ‚Ich habe keine Mittel, es zu tun.' Chuzaima sagte darauf: ‚Es muß aber bezahlt werden.' Und als jener wiederholte: ‚Ich habe nichts; tu, was du zu tun hast!', befahl Chuzaima, ihn in den Kerker zu werfen. – –«

Da bemerkte Schehrezâd, daß der Morgen begann, und sie hielt in der verstatteten Rede an. Doch als die *Sechshundertundvierundachtzigste Nacht* anbrach, fuhr sie also fort: »Es ist mir berichtet worden, o glücklicher König, daß Chuzaima, nachdem er befohlen hatte, 'Ikrima el-Faijâd in den Kerker zu werfen, noch zu ihm sandte, um von ihm die Bezahlung seiner Schuld zu verlangen. Der aber ließ ihm sagen: ‚Ich gehöre nicht zu denen, die ihr Geld auf Kosten ihrer Ehre bewahren; tu, was du willst!' Da befahl Chuzaima, ihm Fußeisen anzulegen und im Kerker zu behalten; einen Monat oder noch länger blieb der Gefangene dort, bis er durch die Haft schwach und krank wurde. Nun gelangte die Kunde von seiner Not zu seiner Frau, und die grämte sich sehr deswegen; und sie rief eine ihrer Freigelassenen, die einen trefflichen Verstand und reiche Erfahrung besaß, und sprach zu ihr: ‚Geh sofort zum Tore des Emirs Chuzaima ibn Bischr und sprich: ‚Ich habe einen guten Rat!' Wenn dich jemand fragt, wie er laute, antworte: ‚Ich kann ihn nur dem Emir allein sagen.' Und wenn du dann zu ihm eingetreten bist, so bitte ihn, daß er dich mit sich allein lasse! Und bist du mit ihm allein, so sprich zu ihm: ‚Was hast du da getan? Hat Dschâbir 'Atharât el-Kirâm keinen anderen Lohn von dir verdient, als daß du ihm vergaltest durch die Haft der Strenge und des Eisens Enge?' Die Frau tat, wie ihr befohlen war. Und als Chuzaima ihre Worte vernommen hatte, rief er mit lauter Stimme: ‚O wie abscheulich! War er es wirklich?' ,Ja', erwiderte sie. Da befahl er, sofort sein Reittier zu satteln, ließ die Vornehmen der Stadt rufen und sich bei ihm versammeln, begab sich mit ihnen zur Tür des Kerkers, öffnete sie und trat mit seinem Gefolge ein. Dort sahen sie 'Ikrima sitzen; kaum war seine Gestalt zu erkennen, so elend war er durch Krankheit und Schmerz geworden. Wie 'Ikrima nun Chuzaima erblickte, ließ er beschämt das Haupt zu Boden hängen; doch Chuzaima trat an ihn heran, beugte sich über sein Haupt und küßte es. Da hob jener den Kopf zu ihm empor und fragte ihn: ,Was verschafft mir jetzt dies von dir?' Chuzaima erwiderte: ,Dein edles Tun und mein schmählicher Lohn!' ,Allah vergebe mir wie dir!' sagte 'Ikrima; und Chuzaima befahl sogleich dem Kerkermeister, er solle dem Gefangenen die Fesseln abnehmen und sie ihm selber um die Füße legen. 'Ikrima fragte: ,Was willst du tun?' Und der Emir gab ihm zur Antwort: ,Ich will erdulden, was du erduldet hast.' Doch 'Ikrima bat ihn: ,Ich beschwöre dich bei Allah, tu es nicht!' Dann gingen die beiden gemeinsam hinaus zum Hause Chuzaimas, und dort wollte 'Ikrima Abschied nehmen und fortgehen; aber Chuzaima hielt ihn zurück, und als 'Ikrima ihn fragte: ,Was hast du im Sinne?' sprach er: ,Ich will deine Lage ändern: denn ich schäme mich vor deiner Gattin noch mehr als vor dir.' Dann befahl er, das Bad zu räumen, und als das geschehen war, traten beide zusammen ein; und nun versah Chuzaima selbst die Dienste des Wärters. Als sie dann wieder hinausgegangen waren, verlieh er ihm ein kostbares Ehrengewand, gab ihm ein Reittier und sandte viel Geld mit ihm. Darauf ritt er mit ihm zu seinem Hause, und nachdem er sich von ihm die Erlaubnis erwirkt hatte, daß er seine Gattin um Vergebung bitte, gewann er ihre Verzeihung. Und weiter bat er ihn, mit ihm zu Sulaimân ibn 'Abd el-Malik zu ziehen, der damals in er-Ramla lagerte, und 'Ikrima willigte darin ein. Darauf machten sie sich gemeinsam auf, und als sie das Lager des Kalifen erreichten, ging der Kammerherr hinein und meldete, Chuzaima ibn Bischr sei gekommen. Darüber erschrak der Herrscher und rief: ‚Kommt der Statthalter von Mesopotamien ohne unser Geheiß? Das kann nur einen ernsten Anlaß haben!' Er befahl, ihn hereinzuführen, und nachdem Chuzaima eingetreten war, rief Sulaimân, noch ehe jener den Gruß sprechen konnte: ‚Was bringst du, Chuzaima?' Der antwortete: ‚Gutes, o Beherrscher der Gläubigen!' ‚Was hat dich hierher geführt?' forschte der Herrscher weiter; und er fuhr fort: ‚Ich habe Dschâbir 'Atharât el-Kirâm entdeckt, und ich wollte dich durch ihn erfreuen; denn ich sah dein heißes Verlangen, ihn kennen zu lernen, und deine Sehnsucht, ihn zu schauen.', Wer ist es?' fragte Sulaimân; und Chuzaima erwiderte: ,'Ikrima el-Faijâd.' Da gab der Herrscher Befehl, 'Ikrima solle näher treten, und als der es getan hatte, sprach er den Gruß, der dem Kalifen gebührt; und Sulaimân hieß ihn willkommen, und indem er ihn dicht an seinen Thron herantreten ließ, sprach er zu ihm: ‚O 'Ikrima, deine gute Tat an ihm hat dir nur Unheil gebracht'; und er fügte hinzu: ‚Schreib alles und jedes, was du brauchst und dir wünschest, auf ein Blatt!' Jener tat es, und der Kalif befahl, ihm alles sofort zu geben; ferner schenkte er ihm zehntausend Dinare mehr, als er verlangt hatte, und zwanzig Kisten Kleider mehr, als er aufgeschrieben hatte. Dann ließ er einen Speer bringen und knüpfte daran das Banner der Statthalterschaft über Mesopotamien, Armenien und Azerbaidschân und sagte: ‚Chuzaimas Schicksal steht bei dir. Wenn du willst, so laß ihn in seinem Amte; und wenn du willst, so setz ihn ab!' ‚Nein,' erwiderte 'Ikrima, ‚ich setze ihn wieder in sein Amt ein, o Beherrscher der Gläubigen.' Dann verließen ihn die beiden gemeinsam und blieben die Statthalter Sulaimâns ibn 'Abd el-Malik während der ganzen Zeit seines Kalifats.

Ferner wird erzählt

DIE GESCHICHTE VON DEM SCHREIBER JÛNUS UND WALÎD IBN SAHL

Zur Zeit des Kalifen Hischâm ibn 'Abd el-Malik[1] lebte ein Mann des Namens Jûnus, der Schreiber; und der war weit berühmt. Eines Tages machte er sich auf den Weg nach Damaskus und nahm eine Sklavin mit sich, die unendlich schön und anmutig war und die an Eigenschaften alles besaß, was man von ihr nur wünschen konnte; ihr Preis aber betrug hunderttausend Dirhems. Als man sich Damaskus näherte, machte die Karawane bei einem Teiche halt; da setzte auch er sich nieder an einer der Seiten des Wassers, nahm von der Zehrung, die er bei sich hatte, und holte einen Schlauch mit Wein hervor. Während er so dasaß, kam zu ihm ein Jüngling von schönem Antlitz und vornehmem Aussehn, der auf einem braunen Rosse ritt und zwei Eunuchen bei sich hatte. Der begrüßte ihn und sprach zu ihm: ‚Willst du einen Gast aufnehmen?' ‚Gern', erwiderte Jûnus, und der Fremde ließ sich bei ihm nieder und sprach zu ihm: ‚Laß mich von deinem Weine trinken!' Nachdem Jûnus ihm zu trinken gegeben hatte, fuhr er fort: ‚Willst du uns nicht ein Lied singen?' Da sang Jûnus diesen Vers:

Sie vereint in sich an Schönheit, was kein Mensch in sich vereint;
Ihre Liebe macht mein Auge froh, auch wenn es wacht und weint.

Darüber war der Fremde hocherfreut; und Jûnus gab ihm immer wieder zu trinken, bis die Trunkenheit seiner Herr ward und er sprach: ‚Heiß deine Sklavin singen!' Und da sang sie diesen Vers:

1. Er regierte 724 bis 743.

Eine Maid des Paradieses, deren Reiz mein Herz berückt –
Weder Zweig noch Mond noch Sonne haben je mich so entzückt.

Wiederum war der Fremde hocherfreut, und Jûnus reichte ihm den Becher noch manches Mal. So blieben sie beieinander, bis sie das Abendgebet sprachen. Dann fragte der Jüngling den Schreiber: ‚Was hat dich in das Land geführt?' Der antwortete: ‚Die Suche nach dem, womit ich meine Schulden bezahlen und meine Lage ordnen kann.' Nun fragte der Fremde ihn: ‚Willst du mir diese Sklavin für dreißigtausend Dirhems verkaufen?' Jûnus erwiderte: ‚Ich habe mehr als das nötig, nächst der Gnade Gottes.' Der andere fuhr fort: ‚Bist du mit vierzigtausend für sie zufrieden?' Doch Jûnus sagte: ‚Damit kann ich meine Schulden bezahlen, aber dann bleiben meine Hände leer.' Darauf antwortete der Fremde: ‚Ich will sie um fünfzigtausend Dirhems nehmen, und du sollst außerdem ein Gewand und die Kosten deiner Reise erhalten und an meinem Leben teilhaben, solange du unter uns weilst.' ‚Dafür verkaufe ich sie dir', sprach Jûnus; und der Fremde fragte: ‚Willst du mir trauen, daß ich dir morgen ihren Preis bringe und sie jetzt mit mir nehme, oder soll sie bei dir bleiben, bis ich dir morgen das Geld herbeischaffe?' Nun ward Jûnus durch Trunkenheit und ängstliche Scheu vor dem Fremden dazu verleitet, daß er sprach: ‚Ja, ich traue dir; nimm sie hin, und Allah segne sie dir!' Der Fremde aber befahl einem seiner Diener: ‚Nimm sie auf dein Tier, und sitz du hinter ihr auf und führe sie heim!' Dann bestieg er selbst sein Roß, nahm Abschied von Jûnus und ritt fort. Er war aber nur eine kurze Weile dem Verkäufer aus den Augen entschwunden, da dachte dieser bei sich selber nach und erkannte, daß er mit dem Verkaufe einen Fehler gemacht hatte; und er sagte sich: ‚Was hab ich da getan, daß ich meine Sklavin einem Manne übergeben habe, den ich nicht kenne und dessen Namen ich nicht einmal weiß? Und gesetzt, ich kennte ihn, wie sollte ich dann zu ihm gelangen?' So blieb er in Gedanken sitzen, bis er das Frühgebet sprach; dann zogen seine Gefährten in Damaskus ein, während er ratlos sitzen blieb, ohne zu wissen, was er tun sollte. Immer saß er so da, bis die Sonne ihn versengte und er des Wartens überdrüssig ward. Er dachte zwar daran, in die Stadt Damaskus zu gehen; doch er sagte sich: ‚Wenn ich hineingehe, so bin ich nicht sicher, daß der Bote nicht hierher kommt, und dann findet er mich nicht, und ich begehe eine zweite Sünde wider mich selbst.' Darauf setzte er sich in den Schatten einer Mauer, die dort stand. Doch als der Tag sich neigte, kam plötzlich einer von den beiden Eunuchen, die bei dem Jüngling gewesen waren, auf ihn zu. Wie Jûnus den erblickte, kam große Freude über ihn, und er sprach bei sich selber: ‚Ich wüßte nicht, daß ich mich je über etwas mehr gefreut hätte als jetzt über den Anblick dieses Eunuchen.' Der Ankommende sprach, als er vor ihm stand: ‚Mein Gebieter, wir haben dich lange warten lassen'; aber Jûnus sagte zu ihm nichts von der Angst, die er ausgestanden hatte. Nun fragte der Eunuch ihn: ‚Kennst du den Mann, der die Sklavin mitgenommen hat?' ‚Nein', erwiderte Jûnus; und jener fuhr fort: ‚Es ist Walîd ibn Sahl, der Thronfolger.' Und Jûnus schwieg nunmehr. Dann sprach der Eunuch: ‚Wohlan, sitze auf!' Er hatte nämlich ein Reittier bei sich, und das gab er Jûnus zum Reiten. Darauf ritten die beiden fort, bis sie ein Haus erreichten und dort eintraten. Als die Sklavin ihn erblickte, eilte sie auf ihn zu und begrüßte ihn. Er aber fragte sie: ‚Wie ist es dir bei dem gegangen, der dich gekauft hat?' Sie gab zur Antwort: ‚Er hat mich in diesem Gemach da untergebracht und hat mir alles angewiesen, was ich nötig habe.' Nachdem er eine Weile bei ihr gesessen hatte, kam ein Diener des Hausherrn auf ihn zu und sagte zu ihm: ‚Auf!' Da machte er sich auf und begab sich mit ihm zu seinem Herrn und erkannte in ihm seinen Gastfreund vom Tage vorher, den er nun auf seinem Throne sitzen fand. Jener fragte ihn: ‚Wer bist du?' ‚Ich bin Jûnus der Schreiber', erwiderte jener; und der Jüngling sprach: ‚Willkommen! Ich habe mich lange danach gesehnt, dich zu schauen; denn ich habe viel von dir gehört. Wie hast du denn diese Nacht verbracht?' ‚Gut; möge Allah der Erhabene dir Ruhm geben!' ‚Vielleicht hast du schon bereut, was du gestern getan hast, und dir gesagt: Ich habe meine Sklavin einem fremden Manne übergeben, den ich nicht kenne und dessen Namen ich nicht einmal weiß, noch auch weiß ich, von wannen er kommt?' ‚Allah verhüte, o Emir, daß ich es bereuen sollte! Hätte ich die Maid dem Emir geschenkt, so wäre sie die geringste der Gaben, die ihm gebühren.' – –«

Da bemerkte Schehrezâd, daß der Morgen begann, und sie hielt in der verstatteten Rede an. Doch als die *Sechshundertundfünfundachtzigste Nacht* anbrach, fuhr sie also fort: »Es ist mir berichtet worden, 'o glücklicher König, daß Jûnus der Schreiber zu el-Walîd ibn Sahl sprach: ‚Allah verhüte, daß ich es bereuen sollte! Hätte ich die Maid dem Emir geschenkt, so wäre sie die geringste der Gaben, die ihm gebühren. Ja, diese Sklavin ist seines hohen Standes nicht würdig.' Aber el-Walîd sagte: ‚Bei Allah, ich bereute schon, daß ich sie dir fortgenommen hatte; denn ich sagte mir: Dieser Mann ist ein Fremder, der mich nicht kennt, und ich habe ihn überrascht und habe unüberlegt gegen ihn gehandelt in meiner Eile, das Mädchen zu erhalten. Entsinnst du dich dessen, was zwischen uns vorgegangen ist?' ‚Jawohl', erwiderte Jûnus; und er fuhr fort: ‚Verkaufst du mir also die Sklavin um fünfzigtausend Dirhems?' Jûnus sagte: ‚Ja'; und el-Walîd rief: ‚Sklave, bringe das Geld!'

Der brachte es und legte es vor ihm nieder. Wiederum rief er: ‚Sklave, hole eintausendundfünfhundert Dinare!' und der brachte sie. Dann sprach er: ‚Dies ist der Preis für deine Sklavin; nimm ihn hin! Diese tausend Dinare sind für deine gute Meinung von uns; und diese fünfhundert Dinare sind für die Ausgaben der Reise und für die Geschenke, die du den Deinen kaufst. Bist du zufrieden?' ‚Ich bin zufrieden', antwortete Jûnus, küßte ihm die Hände und sprach: ‚Bei Allah, du hast mir die Augen und die Hand und das Herz gefüllt.' Doch el-Walîd sagte: ‚Bei Allah, ich bin noch nicht mit ihr allein gewesen, und ich habe mich auch noch nicht an ihrem Singen satt gehört. Jetzt soll sie kommen!' Als sie dann kam, befahl er ihr, sich zu setzen und zu singen. Da sang sie das Lied:

> *Oh, die du alle Schönheit ganz in dir vereinest,*
> *An Herzensgüte und an Liebesanmut reich,*
> *Wohl ist bei Türken und Arabern manche Schönheit,*
> *Doch dir, mein Reh, ist von den allen keine gleich.*
> *Du Schöne, neige dich zu mir, dem Liebeskranken,*
> *Mit deiner Huld, sei's auch als Traumbild in der Nacht!*
> *Mir sind um deinetwillen Schmach und Schande lieblich,*
> *Und wohl ist meinem Auge, wenn es nächtlich wacht.*
> *Ich bin der erste nicht, den Lieb' zu dir betörte;*
> *Wie viele Männer ließen vor mir schon ihr Blut!*
> *Nur dich begehre ich als meinen Teil am Leben;*
> *Du bist mir lieber als mein Leben und mein Gut.*

Darüber war el-Walîd aufs höchste entzückt, und er lobte Jûnus, daß er sie so schön erzogen und unterrichtet hatte. Dann rief er: ‚Sklave, hol ihm ein Reittier mit Sattel und Geschirr, und ein Maultier, um sein Gut zu tragen!' und er fuhr fort: ‚O Jûnus, wenn dir berichtet wird, daß die Herrschaft auf mich übergegangen ist, so komme zu mir; und bei Allah, ich will deine Hände mit Geld und Gut füllen; ich will dir eine hohe Ehrenstelle verleihen und dich reich machen, solange du lebst!'

Da nahm ich – so erzählte Jûnus selber – das Geld und ging fort. Und als das Kalifat auf ihn übergegangen war, begab ich mich zu ihm; und bei Allah, er erfüllte mir sein Versprechen und erwies mir hohe Ehren. So lebte ich bei ihm in aller Freude und im höchsten Ansehen; mein Besitz wuchs ringsumher, und meines Reichtums ward immer mehr; und ich erwarb so viele Ländereien und Güter, daß sie mir bis zu meinem Tode genügen und auch für meine Erben nach mir genug sein werden. Und ich blieb immerdar bei el-Walîd, bis er ermordet wurde – Allahs des Erhabenen Gnade ruhe auf ihm!

Ferner wird erzählt

DIE GESCHICHTE VON HARÛN ER-RASCHÎD UND DER JUNGEN BEDUININ

Der Beherrscher der Gläubigen, Harûn er-Raschîd, zog eines Tages mit Dscha'far dem Barmekiden seines Weges einher; da sah er eine Schar von Mädchen, die Wasser holten, und er bog zu ihnen ab, um zu trinken. Doch gerade wandte sich eine der Jungfrauen der anderen zu und sprach diese Verse:

> *Sag deiner Traumgestalt, sie solle weichen*
> *Von meinem Lager, wenn der Schlummer naht,*
> *Auf daß ich ruhe und die Glut erlösche,*
> *Die sich in dem Gebein entzündet hat.*
> *Ich Siecher werde hin und her geworfen*
> *Auf meinem Bette von des Leidens Hand.*
> *Du mußt doch wissen, wie es mir ergehet;*
> *Bin ich denn stets aus deiner Näh gebannt?*

Dem Kalifen gefiel ihre reine und feine Rede – –«

Da bemerkte Schehrezâd, daß der Morgen begann, und sie hielt in der verstatteten Rede an. Doch als die *Sechshundertund-*

sechsundachtzigste Nacht anbrach, fuhr sie also fort: »Es ist mir berichtet worden, o glücklicher König, daß dem Kalifen, als er diese Verse aus dem Munde der Maid gehört hatte, ihre reine und feine Rede gefiel. Und er sprach zu ihr: ‚Du Tochter edler Eltern, hast du diese Verse selber gemacht, oder hat ein anderer sie erdacht?' Sie erwiderte: ‚Ich habe sie selbst gemacht.' Da fuhr er fort: ‚Wenn deine Worte wahr sind, so bewahre den Sinn und wechsle die Reime!' Und nun sprach sie:

> *Sag deiner Traumgestalt, sie solle weichen*
> *Von meinem Lager in der Schlafenszeit,*
> *Auf daß ich ruhe und die Glut erlösche,*
> *Die meinem Leibe heiße Schmerzen leiht.*
> *Ich Siecher werde hin und her geworfen*
> *Auf meinem Bette von der Hand der Pein.*
> *Du mußt doch wissen, wie es mir ergehet;*
> *Steht denn ein Kaufpreis auf der Nähe dein?*

Da sprach der Kalif: ‚Das ist auch entlehnt.' ‚Nein,' erwiderte sie, ‚es ist von mir.' Und er fuhr fort: ‚Wenn es von dir ist, so wechsle noch einmal die Reime und behalte die Worte bei!' Und sie hub an:

> *Sag deiner Traumgestalt, sie solle weichen*
> *Von meinem Lager in der Zeit der Ruh,*
> *Auf daß ich ruhe und die Glut erlösche,*
> *Die mir im Herzen brennet immerzu.*
> *Ich Siecher werde hin und her geworfen*
> *Auf meinem Bette von der Hand der Qual.*
> *Du mußt doch wissen, wie es mir ergehet;*
> *Steht denn vor deiner Näh ein Trennungsmal?*

Und wieder sprach der Kalif zu ihr: ‚Auch das ist entlehnt.' ‚Nein,' erwiderte sie, ‚es ist von mir.' Darauf sagte er: ‚Wenn es von dir ist, so wechsle von neuem die Reime und behalte die Worte bei.' So sprach sie denn:

Sag deiner Traumgestalt, sie solle weichen
Von meinem Lager in der stillen Nacht,
Auf daß ich ruhe und die Glut erlösche,
Die unter meinen Rippen sich entfacht.
Ich Siecher werde hin und her geworfen
Auf meinem Bette von der Hand der Zähren.
Du mußt doch wissen, wie es mir ergehet;
Wirst du mir nimmer deine Näh gewähren?[1]

Nun fragte der Beherrscher der Gläubigen sie: ‚Aus welchem Teile des Zeltlagers bist du?' Sie antwortete: ‚Aus dem mittelsten Zelte, mit den höchsten Pfählen.' Daran erkannte er, daß sie die Tochter des Stammeshäuptlings war. ‚Und du,' fragte sie darauf ihn, ‚von welchen unter den Rossehirten bist du?' Er sprach: ‚Von dem höchsten in der Bäume Flucht und dem reifsten an Frucht.' Da küßte sie den Boden und rief: ‚Allah stärke dich, o Beherrscher der Gläubigen!' und rief Segen auf sein Haupt herab; dann ging sie mit den Töchtern der Araber fort. Der Kalif aber sprach zu Dscha'far: ‚Ich muß mich mit ihr vermählen.' Darauf begab der Wesir sich zu ihrem Vater und sprach zu ihm: ‚Der Beherrscher der Gläubigen begehrt deine Tochter.' ‚Herzlich gern,' erwiderte jener, ‚sie sei als Magd Seiner Hoheit, unserem Herrn, dem Beherrscher der Gläubigen, geschenkt!' Dann stattete er sie aus und führte sie dem Kalifen zu; und der nahm sie zur Gemahlin und ging zu ihr ein, und sie ward ihm die liebste unter seinen Frauen. Ihrem Vater aber gab er reiche Geschenke, die ihm unter den Arabern Ansehen verliehen. Als nach einiger Zeit ihr Vater zur Barmherzigkeit Allahs des Erhabenen entrückt ward und die Kunde davon den Kalifen erreicht hatte, ging er betrübt zu ihr. Und wie sie ihn in seiner Betrübnis kommen sah, trat sie alsbald in

1. Im Arabischen sind diese vier Gedichte genau gleich mit Ausnahme der Reimwörter; dies konnte im Deutschen nicht ganz nachgeahmt werden.

ihr Gemach, legte alle prächtigen Kleider ab, die sie trug, zog Trauergewänder an und erhob die Totenklage um ihren Vater. Als man sie fragte: ‚Warum tust du das?' antwortete sie: ‚Mein Vater ist gestorben.' Da gingen die Diener zum Kalifen und meldeten es ihm. Und er ging alsbald zu ihr und fragte sie: ‚Wer hat dir diese Kunde gebracht?' ‚Dein Antlitz, o Beherrscher der Gläubigen', erwiderte sie; und als er dann weiter fragte: ‚Wieso?' fuhr sie fort: ‚Seitdem ich bei dir weile, habe ich dich noch nie so gesehen wie diesmal, und um niemanden war ich mehr besorgt als um meinen Vater, da er hochbetagt war. Dein Haupt möge leben, o Beherrscher der Gläubigen!' Da rannen ihm die Tränen aus den Augen, und er tröstete sie in ihrem Schmerze. Eine lange Weile trauerte sie um ihren Vater, dann folgte sie ihm nach – Allah habe sie beide selig!

Ferner wird erzählt

DIE GESCHICHTE VON EL-ASMA'I UND DEN DREI MÄDCHEN VON BASRA

Der Beherrscher der Gläubigen, Harûn er-Raschîd, ward eines Nachts von arger Schlaflosigkeit geplagt; da erhob er sich von seinem Lager und ging von Gemach zu Gemach, aber die Unruhe in seinem Innern ward immer größer. Als es Morgen ward, sprach er: ‚Holt mir el-Asma'i!'[1] Und der Eunuch eilte zu den Türhütern und sprach: ‚Der Beherrscher der Gläubigen läßt euch sagen, ihr sollet nach el-Asma'i senden.' Als jener dann herbeigeholt war und der Kalif die Kunde davon vernommen hatte, befahl er, ihn einzulassen, und er ließ ihn an seiner Seite sitzen und hieß ihn willkommen. Dann hub er an: ‚O

1. Ein Sprachgelehrter und Schöngeist aus Basra, der im 8. Jahrhundert am Hof Harûn er-Raschîds in den literarischen Unterhaltungen eine führende Rolle spielte.

Asma'i, ich wünsche, daß du mir das Schönste erzählst, was du an Geschichten über die Frauen und von ihren Versen gehört hast.' ,Ich höre und gehorche!' erwiderte jener; ,ich habe vieles gehört, aber nichts hat mir so gefallen wie drei Verse aus dem Munde dreier Jungfrauen.' – –«

Da bemerkte Schehrezâd, daß der Morgen begann, und sie hielt in der verstatteten Rede an. Doch als die *Sechshundertundsiebenundachtzigste Nacht* anbrach, fuhr sie also fort: »Es ist mir berichtet worden, o glücklicher König, daß el-Asma'i zum Beherrscher der Gläubigen sprach: ,Ich habe vieles gehört, aber nichts hat mir so sehr gefallen wie drei Verse aus dem Munde dreier Jungfrauen.' ,Erzähl mir von ihnen!' befahl der Kalif; und nun berichtete el-Asma'i: ,Wisse, o Beherrscher der Gläubigen, ich lebte einmal ein Jahr wieder in Basra; und da litt ich eines Tages schwer unter der Mittagshitze. Ich suchte nach einem Platze, um im Schatten zu ruhen, aber ich fand keinen. Und wie ich so nach rechts und links schaute, sah ich plötzlich eine überdachte Halle, die gefegt und gesprengt war. Darin befand sich eine hölzerne Bank unter einem geöffneten Fenster, aus dem der Duft von Moschus hervorströmte. Ich trat in die Halle ein, ließ mich auf die Bank nieder und wollte mich gerade zur Ruhe ausstrecken, als ich die liebliche Stimme einer Maid vernahm. Die sprach: ,Ihr meine Schwestern, wir sitzen hier heute, um uns fröhlich zu unterhalten. Kommt, laßt uns dreihundert Dinare niederlegen; dann soll eine jede von uns einen Vers sprechen, und wer von uns den schönsten und lieblichsten Vers vorträgt, der sollen die dreihundert Dinare gehören.' ,Herzlich gern!' sagten die anderen; und nun sprach die älteste einen Vers, der also lautete:

> *Ich wäre froh, käm er im Schlafe an mein Lager;*
> *Doch froher wär ich noch, käm er zu mir im Wachen.*

Darauf hub die zweite an, und ihr Vers lautete:

> *Ach, seine Traumgestalt kam nur zu mir im Schlafe;*
> *Da sagte ich: Willkommen, tausendmal willkommen!*

Und der Vers, den die jüngste sprach, lautete:

> *Mein Leben und mein Volk ihm, den ich alle Nächte,*
> *Noch süßer duftend als der Moschus, bei mir sehe!*

Da sagte ich: ‚Wenn diesem schönen Gedicht auch Schönheit des Leibes entspricht, so ist hier etwas, um das sich der Kranz der Vollkommenheit flicht!' Dann stieg ich von der Bank hinab und wandte mich zum Gehen; doch da tat sich die Tür auf, und eine Sklavin kam heraus und sprach zu mir: ‚Bleib sitzen, Alterchen!' Ich setzte mich also wieder auf die Bank nieder; und sie reichte mir einen Brief, der in einer sehr schönen Handschrift mit aufrechten Alifs, bauchigen Hâs und wohlgerundeten Wâws[1] geschrieben war, des Inhalts: ‚Wir tun dem Scheich – Allah gebe ihm ein langes Leben! – zu wissen, daß wir drei jugendliche Schwestern sind, die in fröhlicher Unterhaltung beieinander sitzen. Nun haben wir dreihundert Dinare hinterlegt und die Abrede getroffen, der, die den lieblichsten und schönsten Vers sagt, die ganzen dreihundert zu geben. Dich haben wir zum Schiedsrichter darüber ernannt; so entscheide, wie Du es für recht befindest, und Friede sei mit Dir!' Da sprach ich zur Dienerin: ‚Bring mir Tintenkapsel und Papier!' Sie blieb eine kurze Weile fort und brachte mir dann eine versilberte Tintenkapsel und vergoldete Schreibfedern. Da schrieb ich diese Verse:

> *Ich künde von drei Schönen, die sich unterhielten,*
> *Gleichwie der Mann wohl spricht, der klug ist und erfahren,*

1. Alif, der erste Buchstabe des arabischen Alphabets, ist eine senkrechte Linie; Hâ (h) und Wâw (w) stehen am Ende des Alphabets; Hâ besteht aus einer Schlinge mit einem Ansatz, Wâw aus einem runden Kopfe mit einer runden Linie.

Drei Schönen, die dem jungen Morgen gleich erstrahlten
Und dem gequälten Herz ein Quell der Sehnsucht waren.
Sie weilten ganz allein, von allen abgewendet;
Und auch die Späheraugen sahen nichts, die vielen.
Sie taten kund, was sie im Innersten verbargen,
Und wählten dann das Lied zum Scherzen und zum Spielen.
Da sprach die eine traut, doch hochgemut und würdig,
Und ließ der Zähne Glanz bei süßer Rede lachen:
‚Ich wäre froh, käm er im Schlafe an mein Lager,
Doch froher wär ich noch, käm er zu mir im Wachen.'
Und als beendet war, was sie durch Lächeln zierte,
Hab ich der zweiten seufzend holdes Wort vernommen:
‚Ach, nur als Traumgestalt kam er zu mir im Schlafe;
Da sagte ich: Willkommen, tausendmal willkommen!'
Und nun hub wahrlich schön die jüngste an zu sprechen
Mit einer Stimme voll von zartem Liebeswehe:
‚Mein Leben und mein Volk ihm, den ich alle Nächte,
Noch süßer duftend als der Moschus, bei mir sehe!'
Als ich, was sie gesagt, erwog und sich mein Urteil
Entschied, ließ ich zum Spott dem Weisen keinen Grund;
Den Dichterpreis gab ich der jüngsten unter ihnen,
Dieweil der Wahrheit doch ihr Vers am nächsten stund.

Darauf übergab ich den Brief der Dienerin; und als sie zum Söller hinaufgegangen war, hörte ich plötzlich von dort Tanzen und Händeklatschen, ja, einen Höllenlärm. Da sagte ich: ‚Hier ist meines Bleibens nicht länger', stieg von der Bank hinab und wandte mich zum Gehen. Aber die Dienerin rief mir auf einmal zu: ‚Bleib sitzen, o Asma'i!' Ich fragte: ‚Wer hat dir kundgetan, daß ich el-Asma'i bin?' Und sie erwiderte: ‚O Scheich, ward uns dein Name auch nicht genannt, so war deine Dichtkunst uns doch bekannt.' Ich setzte mich also wieder; und alsbald tat die Tür sich auf, und die Maid, die den Preis gewonnen hatte, trat heraus, mit einer Schale voll Früchten und einer anderen voll Süßigkeiten. Ich aß von der Frucht und kostete von dem süßen Gebäck, dankte ihr für ihre Güte und wandte mich zum Gehen. Doch die Maid rief: ‚Bleib sitzen, o Asma'i!' Nun hob ich meinen Blick zu ihr empor, und da sah ich eine rosige Hand in einem safranfarbenen Ärmel, und ich vermeinte der Vollmond ginge hinter dem Gewölke auf. Sie aber warf mir einen Beutel zu, in dem dreihundert Dinare waren, und sprach: ‚Der gehört mir; aber ich schenke ihn dir zum Lohn für deinen Schiedsspruch.'

Nun fragte ihn der Kalif: ‚Warum entschiedest du dich für die jüngste?' ‚O Beherrscher der Gläubigen,' erwiderte el-Asma'i, ‚Allah schenke dir ein langes Leben! Die Älteste sprach: ‚Ich wäre froh, wenn er im Schlafe an mein Lager käme.' Das ist beschränkt und an eine Bedingung geknüpft, die sich erfüllen oder nicht erfüllen mag. Zu der zweiten kam ein Traumbild im Schlafe, und sie hieß es willkommen. Doch im Verse der jüngsten ward gesagt, daß sie wirklich an der Seite ihres Geliebten geruht und seinen Hauch verspürt hat, der ihr süßer als Moschus duftete, und daß sie ihr Leben und ihr Volk für ihn dahingeben wollte. Und das Leben wird nur für den dahingegeben, der uns noch teurer ist.' Da sagte der Kalif: ‚Du hast recht getan, o Asma'i', und gab ihm desgleichen dreihundert Dinare als Lohn für seine Erzählung.

Ferner wird erzählt

DIE GESCHICHTE VON IBRAHÎM EL-MAUSILI UND DEM TEUFEL

Abu Ishâk Ibrahîm el-Mausili berichtete: Einst bat ich Harûn er-Raschîd, mir einen Tag Urlaub zu geben um mit den Meinen und mit meinen Freunden allein zu sein; und er gab mir den Urlaub für den Samstag. Da begab ich mich in meine

Wohnung, und ich begann, Speise und Trank und alles, was ich sonst noch brauchte, bereit zu machen; den Türhütern hatte ich Befehl gegeben, die Türen zu verschließen und niemanden zu mir hereinzulassen. Während ich nun, umgeben von den Frauen, in meinem Gemache saß, erschien plötzlich ein alter Mann von würdevoller und schöner Gestalt, in weißen Kleidern und einem Untergewande aus feinem Stoffe; auf dem Kopfe trug er den Turban eines Gelehrten, in der Hand hielt er einen Stab mit silbernem Griffe, und zarte Wohlgerüche strömten von ihm aus, die Haus und Vorhalle erfüllten. Heftiger Grimm kam über mich, als er zu mir hereinkam, und ich wollte schon die Türhüter fortjagen. Doch der Fremde grüßte mich in vornehmster Weise, so daß ich ihm den Gruß zurückgab und ihn bat, sich zu setzen. Da setzte er sich und begann mich mit Geschichten von den Arabern und mit ihren Gedichten zu unterhalten, bis der Groll schwand, der mich erfüllt hatte; ja, ich glaubte sogar, meine Diener hätten mir eine Freude machen wollen, indem sie einen Mann von so feiner Bildung und Lebensart, wie er es war, zu mir hereinließen. Dann fragte ich ihn: ‚Wünschest du zu speisen?' ‚Ich trage kein Verlangen danach', erwiderte er. Und als ich ihn weiter fragte: ‚Vielleicht zu trinken?' gab er zur Antwort: ‚Nach deinem Belieben!' Darauf trank ich ein Maß Wein und gab ihm das gleiche zu trinken. Nun hub er an: ‚Abu Ishâk, willst du uns nicht etwas vorsingen, auf daß wir etwas von deiner Kunst hören, durch die du hoch und niedrig übertriffst?' Seine Worte erzürnten mich; dennoch überwand ich meinen Ärger, griff zur Laute, schlug sie und sang. Da rief er: ‚Vortrefflich, Abu Ishâk!' Nun ward ich – so berichtete Ibrahîm – noch zorniger und sagte zu mir selber: ‚Ist es ihm nicht genug, daß er ohne Erlaubnis bei mir eingetreten ist und mich belästigt? Muß er mich auch noch bei Namen nennen, als wüßte er nicht, wie man mich höflich[1] anredet?' Doch er fuhr fort: ‚Willst du noch etwas singen, auf daß wir es dir vergelten?' Ich fügte mich in die Notlage, nahm die Laute und sang; und ich gab mir viel Mühe beim Singen und verwendete die größte Sorgfalt darauf, weil er ja gesagt hatte: ‚Auf daß wir es dir vergelten.' – –«

Da bemerkte Schehrezâd, daß der Morgen begann, und sie hielt in der verstatteten Rede an. Doch als die *Sechshundertundachtundachtzigste Nacht* anbrach, fuhr sie also fort: »Es ist mir berichtet worden, o glücklicher König, daß Abu Ishâk erzählte: Nachdem der Alte zu mir gesagt hatte: ‚Willst du noch etwas singen, auf daß wir es dir vergelten?' fügte ich mich in die Notlage, nahm die Laute und sang; und ich gab mir viel Mühe beim Singen und verwandte die größte Sorgfalt darauf, weil er ja gesagt hatte: ‚Auf daß wir es dir vergelten.' Er war entzückt und rief nun: ‚Vortrefflich, mein Herr!' Dann fragte er: ‚Erlaubst du auch mir, zu singen?' ‚Wie du willst!' erwiderte ich; denn ich hielt ihn für schwach von Verstand, dieweil er in meiner Gegenwart singen wollte, nachdem er zuvor mich angehört hatte. Er nahm die Laute und glitt über die Saiten dahin, so daß ich, bei Allah, vermeinte, die Laute selbst rede in arabischen Worten voll Feinheit mit einer Stimme von lieblicher Reinheit; dann hub er an diese Verse zu singen:

> *Ich hab ein wundes Herz. Wer will es mir vertauschen*
> *Mit einem andren, frei von Wunden und von Schmerz?*
> *Doch weigert sich ein jeder, es mir abzukaufen –*
> *Wer kauft denn auch ein krankes für ein heiles Herz?*
> *Ich stöhn vor Liebesqual, die in dem Herzen mein:*
> *So stöhnt und schluchzet, wer verwundet ist vom Wein!*

1. Als Fremder hätte er ihn mit ‚mein Herr' anreden sollen.

Bei Gott, mir war – so erzählte Abu Ishâk –, als ob die Türen und die Wände und alles, was im Hause war, ihm antworteten und mit ihm sängen; so schön war seine Stimme. Ja, mich dünkte schließlich, daß ich meine Glieder und meine Kleider ihm antworten hörte. Und so saß ich ganz verstört da; denn in der Aufregung meines Herzens konnte ich weder reden noch mich rühren. Darauf sang er diese Verse:

> *Ihr Turteltauben dort am Hange, zieht von dannen!*
> *Denn eure Stimmen machen, daß ich Trübes ahn'. –*
> *Sie wandten waldwärts sich und raubten fast mein Leben,*
> *Fast hätt' ich mein Geheimnis ihnen kundgetan.*
> *Sie riefen einen Fernen, gurrend gleich als wären*
> *Sie weinestrunken oder in des Wahnsinns Bann.*
> *Nie sah mein Auge solche Tauben; denn sie weinten,*
> *Obgleich aus ihren Augen keine Träne rann.*

Dann sang er noch diese Verse:

> *O Zephir aus dem Nedschd*[1], *wann bist du dort erwacht?*
> *Dein nächtlich Kommen hat mir Qual auf Qual gebracht!*
> *Am hellen Morgen klang der zarte Ruf der Taube*
> *Auf dem Geäst der Weide und im Myrtenlaube.*
> *Sie weinte wie der Jüngling, der vor Liebe weint;*
> *Und Leid, wie ich's nie klag, war in dem Ruf vereint.*
> *Man sagt, wer liebt, wird müde, wenn er nahe weilt,*
> *Und daß die Ferne wohl von Liebesschmerzen heilt.*
> *Ach, ich erprobte beides – Heilung fand ich nimmer;*
> *Allein von Näh und Ferne ist das Fernsein schlimmer.*
> *Doch auch die Nähe kann von keinem Nutzen sein,*
> *Erwidert der Geliebte nicht die Liebe dein.*[2]

1. Nedschd ist das innerarabische Hochland, die Heimat der arabischen Dichtkunst. – 2. Die Verse des Sängers sind nicht von überwältigender Schönheit; ihre Wirkung auf die Hörer müßte also der Melodie und dem Lautenspiel zugeschrieben werden. Dergleichen kann man auch heute im Orient beobachten.

Dann fuhr er fort: ‚Ibrahîm, sing dies Lied, das du gehört hast, indem du seine Weise bei deinem Singen beibehältst, und lehre es deinen Sklavinnen!' Ich bat: ‚Wiederhole es mir!' Doch der antwortete: ‚Du bedarfst keiner Wiederholung; du hast es schon behalten und kennst es genau.' Da plötzlich verschwand er vor meinen Augen. Ganz bestürzt eilte ich zum Schwerte und zog es, lief zur Tür des Harems und fand sie verschlossen. Nun fragte ich die Frauen: ‚Was habt ihr gehört?' Sie erwiderten: ‚Wir haben den lieblichsten und schönsten Gesang vernommen!' Ich war ratlos; als ich dann zur Haustür ging und auch die verschlossen fand, fragte ich die Türhüter nach dem Alten; die aber sagten: ‚Welcher Alte? Bei Allah, zu dir ist heute niemand hereingekommen!' Da ging ich zurück, indem ich über das Ganze nachdachte. Plötzlich jedoch kam eine Stimme aus einer Ecke des Hauses: ‚Sei unbesorgt, Abu Ishâk, ich bin Abu Murra.[1] Heute bin ich dein Zechgenoß gewesen; fürchte dich nicht!' Darauf ritt ich zu Harûn er-Raschîd, und nachdem ich ihm alles erzählt hatte, sprach er: ‚Wiederhole die Weisen, die du von ihm behalten hast!' Ich nahm die Laute und spielte; und siehe, ich hatte sie alle fest im Gedächtnis behalten. Davon war der Kalif so entzückt, daß er bei ihrem Vortrage zu trinken begann, obgleich er sonst nicht dem Weine ergeben war; ja, er sagte sogar: ‚Ich wollte, er würde uns einmal einen Tag lang durch seine Gegenwart erfreuen, so wie er dich erfreut hat!' Dann wies er mir ein Geschenk an, und ich nahm es und ging meiner Wege.

Ferner wird erzählt

---

[1] Ein Beiname des Teufels; zur Zeit Mohammeds soll der Teufel einmal unter diesem Namen aufgetreten sein.

DIE GESCHICHTE DER LIEBENDEN
VOM STAMME 'UDHRA[1]

Masrûr der Eunuch berichtete: Eines Nachts ward der Beherrscher der Gläubigen Harûn er-Raschîd von arger Schlaflosigkeit geplagt. Da sprach er zu mir: ‚Masrûr, wer von den Dichtern ist an der Tür?' Ich ging in die Vorhalle hinaus und fand dort Dschamîl ibn Ma'mar vom Stamme 'Udhra, und ich sagte zu ihm: ‚Folge dem Rufe des Beherrschers der Gläubigen!' ‚Ich höre und gehorche!' erwiderte jener; dann ging ich mit ihm hinein, und als er vor dem Kalifen stand, grüßte er ihn mit dem Gruße, der dem Herrscher gebührt. Der erwiderte den Gruß und hieß ihn sich setzen; dann fragte er: ‚Dschamîl, kannst du uns etwas von seltsamen Begebenheiten erzählen?' Der Dichter antwortete: ‚Jawohl, o Beherrscher der Gläubigen! Was ist dir lieber, etwas, das ich selbst mit eigenen Augen gesehen habe, oder etwas, das ich gehört und behalten habe?' Der Kalif befahl: ‚Erzähle mir, was du mit eigenen Augen gesehen hast!' ‚Jawohl, o Beherrscher der Gläubigen,' sprach Dschamîl, ‚neige mir dein Herz und leihe mir dein Ohr!' Darauf nahm der Kalif ein Polster aus rotem Brokat, das mit Gold bestickt und mit Straußenfedern gefüllt war; das legte er unter seine Schenkel, und indem er seine Ellenbogen aufstützte, sprach er: ‚Erzähl deine Geschichte, Dschamîl!' Und der hub an: ‚Wisse, o Beherrscher der Gläubigen, ich war einmal von heißer Liebe zu einer Jungfrau erfüllt, und ich pflegte sie oft zu besuchen.' – –«

Da bemerkte Schehrezâd, daß der Morgen begann, und sie hielt in der verstatteten Rede an. Doch als die *Sechshundertundneunundachtzigste Nacht* anbrach, fuhr sie also fort: »Es ist mir

1. Vgl. Band II, Seite 33, Anmerkung 1.

berichtet worden, o glücklicher König, daß der Beherrscher der Gläubigen, nachdem er sich auf ein Kissen von Brokat gestützt hatte, sprach: ‚Erzähl deine Geschichte, Dschamîl!' Und der hub an: ‚Wisse, o Beherrscher der Gläubigen, ich war einmal von heißer Liebe zu einer Jungfrau erfüllt, und ich pflegte sie oft zu besuchen; denn sie war mein Wunsch und mein Begehr in dieser Welt. Nach einer Weile aber zog ihr Stamm mit ihr davon, weil die Weide karg wurde, und so sah ich sie eine Zeitlang nicht mehr. Doch die Sehnsucht ließ mich nicht ruhen und zog mich zu ihr hin, und mein Geist trieb mich an, zu ihr zu reisen. Und als eines Nachts die Sehnsucht nach ihr an mir rüttelte, erhob ich mich, sattelte meine Kamelin, band mir den Turban ums Haupt und legte meine Lumpen an. Dann gürtete ich mich mit meinem Schwerte, hängte mir meine Lanze um, bestieg meine Kamelin und zog aus, auf der Suche nach der Maid; und ich ritt rasch dahin. Eines Nachts nun zog ich meines Weges, und es war eine finstere, pechschwarze Nacht; dennoch ritt ich mühsam hinab in die Täler und hinauf zu den Bergen, während ich das Gebrüll der Löwen und das Heulen der Wölfe und das Schreien der andren wilden Tiere auf allen Seiten hörte. Da ward mein Verstand wirre und mein Herz irre; meine Zunge aber hörte nicht auf, den Namen Allahs des Erhabenen anzurufen. Und wie ich in solcher Not dahinzog, übermannte mich plötzlich der Schlaf, und die Kamelin ging mit mir abseits von dem Wege, den ich eingeschlagen hatte. Mitten im Schlafe nun schlug mir auf einmal etwas an den Kopf, so daß ich ganz erschrocken aufwachte. Und da sah ich Bäche und Bäume, auf deren Zweigen die Vöglein ihre vielerlei Weisen und Lieder sangen; die Bäume jener Wiese aber verstrickten sich ineinander, und so stieg ich ab und führte meine Kamelin am Halfter. Vorsichtig suchte ich einen Ausweg, bis ich aus dem Dickicht ins offene Land hinauskam. Dort brachte ich den Sattel in Ordnung und saß wieder auf; doch ich wußte nicht, wohin ich mich wenden sollte, noch an welche Stätte mich das Schicksal führen wollte. Wie ich aber meine Blicke über jene Steppe schweifen ließ, entdeckte ich mir gegenüber in der Ferne ein Feuer. Ich spornte meine Kamelin an und ritt darauf zu. Und wie ich nahe an das Feuer herankam und mich umschaute, entdeckte ich ein aufgeschlagenes Zelt, vor dem ein Speer mit einem flatternden Fähnchen in den Boden gesteckt war; Pferde standen dort umher, und Kamele weideten. Da sagte ich mir: ‚Mit diesem Zelte muß es wohl eine gewichtige Bewandtnis haben, da ich es so allein hier in der Wüste stehen sehe.‘ Dann trat ich hinzu und rief: ‚Friede sei mit euch, ihr Bewohner des Zeltes, und die Gnade und der Segen Allahs!‘ Alsbald trat zu mir ein Jüngling heraus, der zu den Neunzehnjährigen gehören mochte, schön wie der volle Mond, wenn er am Himmel aufgeht, ein Held, dem die Tapferkeit aus den Augen leuchtete. Der sprach: ‚Auch über dir sei Friede und die Gnade und der Segen Allahs, o Bruder Araber! Mich dünkt, du bist vom Wege abgeirrt.‘ ‚So ist es,‘ erwiderte ich, ‚führe du mich auf den rechten Weg, so wird Allah sich deiner erbarmen!‘ Doch er fuhr fort: ‚Bruder Araber, schau, unser Land hier ist reich an wilden Tieren, und diese Nacht ist düster und unheimlich, voll Finsternis und Kälte; deshalb bin ich um dich besorgt, die wilden Tiere könnten dich zerreißen. So steige denn ab bei mir in Ruhe und Muße; und wenn der Morgen graut, will ich dir den Weg zeigen.‘ Da stieg ich von meiner Kamelin herunter und fesselte ihr mit dem Ende der Halfter den Fuß[1]; die Oberkleider, die

---

1. Ein Vorderfuß des Kamels wird umgebogen und an den Schenkel gebunden, so daß es auf drei Beinen steht und nicht fortlaufen kann.

ich trug, legte ich ab, und nachdem ich es so mir leicht gemacht hatte, setzte ich mich eine Weile nieder. Der Jüngling aber holte ein Schaf und schlachtete es, zündete ein Feuer an und entfachte es; dann ging er ins Zelt, holte feine Spezereien und treffliches Salz, schnitt Stücke von dem Fleisch ab und röstete sie. Die gab er mir zu essen, indem er bald seufzte und bald weinte. Zuletzt aber tat er einen tiefen Seufzer, weinte bitterlich und hub an diese Verse zu sprechen:

> *Jetzt blieb ihm nichts als ein fliehender Hauch,*
> *Ein Aug, dessen Stern vom Irrsinn gebannt;*
> *Ihm blieb in den Gliedern nicht Ein Gelenk,*
> *Wo zehrende Sucht keine Stätte fand.*
> *Ihm rinnen die Tränen, sein armes Herz*
> *Verbrennet im Feuer, und dennoch er schweigt.*
> *Es weinen die Feinde aus Mitleid mit ihm –*
> *Weh ihm, dem ein Feind gar noch Mitleiden zeigt!*

Daran erkannte ich – so fuhr Dschamîl fort –, o Beherrscher der Gläubigen, daß der Jüngling ein verstörter Liebender war –, ach, die Liebe kennt nur, wer selbst ihren Geschmack gekostet hat! Und ich sagte mir: ‚Soll ich ihn fragen?' Dann aber bedachte ich mich und sagte mir weiter: ‚Wie kann ich mit Fragen auf ihn einstürmen, da ich ein Gast in seinem Zelte bin?' So hielt ich mich zurück und aß von dem Fleische, bis ich gesättigt war. Als wir unser Mahl beendet hatten, trat er ins Zelt und holte ein sauberes Becken, eine schöne Kanne und ein seidenes Tuch, dessen Enden mit rotem Golde bestickt waren, ferner auch ein Sprengfläschchen voll Rosenwasser, das mit Moschus gemischt war. Ich staunte über seine Vornehmheit und feine Lebensweise und sprach in meiner Seele: ‚Ich wußte bisher noch nichts von üppiger Lebensweise in der Wüste.' Dann wuschen wir uns die Hände und plauderten eine Weile miteinander; schließlich ging er wieder ins Zelt und spannte ein Stück roten Brokats auf als Scheidewand zwischen uns und sprach: ‚Tritt ein, Araberfürst, und ruhe dich aus; denn du hast heute nacht und auf dieser deiner Reise Mühen und Beschwerden im Übermaß erduldet!' Ich trat also ein, und da ich ein Bett aus grünem Brokat fand, so legte ich meine Kleider ab und hatte dort eine Nachtruhe so schön, wie ich sie noch nie in meinem Leben gehabt hatte.' – –«

Da bemerkte Schehrezâd, daß der Morgen begann, und sie hielt in der verstatteten Rede an. Doch als die *Sechshundertundneunzigste Nacht* anbrach, fuhr sie also fort: »Es ist mir berichtet worden, o glücklicher König, daß Dschamîl des weiteren erzählte: ‚Und ich hatte eine Nachtruhe so schön, wie ich sie noch nie in meinem Leben gehabt hatte; doch ich machte mir Gedanken über das Schicksal dieses Jünglings. Als es dann tiefe Nacht geworden war und aller Augen schliefen, vernahm ich plötzlich eine leise Stimme, so zart und fein, wie ich sie noch nie gehört hatte. Da hob ich den Vorhang, der zwischen uns aufgespannt war, und erblickte eine junge Frau, die schönste von Angesicht, die ich je gesehen hatte; sie saß an seiner Seite, und beide weinten und klagten über den Schmerz der Leidenschaft und über der Liebe zehrende Kraft und ihre unendliche Sehnsucht nach der Vereinigung. Ich sprach: ‚Gottes Wunder! Wer mag diese zweite Gestalt sein? Als ich in dies Zelt trat, habe ich niemand anders darin gesehen als diesen Jüngling; da war doch niemand bei ihm!' Und dann sagte ich mir: ‚Das ist sicher eine von den Töchtern der Geister, die diesen Jüngling liebt; und die beiden haben sich miteinander an dieser einsamen Stelle abgeschlossen.' Wie ich aber genauer hinschaute, war sie doch ein Menschenkind, eine Araberin; und als sie den Schleier von ihrem Antlitz hob, beschämte sie gar die leuchtende Sonne; denn das ganze Zelt ward hell durch das Licht ihrer Stirn.

Nachdem ich jedoch die Gewißheit gewonnen hatte, daß sie seine Geliebte sein müsse, gedachte ich der Eifersucht der Liebenden; und so ließ ich den Vorhang wieder fallen, bedeckte mein Gesicht und schlief ein. Als es dann Morgen ward, legte ich mein Gewand an, vollzog die religiöse Waschung für das Gebet und sprach all die Gebete, zu denen ich noch verpflichtet war.[1] Dann sprach ich zu ihm: ‚Bruder Araber, willst du mich jetzt auf den rechten Weg führen und deine Güte gegen mich vollkommen machen?‘ Er schaute mich an und sprach: ‚Gemach, o Araberfürst, das Gastrecht währt drei Tage, und ich bin nicht der Mann, dich vor Ablauf dieser Frist ziehen zu lassen.‘ Da blieb ich – so erzählte Dschamîl – drei Tage lang bei ihm; und als wir am vierten Tage uns noch niedersetzten, um ein wenig zu plaudern, hub ich an und fragte ihn nach seinem Namen und seiner Herkunft. Und er gab zur Antwort: ‚Ich stamme von den Banû 'Udhra, mein Name ist Soundso, Sohn des Soundso, und meines Vaters Bruder heißt Soundso.‘ Und siehe da, o Beherrscher der Gläubigen, er war mein Vetter von Vaters Seite, und er gehörte zum vornehmsten Hause der Banû 'Udhra! Nun fragte ich ihn: ‚Sohn meines Oheims, was trieb dich dazu, dich so einsam in diese Wüste zurückzuziehen, wo ich dich jetzt sehe? Wie konntest du deinen Reichtum und den Reichtum deiner Väter aufgeben? Wie konntest du deine Knechte und Mägde verlassen und ganz allein an dieser Stätte dein Zelt aufschlagen?‘ Als er diese Worte von mir vernahm, o Beherrscher der Gläubigen, flossen ihm die Augen von bitteren Tränen über; und er sprach: ‚O Sohn meines Oheims, ich war in heißer Liebe zu meiner Base entbrannt, ja, die verzehrende Leidenschaft zu ihr machte mich irre und wirre, und

[1] Während einer Reise können die pflichtmäßigen Gebete abgekürzt oder auf später verschoben werden.

ich konnte es nicht ertragen, ihr fern zu sein. Und da meine Liebe zu ihr noch immer stärker ward, warb ich um sie bei ihrem Oheim. Er aber wies mich ab und vermählte sie einem Manne von den Banû 'Udhra, der im letzten Jahre zu ihr einging und sie zu der Stätte führte, an der er wohnte. Wie sie nun fern von mir war und meine Augen sie nicht mehr sehen konnten, trieben mich die brennenden Schmerzen der Leidenschaft und der sehnenden Liebe Kraft, mein Volk zu verlassen und mich von meinem Stamme, meinen Freunden und meinem Reichtum zu trennen, und ich schlug einsam mein Zelt in dieser Wüste auf und habe mich nun an meine Einsamkeit gewöhnt.' Dann fragte ich weiter: ,Und wo sind die Zelte ihrer Leute?' Er antwortete: ,Ganz in der Nähe, am Kamme des Gebirges dort! Jede Nacht, wenn aller Augen schlafen, wenn alles ruht, stiehlt sie sich heimlich aus dem Lager, ohne daß jemand sie bemerkt, und ich stille die Sehnsucht, indem ich mit ihr rede, und sie tut desgleichen. Schau, so lebe ich dahin und tröste mich eine kleine Weile der Nacht mit ihr, bis Allah vollendet, was geschehen soll, mag sich mein Wunsch erfüllen den Neidern zum Trotz, oder mag Allah anders über mich bestimmen. Er ist der beste Richter!' Als nun – so berichtete Dschamîl – der Jüngling mir alles erzählt hatte, o Beherrscher der Gläubigen, machte sein Schicksal mir Sorge, und ich war fast ratlos; so erregte mich der Eifer um seine Ehre. Dann aber sprach ich zu ihm: ,Sohn meines Oheims, soll ich dich auf einen Plan führen, den ich dir anraten könnte? Durch ihn soll, so Gott will, alles aufs beste gelingen; er soll dich auf den rechten Weg und zum Erfolge bringen, so daß Allah von dir abwendet, was du befürchtest.' Der Jüngling erwiderte: ,Sprich, mein Vetter!' So fuhr ich denn fort: ,Wenn es Nacht ist und die junge Frau kommt, so setze sie auf meine Kamelin; denn die ist schnell im Lauf. Du aber besteige deinen Renner, ich will eine von diesen Kamelinnen hier besteigen, und dann will ich mit euch die ganze Nacht hindurch forteilen. Und ehe der Morgen kommt, werden wir schon Steppen und Wüsten durchmessen haben; dann hast du dein Ziel erreicht und die Geliebte deines Herzens gewonnen. Die Erde Allahs ist weit, und ich will dir, bei Gott, beistehen, solange ich lebe, mit meinem Besitz und meinem Schwerte, ja mit meinem eigenen Leben.' – –«

Da bemerkte Schehrezâd, daß der Morgen begann, und sie hielt in der verstatteten Rede an. Doch als die *Sechshundertundeinundneunzigste Nacht* anbrach, fuhr sie also fort: »Es ist mir berichtet worden, o glücklicher König, daß Dschamîl des weiteren erzählte: ‚Nachdem ich meinem Vetter geraten hatte, er solle die Frau entführen und wir wollten mit ihr in der Nacht forteilen, und ich ihm versprochen hatte, zeit meines Lebens ihm Hilfe und Beistand zu leihen, hörte er darauf und sprach: ‚Lieber Vetter, laß mich nur noch sie um Rat darüber fragen; denn sie ist verständig und klug und durchschaut die Dinge.' Als es dann dunkle Nacht geworden war und die Stunde ihres Kommens nahte, wartete er auf sie um die bestimmte Zeit; doch sie blieb länger aus, gegen ihre Gewohnheit; da sah ich, wie der Jüngling aus dem Zelte hinausging, seinen Mund auftat und begann, den Windhauch, der von ihrer Seite wehte, einzuatmen, gleich als wollte er ihren Duft erhaschen; und er sprach diese beiden Verse:

> *O Wind des Ostens, Zephir bringst du mir*
> *Aus einem Lande, wo die Traute weilt.*
> *O Hauch, du trägst ein Zeichen meines Liebs;*
> *Weißt du auch, wann sie endlich zu mir eilt?*

Darauf trat er wieder ins Zelt und saß eine ganze Stunde weinend da. Doch dann sprach er: ‚Lieber Vetter, meine Base weiß um diese Nacht; es muß ihr ein Unheil widerfahren sein, oder ein anderer Grund muß sie gehindert haben, zu kommen.' Und er fügte hinzu: ‚Bleib, wo du bist, bis ich dir Nachricht bringe!' Dann nahm er Schwert und Schild und blieb einen Teil der Nacht hindurch fort von mir. Als er aber zurückkehrte, trug er etwas in der Hand und rief laut nach mir. Ich eilte zu ihm, und er rief: ‚Mein Vetter, weißt du, was geschehen ist?' ‚Nein, bei Gott!' erwiderte ich; und er fuhr fort: ‚Heute nacht ist mir meine Base entrissen! Als sie sich zu mir begab, ist ihr ein Löwe auf dem Wege begegnet, und der hat sie verschlungen und hat von ihr nichts übriggelassen, als was du hier siehst!' Mit diesen Worten ließ er zu Boden fallen, was er in der Hand hielt; und das waren die Überreste der jungen Frau, Knorpel und Knochen. Und er weinte bitterlich, warf den Bogen aus der Hand, nahm einen Sack und sprach zu mir: ‚Rühre dich nicht von hinnen, bis ich wieder zu dir komme, so Gott der Erhabene will!' Und er ging fort und blieb nur eine Weile fern; als er zurückkehrte, hatte er in der Hand das Haupt eines Löwen. Das warf er zu Boden. Dann bat er um Wasser, und als ich es ihm gebracht hatte, wusch er das Maul des Löwen und begann, es zu küssen; dabei weinte er, und indem sein Schmerz um sie immer größer ward, sprach er diese Verse:

> *O Löwe, der du dich in die Gefahr begabest,*
> *Du bist dahin! Du hast mir Schmerz um sie erregt,*
> *Hast einsam mich gemacht, der ich ihr Freund gewesen,*
> *Hast in die Erde ihren Leib als Pfand gelegt.*
> *Zum Schicksal, das uns grausam trennte, will ich sagen:*
> *Du sollst mir keine Freundin mehr zu zeigen wagen!*

Dann sprach er: ‚Lieber Vetter, ich beschwöre dich bei Allah und bei der Verwandtschaft und Blutsgemeinschaft, die zwischen uns besteht, wahre meinen letzten Auftrag! Du wirst mich alsbald tot vor dir sehen. Wenn es dann so ist, so wasche mich, hülle mich und diese Knochen, die noch von der Tochter meines Oheims übrig sind, in dies Leichentuch und bestatte uns beide in dem gleichen Grabe. Und auf unser Grab schreib diese beiden Verse:

> *Wir führten auf der Erde froh das schönste Leben,*
> *Vereint in einem Lande und als Hausgenossen.*
> *Das Schicksal und sein Wechsel trennte unsre Freundschaft;*
> *Und in der Erde hält ein Laken uns umschlossen.'*

Darauf weinte er bitterlich und ging wieder in das Zelt hinein; und nachdem er eine Weile fortgeblieben war, kam er zu mir heraus und begann zu stöhnen und zu schreien. Noch einen tiefen Seufzer stieß er aus; dann schied er von dieser Welt. Als ich das sehen mußte, ward ich so schwer bekümmert und betrübt, daß ich ihm fast gefolgt wäre im Übermaße meines Schmerzes. Doch ich trat zu ihm heran, bahrte ihn auf und tat ihm alles, worum er mich gebeten hatte; ich hüllte die beiden in ein Laken und bestattete sie in dem gleichen Grabe. Drei Tage verweilte ich bei dem Grabe; dann zog ich fort. Aber noch zwei Jahre lang bin ich oftmals zur Stätte der beiden gepilgert. Dies ist ihre Geschichte, o Beherrscher der Gläubigen!'

Als er-Raschîd seiner Geschichte zugehört hatte, fand er Gefallen an ihr und verlieh dem Dichter ein Ehrengewand und ein schönes Geschenk.

Ferner wird erzählt, o glücklicher König,

DIE GESCHICHTE VON DEM BEDUINEN
UND SEINER TREUEN FRAU

Der Beherrscher der Gläubigen Mu'âwija[1] saß eines Tages zu Damaskus in einem Gemache, dessen Fenster auf allen vier Seiten geöffnet waren, so daß der Wind von jeder Richtung her frei eindringen konnte. Und während er so dasaß, blickte er nach einer Seite aus. Nun war es ein sehr heißer Tag, an dem kein Luftzug wehte, und es war um die Mittagszeit, gerade die heißeste Stunde. Da sah der Kalif einen Mann des Weges kommen; der war versengt von dem glühenden Sande, und er hinkte, als er barfuß dahinschritt. Eine Weile blickte der Herrscher ihn an, und er sprach zu seinen Höflingen: ‚Hat Allah, der Hochgepriesene und Erhabene, wohl irgendeinen elenderen Menschen erschaffen als den, der wie dieser zu einer solchen Zeit und zu einer solchen Stunde umherwandern muß?' Einer von den Leuten sprach: ‚Vielleicht sucht er den Beherrscher der Gläubigen.' ‚Bei Allah,' rief Mu'âwija, ‚wenn er zu mir kommt, so will ich ihm gewißlich seine Bitte gewähren; und wenn ihm unrecht geschehen ist, so will ich ihm helfen. He, Sklave, tritt an die Tür; und wenn dieser Beduine da zu mir hereinzutreten wünscht, so wehre es ihm nicht!' Der Sklave ging hinaus, und als der Beduine auf ihn zukam, fragte er ihn: ‚Was willst du?' Jener erwiderte: ‚Ich will zum Beherrscher der Gläubigen gehen.' Und der Sklave sprach: ‚Tritt ein!' So trat er denn ein und begrüßte den Kalifen. – –«

Da bemerkte Schehrezâd, daß der Morgen begann, und sie hielt in der verstatteten Rede an. Doch als die *Sechshundertundzweiundneunzigste Nacht* anbrach, fuhr sie also fort: »Es ist mir berichtet worden, o glücklicher König, daß der Beduine, nach-

1. Kalif von 661 bis 680.

dem der Diener ihn eingelassen hatte, hereinkam und den Beherrscher der Gläubigen begrüßte. Mu'âwija fragte: ‚Von welchem Stamme bist du, o Mann?' Jener antwortete: ‚Von den Banû Tamîm.' Weiter fragte der Herrscher: ‚Was hat dich denn um diese Zeit hierher geführt?' Der Araber sagte: ‚Ich komme zu dir, um Klage zu führen und um deinen Schutz zu suchen!' ‚Gegen wen?' fragte der Kalif; und der Beduine fuhr fort: ‚Gegen Marwân[1] ibn el-Hakam, deinen Statthalter.' Dann hub er an und sprach die Verse:

> *Mu'âwija, du guter, du milder, edler Herrscher,*
> *Du Mann des Gebens, Wissens, der Huld und Rechtlichkeit,*
> *Ich nah' dir, da auf Erden mein Weg mir eng geworden,*
> *O nimm mir nicht die Hoffnung auf Recht, sei hilfsbereit!*
> *Verschaffe mir in Güte mein Recht an dem Tyrannen,*
> *Der mich durch Unrecht quälte, noch schlimmer als der Tod.*
> *Er hat Su'âd genommen, sich als mein Feind bewiesen,*
> *Hat mir mein Weib entrissen durch grausam roh Gebot.*
> *Er hat mich töten wollen, noch eh mein Tag erschien,*
> *Eh ich die Zeit vollendet, die Gott mir hat verliehn.*

Als Mu'âwija gehört hatte, was der Mann mit feuersprühendem Munde vortrug, sprach er: ‚Herzlich willkommen, Bruder Araber! Erzähl deine Geschichte, künde dein Geschick!' ‚O Beherrscher der Gläubigen,' erwiderte er, ‚ich hatte eine Frau, die liebte ich, die verehrte ich, sie kühlte mein Auge, sie erfreute meine Seele. Ich besaß auch eine Herde Kamele, durch die ich meinen Unterhalt gut bestreiten konnte. Doch es kam ein Jahr über uns, das Sohle und Huf[2] hinwegraffte, so daß ich keinen Besitz mehr hatte. Als nun meiner Habe wenig war, als mein Geld schwand und es schlecht um mein Ansehen stand,

---

1. Dieser Marwân war unter der Regierung Mu'âwijas Statthalter von Mekka und Medina. – 2. Das bedeutet Kamele und Pferde.

da ward ich verächtlich und eine Last für die, so früher mich zu besuchen verlangten. Als aber ihr Vater erfuhr, wie schlecht es mir erging und welche Not mich umfing, nahm er sie von mir; und er sagte sich los von mir und trieb mich ohne Erbarmen fort. Nun begab ich mich zu deinem Statthalter Marwân ibn el-Hakam, da ich auf seine Hilfe hoffte. Er ließ ihren Vater kommen und fragte ihn nach mir; aber der sprach: ‚Ich kenne ihn nicht.' Da rief ich: ‚Allah segne den Emir! Wenn es ihm belieben möchte, die Frau kommen zu lassen und sie nach ihres Vaters Worten zu fragen, so wird sich die Wahrheit offenbaren.' Marwân schickte nach ihr und ließ sie kommen; doch wie sie vor ihm stand, gefiel sie ihm sehr. So wurde er mein Gegner; er verleugnete mich, zeigte sich zornig wider mich und warf mich ins Gefängnis. Da saß ich nun, als wäre ich vom Himmel gefallen oder als hätte mich der Wind an einen fremden Ort verschlagen. Dann sprach er zu ihrem Vater: ‚Willst du sie mir vermählen um tausend Dinare und eine zweite Gabe von zehntausend Dirhems, wenn ich dir dafür bürge, sie von diesem Beduinen zu befreien?' Den Vater lockte der Preis, und so willigte er ein. Darauf ließ Marwân mich kommen und blickte mich wie ein wütender Löwe an und sprach zu mir: ‚Du Wüstenkerl, scheide dich von Su'âd!' Doch ich sagte: ‚Ich werde mich nie von ihr scheiden!' Da gab er einer Schar von seinen Dienern Gewalt über mich, und sie quälten mich mit vielerlei Foltern, bis daß ich keinen Ausweg mehr sah, als mich von ihr zu scheiden. So tat ich es; er aber warf mich wieder ins Gefängnis, und dort mußte ich bleiben, bis die Wartefrist vorüber war und er sich mit ihr vermählen konnte. Dann ließ er mich frei. Und nun komme ich zu dir, hoffend auf dich, indem ich um deinen Schutz flehe und zu dir meine Zuflucht nehme.'
Dann sprach er die Verse:

Feuer ist in meinem Herzen,
Und das Feuer lodert heiß.
Und in meinem Leib ist Krankheit,
Die kein Arzt zu heilen weiß.
Kohle ist in meinem Innern,
In der Kohle Funkenspiel.
Aus dem Auge rinnen Tränen;
Ach, der Tränen sind so viel!
Hilfe find ich nicht mehr hier
Als bei Gott und dem Emir[1]*!*

Dann begann er zu zittern, seine Zähne knirschten, und er fiel ohnmächtig nieder, indem er sich krümmte wie eine getötete Schlange. Als Mu'âwija seine Geschichte und seine Verse vernommen hatte, sprach er: ‚Der Sohn el-Hakams hat sich wider die Gebote des Glaubens vergangen; er hat unrecht getan und gewaltsam eine muslimische Frau gefangen.' – –«

Da bemerkte Schehrezâd, daß der Morgen begann, und sie hielt in der verstatteten Rede an. Doch als die *Sechshundertunddreiundneunzigste Nacht* anbrach, fuhr sie also fort: »Es ist mir berichtet worden, o glücklicher König, daß Mu'âwija, der Beherrscher der Gläubigen, als er die Worte des Beduinen vernommen hatte, sprach: ‚Der Sohn el-Hakams hat sich wider die Gebote des Glaubens vergangen; er hat unrecht getan und gewaltsam eine muslimische Frau gefangen.' Und er fügte hinzu: ‚Du Araber, du hast mir einen Bericht überbracht, dessengleichen ich noch nie gehört habe.' Dann ließ er Tintenkapsel und Papier bringen und schrieb an Marwân ibn el-Hakam: ‚Es ist mir berichtet worden, daß Du Dich an Deinen Untertanen wider die Gebote des Glaubens vergangen hast. Einem Statthalter aber geziemt es, daß er den Blick von seinen Gelüsten abwende und sich selbst von den Freuden seines Fleisches zu-

1. Das ist der Emir (der Beherrscher) der Gläubigen.

rückhalte.' Ferner schrieb er noch viele Worte, die ich der Kürze halber nicht berichte; darunter aber waren diese Verse:

> *Weh, dir ward ein Amt verliehen, dessen du nicht würdig bist!*
> *Bitte Allah um Verzeihung für ein Tun, das Unzucht ist.*
> *Jetzo ist zu uns gekommen, weinend, jener arme Mann,*
> *Und er klagte uns die Trennung und die bitteren Schmerzen dann.*
> *Ja, ich schwöre meinem Gotte einen ewig festen Eid –*
> *Meinen Glauben will ich missen, meines Herzens Frömmigkeit –:*
> *Wenn du dem zuwiderhandelst, was ich in dem Briefe schreib,*
> *Mache ich zum Fraß der Geier ganz gewißlich deinen Leib!*
> *Gib Su'âd die Freiheit, statte sie mit allem schleunigst aus,*
> *Schick sie mir mit el-Kumait und mit dem Sohn Dhibâns ins Haus!*

Dann faltete er den Brief, drückte sein Siegel darauf und ließ el-Kumait und Nasr ibn Dhibân rufen, denen er wegen ihrer Zuverlässigkeit wichtige Angelegenheiten anzuvertrauen pflegte. Die beiden nahmen den Brief in Empfang und zogen dahin, bis sie nach Medina kamen. Dort traten sie zu Marwân ibn el-Hakam ein, begrüßten ihn, übergaben ihm das Schreiben und berichteten ihm, wie es stand. Marwân las den Brief und begann zu weinen; dann begab er sich zu Su'âd und brachte ihr die Kunde, und da es nicht in seiner Macht stand, dem Befehle Mu'âwijas zu widersprechen, so schied er sich von ihr in Gegenwart von el-Kumait und Nasr ibn Dhibân. Darauf rüstete er die beiden zugleich mit Su'âd aus; und er schrieb auch einen Brief an Mu'âwija, in dem er sagte:

> *Wolle dich nicht übereilen, o du Fürst der gläub'gen Schar!*
> *Siehe, wie ich deinem Auftrag mild und freundlich jetzt willfahr!*
> *Ich beging doch keine Sünde; denn ich hatte sie so lieb.*
> *Wie kannst du mich treulos heißen, einen Mann, der Unzucht trieb?*
> *Eine Sonne wird dir nahen – ihr ist keine einz'ge gleich*
> *Unter allen Menschenkindern oder in dem Geisterreich!*

Und er versiegelte den Brief und übergab ihn den beiden Boten; die reisten zurück, und als sie bei Mu'âwija ankamen, überreichten sie ihm das Schreiben. Nachdem er es gelesen hatte, rief er: ‚Fürwahr, er hat schönen Gehorsam bewiesen, aber er hat im Preisen der Frau das Maß überschritten!' Darauf befahl er, sie zu bringen; und als er sie anschaute, erblickte er eine schöne Gestalt, derengleichen er noch nie gesehen hatte an Schönheit und Lieblichkeit und des Wuchses Ebenmäßigkeit. Dann sprach er mit ihr und erkannte ihrer Rede Feinheit und ihrer Worte Reinheit. Da rief er: ‚Holt mir den Beduinen!' Und man brachte ihn, wie er war, gebrochen von den Schicksalsschlägen, die er hatte dulden müssen. Der Kalif sprach: ‚Du Beduine, willst du sie dir nicht aus dem Sinne schlagen? Ich gebe dir für sie drei Sklavinnen, hochbusige Jungfrauen, wie Monde anzuschauen, und zu jeder Sklavin tausend Dinare; auch will ich dir aus dem Schatzhause ein Jahrgeld anweisen, das dich zufrieden und reich machen wird.' Als der Beduine die Worte Mu'âwijas vernommen hatte, tat er einen tiefen Seufzer; und der Kalif glaubte schon, er sei tot niedergesunken. Doch er kam wieder zu sich, und da fragte ihn der Kalif: ‚Was ficht dich an?' Der Beduine gab zur Antwort: ‚Mit schwerem Herzen und elend vor Schmerzen habe ich zu deiner Gerechtigkeit meine Zuflucht genommen vor der Tyrannei des Sohnes el-Hakams; bei wem soll ich nun Zuflucht suchen wider deine Tyrannei?' Und er sprach diese Verse:

> *O mache mich – Gott schütze dich! – doch nicht zu einem,*
> *Der vor der Hitze zu dem Feuer Zuflucht nimmt!*
> *O, gib Su'âd dem Armen, ganz Verstörten wieder,*
> *Den früh und spät Erinnerung so trübe stimmt!*
> *Nun mach mich gänzlich frei, mißgönne sie mir nicht!*
> *Tust du's, so gilt dir ewig meine Dankespflicht.*

Und er fügte hinzu: ‚Bei Allah, o Beherrscher der Gläubigen, wenn du mir auch alles anbötest, was Gott dir in deinem Kalifat gegeben hat, so würde ich es doch nicht ohne Su'âd nehmen.' Darauf sprach er diesen Vers:

> *Kein anderes Lieb als Su'âd wünsch ich mir;*
> *Mein tägliches Brot ist die Liebe zu ihr.*

Nun sagte Mu'âwija zu ihm: ‚Du bekennst also, daß du sie freigegeben hast, und Marwân bekennt, daß er sich von ihr geschieden hat; so wollen wir ihr freie Wahl lassen. Wenn sie einen anderen als dich erwählt, so wollen wir sie mit ihm vermählen; wählt sie aber dich, so geben wir sie dir zurück.' ‚Tu das!' erwiderte der Beduine; da fragte denn Mu'âwija: ‚Was sagst du, o Su'âd? Wer ist dir lieber, der Beherrscher der Gläubigen mit all seiner Ehre, seinem Ruhm und seinen Schlössern, seiner Macht, seinem Reichtum und allem anderen, was du bei ihm siehst, oder Marwân ibn el-Hakam mit seiner Gewalttätigkeit und Tyrannei, oder dieser Araber mit seinem Hunger und seiner Armut?' Doch sie sprach diese beiden Verse:

> *Er ist, auch wenn ihn Hunger drückt und arge Not,*
> *Mir lieber als der Nachbar und die Stammesscharen,*
> *Als das gekrönte Haupt und als Marwân, sein Knecht,*
> *Ja, auch als jeder Herr von Dirhems und Dinaren.*

Dann fuhr sie fort: ‚Bei Allah, o Beherrscher der Gläubigen, ich will ihn nicht verlassen wegen der Wechselfälle der Zeit, noch wegen des Glückes Unbeständigkeit; denn zwischen uns ist alte Liebe, die nicht vergeht, und eine Gemeinschaft, die ewig besteht. Es ist nur gerecht, daß ich gemeinsam mit ihm das Unglück ertrage, wie ich auch froh war mit ihm während der glücklichen Tage!' Mu'âwija staunte über ihren Verstand und ihre Liebe und Treue; und er wies ihr zehntausend Dirhems an und gab sie dem Beduinen zurück. Der nahm sein Weib und ging seiner Wege.

Ferner wird erzählt, o glücklicher König,

DIE GESCHICHTE
VON DEN LIEBENDEN ZU BASRA

Eines Nachts vermochte Harûn er-Raschîd nicht zu schlafen; da sandte er zu el-Asma'i und Husain el-Chali', und als sie gekommen waren, sprach er zu ihnen: ‚Erzählet mir beide eine Geschichte, und du, Husain, mach den Anfang!' ‚Gern, o Beherrscher der Gläubigen', erwiderte Husain und hub an: ‚Ich zog eines Jahres gen Basra hinunter, um Mohammed ibn Sulaimân er-Rabî'i durch ein Lobgedicht zu feiern; er nahm es gütig auf und hieß mich bei ihm bleiben. Eines Tages begab ich mich zum Mirbad[1], indem ich meinen Weg dorthin durch die Muhalîje[2] nahm; da mich aber große Hitze bedrückte, so trat ich in einen großen Torweg, um einen Trunk zu erbitten. Dort erblickte ich plötzlich eine Maid, die einem schwanken Reise glich; versonnen schienen ihre Augen dreinzuschauen, hochgewölbt waren ihre Augenbrauen, rund und glatt ihre Wangen, und ihr Leib war von einem granatblütenfarbenen Gewande und einem sanaanischen[3] Mantel umfangen. Doch ihr weißer Leib schien noch heller als die Röte des Gewandes, und so schimmerten darunter zwei Brüstchen wie zwei Granatäpfel, und ein Leib, als wäre er eine Leinenrolle der Kopten, mit Fältchen wie Blätter blütenreinen, gefalteten Papieres, die mit Moschus gefüllt sind. Und sie trug, o Beherrscher der Gläubigen, um den Hals einen Schmuck aus rotem Golde, der zwischen ihre Brüste hinabfiel; auf der Fläche ihrer Stirn hing

---

1. El-Mirbad (wörtlich ‚Kamelhalteplatz') war ein berühmter Stadtteil von Basra, am Westtore; dort hielten die Karawanen, die aus der Wüste kamen, und dort herrschte reges städtisches Leben. – 2. Ein Stadtteil von Basra. – 3. Aus San'â, der Hauptstadt von Jemen, wo berühmte Stoffe und Lederarbeiten hergestellt werden.

eine Locke, schwarz wie Jett[1]; sie hatte zusammengewachsene Brauen, die Augen waren groß und weit, die Wangen glatt und rund, eine Adlernase wölbte sich über einem Korallenmund, darinnen die Zähne gleich Perlen glänzten. Kraft und Gesundheit sprachen aus ihr, doch sie schien betrübt und verwirrt, wie sie in der Halle hin und her eilte, gleichsam als träte sie beim Gehen auf die Herzen derer, die sie liebten, und als ließen ihre Beine das Klirren ihrer Fußspangen verstummen. Ja, sie war, wie der Dichter sagt:

> *Ein jeder Teil von ihren Reizen scheint*
> *Als Abbild, drin die ganze Schönheit sich vereint.*

Ich betrachtete sie mit stummer Scheu, o Beherrscher der Gläubigen; dann trat ich näher an sie heran, um sie zu begrüßen, und siehe, das Haus und die Halle und die ganze Straße hauchten Moschusduft. Ich grüßte sie also, und sie gab mir den Gruß zurück mit einer leisen Stimme aus einem traurigen Herzen, das von der Glut der Leidenschaft versengt war. Dann sprach ich zu ihr: ‚Meine Herrin, schau, ich bin ein alter Mann, ein Fremdling, der vom Durst geplagt wird. Möchtest du mir nicht einen Trunk Wassers bringen heißen, auf daß du himmlischen Lohn dafür empfangest?' Doch sie rief: ‚Hinweg von mir, Alter! Meine Gedanken sind fern von Speise und Trank.' – –«

Da bemerkte Schehrezâd, daß der Morgen begann, und sie hielt in der verstatteten Rede an. Doch als die *Sechshundertundvierundneunzigste Nacht* anbrach, fuhr sie also fort: »Es ist mir berichtet worden, o glücklicher König, daß die Jungfrau sprach: ‚Alter, meine Gedanken sind fern von Speise und Trank.' Nun fragte ich – so erzählte Husain –: ‚Um welcher Krankheit willen, meine Herrin?' Sie erwiderte: ‚Weil ich einen

[1]. Jett oder Gagat ist der sogenannte schwarze Bernstein.

liebe, der nicht gerecht an mir handelt, und weil ich nach einem Verlangen trage, der mich nicht will. Deshalb bin ich schlaflos wie jene, die in die Sterne schauen.' Weiter fragte ich: ‚O Herrin, gibt es auf der weiten Erde jemanden, den du begehrst und der dich nicht begehrt?' ‚Ja,' gab sie zur Antwort, ‚und das geschieht, weil sich in ihm ein Übermaß vereint an Vollkommenheit, an Lieblichkeit und Zierlichkeit.' Als ich dann fragte: ‚Und warum stehst du denn in dieser Halle?' erwiderte sie: ‚Sein Weg führt hier vorüber, und dies ist die Stunde, da er kommen muß.' ‚Meine Herrin,' fuhr ich fort, ‚seid ihr je vereint gewesen, und habt ihr so miteinander gesprochen, daß diese Leidenschaft entstehen konnte?' Da seufzte sie vor Betrübnis, und Tränen rannen auf ihre Wangen herab gleich Tautropfen, die auf Rosen fallen; und sie sprach diese beiden Verse:

> *Wir waren wie zwei Weidenzweige in dem Garten*
> *Und sogen Wonneduft in frohem Leben ein;*
> *Da trennte sich das eine Reis vom andern grausam –*
> *Nun sehnt sich eines, schau, nach dem Gefährten sein.*

‚O Mädchen,' so fragte ich weiter, ‚was hast du denn um deiner Liebe zu diesem Jüngling willen zu erdulden?' Sie antwortete: ‚Ich sehe die Sonne an auf den Mauern der Seinen, und ich vermeine, er sei die Sonne; oder bisweilen erblicke ich ihn unvermutet, dann erstarre ich, Blut und Leben fliehen aus meinem Leibe, und ich bleibe eine Woche lang oder auch zwei ohne Vernunft.' Da sprach ich zu ihr: ‚Entschuldige mich, auch ich habe gleiches wie du erduldet durch heiße Sehnsucht, und mein Herz ward gequält von Leidenschaft, mein Leib schwand dahin, und ich ward schwach an Kraft. Und wenn ich dich nun bleich von Farbe und schmal von Leib sehe, so deutet das auf die Quälereien der Liebe hin. Wie sollte auch die Liebe dich unberührt lassen, da du doch im Lande von Basra weilst?' ‚Bei

Allah,' sagte sie darauf, ,ehe ich diesen Jüngling liebte, war ich von höchster Zierlichkeit, strahlend von Lieblichkeit und Vollkommenheit. Ich bezauberte alle Fürsten von Basra, bis auch jener Jüngling durch mich bezaubert ward.' Und als ich nun fragte: ,O Mädchen, wer hat euch denn getrennt?' antwortete sie: ,Die Schläge des Schicksals. Doch wie es mir und ihm erging, das ist eine seltsame Geschichte. Es begab sich also: An einem Neujahrsfeste saß ich da mit einigen Mädchen von Basra, die ich zu mir geladen hatte; unter ihnen befand sich auch eine Maid des Sirân, die er für achtzigtausend Dirhems in 'Omân gekauft hatte. Die liebte mich leidenschaftlich, und als sie eintrat, warf sie sich auf mich und zerriß mich fast durch Kneifen und Beißen. Dann zogen wir uns zurück, um uns am Weine zu ergötzen, bis unser Mahl gerüstet und unsere Freude vollkommen wäre. Und wir tändelten miteinander, bald saß ich auf ihr, bald sie auf mir. Doch dann verführte die Trunkenheit sie dazu, mit der Hand nach der Schnur meiner Hose zu greifen, und die löste sich, ohne daß wir beide an etwas Böses dachten; aber meine Hose fiel herunter im Spiel, und da trat er plötzlich ganz unversehens herein. Als er das sah, ergrimmte er darüber und eilte von mir fort wie ein arabisches Füllen, wenn es das Klirren seines Zügels hört.' – –«

Da bemerkte Schehrezâd, daß der Morgen begann, und sie hielt in der verstatteten Rede an. Doch als die *Sechshundertundfünfundneunzigste Nacht* anbrach, fuhr sie also fort: »Es ist mir berichtet worden, o glücklicher König, daß die Maid zu Husain el-Chalî' sprach: ,Als mein Geliebter mich mit der Sklavin Sirâns so tändeln sah, wie ich dir erzählt habe, ging er zornig von mir fort. Seit drei Jahren nun, o Scheich, habe ich mich immer bei ihm entschuldigt, ihm gute Worte gegeben und ihn zu versöhnen gesucht; aber er schaut mich mit keinem

Blicke an, schreibt mir kein Wort, läßt mir nichts durch Boten sagen und will nichts von mir wissen.' Ich fragte sie: ,O Mädchen, ist er von den Arabern oder von den Persern?' ,He du,' rief sie, ,er gehört zu den Fürsten von Basra!' ,Ist er alt oder jung?' fuhr ich fort. Da sah sie mich lächelnd an und sprach zu mir: ,Du bist ein Tropf! Er ist wie der Mond in der Nacht seiner Fülle, glattwangig und bartlos, und es ist kein Fehl an ihm, außer daß er sich von mir abgewandt hat.' Weiter fragte ich: ,Wie lautet sein Name?' Und sie fragte dagegen: ,Was willst du mit ihm beginnen?' Ich gab zur Antwort: ,Ich will mich bemühen, zu ihm zu gelangen und die Wiedervereinigung zwischen euch herbeizuführen.' Sie sagte: ,Unter der Bedingung, daß du ihm einen Brief überbringst!' ,Dagegen habe ich nichts', erwiderte ich; und sie fuhr fort: ,Er heißt Damra ibn el-Mughîra, mit dem Beinamen Abu es-Sachâ[1], und sein Palast steht am Mirbad.' Dann rief sie denen, die im Hause waren, zu: ,Bringt mir Tintenkapsel und Papier!' Darauf entblößte sie ihre Arme, die wie zwei Silberspangen glänzten, und schrieb nach der Anrufung des Namens Allahs: ,Mein Gebieter, die Auslassung der Segenswünsche zu Eingang meines Briefes deutet mein Unvermögen an. Wisse, wenn mein Gebet erhört worden wäre, so hättest du dich nicht von mir getrennt; denn wie oft habe ich gefleht, du möchtest mich nicht verlassen, aber du hast es doch getan. Und wäre es nicht an dem, daß die Not mich die Grenzen der Zurückhaltung überschreiten läßt, so wäre deiner Magd das, wozu sie sich zwingt, indem sie diesen Brief schreibt, eine Hilfe, wiewohl sie keine Hoffnung auf dich mehr hat, da sie weiß, daß du nicht antworten wirst. Erfülle ihren Wunsch, mein Gebieter, und gewähre ihr einen Blick auf dich zur Zeit, wenn du auf der Straße an

1. Vater der Freigebigkeit.

der Halle vorbeigehst; dann wirst du die tote Seele in ihr zu neuem Leben erwecken! Aber noch lieber als das wäre es ihr, wenn du mit deiner eigenen Hand – Allah begnade sie mit aller Vortrefflichkeit! – ihr einen Brief schreiben und ihn zum Ersatz machen würdest für jene traulichen Stunden, die wir in den vergangenen Nächten verlebt haben und an die du dich doch erinnerst. Mein Gebieter, war ich dir nicht eine Liebende, die vor Sehnsucht verging? Wenn du meine Bitte erhörst, so will ich mich dir dankbar erweisen und Allah preisen; und damit – Gott befohlen!' Ich nahm den Brief entgegen und ging davon. Am nächsten Morgen aber begab ich mich zur Tür von Mohammed ibn Sulaimân; dort fand ich eine große Versammlung von Fürsten, und unter ihnen erblickte ich einen Jüngling, der die Versammlung zierte und alle, die zugegen waren, an Schönheit und Herrlichkeit übertraf; ja, der Emir Mohammed hatte ihn sogar über sich selbst gesetzt. Ich fragte nach ihm, und siehe da, es war Damra ibn el-Mughîra. Da sagte ich mir: ‚Wahrlich, der Armen mußte es so ergehen, wie es ihr ergangen ist!' Dann ging ich zum Mirbad hinaus und wartete an der Tür seines Hauses; und als er im Prunkzuge ankam, eilte ich auf ihn zu und überreichte ihm unter vielen Segenswünschen den Brief. Nachdem er ihn gelesen und seinen Sinn verstanden hatte, sprach er zu mir: ‚O Scheich, wir haben sie mit einer anderen vertauscht. Willst du sie sehen, die ihre Stelle einnimmt?' ‚Gern', erwiderte ich; und er rief eine Maid herbei, der Sonne und Mond weichen müßten, mit schwellenden Brüsten, und sie schritt rasch dahin mit furchtlosem Sinn. Der übergab er den Brief, indem er sprach: ‚Beantworte ihn!' Nachdem sie ihn gelesen hatte, erblich sie, da sie nun wußte, was darin geschrieben stand; und sie sprach: ‚O Scheich, bitte Allah um Verzeihung für das, was du gebracht hast!' Da ging ich hinaus, o Beherrscher der Gläubigen, mit schleifenden Füßen, und als ich wieder zu der ersten kam, bat ich um Einlaß bei ihr und trat ein. Sie fragte: ,Was bringst du?' ,Unheil und Verzweiflung!' erwiderte ich. Doch sie fuhr fort: ,Mach dir keine Sorgen um seinetwillen! Wo bliebe Allah mit Seiner Allmacht?' Dann ließ sie mir fünfhundert Dinare geben, und ich ging fort. Nach einigen Tagen jedoch kam ich wieder an jener Stätte vorüber und sah dort Diener und Reiter, und ich trat ein. Da waren es die Freunde Damras, die sie baten, zu ihm zurückzukehren; sie aber sprach: ,Nein, bei Allah, ich will ihm nie wieder ins Angesicht schauen!' Und sie warf sich anbetend nieder und dankte Allah, o Beherrscher der Gläubigen, aus Schadenfreude über Damra. Ich trat an sie heran, und sie zeigte mir einen Brief, in dem nach der Anrufung des Namens Allahs geschrieben stand: ,Meine Herrin, wenn ich Dich – Allah schenke Dir ein langes Leben! – nicht schonen wollte, so würde ich einiges von dem schildern, was durch Dich geschehen ist, und ich würde mich mit vielen Worten verteidigen gegen Dein Unrecht wider mich; denn Du hast Dich wider Dich und mich versündigt, da Du Bruch des Gelübdes und Treulosigkeit zur Schau trägst und einen anderen uns vorziehst. Du hast Dich gegen meine Liebe vergangen, bei Allah, den wir um Hilfe anrufen wider das, was Du aus freiem Willen tatest. Und damit – Gott befohlen!' Und ferner zeigte sie mir die Geschenke und Kleinode, die er ihr geschickt hatte und die einen Wert von dreißigtausend Dinaren hatten. Später sah ich sie noch einmal wieder; da hatte Damra sich mit ihr vermählt.' Darauf sagte Harûn er-Raschîd: ,Wäre Damra nicht vor mir zu ihr geeilt, so hätte ich sicherlich selbst mit ihr zu tun bekommen.'

Ferner wird erzählt, o König,

DIE GESCHICHTE VON ISHÂK VON MOSUL
UND DEM TEUFEL

Ishâk ibn Ibrahîm el-Mausili erzählte: Eines Abends saß ich in meiner Behausung, und das war zur Winterszeit; die Wolken hatten sich ausgebreitet, und Regen fiel in Strömen herab wie aus den Öffnungen der Wasserschläuche. So konnte auch niemand auf den Straßen gehen und kommen, weil Regen und Schlamm dort herrschten. Mir war die Brust beengt, weil keiner meiner Freunde zu mir kam und auch ich nicht zu ihnen gehen konnte wegen des starken Schlammes und Schmutzes; deshalb sprach ich zu meinem Diener: ‚Bring mir etwas, wodurch ich mich zerstreuen kann!‘ Da brachte er mir Speise und Trank; aber ich hatte keine Lust dazu, weil niemand bei mir war, um mir Gesellschaft zu leisten. So blickte ich denn immerfort aus den Fenstern und beobachtete die Straßen, bis es dunkel ward. Da dachte ich zufällig an die Sklavin eines der Söhne el-Mahdîs[1], die ich liebte; die war erfahren im Gesang und im Spiel auf mancherlei Instrumenten. Und ich sagte mir: ‚Wenn sie heute bei uns wäre, so wäre meine Freude vollkommen, und ich würde mir die Nacht verkürzen, so daß meine trüben Gedanken und meine Unruhe mich nicht quälen.‘ Gerade da pochte es an die Tür, und eine Stimme sprach: ‚Soll ein Lieb eintreten, das an der Tür steht?‘ Ich sprach zu meiner Seele: ‚Hat das Reis des Wunsches schon Frucht getragen?‘ Und ich eilte zur Tür, und siehe, es war meine Freundin. Sie trug einen langen, grünen Rock, den sie sich wie einen Mantel umgelegt hatte, und auf dem Kopfe ein Tuch von Brokat, um sich gegen den Regen zu schützen; bis an die Knie war sie vom Schlamm bespritzt, und alles, was sie trug, war durchnäßt von dem Ge-

1. Abbasidischer Kalif von 755 bis 785, Vater von Harûn er-Raschîd.

träuf der Dachrinnen; kurz, sie war ein seltsam Bild. Ich sprach zu ihr: ‚Meine Herrin, was hat dich bei solchem Schmutzwetter hierher geführt?' Und sie gab zur Antwort: ‚Dein Bote kam zu mir und schilderte mir dein Liebesverlangen und deine Sehnsucht, und da konnte ich nichts anderes tun als nachgeben und zu dir eilen.' Das überraschte mich – –«

Da bemerkte Schehrezâd, daß der Morgen begann, und sie hielt in der verstatteten Rede an. Doch als die *Sechshundertundsechsundneunzigste Nacht* anbrach, fuhr sie also fort: »Es ist mir berichtet worden, o glücklicher König, daß Ishâk des weiteren erzählte: ‚Als die Maid an meine Tür klopfte, ging ich hinaus und sprach: ‚Meine Herrin, was hat dich bei diesem Schmutzwetter hierher geführt?' Und sie gab zur Antwort: ‚Dein Bote kam zu mir und schilderte mir dein Liebesverlangen und deine Sehnsucht, und da konnte ich nichts anderes tun als nachgeben und zu dir eilen.' Das überraschte mich; doch ich mochte ihr nicht sagen, daß ich niemanden zu ihr gesandt hätte, und so sprach ich: ‚Preis sei Allah, daß er uns jetzt vereinigt hat, nachdem ich so lange die Pein des Wartens ertragen habe! Wenn du nur noch eine kleine Weile gezögert hättest, so wäre ich sicher zu dir gelaufen; denn ich sehnte mich nach dir, und das Verlangen nach dir erfüllte mich ganz.' Darauf rief ich meinem Diener zu: ‚Hol Wasser!' Und er brachte einen Kessel voll heißen Wassers, auf daß sie sich säubern könnte. Ich befahl ihm, ihr das Wasser über die Füße zu gießen, während ich selber es auf mich nahm, sie zu waschen. Dann ließ ich eins der prächtigsten Gewänder bringen und kleidete sie darin, nachdem sie abgelegt hatte, was sie trug. Und als wir uns gesetzt hatten, rief ich nach Speise; aber sie lehnte ab. So fragte ich sie: ‚Steht dein Sinn nach Wein?' Und als sie darauf antwortete: ‚Jawohl', holte ich Becher. Nun fragte sie: ‚Wer soll singen?'

,Ich, meine Herrin!' ,Das mag ich nicht.' ,Eine von meinen Sklavinnen?' ,Auch das wünsche ich nicht.' ,So singe du selbst!' ,Nein, auch ich nicht!' ,Wer soll denn für dich singen?' fragte ich; und sie erwiderte: ,Geh hinaus und suche einen, der für mich singt!' Da ging ich denn hinaus, um ihr den Willen zu tun; aber ich war verzweifelt und war sicher, daß ich niemanden finden würde bei solchem Wetter. Dennoch schritt ich dahin, bis ich zur Hauptstraße kam, und dort entdeckte ich einen Blinden, der mit dem Stabe auf die Erde stoßend seinen Weg suchte und dabei rief: ,Allah lohne denen nicht mit Gutem, bei denen ich war! Wenn ich sang, so hörten sie nicht zu; und wenn ich schwieg, so achteten sie meiner nicht.' Ich fragte ihn: ,Bist du ein Sänger?' ,Ja', erwiderte er; und ich fragte weiter: ,Willst du die Nacht bei uns zubringen und uns unterhalten?' ,Wenn du willst,' antwortete er, ,so führe mich an der Hand!' Da faßte ich seine Hand und führte ihn zum Hause. Dort sprach ich zu der Maid: ,Meine Herrin, ich bringe einen blinden Sänger, an dem wir uns erfreuen können, ohne daß er uns sieht.' ,Hol ihn herein zu mir!' sagte sie; und ich führte ihn ins Gemach und lud ihn ein, zu essen. Er aß ein wenig; dann wusch er sich die Hände. Als ich ihm darauf Wein vorsetzte, trank er drei Becher. Nun fragte er mich: ,Wer bist du?' Ich antwortete: ,Ishâk ibn Ibrahîm el-Mausili.' Er fuhr fort: ,Ich habe schon von dir gehört; und jetzt freut es mich, in deiner Gesellschaft zu sein.' Ich erwiderte: ,Lieber Herr, ich freue mich über deine Freude!' Dann bat er mich: ,Sing mir etwas vor, o Ishâk!' Ich nahm die Laute zum Scherz und rief: ,Ich höre und gehorche!' Als ich mein Lied zu Ende gesungen hatte, sprach er: ,O Ishâk, du bist beinahe ein Sänger.' Da ich durch seine Worte in meinem Stolze verletzt war, so warf ich die Laute aus der Hand. Er aber sprach: ,Hast du nicht jemanden bei dir, der schön singen kann?' Ich erwiderte: ‚Bei mir ist eine Maid.' ‚Heiße sie singen!' sagte er; und ich fragte ihn: ‚Willst du auch singen, wenn du genug von ihrem Gesange gehört hast?' ‚Ja', sagte er. Nachdem sie dann gesungen hatte, rief er: ‚Nein, das war nichts!' Da warf sie erzürnt die Laute aus der Hand und sprach: ‚Wir haben unser Bestes verschenkt. Wenn du etwas hast, so gib es uns als Almosen!' Er sprach: ‚Man gebe mir eine Laute, die noch nie eine Hand berührt hat.' Ich gab dem Diener Befehl, und der brachte eine neue Laute. Der Fremde stimmte sie, und nachdem er als Vorspiel eine Weise angeschlagen hatte, die ich nicht kannte, hub er an zu singen und trug diese beiden Verse vor:

> *Ein Lieb kam durch die Finsternis in dunkler Nacht,*
> *Der Zeiten eingedenk, da es zum Liebsten geht.*
> *Fürwahr, da schreckten uns der Gruß und ihre Worte:*
> *Gibt's Einlaß für ein Lieb, das an der Türe steht?*

Da schaute die Maid mich mit einem verächtlichen Blicke an und sprach: ‚Konnte ein Geheimnis, das zwischen mir und dir besteht, nicht eine Stunde in deiner Brust Platz finden? Mußtest du es denn sogleich diesem Manne da anvertrauen?' Das schwor ich ihr ab, indem ich ihr meine Unschuld beteuerte. Dann begann ich ihre Hände zu küssen und ihre Brüste zu kitzeln und ihr in die Wangen zu beißen, bis sie wieder lachte. Darauf wandte ich mich zu dem Blinden und sprach zu ihm: ‚Singe, lieber Herr!' Er nahm die Laute und sang diese beiden Verse:

> *Wie oft hab ich die Schönen besucht! Wie oft auch hab ich*
> *Gefärbte Fingerspitzen berührt mit meiner Hand,*
> *Granatenfrucht der Brüste gekitzelt! Und wie oft hat*
> *Mein Biß auf bunten Äpfeln der Wangen heiß gebrannt!*

Da sagte ich zu ihr: ‚Meine Herrin, wer kann ihm kundgetan haben, was wir treiben?' Sie antwortete: ‚Du hast recht.' Und wir rückten von ihm weg. Plötzlich sprach er: ‚Ich muß Wasser lassen.' Ich rief: ‚Sklave, nimm die Kerze und geh vor ihm her!' Er ging hinaus; aber er blieb lange fort. Schließlich gingen wir hinaus auf der Suche nach ihm; doch wir konnten ihn nicht finden, und wir sahen, daß die Türen verschlossen waren und daß die Schlüssel vor dem Kämmerlein staken. So wußten wir nicht, ob er zum Himmel emporgefahren oder in die Erde versunken war. Daran erkannte ich, daß er der Teufel gewesen war und daß er mir den Dienst des Kupplers geleistet hatte; und beim Zurückkehren gedachte ich der Worte des Abu Nuwâs, der diese beiden Verse sprach:

> *Der Teufel wundert mich mit seinem Stolz*
> *Und seines Sinns verborgner Hurerei.*
> *Er war zu stolz, vor Adam hinzuknien*[1],
> *Und macht für Adams Stamm die Kuppelei!*

Ferner wird erzählt

DIE GESCHICHTE DER LIEBENDEN VON MEDINA

Ibrahîm Abu Ishâk erzählte: Ich war den Barmekiden treu ergeben. Und als ich eines Tages in meinem Hause war, klopfte es plötzlich an meine Tür. Mein Diener ging hinaus, und als er zurückkam, meldete er mir: ‚Vor der Tür steht ein schöner Jüngling, der um Einlaß bittet.' Ich gab ihm die Erlaubnis; und da trat ein junger Mann ein, der die Zeichen von Krankheit an sich trug, und er sprach: ‚Seit einer Weile wünsche ich dir zu begegnen; denn ich habe ein Anliegen an dich.' ‚Welcher Art ist es?' fragte ich; und er zog dreihundert Dinare heraus, legte

1. Alle Engel sollten Adam anbeten; Luzifer tat es nicht und wurde deshalb zum Teufel.

sie vor mich hin und sprach: ‚Ich bitte dich, nimm das an und mache mir eine Weise für zwei Verse, die ich gedichtet habe!' Ich bat ihn: ‚Trag sie mir vor', und er hub an zu sprechen – –«

Da bemerkte Schehrezâd, daß der Morgen begann, und sie hielt in der verstatteten Rede an. Doch als die *Sechshundertundsiebenundneunzigste Nacht* anbrach, fuhr sie also fort: »Es ist mir berichtet worden, o glücklicher König, daß Ibrahîm Abu Ishâk des weiteren erzählte: ‚Nachdem der Jüngling zu mir eingetreten war und die Dinare vor mich hingelegt hatte, sprach er zu mir: ‚Ich bitte dich, nimm das an und mache mir eine Weise für zwei Verse, die ich gedichtet habe.' Ich bat ihn: ‚Trag sie mir vor!' und er hub an zu sprechen:

> *Bei Gott, du tust, mein Auge, meinem Herzen unrecht;*
> *Nun lösch durch meine Tränen heiße Schmerzensglut!*
> *Mich tadelt auch das Schicksal wegen meines Lieblings;*
> *Ich seh ihn nie, auch wenn mein Leib im Laken ruht!*

Da machte ich ihm – so erzählte Ibrahîm – eine Weise, die einer Totenklage glich; und als ich sie ihm vorsang, fiel er in Ohnmacht, so daß ich vermeinte, er sei tot. Doch er kam wieder zu sich und rief: ‚Sing noch einmal!' Da beschwor ich ihn bei Gott, es mir zu erlassen, und fügte hinzu: ‚Ich fürchte, du wirst sterben.' ‚Ach, wenn das nur geschähe!' rief er; und dann bat und flehte er demütig so lange, bis ich Mitleid mit ihm hatte und die Weise noch einmal sang. Nun stieß er einen Schrei aus, noch lauter als das erste Mal, und ich zweifelte nicht mehr an seinem Tode. Dennoch sprengte ich Rosenwasser auf ihn, bis er aus der Ohnmacht erwachte und sich aufsetzte. Ich pries Allah für seine Errettung und legte seine Dinare vor ihn hin, indem ich sprach: ‚Nimm dein Geld und geh von mir!' Doch er antwortete: ‚Ich habe das Geld nicht nötig; du sollst noch einmal soviel erhalten, wenn du mir die Weise wiederholst.' Mir ward das Herz weit für das Geld, und ich sprach zu ihm: ‚Ich will sie wiederholen, aber nur unter drei Bedingungen. Erstens mußt du bei mir bleiben und von meiner Speise essen, bis du wieder zu Kräften kommst; zweitens mußt du vom Weine so viel trinken, daß du dir wieder ein Herz fassest; drittens mußt du mir deine Geschichte erzählen.' Er tat alles das und begann zu erzählen: ‚Ich bin einer von dem Volke von Medina; eines Tages zog ich zu einer Lustfahrt aus und schlug mit meinen Gefährten den Weg nach el-'Akîk[1] ein. Da sah ich unter einer Schar von Jungfrauen eine Maid, die einem taubeperlten Zweige glich und aus deren Augen solche Blicke strahlten, daß sie nur mit der Seele dessen, der sie anschaute, zu ihr zurückkehrten. Die Mädchen blieben dort, bis der Tag zur Rüste ging; und wie sie fortgingen, fühlte ich in meinem Herzen Wunden, die schwer vernarbten. Als ich zurückgekehrt war, suchte ich überall nach einer Spur von ihr, doch ich fand keine; ja, ich forschte nach ihr auf allen Straßen und Märkten, dennoch erfuhr ich nichts von ihr. Da ward ich krank vor Gram, und ich entdeckte mein Geheimnis einem der Meinen. Der sprach zu mir: ‚Sei nicht traurig! Diese Frühlingstage sind noch nicht vorüber; wenn der Spätregen fällt, wird sie ausgehen, und dann will ich mit dir kommen, und du magst tun, was du wünschest!' Dadurch ward meine Seele getröstet, und ich wartete, bis der Bach von el-'Akîk wieder strömte; da zogen die Leute hinaus, und auch ich ging mit meinen Brüdern und Anverwandten aus, und wir setzten uns an dieselbe Stätte wie früher. Kaum waren wir dort, so kamen auch schon die Frauen, und es war, als ob unsere und ihre Schar um die Wette gelaufen wären wie zwei Rennpferde. Da flüsterte ich einer Maid aus meiner Sippe zu: ‚Sprich zu jener Jungfrau

1. Ein Tal in der Nähe von Medina.

dort: ‚Dieser Mann läßt dir sagen: Schön sprach der Dichter dieses Verses:

> *Mit einem Pfeil durchbohrte sie mein Herz und ging*
> *Und fügte ihm noch neuer Wunden Narben zu.*‘

Da trat sie hin zu der Maid und sagte ihr den Vers; und jene erwiderte ihr: ‚Sag ihm: Schön sprach, wer mit diesem Verse antwortete:

> *Ich fühle, was du klagst. Gedulde dich! Vielleicht*
> *Naht Freude, und die Herzen finden ihre Ruh.*‘

Nun enthielt ich mich weiterer Worte aus Furcht vor Ärgernis; doch ich erhob mich, um fortzugehen, und sie stand auf, wie sie mich aufstehen sah. Ich folgte ihr, und sie schaute sich nach mir um, bis sie sah, daß ich mir ihre Wohnung merkte. Dann begann sie, zu mir zu kommen, und ich pflegte zu ihr zu gehen, so daß wir oft miteinander vereinigt waren, bis die Sache bekannt und ruchbar ward und auch ihr Vater davon erfuhr. Doch ich ließ nicht nach in meinem Eifer, sie zu treffen; und ich klagte meine Lage meinem Vater. Der versammelte unsere Sippe und begab sich dann zu ihrem Vater, um sie für mich zur Frau zu erbitten; jener aber sprach: ‚Wäre mir dies angetragen worden, ehe er sie ins Gerede brachte, so hätte ich eingewilligt; doch nun ist alles ruchbar geworden, und ich bin nicht willens, das Gerede der Leute wahr zu machen.‘ Da wiederholte ich ihm – so erzählte Ibrahîm weiter – die Weise, und er ging von dannen, nachdem er mir kundgetan hatte, wo er wohnte; und es entstand Freundschaft zwischen uns. Als aber Dscha'far ibn Jahja[1] wieder im Staatssaale saß und ich wie gewöhnlich ihm meine Aufwartung machte, sang ich ihm die Verse des Jünglings vor. Er hatte seine Freude daran, trank einige Becher Weins und rief: ‚He du, von wem ist diese

1. Vgl. Band III, Seite 500.

Weise?' Da erzählte ich ihm die Geschichte des Jünglings, und er befahl mir, zu ihm zu reiten und ihm zu versichern, daß er sein Ziel erreichen werde. Ich brachte ihn auch vor Dscha'far, und er bat ihn, seine Geschichte zu wiederholen. Nachdem er das getan hatte, sprach Dscha'far zu ihm: ‚Ich gebe dir mein Wort, daß ich dich mit ihr vermählen werde.' Des freute sich der Jüngling, und er blieb bei uns. Am nächsten Morgen ritt Dscha'far zu er-Raschîd und erzählte ihm die Geschichte. Der hatte Gefallen daran und befahl, uns beide zu holen; dann ließ er sich die Weise vorsingen und trank dazu. Darauf schrieb er einen Brief an den Statthalter des Hidschâz, in dem er ihm befahl, den Vater der Maid und ihre Angehörigen mit allen Ehren zu Hofe zu schicken und reichliche Kosten auf ihre Ausrüstung zu verwenden. Es dauerte auch nicht lange, da kamen sie schon an. Der Kalif gab Anweisung, den Mann vor ihn zu führen; und als der kam, befahl er ihm, seine Tochter mit dem Jüngling zu vermählen, und er gab ihm hunderttausend Dinare; da kehrte der Mann zu den Seinen zurück. Der junge Mann aber blieb Dscha'fars Tischgenosse, bis geschah, was geschah[1]; dann kehrte er mit den Seinen nach Medina zurück – Allah der Erhabene sei ihren Seelen gnädig insgesamt!

Ferner wird erzählt, o glücklicher König,

DIE GESCHICHTE VON EL-MALIK EN-NÂSIR UND SEINEM WESIR

Dem Wesir Abu 'Âmir ibn Marwân wurde einst ein Christenknabe geschenkt, so schön, wie ihn noch nie ein Auge erblickt hatte. Den sah el-Malik en-Nâsir, und er sprach zu dem Herrn des Sklaven: ‚Woher kommt dieser Knabe?' ‚Er ist ein Ge-

[1]. Das heißt: bis zum Sturze der Barmekiden.

schenk Allahs', erwiderte der Wesir. Da rief der Herrscher: ,Willst du uns mit Sternen schrecken und uns durch Monde gefangen nehmen?' Der Wesir entschuldigte sich bei ihm, rüstete ein Geschenk und sandte es mit dem Knaben zu ihm, indem er dabei sagte: ,Sei du ein Teil der Gabe; wäre ich nicht gezwungen, so hätte meine Seele sich nicht von dir getrennt!' Und er gab ihm diese Verse mit:

Mein Gebieter, dieser Vollmond nahet Eurem Himmelszelt;
Denn der Mond gebührt dem Himmel eher als der Erdenwelt.
Und die Seele hohen Wertes biet ich Euch als Gabe hier;
Doch ich sah noch keinen Menschen, der sein Herzblut gab gleich mir.

Daran hatte en-Nâsir Gefallen, und er vergalt das Geschenk durch eine reichliche Geldgabe; und der Minister stieg in seiner Gunst. Bald darauf wurde dem Wesir eine Sklavin geschenkt, eines der herrlichsten Mädchen der Welt; da fürchtete er, en-Nâsir würde davon hören und sie begehren, und es würde mit ihr ebenso werden wie mit dem Sklaven. So rüstete er denn ein Geschenk, noch kostbarer als das erste, und schickte es mit der Sklavin zum Sultan. – –«

Da bemerkte Schehrezâd, daß der Morgen begann, und sie hielt in der verstatteten Rede an. Doch als die *Sechshundertundachtundneunzigste Nacht* anbrach, fuhr sie also fort: »Es ist mir berichtet worden, o glücklicher König, daß der Wesir Abu 'Âmir, als ihm die Sklavin geschenkt war, fürchtete, die Kunde davon würde zu el-Malik en-Nâsir gelangen und es würde mit ihr ebenso werden wie mit dem Sklaven. So rüstete er denn ein Geschenk, noch kostbarer als das erste, und schickte es zusammen mit der Sklavin zum Sultan; auch schrieb er diese Verse und gab sie ihr mit:

O mein Herr, dies ist die Sonne, da der Mond bei dir schon scheint;
Und so sind die beiden Leuchten jetzt in deinem Haus vereint –

Eine Sternenstellung, die – bei meinem Leben! – Glück verspricht;
Edens Quell und Wonnegärten künde dir der beiden Licht!
Ihnen beiden ist an Schönheit – ja, bei Gott – kein dritter gleich;
Und so gleicht an Macht kein zweiter dir im ganzen Weltenreich!

Dadurch wuchs sein Ansehen bei Hofe noch mehr; aber nach einer Weile verleumdete ihn einer seiner Feinde bei en-Nâsir, indem er sagte, es brenne immer noch Sehnsucht nach dem Knaben in dem Wesir und er rede unablässig von ihm, wenn der kühle Nordwind ihn errege, und er knirsche mit den Zähnen, weil er ihn verschenkt habe. Aber der König sprach: ‚Rege deine Zunge nicht wider ihn; sonst lasse ich dir den Kopf abschlagen!' Dann schrieb er einen Brief an Abu 'Âmir, als ob er von dem Knaben käme; der lautete: ‚Mein Gebieter, Du weißt, daß Du mein ein und alles warst, und daß ich immerdar in aller Freude bei Dir lebte. Wenn ich auch jetzt bei dem Sultan bin, so möchte ich doch lieber bei Dir allein sein. Doch ich fürchte mich vor der Macht des Königs; darum ersinne Du einen Plan, mich von ihm zu erbitten!' Den schickte er durch einen jungen Diener, dem er einschärfte, er solle sagen: ‚Dies kommt von Demunddem, der König hat noch nie mit ihm gesprochen.' Als Abu 'Âmir den Brief gelesen und die trügerische Botschaft von dem Diener vernommen hatte, da roch er den Gifttrank und schrieb auf den Rücken des Briefes diese Verse:

Ist es denn nach all dem Urteil der Erfahrung zu verstehn
Von den klugen Leuten, daß sie in das Löwenlager gehn?
Ich bin keiner, den die Liebe den Verstand verlieren lehrt;
Und ich weiß gar wohl die Dinge, die der Neider Schar begehrt.
Wärest du auch meine Seele, willig gäbe ich dich preis.
Kann die Seele wiederkehren, die ich fern dem Leibe weiß?

Als en-Nâsir diese Antwort las, wunderte er sich über den Scharfblick des Wesirs, und er lieh nie wieder sein Ohr einem, der ihn verleumden wollte. Und er sprach zu ihm: ‚Wie bist du dem Netz entgangen?' ‚Mein Verstand ist nicht in den Maschen der Liebe gefangen', erwiderte er; ‚doch Allah weiß es am besten.'

Ferner wird erzählt, o glücklicher König,

DIE GESCHICHTE VON DEN STREICHEN DER LISTIGEN DALÎLA

Zur Zeit, da Harûn er-Raschîd als Kalif herrschte, lebte ein Mann, Ahmed ed-Danaf geheißen, und ein anderer namens Hasan Schumân[1]; die waren beide Meister in Lug und Trug, und sie vollführten wunderbare Streiche. Deshalb verlieh der Kalif dem Ahmed ed-Danaf ein Ehrengewand und machte ihn zum Hauptmann der Rechten; auch dem Hasan Schumân verlieh er ein Gewand und machte ihn zum Hauptmann der Linken; und jedem von ihnen wies er einen Monatssold von tausend Dinaren an. Unter den beiden standen je vierzig Mann; und dem Ahmed ed-Danaf war die Verantwortung für das Gebiet außerhalb der Stadt auferlegt. So ritten denn Ahmed ed-Danaf und Hasan Schumân und alle, die ihnen untergeben waren, gemeinsam aus mit dem Emir Châlid, dem Präfekten, während der Herold vor ihnen ausrief: ‚Laut Befehl des Kalifen gibt es in Baghdad keinen Hauptmann zur Rechten als den Hauptmann Ahmed ed-Danaf, und keinen Hauptmann zur Linken als den Hauptmann Hasan Schumân; ihrem Worte ist deshalb zu gehorchen, und ihnen gebührt alle Achtung!'

Nun lebte in der Stadt ein altes Weib, genannt die listige

---

[1]. Diese beiden Erzgauner kommen schon in der Geschichte von 'Alâ ed-Dîn Abu esch-Schamât vor, Band II, Seite 569 bis 658, besonders Seite 631 ff.

Dalîla[1]; und sie hatte eine Tochter, die man Zainab die Gaunerin hieß. Die beiden hörten den Ruf des Herolds; und da sprach Zainab zu ihrer Mutter Dalîla: ‚Sieh, Mutter, dieser Ahmed ed-Danaf ist als Flüchtling aus Kairo hierher gekommen und hat in Baghdad so viele Streiche gespielt, daß er es schließlich zum Gefährten des Kalifen gebracht hat und nun Hauptmann zur Rechten geworden ist. Und dieser kahlköpfige Bursche Hasan Schumân ist Hauptmann zur Linken geworden. Jetzt haben sie des Morgens einen gedeckten Tisch und des Abends einen gedeckten Tisch; und jeder von ihnen hat einen Sold von tausend Dinaren in jedem Monat, während wir müßig hier in diesem Hause sitzen, ohne Rang und ohne Ehren, und niemanden haben, der nach uns fragt.' Der Mann Dalîlas war nämlich früher Stadthauptmann von Baghdad gewesen und hatte vom Kalifen allmonatlich tausend Dinare erhalten; doch er war gestorben und hatte zwei Töchter hinterlassen, von denen die eine vermählt war und einen Sohn namens Ahmed el-Lakît hatte; die andere aber war unvermählt, und sie war es, die Zainab die Gaunerin hieß. Dalîla war eine Meisterin in Lug und Trug und allen Streichen; sie konnte selbst einen Drachen durch ihre List aus seiner Höhle locken, und sogar der Teufel hätte von ihr noch Betrug lernen können. Ihr Vater[2] war Brieftaubenwärter beim Kalifen gewesen und hatte auch einen Monatsgehalt von tausend Dinaren gehabt; er pflegte die Brieftauben abzurichten, so daß sie Schreiben und Botschaften überbrachten, und dem Kalifen war ein jeder dieser Vögel zur Zeit der Not lieber als einer seiner Söhne. Zainab aber fuhr fort und sprach zu ihrer Mutter: ‚Auf, voll-

1. Das ist: die Ränkeschmiedin; vgl. die ‚listige Ränkeschmiedin' in Band II, Seite 65. – 2. Im Arabischen steht hier versehentlich ‚ihr Gatte'.

führe listige Streiche, auf daß unser Name dadurch in Baghdad bekannt werde und wir unseres Vaters Einkünfte gewinnen!' – –«

Da bemerkte Schehrezâd, daß der Morgen begann, und sie hielt in der verstatteten Rede an. Doch als die *Sechshundertundneunundneunzigste Nacht* anbrach, fuhr sie also fort: »Es ist mir berichtet worden, o glücklicher König, daß Zainab die Gaunerin also zu ihrer Mutter sprach: ,Auf, vollführe listige Streiche, auf daß unser Name dadurch in Baghdad bekannt werde und wir unseres Vaters Einkünfte gewinnen!' Und die Alte rief: ,Bei deinem Leben, meine Tochter, ich will in Baghdad größere Schelmenstreiche spielen, als Ahmed ed-Danaf und Hasan Schumân sie je ausgeführt haben!' Dann erhob sie sich, legte sich den Halbschleier vor das Gesicht und kleidete sich in die Tracht armer Derwische, indem sie Hosen, die bis zu den Knöcheln reichten, und ein wollenes Obergewand anzog und einen breiten Gürtel um sich schlug. Dann nahm sie einen Krug, füllte ihn bis zum Halse mit Wasser, legte drei Dinare in seine Mündung und verstopfte sie mit Palmenfasern. Ferner hängte sie sich einen Rosenkranz um, der so schwer war wie eine Last Brennholz, und nahm in ihre Hand eine Fahne aus roten und gelben Fetzen. Dann ging sie hinaus und rief ,Allah, Allah!' indem sie mit der Zunge den Höchsten pries, ihr Herz aber auf der Rennbahn des Bösen sich tummeln ließ. Dabei lugte sie aus, wie sie in der Stadt einen Streich spielen könnte. Sie ging von Gasse zu Gasse, bis sie zu einer Straße kam, die gesprengt war und gefegt und mit Marmor belegt. Dort erblickte sie ein gewölbtes Tor mit einer Alabasterschwelle und einen maurischen Wächter, der an der Tür stand. Jenes Haus gehörte dem Obersten der Türhüter des Kalifen, und dieser Mann besaß Äcker und Ländereien und große Einkünfte. Sein

Name aber war Emir Hasan Scharr et-Tarîk[1], und man hatte ihm diesen Beinamen gegeben, weil sein Schlag seinem Worte vorauseilte. Er war mit einer schönen Frau vermählt, die liebte und die in der Nacht, als er zu ihr einging, ihn hatte schwören lassen, daß er nie eine andere neben ihr zur Frau nehmen und nie eine Nacht in einem anderen Hause zubringen würde. Und so blieb es, bis er eines Tages in die Staatsversammlung kam und dort sah, wie ein jeder Emir einen Sohn oder gar ihrer zwei bei sich hatte. Vorher war er im Bade gewesen und hatte sein Antlitz im Spiegel geschaut und dabei gefunden, daß die weißen Haare in seinem Barte schon die schwarzen verdeckten; und er hatte sich gesagt: ‚Wird nicht Er, der deinen Vater zu sich nahm, dich mit einem Sohne segnen?' Darauf ging er zornig zu seiner Frau, und sie sprach zu ihm: ‚Guten Abend!' Aber er rief: ‚Geh mir aus den Augen! Seit dem Tage, da ich dich sah, habe ich nichts Gutes erlebt.' ‚Warum denn?' fragte sie; und er antwortete ihr: ‚In der Nacht, da ich zu dir einging, hast du mich schwören lassen, daß ich nie eine andere neben dir zur Frau nehmen wolle. Heute habe ich nun die Emire gesehen, die alle einen Sohn oder gar ihrer zwei bei sich hatten. Da dachte ich an den Tod und daran, daß mir weder Sohn noch Tochter beschieden ist; und wer keine männlichen Nachkommen hat, dessen Name vergeht in der Nachwelt. Das ist der Grund meines Zornes; denn du bist unfruchtbar und kannst nicht von mir empfangen.' ‚Allahs Name sei mit dir!' rief sie, ‚ich habe Mörser voll Wolle und Heilkräuter zerstoßen; ich habe keine Schuld, das Hindernis liegt an dir. Du bist ein plattnasiger Maulesel; dein Same ist wässerig und kann weder schwängern noch Kinder erzeugen.' Darauf sagte er: ‚Wenn ich von der Reise zurückkehre, werde ich mir eine andere

1. Das bedeutet: Unheil des Weges.

Frau zu dir hinzunehmen!' ‚Mein Geschick steht bei Allah!' erwiderte sie; und er verließ sie, doch beide bereuten ihren Zank.

Wie nun die Frau des Emirs aus ihrem Fenster schaute, einer Braut gleich in dem Schatze von Juwelen, den sie trug, da blieb Dalîla gerade stehen und sah die Frau, und als sie an ihr den Schmuck und die kostbaren Gewänder entdeckte, sagte sie sich: ‚Das wäre ein schöner Streich, Dalîla, diese Dame aus dem Hause ihres Gatten zu locken, ihr den Schmuck und die Kleider abzunehmen und sich mit dem ganzen Raube davonzumachen.' Sie wählte also ihren Stand unter dem Fenster jenes Hauses und begann ihre Litanei, indem sie rief: ‚Allah, Allah!' Die Dame sah die Alte, wie sie in ihren weißen Kleidern gleich einer Lichtkuppel dastand, ganz wie die Gestalt der frommen Derwische, und immer rief: ‚Kommt herbei, ihr Heiligen Allahs!' Und alle die Frauen in der Straße schauten aus den Fenstern und sprachen: ‚Da kommt uns göttliche Hilfe! Aus dem Antlitze dieser Greisin erstrahlt Licht!' Chatûn aber, die Frau des Emirs Hasan, brach in Tränen aus und rief ihrer Sklavin zu: ‚Geh hinab, küsse die Hand des Scheichs Abu 'Alî, des Pförtners, und sprich zu ihm: ‚Laß sie eintreten, die fromme Alte, damit wir Segen durch sie empfangen!' Die Sklavin ging hinab, küßte dem Pförtner die Hand und sagte: ‚Meine Herrin spricht zu dir: ‚Laß diese fromme Alte zu mir eintreten, damit wir Segen durch sie empfangen!' – –«

Da bemerkte Schehrezâd, daß der Morgen begann, und sie hielt in der verstatteten Rede an. Doch als die *Siebenhundertste Nacht* anbrach, fuhr sie also fort: »Es ist mir berichtet worden, o glücklicher König, daß die Sklavin zum Pförtner hinabging und ihm sagte: ‚Meine Herrin spricht zu dir: ‚Laß diese fromme Alte zu mir eintreten, damit wir Segen durch sie empfangen; vielleicht wird ihr Segen uns allen zuteil werden!' Darauf trat der Pförtner an die Alte heran und wollte ihr die Hand küssen; doch sie wehrte ihm und sprach: ‚Bleib mir fern, damit meine Waschung nicht ungültig werde!‘[1] Du wirst auch von den Heiligen aufwärts gezogen und gnädig angeschaut. Allah möge dich aus diesem Dienste befreien, o Abu 'Alî!'' Nun hatte der Pförtner noch den Lohn für drei Monate von dem Emir zu fordern, und er war in Not, aber er wußte nicht, wie er seinen Lohn aus seinem Herrn herausbekommen sollte; so sprach er denn zu der Alten: ‚Mutter, gib mir aus deinem Kruge zu trinken, auf daß ich durch dich gesegnet werde!‘ Da nahm sie den Krug von ihrer Schulter herunter, schwang ihn durch die Luft und schüttelte ihn in der Hand, so daß der Verschluß von Palmenbast aus der Öffnung heraussprang und die drei Dinare zu Boden rollten. Der Pförtner sah sie und hob sie auf, indem er zu sich selber sagte: ‚Gottes Wunder! Diese Alte gehört zu den Heiligen, die verborgene Gnadengaben besitzen; denn sie hat mich durchschaut und hat erkannt, daß ich in Geldnot bin, und deshalb hat sie mir drei Dinare durch die Luft herbeigezaubert.‘ Dann nahm er das Geld in die Hand und sprach zu ihr: ‚Nimm, liebe Muhme, die drei Dinare, die aus deinem Krug auf die Erde gefallen sind!‘ Die Alte aber erwiderte: ‚Nimm sie fort von mir! Denn ich gehöre zu denen, die gar nichts mit irdischem Gute zu tun haben. Nimm sie und laß sie dir Nutzen bringen an Stelle derer, die der Emir dir schuldet!‘ Und er rief: ‚Da kommt uns göttliche Hilfe. Dies gehört zum Kapitel der Offenbarung!‘ Nun erschien die Sklavin, küßte der Alten die Hand und führte sie zu ihrer Herrin hinauf. Und als jene in das Gemach eingetreten war, entdeckte sie, daß die Herrin der Sklavin einem Schatze glich, dessen

[1]. Durch die Berührung mit jemandem, der rituell unrein ist, wird die eigene Reinheit ungültig; Diener versäumen oft die Waschung.

Zauber gelöst war. Nachdem die Dame sie begrüßt und ihr die Hand geküßt hatte, sprach Dalîla zu ihr: ‚Liebe Tochter, ich komme auf göttliche Anweisung hin zu dir!' Chatûn setzte ihr Speisen vor; doch die Alte sprach: ‚Liebe Tochter, ich esse nur vom himmlischen Brote; ich faste stets und breche mein Fasten nur an fünf Tagen im Jahre. Aber, meine Tochter, ich sehe dich betrübt, und ich möchte, daß du mir sagst, was dich bekümmert.' ‚Mutter,' erwiderte Chatûn, ‚in meiner Hochzeitsnacht ließ ich meinen Gatten schwören, daß er keine andere Frau haben solle neben mir. Aber nun hat er anderer Leute Kinder gesehen, und er sehnt sich, solche zu haben, und er sprach zu mir: ‚Du bist unfruchtbar!' Ich aber sagte zu ihm: ‚Du bist ein Maulesel, du kannst nicht schwängern.' Da ging er zornig fort, indem er sprach: ‚Wenn ich von der Reise heimkehre, werde ich mir eine andere Frau nehmen neben dir.' Und ich fürchte, Mutter, er wird sich von mir scheiden, wenn er die andere nimmt. Er hat auch Ländereien und Äcker und große Einkünfte; und wenn ihm Kinder von einer anderen geboren werden, so werden sie mir das Geld und das Land fortnehmen.' Nun fragte die Alte: ‚Liebe Tochter, weißt du denn nichts von meinem Scheich Abu el-Hamalât?[1] Wenn den ein Schuldner besucht, so bezahlt Allah seine Schuld; und wenn eine Unfruchtbare ihn besucht, so empfängt sie.' Chatûn entgegnete ihr: ‚Mutter, ich bin seit meinem Hochzeitstage nicht aus dem Hause gegangen, weder zu einem Trauerbesuch noch um Glückwünsche zu überbringen.' Da fuhr die Alte fort: ‚Liebe Tochter, ich will dich mit mir nehmen und dich zu Abu el-Hamalât führen; dann wirf du deine Last auf ihn und tu ihm ein Gelübde, auf daß du, wenn dein Gatte von der Reise heimkehrt und dir beiwohnt, von ihm empfangest,

[1] ‚Vater der Lasten' oder ‚der Schwangerschaften'.

sei es eine Tochter oder einen Sohn. Aber sei es nun ein Mädchen oder ein Knabe, was du zur Welt bringst, es soll ein Derwisch des Scheichs Abu el-Hamalât werden.' Darauf erhob sich die Dame, mit all ihrem Schmuck und mit ihren prächtigsten Gewändern angetan, und sprach zur Sklavin: ‚Gib acht auf das Haus!' ‚Ich höre und gehorche, meine Herrin!' erwiderte die. Dann ging Chatûn hinunter, und als Scheich Abu 'Alî, der Pförtner, ihr entgegentrat und sie fragte: ‚Wohin, meine Herrin?' antwortete sie ihm: ‚Ich gehe, um den Scheich Abu el-Hamalât zu besuchen.' Und er fuhr fort: ‚Ich verpflichte mich zu einem Jahre Fasten. Diese fromme Alte gehört wirklich zu den Heiligen Allahs, ja, sie ist voller Heiligkeit, meine Herrin, sie gehört zu denen, die verborgene Gnadengaben besitzen. Sie hat mir drei Dinare roten Goldes gegeben, sie hat mich durchschaut, ehe ich sie um etwas bat, und erkannt, daß ich in Not war.' Darauf gingen die beiden hinaus, die Alte und die Dame, die Gemahlin des Emirs Hasan Scharr et-Tarîk. Und das alte Weib, die listige Dalîla, sprach zu der Dame: ‚So Gott will, meine Tochter, wird dir, wenn du den Scheich Abu el-Hamalât besuchst, Seelentrost zuteil werden; dann wirst du empfangen durch die Macht Allahs des Erhabenen, und dein Gatte, der Emir Hasan, wird dich lieb haben, durch den Segen dieses Scheichs, und er wird dich nie mehr ein Wort hören lassen, das dein Herz verletzt.' ‚Ich will ihn besuchen, meine Mutter', erwiderte Chatûn. Aber die Alte sprach bei sich selber: ‚Wo soll ich sie nur berauben und ihr die Kleider abnehmen, da das Volk hier kommt und geht?' Doch zu der Dame sprach sie: ‚Wenn du gehst, dann geh so weit hinter mir, daß du mich noch sehen kannst! Denn ich, deine Mutter, habe viele Bürden zu tragen; ein jeder, der eine Last trägt, wirft sie auf mich, und alle, die eine fromme Gabe gelobt haben, geben sie mir und küssen mir die Hand.' Da folgte die junge Frau der Alten von fern, und die Alte ging voran, bis sie zum Basar der Kaufleute kamen; dabei klirrten der Dame Spangen, und ihre Haarschmuckstücke klangen. Dort kamen sie an dem Laden eines jungen Kaufmannes vorbei, der Saijid Hasan hieß, der sehr schön war und noch keinen Flaum auf seinen Wangen hatte. Wie der die Dame kommen sah, warf er ihr verstohlene Blicke zu; und als die Alte das merkte, winkte sie ihr und sprach zu ihr: ‚Setze dich in diesen Laden, bis ich zu dir zurückkehre!' Chatûn gehorchte ihrem Worte und setzte sich vorn in den Laden des jungen Kaufmanns nieder; und jener schaute auf sie mit einem Blick, der ließ tausend Seufzer in ihm zurück. Die Alte aber trat zu ihm heran, begrüßte ihn und flüsterte ihm zu: ‚Bist du nicht Saijid Hasan, der Sohn des Kaufmanns Muhsin?' ‚Ja,' erwiderte er ihr, ‚wer hat dir meinen Namen gesagt?' Sie fuhr fort: ‚Gute Leute haben mich an dich verwiesen. Wisse, diese Dame dort ist meine Tochter; ihr Vater war ein Kaufmann, er ist jetzt tot und hat ihr viel Geld hinterlassen. Sie ist nun mannbar geworden; und die Weisen sagen: Such einen Gatten für deine Tochter, doch keine Frau für deinen Sohn. Sie ist ihr Leben lang noch nicht aus dem Hause gegangen, außer an diesem Tage. Mir aber ist eine göttliche Weisung gekommen, und eine innere Stimme hat mich gerufen, meine Tochter dir zu vermählen; wenn du arm bist, so will ich dir ein Kapital geben, so daß du zwei Läden auftun kannst anstatt des einen.' Da sprach der junge Kaufmann bei sich selber: ‚Ich bat Allah um eine Braut, und nun hat er mir dreierlei gegeben: Geld und Gewand und Gattin.' Zu der Alten aber sprach er: ‚Mutter, gut ist, was du mir rätst; wisse, meine Mutter hat mir schon seit langem gesagt, daß sie mich zu vermählen wünscht; aber ich will es nicht, sondern ich sage: Ich will mich nur vermählen, nachdem ich mit eigenen Augen gesehen habe.' Da sagte Dalîla zu ihm: ‚Steh auf und folge mir; ich werde sie dir ohne Gewänder zeigen!' Er stand also auf, indem er tausend Dinare mit sich nahm; denn er sagte sich: ‚Vielleicht brauchen wir etwas, das wir kaufen müssen.' – –«

Da bemerkte Schehrezâd, daß der Morgen begann, und sie hielt in der verstatteten Rede an. Doch als die *Siebenhundertunderste Nacht* anbrach, fuhr sie also fort: »Es ist mir berichtet worden, o glücklicher König, daß die Alte zu Hasan, dem Sohne des Kaufmanns Muhsin, sprach: ‚Steh auf und folge mir; ich werde sie dir ohne Gewänder zeigen!' Er stand also auf, indem er tausend Dinare mit sich nahm; denn er sagte sich: ‚Vielleicht brauchen wir etwas, das wir kaufen müssen, oder wir müssen den festgesetzten Preis für das Schließen des Ehevertrages zahlen.' Die Alte sprach zu ihm: ‚Geh in einiger Entfernung hinter der Jungfrau her, doch so, daß du sie nicht aus den Augen verlierst!' Bei sich selber aber sprach sie: ‚Wohin sollst du nun mit dem jungen Kaufmanne gehen, um ihn ebenso zu berauben wie die Dame, wo doch sein Laden geschlossen ist?' Und sie schritt weiter, die Dame folgte ihr, und der junge Kaufmann ging hinter der Dame her, bis die Alte zu einer Färberei kam, die einem Meister des Namens el-Hâddsch Mohammed gehörte; der war wie das Messer des Kolokasienhändlers[1], das da männlich und weiblich abschneidet, und er liebte es, Feigen und Granaten zu essen.[2] Als er das Klingen der Spangen hörte, hob er die Augen auf und erblickte die Dame und den Jüng-

---

1. Die Blume der Kolokasie hat unten weibliche und in der Mitte männliche Blüten; wer sie abschneidet, nimmt also beide auf einmal fort. Der Ausdruck besagt, daß Hâddsch Mohammed Knaben sowohl wie Mädchen liebte. – 2. Die Redensart hat denselben Sinn, der in Anmerkung 1 angedeutet ist.

ling. Da setzte sich auch schon die Alte neben ihm nieder, begrüßte ihn und sprach: ‚Du bist doch Hâddsch Mohammed, der Färber?' ‚Ja,' erwiderte er, ‚der bin ich. Was wünschest du?' Sie fuhr fort: ‚Mich haben treffliche Leute an dich verwiesen. Sieh das schöne Mädchen dort, meine Tochter, und den bartlosen, schönen Jüngling, meinen Sohn! Ich habe die beiden aufgezogen und viel Geld auf sie verwandt. Nun wisse, ich habe ein großes, baufälliges Haus, das ich mit Holz habe stützen lassen; und der Baumeister hat zu mir gesagt: ‚Zieh in ein anderes Haus, damit das alte nicht über dir zusammenbricht! Und wenn du dies ausgebessert hast, so kannst du hernach wieder zu ihm heimkehren und dort wohnen.' Jetzt bin ich ausgegangen, um mir eine Wohnstätte zu suchen; und da haben rechtschaffene Leute mich an dich verwiesen. Deshalb möchte ich meinen Sohn und meine Tochter bei dir wohnen lassen.' Der Färber sprach bei sich selber: ‚Da fällt dir ja Butter auf Kuchen!' Aber der Alten sagte er: ‚Es ist wahr, ich habe ein Haus und einen Saal und einen Söller; doch ich kann keinen Raum davon entbehren wegen der Gäste und der Indigobauern.' Sie fuhr fort: ‚Mein Sohn, wir werden höchstens einen Monat oder zwei Monate in dem Hause wohnen; und wir sind Fremdlinge. Laß das Gastzimmer uns und dir gemeinsam sein! Bei deinem Leben, mein Sohn, wenn du verlangst, daß deine Gäste auch unsere Gäste sein sollen, so wollen wir sie willkommen heißen, mit ihnen essen und mit ihnen schlafen!' Darauf gab er ihr die Schlüssel, einen großen und einen kleinen und einen krummen, indem er zu ihr sprach: ‚Der große Schlüssel ist für das Haus, der krumme für die Halle und der kleine für den Söller!' Sie nahm die Schlüssel und ging, ihr folgte die Dame, und hinter der schritt der junge Kaufmann, bis sie zu einer Gasse kam, in der sie das Haus erkannte. Sie öffnete die Tür und trat ein; alsbald kam auch die Dame herein, und die Alte sprach zu ihr: ‚Liebe Tochter, dies ist die Wohnung des Scheichs Abu el-Hamalât – dabei zeigte sie auf die Halle –, doch geh zum Söller hinauf und lege deinen Schleier ab und warte, bis ich zu dir komme!' Die Dame ging also zum Söller hinauf und setzte sich nieder. Inzwischen kam auch der junge Kaufmann; die Alte empfing ihn und sprach zu ihm: ‚Setze dich in der Halle nieder, bis ich meine Tochter zu dir bringe, auf daß du sie sehen kannst!' Der Jüngling trat in die Halle und setzte sich, während die Alte zu der Dame hineinging. Diese sagte nun: ‚Ich möchte den Scheich Abu el-Hamalât besuchen, ehe die Leute kommen.' Die Alte aber hub an: ‚Ach, meine Tochter, wir sind um dich besorgt.' ‚Weshalb denn?' fragte Chatûn; und Dalîla erwiderte: ‚Weil ein Sohn von mir gerade hier ist, ein heiliger Narr, der den Sommer nicht vom Winter unterscheiden kann und immer nackt geht; er ist der Stellvertreter des Scheichs. Wenn eine Dame wie du den Scheich besucht, so nimmt der Irre ihr die Ringe fort, zerrt sie an den Ohren und zerreißt ihre seidenen Kleider. Drum leg du deinen Schmuck und deine Gewänder ab; ich will sie dir hüten, bis du deinen frommen Besuch beendet hast.' Da legte die Dame ihren Schmuck und ihre Gewänder ab und gab sie der Alten; und die sprach zu ihr: ‚Ich will sie dir im Schutze des Scheichs niederlegen, auf daß dir Segen zuteil werde.' Und die Alte nahm die Sachen und ging hinaus, indem sie die Dame in Hemd und Hosen zurückließ, und verbarg alles an einer Stelle bei der Treppe; dann trat sie zu dem jungen Kaufmann ein, der auf die Dame wartete; und er rief ihr zu: ‚Wo ist deine Tochter? Ich will sie sehen.' Doch da schlug sich die Alte auf die Brust. ‚Was ist dir?' fragte der Jüngling; und sie erwiderte ihm: ‚Sterben soll der böse Nachbar! Gäbe es doch keine neidischen Nachbarn! Die haben dich nämlich mit mir hier eintreten sehen, und nun haben sie mich nach dir gefragt. Und als ich ihnen sagte: ,Das ist ein Bräutigam, den ich für meine Tochter geworben habe', da wurden sie neidisch auf mich um deinetwillen; und sie sagten zu meiner Tochter: ,Ist deine Mutter es überdrüssig geworden, dich zu ernähren, daß sie dich nun mit einem Aussätzigen vermählen will.' Ich mußte ihr schwören, daß sie dich nackt sehen solle.' Er rief: ,Ich nehme meine Zuflucht zu Allah vor den Neidern!' Und er entblößte seine Unterarme; da konnte sie sehen, daß sie wie Silber waren. Dann sprach sie: ,Fürchte nichts! Ich will sie dir nackt zeigen, so wie sie dich nackt sehen soll.' Er darauf: ,Laß sie nur kommen und mich anschauen!' Mit diesen Worten legte er seinen Zobelpelz ab, seinen Gürtel, sein Messer und alle seine Obergewänder, bis er in Hemd und Unterhose dastand. Und er legte die tausend Dinare zu den Kleidern. Darauf sagte sie: ,Gib mir deine Kleider, damit ich sie dir aufbewahre!' Und sie nahm sie hin und tat sie zu den Kleidern der Dame. Dann lud sie sich alles auf, schlich damit zum Hause hinaus, schloß die Tür hinter den beiden und ging ihrer Wege. – –«

Da bemerkte Schehrezâd, daß der Morgen begann, und sie hielt in der verstatteten Rede an. Doch als die *Siebenhundertundzweite Nacht* anbrach, fuhr sie also fort: »Es ist mir berichtet worden, o glücklicher König, daß die Alte, nachdem sie die Kleider des jungen Kaufmanns und alle Sachen der Dame genommen hatte, die Tür hinter den beiden schloß und ihrer Wege ging. Sie hinterlegte ihre Beute bei einem Spezereienhändler und begab sich dann zu dem Färber. Den sah sie dasitzen und auf sie warten; und er sprach zu ihr: ,So Gott will, hat euch das Haus gefallen.' Und sie erwiderte: ,Es liegt ein

Segen darauf. Ich will jetzt gehen und die Lastträger holen, die unsere Sachen und unser Hausgerät bringen sollen. Meine Kinder haben mich aber um Brot und Fleisch gebeten; darum nimm du diesen Dinar, hole ihnen Brot und Fleisch und geh und iß mit ihnen zu Mittag!' Der Färber fragte: ‚Wer soll derweilen die Färberei hüten, wo doch die Sachen so vieler Leute darin sind?' ‚Dein Diener', erwiderte die Alte; und er sagte: ‚So sei es!' nahm eine Schüssel und den Deckel dazu und ging fort, um das Mittagsmahl zu rüsten. So viel jetzt von dem Färber; von ihm wird noch mehr erzählt werden.

Sehen wir nun, was die Alte tat! Sie holte die Sachen der Dame und des jungen Kaufmannes von dem Spezereienhändler und kehrte dann zu der Färberei zurück. Dort sprach sie zu dem Diener: ‚Lauf deinem Meister nach! Ich will mich nicht von der Stelle rühren, bis ihr beide zu mir zurückkommt!' ‚Ich höre und gehorche!' erwiderte der Diener. Darauf raffte sie alles, was in der Färberei war, zusammen. Da kam ein Eseltreiber des Weges, der dem Haschisch ergeben war und der schon seit einer Woche keine Arbeit mehr gehabt hatte; dem rief sie zu: ‚Komm hierher, du Eseltreiber!' Als er zu ihr gekommen war, fragte sie ihn: ‚Kennst du meinen Sohn, den Färber?' ‚Ich kenne ihn', erwiderte er; und sie fuhr fort: ‚Der arme Kerl ist bankerott, und viele Schulden lasten auf ihm; und jedesmal, wenn er eingesperrt wird, muß ich ihn befreien. Nun wollen wir nachweisen, daß er zahlungsunfähig ist, und ich will hingehen um den Eigentümern ihre Waren zurückzugeben; deshalb möchte ich, daß du mir den Esel leihst, damit ich den Leuten die Sachen auf ihm bringen kann; nimm diesen Dinar als Miete! Und wenn ich fort bin, so nimm die Handsäge, leere die Bottiche und zerbrich sie samt den Krügen, damit der Beamte vom Gerichte des Kadis nichts findet, wenn er in die Färberei kommt!' Der Mann erwiderte: ‚Ich bin dem Meister zu Dank verpflichtet; ich will es gern um Allahs willen tun.' Darauf nahm die Alte ihren ganzen Raub, und nachdem sie ihn auf den Esel geladen, zog sie – beschützt von des Allbeschützers Gnaden – in ihr Haus. Und als sie zu ihrer Tochter Zainab eintrat, rief die ihr entgegen: ‚Mein Herz war immer bei dir, Mutter! Was für Streiche hast du ausgeführt?' Dalîla erwiderte: ‚Ich habe vier Streiche gespielt, bei vier Leuten, einem jungen Kaufmann, der Frau des Obertürhüters, einem Färber und einem Eseltreiber; und ich habe dir alle ihre Sachen auf dem Esel des Treibers mitgebracht.' Aber die Tochter sprach: ‚Mutter, du wirst nie mehr in der Stadt umhergehen können wegen des Obertürhüters, dessen Frau du beraubt hast, und wegen des jungen Kaufmannes, den du ausgezogen, wegen des Färbers, aus dessen Werkstatt du die Waren der Leute geholt hast, und wegen des Eseltreibers, dem der Esel gehört.' Da sagte die Alte: ‚Ha, Tochter, ich mache mir nichts aus ihnen, außer dem Eseltreiber, der mich kennt.'

Sehen wir nun, was der Meister Färber tat! Er besorgte das Brot und das Fleisch und ließ seinen Diener alles auf dem Kopfe tragen. Als er bei der Färberei vorbeikam, sah er, wie der Eseltreiber die Bottiche zerbrach und wie dort keine Stoffe noch sonst irgend etwas vorhanden waren, ja er sah seine Werkstatt in Trümmern. Da rief er: ‚Nimm deine Hand weg, du Eseltreiber!' Der tat es und sprach: ‚Allah sei gepriesen für deine Rettung! Lieber Meister, mein Herz war bei dir.' ‚Weshalb? Was ist mir denn geschehen?' fragte der Färber; und der andere erwiderte: ‚Du bist doch bankerott geworden, und man hat eine Urkunde geschrieben, daß du zahlungsunfähig bist. ‚Wer hat dir das gesagt?' ‚Deine Mutter, und sie hat mir befohlen, die Bottiche zu zerschlagen und die Krüge zu leeren, damit der Beamte, wenn er kommt, nicht etwa noch Sachen in der Werkstatt findet!' ‚Gott verdamme!' rief der Färber – der Fluch möge keinen der Hörer treffen –, meine Mutter ist seit langer Zeit tot!' Und er schlug sich auf die Brust und rief: ‚Weh um den Verlust meiner Waren und der Waren der Leute!' Aber auch der Eseltreiber fing an zu weinen und rief: ‚Weh um den Verlust meines Esels!' Dann sprach er zu dem Färber: ‚Gib mir meinen Esel wieder, Meister, den deine Mutter gestohlen hat!' Da packte der Färber den Eseltreiber an der Kehle, schlug ihn und schrie: ‚Bring mir die Alte her!' Und der andere schrie: ‚Schaff mir den Esel her!' bis das Volk sich um sie sammelte. – –«

Da bemerkte Schehrezâd, daß der Morgen begann, und sie hielt in der verstatteten Rede an. Doch als die *Siebenhundertunddritte Nacht* anbrach, fuhr sie also fort: »Es ist mir berichtet worden, o glücklicher König, daß der Färber den Eseltreiber packte und der Eseltreiber den Färber packte und daß die beiden einander fluchten, bis das Volk sich um sie sammelte und einer von den Leuten fragte: ‚Was gibt es, Meister Mohammed?' Doch der Eseltreiber hub an: ‚Ich will euch die Geschichte erzählen'; und er berichtete ihnen, was geschehen war, indem er hinzufügte: ‚Ich dachte dem Meister einen guten Dienst zu erweisen; aber als er mich sah, schlug er sich auf die Brust und rief: ‚Meine Mutter ist tot!' Jetzt verlange ich meinerseits meinen Esel von ihm; denn er hat mir diesen Streich gespielt, damit er mich um meinen Esel bringe!' Da fragten die Leute: ‚Meister Mohammed, kanntest du die Alte, so daß du ihr die Färberei mit allem, was darinnen war, anvertrauen konntest?' Der antwortete: ‚Ich kenne sie nicht; aber sie hat heute bei mir Wohnung genommen, sie mit ihrem Sohne und ihrer Tochter.' Nun sagte einer von den Leuten: ‚Meiner Treu!

Der Färber ist dem Eseltreiber haftbar!' Ein anderer fragte: ,Auf Grund wovon?' Jener antwortete: ,Weil der Eseltreiber erst dann Vertrauen hatte und der Alten den Esel gab, als er sah, daß der Färber ihr die Werkstatt mit allem, was darinnen war, anvertraut hatte.' Und ein dritter sagte: ,Meister, da du sie bei dir aufgenommen hast, so ziemt es sich, daß du ihm seinen Esel wiederbringst!' Dann machten sie sich alle auf den Weg nach dem Hause; und von ihnen wird noch mehr zu erzählen sein.

Wenden wir uns nun wieder zu dem jungen Kaufmann! Der wartete, daß die Alte kommen sollte; aber sie kam nicht mit ihrer Tochter. Ebenso wartete auch die Dame, daß die Alte zu ihr kommen und von ihrem der Welt entrückten Sohne, dem Stellvertreter des Scheichs Abu el-Hamalât, die Erlaubnis zum Eintritt bringen sollte; aber die Alte kam nicht zurück. Da erhob sie sich, um den Scheich aufzusuchen; doch vor ihr stand der junge Kaufmann, der zu ihr sprach, als sie eintrat: ,Komm nur herein! Wo ist deine Mutter, die mich hierher gebracht hat, um mich mit dir zu vermählen?' Sie entgegnete: ,Meine Mutter ist tot; bist du der Sohn der Alten, der Verrückte, der Stellvertreter des Scheichs Abu el-Hamalât?' Da rief er: ,Diese alte Gaunerin ist nicht meine Mutter. Sie hat mir einen Streich gespielt, um mir meine Kleider und die tausend Dinare zu stehlen!' Und die Dame sprach: ,Auch mich hat sie betrogen; sie hat mich hierher geführt, um den Scheich Abu el-Hamalât zu besuchen, und statt dessen hat sie mich ausgezogen.' Nun hub der junge Kaufmann an und sagte zu der Dame: ,Ich halte mich wegen meiner Kleider und der tausend Dinare an dich', während sie hingegen sprach: ,Und ich halte mich wegen meiner Gewänder und meines Schmuckes an dich. Hol mir deine Mutter her!' In dem Augenblicke aber trat der

Färber zu ihnen ein, und als er den jungen Kaufmann halbnackt und die junge Dame ohne Oberkleider sah, rief er: ‚Sagt mir, wo ist eure Mutter!' Da erzählte Chatûn alles, was ihr geschehen war, und auch der junge Kaufmann berichtete alles, was er erlebt hatte. Nun rief der Färber: ‚Weh über den Verlust meiner Waren und der Waren der Leute!' Und der Eseltreiber rief: ‚Weh über den Verlust meines Esels! Gib mir meinen Esel, du Färber!' Der Färber aber fuhr fort: ‚Diese Alte ist eine Gaunerin. Kommt heraus, ich will die Tür zuschließen!' Allein der junge Kaufmann sagte: ‚Es wäre doch eine Schande für dich, wenn wir, nachdem wir in unseren Kleidern dein Haus betreten haben, es halbnackt wieder verlassen sollten.' Da gab der Färber ihm und der Dame Kleider, und er ließ die Dame in ihr Haus geleiten; wir werden nach der Rückkehr ihres Gatten von der Reise noch mehr von ihr hören. Inzwischen schloß der Färber seine Werkstatt und sprach zu dem jungen Kaufmann: ‚Komm, laß uns nach der Alten suchen und sie dem Präfekten überantworten!' So ging er denn mit ihm fort, und auch der Eseltreiber war bei ihnen, und sie traten in das Haus des Präfekten und begannen Klage vor ihm zu führen. Er fragte sie: ‚Ihr Leute, was ist es mit euch?' Und sie berichteten ihm, was geschehen war. Da sagte er zu ihnen: ‚Wie viele alte Weiber gibt es in der Stadt! Geht hin und sucht nach ihr und nehmt sie fest; dann will ich sie euch schon zum Geständnis bringen!' Darauf zogen sie umher und suchten nach ihr; und bald wird wieder von ihnen zu berichten sein.

Sehen wir jedoch, was die listige Dalîla tat! Sie sprach zu ihrer Tochter Zainab: ‚Mein Töchterlein, ich möchte einen Streich spielen.' ‚Mutter, ich fürchte für dich', erwiderte jene; doch die Alte fuhr fort: ‚Ich bin wie Bohnenabfall, fest gegen Wasser und Feuer.' Und sie machte sich auf, legte das Gewand einer Sklavin vornehmer Leute an und ging fort, um Ausschau zu halten nach einem Streiche, den sie verüben könnte. Da kam sie an einer Gasse vorbei, die mit Matten belegt und durch Hängelampen beleuchtet war; dort hörte sie Gesänge und den Klang der Tamburine, und sie sah eine Sklavin, die auf der Schulter einen Knaben trug. Der hatte Hosen, die mit Silber bestickt waren, und lauter schöne Kleider; auf dem Kopfe trug er einen Fes, der mit Perlen besetzt war, um den Hals einen Schmuck aus Gold und Edelsteinen; und er war in einen Mantel aus Samt gehüllt. Das Haus dort gehörte dem Ältesten der Kaufmannschaft von Baghdad, und der Knabe war sein Sohn. Er hatte aber auch eine jungfräuliche Tochter, die zur Ehe versprochen war, und man feierte an jenem Tage die Vollziehung ihrer Eheurkunde. Bei ihrer Mutter war eine Gesellschaft von Damen und Sängerinnen; aber jedesmal, wenn sie hinauf- oder hinunterging, klammerte sich der Knabe an sie. Deshalb hatte sie die Sklavin gerufen und zu ihr gesagt: ,Nimm deinen jungen Herrn und spiel mit ihm, bis die Gesellschaft aufbricht!' So kam es, daß die alte Dalîla den Knaben auf der Schulter der Sklavin sah; und sie fragte alsbald: ,Was für ein Fest ist heute bei deiner Herrin?' Die Sklavin antwortete: ,Sie feiert heute die Vollziehung der Eheurkunde ihrer Tochter; und sie hat Sängerinnen bei sich.' Nun sagte die Alte in ihrem Innern: ,Dalîla, das ist jetzt der rechte Streich, dieser Sklavin diesen Knaben zu entführen.' – –«

Da bemerkte Schehrezâd, daß der Morgen begann, und sie hielt in der verstatteten Rede an. Doch als die *Siebenhundertundvierte Nacht* anbrach, fuhr sie also fort: »Es ist mir berichtet worden, o glücklicher König, daß die Alte in ihrem Inneren sagte: ,Dalîla, das ist jetzt der rechte Streich, dieser Sklavin diesen Knaben zu entführen.' Dann rief sie laut: ,O Schmach voll Unglück!' Und sie zog aus ihrer Tasche ein kleines, rundes Stück Messing heraus, das einem Dinar ähnlich war; zu der Sklavin aber, die gar einfältig war, sprach sie: ‚Nimm diesen Dinar und bring ihn deiner Herrin hinein[1] und sprich zu ihr: Umm el-Chair freut sich mit dir; sie ist dir für deine Güte verpflichtet, und sie wird dich am Empfangstage mit ihren Töchtern besuchen, und alle werden dann den Kammerfrauen die gewohnten Gaben bringen.' Die Sklavin erwiderte darauf: ‚Mutter, mein junger Herr hier hängt sich an seine Mutter, sooft er sie nur sieht.' Doch die Alte sagte: ‚Laß ihn bei mir, während du hineingehst und wieder zurückkehrst!' Da nahm die Sklavin das Messingstück und ging hinein. Kaum aber hatte die Alte den Knaben in der Hand, so eilte sie in eine Seitengasse und nahm ihm den Schmuck ab und die Kleider, die er trug. Dann sprach sie zu sich selber: ‚Dalila, das wäre erst ein feiner Streich, wenn du jetzt, wie du die Sklavin begaunert und ihr den Knaben abgenommen hast, ein neues Spiel verübtest und das Kind um eine Sache verpfändest, die tausend Dinare wert ist!' Sie begab sich also in den Basar der Juwelenhändler, und dort sah sie einen jüdischen Goldschmied, der einen Kasten voller Schmucksachen vor sich hatte. Sie sagte sich: ‚Jetzt zeige deine Schlauheit dadurch, daß du den Juden dort begaunerst, ihm Schmucksachen für tausend Dinare abnimmst und ihm den Knaben als Pfand dafür hinterläßt.' Als der Jude nun aufblickte und den Knaben bei ihr sah, erkannte er in ihm den Sohn des Ältesten der Kaufmannschaft. Jener Jude war ein sehr reicher Mann, und doch war er immer noch neidisch auf seinen Nachbarn, wenn der etwas verkaufte, er selber aber nicht. Er fragte darum die Alte: ‚Was wünschest du, meine Herrin?' Da fragte sie ihn: ‚Bist du nicht Meister

1. Das heißt: als Geschenk für die Sängerinnen.

'Adhra, der Jude?' Denn sie hatte sich vorher nach seinem Namen erkundigt. ‚Jawohl', erwiderte er; und sie fuhr fort: ‚Die Schwester dieses Knaben, die Tochter des Ältesten der Kaufmannschaft, ist verlobt, und heute wird die Eheurkunde vollzogen; daher braucht sie Schmucksachen. Gib mir also zwei Paar goldene Fußspangen, ein Paar goldene Armspangen, Perlenohrringe, einen Gürtel, einen Dolch und einen Siegelring.' Sie nahm ihm Schmuckstücke im Werte von tausend Dinaren ab und sprach zu ihm: ‚Ich will diesen Schmuck zur Ansicht mitnehmen; was den Leuten gefällt, werden sie behalten; und bis ich dir den Preis bringe, behalte du diesen Knaben als Pfand bei dir!' ‚Wie du willst', antwortete er; und sie nahm die Schmucksachen und ging nach Hause. Dort fragte ihre Tochter sie: ‚Was für Streiche hast du heute ausgeführt?' Sie erwiderte: ‚Mein Streich war der, daß ich den Sohn des Ältesten der Kaufmannschaft entführt und ihm seine Kleider abgenommen habe; dann bin ich hingegangen und habe ihn verpfändet für Sachen im Werte von tausend Dinaren, die ich von dem Juden erhalten habe.' Die Tochter sagte: ‚Du wirst nie wieder in der Stadt ausgehen können.'

Inzwischen war die Sklavin zu ihrer Herrin hineingegangen und hatte zu ihr gesprochen: ‚Meine Gebieterin, Umm el-Chair läßt dich grüßen, und sie freut sich mit dir, und am Empfangstage wird sie mit ihren Töchtern kommen, und alle werden sie die gewohnten Gaben bringen.' Ihre Herrin fragte: ‚Wo ist dein junger Herr?' Die Sklavin erwiderte: ‚Ich habe ihn bei ihr gelassen, damit er sich nicht an dich hängt, und sie hat mir auch Geld für die Sängerinnen gegeben.' Da sagte die Dame zur Oberin der Sängerinnen: ‚Da, nimm dein Geld!' Sie nahm es und entdeckte, daß es ein Stückchen Messing war. Da rief die Herrin der Sklavin zu: ‚Geh hinunter, du Dirne, und sieh nach deinem jungen Herrn!' Die Sklavin ging hinunter, und als sie weder den Knaben noch die Alte fand, stieß sie einen lauten Schrei aus und fiel auf ihr Angesicht nieder; so ward die Freude zur Trauer. Da trat auch gerade der Älteste der Kaufmannsgilde ein, und seine Frau erzählte ihm alles, was sich zugetragen hatte. Sofort ging er hinaus, um nach dem Kinde zu suchen, und auch alle Kaufleute begannen zu suchen, jeder auf einem anderen Wege. Immer weiter forschte der Gildenmeister nach, bis er seinen Sohn entkleidet im Laden des Juden sitzen sah. Da schrie er den Juden an: ,Das ist mein Sohn!' ,Jawohl', erwiderte der Jude; und der Vater riß das Kind an sich, ohne nach seinen Kleidern zu fragen; so sehr freute er sich, daß er es wiedergefunden hatte. Der Jude aber, als er sah, daß der Kaufmann sein Kind mitnahm, hängte sich an ihn und rief: ,Allah helfe dem Kalifen wider dich!' Der Kaufmann fragte ihn: ,Was ficht dich an, Jude?' Und jener antwortete: ,Die Alte hat von mir Schmucksachen für deine Tochter mitgenommen im Werte von tausend Dinaren, und sie hat diesen deinen Sohn als Pfand bei mir gelassen! Ich habe ihr die Sachen nur deshalb gegeben, weil sie den Knaben bei mir als Pfand hinterließ für das, was sie mitnahm. Und ich habe ihr nur deshalb geglaubt, weil ich wußte, daß dieser Knabe dein Sohn ist.' Der Kaufmann sagte darauf: ,Meine Tochter braucht keinen Schmuck; gib mir die Kleider des Knaben!' Da schrie der Jude: ,Kommt mir zu Hilfe, ihr Muslime!' Gerade in demselben Augenblick kamen der Eseltreiber und der Färber und der junge Kaufmann dort vorbei, die umherzogen, um die Alte zu suchen; und sie fragten den Kaufmann und den Juden nach dem Grunde ihres Streites. Die erzählten ihnen, was geschehen war; und die drei erwiderten: ,Diese Alte ist eine Gaunerin; sie hat uns schon vor euch betrogen'; und dann berichteten sie, was sie mit ihr erlebt hatten. Der Älteste der Kaufmannsgilde sprach: ‚Nun ich mein Kind gefunden habe, mögen die Kleider sein Lösegeld sein! Wenn ich aber die Alte treffe, so will ich die Kleider von ihr fordern.' Dann begab er sich mit seinem Sohne zu der Mutter; und die freute sich über seine Rettung. Doch der Jude fragte die andern drei: ‚Wohin geht ihr jetzt?' ‚Wir wollen sie suchen', erwiderten sie; und der Jude sprach: ‚Nehmt mich mit euch!' Und er fügte hinzu: ‚Ist einer unter euch, der sie kennt?' Der Eseltreiber rief: ‚Ich kenne sie'; und der Jude fuhr fort: ‚Wenn wir alle zusammen gehen, so werden wir sie nicht fangen können; dann entwischt sie uns. Wir wollen ein jeder einen anderen Weg einschlagen und uns bei dem Laden des Hâddsch Mas'ûd, des maurischen Barbiers, wieder treffen.' So schlug denn jeder einen anderen Weg ein.

Nun war Dalîla von neuem ausgezogen, um ihr Unwesen zu treiben. Da sah der Eseltreiber sie, und als er sie erkannte, packte er sie an und schrie: ‚He, du da, treibst du dies Gewerbe schon lange?' ‚Was ist dir?' fragte sie; und er rief: ‚Gib mir meinen Esel wieder!' Darauf entgegnete sie: ‚Verhülle, was Allah verhüllt hat, mein Sohn! Suchst du deinen Esel oder die Sachen anderer Leute?' Er rief: ‚Ich suche nur meinen Esel, weiter nichts!' Da sagte sie: ‚Ich sah, daß du arm bist, und deshalb stellte ich deinen Esel für dich bei dem maurischen Barbier unter. Tritt ein wenig zurück, ich will zu ihm gehen und ihm gut zureden, daß er ihn dir wiedergibt!' Darauf trat sie an den Barbier heran, küßte ihm die Hand und begann zu weinen. ‚Was ist dir?' fragte er; und sie antwortete ihm: ‚Mein Lieber, sieh meinen Sohn dort an, der da steht; er war krank und hat sich der Luft ausgesetzt, und nun hat die Luft seinen Verstand verwirrt. Er pflegte Esel zu kaufen; und jetzt ruft er ‚mein

Esel', wenn er steht, und ‚mein Esel', wenn er sitzt, und ‚mein Esel', wenn er geht. Ein Arzt hat mir gesagt, daß sein Verstand verwirrt ist und daß er nur geheilt werden kann, wenn ihm zwei Backenzähne ausgezogen und seine beiden Schläfen gebrannt werden. Hier hast du einen Dinar; ruf ihn und sag ihm: Dein Esel steht bei mir!' Der Maure sprach: ‚Ein Jahr lang will ich fasten, wenn ich ihm nicht seinen Esel in die Hand gebe!'[1] Nun hatte er zwei Tagelöhner, und zu dem einen der beiden sagte er: ‚Geh hin, mache zwei Nägel heiß!' Dann rief er den Eseltreiber, während die Alte ihrer Wege ging. Und als der Bursche zu ihm kam, sprach er zu ihm: ‚Dein Esel ist bei mir, guter Mann, komm und hole ihn! Bei meinem Leben, ich will ihn dir in die Hand geben!' Darauf führte er ihn an der Hand in einen dunklen Raum; und plötzlich schlug der Maure ihn nieder, und die anderen zerrten an ihm und banden ihm Hände und Füße. Und der Barbier riß ihm zwei Backenzähne aus und brannte ihn auf beiden Schläfen; dann ließ er ab von ihm. Als der Eseltreiber wieder aufstehen konnte, rief er: ‚Du Maure, warum hast du mir das angetan?' Jener antwortete: ‚Deine Mutter hat mir ja gesagt, daß dein Verstand verwirrt ist, weil du dich erkältet hast bei einer Krankheit, und daß du immer rufst ‚mein Esel', magst du stehen oder sitzen oder gehen. Hier hast du deinen Esel in der Hand!' Der andere aber sagte: ‚Allah strafe dich dafür, daß du mir meine Zähne ausgezogen hast!' Der Barbier entgegnete ihm: ‚Deine Mutter hat es mir befohlen', und erzählte ihm alles, was die Alte gesagt hatte. Der Eseltreiber rief: ‚Allah peinige sie!' und ging mit dem Mauren im Streit hinaus, so daß niemand im Laden war. Als aber der Maure in seinen Laden zurückkehrte, fand er ihn leer; denn die Alte hatte, als die beiden hinausgegangen waren, alles gestoh-

1. Sprichwörtliche Redensart.

len, was in dem Laden war, und hatte sich zu ihrer Tochter begeben. Der berichtete sie nun, wie es ihr ergangen war und was sie vollbracht hatte. Wie aber der Barbier seinen Laden leer stehen sah, packte er den Eseltreiber und schrie ihn an: ‚Bring mir deine Mutter her!‘ Doch der versetzte: ‚Sie ist nicht meine Mutter! Sie ist nichts als eine Gaunerin, die schon viele Leute betrogen und mir meinen Esel gestohlen hat.‘ Da kamen auch schon der Färber und der Jude und der junge Kaufmann des Weges, und als sie sahen, wie der Maure den Eseltreiber festhielt und wie dieser auf beiden Schläfen gebrannt war, riefen sie: ‚Was ist dir widerfahren, du Eseltreiber?‘ Er berichtete ihnen alles, was mit ihm vorgegangen war, und auch der Maure erzählte seine Geschichte. Die anderen sagten: ‚Diese Alte ist eine Gaunerin, die uns auch betrogen hat!‘ Und nun erzählten sie ihm, was geschehen war. Der Maure verschloß seinen Laden und ging mit ihnen zum Hause des Präfekten; zu dem sprachen sie: ‚Wir halten uns an dich, unser selbst und unseres Gutes wegen.‘ Doch der Präfekt erwiderte: ‚Wie viele alte Weiber gibt es in der Stadt! Ist einer unter euch, der sie kennt? Der Eseltreiber rief: ‚Ich kenne sie; gib uns aber zehn Mann von deiner Wache!‘ Dann zog der Eseltreiber los mit den Wächtern des Präfekten, und seine Gefährten gingen hinter ihnen drein. Und wie er so mit der ganzen Gesellschaft umherzog, begegnete ihnen plötzlich die alte Dalîla. Da fielen er und die Häscher über sie her und schleppten sie zum Hause des Präfekten; dort stellten sie sich unter seinem Fenster auf, um zu warten, bis er herauskäme. Nun schliefen die Wachtleute ein, weil sie bei ihrem Hauptmann so übermäßig lange hatten wachen müssen; und als die Alte sich schlafend stellte, schliefen auch der Eseltreiber und seine Gefährten ein. Die Alte aber stahl sich fort von ihnen, ging in den Harem des

Präfekten, küßte der Herrin des Hauses die Hand und fragte sie: ‚Wo ist der Präfekt?' Jene erwiderte: ‚Er schläft. Was wünschest du?' Dalîla fuhr fort: ‚Mein Mann verkauft Sklaven; und er hat mir fünf Mamluken gegeben, um sie zu verkaufen, während er verreist ist. Der Präfekt ist mir begegnet und hat sie mir abgekauft um tausend Dinare mit einem Draufgelde von zweihundert für mich. Er sagte mir auch, ich sollte sie ins Haus bringen; und ich habe sie nun gebracht.' – –«

Da bemerkte Schehrezâd, daß der Morgen begann, und sie hielt in der verstatteten Rede an. Doch als die *Siebenhundertundfünfte Nacht* anbrach, fuhr sie also fort: »Es ist mir berichtet worden, o glücklicher König, daß die Alte, nachdem sie in den Harem des Präfekten gegangen war, zu seiner Frau sprach: ‚Der Präfekt hat mir die Mamluken abgekauft um tausend Dinare mit einem Draufgelde von zweihundert Dinaren für mich. Er sagte mir auch, ich sollte sie ins Haus bringen.' Nun hatte der Präfekt wirklich tausend Dinare und hatte zu seiner Frau gesagt: ‚Bewahre sie auf, wir wollen Mamluken dafür kaufen!' Und als sie jetzt von der Alten diese Worte vernommen hatte, glaubte sie, daß ihr Mann das gesagt habe; und so fragte sie: ‚Wo sind die Mamluken?' Die Alte erwiderte: ‚Meine Gebieterin, sie schlafen unter dem Fenster des Hauses, in dem du bist.' Da schaute die Dame aus dem Fenster hinaus, und nun sah sie den Mauren im Gewande eines Mamluken, den jungen Kaufmann in der Gestalt eines Mamluken, den Färber und den Eseltreiber und den Juden aber dem Aussehen nach gleich geschorenen Mamluken; und sie sagte sich: ‚Von diesen Mamluken ist jeder einzelne mehr wert als tausend Dinare.' Sie öffnete also die Truhe und gab der Alten die tausend Goldstücke, indem sie sprach: ‚Geh jetzt fort, bis der Präfekt aus dem Schlafe erwacht; dann will ich mir die zweihundert

Dinare von ihm geben lassen!' Die Alte erwiderte ihr: ‚Meine Gebieterin, hundert davon gehören dir, unter dem Scherbettkrug, daraus du trinkst¹; und die anderen hundert bewahre mir auf, bis ich wiederkomme.' Und sie fügte alsbald hinzu: ‚Meine Herrin, laß mich durch die Geheimpforte hinaus!' Nachdem die Dame sie dort hinausgelassen hatte, ging sie zu ihrer Tochter, beschützt vom Allbeschützer. ‚Mutter,' fragte jene, ‚was hast du vollbracht?' ‚Tochter,' erwiderte sie, ‚mein Streich war der, daß ich diese tausend Dinare der Frau des Präfekten abgenommen und ihr die fünf Kerle, den Eseltreiber, den Juden, den Färber, den Barbier und den jungen Kaufmann als Mamluken verkauft habe. Aber, meine Tochter, keiner kann mir schaden als der Eseltreiber; denn der kennt mich.' Doch die Tochter sprach zu ihr: ‚Liebe Mutter, bleib zu Hause; begnüge dich mit dem, was du bisher getan hast. Nicht alleweil bleibt der Krug heil!'

Wenden wir uns nun zu dem Präfekten! Als er aus dem Schlafe erwachte, sprach seine Frau zu ihm: ‚Ich beglückwünsche dich zu den fünf Mamluken, die du von der Alten gekauft hast.' ‚Welche Mamluken?' fragte er; doch sie fuhr fort: ‚Warum leugnest du es vor mir? So Gott will, können sie wie du einmal Ämter bekleiden.' ‚Bei meinem Haupte,' rief er, ‚ich habe keine Mamluken gekauft. Wer hat das denn gesagt?' Sie antwortete: ‚Die Alte, die Maklerin, von der du sie gekauft hast und der du versprochen hast, du wolltest ihr tausend Dinare mit einem Draufgeld für sie von zweihundert als Preis zahlen.' Da fragte er sie: ‚Hast du ihr das Geld gegeben?' ‚Ja,' erwiderte sie ihm, ‚ich habe die Mamluken auch selbst gesehen; ein jeder von ihnen trägt ein Gewand, das allein schon tausend Dinare wert ist. Deswegen habe ich ausgeschickt

1. Ein höflicher Ausdruck für ‚Trinkgeld'.

und sie der Obhut der Wachtleute empfohlen.' Der Präfekt ging hinunter und sah den Juden, den Eseltreiber, den Mauren, den Färber und den jungen Kaufmann. Da fragte er die Wachtleute: ‚Wo sind die fünf Mamluken, die wir von der Alten um tausend Dinare gekauft haben?' Die erwiderten: ‚Hier sind keine Mamluken, und wir haben hier niemand anders gesehen als diese fünf Leute, die sich der Alten bemächtigt und sie festgenommen haben. Wir sind aber alle eingeschlafen; und da hat sie sich weggestohlen und ist in den Harem geschlichen. Später kam die Sklavin und fragte: ‚Sind die fünf bei euch, mit denen die Alte kam?' Und wir erwiderten: ‚Ja.'‘ Da rief der Präfekt: ‚Bei Gott, dies ist doch die größte Schurkerei!' Und die fünf sagten: ‚Wir halten uns an dich wegen unserer Sachen!' Er aber entgegnete ihnen: ‚Die Alte, eure Herrin, hat euch mir um tausend Dinare verkauft.' Darauf sagten sie: ‚Das ist vor Allah nicht erlaubt; wir sind freie Männer und können nicht verkauft werden. Wir berufen uns wider dich auf den Kalifen!' Er sagte dagegen: ‚Niemand hat der Alten den Weg zum Hause gezeigt als ihr, und ich werde einen jeden von euch für zweihundert Dinare auf die Galeeren verkaufen.'

Während sie so miteinander hin und her redeten, erschien der Emir Hasan Scharr et-Tarîk, der von seiner Reise nach Hause gekommen war, seine Frau halbnackt gesehen und dann, als sie ihm all ihre Erlebnisse berichtet hatte, ausgerufen hatte: ‚Dafür soll mir der Präfekt einstehen!' Und als er nun zu ihm hereintrat, sprach er: ‚Lässest du hier die alten Weiber in der Stadt herumlaufen und die Menschen betrügen und ihnen ihr Hab und Gut stehlen? Dafür bist du verantwortlich, und ich halte mich an dich wegen der Sachen meiner Frau.' Dann sprach er zu den fünf Leuten: ‚Was ist mit euch?' Und sie erzählten ihm alles, was ihnen widerfahren war. Da sagte er zu ihnen: ‚Euch ist unrecht geschehen'; und indem er sich zum Präfekten wandte, fragte er: ‚Weshalb hältst du sie gefangen?' Der gab zur Antwort: ‚Niemand anders hat der Alten den Weg zu meinem Hause gezeigt als diese fünf, so daß sie mir mein Geld, die tausend Dinare, stehlen konnte und die Leute selbst meiner Frau verkaufen.' ‚O Emir Hasan,' riefen sie, ‚du bist unser Sachwalter in diesem Streite.' Darauf sagte der Präfekt zum Emir Hasan: ‚Die Sachen deiner Frau fallen mir zur Last, und ich will mich für die Alte verbürgen. Aber wer von euch kennt sie?' Alle riefen: ‚Wir kennen sie! Schicke du zehn Hauptleute mit uns, dann wollen wir sie festnehmen!' Er gab ihnen also zehn Hauptleute; und der Eseltreiber sprach zu ihnen: ‚Folgt mir, ich kenne sie an den blauen Augen!'[1] Bald begegnete die alte Dalîla den Leuten, wie sie aus einer Gasse herauskam; da legten sie sogleich Hand an sie und schleppten sie zum Hause des Präfekten. Als der sie erblickte, rief er: ‚Wo sind die Sachen der Leute?' Sie antwortete: ‚Ich habe sie weder genommen noch überhaupt gesehen.' Nun befahl er dem Kerkermeister: ‚Halte sie bei dir bis morgen gefangen!' Aber er rief: ‚Ich will sie nicht mit mir nehmen noch auch gefangen halten, damit sie mir keinen Streich spielt; sonst hätte ich für sie zu haften.' Da bestieg der Präfekt sein Pferd, nahm die Alte und die ganze Gesellschaft mit sich und zog mit ihnen zum Ufer des Tigris. Dann ließ er den Henker holen und befahl ihm, sie am Kreuze mit den Haaren aufzuhängen. Und als der Henker sie an den Winden hochgezogen und zehn Mann zu ihrer Bewachung zurückgelassen hatte, begab sich der Präfekt nach Hause. Als dann aber die Dunkelheit kam, wurden die Wächter vom Schlafe überwältigt. Nun hatte ein Beduine

1. Blaue Augen bedeuten Unheil und Zauberei; vgl. Seite 358.

einen Mann zu seinem Freunde sagen hören: ‚Preis sei Allah für deine glückliche Heimkehr! Wo bist du diese ganze Zeit hindurch gewesen?' Der andere hatte gesagt: ‚In Baghdad, und dort habe ich Honigpfannkuchen zu Mittag gegessen.' Da sagte sich der Beduine: ‚Ich muß auch nach Baghdad gehen und dort Honigpfannkuchen essen.' Die hatte er sein ganzes Leben lang noch nie gesehen; und er war auch noch nie in Baghdad gewesen. So bestieg er denn sein Roß und zog dahin, indem er vor sich her sprach: ‚Pfannkuchen zu essen ist etwas Gutes! Bei der Ehre der Araber, ich will nichts als Pfannkuchen mit Honig essen!' – –«

Da bemerkte Schehrezâd, daß der Morgen begann, und sie hielt in der verstatteten Rede an. Doch als die *Siebenhundertundsechste Nacht* anbrach, fuhr sie also fort: »Es ist mir berichtet worden, o glücklicher König, daß der Béduine sein Roß bestieg, um nach Baghdad zu reiten; er zog dahin, indem er vor sich her sprach: ‚Pfannkuchen zu essen ist etwas Gutes! Bei der Ehre der Araber, ich will nichts als Pfannkuchen mit Honig essen!' Da kam er zu der Stätte, an der Dalîla am Kreuze hing, und sie hörte, wie er diese Worte murmelte. Er aber ritt zu ihr hin und fragte sie: ‚Was bist du?' Sie antwortete: ‚Ich bin deine Schutzbefohlene, o Häuptling der Araber!' Er fuhr fort: ‚Allah hat dich in seinen Schutz genommen. Doch warum bist du gekreuzigt?' Da sagte sie: ‚Ich habe einen Feind, einen Ölhändler, der Pfannkuchen bäckt. Bei dem blieb ich einmal stehen, um mir etwas von ihm zu kaufen; aber da mußte ich gerade spucken, und mein Speichel fiel auf die Pfannkuchen. Deshalb führte er Klage wider mich beim Statthalter; und der Statthalter befahl, mich zu kreuzigen, indem er sprach: ‚Ich fälle das Urteil, daß ihr zehn Pfund Honigpfannkuchen nehmt und sie damit füttert, während sie am Kreuze hängt. Wenn sie alles ißt, so nehmt sie wieder herab; wenn sie aber nicht ißt, so lasset sie hängen!' Doch mein Magen verträgt das Süße nicht.' Der Beduine rief: ,Bei der Ehre der Araber, ich habe das Lager nur deshalb verlassen, um Pfannkuchen mit Honig zu essen! Ich will sie für dich essen!' Sie entgegnete: ,Niemand darf sie essen, es sei denn, er hänge, wo ich hänge.' Er ließ sich von der List übertölpeln und befreite die Alte; sich selbst aber band er an ihre Stelle, nachdem sie ihm seine Kleider abgenommen hatte. Darauf kleidete sie sich in seine Gewänder, band sich seinen Turban um, bestieg sein Roß und ritt zu ihrer Tochter. Die sprach zu ihr: ,Wie siehst du denn aus?' Die Alte erwiderte: ,Man hat mich ans Kreuz gehängt!' und erzählte ihr alles, was sich zwischen ihr und dem Beduinen zugetragen hatte.

Wenden wir uns nun von ihr zu den Wächtern! Als einer von ihnen aufwachte, weckte er seine Gefährten, und sie sahen, daß es schon Tag geworden war. Da hob einer von ihnen die Augen empor und rief: ,Dalîla!' Der Beduine antwortete: ,Bei Allah, wir essen keine Balîla!'[1] Habt ihr die Honigpfannkuchen da?' Die Wächter riefen: ,Das ist ja ein Beduinenkerl!' Und einer fragte ihn: ,Du Beduine, wo ist Dalîla? Und wer hat sie losgebunden?' Er antwortete: ,Ich habe es getan; sie kann keine Honigpfannkuchen wider Willen essen; ihr Magen nimmt sie nicht an.' Da erkannten sie, daß der Beduine nicht wußte, was es mit ihr auf sich hatte, und daß sie ihn betrogen hatte. Und sie sprachen zueinander: ,Sollen wir fliehen oder hier bleiben und das, was Allah uns bestimmt hat, in Erfüllung gehen lassen?' Da kam aber auch schon der Präfekt mit

---

[1] Eine Art Weizenmehlpudding, mit Rosenwasser und Mandeln oder mit Milch und Zucker zubereitet; ein Wortspiel mit dem Namen Dalîla.

all den Leuten, denen die Alte übel mitgespielt hatte, und er sprach zu den Hauptleuten: ‚Auf! Löset Dalîla!' ‚Wir essen keine Balîla,' rief der Beduine, ‚habt ihr die Honigpfannkuchen mitgebracht?' Da hob der Präfekt seine Augen zum Kreuz empor, und als er dort einen Beduinen anstatt der Alten hängen sah, fragte er die Hauptleute: ‚Was ist das?' ‚Gnade, o Herr!' ‚Sagt mir, was geschehen ist!' ‚Wir hatten so viele Nachtwachen bei dir gehalten, und wir sagten uns: ‚Dalîla hängt ja am Kreuze', und da sind wir eingeschlafen. Als wir aber aufwachten, sahen wir diesen Beduinen dort hängen; und nun sind wir in deiner Gewalt.' ‚Ihr Leute, sie ist eine Gaunerin. Allahs Gnade ruhe auf euch!' Dann banden sie den Beduinen los; der aber hängte sich an den Präfekten und rief: ‚Allah helfe dem Kalifen wider dich! Ich halte mich nur an dich wegen meines Pferdes und meiner Kleider.' Da fragte der Präfekt ihn nach allem, und der Beduine erzählte ihm seine Geschichte. Verwundert sagte der Präfekt: ‚Warum hast du sie denn losgebunden?' Und der Beduine erwiderte: ‚Ich wußte doch gar nicht, daß sie eine Gaunerin ist.' Nun riefen all die anderen: ‚Wir halten uns nur an dich wegen unserer Habe, o Präfekt! Wir haben die Alte dir überliefert, und du bist für sie verantwortlich. Wir fordern dich vor den Staatsrat des Kalifen!' Nun war Hasan Scharr et-Tarîk schon zum Staatsrat gegangen; und jetzt kamen der Präfekt und der Beduine und die fünf anderen hin und riefen: ‚Uns ist unrecht geschehen!' Da fragte der Kalif: ‚Wer hat euch unrecht getan?' Einer nach dem anderen trat vor und erzählte, wie es ihm ergangen war; und schließlich sagte der Präfekt: ‚O Beherrscher der Gläubigen, die Alte hat auch mich betrogen; sie hat mir diese fünf Männer um tausend Dinare verkauft, obwohl sie freie Leute sind!' Der Kalif sprach: ‚Alles, was ihr verloren habt, nehme ich auf mich.' Und zum Präfekten gewendet, fuhr er fort: ,Ich mache dich für die Alte haftbar!' Der aber wies die Verantwortung von sich ab und rief: ,Ich kann nicht mehr für sie haften, nachdem ich sie ans Kreuz habe hängen lassen und sie dann sogar noch diesen Beduinen betrogen hat, so daß er sie befreite und sich an ihre Stelle hängte, während sie seine Kleider und sein Pferd nahm!' ,Kann ich denn einen anderen als dich haftbar machen?' fragte der Kalif; und der Präfekt erwiderte: ,Laß Ahmed ed-Danaf für sie haften; er hat tausend Dinare im Monat und vierzig[1] Mann, von denen jeder allmonatlich hundert Dinare erhält.' ,Hauptmann Ahmed!' befahl der Kalif; und der antwortete: ,Zu deinen Diensten, o Beherrscher der Gläubigen!' Der Herrscher fuhr fort: ,Ich beauftrage dich, die Alte herbeizuschaffen.' ,Ich bürge für sie!' erwiderte Ahmed. Und der Kalif behielt die fünf und den Beduinen bei sich. – –«

Da bemerkte Schehrezâd, daß der Morgen begann, und sie hielt in der verstatteten Rede an. Doch als die *Siebenhundertundsiebente Nacht* anbrach, fuhr sie also fort: »Es ist mir berichtet worden, o glücklicher König, daß Ahmed ed-Danaf, als der Kalif ihn beauftragt hatte, die Alte herbeizuschaffen, erwiderte: ,Ich bürge für sie, o Beherrscher der Gläubigen!' Nun begaben sich er und seine Leute in die Halle, und dort berieten sie miteinander: ,Wie sollen wir sie festnehmen? Es gibt doch so viele alte Weiber in der Stadt.' Da hub einer von ihnen an, der 'Alî Kitf el-Dschamal[2] hieß, und sprach zu Ahmed ed-Danaf: ,Warum beratet ihr euch denn mit Hasan Schumân? Ist Hasan Schumân eine so gewichtige Sache?' Hasan aber rief: ,'Alî, warum willst du mich verunglimpfen? Bei dem höchsten Namen, diesmal schließe ich mich euch nicht an!' Und er ging zornig von dannen. Darauf befahl Ahmed

1. Im Arabischen ,einundvierzig'. – 2. 'Alî Kamelschulterblatt.

ed-Danaf: ‚Ihr Männer, jeder Aufseher nehme zehn Mann mit sich und ziehe mit ihnen in je ein besonderes Stadtviertel, um nach Dalîla zu suchen!' Da machte 'Alî Kitf el-Dschamal sich mit zehn Mann auf, und jeder Aufseher tat desgleichen, so daß die Scharen davonzogen, immer je eine in ein anderes Viertel. Doch ehe sie aufbrachen und sich verteilten, sagten sie: ‚Wir wollen uns in dem und dem Viertel, in der und der Straße wieder treffen.' Nun wurde es in der Stadt ruchbar, daß Ahmed ed-Danaf beauftragt war, die listige Dalîla festzunehmen. Da sagte Zainab: ‚Liebe Mutter, wenn du schlau bist, so mußt du auch Ahmed und seine Schar überlisten.' ‚Liebe Tochter,' erwiderte sie, ‚ich fürchte mich nur vor Hasan Schumân allein.' Und Zainab fügte hinzu: ‚Bei meiner Schläfenlocke[1], ich will dir die Kleider aller einundvierzig holen!' Dann kleidete sie sich an, verschleierte sich und ging zu einem Spezereienhändler, der einen Saal mit zwei Türen besaß. Sie begrüßte ihn, gab ihm einen Dinar und sprach zu ihm: ‚Nimm dies Goldstück als Entgelt für deinen Saal und laß ihn mir, bis der Tag sich neigt!' Da gab er ihr die Schlüssel, und sie ging zurück und holte Teppiche auf dem Esel des Eseltreibers. Dann stattete sie den Saal aus und stellte auf jede Estrade einen Tisch mit Speisen und Wein. Schließlich stellte sie sich mit unverschleiertem Gesicht an der Tür auf. Da kam auch schon 'Alî Kitf el-Dschamal mit seinen Leuten, und sie küßte ihm die Hand. Er sah, daß sie ein schönes Mädchen war, und gewann sie alsbald lieb; und er fragte sie: ‚Was wünschest du?' Da fragte sie ihn: ‚Bist du der Hauptmann Ahmed ed-Danaf?' ‚Nein,' entgegnete er, ‚aber ich gehöre zu seinen Leuten, und ich heiße 'Alî Kitf el-Dschamal.' ‚Und wohin geht ihr?' fragte sie weiter; da sagte

1. Ein Schwur der Frauen, der etwa dem Schwure der Männer bei ihrem Barte entspricht.

er: ‚Wir ziehen umher auf der Suche nach einer alten Gaunerin, die den Leuten ihre Habe gestohlen hat; und wir wollen sie festnehmen. Wer aber bist du? Und was treibst du?' Sie gab darauf zur Antwort: ‚Mein Vater war ein Schankwirt in Mosul, und als er starb, hinterließ er mir viel Geld. Da kam ich in diese Stadt aus Furcht vor den Machthabern, und ich fragte die Leute: Wer wird mich hier schützen? Man sagte mir: Nur Ahmed ed-Danaf wird dich schützen.' Die Männer sprachen darauf zu ihr: ‚Heute stehst du unter seinem Schutze.' Und sie bat sie: ‚Erfreuet mich, indem ihr einen Bissen esset und einen Trunk Wassers zu euch nehmt!' Als sie zusagten, führte Zainab sie hinein, und sie aßen und wurden trunken; sie aber betäubte sie mit Bendsch und nahm ihnen ihre Gewänder. Und ebenso machte sie es mit all den anderen. Denn auch Ahmed ed-Danaf zog aus, um nach Dalîla zu suchen; aber er fand sie nicht und konnte keinen seiner Leute entdecken. Schließlich traf er Zainab, und sie küßte ihm die Hand. Wie er sie anblickte, gewann er sie lieb. Sie fragte ihn: ‚Bist du der Hauptmann Ahmed ed-Danaf?' ‚Ja,' antwortete er, ‚und wer bist du?' Da erzählte sie: ‚Ich bin eine Fremde aus Mosul. Mein Vater war ein Schankwirt, und als er starb, hinterließ er mir viel Geld. Da kam ich hierher aus Furcht vor den Machthabern und eröffnete diese Schenke. Der Präfekt hat mir eine Steuer auferlegt; aber ich möchte unter deinem Schutze stehen, denn du verdienst das, was der Präfekt mir abnimmt, mehr als er.' Ahmed ed-Danaf sprach: ‚Gib ihm nichts; du bist mir willkommen!' Und sie bat ihn: ‚Erfreue mich und iß von meiner Speise!' Da trat er ein und aß und trank Wein, bis er vor Trunkenheit umfiel. Nun betäubte sie auch ihn mit Bendsch und nahm ihm seine Gewänder ab. Dann lud sie ihren ganzen Raub auf das Pferd des Beduinen und den Esel des Eseltreibers, weckte 'Alî

Kitf el-Dschamal und eilte von dannen. Als jener aufgewacht war, sah er, daß er keine Obergewänder hatte; und ferner sah er, wie Ahmed ed-Danaf und die ganze Schar betäubt dalagen. Sofort weckte er sie mit dem Gegengift des Bendsch. Und wie sie nun alle aufgewacht waren und sich halbnackt sahen, rief Ahmed ed-Danaf: ‚Was ist denn das, ihr Männer? Wir zogen aus, um sie zu suchen und zu fangen! Und nun hat uns diese Metze gefangen! Wie wird Hasan Schumân sich über uns freuen! Aber wir wollen warten, bis die Dunkelheit eintritt, und dann heimgehen.' Inzwischen kam Hasan Schumân und fragte den Wachthabenden: ‚Wo sind die Leute?' Und gerade, als er nach ihnen fragte, kamen sie halbnackt daher. Da sang Hasan Schumân diese beiden Verse:

> *Die Menschen mögen sich in ihrem Wollen gleichen –*
> *Doch Unterschiede sieht man beim Erfolge schnell.*
> *Von Männern sind die einen weise, andre töricht:*
> *Von Sternen sind die einen dunkel, andre hell.*

Dann sah er sie an und fragte sie: ‚Wer hat euch so übel mitgespielt und euch ausgezogen?' Sie antworteten: ‚Wir hatten uns für eine Alte verbürgt, die wir suchten; und nun hat uns eine junge Schöne die Kleider geraubt.' Hasan Schumân fuhr fort: ‚Vortrefflich hat sie an euch gehandelt!' Sie fragten darauf: ‚Kennst du sie, Hasan?' Er antwortete: ‚Ich kenne sie und ich kenne die Alte.' Als die Leute darauf ihren Hauptmann fragten: ‚Was willst du vor dem Kalifen sagen?' sprach Schumân: ‚O Danaf, weis die Verantwortung von dir ab! Dann wird er sagen: ‚Wer ist haftbar für sie?' Und wenn er dich fragt, warum du sie nicht festgenommen hast, so sprich: ‚Ich kenne sie nicht; beauftrage Hasan Schumân damit!' Und wenn er mich mit ihr betraut, so werde ich sie bestimmt zu fassen bekommen.' Darauf gingen sie zur Ruhe; am anderen Morgen begaben sie sich zum Staatsrate des Kalifen und küßten den Boden. ‚Wo ist die Alte, o Hauptmann Ahmed?' fragte der Kalif. Jener wies die Verantwortung von sich, und als der Herrscher ihn fragte, warum er das tue, erwiderte er: ‚Ich kenne sie nicht; beauftrage Schumân damit, er kennt sie und auch ihre Tochter!' Nun hub Hasan an: ‚Sie hat all diese Streiche nicht aus Gier nach der Habe der Leute verübt, sondern nur um zu zeigen, wie klug sie und ihre Tochter sind, damit du ihr das Gehalt ihres Gatten weiterzahlst und das ihres Vaters ihrer Tochter.' Und Schumân bat, ihr Leben zu schonen; dann wolle er sie bringen. Da sprach der Kalif: ‚Bei meinen Ahnen, wenn sie die Sachen der Leute zurückgibt, so soll ihr auf deine Fürbitte hin Gnade zuteil werden.' ‚Gib mir ein Unterpfand, o Beherrscher der Gläubigen!' bat Schumân; und der Herrscher sprach: ‚Auf deine Fürbitte hin', und reichte ihm das Tuch der Gnade. Alsbald stieg Schumân vom Schlosse hinab, ging zum Hause Dalîlas und rief nach ihr. Als ihre Tochter Zainab ihm antwortete, fragte er sie: ‚Wo ist deine Mutter?' ‚Oben', erwiderte sie; und er fuhr fort: ‚Sag ihr, sie soll die Sachen der Leute bringen und mit mir gehen, um vor den Kalifen zu treten! Ich habe ihr das Tuch der Gnade gebracht; und wenn sie nicht gutwillig kommen will, so hat sie niemandem einen Vorwurf zu machen als sich selbst.' Da kam Dalîla herunter, band sich das Tuch der Gnade um den Hals und gab ihm die Sachen der Leute auf dem Esel des Eseltreibers und dem Pferde des Beduinen. Schumân aber sprach: ‚Es fehlen noch die Kleider meines Meisters und seiner Leute.' Doch sie rief: ‚Bei dem höchsten Namen, nicht ich habe sie ausgezogen.' ‚Du hast recht,' erwiderte Hasan, ‚das war die Tat deiner Tochter Zainab, und es war eine Gefälligkeit, die sie dir erwies.' Darauf ging sie mit ihm zum Staatsrate des Kalifen. Hasan trat heran, legte die Habe der Leute vor dem Herrscher nieder und führte Dalîla vor ihn. Als der sie erblickte, befahl er, sie auf das Blutleder niederzuwerfen; doch da rief sie: ‚Ich rufe deinen Schutz an, o Schumân!' Und Schumân küßte dem Kalifen die Hände und sprach: ‚Verzeihung, du hast ihr Gnade zugesichert!' Der Herrscher sprach: ‚Sie habe sie, dir zuliebe! Komm her, Alte, wie heißt du?' ‚Mein Name ist Dalîla', gab sie zur Antwort; und er fuhr fort: ‚Du bist wirklich verschlagen und listig.' Deshalb wurde sie die listige Dalîla genannt. Und weiter sprach der Kalif: ‚Weshalb hast du all diese Streiche vollführt und unsere Herzen deiner müde gemacht?' Sie erwiderte: ‚Ich habe all das nicht getan aus Gier nach dem Besitze der Leute, sondern weil ich von den Streichen hörte, die Ahmed ed-Danaf in Baghdad gespielt hat, und ebenso auch von den Taten des Hasan Schumân; denn ich sagte mir: Ich will es den beiden gleichtun. Und jetzt habe ich den Leuten ihre Habe zurückgegeben.' Aber der Eseltreiber sprang auf und rief: ‚Allahs Gesetz sei zwischen mir und ihr! Sie hatte nicht genug daran, mir meinen Esel zu stehlen; sie hat auch noch den maurischen Barbier über mich gebracht, so daß er mir die Zähne ausriß und mich auf beiden Schläfen brannte.' – –«

Da bemerkte Schehrezâd, daß der Morgen begann, und sie hielt in der verstatteten Rede an. Doch als die *Siebenhundertundachte Nacht* anbrach, fuhr sie also fort: »Es ist mir berichtet worden, o glücklicher König, daß der Eseltreiber aufsprang und rief: ‚Allahs Gesetz sei zwischen mir und ihr! Sie hatte nicht genug daran, mir meinen Esel zu stehlen; sie hat auch noch den Barbier über mich gebracht, so daß er mir die Zähne ausriß und mich auf beiden Schläfen brannte.' Da befahl der Kalif, dem Eseltreiber hundert Dinare zu geben; desgleichen wies er auch dem Färber hundert Dinare an, indem er sprach:

‚Geh hin und richte dir deine Färberei von neuem ein!' Die beiden flehten den Segen des Himmels auf den Kalifen herab und gingen fort. Auch der Beduine zog mit seinen Kleidern und seinem Pferde ab, indem er sprach: ‚Hinfort soll es mir verboten sein, Baghdad zu betreten und Pfannkuchen mit Honig zu essen.' Und auch die anderen nahmen, was ihnen gehörte, und alle gingen davon. Nun sprach der Kalif: ‚Erbitte dir eine Gnade von mir, Dalîla!' Und sie antwortete: ‚Sieh, mein Vater war Briefmeister bei dir, und ich zog die Tauben für den Briefdienst auf. Mein Gatte aber war Stadthauptmann von Baghdad. Nun möchte ich das haben, was mir von meinem Gatten her gebührt; und meine Tochter möchte das erhalten, was einst meinem Vater zukam.' Der Kalif wies beiden an, was sie wünschten. Doch Dalîla sagte noch: ‚Ich erbitte mir von dir die Gnade, daß ich Pförtnerin in deinem Chân werde!' Der Kalif hatte nämlich einen Chân von drei Stockwerken erbaut, in dem die Kaufleute Unterkunft fanden; und er hatte für diesen Chân vierzig Sklaven und vierzig Hunde bestimmt. Die hatte der Kalif von dem König von Sulaimanîja[1] mitgebracht, zur Zeit als er ihn absetzte; und für die Hunde hatte er Halsbänder machen lassen. In dem Chân war ein Sklave der Koch, und der mußte das Essen für die anderen Sklaven kochen und die Hunde mit Fleisch füttern. Der Kalif sprach nun: ‚Dalîla, ich lasse dir die Bestallung als Aufseherin in dem Chân schreiben; und wenn aus ihm irgend etwas verloren geht, wirst du dafür verantwortlich gemacht.' ‚Gern,' erwiderte sie, ‚laß aber meine Tochter in dem Söller über dem Tor des Châns wohnen; denn er hat Dachterrassen, und Tauben soll man nur im Freien aufziehen!'

---

[1]. Das ist der Name einer Stadt in Kurdistan südöstlich von Mosul. Hier werden aber nach Burton die Afghanen darunter verstanden.

Er gewährte ihr auch diese Bitte; und nun schaffte ihre Tochter alle ihre Sachen in den Söller über dem Eingang zum Chân, und sie nahm die vierzig Brieftauben in Empfang. Ferner hängte Zainab die vierzig Gewänder und das Gewand von Ahmed ed-Danaf bei sich im Söller auf. Der Kalif machte die listige Dalîla zur Aufseherin über die vierzig Sklaven und befahl ihnen, ihr zu gehorchen. Sie selber richtete sich ihren Wohnraum hinter der Tür des Châns ein; und sie pflegte jeden Tag zur Staatsversammlung hinaufzugehen, um zu sehen, ob der Kalif etwa durch die Taubenpost eine Botschaft übermitteln wollte; und erst gegen Abend pflegte sie wieder fortzugehen, während die vierzig Sklaven im Chân auf Wache standen. Und wenn es dunkel ward, so ließ sie die Hunde los, damit sie den Chân die Nacht hindurch bewachten.

Solches waren die Taten und Erlebnisse der listigen Dalîla in der Stadt Baghdad. Hören wir nun

DIE ABENTEUER 'ALÎ ZAIBAKS AUS KAIRO

'Alî Zaibak war ein Schelm in Kairo zur Zeit eines Mannes namens Salâh el-Misri, des Hauptmannes im Diwan[1] von Kairo, der vierzig Mann unter sich hatte. Die Leute des Hauptmanns stellten dem Schelm 'Alî viele Fallen, und sie glaubten, daß er in sie hineingehen würde, aber wenn sie ihn suchten, so fanden sie, daß er entschlüpft war, so wie das Quecksilber entschlüpft; und deshalb gaben sie ihm den Beinamen ez-Zaibak el-Misri.[2] Eines Tages nun saß der Schelm 'Alî in seiner Halle mit seinen Leuten; und da ward ihm das Herz beklommen und die Brust beengt. Der Hüter der Halle sah ihn mit gerun-

---

1. Hier: Polizei. – 2. Das Kairiner Quecksilber. Der Kürze halber ist hier in dem Namen ez-Zaibak der Artikel fortgelassen.

zelter Stirn sitzen und sprach zu ihm: ‚Was ist dir, mein Meister? Wenn deine Brust dir eng wird, so mach einen Gang durch Kairo! Deine Sorgen werden schwinden, wenn du durch die Straßen wandelst.' Da stand er auf und ging hinaus, um durch Kairo zu wandern; aber sein Gram und seine Sorge wuchsen nur noch mehr. Wie er dann an einer Weinschenke vorbeikam, sagte er zu sich selber: ‚Tritt ein und werde trunken!' Als er jedoch eintrat, sah er in der Schenke sieben Reihen von Leuten sitzen, und er sprach: ‚He, Wirt, ich will für mich allein sitzen!' Da ließ der Wirt ihn in einem Zimmer für sich allein sitzen und brachte ihm Wein; und 'Alî trank, bis ihm die Sinne schwanden. Dann verließ er die Schenke und wanderte weiter durch die Straßen von Kairo, bis er zur Roten Straße[1] kam; und aus Furcht vor ihm ließen die Leute ihm den Weg frei. Plötzlich wandte er sich um und sah einen Wasserträger, der aus einem Kruge Wasser schenkte und, während er dahinging, ausrief:

> O Vergelter![2]
> *Das feinste Getränk ist Rosinenwein!*
> *Beim Lieb nur ist man im trauten Verein!*
> *Nur der Weise nimmt den Ehrenplatz ein!*

'Alî rief ihm zu: ‚Komm her, gib mir zu trinken!' Der Wasserträger sah ihn an und gab ihm den Krug; doch 'Alî schaute in den Krug, schüttelte ihn und goß seinen Inhalt auf die Erde. ‚Warum trinkst du nicht?' fragte der Mann; und 'Alî sagte wiederum: ‚Gib mir zu trinken!' Der Wasserträger füllte den Krug, 'Alî nahm ihn, schüttelte ihn und leerte ihn auf den Boden. Und ebenso tat er ein drittes Mal. Da sagte der Wasserträ-

---

1. Arabisch ed-Darb el-Ahmar, eine Straße im Ostteile von Kairo. –
2. Mit diesem oder einem ganz ähnlichen Worte beginnt der Straßenruf der Wasserverkäufer.

ger: ‚Wenn du nicht trinkst, so geh ich fort.' Dennoch wiederholte 'Alî: ‚Gib mir zu trinken!' Da füllte der Mann den Krug und gab ihn dem Schelm; der trank und gab dem Träger einen Dinar. Aber der Mann schaute ihn mit einem verächtlichen Blicke an und sprach zu ihm: ‚Viel Glück, viel Glück, Bursche! Kleine Leute sind keine großen Leute!' – –«

Da bemerkte Schehrezâd, daß der Morgen begann, und sie hielt in der verstatteten Rede an. Doch als die *Siebenhundertundneunte Nacht* anbrach, fuhr sie also fort: »Es ist mir berichtet worden, o glücklicher König, daß der Wasserträger, als 'Alî der Schelm ihm einen Dinar gab, ihn mit einem verächtlichen Blicke anschaute und zu ihm sprach: ‚Viel Glück, viel Glück! Kleine Leute sind keine großen Leute!' Aber da packte 'Alî der Schelm den Wasserträger an seinem Hemd und zückte wider ihn einen kostbaren Dolch, von dem es im Liede heißt:

> *Mit deinem Dolche stoß den Widersacher nieder,*
> *Und fürchte nichts als nur des Schöpfers hohe Macht!*
> *Gemeinem Wesen bleibe fern, und zeige niemals*
> *Dich anders als ein Mann, in dem die Tugend wacht!*

Und er schrie ihn an: ‚Du Scheich, rede vernünftig mit mir! Dein Schlauch ist, wenn er teuer war, höchstens drei Dirhems wert, und die Krüge, die ich auf die Erde ausschüttete, enthielten vielleicht einen Liter Wassers.' ‚So ist es', erwiderte der Mann; und 'Alî fuhr fort: ‚Ich habe dir aber einen Golddinar gegeben; warum verhöhnst du mich also? Hast du je einen Mann gesehen, der tapferer oder freigebiger war als ich?' Darauf sagte der Wasserträger: ‚Ich habe einen Mann gesehen, der tapferer und freigebiger war als du. Solange die Frauen gebären, gab es noch nie einen Helden in der Welt, der nicht auch freigebig gewesen wäre.' Nun fragte 'Alî: ‚Wer ist es, den du tapferer und freigebiger als mich gesehen hast?' Da erzählte der

Wasserträger: ,Wisse, ich habe ein seltsames Abenteuer erlebt. Mein Vater war der Scheich der Wasserträger in Kairo, und als er starb, hinterließ er mir fünf Kamele, ein Maultier, einen Laden und ein Haus. Aber der Arme ist nie zufrieden; und wenn er zufrieden ist, dann stirbt er. Damals sprach ich bei mir selber: ,Ich will nach dem Hidschâz ziehen', nahm mir eine Reihe Kamele und borgte solange, bis ich fünfhundert Dinare Schulden hatte; all das verlor ich aber auf der Pilgerfahrt. Da sagte ich mir: ,Wenn ich nach Kairo zurückkehre, so werden die Leute mich wegen ihres Geldes ins Gefängnis bringen.' Deshalb zog ich mit dem syrischen Pilgerzug, bis ich nach Aleppo kam; und von Aleppo begab ich mich nach Baghdad. Dort fragte ich nach dem Scheich der Wasserträger; und nachdem man mir den Weg zu ihm gewiesen hatte, trat ich ein und sprach die erste Sure vor ihm.[1] Er fragte mich, wie es mit mir stehe, und ich erzählte ihm alles, was ich erlebt hatte. Nun wies er mir einen Laden an und gab mir einen Schlauch samt dem nötigen Gerät. So zog ich aus im Vertrauen auf Allah und ging in der Stadt umher. Ich bot einem Manne den Krug, damit er tränke; aber er sprach zu mir: ,Ich habe noch nichts gegessen, daß ich darauf trinken könnte. Heute war ich bei einem Geizhals eingeladen, und der setzte mir nur zwei Wasserkrüge vor, so daß ich schon zu ihm sagte: Du gemeiner Kerl, hast du mir etwas zu essen gegeben, worauf ich trinken könnte? Also geh deiner Wege, du Wasserträger, bis ich etwas gegessen habe; danach gib mir zu trinken!' Dann ging ich zu einem zweiten, und der sagte: ,Allah sorge für dich!'[2] So ging es mir bis zum Mittag; niemand gab mir etwas. Da sagte ich mir: ,Wäre ich doch nicht nach Baghdad gekommen!' Plötzlich

1. Vgl. Band II, Seite 578, Zeile 22. – 2. Eine höfliche Form der Abweisung.

aber sah ich die Leute laufen, so schnell sie konnten; ich folgte ihnen, und ich sah einen prächtigen Reiterzug, in Paaren angeordnet, und alle trugen Pelzmützen mit seidenen Turbanen, Burnusse und Panzer aus Filz und Stahl. Als ich einen der Zuschauer fragte, wessen Zug das sei, antwortete er mir: ‚Das ist die Schar des Hauptmanns Ahmed ed-Danaf.' Und als ich weiter fragte: ‚Was für ein Amt hat er?' fuhr der Mann fort: ‚Er ist Hauptmann im Diwan und Stadthauptmann von Baghdad, und ihm ist die Sorge für die Umgebung der Stadt übertragen. Vom Kalifen erhält er jeden Monat tausend Dinare, und jeder von seinen Leuten erhält hundert Dinare. Und Hasan Schumân hat ebenso wie er tausend Dinare. Jetzt ziehen sie von der Staatsversammlung in ihre Halle.' Mit einem Male erblickte mich Ahmed ed-Danaf und rief mir zu: ‚Komm her, gib mir zu trinken!' Ich füllte ihm den Krug und reichte ihn ihm; aber er schüttelte ihn und leerte ihn aus. Ebenso tat er ein zweites Mal, und erst beim dritten Male tat er einen Zug wie du. Dann fragte er mich: ‚Wasserträger, woher bist du?' ‚Aus Kairo', erwiderte ich; und er fuhr fort: ‚Ach ja, Kairo und seine Bewohner! Aus welchem Grunde bist du in diese Stadt gekommen?' Ich erzählte ihm meine Geschichte und gab ihm zu verstehen, daß ich ein Schuldner sei, auf der Flucht vor Schulden und Armut. Er rief: ‚Du bist uns willkommen!' Dann gab er mir fünf Dinare und sprach zu seinen Leuten: ‚Um Allahs willen, schenkt ihm eine Gabe!' Und ein jeder von ihnen gab mir einen Dinar. Er selbst aber fügte noch hinzu: ‚O Scheich, solange du in Baghdad bleibst, sollst du immer das gleiche von uns erhalten, wenn du uns zu trinken gibst.' Ich machte ihnen also häufige Besuche, und Segen kam über mich von den Leuten. Nach einiger Zeit zählte ich, was ich durch sie verdient hatte, und fand, daß es tausend Dinare waren. Da sagte ich mir: ‚Du kannst nichts Besseres tun als heimkehren.' So ging ich denn in die Halle zu Ahmed und küßte ihm die Hände. Als er mich fragte: ‚Was wünschest du?' antwortete ich ihm: ‚Ich möchte fortreisen', und sprach vor ihm die Verse:

> *Des Fremdlings Dasein ist in aller Welt,*
> *Wie wenn man Schlösser auf die Winde stellt.*
> *Des Windes Wehen reißt die Bauten nieder;*
> *Und in die Heimat zieht der Fremdling wieder.*

Und ich fügte hinzu: ‚Die Karawane ist bereit, nach Kairo aufzubrechen, und ich wünsche, zu den Meinen zurückzukehren.' Er gab mir eine Mauleselin und hundert Dinare und sagte noch: ‚Ich möchte dich mit einer Botschaft betrauen, o Scheich. Kennst du die Leute in Kairo?' ‚Jawohl', erwiderte ich.' – –«

Da bemerkte Schehrezâd, daß der Morgen begann, und sie hielt in der verstatteten Rede an. Doch als die *Siebenhundertundzehnte Nacht* anbrach, fuhr sie also fort: »Es ist mir berichtet worden, o glücklicher König, daß der Wasserträger des weiteren erzählte: ‚Ahmed ed-Danaf gab mir eine Mauleselin und hundert Dinare und sagte noch: ‚Ich möchte dich mit einer Botschaft betrauen. Kennst du die Leute in Kairo?' ‚Jawohl', erwiderte ich; und er fuhr fort: ‚Nimm diesen Brief, überbringe ihn an 'Alî Zaibak el-Misri und sprich zu ihm: ‚Dein Meister läßt dich grüßen; und er ist jetzt beim Kalifen!' Ich nahm den Brief von ihm entgegen und zog meines Weges, bis ich nach Kairo kam. Als meine Gläubiger mich sahen, gab ich ihnen, was ich schuldete; dann wurde ich wieder ein Wasserträger. Aber den Brief habe ich nicht überbringen können, da ich die Halle von 'Alî Zaibak el-Misri nicht kenne.' Da rief 'Alî: ‚Alterchen, hab Zuversicht und gräm dich nicht! Ich bin 'Alî Zaibak el-Misri, der Erste der Burschen des Hauptmanns Ahmed ed-Danaf. Gib mir den Brief her!' Der Wasserträger gab ihn ihm; und als er ihn geöffnet hatte und las, fand er darin geschrieben:

> ‚Ich schreib an dich, o du, der Schönen Zierde,
> Auf einem Blatte, das die Winde bringen.
> Ich flög vor Sehnsucht, könnte ich nur fliegen. –
> Wie kann man fliegen mit gestutzten Schwingen?

Gruß zuvor von dem Hauptmann Ahmed ed-Danaf an seinen ältesten Sohn, 'Alî Zaïbak in Kairo! Es sei Dir zu wissen getan, daß ich mich an Salâh ed-Dîn el-Misri herangewagt und ihm Streiche gespielt habe, bis ich ihn lebendig begrub und seine Leute mir gehorchten, unter ihnen auch 'Alî Kitf el-Dschamal; jetzt bin ich zum Stadthauptmann von Baghdad bestellt im Staatsrate des Kalifen, und mir ist die Sorge für die Umgegend anvertraut. Wenn Du noch des Bundes denkst, der zwischen mir und Dir besteht, so komm zu mir; vielleicht kannst Du in Baghdad einen Streich vollführen, der Dich zum Dienste beim Kalifen befördert, so daß er Dir Gehalt und Einkünfte anweist und Dir eine Halle bauen läßt. All dies kannst Du Dir holen – und damit Gott befohlen!' Nachdem er den Brief gelesen hatte, küßte er ihn, legte ihn auf sein Haupt und gab dem Wasserträger zehn Dinare als Lohn für die frohe Botschaft. Dann begab er sich in seine Halle, trat zu seinen Leuten ein und brachte ihnen die Kunde, und er sprach zu ihnen: ‚Ich empfehle euch einander.' Darauf legte er seine Kleider ab und kleidete sich in Reisemantel und Fes und nahm einen Kasten mit einer Lanze aus Rohr, die vierundzwanzig Ellen lang war und deren einzelne Teile ineinander geschachtelt waren. Nun fragte ihn sein Stellvertreter: ‚Willst du auf die Reise gehen, wo der Schatz leer ist?' Er antwortete ihm: ‚Wenn ich nach Damaskus komme, will ich euch so viel senden, daß ihr genug habt.' Dann ging er seiner Wege und schloß sich einer reisigen Schar an, bei der er den Ältesten der Kaufmannsgilde und vierzig andere Kaufleute erblickte. Sie alle hatten ihre Lasten schon auf die Tiere geladen, nur die Lasten des Ältesten lagen noch auf der Erde. Und 'Alî hörte, wie der Karawanenführer, ein syrischer Mann, zu den Maultiertreibern sagte: ,Einer von euch soll mir helfen!' Aber sie schmähten ihn und beschimpften ihn. 'Alî sprach jedoch bei sich selber: ,Ich werde mit niemandem zusammen besser reisen als mit diesem Führer.' Nun war 'Alî bartlos und von schönem Aussehen; und als er an den Führer herantrat und ihn begrüßte, hieß der ihn willkommen. Dann fragte er: ,Was wünschest du?' ,Lieber Oheim,' erwiderte 'Alî, ,ich sehe dich allein mit vierzig Maultierlasten; warum hast du dir keine Leute mitgebracht, die dir helfen?' ,Mein Sohn,' gab ihm der andere zurück, ,ich hatte mir zwei Burschen gemietet; die hatte ich eingekleidet und jedem zweihundert Dinare in die Tasche getan; die halfen mir bis el-Chânka¹, dann liefen sie fort.' Nun fragte 'Alî: ,Wohin zieht ihr?' ,Nach Aleppo', war die Antwort; und jener fuhr fort: ,Ich will dir helfen.' So luden sie denn die Lasten auf und zogen weiter; auch der Älteste der Kaufmannsgilde bestieg seine Mauleselin und ritt fort. Der syrische Führer aber hatte seine Freude an 'Alî und gewann ihn lieb; und als es Abend ward, lagerten sie und aßen und tranken. Dann kam die Schlafenszeit, und 'Alî legte sich bei ihm auf die Erde und tat, als ob er schliefe. Der Führer legte sich neben ihm nieder; da stand 'Alî von seiner Schlafstätte auf und setzte sich an die Tür zum Zelte des Kaufherrn. Bald darauf legte sich der Syrer auf die andere Seite und wollte 'Alî in seine Arme nehmen; aber er fand ihn nicht und sagte sich: ,Vielleicht hat er sich mit einem anderen verabredet, und der hat ihn mitgenommen; aber ich habe mehr Anrecht auf ihn, und in der

---
1. Nordöstlich von Kairo.

nächsten Nacht will ich ihn für mich behalten.' 'Alî jedoch blieb an der Tür zum Zelte des Kaufherrn sitzen, bis die Morgendämmerung nahte; dann kehrte er zurück und legte sich neben dem Führer nieder. Als der erwachte und ihn dort fand, sagte er sich: ,Wenn ich ihn frage, wo er gewesen ist, so wird er mich verlassen und fortgehen.' So täuschte 'Alî ihn immer. Dann kamen sie zu einem Dickicht, in dem sich eine Höhle befand; und in dieser Höhle hauste ein reißender Löwe. Wenn eine Karawane dort vorbeikam, so warfen die Reisenden das Los untereinander; und wen das Los traf, der wurde dem Löwen vorgeworfen. Als nun diesmal gelost wurde, da traf das Los keinen anderen als den Ältesten der Kaufmannschaft. Da stand auch schon der Löwe da, versperrte ihnen den Weg und wartete auf den von der Karawane, den er bekommen würde. Der Meister der Gilde aber war tief betrübt und sprach zu dem Führer: ,Gott verdamme deine Glücksferse und deine Reise! Doch nun beauftrage ich dich, meine Lasten nach meinem Tode meinen Kindern zu geben.' Da fragte der Schelm 'Alî: ,Was ist es mit dieser ganzen Geschichte?' Sie erzählten es ihm; und er rief: ,Warum lauft ihr denn fort vor der wilden Katze? Ich verbürge mich euch, daß ich sie töten werde.' Der Führer ging zum Kaufherrn und meldete es ihm; und der sprach: ,Wenn er ihn tötet, so gebe ich ihm tausend Dinare.' Und die übrigen Kaufleute sagten: ,Wir werden ihn gleichfalls belohnen.' Nun machte 'Alî sich auf; er warf den Mantel ab, und darunter zeigte sich ein Panzer aus Stahl, und er nahm ein Schwert aus Stahl und schraubte die Klinge fest. Dann trat er allein dem Löwen entgegen und schrie ihn an. Der Löwe sprang auf ihn los, aber 'Alî el-Misri traf ihn mit dem Schwerte zwischen den Augen und spaltete ihn in zwei Teile, während der Führer und die Kaufleute zuschauten. Dem Führer rief

'Alî zu: ‚Fürchte dich nicht, lieber Oheim!' Der antwortete ihm: ‚Mein Sohn, von jetzt ab bin ich dein Diener!' Der Kaufherr aber umarmte ihn und küßte ihn auf die Stirn und gab ihm die tausend Dinare; und ein jeder von den anderen Kaufleuten gab ihm zwanzig Dinare. Er hinterlegte das Geld bei dem Kaufherrn; und dann ruhten sie die Nacht über und brachen am nächsten Morgen wieder auf, in der Richtung nach Baghdad. Nun aber kamen sie zum Löwendickicht und zum Hundetal. Dort lebte ein räuberischer Beduine, ein Wegelagerer, mit seinem Stamme; die fielen über die Leute her, und alles Volk floh vor ihnen. Der Kaufherr rief schon: ‚Mein Geld und Gut ist verloren!' Doch da zog 'Alî gegen sie aus, gekleidet in ein Lederwams, das ganz mit Schellen behängt war. Er hatte den Speer herausgenommen und seine Teile zusammengesetzt. Rasch ergriff er eins von den Rossen des Beduinen und saß auf; dann rief er: ‚Komm hervor zum Speerkampfe mit mir!' Doch zugleich schüttelte er die Schellen; da scheute das Pferd des Beduinen vor dem Geklingel, und 'Alî schlug nach dem Speere des Beduinen, so daß er zerbrach. Dann traf er ihn selber im Nacken und riß ihm den Schädel herunter. Als die Leute des Beduinen das sahen, stürmten sie auf 'Alî ein; doch er rief: ‚Allah ist der Größte!' und fiel über sie her und trieb sie zurück, bis daß sie sich zur Flucht wandten. Dann steckte er den Schädel des Beduinen auf eine Lanze; die Kaufleute aber machten ihm große Geschenke und zogen darauf weiter, bis sie Baghdad erreichten. Dort erbat 'Alî sich sein Geld von dem Kaufherrn, und nachdem der es ihm gegeben hatte, übergab er es dem Führer, indem er sprach: ‚Wenn du nach Kairo zurückkommst, so frage nach meiner Halle und gib dem Hüter der Halle das Geld!' Dann ruhte er die Nacht über, und am nächsten Morgen betrat er die Stadt, wanderte in ihr umher und fragte nach der Halle von Ahmed ed-Danaf; doch keiner konnte ihm den Weg weisen. Er ging also weiter, bis er zum Platze en-Nafad kam, wo er Kinder beim Spiele sah; unter ihnen war auch ein Knabe namens Ahmed el-Lakît. Da sagte 'Alî zu sich selber: ‚Nur bei ihren Knaben kannst du Auskunft haben.' Dann wandte er sich um und kaufte von einem Zuckerbäcker, den er dort sah, türkischen Honig und rief die Kinder. Aber Ahmed el-Lakît trieb die Kinder von ihm zurück, trat selber vor und sprach zu 'Alî: ‚Was wünschest du?' 'Alî erwiderte: ‚Ich hatte einen Knaben, und der starb; jetzt habe ich ihn im Traume gesehen, wie er mich um türkischen Honig bat. Darum habe ich den gekauft und will nun jedem Knaben ein Stück davon geben.' So gab er denn Ahmed el-Lakît ein Stück; und als der es anschaute, sah er einen Dinar daran kleben, und er sprach: ‚Geh weg! Ich tu nichts Gemeines, frage nur nach mir!' Doch 'Alî sagte: ‚Nur ein Schlauer nimmt den Lohn, und nur ein Schlauer bezahlt den Lohn. Ich bin in der Stadt umhergezogen, um nach der Halle von Ahmed ed-Danaf zu suchen; aber niemand konnte mir den Weg dahin weisen. Dieser Dinar soll dir gehören, wenn du mich zu der Halle von Ahmed ed-Danaf führst.' Der Knabe erwiderte ihm: ‚Ich will vor dir her gehen, und geh du hinter mir, bis ich zu der Halle komme. Dann will ich mit meinem Fuße einen Kieselstein aufheben und ihn gegen die Tür werfen; daran kannst du sie erkennen.' Und der Knabe eilte vorauf, während 'Alî ihm folgte, bis er den Kiesel mit seinen Zehen aufhob und ihn gegen die Tür der Halle warf, so daß 'Alî sie erkannte. – – «

Da bemerkte Schehrezâd, daß der Morgen begann, und sie hielt in der verstatteten Rede an. Doch als die *Siebenhundertundelfte Nacht* anbrach, fuhr sie also fort: »Es ist mir berichtet worden, o glücklicher König, daß 'Alî der Schelm, als Ahmed el-Lakît vor ihm her gelaufen war und ihm die Halle gezeigt hatte, so daß er sie nun kannte, den Knaben packte und ihm den Dinar wieder abnehmen wollte, es aber nicht zu tun vermochte. Und da sagte er zu ihm: ‚Geh, du verdienst die Gabe; denn du bist schlau, starken Verstandes und mutig! So Gott will, werde ich dich, wenn ich Hauptmann beim Kalifen werde, zu einem meiner Burschen machen.‘ Der Knabe lief fort, 'Alî Zaibak el-Misri aber trat an die Halle heran und klopfte an die Tür. Da rief Ahmed ed-Danaf: ‚Türhüter, öffne die Tür! Dies ist das Klopfen von 'Alî Zaibak aus Kairo.‘ Jener öffnete die Tür, und nun trat 'Alî zu Ahmed ed-Danaf ein und begrüßte ihn; der umarmte ihn, und die Vierzig[1] begrüßten ihn. Darauf legte Ahmed ed-Danaf ihm ein Gewand um, indem er sprach: ‚Als der Kalif mich zum Hauptmann bei sich bestallte, kleidete er meine Leute ein, und ich behielt dies Gewand für dich!‘ Dann setzten sie ihn auf den Ehrenplatz der Halle und trugen die Speisen auf und aßen, brachten den Wein und tranken und berauschten sich bis zum Morgen. Dann sprach Ahmed ed-Danaf zu 'Alî aus Kairo: ‚Hüte dich, in den Straßen von Baghdad umherzugehen; bleib lieber hier in dieser Halle sitzen!‘ ‚Weshalb?‘ fragte 'Alî, ‚bin ich denn hierher gekommen, um mich einsperren zu lassen? Ich bin vielmehr gekommen, um mich hier umzuschauen.‘ Doch Ahmed fuhr fort: ‚Mein Sohn, glaube nicht, Baghdad sei wie Kairo. Dies Baghdad ist der Sitz des Kalifats; hier gibt es viele Schelme, ja, die Schelmerei sprießt hier wie das Kraut aus der Erde.‘ Drei Tage lang blieb 'Alî in der Halle; dann sprach Ahmed ed-Danaf zu ihm: ‚Ich möchte dich dem Kalifen vorstellen, auf daß er dir ein Jahrgeld

1. Der Erzähler rechnet manchmal den Hauptmann mit zu der Schar, manchmal nicht; vgl. Seite 717, Anmerkung 1.

anweist.' Doch jener antwortete ihm: ‚Wenn die Zeit kommt.' Da ließ er ihm seinen Willen. Nach einer Weile saß 'Alî eines Tages in der Halle, und da ward ihm sein Herz schwer und seine Brust beengt. Nun sagte er sich: ‚Auf, wandere in Baghdad umher, auf daß deine Brust sich weite!' Er ging also hinaus, zog von Gasse zu Gasse, bis er mitten im Basar eine Garküche sah; dort speiste er, und als er wieder hinausging, um sich die Hände zu waschen, sah er plötzlich vierzig Sklaven, zwei zu zwei gepaart, mit stählernen Schwertern und in Filzpanzern daherkommen; als letzte von allen aber kam die listige Dalîla, reitend auf einer Mauleselin; sie trug auf ihrem Kopfe einen Helm, der mit Gold überzogen war und eine Kugel aus Stahl hatte, ferner einen eisernen Ringpanzer und was dazu gehört. Dalîla kam nämlich aus der Staatsversammlung und ritt zu ihrem Chân; und als sie 'Alî Zaibak aus Kairo dort sah, schaute sie ihn genauer an und sah, daß er Ahmed ed-Danaf an Länge und Breite glich. Er trug einen Arabermantel und einen Burnus, ein Schwert aus Stahl und eine Rüstung, die dazu gehörte; und die Tapferkeit leuchtete auf seinem Antlitze und legte Zeugnis ab für ihn, nicht wider ihn. Die Alte begab sich nun in den Chân und ging zu ihrer Tochter Zainab; dann brachte sie eine geomantische Tafel[1] und entwarf eine Sandfigur. Durch die ward ihr kund, daß der Fremde 'Alî el-Misri hieß und daß sein Glück stärker war als ihr Glück und das ihrer Tochter Zainab. ‚Liebe Mutter,' fragte Zainab, ‚was ward dir offenbar, als du die Tafel entwarfest?' Dalîla erwiderte: ‚Ich habe heute einen jungen Mann gesehen, der dem Ahmed ed-Danaf gleicht; und ich fürchte, er wird erfahren, daß du Ahmed und seine Gefährten ihrer Kleider beraubt hast, und wird in den Chân kommen und uns einen Streich spielen, um Rache zu nehmen

1. Der Sandzauber wird oft auf einer Tafel vorgenommen.

für seinen Meister und für die Vierzig. Ich glaube, er hat seine Wohnung in der Halle Ahmeds aufgeschlagen.' Die Tochter entgegnete ihr: ‚Was tut das? Ich denke, du hast ihn doch wohl richtig eingeschätzt?' Darauf legte sie ihr prächtigstes Gewand an und ging durch die Stadt dahin. Und als die Leute sie sahen, wurden sie alle von Liebe zu ihr erfüllt, und sie versprach und schwor, lauschte und entschwand wieder und eilte von Markt zu Markt, bis sie 'Alî den Kairiner kommen sah. Sie streifte ihn mit ihrer Schulter, wandte sich um und sprach: ‚Allah lasse Leute, die sehen können, lange leben!' ‚Wie schön ist deine Gestalt! Wem gehörst du?' sagte 'Alî. ‚Einem Kavalier wie dir', erwiderte sie. Dann fragte er: ‚Bist du vermählt oder ledig?' ‚Vermählt', antwortete sie. Weiter fragte 'Alî: ‚Bei mir oder bei dir?' Sie sagte darauf: ‚Ich bin die Tochter eines Kaufmannes, und mein Gatte ist ein Kaufmann; und ich bin mein ganzes Leben lang noch nicht aus dem Hause gekommen, bis auf diesen Tag. Und das ist nur deshalb geschehen, weil ich ein Mahl bereitet hatte und, als ich essen wollte, keine Lust dazu verspürte. Als ich aber dich erblickte, da erfüllte die Liebe zu dir mein Herz. Willst du nun mein Herz trösten und einen Bissen mit mir essen?' Er gab ihr zur Antwort: ‚Wer eingeladen wird, der nehme an!' Da ging sie weiter, und er folgte ihr von Straße zu Straße. Aber bald sagte ihm die Stimme des Gewissens, wie er so hinter ihr her ging: ‚Was willst du tun, du, der du ein Fremdling bist? Es heißt doch: Wer in der Fremde sich mit Dirnen abgibt, den sendet Allah voll Schmach nach Hause. Aber entledige dich ihrer in Güte!' Und er sprach zu ihr: ‚Nimm diesen Dinar und bestimme eine andere Zeit!' Doch sie entgegnete ihm: ‚Beim höchsten Namen, es ist nicht anders möglich, als daß du zu dieser Zeit mit mir nach Hause gehst und ich dir meine aufrichtige Liebe beweise.' So folgte er ihr denn, bis sie zum Torweg eines Hauses trat, in dem sich eine hohe Tür mit verschlossenem Riegel befand. Sie sprach zu ihm: ‚Öffne dies Schloß!' Er fragte sie: ‚Wo ist der Schlüssel dazu?' ‚Der ist verloren', erwiderte sie ihm; und er fuhr fort: ‚Wer ein Schloß ohne Schlüssel aufbricht, der ist ein Verbrecher, und es gebührt der Obrigkeit, ihn zu strafen. Ich weiß auch nicht, wie man eine Tür ohne Schlüssel aufmacht.' Da hob sie den Schleier von ihrem Antlitz, und er schaute sie an mit einem Blick, der ließ tausend Seufzer in ihm zurück. Dann ließ sie ihren Schleier auf das Schloß fallen, sprach die Namen der Mutter Mose[1] darüber, öffnete die Tür ohne Schlüssel und trat ein. Er folgte ihr und sah Schwerter und andere Waffen aus Stahl dort hängen. Nun legte sie den Schleier ab und setzte sich zu ihm. Und er sprach zu seiner Seele: ‚Laß erfüllet werden, was Allah dir bestimmt hat!' Darauf beugte er sich über sie, um einen Kuß von ihrer Wange zu rauben; doch sie legte ihre Hand auf ihre Wange und sprach zu ihm: ‚Das Vergnügen kommt erst zur Nachtzeit.' Dann brachte sie einen Tisch mit Speisen und Wein, und sie aßen und tranken. Darauf erhob sie sich, füllte die Kanne am Brunnen und goß ihm das Wasser über die Hände, während er sich wusch. Wie sie nun damit beschäftigt waren, schlug sie sich plötzlich mit der Hand auf die Brust und rief: ‚Mein Gatte hat einen Siegelring mit einem Rubin, der ihm für fünfhundert Dinare verpfändet war. Ich steckte ihn mir an, aber er war mir zu weit, und so machte ich ihn enger mit Wachs. Und als ich den Eimer hinabließ, muß der Ring in den Brunnen gefallen sein. Doch jetzt wende dein Antlitz zur Tür, auf daß ich mich entkleide und in den Brunnen hinabsteige, um ihn zu holen!' Da sagte 'Alî: ‚Es wäre eine Schmach für mich, wenn du hinabstiegest, während ich hier

1. Das heißt gewisse Zauberformeln.

bin. Kein anderer soll es tun als ich!' Er legte also seine Kleider ab und band sich den Strick um, und sie ließ ihn in den Brunnen hinab. Nun war das Wasser darin tief, und sie sprach zu ihm: ,Der Strick wird mir zu kurz; mach dich los und laß dich fallen!' Und er band sich wirklich los und ließ sich ins Wasser fallen, und er sank klaftertief unter, ohne den Grund zu erreichen. Sie aber legte ihren Schleier um, nahm seine Kleider und begab sich zu ihrer Mutter. – –«

Da bemerkte Schehrezâd, daß der Morgen begann, und sie hielt in der verstatteten Rede an. Doch als die *Siebenhundertundzwölfte Nacht* anbrach, fuhr sie also fort: »Es ist mir berichtet worden, o glücklicher König, daß Zainab, sobald 'Alî el-Misri in den Brunnen hinabgesunken war, ihren Schleier umlegte, seine Kleider nahm und sich zu ihrer Mutter begab; zu der sprach sie: ,Ich habe 'Alî den Kairiner ausgezogen und ihn in den Brunnen des Emirs Hasan, des Hausherrn, geworfen, und schwer wird es sein, daß er wieder herauskommt!'

Der Emir Hasan aber, der Herr des Hauses, war zu jener Zeit abwesend und im Staatsrate. Als er dann heimkehrte, sah er sein Haus offen, und er sprach zu seinem Stallknecht: ,Warum hast du den Riegel nicht verschlossen?' ,Mein Gebieter,' antwortete der, ,ich habe ihn mit eigener Hand verschlossen.' Da rief der Emir: ,Bei meinem Haupte, in mein Haus ist ein Dieb eingedrungen!' Dann trat er ein und suchte überall im Hause umher, fand aber niemanden. Nun gebot er dem Knechte: ,Fülle die Kanne, auf daß ich die religiöse Waschung vollziehen kann!' Der Knecht nahm den Eimer und ließ ihn hinab; wie er ihn dann heraufzog, fand er ihn schwer, und er blickte in den Brunnen hinunter. Als er aber etwas auf dem Eimer sitzen sah, ließ er ihn wieder in den Brunnen fallen und schrie und rief: ,Mein Gebieter, aus dem Brunnen kam ein

Dämon[1] zu mir heraufgestiegen!' Der Emir Hasan befahl ihm: ‚Geh hin, hole vier Rechtsgelehrte, damit sie den Koran darüber rezitieren, bis er entflieht!' Als die Gelehrten kamen, sprach er zu ihnen: ‚Setzt euch rings um den Brunnen und beschwört diesen Dämon!' Darauf kamen der Pferdeknecht und ein anderer Sklave und ließen den Eimer wieder hinab; 'Alî el-Misri aber klammerte sich an ihn, verbarg sich unter ihm und wartete, bis er nahe bei den Leuten war. Dann sprang er hinaus und setzte sich zwischen die Gelehrten; die begannen einander zu schlagen und schrien: ‚Ein Dämon! Ein Dämon!' Der Emir Hasan jedoch erkannte in ihm einen Erdenjüngling und fragte ihn: ‚Bist du ein Dieb?' ‚Nein,' erwiderte jener; und der Emir fuhr fort: ‚Weshalb bist du denn in den Brunnen hinabgestiegen?' 'Alî gab ihm zur Antwort: ‚Ich schlief und hatte einen feuchten Traum; da ging ich zum Tigris hinab, um mich zu waschen; als ich untertauchte, riß mich der Strom hinweg und trug mich unter der Erde weiter, bis ich aus diesem Brunnen wieder herauskam.' Doch der Emir fuhr ihn an: ‚Sag mir die Wahrheit!' Da erzählte 'Alî ihm alles, was ihm widerfahren war[2], und der Emir sandte ihn mit einem alten Gewande aus dem Hause fort. Und er kehrte in die Halle von Ahmed ed-Danaf zurück und berichtete ihm seine Erlebnisse. Der sprach zu ihm: ‚Hab ich dir nicht gesagt, daß Baghdad voller Weiber ist, die den Männern Streiche spielen?' Und 'Alî Kitf el-Dschamal fügte hinzu: ‚Beim höchsten Namen, sage mir, wie kannst du Hauptmann der Genossen in Kairo sein und dich von einem Mädchen ausziehen lassen?' Das kränkte ihn, und er bereute

1. Nach orientalischem Volksglauben sind die Brunnen beliebte Aufenthaltsorte von Geistern. –2. Zuerst sucht man sich herauszulügen, sagt dann aber bereitwillig die Wahrheit, wenn der andere die Lügen nicht glaubt.

seinen Leichtsinn. Ahmed ed-Danaf aber gab ihm ein anderes Gewand, und Hasan Schumân fragte ihn: ‚Kennst du die Frau?' ‚Nein', erwiderte er; doch Hasan fuhr fort: ‚Das ist Zainab, die Tochter der listigen Dalîla, der Pförtnerin im Chân des Kalifen. Bist auch du ihr ins Netz gelaufen, 'Alî?' ‚Ja', gab er zur Antwort; und Hasan erzählte: ‚Sie hat auch die Kleider deines Meisters und aller seiner Genossen geraubt!' ‚Das ist ja eine Schmach für euch!' ‚Und was gedenkst du zu tun?' ‚Ich gedenke mich ihr zu vermählen.' ‚Das ist nicht leicht; schlag sie dir lieber aus dem Herzen!' ‚Wie kann ich es denn erreichen, mich ihr zu vermählen, o Schumân?' ‚Das soll gern geschehen; wenn du aus meiner Hand trinken willst und unter meinem Banner einherziehen, so sollst du dein Ziel bei ihr erreichen.' ‚Gut!' ‚Zieh deine Kleider aus, 'Alî!' Der tat es; und Hasan nahm einen Kessel und kochte etwas darin, das war wie Pech. Damit bestrich er den Kairiner, so daß er wie ein schwarzer Sklave aussah; er bestrich auch seine Lippen und seine Wangen und schminkte ihm die Augen mit roter Schminke. Dann kleidete er ihn in ein Sklavengewand, holte ihm eine Platte mit Rostbraten und Wein und sprach zu ihm: ‚Im Chân wohnt ein schwarzer Koch, und du siehst jetzt aus wie er. Er hat immer vom Markte Fleisch und Gemüse zu holen. Den rede freundlich an und sprich mit ihm, so wie die Neger reden; begrüße ihn und sage zu ihm: ‚Ich bin schon lange nicht mehr mit dir im Bierhaus zusammen gewesen.' Er wird dir erwidern: ‚Ich habe so viel zu tun; ich habe vierzig Sklaven auf dem Halse, für die muß ich das Mittagsmahl kochen und das Nachtmahl kochen, außerdem muß ich die Hunde füttern und auch das Essen für Dalîla und das Essen für ihre Tochter Zainab zubereiten.' Dann sag du zu ihm: ‚Komm, laß uns Rostbraten essen und Hirsebier trinken', und geh mit ihm in die Halle und mach ihn trunken!

Und danach frage ihn aus über seinen Dienst: was er zu kochen hat und wieviel Gerichte, welches Futter die Hunde bekommen und welches der Schlüssel zur Küche und der Speisekammer ist! Er wird dir alles sagen; denn der Trunkene erzählt alles, was er verbergen würde, wenn er nüchtern wäre. Darauf betäube ihn mit Bendsch und zieh seine Kleider an, tu auch die Messer an deinen Gürtel, nimm den Gemüsekorb, geh auf den Markt und kaufe Fleisch und Gemüse! Wenn du das getan hast, so geh zu Küche und Speisekammer und koche die Speisen! Lege sie in Schüsseln, nimm sie und trag das Mahl zu Dalîla hinein! Tu aber Bendsch in alle Speisen, so daß du die Hunde und die Sklaven und Dalîla und ihre Tochter Zainab betäubst! Zuletzt geh zum Söller hinauf und hol von dort all die Gewänder! Und wenn du wirklich dich mit Zainab vermählen willst, nimm auch die vierzig Brieftauben mit dir!' So ging denn 'Alî hinaus und traf auch den schwarzen Koch. Er begrüßte ihn und sprach zu ihm: ‚Ich bin schon lange nicht mehr mit dir im Bierhause zusammen gewesen.' Jener antwortete: ‚Ich hab so viel zu tun mit dem Kochen für die Sklaven und für die Hunde.' Da nahm 'Alî ihn mit sich, machte ihn trunken und fragte ihn, wie viel Gerichte er zu kochen habe; und der Schwarze erwiderte ihm: ‚Jeden Tag fünf Gerichte zum Mittag und fünf Gerichte zum Abend, und gestern haben sie auch noch ein sechstes von mir verlangt, Reis mit Honig und Safran, und sogar ein siebentes, gekochte Granatapfelkerne.' Weiter fragte 'Alî: ‚Wie ist es mit den Tischen, die du zu besorgen hast?' Und der Koch erzählte: ‚Zuerst trage ich den Tisch für Zainab auf, dann den für Dalîla, darauf gebe ich den Sklaven zu essen und nach ihnen den Hunden; einem jeden gebe ich genug Fleisch zu fressen, keiner ist mit weniger als einem Pfund zufrieden.' Das Schicksal aber wollte es, daß 'Alî vergaß, ihn nach den Schlüsseln zu fragen. Nun zog er dem Trunkenen die Kleider aus und legte sie sich selber an, nahm den Korb und ging auf den Markt. Dort kaufte er Fleisch und Gemüse. – –«

Da bemerkte Schehrezâd, daß der Morgen begann, und sie hielt in der verstatteten Rede an. Doch als die *Siebenhundertunddreizehnte Nacht* anbrach, fuhr sie also fort: »Es ist mir berichtet worden, o glücklicher König, daß 'Alî Zaibak aus Kairo, nachdem er den Koch betäubt hatte, die Messer herauszog und sie in seinen Gürtel steckte und dann den Gemüsekorb nahm. Darauf ging er zum Markt, kaufte das Fleisch und das Gemüse, kehrte um und trat zur Tür des Châns ein. Dort sah er Dalîla sitzen, die jeden, der ein und aus ging, genau beobachtete; auch sah er die vierzig gewappneten Sklaven. Dennoch faßte er sich ein Herz. Dalîla erkannte ihn, sobald sie ihn ansah, und sie rief: ,Zurück, du Hauptmann der Diebe! Willst du mir im Chân einen Streich spielen?' Aber 'Alî el-Misri, der ja ganz wie ein Sklave aussah, wandte sich zu ihr und sprach: ,Was sagst du, o Pförtnerin?' Sie fragte: ,Was hast du mit dem Sklaven, dem Koch, gemacht? Was hast du ihm angetan? Hast du ihn getötet oder mit Bendsch betäubt?' Doch er fragte sie: ,Was für ein Koch? Ist hier noch ein anderer Koch außer mir?' Da rief sie: ,Du lügst! Du bist 'Alî Zaibak aus Kairo!' ,O Pförtnerin,' erwiderte er ihr, ganz in der Sprache der Neger, ,sind die Kairiner weiß oder schwarz? Ich will hier nicht länger dienen.' Nun fragten die Sklaven: ,Was ist dir, Vetter?' Dalîla rief: ,Dies ist kein Vetter von euch! Dies ist 'Alî Zaibak aus Kairo; und mir scheint, er hat euren Vetter betäubt oder getötet.' Und sie antworteten: ,Dies ist doch unser Vetter Sa'dallâh, der Koch!' ,Nein,' rief sie, ,er ist nicht euer Vetter, er ist 'Alî der Kairiner, er hat sich die Haut gefärbt.' Er aber sagte: ,Wer ist 'Alî? Ich bin Sa'dallâh!' Sie sprach: ,Ich habe ja Scheidesalbe', holte die Salbe, strich sie ihm auf den Unterarm und rieb ihn; aber die schwarze Farbe löste sich nicht. Da sprachen die Sklaven: ‚Laß ihn doch gehen, damit er uns das Essen kocht!' Sie begann jedoch von neuem: ‚Wenn er wirklich euer Vetter ist, so weiß er, was ihr gestern abend von ihm verlangt habt und wieviel Gerichte er jeden Tag kochen muß.' Da fragten sie ihn nach den Gerichten und nach dem, was sie am Tag vorher von ihm verlangt hatten. Und er antwortete: ‚Linsen und Reis und Brühe und Ragout und Rosenscherbett; und gestern verlangtet ihr noch ein sechstes Gericht, Reis mit Honig und Safran, und sogar ein siebentes, Granatapfelkerne; und am Abend war es genau so.' Die Sklaven riefen: ‚Er hat es richtig gesagt!' Da sprach Dalîla: ‚Gehet hinein mit ihm! Und wenn er die Küche und die Speisekammer kennt, so ist er euer Vetter; doch wenn nicht, so tötet ihn!' Nun hatte der Koch eine Katze aufgezogen, und jedesmal, wenn er ins Haus kam, stand die Katze vor der Tür der Küche und sprang ihm auf die Schulter, während er hineinging. Als 'Alî jetzt hereinkam, sprang die Katze auch ihm auf die Schulter, sobald sie ihn sah; aber er schüttelte sie ab, und sie lief vor ihm her bis zur Küche. Er sah ein, daß die Katze nur vor der Küchentür stehen bleiben könne, und so nahm er die Schlüssel, und da er unter ihnen einen sah, an dem noch Spuren der Federn hingen, so erkannte er, daß dies der Küchenschlüssel sein müsse, und er öffnete mit ihm die Tür und setzte den Korb mit Gemüse ab. Dann ging er wieder hinaus, und die Katze lief vor ihm her, bis sie zur Tür der Speisekammer kam. Er sagte sich, daß dies die Speisekammer sein müsse, und so nahm er die Schlüssel, und als er unter ihnen einen sah, an dem Spuren von Fett waren, erkannte er ihn als den richtigen und öffnete die Tür. Da sagten die Sklaven: ‚O Dalîla, wäre er ein Fremder, so hätte er die Küche und die

Speisekammer nicht erkannt, und er hätte auch nicht gewußt, welcher von den beiden Schlüsseln zu jedem der beiden Räume gehörte. Der ist wirklich unser Vetter Sa'dallâh.' Doch sie sprach: ‚Die Räume hat die Katze ihm gezeigt, und die Schlüssel hat er an ihren Zeichen erkannt. Dies alles macht mir keinen Eindruck.' Er aber ging in die Küche, kochte die Speisen und brachte den ersten Tisch voll zu Zainab. Dort, in ihrem Obergemache, sah er all die Kleider hängen. Dann ging er wieder nach unten, holte den Tisch für Dalîla, gab den Sklaven zu essen und fütterte die Hunde. Und am Abend machte er es ebenso. Nun wurde das Tor bei Sonnenaufgang geöffnet und bei Sonnenuntergang geschlossen; darum erhob 'Alî seine Stimme und rief in den Chân: ‚Ihr, die ihr in dem Chân wohnt, die Sklaven haben ihre Wachtposten bezogen, und wir haben die Hunde losgelassen. Und jeder, der jetzt noch hinausgeht, hat nur sich selbst zu tadeln!' Er hatte aber die Fütterung der Hunde verzögert, und jetzt, nachdem er Gift in das Futter getan hatte, setzte er es ihnen vor; als die Tiere davon gegessen hatten, starben sie. Alle Sklaven und Dalîla und ihre Tochter Zainab hatte er durch Bendsch in den Speisen betäubt. Und nun ging er wieder hinauf, holte alle die Kleider und die Brieftauben, öffnete die Tür des Châns, ging hinaus und begab sich zur Halle. Hasan Schumân sah ihn und fragte ihn: ‚Was hast du vollbracht?' Er berichtete ihm alles, was geschehen war; und der lobte ihn. Dann zog er ihm die Kleider aus, kochte für ihn Kräuter und wusch ihn mit deren Saft, so daß er wieder weiß wurde, wie er zuvor gewesen war; danach ging er zum Koch, legte ihm seine eigenen Kleider wieder an und weckte ihn aus seiner Betäubung auf. Der Sklave erhob sich, ging zum Grünwarenhändler, kaufte Gemüse und kehrte in den Chân zurück.

Wenden wir uns nun von 'Alî Zaibak el-Misri zu der listigen Dalîla! Zu ihr kam ein Kaufmann, einer von den Bewohnern des Châns, der beim Dämmern der Morgenröte aus seinem Zimmer hinausgegangen war und das Tor offen, die Sklaven betäubt und die Hunde tot gesehen hatte. Als er zu Dalîla eintrat, entdeckte er, daß sie betäubt war und auf ihrem Halse ein Blatt lag und auf ihrem Haupte ein Schwamm mit dem Gegenmittel gegen das Bendsch; er legte ihr den Schwamm an die Nase, und sie wachte auf. Wie sie nun wach war, fragte sie: ‚Wo bin ich?' Der Kaufmann antwortete ihr: ‚Als ich herunterkam, sah ich das Tor des Châns offen und dich und die Sklaven betäubt; die Hunde aber sah ich tot.' Da nahm ich das Blatt und las auf ihm die Worte: ‚Diese Tat hat kein anderer getan als 'Alî der Kairiner.' Darauf ließ sie die Sklaven und ihre Tochter Zainab an dem Gegengifte riechen und sprach zu ihnen: ‚Habe ich euch nicht gesagt, daß dies 'Alî der Kairiner war?' Und zu den Sklaven gewandt, fügte sie hinzu: ‚Haltet diese Sache geheim!' Dann sprach sie zu ihrer Tochter: ‚Wie oft habe ich dir gesagt, daß 'Alî von seiner Rache nicht lassen würde! Jetzt hat er diese Tat vollbracht zur Vergeltung für das, was du ihm angetan hast. Es stand in seiner Macht, noch anderes an dir zu tun als dies; aber dessen hat er sich enthalten, um Güte walten zu lassen und um Freundschaft zwischen uns herzustellen.' Dann legte Dalîla die Männerkleidung ab, kleidete sich in Frauengewänder, band sich das Tuch des Friedens um den Hals und begab sich in die Halle von Ahmed ed-Danaf.

Als 'Alî zur Halle gekommen war mit den Gewändern und den Brieftauben, hatte Schumân dem Verwalter das Geld für vierzig andere Tauben gegeben, und er hatte sie gekauft und für die Leute gekocht. Nun klopfte Dalîla an die Tür, und Ahmed ed-Danaf sprach: ‚Dies ist Dalîlas Pochen; geh hin, öffne ihr die Tür, o Verwalter!' Der ging hin, machte ihr auf, und Dalîla trat ein. – –«

Da bemerkte Schehrezâd, daß der Morgen begann, und sie hielt in der verstatteten Rede an. Doch als die *Siebenhundertundvierzehnte Nacht* anbrach, fuhr sie also fort: »Es ist mir berichtet worden, o glücklicher König, daß Schumân, als der Verwalter die Halle öffnete und Dalîla eintrat, zu ihr sprach: ,Was führt dich hierher, du Unglücksalte? Du und dein Bruder Zuraik, der Fischhändler, ihr gehört wahrlich zusammen!' Sie gab ihm zur Antwort: ,Herr Hauptmann, ich bin im Unrecht; und dieser mein Hals ist in deiner Gewalt. Aber sage mir, wer von euch ist der Mann, der mir diesen Streich gespielt hat?' Ahmed ed-Danaf sagte: ,Er ist der Erste unter meinen Leuten.' Und Dalîla bat: ,Tritt für mich bei ihm ein, daß er mir die Brieftauben und das andere zurückgibt; erweise mir diesen großen Dienst!' Da sagte Hasan Schumân: ,Allah vergelte es dir, o 'Alî, warum hast du die Tauben gekocht?' Und 'Alî erwiderte: ,Ich wußte doch nicht, daß es Brieftauben waren.' Darauf befahl Ahmed: ,Verwalter, bringe sie uns!' Der brachte sie; und Dalîla nahm ein Stück von den Tauben, kostete es und sprach: ,Dies ist kein Fleisch von den Brieftauben; ich habe sie mit Moschuskörnern gefüttert, und ihr Fleisch ist wie Moschus geworden.' Darauf hub Schumân an: ,Wenn du die Brieftauben haben willst, so erfülle den Wunsch 'Alîs des Kairiners!' ,Worin besteht sein Wunsch?' fragte sie; und Hasan antwortete ihr: ,Darin, daß du ihn mit deiner Tochter Zainab vermählst.' Sie sagte nun: ,Ich habe keine Gewalt über sie, es sei denn in Güte.' Und Hasan rief 'Alî dem Kairiner zu: ,Gib ihr die Tauben!' Der tat es, und Dalîla nahm sie hin und freute sich ihrer. Dann sprach Schumân zu ihr: ,Du mußt uns eine Antwort geben, die uns befriedigt!' Sie erwiderte: ,Wenn es wirklich sein Wunsch ist, daß er sich mit ihr vermähle, so ist dieser Streich, den er gespielt hat, noch kein Zeichen von Schlauheit. Die wahre Schlauheit besteht darin, daß er sie von ihrem Oheim zur Frau begehrt, dem Hauptmann Zuraik; denn er ist ihr Vormund, er, der da ausruft: ,O, ein Pfund Fische für zwei Heller!' und der vor seinem Laden einen Beutel mit zweitausend Goldstücken aufgehängt hat.' Als die Leute sie das sagen hörten, riefen sie: ,Was für Worte sind das, du Dirne! Du willst nur, daß wir unseren Bruder 'Alî el-Misri verlieren.' Dalîla ging nun von ihnen fort, begab sich zum Chân und sprach zu ihrer Tochter: ,'Alî der Kairiner hat um dich bei mir geworben.' Darüber freute sich Zainab; denn sie hatte ihn lieb gewonnen, weil er sich ihrer keusch enthalten hatte, und sie fragte ihre Mutter, was geschehen sei. Die erzählte ihr alles, was sich begeben hatte, und fügte hinzu: ,Ich habe es ihm zur Bedingung gemacht, daß er dich von deinem Oheim zur Frau begehrt, und so stürze ich ihn ins Verderben.'

Inzwischen wandte 'Alî el-Misri sich an seine Gefährten und fragte sie: ,Was ist es mit Zuraik? Was für ein Mann ist er?' Sie antworteten ihm: ,Er war das Oberhaupt der Genossen des Landes Irak; er hätte fast einen Berg durchbohren, die Sterne vom Himmel herunterholen und die Schminke von den Augenwimpern stehlen können, kurz, er hatte in seiner Art nicht seinesgleichen. Jetzt aber hat er allem abgeschworen und einen Fischladen aufgetan. Er hat durch den Fischhandel zweitausend Dinare zusammengebracht; die hat er in einen Beutel getan, an den Beutel hat er eine seidene Schnur gebunden, und an der Schnur hat er Schellen und Glöckchen aus Erz befestigt; und die Schnur läuft nun von dem Beutel bis zu einem Pflock drinnen im Laden, um den sie gewickelt ist. Und jedesmal, wenn er seinen Laden öffnet, hängt er den Beutel auf und ruft: ,Wo seid ihr, Schelme Ägyptens, Genossen aus Irak, Meister aus dem Perserland? Zuraik, der Fischhändler, hat einen Beutel vor seinem Laden aufgehängt. Wer auf Schlauheit Anspruch macht, der soll ihn mit List entwenden und behalten!' Daher kommen denn auch die Genossen vom Volke der Begehrlichkeit und wollen ihn stehlen; aber sie vermögen es nicht. Denn er hat zu seinen Füßen Scheiben aus Blei, während er brät oder Feuer anmacht; und wenn ein Begehrlicher kommt, um ihn zu überrumpeln, so nimmt er eine Bleischeibe und wirft sie nach ihm und tut ihm einen Schaden oder tötet ihn. Wenn du nun, 'Alî, es mit ihm aufnehmen willst, so gleichst du einem, der einen Toten schlagen will und nicht weiß, wer gestorben ist; du bist ihm nicht gewachsen, dir droht Gefahr von ihm. Du hast es ja nicht nötig, dich mit Zainab zu vermählen; und wer eine Sache aufgibt, lebt auch ohne sie.' Doch 'Alî entgegnete: ,Das wäre eine Schmach, ihr Mannen! Ich muß den Beutel haben. Bringt mir aber Mädchenkleider!' Da brachten sie ihm solche Gewänder, und er legte sie an. Ferner färbte er sich die Hände mit Henna und ließ den Schleier weit herunterhängen. Auch schlachtete er ein Lamm, nahm das Blut und füllte es in den Darm, den er zuvor gereinigt und unten zugebunden hatte; dann befestigte er ihn an seinem Schenkel und zog Frauenhosen darüber und legte kurze Stiefel an. Schließlich machte er sich ein Paar Brüste aus Vogelkröpfen, die er mit Milch füllte, band sich auf den Bauch einen Packen Leinwand, unter den er Baumwolle legte, und gürtete sich mit einem wohlgestärkten Tuch. Jeder der ihn sah, rief: ,Welch schöne Hüften sind das!' Ihm begegnete ein Eseltreiber; dem gab er einen Dinar, und der ließ ihn reiten und lief mit ihm bis zum Laden Zuraiks, des Fischhändlers. Dort sah 'Alî den Beutel hängen und das Gold aus ihm herausleuchten. Zuraik aber briet seine Fische; und 'Alî rief: ‚Eseltreiber, was für ein Geruch ist dies?' Jener antwortete: ‚Es ist der Geruch von Zuraiks Fischen!' Und 'Alî fuhr fort: ‚Ich bin eine schwangere Frau; der Geruch könnte mir schaden. Hole mir ein Stück Fisch von ihm!' Der Eseltreiber sprach zu Zuraik: ‚Wie kannst du schon am frühen Morgen solchen Gestank schwangeren Frauen entgegenblasen! Ich habe die Gattin des Emirs Hasan Scharr et-Tarîk bei mir, und sie hat den Gestank riechen müssen, wo sie schwanger ist. Nun bring ihr ein Stück Fisch; denn das Kind regt sich in ihrem Leibe! O Schützer, o Gott, wende das Unheil dieses Tages von uns ab!' Da nahm Zuraik ein Stück Fisch und wollte es braten, aber das Feuer war erloschen, und so ging er nach drinnen, um es wieder zu entzünden. Derweilen hatte 'Alî el-Misri sich gesetzt, und er drückte auf den Schafdarm, bis er ihn zum Platzen brachte und das Blut zwischen seinen Beinen hervorströmte. Und er rief: ‚Ach, meine Seite! Ach, mein Rücken!' Da wandte der Treiber sich um und sah das Blut fließen; und er fragte: ‚Was ist dir, meine Herrin?' Der Schelm aber, der ja als Frau verkleidet war, erwiderte: ‚Ich habe eine Fehlgeburt getan!' Auch Zuraik schaute heraus, und als er das Blut sah, lief er voller Schrecken in den Laden zurück. Doch der Eseltreiber rief: ‚Allah strafe dich, Zuraik! Die Dame hat eine Fehlgeburt getan; und du vermagst nichts wider ihren Gatten. Warum hast du auch früh am Morgen solchen Gestank verbreitet? Ich sagte dir doch, du sollst ihr ein Stück Fisch geben; willst du es nicht tun?' Darauf nahm der Treiber seinen Esel und ging seiner Wege. Aber als Zuraik in seinen Laden hineinlief, streckte 'Alî seine Hand nach dem Beutel aus. Kaum hatte er ihn berührt, so klirrte das Gold in dem Beutel, und die Schellen und Glöckchen und Ringe begannen zu läuten. Da rief Zuraik: ‚Dein Betrug ist ans Licht gekommen, du Galgenvogel! Willst du mir in Weibergestalt einen Streich spielen? Jetzt nimm, was dir zukommt!' Mit diesen Worten warf er eine Bleischeibe nach ihm, aber sie ging fehl und traf einen anderen. Nun erhob sich das Volk wider Zuraik und rief: ,Bist du ein Kaufmann oder ein Fechter? Wenn du ein Mann des Marktes bist, so nimm den Beutel herunter und verschone das Volk mit deinem Unheil!' Er gab ihnen zur Antwort: ,Im Namen Allahs, gern!' Inzwischen kehrte 'Alî zur Halle zurück, und als Schumân ihn fragte, was er ausgerichtet habe, erzählte er ihm alles, was geschehen war. Dann legte er die Frauenkleider ab und sprach: ,Schumân, gib mir die Tracht eines Reitknechts!' Und er nahm sie hin und legte sie an. Darauf holte er eine Schüssel und fünf Dirhems, ging zu Zuraik, dem Fischhändler, und der sprach zu ihm: ,Was wünschest du, Meister?' Als 'Alî ihm die fünf Dirhems zeigte, wollte er ihm von den Fischen geben, die auf der Platte lagen. Doch 'Alî sagte: ,Ich will nur frisch gebratene Fische haben.' Da legte Zuraik die Fische in die Pfanne und wollte sie braten; aber das Feuer war erloschen, und so ging er weiter nach innen, um es wieder zu entzünden. Schnell streckte 'Alî seine Hand aus, um den Beutel zu ergreifen; aber kaum hatte er das Ende davon berührt, so läuteten die Glöckchen und Ringe und Schellen. Und Zuraik rief ihm zu: ,Deine List hat mich nicht getäuscht, wenn du auch in Gestalt eines Reitknechtes zu mir gekommen bist. Ich habe dich an dem Griffe deiner Hand erkannt, mit dem du das Geld und die Schüssel hieltest.' – –«

Da bemerkte Schehrezâd, daß der Morgen begann, und sie hielt in der verstatteten Rede an. Doch als die *Siebenhundertundfünfzigste Nacht* anbrach, fuhr sie also fort: »Es ist mir berichtet worden, o glücklicher König, daß, wie 'Alî seine Hand ausstreckte, um den Beutel zu ergreifen, die Glöckchen und

Ringe läuteten, und daß Zuraik ihm zurief: ‚Deine List hat mich nicht getäuscht, wenn du auch in Gestalt eines Reitknechtes zu mir gekommen bist. Ich habe dich an dem Griffe deiner Hand erkannt, mit der du das Geld und die Schüssel hieltest.' Zugleich warf er aber eine Bleischeibe nach ihm; 'Alî el-Misri wich ihr aus, und sie fiel in eine Pfanne, die voll von dem heißen Fleische war. Die Pfanne zerbrach, und ihr Inhalt ergoß sich mitsamt der Brühe auf die Schulter des Kadis, der gerade vorüberging; alles rann ihm dann in den Busen und kam sogar auf seine Schamteile. Da schrie der Kadi: ‚Ach, meine Scham! Welche Gemeinheit, du Elender! Wer hat mir dies angetan?' Die Leute sprachen: ‚O Herr, das war ein kleiner Knabe, er hat mit einem Steine geworfen, der zufällig in die Pfanne fiel. Allah hat noch Schlimmeres von dir abgewendet!' Dann aber sahen sie sich um und fanden die Bleischeibe und wußten, daß Zuraik, der Fischhändler, sie geworfen hatte. Und sie erhoben sich wider ihn und sprachen: ‚Das ist von Allah nicht erlaubt, Zuraik! Nimm diesen Beutel herunter; das ist besser für dich.' ‚So Gott will, werde ich ihn herabnehmen', erwiderte Zuraik.

Inzwischen begab 'Alî el-Misri sich wieder zur Halle und trat bei den Kumpanen ein. Die fragten ihn: ‚Wo ist der Beutel?' Da erzählte er ihnen alles, was geschehen war; und sie sagten nun: ‚Du hast schon zwei Drittel seiner Schlauheit erschöpft.' Er aber zog seine Kleider aus, legte das Gewand eines Kaufmannes an und ging hinaus. Da traf er einen Schlangenbeschwörer mit einem Sack voll Schlangen und einem Ranzen, in dem er sein Gerät trug; zu dem sprach er: ‚Du Schlangenmeister, ich möchte, daß du meinen Kindern deine Kunst zeigst; dann sollst du ein Geschenk erhalten.' Und er nahm ihn mit sich in die Halle, gab ihm zu essen und betäubte ihn mit Bendsch. Darauf zog er die Kleider des Mannes an, ging zu Zuraik, dem Fischhändler, trat auf ihn zu und begann die Flöte zu spielen.[1] Zuraik rief: ‚Allah sorge für dich!'[2] Aber nun zog 'Alî die Schlangen heraus und warf sie vor sich nieder; und der Fischhändler, der sich vor den Schlangen fürchtete, floh in das Innere des Ladens. Da raffte 'Alî die Schlangen zusammen, tat sie in den Sack, streckte seine Hand nach dem Beutel und faßte sein Ende. Die Ringe und Schellen und Glöckchen erklangen, und Zuraik rief: ‚Willst du mir immer noch Streiche spielen, so daß du dich gar als Schlangenbeschwörer verkleidest?' Er warf eine Bleischeibe nach ihm; aber da kam gerade ein Reitersmann vorbei, und hinter ihm lief sein Stallknecht; dem fiel die Scheibe auf den Kopf und streckte ihn nieder. Der Reiter rief: ‚Wer hat ihn zu Boden geworfen?' Die Leute sagten: ‚Das war ein Stein, der vom Dache fiel.' Als der Reiter seines Weges zog, wandten die Leute sich um und sahen die Bleiplatte; wieder traten sie zu Zuraik und sprachen zu ihm: ‚Nimm den Beutel herunter!' ‚So Gott will, werde ich ihn noch heute abend herunternehmen', gab er zur Antwort. 'Alî aber versuchte es immer wieder, Zuraik zu überlisten, bis er ihm sieben Streiche gespielt hatte, ohne doch den Beutel zu gewinnen. Dann gab er dem Schlangenbeschwörer seine Kleider und all sein Gerät zurück und machte ihm ein schönes Geschenk. Nun ging er noch einmal zu dem Laden Zuraiks, und da hörte er, wie jener sagte: ‚Wenn ich den Beutel die Nacht über im Laden lasse, so wird der Schelm die Mauer durchbohren und das Geld stehlen; ich will es also lieber mit nach Hause

---

1. Die Schlangenbändiger hocken nieder und blasen eine Rohrflöte, nach deren Takt die gezähmten Schlangen, denen die Giftzähne ausgebrochen sind, ihren Kopf hin und her bewegen. - 2. Vgl. oben Seite 727, Anmerkung 2.

nehmen.' So machte er sich daran, den Laden zu räumen, und nahm auch den Beutel und barg ihn an seinem Busen. 'Alî folgte ihm, bis er in die Nähe seines Hauses kam. Dort bemerkte Zuraik, daß in seines Nachbarn Haus eine Hochzeit war, und er sprach bei sich: ,Ich will zuerst nach Hause eilen und meiner Frau den Beutel geben; dann will ich mir meine Festkleider anlegen und zu der Hochzeit gehen.' Er schritt also weiter, während 'Ali hinter ihm her schlich. Nun hatte Zuraik eine schwarze Sklavin zum Weibe, eine von den Freigelassenen des Wesirs Dscha'far, und hatte durch sie einen Sohn erhalten, den er 'Abdallah genannt hatte. Und er hatte ihr versprochen, das Geld aus dem Beutel auf die Feier der Beschneidung des Knaben und für seine Verlobung und sein Hochzeitsfest zu verwenden. Jetzt also trat Zuraik zu seiner Frau ein, mit bewölkter Miene; und sie fragte ihn: ,Warum runzelst du die Stirn?' Er antwortete ihr: ,Gott hat mich heute mit einem Schelm heimgesucht, der mir sieben Streiche gespielt hat, um den Beutel zu stehlen; aber er hat ihn doch nicht erwischen können.' Da sagte sie: ,Gib ihn mir, auf daß ich ihn bis zur Hochzeit des Knaben bewahre!' und er gab ihn ihr. 'Alî der Kairiner aber hatte sich in einer Kammer versteckt und konnte alles hören und sehen. Nun zog Zuraik seine Kleider aus und legte sein Festgewand an; dabei sagte er zu seiner Frau: ,Hüte den Beutel gut, Umm 'Abdallâh! Ich gehe jetzt zur Hochzeit.' Doch sie bat ihn: ,Ruhe dich erst eine Weile aus!' Da legte er sich nieder und schlief. Jetzt aber erhob sich 'Alî, schlich auf den Zehenspitzen heran, ergriff den Beutel und begab sich dann in das Hochzeitshaus; dort blieb er, um der Feier zuzusehen. Nun hatte Zuraik ein Traumgesicht, daß ein Vogel den Beutel geraubt habe, und da wachte er voller Schrecken auf und rief Umm 'Abdallâh zu: ,Auf, sieh nach dem Beutel!' Sie schaute nach, aber sie fand ihn nicht; und sie schlug sich mit den Händen ins Gesicht und rief: ‚O über die Schwärze deines Glücks, Umm 'Abdallâh! Den Beutel hat der Schelm gestohlen!' ‚Bei Allah,' rief Zuraik, ‚den hat nur der Schelm 'Alî gestohlen! Ja, kein anderer als er hat den Beutel geraubt. Ich muß ihn wiederhaben!' Die Frau sagte: ‚Wenn du ihn nicht wiederbringst, so schließe ich die Tür vor dir zu und lasse dich auf der Straße schlafen.' Darauf begab Zuraik sich zur Hochzeit und sah, wie der Schelm 'Alî zuschaute; und er sagte sich: ‚Der ist es, der den Beutel gestohlen hat; doch er wohnt in der Halle von Ahmed ed-Danaf.' Und rasch eilte er ihm dorthin voraus, kletterte auf der Rückseite empor, ließ sich in die Halle hinab und fand die Genossen schlafen. Da kam auch schon 'Alî und pochte an die Tür. Zuraik sprach: ‚Wer steht an der Tür?' ,'Alî der Kairiner', kam die Antwort; und Zuraik fragte: ‚Hast du den Beutel gebracht?' Nun glaubte 'Alî, es sei Schumân, und so sprach er: ‚Ich habe ihn gebracht; öffne mir die Tür!' Aber Zuraik entgegnete ihm: ‚Ich kann dir nicht eher aufmachen, als bis ich den Beutel sehe; denn ich habe eine Wette mit deinem Meister.' Da rief 'Alî: ‚Streck deine Hand heraus!' Er streckte also seine Hand durch das Loch neben der Türangel[1], 'Alî gab ihm den Beutel, Zuraik nahm ihn hin, kletterte auf demselben Wege zurück, auf dem er gekommen war, und begab sich zur Hochzeit. 'Alî jedoch blieb eine Weile vor der Tür stehen, ohne daß jemand ihm öffnete. Schließlich schlug er donnernd gegen die Tür, so daß die Mannen erwachten; und sie riefen: ‚Dies ist das Klopfen von 'Ali aus Kairo!' Der Verwalter öffnete ihm alsbald und fragte ihn: ‚Hast du den Beutel gebracht?' Doch 'Ali erwiderte: ‚Genug des Scherzes! Schumân, habe ich dir nicht den Beutel durch

1. Eine kleine Öffnung für Hunde und Katzen.

das Loch neben der Türangel gegeben? Und hast du mir nicht gesagt, du hättest geschworen, mir nicht eher die Tür zu öffnen, als bis ich dir den Beutel zeigte?' ‚Bei Allah,' rief Schumân, ‚ich habe ihn nicht erhalten! Das kann nur Zuraik gewesen sein, der ihn dir abgenommen hat.' Und 'Alî rief: ‚Ich muß ihn wiederhaben.' Und alsbald kehrte er zu der Hochzeit zurück; dort hörte er, wie gerade der Possenreißer sagte: ‚Eine Gabe, o Abu 'Abdallâh! Möge der Lohn bei dir deinem Sohne zuteil werden.' Da sagte sich 'Alî: ‚Ich bin doch ein Glückskerl!'[1] Und er ging zum Hause Zuraiks, kletterte von der Rückseite auf das Haus und ließ sich drinnen hinab. Die Frau, die er im Schlafe fand, betäubte er; dann zog er ihr Gewand an und nahm das Kind in seine Arme. Darauf ging er im Hause umher und suchte, bis er einen Korb mit Kuchen fand, die Zuraik in seinem Geize seit dem Feste[2] aufbewahrt hatte. Bald danach kehrte der Fischhändler nach Hause zurück und pochte an die Tür. Der Schelm 'Alî ahmte die Stimme der Frau nach und fragte: ‚Wer steht an der Tür?' ‚Abu 'Abdallâh', antwortete Zuraik; und 'Alî fuhr fort: ‚Ich habe geschworen, dir nicht eher zu öffnen, als bis du mir den Beutel bringst.' ‚Ich habe ihn gebracht', sprach der Fischhändler. ‚So gib ihn her, ehe ich die Tür aufmache', rief 'Alî. Da sagte Zuraik: ‚Laß den Korb herab und hol ihn darin!' Jener ließ den Korb herab, und Zuraik legte den Beutel hinein. Darauf nahm der Schelm 'Alî ihn an sich, betäubte das Kind und weckte die Frau. Und alsbald stieg er an derselben Stelle wieder hinunter, an der er hinaufgeklettert war, eilte zu der Halle, trat zu den Genossen ein und zeigte ihnen den Beutel und das Kind dazu. Da lobten

---

1. An dem Ausruf erkennt 'Alî, daß Zuraik, der Vater 'Abdallâhs, bei der Hochzeit ist. – 2. Das Fest am Ende des Fastenmonats Ramadan ist gemeint.

sie ihn; auch gab er ihnen die Kuchen, und sie aßen davon. Zu Schumân aber sprach er: ‚Dieser Knabe ist der Sohn Zuraiks; verbirg ihn bei dir!' Der nahm ihn und versteckte ihn, holte ein Lamm und schlachtete es und gab es dem Verwalter; und der Verwalter kochte das Lamm als Ganzes, wickelte es in ein Leichentuch und bahrte es auf wie einen Toten.

Derweilen war Zuraik an der Tür stehen geblieben; dann aber klopfte er donnernd an. Da rief die Frau hinaus: ‚Hast du den Beutel gebracht?' Und er antwortete ihr: ‚Hast du ihn nicht in dem Korb emporgezogen, den du heruntergelassen hast?' Nun rief sie: ‚Ich habe keinen Korb hinuntergelassen, ich habe auch keinen Beutel gesehen, ich habe überhaupt nichts bekommen.' ‚Bei Allah,' sagte er, ‚der Schelm ist mir zuvorgekommen und hat ihn noch einmal geholt.' Dann suchte er im Hause umher und fand, daß der Kuchen fehlte und der Knabe nicht dort war. Er rief: ‚Wehe, das Kind!' Und die Frau schlug sich auf die Brust und rief: ‚Ich und du vor den Wesir! Niemand anders hat meinen Sohn getötet als der Schelm, der die Streiche gespielt hat, und das alles um deinetwillen!' Zuraik sprach: ‚Ich will für ihn haften.' Dann ging er hin, band sich das Tuch des Friedens um den Hals, begab sich zur Halle von Ahmed ed-Danaf und klopfte an die Tür. Nachdem der Verwalter ihm geöffnet hatte, trat er zu den Kumpanen ein. Da fragte Schumân: ‚Was führt dich hierher?' Er antwortete: ‚Tretet für mich bei 'Alî dem Kairiner ein, daß er mir mein Kind zurückgebe! Den Beutel mit Gold will ich ihm überlassen.' Schumân rief: ‚Allah vergelte es dir, o 'Alî! Warum hast du uns nicht kundgetan, daß es sein Sohn ist?' ‚Was ist mit ihm geschehen?' fragte Zuraik; und Schumân erwiderte: ‚Wir haben ihm Trauben zu essen gegeben; da ist er erstickt und gestorben. Und dort ist er nun.' Zuraik rief: ‚Wehe, das

Kind! Was soll ich seiner Mutter sagen?' Dann machte er das Leichentuch auf und entdeckte, daß ein gekochtes Lamm darin war, und er sprach: ‚Du treibst Scherz mit mir, 'Alî!' Und nun gaben sie ihm sein Kind; Ahmed ed-Danaf aber sprach: ‚Du hast den Beutel aufgehängt und gesagt, wer schlau sei, solle ihn nehmen, und wenn ein Schlauer ihn hole, so solle er ihn behalten. Jetzt ist er das Eigentum 'Alîs des Kairiners geworden.' ‚Ich mache ihn ihm zum Geschenk', erwiderte Zuraik; und 'Alî Zaibak el-Misri sagte: ‚Nimm ihn hin um deiner Nichte Zainab willen!' Als Zuraik dann sprach: ‚Ich nehme ihn an', riefen die Genossen: ‚Wir verlangen sie von dir zum Weibe für 'Alî den Kairiner.' Doch er entgegnete: ‚Ich habe keine Gewalt über sie, es sei denn durch Güte.' Darauf nahm er sein Kind und den Beutel; und Schumân fragte ihn: ‚Nimmst du die Werbung von uns an?' Er antwortete: ‚Ja, ich nehme sie an von dem, der ihren Brautpreis zu zahlen vermag.' ‚Was ist denn ihr Brautpreis?' fragte Hasan; und Zuraik erwiderte: ‚Sie hat geschworen, daß niemand an ihrer Brust ruhen soll als er, der ihr das Gewand Kamars, der Tochter des Juden 'Adhra, und ihre anderen Sachen bringt.' – –«

Da bemerkte Schehrezâd, daß der Morgen begann, und sie hielt in der verstatteten Rede an. Doch als die *Siebenhundertundsechzehnte Nacht* anbrach, fuhr sie also fort: »Es ist mir berichtet worden, o glücklicher König, daß Zuraik zu Schumân sagte: ‚Zainab hat geschworen, daß niemand an ihrer Brust ruhen soll als er, der ihr das Gewand Kamars, der Tochter des Juden 'Adhra, bringt, dazu auch ihre Krone, den Gürtel und den goldenen Pantoffel.' Nun rief 'Alî: ‚Wenn ich ihr nicht heute abend das Gewand bringe, so will ich keinen Anspruch auf sie haben.' Doch Zuraik sagte: ‚O 'Alî, du bist des Todes, wenn du ihr einen Streich zu spielen versuchst.' ‚Weshalb denn?' fragte 'Alî; und die anderen erzählten ihm: ‚Der Jude 'Adhra ist ein listenreicher und betrügerischer Zauberer, der die Geister zu Dienern hat; er hat vor der Stadt ein Schloß, dessen Wände abwechselnd aus goldenen und silbernen Ziegeln gebaut sind. Jenes Schloß ist für die Menschen sichtbar, solange er darinnen weilt; wenn er aber hinausgeht, so wird es unsichtbar. Er hat eine Tochter namens Kamar; und für sie hat er das Kleid aus einer Schatzhöhle gebracht. Er legt das Kleid auf eine goldene Schüssel, öffnet die Fenster des Schlosses und ruft dann: ‚Wo sind die Schelme von Ägypten, die Genossen aus Irak, die Meister aus dem Perserland? Wer dies Kleid zu entwenden vermag, dem soll es gehören.' Alle Genossen haben versucht, es zu gewinnen; aber sie haben es nicht stehlen können, und er hat sie in Affen und Esel verwandelt.' Dennoch sprach 'Alî: ‚Ich muß es gewinnen; und Zainab, die Tochter der listigen Dalîla, soll in ihm bei der Hochzeit entschleiert werden.' Darauf begab 'Alî el-Misri sich zu dem Laden des Juden, und er fand in ihm einen Mann von hartem und rauhem Aussehen; bei ihm befanden sich eine Waage, Gewichte, Gold, Silber und Schubladen, auch stand dort ein Maultier. Nun erhob sich der Jude, schloß den Laden, tat das Gold und das Silber in zwei Beutel, die er in Satteltaschen legte und dem Maultier auflud. Dann saß er auf und ritt dahin, bis er draußen vor der Stadt war. 'Alî der Kairiner aber folgte ihm, ohne daß jener es bemerkte. Darauf nahm der Jude ein wenig Staub aus seinem Beutel, den er in der Tasche trug, murmelte Beschwörungen darüber und streute ihn in die Luft. Und plötzlich erblickte der Schelm 'Alî ein Schloß, das nicht seinesgleichen hatte. Dann stieg das Maultier mit dem Juden die Treppe hinauf; denn es war ein Geist, den der Jude sich dienstbar gemacht hatte. Er nahm die Satteltaschen von dem Tiere herunter, und es ging davon und verschwand. Darauf setzte sich der Jude in seinem Schlosse nieder, während 'Alî zuschaute, was er tat. Und er holte ein goldenes Rohr, hängte daran eine goldene Schale mit goldenen Ketten und legte das Kleid hinein. Alles das sah 'Alî, der hinter der Tür stand. Und alsbald begann der Jude zu rufen: ‚Wo sind die Schelme aus Ägypten, die Genossen aus Irak und die Meister aus dem Perserland? Wer dies Kleid durch seine Schlauheit entwenden kann, dem soll es gehören!' Dann murmelte er wieder Beschwörungen, und ein Tisch ward vor ihm hingestellt, und er aß; darauf erhob sich der Tisch mit Speisen von selbst und verschwand. Von neuem sprach der Jude Zauberworte, und da ward ihm ein Tisch mit Wein gebracht, und er trank. 'Alî sagte sich: ‚Du kannst dies Kleid nur dann gewinnen, wenn er trunken ist.' Dann schlich er sich von hinten an den Zauberer heran und zückte ein Schwert aus Stahl in seiner Hand. Der Jude aber wandte sich um und beschwor die Hand, indem er zu ihr sprach: ‚Halt ein mit dem Schwerte!' Da blieb die Hand mit dem Schwerte in der Luft stehen. 'Alî streckte die linke Hand aus, doch auch die blieb in der Luft stehen. Und desgleichen erstarrte sein rechter Fuß, so daß er nur noch auf einem Fuße stand. Darauf nahm der Jude den Zauber von ihm, und 'Alî el-Misri ward wieder, wie er zuvor gewesen war. Nun entwarf der Jude eine geomantische Figur, und da ward ihm kund, daß jener Mann 'Alî Zaibak el-Misri hieß. Und er wandte sich zu ihm und sprach: ‚Komm heran! Wer bist du, und was treibst du?' Der Schelm erwiderte ihm: ‚Ich bin 'Alî der Kairiner, ein Bursche von Ahmed ed-Danaf. Ich habe um Zainab, die Tochter der listigen Dalîla, gefreit, und man hat mir als Brautpreis das Kleid deiner Tochter auferlegt. Also gib es mir, wenn du dein Leben retten willst, und werde Muslim!'

‚Nach deinem Tode!' sagte der Zauberer; ‚schon viele Leute haben mir Streiche spielen wollen, um das Kleid zu entwenden, aber keiner hat es mir rauben können. Wenn du auf guten Rat hören willst, so rette dich selbst! Man hat das Kleid nur deshalb von dir verlangt, damit du ins Verderben stürzest. Und hätte ich nicht erkannt, daß dein Glück größer ist, als das meine, so hätte ich dir den Kopf abgeschlagen.' 'Alî freute sich, daß sein Glück größer war als das des Juden, wie der es selbst erkannt hatte; und so sprach er: ‚Es bleibt kein Ausweg, ich muß das Kleid haben, und du mußt Muslim werden!' ‚Ist dies dein unumstößlicher Wille?' fragte der Jude; und 'Alî antwortete: ‚Jawohl.' Da nahm der Zauberer eine Schale mit Wasser, sprach Beschwörungen darüber und sprach zu 'Alî: ‚Tritt hervor aus der menschlichen Gestalt und nimm die Gestalt eines Esels an!' Und zugleich besprengte er ihn mit dem Zauberwasser. Da ward 'Alî zu einem Esel mit Hufen und langen Ohren und begann iah zu schreien wie die Esel. Dann zog der Jude einen Kreis um ihn, und der ward zu einer Mauer; er selbst aber ergab sich dem Trunke bis zum Morgen. Nun sagte er zu 'Alî: ‚Heute will ich dich reiten und das Maultier ruhen lassen!' Er legte das Kleid und die Schale und das Rohr mit den Ketten in einen Schrank, verließ das Haus und murmelte Beschwörungen über 'Alî, so daß er seinem Befehle folgte. Auch legte er ihm die Satteltaschen auf den Rücken und saß auf. Das Haus war indessen unsichtbar geworden; und so ritt er dahin, bis er bei seinem Laden abstieg. Dort leerte er den Beutel mit Gold und den Beutel mit Silber in die Schubladen vor ihm. 'Alî wurde in seiner Eselsgestalt angebunden; aber er hörte und verstand alles, nur konnte er nicht reden. Da kam plötzlich ein junger Kaufmann des Wegs, gegen den das Schicksal grausam gewesen war und der nur das bescheidene Handwerk eines

Wasserträgers hatte finden können. Der hatte die Armspangen seiner Frau mitgenommen und brachte sie dem Juden mit den Worten: ‚Gib mir den Preis für diese Armspangen, auf daß ich mir einen Esel dafür kaufe'!,Was willst du ihm aufladen?' fragte der Jude; und der Kaufmann erwiderte: ‚Meister, ich will auf ihm Wasser aus dem Strome holen und durch den Erlös mein Leben fristen.' Der Jude fuhr fort: ‚Nimm meinen Esel dort!' So verkaufte der Mann ihm die Armspangen und erhielt als Preis für sie den Esel und einen Rest an Geld, den ihm der Jude aushändigte. Darauf zog er mit dem verzauberten 'Alî el-Miṣrî nach Hause; der aber sagte sich: ‚Wenn der Eseltreiber dir den Packsattel und den Wasserschlauch auflädt und zehn Gänge mit dir macht, so wird er dir die Kraft rauben, und du mußt sterben.' Und wie nun die Frau des Wasserträgers herzutrat und ihm das Futter hinwarf, rannte er sie mit seinem Schädel um, so daß sie auf den Rücken fiel; dann sprang er auf sie, stieß mit seinem Maule nach ihrem Kopfe und ließ heraushängen, was sein Vater ihm vermacht hatte. Sie schrie laut auf, und die Nachbarn kamen ihr zur Hilfe und schlugen den Esel und trieben ihn von ihrer Brust fort. Da kam auch ihr Mann, der Wasserträger werden wollte, nach Hause, und sie rief ihm zu: ‚Entweder scheide dich von mir, oder gib den Esel seinem früheren Herrn zurück!' ‚Was ist denn geschehen?' fragte er; und sie erwiderte: ‚Das ist ein Teufel in Eselsgestalt; er ist auf mich gesprungen, und wenn die Nachbarn ihn nicht von meiner Brust gerissen hätten, so hätte er mir Schmähliches angetan.'[1] Er nahm den Esel und

---

[1] Der Teufel als Esel erinnert an den altägyptischen Seth; aber auch bei den Arabern erscheint der Esel manchmal als Geistertier. Zur obigen Geschichte vgl. man Band III, Seite 344, Anmerkung. Noch heute wird in Kairo erzählt, daß Frauen sich Eseln preisgeben.

führte ihn zu dem Juden zurück; der sprach zu ihm: ‚Weshalb bringst du ihn zurück?' Der Mann gab ihm zur Antwort: ‚Er hat meiner Frau Schmähliches antun wollen.' Da gab der Jude ihm sein Geld, und er ging seiner Wege. 'Adhra aber wandte sich zu 'Alî und sprach: ‚Nimmst du deine Zuflucht zur List, du unseliger Kerl, so daß er dich mir zurückbringt?' – –«

Da bemerkte Schehrezâd, daß der Morgen begann, und sie hielt in der verstatteten Rede an. Doch als die *Siebenhundertundsiebenzehnte Nacht* anbrach, fuhr sie also fort: »Es ist mir berichtet worden, o glücklicher König, daß der Jude, wie der Wasserträger ihm den Esel zurückbrachte, jenem sein Geld herausgab und sich zu 'Alî dem Kairiner wandte und zu ihm sprach: ‚Nimmst du deine Zuflucht zur List, du unseliger Kerl, so daß er dich mir zurückbringt? Aber da es dir Freude macht, ein Esel zu sein, so will ich dich zu einem Schauspiel machen für groß und klein!' Und er nahm den Esel, setzte sich auf ihn und ritt dahin bis vor die Stadt. Dort nahm er wieder den Staub heraus, sprach Beschwörungen darüber und streute ihn in die Luft; da ward das Schloß sichtbar. Er ging hinauf, nahm die Satteltaschen von dem Rücken des Esels und zog die beiden Beutel mit Gold und Silber heraus; dann holte er das Rohr, hängte die Schale mit dem Kleide daran und rief, wie er jeden Tag zu tun pflegte: ‚Wo sind die Genossen aller Länder? Wer kann dies Kleid stehlen?' Und wie zuvor sprach er Zauberworte; da ward ihm ein Tisch hingestellt, und er aß. Wiederum zauberte er; da stand der Wein vor ihm, und er begann den Trunk. Schließlich holte er eine Schale Wassers, sprach Beschwörungen darüber, sprengte es auf den Esel und sprach: ‚Verlaß deine jetzige Gestalt und nimm deine frühere Gestalt an!' So wurde der wieder zum Menschen, wie er es gewesen war. Und nun sprach der Jude zu ihm: ‚O 'Alî, nimm guten

Rat an und laß dir genug sein an dem Unheil, das ich dir angetan habe! Du hast es doch nicht nötig, dich mit Zainab zu vermählen und das Kleid meiner Tochter zu rauben; denn das soll dir nicht leicht werden. Laß ab von der Gier, es ist besser für dich! Sonst verwandle ich dich in einen Bären oder einen Affen, oder ich gebe einem Geist Gewalt über dich, daß er dich hinter den Berg Kâf wirft.' Doch 'Alî entgegnete ihm: ,O 'Adhra, ich habe geschworen, das Kleid zu holen; und ich muß es haben. Und du mußt ein Muslim werden, sonst töte ich dich!' ,O 'Alî,' sagte der Jude darauf, ,du bist wie eine Walnuß; wenn man sie nicht zerbricht, so kann man sie nicht essen.' Und er nahm eine Schale Wassers, sprach Zauberworte darüber und besprengte 'Alî, indem er sagte: ,Werde nun zu einem Bären!' Und sofort verwandelte er sich in einen Bären. Darauf legte er ihm einen Ring um den Hals und band ihm das Maul zu und fesselte ihn an einen eisernen Pflock; und wie er dann wieder beim Essen war, warf er ihm hin und wieder einen Brocken zu und goß die Neigen seines Bechers auf ihn herab. Als es Morgen ward, erhob sich der Jude, holte die Schale und das Gewand und beschwor den Bären, so daß er ihm in den Laden folgte. Dort setzte er sich nieder, leerte das Gold und das Silber in die Schublade und befestigte die Kette, die um den Hals des Bären lag, in dem Laden. 'Alî hörte und verstand alles; aber er konnte nicht reden. Nun kam ein Kaufmann zu dem Juden in seinen Laden und sprach: ,Meister, willst du mir den Bären da verkaufen? Ich habe nämlich eine Frau, und sie ist die Tochter meines Oheims, und man hat ihr verordnet, Bärenfleisch zu essen und sich mit Bärenfett zu salben.' Voller Freude sagte sich der Jude: ,Jetzt will ich ihn verkaufen, damit der Mann ihn schlachte und wir Ruhe vor ihm haben!' Doch 'Alî sprach in seiner Seele: ,Bei Gott, dieser Kerl will mich schlachten! Aber die Rettung steht bei Allah.' Der Jude antwortete nun: ,Er ist ein Geschenk von mir für dich!' Und der Kaufmann nahm ihn mit, führte ihn zu einem Schlächter und sprach zu dem: ,Hol deine Werkzeuge und komm mit mir!' Der Schlächter also nahm seine Messer und folgte ihm in sein Haus; dann trat er an den Bären heran, band ihn fest und begann das Messer zu wetzen und wollte ihn schlachten. Doch als 'Alî el-Misri ihn auf sich zukommen sah, entschlüpfte er seinen Händen und flog zwischen Himmel und Erde davon. Und er schwebte immer weiter dahin, bis er sich im Schlosse bei dem Juden niederließ.

Dies aber war auf folgende Weise geschehen. Der Jude war zu seinem Schlosse gegangen, nachdem er dem Kaufmann den Bären gegeben hatte. Dort hatte seine Tochter ihn befragt, und er hatte ihr alles erzählt, was geschehen war. Dann bat sie: ,Berufe einen Geist und frage ihn, ob dies wirklich 'Alî der Kairiner ist oder ein anderer Mann, der dich zu betrügen sucht!' Der Jude berief durch seinen Zauber einen Geist und fragte ihn: ,Ist es wirklich 'Alî der Kairiner, oder ist es ein anderer Mann, der einen Streich spielt?' Da griff der Geist ihn und brachte ihn und sprach: ,Dies ist 'Alî el-Misri selber. Der Schlächter hatte ihn festgebunden und das Messer gewetzt und wollte ihn gerade schlachten, da hab ich ihn seinen Händen entrissen und hierher gebracht.' Wiederum nahm der Jude eine Schale mit Wasser, sprach seinen Zauber darüber und besprengte den Bären, indem er sprach: ,Kehre wieder in deine menschliche Gestalt zurück!' Da wurde er so, wie er früher gewesen war. Doch als Kamar, die Tochter des Juden, sah, daß er ein schöner Jüngling war, ward ihr Herz von Liebe zu ihm ergriffen, und auch sein Herz ward von Liebe zu ihr erfüllt. Und sie sprach zu ihm: ,Du Unseliger, warum willst du mein

Kleid rauben und zwingst meinen Vater dazu, daß er also an dir handelt?' Er gab ihr zur Antwort: ‚Ich habe geschworen, es zu holen für Zainab die Gaunerin, auf daß ich mich mit ihr vermähle.' Doch sie fuhr fort: ‚Schon andere als du haben meinem Vater Streiche gespielt, um mein Kleid zu entwenden; aber es ist ihnen nicht gelungen.' Und sie fügte hinzu: ‚Drum laß ab von der Gier!' Dennoch bestand er darauf: ‚Ich muß es haben, und dein Vater muß ein Muslim werden, sonst töte ich ihn.' Da sprach ihr Vater zu ihr: ‚Sieh nur, meine Tochter, diesen Unseligen an, wie er sein eigenes Verderben sucht!' Und zu 'Alî sprach er: ‚Jetzt werde ich dich in einen Hund verwandeln.' Dann nahm er eine Schale, in die Zauberworte eingegraben waren und die mit Wasser gefüllt war, sprach seine Beschwörung darüber und besprengte 'Alî, indem er sprach: ‚Nimm die Gestalt eines Hundes an!' Und alsbald wurde der Schelm zu einem Hunde. Der Jude aber und seine Tochter ergaben sich dem Trunke bis zum Morgen. Dann nahm er die Schale und das Kleid wieder fort, bestieg sein Maultier und beschwor den Hund, so daß er ihm folgen mußte. Und die anderen Hunde begannen ihn anzubellen; wie er aber bei dem Laden eines Trödlers vorbeikam, erhob der Mann sich und trieb die Hunde von ihm fort; da legte 'Alî sich vor ihm nieder. Der Jude wandte sich noch nach ihm um, sah ihn aber nicht mehr. Bald darauf räumte der Trödler seinen Laden auf und ging nach Hause, während der Hund ihm folgte. Als aber der Mann in sein Haus trat, schaute seine Tochter hin, und wie sie den Hund erblickte, verhüllte sie ihr Antlitz und sprach: ‚Väterchen, bringst du einen fremden Mann und führst ihn zu mir herein?' ‚Liebe Tochter,' entgegnete er, ‚dies ist doch ein Hund!' Aber sie fuhr fort: ‚Dies ist 'Alî der Kairiner, den der Jude verzaubert hat.' Und sie wandte sich zu dem Hunde und fragte ihn: ‚Bist du nicht 'Alî der Kairiner?' Da gab er ihr mit dem Kopfe ein Zeichen, das Ja bedeutete. Nun fragte ihr Vater: ‚Warum hat der Jude ihn denn verzaubert?' Und sie erwiderte: ‚Wegen des Kleides seiner Tochter Kamar; aber ich kann ihn befreien.' ‚Wenn etwas Gutes geschehen soll,' sagte darauf der Trödler, ‚so ist jetzt die Zeit dazu.' ‚Wenn er sich mir vermählen will,' sagte die Tochter, ‚so werde ich ihn befreien.' Da nickte der Hund mit seinem Kopfe ein Ja. Und sie nahm eine Schale, in die Zaubersprüche eingeritzt waren, und sprach Beschwörungen darüber. Aber da erscholl ein lauter Schrei, und die Schale entfiel ihrer Hand. Sie wandte sich um und entdeckte, daß es die Sklavin ihres Vaters war, die geschrien hatte; und die sprach jetzt zu ihr: ‚Meine Herrin, ist dies der Bund, der zwischen mir und dir besteht? Niemand hat dich diese Kunst gelehrt als ich allein, und du hast mir versprochen, du wollest nichts tun, ohne mich um Rat zu fragen; und wer sich dir vermähle, der solle sich auch mir vermählen, und eine Nacht solle mir gehören und die andere dir.' ‚So ist es', sprach die Tochter des Trödlers. Doch wie der Mann diese Worte aus dem Munde der Sklavin vernahm, fragte er seine Tochter: ‚Wer hat es die Sklavin gelehrt?' ‚Lieber Vater,' antwortete sie, ‚mich hat sie unterrichtet; frage du sie, wer sie unterrichtet hat!' Da fragte er die Sklavin, und sie erzählte ihm: ‚Wisse, mein Gebieter, als ich bei dem Juden 'Adhra war, pflegte ich ihn zu belauschen, wenn er Beschwörungen sprach. Und wenn er zu seinem Laden ging, so schlug ich die Zauberbücher auf und las darin, bis ich die Geisterwissenschaft gelernt hatte. Eines Tages nun war er trunken und wollte mich zu sich aufs Lager ziehen; aber ich weigerte mich und sprach zu ihm: ‚Das kann ich dir nicht gewähren, es sei denn, du werdest ein Muslim.' Dessen weigerte er sich, und so sprach ich zu ihm: ‚Auf zum Markte des Sultans!'[1] Da verkaufte er mich dir, und so kam ich in dein Haus; und hier lehrte ich deine Tochter, aber ich stellte ihr die Bedingung, daß sie nichts von alledem ohne meinen Rat tun dürfe; und wer sich ihr vermähle, der solle sich auch mir vermählen, eine Nacht solle mir gehören und die andere ihr.' Darauf nahm die Sklavin eine Schale Wassers, murmelte Zaubersprüche darüber und besprengte den Hund, indem sie sprach: ‚Kehre in deine menschliche Gestalt zurück!' Da ward er wieder ein Mensch, wie er es früher gewesen war. Der Trödler grüßte ihn und fragte ihn nach dem Grunde seiner Verzauberung; und 'Alî erzählte jenem alles, was ihm widerfahren war. – –«

Da bemerkte Schehrezâd, daß der Morgen begann, und sie hielt in der verstatteten Rede an. Doch als die *Siebenhundertundachtzehnte Nacht* anbrach, fuhr sie also fort: »Es ist mir berichtet worden, o glücklicher König, daß 'Alî der Kairiner, als der Trödler ihn begrüßte und nach dem Grunde seiner Verzauberung und seinen Erlebnissen fragte, jenem alles erzählte, was ihm widerfahren war. Und der Trödler sprach zu ihm: ‚Sind meine Tochter und die Sklavin nicht genug für dich?' Doch 'Alî erwiderte: ‚Ich muß auch Zainab haben.' Plötzlich pochte es an die Tür. Da rief die Sklavin: ‚Wer steht an der Tür?' Eine Stimme antwortete: ‚Kamar, die Tochter des Juden! Ist 'Alî der Kairiner bei euch?' Die Tochter des Trödlers sprach: ‚O du Judentochter! Wenn er bei uns ist, was willst du mit ihm tun? Geh, Sklavin, öffne ihr die Tür!' Die machte ihr die Tür auf, und Kamar trat ein; doch als sie 'Alî erblickte und er sie anschaute, rief er: ‚Was hat dich hierher geführt, du Tochter eines Hundes?' Da sprach sie: ‚Ich bezeuge, daß es keinen

1. Sie konnte von ihm verlangen, daß er sie verkaufte, weil er als Ungläubiger eine Muslimin zu verführen gesucht hatte.

Gott gibt außer Allah, und ich bezeuge, daß Mohammed der Gesandte Allahs ist.' So ward sie Muslimin. Dann fragte sie ihn: ‚Geben im Glauben des Islams die Männer den Frauen die Morgengabe, oder bringen die Frauen den Männern eine Mitgift?' Er antwortete ihr: ‚Die Männer geben den Frauen die Morgengabe.' ‚Dann', fuhr sie fort, ‚gebe ich mir selbst in deinem Namen eine Morgengabe, und zwar das Kleid, das Rohr, die Ketten und das Haupt meines Vaters, der dein Feind und der Feind Allahs war.' Mit diesen Worten warf sie das Haupt ihres Vaters vor ihn hin und sagte noch einmal: ‚Dies ist das Haupt meines Vaters, der dein Feind und der Feind Allahs war.'

Der Grund aber, weshalb sie ihren Vater getötet hatte, war folgender: Als er 'Alî in einen Hund verzaubert hatte, sah sie im Traume eine Gestalt, die zu ihr sprach: ‚Werde Muslimin!' Da nahm sie den Islam an; und als sie am nächsten Morgen aufgewacht war, bot sie ihrem Vater den islamischen Glauben dar; doch er lehnte ihn ab. Und weil er sich weigerte, den Islam anzunehmen, betäubte sie ihn mit Bendsch und tötete ihn. Nun ergriff 'Alî die Sachen, die Kamar gebracht hatte, und sprach zum Trödler: ‚Morgen werden wir uns beim Kalifen treffen, damit ich mich mit deiner Tochter und mit der Sklavin vermähle.' Und er ging voller Freuden hinaus, um sich mit den Sachen in die Halle Ahmeds zu begeben. Unterwegs begegnete er einem Zuckerbäcker, der die Hände zusammenschlug und rief: ‚Es gibt keine Macht und es gibt keine Majestät außer bei Allah, dem Erhabenen und Allmächtigen! Das Streben der Menschen ist sündhaft geworden und ergeht sich nur noch im Betrug. Ich bitte dich um Allahs willen, koste von diesem Zuckerwerk!' 'Alî nahm ein Stück davon und aß es; aber sieh, es war Bendsch darin. So betäubte der Zuckerbäcker ihn, nahm ihm das Kleid, das Rohr und die Ketten ab und legte sie in den Kasten für das Zuckerwerk; dann lud er sich den Kasten und die Platte auf und ging seiner Wege. Gleich darauf traf er einen Kadi, und der rief ihm zu: ‚Komm hierher, du Zuckerbäcker!' So trat er heran, setzte sein Gestell nieder, legte die Platte darauf und fragte: ‚Was wünschest du?' Der Kadi erwiderte: ‚Türkischen Honig und verzuckerte Mandeln!' Darauf nahm er ein wenig von beiden in die Hand und sagte: ‚Dieser Honig und diese Zuckermandeln sind verfälscht.' Dann nahm er etwas türkischen Honig aus seiner Brusttasche hervor und sprach zu dem Zuckerbäcker: ‚Schau, wie gut dies zubereitet ist; iß davon und mache desgleichen!' Der Zuckerbäcker nahm und aß davon; weil aber Bendsch darin war, ward er betäubt. Da nahm der Kadi das Gestell und den Kasten mitsamt dem Kleid und den anderen Sachen. Den Zuckerbäcker legte er in das Gestell hinein, lud alles auf und begab sich zu der Halle, in der Ahmed ed-Danaf war.

Jener Kadi war nämlich Hasan Schumân. Und diese Geschichte trug sich folgendermaßen zu. Als 'Alî sich auf das Kleid verschworen hatte und fortgegangen war, um es zu holen, hatten die Genossen nichts mehr von ihm gehört. Da sprach Ahmed ed-Danaf: ‚Ihr Mannen, geht und sucht nach eurem Bruder 'Alî el-Misri!' Sie zogen alsbald aus und suchten nach ihm in der Stadt. Hasan Schumân aber zog aus als Kadi verkleidet, und wie er dem Zuckerbäcker begegnete, erkannte er in ihm Ahmed el-Lakît; den betäubte er, und dann nahm er ihn mitsamt dem Kleide und brachte ihn zur Halle. Die Vierzig streiften derweilen umher und suchten in den Straßen der Stadt; 'Alî Kitf el-Dschamal trennte sich von seinen Genossen, und als er einen Volksauflauf sah, ging er zu den Leuten, die sich zusammendrängten. Da erblickte er 'Alî den Kairiner, der betäubt in ihrer Mitte lag, und erweckte ihn aus der Betäubung. Wie der Kairiner nun erwachte, schaute er die Leute an, die sich um ihn versammelt hatten; und Kitf el-Dschamal rief ihm zu: ‚Komm wieder zu dir!' ‚Wo bin ich?' fragte der Kairiner; und 'Alî Kitf el-Dschamal und die anderen Leute sagten: ‚Wir fanden dich betäubt hier liegen; aber wir wissen nicht, wer dich betäubt haben mag.' Er aber sprach: ‚Mich hat ein Zuckerbäcker betäubt, und er hat mir alles abgenommen. Doch wohin ist er gegangen?' Da ward ihm gesagt: ‚Wir haben niemanden gesehen; komm, wir wollen in die Halle gehen!' So begaben sie sich zur Halle, traten ein und fanden dort Ahmed ed-Danaf. Der begrüßte sie und fragte alsbald: ‚Sag, 'Alî, hast du das Kleid mitgebracht?' ‚Ich hatte es bei mir,' erwiderte 'Alî, ‚und ich hatte auch noch anderes, darunter den Kopf des Juden. Da begegnete mir ein Zuckerbäcker; der betäubte mich und raubte mir alles.' So erzählte er ihm all seine Erlebnisse und fügte hinzu: ‚Wenn ich nur den Zuckerbäcker wiedersehe, so werde ich ihn strafen!' Da trat plötzlich Hasan Schumân aus einer Kammer und fragte: ‚Hast du die Sachen mitgebracht, 'Alî?' Und der Kairiner sagte auch zu ihm: ‚Ich hatte sie bei mir, und ich hatte auch das Haupt des Juden. Da begegnete mir ein Zuckerbäcker und betäubte mich und raubte mir das Kleid und die anderen Sachen. Ich weiß nicht, wohin er gegangen ist; wenn ich nur wüßte, wo er ist, so würde ich es ihm heimzahlen! Weißt du denn, wohin jener Kerl verschwunden ist?' ‚Ich weiß, wo er ist', erwiderte Hasan, öffnete die Kammer und zeigte ihm den betäubten Zuckerbäcker. Dann weckte er diesen aus der Betäubung, und als der die Augen aufschlug, sah er vor sich 'Alî den Kairiner und Ahmed ed-Danaf und die Vierzig. Er fuhr empor und rief: ‚Wo bin ich? Wer hat Hand an mich gelegt?' Hasan Schumân sprach:

‚Ich bin es, der dich gefaßt hat!' Und 'Alî el-Misri sprach: ‚Du Lump, spielst du mir solche Streiche?' Und er wollte ihn totschlagen. Doch Hasan Schumân rief: ‚Hebe deine Hand weg! Dieser ist jetzt mit dir verschwägert.' ‚Verschwägert, wieso?' fragte 'Alî; und Hasan fuhr fort: ‚Dieser ist Ahmed el-Lakît, der Sohn von Zainabs Schwester.' Nun sprach 'Alî: ‚Warum hast du das getan, Lakît?' Jener antwortete: ‚Meine Großmutter, die listige Dalîla, hat es mir befohlen, und zwar nur deshalb, weil Zuraik, der Fischhändler, bei ihr war und zu ihr sagte: ,'Alî aus Kairo ist ein Schelm, ein abgefeimter Spitzbube; er wird sicherlich den Juden töten und das Kleid bringen.' Da ließ sie mich kommen und sprach zu mir: ‚Ahmed, kennst du 'Alî den Kairiner?' ‚Ja,' sagte ich, ‚ich kenne ihn, ich habe ihm ja den Weg zur Halle von Ahmed ed-Danaf gezeigt.' Dann fuhr sie fort: ‚Geh, stell dein Netz für ihn auf, und wenn er mit den Sachen kommt, so spiel ihm einen Streich und nimm ihm alles ab!' Ich zog darauf in den Straßen der Stadt umher, bis ich einen Zuckerbäcker sah; dem gab ich zehn Dinare, dafür erhielt ich sein Gewand, sein Zuckerwerk und seine Geräte, und dann geschah, was geschehen ist.' Da sagte 'Alî el-Misri zu Ahmed el-Lakît: ‚Geh zu deiner Großmutter und zu Zuraik, dem Fischhändler, und tu ihnen beiden kund, daß ich die Sachen und den Kopf des Juden gebracht habe. Sag ihnen auch: ‚Morgen werdet ihr ihn in der Staatsversammlung des Kalifen treffen; dann könnt ihr von ihm die Brautgabe für Zainab in Empfang nehmen!' Ahmed ed-Danaf aber freute sich über das alles, und er sprach: ‚An dir ist die Erziehung nicht verloren gegangen, o 'Alî!'

Als es nun Morgen ward, nahm 'Alî der Kairiner das Kleid und die Schale und das Rohr und die goldene Kette und das Haupt des Juden 'Adhra, das er auf eine Lanze gespießt hatte;

und er zog hinauf zur Staatsversammlung mit seinem Oheim Ahmed und seinen Genossen. Dort küßten sie den Boden vor dem Herrscher. – –«

Da bemerkte Schehrezâd, daß der Morgen begann, und sie hielt in der verstatteten Rede an. Doch als die *Siebenhundertundneunzehnte Nacht* anbrach, fuhr sie also fort: »Es ist mir berichtet worden, o glücklicher König, daß 'Alî der Kairiner, als er zur Staatsversammlung hinaufzog mit seinem Oheim Ahmed ed-Danaf und seinen Genossen, dort gemeinsam mit ihnen den Boden vor dem Herrscher küßte. Da blickte der Kalif sie an und sah unter ihnen einen Jüngling, den kein Mann an Tapferkeit hätte übertreffen können; er fragte die Leute nach ihm, und Ahmed ed-Danaf antwortete: ,O Beherrscher der Gläubigen, das ist 'Alî Zaibak el-Misri, das Oberhaupt der Genossen in Kairo; er ist der Erste meiner Jünger.' Nachdem der Kalif ihn betrachtet hatte, gewann er ihn lieb; denn er sah, wie die Tapferkeit ihm aus den Augen leuchtete und für ihn, nicht wider ihn zeugte. Da warf 'Alî den Kopf des Juden vor dem Herrscher nieder und sprach: ,Allen deinen Feinden ergehe es wie diesem, o Beherrscher der Gläubigen!' ,Wessen Haupt ist dies?' fragte der Kalif; und 'Alî erwiderte: ,Das Haupt des Juden 'Adhra!' Und als der Herrscher weiter fragte: ,Wer hat ihn getötet?' erzählte 'Alî der Kairiner ihm alles, was sich mit ihm zugetragen hatte, von Anfang bis zu Ende. Da sagte der Herrscher: ,Ich hätte nicht gedacht, daß du ihn töten könntest; denn er war ja ein Zauberer.' ,O Beherrscher der Gläubigen,' sprach 'Alî, ,Gott gab mir die Kraft dazu.' Darauf entsandte der Kalif den Präfekten in das Schloß des Juden, und der fand ihn dort ohne Kopf liegen. Man legte die Leiche in eine Kiste und brachte sie vor den Herrscher; und er gab den Befehl, sie zu verbrennen. Nun trat Kamar, die Tochter des Juden, hervor und küßte den Boden vor dem Kalifen und tat ihm kund, daß sie die Tochter des Juden 'Adhra sei und daß sie den Islam angenommen habe. Dann erneuerte sie ihr Bekenntnis zum Islam vor dem Thron des Beherrschers der Gläubigen, und sie fügte hinzu: ‚Sei mein Fürsprecher bei dem Schelm 'Alî Zaibak aus Kairo, auf daß er sich mit mir vermähle!' Und zugleich bat sie den Kalifen, ihr Vormund zu sein bei ihrer Vermählung mit 'Alî. Darauf schenkte er dem Kairiner das Schloß des Juden mit allem, was darinnen war, und sprach zu ihm: ‚Erbitte dir eine Gnade von mir!' Und 'Alî erwiderte: ‚Ich erbitte mir von dir die Gnade, daß ich auf deinem Teppich stehe und zum Essen an deine Tafel gehe!' ‚Sag, 'Alî,' fuhr der Herrscher fort, ‚hast du auch Leute?' ‚Ich habe ihrer vierzig,' erwiderte jener, ‚aber sie sind in Kairo.' Da befahl der Kalif: ‚Schicke nach ihnen und laß sie aus Kairo kommen!' Dann fügte er aber hinzu: ‚O 'Alî, hast du auch eine Halle?' ‚Nein', antwortete der Schelm. Da sagte Hasan Schumân: ‚Ich schenke ihm meine Halle mit allem, was darin ist, o Beherrscher der Gläubigen. Doch der Herrscher sprach: ‚Deine Halle soll dein bleiben, o Hasan!' und befahl dem Schatzmeister, er solle dem Baumeister zehntausend Dinare geben, auf daß er eine Halle mit vier Estraden und mit vierzig Kammern für die Leute erbaue. Und weiter fragte der Kalif: ‚O 'Alî, hast du noch einen Wunsch, den wir durch unseren Befehl dir erfüllen könnten?' ‚O größter König unserer Zeit,' gab jener zur Antwort, ‚ich möchte wünschen, daß du mein Fürsprecher seiest bei der listigen Dalîla, damit sie mich mit ihrer Tochter Zainab vermähle und das Gewand der Tochter des Juden und ihre anderen Sachen als Brautpreis annehme.' Dalîla nahm die Fürsprache des Kalifen an und empfing die Schale, das Kleid, das Rohr und die Ketten aus Gold. Nun wurden die Eheurkunden niedergeschrieben, die Urkunde für die Vermählung Zainabs mit 'Alî, ferner für die Tochter des Trödlers und für die Sklavin und für Kamar, die Tochter des Juden. Auch wies der Kalif ihm einen Sold an, gab ihm einen Platz am Tische des Mittags und des Abends, dazu Einkünfte, Gelder für Futter und besondere Geschenke. Nun begann 'Alî der Kairiner die Hochzeit zu rüsten, dreißig volle Tage lang. Er sandte auch einen Brief an seine Leute in Kairo, in dem er ihnen berichtete, welche Ehren ihm der Kalif erwiesen hatte; und er fügte hinzu in seinem Schreiben an sie: ,Ihr müßt gewißlich hierher kommen, um an der Hochzeitsfeier teilzunehmen; denn ich habe mich mit vier Jungfrauen vermählt.' Nach einer kurzen Weile kamen seine vierzig Genossen und waren bei der Feier zugegen. Er gab ihnen ihre Wohnung in der neuen Halle und erwies ihnen hohe Ehren; dann führte er sie vor den Kalifen, und der verlieh ihnen Ehrengewänder. Und die Kammerfrauen stellten Zainab im Gewande Kamars vor 'Alî el-Misri zur Schau, und er ging zu ihr ein, und da ward ihm offenbar, daß sie gleich einer undurchbohrten Perle und gleich einem noch nie gerittenen Füllen war. Danach ging er auch zu den anderen drei Jungfrauen ein und fand sie vollkommen an Schönheit und Liebreiz.

Später aber geschah es, daß 'Alî der Kairiner eines Nachts bei dem Kalifen auf Wache stand; und da sprach der Herrscher zu ihm: ,Ich wünsche, o 'Alî, daß du mir alle deine Erlebnisse erzählest von Anfang bis zu Ende!' So berichtete denn 'Alî ihm alles, was er erlebt hatte mit der listigen Dalîla, mit Zainab der Gaunerin und mit dem Fischhändler Zuraik. Dann befahl der Kalif, all das aufzuschreiben und das Buch in der königlichen Schatzkammer niederzulegen. Und so ward alles, was ihm begegnet war, aufgezeichnet, und man legte das Buch zu den anderen Geschichten, die von der Gemeinde des Besten der

Menschen berichten. Und sie lebten herrlich und in Freuden, bis Der zu ihnen kam, der die Freuden schweigen heißt, und der die Freundesbande zerreißt. Allah aber, der Hochgepriesene und Erhabene, weiß es am besten.

Ferner wird erzählt

DIE GESCHICHTE VON EL-MALIK EZ-ZÂHIR RUKN ED-DÎN BAIBARS EL-BUNDUKDÂRI UND DEN SECHZEHN WACHTHAUPTLEUTEN[1]

Man berichtet – doch Allah kennt alle seine Geheimnisse am besten –, daß einst in den Landen, deren Hauptstadt Kairo war, ein König aus Türkenstamm herrschte, einer von den tapferen Fürsten und vortrefflichen Sultanen, der für den Islam die Länder bezwang und die Strandfesten und die Burgen der Christen niederrang; sein Name war el-Malik ez-Zâhir Rukn ed-Dîn Baibars el-Bundukdâri.[2] Und der Oberste der Wachtleute in seiner Hauptstadt war ein Mann, dessen Gerechtigkeit alle Menschen umspann. Nun liebte el-Malik ez-Zâhir alles, was die Leute vom Volk sich erzählten und was die Menschen sich zum Inhalt ihres Glaubens erwählten; und er wünschte immer alles mit eigenen Augen zu sehen und selber zuzuhören, wenn sie über dergleichen redeten. Da traf es sich, daß er eines Nachts von seinem Geschichtenerzähler vernahm, es gebe unter den Frauen solche, die stärker wären als die Männer an Tapferkeit und kräftiger an Entschlossenheit; auch gebe es solche, die mit dem Schwerte stritten, und solche, die den klügsten Präfekten Streiche spielten, sie überlisteten und ins

---

1. Diese Geschichte ist hier eingefügt wie in der ersten Insel-Ausgabe. Ich habe sie nach der Breslauer Textausgabe, Band XI, Seite 321 bis 399, übersetzt. – 2. Ein Mamlukensultan, der 1260 bis 1277 regierte.

Unglück ritten. Da sagte el-Malik ez-Zâhir: ‚Ich möchte über ihre Listen jemanden reden hören, dem selber mitgespielt worden ist, auf daß ich es von ihm vernehme und mir erzählen lasse.' Einer von den Geschichtenerzählern sagte darauf: ‚O König, laß doch den kommen, der diese Stadt verwaltet!' Darauf sandte er nach dem damaligen Präfekten; das war 'Alam ed-Dîn Sandschar. Und als der vor dem König stand, teilte dieser ihm mit, was er auf dem Herzen hatte. Der Präfekt, der in allen Dingen erfahren war, sagte darauf: ‚Ich will mich bemühen um das, nach dem unser Herr, der Sultan, verlangt.' Darauf erhob er sich und kehrte in sein Haus zurück; dann berief er die Hauptleute und die Stellvertreter zu sich und sprach zu ihnen: ‚Wisset, ich will meinen Sohn vermählen und eine Feier für ihn veranstalten, und ich möchte, daß ihr euch alle an einem Ort versammelt. Da werde ich dann mit meinen Gefährten zugegen sein, und ihr sollt erzählen, was ihr an seltsamen Dingen vernahmet, und in was für Erfahrungen ihr kamet.' Die Hauptleute und die Boten und die Späher erwiderten: ‚Ja, im Namen Allahs, du sollst es alles mit deinen eigenen Augen sehen und mit deinen eigenen Ohren verstehen!' Nun machte sich der Präfekt auf und begab sich zu el-Malik ez-Zâhir und tat ihm kund, daß an dem und dem Tage die Gesellschaft sich in seinem Hause versammeln würde. Der Sultan sagte: ‚So sei es!' und gab ihm etwas Geld für seine Auslagen. Als aber der festgesetzte Tag erschien, machte der Präfekt für seine Leute einen Saal frei, dessen Fenster in Reihen auf einen Blumengarten schauten; und als der Sultan zu ihm kam, setzte er sich mit ihm in eine Nische. Nun wurden für die Gäste die Tische mit den Speisen ausgebreitet, und sie aßen; und als der Becher unter ihnen kreiste und ihre Herzen froh geworden waren durch Essen und Trinken, erzählten sie sich, was sie wußten, und holten ihre Geheimnisse aus der Verborgenheit hervor. Der erste, der von seinen Erlebnissen etwas erzählte und offenbarte, war ein Wachthauptmann namens Mu'în ed-Dîn, ein Mann, dessen Herz von der Liebe zu den Frauen erfüllt war; und er begann

DIE GESCHICHTE
DES ERSTEN WACHTHAUPTMANNS

Hochansehnliche Versammlung, ich will euch etwas Wunderbares erzählen, was mir begegnet ist. Wisset, als ich in den Dienst dieses Emirs eintrat, hatte ich einen großen Ruf, und jeder Verbrecher fürchtete mich am meisten von allen Menschen; und wenn ich in der Stadt umherritt, so wies ein jeder auf mich mit den Fingern und mit den Blicken. Nun geschah es eines Tages, als ich im Gebäude der Wache saß, mit dem Rücken gegen die Wand gelehnt, und über mich selber nachdachte, daß mir etwas in den Schoß fiel; und siehe da, es war ein Geldbeutel, zugebunden und versiegelt. Ich nahm ihn in die Hand und zählte in ihm hundert Dirhems; aber ich konnte niemanden finden, der ihn mir zugeworfen hatte. Da sprach ich: ‚Preis sei Allah, dem König aller Reiche!' Danach, an einem anderen Tage, fiel wieder in gleicher Weise etwas auf mich herab und erschreckte mich; und siehe, es war ein Geldbeutel wie der erste. Ich nahm ihn und hielt das Ganze geheim, indem ich so tat, als ob ich schliefe, wiewohl ich nicht schläfrig war. Und wiederum eines anderen Tages, als ich mich schlafend stellte, fühlte ich plötzlich in meinem Schoß eine Hand, die eine von den allerfeinsten Geldbörsen hielt; ich ergriff die Hand, und siehe da, es war eine schöne Frau. Zu der sprach ich: ‚Meine Herrin, wer bist du?' Sie antwortete mir: ‚Laß uns von hier fortgehen, damit ich mich dir zu erkennen geben kann!'

Da machte ich mich mit ihr auf, und sie ging ohne Säumen dahin, bis wir vor dem Tore eines hohen Hauses halt machten. Nun fragte ich sie: ‚Meine Herrin, wer bist du, die du mir eine Huld erwiesen hast? Und weshalb hast du das getan?' ‚Bei Allah, o Hauptmann Mu'în,' erwiderte sie, ‚ich bin ein Weib, das von Sehnsuchtsqualen verzehrt wird. Ich liebe die Tochter des Kadis Amîn el-Hukm; das Schicksal führte uns zusammen, und die Liebe zu ihr hat mein Herz erfüllt. Ich habe mit ihr eine Verabredung getroffen, nach Möglichkeit und Gelegenheit; aber ihr Vater Amîn el-Hukm hat sie mir fortgenommen. Und immer noch hängt mein Herz an ihr, und um ihretwillen leide ich immer größere Qualen der Sehnsucht.' Ihre Worte verwunderten mich, und ich fragte sie: ‚Was wünschest du denn, daß ich tun soll?' ‚O Hauptmann Mu'în,' gab sie zur Antwort, ‚wisse, ich wünsche, daß du mir eine hilfreiche Hand leihest.' Da rief ich: ‚Wo bin ich, und wo ist die Tochter des Kadis?' Doch sie fuhr fort: ‚Ich weiß, du kannst gegen die Tochter des Kadis nichts mit Gewalt beginnen, aber ich will eine List ersinnen, um das Ziel meiner Hoffnung zu gewinnen. Danach steht mein Sehnen und Trachten; und mein Wunsch kann nur durch deine Hilfe erfüllt werden.' Dann fügte sie hinzu: ‚Ich will mich heute nacht festen Herzens aufmachen, nachdem ich mir wertvolle Schmucksachen geliehen habe, und hingehen und mich auf die Straße setzen, in der Amîn el-Hukm wohnt. Wenn dann die Zeit der Nachtrunde kommt und die Menschen schlafen, so geh du mit deinen Leuten bei mir vorüber; ihr werdet mich in Schmuck und schönen Gewändern sitzen sehen und den Duft der Wohlgerüche an mir verspüren. Frage du mich, wer ich sei, und ich werde dir antworten: ‚Ich komme aus der Burg[1], und ich gehöre zu den

1. Das ist die Zitadelle nahe der Südostecke der Stadt Kairo.

Kindern der Statthalter. Ich bin eines Geschäftes halber heruntergekommen; aber die Nacht überraschte mich unversehens und da wurden das Zuwaila-Tor[1] und alle die anderen Tore vor mir geschlossen, und ich wußte nicht, wohin ich mich wenden sollte heute nacht. Da sah ich diese Straße, und weil sie so schön gebaut und so sauber ist, suchte ich Zuflucht in ihr bis morgen früh.' Wenn ich dies zu dir mit ruhiger Bestimmtheit gesagt habe, so wird der Befehlshaber der Runde keinen Verdacht auf mich haben und wird sagen: ‚Wir müssen sie doch bei jemandem lassen, der sie bis zum Morgen behütet.' Sag du dann: ‚Es wäre das beste, wenn sie bei Amîn el-Hukm bleibt, bis die Nacht zu Ende ist, bei seinen Frauen und Kindern.' Klopfe sofort bei Amîn el-Hukm an, so werde ich ohne Schwierigkeit in seinem Hause bleiben und mein Ziel erreichen. Und damit Gott befohlen!' ‚Bei Allah,' erwiderte ich ihr, ‚das ist ein leichtes.' Als es nun dunkle Nacht war, machten wir uns auf zur Runde, begleitet von den Männern mit blanken Schwertern und zogen überall in der Stadt umher, bis wir zu jener Straße kamen, in der die Frau war, gerade um die Mitternacht. Da rochen wir starke Wohlgerüche und hörten das Klirren von Ringen; ich sprach zu meinen Leuten sofort: ‚Mir ist, ich sehe einen Schatten dort.' Der Führer der Runde rief: ‚Seht nach, wer sich aufhält an diesem Ort!' Alsbald machte ich mich auf, ging in die Gasse hinein und kam wieder heraus und sprach: ‚Ich habe eine schöne Frau gesehen; die hat mir gesagt, sie sei von der Burg, und die Nacht habe sie überrascht; als sie diese Straße gesehen habe, da habe sie an ihrer Sauberkeit und an allem, was in ihr ist, erkannt, daß sie einem

1. Im westlichen Teile von Kairo. Früher wurden bei Eintritt der Dunkelheit die Stadttore und die Tore der einzelnen Stadtviertel geschlossen.

hohen Herrn gehöre und daß in ihr ein Wächter sein müsse, der sie behütet; deshalb habe sie in ihr Zuflucht gesucht.' Nun sagte der Befehlshaber der Runde zu mir: ‚Nimm sie mit und führe sie in dein Haus!' ‚Das verhüte Gott,' erwiderte ich, ‚mein Haus ist kein Geldschrank. Diese Frau trägt Schmuck und kostbare Kleider. Bei Allah, wir können diese Frau nur bei Amîn el-Hukm unterbringen, in dessen Straße sie gesessen hat, seit es dunkel ist. Laß sie bei ihm bleiben bis morgen früh!' ‚Tu, was du willst und wünschest!' sagte der Befehlshaber; und nun klopfte ich an die Tür des Kadis. Einer von seinen Sklaven kam heraus, und ich sprach zu ihm: ‚Werter Mann, nimm diese Frau auf und laß sie bis morgen früh bei euch bleiben! Denn der Stellvertreter des Emirs 'Alam ed-Dîn hat sie gefunden, angetan mit Schmuck und kostbaren Gewändern, wie sie an der Tür eures Hauses stand; und wir fürchteten, die Verantwortung für sie könnte auf euch fallen.' Und ich fügte hinzu: ‚Es wäre das beste, wenn sie bei euch übernachtet.' Da öffnete der Sklave die Tür und nahm die Frau bei sich auf. Am nächsten Morgen aber trat zuerst von allen anderen der Kadi Amîn el-Hukm vor den Emir, gestützt auf zwei seiner Sklaven, und schrie und flehte um Hilfe, und er sprach: ‚O Emir voll Lug und Trug, du hast eine Frau meiner Obhut anvertraut, und die ist durch dich in mein Haus und in meine Gemächer gekommen, und sie hat sich darangemacht und mir die Gelder der kleinen Waisen genommen, die aus sechs großen gefüllten Beuteln bestehen; und nun werde ich erst wieder mit dir reden, wenn wir uns vor dem Sultan sehen.' Als der Präfekt diese Worte hörte, erschrak er, und er sprang auf, setzte sich wieder, zog den Kadi an seine Seite, beruhigte ihn und ermahnte ihn zur Geduld, bis er seine Worte erschöpft hatte. Dann wandte er sich an die Hauptleute und befragte sie über die Sache. Sie schoben alles auf mich, indem sie sagten: ‚Wir wissen von dieser Sache nur durch den Hauptmann Mu'în.' Nun hielt der Kadi sich an mich und rief: ‚Du hast mit der Frau gemeinsame Sache gemacht; denn sie sagte, sie käme von der Burg.' Ich senkte mein Haupt zu Boden unterdessen; denn ich hatte Sunna und Pflichtenlehre vergessen.[1] Und ich stand in Gedanken da, indem ich mir sagte: ‚Wie konnte ich mich nur von einem liederlichen Weibe täuschen lassen!' Da sprach der Präfekt zu mir: ‚Was ist es mit dir, daß du nicht antwortest?' Ich erwiderte ihm: ‚Mein Gebieter, es ist eine Sitte unter dem Volke, daß der, dem etwas geschuldet wird, drei Tage zu warten hat. Wenn bis dahin der Schuldige nicht gefunden wird, so stehe ich für das Verlorene ein.' Als die Leute meine Worte vernahmen, hielten alle sie für recht und billig; und der Präfekt wandte sich an Amîn el-Hukm und schwor ihm, er wolle alles tun, um das gestohlene Geld und Gut wieder herbeizuschaffen, und fügte hinzu: ‚Sonst wird dieser Mann dir überliefert werden.' Da saß ich im selben Augenblick auf und begann planlos in der Welt umherzustreifen; denn ich unterstand nun dem Willen einer Frau ohne Ehre und Schamgefühl. Jenen Tag über und die ganze Nacht hindurch machte ich die Runde; aber ich fand keine Spur von der Frau. Ebenso erging es mir am zweiten Tage. Und am dritten Tage sagte ich mir: ‚Du bist doch ein Irrsinniger oder ein Tor!' Denn ich zog umher auf der Suche nach einer Frau, die mich kannte, während ich sie nicht kannte; sie war nämlich in Umhang und Schleier verhüllt gewesen, und ich hatte sie nicht erkannt. Doch ich zog auch am dritten Tage umher, bis zur Zeit des Nachmittagsgebetes; da bedrückten Sorge und Gram mich immer mehr, denn ich wußte ja, daß mir vom Leben nur noch der nächste Morgen

1. Das heißt: ich war völlig verwirrt.

übrigblieb, an dem der Präfekt mich vor sich fordern würde. Endlich, gegen Sonnenuntergang, zog ich eine Straße entlang, und da sah ich eine Frau an einem Fenster stehn; ihre Tür war nur angelehnt, und sie selbst klatschte in die Hände[1] und warf mir Blicke zu, gleich als wollte sie mir sagen: ‚Komm durch die Tür herauf!' Ich ging ohne Argwohn hinauf; und als ich in ihr Zimmer trat, kam sie mir entgegen und schloß mich an ihre Brust. Ich staunte über ihr Tun; sie aber sprach zu mir: ‚Ich bin die Frau, die du bei Amîn el-Hukm untergebracht hattest!' ‚Ach, meine Schwester,' rief ich, ‚nach dir suche ich immerfort; bei Allah, du hast eine Tat getan, die man aufzeichnen wird, und du hast mich um deinetwillen in einen gewaltsamen Tod gestürzt.' Doch sie entgegnete mir: ‚Kannst du, der Mannen Oberhaupt, es wagen, mir solche Worte zu sagen?' Ich erwiderte darauf: ‚Wie sollte mir nicht angst sein, da ich mir solche Sorgen machen muß, und noch dazu die ganzen Tage umherziehe und des Nachts mit den Sternen wache!' ‚Es wird alles gut werden,' rief sie, ‚und du sollst als Sieger dastehen!' Dann trat sie an eine Truhe, holte mir aus ihr sechs Beutel voll Gold heraus und sprach zu mir: ‚Wenn du willst, so gib es ihm wieder; wenn nicht, so wird das Ganze dein Eigentum werden. Und wenn du noch mehr haben willst, so wisse, ich besitze große Reichtümer. Meine Absicht war nur die, daß ich mich dir vermähle.' Darauf erhob sie sich, öffnete die anderen Truhen und holte viel Geld aus ihnen hervor. Ich aber sprach zu ihr: ‚Schwester, nach alledem steht nicht mein Sinn; ich habe keinen anderen Wunsch, als aus der Not, in der ich mich befinde, herauszukommen.' Sie antwortete mir: ‚Ich habe jenes Haus nicht verlassen, ohne an deine Rettung zu den-

[1]. Wenn man im Orient jemanden rufen will, namentlich Diener, so klatscht man in die Hände.

ken.' Und sie fuhr fort: ‚Wenn morgen der Tag angebrochen ist und Amîn el-Hukm zu dir kommt, so warte ruhig, bis er seine Rede beendet hat! Und wenn er dann schweigt, so gib ihm keine Antwort! Sobald aber der Präfekt dich fragt: ‚Was ist es mit dir, daß du nicht antwortest, so erwidere ihm: ‚O Herr, die beiden Worte sind nicht gleich[1], und wer überwunden wird, hat nur Allah den Erhabenen für sich!' Amîn el-Hukm wird rufen: ‚Was soll das heißen: die beiden Worte sind nicht gleich?' Dann erwidere du ihm: ‚Ich habe bei dir eine Dame aus dem Hause des Sultans untergebracht. Kann nicht jemand in deinem Hause ein Verbrechen an ihr verübt haben? Kann sie nicht heimlich getötet sein? Sie trug Schmuck und Gewänder im Werte von tausend Dinaren! Hättest du deine Sklaven und Sklavinnen vernommen, so wärest du wohl auf irgendeine Spur gekommen.' Wenn er diese Worte von dir hört, so wird seine Aufregung noch wachsen, er wird völlig verwirrt sein und schwören, er müsse mit dir in sein Haus gehen. Du aber sprich zu ihm: ‚Das werde ich nicht tun; denn ich bin der Angeklagte und bin noch dazu von dir verdächtigt!' Wenn er dann immer lauter zu Gott um Hilfe schreit und dich bei dem Eide der Scheidung[2] beschwört und sagt: ‚Du mußt gewißlich kommen', so antworte du: ‚Bei Allah, ich gehe nur, wenn auch der Präfekt mitkommt.' Und wenn du dann in dem Hause bist, beginne damit, die Dachterrassen zu durchsuchen; darauf durchsuche die Schatzkammern und Gemächer. Hast du dort nichts gefunden, so demütige dich, erniedrige dich und tu vor ihm, als ob du ganz gebrochen seiest! Darauf tritt an die Tür und schau suchend umher; denn dort ist ein versteckter Raum! Tritt auf ihn zu mit einem Her-

---

1. Das heißt: die Aussagen der beiden Parteien sind verschieden. – 2. Das heißt: ‚Ich will mich von meiner Frau scheiden, wenn du das nicht tust.'

zen härter als Feuerstein, ergreif einen der Krüge, die dort stehen und nimm ihn von seiner Stelle fort! Darunter wirst du den Saum eines Frauenmantels finden, den zieh vor aller Augen hervor und ruf sofort nach dem Präfekten, öffentlich vor allen Anwesenden! Öffne den Mantel, und du wirst entdecken, daß er voll von ganz rotem, frischem Blute ist, und daß sich in ihm ein Paar niedrige Stiefel, eine Hose und etwas Wäsche befinden!' Nachdem sie so zu mir gesprochen hatte, erhob ich mich, um fortzugehen; aber sie fügte noch hinzu: ,Nimm diese hundert Dinare, sie werden dir von Nutzen sein; und dies ist mein Gastgeschenk an dich!' Ich nahm das Geld und ging durch die Tür hinaus. Am nächsten Morgen kam der Kadi Amîn el-Hukm, mit einem Gesichte, das der Rindsaugenblüte[1] glich, und rief: ,Im Namen Allahs, wo ist mein Widersacher? Wo ist mein Geld?' Und er hub an zu weinen und zu schreien und sprach zum Präfekten: ,Wo ist dieser Unselige, dieser Oberdieb und Erzgauner?' Darauf wandte der Präfekt sich zu mir und fragte mich: ,Warum gibst du dem Kadi keine Antwort?' Ich erwiderte: ,O Emir, die beiden Häupter sind nicht gleich hoch, und ich habe keinen Helfer; aber wenn das Recht auf meiner Seite ist, so wird es sich zeigen.' Da ward der Kadi noch zorniger, und er rief: ,Heda, du Wicht, was für ein Recht willst du für dich ans Tageslicht kommen lassen?' Doch ich sagte: ,O unser Herr Kadi, ich habe dir ein Gut anvertraut, das war eine Frau, die wir an deiner Tür fanden und die Schmuck und kostbare Gewänder trug. Sie verschwindet, wie der gestrige Tag uns entschwunden ist, und darauf kommst du zu mir und verlangst sechstausend Dinare von mir? Bei Allah, dies ist denn doch ein gewaltiges Unrecht; an ihr hat sicher jemand in deinem Hause ein Verbrechen verübt!' Nun er-

1. Rindsauge (Buphthalmus) hat rote Blüten.

grimmte der Kadi noch mehr, und er schwor mit den heiligsten Eiden, daß ich mit ihm gehen und sein Haus untersuchen müsse. ‚Bei Allah,' entgegnete ich, ‚nur dann gehe ich mit, wenn auch der Präfekt bei uns ist. Denn wenn er und die Hauptleute bei uns sind, so wirst du es nicht wagen, mir unrecht zu tun.' Wiederum schwor der Kadi und rief: ‚Bei dem Schöpfer der Menschheit, wir wollen nur mit dem Emir gehen!' Da begaben wir uns mit dem Präfekten zum Hause des Kadis, und wir gingen hinaus und suchten, fanden aber nichts. Nun kam die Furcht über mich, und der Präfekt wandte sich zu mir mit den Worten: ‚Heda, du Wicht, du hast uns vor den Leuten in Verlegenheit gebracht!' Bei alledem weinte ich, und unter strömenden Tränen suchte ich weiter nach rechts und nach links, bis es nahe daran war, daß wir durch die Tür wieder hinausgingen. Da blickte ich nach jenem Orte hin und sprach: ‚Was ist das für ein Raum, den ich dort versteckt sehe?' Und weiter sprach ich: ‚Helft mir diesen Krug heben!' Sie taten es, und da ich unter dem Krug etwas herauskommen sah, sprach ich: ‚Suchet und sehet nach, was unter dem Kruge ist!' Sie forschten also nach, und siehe da, sie entdeckten einen Frauenmantel und Hosen, die voll Blut waren. Als ich das sah, sank ich ohnmächtig nieder. Und wie der Präfekt das erblickte, rief er: ‚Bei Allah, den Hauptmann trifft keine Schuld!' Meine Gefährten aber umringten mich und besprengten mein Gesicht mit Wasser. Dann erhob ich mich und trat Amîn el-Hukm entgegen, der ganz verwirrt dastand, und sprach zu ihm: ‚Du siehst, daß du dich hast täuschen lassen! Dies ist aber keine kleine Sache; denn die Sippe dieser Frau wird sich nicht über sie beruhigen.' Da erbebte dem Kadi das Herz; denn er wußte nun, daß der Verdacht sich wider ihn gewandt hatte; und seine Farbe ward gelb, und seine Glieder zitterten. Darauf nun, nach diesem Erlebnis, zahlte er aus seinem eigenen Gelde noch einmal soviel, wie er verloren hatte, damit wir dieses Feuer für ihn löschten. Dann gingen wir in Frieden von ihm fort. Ich aber wartete noch drei Tage, und dann ging ich ins Badehaus und wechselte meine Kleider. Indem ich mir sagte: ‚Diese Frau betrügt mich nicht', begab ich mich, eben nach Ablauf dieser drei Tage, zu ihrem Hause; aber ich fand die Tür verschlossen und schon mit Staub bedeckt. Ich fragte nach ihr; und es ward mir gesagt: ‚Seit langer Zeit ist dies Haus ohne Bewohner. Aber vor drei Tagen kam eine Frau mit einem Esel hierher; und gestern abend hat sie ihre Sachen genommen und ist wieder fortgezogen.' Da kehrte ich heim verwirrten Sinnes. Später forschte ich noch lange Zeit jeden Tag nach ihr bei den Nachbarn, aber wir konnten keine Spur mehr von ihr finden. Über die Beredsamkeit ihrer Zunge und über ihre kluge Rede wundere ich mich immer noch. Und dies ist das Wunderbarste von allem, was ich erlebt und erfahren habe.'

Als el-Malik ez-Zâhir diese Rede vernommen hatte, verwunderte er sich. Dann erhob sich der zweite Hauptmann und erzählte

DIE GESCHICHTE
DES ZWEITEN WACHTHAUPTMANNS

Meister, vernimm, was mir früher im Wachtdienste begegnet ist. Ich war einst Vorsteher im Hause des Präfekten; und dies Amt bekleidete damals Dschamâl ed-Dîn el-Atwasch el-Mudschhidi, und er war der Statthalter der beiden Provinzen esch-Scharkîja und el-Gharbîja.[1] Ich war seinem Herzen teuer, und er verbarg mir nichts von dem, was er tun wollte; und er war auch Herr seines Verstandes. Nun begab es sich eines Tages,

1. Provinzen im Nildelta.

daß ihm berichtet wurde, die Tochter eines Mannes, der soundso hieß, habe große Reichtümer, Kleinodien und kostbare Gewänder; aber sie sei zu jener Zeit unter dem Einflusse[1] eines jüdischen Mannes, und jeden Tag lade sie ihn zu sich allein, und er esse und trinke mit ihr, solange es hell sei, und ruhe des Nachts bei ihr. Der Präfekt glaubte zwar nichts von diesem Gerede; aber er ließ eines Nachts die Wächter der Straßen kommen und befragte sie über dies Gerücht. Da sagte einer von ihnen: ‚O Herr, was mich betrifft, so habe ich gewißlich einen Juden eines Nachts jene Straße betreten sehen; aber ich habe nicht genau beobachtet, in welches Haus er ging.' Der Präfekt befahl ihm: ‚Richte deinen Blick auf ihn von jetzt an und achte darauf, wo er eintritt!' Darauf ging der Wächter hinaus und behielt den Juden im Auge. Und während der Präfekt eines Tages in seinem Hause saß, kam plötzlich der Wächter zu ihm und sprach: ‚O Herr, der Jude ist in dasunddas Haus eingetreten.' Da machte der Präfekt sich selber auf und verließ sein Haus ganz allein, indem er niemanden mit sich nahm als mich. Und als wir zusammen dahinschritten, sprach er zu mir: ‚Dies ist sicher ein fetter Bissen!' Und wir gingen immer weiter, bis wir zu der Tür kamen; dort blieben wir stehen, bis eine Sklavin von drinnen kam, die, wie es schien, etwas einkaufen wollte. Wir warteten, bis sie die Tür öffnete; und kaum sahen wir sie aufschlagen, so stürzten wir, ohne ein Wort zu sagen, hinein zu der Dame. Wir fanden eine Halle mit vier Estraden und darinnen Kochgeräte und Kerzen; der Jude und die Frau aber saßen beieinander. Als nun der Blick jener Dame auf den Emir fiel und sie ihn erkannte, erhob sie sich und sprach: ‚Willkommen, herzlich willkommen! Bei Allah, mir ist wahrlich

1. Mit einer leichten Änderung des Textes kann übersetzt werden: ‚sie liebe einen...'; das ist vielleicht besser.

eine große Ehre widerfahren durch meinen Gebieter! Du verleihst meinem Hause hohes Ansehen.' Dann bat sie ihn, sich auf die Estrade zu bequemen und auf dem Lager Platz zu nehmen; auch brachte sie ihm Speisen und Wein und kredenzte ihm den Trunk. Darauf legte sie alles ab, was sie an Schmuck und Prachtgewändern trug, band es in ein Tuch und sprach: ‚Mein Gebieter, alles dies ist dein Anteil.' Dann wandte sie sich zu dem Juden und sprach zu ihm: ‚Auf, tu auch du wie ich!' Der erhob sich schnell und eilte hinaus, indem er kaum noch an seine Rettung glaubte. Als aber die Dame sicher wußte, daß er entronnen war, trat sie zu dem Tuche mit ihren Sachen, nahm es an sich und sprach: ‚O Emir, besteht der Lohn für Freundlichkeit in anderem als Freundlichkeit? Du hast geruht, bei uns zu speisen; nun steh auf und verlaß uns, ohne uns ein Leids zu tun! Sonst stoße ich einen Schrei aus, daß alle Leute, die in der Straße wohnen, aus ihren Häusern kommen!' Da verließ der Emir sie, ohne daß er einen einzigen Dirhem erhalten hätte, und so rettete sie den Juden durch ihre kluge List.'

Die Versammlung bewunderte diese Erzählung, und der Präfekt und el-Malik ez-Zâhir sprachen: ‚Hat wohl je einer solch eine List ersonnen?' Und auch sie verwunderten sich gar sehr. Dann erzählte der dritte Hauptmann

DIE GESCHICHTE
DES DRITTEN WACHTHAUPTMANNS

Höret von mir, was ich erlebt habe; denn das ist noch seltsamer und wunderbarer! Als ich eines Tages mit meinen Freunden zusammen war und wir zu unserer Arbeit gingen, da begegneten uns Frauen, wie Monde anzuschauen; unter ihnen war eine, die war die größte und schönste von allen. Wie ich sie anschaute und sie mich sah, blieb sie hinter den anderen zurück und wartete auf mich, bis ich in ihrer Nähe war und sie anredete; dann sprach sie: ‚Mein Gebieter – Allah der Erhabene gebe dir Erfolg! –, ich sehe, du lässest deinen Blick auf mir verweilen, und so vermute ich, daß du mich kennst. Wenn dem so ist, so laß mich mehr von dir erfahren!' Darauf sagte ich: ‚Bei Allah, ich kenne dich nicht. Aber schon hat Allah der Erhabene die Liebe zu dir in mein Herz gesenkt, und dein holdes Wesen hat mich bezaubert; und diese Augen, die Gott dir gegeben hat, die wie mit Pfeilen schießen, haben mich gefangen genommen.' ‚Bei Allah,' erwiderte sie, ‚ich fühle das gleiche, was du fühlst, ja, noch mehr, so daß mir ist, als hätte ich dich schon seit meiner Kindheit gekannt.' Ich sagte darauf: ‚Der Mann kann nicht alles, was er braucht, auf dem Markte kaufen.' Dann fragte sie: ‚Hast du ein Haus?' ‚Nein, bei Allah,' antwortete ich, ‚noch auch ist diese Stadt mein Wohnort.' Und sie fuhr fort: ‚Bei Allah, ich habe auch kein Haus; aber ich werde dich schon richtig führen.' Mit diesen Worten ging sie mir voraus, und ich folgte ihr, bis sie zu einer Herberge kam. Dort fragte sie die Wirtin: ‚Habt ihr ein leeres Zimmer?' ‚Jawohl', erwiderte jene; und die Dame sprach zu ihr: ‚So gib uns den Schlüssel!' Wir nahmen also den Schlüssel, gingen hinauf, um das Zimmer anzusehen, und traten ein. Dann ging sie wieder zu der Wirtin hinaus und sprach: ‚Hier hast du eine kleine Gabe für den Schlüssel; denn das Zimmer gefällt uns. Und hier ist noch ein Dirhem für deine Mühe; geh, hol uns einen Krug Wasser, damit wir uns erfrischen können; wenn dann die Mittagszeit vorbei ist und die Hitze nachläßt, wird der Mann gehen und das Gepäck holen.' Die Wirtin freute sich darüber, und sie brachte uns alsbald eine Matte, zwei Krüge Wassers auf einer Platte, einen Fächer und eine Lederdecke.

Wir blieben dort, bis es Zeit ward zum Nachmittagsgebet. Da sagte sie: ‚Ich muß die religiöse Waschung vornehmen, ehe ich gehe.' Ich erwiderte ihr: ‚Nimm Wasser und wasche dich[1] damit!' Und ich holte etwa zwanzig Dirhems aus meiner Tasche, um sie ihr zu geben. Doch sie rief: ‚Das sei ferne!' und holte aus ihrer eigenen Tasche eine Handvoll Silber hervor und sprach: ‚Bei Allah, wäre nicht das Schicksal, und hätte Gott nicht die Liebe zu dir in mein Herz gesenkt, so wäre nicht geschehen, was geschehen ist.' Da sagte ich: ‚So nimm dies für das, was du schon ausgegeben hast!' Sie entgegnete: ‚Lieber Herr, später, wenn wir erst länger zusammen sind, so wirst du sehen, ob eine Frau wie ich auf Geld und Gut sieht oder nicht.' Mit diesen Worten ging sie zum Brunnen und holte einen Krug Wassers; und nachdem sie sich damit gewaschen hatte, kam sie zurück, sprach das Gebet und bat Allah den Erhabenen um Verzeihung für das, was sie getan hatte. Vorher hatte ich sie schon nach ihrem Namen gefragt; und sie hatte gesagt: ‚Raihâna', und hatte mir ihre Wohnung beschrieben. Und als ich nun sah, daß sie die Waschung vorgenommen hatte, sagte ich mir: ‚Diese Frau tut also; soll ich nicht dasselbe tun wie sie?' Darauf sprach ich zu ihr: ‚Willst du vielleicht noch einen Krug Wassers für uns verlangen?' Sie ging zur Wirtin und bat sie: ‚Schwester, nimm hin und hole uns für diesen halben Dirhem Wasser, auf das wir die Fliesen damit waschen können!' Die Wirtin brachte zwei Krüge Wassers, und ich nahm den einen davon, ging ins Brunnenhaus und wusch mich, nachdem ich ihr meine Kleider gegeben hatte. Als ich mit der Waschung fertig war, rief ich: ‚Meine Herrin Raihâna!' Aber niemand antwortete mir. Dann trat ich hinaus; doch ich fand sie nicht. Wohl aber entdeckte ich, daß sie meine Kleider samt allem,

---

[1]. Im Arabischen versehentlich: ‚wir wollen uns waschen'.

was an Geld darinnen war, weggenommen hatte; ich hatte nämlich in meinem Zeug vierhundert Dirhems. Auch meinen Turban und mein Tuch hatte sie mitgenommen; und so hatte ich nichts, um meine Blöße zu bedecken. Da litt ich Qualen, die noch schlimmer sind als der Tod; und ich wandte mich nach allen Seiten um, ob ich nicht vielleicht einen Lumpen fände, um meine Blöße zu verhüllen. Eine Weile blieb ich sitzen; dann aber ging ich hin und schlug an die Tür. Und als die Wirtin zu mir heraufkam, sprach ich zu ihr: ‚Schwester, was hat Allah mit dieser Frau getan, die noch soeben hier war?' Sie gab mir zur Antwort: ‚Die ist in diesem Augenblick heruntergekommen und hat gesagt, sie wolle hingehen, um die Kinder mit dem Zeug zu bekleiden, und sie fügte noch hinzu: ‚Ich habe ihn schlafen lassen; wenn er aufwacht, so sag ihm, er solle nicht eher fortgehen, als bis die Sachen zu ihm kämen!' Da sagte ich zu ihr: ‚Schwester, das Geheimnis ruht bei dem, der gut und von edlem Blut! Bei Allah, diese Frau ist nicht meine Gattin; ich habe sie in meinem ganzen Leben heute zum ersten Male gesehen!' Und ich erzählte der Wirtin die ganze Geschichte und bat sie, mich zu verhüllen, indem ich sie wissen ließ, daß sogar meine Scham unbedeckt war. Sie aber fing an zu lachen und rief die Frauen der Herberge mit den Worten: ‚He, Fâtima! He, Chadîdscha! He, Harîfa! He, Sanîna!' Und alle Frauen und Nachbarinnen, die in der Herberge waren, versammelten sich bei mir und begannen mich zu verspotten und riefen: ‚Du Kuppler, was hast du mit Liebesabenteuern zu tun?' Eine von ihnen kam heran, sah mir ins Gesicht und lachte; eine andere rief: ‚Bei Allah, du hättest doch wissen können, daß sie log, als sie sagte, daß sie dich liebe und verehre! Was wäre an dir zu lieben?' Und eine dritte sprach: ‚Das ist ein alter Kerl ohne Verstand!' So verhöhnten sie mich, während ich schweren Kummer litt. Doch eine Frau unter ihnen, die mich sah, hatte Mitleid mit mir, und sie warf mir einen Lappen aus dünnem Stoffe zu, mit dem ich meine Scham bedecken konnte, mehr nicht. Dann wartete ich noch eine Weile; als ich mir aber sagte: ,Gleich werden die Männer dieser Frauen sich bei mir versammeln, und ich gerate in Schimpf und Schande, lief ich eilends aus der Tür der Herberge hinaus. Da drängten sich groß und klein um mich, liefen mir nach und riefen: ,Das ist ein Verrückter, ein Verrückter!', bis ich zu meinem Hause kam und an die Tür pochte. Da kam meine Frau zu mir heraus, und als sie mich in meiner ganzen Länge nackt und barhaupt sah, schrie sie auf und lief wieder hinein und rief: ,Da ist ein Verrückter, ein Satan!' Sobald aber meine Schwieger und meine Frau mich erkannten, freuten sie sich und sprachen: ,Was ist mit dir?' Ich erzählte ihnen, die Räuber hätten mir meine Kleider genommen, mich entblößt und mich beinahe getötet. Wie sie von mir hörten, daß die mich töten wollten, priesen sie Allah den Erhabenen für meine Rettung und beglückwünschten mich. Seht, was war das für eine List, wo ich doch selber Anspruch auf Schlauheit mache!'

Alle, die zugegen waren, dachten mit Staunen über diese Geschichte nach und über das, was die Frauen vollbringen. Dann trat der vierte Hauptmann vor und erzählte

DIE GESCHICHTE
DES VIERTEN WACHTHAUPTMANNS

Was mir an Abenteuern widerfahren ist, ist noch seltsamer als das bisher Erzählte. Und es ist das Folgende. Wir schliefen eines Nachts auf einer Dachterrasse; und da schlich eine Frau im Dunkel in unser Haus. Die schnürte alles, was sie darin fand, in ein Bündel, lud es sich auf und wollte fortgehen. Nun war sie aber schwanger, und die Zeit ihrer Niederkunft war nahe. Und als sie das Bündel packte und es sich auflud, um fortzugehen, beschleunigte sie die Wehen und gebar im Dunkeln ein Kind. Dann suchte sie nach den Feuerhölzern, machte Feuer durch Reiben, entzündete die Lampe und ging mit dem weinenden Kinde umher. Während sie so im Haus umherwanderte, kam uns, die wir auf dem Dache waren, das Ganze merkwürdig vor. Deshalb standen wir auf, um nachzusehen, was es gäbe; und wir entdeckten, daß dort eine Frau war, die sich die Lampe angezündet hatte, und wir hörten das Weinen des Kindes. Und als wir von oben durch die Öffnung der Halle hinuntersahen, hörte sie uns reden; da hob sie ihren Kopf und rief: ‚Schämt ihr euch nicht? Wir handeln so freundlich an euch und besuchen eure Frauen! Wißt ihr nicht, daß euch der Tag gehört und uns die Nacht? Hinweg von uns! Bei Allah, wäret ihr nicht seit Jahren unsere Nachbarn und jetzt ohne Kunde, so würden wir sicherlich das Haus über euch zusammenstürzen lassen.' Wir zweifelten nicht daran, daß sie zu den Geistern gehörte, und zogen in unserer Angst unsere Köpfe zurück; am nächsten Morgen aber entdeckten wir, daß sie alles, was wir besaßen, gestohlen hatte und entflohen war. So wußten wir, daß sie eine Diebin war und daß sie einen Streich gespielt hatte wie noch nie jemand zuvor; und wir bereuten, als die Reue nichts mehr fruchtete.'

Nachdem die Gesellschaft diese Geschichte vernommen hatte, sprach sie ihre größte Verwunderung darüber aus. Dann trat der fünfte Hauptmann vor, das war der Wachhabende von der Bank[1], und erzählte

---

[1]. Das heißt: der Bank vor dem Polizeigebäude, auf der er in Alarmbereitschaft zu sitzen hatte.

DIE GESCHICHTE
DES FÜNFTEN WACHTHAUPTMANNS

Das Erzählte war noch kein Wunder. Mir ist etwas begegnet, was noch viel wunderbarer und seltsamer war. Als ich einmal an der Tür der Präfektur saß, trat plötzlich eine menschliche Gestalt ein und sprach zu mir, als ob sie um einen Rat fragen wollte: ‚Hoher Herr, ich bin die Frau des Arztes Soundso; bei ihm ist eine Gesellschaft von den achtbaren Leuten[1] der Stadt, und sie trinken Wein an dem und dem Orte.' Als ich das hörte, widerstrebte es mir, ein Ärgernis herbeizuführen, und so sandte ich sie von dannen, indem ich ihre Hoffnung darauf zunichte machte. Doch dann ging ich allein fort, und als ich die Stätte erreichte, setzte ich mich draußen nieder, bis die Tür geöffnet wurde, und stürmte dann hinein. Ich fand die Gesellschaft, wie die Frau sie mir beschrieben hatte, und sie selbst war auch dabei. Nachdem ich die Leute gegrüßt hatte und sie meinen Gruß erwidert hatten, hießen sie mich ehrenvoll willkommen, baten mich zu sitzen und trugen mir Speise auf. Ich tat ihnen kund, daß jemand sie angezeigt hätte. ‚Doch', so fügte ich hinzu, ‚ich habe ihn fortgejagt und bin allein zu euch gekommen.' Da dankten sie mir und priesen mich ob meiner Güte; und dann reichten sie mir zweitausend Dirhems, die sie unter sich gesammelt hatten. Ich nahm sie und ging davon. Aber zwei Monate nach diesem Abenteuer kam ein Beamter von dem Richter mit einem Schreiben, auf dem er mit eigener Hand mich vorlud. Ich ging mit dem Manne und trat zum Richter ein. Dort beanspruchte der Kläger, der meine Vorladung veranlaßt hatte, von mir zweitausend Dirhems, indem er behauptete, ich hätte sie von ihm als dem Vormund der

[1] Solche Leute, die als gültige Zeugen vor Gericht zugelassen werden.

Frau geborgt. Ich bestritt es; doch er zeigte mir einen Schuldschein über die Summe mit dem Zeugnis von vier jener Leute, die damals zugegen gewesen waren; auch jetzt waren sie zugegen und bestätigten ihr Zeugnis. Da erinnerte ich sie an meine Güte und zahlte die Summe, indem ich schwor, hinfort niemals mehr auf eine Frau zu hören. Ist das nicht wunderbar?'[1]

Die Gesellschaft wunderte sich über seine schöne Geschichte; und auch el-Malik ez-Zâhir hatte Gefallen an ihr. Und der Präfekt sagte: ,Bei Allah, das ist eine seltsame Geschichte!' Nun trat der sechste Hauptmann vor und erzählte der Gesellschaft

DIE GESCHICHTE
DES SECHSTEN WACHTHAUPTMANNS

Höret jetzt meine Geschichte und das, was mir begegnet ist, oder eher, was dem Ehrenmanne[2] Soundso begegnet ist; das ist noch großartiger und seltsamer als das, was wir gehört haben. Es trug sich nämlich so zu. Er wurde eines Tages mit einer Frau ertappt, und viel Volks sammelte sich unten bei seinem Hause; auch der Präfekt kam mit seiner Mannschaft und pochte an die Tür. Nun schaute der Ehrenmann oben aus dem Hause heraus, und als er die Leute sah, rief er: ,Was wollt ihr?' Sie antworteten ihm: ,Folge dem Rufe des Herrn Präfekten Soundso!' Er kam herunter und öffnete die Tür. Da schrieen die Leute: ,Bring die Frau heraus, die bei dir ist!' ,Schämt ihr euch nicht? Wie kann ich meine Gattin herausbringen?' ,Ist sie deine Gattin durch rechtmäßigen Vertrag oder ohne die Eheurkunde?' ,Nach dem Buche Allahs und der Verordnung Sei-

1. Die gleiche Geschichte findet sich als ,Geschichte des Wachthauptmannes von Kairo' in Band III, Seite 312 bis 314. – 2. Vgl. Seite 795, Anmerkung.

nes Apostels!' ,Wo ist der Vertrag?' ,Ihr Vertrag ist im Hause ihrer Mutter.' ,Komm her und zeige uns den Vertrag!' ,Macht freie Bahn für sie, damit sie hinausgehen kann!' Nun hatte er, sobald er gemerkt hatte, daß die Sache ruchbar wurde, den Vertrag geschrieben, ihn auf ihren Namen ausgestellt und ihn so zur Eheurkunde seiner Frau gemacht; auch hatte er die Namen einiger seiner Freunde als Zeugen eingetragen, wie es gerade kam, hatte die Unterschrift des vollziehenden Kadis und des Vormundes daruntergesetzt und das Ganze so zu einer gesetzlichen Urkunde gemacht. Als die Frau jetzt hinausgehen wollte, gab er ihr den Vertrag, den er gefälscht hatte, und schickte den Eunuchen des Emirs mit ihr, auf daß er sie in das Haus ihres Vaters geleite. Als jener Eunuch nun mit ihr gegangen war und sie zu dem Hause gebracht hatte, und als sie selbst dort eingetreten war, sprach sie: ,Ich will nicht zu dem Streite vor dem Emir zurückkehren; laßt die ehrenwerten Zeugen kommen und meinen Vertrag in Empfang nehmen!' Wie der Eunuch zum Präfekten zurückkam und ihm, der noch immer an der Tür des Ehrenmannes stand, die Botschaft überbrachte, sprach jener: ,Das kann gestattet werden.' Und der Ehrenmann rief: ,O du Eunuch, hol uns den Zeugen Soundso!' Der war nämlich sein Freund. Und als jener, den er durch den Boten holen ließ, bei ihm ankam und er ihn sah, sprach er: ,Geh zu derundder Frau, mit der ihr mich vermählt habt, und rufe sie, und wenn sie dann zu dir[1] kommt, so verlange von ihr den Ehevertrag, nimm ihn ihr ab und bringe ihn uns!' Dabei machte er ihm ein Zeichen, als wollte er ihm sagen: ,Mache eine Lüge mit und schütze uns; denn sie ist eine fremde Frau, und wir fürchten uns vor dem Präfekten, der an der Tür steht; und wir bitten Allah den Erhabenen, daß er uns und euch

1. Im Text fälschlich ,zum König'.

beschirme vor dem Kummer der Welt, Amen!' Da ging der Mann, der als Zeuge diente, zum Präfekten, der bei den anderen Zeugen stand und sprach zu ihm: ‚Gut! Ist sie nicht die-unddie, deren Ehevertrag an derunder Stätte geschlossen wurde?' Dann begab der Zeuge sich zu der Frau, die bei dem Ehrenmann gewesen war und der er den gefälschten Vertrag gegeben hatte; und als er zu ihrem Hause kam, rief er sie, und sie brachte ihm die Urkunde. Er nahm sie von ihr entgegen und ging damit zum Präfekten[1] zurück. Und als der gelesen hatte, was darin stand, rief der Ehrenmann dem Freunde: ‚Geh zu unserem Herrn und Gebieter, dem Oberkadi, und tu ihm kund, was seinen ehrenhaften Zeugen widerfährt!' Der Freund wollte hingehen; aber der Präfekt erschrak und begann, den Ehrenmann inständigst zu bitten und ihm die Hände zu küssen, bis er ihm vergab. Dann ging der Präfekt fort, in größter Angst und Furcht. Der Ehrenmann aber brachte so alles in Ordnung und heiratete die Frau; die Fälschung gelang durch seine vortreffliche List.'

Alle verwunderten sich darob gar sehr. Und nun trat der siebente Hauptmann vor und erzählte

DIE GESCHICHTE
DES SIEBENTEN WACHTHAUPTMANNS

Mir geschah in Alexandrien, der Stadt, die Gott behüten möge, ein wunderbar Ding, und es war dies. Einst kam zu mir eine alte Frau, die allerlei Wertsachen und Schmuckstücke trug in einer großen Schatulle von wunderbar schöner Arbeit; und sie hatte ein schwangeres Mädchen bei sich. Sie setzte sich vor den Laden eines Leinenhändlers nieder und erzählte ihm, das

1. Dies Wort muß im arabischen Text ergänzt werden.

Mädchen sei durch den Präfekten der Stadt schwanger geworden; dann entnahm sie bei ihm auf Borg Stoffe im Werte von tausend Dinaren und setzte die Schatulle bei ihm nieder. Nachdem sie ihm gezeigt hatte, was darin war, und er Dinge von hohem Werte gesehen hatte, hinterließ sie die Schatulle bei ihm als Pfand, lud der Sklavin, die bei ihr war, die Stoffe auf und ging fort. Doch sie blieb lange weg, und als ihr Ausbleiben dem Händler zu lange währte, glaubte er nicht mehr an ihre Rückkehr und eilte zum Hause des Präfekten. Dort fragte er nach ihr, aber er konnte nichts von ihr erkunden, ja, keine Spur ward von ihr gefunden; da holte er das Schmuckkästchen hervor, allein man sagte ihm, das alles sei vergoldet, und sein Wert betrage nicht mehr als hundert Dirhems. Wie er das zu hören bekam, ward er tief bekümmert; und er ging fort und begab sich zum Stellvertreter des Sultans. Als er bei ihm angekommen und vor ihn getreten war und ihm seine Klage vorgetragen hatte, erkannte der Stellvertreter, daß eine List bei ihm Erfolg gehabt hatte und daß die Menschen ihn belogen und betrogen und ihm seine Stoffe gestohlen hatten. Da er aber in den Dingen der Welt erfahren war und vortreffliche Pläne machen konnte, so sprach er zu dem Manne: ,Nimm etwas aus deinem Laden fort; und morgen früh zerbrich das Schloß und schrei laut und komm zu mir und führe Klage, daß dein ganzer Laden ausgeplündert sei! Rufe aber Gott um Hilfe an, schrei und sage es den Leuten, damit alles Volk bei dir zusammenströmt und sieht, wie das Schloß zerbrochen und dein Laden geplündert ist; zeige es einem jeden, der zu dir kommt, auf daß sich die Kunde davon verbreitet, und sage den Leuten, deine größte Sorge gelte einer großen Schatulle, die einer von den Großen der Stadt bei dir hinterlegt habe, und du seiest in Furcht vor ihm! Doch fürchte dich nicht, sondern sage nur immer in deinen Worten: ‚Meine Schatulle war die Schatulle des Herrn Soundso, und ich bin in Angst vor ihm und wage nicht, mit ihm zu sprechen; aber ihr Leute die ihr hier bei mir versammelt seid, könnt ja Zeugnis ablegen.' Und wenn du noch mehr dergleichen weißt, so sag es; dann wird die Alte schon zu dir kommen.' Nachdem der Händler die Worte des Präfekten vernommen hatte, sagte er: ‚Ich höre und gehorche!' Dann ging er fort von ihm, begab sich in seinen Laden, nahm daraus eine beträchtliche Menge von Waren und trug sie in seine Wohnung. Als er am nächsten Morgen früh zum Laden kam, zerbrach er das Schloß, schrie und jammerte und flehte zu Gott um Hilfe, bis das Volk bei ihm zusammenströmte und fast alle, die in der Stadt waren, sich dort versammelten. Und er rief ihnen zu und sagte ihnen alles, was der Präfekt ihm geraten hatte; und die Kunde davon verbreitete sich überall. Dann eilte er zum Hause des Präfekten, und sobald er dort war, begann er zu rufen und zu schreien und zu klagen und gab seine Klage bekannt. Und nach drei Tagen kam die Alte zu ihm mit dem Gelde für die Stoffe; sie legte es ihm hin und verlangte nun die Schatulle zurück. Kaum aber hatte er sie erkannt, so ergriff er sie und schleppte sie zum Präfekten der Stadt. Und als sie dort vor den Kadi treten mußte, sprach er zu ihr: ‚Du Teufelin, weh dir! Genügt dir deine erste Tat noch nicht, so daß du auch noch zum zweiten Male kommen mußtest?' Sie entgegnete ihm: ‚Ich gehöre zu denen, die ihr Heil in den Städten suchen; wir versammeln uns in jedem Monate, und gestern war unsere Zusammenkunft.'[1] Da hub der Präfekt an: ‚Kannst du sie ausliefern? ‚Jawohl,' erwiderte sie; ‚aber wenn du bis morgen wartest, so zerstreuen sie sich

1. In Kairo wurde mir berichtet, daß es dort eine Diebeszunft gebe, deren Mitglieder sich gelegentlich versammeln.

wieder. Darum muß ich sie euch noch heute abend überantworten.' ,Geh hin!' befahl der Emir; doch sie fuhr fort: ,Schicke Leute mit mir, die mich zu ihnen geleiten und die mir in allem gehorchen, was ich ihnen sage! Auf alles, was ich befehle, müssen sie hören; ja, sie müssen mir aufs Wort gehorchen!' Da sandte er eine Schar von Leuten mit, und sie nahm sie und führte sie vor eine Tür; dort sprach sie zu ihnen: ,Bleibt hier vor dieser Tür stehen; und wer zu euch herauskommt, den haltet fest; ich werde dann als letzte von allen zu euch heraustreten!' ,Wir hören und gehorchen!' erwiderten die Leute und blieben an der Tür, zu der sie gekommen waren, stehen, während die Alte hineinging. Eine ganze Stunde standen sie dort, aber niemand kam zu ihnen heraus; so lange warteten sie. Da wurden sie des Befehls, den der Stellvertreter des Sultans ihnen gegeben hatte, überdrüssig, weil sie so lange stehen mußten. Und da sie das Warten nicht mehr ertragen konnten, so traten sie an die Tür heran und schlugen so stark und heftig dagegen, daß sie den hölzernen Riegel fast zerbrachen. Dann ging einer von ihnen hinein und blieb lange Zeit fort; doch er fand nichts. Und als er zurückkehrte, sagte er: ,Dies ist die Tür zu einem Durchgange, zu einem Auswege, der auf dieunddie Straße führt. Die Alte hat sich über euch lustig gemacht, sie hat euch stehen lassen und ist verschwunden.' Als sie das von ihm hörten, kehrten sie zum Emir zurück und meldeten ihm die ganze Geschichte. Da erkannte er, daß sie eine Lügnerin und Betrügerin war, die ihnen einen listigen Streich gespielt hatte, um sich selbst zu retten. Sehet nun die Schlauheit dieser Frau und die listigen Pläne, die sie durchgeführt hat! Sie war zwar so unvorsichtig, daß sie zu dem Leinenhändler[1] zurückkam, ohne zu fürchten, sie könnte in eine

1. Im Texte fälschlich: ,zu mir'.

Falle gehen; aber sobald sie dem Verderben nahe war, rettete sie sich.'

Als die Gesellschaft diese Erzählung gehört hatte, freuten sich alle gar sehr, und ihr Entzücken kannte keine Grenzen mehr. Auch el-Malik ez-Zâhir Baibars freute sich über das, was er gehört hatte, und er sprach: ‚Wahrlich, es geschehen Dinge in der Welt, die vor den Königen wegen ihres hohen Ranges verborgen bleiben.' Da hub ein anderer aus der Gesellschaft an und sprach: ‚Mir ist von einem meiner Freunde eine Geschichte von der List und Tücke der Frauen berichtet, die ist noch seltsamer und wunderbarer, ergötzlicher und spannender als alles, was euch bisher erzählt ist.' Da sagten die Leute, die zugegen waren: ‚Erzähle uns, was du erfahren hast, und berichte uns alles, damit wir sehen, was an ihr wunderbar ist!' Und er begann

DIE GESCHICHTE
DES ACHTEN WACHTHAUPTMANNS

Vernehmet denn, daß ich einst zu einer Gesellschaft geladen wurde, unter der sich ein Freund von mir befand; er war es auch, der mich geladen hatte, und so ging ich mit ihm dorthin. Als wir in sein Haus getreten waren und uns auf seine Kissen gesetzt hatten, sprach er zu mir: ‚Dies ist ein gesegneter Tag, ein Tag der Freude; und wer erlebt wohl einen Tag wie diesen? Ich möchte, daß du es machst wie wir und unser Tun nicht mißbilligst, da du doch gern jemanden hörst, der solches bieten kann.'[1] Ich willigte ein, und bald entspann sich ihre Unterhaltung über Dinge eben dieser Art. Und nun begann unter ihnen mein Freund, der mich eingeladen hatte, und

1. Das heißt: Geschichten über die Listen der Frauen.

sprach zu ihnen: ‚Höret mir zu, ich will euch ein Abenteuer erzählen, das mir widerfahren ist:

Da war einmal ein Mensch, der zu mir in meinen Laden zu kommen pflegte, den ich aber nicht kannte; auch er kannte mich nicht und hatte mich früher noch nie in seinem Leben gesehen. Jedesmal, wenn er einen Dirhem oder zwei entleihen mußte, kam er zu mir und bat mich darum, ohne daß er mich kannte und ohne daß ein Mittelsmann zwischen uns war; ich pflegte auch niemandem etwas davon zu sagen. Das blieb lange so zwischen mir und ihm. Und als es eine geraume Weile gewährt hatte, begann er zehn bis zwanzig Dirhems zu borgen, bald mehr, bald weniger. Nun begab es sich eines Tages, als ich bei meinem Laden stand, daß eine Frau dorthin kam und vor mir stehen blieb; das war eine Frau, so schön wie der Vollmond, wenn er unter den Sternen erstrahlt, und der ganze Raum war hell von ihrem Licht. Kaum hatte ich sie gesehen, so richtete ich meinen Blick auf sie und starrte ihr ins Antlitz; und sie begann mit sanfter Stimme zu mir zu reden. Als ich nun ihre Worte und ihre zarte Stimme hörte, verlangte es mich nach ihr. Und wie sie mein Verlangen gewahrte, richtete sie ihren Auftrag aus, versprach mir, wiederzukommen, und ging fort. Ich aber blieb in Gedanken an sie zurück, und das Feuer glühte weiter in meinem Herzen. So saß ich denn da, ratlos und voll trüber Gedanken über meine Lage und mit dem Feuer in meinem Herzen. Am dritten Tage endlich kam sie wieder, als ich schon kaum mehr glaubte, daß sie noch kommen würde. Sobald ich sie erblickte, begann ich mit ihr zu sprechen, ihr zu schmeicheln und schön mit ihr zu tun; und dann bat ich mit Worten um ihre Gunst und lud sie zu mir ein. Doch sie sprach: ‚Ich gehe zu niemandem ins Haus.‘ ‚So will ich denn mit dir gehen‘, sagte ich darauf; und sie erwiderte mir: ‚Wohlan, komm mit mir!' Ich tat ein Tuch in meinen Ärmel, und in das Tuch hatte ich eine Anzahl von Dirhems gelegt, das war eine beträchtliche Summe. Die Frau ging vor mir her, und ich folgte ihr. So gingen wir dahin, bis sie mich in eine Gasse und zu einer Haustür geführt hatte. Dort befahl sie mir, die Tür zu öffnen; doch ich weigerte mich dessen. Da öffnete sie und führte mich in die Vorhalle; und kaum war ich eingetreten, so verschloß sie die Eingangstür von drinnen und sprach zu mir: ‚Bleib hier sitzen, damit ich hineingehen kann zu den Sklavinnen und sie an einen Ort bringen, von dem aus sie mich nicht zu sehen vermögen!' Wie ich das hörte, setzte ich mich nieder und sagte: ‚So sei es!' Darauf ging sie weiter ins Haus und blieb nur einen Augenblick fort; dann kam sie wieder zu mir, doch ohne Schleier. Und als sie wieder bei mir war, sprach sie: ‚Erhebe dich, im Namen Allahs!' Ich stand auf und folgte ihr nach drinnen; und wir schritten dahin, bis wir in einen Saal kamen. Wie ich mir den genauer anschaute, erkannte ich, daß er weder schön noch freundlich war; er war vielmehr kahl und ohne Ebenmaß, häßlich und abschreckend. Außerdem herrschte in ihm ein abscheulicher Geruch. Nachdem ich das alles mir vorgestellt und mich mitten in den Saal gesetzt hatte, erschienen plötzlich sieben nackte Männer; jene Männer trugen kein Gewand, sondern nur lederne Gürtel um ihren Leib. Sie sprangen von der Estrade herab und eilten alle auf mich zu. Einer von ihnen trat an mich heran und riß mir den Turban herunter; ein zweiter griff nach dem Tuch mit meinem Gelde, das ich im Ärmel trug; ein dritter zog mir meine Kleider aus; und als der mir die Kleider abgenommen hatte, kam ein anderer und fesselte mir mit seinem Gürtel die Hände auf dem Rücken. Darauf hoben mich alle, gefesselt wie ich war, warfen mich wieder zu

Boden und schleppten mich einer Senkgrube zu, die sich dort befand. Und gerade wollten sie mir den Hals durchschneiden, als plötzlich laut an die Tür geklopft wurde. Wie sie das Klopfen hörten, erschraken sie, und ihre Gedanken wurden durch den Schrecken von mir abgelenkt. Die Frau ging hinaus, und als sie wieder zurückkam, sprach sie: ‚Keine Gefahr droht euch heute, keine Furcht! Euer Freund ist es, der euch das Mittagsmahl bringt.' Jener Mann aber, der nun hereinkam, hatte ein geröstetes Lamm bei sich; und als er an die anderen herantrat, sprach er zu ihnen: ‚Was ist es mit euch, warum habt ihr euch aufgeschürzt?' ‚Wir haben ein Wild gefangen', antworteten sie. Wie er diese Worte hörte, kam er an mich heran, sah mir ins Antlitz, schrie auf und rief: ‚Bei Allah, dies ist mein Bruder, der Sohn meines Vaters und meiner Mutter! Allah! Allah!' Und sofort löste er meine Fesseln und küßte mich aufs Haupt; und siehe da, es war mein Freund, der von mir die Dirhems zu entleihen pflegte. Da küßte auch ich ihn aufs Haupt, und er küßte mich wieder, und er sprach: ‚Lieber Bruder, hab keine Furcht!' Dann ließ er alle meine Kleider bringen, die ich getragen hatte, und ließ mir nichts verloren gehen. Auch brachte er mir eine Schale voll Zuckerscherbett mit Limonen darin und gab mir zu trinken. Und alle kamen und baten mich, an einem Tische zu sitzen. Darauf sprach er zu mir: ‚Mein Herr und Bruder, jetzt haben wir Brot und Salz miteinander geteilt; und du hast unser geheimes Tun entdeckt; doch Geheimnisse sind gut aufbewahrt bei Männern von edler Art.' Ich rief: ‚So wahr ich ein ehelich Kind freier Eltern bin, ich will nichts angeben und verraten!' Darauf nahmen sie mir einen Eid ab, um sich meiner zu sichern, und führten mich hinaus. Ich ging davon, indem ich immer noch glaubte, daß ich zu den Toten zählte. Einen vollen Monat lang lag ich krank in meinem Hause; dann ging ich ins Badehaus, und als ich es verlassen hatte, öffnete ich meinen Laden von neuem. Jenen Mann und jene Frau aber sah ich nicht wieder. Eines Tages nun trat an meinen Laden ein Jüngling heran, so schön wie der Vollmond; der war ein Schafhändler, und er trug einen Sack bei sich, in dem das Geld war, das er durch den Verkauf der Schafe erhalten hatte. Die Frau aber folgte ihm, und als er vor meinem Laden halt machte, blieb sie neben ihm stehen und tat schön mit ihm; ich aber verging fast vor Mitleid mit ihm. Und wie er ihr große Neigung bezeigte, begann ich ihm Blicke zuzuwerfen und Zeichen zu machen, bis auch er mich erblickte und sah, daß ich ihm Winke gab. Die Frau aber sah mich an, winkte mit der Hand und ging fort; und der Jüngling, der ein Turkmene war, folgte ihr. Nun wußte ich, daß er unrettbar dem Tode verfallen war, und da auch ich in große Furcht geriet, schloß ich meinen Laden und begab mich ein Jahr lang auf Reisen. Als ich zurückgekehrt war, tat ich meinen Laden wieder auf; doch da kam auch schon die Frau wieder zu mir und sprach zu mir: ‚Das war aber ein langes Fernbleiben!' ‚Ich war auf Reisen', gab ich ihr zur Antwort; und sie fuhr fort: ‚Wie konntest du dem Turkmenen solche Zeichen geben?' ‚Das verhüte Gott,' erwiderte ich, ‚ich habe ihm keine Zeichen gegeben!' Sie entgegnete nur: ‚Hüte dich, mir in den Weg zu treten!' und ging davon. Eine Weile darauf lud ein Freund von mir mich in sein Haus; und als ich bei ihm war, aßen und tranken und plauderten wir. Da fragte er mich: ‚Lieber Freund, ist dir in deinem langen Leben einmal eine arge Not begegnet?' Ich erwiderte ihm: ‚Erzähl du mir zuerst, ob du einmal in Not geraten bist!' So erzählte er denn:

‚Vernimm, eines Tages sah ich eine schöne Frau, und ich folgte ihr und bat sie in mein Haus. Doch sie antwortete mir:

‚Ich gehe in niemandes Haus; es muß bei mir in meinem Hause sein. Wenn du willst, so komme an dem und dem Tage!' Als der bestimmte Tag herankam, stellte sich ihr Bote bei mir ein und wollte mich zu ihr führen. Und nachdem er gekommen war, machte ich mich mit ihm auf und gelangte zu einem schönen Hause mit einer großen Tür. Als wir dort eintrafen, öffnete er die Tür, und ich trat ein. Kaum aber war ich drinnen, so verschloß er die Tür und wollte weiter in das Haus hineingehen. Da geriet ich in große Furcht, und ich eilte ihm voraus zu der zweiten Tür, durch die er mich führen wollte. Die verriegelte ich, und dann schrie ich ihn an mit den Worten: ‚Bei Allah, wenn du mir nicht wieder aufmachst, so schlage ich dich tot. Ich gehöre nicht zu denen, die du überlisten kannst!' ‚Was für eine List siehst du denn?' ‚Ich bin erschrocken durch die kahle Öde dieses Hauses und durch das Fehlen eines Hüters an der Tür; denn ich sehe niemanden erscheinen.' ‚Mein Gebieter, dies ist eine geheime[1] Tür.' ‚Geheim oder öffentlich, mach mir auf!' Da öffnete er mir, und ich ging hinaus; ich hatte mich aber noch nicht weit von der Tür entfernt, da begegnete ich einer Frau, und die sprach zu mir: ‚Dir ist ein langes Leben bestimmt, sonst wärest du nie wieder aus jenem Hause herausgekommen!' ‚Wieso?' fragte ich; und sie antwortete mir: ‚Frag deinen Freund; er wird dir Wunderdinge erzählen!' Und nun, mein Freund, beschwöre ich dich bei Allah, erzähle mir, was dir an Seltsamkeiten und wunderbaren Begebenheiten widerfahren ist; denn ich habe dir berichtet, was ich erlebt habe.'

‚Ach, Bruder,' erwiderte ich, ‚mich bindet ein feierlicher Eid!' ‚Lieber Freund,' sagte er, ‚brich deinen Eid und erzähle

[1]. An den Haupteingängen zu größeren Häusern pflegen Türhüter zu sitzen.

mir!' Ich sagte noch: ‚Ich fürchte mich vor dem Ausgang', aber ich erzählte ihm dennoch alles, und er war erstaunt. Darauf trennten wir uns.

Nach einer langen Weile aber kam ein anderer Freund zu mir und sprach: ‚Ein Nachbar hat mich eingeladen, um Sängerinnen anzuhören.' Doch ich erwiderte ihm: ‚Ich gehe zu niemandem.' Aber schließlich überredete er mich, und wir begaben uns zu dem Haus. Dort trafen wir einen Mann, und der empfing uns mit den Worten: ‚Im Namen Allahs!' Darauf nahm er einen Schlüssel und öffnete die Tür. Ich sagte zu ihm: ‚Wir sind die ersten Gäste; wo sind denn die Sängerinnen?' ‚Drinnen im Hause,' antwortete er; ‚dies ist eine geheime Tür. Ängstigt euch nicht, weil die Gäste noch fehlen!' Mein Freund sagte darauf zu mir: ‚Wir sind ja zwei, was können sie wagen uns anzutun?' Nun wurde die Tür hinter uns geschlossen, und als wir den Saal betraten, fanden wir dort keine Menschenseele, aber wir sahen, daß er sehr häßlich war. Da sagte mein Freund: ‚Wir sind in eine Falle geraten. Doch es gibt keine Macht und es gibt keine Majestät außer bei Allah, dem Erhabenen und Allmächtigen!' Ich aber sprach: ‚Allah lohne dir nicht mit Gutem, was du an mir getan hast!' Und wir setzten uns an den Rand der Estrade; da erblickte ich neben mir eine Kammer und schaute hinein. Als mein Freund mich fragte: ‚Was siehst du dort?' gab ich zur Antwort: ‚Ich sehe dort große Schätze und die Leichen von Ermordeten. Schau!' Da schaute er hinein und rief: ‚Bei Allah, wir sind verloren!' Und wir beide huben an zu weinen, ich und er. Plötzlich aber kamen aus der Tür, durch die wir eingetreten waren, vier Männer; die waren nackt und hatten nur lederne Gürtel um den Leib. Sie eilten herein und auf meinen Freund zu; er stürzte sich auf sie und schlug einen von ihnen mit der Faust zu Boden. Doch nun fielen die drei anderen über ihn her, und ich konnte an meine Rettung denken, während sie mit ihm beschäftigt waren. Ich spähte umher und entdeckte neben mir eine Tür auf dem Boden; rasch stieg ich hinein, aber da geriet ich in eine unterirdische Kammer ohne Ausgang und ohne Fenster. Nun sah ich den sicheren Tod vor Augen und sprach: ,Es gibt keine Macht und es gibt keine Majestät außer bei Allah, dem Erhabenen und Allmächtigen!' Doch als ich nach oben an die Decke des Raumes schaute, sah ich dort eine Reihe kleiner bunter Glasfenster. Ich kletterte um das liebe Leben, bis ich zu den Fenstern kam; aber ich war wie von Sinnen vor Schrecken. Und ich riß die Scheiben heraus, kroch durch die Öffnung nach draußen, und da sah ich mich vor einer Mauer. Die Mauer konnte ich noch erklimmen, und als ich von oben die Leute auf der Straße gehen sah, warf ich mich hinunter, und siehe da, Allah der Erhabene rettete mich. Wie ich auf dem Erdboden ankam, umringten mich die Leute von allen Seiten, und ich begann ihnen zu erzählen. Das Schicksal wollte es, daß der Präfekt gerade durch die Straße kam; sofort machten die Leute ihm Meldung, und er ging auf die Tür zu und befahl, sie aus den Angeln zu heben. Wir drangen im Sturm ins Haus und fanden die Räuber, wie sie meinen Freund niedergeworfen und ermordet hatten; auf mich hatten sie nicht mehr geachtet, da sie sich sagten: ,Wohin kann er gehen? Er ist ja doch in unserer Gewalt!' Der Präfekt ließ nun die Leute festnehmen und verhörte sie; und sie legten ein Geständnis ab und verrieten die Frau und die Genossen in Kairo. Er ließ die Räuber abführen und ging selber weiter, nachdem er die Tür abgeschlossen und versiegelt hatte; ich begleitete ihn, bis er mit seinen Leuten vor dem anderen Hause stand. Da sie die Tür von innen verschlossen fanden, befahl der Präfekt, sie herauszuheben; dann traten wir ein und fanden eine zweite Tür. Auch die ließ er herausheben, indem er seinen Leuten Stille anbefahl, bis alle Türen herausgehoben wären. Und wir fanden die Bande, wie sie wieder mit einem neuen Wild beschäftigt war, dem sie gerade die Kehle durchschneiden wollten. Der Präfekt ließ die Räuber festnehmen und befreite den Mann. Dann fanden sie auch die Frau, die das Wild herbeigeschafft hatte. Nachdem der Mann alles, was ihm geraubt war, wiedererhalten hatte, hielten die Leute des Präfekten die ganze Bande fest, auch die Frau, bis aus dem Hause eine Menge von Schätzen herausgeholt war. Die Räuber wurden sogleich an die Mauern des Hauses genagelt, während die Frau in ihrem großen Schleier auf ein Brett genagelt und auf einem Kamele in der Stadt umhergeführt wurde. Unter den Dingen, die aus dem Hause herausgeholt waren, befand sich auch der Sack des Turkmenen, des Schafhändlers. All dies geschah vor meinen eigenen Augen. So tilgte Allah ihre Wohnstätten und befreite mich von der Furcht, die mich beseelte. Meinen Freund aber, der mich jenes Mal von ihnen befreit hatte, sah ich nicht wieder, und darüber wunderte ich mich sehr. Doch nach einer Reihe von Tagen kam er zu mir; er hatte der Welt entsagt und das Gewand der Fakire angelegt, und nachdem er mich begrüßt hatte, ging er weiter. Danach besuchte er mich wieder häufiger, und ich begann mich mit ihm zu unterhalten und fragte ihn, was es mit der Bande auf sich gehabt habe, und wie es gekommen sei, daß er allein von allen sich retten konnte. Er antwortete mir: ‚Ich verließ sie an dem Tage, an dem Allah der Erhabene dich von ihnen befreite; sie wollten nicht mehr auf meine Worte hören, und so schwor ich, mich ihnen nicht mehr zu gesellen.' ‚Bei Allah,' sagte ich darauf, ‚es war doch ein Wunder, daß du der Grund meiner Rettung warst!' Dann fuhr er fort: ,Wisse, die Welt ist voll von dieser Art Leuten, und wir bitten Allah den Erhabenen um Schutz; denn sie betrügen die Menschen mit jeglicher List.' Und nun bat ich ihn: ,Erzähle mir das seltsame Abenteuer, das euch bei eurem gefährlichen Treiben begegnet ist!' ,Lieber Bruder,' gab er zur Antwort, ,ich war nie zugegen bei dem, was sie taten; sondern ich hatte mich nur um Kauf und Verkauf und um die Speisen zu kümmern. Als Seltsamstes aber, was ihnen begegnet ist, ward mir das Folgende berichtet:

DIE GESCHICHTE DES DIEBES

Jene Frau, die sich mit ihnen abgab und ihnen manche Frau von einer Hochzeit erjagte, fing einstmals wieder eine Frau bei einer solchen Feier, indem sie vorgab, bei ihr selbst fände ein Brautmahl statt. Sie hatte mit ihr einen Tag verabredet, an dem sie zu ihr kommen sollte; und als jener Tag gekommen war, begab sich jene Frau zu dem Hause. Die andere führte sie zu einer Tür hinein, von der sie sagte, es sei eine Geheimtür. Kaum war die Geladene eingetreten, so erblickte sie Männer und Spießgesellen; sie schaute die Leute an und sprach: ,Ihr Mannen, ich bin eine Frau, mich zu töten ist kein Ruhm; ihr habt auch keine Pflicht der Blutrache wider mich, die ihr an mir erfüllen müßtet. Was ich aber an mir trage, das soll euch gehören.' Sie sagten: ,Wir fürchten Verrat von dir.' Darauf entgegnete sie: ,Ich will bei euch bleiben und weder aus noch ein gehen.' Und so sagten sie denn: ,Wir schenken dir das Leben.' Der Räuberhauptmann sah sie sich an und nahm sie für sich; sie blieb nun ein volles Jahr bei ihm und diente ihm eifrig, bis alle mit ihr vertraut waren. Eines Nachts aber betäubte sie die Räuber, als sie trunken waren; dann ging sie hin, nahm ihnen ihre Kleider, und nahm dem Hauptmann fünfhundert Dinare ab. Auch holte sie ein Messer und rasierte allen den Bart ab und strich ihnen Kesselruß ins Gesicht, so daß sie alle schwarz aussahen. Schließlich öffnete sie die Türen und eilte fort. Als aber die Räuber wieder aufwachten, waren sie ratlos und erkannten, daß die Frau sie überlistet hatte.'

Alle, die zugegen waren, erstaunten über das, was dort geschehen war. Darauf trat der neunte Hauptmann vor und begann

DIE GESCHICHTE
DES NEUNTEN WACHTHAUPTMANNS

Ich will euch das Schönste erzählen, was ich bei einem Hochzeitsfeste gehört habe. Da war einmal eine Sängerin, die schön von Angesicht und weithin berühmt war. Und es begab sich eines Tages, daß sie ausging, um sich in einem Garten zu erquicken. Während sie dort saß, stand plötzlich ein Mann vor ihr, dem eine Hand abgeschlagen war, und bat sie um eine Gabe. Er war durch die Tür hereingekommen und berührte sie mit seinem Armstumpfe und sprach: ‚Ein Almosen, um Allahs willen!' Doch sie sprach: ‚Allah gebe dir!' und scheuchte ihn fort. Viele Tage darauf kam zu ihr ein Bote[1] und gab ihr den Lohn für einen Abend. Sie nahm eine Dienerin[2] und eine Begleiterin[2] mit; und nachdem sie sich auf den Weg gemacht hatte und zu der Stätte kam, führte der Bote sie durch einen langen Gang, an dessen Ende ein Saal war. Dort traten wir ein – so erzählte die Sängerin selbst –, fanden aber keinen Menschen; dagegen fand ich das Fest vorbereitet mit Kerzen, Zukost und Wein, ferner sah ich in einem anderen Raume die

1. So nach Burton; das betreffende arabische Wort ist sonst nicht bekannt. – 2. Auch diese beiden Wörter sind nicht sicher.

Speisen, und in einem dritten die Betten. Nachdem wir uns gesetzt hatten, schaute ich mir den Mann an, der die Tür geöffnet hatte, und siehe, ihm war eine Hand abgeschlagen. Das mißfiel mir sehr an ihm. Nachdem ich eine Weile gesessen hatte, kam ein Mann herein, der die Lampen im Saale füllte und die Kerzen entzündete; auch dem war eine Hand abgehauen. Dann kamen die Gäste herbei, aber kein einziger trat ein, dem nicht eine Hand fehlte; und das Haus füllte sich mit einer solchen Gesellschaft.[1] Als nun alle Gäste vollzählig beieinander waren, trat der Gastgeber herein, gekleidet in prächtige Gewänder; und man erhob sich vor ihm und ließ ihn an dem Ehrenplatz sitzen. Er hatte aber seine Hände in den Ärmeln, so daß ich nicht erkennen konnte, wie es darum stand. Dann wurde das Essen aufgetragen, und er und alle Gäste aßen; darauf wuschen sie ihre Hände, und der Gastgeber begann verstohlene Blicke auf mich zu werfen. Und nun trank die ganze Gesellschaft, bis alle trunken und ohne Besinnung waren. Da wandte sich der Gastgeber, und das war derselbe Mann, der uns geholt hatte, zu mir und sprach: ‚Willst du nicht freundlich sein zu einem Manne, der dich um eine Gabe bittet und zu dem du sprichst: ‚Wie häßlich bist du!' Ich schaute ihn an, und siehe da, er war der Verstümmelte, der zu mir in den Lustgarten gekommen war. Darauf erwiderte ich: ‚Mein Gebieter, was sagst du da?' Er aber fuhr fort: ‚Warte nur, du wirst dich seiner schon entsinnen'! Dabei schüttelte er den Kopf und strich sich den Bart, während ich voll Furcht dasaß. Dann streckte er die Hand aus nach meinem Schleier und nach meinen Stiefeln, nahm sie und legte sie neben sich, und rief: ‚Singe, du Verfluchte!' Da sang ich, bis ich müde

[1]. Also wahrscheinlich Dieben, denen die rechte Hand abgeschlagen war; vgl. Band I, Seite 339, Anmerkung.

war. Die Gäste aber kümmerten sich nur um sich selbst und berauschten sich; und groß war die Hitze ihrer Trunkenheit. Nun kam der Türhüter an mich heran und flüsterte mir zu: ‚Meine Herrin, fürchte dich nicht, aber wenn du gehen willst, so laß es mich wissen!' Ich fragte ihn: ‚Willst du meiner spotten?' ‚Nein, bei Allah,' erwiderte er, ‚ich habe nur Mitleid mit dir. Unser Hauptmann und Meister plant nichts Gutes mit dir, ich glaube gar, er will dich heute nacht umbringen.' Da sagte ich zu dem Türhüter: ‚Wenn du etwas Gutes tun willst, so ist jetzt die Zeit dazu.' Doch er antwortete: ‚Wenn der Hauptmann aufsteht, um ein Bedürfnis zu verrichten, und zum Aborte geht, so will ich ihm mit dem Lichte vorausgehen und die Haustür offen lassen. Dann geh du, wohin du willst!' Darauf sang ich wieder, und der Hauptmann rief: ‚Gut!' Ich sagte zu ihm: ‚Bist du aber häßlich!' Da sah er mich an und sprach: ‚Bei Allah, du sollst den Duft dieser Welt nicht mehr einatmen!' Doch seine Gefährten riefen: ‚Tu es nicht!' und beruhigten ihn, bis er sagte: ‚Wenn es denn nicht anders möglich ist, so soll sie ein volles Jahr lang hier bleiben, ohne je hinauszugehen!' Ich sagte darauf: ‚Was dir nur immer zu tun beliebt, darein will ich mich fügen. Wenn ich einen Fehler begangen habe, so bist du der Mann, ihn zu verzeihen.' Er schüttelte wiederum den Kopf und trank. Als er aber aufstand, um ein Bedürfnis zu verrichten, während seine Gefährten sich ganz ihrem Treiben hingaben, dem Scherzen, Trinken und Spielen, gab ich meinen Begleiterinnen einen Wink, und wir eilten in die Vorhalle. Wir fanden die Tür offen und liefen hinaus, unverschleiert, ohne zu wissen, wohin wir uns wenden sollten, bis wir weit vom Hause einen Garkoch trafen, der gerade kochte. Zu dem sprach ich: ‚Willst du Tote lebendig machen?' ‚Kommt herauf!' antwortete er; und wir traten in seinen Laden hinauf. Dann sprach er: ‚Legt euch nieder!' Und als wir uns niedergelegt hatten, bedeckte er uns mit dem Halfagras, mit dem er unter den Speisen Feuer zu machen pflegte. Kaum aber lagen wir sicher an jener Stätte, da hörten wir schon das Getrappel von Menschen, die nach rechts und links liefen, und wir hörten, wie sie den Koch fragten: ‚Ist jemand bei dir vorübergekommen?' ‚Bei mir ist kein Mensch vorbeigekommen', gab er zur Antwort. Aber jene Leute liefen noch die ganze Nacht hindurch um den Laden herum, bis es heller Tag ward; dann kehrten sie enttäuscht zurück. Der Koch aber nahm das Halfagras fort und sprach: ‚Steht auf; ihr seid dem Tode entronnen!' Wir erhoben uns, doch wir waren unbedeckt, ohne Mantel und ohne Schleier. Da führte uns der Koch in sein Haus, und wir schickten von dort in unser Haus und ließen uns die Mäntel holen. Darauf entsagten wir dem Gesang, indem wir vor Allah dem Erhabenen bereuten; und dies war eine wunderbare Errettung aus der Not.'

Die Anwesenden hatten der Erzählung mit Staunen zugehört. Dann trat der zehnte Hauptmann vor und hub an: ‚Mir ist etwas widerfahren, das noch wunderbarer ist als alles, was ihr bisher vernommen habt.' ‚Was war das?' fragte el-Malik ez-Zâhir; und er begann

DIE GESCHICHTE

DES ZEHNTEN WACHTHAUPTMANNS

In der Stadt war ein Diebstahl begangen, und zwar handelte es sich um eine große, ganz beträchtliche Menge. Da wurde ich mit meinen Gefährten berufen, und man bedrängte uns sehr. Doch wir baten die Leute um einige Tage Geduld; dann verteilten wir uns auf die Suche nach dem gestohlenen Gut.

Ich selber zog mit fünf Mann aus, und wir streiften an jenem Tage in der Stadt umher; am nächsten Tage aber gingen wir vor die Tore, und als wir eine Parasange[1] oder zwei von der Stadt entfernt waren, plagte uns der Durst, und wir kamen auf ein Feld. Dort ging ich zu dem Schöpfrade und trat in das Gebäude, das dazu gehörte, trank, vollzog die religiöse Waschung und sprach das Gebet. Aber da kam der Wächter des Schöpfwerkes und schrie: ‚He du, wer hat dich hier eintreten heißen?' Und sofort schlug er mir ins Gesicht und drückte mir die Rippen ein, bis ich dem Tode nahe war. Darauf spannte er mich mit einem seiner Stiere ein und trieb mich um das Schöpfrad herum und schlug mich mit dem Ochsenziemer, den er bei sich hatte, bis mir das Herz heiß brannte. Schließlich ließ er mich los, und ich eilte hinaus, ohne auf den Weg zu achten; und wie ich draußen war, sank ich ohnmächtig nieder. Danach richtete ich mich wieder auf und blieb sitzen, bis meine Erregung sich legte. Nun begab ich mich zu meinen Gefährten und sprach zu ihnen: ‚Ich habe das Gut gefunden, und ich habe den Dieb gefunden; aber ich habe ihn nicht erschreckt noch beunruhigt, damit er nicht flieht. Jetzt laßt uns zu ihm gehen und eine List gebrauchen, um seiner habhaft zu werden.' So nahm ich sie mit, und wir gingen zu dem Hüter, der mich mit Schlägen so gepeinigt hatte; denn ich wollte ihm das gleiche zu kosten geben und ihn verleumden, auf daß er Rutenhiebe zu schmecken bekäme. Wir stürzten auf das Schöpfwerk los und ergriffen den Hüter; nun war bei ihm ein Jüngling, und der rief, als wir den Hüter fesselten: ‚Bei Allah, ich war nicht bei ihnen; ich bin seit sechs Monaten nicht in diese Stadt gekommen, und ich habe diese Stoffe erst hier gesehen!' ‚Zeig uns die Stoffe!' be-

[1]. Die Araber haben die persische Parasange von den Syrern übernommen.

fahlen wir; und da führte er uns an eine Stelle, an der sich ein Brunnen befand, neben dem Schöpfwerk. Dort grub er nach und holte das gestohlene Gut heraus, und es fehlte an ihm kein Faden in der Nadel. Wir nahmen das Gut, und wir nahmen den Hüter und gingen fort, bis wir zum Amtshause des Präfekten kamen. Dort entblößten wir den Hüter und schlugen ihn mit Ruten, bis er viele Diebstähle bekannte. Ich hatte all das nur getan, um meine Gefährten irrezuführen; aber es hatte Erfolg.'

Die Versammlung war darüber höchlichst verwundert. Und nun hub der elfte Hauptmann an und erzählte

DIE GESCHICHTE
DES ELFTEN WACHTHAUPTMANNS

Ich weiß etwas, das noch seltsamer ist, als was wir gehört haben; aber es ist mir nicht selbst begegnet. In früherer Zeit lebte ein alter Wachthauptmann; bei dem kam eines Tags ein Jude vorüber, der in seiner Hand einen Korb trug, und in dem Korb waren fünftausend Dinare. Da sagte jener Hauptmann zu einem seiner Sklaven: ,Bist du imstande, dies Geld aus dem Korbe dieses Juden zu holen?' ,Jawohl', erwiderte der, und es währte nur bis zum nächsten Tage, da trat der Sklave mit dem Korbe zu seinem Herren ein. Nun sagte ich – so erzählte der Hauptmann selbst – zu ihm: ,Geh hin und vergrabe den Korb an der und der Stätte!' Der Sklave führte meinen Befehl aus; dann kehrte er zurück und meldete es mir. Aber kaum hatte er seinen Bericht beendet, da erhob sich ein Höllenlärm; und es kam der Jude, begleitet von einem Manne aus der Umgebung des Königs, und erklärte, daß jenes Gold dem Sultan gehöre und daß er nur uns dafür verantwortlich mache. Wir verlangten drei Tage Frist nach der Sitte; dann sprach ich zu dem, der das Geld geholt hatte: ‚Geh hin und bringe etwas in das Haus des Juden, das ihn mit sich selber beschäftigt!' Da ging er hin und spielte ihm einen argen Streich: er legte nämlich in einen Korb die Hand einer toten Frau, und diese Hand war mit Henna gefärbt und trug an einem Finger einen goldenen Siegelring. Diesen Korb vergrub er unter einer Platte im Hause des Juden. Darauf begaben wir uns dorthin und suchten überall nach und fanden den Korb; unverzüglich legten wir den Juden in eiserne Fesseln wegen der Ermordung einer Frau. Als unsere Frist von drei Tagen abgelaufen war, kam jener Mann von der Umgebung des Königs und sprach: ‚Der Sultan läßt euch sagen: Nagelt den Juden an und bringt das Gold; denn es ist nicht möglich, daß fünftausend Goldstücke verloren gehen sollten!' Da wußten wir, daß die List nicht geglückt war. Ich aber ging aus, und als ich auf der Straße einen Jüngling aus dem Hauran[1] vorübergehen sah, legte ich sofort Hand an ihn, ließ ihn festnehmen, ausziehen und mit Ruten schlagen. Dann legte ich ihn in eiserne Fesseln und brachte ihn zum Amtshause des Präfekten; dort ließ ich ihn wiederum peitschen und sagte zu den Leuten: ‚Dies ist der Dieb, der das Geld gestohlen hat!' Wir versuchten, ihn zum Geständnis zu bringen; aber er gestand nichts. Dann schlugen wir ihn ein drittes und ein viertes Mal, bis wir müde und erschöpft waren und er keine Antwort mehr gab. Als aber das Schlagen und die Folter zu Ende waren, sprach er plötzlich: ‚Ich will euch das Geld sofort herbeischaffen.' Wir gingen mit ihm, und er führte uns zu der Stelle, an der mein Sklave das Gold vergraben hatte. Dort grub er nach und holte es heraus, und wir gingen mit ihm zum Hause des Präfekten zurück. Ich war über das Ganze höchlichst erstaunt. Als aber der Präfekt das Geld sah und mit eigenen Augen er-

1. Also einen Fremdling aus Mittelsyrien.

blickte, kam große Freude über ihn, und er gab mir ein Ehrenkleid und sandte das Geld sofort zum Palaste des Sultans. Den Jüngling ließen wir im Kerker liegen. Dann fragte ich meinen Mann, der das Geld entwendet hatte: ‚Hat dieser Jüngling dich gesehen, als du das Geld vergrubest?' ‚Nein, bei Allah dem Allmächtigen!' antwortete er. Darauf ging ich zu dem gefangenen Jüngling, gab ihm Wein zu trinken, bis er sich erholt hatte, und sprach zu ihm: ‚Tu mir kund, wie du das Geld gestohlen hast!' ‚Bei Allah,' entgegnete er, ‚ich habe das Geld nicht gestohlen, ich habe es auch nie mit Augen gesehen, bis ich es aus der Erde holte!' Als ich dann fragte: ‚Wie ist das möglich?' fuhr er fort: ‚Wisse, der Grund, weshalb ich in eure Hände fiel, war der Fluch, den meine Mutter gegen mich ausgestoßen hatte. Ich bin nämlich gestern abend schlecht gegen sie gewesen und habe sie geschlagen. Da sprach sie zu mir: ‚Bei Allah, mein Sohn, es wird gewißlich geschehen, daß Gott einem Unterdrücker Gewalt über dich gibt.' Und sie ist eine fromme Frau. Ich aber ging sofort hinaus, und da sahet ihr mich auf der Straße; und du tatest an mir, was du getan hast. Als nun die Schläge so lange währten, schwanden mir die Sinne, und ich hörte eine Stimme rufen: ‚Hole es!' Da sagte ich euch, was ich gesagt habe; und wir gingen hinaus, während die Stimme mich führte, bis ich zu der Stätte gelangte. So kam, was gekommen ist: ich holte das Geld heraus.' Darob geriet ich in größte Verwunderung; und ich bemühte mich um seine Freilassung und die Heilung seiner Wunden, da ich erkannte, daß er zu den Kindern der Frommen gehörte. So erbat ich denn seine Lösung von den Fesseln und von der Verantwortung.'

Nachdem alle, die zugegen waren, ihre größte Verwunderung ausgesprochen hatten, trat der zwölfte Hauptmann vor und erzählte

DIE GESCHICHTE
DES ZWÖLFTEN WACHTHAUPTMANNS

Ich will euch ein Abenteuer berichten, das ich von einem anderen gehört habe, und dem hat es wieder ein anderer berichtet, und der hat es von einem dritten vernommen, als eine Geschichte aus dem Leben eines Diebes. Jener erzählte nämlich folgendermaßen: Als ich eines Tages über den Markt ging, sah ich, wie ein Dieb in den Laden eines Geldwechslers einbrach und daraus eine Schatulle entwendete. Mit der ging er auf den Totenacker, und ich folgte ihm dorthin. Gerade als er sie geöffnet hatte und hineinschaute, trat ich an ihn heran und sprach: ‚Friede sei mit euch!' Da er vor mir erschrak, verließ ich ihn und ging von dannen. Nach einigen Monaten jedoch traf ich ihn wieder, wie er von Häschern und Wächtern abgeführt wurde. Da rief er: ‚Haltet den Mann da fest!' Die Leute ergriffen mich, und als ich vor dem Präfekten stand, fragte er: ‚Was hast du mit dem da zu tun?' In diesem Augenblicke wandte der Dieb sich nach mir um, sah mir eine Weile ins Gesicht und rief: ‚Wer hat diesen Mann ergriffen?' Da ward ihm gesagt: ‚Du hast uns doch gesagt, wir sollten ihn festhalten, und da haben wir es getan.' Doch er rief wiederum: ‚Das verhüte Gott! Ich kenne ihn nicht, und auch er kennt mich nicht. Das habe ich von einem anderen Menschen gesagt.' Darauf wurde ich freigelassen. Nach einer Weile begegnete der Dieb mir wieder auf der Straße, begrüßte mich und sprach: ‚Lieber Herr, Schreck um Schreck! Hättest du mir etwas abgenommen, so hättest du auch an dem Unheil teilgehabt.' Ich antwortete ihm: ‚Allah sei Richter zwischen mir und dir!' Und damit ist meine Geschichte zu Ende.'

Darauf trat der dreizehnte Hauptmann vor und erzählte

DIE GESCHICHTE
DES DREIZEHNTEN WACHTHAUPTMANNS

Ich will euch berichten, was einer meiner Freunde mir erzählt hat. Der sprach folgendermaßen: Ich ging eines Abends zu einem meiner Gefährten; und als es Mitternacht war, ging ich allein wieder fort. Wie ich aber auf der Straße war, erblickte ich eine Diebesbande. Ich sah sie an, und sie sahen mich an; da ward mir der Speichel im Munde trocken. Darauf stellte ich mich trunken, wankte hin und her und schrie: ,Ich – bin – betrunken!' Und ich stieß an die Mauern rechts und links und tat, als hätte ich die Räuber nicht gesehen. Doch sie gingen hinter mir her, bis ich mein Haus erreichte und an die Tür klopfte; dann verließen sie mich. Nach diesem Erlebnis vergingen einige wenige Tage. Da stand ich eines Tages vor meiner Haustür, und plötzlich trat ein Jüngling an mich heran, der eine Kette um den Hals trug und von einem Wächter begleitet wurde. Er bat: ,Guter Herr, ein Almosen, um Allahs willen!' Ich antwortete: ,Allah gebe dir!' Doch er schaute mich eine lange Weile an und sprach dann: ,Was du mir bietest, ist nicht so viel wert wie dein Turban, oder wie dein Kopftuch oder irgend etwas von deiner Kleidung, geschweige denn wie all das Gold und Silber, das du damals bei dir trugst.' ,Was soll das heißen?' fragte ich; und er fuhr fort: ,In der und der Nacht, als du in Gefahr warest und die Leute dich ausrauben wollten, war ich bei ihnen, und ich sprach zu ihnen: ,Der da ist mein Herr und Gebieter, der mich aufgezogen hat.' So war ich die Ursache deiner Rettung, und ich habe dich vor ihnen beschützt.' Als ich das hörte, sprach ich zu ihm: ,Bleib stehen!' Dann trat ich in mein Haus und brachte ihm, was Allah der Erhabene zur Zufriedenheit gegeben hat; er aber ging seiner Wege. Und das ist meine Geschichte.'

Dann trat der vierzehnte Hauptmann vor und erzählte

DIE GESCHICHTE
DES VIERZEHNTEN WACHTHAUPTMANNS

Wisset, was ich zu erzählen habe, das ist noch heiterer und seltsamer, als was wir gehört haben. Das ist nämlich folgendes: Ehe ich in diesen Beruf eintrat, hatte ich einen Tuchladen, und da pflegte immer der Sklave eines Mannes zu mir zu kommen, den ich nur vom Ansehen kannte; dem pflegte ich zu geben, was er verlangte, und ich geduldete mich immer, bis er bezahlen konnte. Eines Abends nun war ich mit meinen Freunden zusammen, und wir setzten uns zu einem Gelage nieder. Da tranken wir und waren guter Dinge und spielten Tricktrack; einen von uns ernannten wir im Spiel zum Wesir, einen anderen zum Sultan und einen dritten zum Henker. Während wir so dasaßen, kam plötzlich ein Schmarotzer ungebeten zu uns; wir spielten weiter, und er begann mit uns zu spielen. Nun sprach der Sultan zum Wesir: ‚Bringt den Schmarotzer, der ungebeten und ungeladen bei den Menschen eindringt, damit wir den Fall untersuchen. Dann will ich ihm den Kopf abschlagen lassen!' Da erhob sich der Henker und schleppte den Schmarotzer herbei; es war aber ein Schwert dort, das nicht einmal geronnene Milch hätte spalten können. Als der Schmarotzer vor dem Sultan stand, sprach der: ‚Schlag ihm den Kopf ab!' Und da hieb er mit jenem Schwerte; aber siehe da, der Kopf flog dem Manne vom Rumpfe. Als wir das sahen, entfloh der Wein aus unserem Hirn, und wir gerieten in furchtbare Angst. Die anderen nahmen den Rumpf und trugen ihn hinaus, um sich seiner zu entledigen, während ich den Kopf aufhob und mich auf den Weg zum Flusse machte. Ich war aber noch trunken, und meine Kleider wurden von dem Blut besudelt. Während ich auf der Straße dahinwankte, begegnete ich einem Räuber. Als der mich sah, erkannte er mich und rief: ‚Du, Soundso!' ‚Ja, was denn?' fragte ich; und er fuhr fort: ‚Was hast du da bei dir?' Ich erzählte ihm die ganze Geschichte, und er nahm mir den Kopf ab. Als wir aber zum Flusse kamen und den Kopf gewaschen hatten, sah er ihn genauer an und rief: ‚Bei Allah, das ist mein Bruder, der Sohn meines Vaters! Der pflegte bei den Leuten zu schmarotzen.' Und damit warf er den Kopf ins Wasser. Ich war in Todesängsten, aber er sprach zu mir: ‚Fürchte dich nicht, sorge dich nicht; du sollst frei sein von der Schuld am Tode meines Bruders!' Darauf nahm er meine Kleider, wusch sie, trocknete sie und legte sie mir wieder an; und nun sprach er zu mir: ‚Geh in dein Haus!' Ja, er ging auch noch mit mir, bis ich bei meiner Wohnung ankam. Dort sprach er zu mir: ‚Allah lasse dich nie einsam werden! Ich war dein Freund, und du hast mir Gutes erwiesen; aber von jetzt ab wirst du mich nie wiedersehen!' Dann ging er seiner Wege.'

Alle, die zugegen waren, staunten ob der Hochherzigkeit dieses Mannes, ob seiner Zurückhaltung und seiner vornehmen Gesinnung.'[1] – –«

* * *

Der König[2] aber sprach: »Erzähle uns noch mehr von deinen Geschichten, Schehrezâd!« »Gern«, erwiderte sie und erzählte nun einen lustigen, vergnüglichen Scherz,

---

1. Der Bruder des Erschlagenen verzichtete auf die Blutrache, weil der Kaufmann ihm früher durch Stundung der Schulden gefällig gewesen war. – 2. Hier werden die Erzählungen der Wachthauptleute durch andere Geschichten unterbrochen, die in den allgemeinen Rahmen des ganzen Werkes gehören.

DIE GESCHICHTE
VON DEM SCHLAUEN DIEBE

Es wird berichtet, daß einmal einer von den Schelmen der Araber in ein Haus eindrang, um Weizen von einem Kornhaufen zu stehlen, auf dem eine große kupferne Schale lag. Die Leute des Hauses aber bemerkten es und wollten ihn abfassen; da begrub er sich schnell unter der Schale in dem Weizen. So fanden sie ihn nicht und wandten sich zum Gehen; aber gerade wie sie hinausgehen wollten, drang ein gewaltiger Wind aus dem Weizen hervor. Da hoben sie die Schale auf und fanden den Dieb; doch wie sie ihn festhalten wollten, rief er: ‚Ich habe euch die Mühe des Suchens erspart, ich wollte euch den Weg zu meinem Verstecke zeigen. Darum laßt auch mich in Ruhe und habt Erbarmen mit mir, auf daß Allah sich eurer erbarme!' Da ließen sie ihn los und taten ihm nichts. –

Und eine andere Geschichte ähnlicher Art ist

DIE GESCHICHTE
VON DEM ALTEN GAUNER

Es lebte einmal ein alter Mann, der durch seine Gaunereien berühmt war. Der ging mit seinem Genossen auf einen der Märkte, und sie stahlen dort eine Menge von Stoffen. Dann trennten sie sich, und ein jeder von ihnen kehrte heim. Eine Weile darauf versammelte er eine Gesellschaft seiner Genossen, und als sie beim Trunke saßen, zog einer von ihnen ein kostbares Stück Tuch hervor und sprach: ‚Ist einer unter euch, der es wagt, dies Tuch auf demselben Markte zu verkaufen, von dem es gestohlen ist, auf daß wir ihm den Preis der Schlauheit zuerkennen?' Der Alte rief: ‚Ich!' Und die anderen sagten:

‚Wohlan denn, Allah der Erhabene lasse es gelingen!' Am nächsten Morgen nahm er das Stück und ging fort, bis er zu dem Markte kam, von dem es gestohlen war. Dort setzte er sich an den Laden, aus dem es weggenommen war und gab es dem Ausrufer. Als der es nun ausrief, erkannte es der frühere Besitzer und bot hoch darauf; dann schickte er zu dem Präfekten und der ließ den Mann, bei dem das Tuch war, festnehmen. Da er aber in ihm einen ehrbaren, gutgekleideten Mann von würdiger Erscheinung sah, so fragte er ihn: ‚Woher hattest du das Tuch?' Jener antwortete: ‚Von diesem Markte und aus diesem Laden, vor dem ich saß.' Weiter fragte der Präfekt: ‚Hatte sein Eigentümer es dir verkauft?' ‚Nein,' erwiderte der Alte, ‚ich hatte es gestohlen, dies und noch anderes dazu.' Darauf sagte der Präfekt: ‚Wie konntest du es denn wieder an die Stelle bringen, wo du es gestohlen hattest?' ‚Ich will meine Geschichte nur dem Sultan erzählen; und ich habe einen guten Rat, den ich ihm geben möchte.' ‚So nenne ihn!' ‚Bist du der Sultan?' ‚Nein!' ‚Ich will ihn aber nur dem Sultan sagen.' Darauf nahm der Präfekt ihn mit sich und führte ihn zum Sultan; und der Alte sprach: ‚Ich habe einen guten Rat für dich, o unser Gebieter!' Der Sultan fragte: ‚Welches ist dein Rat?' Und der Gauner gab zur Antwort: ‚Ich will bereuen und will euch alle Übeltäter ausliefern; und wen ich nicht zur Stelle schaffe, für den will ich bürgen.' Da rief der Sultan: ‚Legt ihm ein Ehrengewand um und nehmt sein Reuebekenntnis an!' Nachdem der Alte zu seinen Genossen zurückgekehrt war und ihnen die Geschichte erzählt hatte, erkannten sie ihm den Preis der Schlauheit zu, und sie gaben ihm, was sie ihm versprochen hatten. Dann nahm er den Rest des gestohlenen Guts und brachte es dem Sultan. Wie der ihn erblickte, nahm er ihn mit hohen Ehren auf und befahl, ihm nichts abzunehmen. Als er dann fortgegangen war, dachte der König immer weniger und weniger an ihn, bis die ganze Sache in Vergessenheit geriet; und so rettete er die Beute für sich.« –

* * *

Nachdem die Anwesenden ihre Verwunderung ausgesprochen hatten, trat der fünfzehnte Hauptmann vor und sprach: ‚Wisset, unter denen, die das Diebeshandwerk ausüben, gibt es auch solche, die Allah bei ihrem eigenen Zeugnisse wider sie selbst faßt.' Man fragte: ‚Wie ist das?' Und da erzählte er

DIE GESCHICHTE
DES FÜNFZEHNTEN WACHTHAUPTMANNS

Es wird von einem verwegenen Räuber berichtet, daß er allein auf Raub auszugehen und den Karawanen den Weg zu verlegen pflegte; und immer, wenn die Präfekten und die Machthaber ihn zu fassen suchten, floh er vor ihnen und verschanzte sich in den Bergen. Einst begab es sich, daß ein Mann die Straße zog, an der jener Räuber lauerte; und dieser Mann war allein, und er wußte nicht, welche Pein ihm dort bevorstand. Der Räuber aber überfiel ihn und rief: ‚Gib heraus, was du bei dir hast; ich kann dich töten, da gibt'es kein Entrinnen!' Da sprach der Mann: ‚Töte mich nicht! Nimm diese Satteltaschen, teile, was darin ist, und behalte ein Viertel!' Doch der Räuber rief: ‚Ich will nur das Ganze haben!' ‚Nimm die Hälfte und laß mich frei!' sprach der Reisende; aber der Räuber bestand darauf: ‚Ich will nur das Ganze haben; und ich will dich obendrein töten.' Nun sagte der Mann: ‚So nimm es denn!' Der Räuber nahm die Satteltaschen und schickte sich an, den Mann zu töten. Da rief jener: ‚Was ist das? Du hast keine

Blutfehde wider mich, so daß du mich töten müßtest!' Aber der Räuber entgegnete ihm: ‚Ich muß dich dennoch umbringen.' Der Reisende sprang von seinem Pferde und wand sich vor dem Räuber und flehte ihn an und suchte ihn zu erweichen; doch der hörte nicht auf ihn, sondern warf ihn zu Boden. In seiner Todesangst rief der Mann: ‚O Feldhuhn, leg Zeugnis ab, daß dieser Mann mich ungerecht und grausam tötet, obgleich ich ihm all mein Gut gegeben und ihn gebeten habe, mich um meiner Kinder willen freizulassen; das hat er nicht tun wollen! Sei du mein Zeuge wider ihn; und Allah übersieht nicht die Missetat der Frevler!' Aber auch um diese Worte kümmerte der Räuber sich nicht; sondern er hieb auf ihn ein und schlug ihm den Kopf ab. Danach geschah es, daß die Machthaber sich mit ihm über seine Unterwerfung einigten; und als er zu ihnen kam, machten sie ihn reich, und der Statthalter des Sultans nahm sich seiner so an, daß er mit ihm zu essen und zu trinken pflegte. Lange währte die Freundschaft zwischen ihnen bei gemeinsamen Mahlen und Gelagen. Doch dann geschah es wundersamerweise, daß eines Tages, als der Statthalter des Sultans ein Gastmahl gab, auf dem Tische ein geröstetes Feldhuhn war. Wie der Räuber das sah, begann er laut zu lachen; der Statthalter ward ärgerlich darüber und sprach zu ihm: ‚Warum lachst du? Siehst du irgendeinen Fehler, oder machst du dich lustig über uns in deinem Mangel an guter Erziehung?' ‚Nein, bei Allah, mein Gebieter,' antwortete der Räuber, ‚ich sah nur das Feldhuhn dort, und es erinnerte mich an ein wunderbares Abenteuer. Ich pflegte nämlich in der Zeit meiner Jugend Wegelagerei zu treiben, und da begab es sich, daß ich einen Mann überfiel, der ein Paar Satteltaschen mit Geld bei sich hatte. Ich rief ihm zu: ‚Gib mir die Satteltaschen; ich will dich umbringen!' Doch er sprach:

‚Nimm ein Viertel von ihrem Inhalt und laß mir das übrige!'
Ich entgegnete: ‚Ich muß alles haben und dich noch obendrein töten.' Da rief er: ‚Nimm die Satteltaschen und laß mich meiner Wege ziehen!' Dennoch sprach ich zu ihm: ‚Ich muß dich unweigerlich töten.' Während wir so miteinander redeten, sah er plötzlich einen Vogel, und dem wandte er sich zu und sprach zu ihm: ‚Leg Zeugnis ab wider ihn, o Feldhuhn, daß er mich ungerecht tötet und mich nicht zu meinen Kindern ziehen läßt, obgleich er all mein Gut genommen hat!' Doch ich hatte kein Mitleid mit ihm und hörte nicht auf das, was er sagte, sondern ich schlug ihn tot und kümmerte mich nicht um das Zeugnis des Feldhuhns.' Darüber war der Statthalter des Sultans empört, mächtiger Zorn erfüllte ihn, und er zückte das Schwert, und er hieb ein auf den Räuber und schlug ihm die Kehle durch, daß sein Kopf zu Boden rollte, während er bei Tische saß. Und siehe da, plötzlich sprach eine Stimme diese Verse:

> *Wenn du kein Übel willst, so tu nichts Übles;*
> *Tu Gutes, laß bei Gott Vergeltung ruhn!*
> *Was dir geschieht, ist dir von Gott beschieden;*
> *Doch deines Schicksals Wurzel ist dein Tun.*

Diese Stimme war die des Feldhuhns, das Zeugnis wider ihn ablegte.'[1]

Die Gesellschaft, die zugegen war, verwunderte sich und alle riefen: ‚Weh dem Ungerechten!' Und zuletzt trat der sechzehnte Hauptmann vor und erzählte

---

1. Man vergleiche hierzu ‚Die Kraniche des Ibykus'.

DIE GESCHICHTE
DES SECHZEHNTEN WACHTHAUPTMANNS

Auch ich will euch noch eine wunderbare Geschichte erzählen. Die war nämlich so. Ich zog eines Tages aus, um zu reisen; und da traf ich einen Mann, dessen Gewohnheit es war, Wegelagerei zu treiben. Als er mir begegnete, wollte er mich totschlagen; doch ich sprach zu ihm: ‚Ich habe nichts bei mir, von dem du Gewinn haben könntest.' Darauf erwiderte er mir: ‚Mein Gewinn ist der, daß ich dir das Leben nehme.' Ich fragte ihn: ‚Warum denn? Hat früher etwa Feindschaft zwischen uns bestanden?' ‚Nein,' gab er zur Antwort, ‚dennoch muß ich dich unweigerlich töten.' Da flüchtete ich mich vor ihm bis zum Ufer des Flusses; er aber folgte mir, warf mich zu Boden und setzte sich mir auf die Brust. Ich flehte zum Schutzheiligen der Pilger und rief ihn an: ‚Schütze mich vor diesem gewalttätigen Menschen!' Und siehe da, schon hatte er ein Messer herausgezogen, um mir den Hals zu durchschneiden, als plötzlich ein großes Krokodil aus dem Flusse hervorkam, ihn von meiner Brust herunterriß und in die Fluten zurücktauchte; er hielt noch das Messer in der Hand, als er im Rachen des Krokodils war, dann verschlangen ihn die Wasser. Ich aber pries Allah den Erhabenen und dankte Ihm für meine Rettung, da Er mich aus den Händen dieses Missetäters befreit hatte.'

INHALT DES VIERTEN BANDES

ENTHALTEND DIE ÜBERSETZUNG VON BAND II
SEITE 629 BIS BAND III SEITE 479 DER CALCUTTAER
AUSGABE VOM JAHRE 1839
SOWIE VON BAND XI SEITE 321 BIS 399
DER BRESLAUER AUSGABE

SCHLUSS DER GESCHICHTE VON DER
SCHLANGENKÖNIGIN *Fünfhundertundvierte bis
fünfhundertundsechsunddreißigste Nacht* .... 7 – 97

Schluß der Abenteuer Bulûkijas................. 7 – 80

Schluß der Geschichte Dschanschâhs............. 7 – 74

DIE GESCHICHTE VON SINDBAD DEM
SEEFAHRER *Fünfhundertundsechsunddreißigste bis fünfhundertundsechsundsechzigste Nacht* .... 97 – 208

Die erste Reise Sindbads des Seefahrers .... 102 – 115

Die zweite Reise Sindbads des Seefahrers......... 115 – 126

Die dritte Reise Sindbads des Seefahrers .... 127 – 142

Die vierte Reise Sindbads des Seefahrers .... 143 – 161

Die fünfte Reise Sindbads des Seefahrers .... 162 – 175

Die sechste Reise Sindbads des Seefahrers .... 175 – 188

Die siebente Reise Sindbads des Seefahrers .... 188 – 201

[Die siebente Reise Sindbads des Seefahrers nach
der ersten Calcuttaer Ausgabe] .... 202 – 208

DIE GESCHICHTE VON DER MESSING-
STADT *Fünfhundertundsechsundsechzigste bis fünfhundertundachtundsiebenzigste Nacht* .... 208 – 259

DIE GESCHICHTEN VON DER TÜCKE DER
WEIBER ODER VON DEM KÖNIG, SEINEM
SOHNE, SEINER ODALISKE UND DEN
SIEBEN WESIREN *Fünfhundertundachtundsiebenzigste
bis sechshundertundsechste Nacht* .... 259 – 371

Die Geschichte von dem König und der Frau seines
Wesirs .... 262 – 265

Die Geschichte von dem Kaufmann und dem
Papageien.................................. 265 – 267

Die Geschichte von dem Walker und seinem Sohne   268

Die Geschichte von dem Schurken und der
keuschen Frau .... 268 – 271

Die Geschichte von dem Geizigen und den beiden
Broten .... 271 – 272

Die Geschichte von der Frau und ihren beiden Liebhabern
.... 272 – 274

Die Geschichte von dem Prinzen und der Ghûla ... 274 – 278

Die Geschichte von dem Honigtropfen .... 278 – 279

Die Geschichte von der Frau, die ihren Mann Staub
sieben ließ .... 279 – 281

Die Geschichte von der verzauberten Quelle ..... 281 – 289

Die Geschichte von dem Sohne des Wesirs und der
Frau des Badhalters......................... 289 – 291

Die Geschichte von der Frau, die ihren Mann betrügen wollte
.... 291 – 297

Die Geschichte von dem Goldschmied und der
Sängerin aus Kaschmir .... 297 – 302

Die Geschichte von dem Manne, der nie mehr im
Leben lachte................................ 303 – 312

Die Geschichte von dem Prinzen und der Kaufmannsfrau .... 313 – 315

Die Geschichte von dem Diener, der vorgab, die
Sprache der Vögel zu verstehen................ 316 – 319

Die Geschichte von der Frau und ihren fünf Liebhabern .... 319 – 329

Die Geschichte von den drei Wünschen .... 329 – 331

Die Geschichte von dem gestohlenen Halsband ... 331 – 333

Die Geschichte von den beiden Tauben .... 333 – 334

Die Geschichte vom Prinzen Bahrâm und der Prinzessin ed-Datma .... 334 – 340

Die Geschichte von der alten Frau und dem Kaufmannssohne................................ 340 – 352

Die Geschichte von dem Prinzen und der Geliebten
des Dämonen............................... 353 – 357

Die Geschichte von dem Sandelholzhändler und den
Spitzbuben.................................. 357 – 363

Die Geschichte von dem Lüstling und dem dreijährigen Knaben .... 364 – 365

Die Geschichte von dem gestohlenen Geldbeutel .. 365 – 368

[Das Ende der Geschichte von Sindbad und den sieben Wesiren, nach der Breslauer Ausgabe] . . . . 368 – 371

  Die Geschichte von dem Fuchs und den Leuten . 369 – 370

DIE GESCHICHTE VON DSCHAUDAR UND SEINEN BRÜDERN *Sechshundertundsechste bis sechshundertundvierundzwanzigste Nacht* . . . . 371 – 431

DIE GESCHICHTE VON 'ADSCHÎB UND GHARÎB *Sechshundertundvierundzwanzigste bis sechshundertundachtzigste Nacht* . . . . 432 – 616

DIE GESCHICHTE VON 'UTBA UND RAIJA *Sechshundertundachtzigste bis sechshundertundeinundachtzigste Nacht* . . . . 616 – 623

DIE GESCHICHTE VON HIND, DER TOCHTER EN-NU'MÂNS, UND EL-HADDSCHÂDSCH *Sechshundertundeinundachtzigste bis sechshundertundzweiundachtzigste Nacht* . . . . 623 – 626

DIE GESCHICHTE VON CHUZAIMA IBN BISCHR UND 'IKRIMA EL-FAIJÂD *Sechshundertunddreiundachtzigste bis sechshundertundvierundachtzigste Nacht* . . . . 626 – 633

DIE GESCHICHTE VON DEM SCHREIBER JÛNUS UND WALÎD IBN SAHL *Sechshundertundvierundachtzigste bis sechshundertundfünfundachtzigste Nacht* . . . . 633 – 638

DIE GESCHICHTE VON HARÛN ER-RASCHÎD UND DER JUNGEN BEDUININ *Sechshundertundfünfundachtzigste bis sechshundertundsechsundachtzigste Nacht* . . . . 638 – 641

DIE GESCHICHTE VON EL-ASMA'I UND
DEN DREI MÄDCHEN VON BASRA *Sechshundertundsechsundachtzigste bis sechshundertundsiebenundachtzigste Nacht* .... 641 – 645

DIE GESCHICHTE VON IBRAHÎM
EL-MAUSILI UND DEM TEUFEL *Sechshundertundsiebenundachtzigste bis sechshundertundachtundachtzigste Nacht* .... 645 – 649

DIE GESCHICHTE DER LIEBENDEN VOM
STAMME 'UDHRA *Sechshundertundachtundachtzigste bis sechshundertundeinundneunzigste Nacht* .... 650 – 659

DIE GESCHICHTE VON DEM BEDUINEN
UND SEINER TREUEN FRAU *Sechshundertundeinundneunzigste bis sechshundertunddreiundneunzigste Nacht* ... 660 – 666

DIE GESCHICHTE VON DEN LIEBENDEN
ZU BASRA *Sechshundertunddreiundneunzigste bis sechshundertundfünfundneunzigste Nacht* .... 667 – 673

DIE GESCHICHTE VON ISHÂK VON MOSUL
UND DEM TEUFEL *Sechshundertundfünfundneunzigste bis sechshundertundsechsundneunzigste Nacht* .... 674 – 678

DIE GESCHICHTE DER LIEBENDEN VON
MEDINA *Sechshundertundsechsundneunzigste bis sechshundertundsiebenundneunzigste Nacht*................... 678 – 682

DIE GESCHICHTE VON EL-MALIK
EN-NÂSIR UND SEINEM WESIR *Sechshundertundsiebenundneunzigste bis sechshundertundachtundneunzigste Nacht* .... 682 – 685

DIE GESCHICHTE VON DEN STREICHEN
DER LISTIGEN DALÎLA *Sechshundertundachtundneunzigste bis siebenhundertundachte Nacht* .... 685 – 724

DIE ABENTEUER 'ALÎ ZAIBAKS AUS
KAIRO *Siebenhundertundachte bis siebenhundertundneunzehnte Nacht* .... 724 – 776

DIE GESCHICHTE VON EL-MALIK
EZ-ZÂHIR RUKN ED-DÎN BAIBARS EL-
BUNDUKDÂRI UND DEN SECHZEHN
WACHTHAUPTLEUTEN *Siebenhundertundneunzehnte Nacht* .... 776 – 829

Die Geschichte des ersten Wachthauptmanns ..... 778 – 787

Die Geschichte des zweiten Wachthauptmanns ... 787 – 789

Die Geschichte des dritten Wachthauptmanns .... 789 – 793

Die Geschichte des vierten Wachthauptmanns .... 793 – 794

Die Geschichte des fünften Wachthauptmanns .... 795 – 796

Die Geschichte des sechsten Wachthauptmanns ... 796 – 798

Die Geschichte des siebenten Wachthauptmanns .. 798 – 802

Die Geschichte des achten Wachthauptmanns..... 802 – 812

Die Geschichte des Diebes .... 811 – 812

Die Geschichte des neunten Wachthauptmanns ... 812 – 815

Die Geschichte des zehnten Wachthauptmanns.... 815 – 817

Die Geschichte des elften Wachthauptmanns ..... 817 – 819

Die Geschichte des zwölften Wachthauptmanns ... 820

Die Geschichte des dreizehnten Wachthauptmanns 821

Die Geschichte des vierzehnten Wachthauptmanns 822 – 823

Die Geschichte von dem schlauen Diebe   824

Die Geschichte von dem alten Gauner . . . .   824 – 826

Die Geschichte des fünfzehnten Wachthauptmanns   826 – 828

Die Geschichte des sechzehnten Wachthauptmanns   829